月关

著

南宋异闻录

下

北方联合出版传媒（集团）股份有限公司
春风文艺出版社
·沈阳·

目录 Contents

六十二　亲力亲为

吃过饭，有了力气，杨瀚的精神也一下子恢复过来。

小甜欢喜道："大王，送来侍候大王的内侍陆续到了许多，现如今都在半山腰搭帐而居。褚姐姐说，大王不在宫里，这些人一时进了宫也没用，没的添乱，所以暂时安置在那里，大王既然回来了，要不要叫来看看？"

杨瀚还真有点儿好奇，因为……哪怕是在祖地，他也没有见过太监。现在不但将要见到，而且自己即将受到这些人的服侍，他心中好奇。

杨瀚微笑道："好，那就把他们带上山来吧。"

小甜欢欢喜喜地跑出去了。

真正的宫里头，貌似宫娥不会这么奔跑吧？渐渐进入大王状态的杨瀚微微有些遗憾，不过，他转念再一想，如果宫娥们整天绷着脸，笑不露齿，行不摆裙，说起话来声音不高不低不抑不扬的，那有什么意思？这里是三山哪，又不是祖地。

司膳和掌膳两位姑娘没理由陪在身边，已经回去了。当然，为了给杨瀚留下印象，两位姑娘先后又回来几趟，第一次问大王今晚想吃什么，第二次问大王喜欢吃荤的还是素的，第三次问大王喜欢吃甜的还是吃咸的。

其实哪有大王直接过问御厨之事的？可这宫里的一切不是还没建立起来吗，不直接问他还能问谁？初被她们一问时，杨瀚颇有一种被打回原形的感觉，不免有些沮丧。

可是转念一想，春秋时期，厨子可不就是直接跟君王打交道的吗？比如那齐桓公跟厨子易牙。自秦以来，帝王规矩越来越大，他现在这排场跟人家没有可比性，杨瀚也只能从先秦找平衡了。

吃过饭，小甜回来了，甜甜地叫道："大王，大王，那些宦官我都喊来了，他们现在芷阳宫前候着呢。"

"走吧，咱们去看看。"

大甜、小甜马上扶起杨瀚，跟着他向外走，正在溜达食的谭小谈见状也忙跟上来。

芷阳宫不远，因为现在这些建筑只是叫宫，实际上都不算是独立的宫殿建筑群。

杨瀚带着大小甜和谭小谈来到芷阳宫大殿前，这里有一个宽大的广场，广场上站着不少人，乍一看有七八十人。

杨瀚心道："听说阉割的成功率不高，十不存三，而且这三山洲五百年没有太监……

这样一想，杨瀚也是暗生恻隐之心。只是他做皇帝，宫中也只能用阉人。

杨瀚缓步走上前去，早有几名持戟的卫士肃然跟了上来，还别说，这像玩笑似的宫中，也就最早进驻的这些侍卫很快进入了角色，比较懂规矩。

杨瀚渐渐走近，就见那些人正围在一起，中间似有人正在扭打，杨瀚加快脚步，走到近处一看，就见众人围着一个身材高大、须髯如戟的大汉。那大汉挥舞着一对钵大的铁拳，竟是以一人迎战在场所有人。

尽管这么多人前仆后继，却根本不是他的对手。他只一拳，便打到人吐血倒飞，再一肘，便有人掩面哀号向后摔倒，有人跳上他的后背，可他只是用力一挣身子，那人就被弹飞出去。

他脚下拖着三四个人，那几个人就像死狗一般牢牢地抱着他的双腿，可他仍然进退自如，把那几个人拖得狼狈不堪，却根本阻碍不了他的行动。

这个身材魁梧的太监胡须还未随着雄性激素衰减而掉落呢，豹眼虬髯，如同猛张飞一般，此时以一敌众，竟是愈战愈勇，勇不可当。

谭小谈柳眉一挑，欲拔刀上前，杨瀚却马上扬手制止了她的动作。

在小民眼中，他是天圣后裔，神族传承；在领了他的官职，却依旧各行其是，只想利用他牟取最大利益的各部落首领眼中，他只不过是个工具。他身边这些宫娥，也不知来自多少个势力，都怀着什么心思，所以真正叫他放心使用的，一个都没有。

别看杨瀚表面上嘻嘻哈哈，可他正在不动声色地悄悄积攒自己的力量，他绝不可能事必躬亲，各个部落也不允许，所以，他需要用人。而如今他可以毫无保留地予以信任的，只有眼前这群宦官。

他当然要看个清楚。

正所谓身大力不亏，那大汉固然骁勇，其实围在他四周的人也没有一个弱者。

三山洲的人就如同祖地上的金人、辽人一样，他们的生活环境很艰苦，人人都需为生存而奔波，所以骑射功夫、搏斗功夫都不弱。

三山洲上的百姓也是如此，便如大甜、小甜也有佩刀，小甜竟能力斩大蟒……

杨瀚方才已听小甜仔细说过了，那蟒可供一百多个宫娥吃，现在还没吃完呢。

那条蟒有水桶粗细，长及数丈，放在祖地上看，这都要成精了。

杨瀚一直想不通，她那娇小玲珑的身子，一副甜甜的娃娃脸，给自己洗个脚都战战兢兢如履薄冰的样，是怎么把那么大一条蛇给弄死的。

三山洲上的女人都如此彪悍，更遑论体力上先天就比女性占优势的男人了，可是这么多人围在一起，在那大汉面前，却如土鸡瓦狗一般。

不是因为他们太弱，而是因为这人太强了。

这人身形比其他人要高出一头，浑身仿佛精铁所铸，力大无穷，别人的拳脚打在他身上，他浑然无感。当然，这拳脚若换成刀剑，那结果又自不同。

杨瀚默默地看了许久，直到周围倒下来的人越来越多，那铁打的大汉终于也像拉着一口大风箱似的呼吸如雷，这才手指向前轻轻一点，谭小谈马上娇声叱喝道：“统统住手！”

可惜，这句话一点儿用也没有，大家仍然在动手，打得不亦乐乎。

大甜尖声大叫道：“天圣大王到了！”

天圣大王？

杨瀚瞄了大甜一眼，这个称呼怎么跟他听人说书时听过的“金角大王”差不多呀，很草头的感觉，不好听。

大甜以为那是大王对她欣赏的目光，于是向他甜甜一笑。

天圣大王这称呼在杨瀚听来当然不妥得很，可效果奇佳。

在场的这些罪囚都是贫贱之人，所以天圣神族在他们心中是有着极重要的影响力的。

所以大甜这一声大喝，比谭小谈那一句大吼有用得多，现场顿时安静下来。所有人都停下动作，扭头看向他们。

大小甜和谭小谈拱卫着的只有一个男人，这人当然就是天圣大王了。

这就是……天圣神族？

被这么多男人瞪着，杨瀚不觉有些发毛，仔细一看，在场这些人中少年人不过十几个人，其余皆为成年人。

这些人敢于反抗部落中拥有权势者，当然都是胆大包天之辈，对天圣神族的敬畏感也远不及大小甜这些人重，但那也只是相对而言，至少此时看着杨瀚的目光，他们一样透着新奇、惊诧以及隐隐的敬畏。

"我三山百姓果然骁勇啊，你们这刚一来，就演了一出全武行给寡人看哪。"

杨瀚笑吟吟地说着，浑若无事地往芷阳宫中走："都过来，门口候着，一个个地进来，寡人与你们说话。"

杨瀚本想喝令他们跪下听训的，但又担心有人不肯听命。他虽可以杀人立威，不过对几个阉人喊打喊杀的，貌似也并没有什么光彩可言。一旦人家不肯跪，反而显得自己露怯。

四名持戟武士跟到大殿门口，便往左右一站，大戟往地上一顿，肃然站定。

此时已近黄昏，最后一抹夕阳从两山峡谷间照射进来，穿过大殿，正照在御座上，而其他未经阳光照射处，却是一片昏黄。

杨瀚走进大殿，在上首坐了，阳光照在他的身上，只有头面隐于阳光之外，看起来仿佛一尊神祇，甚是威严。

大小甜和谭小谈已经跟了进去，那些人彼此看看，迟疑了片刻，便纷纷向大殿走近。

他们这些人还有求生欲，知道今后将来此处侍奉天圣神族，心中已经有了服从的准备。

那些躺在地上哀呼呻吟的人也都挣扎着爬起来，或一瘸一拐，或鼻青脸肿地跟在后边。

没有人愿意靠近那个铁塔般的大汉，众人看向他时，都是一副仇恨的目光，那大汉也不在意。

很快，在大殿前，左边便只有大汉一人，右边簇拥了一群人。至于排队，没可能的，他们哪懂这个，无人指挥，自然是挤作一团。

殿内上首有三层的台阶，台上一张卷耳云纹图案的几案，案后一张蒲团，杨瀚跪坐其后，大小甜自然而然地就在他左右站定了。

谭小谈很是不快，站在几案一侧，睨了她们一眼。大小甜不怕，马上瞪起眼睛反击。

杨瀚看了看远及十丈之外的大殿门口，道："先叫那个最能打的进来。"

这时小青身边，都是女人。

十三四个女人，虽然都是衣衫褴褛，头发也有些凌乱，有的脸上还蹭着几道黑灰，但是看起来每一个都很年轻、很秀丽，体态也是婀娜多姿。

三山洲这地方养人哪，毕竟生活清苦，这地方的年轻女人不但体态曼妙，而且都是一种健康美，没有看起来弱不禁风的娇怯。

她们的手都被绑着，一条长索将她们连成了一长串，拉拉扯扯地拖曳到沙滩上。

海风很大，高高的山挡住了阳光，沙滩上已经燃起一堆篝火。

篝火旁坐着一个大汉，坐姿很不羁，脸上一道刀疤斜斜而下，显得甚是凶狠。一口锋利的长刀就横在他的膝上，那是出自瀛洲的战刀，质量极上乘，寻常的刀剑轻易就能被它斩断。

这个大汉名叫曹敏，是东山地区很有名的一个海盗头子，麾下三千大盗，个个悍不畏死。

他原本主要抢海船，毕竟海船上财富多。可是而今不知徐家发了什么邪，所有的出海口都被控制了，所以他转而掳掠部落，如今这些女人就是这一次袭击的成果。

在他左右，还有七八个大汉，懒散地站着，有的怀里抱着刀，有的肋下插着刀，他们看着被几个海盗粗暴地拖来的连成一串的女人，脸上都露出贪婪、兴奋的表情。

曹敏的目光在一个个女人身上刀子似的刮来刮去，舔了舔嘴唇，满意地点头道："这一遭虽然没有掳到什么财物，可这些女人都很不错呀！"

在他旁边，一个海盗头子立即大叫道："过来过来，那个女人，曹老大要了！剩下的快拖过来，让老子也选一个。"

一串女人被拖得踉跄而行，可是忽然之间，空中传来一声凄厉的怪叫，众海盗讶然抬头望去，一只巨大的怪鸟展开皮膜的双翼正向他们俯冲下来，怪鸟还在空中，劲风已扑面而来。

曹敏脸上蜈蚣状的刀疤猛然一颤，骇然道："不是群龙入谷了吗，怎么还有飞龙出现？"

曹敏一语未了，就见那飞龙背突然闪出一团光轮，呼啸着向地面卷来。

那一长串女人站住了，居中的小青脸上露出一丝令人心悸的微笑，她高高地举起了被牛皮筋绑缚的双手，主动迎向那团射向她的光轮。

光轮从她腕间呼啸而过，嚓的一声入地一尺，竟然是一口长剑！

剑还在摇曳，已然被解开双手的小青一把握住剑柄，把它擎在手中。

唰唰唰，剑光连挑，被绑缚的女子们俱都解放了双手。

这时那飞龙一个急旋，又飞了回来，空中突然抛下十几口弯刀，

那刀纷纷落在女子们身边，有的尚未落地，就被她们准确地抓在手中。

飞龙低翔，离地低于一丈，一时劲风吹起飞沙走石，两个男人从龙背上轻盈地跳了下来，手中提刀，悍然砍向押送众女子的那几个海盗。

弯刀在手的女子们，就像一群雌虎，张开双臂，卷向这几个海盗头目，冲在最面前的，赫然就是曹敏刚刚看中的少女——小青。

小青健步如飞，直取曹敏。

曹敏不慌不忙，一边慢慢站起，一边缓缓拔刀，狞笑道："就只你们几个娘儿们？就算用计摸到大爷身边，又岂能奈我何？"他盯着小青，嘿嘿笑，"美人好泼辣，大爷喜欢得……"

小青距他还有四丈距离，手中剑突地脱手飞出。

曹敏一惊，原本迟缓的动作立即快若闪电，横刀去挡。

可是那剑快得出奇，只剑光一闪，曹敏举刀的意念刚一生起，那剑已然刺进了他的胸膛，从他的后背透出去两尺多长，带着他整个身子都连退了几步。

乾坤一掷！剑圣裴旻的掷剑术。

此时，大盗曹敏最后一个字刚刚出口："……紧！"

"紧"字出口，曹敏背后剑尖儿上凝聚的第一滴血液，随之落下。

山崖边就是一条反复之字形的栈道，栈道古旧，颜色几与山石相同，暮色之下几乎看不清楚它的存在。

这条栈道是通向半山洞窟的，栈道上每一个之字路口都有两名海盗把守。

那洞窟是大盗曹敏的老巢。这许多年来，他所掳夺的所有财宝都存放在这里。而且，窟中还有这个几千人的庞大海盗团伙的二当家——曹飞飞。

曹飞飞是曹敏的幼弟，自幼残疾，双腿如小儿粗细，无法站立行走，所以一向藏于洞窟，轻易不露面。

这支海盗团伙的首领虽是曹敏，出谋划策、决定行止的人却是这个曹飞飞，若不将他铲除，以他的心机，很快就可以再捧一个头子出来，依然纵横四海。

小青已经率人攻向栈道。小青被东山诸部认可的顺利程度要远远强于杨瀚。

因为，这里的部落更贫穷，人心也因而简单。

他们没有多少个人利益不可割舍，部落长们固然掌握着权力，更多的却是责任。人人皆无恒产，人人皆无固定居所，为首领者不过是凭着自己的本领比大部分族人高明，带领大家谋生活而已。

这种情况下，传说中的天圣家族的小公主一出现，各个部落哪有不服膺于她的道理。

龙兽都龟缩回山谷去了，据说这就是小公主殿下的功劳，可东山诸部太穷了，虽然没有了龙兽滋扰，大家的日子一下子好过了许多，可也没有产生筑城的意识，纵然有，也没有那个财力。

了解了东山诸部的处境之后，小青马上做出了决定：先征服那些既不属于东山，也不属于西山的诸部。现在还不是直接跟西山势力开战的时候，先清场吧！

这样的部落还是有的，他们的源起主要是五百年前的贫民阶层和奴隶阶层，三山帝国崩溃后，一切化为乌有，他们也逃散了。

之后，许多人聚集到一起，渐渐形成新的部落，这些人对天圣家族并没有什么好感，不过东山诸部也没有再为三山帝国征战的理由，所以他们之间一向倒也相安无事，而现在东山诸部已经有了迎奉的主人，那又有所不同了。

另外，就是海盗。

因为东山诸部贫穷，大家都在谋生活，无暇他顾，所以海盗窝子通常都设在东山沿海。他们主要抢西山诸部和各国往来于三山的商船，东山诸部太穷，穷也就算了，还横，打起仗来不要命。跟这样的人打仗得不偿失，所以各海盗团伙此前大多时候与之相安无事，但现在小青要一统东山诸部，这些势力就得一一铲除了。

小青的计划是，先集中各部落力量，扫除各大海盗和不服从的部落。

海盗有钱，而且有船。铲除了他们，东山诸部就有钱建城筑屋，开垦荒地，还有船只控制近海。同时，他们要继续海盗的事业，继续打劫。不管是西山诸部的商船，还是三大帝国往来的商船，能劫就劫。

三山洲上有龙兽，这是三大帝国也为之头痛的事。三大帝国在五百年前瓜分了这个世界后，之所以把三山洲当成了弃子，放着这么庞大的一块领土无人占领，就是因为这里到处都是龙兽，要控制这里，付出的代价太大。

所以，纵然抢劫三大帝国商船，他们也根本不担心三大帝国前来。

光脚的不怕穿鞋的，抢再多的商船，也比不了三大帝国集结重兵出海一次的花销，他们不会为了一群随时可以遁入深山，也可以逃上大海的海盗出兵。

等拥有了更强大的力量，小青才会集结主力，进攻西山，讨伐不臣之辈。

小青这样简单粗暴且见效迅速的手段，特别符合东山各部落首领的胃口。虽然他们身为首领，相对老成持重一些，可他们能坐稳这个位子，哪一个年轻时候不是好打好杀之辈？

公主殿下英明啊！他们此时仍称小青为公主，这是小青的要求。

她说，她要一统三山之后，才登基为女王。

早在小青穿着一身蛟鲨皮的半身甲、头发在脑后束一个干净利落的马尾，戴着青铜材质、有精美古朴花纹的腕靠、护膝，裸着一双曲线优美的小腿，肩后背着一柄如太阿般超凡的利剑，英姿勃勃地登上褐岩时，东山勇士们的心就陷落了。

那些胸大肌上晃悠着虎牙、狼牙的项饰，猎杀过小型龙兽的勇士，马上就被小青那既性感又健美的丽影征服了。在他们心中，小青就是他们的女神，他们是女神的战士。为了女神，生死不计！

曹敏的海盗团伙是他们即将剿灭的第二个海盗团伙。鉴于这里的特殊地势，小青大胆地采取了"深入虎穴"的方式，此时，曹敏授首，飞龙已然腾空而起，去向静候在丛林中的勇士们传达进攻的命令。

当东山勇士嗷嗷叫着杀出丛林，扑向那些杀人不眨眼的海盗时，小青已经率人沿栈道一路杀将上去。

当当当……

小青手中的长剑与之字路口两名悍不畏死的海盗刚搏击了几剑，木恩的飞索已经到了，一下子套住了一个海盗的脖子，把他拉下了栈道，惨叫着摔向拍岸的海水。

小青的剑顺势刺进了另一名海盗的胸口，剑一拨，扬起一串血珠，她迅速扑向更高处。

"挡住他们，把他们赶下去！"

洞中的海盗显然已经得到了命令，蚂蚁般的海盗扑出来，沿着栈道主动冲下来。木恩、木华离和十几个女战士露出嗜血的笑容，毫不畏惧地扑了上去。狭窄的栈道上，登时刀枪并举。

又是两个海盗在小青的脚前倒下，小青一把撕掉了带血的衣裙，赫然露出里边的蛟鲨半身软甲，以及使她更显英姿的青铜腕靠和护膝。她的额头上有一枚宝石雕刻的水滴状的殷血额坠，就像一滴血液，俏皮地在她白皙的额头上跳跃。

小青率先杀进了洞窟，木恩和木华离立即踢飞挡在自己前面的敌人，紧紧跟了上去。这叔侄俩现在都以女神战士自居，自然是女神杀到哪里，他们就跟到哪里。

《道德经》上说"治大国，若烹小鲜，我这甫立之国，更得小心谨慎哪！人人都可用，可又人人不敢信任。也许，只有这些被去势的阉人，才不可能隶属于任何一方势力。我得从他们中间找几个可以托付之人为我所用。"

杨瀚想着，宫门砰然关闭，空旷的大殿上，只有那个异常魁梧的大汉独自，大步走上前来。

他姓徐，名海生，本是瀛洲一方豪杰，得罪了木下亲王一系的一位重臣，被迫逃亡三山洲，可惜六曲楼觉得此人无用，他除了这条命，没什么可以与六曲楼交易的，便被赶了出来。无奈之下，只好落草为寇。

结果，他太能打了，一个抵得几十个，那盗寇头目先前还想把他揽为心腹，却发现他威望日隆，本事也比自己大得多，恐怕要控制不住他了。

这盗伙与狼群无异，当你渐渐不能威慑群狼，或者狼群中出现了一匹更加强壮的公狼，就算他还没有向你发起挑战，其他的公狼在与他相处时也会自然而然地突出他，这些细微处无一不在撼动着狼王的威信。

所以，狼群中有些强壮的公狼即便没有向狼王发起挑战，狼王也会主动向它发起挑战，或趁配还能号令群狼，将它驱逐出去，以防万一。

人的智慧是狼所不能比的，徐海生所在的盗伙的头领陈洋渐渐对他心生忌惮，却畏惧他的豪勇，不敢直接出手，便用了借刀杀人之计，一次掳掠一个山寨时，故意安排他居于险要，却在撤走时只留下他一人。

徐海生以寡敌众，最终被擒。本来部落里是要把他剥皮处死的，正好上头传下令来，要将犯罪者送入宫中侍奉大王，这个部落不大，本寨没有犯下大罪者，又刚与贼众交手死了不少人，哪舍得继续减少壮丁人数，遂把他交差。

徐海生因此保得一命，原也想着，就在这咸阳宫里了此残生，只是他对杨瀚尚毫无敬畏之意，心中自是不忿。

杨瀚瞧见他的威猛姿态，心里也有点儿打怵，虽说自己功夫不赖，可跟这个大汉交手，怕也占不了便宜吧？不过，他正要征服几个人为自己所用，若是不能降服他，如何成就大事？

这样一想，杨瀚便强作镇定，稳稳地坐在上首，用很平静的声音道："你叫什么名字，因何罪名受阉入宫？"

徐海生怔了一怔，本想豁出一死，与这人拼了，不想他反而问起话来。沉默片刻，生的欲望终是占了上风，徐海生深深吸一口气，道："某，姓徐，名海生，乃瀛洲人。"

"为何流落三山？"

徐海生把自己的事情一一说了个遍，说到逃离瀛洲时，满门老幼不待携走，俱被官兵所杀时，一双怒瞳已是血红一片，待说及中了那陈洋的奸计，受困于山寨时，更是愤怒得浑身发抖。

杨瀚听罢，缓缓道："这些仇，你想不想报？"

徐海生大吼道："我每日每夜，都恨不得能杀到他们面前，吃他们的肉，喝他们的血，把他们的脑袋拧下来，当我的尿壶！"

杨瀚冷冷道："可你根本没这个机会。"

徐海生身子一震，愤然看向杨瀚。

杨瀚道："我若放你走，你去杀那盗伙，还有万一的机会杀了那陈洋。至于瀛洲的仇家，他位高权重，手握重兵，你连见他一面的机会都没有，你全家老幼一十三口的仇，你永远也没有机会报了。"

徐海生浑身发抖，两行热泪簌簌而下，突然自喉间发挥一声困虎一般的噪叫，跪爬在地上，以拳捶地，打得轰轰作响。

门口侍卫听见里边动静，骇然打开大门，谭小谈的刀抽出一半，正要冲进去，一瞧那大汉虽然哭得惊天动地，却是跪在杨瀚阶下，对他并无伤害，怔了一怔之后，还是识趣地让人把门关上了。

杨瀚缓缓道："跟着我。我能叫你屠灭了那出卖你的所有盗伙，有朝一日，我还会带你杀上瀛洲，把那害你全家的官吏杀掉。这一天，也许需要十年，也许需要二十年，但是终有一天，你能见到。"

杨瀚缓缓站了起来，一步步走下台阶："如果那时，你那仇家已死，也不妨事。他有家人，有子嗣，那些人是生是死，我都可以交给你来掌握。"

杨瀚走到了徐海生的面前，厉声道："站起来！"

徐海生恸哭许久，这才爬起来。

杨瀚站得太近了，就像小甜、小谈这样娇小的女子在他面前一样，须得抬头仰视，才能直视徐海生。

于是，杨瀚悄悄退了三步，重新站定。

杨瀚道："你现在肢体不全。全家被杀，更无香火。可是，只要你跟着寡人，忠心耿耿地为寡人做事，终有一日，你将比这世上许多身体健全的人更要受人敬重，多少四肢健全之人，只能匍匐于你的脚下。

"只要你跟着寡人征战天下，总有一天，你会为天下人所敬仰，十代、百代、千秋万代，被世人所纪念，血食祭祀，永世不衰！虽无血脉，一样香火传承！"

徐海生不再哭泣，只是定定地看着杨瀚。

杨瀚道："因为，我是天圣杨家的后裔，这三山世界是我杨氏先祖开天辟地。而我将要重建三山，恢复祖先的辉煌。只要你追随着我的脚步建功立业，总有一天，你将陪着我，如神祇一般承受万世香火。"

徐海生动容了，不是杨瀚一番话有多大的煽动力，实在是天圣杨家在世间传说中拥有太大的魔力。那是缔造这个世界的人家，那家人可以驾驭这世上最恐怖、最庞大的龙兽，他们是神族血脉呀！

徐海生有些喂喽了。

他家里人死光了。他自己已经完全没有了未来，没有了活下去的希望，之所以还活着，只是出于求生的本能。而现在，杨瀚给了他希望，哪怕这只是把空中的月亮比作了大饼，他也像溺水的人抓住了一根救命稻草，想相信他。因为，这样活着才有一个奔头。

"当……当真？"

"只要建立功业，便当真！只要当真建立了无上的功业，寡人便绝不会食言。因为我明白你的痛苦，明白你的耻辱。因为此刻，寡人也是一个阉人。"

徐海生大吃一惊，这……

杨瀚沉声道："我的祖先因为变故离开了这三山世界，五百年后，我才归来。现在，我除了天圣杨家传承下来的荣光和威望，一无所有，没有权力，没有金钱，除了可以驭使那深山中的龙兽。我明为大王，高高在上，为西山诸部所尊奉，可实际上，他们各怀居心，都只想借用我的能力与威望，为他们自己谋利益。就算有朝一日一统三山洲，重新打下这天下，寡人也不过是受他们操纵的一个傀儡。直至受逼禅位，不明不白地死掉。如此，寡人岂不也是一个阉人？肢体不全，被人暗中嘲讽，再没有香火传承。寡人能信任的，只有你们！如果你们能陪同寡人夺回这一切，那么，陪寡人站在最高处去享受这荣光的，就是你们！普天之下，谁敢说，我们不是顶天立地的男人？"

徐海生心动了，虽是肢体再无完整之日，可是如果扶保眼前这位天圣后裔，真的有那么一天，站到全天下的最巅峰处……

正如大王所说，身体残缺与否又算什么？有没有后裔又算什么？只要作为大功臣陪侍宗庙，后世的帝王都要一代代向他供献血食。

徐海生唖的一声跪了下去，头重重地磕在地上："某愿誓死追随大王！"

后世记载，天贤大帝杨瀚麾下有三龙四凤，五虎八猛犬，其中尤以八猛犬为最，他们对大帝最是忠心耿耿，一生只唯大帝一人之命是从，虽刀山火海，不加犹豫。

可是始终无人弄得明白，他们之中，有的奸，有的滑，有的黑心肠，有的贪得无厌，为何一个个都对大帝杨瀚忠心若斯？最后只能归结为杨瀚大帝的个人魅力实在是无人可挡。

六十三　战争贩子

这七八十个人，杨瀚逐一接见，逐一做了验身。

叫进来之后，他总要先问问此人的姓名来历，因何犯罪，确定是可用之才后，他才会通过这种叫对方感恩戴德的方式令其归心，一下子就忠心耿耿的当然少，却也因此有了良好的开始。

这一路问下来，大部分太监比起徐海生都只能算是平庸之辈，正常使用就好，佼佼不群的也就那么几个。

检查时，还发现一个假阉人。仔细一盘问，这人竟是徐家一位地位较高的族人的随从伴当，他极精明，徐家并不外传的幻术，他居然只靠偷师就学会了一些。

这人还想迷惑杨瀚，却不知四鸣音功本来就有清音凝神、破除迷障的功效。就算是徐诺来了，亲自施展最上乘的惑心术，也迷惑不了杨瀚。

当今世上，已没有人知道四鸣音功是惑心术的克星。

杨瀚不知道，徐诺也不知道。

一俟查清此人底细，杨瀚二话不说，当场就把他杖毙了。

这人对他来说毫无用处。那半吊子的惑心术有什么用？在徐家嫡系面前，还不够丢人的。那么这人对他只有怨恨，又岂能再为他所用。

看似风光，却是随时提着小心，杨瀚的心已经硬起来了。

之后又有三人，被杨瀚暗暗记在了心中。

其中一人复姓司马，名叫司马杰。这司马杰的长处就是脸皮厚，厚到了无耻的境界。

他一进殿，就扑通一声跪在地上，膝行七八丈，一头扑在杨瀚脚下，立时就是马屁滔滔，竟让杨瀚没有插嘴的机会。

更可怕的是，这人明明此前都没见过杨瀚，偏偏马屁拍得杨瀚竟也有些飘飘然的，只觉此人虽有无耻恭维之意，可其言语未必就没有道理。这，是个人才呀！

这人是个孤儿。在时有各种野兽出没的山居生活中，一个没有亲眷照应的孤儿是根本活不长的，但他可以。他就靠着一张巧嘴，不但活了下来，而且由村而镇，由镇而山城，不断依附更强大的权贵，竟是步步高升。直至他的部落与另一部落争地，双方大打出手，他被对方部落俘获。

大战中，他砍掉了对方部落首领的一只手，这种人当然必死，可他居然还是靠着一张巧嘴，愣是把自己从砍大头变成了砍小头。

这司马杰是个人才，杨瀚暗暗记在了心中。

还有一个，叫羊皓。这羊皓本是一个权贵人物的账房，看起来其貌不扬，瘦小枯干，颌下一缕山羊胡子，模样平凡普通至极，看不出任何特别之处。

他表面看来懦弱不堪，他的妻子和家主有染，家主每次一来，他便自觉地卷起铺盖去外屋打地铺，听着房中嬉笑娇喘，从不敢作声。

可他在忽悠家主不惜借贷种植了大片庄稼准备大发其财的时候，先是在种子上做了手脚，直到秋收时节那家主才发现整片的庄稼大面积歉收。紧跟着，在债主登门讨债的第二天，他就在井里下毒，晚饭之后，家主一家老小四十二口全都口吐白沫，惨死当场。

做下这灭人满门的事，居然还没叫人怀疑到他，人人都以为这户人家是因为逼债无奈自杀。

若不是他在又苦苦隐忍了三个月之后，动手杀他妻子时说出了真相，又因他不事生产、气力不足，结果妻子垂死之际爬出门去，将此事告诉了闻讯赶来的邻人，天地之间，便再无一人知道这桩血案是他所为。

这等人，心机之深、性情之阴险，直如毒蛇，实在可怕。

若换一个处境，杨瀚对这种人只能是敬而远之，但他如今是什么处境？这等人用好了，未尝不是他手中的一柄利器。

所以杨瀚把他也牢牢地记在了心里。

在杨瀚看来，这七八十人中，也就这三个人，算是可用之才，直到何善光出现。

他没什么特长，至少杨瀚没有发现，他唯一不同于其他人的只有一点——老实。

很多人都老实，可这个人是太老实，纯洁得就像一张白纸。

他是被人嫁祸才落得如此下场的。

他到了杨瀚面前就呆呆地站在那儿，杨瀚叫他跪下，他就乖乖跪下，屁股朝天，以额触手，无比臣服。

杨瀚想了想，老实到这种地步的人，也算出类拔萃了，这种人用在身边似乎也不错。

他老实，但是他并不是对谁都这么老实，方才外边打架，是因为羊皓挑唆，煽动众太监与徐海生敌对，大家动手的时候，这道善良之光可是冲在最前边。

当挑起这一切的羊皓躲在后边咋咋呼呼、装模作样，实则根本不曾与徐海生有过交锋的时候，这位何仁兄可是很实在地冲在第一线，被徐海生的铁拳反复蹂躏，却连躲避的心眼都没有。

东山诸部本就善战，现在周围那些游散的不属于任何一方的独立部落以及一向以袭掠他人为生的彪悍海盗们恐惧了。因为他们发现现在的东山诸部战士已不仅仅是善战，他们开始主动寻战，热衷于作战，每每临战都冒着飞矢，疯了一般地冲上来。他们似乎已不仅仅敢于杀敌，而且是乐于杀敌。

他们疯了！

没有人知道，他们只是希望他们心目中至高无上的女神欣赏地看他们一眼。

杨瀚的处境比起小青来，可就逊色多了。

西山诸部奉迎他为主，但是这些古老遗民虽然因为几百年退居山林而战略目光短浅，心胸格局狭小，权力倾轧、钩心斗角的本事只增未减。他们每一步行动都希望扩大自己的势力，削弱他人的实力。所以当杨瀚利用四鸣音功和五元神器将龙兽统统逼回深渊山坳之后，他们的弱点就充分体现出来了。

有远大志向的人，当然是选择立即集结各自的勇士，统统汇聚到他们这位天圣大王的麾下，跟着他迅速一统东山，进而一面勤修内政，一面整合强兵，再调出几头攻城掠寨的龙兽，以迅速建造的大舰载之，杀出三山洲。

可问题是，他们的眼界太短浅，他们盯紧的是眼皮底下的这一亩三分地。

龙兽被约束了，荒芜五百年的沃土可以种植了。

他们当然是先把他们的人都迁出深山，重新垦荒，重新筑城。

每一家势力都担心落在其他家族后面。一步错步步错，再想追赶就难如登天。

其实，这本是自然发展的道路。

如果这大地上，就是无数的原始部落，他们渐渐强大后，首要的就是筑城，再兴工商，招揽更多的人强大他们的部落，当他们变得越来越强大，再一步步扩张，蚕食其他势力，蔓延向四方。

可问题是，三山洲的外面可不是一片原始的、荒芜的土地，他们却看不到这一点。

同时，他们也不可能无私地交出自己所有的军队、金钱，把军事、财政统统纳入杨瀚的统治之下。这种情况下，他们当然选择先站稳自己的脚跟，强壮自己。

杨瀚已经找到一个突破口，现在他要往里边掺沙子。

要掺沙子就要有人，而且必须是可用之人。

现在他找到了，他找到了徐海生、司马杰、羊皓，还有何善光。

一个空有雄心无而一兵一卒的大王，正带着一帮太监，一分一分地往回抠权力。

"公主殿下！"

小青按着剑，大步向前走来。

原本跪在地上的人立即颤声大叫，用力顿首。

她的武士们正在凶神恶煞地提着刀，扫视着面前的敌人，若有谁还敢站立着，马上就会被他们砍掉脑袋。

一见他们的女神走来，所有的战士都收起了兵刃，抿着嘴唇，用炽热的目光追随着她。原本就已跪在地上的巫咸部落的人把头伏得更低，根本不敢仰视。

巫咸部落的人其实是很善战的，所以他们虽然不依附东山势力，也不依附西山势力，可是作为一个独立部落，很是逍遥自在，很少有外敌敢来侵犯，他们最大的敌人向来只有一个：龙兽。

可现在龙兽已经龟缩回深山了。他们本以为可以趁机壮大部落，可以从此过上安宁的好日子了，所以对于东山诸部要共同奉立的所谓女王，他们根本不屑一顾。

招安的诏书被他们的首领撕得粉碎。

于是，他们被"王师"讨伐了。

只一战，就只一战哪！他们与东山诸部以前并非没有交过手，可是巫咸部落的人从未想过东山战士可以变得如此骁勇。

这一战，他们被杀破胆了，眼看小青迈着矫健的步伐走来，他们只能战战兢兢地跪下，高呼"公主殿下"。他们很清楚，从今天起，这世上将再也没有巫咸部落，他们从此只能做未来的女王的顺民，唯有如此，才有活路。

"殿下，殿下，有人上山，说要见你。"

木恩气喘吁吁地追上来，在他身后还跟着一些少年。

如今每一次战斗，这些少年都会跟在战士们的后边，他们不参与作战，只负责善后，主要是把打败的那些部落的牛羊、细软等财产搬回去。

在这个过程中，他们耳濡目染，可以在作战经验和心志等方面得到很大锻炼，当他们成年，就已是一个合格的战士了。

小青柳眉微微一挑，道："有人要见我？什么人？"

木恩的神情露出一丝古怪，迟疑道："他说……他叫月老。"

月老是祖地上流传甚久的一个神话传说中的人物。三山洲的百姓都是来自祖地的后裔，他们的祖籍主要在关中和豫州一带，所以当然知道月老是谁。这个神话人物，在三山洲耳熟能详。

可是现在，有一个自称"月老"的人要见小青。在这战场上坦然求见小青，没有人等闲视之。

小青的心怦然一跳，她忽然想起了杨瀚的那句"始于月老，终于孟婆"。

难不成，这个"月老"是杨瀚派来的？

小青脸上的杀气一扫而空，强抑激动道："唤他来见我。"

很快，木华离就领着一个圆润的胖子走了过来。

这是一个中年人，他身材圆滚滚的，脸庞也是圆滚滚的，两道滑稽的鼠须左右分开，头戴一顶员外巾，身上一件铜钱纹的绸衫，行走之间那绸衫撑的，直叫人担心会绷脱了丝线。

小青看着这人一脸愕然："这个人，会是杨瀚派来的？看来杨瀚那边的处境不错嘛！"

巫咸部落从今日起不复存在了。

这是一个上千口人的大寨子，但是为了躲避龙兽，建造于林木稀疏、岩石起伏的一处山峰之上。在其附近十余里地内，还有几个小村寨，其实都是巫咸部落的人，只是因为聚集在一起，仅靠狩猎和山田，负担不了这么多人口而分家。

如今巫咸部落已经被打败，那些部落的归附也就不成问题，只需派一队兵去宣召，很容易就可以把他收服，然后就要把这里的山寨全部付之一炬，人口和钱粮、牲畜全都运出山去，集中筑城。

村中已有几道狼烟冲霄而起。

小青站在山顶一块层叠向上的岩石上，微风拂动着她的披风。

小青仔细打量面前的月老一番，蹙眉道："你是什么月老？"

圆脸中年人笑容可掬道："当然是牵线搭桥、撮合因缘的月老。"

"说亲的？"

"呵呵，我说的因缘，是因果的因，缘分的缘。"

小青便冷下脸来，沉声道："你究竟是什么人？此来见我，意欲何为？"

月老向小青欠了欠身，神情也有些肃然起来："好教殿下知晓，本月老，是六曲楼八大月老之一，一向负责替我六曲楼联系买卖的。"

"联系买卖？"

"不错！家业大了，光是等客上门，怎么养活这么多人呢？所以，便有了我们月老。我们楼主很欣赏殿下，希望能和殿下结一个善缘。"

六曲楼，小青从木恩叔侄那里是听说过的，她神色不变，只是暗暗提高了警惕道："六曲楼？你们六曲楼想做什么？"

月老微笑道："六曲楼是做生意的地方，此来当然是想与殿下谈一桩买卖。"

小青道："我能给你们什么？"

月老微笑道："现在的话，恐怕殿下是给不了我们想要的东西。不过我们楼主认为，三山洲一旦一统，只怕就要容不下我六曲楼了。可我们六曲楼若是能在一统三山洲的过程中给予殿下足够的帮助的话，六曲楼不仅能得到殿下的保护，也能从中获得巨大的利益。相信殿下的目标不仅在这三山洲，还在于三山洲外更广阔的天地。而在这过程中，我们不需要殿下给予我们什么，我们只要追随殿下的脚步走出去，一路合作，就心满意足了。"

月老很自信地挺起了胸："战争中，情报、钱粮、兵器、车马……还有攻陷之地的商业复兴。我们只赚自己该赚的钱，六曲楼是很本分的，只要殿下信任我们，愿意跟我们做生意，我们就可以互惠互利，大家都赚个盆满钵满。"

小青目光闪烁了一下，反问道："你们为什么不去找杨瀚呢？他在西山，底蕴应该比我这东山更厚吧？"

月老笑吟吟道："因为我们楼主觉得，与其锦上添花，不如雪中送炭。更重要的是，西山诸部的实力虽然较东山诸部要深厚得多，可也正因如此，那位杨瀚殿下在西山是举步维艰，处处有人掣肘哇。反观殿下则不同，如今诸部归心，平定不臣之辈势如破竹，我们楼主很看好殿下！"

杨瀚那边举步维艰，处处受人掣肘吗？小青听了，顿时忧心忡忡起来。杨瀚正是有这个担心，才授意她到东山另起势力，假意和他打擂台。如今六曲楼居然也这么说，据说这六曲楼的耳目是无孔不入，神通广大，他们如此不看好杨瀚，看来杨瀚在那边的处境真的是很艰难哪。

月老见小青蹙着眉微微沉思起来，很耐心地等了一会儿，这才唤道："殿下？"

小青醒过神来，放开已经咬出了牙痕的下唇，沉声问道："那么，你们六曲楼想如何合作呢？"

月老微笑道："我们会为殿下提供情报、粮秣、车马、兵器、甲胄，乃至往来三山洲的各国大型商船的路线与时间，助殿下不断壮大，一统三山。在这过程中我们付出的一切，殿下只需签一个借条，待殿下得国之后，以国税偿还即可。相信那时，我们与殿下已经建立了可以信任的深厚友谊，殿下要打出三山洲时，自然也离不开我们的帮助。我们愿意为殿下鞍前马后，解决一切后顾之忧，助殿下征战四方，一统四海。"

小青沉声道："你们就不怕我失败了，害得你们一场空？"

月老淡然地挥挥手道："无所谓，做生意，哪有包赚不赔的道理。我们六曲楼，赔得起。"

一棵三人合抱的古拙大树之下，铺着一张光滑的竹苇掺编的凉席，席上放着一张卷耳的几案，案上有茶。

杨瀚盘膝坐在几案之后——经过这么长时间，他已经渐渐习惯了跪坐和盘坐的姿势，不会坐上一会儿腿就麻了。在他对面，环形坐着司马杰、何善光和羊皓三人，只有徐海生站在树下，挺胸腆腹。这厮身材雄壮，肚子也大，坐着十分难受，宁愿似这般站着。

如今这三山洲上，流行的依然是秦汉时候的坐姿，杨瀚已经画了几张似是而非的草图，叫几个会做木工的太监去砍伐树木，制作胡桌胡椅了。

杨瀚呷一口茶，道："我西山地区，人口数量庞大、土地丰饶，各大部落的实力其实都很强，一旦整合起来，很快就能做到兵强马壮。不过，我们现在最大的困难是，虽然给各部首领授了一个官职，可在他们心中，仍然只是把自己当成一个部落首领，对他们的权力看得甚紧，叫他们让出一分来也难如登天。"

徐海生攥紧双拳，厉声道："与虎谋皮，自然不成。大王无须顾虑，现如今，咱们不是有了三千人马吗？大王只要把他们交给某，某带他们杀出去，谁敢不听大王号令，某就灭他全家！"

杨瀚瞪了他一眼道："兵器呢？咱们现在除了随身的刀剑，便连弓弩也没有一把，更不要说是甲胄了，区区三千人马，什么都没有，能济得了什么事？"

徐海生道："这山上制箭的材料比比皆是，某带他们制猎弓，须臾工夫就能成军，谁不听话，咱就打到他服为止。"

此时徐海生的胡须已经开始渐渐脱落，颌下渐显稀疏，可他烈火一般的性子，倒是一点儿没改。

杨瀚无奈道："他们现在还吃着各自部落送来的米粮呢，你能保证他们肯听命于你？"

司马杰忙道："大王您是天圣后裔，堂皇神族，诸部无论尊卑，在大王面前都是卑贱如泥巴一般的下等人，能够侍奉大王，那是我等凡人几辈子修来的福气。谁敢对大王藏着心眼，那就是猪狗不如，人神共愤。大王只需召出山中龙兽，立时就把他们踩成了肉泥，谁敢冒犯大王天威？"

羊皓一脸不屑，冷笑连连，鄙夷地看着这两个猪队友。

杨瀚满怀期望道："羊皓，你有话说？"

羊皓道："对大王来说，难在建设，而非毁灭。若只是毁灭，自是易如反掌，大王只需召出龙兽，所有部族，全都得滚回深山里去。难就难在如何让各部落归心于大王，要他们的命容易，这样做，就能收他们的心吗？"

杨瀚欣然道："羊皓有见地，这就是我宁愿将那三千人马十人一组打散了分布各地的原因。我不要这一支亲军，我要他们变成火种。羊皓，我交代你的事情，你都明白了吗？"

羊皓点头道："小人已经全明白了，这几日，小人正依着大王的吩咐，逐一摸了他们的底，了解他们的出身、品性如何，有什么本事，然后把他们重新打散，将有不同本领、出身不同部落的人以十人为一队重新编组。再让他们彼此熟悉一阵，小人就带他们下山，分置各处，建立'急脚递'。"

杨瀚颔首道："甚好。眼下我不需要他们能建立什么功业，只要他们熟悉运作，发现什么问题，要及时调整。如果你想不出应对的办法，就来禀报寡人，等这三百个'急脚递'运行自如，那时就有大用。"

羊皓一向阴鸷的脸上也不禁露出一丝兴奋之色，沉声道："是！"

羊皓已经全然明白了杨瀚的意图。想到大王将这三千人都交给他管理，经营成功之后他能拥有的权势、地位，羊皓的心顿时炽热起来。现在他对这三千人比任何人都上心，每日里就连吃饭睡觉，他都在推敲如何运营这三百处"急脚递"，如何利用这三百处火点，烧它个轰轰烈烈。他这大半生，忍辱忍垢，窝囊度日，一俟有机会扬眉吐气，那野心欲望被点燃，顿时勃勃，再也无法遏止。现在谁想阻止他达成理想，对他而言不亚于杀父夺妻之恨。

现在他每天都扑在山脚下驻扎的那三千人身上，熟悉他们每一个人，默记他们每一个人的情况，就像精心侍弄自家地里的庄稼似的，就连现在大王召他议事，他都有些魂不守舍，恨不得马上插翅飞回山下去。

杨瀚经过一个多月的走访，已经从先前的漫无头绪，渐渐到有了明确的思路。他已经明白该如何着手了。治大国若烹小鲜，他要先埋一个灶，架一口锅，劈一捆柴。

六十四　瀚王布局

西山诸部的势力不小，可是这几百年来局于一隅，让他们的心胸、眼界都落后太多了。所以杨瀚对他们虽然面上尊敬，心里却是非常不屑的。

他觉得，就算派一个祖地的街道司的头儿过来，治理部族都能比这里许多部落首领都更有远见。

其实临安也好，建康也罢，一个街道司管理的本就是形形色色的人，商贾百姓、店铺作坊、士农工商、世间百业，麻雀虽小，论起其完整与复杂，可不比这里简单。

为何一个街道司就能把那一条长街的治安、秩序、税收、日常的经营等管理得井井有条，各色人等均能服从管束？

因为有规则在那里，这规则虽是朝廷所制，可它毕竟是符合这大多数人的诉求利益的，否则也不可能贯彻下去。谁要是违犯反规则，也就是伤害大多数人的利益，为大众所不容。

杨瀚现在想从各部落手中要钱要粮要兵要权是办不到的，那些人就像守财奴一样，对这些看得甚紧。可他这个名义上的大王可以制定规则，一套让所有人都觉得是在维护自身利益的规则，这样，所有的人就都会拥戴他。

当这些人中一旦有人试图破坏这规则的时候，众部落就会主动来维护它。现在各部落出山了，很快，各个大城大埠之间就要建立更密切的联系，到那时，他们都只能维护自己势力范围之内的规则，无法插手其他部落。到那时，所有人就会发现，他们需要一个统筹全局的人来维护他们的利益。他们会心甘情愿地，主动把涉及所有部落的规则制定权、解释权、执行权，双手奉送到他的面前，到那时候，他就可以做很多事了。

等到这些人发现受制于这个规则的时候，他们会像被蛛网黏住的蚊蝇，再也挣扎不开。

"司马杰，徐海生，我已把那驯象之法传授给你们，命你们再传授给六十个太监，现如今你们教授得怎么样了，何时可以分赴各地？"

司马杰马上道："大王英明神武，天资聪慧，晓得奴婢们愚笨，教授奴婢们的法子深入浅出，奴婢便再是愚笨，也已学得会了。奴婢们蒙大王信任，教习他人时，自然更是勤奋。有时候，也是说得口干舌燥，可是一想到这是大王交予的重任，殷殷叮嘱犹在耳畔，奴婢马上就有使不完的劲……"

徐海生听得实在不耐烦，忍不住道："现如今他们已经学得七七八八了，再有两日便可出师。"

司马杰紧跟着道："这都是大王英明，大家都虔诚效忠于大王的缘故。"

杨瀚耐心听他说了一堆的屁话，不好打断。因为这拍马屁实在已经成了司马杰的一种本能反应，你不让他拍马屁，他就会有强烈的不安全感，做起事来也是魂不守舍，仿佛遗漏了什么极重要的大事。

可你若是任他拍马屁，你还露出被他拍得飘飘然的样子，他就会热血沸腾，感激涕零，干起活来浑身都有使不完的干劲，杨瀚也只好听之任之了。

杨瀚生怕他继续拍马屁，急忙接话，欣欣然道："甚好！我这个大王啊，现在只有你们才可以信任哪，可咱们要做大事，必须得有更多人手。俗话说皇帝不差饿兵。你们所做的，就是给我攒钱，有了钱，咱们才能做事。唉，有钱走遍天下，无钱寸步难行啊。"

徐海生沉声道："好！"

司马杰激动道："大王的谆谆教诲，奴婢会牢记心头，每日早起吃饭前定要先行默诵，然后据此做事，每天晚上睡觉前定要先行反省，看看有无过失。有了大王的指示，奴婢心里就亮堂了，也就知道该怎么做事了。"

徐海生怒不可遏，双拳一紧一松的。他是个火暴脾气，恨不得一脚把这个马屁精踢下山去。好在这司马杰不仅会拍马屁，而且还特别会看别人脸色，一见徐海生已经对他忍无可忍，便及时住口了。

杨瀚松了口气，道："好极，记着，下山之后要按我说的标准，再挑些人传授本事，一定要挑家境最贫寒、平日里常遭人欺负的，这等人学了赚钱的本领，才会秘技自珍，任谁也不肯教授。他们这些平素里最穷、最软弱的人，旁人反要有求于他，必定心生不平，这内部便会矛盾重重。而这些得了实惠的人，担心被人软硬兼施夺去本领，才会死心塌地抱咱们的大腿。将来一旦有变，这些象农摇身一变，就是象兵，那时候，你们就是象兵的将领。你们的前程能走多远，全看你们今日如何谋划，去吧，好生努力。"

司马杰赞道："大王一针见血，深谋远虑。小人如奉纶音，醍醐灌顶……"

徐海生一把提起他的衣襟，像提鸡子似的提走了。

徐海生提着司马杰转过几棵大树，人影都看不见了，仍然听见马屁声声，渐行渐远。

见杨瀚向自己也挥了挥手，羊皓还挂念着他在山下的三千名兵士，忙飞也似的跑开了。

杨瀚看了看一尊佛似的坐在对面，始终沉默的何善光一眼，问道："你怎么一直不说话？"

何善光忙道："是！"

杨瀚诧异地挑了挑眉。何善光看看杨瀚，面若苦瓜，为难道："大王，奴婢……奴婢说点儿啥好呢？"何善光一脸求知若渴的样子看着杨瀚。

杨瀚沉吟了一下，便语重心长道："你不善言语，这样不好。寡人正在用人之际，你不善言语，如何与人交流呢？你不能与人交流，那你如何做事呢？"

何善光苦着脸道："是！可是，可是奴婢一向有问才答。人家不问我，我就想不出话题，主动跟人家说话。"

杨瀚道："别人说话，你尽量参与就是了，只要有句话你能插句嘴，那你就说。不要怕说错话，一开始你可能会心中忐忑，甚至说错话，不过这不要紧，你要大胆地开口，时间久了，你胆量就大了，说话也就会得体了。"

何善光恍然，感激道："是！奴婢明白了，奴婢一定遵从大王的教诲，努力学说话。"

这时谭小谈挎着一张猎弓，左手提着两只雉鸡，右手拎着三只野兔，兴冲冲地走过来。她穿着一身青色劲装，这种保护色可以让她与丛林浑然一体，不易被猎物发现。

谭小谈正要将野味提去膳房，做一道雉鸡炖蘑菇。兔肉除了土腥味，与雉鸡一锅炖了，便会有鸡肉味，可又比鸡肉更有嚼头，到时再拌些茱萸酱，卷上一张大饼……

跟着大王有面吃的谭小谈想着，口水都快流下来，一双鹿皮靴踏着草地更显轻快了。

为了林间行走方便，她下身穿的可是一条紧腿裤，这蛮腰一摆、长腿错落、胸腰、腿股的曲线滑润修长，真是有种说不出的诱人之媚。

一眼瞧见杨瀚，谭小谈便举起手中野兔和雉鸡，表功道："大王你看，我的箭法不错吧？我还打了一匹狼呢，回头硝制了，做张狼皮褥子。"

杨瀚笑道："不错，不错，赶紧送去膳房，今儿中午加餐。"

杨瀚起身，负起双手，悠然向前走去，何善光马上喜滋滋地跟在后面。

这时，几个端着木盆的宫娥从一条小道上走过来，那木盆着实不小，里边放着拧成麻花状的衣服。

因为洗衣盆太大，几个宫女都侧挎着大盆，盆底靠在胯骨上，可木盆太大，手臂捞着那盆沿甚是吃力，这一路走来，有些娇喘吁吁。

看见杨瀚正在前面站着，一个明眸皓齿、生得颇有几分狐媚劲的女子顿时眸波一闪。

这姑娘姓顾，名叫顾焕华。她家境不错，她的父亲是负责着三个村寨的小牧首。选宫娥入宫时，她的父亲考虑到现如今大王只有一位王后，还没有其他妃嫔，这些宫娥一旦有机会得到大王宠爱，很容易就能晋升为妃嫔。

这，也是一种近水楼台。

所以，顾老爹灵机一动，就把待字闺中的女儿送了进来。

顾老爹对女儿说得清楚："别看咱们大王现在还只是一块招牌，可就只是这块招牌，它也值钱。要不然，徐家家主也不会让位给她二叔，自己来做这个王后。女儿啊，你若能得幸于大王，咱们家族是少不了好处的。大王年纪轻轻，人也俊朗，且是天圣后裔，也不委屈了你。"

于是，顾姑娘就被送进宫来了。

可谁想到，徐家防得紧，能接近大王的几个近身职位，都安排给了徐家送来的宫娥。

顾焕华无奈，就想着另找机会，反正这咸阳宫说来也不大，总有机会撞见大王，以她这等娇媚可人，一旦落入大王眼中，还怕不能得到他的宠幸？

谁料褚女官制定诸般规矩，分派差事，顾焕华竟被分配到了浣衣司。她哪干过这等粗活，强撑着干完，已是腰酸背痛，忽然看见大王，顾焕华顿时灵机一动。

眼看将要从杨瀚身边走过，顾焕华"哎哟"一声，木盆一下摔在杨瀚脚下。顾焕华双膝一软，就势倒下，便抱住了杨瀚的大腿。

"哎呀，奴婢失礼，大王恕罪！"顾焕华连忙跪正，向杨瀚请罪。

杨瀚看看那大盆，弯腰把她扶起，道："不怪你，你们都是娇弱女子，这盆也是太粗犷了些，回头叫匠人做些小的来。"

杨瀚就手一扶，顾焕华就做出柔若无骨的样来，挨着杨瀚的身子软绵绵地站起，颦着眉，柔柔弱弱道："奴婢不碍事的，多谢大王怜惜。"

顾焕华轻轻摇着发酸的手腕，酸溜溜道："能够入宫侍候大王，那是婢子的荣幸，婢子全家都高兴得很。可是，徐家视大王如禁脔，饮食、服饰这等可以近身侍候大王的差事全都安排了有徐家背景的人，婢子们都被远远地支开了。"

杨瀚脸色一沉，严肃道："有这等事？近身服侍寡人的，都是徐家的人？"

一旁的大甜、小甜脸色一变。

"是呀，大王。"

"哦？那么徐家这样做，意欲何为呢？"

顾焕华喜上眉梢："大王，这不明摆着呢嘛，徐家生怕大王亲近其他人家的女子，在大王身边安排的尽是徐家的人，这是耳目，看着大王呢。大王乃三山共主，天圣后裔，徐家居然想摆布大王，这是大逆不道……"

大甜怒极，眉一扬，便欲上前，却被小甜一把拉住。

"大胆！"杨瀚声色俱厉地喝道，"寡人自归三山，孤独无助，若不是徐家鼎力支持，寡人安能顺利登基称王？徐家伯夷，因寡人而死，徐家上下无一人怨尤！因为忠心，徐家徐诺视家主之位如敝屣，与寡人结为夫妻，为正宫王后，从此夫妻一体，祸福与共。天圣天贤两大家族，一千多年来一直唇齿相依，同进同退，以前是，现在是，今后也是，岂是你能离间的？"

顾焕华脸一白，仓皇地跪下道："大王恕罪，奴……奴婢失言。"

杨瀚冷冷道："徐家对寡人至忠至诚，你竟意图离间，寡人若信你只言片语，就是自毁长城。你道寡人能中你的奸计？这咸阳宫，是留不得你了。大甜、小甜。"

大甜、小甜喜滋滋地向前一步，欠身道："奴婢在。"

杨瀚沉声道："掌嘴三十，轰下山去。"

小甜兴冲冲道："奴婢遵旨。"

大甜是行动派，早已撸起袖子，一巴掌就向顾焕华俏丽的脸蛋上掴去。

杨瀚不理顾焕华大声的求饶，冷冷地看一眼其他跪倒在地、大气也不敢出的宫娥，沉声道："这是首次冒犯，寡人网开一面。今后，再有敢进谗言，离间寡人与徐家者，立斩无赦。"

众宫娥吓得娇躯一颤，连忙伏地称是。

杨瀚冷笑一声，看一眼已被掴得两颊赤肿的顾焕华，拂袖而去。

此时，已被封闭一个多月的半月码头外，一艘大船正缓缓驶来。

三山洲虽然极是庞大，可是已经开辟出来的良港只有两处，一为鳌矶，一为半月。半月港比鳌矶港要大上一半，是三山洲最大的码头，可是因为封锁，这港口已经冷清了很久。直至今日，才有一班没有悬挂任何旗号的大船悄然驶入。

徐诺亭亭地立在岸边，负手看着，见那大船稳稳靠岸，脸上便露出了一丝微笑，唐家来人了，这一回，该是带来具体的合作方案了。

帆已落下，长长的踏板从船舷顺上了码头。两个身着白色直垂、外罩靛青色羽织、头戴一顶侍乌帽、腰间插着一柄长刀的俊朗武士出现在船头，正是柳挥和柳慧两兄弟。

徐诺在码头上接到了一个身有残疾之人，他就是唐傲此番派来议盟的密使——唐骄。

瀛洲帝国实行的不是嫡长子继承制，所以唐骄虽是唐傲的亲大哥，幕府将军一职却是由他的兄弟唐傲继承了。多年以来，不要说其他诸国，就算是在瀛洲，大部分人也几乎忘掉了唐骄的存在，这位唐家大兄很低调，徐诺却知道他。

唐骄不擅武功，却一直是唐傲的左膀右臂，不负责东征西讨，却一直负责着唐家的内政。钱粮税赋的征收、运用，唐家属地的管理，在幕府小朝廷下，几乎是宰相一般的人物。唐骄跛了的那条腿，是他少年时随父亲狩猎时不慎摔下马造成的。他之所以失去继承幕府将军的机会，主要原因就在于此，一个跛了腿的上将军，会叫人嘲笑唐家无人的。

在很多人看来，权贵人家是没有亲情的，他们从小就利欲熏心，为了权力地位尔虞我诈，就像一群凶残的鬣狗，就算是自己的伙伴，只要他失去反抗之力，也会毫不犹豫地一拥而上，把他撕碎。

唐骄是唐家的嫡长子，家族权力却被他的兄弟继承，他一定会心怀怨恚吧？但是这种事在唐家却没有发生，唐家的人从小就受到教育，唐家是一个整体，一荣俱荣，一损俱损。如果兄弟阋墙，亲人相残，只会给虎视眈眈的外人制造机会，那些现在看起来温顺无比的牧守将军都会露出他们锋利的獠牙，一拥而上，将唐家撕得粉碎，让唐氏家族从此跌落深渊。所以，这种事在唐家永远不会发生。在唐家的历史上，也不是没有过这样的野心家，可野心刚刚露头他就会被整个家族抛弃，连改过自新的机会都不会给。

因此，唐家追随木氏反了三山杨氏，从五百年前到现在，一直占据瀛洲一方，而且家族势力越来越壮大，两百年前的时候，唐家就已成为瀛洲数一数二的大势力。

又经过这两百年的发展，如今的唐家已经具备同皇室分庭抗礼的力量。唐骄是唐傲绝对可以信任的心腹，这次议盟派他来，足见唐傲对联盟的重视。

对于这样一个重要人物，繁文缛节毫无意义，他们在乎的不是这些，所以徐诺把唐傲请进泽衍园后，立即将作为质子住在这里的唐家大少爷唐霜请来，双方即刻进入了谈判。

唐骄拄着手杖走进客厅，唐霜已经候在那里。

唐霜个子很高，瘦削，皮肤微显黧黑，颧骨也有些高，显得有些凶悍。

他静静地站在那儿，就像一杆枪，直到唐骄一瘸一拐地走进来，才弯下腰去："侄儿唐霜，见过大伯。"

唐骄停住脚步，看了看唐霜，呵呵笑道："霜儿啊，你胖了些，也有些白了，看来在徐家的这些日子过得还安逸呀。"

唐霜看了徐诺一眼，微笑道："侄儿在此尚好，徐姑娘在饮食起居上对侄儿无微不至，闲暇时还会陪同小侄品茗、狩猎、游赏风景，大伯回去时可以告诉父亲大人，霜儿在此无恙，请父亲大人放心。"

唐骄脸色一沉，怒道："小子无礼了，徐姑娘如今是三山王后，瀚王之妻。还一口一个徐姑娘，该尊称王后陛下。徐王后念及唐徐两家交情，对你客气一些，你倒安然受之，叫人看了，还道我唐家不通礼数。"

唐霜脸色一变，连忙俯首道："大伯教训得是，侄儿知错了。"

唐骄重重地哼了一声，把木杖一顿道："你是唐家的世子，须得清楚自己的身份。以后有暇时，可以多亲近亲近瀚王，不可浑浑噩噩。如今瀚王与我唐家结盟，以后便是兄弟之邦，万万不可怠慢了。"

徐诺脸一热，虽说她对这个骄傲的公鸡似的唐霜根本没什么想法，闲暇时与他品茗聊天，钓鱼游山，说到底不过是为了联络徐唐两家感情，交好这位世子，同时也是旁敲侧击地打听唐家的消息，可是，唐骄当着她的面这样训侄子，怎么倒像是指桑骂槐地说她不守妇道哇！

徐震和徐天听了，笑容虽然不变，却也有些僵硬了。

唐霜听了，心中却是打了个突儿："此前父亲派小妹唐诗来三山，一直是联络徐家，因为三山诸部势力中，徐家最大。可如今看来，父亲这是有意要舍了徐家，与瀚王结盟。奇怪，据我所知，那位瀚王只是徒有其表哇，分明是徐家的一枚棋子，父亲为何对他如此看重？难道父王没有了解三山实际情形？"

唐霜心中这般想着，面上却是一片恭谨："是是是！小侄错了，亏得大伯教诲。"

唐骄缓了一下颜色，这才蹒跚地走过去，在席上坐下来，他是盘膝而坐，神态极是从容。

徐诺睨了唐骄一眼，赤着一双脚款款地走过去，伸手在膝弯里一将，便在他对面隔着一张几案规规矩矩地跪坐下来。那三绕的曲裾顿时将她曼妙的体态呈现了出来，只是她那天鹅般的秀项修长地扬着，透着一种优雅高贵的气质。

徐震和徐天跟过去，在徐诺身后左右跪坐下来。

唐霜则与伯父并肩坐了，长辈在场，他也采取了跪坐的姿势，以示敬重。

一杯茶在面前袅袅地升腾着雾气，针一般翠绿的叶尖在沸水中浮沉不定。唐骄脸上的笑容也透着一抹神秘的色彩："瀚王归来，想必三大帝国都是有些惶恐的，可我唐家不怕。天下安定已五百年，静极思动，已是乱象频仍，乱世之中，想要脱颖而出，就得抓住一切机会，瀚王重归三山，当为天命，我唐家要取瀛洲皇室而代之，也是天命。"

徐诺心中一沉，瀚王重归三山，当为天命？之前唐家与徐家已秘密接触一年有余，如今莫非有变？

徐诺定了定神，浅笑道："自瀚王归来，三山一统有望。只是，其中可离不了唐家的支持。自送走诗姐姐，七七翘首企盼，如今终于盼来了唐先生，却不知唐家对于联盟一事有何具体想法。"

徐震忍不住插口道："不瞒唐先生，我徐家封锁三山洲海域已有一个多月。百姓生计已然受了影响，徐家固然可以继续封锁下去，但是时间久了，恐怕三大帝国也要生疑，形势窘迫，令人忧心忡忡啊。"

徐诺目中寒光一闪，马上端起茶杯，垂眸轻吹水上浮茶，借以掩饰眸中的一抹怒意。

这个家主之位让出去才不过月余，二叔看起来还真当自己是家主了，这时居然敢胡乱插嘴，如今正在谈判，你这般示弱，如何掌握主动？

对面，唐骄的笑容已经变得愉快起来。

徐震一口一个徐家如何如何，话里话外却是在不动声色地告诉唐骄，这三山洲上真正做主的乃是我们徐家，有本事封锁海域的是我们徐家，有能力和唐家联手的也是我们徐家。瀚王？呵呵。

唐骄是何等人，自然一听就明白了。

唐骄微笑额首道："老夫明白。与三山洲联盟之事，其实早在上将军派霜儿至此时，就已是定了。只是具体如何施为，我们唐家还须仔细斟酌，兹事体大呀，故而耽搁了一段时间，此番老夫来此，却是拿了具体的章程，王后请看。"

唐骄从袖中摸出一封书信，使两指按住，轻轻推到徐诺面前。

徐诺接过，娴静地看了起来。

唐傲信中正式确认了联盟关系，对于双方的利益交换等也进行了明确。三山洲在迎回天圣后裔后重新立国的事，唐家予以承认。唐家会协助三山洲封锁消息，在这个新立之国尚属孱弱的时候，替他们争取壮大的时间。与此同时，唐家会通过秘密的海道，向三山洲输送军械、粮草，以及造船的工匠。

因为三山洲上早已失去了能建造大船的能力。哪怕是像徐家这样的古老世家，对祖先传承下来的一切都极为重视，仍然保留了制造艨艟战船的图纸，也一样缺少建造战船的能力。整整五百年了，他们根本不需要制造战船，三大帝国也不允许他们拥有战船，他们没有这方面的建造基础和人才储备，只从故纸堆里翻出一堆图纸来，只怕看都看不明白。

许多技艺已经失传了。

文明不会永远向前，在一定条件下，它是会退步的。

将来不管是为了保护三山洲，与敌决战海上，还是想出海作战，他们都离不开战船。所以唐家为他们提供造战船的匠人，等于是把三山洲武力最薄弱的一环给补上了。只此一举，足见诚意。

而徐家这边呢，第一批物资和建船匠人抵达之时，就该让质子回国了。同时，三山洲得出兵牵制木下亲王。木下亲王的封地与三山洲隔海相望，遥遥相对。三山洲这边只要以海盗的名义派出轻型战船，袭扰沿海木下亲王的封地，就能迫使木下亲王守在封地，他的三十万精兵也只能驻守在那里。

这样，唐家才可以在京都地区迅速发动兵变，或拉或打，征服其他将领，迅速一统北方，然后挥兵南下。

那时，三山洲的大船也该造好了，三山洲的军队要倾巢出动，从海上进发，唐家的军队则从陆路出发，对木下亲王前后夹攻，腹背受敌的木下亲王最终只能俯首就擒。

徐诺看完，将书信传给了徐震。徐天等不及，马上凑过去，跟二哥一起看了起来。

徐诺对唐骄嫣然一笑，道："唐大将军的谋划可谓环环相扣，稳妥得很，只不过，这样看起来，我们三山洲可是吃了大亏呢。"

唐骄呷了口茶，微笑道："王后的意思是？"

徐诺道："我们出兵袭扰瀛洲沿海，牵制木下亲王。而唐大将军呢，则在京都发动兵变，夺取天下。待他平定北方，再挥军南下，我们三山洲还要配合唐家的大军，两面夹攻，木下亲王一旦被消灭，唐家便得到了整个瀛洲，那么……"徐诺目光盈盈一转，"我们三山洲，得到什么了呢？"

唐骄微微一笑，道："当然是建立三山帝国。这五百年来从不曾有过的，三山世界的第四大帝国！"唐骄把茶壶从茶盘中提出来，往几案中间一放，"这是三山洲，位于瀛洲、方壶、蓬莱三大帝国的中心，宛如一座海中的孤岛。只是，这个岛太大了，实际上，它就是一片大陆。"

唐骄又拿过三个杯子，依着三大帝国的方位围绕着茶壶依次放好，说道："如果没有我唐家协助，天圣后裔出现的消息，很快就会传开。接着，木下亲王一定会向瀛皇请旨，挥军来攻，方壶和蓬莱两大帝国也会派出水师。"唐骄抬头看向徐诺，"三山帝国甫立，宛如一簇火苗，只要一阵大风，也就吹灭了。"

徐天冷笑一声道："唐先生似乎忘了我三山洲上独有的龙兽。"

唐骄微笑道："我没有忘，只是，你们有龙兽，也只能保证你们可以退回深山，利用龙兽这柄双刃剑御敌于外，不至于被屠杀殆尽罢了，那是你们想要的吗？"

唐骄的目光从徐诺和徐震、徐天的身上一一掠过，沉声道："没有一个完整的、强大的帝国做后盾，没有一支以艨艟为主的水师，你们怎么杀出三山？怎么发挥龙兽的优势？"唐骄的目光最后回到徐诺身上，"我们得到瀛洲帝国，你们建立三山帝国。各自得国，这个交换，很公道。"

徐诺微微颦起眉来，望着桌上围绕茶壶的几个水杯久久不语。

唐骄笑了笑，又道："老夫听说你们东方诸部另行奉立了一位天圣后裔为女王？"

徐诺蛾眉轻轻一挑，道："那是假的。"

唐骄淡淡道："东山诸部相信她是真的，那她就是真的，只要他们服膺于她。"

徐诺收回目光，看向唐骄，道："唐先生这是威胁吗？如果我们不答应，先生就要往东山一行？"

唐骄摇头道："东山野蛮，不知利害，不是一个好盟友。我们还是希望能与瀚王合作的。三山洲孤悬海上，与诸大陆不通，想必王后的消息有些闭塞。方壶帝国相对平静许多，不过各部落也是互相倾轧，暗中角力。我瀛洲的情况就不用说了。可以说，这是五百年来未有之乱象，谁在这即将到来的乱世中抢得先机，谁就能在未来谋得一席之地。"

徐诺目光一亮，道："三大帝国若是无暇他顾的话，我三山洲貌似也没有多么危险。"

唐骄捋着胡须，呵呵一笑道："一旦这时传去三山洲的消息，方壶和蓬莱会一致对外，先把三山洲这个威胁扼杀于萌芽之中。至于我瀛洲帝国呢？一旦木下亲王请旨成为讨伐三山的统帅，他就有权节制全国兵马，有权调动全国物资，那个昏君虽然不理政务，昏聩无能，对这位王叔却很信任。那时，我们唐家只能蛰伏起来，继续隐忍，静候时机。可你们三山呢？你们，没有退路。"

徐诺的脸色变了，沉吟良久，不能作答。

唐骄淡淡一笑，抹下眼皮道："王后感觉难以决断吗？我想，瀚王也许会给我们一个圆满的答复。这等谋国的盟约，不得到瀚王的承诺，我们上将军也不会放心，王后说，是吗？"

徐诺深深吸了口气，挤出一丝微笑，道："我王巡视诸城尚未归来，就请先生在此小住几日，我马上派人，促请大王回宫，再与先生商议。"

六十五　荒唐大王

出泽衍园，徐诺便站住，长长地吁了一口气。

这些日子一直盼着唐家来人，可唐家人真的来了，却令徐诺有些惊疑不定了。唐家同意结盟，但是……

徐家的新城仍在建造之中，这座古旧的山城里也是一片忙碌，许多受命要迁出山去的百姓正在陆续做着搬迁事务。对于出山，百姓们都是喜气洋洋的，到了山外日子更好过，这个简单的道理他们都懂，不需要做什么动员。这座山城经徐家打造多年，以山为墙，堪称雄城，易守难攻，徐家是不会抛弃的。不过为了壮大自己的势力，徐家的重要人物当然都要出山，这里只能留一些老弱惨淡经营，没落却是必然的。

一见徐诺站住，徐震和徐天也站住了。徐震道："七七呀，若是果如唐骄所言，诸洲动荡，三国纷争，对于我们的崛起倒正是机会。只不过，我三山洲现在只有西山诸部算是一统于瀚王麾下。"

徐天笑着接口道："二哥，只是名义上统于杨瀚麾下。"

徐震一笑，道："是呀，只是名义上，各部落都在打着自己的小算盘，未必会听命于我徐家。而东山诸部又另立了一个女王，这种情况下我们还要主动去招惹瀛洲镇国亲王，那位亲王，皇室年幼时他还摄过政呢，在瀛洲可谓位高权重，威望隆重，我们向他挑战，只怕力有不逮呀。"

徐诺笑了笑道："方才叔父怎么不说？"

徐震道："哪能在那老家伙面前露怯？要是底牌都被他摸清了，咱们就任人摆布了。"

徐诺轻笑一声，随即轻轻颦起眉来，若有所思道："他们一来就表明了看重杨瀚的态度，凡事都要跟杨瀚商议。奇怪，难不成唐诗回去后，向那唐傲进了什么言？"

徐天道："我们已经封锁了三山洲，他们唐家却还知道东山诸部另立了女王，说明唐家有耳目在这里，那么他们也应该清楚，杨瀚只是我们打出来的一个招牌，根本调动不了一兵一卒，他们找杨瀚商量什么？"

徐诺淡淡一笑，道："无非是想在我们和杨瀚之间埋颗钉子罢了。等唐家得了瀛洲，那时，我们就是他们的对手，若是三山四分五裂，纵有龙兽在手，也不可能与之相争的。"

徐天冷笑道："哼！他们想埋钉子就埋钉子？那杨瀚无兵无权，只能任由我们摆布，我们想让他今晚死，他就活不到天明。唐家打错算盘了。"

徐诺轻轻摇头，道："没那么简单，诸部不会听我们的，所以，杨瀚这块牌子，我们就算硬着头皮也要打下去。只要这块牌子各部落都需要，那他就不是想倒就倒的。这种情况下，一旦唐家有意扶持，只要我们这位大王不太蠢，总能建立起一支属于他自己的力量。"

徐震不屑道："就算如此，他能建立多大的势力？顶多也就是我西山诸部中又出一个部落罢了，他还有本事一家独大、乾纲独断吗？"

徐诺目光闪烁，轻轻道："时势造英雄，英雄也可造时势，不要大意，一切……都有可能。"

徐天得意扬扬道："幸亏我们有先见之明，已在杨瀚身边安排了人手，现如今他衣食住行都是咱们徐家的人在打理。他对我们几乎没有任何秘密可言。"

这时，一个壮丁飞快地跑来，一见三人站在泽衍园门口，忙行了一礼，站在一旁。

徐震瞪了他一眼，喝道："什么事？"

那人这才凑上来，附耳对徐震低语了几句，徐震听了微微一笑，摆摆手，那人便退开了。

徐震"哈"的一声笑，道："顾家送进宫去的一个女子，在杨瀚面前搬弄咱们徐家的是非，杨瀚大怒，将她捆得猪头一般，赶下山去了。这个杨瀚还算上道，若不是他现在无权无势，不敢轻易得罪任何一方，只怕就要把那女子砍了。"

徐天一听也笑起来："他倒识相，还知道在西山诸部中只有咱们徐家的大腿才能抱得牢靠。"

徐诺瞟了二人一眼，淡淡道："如果杨瀚是有意为之，麻痹我们呢？"

徐震和徐天听了脸色不由得一变，徐天道："若他有这种心机……"

徐震道："有心机不可怕，可怕的是，如果他真是这么想的，那么必然是对咱徐家有了防范。他防范什么呢？他又想得到什么呢？这才是最重要的。"

徐诺的目光飘忽了一下，莞尔道："二叔不用担心。唐骄既然想见他，那就让他见。唐家故意摆出一副重杨瀚而轻我徐家的姿态，目的无非就是想在我们之间制造隔阂。且由他去，咱们这位大王啊，只要他是真的想倚重咱徐家，那么他从唐家无论得来什么好处，都会拱手让出来的。"

徐天追问道："如果他不肯让呢？"

徐震冷冷道："那就果断把他控制起来。三山必须要一统，但一统之后的三山必须要掌握在我们徐家手中。"

徐天道："对！防患于未然。实在不行的话……"

徐天看向徐诺，兴冲冲道："七七呀，你是不能嫁杨瀚的，这本就是缓兵之计。以你的身份，将来再不济也得嫁一国太子，杨瀚这等人，哪配得上你？"

徐诺微笑着，笑得很甜。

听三叔这意思，是要把自己外嫁了，而且还想利用自己来联姻他国，以巩固徐家在三山的势力。记得当初谋划时，可不是这样想的。看起来，自己才把家主之位让给二叔不过月余，几位叔父就真想当这个家了，居然想着把自己嫁人。看来，得找机会敲打敲打这几个老糊涂了。

徐诺想着，笑得更甜了。

徐天只当自己的话甚得徐诺心意，得意扬扬道："杨瀚身边尽是妙龄少女，待他生下一儿半女，不听摆布时咱们就宰了他，把那幼主扶上去，那时还不是咱们徐家怎么说怎么算。"

徐震抚须道："此言有理，以前有祖地来的人曾经说过，他们那里有一个外公，夺了他外孙的天下。七七虽是不嫁杨瀚，这王后的名分却是已经占上了，杨瀚但有子女，当然以她为母，这要论起来，咱们也算是他的外叔祖父。外公可以夺外孙的江山，叔祖父便做不得外孙子的主吗？呵呵。"

徐诺脸色倏然一变，不过迅速地掩饰了起来，淡淡道："两位叔父想得太长远了。据我所知，杨瀚身边虽是美女如云，却不曾临幸过一个呢。"

徐天怔了一怔，动容道："那些美人本就是送他享用的，可谓是予取予求，他正当壮年，为何不为所动？不贪财，不好色，那他冒着杀头之险做这个大王，所为何来？"

徐震轻轻眯起了眼睛："酒色财气，总有一求吧？他若不贪财不好色，那就只能是……谋权了。"

徐天倒吸一口凉气，道："这样的话，咱们还真得先下手为强，早早把他控制起来。"

徐诺没好气道："他自称王，便先往各处巡视建城事宜去了，如今回山才不过几天工夫，这大王当得又没底气，哪里就敢垂涎美色了？若是那等不知死活的烂泥，咱们徐家扶得起来吗？两位叔父不必疑神疑鬼，此人对我徐家究竟如何，回头待他有唐家扶持时，看他如何决断便知端倪，现在思量许多有什么意思？走了！"

徐诺似乎有点儿不快，从两人中间挤过去，便径直走了。

徐震略一思忖，徐天道："美人主动投怀，谁能无动于衷？我总觉得……老三哪，你回头派人去通知褚云，叫她授意咱们徐家送去的几个姑娘，务必主动勾引，早早怀上龙种，谁若有了身孕，便是大功一件。"

徐天道："若是那杨瀚不为所动呢？"

徐震阴恻恻道："那他就是别有居心了。我们徐家需要这块招牌，不能弄死他，还不能把他整成废人吗，若是他的吃喝拉撒都得有赖于旁人，纵然有冲天之志，那时也只能苟延残喘，听命于我徐家了。"

徐天道："好，我马上派人去。"

徐震看了眼徐诺的背影，道："此事，却不需说与七七知道。毕竟那是她名义上的丈夫，我看这妮子妒心奇重，不甚欢喜呢。"

徐天道："我晓得。"说完他向一旁候着的壮丁一招手，引着他走向墙角去了。

嚓！嚓！嚓……

何善光用刨子一下一下地刨着木头，头一回干木匠活，每一下用力推出去，再顺势收回来，眼看着那雪白的刨花从他的刨子里翻卷出去，下边的木板变得更加平坦、光滑，他的心里就有一种浓浓的满足感。

羊皓、徐海生和司马杰三人已经下山了。

徐海生和司马杰带走了六十个学会了驭象的太监，徐海生也带走了几个被他打服了的帮手，山上一共也没剩几个宦官了，都是懂些木匠活的。

杨瀚也会木匠活，胡椅胡凳胡桌一类的家具构造，这三山洲会木匠活的太监们反而不如他明白，所以杨瀚宽了外袍，只穿着一条犊鼻裤和一件露着膀子的褂子，亲自上手了。

何善光被杨瀚调教了一番，现在专门负责刨木头，倒是干得挺起劲。

杨瀚拿着一把榔头，叮叮当当一阵敲打，已经做好的组件就组合到了一起，结结实实的，不用一根钉子，却极其牢固。

杨瀚摆弄了一下，满意地把它交给一个小太监，这还是个半大孩子，年方十五。在他身边摆着两个漆桶，小太监正拿着刷子在上漆。

杨瀚道："慢慢来，漆好的就放在殿西房檐下让它阴干，至少漆三遍。"

小太监答应一声，接过了这把新做好的官帽椅。他刚漆好了一张八仙桌子，八仙桌的四条桌腿都做了造型，板面四面的厢板也都镂雕了云、鸟图案，上了不同颜色的漆后显得十分漂亮。

那桌子形态方正、结构牢固，平和中透着大气，很是适合大雅之堂。这个小太监还是头一回看见这种家具，颇感新奇。

这种家具比起传统的几何图案，形式完全不同。不过，它太高了，传统的跪坐之姿用不了这样的家具。所以，配套的官帽椅也问世了，这样的椅子才能搭配这样的桌子。

杨瀚把何善光刨好的大小不一的木板拿过来，拿着尺子量好位置，用炭条画好了线，固定了木条，便用榔头和一把大小合适的凿子开始凿孔。

要做这家具，榫孔最为关键。杨瀚把几个太监做了分工，各自负责一部分，流水化作业，效率大幅提高了。他自己就是专门负责揳凿榫孔的。

近十丈外，一片肥大的芭蕉叶下，大甜、小甜蹲在那儿乘着阴凉。

大甜手里捧着一把熟透了的桑葚，不时拿一颗塞进嘴巴。小甜的吃法就比大甜粗犷多了，她手里捏着个小布口袋，里边都是用山泉水洗过的桑葚，她一次就抓一把，一口塞进嘴巴，吃得紫红色的浆液把嘴唇都染黑了。

大甜瞄一眼小甜，好心提醒道："少吃一点儿，一会儿牙倒了。"

小甜乜她一眼，反驳道："都是熟透了的，甜着呢。"

大甜冷笑："你是只感到甜了，酸味其实还是在的，你这么吃，等着吧，吃饭的时候你就知道遭罪喽。"

小甜道："能遭什么罪？"

大甜笑而不语。

小甜正要追问，屁股上便挨了一脚。

小甜气咻咻地回头一看，就见女官褚云正怒气冲冲地站在身后，在她身后，还站着君婷和江虹二女。

这些宫女都是才入宫没多久的，规矩还没树立起来，言行举止只是较在山野间时规矩了那么一点点。在一个成熟的规矩下进几个新人是不成问题的，不要说是宫廷，就算一个大户人家，像钱多多那样的人家，也自有大户人家的规矩。新买来的婢妾奴仆马上就可以在别人的教授引导下，迅速融入这个氛围。可这咸阳宫从上到下都是刚进宫的新人，规矩正在摸索、熟悉当中，大家还常出现市井般的习惯动作也就不足为奇了。

想当初大宋得国，赵匡胤本就是个官二代，部下文武官员也早熟悉了军中和宫里的规矩，在他面前还不是一样大大咧咧，上个早朝就像菜市场似的闹哄哄的，全没个朝廷的样。不过，他们其实是懂规矩的，只是习惯了和老赵的同僚身份，一时没有认清自己的位置，只要心中摆正了位置，自然很快就能规矩起来。

而这咸阳宫里人，就得经过一个较长的时间才能建立规矩了，杨瀚知道急也没用，从无到有的事，就得有个过程。这不，这位负责制定规矩、执行规矩的褚女官，气急了也还是抬腿就踢。

小甜拍拍屁股站了起来，嘟起嘴道："我又没做错什么，为什么踢我呀？"

褚女官恨铁不成钢地瞪她一眼道："没做错？吃吃吃，你就知道吃，看你那嘴唇紫的，像成了精似的。"

小甜举起布口袋讨好道："我在后山摘的呀，又不要钱，可甜呢，你要不要吃？"

"我吃你个大头鬼呀！我问你们几个，你你你，还有你，你们几个，都站好了！一个个的站没站相，坐没坐相！我问你们，当初接你们入宫的时候，我是怎么说的？"

君婷、江虹等几个女子面面相觑，大甜小心翼翼地问道："褚……女官，我们做错什么了吗？"

褚云没好气道："没做错呀！你们根本就不做，还能怎么错？"

君婷期期艾艾道："我们……我们该做的事都做了呀！"

褚云怒道："你们做什么了？就是做做饭，更更衣？我把亲近大王的机会、这么轻松的事情交给你们，就是图你们干好这点儿事情？"

四女一脸茫然。

褚云道："你们当初被选送进宫，你们家里谁不是欢喜雀跃呀，多少亲朋好友上门道喜，你说图什么？还不明白吗？你们要是有机会服侍大王，成了他的女人，你们这一辈子就荣华富贵享用不尽了呀！"

褚云越说越气，双手叉腰，摆出了大茶壶造型："徐家派去选人的管事跟你们家说了吧？只要你们讨得大王欢心，家里就不用交租子，也不用服徭役，你们想想，要是能那样，你们虽是闺女，可不比男丁更得济？"

大甜眨眨眼，一脸懵懂道："大王现在挺喜欢我们哪，今天早上给大王更衣的时候，大王还跟我说了个笑话呢，是吧小甜？"

"那有什么用！"褚女官气极，一指头点在大甜的额头上，把大甜点得头昏脑涨，"你们得……"

褚云情急之下声调拔高了一些，急忙扭头看一眼远处正兴致勃勃做着木匠活的杨瀚，忙又压低了声音道："你们得能讨大王欢心哪，得上他的床，做他的女人。那样，你终身有靠了，你们家里也会受到全族的照料和礼遇，若是不然……"

褚云脸色一寒，冷笑道："你们现在才只十六七岁，花一般的年纪。可你们要是不能抓住机会，你们就得一直做宫娥，做上二十年。然后遣出宫去，到那时，你们想嫁人都嫁不出去了。还有哇，你们家里免的租子、徭役，那都得继续交。到那时候，你们爹娘都已老了，你们的兄弟早就讨了婆娘，你们这老姑娘还回得去？"

几个姑娘被褚云一番话唬得小脸都白了。

褚云语气一缓，又道："可你们要能得了大王宠幸那就不同了，不但你们家里指望着你接济，咱们村寨里没人敢欺负你们家。就算是徐家出来的老爷们儿，对你们也得客客气气。这要是再能给大王生个一子半女，那要封妃的，每天吃香的喝辣的，不知有多逍遥。"

几个姑娘你看看我，我看看你，突然间，仿佛发现了一片广阔的新天地，眼睛顿时亮了。

褚云恨恨道："看看你们现在一副没心没肺的样，这可是关乎你们终身的大事呀。我今天就把话撂在这儿，一百天，给你们一百天的时间，要是还不能成为大王的女人，哼……那时你们就别占着茅坑不拉屎了，我会让你们去淘茅坑、掏炉灶、洗衣服，什么活脏累你们就干什么。不过，你们当中要是有谁能得了大王的欢心，到时候连我都得听你使唤。如果你们想照料朋友，可以把她调去服侍你，也算对人有个关照，是吧？

褚云笑里藏刀，连哄带吓地说完了，便拂袖而去。

她本是徐家府上的婢女，直接受徐家指挥，刚刚挨了三老爷派来的人一番训斥，说是再做事不力，就把她调出宫去，把她许给为徐家看坟的那个疤瘌老头儿，褚云可是真急了。

褚云一走，剩下四个女孩儿面面相觑半晌，一丝敌意便在她们中间悄然滋生起来，这都是……自己的竞争对手哇！要讨大王欢心！要防着这几个小骚蹄子！

唐骄、唐霜、徐诺、徐震等人缓缓走上山来，唐骄是跛了脚的，走起来尤其辛苦。不过，徐家的人不知道是疏忽了还是有意为之，事先并未给他准备一竿抬轿。

唐骄一跛一跛的，额头渐渐沁出汗来，他不时地拿一块洁白的丝帕擦一擦汗水，兴致倒仍是极好："呵呵，老夫听说，瀚王登基时，曾骑着一头巨大的龙兽由此上山，那龙兽壮得跟小山一般，每迈一步，能爬上十几阶？"

徐诺脸不红、气不喘，神情自若道："唐先生消息真是灵通。不错！我们大王有驾驭龙兽的本领，那日大王登山时，乘着一头巨大的龙兽，三山百姓顶礼膜拜，大王便如神明一般。"

唐骄停下脚步，抚须喘息，借机休息着，又道："呵呵，老夫听说，五百多年前，这驭龙兽的四鸣音功，本是你徐家的本领？"

徐诺没有理会他的挑唆，只是莞尔一笑，道："可如今，已经五百多年过去了。"

唐骄点点头，若有深意道："是呀，五百多年过去了，你看这山道，从这山道就可以想见当年这山上的宫殿是何等宏伟，必定如天宫一般，可如今全然不见了。呵呵，五百多年了呀，很多事，都变了。"

柳挥和柳慧按着刀，见唐骄停下，便也顺势停下。听着二人对话，他们隐隐觉得双方似乎都是话里有话，只不过他们是武士，习惯了用他们的刀直来直往地交流，一时猜不透二人话里的玄机。

一路虽说是走走停停，到了山顶时，唐骄还是汗水涔涔，一双腿都有些不受控制了。他不以武力见长，而且一向不屑于擅武力者，他崇信劳心者治人。

但是现在唐骄有些希望自己平时多些锻炼了，看看徐诺、柳挥等人浑然自若的样子，他才晓得自己的身体比起他们有多孱弱。

唐骄不想在人前露出狼狈样，努力地喘息了一阵，这才展颜一笑，道："这咸阳宫建在如此高处，每每上山，都叫人筋疲力尽，这算是一个下马威了吧？呵呵。"

徐诺仿佛这才想起唐骄年纪大了，腿脚也不好，不禁哎呀一声，满脸歉意道："唐先生，是我疏忽了，忘了先生腿脚不灵便。"

说到这里，徐诺叹了口气，道："其实，我们这山上原有一条驰道的，车马可以直驰山顶。"

唐骄又喘了两口大气，道："哦？那驰道建在何处？"

徐诺遗憾道："五百年前已经毁了。"

唐骄哑然，五百年前……

怎么说起来这口气就像昨天似的，难道对这些三山遗民来说，五百年岁月只是一瞬之间，他们还活在昔日三山帝国的阴影之下吗？

唐霜微笑道："徐姑娘说笑了，五百年人世间早不知经过了多少轮回。"

徐诺也微笑道："是呀。不过幸亏我们大王回来了。大王雄才大略，性情沉稳，思虑长远，运筹帷幄，三山诸部莫不归心。大王自登基以来，卧薪尝胆，夙兴夜寐，相信在大王的率领下，我们整整一座山的宫殿，还有这直驱山顶的宏伟驰道，总有一天能够再建起来！"

"火把！给我火把，这戟抡起来能打死几只？"徐诺话音刚落，就有一个声音怪叫着传来。

众人循环声望去，就见一个人头上戴了一顶帷帽，帽上垂下的帷幔一直垂到脚跟，手里拿着一个长戟比比画画地跑过来，乌泱乌泱的一大群马蜂，乌云一般在他头顶盘旋着。

他跑到哪儿，那群马蜂就跟到哪儿，仿佛一片会跟着他行走的乌云。

随着他的一声大叫，有个人双手舞着火把冲了过来。

徐诺认出了此人，对于杨瀚留在身边的人，她当然要予以关注。

这人叫何善光，据说极笨拙、极老实。徐诺反复调查过，确认此人不是大智若愚，这才放松了对他的警惕。

极老实的何善光挥舞着一对火把冲了过去，可他动作迟钝，还是有不少马蜂向他发起了攻击，何善光被蜇得大叫，却是一步不退，一直跑到那个蚊帐人身边，举起火把就递了过去。

轰！火把一递，先把蚊帐点着了，那人怪叫一声，带着着了火的蚊帐就跑，一边跑一边叫："水！快泼水，救火呀！拿点儿蜂蜜，把马蜂引开呀！"

何善光举着两支火把，不离不弃地追在着了火的蚊帐人后边，蚊帐人跑他也跑，蚊帐人绕圈他也绕圈。他一迭声道："大王，大王，火把，给你火把！右边有一眼山泉……"

那着了火冒着烟的蚊帐人一溜烟儿地逃走了，何善光举着火把跟屁虫似的追了上去。

大王说要火把，他就冒死送来火把，在接到放弃指令之前，就实心眼地继续顽固执行着杨瀚的命令，百折不回。

山道上，徐诺等人呆滞了半晌，唐骄茫然道："方才，那个捅马蜂窝的人，就是你们的瀚王？"

徐诺讪讪道："也许……应该……想必不会有人冒充吧。"

唐霜听了便噗的一声笑。徐震等人都觉得有点儿脸上无光，不过，心里倒是忽然踏实了许多。如果大王能安于现状，如此乐在其中，未尝不是好事呀。

当然，还是要继续观察，万一他是扮猪吃虎呢？且看杨瀚肯不肯亲近那些宫娥，一个年轻力壮的男人，面对如花少女的曲意逢迎，如果还能坐怀不乱的话，那就太可怕了。这样的人能禁得住诱惑，必有极大图谋，那就得加强对他的控制了。

而且，让他有后，本就是多一手准备，不管他有没有野心，一个孩子总比一个成年人更好控制，早晚这个傀儡要换一个更听话的。

几个人各怀着心思，寻着方才那蚊帐人逃跑的方向走去，不一会儿就在一处庭院里发现了一群木匠。

他们中有人清理树枝，有人剥树皮，有人破大木，有人锯木板。有一个穿着一条湿淋淋的犊鼻裤，头发烧焦了一块，裸着结实三角肌后背的年轻男人，正站在那里对忙活着的木匠们训话："咱们这宫殿建在山上，周围大片地方不曾清理过，蛇虫鼠蚁一类的东西自然难免。那个谁，你一会儿去跟褚女官说，弄些雄黄粉来，我的寝殿周围要时时撒一些，要不睡到半夜让蛇爬进被窝怎生是好？还有哇，再发现马蜂窝的时候，我们要直接用火，趁其不备，一把火烧了，它们窝都没了，盘旋一阵也就散了，刚刚实在是太过凶险。"

这人说话时，众木匠都在埋头做着自己的活，闷声不吭气，只有面前站着一人，仿佛聆听圣训似的，毕恭毕敬，不断地虔诚点头，要把他说的话牢牢记住。

看身材和衣着，这人似乎就是方才举着两支火把的何善光，只是他颈上好大好红的一个包，仿佛脖子上长了一个瘤，两颊也各有一个大包，肿胀得整张脸都变形了，一时也无法辨别清楚他究竟是谁。

徐诺看着那赤裸的背影，脸上就有些发热。这也太打脸了呀，刚刚还在唐骄面前夸耀自家大王如何勤于国事，如何沉稳持重呢，可他现在这个样子……是不是对他太苛刻了？搞得他无人可用，只好事事亲力亲为？

徐诺一边内疚地反思着。一边硬着头皮叫了一声：“大王！”

杨瀚听见，便转过身来，唐骄一见，不由得唬了一跳。

听说古来圣王多天生异相，或目生双瞳，或大耳垂肩，或双臂过膝，眼前这位重归三山的瀚王也是天生异相啊，他前额高高隆起，仿佛肉里生了个大寿桃，红得发紫，阳光一照，那寿桃锃光瓦亮。

这震撼的感觉只在脑中一闪，唐骄才突地恍然大悟，莫不是被马蜂蜇的？

唐骄出身何等人家，自然不可能经历过或见过人被蜇了的样子，但他是听说过的，所以刹那恍惚之后，总算明白了过来。

唐霜却比他大伯先明白了过来，忍不住嘲弄道：“瀚王真是多才多艺，而且事必躬亲，令人钦佩。"

虽然大伯已经表过态，授意他多亲近瀚王，但这一看，他实在尊敬不起来。他一向尖酸刻薄的性子，忍不住就来了这么一句。

这句话说得徐震、徐天也觉得脸上无光。虽说在他们心里杨瀚只是个招牌，可招牌丢了脸面，不就是他们丢了脸面？

徐震暗自有些恚怒：“虽说给你的人手少了些，但王国甫建，整个西山诸部又都在大兴土木，人手匮乏，王宫简陋一些也是必然，但也不需要你自己去做木匠，去捅马蜂窝吧？"

杨瀚看了眼唐霜，一时还不清楚他的身份，唐霜自到三山为人质，就一直住在徐家堡，徐诺并未让他见过，不过对方话里的嘲讽之意，他倒是听得出来，忍不住盯了他一眼。

徐诺怕他出言冲撞，得罪了强援，忙介绍道："大王，这位先生是瀛洲唐傲上将军的胞兄，唐骄先生。这位，乃唐府公子，唐霜。"

杨瀚这才恍然，便笑道："哈哈，倒叫唐先生和唐公子见笑了。其实古来开朝帝王，除非是以臣篡君，原本就起居八座，高高在上。否则，谁不是起于微末？既然起于微末，哪个不是亲力亲为，做过许多常人小事？"

这句话一出口，唐骄和唐霜都是脸色一变，唐家现在正图谋瀛皇宝座，唐家本就是瀛洲木氏的臣子，这句话不管杨瀚是有心还是无意，总叫他们觉得有些刺耳。

这时，谭小谈捧着一个药臼，里边还有木捣子，急匆匆跑来："大王大王，药来了！"

唐骄身后，柳慧霍然抬头看向谭小谈，右手下意识地扶住了刀柄。

"你来得正好，快快快，我这额头肿得厉害，感觉眼角都吊起来了，像唱大戏的似的，快来给我敷药。"

杨瀚说着，就在旁边一个长凳上大马金刀地坐下来。

谭小谈捧着药臼到了面前，看看他寿星佬似的大脑门，似乎想笑，却又忍住，只是弯了眼睛，又弯下腰来，用那捣子蘸了些药泥往他额头涂抹。

"疼疼疼，轻些轻些……"

谭小谈撇了撇嘴，便放下药捣子，用手挖了药泥，小心翼翼地帮他抹药。

杨瀚仰着脸道："善光啊，你看小谈多有眼力见。你不要我支一支才动一动。做事要动脑子，你看小谈晓得寡人受伤了，不用吩咐，就知道去给我找药。"

何善光毕恭毕敬道："大王说的是，奴婢回头就跟小谈姑娘学习辨识草药。大王下回再被马蜂蜇了，奴婢就会给大王医治了。"

杨瀚抬了抬手，又无力地放下。

谭小谈正给他敷药，他不敢转头，便只乜了眼睛，对徐诺道："王后可请贵客先至殿中歇息，寡人敷了药，马上就去。"

不等徐诺答话，唐骄便笑道："大王不必介意，老朽就在这里等候大王。"

谭小谈弯着腰，小心翼翼地给杨瀚敷着药。柳慧看着谭小谈的侧影，低声对柳挥道："大哥，这贱婢怎么成了瀚王的宫娥？"

柳挥眼神飘忽了一下，道："想来是唐诗安排在这个瀚王身边的耳目，只不知她们是用了什么手段，这瀚王居然不起疑心？"

柳慧咬牙道："可恶！自上次败于她手，我便苦练刀法，只想等今年校武时一雪前耻，却不想她竟留在了这里，我怕是一时半晌不得雪耻了！"

柳挥按着刀，笔直地站着，低声道："这三山洲上，明明以徐家实力最为强大，如今看来，徐家对这杨瀚，也只是利用，而非真的服从。不知大小姐使了什么手段，居然叫主公认为我们唐家更该交好这位瀚王。小谈既然留在这里，必然是大小姐的安排。这样的话，你再想想。"

柳慧倏然变色，低声道："我明白了。咱们公子主动以身为质，为的是什么？显然是想与徐家打好关系，将来主公得了天下，咱们公子要做皇太子，有一个强力外援，必然会加重他的筹码。可是……"

柳挥冷冷一笑："不错！虽说我瀛洲没有立嫡长的规矩，女子也未尝没有机会接掌皇位。可是，既有男丁，大小姐总是吃亏一些。徐家不傻，在大小姐和公子之间，谁更值得结交，他们心里清楚。"

柳慧道："我懂了，是大小姐先与徐家进行联系的，可现在被咱们公子一招主动为人质摘了她的桃子，她心有不甘，所以在瀚王身边安排了人，回去后又游说主公扶持瀚王，目的自然是加大她的筹码。"

柳挥轻轻颔首，道："我们既然知道，便见机行事吧。"

不一会儿，杨瀚额头便敷好了草药泥，谭小谈退过一旁，仔细端详着自己的杰作，很满意。

那额头绿油油的，真好看。

其实谭小谈是可以再用绷带把他额头缠起来的，不过她故意疏忽了这一步，存心叫他出丑。

杨瀚依旧是一副寿星佬的造型，只是那大寿桃一下子变成了还没成熟的状态，绿油油的。

杨瀚浑然不觉，站起身来，对唐骄笑道："劳先生久候了，这里阳光刺眼，请请请，咱们大殿里坐着。"

唐骄自然不便做出好笑的神态，点一点头，更上前两步，微微地落后于杨瀚，随着他往大殿里走。

他此来是代表着唐家，而且杨瀚这个大王，以现在的实力，也不足以令他如何恭敬，现在只落后半步，在他看来，已是极大的礼遇。至于王后，至少他该让开位置，让王后站在这里的，却不知是有意还是无意，他一个向来注重劳心的人，居然疏忽了。

而杨瀚那么"大大咧咧、不拘小节"的性子，心思自然不够细腻，所以，他也"忘记"了。

谭小谈捧着药罐子，正想回去净手，忽然察觉身后似有两道目光正在盯着自己，却叫人有一种如芒在背的感觉。

谭小谈霍然扭过头去，便恍然大悟了，原来是他。

柳慧按着刀，冷冷地盯着谭小谈，目光犹如两柄出鞘的刀，锋寒入骨。

谭小谈却向他嫣然一笑，笑靥如花。

挑衅！这是最轻蔑的挑衅！

杨瀚前边走着，正回头与唐骄说话，恰好瞧见了这一幕。

一个年轻英俊、身着武士衫的男子正目不转睛地盯着谭小谈。而谭小谈望向他时，笑得好甜。她对自己就从来没有这么笑过。

杨瀚心里不太舒服，忍不住问道："先生这两名侍卫，瞧着气质不凡哪。"

唐骄头也没回，只是微笑道："他们是兄弟俩，一个叫柳挥，一个叫柳慧，都是我唐家最得力的武士。"

杨瀚便想，小谈那个青梅竹马，是挥还是慧来着？

小青分持双刀，缓步而前，踏过一路的尸体。

已经吓破了胆的悍勇海盗弃了刀枪，双手抱头，战战兢兢地跪在地上。

他们已经知道，这位东山女王是纳降的。他们不怕死，但与此同时，他们也最没节操。海盗所求，不过是财货，他们能有什么信仰？既然首领已经不可恃，既然跟着这位女王一样有饭吃，干吗不降？何况，看她女神一般的风范，为她卖命，似乎比为自己首领卖命更叫人心甘哪！

这已是东山地区最后一股海盗势力，消灭了他们，只要再集中力量端掉最后三个不服管教的独立部落，她就要一统东山了。到那时候，她的对手只能是……

小青的心怦地跳了一下，有点儿想他了。

那个家伙有没有在声色犬马，荒唐无羁？想到拔了他头筹的人是自己，小青的心里略感安慰了一些。

路边，一具"死尸"突然翻身而起，挥刀扑向小青。

这是一个海盗头目，他居然诈死。

正跪在地上双手抱头的海盗们惊骇了，如果他杀了女王，只怕他们肯降，也只有一死了。

小青没有理会这个诈死的海盗头目，走在她侧后方的木恩突然越过小青，一刀斜劈，鲜血飞溅。

小青脚下不停，继续向前走去。这股海盗的大首领，那对号称血鸳鸯的夫妻俩，才是她想对付的人。

血鸳鸯的老巢到了，居然是一座古老的海神庙。从那阶石和墙壁上浓厚的青苔来看，也许这座海神庙是三山帝国时期的遗物。

小青走到了海神庙门口，徐徐地拔出了她的剑。

女神拔剑，就像吹响了战斗的号角，跟在她后边以女神战士自诩的年轻人们马上鼻翼翕动，脸庞涨红，兴奋地举起了他们的刀。

木恩辈分虽高，其实年纪也不是很大。不过辈分高的人，习惯了让自己显得更稳重一些，但是他的目中也不禁泛起了兴奋的光芒，只是不如那些年轻人一般明显罢了。

事实上，这些勇武的战士都在疯狂地迷恋着他们的女神，但是这种迷恋因为彼此身份地位的巨大悬殊，渐渐有了不一样的意味。

他们迷恋却绝不敢生出一丝亵渎之意，不敢妄想能够成为她的伴侣。他们只想为他们的女神舍生忘死，只要他们的女神肯回顾他一眼，就是莫大的回报。

小青慢慢举起了剑，这一战之后，东山地区再没有其他海盗了。

从此之后，将兴起一股势力更大，再没有哪一支海盗势力可与之比拟的海盗团体，那是她的队伍，她将身兼东山女王和海盗女王双重身份。

海神庙紧闭的大门缓缓打开了，小青目光一凝，准备发出冲锋的命令。

但是，她的神谕还没出口，那门中就走出两个人来，他们就是令人闻风丧胆的血鸳鸯，但是他们的相貌并不狰狞，如果他们换一身衣衫，就会被人当成普通的渔民。

血鸳鸯夫妇走出海神庙，跨过门槛。小青的剑刚刚用力指向前方，女神的战士们正要呐喊一声冲上前去，他们……跪下了。

六十六　一飞冲天

唐骄和杨瀚的会面很愉快，可谓宾主尽欢。

"为了表示我们唐家对大王的支持，我们会通过秘密海道为大王输送一批精良的军械，还有粮草。"

"好好好，越快越好。"

"三山洲四面环海，没有战船何以卫护海疆？更不要说征讨其他大陆了。我们唐家还会秘密输送五百名造船匠人，协助大王制造艨艟。"

"唐家对寡人真是一片至诚啊。寡人对我们双方的合盟前景非常看好。"

"呵呵，我们唐家也希望能看到大王的诚意。我们第一批军械粮草运抵之日，希望大王能迅速派出战船，不断袭扰木下亲王的封地，把他羁绊在封地不得离开。当然了，可以用海盗的名义。"

"明白明白，可以可以。"

"很好，大王性情真是爽快。只要你们这边能成功吸引木下亲王六个月，我们唐家就可以在京都那边发动兵变了，届时，还希望大王的军队能够登岸，与我们唐家前后夹攻。一旦我们唐家得了瀛洲，到时自然可以对大王有更多回馈。"

"比如说？"

"比如说，那个时候，大王在三山立国的消息是不可能继续封锁下去了，可是离三山洲最近的唐国不但承认三山国的存在，而且与三山国建立了密切的盟友关系，那么相信内乱不断的方壶和蓬莱轻易就不敢对三山兴兵了。天下格局，当由你我两家重新划定！"

"行行行，这样好，不过，到时寡人当与唐王签订国书，确认此事。"

"哈哈哈，没问题。"

唐骄觉得，他开始喜欢这个三山大王了，多爽快的一个人哪，有种不虚此行的感觉。

而唐霜虽然也乐于见到杨瀚答应他们的一切条件，看着杨瀚的目光却有了几分居高临下的鄙夷，就像他正坐在高高的御座上，看着他的儿皇帝。

杨瀚也很高兴，三山草创，百废待兴，什么都缺呀。唐家如今是在谋国，需要借助三山的力量，所以运来的军械粮草一定不会是个小数目，这真是刚打瞌睡就有人送枕头。

于是，杨瀚热情道："寡人与先生真有一见如故之感。一会儿就留在宫里一起吃个饭吧，小谈做的臊子面好吃至极，是正宗的瀛洲京都风味。"

唐骄默然："我先是快马走了五天，又行船七天，风餐露宿地跑到你们三山洲来，就为了吃一碗我们京都正宗风味的臊子面？"

徐诺、徐震、徐天感觉有点儿脸上无光。他们压根儿没想过杨瀚对唐家的条件答应得极爽快，根本没有讨价还价。而且这时盛情邀请，居然只请人吃面。天地良心，在吃用上面，他们真的没有亏待杨瀚哪！

徐诺一直在对杨瀚使眼色，可他就像盲了似的。不对，他不是盲，他是一直在瞄着旁边的谭小谈，而谭小谈正和那个年轻的武士眉来眼去。这真是既令人愉快又令人不快的一幕。

唐霜略带嘲讽道："想不到大王竟然这么喜欢我们瀛洲的臊子面？呵呵，你们三山不产面吧？回头我叫人给你送几百袋面来。"

杨瀚笑容可掬道："授人以鱼不如授人以渔。唐公子可以弄些良种赠予寡人，现如今三山洲已无龙兽肆虐，可以种一种嘛。当然，等种子变成粮食，那得明年了，所以几百袋面也还是要的。"

唐霜啼笑皆非地应了一声："好！"

唐骄下意识地想要阻止，可一想到杨瀚的人一旦化身海盗袭扰瀛洲沿海，大可从沿海居民家中搜罗种子。虽说瀛洲南方多是种植稻米，但也并非绝无麦种，不如大方一些，便闭口不言了。

唐霜不想留在山上等着吃什么臊子面，但是唐骄觉得要给杨瀚这个面子。虽说这国宴实在简陋了些，但是人家江山甫立嘛，而且到处都在筑城，各种用度严重不足，一切从简也是可以理解的。

为了表示对杨瀚的尊重，唐骄还兴趣盎然地提出想要游赏一下山上景致，他刚提出这个要求，一直插不上嘴的徐诺就嫣然道："好！劳烦两位叔父陪唐先生和唐公子四下走走。"

徐震瞟了徐诺一眼，看得出她眼底暗蕴的怒火，晓得她是想支开客人向杨瀚发难了，于是微笑地点点头，肃手道："唐先生，唐公子，请！"

徐震、徐天带着唐骄和唐霜离开了大殿。徐诺瞟了眼站在一旁的谭小谈，淡淡道："去做你的臊子面吧。"

谭小谈应了一声，走出大殿。随着唐骄等人游逛的柳慧回眸瞧见，立即转身，朝她追了过去。

大殿里，只剩下杨瀚、徐诺和何善光了。

徐诺挥苍蝇似的摆摆手："你也下去。"

何善光站在杨瀚身侧，手执拂尘，脸上顶着两个大肉瘤子，动也不动。

徐诺黛眉一蹙，沉声道："你没听到吗？滚出去！"

何善光仍然一动不动，只是转首看向杨瀚。

杨瀚道："你去吧。找小谈要点儿草药，敷一下，还别说，凉丝丝的，敷上就不疼了，只是仍然胀得很。"

何善光这才恭应一声，退了出去。

徐诺本来一直跪坐于席上，这时双袖一展，盈盈站起，淡淡道："大王，军国大事，行政外交，当与大臣有所商量才是。尤其是大王刚到三山不久，还不甚了解外间情况，如此爽快地答应唐家的条件，未免冒失了。"

杨瀚笑道："我在外边走了一个多月，也向各部落首领了解了其他诸州的情况，不算不了解情况。再说，现在我们弱小，唐家强大，同一个强大的势力结盟，我们付出本来就该多些，何况唐家的条件也不错呀。"

徐诺黛眉一挑，道："他们虽是提供了钱粮军械，却是徒耗我三山实力去为他打天下，我们能落得什么？他们什么都没有付出，我三山立国靠的是自己，他们只需付出一个承认，这也太不平等了吧？"

杨瀚眨眨眼道："唐家也没要我们做什么嘛，不就是先冒充海盗，袭扰木下亲王的封地，唐家在北方起事以后，我们再集结大军，前后夹攻，对付木下吗？"

徐诺恼了，加重语气道："这还叫没要我们做什么？我们会折损多少人马？他们给的那点儿钱粮都不够弥补损失的。再者，你确定各部落肯出人参战？"

杨瀚道："当然！你看，他要我们组建水师，以海盗的名义袭扰木下的封地。

这就很不错呀，我们现在什么都缺，缺人、缺钱、缺粮，包括各种农作工具，我们除了可以就地取材的木料和石头，还有什么？可木下亲王的封地里有哇，我们去抢！"

徐诺的眼睛睁大了，有些愕然地看着杨瀚。

杨瀚兴致勃勃道："抢男人、抢女人、抢钱、抢粮，抢一切能搬上船的东西。其实不需要那么多船的，我们三山洲别的没有，参天大树无处不在，伐下大木捆绑在一起，便是一座不沉的海上堡垒，用它作战当然不行，可是运载东西没什么难处。其他诸部可能不会轻易出兵，十有八九是要推诿的，那没关系，咱们可以先出兵啊，给他们打个样。只需三两只轻型战船，再拖上两排巨型木筏。不需要给养的，你听说过'打草谷'这个词吗？这是祖地上北方一个强大游牧势力发明的词，人马不给粮草，日遣打草谷骑四处抄掠以供之，结果后来建了一个强大的帝国。他们穷，咱们也穷，他们能干的，咱们一样可以干哪。到时我召一头龙兽出来，一只船队有一头就够了，只召吃肉的那种龙兽，这样就不需储备人多草料，攻城拔寨由它来做，大队人马尾随其后。"

徐诺本来觉得有点儿异想天开，因为木下亲王不是一个庸人，他的大军虽然不可能集结于一处，也不可能守得住漫长的海岸线，但是扮成海盗，也只能袭扰，不可能深入，可是如果有龙兽作战，倒未必不可能做到深入陆地且快进快出。

徐诺有些意动了，忽又想到一个问题，道："你要亲自随队前去？"

杨瀚摇头道："当然不会，你挑选一个可以信任的人，我把驾驭龙兽的秘诀传授给他就是了。"

徐诺忽然生起一些负罪感："原来杨瀚是如此信任我，他立身保命的本领都肯传给我徐家。由我来找可以信任的人，传给了他，不就等于让我徐家掌握了吗？"

杨瀚道："我们不只是以战养战，在这个过程中，还可以训练战士们和龙兽协同作战的能力。三山洲承平五百年，根本没有打过像样的仗，平时那种部落之间的小打小闹有什么用？这样一来，我们不但可以得到大量急需的物资，还可以在这个过程中把我们这些单兵战力强大，可集合起来将一盘散沙的队伍尽快训练出来，其中带队的首领，也将在这样的实战中迅速成长起来，成为杰出的将领。"

徐诺的眼睛亮了起来："只要我们得了好处，其他诸部自然会群起效仿。到时候，我们就可以以战养战，战中整合、战中扩军。"

杨瀚微笑道："不错！"

徐诺发散思维，继续道："等唐家起事，要我们配合北进的时候，我们一方面可以故技重演，攻占一座城池，就搬空一座城池。在这种大作战中，我们的人马还可以学习、摸索、练就大军团作战的战术战法。"

杨瀚道："正是，'纸上得来终觉浅，绝知此事要躬行'。光会看兵书没用的，不实际操练一番，结果不过就是个纸上谈兵的赵括。即便真正懂得兵法，手下的兵马却是一群只知个人武勇、不晓军纪、不能统一指挥的散沙，一样要败。只有通过这种从小战到大战，从将领到士兵，都在磨砺中成熟起来，才能成长为一支真正的精兵。"

徐诺微笑道："而且，在这个过程中，诸部的兵马必然要统一调度，要有军功赏罚，渐渐地，就从藏兵于民，变成真正的职业军队，这兵权，自然也就从诸部手中收拢上来，集中到一起。"

杨瀚击掌道："不错！"

徐诺对杨瀚再无怀疑了，如果杨瀚是一个平庸无能、任由摆布的棋子，那当然省心。可他若是精于谋略，却又能对徐家如此信任，把机会毫无保留地让与徐家，那岂不更好？

徐诺刚刚仔细盘算过了，在这个过程中，徐家会不断地壮大，而杨瀚坐镇于咸阳宫，是不可能插手兵权的。

只要兵权在自己手里，那么便是把别的权利让渡一些给杨瀚也不必担心。在杨瀚手里，总比被其他诸部夺去强得多，好歹他是自己的男人呢。

徐诺轻移莲步上了丹陛，抬起素手，轻轻抚上杨瀚的额头，柔声道："你这里好些了吗？你是大王啊，再怎样也不必亲自去捅马蜂窝，看着真是叫人心疼。"

杨瀚扶额道："呀，你这一说，还真有点儿疼了，大概药泥干了，药效也过了，我去找小谈，让她给我再敷些。"

徐诺看着杨瀚捧着大脑袋出了大殿，轻轻咬了咬下唇，露出些幽怨之意。

人家难得对他表现些温存之意，他居然去找小谈了？论身材论相貌，她哪里比自己强了？想来是自己平时的样子太严厉了，令他生出敬畏之心，所以不敢亲近？看来以后须注意一下，不然这夫妻做得何等无趣？

小谈正在厨房做饭。

她说，大王就喜欢吃她下的面，于是君婷和江虹两位姑娘被赶出去了，气鼓鼓地站到门口。

她们才是司膳和掌膳，当然不会自降身价，去给小谈打下手。

柳慧追到门口的时候，小谈正在做臊子。

她耐心地切着肉丁，菜刀在她手里和杀人的刀一样灵动。

柳慧按着刀站在门口，左右两边则是神色不善的君婷和江虹。

柳慧诧异地看了很久，才忍不住问道："你在做什么？"

小谈刚刚在殿上就已经和柳慧"眉来眼去"了很久，当然知道是谁在问她，所以她头也没抬，只道："做臊子。"

"这么大的……一块肉？"

小谈道："你们来了这么多人，再加上这里的人，人数一定不少。好歹这也是王宫，哪能吃个面还不叫人吃饱。我准备用十斤精肉，十斤肥肉，十斤寸金软骨，都细细切做臊子，分别盛着，喜欢吃肥的还是喜欢吃瘦的，或是喜欢有嚼头的，自己调整，我是不是很聪明？"

柳慧感觉有点儿头大："咱先不说臊子，你不跟大小姐回京都，为什么会留在这里做臊子面？"

小谈又选了一块全是板油的肥臕肉，仔细地端详。

雪白的肥肉，泛着润泽的油脂，这个烹得好了，便是极好的膏腴。

这年代可不比后世不缺肉吃的年代，这时是以肥肉为美的。

小谈满意地看了看，利落地两刀下去，一大长条肥肉就断成了三截，直接掉进盛有清澈泉水的桶里泡起来。

小谈叹了口气，道："我惹了祸，大小姐不要我了，幸亏大王收留。现在……"

小谈抬头看了柳慧一眼："我是大王的人。"

小谈说完，抓起一块精瘦肉，继续切肉。

柳慧盯着她手下渐渐形成的鲜嫩的肉糜，深深叹了口气，有些失落的样子："你……从此以后，就留在三山了？"

小谈没有抬头："准确地说，是留在大王身边，现在，大王就是我唯一的主人。"

柳慧惘然道："那我怎么办？"

君婷和江虹立即竖起了耳朵。

听这话音，似乎有一幕很狗血的剧情要上演哪！

没有哪个男人能容忍绿帽子，更何况是他们天圣神族后裔的大王，如果被大王发现什么不妥，会命她自缢吧？

听说，在古老的皇族宫廷里，皇帝赐死后宫，都是这样的，不见血，比较文雅。

一时间，两位姑娘浮想联翩。

小谈切肉的动作似乎有些懒洋洋起来，她也叹了口气，惘然道："我也不知道，自从被小姐抛弃，其他的我都不想了，我只服侍大王一人，大王叫我生我就生，大王叫我死我就死，这就是我今后的命。"

小谈当然知道君婷和江虹正在竖起耳朵听着，所以这番话不是说给她们听的。

柳慧咬紧了牙关，身体发起抖来，过了很久，他才压制住拔刀的冲动。

在君婷和江虹眼中，柳慧则是青筋暴露，似乎即将暴走，只可惜他最终还是忍住了，如果他扑进厨房，不管是一刀把人杀了，还是跪在地上抱着她的大腿哭喊不要离开我，是不是自己就有话可以对大王说了？

柳慧咬着牙，一字一句道："三年了，你知不知道，从三年前的那一夜开始，我无时无刻不在想着你。我白天想，夜里想，我每天不停地练功，哪怕就只是一个拔刀的动作，我每天也要练上五千次，胳膊肿得像腿那么粗……"

君婷和江虹的眼睛又发光了，那一夜？那一夜发生了什么呢？哪怕只是抱抱她，摸摸她，亲亲她，叫大王知道了，也会生厌的吧。

"那块染了血的布，我一直珍藏在我的卧室里。每个月的那一天，我都会把它取出来，它会提醒我，我们之间究竟发生过什么，叫我一直记着你，永远也不会忘了你。"

君婷呻吟一声，兴奋得快要晕过去了。

江虹也兴奋得浑身发抖，谭小谈不是黄花闺女了？那她拿什么跟我们争啊，大王一定会嫌弃的吧？嘻嘻，美滋滋。

杨瀚走了过来，大甜和小甜因为杨瀚迈着大步，只好一溜小跑地跟着。

杨瀚的脑门绿油油的，虽然那药泥干了，但是居然没有皲裂掉落。

杨瀚走近了，看到一身武士服，枪一般站在门口的柳慧，便放慢了步子。

君婷和江虹已经发现了大王，但她们谁也没有参拜，她们怕惊动了柳慧和谭小谈，只是垂下头，努力掩饰自己的喜悦，并尽量做出沮丧的模样。

她们要让大王觉得，她们是感大王之所感，急大王之所急，耻大王之所耻的，她们和大王心连着心。

柳慧的声音提高了："我本想，今年的校武，可以再次领教小谈姑娘的高招。你让我流过的血，我要让你十倍地流出来，唯有如此，才能洗刷我的耻辱！"

君婷和江虹霍然抬起头来，激动的红晕迅速变成了失望的苍白，貌似两人的关系不像自己想象的那样呢。

柳慧振声道："可没想到，你居然离开了唐家。谭小谈，你让我曾经蒙受的屈辱，怎么洗刷？我为了你，整整苦熬了三年，我要打败你，我要让你跪倒在我的脚下，我要向你挑战，如果你还承认你是个女武士，你……"

谭小谈愁眉苦脸地叹气："我现在只是个厨子，哦，专门给我家大王做面的厨子。我还负责给大王铺床暖被，打打杀杀吗？我也不知道大王会不会允许我做……"

谭小谈抬起头，笑着望向柳慧："因为人家已经很久不带刀……"

她还没有说完，就看到了杨瀚，于是马上敛了笑容，娇怯怯地施了一礼："大王。"

柳慧霍然转身，杨瀚已经直直地走过来："小谈也许还会拿起她杀人的刀，前提是，我需要她去杀人的时候。比武这么无聊的事，大家都很忙，就算了吧，我不允许。"

杨瀚说着，就把柳慧挤到一边，进了厨房，指着自己绿油油的大脑门问："小谈哪，你弄的那种草药，干了之后效果就没那么好了，那草药什么样子，你跟小甜大甜她们说说，叫她们去采些来。"

小谈弯腰在水桶里净了净手，在围裙上擦干，顺手拿起一个竹勺，从大桶里舀了些清水，对杨瀚道："药泥干了，药效还在，大王喜欢湿着，淋些水就行了呀。"

杨瀚恍然道："啊，果然不错！"

趁着小谈举勺淋水，杨瀚问道："这人比武输给过你？现在的话，能赢他吗？"

小谈一脸轻蔑："勤能补拙是不假，但是天分这种东西，是真的没办法弥补的。再努力的人，天分就那样，他也难有长进。这个人，永远也不可能赢我的。"

杨瀚一听，马上转过因为滴了水显得更加鲜亮的脑门，对柳慧道："如果唐先生和唐公子同意再比一场的话，我不介意一会儿吃面的时候，由你和小谈比上一场，给大家助助兴。"

柳慧默然。这位三山大王刚刚问小谈的时候，压根儿就没降低声音，他和谭小谈的对话自己听得很清楚，是因为听说自己不能赢，所以他才答应的吗？

不过，柳慧并不相信小谈的话，搏击术在他看来和其他任何一门技艺没什么不同，功夫下得够深，造诣自然就深，便如那卖油翁的故事一样。

所以，柳慧马上挺了挺腰杆，沉声道："多谢大王成全，小人会向公子提出请求。"

杨瀚担心地看了看谭小谈，谭小谈冷笑："他不行！"

杨瀚马上道："好！一言为定！"

木华离走到船头，深吸一口气，开始吹动长达一丈的号角。

他的脸庞已经有些涨红了，但他没有换气，大概想向他的女神展示一下他惊人的肺活量。

风把三桅的帆鼓得满满的，海盗船正向前方疾驶。

距陆地还很远，但前方出现了一艘商船。

这是从瀛洲去往方壶的一艘大商船，也许是碰上了风暴，所以更改了航线，否则它不应该出现在这片海域。

但是，管它呢，既然发现了，那就是自己盘子里的菜！

随着号角声响起，在这艘船后边，更多的海盗船出现了，它们开始画着弧线包抄那艘正试图逃走的商船。

血鸳鸯夫妇显然是很出色的海盗，在他们的指挥下，几艘海盗船的卡位非常精确，那艘商船逃不掉了。

小青飞身而起，灵猿一般沿着帆布爬到最高处，一双被鹿皮战靴衬托得极优美且英姿飒爽的小腿，稳稳地站在疾驶战船的最高桅杆上。

在她身下，船帆吃足了风，飞一般破开碧浪。

碧浪之中，有一条人鱼。

那条人鱼是木恩，木恩只穿着一条鱼皮短裤，双臂破浪，一起一伏，仿佛一只海豚。他速度极快，竟然游在战船的前方。

小青很不理解，船头吹号的木华离，何必这么长时间不换气，把自己搞得脸红得像刚下了蛋的母鸡似的？木恩放着好好的船不坐，非要游在战船前边，保存点儿体力不好吗？小青知道这些人是在向她卖弄，但是……真的显得很幼稚、很蠢哪！

木恩先冲到商船旁，他取出了一对短刃。

砰！短刃用力扎进了商船的船舷。

砰！另一只短刃扎在了更高处。他双手交替，靠着强大的臂力，居然就这样爬上了两层楼高的船沿。

砰！

一声更大的巨响传来，海盗船的船角撞中了商船，然后借着余力迅速贴近，海盗们嗷嗷叫着准备跳帮作战，而血鸳鸯夫妇已经悠着缆绳先跳过去，和木恩呈品字形狠狠地切进了商船卫队中间。

木华离呢？他正扛着一口大刀，站在船头做威武之姿。

这货吹大号吹得太用力，现在眼前一根根的金条飞来飞去，他得先缓口气。

"真是白痴！"

小青嘟囔了一句，一把扯起一根拴在高高桅杆上的缆绳，一手持剑，荡向商船。

小青，似乎每一步都走在了杨瀚的前面。那边还在讨价还价，等着唐家送来援助物资，再出兵扮海盗袭扰木下亲王的封地，而小青这边已经整合了数支海盗队伍，直接杀向瀛洲。

清泰城，这是黄氏部落给自己筑的城所起的名字。

黄氏部落在西山诸部中算是一个中等部落，因此目前来说，只筑一座城基本够用了。

他们没有足够的财力、物力马上把旗下所有人马都拉出山。

这座城已经粗具规模，黄土为墙，城内造屋，街道、水井、店铺……每天巡视着这座大城，黄三泰感到很满足。

不过羊皓觉得他这种心态就是一个土财主。大王说得对，这些人上人在三山洲上困了五百年，五百年来都是困在山沟沟里，靠着险峻的地势躲避龙兽，他们各个方面都在退化。

在城东门处，羊皓建了一处"急脚递"，留下了十个人。如今刚刚安排好这里的一切，他就要去下一处巡视，看看那里建造的情况。

黄三泰曾经背着手巡视全城的时候，来过他的"急脚递"。

"'急脚递'？貌似是传递紧要消息的？"

"不错！将来，咱们三山立国的消息一定会传出去，万一诸国来攻，就靠咱们这点儿人，这么矮的城墙，很难御敌。可咱们有龙兽哇，只不过，这龙兽只听大王的调遣，有了'急脚递'，一有什么消息，就可以迅速报与大王，大王就会带龙兽来，保一方安宁。"

"好！这个好！你们有什么需要，可以告诉本官，本官一定予以协助。"

很守财的土财主黄三泰现在挂着户部右侍郎的官衔呢，虽然他从来没去上过朝，也不想上朝。

今天他又来了，背着手，带着四个跟班。

"羊皓哇，听说你要走了？"

"是呀，明天就走。"

"嗯嗯，这'急脚递'建好了？"

"建好了！"

"大王真是爱民如子呀，铺开这么大的摊子，养兵千日，平日里却只有开销，不容易呀。"

"是呀，我们也要过日子嘛，大家都没得赚，哪还等得到有敌情发生啊？这些小子，平素里一定都去赚自己的钱了，那这'急脚递'可不成了虚设？我们打算顺着道，自己做点儿小生意，贴补贴补。"

羊皓笑得很腼腆，有些小小的难为情。他虽然曾不动声色地干掉了一家几十口人，可平时真的会给人一种很内向、很老实的印象，要不然也不至于蒙蔽那么多人。

黄老财对钱最感兴趣，一提生意，马上竖起了耳朵："哦？却不知你们想做些什么生意呢？"

羊皓道："我琢磨着，让兄弟们平日里就南南北北地多跑跑，多打听些消息。一来呢，自己赚点儿小钱；二来呢，道跑熟了，真要有大事发生的时候，传递消息才能有条不紊哪。"

黄三泰皱眉："打听消息能赚什么钱？"

羊皓道："大人你看，这诸城刚刚兴建，城与城之间的道路都还未通，百姓想给亲戚朋友传递个消息殊为不便，咱们只收一点儿小钱，就能帮大家送信传话，岂不是好？"

黄三泰恍然，微微点头，但心里还是有点儿不以为然。

羊皓又道："还有，各地商价不同啊，可是呢，各地消息闭塞，彼此全不知情。前边那荆阳城，城守要筑大屋，可他们那儿没有石头，他们那儿是一马平川哪！土地倒是肥沃，小孩子们光着屁股在河边坡上滑玩，从来都不用担心划伤了屁股。您这儿不同啊，旁的没有，就是采石方便，你看，这还有条河，要是建了筏子，顺水运去，又不需多少劳力，还怕卖不上好价钱？"

黄老财的眼睛登时亮了。

羊皓笑道："这消息，咱奉送大人了，类似的商机，咱家这边都会注意着，不过下回大人要是想打听什么消息，可得付钱，根据消息的价值付钱。"

"好好好！"

黄老财说着，已经迫不及待想走了，他想赶紧回去弄清楚这件事，旁边那条河……他只知道可以用来灌溉，还没摸清它的走向呢，一直忙着建城的事，也不知道旁人那里缺什么，要是羊皓所说属实，应该会赚一笔吧。

羊皓笑道："大人莫忙着走，还有咸阳宫里的消息。"

黄老财一愣，心想，大王那里能有什么消息？不是一切都是徐家说了算吗？

羊皓道："就说近来吧，瀛洲唐家来人了，直接找的咱们大王，就算是徐家做主吧，也得咱们大王点个头哇，你说是不是？那我们这些大王的身边人还能不知道？我跟你讲，我跟大王身边的大太监何善光，那是一个头磕在地上的把兄弟。那你说，他们找大王谈些什么呢？反正啊，我是听说，徐家听了以后就开始造船了，现在还在到处招募水手，据说是要发大财了。可这具体他们商量了些什么呢？"

黄三泰急道："商量了些什么呢？"

羊皓咳嗽两声，露出一副悲天悯人的表情："兄弟们苦哇……"

黄三泰迟疑了一下，从袖子里摸出一个银饼子。

这三山洲上久无统一的官府，货币都没有了。人们除了以物易物，就是用贵金属交易，商业全面退化，工业也成了小作坊。不过随着城镇的建设，新建的王朝必然要发挥作用，那时，工商业也会渐渐壮大。这是势！

杨瀚知道自己现在不是抢权夺权的时候，不然靠着这帮没格局的家伙，三山帝国哪可能站起来？一旦三大帝国来攻，他最好的结局也是被人家抓走，封一个安乐公。

想想唐后主李煜和小周后，他可不想自己的女人时不时被人家皇帝召进宫去，生不如死呀。所以，他宁愿摆出一副真心实意只要三山好，毫不在意个人权柄有多少的样子，只希望退化了五百年的三山洲尽快站起来。只要他把握了大势，当历史洪流渐渐汇聚、流动起来，他那时只需要顺水推舟罢了。

因此，他把最好收拾的东山诸部交给了小青。因为东山诸部需要的只是一个天圣杨家的名义罢了，他去和小青去是一样的。当然，小青对东山诸部年轻勇士的激励作用是他事先完全没有算计到的。

所以，尽管东山现在已是迅速一统，一飞冲天，但杨瀚并不急，他在稳稳地一步步走着。

西山诸部的底蕴要十倍于东山。只要让他把这些力量梳拢清楚、掌握手中，哪怕先蛰伏三年，他也会是那个最先站上巅峰的人。所以，他的撒手锏现在是不会用的。

羊皓乜了眼黄三泰手里的银饼子，只是笑了笑。

黄三泰有些犹豫了，钱他当然有，只不过，他无法想象，消息……能值几个钱？

羊皓似笑非笑道："徐家也在筑城，而且一筑就是三座，他们也缺人哪，可是这个时候他们居然舍得抽调人力去造船招兵，那么你想……"

黄三泰怵然动容，想了一想，咬咬牙，又换了一块金饼子出来。

羊皓笑吟吟道："荆阳城的秦大人出手很大方，而且他们部落所在，原有一座金沙矿，我这个消息，应该卖给他们才好。"

黄三泰的胃口已经被钓起来了，心里一惊，急忙又掏出两块金饼子，凑作三块，咬着牙往羊皓手里一递，道："如何？"

羊皓想了想，叹了口气，接过金饼子，道："那咱家就告诉大人好了。大人哪，以后，我劝你还是该时不时地去咸阳宫里站一站，就算你自己不方便总出门，也该派个亲信的子侄常去跟大王亲近亲近，不然，那徐家近水楼台，这好处可不都叫他们占了？"

黄三泰心里忽然亮堂了一下："对呀！如果老夫朝里有人，何必花了三锭金饼子来问你消息。不行，看来这朝虽说是上不上的没啥用，我还是该派个亲信的人，时常去大王身边转悠转悠。"黄三泰暗暗想着主意，嘴里却一迭声地催问道："你快说说，徐家究竟得了什么消息？他们为什么要全力造船？"

六十七　大象巡山

荆阳城的建造规模比清泰城更大，但是这个部族更强大些，所以建造得反而更快。

城东将按照城主的规划建为商业区。

荆阳地处要津，四通八达，将来各处城池建好，交通大多要经过这个地方。

荆阳苏家的族长苏青很有头脑，年轻的时候，他曾游历瀛洲和方壶。他很清楚自家地盘的优越地理条件会给他带来何等源源不绝的财富，所以他的城筑得又大又高，店铺区的街道也是又平又宽。

荆阳地区沃野千里，没有山，便是连石头都不多。

但是荆阳苏家想把城墙建得更加坚固些，主要街道更要铺上平整的青石板。

苏青很清楚，要舍得付出，才能凭借优越的条件招揽来更多的客户，当大部分客户都认可了这里，那就再也无人能夺走它商业中心的地位。

先机，无疑是极重要的。

这样一座大城，各色人口是少不了的，要有人耕田种粮，要有人在城中从事各种服务。可是要搬运筑城所需的石料，要尽快开垦出足以供给全城百姓的粮食甚而可以有余粮销往各地，他们虽有广阔的沃野，却少不了大王许诺的象农帮助，才能把土地变为良田。

且不说苏青这里本来就缺人手，就算他人手足够充裕，凭人力去做这些载运重物的事情也不是一年半年就能完成的。但是有了力大无穷的猛犸巨象那就不同了，速度可以加快几倍。

苏青已经听说，徐家同时开筑的三座城池也都有商业街区，这令他产生了很深的危机感。

所以，在听说栾城得罪了这支象农队伍后，苏青马上派人把他们请来了荆阳城。

徐海生和司马杰率象队到来，苏青异常重视，安排了他最得力的儿子负责接待。

徐海生和司马杰率领的象农队也成了荆阳城东区商业街开张以来的第一单生意，因为六十头大象，对于各个严重缺少劳动力的部落来说，根本不够分配。

徐海生和司马杰下山之后，去的第一座城就是栾城，栾家明显还没搞清楚立场。在他们看来，他们都是忠于大王的，筑城是响应大王的号召，将来这城都是大王的，所以……大王派来的象农队，理应为他们服务。虽然，他们只是名义上归属瀚王。这未免有些无赖。

可徐海生显然不这么想。栾家认为徐海生不识抬举，带着他的象农队走了。

栾家派了人挡在城门口，性如烈火的徐海生坐在高高的象背上，声如霹雳："走！我看谁敢拦，踩他个稀巴烂！"

于是，六十个象奴就乘坐着六十头大象，轰轰隆隆地逼向城门。

恼羞成怒的栾家族长栾振杰眼看着六十头雄壮的猛犸巨象所形成的声势浩大的队伍迎面走来，只能带人退到一边。

要驱赶这些大象，得用虎啸功，可那只有徐家才会了。如果硬要阻止，他要付出多少名战士的生命？

于是，徐海生走了，没给这座城留下一头大象。

栾家现如今大工地似的城池里，只留下一地鸡毛。

倒是象农队的副手司马杰对栾振杰很恭敬、很客气。司马杰爬下大象，拉住栾振杰的手，很诚恳地说："老徐他就是这种臭脾气，他犟，他太犟了，他连大王都敢顶撞，气得大王差点儿把他的大头也给切下来。你看到了吧？就他那大块头，留在大王身边做个禁宫随身侍卫，何等逍遥自在？就因为他这副臭脾气，才被大王轰出来的。你就说吧，就连大王都拿他没办法，咱家又能拿他怎么办呢？咱家也很无奈呀！咱家也常受他气的，栾大人你大人大量，莫要见怪……"

"那这象奴……"

"大人您放心。这六十个象奴分派出去后我就回来，我和大人您一见如故，投缘！我愿意帮您，我到时回来，调教几个徒弟，大人您以后还怕无象可驭吗？"

"哎呀，那敢情好。"栾振杰喜出望外，如果能教会他的人驯象，就算这次耽误一些，吃点儿亏也忍了，授人以鱼不如授人以渔嘛。

于是，几大锭铸造得坑坑洼洼，卖相极不好，但是金澄澄的成色极好的大金饼子就揣进了司马杰的口袋，他的衣服马上就歪了。

栾家有矿，在山里有一座金沙矿，栾振杰是大土豪，舍得花钱。

"哎呀呀，你看看你看看，这怎么好意思的。真是太谢谢栾大人了，咱家……咱家感动。咱家是个苦命人哪，要不然也不至于混到进宫这一步，您说是不是？咱家自打看栾大人您第一眼就觉得亲切，您就是不给我任何好处，我也是打算回来帮您训练象农的，这就叫投缘。我一瞧栾大人您，就特别投缘，说实话，您的谈吐行止，那神韵，哎呀呀，跟我爹一模一样。咱家可是自幼失怙，我一见大人您，就像瞧见了我亲爹一样，要不……我认您当干爹得了。"

司马杰不由分说，就在一头头大象踏起的飞扬尘土中跪下来，很实在地磕了三个响头。

栾振杰莫名其妙地多了个干儿子，一时有点儿蒙。

认干儿子本也没什么，只是……听起来好像有点儿怪怪的。

但是栾振杰还没理清楚这其中的关系，司马杰已经磕完了头，欢欢喜喜地爬起来，一把拉住栾振杰的袖子，亲亲热热道："爹，咱们栾家有黄册吗？"

"黄册？要那东西干吗，劳神费力的，也没啥用处，一直就没这东西。"

"哎哟我的亲爹诶，没有黄册，怎么管理子民哪？怎么缴纳赋税呀，这百姓流失了怎么办？您没黄册也不清楚哇。爹呀，我一看就觉得您仁厚，你确实是仁厚，可不能因为仁厚就由着下边胡来呀。"

栾振杰笑了，抚须道："儿啊，你原来莫不是徐家部落的人？"

"是呀爹，爹您这双慧眼，啧啧啧，这您都看得出来？我脸上又没写着。"

栾振杰自矜地一笑，道："因为咱们这三山洲上，只有徐家一直造黄册呀。呵呵，不提这个，你可知我各个部落为何不造黄册吗？"

"孩儿愚昧，还得爹您多指点。"

"因为呀，用不上。"栾振杰道，"咱们栾家，都是自家嫡系族亲打理，一层层地下去，也是他们各自的亲信，就算其中有人贪墨，那能贪多少？再说了，都是自己人，肉还不是要烂在自己家锅里？至于说迁徙，呵呵，少！几十上百年能有那么一起，一定是在原本的部落犯了大错，实在过不下去了，才不得不走。不然的话，各家势力都是宗族为本，一户外姓人去了，他能不受人欺负？所以呀，没人走，他也无处可走。"

司马杰心道："大王英明，只各处走了一个多月，各种事情打听得一清二楚。栾家没有黄册，那就更好办了，看来这里，我还真得杀个回马枪。"

司马杰便笑容可掬道："哎呀，这样的话，我倒是麻烦一些。那就等我回来，各处寻访一下，再挑选老实本分的农人传授本领。"

栾振杰一怔，道："这又何必，我到时直接派些人听你调用不就行了？"

司马杰腼腆一笑，有些难为情道："爹呀，你看我现在都是阉人了，也没个后，以后指望谁呀？您是爹，我得孝敬您，可儿子也有私心哪，总希望吧，这人瞧着实诚，传了他手艺，他以后能孝敬咱。"

栾振杰大笑，这孩子老实，不过老实归老实，倒也挺有心眼。

有道理，生个亲儿子还指望他孝顺呢，谁教徒弟也不想教会徒弟饿死师父哇。

栾振杰便慷慨道："没问题，到时候为父这地盘，你横着蹚。"

父子二人越说越近乎，大有相见恨晚之意。直到徐海生率象农队人马绝尘而去，司马杰才爬上象背，与他刚认的干爹依依道别。

很快，象农队到了栾城却没留下一头大象的消息，就通过"急脚递"，传递给了四面八方的大人物。

据说徐海生决定在荆阳城停歇，再根据各家决定拿出的报酬来决定这象农分配给哪一家，以及名额多寡。这一来各家都有些急了，若是不派人去，岂不是就没了象农？

要知道，有这么几头大型牲畜在，那垦荒和筑城的速度将数倍于前，无论怎么算，这利益都要大得多，如果垦荒快，今年还来得及种一拨粮食，且不提这，就算只是那缓慢的建筑过程中的消耗，也足以抵消这份支出了呀。

更何况，那些消息灵通的人士，已经知道了大王将要组建"海盗水师"劫掠瀛洲的事情。那是暴利呀！当然，若是参加，筑城人手就更少，更加需要这种牲畜。

尤其是栾振杰把司马杰答应传授给他的族人驯象之术的事告诉了他的亲家，他的亲家又告诉了他的姐夫，渐渐地，所有人都知道了。

他们心里顿时亮堂起来，这不是一锤子买卖呀，只要自己这边抢得一对象农，把他们答对好了，许一些好处，哄他们把本事传给自己的人，那就是学本事了，这样算的话，多付出些也是好的。

徐海生和司马杰这厢一个白脸一个红脸，一边挤对着各家表态，先帮谁家，后帮谁家，各城竞聘，一边招揽着人心，物色着火种。

而"急脚递"那边则通过与各方万千百姓的直接接触，不断地收集情报、归纳整理，形成比各个部落自己的首领更清楚、更真实的部落的状态，再呈报给杨瀚。

在接信递信传递消息的过程中，让各部完全适应、接受了他们，他们打破以前那种封闭的状态，越过要和各部百姓有所接触，只能通过他们的首领来进行的方式，直接与千家万户进行接触，朝廷的存在与影响力也就渐渐润物无声地走进了人的心里。

这个过程无疑是缓慢的，但也可以是很快的。只要这些部落首领根本没有意识到这些举动正在招揽着人心，教化着规矩。

小青的动作无疑是更快的。

就在荆阳城中猛犸巨象竞聘大会开幕的时候，一头飞龙稳稳地张开着它巨大的膜翼，振翅飞进了瀛洲富饶的边城吴港。

它巨大的膜翅扇出的巨风刮得城墙上的弓箭手站立不稳，疾飞掠过的阴影深深印在了每一个战士的心里。

城里面无数靠着海运富得流油的大商巨贾都听到了这个惊人的消息：大海盗血鸳鸯夫妇率海盗攻上岸来了。

这是几百年未有之事，很多人都不相信，可他们又不能不信，因为那头飞龙就在他们头顶盘旋着，飞龙上有人正洒下火油，烈火已在城中各处燃起，硝烟冲天。

唐骄以将要谋国者的身份与杨瀚这个甫立新国的王侯会晤，本来纵然不是奇珍异味也该水陆八珍，可就是这样一群自诩大人物的人，居然只是一人一面碗就算宴请了，虽说面真的很好吃，但依旧透着寒酸。

徐震觉得很丢脸，已经暗暗决定给王宫这边多拨些用度。他要防的只是杨瀚掌权而已，并不至于在吃穿用度上那般吝啬。

不过，唐骄说他很喜欢吃面，他在这里尝到了家的味道。他还说，满桌珍馐，也只一顿两顿能吃得，时间久了，只有家常饭菜入腹时，才叫人有吃饱的感觉。

所以，唐骄郑重提出，他在三山洲期间，希望能每天上山陪瀚王吃面，希望瀚王不要怪他冒昧。

唐霜却很不快，他不相信杨瀚这个三山王就能穷酸到这个地步，他认为这是杨瀚有意轻慢，或者是以此自抬身价：我有求于你，但也别想我在你面前做出一副伏低做小的姿态。

所以这一次之后，他再不想来，他认为有求于人，得有有求于人的态度。

唐霜连着两次拒绝去咸阳宫之后，他的大伯在又一次吃面归来后，便拖着残腿主动去了他的卧房。

唐霜不耐烦地看了眼他的大伯唐骄："什么事？"

唐骄在家族里是很有地位的，不过，他永远都无法走到幕前。更重要的是，大伯更喜欢他三弟。

唐家几兄弟各有不同的支持他们的势力团体。唐霜也有自己的班底，如果他想招揽大伯为己所用，不仅有大伯这一方的障碍，也会导致他的支持团队不满。山头已经成立，预期的收益也已有了瓜分的标准，这时候来一个强龙过江，结果只能适得其反，所以唐霜也没必要对大伯摆出十分恭敬的姿态。

唐骄也没有摆出长辈的架子来，而是语重心长地劝诫，那口吻仿佛他就只是唐家的一个幕僚参议。"世子应该常往山上去走走。你爹已同三山洲缔结盟约，而他相中的合作对象，是杨瀚。这是既定的事实。所以，作为世子，你该和他多来往。"

唐霜笑了："因为徐家更强，所以我爹想给予杨瀚一定的支持？只要他不太蠢，在我们唐家的扶持下就能拥有一定的自保之力。这样，待三山一统，这个王和他的臣之间必然产生强烈矛盾。到那时候，他们都得更依靠我们唐家。"

唐霜一针见血，唐骄露出赞许的神色。

唐霜懒洋洋地往榻上一躺，枕着高高的被褥，高卧着："徐家那时虽然更强大，可它一样需要外援，如此一来我们唐家就可以始终保持主动，我们站谁，谁就力量更大！于是乎，不管是杨瀚还是徐家，都得死死抱住我们唐家的大腿。"

唐骄欣然道："世子聪慧！相信徐家业已洞悉了你爹的主意，不过他们是没有办法阻止的，只要他们还有求于我唐家，就不能阻止，也不敢阻止。这不是阴谋，这是阳谋，堂皇之谋，他们还不能不接招。"

唐霜便似有了几分醺意，微微眯起了眼睛。

唐骄道："世子既然清楚大将军的目的，为何不在离开三山之前，与杨瀚尽量建立更密切的关系呢？"

唐霜慢慢睁开眼睛，仿佛刚刚饮了一杯香茗，酒意又醒了："因为我没必要。大伯，徐家强而杨瀚弱，所以，杨瀚比徐家更需要依附我们、巴结我们，应该是他来见我，而不是我去见他，我没必要向他低头。"

唐骄叹了口气："可是很显然，他来徐家见我们很难。徐家有的是理由拒绝他。但你去咸阳宫的话，徐家却没法阻止，你毕竟不是普通的质子。"

唐霜微笑地看向唐骄："我不去见他，他也要竭力巴结我们，那我去与不去，又有什么关系呢？"

唐骄叹了口气，他觉得他跟唐霜之间有一道彼此都不能理解的鸿沟，他只能离开。

唐骄消失没多久，柳慧就出现了。

他跛着左腿，绷带吊着右臂，手里挂着一根刚刚削出来的枣木杖，一瘸一拐地从那道门走进来。他走得很慢，绷带上有血色晕出来。

唐霜仿佛没有看见他似的，只是轻捻着手，说道："这老匹夫，要不是对我唐家还有点儿用处，我刚才就一刀斩了他。"

柳慧没有接话，他知道大公子不是在跟他交谈，只是在说给他听。

唐霜冷笑了一下，道："没错，杨瀚太弱，我应该多往山上跑几趟，给那个废物撑腰打气，让徐家有所忌惮，让三山各大部落对杨瀚能多一些恭敬，这对建立他的势力有好处。可是……"唐霜抬起头，看向柳慧，"这对我有什么好处呢？我爹一旦把那昏君赶下台，坐上皇帝的位子，我就要争太子之位了。那时，我也需要外援，徐家的分量明显要比毫无底蕴的杨瀚更强，你说我应该跟谁走动得更密切？"

柳慧没有说话，他只是站着，一条腿直立着，另一条腿不自然地屈着，因为他大腿内侧也挨了一刀，那种地方在比试中其实很难被敌人刺中的，可谭小谈的刀，太刁钻。

唐霜看着他，轻轻蹙起了眉。

柳慧有些羞惭，用沙哑的声音道："属下苦练了三年，本想着可以一雪前耻，可我没想到她的进境居然比我还要快。属下给公子丢脸了，万死。"

唐霜若有所思地"嗯"了一声。

柳慧便想："这'嗯'是什么意思？不会真叫我去死吧？"

于是，柳慧主动岔开了话题："这三年属下一直在盯着她，了解她的所有行止。她在刀上付出的精力和时间远远不及属下。那么她进步如此神速，只能是因为名师的指点，她一直服侍小姐，所以这个名师一定就是大小姐。"

唐霜几不可察地轻轻点了点头。

柳慧振奋了起来，又道："如果是这样的话，那么大小姐的功夫只怕已是深不可测。她虽是女子，但未来的皇位之争中，她未必不是劲敌，公子万万不可等闲视之。"

唐霜徐徐点头："嗯，她打得真好看！"

柳慧一呆："什么？"

唐霜沉思着，缓缓道："锦裙筒靴，粉光脂艳。一举手、一投足，都透着好看。"

唐霜瞥了柳慧一眼，补充道："你打得不如她好看。"

柳慧苦笑，心想，这杀人技，需要好看吗？

唐霜笑了笑，笑容有些邪意："三年前，她还没长开，我倒不曾想到，三年后的今天，她可以出落得如此娇媚。"

唐霜轻轻舔了舔唇角，懒洋洋道："我乏了，喊芷宁来。"

柳慧呆了一呆，这才应了声"是"，转过身艰难地往外走。

行至门口时，后边传来唐霜有些厌倦的声音："唐诗的功夫并不高，如果以命相搏的话，小菜和小谈都要胜她一筹。毕竟她身娇肉贵，没多少出手机会。没有磨砺，何谈进境？以后，你败就败了，别找理由，我烦。"

柳慧的身子僵硬了一下，血色唰地一下卷上了他的脸，马上又像落潮一般退下去。

小谈一直觉得杨瀚的床太大了。

这床，睡八个人也绰绰有余吧？

唐上将军如今正是春秋鼎盛的年纪，所以唐家的几位公子年纪都不太大，大公子唐霜现在也还不到三十岁。唐家的公子都很风流，小谈作为唐家大小姐的贴身侍女，对此当然很清楚。不过唐家对此并不在意。

他们认为经历过，尽情地品尝过，将来成为家族的中坚力量时再碰到它，才不会被这些外物所诱惑。相反，从小用森严的戒律控制他，不许他们接触这些，等到自己已然老迈，等到他们成为家族的顶梁柱时，他们必然开始接触这些东西，那时一旦放飞自我，那损害就是整个家族了。

"不过，你杨瀚又没那么多女人。"小谈一边趴在大床上铺着被褥，一边暗暗吐槽，"虽说现在没有，大概也快有了吧？"

那些现如今根本没机会再接触大王的宫娥是如何幽怨就不提了，单只君婷和江虹那两个小骚蹄子，就整天不好好守着她们的厨房，时不时就往杨瀚的身边凑，一会儿端茶、一会儿递水的。

大甜、小甜那就更不用说了，现在给大王更衣的时候，她们穿得越来越少。小甜尤其过分，今儿早上居然一副起床起晚了的样子，披头散发地穿着小衣就跑来了，蹲在他面前时那小狗样，哼！

小谈想着，便乜了杨瀚一眼，却发现他正捧着茶，饶有兴致地看她。

杨瀚微笑道："你身上一共藏了多少武器？"

小谈没有吱声，这人不懂江湖规矩，这也是能说的吗？

杨瀚笑吟吟地数着手指道："你斗柳慧的时候，用了拳脚、靴底藏的暗刃、长刀、短匕、飞针、五金之丝、珠钗，一共七样，就只这些吗？"

小谈一边铺床，一边敷衍道："是呀，就只这些。"

杨瀚歪着头想了想，感叹道："那个柳慧，比我厉害。我若是和他斗，必死无疑。而你比他还要厉害许多，很了不起。"

小谈听了心里就有点儿小小的得意，却还假惺惺地笑道："那不同，大王的剑，治的是天下，我等匹夫之剑，只能流血五步，根本比不得。"

杨瀚笑了笑，道："其实，我以前斗过比你厉害一百倍的人，你杀不死他，他却可以随时杀死你。说起来，那已算是仙家手段了。只可惜，那是在祖地，到了三山后，我这本事也就没了。"

小谈有些吃惊，停下手上的动作，抬头看杨瀚。

"你还别不信，我说的是真的。不过……不提这个了。对了，我收留你的时候，你为什么要说在唐家有一个青梅竹马呀？结果此人偏偏是跟你有仇的。"

小谈又低下了头。床已铺好，她就不停地将被子，好像要把它将得极平整才肯罢休。

杨瀚慢悠悠地呷了一口茶，等了一会儿，她还没说话，杨瀚便笑道："你是不是怕我打你的主意？可又觉得我这个人其实也不是那么坏，还有一点儿君子风度，所以才故意那么说？"

小谈觉得脸颊有点儿热，那是心思被人揭破的难堪，但是她不知道此时该说什么，只好假装听不见。

杨瀚奇怪道："可我明明打不过你，你怕什么呢？是不是你根本不敢跟我打？"

小谈的脸更红了，于是倒退着开始往后爬，被已铺好，他该睡了，那么谈话也就可以到此结束了。

但杨瀚不肯罢休："你不敢跟我打，是不是因为你怕惹得唐诗姑娘不高兴？"

小谈刚刚退到床边，还没下地，听到这句话就像中了一箭，一下子定住了。

许久，她慢慢抬起头，睇视着杨瀚。

杨瀚摆摆手，道："你不必惊讶，我又不傻，我当然知道你是唐姑娘留下来的人。其实唐姑娘也知道我一定会明白。不过，无论是现在还是将来，我都需要唐家的帮助。从唐骄、唐傲与我来往的情形看，唐骄来了，却不是代表唐诗。唐霜在这，看中的却不是我。所以，唐家肯与我结盟的，不止一个唐姑娘。肯与唐姑娘结盟的，却只有一个我。因此，你作为她的耳目留在我身边，我一点儿都不介意，我们可以相处得很愉快。"

小谈松了口气。

她有时也在想，这个大王并不是那么蠢，他真的相信自己是被小姐惩治才乞他收留的？现在终于可以坦诚相对，她心中反而释然了，这样以后朝夕相处时，应该会自在一些吧。

杨瀚道："不管是现在还是将来，唐姑娘都一样需要我这个盟友。所以，你，我是绝不会还回去了。"

小谈吃惊地看着杨瀚，杨瀚认真道："你现在还是可以负起向唐姑娘传递消息的责任。但是你要记住，不管当初你留在我身边是因为什么，你这辈子就只能留在我身边了。我告诉你这一点，是想……"

杨瀚歪着头想想，似在斟酌措辞，然后说道："这有助于帮你摆正你的位置，以后你会更清楚，你该持什么样的态度。不然……"

杨瀚笑笑："我怕我们两个，以后会有不愉快。"

小谈定定地看着杨瀚，其实在她心里，一直以为自己最终还是要回到唐诗身边的。只是不知道那是三年后还是十年后，抑或几十年后，未免有些彷徨。

但是现在杨瀚明确地告诉了她，她再仔细想想，便明白杨瀚这不是恫吓。如果杨瀚确定要这么做，那么小姐一定不会讨她回去，又或者给她一个"功成身退"的机会的。

她知道，小姐虽然在上将军面前很得宠，可得宠并不意味着上将军就会把基业传给她。

世人都知道唐大将军宠唐诗这个女儿更甚于他的几个儿子。小时候，几个兄弟谁要是惹哭了唐诗，不管是何理由，不管是非对错，挨揍的一定是儿子。

孩子都长大后，唐大将军对这个女儿也是一样宠爱，唐大将军能够记在心头并且肯张罗给办生日宴的，只有这个女儿。在家教甚严的唐大将军府上，有资格与大将军本人同席的，也只有她一个人。

但是，如果说到基业的传承，即便唐诗和唐大将军的儿子表现得一样优异甚而更优异，唐大将军也未必就会把基业传给她。

这里边需要考虑的东西实在太多了，从广泛的角度，他需要考虑传统、世俗、世情、观念，这些东西看不见摸不着，却在生活的各个方面发挥着作用。

从横的方面，他还需要考虑周围错综复杂的各种人际关系，各种势力派系的倾向；从纵的角度，他还要考虑到女儿的丈夫，考虑到孙辈、重孙辈的延续。所有这些考虑，都与他疼爱唐诗与否无关。

所以，唐诗既然也想一争，她就很需要盟友。她要缔结盟友，即便是她的表现优于她的兄弟，也比她的兄弟们招揽班底更难，这就是世情，这就是她的父亲考虑传承时必须要综合考虑诸多因素的原因。

因此，杨瀚对唐诗来说，很重要。当然，前提是杨瀚得强大起来，拥有力量。

小谈想完了这些，便又想回了自己。尽管唐诗一向视她如姊妹，可是涉及大业，就如唐诗的父亲考虑传承时绝不会感情用事一样，小姐也不会对她感情用事的。

换言之，杨瀚不是恫吓，只要他开这个口，不要说一个谭小谈，便是十个、百个谭小谈，小姐也舍得送给他。

于是，谭小谈黯然了。想通这件事，终究是叫人不愉快的。她虽然只是一个下人，可她也有自己的思想和感情，她不是一个只会机械听命的傀儡。

当初小姐留下她时，其实就已体现了无情的一面。小姐从不在乎，也没考虑过她的一生幸福，那是她的父母和她自己才会考虑的事。

所以，当时小姐甚至暗示，要她主动亲近杨瀚，争取成为他的枕边人。至于在此之后她如何嫁人，是否就得孤苦一生，小姐不会考虑。她说和自己情同姊妹，但终究只是主与仆，主人是把仆人视作自己的私有财产的。

正因如此，她有点儿心寒，所以她当时就暗暗下了一个决定：如果杨瀚真能成大事，人品还不错的话，或许她会将计就计，真的从此留在他身边。

但是，这只是她对未来的一种考虑。现在杨瀚这番话等于提前告诉她，你对我的考察期已经结束了，不管你怎么打算，你现在也好，将来也罢，都只能是我的人。所以，你不妨好好想想你未来打算怎么做。

小谈从床上滑下去，心里有点儿空，脚下便有点儿虚，双脚踩在地板上，膝微微地弯了一下。她怔怔地站在那里，心思就像绞起来的一团乱麻，只看一眼，就连理个清楚的心情都没有了。

她本有自己的打算，她本想好好观察一下这个男人，然后再从容地做出选择，可现在杨瀚直接把她的退路堵死了，很无耻地告诉她：姑娘，别想了，你没有第二条路走的，还是把这条路走到黑吧。

杨瀚也一样，他一开始就知道谭小谈为何留在自己身边，不只他知道，其实当时在场的三山诸部首领大部分都看出来了。

妙就妙在大家虽然都看出来了，但没有人说破。唐诗走这么个过场，其实不是为了要瞒过谁，只是要有这么一个形式，使大家有一个能够接受的理由。

不然怎么办呢？总不能叫唐诗很直白地告诉大家：我需要安排一个人在你身边，以便给我通风报信，以便我能随时了解你的动向；不然，我不会因为信任而与你合作？

所以，杨瀚顺水推舟地接受了谭小谈。

所以，褚女官调开了其他部落试图接近杨瀚的所有人，唯独没动谭小谈。

日子本来可以就这么心照不宣地过下去的。

不过，咸阳宫中柳慧的一场挑战，让"求才若渴"已经到了极点，连大殿檐上筑巢的燕子他都会幻想一下是否可以招募来为自己所用的杨瀚忽然灵光一闪。

他发现，这个女孩儿不只生得漂亮，不只会说话帮人解闷，不只会铺床叠被，不只会做好吃的臊子面，不只会捣消肿的绿药膏，不只会做金牌小秘密，她杀人也杀得很漂亮。

于是杨瀚就放弃了正在筑巢的燕子，转而思考，自己有无可能把谭小谈变成自己的人？反正，即便失败也没损失。她就算告诉唐诗自己想招揽她，唐诗也不会发怒，说不定还会命她顺水推舟。

唐诗在意的，是杨瀚是否会背叛彼此的盟约，其他的，她都不在意。杨瀚表现得越有心机、越有野心，唐诗只会越满意，因为没人愿意跟一个没志向、没智慧的废物合作。

杨瀚走过去，他觉得身高优势也许可以给小谈增加一点儿心理压力。

谭小谈没来由地一阵心慌，膝弯一碰床边，一下子站立不稳，倒在榻上。

她赶紧抱住胸，紧张道："你想干什么？你别乱来！你不要以为这么几句话，就能让我从了你！你……你敢碰我试试！"

杨瀚怔了一怔，啼笑皆非道："我当然不会碰你，我知道在你心里，可能还把我看成一个笑话。我会给你一些时间，只是想要你快些做出决定，不要让我等得太久。不然，等我成为神话的那一天，你就别无用处了。"

六十八　天气渐变

那一晚之后，小谈似乎有了心事，她的话忽然变少了。

她依然是杨瀚的影子，杨瀚去哪儿，她就去哪儿。她跟在杨瀚身后，不管杨瀚做什么，她都只是颦着眉，若有所思地出神。

杨瀚觉得这种时候的谭小谈，就像一个整天喜欢聒噪的小女孩儿忽然出落成一个娴静温柔的大姑娘，虽说有时候她的这种过于沉默让他有些不适应，进而开始怀念起曾经整天聒噪的那个丫头。

杨瀚每天在宫里宫外走来走去，似乎做的事全无条理。

小谈不理会这些，她只是像影子似的跟着他，杨瀚做事的时候，她就在一旁想心事。

杨瀚领着五百名宫娥把宫墙西侧的那面山坡平了，土地翻得平平整整。他说，已经回了瀛洲的唐霜很快就会把麦种送来，今年是来不及播种了，但是可以种些小菜，而明年，他要在这里种上麦子。

有时候杨瀚会一边喝茶，一边听何善光告诉他，徐海生和司马杰现在收了多少学徒传授驭象的本领，这些被选择的人原本是多么穷困，在村寨里、部落里是如何受排挤。

在村寨、部落里受到大部分人排挤且贫穷的，大多是与村寨里的权贵人物在当代或前代有恩怨且争斗失败了的人家。

何善光还说到了羊皓，说到羊皓时何善光就很生气。羊皓在某处又收了多少贿赂，他又给人卖了什么消息。他为何处死了一个"急脚递"铺兵，他在那人身上划了几百刀，挖开一个蚁穴把人丢进去……

杨瀚只是听，没有做出任何评价。

有一次，小谈不再出神，听到了何善光的话，忍不住提醒杨瀚，固然是水至清则无鱼，但也要注意，不能叫手下的人壮大到尾大不掉的地步，否则将来不好收拾，杨瀚只是笑而不语。

有时候，他会去菜地里走走，那里已经种上了菜，一畦一畦的，长得都好。那些精力旺盛又无所事事的宫女最喜欢来侍弄这些菜，在她们无微不至的照顾下，那些翠生生的菜叶子上连只虫都见不着。

杨瀚很闲，因为他既不用上朝，也不用批阅奏章。

但是，渐渐地，各地正忙着经营自家城池的首领们，陆续派了亲信的子侄来到咸阳宫。何善光很紧张，每天都盯着他们上山、下山，唯恐他们接近那些宫中少女。

在何善光眼里，咸阳宫上的一切，哪怕是一草一木，甚至一只雌蚊子，那都是大王的，这些权贵子弟都是血气方刚的年轻人，而山上最不缺的就是年轻漂亮的女人，可不能叫他们占了大王的便宜。

何善光就像一只忠心耿耿的老狗，不消吩咐，就尽心竭力地守护着家里的一切，哪怕是一口有了豁口的咸菜坛子。

渐渐地，上山来的世家豪门子弟越来越多，显然他们的家族都注意到了大王其实自有其用处。

尤其是当徐家的海盗船第一次归来，就像远航归来的渔船一般，满载着丰收的喜悦。

在他们的战船后边，拖着巨木制成的巨大木筏，上边有男人、女人和孩子，有牲畜、粮食和金银，他们更加意识到大王这里还是应该多走动多亲近一些的。

这么多的豪门子弟，杨瀚哪有闲工夫每天不停地接见，听他们说些有的没的？

于是，类似于朝会的形式就自然而然地出现了。

杨瀚只在每天固定的时间同时接见这些豪门子弟，听他们禀报各种事情，又或者请示各种事情。

他们有座位，像秦汉时古制一样，每人有一个蒲团，大家都坐在蒲团上面见大王。

因为来的大多是年轻人，有时难免发生争执，在杨瀚面前争得面红耳赤甚至大打出手也是有的。

这种时候，杨瀚就托着下巴，津津有味地看他们打架，权当解闷。小谈就直挺挺地站在杨瀚背后，灵魂出窍似的，继续想她的心事。

夏天最热的时候，正是新粮还未成熟，陈粮已经吃光的时节，青黄不接时容易出现难民，今年由于各个部落刚刚出山，城才筑，田才耕，所以流民比往年更多。

这些走投无路的灾民从司马杰、徐海生教出来的那些驭象学徒那里，从"急脚递"聊家常时透露的口风里听到了一线生机，于是携家带口地跑来投奔大王。

他们并不确定大王是否愿意收留他们，因为对任何人来说，他们都只是一个负担。

但是杨瀚居然真的收留了他们，瀛洲在接走唐霜时，送来了大批的军械、匠人、财宝和粮食。军械和匠人杨瀚全部分给了各个大部落，钱粮他却留了一大笔。

没有哪个部落首领对此提出异议，大王把所有的军械和匠人都分出去了，那么他便是把所有的钱和粮都留下，大家也没有意见。

而此时，这些钱粮足以保障这些陆续投靠来的百姓度过今冬，于是，就有一些庄户在忆祖山下出现了。

很快就有更多的难民和非难民但是过得并不是那么如意的人家蜂拥而来。

于是，当秋的丝丝凉意穿过暑气散落在忆祖山周围时，那里像雨后的蘑菇一样，开始出现了一座座大大小小的村庄。

那些村庄里，何善光带着一些头戴幞头、身穿绿色圆领长袍的宫女，开始逐户给他们登记造册，了解他们的人口构成，记载他们擅长的技艺本领……

秋的气息越来越浓了，山上的果子压弯了枝头。

忆祖山侧后方翻过三座山，有一座长满了野果的山，被称作花果山。

有一天，杨瀚带着那些宫女去了这座山，山上满是山梨、栗子、野杏……

他们满载而归，宫里早就准备好了十余口洗好晾干的大缸，杨瀚打算酿果酒。总之，是要让大家有事做，大家太闲，是要出事的。

在花果山上，杨瀚大王及时抱住了六个差点儿绊倒在他怀里的女孩子，接住了四个从树上"不小心"摔下来的丫头，在溪流里为正在濯足的三位姑娘捡过被水冲走的鞋子。就连他去林子里方便的时候，都意外地撞见过两个提着裙子的漂亮姑娘，她们羞意盎然的脸蛋就像红苹果。

真是充实的一天。

杨瀚一回来，就瘫在了床上，换了谁一天之内做了这么多事，都会乏的。是大甜、小甜把他拖起来，服侍他洗的澡。自从被褚女官严厉警告过之后，她们就顾不得羞怯了，现在她们对杨瀚的身体很熟悉。

褚女官一直未叫她们去自挂东南枝，就是因为看到了希望。不过，离徐三爷要求的最后期限，还是近了。

可最后杨瀚还是披上浴袍，叫她们退下了，两位姑娘很幽怨。

灯下，小谈在铺床。她铺床已经很熟练了。但是今晚她铺了床后，似乎有些犹豫。她在床边站了片刻，就把帷幔放了下来，灯影从帷幔后边映过来，那道窈窕的影子便开始脱衣服。

帷幔被杨瀚撩开，露出他有些诧异的面孔。

小谈平平整整地躺在被子里，被子扯到脸上，只露出一双羞怯的小鹿似的眼睛。她期期艾艾道："不是说……人家得替大王暖床吗？"

"为什么现在才想到？"

小谈睁大了眼睛："因为……天才开始冷。"

她的脸在灯影下，看不清肤色，但是杨瀚觉得现在被窝里一定是烫的。

他站在那儿想了想，笑道："你想通了？"

小谈没有说话，认命似的闭上了眼睛，只是频繁眨动的眼睫毛，出卖了她内心的紧张。

她的六识都已提高到了极致，感觉着杨瀚是否靠近了，是否爬上床了，是否掀开了被子……她想着，紧张得像一张绷紧了弦的弓。

然后她就听到杨瀚的声音依旧从原来的位置传来："我一直在等你想通，你想通了最好。现在，你去为我做第一件事。"

小谈听到"去"字，马上睁开了眼睛，那双小鹿般怯怯的眼睛迅速恢复了犀利的感觉，盯着杨瀚。

蒲草是一种很奇特的植物，它柔软，有韧性，织成席子后既有弹性又光滑，如果厚一些，坐在上边还会有种温暖的感觉。把它编成鞋子，则又是另一种模样。

它穿在脚上很舒适，既透气又柔软，很少有不适的感觉。而它的鞋底，抓地性又特别好，即便是踩在流瀑之下长满青苔、滑腻无比的圆润石头上，也不会打滑。

谭小谈今夜就穿了这样一双蒲草织就的鞋子，她穿着一身青色的紧身衣，腕靠处镶了铁片，有保护作用，双腿打了倒卷千层浪的绑腿，行动起来如狸猫一般轻盈。

谭小谈没有配长刀，只带了一口短匕，从杨瀚寝宫的后窗如夜莺一般飞出去，便按照杨瀚指定的名单开始行动了。

年轻姑娘大多渴睡，而且杨瀚大王现在虽有类似于朝会的东西，但朝会的时间并不早，所以她们起得一向都晚。真正起得早的，只有何善光等几个留在宫里的太监。

何善光不渴睡，他可以很早就起来，因为他精力很旺盛。他知道，当太阳爬上山头，斜照进大王的寝宫，生着翠色的羽毛、长尾闪烁着七彩荧光的鸟在枝头歌唱的时候，他的大王才会起床。所以何善光本想去后殿走走。

山上一下子住了这么多姑娘，其实房子已经不太够住了，因为有的大殿是大王用来处理各种事务的所在，即便大王现在没什么事好做，但是他相信总有一天，这些建筑会真正发挥作用。

他坚决反对褚女官把宫女们安排进勤政殿、坤宁宫等这些或内或外的重要建筑中的打算。他还经常带着人爬上高高的梯子，拿着抹布不停地去擦拭这些宫殿里的灰尘。这些用了桢楠这等金丝楠中最上品木材的宫殿，不仅高大恢宏，而且被他们擦拭得金光闪闪，仿佛整座宫殿都是金子铸就的。

因为宫女们太多了，而住处相对紧张，所以后边正在扩建，何善光想去走一走，看一看，要保证建造的进度，而且不能有噪声吵了大王的睡眠。

但是他刚刚拐到寝宫侧面，就看到杨瀚带着谭小谈和大甜、小甜走出了宫门。何善光心中一诧，马上迎了上去，然后他就听说了一个叫他义愤填膺的消息：大王的一些东西不见了。

唐霜送给大王的漆器少了一套，扇子少了两柄，还有银制的酒具、金银制的棋子……

于是，以看家狗自诩的何善光愤怒了。

这些是褚女官管着的，他冲去褚女官的住处，像狗一般一阵狂嗅，很快就找到了金银棋子，接着又在褚女官的一个亲信那里，发现了已经裹进包袱里的其他失踪物品。

杨瀚勃然大怒，召集了宫中所有人围观。何善光指挥几个精力同样旺盛的太监动手，把两个女官摁在地上，一顿大板子抽下去，直接屁股开花。

何善光挥舞着大板，大板的柄是圆的，很合手。前端是扁的，有点儿像船桨。桨叶很厚重、很结实。

褚女官和另一个女官被抬下山，送回了徐家。

堂上，两个女官趴在担架上，哭声无比凄惨。她们告诉主子，她们被打了，大王对宫里重新做出了安排，制定了规矩。

徐震、徐天和徐下等人脸色铁青，打人还得看主人，杨瀚这分明是扇了徐家一记耳光啊。

此时已是深秋，天有些凉了。他们正置身于大雍城，大雍城还在建造当中，但是徐家的主要建筑已然完工。

这个大厅下边铺有地龙，地龙烧着，赤着脚踩在上边，很舒服，坐着更舒服。

徐诺正坐着，白玉无瑕的脸蛋因为热力烘着，透着一抹红晕，比抹得很均匀的嫣红还要动人，毕竟它是从肌肤下透出来的。

"好啦，抬下去吧，着人好好地敷药。"

徐诺淡淡地吩咐了一句，褚云二人啜泣着被抬下去。砰的一声，徐下拍案而起："他好大的狗胆，当了几天王，真把自己当回事了，居然敢如此狂悖！"

徐诺斜斜地挑起眉，就像风中的柳枝轻轻地挑起来迎向了雨。但她只是睇了四叔一眼，没说什么。

徐震沉声道："打几个下人倒是没什么。就怕这是他的一次试探，这一次我们不理会，下一次他就更好得寸进尺了。"

徐诺微笑道："几位叔父不必紧张，其实这一天一定会来的。现在才来，已经比我估计得晚了许久。他这人，还挺能忍的。"

徐天一怔，道："七七，你早预料到有这么一天了？什么时候？"

徐诺微笑道："就是唐骄登咸阳宫，去觐见大王的那一天。"

徐震神色一紧，道："不错，从他那天的反应来看，此人就不是等闲之辈，我们太看轻他了。"

徐下沉声道："二哥，我上山去给他点儿颜色看看吧。"

"几位叔父急什么。"

徐诺款款地站了起来，在家中闲居，她穿的不是曲裾深衣，而是宽松的常服，发型梳得也比较柔顺，凛然的气势弱了，却透着几分柔媚。

"大王本非常人，其实你们早该知道。从他降落在忆祖山上，被唐诗掳为人质，与我们徐家达成谈判时起，就该知道。只是你们一直觉得他被掌握在我们手中，忽视了而已。他想事情甚至比你更缜密。依我看，随他去吧，他接下来一定还会有所作为的，不过，他在约束我们的时候，何尝不是也在约束蒙家、巴家那些人家？"

徐诺姗姗地走到门口，扶住了门，又回过眸来，目光在三位叔父脸上一转，柔声道："就算让他把整座忆祖山都经营成他的地盘又怎么样呢？只是叫他舒心快活些罢了。只要天下在我们手中，兵马在我们手中，我们想叫他不痛快，还不就是一转念的事？"

徐诺在门口穿上鞋子，淡淡道："我很久没去咸阳宫了，听说大王弄了新的几案，叫什么八仙桌和官帽椅，以后进出大厅就不用脱鞋了，也不用席地而坐，行止方便，有暇时，我倒要去看看。"

徐诺走开了，厅中徐震等人面面相觑。

半晌，徐震吁了口气，正要扶案而起，心中打了一个突儿，脊背上登时生起一抹寒意。

"就算让他把整座忆祖山都经营成他的地盘又怎样？只是叫他舒心快活些罢了。只要天下在我们手中，兵马在我们手中，我们想叫他不痛快，还不就是一转念的事？"

这句话，只是在说杨瀚，还是在说给我们听？

徐震忽然想到，七七已经让出了家主之位，但是徐家下属的任命安排仍然由她掌握着。有了什么事情，大家包括他们几个，还是来向七七汇报或请示，一如方才。

云中、大雍、灞上这三座大城的实际掌控人都是七七的亲信。借着调动人员出山，集中财力筑城，人手和财务相比以前反而更向她手中集中。可他居然一厢情愿地以为自己已经是徐氏的家主……

徐震的脸色忽然之间变得非常难看。

日上三竿时，各地豪族派驻忆祖山的公子们赶到了勤政殿，进门的时候，有太监在门口提醒："天凉了，大王恩旨，诸位公子就不必脱靴了。"

公子们有些讶异，不脱靴进去后如何跪坐在几案之后、蒲团之上呢，岂不是要把华美的衣裳都弄脏了？可是等他们进了大殿才发现，大殿中的布置已经变了。

几案不见了，蒲团不见了，几案上的茶也不见了。

大殿两侧，只有一把把官帽椅。

杨瀚坐在丹陛之上，那儿摆着一把硕大华贵的椅子，比起原来跪坐的蒲团要气派很多。

杨瀚正大马金刀地坐在那把椅子上，笑得如天官赐福一般。

三山洲的冬天不太冷，但是依然有雪。

冬天里，杨瀚这个三山大王依旧像个笑话。

天冷了，他也不大出门，就在山上指点匠人做木匠活，指点宫女们缝制宋代风格的衣帽。在他之前的几十年里，也曾有宋人偶尔误闯三山世界，但是一则那只是个海商，二来一到三山世界，他就被早守在那儿的三大帝国之一抢走了，问的重点也只是祖地的政治发展，以及这个世界所没有的、对他们而言很有用的东西，比如火药。

对于普通人，三山高层一直封锁着另有一个世界，他们的祖先都来自那个世界的消息，所以也没有传出诸如家具、服饰这类的东西。

而在杨瀚手中，这些变化却开始出现。

他是天圣后裔，他有些新奇的想法，对大家来说，都是理所当然的事。

常来咸阳宫朝会的世家子弟们本来就年轻，接受新事物也快，他们很快就接受了桌椅家具的变化，从煮茶到沏茶的变化，见过那些宫女颜色、款式更加漂亮的服饰后，他们把这种种变化都搬回了自己家。

对于上层的潮流变化，底层人民是很乐意效仿的，所以整个三山洲都在悄然发生着变化。

杨瀚做家具、改衣服、喂马、劈柴，关心冬小麦的成长和蔬菜。

阳春三月，面朝大海的方向，已是草木回春。

向阴的一面，还有皑皑的白雪，只是很浅，上边有锦鸡和野兔的足印。

雪上是深红与粉红的颜色，那是漫山的映山红，看着就像整片山坡都起了火。

要待这些花儿落尽，绿叶才会长出来，此时还是花儿正红的时候。

杨瀚扛着钓竿，带着小谈与何善光闯进了这漫山的火焰，在那火焰的尽头，有一片蓝色的湖。湖里有很肥大的鱼，但是味道最鲜美的是巴掌大的一种长着白色鳞片的鱼，杨瀚很喜欢用它来煲汤。

自从褚女官被何善光打了一顿板子抬回徐家之后，整个宫廷就都由何善光负责了，除了小谈姑娘不归他管。

在何善光的管理之下，整个宫里的规矩都比以前严厉了许多，姑娘们仍然巴望着攀上枝头做凤凰，却不敢如以前那么放肆。因此杨瀚想钓鱼，便只带着他们两个来了，没有谁敢聒噪。

杨瀚穿过那火焰般的花海，走到蓝色的湖边。

他钓鱼的时候，只有小谈坐在旁边。

只因为杨瀚穿过那花海时，看着花枝下冒出来的野草，顺口说了几句："嗬！猫耳、猫爪、刺嫩芽……都挺不错呀，这要是焯一下，蘸着鸡蛋炸酱，一定很开胃。"何公公就兜起袍襟，跑去摘野菜了。

钓鱼是件需要耐心的事，一向话痨的谭小谈当然缺少耐心，所以她双手捧着脸颊，看一会儿钓鱼，再转过身去看何公公摘野菜，有时候她也会看着在那火焰花海下穿行的锦鸡跃跃欲试。

小谈的嘴巴也没闲着，时不时就会和杨瀚闲聊几句。

"大王，冬天的时候，逃来忆祖山的百姓尤其多，现在山下已经有四十多个村落了。要是能继续这么下去，直接依附于大王的力量一定会越来越壮大，可现在各个部落都发现不妥了，他们也开始学着大王造黄册，严禁百姓随意流动，我们很难继续扩张了。"

"这样挺好的呀，他们肯造黄册，肯对辖下百姓进行详尽的统计和记录，这就省了我很多麻烦。以后接管过来的时候，我可以省很多力气。"

"恐怕没人愿意把人交给大王接管吧？"

杨瀚乜了谭小谈一眼，似笑非笑道："你当初还不愿意留在我身边呢，现在还不是肯留下？"

谭小谈的眼睛马上亮了起来："那就是大王早有谋划？你有办法收拢

权力？”

　　杨瀚淡淡道："这些话，你可以告诉唐诗。"

　　谭小谈仿佛当头挨了一棒，忽然又不说话了，只是默默地坐在杨瀚身边。

　　过了许久，鱼漂一沉，杨瀚急忙提钩，一线银白掠出了水面。谭小谈准确地一伸手，将那鱼捉住，放进水桶，又麻利地给杨瀚装好饵。杨瀚一甩钩，鱼漂重新沉浮在水面上。

　　杨瀚睨了正在湖边净手的谭小谈一眼，问道："怎么不说话了？"

　　谭小谈沉默了一会儿，甩甩手上的水滴。

　　天正春寒，湖水尤冷，这一洗手，她的手掌变得红通通的，还在冒着白汽。

　　谭小谈把那白汽氤氲到了自己的脸上："大王，你说我……我什么时候才可以不必继续给唐大小姐传递消息？"

　　"怎么了？"

　　谭小谈幽幽道："脚踩两只船，我担心有一天，会把我淹死。"

　　杨瀚微笑起来。

　　谭小谈偷偷地瞟了他一眼，又道："去年夏天，各个部落就陆续出山筑城了，那些独立于西山诸部，并不承认大王的部落觉得他们离开了坚城，或许会有机可乘，常常出山打劫各部。"

　　杨瀚道："无妨，现在很多城都已粗具规模，每家也都有了出海打草谷的船队，渐渐兵强马壮起来。他们不会容许自家后花园时时起火的，等春耕结束吧，他们有了余力，一定会想办法去解决这些隐患。"

　　谭小谈期期艾艾道："可是，那些独立部落现在跟东山那边的海盗已经勾结在一起了，据说，那些海盗其实就是东山女王的人。所以，想对付他们，只怕不那么容易，弄不好要吃大亏。"

　　杨瀚扭头看向谭小谈，问道："这个消息我都不知道，你从哪儿听说的？"

　　谭小谈沉默了一会儿，才低声道："唐大小姐派来的人跟我说的。"

　　杨瀚伸出手去，轻轻捏了捏她的脸颊，微笑道："你看，你这么乖巧懂事，我怎么会舍得你淹死。"

　　谭小谈红了脸蛋，期期艾艾道："大王是什……什么意思？"

　　杨瀚看着远处的鱼漂，用很认真的语气道："只要你真心愿意坐我这只船，我保证，让你坐到老。"

谭小谈对杨瀚的这句话认真思考了很久，还是不太敢相信承诺这种东西。唐大小姐还说跟她亲如姊妹呢，结果如何？也许，要建立一种更密切的关系，才算真正有了保障。

谭小谈想着，脸就有些发烫，连湖上吹来的风都无法降低她脸上的温度。

小谈偷偷瞟了杨瀚一眼，杨瀚正专注地看着水上的鱼漂，等着鱼上钩。

他的头微微抬着，露出了喉结。

小谈确信，只要这时她挥出一刀，一定可以一刀封喉，让杨瀚没有丝毫反抗的机会。

她是最好的刺客，知道如何营造最好的环境，制造最佳的时机，然后果断地出刀。

现在，既已有所决定，她便决定立即行动！

因为，春天来了，她的机会已经不多了。

六十九　润物无声

何善光背着鱼篓，兜着野菜，走在火焰一般的艳红里，有种沉甸甸的喜悦。

杨瀚自然是走在后边的，负着双手，步态悠然。

小谈跟在杨瀚的后边，时而想起自己对杨瀚的图谋，便偷偷瞟一眼他的背影，有些紧张，担心被他看破什么。

这么多日子朝夕相处下来，作为一名优秀的刺客，她又认真观察了杨瀚的举止、习惯，对他自然比谁都了解，她知道，这是一个精明的男人，可不那么好骗。

忽而她又想自己一旦计划成功……她的脸便开始红，一如高及腰侧的映山红。

快走出那片火焰时，小谈忽然想到今天是朝会的日子，许多世家公子应该早就候在勤政殿里了，可大王仍然这么优哉游哉地走着，心中便有些不安。

小谈有心提醒一句，可是看到杨瀚安闲的神态，忽然又说不出口了。

向阳的山坡上就是宫墙，宫墙外是一片梯田，一道道梯田层叠而上，就像仙人润饱了墨，信笔挥就的一幅图画。

那绿的是秧，黑的是埂，道边的桑树上已经结满了果子，只是果实没有成熟，现在还是白中透绿的模样。

看着那果子，小谈就一阵牙酸。这桑葚很好吃，初生是白里诱青的，然后就渐渐被阳光染红，等它彻底成熟的时候，就从红到发紫，紫至发黑，吃起来是一点儿酸味都没有的。

但它其实还是有酸味的，如果吃太多了，当时不觉什么，但是到了吃饭的时候，会感觉所有的牙都软了，比豆腐还软。

去年桑葚成熟的时候，她看小甜吃得欢实，她也吃了很多，晚上吃饭的时候，咬块豆腐都感觉牙要倒了。想来牙是不可能真的软成那样子的，但那酸爽的感觉，使她都不敢拿手去捏一捏她的牙齿，看看是否真的比豆腐还软。

几个小太监和好多宫女穿着适合劳作的衣衫，正在田间劳作。穿青衣的太监和穿彩衣的少女行走在田间，就像花瓣上翩跹的蝶。

这里种的是冬小麦，十月份种的，再有两个月就会成熟，如今正是麦子返青的季节。

看到那长势良好的小麦，想到整个宫里只有自己是喜欢吃面的，杨瀚大王就种了这么一片麦田，谭小谈忽然满心欢喜。

"长势喜人哪！现在轻闲，也就是浇浇水、除除虫、施施肥了，我们就安心等着收获吧。"杨瀚站住脚步，看着那麦田，微笑地说。

田间的少女和太监看见了他，都原地拜了下去，于是就见一个个先是隐于麦田，再一一出现。

自从褚女官被赶走，何善光接管大内，规矩就渐渐建立起来了。久之，宫里的人对于杨瀚的敬畏也就自然形成了。笑话还没有变成神话，但已渐渐不像笑话。

谭小谈一语双关地笑问道："那么大王何时收获呢？"

今时不同往日，既然要在他这只船上坐一辈子，这船是能乘风远航，还是被一个浪头打入水底，她就得关心了。

杨瀚眯起了眼睛，一阵风吹来，麦浪涌动着，就像船头的浪。

杨瀚缓缓吐出五个字："我想……得三年。"

一年奠基，两年培育，三年收割，可以了。

这不是韭菜，不能一茬一茬地割，再让它一茬一茬地长。

这是麦子，一拨就得割干净了，然后，根也刨了。

所以，三年并不算长。

现在，已经过去一年。

谭小谈想了想，说道："我听说，祖地有一种鸟，出生三年，不展翅膀，不飞不鸣。三年不展翅，是为了羽翼的成长，三年不飞不鸣，是为了观察世间万物。虽不飞，飞必冲天；虽不鸣，鸣必惊人。"

杨瀚乜着谭小谈道："就显得你读的书多。"

谭小谈歪着头向他一笑，小有得意。

何善光兜着菜，背着篓，茫然地站在他们旁边，不知道他们在说什么。

杨瀚走出几步，忽又停住，再度扭头看向小谈，目光有些审视的意味。

谭小谈心中一跳，便有些心虚："怎么？"

杨瀚道："你今天显得有些奇怪。"

谭小谈心更虚了，忙指着一旁的麦田道："这不是……因为麦子快熟了吗。"

回到宫里，大甜马上像只花蝴蝶似的迎了上来："大王，各世家公子刚刚在勤政殿里又打架啦，您快去看看吧。大王去钓鱼不久，他们就来了，这才一个多时辰的工夫，他们已经打三架了。"

大甜说着，飞快地瞟了谭小谈一眼，目光透着嫉妒。大王为什么喜欢整天带着她呢？

谭小谈收到了大甜有些敌意的目光，抬眼向她一瞥，有些不屑。

"杨瀚的这个王宫，四面有洞，八面来风，天晓得哪个不开眼的部落头领一时发昏，就会派个刺客来杀他。放眼整个咸阳宫，真正的高手就本姑娘一个，他不跟我形影不离，难道带着你呀？你会干什么？"

杨瀚举步向勤政殿走去，小谈没有继续跟大甜"眉来眼去"，马上也跟了上去。

最近，世家公子哥们当着杨瀚的面打架乃至打群架的事越来越多了，这个现象早在杨瀚的预料之中。

他从没有授意徐海生、司马杰或者羊皓那边刻意地去挑拨、怂恿别人，那样太容易暴露，不可能永远不露马脚。如果是外人，偶施计谋，得逞便走，倒也无妨，他还要跟这些人一直打交道下去，那就不能用这样的手段。但是随着整个三山的发展，这些矛盾冲突必然会产生。

以前，大家各立山头，根基之地都在易守难攻的险要所在，以此躲避龙兽。在生产方式上，同样因为龙兽的存在，他们没办法大力发展农业，只能以狩猎、采撷和捕捞为主，而这种生产方式是养活不了聚集在一起的大量人口的。所以，即便是他们自己的部落，也要分散出去才能保证供给，周围怎么可能有其他势力犬牙交错？

至于部落之间互通有无的商业行为，更是十分脆弱，只有规模极小的集市，交易方式也是极简单的以物易物。工业则完全是自给自足的小作坊，毫无规模。

现在，各个大城筑起，大量人口集中，农业开始发展。

三山洲以前虽然没有自己的工商业，可他们那些当首领的毕竟是见过世面的，有人年轻时还曾游历过三大帝国，自然明白这些城池建立，必然会兴起工商，所以早早就有人开始布局。

可是与这种种变化相对应的制度、法律统统没有，而且任何一个部落即便制定了规则、制度，最多也只能在其内部通行，不可能获得其他部落的认可。于是各种冲突、矛盾开始频繁出现，且根本无法调和。

在勤政殿上打一架，最多是出出心头恶气，对于解决问题同样毫无帮助。

他们一旦动手，他们背后的各部首领就会对其他部落采取制裁，而其他部落当然会进行反制，然后，他们之间的矛盾冲突就会打成死结，而且无解。

可社会一旦向前走，是无法回头的。而且，发展工商，他们才能获得更多利益。利益推动他们必须变革，必须前进，要前进就要有所有各方认同并遵循的制度，谁来主持这件事？

能服众的人才能主持这件事。能主持这件事的人必然服众。

杨瀚走进大殿的时候，发现椅子碎了四把，还有两把歪歪斜斜地倒在一边，也是坐不得人了。

堂上的公子们有的帽子没了，有的衣服破了，有的鼻青脸肿，有的掉了牙齿，有的鼻子里塞了小布条，其形其状，不成体统。

杨瀚没有理会拥上来告状的他们，径直走向王座。当他坐下来时，有六七个公子发现自己没了座位，只能站在那里。

杨瀚面沉似水地看着他们，半晌没有说话。

一开始大殿上还有些嘈杂叫骂声，渐渐地，各家族的公子们发现苗头不对，声音便渐渐轻了，直至一片寂然，悄无声息。

杨瀚还是没有说话，他只是端起何善光送上来的香茗，轻轻地呷了一口。

一盏茶快喝到一半的时候，那些还坐在椅子上的公子开始不安起来，他们左右看看，看着那些站在那儿的人，有些如坐针毡，慢慢地，便有人悄然站了起来。有一个站起来，便有更多的人自觉地跟着站起来，当所有人都站起来之后，杨瀚才沉着脸重重地哼了一声："这些椅子，都是寡人亲手打造的，你们一个个的可真出息！"

杨瀚一拍几案："何善光，把椅子都撤了！"

何善光立即一拍手，侍候在殿上的小太监马上冲过去，把一把把碎掉的和完好的椅子都搬走了。

杨瀚道："椅子是用来坐的，既然你们把它当成武器，那就不用坐了。何善光，以后殿上面君，一律站着，不再摆放椅子、蒲团。"

何善光恭声道："是！"

殿上众公子中也不乏精明者，隐隐觉得大王似乎是在借题发挥，只是这个念头隐隐约约地生出来，还没等他们予以深思，杨瀚又说话了。

"谁先说说，因何争斗？寡人来替你主持公道。"

徐诺的堂弟、徐家公子徐不二马上一挽袖子冲了出来："姐夫，我先说。"

杨瀚端起茶盏，拨了拨茶叶，心想，是时候制定一部《三山律》了。

徐不二振振有词，理直气壮。

他们徐家有个管事杀人了。

杀人的理由那是相当充分，徐家筑城建屋需要大量建材，郑家所据地区盛产漆树，这边缺漆，那边有漆，双方自然如胶似漆，这桩买卖顺理成章地就做起来了。不过，徐家花钱如流水，花着花着，徐家管事就想："我购入这么多的清漆，你该再便宜些才是。"于是，徐家管事便一次次地压价，因为尝到了甜头而一发不可收拾了。

他这边对郑家压价，对徐家那边可没讲，好处全落入了他个人的腰包。郑家见徐家不断压价，又不想失去这个大客户，为了利润，便开始以次充好。

一开始徐家这边还是极粗放的管理做派，所以并没有发现，等到他们发现后，那徐家管事勃然大怒，一刀就把郑家管事给杀了。事情闹开，徐家这边自然知道这个管事中饱私囊了，不过如何处治他，那是徐家的事，徐家便是打死他，也不可能把人交给郑家。

郑家比起徐家固然弱小许多，就连筑座城都是与另外两个部落三家联手的，却也忍不下这口恶气。

换作以前的话，那结果就只能是打。不过各家堡寨距离太远，说打也不过是派几个人去搞个偷袭弄死俩人出一口恶气。现在出了个杨大王，虽然只是名义上的，毕竟算是有人可以名正言顺地管理此事，所以郑家就把官司打到宫里来了。

杨瀚耐心地听他说完，心道："这里边涉及工商之法、刑律之法，还有各家族内部的经营管理。以前各家族工商不兴，管理粗放，也没个细致的办法，现如今这种事多了，各个家族必然察觉不足，逐步加强管理，但这涉及大法的部分，却不是任何一方能独立完成的了。"

杨瀚暗暗思量着，语气甚是关切："不二啊，以前因居堡寨，原也谈不上什么工商，今后可不行了，这方面的管理得有章程。如果由着你们自己慢慢摸索，却也不是不成，不过那等出来一套行之有效的办法得多长时间？其间早被人上下其手，占尽了你家便宜。"

徐不二一听，姐夫到底是自己人，很为徐家打算哪。

徐不二便得意道："姐夫放心！我们徐家奉姐夫之命到瀛洲打劫，啊不是，到海上练兵，顺道打击了一些海外不臣之辈，那是不管喘气能拖的不喘气的都拖回来了。其中有些老头子，原合计这么老了也没甚用处，只是想着不弄走就是浪费，先弄走了再说。谁晓得这帮老头子大多是各个店铺的掌柜，理财、经营都是一把好手，现如今他们都被我们徐家安排到各城店铺去了。他们帮我徐家制定了很详尽的章程，现在已经很难出现那该死的裘管事中饱私囊的事了。"

徐不二越说越兴奋，眉飞色舞道："姐夫你有所不知，以前我们都觉得只有金银抢来才是好的，粮食、器物嘛，也算是好的。只有人最不值钱，也就年轻力壮的抢来还有点儿用，可以卖卖力气。现在我们才发现，这最值钱的就是人哪！只有人有本事，才能一本万利。"

郑家那位公子越听越生气，你们徐家和徐家女婿是在这儿唠家常吗？

不等徐不二说完，郑家公子就青着一只眼上前大喝一声："大王！我那表弟纵然以次充好，该当受罚，可也没有死罪的道理。徐家蛮横，杀我兄弟，大王您不是徐家一姓之王，可得为我们做主！"

与郑家同筑一城的另外两家公子兔死狐悲，也是攘臂声援："大王当为郑家主持公道！"

杨瀚沉吟一下后说："这案子牵连甚广，首先一个，是徐家管事中饱私囊，贪墨主家钱财。"

徐不二道："对！没错！那狗东西该死！可他再该死，也是我们徐家自己的人，交给郑家处治？凭什么！"

杨瀚瞪眼道："寡人还没说完呢。"

徐不二笑道："行行行，我闭嘴，姐夫你继续说。"

杨瀚道："这第二桩，便是郑家管事以次充好，欺骗买主。"

徐不二大声道："着哇！郑家太不地道了，这些狗东西，居然敢骗到我们徐家头上来了。"

杨瀚瞪着他不说话，徐不二吐了吐舌头，忙紧紧闭起嘴巴。

杨瀚道："徐家压价，你若觉得不值得，生意不做就是了，以次充好，诈人钱财总是不对的。"

郑家公子冷笑，心想："听你这口气，是要偏帮徐家到底了？"

郑家公子也不打断，只是咬牙听着，想等杨瀚说完再说。

杨瀚道："这第三桩，便是徐家管事为了泄愤，擅用私刑，杀了郑家管事。郑家管事固然有罪，却罪不至死。纵然死罪，也不该由徐家滥用私刑。"

郑家公子一怔，忙拱手道："大王英明！"

杨瀚笑了笑，又道："这几桩案子，若是在祖地，都是只需一县之长就可公断的，何需报到本王面前来？我朝虽还未设县郡之职，那都是因为之前不需要，可即便如此，如今至少有了刑部，你们本应报去刑部尚书李洪洲那里……"

李家也是大族，要不然这李洪洲也成不了六部长官之一。

那李家公子一听这话，顿时虎躯一震："对呀！我大伯是刑部尚书哇，如此说来，徐家和郑家的这桩案子，我们李家可以说了算的？我怎么就没想到呢？这要是由我李家出面，处断徐郑两家之案，那对提升我李家的名声大有帮助哇！"

李家公子再一想到不仅仅是徐郑两家，各大家族、各大部落之间但凡发生了冲突、矛盾，李家都有权力予以干涉，他的心里顿时就像窝了一团火，熊熊燃烧起来。

杨瀚给李家公子开了一扇窗，这李家公子却是自己踢开了一扇门，野心已在滋生。

杨瀚道："只是这些事既然已经报到寡人面前，寡人左右也无他事，自可为众卿家做个公断。此案如何处置，一会儿寡人再与你们分说。且退到两旁。谁还有不平之事，上前来。"

接下来，各位公子纷纷上前，所告的事情五花八门，有撕毁契约的，有行凶杀人的，有以强凌弱的，有侵占土地的……只是这些案子都是涉及其他部落的，部落内部的冲突早就由其家主内部解决了。其形其状，与祖地西南地区的土司老爷们极其相仿，一个个都是地方上的土皇帝，有自募的私兵，可自征税赋，自治其地，自律其法。

不过，他们头顶上终究还有一个名义上的共主，一旦诸土司间发生大冲突，要么请更大的土司老爷出面调停，要么就得上禀朝廷公断。眼下杨瀚这个小王朝，大抵如是。

　　杨瀚坐在上边，听他们诉说，有说到激动处当庭又要动起手来的，才被他厉声喝止。

　　杨瀚只管倾听，一概不予表态，直到最后一位公子说完了他的糟心事，杨瀚才道："众卿所言，寡人记下了。只是寡人若是为你等处断这些事情……"杨瀚目光徐徐一扫，"只怕是判胜的皆大欢喜，判败的满心不服，终究会有一半的人心怀不满，认为孤家有所偏袒。毕竟，这是非曲直，没个标准，全赖寡人一言而决。"

　　众公子不约而同地看向徐不二，心道："你偏不偏袒别人我们不知道，徐家这桩案子里边，你要是不偏着你小舅子，我把眼珠子挖出来给你。"

　　徐不二梗起了脖子，瞪起了眼睛，很是凌厉地一一回瞪过去，大有"你瞅啥？你想咋的？不服憋着！有本事你也找个漂亮姐姐嫁给大王"的意思。

　　杨瀚顿了一下，又道："若要无论胜诉还是败诉，无论原告还是被告，人人觉得公道，那就应该有一部人人认可的法典。无论是寡人还是众卿、万民，大家都依法办事，依法公断，纷争自然平息。所以……"

　　杨瀚坐正身子，慢慢露出一副魔鬼般的笑容，诱惑道："众爱卿都是我三山才俊，如今你们还年轻，可再过十年、二十年，寡人这江山就全赖众卿扶持了。是以，寡人决定，立一部三山律法，这部律法，就由众卿来制定。"

　　大殿上鸦雀无声，众公子都茫然地看着杨瀚，脑子一时还没转过弯来。

　　杨瀚道："寡人只负责审阅批准这部法典，具体条例的制定，就由众卿决定。如今宫里新起了一栋楼，寡人现赐其名为律殿，众卿这段时间就住在律殿里，一应需用由宫里供应。就由众卿，为寡人、为三山，立一部大法吧！"

　　众公子这才听明白，其中有些怠懒的家伙就不免有些厌烦，本公子平日里花天酒地的何等快活，哪有工夫去弄一部什么律法来，这也太枯燥了些。

　　阳光斜照入宫，照着杨瀚的王冠，两个折角的影子投映在屏风上，就像魔鬼的两个尖角。

　　杨瀚道："这法是众卿合力编写，各部自然信服。待此法建成之日，寡人要在承露台上，立一方玄武岩的巨石，将众卿所编之法镌刻在上面，就叫……《瀚律法典》。众卿立此法，可惠及万代千秋，寡人与众卿的名字也会镌刻在这巨石上，巨石不朽，寡人与众卿的名字便可千年不朽、万世传承，叫我三山子民世世代代都记得你们。"

杨瀚这句话一出口，喧嚣声顿时不闻，所有公子哥的眼睛都亮了起来。

他们什么都不缺，也就什么追求都没有。因为可以追求的，他们生下来就有了。不该他去追求的，他们想争也没用。所以他们的人生就只剩下恣意妄为的享受。可是现在他们突然发现，他们居然有一桩连他们的父祖都不曾拥有过，以后也无法再拥有的丰功伟绩可以去追求。

把名字镌刻到仙人承露台上立起的擎天巨柱之上，让千秋万代都记得我的名字？千百年后的人，能记起我爹是谁吗？能记得我儿子是谁吗？都不可能啊！可是唯有我，可以英名不朽！

有的世家公子激动得心都要跳出来了："不必等千秋万代呀，只等这瀚律碑建成，我爹我兄弟他们，只要一登上这咸阳宫就能看见那块巨碑，我的大名就刻在上边呢，他们呢？都不在一个层次了呀！"

徐不二率先跳了出来："姐夫英明！我愿参与！"

"我参与！"

"我参与！"

"我我我，还有我！"

何善光站在丹陛一侧，紧张地想："这些年轻男人都要住进宫里来吗？这……只怕要好几个月吧？这要出点儿事可怎生是好？不行，我得每天去盯紧了，可不能叫人占了大王的便宜去。"

小谈望着杨瀚，却是心中凛凛："这人明明是被众部落供起来的一个偶像，就像一个泥胎木塑。他登基的那天，我就在这咸阳宫前，亲眼见证的。这个王，从登基那天起，就是个笑话，他连他住的这座宫殿都左右不了。可是，似乎也没见他认真做过什么，不知不觉间，他已有了相当的影响力了。"

就以如今这部法典来说，他有这部法典，就可以插手各部落中事，而且哪怕是守护自己权力最严重的人也无法拒绝他伸手。因为各城之间联系必然越来越密切，这是势，势不可挡。

所以，所有人要想维护自己的最大利益，都需要这么一个人，这么一部法。

与此同时，这些各大部落首领的亲信子弟，未来各大部落的首领人物是参与制定这部法的核心人物，他们必然会成为这部法最大的拥护者，拥护了这部法，也就拥护了杨瀚。

更可怕的是，这些人都没意识到他们这么做，是在往杨瀚手里递刀。又或者，他们之中有人意识到了，但是考虑到自己所能获得的，在一番权衡后，仍然是心甘情愿地加入。

这种事情，小谈已经不是第一次见了，各部落似乎在不知不觉间便兴高采烈地一步步把权力交给杨瀚，在此过程中没人觉得那是对自己的一种威胁，反而觉得占了莫大的便宜。

他在地上掘了一道渠，那水自然就流过来了。

这个男人，太可怕了。这么可怕的男人，一定要变成自己的，那才有安全感。小谈在湖畔就打定了一个主意，眼下这主意更迫切了，她想今晚就执行。只是她没有意识到，她此刻的想法，和她刚才分析的那些人是何其相似。

晚餐很丰盛。

忆祖山近海，水产品自然多。肥美的鱼脍，比起刚出坛的杏脯看着要更加粉润鲜嫩，有浅白的脂肪带着优美的弧线，一道道地隐没其间。调好的芥末用刚挖出的新鲜芥根磨制，配的是从瀛洲抢来的味道极鲜美的酱油。

山珍倒是不多，主要是一道飞龙煮的汤。这是世间最鲜的滋味，任何作料加进去都只会减损它本身的鲜香，所以只需一点儿盐，掌握好烹汤的火候，足矣。

荤菜固美，素菜也是鲜香，新挖的笋子，都是挑刚刚吐出芽，细若婴儿小指的嫩笋，切段调拌，上边还淋了鲜红的辣油。

杨瀚在祖地时没见过这种东西，那里要吃辣，只有芥末、葱蒜和茱萸，而这三山洲上却有一种成熟了之后像红灯笼似的辣子，用它炸出的辣油味道更纯正，也更开胃。

菜式真不算多，不过两荤两素一道汤，但每一样，都是人间最美的滋味。杨瀚一见，不禁食指大动，笑道："只一瞧便叫人胃口大开，如此佳肴，岂可无酒？"

杨瀚刚说完，酒就来了。

谭小谈捧着一管竹筒，从那侧门轻盈地滑进来，姗姗地走到他的面前跪坐，便取来从瀛洲抢来的上品白瓷，缓缓地斟了一杯。

这酒是白酒，在竹子还未长成的时候，就打进竹管，再封死缺口，直到那修竹高耸入云，再把它伐了，截了装酒的一段，便是天然的酒桶。

用筷子在竹节处的竹膜上用力一插，便扎出一个眼来，酒液沥出，淅沥地倒入白玉般的细瓷杯里，清可见底，那颜色仿佛是把青青的竹叶揉出了汁，浸进了酒里。

红烛之下，小谈换了一身浅绯的衣衫，只是颜色稍改，款式稍变，眉眼之间，便是一种不同的风情。

月眉细细长长，眼波似狐一般娇媚，瑶鼻似象牙雕琢出来一般精巧，灯下看去愈增三分颜色的红唇，就把青春少女特有的娇美，肆无忌惮地渲染在她的脸上。

酒来了，秀色也来了。

秀色可餐，亦可佐酒。于是，杨瀚满饮了一杯，那带着青竹香气的美酒一入喉，便烧起一路烽烟，够劲。

谭小谈跪坐着给杨瀚布菜，笑吟吟道："大王今日兴致真是好。"

杨瀚笑笑，道："你会不会觉得我有些太沉不住气？要知道，东山那边比我发展更好。"

谭小谈嫣然一笑："唐上将军选择了大王您为盟友，可没派使节去东山。"

杨瀚道："为何？"

谭小谈道："东山根基太浅，整合虽快，成长虽速，却也只能逍遥于东山，纵横于海上，恍然一方巨盗！"

杨瀚目光一凝，道："一方巨盗？"

谭小谈浅浅而笑，道："是！他们的根基聊胜于无，武力虽强，却又不足以撼动一国。故此虽然凶悍，终究不过一方巨寇，他们想维持下去，唯有靠抢。这样的一群人，何足与谋？"

杨瀚轻轻转着酒杯，心中便想，她倒好眼力！不错，东山之隐患，就在于没有农工百业之基础，一盘散沙反而活得自在，如今汇聚一起，反是绝大的负担。如此一来，自然难成气候，不过，你们谁会晓得，我本来就是只想把它打造成一口无坚不摧的刀呢？

想到这里，杨瀚便又敬了自己一杯酒。

谭小谈并不清楚杨瀚心中所思，当日咸阳宫里杨瀚登基，诸般的仪制都像是玩笑，就连唐诗逐小谈出门都是一场戏，但是在他们所有人看来，小青与杨瀚的决裂却是真的。小青有与杨瀚决裂的动机，他们更不相信杨瀚在那时候就已预测未来，布局下子，将三山洲一分为二，如双子星般各自发展，只待时机适宜再合体如一。

如今已一年了。徐家、巴家、蒙家，包括如影随形地跟在杨瀚身边的谭小谈，没有一个发现过他与东山有任何形式的联系。

杨瀚甚至从不提起东山，今晚是第一次，想来是因为他负了小青，终究有愧于心。

小谈既已决心委身杨瀚，自是希望能叫他看到自己的长处，而不是只把自己当个杀手看待。于是，她夹起一截嫩笋，对杨瀚道："反观大王您，这一年来看似垂拱而治。可是……"她把嫩笋轻轻放进杨瀚盘里，"诸部出山了，城池建起了，黄册造了，良田开了，工商兴了，连驿站都有了，它……还兼备着谍报司的功能吧？"

小谈莞尔道："马上，律法也要建立了。这林林总总，哪一桩哪一件不是一朝开国才应有的气象？可这哪一件，若是大王下旨叫人去做，只怕都会适得其反。但如今呢？大王似乎什么都没做，别人就把大王想要他做的事给做了，细细想来，这每一件事的背后，又哪里少得了大王的影子呢？"

杨瀚微笑道："杀手的眼睛就是犀利。"

谭小谈有些不高兴，人家这般卖弄，不就是想让你忘了我是杀手？还说！

谭小谈扁了扁小嘴，又道："'岁寒三友'中的竹，种下五年也不见成长，可这五年里，它的根系却可以扩张到数里地之外。五年之后，一场春雨下来，它在半年之内，就能长到旁的树五十年也无法企及的高度。"

谭小谈夹起一截翠生生的嫩笋，轻启娇红的双唇，用那洁白的编贝似的牙齿轻轻咬下一截，好看地咀嚼了两下，嫣然道："人家现在迫不及待，想看大王一飞冲天，一鸣惊人，一朝风雷动，天下霹雳惊！"

杨瀚心中自得，面上却是矜持一片："小谈杀人，可以不用刀了。"

小谈听了更加郁闷，若是这一辈子都被大王看作杀手，那……那跟了他做什么？真真地可恶！

夜色把月光轻轻地托上高空，小谈开始铺被。

帷幔放下了，薰香已点燃，杨瀚仍然坐在椅上，闭着眼睛，轻叩桌面。

他在细细思索自己已经做了哪些事，还可以再做哪些事。

他能动用的力量不多，尤其不可冒进，一旦引起各方警惕，会给他带来难以预料的后果。

势虽已形成，但现在只能因势利导，不能操之过急，可要想加速收拢权力的步伐，终究还是要尽量地借势借力的，他还有什么好借？

瀛洲唐家马上就要动手了，动手之期就是瀛皇的生日。

各方官员齐聚京都，宜造反。

那一天是四月十八，还有一个多月。

对于瀛皇，杨瀚了解不多，他每每听到旁人说起这位瀛皇，都只有两个字：昏君。

这个昏君不是杨瀚将要面对的对手，他是唐傲的。杨瀚自己麻烦很多，所以懒得理他。

下个月唐傲就要动手，所以这时给不了他什么帮助。

蓬莱那边，据说木军吃了一个大败仗，一溃千里，正在恢复元气。

乌烟瘴气，诸王暗招不断。

这些，将使各方暂且顾不上三山洲，从而给杨瀚的崛起制造机会。

可是，谁也无法判断，这些斗争什么时候会停止。也许十余年，也许三个月，也许……就是明天。

杨瀚给自己定了个三年的目标，这已是他努力争取的最短时间。

天时、地利、人和……

三山洲先天占据地利，而人和，他正在造势，为自己争取。至于天时，三大帝国同时生乱，这已算是最好的天时了吧？

杨瀚忽然想到天时这个词，除了在"天时、地利、人和"中的意思，还有一层意思，这层意思就是它字面上的意思，四时气候。

现在是春天，雨季要到了。

做木匠活的时候，他听到懂木工活的几个太监聊起过三山的雨季。

种冬小麦的时候，他也听宫女们说过三山的雨季。

三山的雨季，加上刚刚建成的城池，再加上困居深山五百年，已然退化了这方面经验的诸部……

杨瀚叩桌的手指一停，一下子睁开了眼睛。

他的眼神贼亮，如果小青在这里，看一眼就知道，他又要使坏算计人了。

杨瀚想定心事，登时一身轻松，酒后的倦意就涌了上来。他打一个哈欠，站起身来，便向床榻走去。

七十　律政少年

三山洲最大的码头是半月码头，这实际上就是一个半月形的天然港湾。

这里的岸边吃水深，可以停泊大型船舶，天然的地形造就了港湾内的平静，就算飓风过境，也很难影响港湾里的安宁。

许多小船正在海湾里捕鱼，从高空看下去，就像一块半月形美玉上镶嵌的一颗颗宝石。

微咸的风徐徐地吹上岸，徐诺站在码头上，正在等候船队的回归。

她七叔徐撼是她几位叔父中年纪最小的，只比她大十七岁，正当壮年。壮年人的精力和欲望总是更多一些，于是在把沿海掳掠了一个遍之后，又不耐烦深入陆地去打劫的徐撼选择了另一条路，他驶向了更遥远的大海，打劫方壶、瀛洲和蓬莱三大帝国往来的商船去了。

徐撼的原话说："上了岸还要打听消息，才晓得谁家有钱，还得一路打将过去。何如去海上转转？只要碰到了商船，那必是满载了财货的，这多省事？"

现如今因为尝到了甜头，三山洲的海盗事业可谓是发展迅猛，各大家族都不遗余力地支持造船、出海、打劫。先行一步的徐家，海盗船队尤其庞大，仅徐撼率领的这支船队就已拥有了七艘战船。

今天，是徐撼返航的日子，早有快船先送了消息回来，说是七爷远航至落日海峡，打劫了一支商队。

据说船上有大量的金币、银锭，还有数十名为大王准备的圣女，可谓收获颇丰。而其损失则只有两条船，其中一条是在大海风浪中沉没的，另一条是在战斗中被护航战船击沉的。可他们掳回了两艘大商船。这时代以冷兵器为主，火药应用有限，所以船的分类其实并不明显，因此等于全无损失。

临海的百姓扶老携幼地赶到港口看热闹，还有很多商贾等着大肆采买，再运走转卖，从中牟利。有些人是家里亲人就在船上，信上语焉不详，谁也不知道亲人是否活着回来，心情难免忐忑。

风轻轻地撩起徐诺的衣袂，她正负着双手，听手下汇报咸阳宫的消息。

她上次说要去一趟咸阳宫，可最终并没有成行。三座大城同时建造，其中涉及太多关于财务、人事、规划方面的事情。每个方面的事情再细分下去，都是无穷无尽。每天都有数不清的事情需要她来亲自做决断，有无数个重要岗位等着她把任命的人安排上去，有太多的财富等着她的分配，然后或入库，或出库……

她的容颜清减了许多，因为累呀！

吃不香，睡不好。

她不是不想把权力分出去，可总要分给自己可信可用之人才行啊。问题是，以前她是隐在哥哥身后的，只负责出谋划策就行，从未想过谋夺大哥的权力。她现在不是无人可用，听话办事的人当然很多，问题是，没有人能承受她分出去的权力，并替她独当一面。

现在站在她前边的那个人已经不见了，她只能自己站出来，她原来给自己的定位是辅臣，现在需要重新建设的不只是新城，还有她的心态。

她太年轻，还不到二十岁，长房嫡支这一脉现如今只有她一个人，她重用外人是不妥的，尤其是这个时候。而徐家近支都是几房叔父及其子嗣，徐诺防的就是他们，她还能怎么办？唯有亲力亲为。如此一来，她哪还有空去咸阳宫探望杨瀚？她只能派人盯着。就连此刻在这里迎候七叔归来，她都在见缝插针地听取汇报。

"立法？嗯，现在倒真该有部三山诸部都能认可并奉行的律法，只是……咱们徐家和郑家那桩官司怎么说？"

"大王说，人暂且羁押了。等法立了，再依法决断。"

"郑家答应吗？"

那人苦笑："郑家……答应了！"

"嗯？"

"郑老太爷最宠爱的那个小孙子，现在就在律殿搞立法呢，他爹说要跟咱们家打一场，那个孙子就跑回了家，在他家老太爷面前打滚，他爹也没办法。"

徐诺的嘴角抽搐了两下，深深地吸了一口气，道："这么一帮纨绔子弟，能立什么法？"

那人又汇报道："对了，大甜、小甜也传回消息，小谈姑娘已被大王幸了，说是等姑娘你进宫，中宫正了位，便册她为妃。"

徐诺的唇角依然抿着一个微笑的弧度，但笑意正在一丝丝逸散。

徐诺淡淡道："知道了，你去吧，这个消息告诉我三叔一声，他可以放心了。"

"是！"那人恭应一声，悄然退下。

徐诺皱了皱好看的眉，从袖中摸出一方洁白的手帕，帕上有花草的清香。

徐诺用手帕掩着鼻子，幽幽道："这海上的风，真腥。"

三天后的某一个时刻，杨瀚突然想起了被他丢在律殿的那些公子哥。

那些家伙怎么样了？

杨瀚想了想，心里还真不托底。

这个法叫他自己来立，他是办不成的，这方面的知识他一样匮缺。而且由他来制定如何服众？叫这些公子哥来做，做成了，他们就是大法的坚定支持者。做不成，借由此事，杨瀚也可以和他们建立同仇敌忾的关系，以谋长远。

无论怎么算他都不亏，所以杨瀚才想出了这么个主意。

只是一想到那些不着调的公子哥，杨瀚终究不放心，他想去看看。

这时他才发现，何善光不在跟前。他这三天很少看到何善光。一问大甜才知道，何善光在律殿那儿。

杨瀚原以为何善光是很有眼力见儿，所以这三天很少在他身边晃悠，如今听了倒是心中一奇，难不成这个老何是个律政天才，对这事有兴趣？

于是，杨瀚带着大甜、小甜赶去了律殿，反而是一向形影不离的小谈留在了宫里。

小谈是一个聪慧的女子，她明白过犹不及的道理。时刻黏着，期望以此获得宠爱，只能适得其反。

律殿顶上四个角的位置有四个黑色的突起，似乎是踞伏的脊兽。

杨瀚远远看见，便惊"咦"一声，道："那里什么时候安的脊兽？怎么我正殿反而不安？"

殿顶安装脊兽以镇辟邪物，这是宫廷建筑的讲究，同时还有装饰的作用。只是现在匠人太少，财力有限，咸阳宫的殿宇建设就一切从简了，只有飞檐，没有脊兽，想不到这刚建的律殿倒是安上了。

律殿的四个飞檐上，四个太监坐在杨瀚大王发明的太师椅上，懒洋洋地跷着二郎腿，睥睨四顾。四架大弩就架在他们面前，拇指粗的箭杆，锋寒的箭镞虎视眈眈。

何公公说了，咸阳宫里不要说是女人，就算是一只母猫，也不许溜进去。宫里的一切，那都是咱们大王的。

何公公拿了把太师椅，就坐在律殿的门口。

他斜靠着椅背，微微眯着眼，怀里抱着只花狸猫，有一下没一下地轻抚着猫毛，猫就眯着眼趴在他怀里，发出一阵阵的呼噜声。

那居高临下的模样，颇有几分东厂厂公的气势。

只不过说到他如今在做的事，未免就有些逊色了。

何公公很尽责，这律殿里的用水、侍茶、传膳、清理马桶……所有的一切，都是他带着几个小太监完成的。

何公公的意思是，他就不能让一个母的生物进这幢楼。

这种念头一方面是因为他老实本分，另一方面也是因为他这一生已经没了别的寄托，除了跟着杨瀚这个王，他无路可走。

跟着杨瀚，他何公公就再不用受人欺负，也不用看人脸色，他还有权力去管教别人，这是活了大半辈子的何公公从未体会之幸福。他现在只需要听命于杨瀚一人，只需要看杨瀚一人之脸色，而杨瀚是一个很随和、脾气很好的王，那他还有何求呢？何公公已把自己与杨瀚看作一体，一荣俱荣，一损俱损，自然比杨瀚自己都上心。

杨瀚带着大甜、小甜登上石阶，何公公还没睁眼，先就嗅到一阵清香，正打盹儿的他顿时就睁开了眼睛。

"大王？"

何公公一见杨瀚十分意外，急忙把猫一扔，就要下拜。

杨瀚抬手制止了他，悄声问道："里边情形如何？"

何公公道："奴婢只是守着这门，防着有人……打扰里边诸位公子，诸位公子做的事，奴婢不明白。"

杨瀚笑了笑，道："好，你且守你的门，寡人进去瞧瞧。"

何公公看着大甜、小甜跟在杨瀚后面，有心阻止，但转念又一想，她们是跟着大王进去的，倒不怕被人占了便宜，便退到一边，只是大王来了，他不肯再坐了。

律政大殿上除了几张桌子、几把椅子，到处都是散乱堆放的纸张书籍，纸张书籍下边则埋藏着文房四宝，别的倒是没有什么。

那些公子哥儿，这边有两个埋头拼命翻书的，那边有两个拼命挥毫泼墨的，也不知在写些什么。

大殿尽头，七八位公子围坐成一圈，一个正站着，言辞激烈、手舞足蹈，他说了几句坐下，马上又有一个公子站起来，慷慨激昂地说了起来。

杨瀚瞧着有趣，也不打搅那翻书的、写字的公子，便悄悄向那围成圈发言的几个人走去。

徐不二此时正满脸通红，攘臂高呼道："法，就要用严刑峻法！起码在制定之初，必须得用严法，不严何以慑宵小？你们是不晓得，我徐家的大雍城是最先建好的，刚一建成的时候，街道宽敞、房舍整洁，叫人一见便心旷神怡。谁知这才几天工夫，乱堆乱放的、随地便溺的、占地摆摊的，就把这城搞得乌烟瘴气。要是你回了自家宅院还好，一出大门简直是不忍直视。所以，乱堆乱放的，杀！随地便溺的，杀！占地摆摊的，杀！"

郑家公子冷笑道："咱们三山一共才多少人？照你这法子，没几天工夫，人就杀光了，你道他们会不造反吗？"

李家公子道："我认同不二兄的意见，不过，死罪太重了。我们昨天不是已经议定了吗，这罪要分几档，不够其档的，危害便是没那么重的，不可轻用重刑。我查查呀，嗯，此等罪可用黥刑，谁犯了这些错，就在他脸上刻字。"

巴家二公子一拍巴掌，大声道："我赞成！比如那乱扔垃圾的，被抓到了，我们就在他脸上刻下：某年月日，某家某人，于某城乱扔垃圾。叫人人都看到，叫他丢人现眼！"

这些人讨论得极其认真，但是并未出现拳脚相加的情况。

其实，第一天时，他们争辩到激烈处，还是拳脚相加的。可问题在于，打赢了也未必在理字上就占住了，他们要立法，就是在说理，在定这世间最接近公平的理，如果动了拳头的，反而就此落了把柄给人家。他若再因哪个议题和人争吵时，那人就讲："怎么，你还想打我不成？你打赢了也不能证明你的理就是对的。

你打人，只能证明你说得不对，你理屈词穷，所以你才动粗，我不怕你。"那人顿时便哑口无言，动手打架只会让自己在辩理的时候处于被动，那谁还敢动手？

他们初时以为这立法一事是十分枯燥，只是念着勒石为碑、留名千古的美名，这才肯做，如今真正认真做起来，这才发现辩论这些道理竟是十分有趣的一件事。

他们如今的生活一点儿也不枯燥，每天一睁开眼就开始辩论，睡觉躺在床上还隔着墙辩论，吃饭辩论，如厕辩论，为了自己想到的一条法如何制定，如何修改，如何通过，他们每天都在不停地喷口水。

动拳脚会吃亏，只能以理服人。为了说服别人，他们叫随从连夜回家，去取了家里珍藏的古三山帝国有律书内容的资料来，甚而还告诉家里，要以最快的速度去把方壶、瀛洲、蓬莱三大帝国的律书买回来，他们要参详。那三大帝国都是通用的汉字，书买来就能用，倒是省了翻译一节。

于是乎，这些公子哥儿每日里就旁征博引，高谈阔论，与人斗真是其乐无穷啊！每每有一条自己提出的律法被通过，或者经过别人的补充完善之后得以通过，他们都有一种极度的成就感、满足感。生性风流的蒙家公子平日里无女不欢，每日沉溺酒色不可自拔。可在这里才待了三天，他就觉得自己陡然升华了。人间至乐是辩论哪！把人辩得哑口无言时，那种喜悦……你们凡人不懂！

徐不二获得通过一条，心满意足地坐下，拿出小本本把自己的功绩记了下来，这个将来是要向子孙后代炫耀的。

他得意扬扬地抓起茶杯，发现已经空了，再一提茶壶，也空了。

这些人每天喷口水，消耗最多的自然是水。徐不二懒得唤小太监，太浪费时间了，他抓起茶壶就起身要去后边灶上添水，这一回身，才发现杨瀚正站在后边静静地听他们说话。

徐不二讶然上前，道："姐夫，你怎么来了？"

杨瀚上回听他说姐夫就觉得别扭，毕竟跟他那个姐姐八字还没一撇，便咳了一声道："不二啊，姐夫那是咱们私下里叫的，这里毕竟是宫里，得严肃点儿，要用礼仪律法约定之称呼，该叫大王，别叫姐夫。"

徐不二现在最在意的就是规矩律法，法律意识空前高涨，听了忙点头道："姐夫……啊不，大王说得是。我总叫姐夫，就算我做对了，大王认可，旁人也会以为是冲着咱们亲戚关系，还是叫大王好，公是公，私是私。"

徐不二说到这里，忽然呆了一呆，欣然道："那要依着规矩礼仪，我称您为大王，您也不能叫我不二啊，您得称我为国舅，这才合乎礼仪。"

杨瀚苦笑道："国舅说得是！"

就这工夫，围坐的众人又通过了一条法律。

他们的速度如此之快，倒不是因为草率，而是因为三山毕竟曾经有过辉煌的文明，他们的祖上是有过律法的，徐家、蒙家这等人家珍藏的古籍中就有很多五百年前法律条文的记载，合用的拿出来就能用。更何况这些贵族公子大多有过游历三大帝国的经历，对诸国法律都有一定了解，不至于无从下手。不过，即便如此，所有条款的列出也是个旷日持久的过程，而且最终归类之后，还是要逐条复议的。

刚刚通过的这条律法是苏家公子苏英杰提出的，这条法如果放到现在，那就属于妇女权益保护法的范畴了。苏英杰提出，打老婆的男人很多，打老婆的男人大多一身恶习，甚不地道。他建议设立一条法律：若是妇人遭受家暴，一经查证属实，其夫当场处死。

这位苏公子的爹早就死了，其他公子隐隐听说，苏公子生父当年就喜欢醉酒打人，常常打得他的母亲遍体鳞伤，这也就难怪他有这般想法了。

不过，一想到只是打老婆就要杀头，诸位公子都觉得，这锅铲哪有不碰锅沿的，动不动就杀头，那得制造出多少寡妇？于是众人一番议论，又细分出了因为什么缘由打人，打人伤害的程度如何等细则，再分别对应设计不同的刑罚，最后勉勉强强算是通过了。

杨瀚让他们立法，给他们定下的只有一条规矩：必须所有参与讨论者全部认可，条例才可以通过。但凡有一个人不被说服，那就不得通过。

刚才众公子中就有一个坚定的反对者，因为……他就经常打老婆。他媳妇是其他部落首领的女儿，娘家也是一方之雄，这样的背景，本不好欺负。但他常有酒后逞凶之举，为此闹得两个部落都不太愉快。

众公子为了说服他，通过了他的一条提议，这才换来他的妥协。

这位仁兄提出的那例条文是：若丈夫当场捉奸，奸夫淫妇可以处死，不须负责。众公子听了，便有些恍悟之意，再看他时，目光中便有了一丝悲悯之情。于是，全票通过！

徐不二已经打水回来，仍然就座了。

他曾要杨瀚坐下，杨瀚悄悄摆手，没有惊动别人，只是静静地看着众人辩论，心里也渐渐欢喜起来。

徐不二此时便道："你们所说两条都与婚姻有关。这一说到婚姻，倒是叫我想起一桩事来。话说我三山人口稀少，人口少，又能富庶到哪儿去？以前是没办法，大家都要躲在深山里觅食，生多了也养不起，可现在多多益善才是！"

徐不二端起杯喝了一口，叫了一声："烫！"

徐不二放下杯子，挽挽袖子，站着继续阐述："若要多生，那就得早婚。现如今，我三山并无婚姻年龄限定，八九岁成亲的有，三四十才成亲的也有。结早了无济于事，结晚了再生就难了……"

杨瀚听到这里不禁来了精神，三山人口一直是他担心的大问题，光靠扮海盗去抢，终究是杯水车薪。没有人口，他纵有满腔的抱负，又能济得何事？

杨瀚便欣然上前道："国舅你坐下，寡人说两句。"

徐不二正说到兴头上，哪肯让步，肃然道："大王说过，三山律由我等议定。这立法是何等庄严神圣的大事，纵然是大王，也莫要掺和，大王旁听也就是了。"

杨瀚哑然。

徐不二转过头去，兴致勃勃地说："我觉得，可以规定男女年满十五就该成亲。若是还不成亲，活着何用？杀了。"

大甜、小甜一听，不禁吓了一跳，感觉自己的脑袋很快就要离开她们的脖子了。

郑家公子皱眉道："这条律法倒是该有，只是你不能一味喊打喊杀吧？不肯成亲而受惩罚……不如罚款吧。"

巴家公子点头："不错，我们可以每三年列为一档。满十五尚未成亲者，罚羊一只。满十八尚未成亲者，罚驴一头。到了二十一还不肯成亲者，罚牛一头。以此类推，如何？"

大甜、小甜顿时松了口气，小甜如今刚刚十七，大甜今年正好十八，这样算来，就是要罚一头驴和一只羊。

她们都是宫里的人，罚呗，罚起来肯定是罚大王的钱。

两双水汪汪的妙目马上就投注在杨瀚身上，那眼神分明在说，要么你就辛苦一下，赶紧跟我们造两个小人，要么你就肉疼一下，被人家罚款。何去何从，大王你选！

"国舅你坐下，寡人说两句。"

杨瀚一听可急了，革命都要革到自己头上了，这还得了？

杨瀚义正词严道："诸位，宫中征用男女，相当于已经服了徭役，各位立法时当把这种特殊情况考虑在内才是。"

苏家公子眼睛一亮，道："咦？这个我们却不曾想到，既然如此，我们对于到了适婚年龄而不婚者，就不该是罚款，而是类同于未服徭役，这个应属纳税！"

杨瀚一呆，自己还从不敢提及纳税，唯恐引起各方忌惮，忽然之间，这就提及纳税了吗？

巴家公子道："既然宫中服役者属于为国服了徭役，那么这不婚者所征的赋税，应该属于朝廷。"

杨瀚一听，拍掌称赞："巴爱卿所言甚是有理。"

内中也有老成持重的人，但一想不肯结婚的能有多少人？便征税也征不了许多，恐还不及各部落孝敬大王的财物，这税归了朝廷也无妨，因而众人都无异议。

杨瀚却是心花怒放，他根本不在意征这个未婚税能征多少，重要之处在于，朝廷有了第一项由其征收、由其使用的税赋。

哪怕这税只收得上来一头驴子，那也是朝廷的，是他的，有了这个开端，就在三山百姓的思想上打下了一个向朝廷纳税的烙印，这才是最重要的。

徐不二欣然道："既然如此，宫中所用之人，自当列为不征之属，这才是合乎法理的。"

这些公子哥儿正在造他们这个阶级的反，在做自己阶级的掘墓人，只是他们一个个浑然不觉，反而觉得责任重大，庄严神圣得很。

大甜和小甜听了这话却很是幽怨，为什么就不征了呢？

大甜、小甜的幽怨持续了很久，尤其是谭小谈自从爬上了大王的龙床，便有了猫一般的领地意识，看得甚紧，大甜、小甜不要说是爬上龙床，便连想揩大王一点儿油都成了难事。

这幽怨终于引得"天怒人怨"，第一场春雨忽然间就来了。

这第一场春雨并不大，经过一冬之后，这场雨下得尤其不爽利。湿漉漉的风沾在人身上感觉很不舒服，即便是听着雨声更易安眠的杨瀚也觉得心中烦闷。

不过，他心里还是充满期待的，正如那未婚税的征收，也许它产生不了多少收益，但是有了这个开始，未来就大有可期。这场雨，在他心中的意义也是如此。

春天的第一场雨，不仅淋落在忆祖山上，也飘洒在关东州的大地上。

一座豪绰恢宏的殿宇檐下的风铃在那缠绵的风雨中飘摇着，偶尔发出几阵声响，却不及冬日时清脆悦耳。

木下亲王宫的大殿上，众臣属仍然是传统的跪坐。

众多的将军牧守官俱都跪坐于席上，眼观鼻、鼻观心、屏息不语。

木下亲王盘膝坐在上首，脸色阴郁。

木下亲王看起来有四旬上下，正当壮年。他虽为亲王，一向养尊处优，却没有一点儿肚腩，整个人显得非常精神。他的胡须剃得很短，浓而密，使他更透出几分尚武之气。

木下亲王的目光徐徐地扫过众文武，冷冷的声音在大殿上回荡起来："这三山洲，究竟为何突然之间冒出许多海盗？嗯？"

他的亲信幕僚康牧守忙顿首道："亲王殿下，去岁春时，三山洲徐家家主徐伯夷暴毙，据闻是被人刺杀，此后，徐家封了海，与诸部之间多有征伐。这突然冒出来的许多海盗，据悉就是战败后的几个部落残余，被迫流亡海上形成。"

木下亲王沉声道："三山洲距此有六七日航程。他们既然退居海上，不去袭扰徐家，反来骚扰本王？"

康德苦笑道："殿下，徐家城池建于山中险要处，那些海盗登上岸去能抢得了什么？三山洲沿海虽有乡村，却以狩猎、捕捞为生，本就没什么积蓄的一些庄户，抢也无甚好抢。他们要谋生，只有来我关东了。"

啪！木下亲王重重地一拍桌子，道："那么，本王的封地就该成了他们眼中鱼肉，任由一群海盗你来咬一口，他来啃一下，嗯？你们究竟是怎么做事的？"

众将顿首，田牧守道："殿下，我们固然有精兵强将，问题是，我们是守方，偌大的领土，绵延的海岸，我们几十万大军就算全撒出去，却也是顾此失彼，我们不知道他们什么时候来，不知道他们来多少人，不知道他们要打哪里，实在是处处被动。"

木下亲王沉声道："既然防不胜防，为何不直捣其老巢？"

康德请示道："不知殿下所示之老巢，指的是……"

"当然是三山洲！"

"殿下，他们就是被三山洲徐家赶出来的呀。"

"那么他们难道就一直住在船上？总有一个落脚之地吧？"

"殿下，海上岛屿甚多，尤其在近海，星罗棋布。我们正在派人探查他们究竟在哪里落脚，以伺机而动，一举歼之。"

木下亲王愤怒道："为何不遣使去训斥徐家？这祸是他们惹出来的，如今他们反要逍遥自在吗？"

田牧守尴尬道："卑职已经派人去过三山了，徐家坦承冒犯亲王，罪无可恕。但徐家表示，他们既无远洋战船，更没有守土之军。平素里卫护堡寨，那是关乎每一个人存亡的，倒还调动得了青壮，但若叫他们出海，且不说无战船可用，便是有战船，又叫谁家出人？"

康德解释道："但凡能出海作战者，皆为家中青壮。出海作战，无甚好处，反有生命危险。青壮一走，家中便连狩猎、捕捞都缺了人手，生活无以为继，所以徐家也不敢逼之过甚。"

木下亲王沉默良久，幽幽道："关东诸地狼烟四起，处处不得太平。陛下寿诞将至，如此情形之下，本王如何放心赴京都为陛下贺寿？可若不去，本王为陛下皇叔，如此大事不至，叫天下人怎么看？本王曾代陛下摄政，而今不过是还政于陛下，由陛下亲政的第二年，本王便借故不到，又叫天下人怎么看？"

斋牧守顿首道："殿下，我关东之威胁，素在关西，而不在海上，所以水师力量一向薄弱，骤生盗匪之患，一时难免乱了阵脚。不过，这些海盗不过是癣疥之疾，虽然叫人头痛，可他们来而复去，却是撼动不了我关东根基。尤其是近来，臣等施坚壁清海之策，他们发现袭扰我沿海似已无利可图，已有几支强大海盗转去西洋为患。臣等正筹建水师，再有半年光景，就可成军出海，一举荡平之，请殿下宽心。"

木下亲王沉默良久，缓缓道："关西吗……陛下已亲政，可陛下还年轻，尚不知勤勉，以前有本王为陛下分忧，倒还好些。如今本王回归封地，京都却在关西，那关西唐傲恐会趁机干预政务，篡夺国器。本王不可与陛下疏远，京都之会，本王是必须要去的，这里你们要守住了，万万不能再叫那些海盗胡作非为。"

众臣顿首，沉声称是。

檐下的风铃似乎也感受到了其中的杀伐之意，响声忽然清脆了许多。

三山洲上，第一场雨似乎只是一场预告，宣告着雨神的降临。

很快，第二场雨就来了，这场雨把经过了一冬的天地都清洗一新，山间的苍色陡然披上了一层新绿的颜色，就像装修一新的房子。

律殿里的公子们仿佛已不知岁月，他们丝毫没有注意到外界的变化。随着他们授意家族为他们搜罗的大量资料，包括其他诸国律法的到来，他们不断补充新的想法，修改旧的律令，更加积极地投入其中，乐此不疲。

最关心雨的是杨瀚。

此时，第三场雨正在下。

大雨倾盆，就像雨神挥动着千万条鞭子，狠狠地鞭答着青山大地。

杨瀚就立在檐下，看着通向山下的无数级石阶。雨水汇聚成了小河，沿着一级级石阶哗哗地向下流淌。

宫南侧那条山溪，一夜之间就化作了一条洪流，洪水肆虐，撞击着河道、岩石，发出疯牛一般的狂哞声。

小谈不明白那个男人为什么这么喜欢看雨，他在宫檐下已经站了许久，难道那混浊的雨水滚滚冲下山去，能比自己还好看？

站在小谈身后的大甜和小甜则很是雀跃，难不成大王对谭小谈那个小骚蹄子已经生起厌倦之意了？这样的话，岂不是机会就来了吗？

这样一想，两位姑娘只觉这恼人的暴雨都顺眼了许多。

杨瀚站在宫檐下，定定地看着那雨落地成水，滚滚而下。

耳边听着远处牛哞一般的洪水巨响，杨瀚心中便想："这是山上，距这条山溪的上游已经没有多少高度，即便如此，也汇聚了如此之多的洪水，可以想见平地上积水宣泄之慢，那里这场雨后该是怎样一番局面？如今已经是我来到三山的第二个年头了，这场洪水过后，这一方天地也该冲出一番新气象了吧？"

七十一　风雨欲来

黄杨村在大雍城的东侧，距城约十里处。

所有的百姓不可能都入驻城池，有些务农的，一则城中生活不是他们所能承担的，二来他们的地就在这里，难不成每天要跋涉十余里地往返？

黄杨村建在一处高坡上，现在有六十多户人家，这场春雨下得很大，不过因为他们地处高坡，住处倒是没有受到太多影响，只是坡下那条原本清澈的小溪，现在浊流滚滚，俨然一条黄龙，疯狂咆哮着远去。

雨把简陋的木屋都打湿了，房子里烧着木柴，有股呛人的烟火气。屋前的棚子下边，庄稼汉隋原站在那儿，忧心忡忡地看着坡下一望无垠的土地。

他是徐海生的徒弟之一，他现在有一头猛犸巨象。在这农业初兴的地方，家里有头牛就是极宝贵财产的时代，他有一头已经驯服可以劳作的巨象，那是什么概念？他的家在这个刚刚聚合而成的村落里是小姓，人丁单薄，初来乍到难免受欺负，可自打有了这头巨象，整个村子谁不巴结着他？

他也清楚，这一切来自他的"权力"，来自他能给予众人的好处。因为他有一头巨象，只有他懂驯服这巨象的兽语，所以这些村民必须得依赖于他。一旦这兽语被这些村民掌握，即便他们没办法去山里驯服一头大象出来，也有的是理由能夺走他家庭里这最宝贵的一份财产。

所以，他深深地依赖忆祖山上那位杨瀚大王，他知道他的财富、他在村中的地位、权力，全部来源于那位天圣后裔。杨瀚什么都不用做，只要公开驯服巨象的兽语，立即就能把隋原掀翻在地，打回原形，剥夺他的一切，叫他永世不得翻身。

他对那位遥远的大王，既敬且畏。

这场雨太大了，一直在下，他担心地全要被淹了，原来的田埂地坝显然不够高，无法想象这样的大雨造成的后果。他担心种子全被沤了，担心洪水冲平了田地。有了这次教训，他以后可以在田边加固并筑高堤坝，但那都是以后的事了，眼前这一关，怎么过？

他有巨象，开垦了好多田地，他又用巨象帮村人开垦，用村人给付的报酬购买农具和粮种，他计算过了，这样继续下去，最多只需要十年，他就能成为村中首富，成为有地位有权势的地主老爷。

如果这一切都毁了，耽误了这一季，就是耽误了一切。他毕竟底子尚薄，不可能撑过今冬的，到时候怎么办，难不成把那巨象和驯服巨象的兽语给卖了？不能啊！只要有这项本事的垄断，子子孙孙都可以指着它生活。可是不然的话，一家人没机会活到明年开春哪！

隋原想着，只觉得一颗心如油煎一般地难受。

他家大小子和二小子完全不知道这严重的后果，他们正在河边拿着竹筐捕鱼，没心没肺地笑着。

洪水漫出了河道，漫向两岸野草地，这里的水也有孩子大腿深了，不过这里的水势极缓，倒不至于有危险。浑浊的水面上野草只冒出了一截尖儿，随着水流轻轻摇摆，很多鱼逃到了这个地方，用竹筐缓慢地在水中拖动，猛然提起，三两下中总有一次可以兜到一条或几条小孩巴掌大小的鱼，亮闪闪、白晶晶的。

隋原尚且如此担心，其他的村民更是可想而知。

他们是靠天吃饭的，现在却只能绝望地看着天空，不晓得这漏成了筛子的天空，几时能够放晴。

大雍城里则是另一番景象。

徐不二吐槽过，这城池刚刚建成时，道路是何等宽敞，房舍是何等整齐，城市是何等整洁，但是缺乏城市管理，导致胡乱占地、随地便溺等现象不绝。

现在，这恶果体现出来了。筑城的时候就没想过配套相应规模的泄洪渠道，这方面的经验他们已失去了五百年，匠人匠师筑山城的惯性思维还没消失。

于是，现在的城市成了泽国，街道上浊流滚滚，混合着他们之前随地的便溺，这一切现在都回报到他们自己身上了。

想来，当那律法正式颁布的时候，有了这些切身经历的人，应该不会抵触，而是坚决响应这样的律法了，至少在城市建设和卫生方面。

这一场雨，还造成了很多问题。

工人进不了料，商人放不了货，与之相关的则是标注了时间和数量这些关键数据的交易契约无法完成，等这场大雨结束，又会产生多少争执和矛盾呢？现在还不得而知。

不过他们没有律法，只有各地约定俗成的一些规矩，而地头蛇可以无视规矩，过江的强龙则可以凌驾于规矩之上，这都将导致很多问题。

而这所有的问题，损害的是太多人的利益。

这些都是整个生活模式发生变化后，走在社会最前沿、拥有一定的恒产和影响力的家族。那时他们将迫切地感受到，一个统一的朝廷，一部能够得以实施的律法对保障他们的权益，具有多么重大的意义。

而这一切，都将作为丰收的成果，成为杨瀚的收获。

显然这场雨于所有人都是有害的，唯一能因此获利的，只有杨瀚一个人。

这才是他的天时，真正意义上的天时，它能制造人和。

大雨正倾盆而降的时候，人们无论如何烦忧，也只能坐在家里烦忧。

大雨结束之后的第三天，城里的积水已经低过了脚面，乡下的洪水渐渐复原成了小溪，在人们开始纷纷走出家门收拾残局、重兴百业的时候，各种矛盾、冲突就接踵而来了。

那些一向粗放式管理的部族首领，以前很少遇到这么多复杂程度如此之高的事情，他们的调解手段和精力、时间根本不够用。他们自己的家族也有一大堆烂事需要收拾，现在却只能耐心地在那里接待着一拨又一拨的人，偏偏又解决不了。

人们的怨气越来越重，这些部族首领的耐心也是越来越少。

这时候，"急脚递"开始在一座座粗具规模的城市以及在建的城市中张贴皇榜了。

这对百姓来说，是一项极新鲜的事务，以前只有在戏剧和故事里听说过，这还是他们的大王第一次张贴皇榜，所以马上全城轰动，许多人拥来观看，看了之后就开始四处传播。

杨瀚在皇榜中对他的子民遭受的水灾表示了悲悯与关切，并且表示，朝廷很关心他们，会尽快解决他们所面临的问题。在皇榜中，杨瀚透露了在创制的瀚律，关于法律的制定，这算是第一次吹风。接着，大王还提出了一些具体的救灾措施，他说为了受苦受难的百姓，工部要立即行动起来，修桥补路，挖渠埋洞，避免更多类似事件发生。他还说，对于在大水浸泡之下倒塌的房屋和受灾民众，户部要会同工部进行调查、抚恤、扶持。

工部尚书王文正很惊讶，他自打领了身官服官帽，就摆在家里当陈设了，朝都不曾上过一次，后来觉得朝廷还是有些用处的，就把他的二儿子派去应景了，现在那小子据说是正在搞什么律法，他也懒得理会。现在王大人突然发现——原来我这个官不是一个空衔哪，原来我有这么大的权力？啊不！原来我有这么多的麻烦？

他拿什么去救济灾民？杨瀚一道圣旨，赢得了无数人心，但是朝廷只是个空架子，没有国库支撑，他这个官拿什么去赈灾？拿什么去进行灾后重建？难道让他掏自己的腰包？王尚书决定置之不理，但很快来自各个阶层的压力和数不尽的骂名就叫他有些吃不消了。

以前大家困居山中，他不觉得这是他的义务，受灾的人也同样不认为人家王老爷有责任去为他们解决这些困难。谁受灾谁倒霉，这是天意，只能接受。可现在大王都说了，指明了王尚书要负责。

万一真能要来点儿什么好处呢？

所以，群起而攻的，不仅是王家势力范围内的那些贫民、中产和部分高层，还包括其他部落的人。他们隔着好几座城，都不辞辛苦地跑来，理直气壮地要王尚书负责任。

王文正负不起责呀，好在圣旨中还提到了户部，于是，王文正背着一脑门的官司跑去找户部尚书徐震，压力如此之大，好兄弟，一起承担吧！

因为这场大雨，造成了刚刚兴起的工商业的诸多官司，这些官司内情之复杂，缘由之奇特，可谓应有尽有，根本就是一团团的乱麻，没有谁能理得清。而皇榜中也提到了这个问题，责令刑部尚书李洪洲尽快处理。

李洪洲府上一时往来无白丁，哭叫皆商贾，吵得他焦头烂额，连家都不敢回。李尚书苦苦挨了三天，实在撑不下去了，连夜化装溜出城，直奔忆祖山而去，欲求大王再分设州县，各设治理官，替他分担一点儿麻烦。

蒙战这个吏部尚书正在看笑话，结果李洪洲到了忆祖山只待了半天工夫，就又下了山，跑到他新建的城中大宅里，把他拖上了咸阳宫。李尚书要分列州县，他这个吏部尚书怎么能置身事外？要死一起死，这才够义气！

六部之中，只有兵部尚书巴图、礼部尚书苏世铭觉得这事怎么算都跟自己不沾边，所以他们幸灾乐祸，他们兴高采烈。

他们乐着乐着，忽然发现，明明他们也是三山巨头之一，可是如今似乎有一种被边缘化的感觉。这种感觉是如此不舒服，以至于他们每天都处于焦虑之中，他们希望能发生点儿什么，哪怕是商贾和作坊主们一窝蜂地拥进他们家里来呢。

可是，没有！

门前冷落鞍马稀。

很烦躁哇！他们想找点儿事做，可又不知道该做些什么。真的很烦躁哇。太失落了！

忆祖山上，徐海生和司马杰站在杨瀚面前。在杨瀚身后，是一袋袋码放整齐、保存良好的种子。这都是杨瀚打秋风，从唐霜那儿弄来的。

随着杨瀚一声令下，徐海生和司马杰率领他们已扩充到三百人的象奴队，载着这些优质粮种下了山。他们骑着猛犸巨象，虽然道路泥泞，洪水湍急，可纵是翻山越岭，却是丝毫阻挡不了他们的脚步。

他们分散出去，出现在一个个村寨之中，给那里的百姓带去了希望。当然，这粮种是赊给农民的，秋收后王宫那边要收三成租子。

对自由农来说，这完全可以接受，只要还来得及补耕，这已是不可错失的机会。对于本来就需要向族中首领们缴纳四成钱粮的农民们来说，他们一年下来，可能自己所得只能勉强保证不会饿死，那就不免有些肉疼了。可是，这粮种又不能不赊，在地里播撒粮种的时候，他们就想，现在已经不是在山里了，部落首领们都住进了城里，首领们既不用再像以前一样组织人马卫护城池和他们的安危，也很难谈得上对他们有什么治理和帮助，那么凭什么要拿走四成收入呢？人家"及时雨杨瀚"杨大王好歹还给我们送来了粮种，我们才不至于颗粒无收，你们什么都不做，为什么就要无端地拿走我们四成收入呢？

凭什么？

三山这场雨冲刷着、洗涤着、破坏着，却也在同时促生着许多的建设。

如果有高瞻远瞩的圣人，洞烛先机，预见未来，而他又有足够的号召力，当然可以率领人们朝着正确的道路先行一步。

但历史上，这种时候毕竟极少，大部分时候，都是人们发现不能不变、不得不变，不变就要走进死胡同的时候，才去解决问题。问题解决了，许多事就完善了，直到有一天，时移势易，旧的规章制度不再符合大家的需求与利益，于是再度于摧毁中做新的建设。

在这样的轮回中，当然有既得利益者受损，而他们也一定会变成旧秩序的坚定维护者，但是当大势的发展已经损害到大多数人利益的时候，螳臂是挡不了车的。

三山洲的情形更是如此。

所有的人都想改变，都想发展，巴家祖祠里的五元神器在持续不断地发挥着作用，原来阻碍他们发展的龙兽不再到处肆虐了。他们就像走出深山老林的原始部落，一下子就迈入了已经成熟的先进的社会模式，这时候有太多的新秩序需要建立，这甚至是大部分既得利益者也一样追求的东西。这种情况之下，很多东西不得不改，改革速度很快，阻碍的力量不是没有，而是很难发挥作用，因为哪怕是与他们同一阶层的人，也知道一旦改变，他们获得的将会更多。

律殿里，那些曾经纨绔不堪、自诩风流、好勇斗狠、自命不凡的公子哥儿已经真正进入了角色，他们每日里不修边幅，只是字斟句酌地推敲着律法。不管他们最初加入进来时是出于何种目的，发展到现在，这部大法的制定已经倾注了他们太多的心血，他们每一个人都成了这部大法最坚定的支持者。因为，他们是在完全抛开个人利益、家族利益，以一个客观、理智的状态，模拟了种种可能之后，制定出来的这些条例。

他们知道，只有维护这些条例，才能达到长治久安之境，虽然那也许会损害他们之中某一个人、一时的利益，却有益于他们的家族千秋万代的发展。

朝廷，实际上也就是杨瀚的粮种分发下去了。许多地方的百姓因此成了他的佃户，虽然只是一年之内。

但是，象奴队因此会为他们这些要向大王杨瀚缴纳粮租的百姓免费耕种，杨瀚会为他们提供优质粮种，如此种种，与毫无付出、却视他们为奴的部落首领们相比，百姓心中自然也有一杆秤。

这里本是一片荒野，开垦都是咱一锄头一锄头刨出来的，就因为在山里时一直是近乎统征收统分配的模式，这地就姓了你家的姓，我还要交给你四成的租子？

这一场洪水把人们蒙昧的心灵冲开了窍，几百年的俗规陋矩，使他们在心理上就生不出反抗这种制度的勇气，可是如果有大王振臂一呼呢？

其实他们心理上的躁动，只要有心，想发觉很容易，可是习惯了高高在上、习惯了粗犷管理的这些上等人，谁肯深入乡间，去倾听他们的心声呢？换作一个成熟的社会制度，乡间至少还有乡贤，他们或是致仕者，或有功名在身，或累世积攒、家财万贯，他们是站在上等人一边的，可现在这里没有。

所以，野火已在酝酿之中。

商人们之间的矛盾冲突，涉及的是具体的金钱损失，这是眼皮子底下清清楚楚的账。原本没有商业的三山洲，现在开始经商的哪一个不是背后有豪门撑腰，或者就是豪门子弟？这里没有"万般皆下品，唯有读书高"，他们是不介意经商的。所以这些人的矛盾也根本不是哪一个部落首领所能解决的。即便是只涉及本部落内部的两方豪强势力，要端平这碗水，让两边皆大欢喜，也不可能。更何况还有很多官司涉及其他部落？

这种得罪人的事，谁也不想干，想干也干不了，那为什么不推给大王呢？咱们可亲可爱的大王就应该是专业傀儡加专业背黑锅的才对呀。于是，这些事情的裁断就推到了忆祖山。每天都有大批商贾及其随从往返于忆祖山与各域之间，倒是给忆祖山附近的村落百姓增添了许多副业收入。

但杨瀚没管，他把现在渐渐有了立法心得的公子哥儿调了几个出来，都是精于商法制定的，就拿着那部半成品的工商法，拿这些商贾们练起了手。

年轻人比起城府深的中老年人到底更具正义感，或者说是这些血气方刚的少年一旦被他们自己感动了，感觉自己正在从事一项伟大神圣的事业，他们是不会顾及任何私人关系的。

于是，一桩桩案子就在他们手里审结，而出面审理案子的是他们，杨瀚避居幕后袖手旁观，如此一来就连徐诺也没有对他产生戒心。

随着一桩桩案子的审结，他们的工商法也更加详尽、完善了，在几位公子的极力倡导之下，朝廷终于率先出台了一部明示天下的税法——工商法。

朝廷要制定工商法，要派人管理工商，要为你们排忧解难，这都是要人要场所要支出的，这钱谁拿？哪个部落肯拿？既然你们不愿干这得罪人的差事，也不愿意承担这些支出，当然要收税！

工商法中明确规定的就是由朝廷征收的工商税，因此，税丁、税吏、税司衙门也有了。

谁不服气？你来干，让整个三山洲背景无比复杂的商贾们全去堵你的门！所以，没有人敢质疑！

变化太多了。每个部落首领都渐渐觉得，他们有太多的事情，不能不去咸阳宫与大王面议，总要通过他颁布出去，才算是师出有名。可他们依然觉得，一切尽在掌握之中。大王那里的那枚御玺，唯一的作用就是给他们盖章，让他们做事名正言顺。就算是智如徐诺，依然不觉得有什么不妥。

因为，大王没有兵。

这是可以扭转乾坤的力量，只要这一点不变，天，就翻不了。

上朝的规矩也改变了，亲自赶往咸阳宫的部落首领们发现偌大的宫殿里已经没有他们的座位。但是已经有人先站在那里，他们站着站着，也就习惯了。

倒是谁能被大王召至小阁议事，有个赐座、赐茶的恩典，渐渐地叫人觉得是一种荣光：看，咱的待遇跟你不同。

也许，这种种变化都意味着什么，只有小谈最清楚。

毕竟是杨瀚的枕边人，她不可能毫无察觉。尤其是杨瀚可没打算把她只当成一个普通女人，有些事也是有意让她知道。为她树立对自己的信心也好，或者是因为其他什么原因也罢，总之，小谈越来越有一种杨瀚深不可测的感觉，也越来越依赖他。

而今夜，当她习惯性地偎进他的怀抱，惬意地眯着眼睛，猫似的享受他的手掌轻轻抚过自己丝滑的秀发时，从他口中听到的却不是绵绵情话，而是："小谈，我想让你回一趟瀛洲。"

"青萍"是四周为青山包围的一片湖。夏季的时候，这里尤其凉爽。山间，落叶松和白桦树最多，风景宜人。在这优美的丛林中，山中小屋掩映其间，时而显露，便是一份惊喜，因为这里的屋舍全部依照地势而建，与自然完美融合，绝无一间雷同。

青萍湖湖水平静，如同一面美玉磨成的镜子，在尽头处，是青葱的山坡。泉水就从那坡上来，因为有树丛的掩映，所以看不到那水的来处，它就自然而然地从灌木下流出来，仿佛从中扯出的一匹丝绸。

如镜的水面上有一排竹筏，竹筏很大，宽如一艘小舟，三四个侍女和男仆正在竹筏上侍候着。竹筏的最前端，有一个头戴竹笠的人正坐在那里，静静地垂钓。

"谁又促请陛下回京啊？烦不烦哪，眼看这天就热了，陛下最不耐热，这一整个的夏天，都是要住在青萍的，懂不懂？"

说话的是瀛洲宫内府的宫内卿李尚。李大臣就站在步廊上，看着远处湖上垂钓，宛如画中人的皇帝陛下。

青萍湖畔，有绕湖一周的步廊，这步廊的建设，最大程度地利用了自然的地势和材料，看起来丝毫不显突兀，不但没有影响这湖的景致，反而更添几分光彩。

这儿是瀛洲的皇室园林，当今皇帝在未亲政时就一直住在这里，而今，将要进入夏季了，年轻的皇帝重新来到了青萍，所以京都大臣们有什么奏章，就都得送到这儿来。

负责替皇帝接收奏章、接待官员的就是这位宫内府大臣李尚。作为宫内府大臣，实际上他还操持着宫中诸多事务，是皇帝最信任的人，皇帝尚在潜邸还未登基时，他就是侍奉这位皇帝的人。

不过，他并不是太监，瀛洲没有太监，蓬莱和方壶也没有，只有三山洲在五百年后重新提起了老规矩，恢复了太监。

李先生一脸不屑的神情："陛下十九岁寿诞怎么啦？陛下都亲政一年了，怎么想在哪儿过寿还得听他们指指点点？"

宫内丞一脸为难道："陛下的寿诞毕竟是朝廷大典，木下亲王希望陛下能在皇宫接受群臣的恭贺。"

李先生冷哼一声，挥手道："不要理他，仗着皇叔的身份，总把咱们陛下当成小孩子。要不是唐上将军率众上表，他肯痛痛快快地交出执政大权，返回他的封地？"

宫内丞紧张道："大人慎言！"

李尚一下抬高了嗓门："怎么着？我就这么大声说话，我怕谁听见？难不成这宫里都是木下亲王的耳目？"

宫内丞咽了口唾沫，只好苦笑闭嘴。历任宫内卿哪个不是谨言慎行、敦厚老成之辈？

唯有这位李先生，他出身平民，正常情况下哪里轮得到他来做这宫内卿，这可一直是专为贵族设立的岗位，可谁让陛下宠信他呢？

宫内丞怕他再说什么，只好转移了话题，道："大人，听说陛下到了青萍，藤家的藤香姑娘特意进山，求见陛下。"

"不见。"

宫内丞讪然道："陛下一向很喜欢藤香姑娘的，咱们是不是请示请示陛下？"

"用不着！"

李先生又怒了，嗓门变得更大："藤家这些势利眼，当初那是怎么巴结咱们陛下的？到后来感觉先帝想要传位给怀仁亲王殿下，马上就跟咱们陛下划清界限了，连咱们陛下亲自登门都拒而不见，如今又想重修旧好？做梦！"

宫内丞被这位脾气大的李先生骂了个狗血淋头，只好抱头鼠窜。

宫门外，听到皇帝拒绝觐见的通报，藤家家臣郑义的脸色立即沉了下来。

马车掉转方向，开始向山外驶去。

离开宫门很远，郑义才冷哼一声，愤愤不平道："我瀛洲贵姓，一向唯只橘氏、藤氏、平氏、源氏。他木氏不过是卑贱的平民，当年侥幸参与了推翻天圣杨氏瓜分天下的不义之举，始得皇位。要论血脉之尊荣，他木氏远不及我藤氏，我藤氏是多少年的雄厚底蕴？如今……小姐，你就不应该来，咱们这是自取其辱哇。"

车中传出悠悠一叹，道："也怪我家当初行为，先恭而后倨，陛下岂有不恼之理？不过，若是知道我来了，我料陛下……不会不见。陛下应该根本不知道我来了，这定是李尚的主意。"

郑义冷笑道："那老狗自以为忠心，却不知这是害了他的主子。这次觐见，本就是小姐竭力向主公争取来的，他拒而不见，木家与我藤家最后复合的机会就没了，那么主公就更有理由靠向唐傲了。"

车中又是一声轻叹，幽幽道："就算是靠向唐家，将来唐家夺了天下，我藤氏还不是屈居人下？父亲其实不该掺和到这件事里的，我藤家若只是静观其变，无论谁胜谁败，我藤家都依然稳若磐石。"

郑义肃然道："小姐此言差矣，如果我藤家一直远离中枢，再深厚的底蕴，也会有一天消磨殆尽。再者，若今日唐家可以取代木氏的话，那么来日我藤家也未必就不能……"

车中轻叱一声："住口！"

郑义不再言语，脸上却是带着淡淡笑意。

人人欲往高处走，藤家不更上层楼的话，作为藤家臣，他又如何能更上层楼？只等木下亲王一到，唐上将军就该发动了吧？到那时，也是他建功立业的机会了。

郑义一手拉着马缰绳，一手下意识地摸向刀柄，这刀柄重贴的鱼鲛皮，他亲手缠的棉绳，既吸汗又防滑。摸着那刀柄，他感到自己心中渐渐生起了嗜血的欲望。

车轮在碎石的山路上轻驰而过，车轮碾压着地面，辘辘的声音渐渐远去。

山路上重又静谧下来，唯有风与鸟鸣。

许久，一个戴着竹笠的樵夫担着一捆柴，从路旁林中走出来。"他"抬头朝蜿蜒伸向山中的路上看了看，因为仰头，露出白皙秀气的下巴。

然后"他"又扶着竹笠，扭头看了看马车远去的方向，就连那车后随行的武士，都已消失在山路的尽头了。

"他"微微一笑，摘下斗笠，轻轻拭了拭额头的汗水，那秀美的样子，全无一点儿山野樵夫的粗陋，那模样，却正是叫大甜、小甜又嫉又恨的谭小谈。

马车驶进一座幽雅的庄园。

小径、流水、曲桥、亭阁，如画一般。

轿帘掀开，藤香小姐从车中走了出来。

藤香小姐圆圆的脸蛋，像月光一般皎洁。眼睛非常俏丽。即便是她此时的神情有些忧郁，也无法掩饰那种从骨子里散发出来的甜美。

她挥了挥手，没有叫随从武士跟随，而是姗姗地独自走上了曲桥。

曲桥行去，水上是碧荷一片，看不见荷下之水，但偶有肥鲤会跃上荷叶，压弯了荷茎，惊吓了青蛙。

水中有一株老树，盘虬卧龙，叶子不多，红花开得却盛。

那穿着樱花衣衫的倩影姗姗走来，停在倒映在水中的老树旁边，比红花更美。

"陛下呀，藤香是爱你的，可我终究是藤家的女儿，我不能……背叛我的家族。我去求见你，已是我向父亲求来的唯一机会，不管是不是你不想见我，总之，这唯一的机会也没了。陛下，请多多保重吧。"

藤香黯然眺望着远处，那是一角白色的山峰。

远处，倒映着白云和雪山的水面上，正由一个侍女，引着一个肋下佩剑、身姿英挺的少女从桥上走来，那是唐诗。

唐上将军行动在即，对于现在处境不甚如意、但传承悠久、底蕴深厚的橘氏、藤氏、平氏、源氏这四大家族，他都在进行秘密接触，有些已是同谋，有些即便是对他的计划并不了解，但是建立更密切关系后，在他发动谋国之战时，也更容易保持中立。

橘氏早已和唐家勾结，藤氏一直摇摆不定，不过今日藤香小姐吃了皇帝的闭门羹，藤家就该彻底倒向唐家，成为他们的坚定盟友了。

唐霜从三山洲回来后，就负责在行动期间坐镇橘家，而唐诗负责藤家。她知道香小姐与那位年轻的皇帝之间的小秘密，这也正是唐傲派她来藤家的原因。

她也是女人，所以，更方便就近看着藤家这唯一的变数。

青萍湖上，竹筏划开如油的湖面，缓缓驶向岸边。

守在步廊上的李尚脸上马上堆起笑容，快步迎了过去。

竹篓里没有鱼，陛下只喜欢钓鱼的乐趣，钓到的鱼都被放回了水中。这位年轻的皇帝喜欢很多饱受大臣们诟病的东西，比如钓鱼、滑雪、制陶、在稻田中捉蟹……

但李尚喜欢这样的陛下，在他看来，这才是知道民间疾苦的皇帝，你看看那些四肢不勤、五谷不分的贵族，真是叫人厌恶。只有他的皇帝才是最英明的。

"陛下！"

李尚在皇帝刚刚登上步廊的时候，就翩然拜了下去，真难为他那般痴肥的身子，是如何做出如此轻盈的动作的。

"啊！李尚啊，这湖里肥鱼太多了，等众臣来为朕贺寿的时候，你叫人捕一些送给他们品尝。"

"哈哈，陛下，恐怕他们会更喜欢吃海鱼呢，海鱼不腥，刺还少。"

"这叫什么话！是不接受朕的恩赐还是青萍湖的鱼不好吃呀？真是的。"

皇帝不高兴了，秀气的下巴微微仰起，高高的皇冠上的宝石折射阳光，在前方的小亭上唰地一下闪过一道光。

"陛下赏赐，他们自然没有理由拒绝，不然就是不忠，要砍头的。"

李尚的胖脸上带着谄媚的笑，皇帝本来已经走开，忽然停住，扭头看了看他："李尚啊，你以前没有这么胖的，那时候你的脸瘦得像猴子一样。"

皇帝有些嫌弃地摇摇头："看看你呀，现在肚皮脦得跟青萍湖里的肥鱼一样，那下巴……都有……都有三层了吧？"

李尚笑得下巴直颤悠："这都是因为跟着陛下，过上了好日子呀，每天大鱼大肉的，能不胖吗？这要是还不胖，那不是辜负了陛下的恩泽吗？"

"你这狡猾的老东西！"年轻的皇帝哼了一声，虽然知道他在拍马屁，不过还是很高兴的样子。

皇帝走进小亭，亭旁有芙蕖，莲枝挺拔，拱起白莲数茎。亭中有画案，案上有笔墨。皇帝看到那荷花，兴致突起，便提起笔润墨。李尚连忙上前为皇帝铺好宣纸，压上镇纸。

"李尚啊，你说这莲花为什么一定要画成白色才显其圣洁呢？你看，这纸本身就是白的，如果我画出黑色的花瓣，其实更容易些吧，莲花为什么就不能画成黑色呢？"

"是呀，为什么呢？"李尚皱起眉头，他一皱眉，整张脸都像捏紧了的包子褶，他想不明白这么深奥的问题，也只有他的皇帝才会想到这么深奥的问题呀。

所以他不再想了，而是展颜笑道："陛下如果要画成黑色，那自然就可以画成黑色。陛下画出来的黑色，自然也是圣洁的。"

"哈哈哈，你这个马屁精，拍马屁越来越敷衍了。"皇帝开心地笑起来，身体随着笑声一颤，刚刚润好的笔溅起了一点儿墨汁，正落在精美的丝织长袍上。

"哎呀！该死！黑色果然是邪恶的呀！"皇帝懊恼地抖着袍裾。李尚忙不迭道："快快快，快伺候陛下更衣。"

几个宫女拥着很不高兴的皇帝走开了，亭边一位侍从唇角露出了一丝淡淡的不屑，但又很快隐去："果然是个昏君，已经成年的人，却像个孩子一样幼稚。天下怎么能由这样愚蠢的一个家伙来掌控呢？"

侍从沉默地想，昔日三山洲的天圣家族也不过就坐了五百年江山。这瀛洲的皇室似乎也该换换人家了，唐上将军明显有人主之相。

这时有个侍女沿着步廊小碎步地跑来，到了李先生身边低语了几句，李尚微微露出讶异之色，忙跟着那侍女离开了。

很快，在李尚的住处，李尚看到了一身樵夫打扮的谭小谈。

"舅父！"

谭小谈向李尚跪拜下去。

李尚是她的舅舅。

皇帝童年时跑到野外游玩，侍女们一时看护不周，皇帝险些叫毒蛇咬到。

当时樵夫李尚正在那里砍柴，发现有宫里的人出现时，一时害怕就藏到了树上。

结果关键时刻正是他救下了小皇帝，因此成了小皇帝的侍从，经由他的关系，他的这个外甥女才被选送进唐家，成为唐家小姐的侍女。

不知道唐家知不知道他们俩的这一层关系，毕竟，当初李尚托人帮忙时，他也还没有什么权势，只是已经成了宫里的人，手里有点儿银钱，使钱托了人而已。

　　唐上将军未必清楚这层关系。而且上将军府要选几个小侍女，也不可能慎重地去调查她们的家庭背景。

　　如果唐家知道他们之间的关系，那么唐诗特意把她留在三山洲，或许就不仅仅是要她留下充当耳目了，或许还有防范她的意思。

　　毕竟，人人都知道，李尚是皇帝最信任的人，而唐家这次要对付的人正是皇帝。

　　"啊，小谈，你怎么来了？"

　　厅上没有其他人，李尚对谭小谈的到来感到很讶异："是唐大小姐叫你来的吗？"

　　谭小谈道："舅父，我是从唐家跑出来的，这件事你可千万不要泄露出去。我想在你这里藏段时间，避避风头。"

　　李尚吃了一惊，紧张地问道："避风头？发生了什么事？"

七十二　与王同行

　　刚刚养好了伤，对于未来如何追求他的武道之路却是一片迷茫的柳慧，此时正因为上将军的调度安排，夜以继日地奔波忙碌着，因为唐上将军正在紧密筹谋着篡位大计。可百忙之中的柳慧，还是被谭小谈拉出来，再度利用了一把。

　　谭小谈告诉她的舅舅，因为一次校武较量中，她和唐家长公子唐霜的侍卫柳慧结了仇。这次校武，她又再次重伤了柳慧，因此激怒了唐霜公子。而唐上将军现在是越来越倚重唐霜，所以就连唐大小姐也护不住她了，这种情况下她只有走，不走就只能死。

　　李尚听了很生气，这可是他的亲外甥女。

　　李尚对唐家一直极具好感，因为他始终认为如果不是有唐家力撑着皇帝陛下，木下亲王未必就会那么爽快地交出摄政监国的大权回返封地。可是唐家这么对待他的外甥女，他还是很生气。李大人很小气的。

　　谭小谈留在三山洲的事，只有唐家极核心的一群人才知道，消息并未泄露出来，所以李尚并不知道其间发生的事情。

　　李尚很不高兴，可他也没能力干涉唐家的事，只好安慰外甥女道："罢了，舅舅当年想多给你些关照也不容易，现如今却不同了，以后你就在宫内府做事吧，舅舅也好就近照顾你。"

　　青萍宫里从此多了一个叫零的侍女，连姓氏都没有，显然是贱民身份。

　　李尚当然不会让自己的外甥女干粗笨的活，所以没几天她就被调到了皇帝陛下的身边，陪着皇帝陛下钓鱼、逗蛐蛐、画画、制陶、射鸟雀、捉螃蟹……

　　小谈的身手用来做这种事，当然是杀鸡用牛刀，所以，很快她就成了陛下身边的红人。

整个宫内府现在人人都知道，陛下行则有李大人，卧则有零姑娘，一外一内，都是陛下身边最得宠的人。

皇帝重用两个贱民，这无疑又为他昏君的称号加了一层佐证，只不过，现在哪怕是一向谨慎的唐上将军，也懒得派人去调查这个零姑娘的身份背景了。

箭已在弦，大事在即，不管她是什么来历，对皇帝能产生多少影响，又能怎么样？一刀杀了就是。何况，她不过就是昏君的一个伴玩罢了。

小谈当然隐瞒了自己此来的真实目的，对任何人都没有泄露一句。

但是扪心自问，对于杨瀚的吩咐，她始终觉得不敢置信，大王的计划……太不可思议了吧？真的可能吗？

她总觉得，那是绝无可能的事情，而事情一旦失败，在这场谋国的巨大旋涡中，她将被彻底绞杀，渣都不剩。可她还是来了，毫不犹豫。

虽然她和杨瀚接触的时间并不长，迄今也不过一年多的时间，但是她相信杨瀚。

以前，她也这样相信过唐诗，可是尽管已经经历过一次出卖，她仍然相信杨瀚。

她说不出太多的理由，可她就是相信，相信他绝不会故意害自己。这相信是本能的反应。

年轻的皇帝跑到湖上，把小虫穿在钩上逗引湖中肥鱼的时候，她就会静静地坐在皇帝的身后，抱着双膝。投在水面上的，是她安静、优美的身影。有时候，她会利用这时间思念那个曾与她同床共枕的男人，那是她唯一的男人，正是新婚小别的时候，如何不想他？

有时候，她会仰起头，看那风推着云来云去，细嗅着那涟漪荡来的花香，倾听那鱼出水又复入水的声音，以及皇帝陛下跟偷了只鸡的小狐狸一般咯咯咯的笑声……

更多的时候，小谈知在担心，猫哪有不偷腥的，那只大猫身边偏生就有两条一身腥味的鱼，一个叫大甜，一个叫小甜，她不在，会被她们趁机钻了空子吧？

大甜和小甜很想钻谭小谈的空子，可是谭小谈走后不久，人还没到青萍湖，杨瀚就又下山了。

去年，杨瀚下了一趟山。回山之后，"急脚递"建立了，一座座城池拔地而起，一片片农田相继开垦……

工商税法建立，朝廷体制粗具规模，百姓心中的朝廷渐渐不再只是杨瀚一个人所代表的虚无缥缈的天圣图腾，而是有了具象化的体现。这具象体现在他的象农队上，体现在他的"急脚递"上，体现在他的工商税上，体现在那一座座城池的管理者新的称呼上：知州、知府、知县……

即便他们仍然是听命于挂着尚书、侍郎衔的那些部落首领，但他们及其下属，正按照朝廷的统一官制和职能划分在一步步建立。总不能说知府大人下辖大管事三人、小头目八个吧？他们自己现在也觉得丢人。

有了官职与职能划分，他们就能时时刻刻地想起，他们上边还有个朝廷，有个大王。

今年，杨瀚下山不仅带着何善光，还带了大甜和小甜，以及利用这一年时间又培训出来的一支由三百头猛犸巨象组成的队伍。

这回的象奴全部来自投靠、依附了忆祖山的那些庄户人家。

何善光为这些环忆祖山而建的村落造了黄册，委派了里正乡官，进行了规范管理。

其中许多人家在当地种田、做工、开店，他们的命运已经和忆祖山上的杨瀚紧密相连，再不可分。何善光从这些人家中择选刚刚进入青壮期的那些年轻人，杨瀚对他们自然可以做到如臂使指。

杨瀚下山后，一路走，一路修路。三百头猛犸巨象一路蹚过去，就是最平整最结实最宽敞的一条路，只消稍作铺整，就是一条经久耐用的官道。这路从忆祖山下一路延伸向一座座大城。每到一处城池，杨瀚就会停下来勘察当地地理，了解水文情况，协助当地修建沟渠、堤坝、道路。

每日里，一头头巨象城里城外、山地河川地到处走，不但当地最详尽的地图顺利到手，有关人口构成、民俗、风气、发展状况，杨瀚这边也就了然于胸了。

这支庞大的队伍一路行去，各地只需供应队伍的饮食，这当然是各方求之不得的事。

随着目睹坐在猛犸巨象上的大王的英姿，随着"急脚递"的成员为千家万户送信、揽信时同户主随便聊的几句话，大王的慷慨义举也就传到了每一个人的心中。

因此，杨瀚离去时带走的还有一颗颗渐渐倾向朝廷的人心。

道路之重要，当然每一座城的人都知道，他们过去一年在出山、筑城的过程中，已经有了简易的道路，可是人口集中之后，这样的路远远起不到应有的作用。

尤其是遇到天灾人祸的时候，简易道路的缺陷便十分明显了，这也是各方势力对大王此举无比拥戴的原因。而此举当然需要大量的人手。

于是，很多在雨后受灾成了难民的人，抑或因为要给朝廷和地方上缴高达七成的粮赋，对比忆祖山下的百姓心有不平的人，便以务工为借口，携妻带子地追随着庞大的象队而去。

许多城池虽然现在也在学着朝廷造黄册，可问题是因为他们还没有地方行政部门，他们对于地方上的监控和管理还没什么力度。村镇一级完全散养，乡贤耆老阶层还没出现，城里面所谓的衙门正处在摸索着任命官职以及划分职能阶段。

而各地不同的势力范围，其行政势力也是不可能协同合作的，所以一旦离开一个势力的控制范围，那就是海阔凭鱼跃，天高任鸟飞，所谓的黄册便成了废纸一张，因此对于人员的流失，他们毫无办法。

他们都清楚，只有与朝廷结合，真正成为一个整体，才能解决这个问题，但是没有一个人肯站出来这么做。

当然，对比修路救灾的功德，对于大王带走一些难民，仍然在他们可以容忍的范围之内。况且，真要把那些难民留下，谁来救济他们呢？

既然国的概念尚未形成，只有一个个"家"，那大家顾的就只能是自己的家。没人肯去抚恤、安排别人，这些人留下，恐怕也只能变成破坏地方的不稳定因素。

能让他们容忍退让最重要的一点仍然是：大王没有军队。所以，他们认为一切仍在掌握之中。

杨瀚带的人并不多，他带了三百象奴下山，现在已经走了一半的城池，随他而行的也不过就是两千人上下，这个数量，没有任何一方势力会警惕。

只是，在这过程中，杨瀚在离开原城市，即将抵达新城市之前，已经安排了多少批人返回忆祖山，因为各方势力统治范围的割裂以及对外人的保密，就没有任何一方能准确统计了。

这一路下来，大甜和小甜纵然有心亲近大王也没有机会。环境真的很苦，杨瀚就像传说中治水的大禹，这样的环境，哪有浪漫旖旎可言？

一路行来，为了方便，大甜和小甜也换上了男装，每天像个小厮一样，跟着杨瀚跑前跑后，不过她们渐渐觉得，这样的生活虽然辛苦，却也很有意思。

三山洲的妇人本来就如男人一样，要撑起家庭的半边天。入宫之后，她们心心念念的事就只是围着那一个男人转，想方设法地讨他欢心，其实她们也觉空虚得很。

　　而现在，她们的生活很充实。

　　随着队伍一路开进，原本从山上带下来的象奴队的人越来越熟练，他们不需要别人指挥了，杨瀚给他们每个人都拨了七八个人辅助，他们现在也在"传帮带"了。这七八个人在同一个象奴的指挥下，规划他们所负责路段的设计、建造的程序，谁开路、谁平地、谁铺路、谁采石、谁先谁后，安排得有条不紊。

　　如果各方势力的首领们肯在烈日之下，站到尘土飞扬的工地里去认真观察，他们会惊奇地发现，这些人的协同配合越来越熟练，越来越得心应手，对于命令的服从，也是越来越习惯。

　　一年之前，他们还是精于使船的水手、精于用箭的猎手，每个人都是极强悍的战士。现在他们又懂得了纪律，懂得了配合。

　　所以，现在只要杨瀚一声令下，他们拿出自己尚未生锈的刀箭，每七八个人依托一头猛犸巨象，就是一个个可以完美发挥轻重武器特点，完美进行远近程武器搭配的精英作战小分队。

　　这个秘密，直到他们抵达大雍城，徐诺出城十里，亲自赶来迎接她的"丈夫"时，她才怵然而惊，忽然意识到了什么。

　　"妾身恭迎大王！"

　　"啊哈，阿诺呀，好久不见！"

　　杨瀚看着面前盈盈拜倒的徐诺，快步迎上前去。

　　"阿诺？"徐诺的眉毛挑了挑，"我们什么时候这么亲热了？再说，这名字好男性化，你若想显得亲昵一些，唤我七七不好吗？"

　　还没容她多想，杨瀚已经走到面前，张开双臂，给了她一个大大的拥抱，抱得很紧。等杨瀚放开时，徐诺又有些蒙了。

　　因为相距太近，徐诺没有扭头去看杨瀚，只是微微敛了眉，似带娇羞，心中思忖着，轻轻道："之前恐诸国知晓我三山立国，天圣回归，所以一直不敢大动干戈。但如今瀛洲之乱即将开始，方壶鞭长莫及，蓬莱内战不止。这正是我三山崛起之天时，三山诸部秣马厉兵久矣，到时候趁着大乱，也就不必有所顾忌，可以

128

展开统一之战了。"

杨瀚拍拍大腿，道："不错！寡人也是这么想的。"

徐诺道："妾观大王的象奴队，训练有素，时刻可化战兵，来日大战时，或可发挥大作用呢。"

杨瀚用力一拍大腿，道："王后看出来了？不错！不错！龙兽固然厉害，可是太难调教，只可用于攻坚、冲锋、震慑敌方。猛犸巨象虽较之略逊一筹，真正用起来，却更方便一些。我正打算如今用它们来铺路架桥、筑城挖渠，到了战时摇身一变，便可投入作战。只是……"

杨瀚轻轻叹了口气，抚着大腿道："诸部如今仍然是各自为政，我担心令出多门，那么到时候便是这象兵再多一倍，也无济于事。除非，只用来固守忆祖山。否则，一旦杀将出去，粮草、辎重、辅助、配合，统统指望不上，这象兵又能济得什么用？这些巨象食量都大，一出了山，若没有粮草供给，或被人轻易截了粮道，它就要不战而溃了。所以呀……"

杨瀚轻轻拍了拍大腿，语重心长地对徐诺道："到时候，还要依赖徐家大力配合，当然，徐家为我三山统一之战付出良多，那么打下的地盘交与徐家子弟治理，便也是理所应当之事，我料其他诸部也无话说。"

徐诺心想："啊！是呀！这象兵虽然看着可怕，却远不及士兵运用方便，限制条件太多。如此说来，其实倒也不足为惧，何况大王既有把象兵交于我徐家运用之言，来日便不怕他食言。"

瀛洲此刻万众瞩目的焦点正在青萍山上。

皇帝陛下将在这里迎来十九岁的生日，这也是皇帝亲政一周年的日子，是以显得格外意义重大，举国权贵毕集于此。

平日里车马稀落的山道上此刻车辆络绎不绝，各自拥兵的地方牧守、底蕴深厚的世家豪门纷纷向这里集中，青萍宫里热闹非凡，到处都是人。

青萍殿上，已经有很多大臣权贵赴来，他们在席间饮酒、攀谈，表面看起来，满朝权贵都是一团和气、谈笑风生，丝毫看不出谁与谁昨日里刚刚在双方的势力边境处发生过不小的冲突，也看不出谁与谁正悄悄给对方下着绊子，准备在皇帝陛下面前进对方的逸言。

后宫里一群侍女在忙碌，年轻的皇帝像个木偶一样任她们摆布，嘴却没闲着，不时地调笑着几个侍女，有时还动手动脚。

李宫内卿微微弯着腰，笑眯眯地站在殿门口看着，他的陛下就是这么顽皮呀，始终像个孩子。李尚就像看着自家调皮可爱的小孩子的老父亲似的，显得心满意足。

终于，皇帝陛下着装完毕。

皇帝站在一人高、打磨得纤毫毕现的青铜镜前看看自己，梗硬的脖子微微侧了侧，乜着谭小谈道："零，你看朕，提线木偶一般任你们摆布，结果就是，现在真成了一具木偶哇！"

谭小谈微笑着露着牙齿，笑得很斯文，很秀气。她没说话，这个昏君，好想揍他一顿。

"哎，朕这衣领为什么要浆洗得这么板正呢？朕娇嫩的肌肤都要给磨坏了。什么？这样子才显得威风？真是的，朕不穿衣服的时候才最威风呢！"

皇帝不满地吐槽着，板着身子，梗着脖子，在一群宫婢侍女的簇拥下，体态僵硬地走出后殿，李尚连忙迎上来。

皇帝一见到他又开始聒噪起来："哎呀，一早起来就开始为了这身可恶的衣裳瞎折腾，朕什么事都没顾上。李尚啊，朕的左将军、右将军你没忘了喂吧？记得要给它们准备两块新的肉骨头磨牙，省得它们抢起来打架，它们可是朕狩猎时最好的帮手呢。

还有朕的仓鼠可别忘了加粮加水，唉！它们太能生了，当初只是一对来着，现在已经变成了一大窝，有一百三十六只了是吧？什么，昨天死了两只？死就死了吧，记得它们生第一窝时，死了一只朕还掉眼泪呢，现在除非它们都死光了，否则朕都没感觉了。"

李尚一路点头哈腰地应承着，当皇帝走进大殿的时候，那些迎上来的近臣还听见皇帝仍然喋喋不休地嘱咐着："朕的小黄最喜欢吃三文鱼，要最新鲜的，这只猫，不是它喜欢的口味它不吃呢。对了，朕的河豚还好吧？哈，一条都没死吗？朕就知道，在朕的光辉沐浴之下，万物都能承受恩泽。朕就喜欢拿棍子戳它们，戳呀戳呀，它们的肚子就圆滚滚的了，太可爱了。嗨！橘右京大人，三岛大人，你们好哇，好久不见了呢，大家都到了吗？"

面容清癯的橘右京微笑施礼道："都到了，我的陛下。除了……木下亲王和唐傲上将军。"

"呵呵，那就开席吧，不用等他们。那两个家伙，一向看彼此不顺眼，处处

130

都要争个高下。"

白桦树林中，一群群武士像雨后的蘑菇般纷纷冒了出来，向前悄然集中。

唐傲上将军穿上了他那身笑傲疆场时令敌人望之丧胆的猩红色战甲，稳崎如山地站在最前边，手按着宝刀。

远处，青萍湖就像镶嵌在山间的一枚绿宝石，在那青萍湖旁，就是皇帝的行宫。

"木下亲王到哪里了？"唐傲站在那里，沉声问道。

他的亲信幕僚岳观马上近前一步，低声禀报道："上将军，木下亲王已经到了，现在正在右卫门廊下候着，看来，他是不想先于将军您入宫。"唐傲冷笑一声，道："他不入宫？那他以后就再也没有机会入宫了。三山那边怎样了？"

"唐骄大人亲自潜赴木下亲王的封地，到海边接应三山的船队去了。三山王杨瀚答应会提供十头龙兽，协助我们攻城拔寨。"

"我耗费了那么多的钱粮喂他，这是他应该给予我的回报。"唐傲脸上露出阴冷的笑容，"只要皇帝和木下亲王死在这里，我又控制了来此贺寿的各方牧守，这天下就平定了一半。有三山王的人马牵制配合，我可以迅速挥军南下，吞掉木下亲王的地盘。到时候，就算还有人想扶保皇室成员另立朝廷，也要仔细掂量一下，能否承受我的怒火了。"

"是的将军，只是木下亲王迟迟不肯进宫，您看是我们先进宫，还是……"

"我们为什么要进宫？"

唐傲皱起眉头，不悦地瞥了岳观一眼："这又不是唱大戏，正派反派最终决战，一定要面对面、王见王，再来一段铿锵有力的台词。岳先生，你以后少看点儿话本儿戏词，我听说你现在闲暇时也和那班优伶混在一起，有时候还给他们写剧本？你该做的，是参赞军机、设谋献计。真是自甘堕落！"

岳先生老脸通红，讪然道："是，老朽知错了。"

唐傲微微扬起手，沉声宣布："立即围困青萍山，不许一人进出。本将军亲自前往右卫门，只待木下一死，大军从四道门户同时闯宫。那位陛下，死活均可。擒之或斩之者，封侯！"

七十三　青萍宫变

木下负着双手，静静地站在右卫门的长廊下。

选择这里，是因为安静。这道门户出来，只有一条木质带顶的长廊蜿蜒远去。长廊栏杆之外，就是悬崖。

面前，是只比长廊扶栏高出少许的瀑布，那河水滚滚而下，到了面前，还是汹涌的河水，接着却是陡然一空，重重地砸下去，砸到二十多丈深的悬崖下。

瀑声如雷，一汪碧绿，被瀑布砸出一个巨大的白色浪花，永无止歇地翻滚向上，仿佛一朵不断舒展着花瓣反复重生的莲花。

一个是瀛国上将军，一个是曾任摄政王的亲王殿下，他们心中会不明白就连皇帝的寿宴都要计较谁先到谁后到，是一种很幼稚的孩子气的行为？

他们当然明白。实际上，不明白的是其他人，是天下百姓。在唐傲和木下亲王而言，他们谁先到一步，谁后到一步，在强大如他们这样的枭雄来说，根本不会放在心上，谁会在乎这种可笑的输赢呢？

问题是天下间的蠢人很多，这种看来很无聊的事情，在他们而言，却是判断这些大人物地位与实力的一些标准。

所以谁站主位，谁坐台上，谁先到谁后到这种很幼稚的事情，尽管在他们自己心中觉得是一件很无聊的事，但是为了争取尽可能多的民心，这种无聊的事情，他们也只能无聊地去做，人在江湖，身不由己。

木下为此只好无聊地在这站着，观察洪流砸到深潭中呈现出的那朵巨大白莲的变化，等着唐傲按捺不住，先去御前贺寿。

无聊地看了许久，木下终于确认，虽然这河水千百年来一直这么砸下去，但是水无常形。每天每时每刻，它都有细微的变化，或因水流自身的变化，或因风力的影响，而这细微的变化，就使得那碧玉深潭中的白莲每时每刻都呈现着并不相同的模样。

这种发现，很无趣呀！亲王叹了口气，然后就听到他的贴身侍卫低声禀报道："殿下，唐傲上将军来了。"

年近四旬、容颜清瘦的木下亲王微微挑起了眉，慢慢转过身，就看到唐傲带着两个武士正从那蜿蜒的曲径长廊上走来。

看到唐傲那身猩红色的战袍，木下心中陡地一跳。

战甲，乃不祥之物，今日是皇帝的寿诞，作为一个臣子，唐傲为何要披上战甲？

虽然因为唐傲的赫赫战功，他这身巧匠打造的猩红色战甲，已经赢得了"血色战神甲"的称号。

木下亲王往前走了两步，微微眯起眼睛，正迟疑着要不要命令侍卫们提高警惕，却又担心是小题大做，惹人耻笑。

可唐傲还隔着七八十步，突然站住了。

在他身后五六丈开外，就是一个拐角。

在唐傲站住的同时，数不尽的武士双手握着锋利的长刀从那拐角处冒了出来，潮水般向前铺展、倾泻着。

没有人呐喊，只有无数个穿着藤制半身甲的武士手握着长刀，飞快地向前扑来。

因为他们步伐急促，木下足下的长廊地板已经发出嗒嗒嗒的急颤。

木下倏然脸变色，急急退了两步，大喝道："护驾！"

木下此次远道而来，是为皇帝贺寿的，所以所携侍卫并不多，如今在场的侍卫算上他的车夫一共也不过二十余人。

但这些人无一人畏死。他们立即拔出长刀，以同样高频的碎步向来袭的敌人迎了上去，双方从肺腑里呐喊出来的一声"杀"，为肉搏激战拉开了序幕。

木下亲王的这些人固然个个善战，却也寡不敌众，他们要守住这条长廊，为亲王争取一些时间。

长廊的尽头是青萍宫的右卫门。虽然平时这道门并不打开，但里边有守卫。木下亲王是皇帝的叔父，还曾担任过十一年的摄政王，如今交出政权才不过一年光景，余威犹在。只要他高声喝出自己的名字，宫中侍卫敢不开门？

木下用力拍响了厚重宫门上的粗重铸铁兽环，大叫道："我是木下，马上开门！"

皇帝的寿宴已经开始了一段时间，歌舞升平的气氛在醇酒的刺激下达到了一个新高潮。

处处笙歌，佳人曼舞。

皇帝陛下带了橘氏、藤氏、平氏、源氏等底蕴雄厚、历史悠久的大家族的贵人，以及朝中大臣登上了青萍湖心的小汀。

贵人们身着吴服，兴致盎然。

这时，远处陡然传来一阵喧哗，一直静静站在旁边，对于这位荒唐天子的行为毫不在意的谭小谈猛然抬头，看向那声浪处。远处的臣工与舞伎、乐师、宫中奴仆们，就像风中急剧摆荡的麦子，骚乱就在他们前边。

很快，这些人就逃开了，那通向小湖中小汀的曲桥之上，是雪亮的一片刀光，仿佛刀剑形成的一片丛林，正在森林女神的神力作用下，飞快地向前蔓延。

谭小谈的眸中顿时掠过一抹精光："唐傲果然发动了吗？那么……"

谭小谈一把攥住了怀中珍藏的那枚竹管，忽然便心花怒放。

虽然三山的面食终究不及瀛洲花样繁多、口味地道，对她这样一个以面食为主的人来说，很是难为人，可是，那里有他呀。一想到马上就能执行任务，继而回转三山，回到他的身边，谭小谈心中顿时像流入一股加了蜜的山泉水，沁透了她的心田。

"护驾！快护驾！保护皇上！"李尚发现了远处冲来的武士，虽然一时还不知道他们是隶属于谁的人马，但是敢挥刀入宫，谁还不知道他们反了？

李尚立即尖声大叫起来。众大臣为之色变，不过，有人下意识地扫了一眼橘氏、藤氏，却发现……他们的神情有些诡异，似乎，他们并没有太多的慌张。

武士们率先反应过来，并拔刀迎了上去。

只是，这里是君臣尽欢之地，哪有多少侍卫？在场为数不多的侍卫只是仪兵，不但战力一般，所佩的兵器也是未开刃的仪刀，但是他们的忠心和勇气倒是可嘉。

"陛下快走，微臣挡着……"李尚大吼一声。

虽然在瀛洲百姓眼中，这个宫内卿大臣李尚完全是靠着在潜邸时侍奉皇帝的功绩，加上他的谄媚功夫，这才得以重用。

没错，他自己也认为，他是个谗臣，他是个忠君的谗臣。

他不识字，没旁的本事，不谄媚，如何邀宠于圣上？

可谄媚只是邀宠的手段。

但不得不说，被众多权贵人家暗中称为昏君的这位皇帝陛下，虽然未必能够赢得多少权贵的忠心，身边的这些小人物却是忠心耿耿。

一个人能赢得这么多人的忠心，生死关头能毫不犹豫地站到前面去直面刀锋，那这个人就一定有可取之处。

李尚说着，惶急地回头看去，就见他的皇帝陛下已经飞奔出十几步开外。

更离谱的是，不知何时，这位皇帝陛下已经把那厚重烦琐的礼服脱了，只穿着白色的小衣，左手拉着零，右手扯着菊若。

皇帝一边狂奔一边喊："你们两个不会武功，快跟朕跑，慢了就没命啦。李尚，快跟上，朕可离不了你这只老狗哇。"

李尚露出了笑容，虽说乱兵到处都是，陛下此时纵然跑开，或许……也只能多活片刻，可是，生命有限，人活的不就是终点之前那段时光吗？

这段时光的长与短，本就没有绝对的定义。

那么，就让我为陛下继续活上一段时光，献出我的生命吧。

李尚闭了闭眼睛，长长地吁了一口气。

最终确定一个人身份标签的，只有世家豪门才以姓氏来区分，诸如橘氏、藤氏……

而其他人，是以他依附的主公来划分的。

就如三国时诸葛瑾乃吴之重臣，诸葛亮却是蜀之重臣，他们是亲兄弟，却也丝毫不影响他们为各自的主公效力，主公及其家族也不会因为他们的血缘关系对他们产生戒备。

血统，不是他们这一阶级划分阵营的标准。

所以谭小谈从不觉得舅父是皇帝的人，会对她效忠唐氏产生什么心理障碍。

如果不是在三山洲的时候，唐诗对这个一向亲如姊妹的谭小谈做出了随意牺牲的安排叫她心灰意冷，而杨瀚又在朝夕相处中渐渐让她感受到温暖。

那么，她今天也许就出现在挥刀杀进宫来的武士当中。

而今，她却已经是杨瀚的人。

她知道，由于唐傲在皇帝到了亲政的年龄时，替皇帝赶走了木下亲王，所以舅舅对唐傲一向有好感。

唐傲露出反迹之前，她就算向皇帝或舅舅揭发，也没有证据，最终很可能会以她的死，暂且缓和局势。唐家会更迟一些发动叛乱，皇帝在戒备一阵之后也会渐渐消解疑心。可这一幕，在几年之后还是会再度上演。

所以，她潜入宫中以后，从未想过揭发唐傲。

杨瀚叫她秘密返回京都时，只告诉她一句话："隐瞒身份，潜进皇宫，唐傲举事时，你就吹响竹笛，自有人前去接应。你，要把瀛皇给我带回来。"

方才，她就从怀中拔出了竹笛，可她还来不及凑到唇边，皇帝就拉住她狂奔起来。

这位皇帝力气还挺大，谭小谈很无奈地跟着跑，她一手被皇帝拉着，另一只手努力想把笛子凑到唇边，可这样奔跑着，无论如何也无法吹奏。

谭小谈焦急地回顾了一眼，她看到了舅舅。李尚被人一刀刺中了肋下，怀里抱着大木，一头撞向右侧的栏杆，栏杆撞断，李尚抱着那根大木，摔到了湖里。

被李尚强行堵住的缺口崩溃了，那刀锋的丛林呼啸而来。

谭小谈的心猛地一沉，眼中瞬间蓄满了晶莹的泪水，舅舅，死了。

该死的皇帝还在拉着她飞奔，也不知道哪儿来的那么好的体力，她一直没办法吹响那支笛子。总不能挣开皇帝的手，再吹笛子吧？她的使命是救出这个瀛洲皇帝，如果笛子吹响，援兵出现，皇帝却跑得不见踪影了，她该如何是好？

青萍宫中一片混乱，右卫门是率先被攻破的，守卫力量早被打散，但左卫门的护卫建制仍完整，且已及时赶到，同唐傲的人马混战在一起。

青萍湖四面环山，在东山和西山外各有一座兵营。因为皇帝移驾驻跸于此，所以这两座兵营的人数也增加了，东大营和西大营合计兵力有一万八千人，俱是精兵。只要这支人马及时赶到，就算敌人兵马再多，只要他们抢到皇帝，也可以带着皇帝迅速逃离。

可唐傲蓄谋良久，既然要反，怎么会不做准备？

东大营内，看到狼烟升起的统兵大将立即击鼓聚将。待三军将士校场集合，大将肃立台上，踏前一步，沉声喝道："宫中示警，众将士立即随我勤王……"

他话犹未了，左大将和右大将不约而同地跨前一步，两柄长刀虽是一先一后，可是看在台下众将士眼中，却如一道交叉的闪电。

大将身子一僵，披甲之下，汩汩地涌出血来。

左大将有橘氏背景，而右大将是源氏一脉，他们两人竟有此举，显然，四大世家中的橘氏和源氏，已经站到了唐傲上将军的一边。

两个人相视一笑，右大将退了一下，滴血的长刀向右下方一撇，做出请上前的手势。

左大将没有客气，上前一步，厉声高叫道："青萍湖之乱，我东营不参与。不论谁胜谁败，只作壁上观。三军回营，不可胡乱走动，敢不从命者，杀无赦。"

虽然他们两个已经掌控了军中大权，也各有亲信，但是这么多的士兵中，到底有多少肯服从命令，他们不敢保证。

五百年前的三山帝国亡了，君权神授的观念却被三大帝国继承了，其中在瀛洲更是发扬光大。瀛皇一脉不再宣扬"君权神授"那一套，而是直接自封为神，宣称瀛皇一系就是天神下凡，统御瀛洲万民。历经五百年十余代人反复洗脑，普通百姓对此深信不疑。反而是身居高位者，因为知道得更多，接触这高高在上的神皇一系的机会也更多，反而透过那神圣光环，对瀛皇一系有了真实的了解，没有那么神圣的敬畏感。

可天下万民对此是深信不疑的，他们相信"万世一系"，这也是各地牧守虽然各自拥兵，俨然一个个独立的小王国，五百年来也一直有幕府将军统御朝廷军事大权，却从未生起问鼎之心的缘故。

早期是因为皇室太过强大，如果说整个瀛洲就是诸多的军阀，那皇室就是最强大的那个军阀。到后来，却是迫于天下民心，挑战整个天下风险实在太大。直到五百年后的今天，才终于有一个人鼓起勇气，敢冒天下之大不韪，试图问鼎皇座。

西大营中，藤御海盘膝坐在高高的点将台上，膝上横着他的长刀，臂肘支在腿上，手托着腮，远远地看着从青萍宫方向袅袅升起的烽烟，似乎在思考问题。

他是藤香的大哥，藤家的基因看来挺强大的，他和小妹藤香的眉眼轮廓居然有五六分相似。只是，藤香甜美妩媚，而御海更男性一些，眉眼稍显粗犷。

右大将郑小鹰按着刀，带着两名侍卫快步登上点将台，及至台上时，左右的侍卫将长枪一横，只放过了郑小鹰，拦住了他的两名侍卫。

郑小鹰看看左右，快步走上前去，站在藤御海背后，叉手道："见过御海主将。"

藤御海懒洋洋道："什么事呀？"

郑小鹰不敢置信地指着前方："主将，青萍宫已燃起狼烟，难道主将大人没有看到？"

藤御海道："当然看见了，你看，今天没有风，那烟升得好直，让我不期然地想起了一首来自祖地的诗'大漠孤烟直，长河落日圆。萧关逢候骑，都护在燕然……"

郑小鹰一脸蒙："祖地？是哪里？"

藤御海笑了笑，道："祖地呀，在一个很遥远的地方。你不知道，那很正常。因为只有真正的贵族和贵族所信任的人，才会知道这个秘密呀！"

藤御海轻轻拍着手中的刀鞘，显得很是惬意："我是藤家的人，而你的家族，历代是我藤家家臣。"

郑小鹰脸色一变，退了两步，哑声道："主将大人！"

藤御海淡淡道："你看，左大将濑户园中树就很乖巧呢，我不击鼓聚将，他就缩在营里一动不动。"藤御海叹息，"我本以为，会来向我发难的人是他。小鹰啊，你真的很叫我失望。"

藤御海的话说到这个份儿上，郑小鹰如何还不明白，青萍湖上那道狼烟，也有藤家的一把火？

郑小鹰惊恐地后退，突然发足向台沿边狂奔而去。

可是已经晚了，几个弓弩手突然从藤御海前方的台阶下冒了出来，几支利矢从藤御海头顶飞过，仿佛雨打荷花一般，噗噗噗地攒射在郑小鹰的身上。他被箭矢之力带动，歪歪斜斜地跑到正对校场前方的壁立台沿，身子一歪，便像一只中了箭的鹰，向台下摔了下去。

青萍湖畔，皇帝已经逃到了七层的摘星楼顶。

一道道的宫门在他们逃过之后一一砰然关闭。一口气跑上顶楼，皇帝呼呼地喘着粗气。菊若体质比皇帝还弱，小脸蜡黄，两腿酸软得仿佛都不听使唤了，一屁股就坐在地上。谭小谈好一些，呼吸却也粗重了许多。

皇帝呼呼地喘了一阵，扶着栏杆向楼下眺望。这摘星楼说是七楼，可每一层都有寻常居室两层半那么高，而且摘星楼是塔状，人站远了箭射不上来，站近了有一层层的楼檐挡着，一样伤不到楼顶的人。

楼下已经追来许多武士，那一簇猩红，仿佛一团野火，冉冉地飘到楼下。

皇帝的脸色倏然变了，虽然站在这么高的地方，看不清那人的眉眼五官，可是那闻名天下的"血色战神甲"，除了上将军唐傲，还能有谁？

"陛，陛下！"菊若吃力地爬起来，往楼下一看，已是骇得花容失色。

"不要怕！"

皇帝怜惜地摸了摸她的脸蛋："这楼的门户都是由极结实的铁桦木造的，重刀都砍不烂。等他们一层层地撞开门户冲上来，两大营的兵马一定会赶来救驾了。"

谭小谈稍稍调匀了呼吸，便立即举起竹笛，凑到唇边。

按照杨瀚所教之法，她吹响了竹笛，气流在她指间笛孔中流淌，她知道自己吹奏成功了。可是，她听不到一点儿声音。

杨瀚说过，这支竹笛的声音，人耳是听不到的。她一直不明白，如果人听不到，那如何通知救兵呢？

皇帝把她拉上了这摘星楼，暂时，确实是安全了，可也因此断了所有退路哇。除非有一支强大的军队杀过来，驱散楼下的叛军。否则，大王安排的伏兵，如何救他们出去？

所以，虽然吹响了竹笛，谭小谈却对逃离已不抱希望。

也许，要死在这里了吗？

"不知道消息传回忆祖山时，大王会不会为我伤心？"小谈呆呆地站着，脑海中挥之不去的只有她和杨瀚共食一碗臊子面的情形。

他在一边，她在另一边，丝面相连……

谭小谈的唇角情不自禁地逸出一丝微笑，然后，她就听见皇帝气急败坏的叫声："唐傲！这个该死的叛贼！他居然要烧了这楼，他要烧死朕。完蛋了，朕马上就要完蛋了！"

七十四　天神之会

楼顶没有旁人，瀛皇急急冲向塔楼，一边跑一边怪叫："朕得赶紧通知勤王之师，迟了朕就烧成灰了，朕还如此年轻……"

皇帝冲上塔楼，从壁上扯下一支浸了油的火把，用力抛进了更高处的凹状烟灶，顿时，一股粉色的浓烟滚滚而起。

青萍湖上处处硝烟，要向部下宣告自己的位置，这烟的颜色自然要与众不同才行。

这时候，唐傲命人将塔下堆满了柴火，火已点起，黑烟冲天。

楼顶粉色烟火燃起的热气流与塔下柴火燃起的热气流形成内外两层，由于中间的冷空气发生作用，使得黑色与粉色两股气流盘旋向上，就像一条粉色的龙正欲升空而起，而一条狰狞的黑龙追赶而上，将把它缠绕住。

"啊！啊啊，如此壮观。一条粉红龙，一条黑龙，黑龙，黑色果然是邪恶的呀……"

因为塔楼上浓烟一起，又是炙人，又是呛人，所以皇帝顺着楼梯退了下来，却仍仰望着，啧啧惊叹。大概这个皇帝脑回路真的是有点儿与众不同，这个时候，居然还能产生如此奇怪的想法。

这时，一声尖厉刺耳的鸣叫自空中传来，瀛皇、小谈和菊若一起望空看去，就见一只巨大的乌褐色怪鸟穿过一道道笔直的狼烟，自远方振翅而来，仿佛穿越虚空，突然出现在那里。

"天哪，凤凰！是黑凤凰！零，菊若，你们看！咦？凤凰为什么这么丑？果然是脱毛的凤凰不如鸡！"瀛皇感慨着。

飞龙丑陋的膜状翅膀只是扇了两扇，它就已冲至摘星楼顶。

楼下的乱军和守卫都惊呆了，所有人都停止了搏斗，呆呆地向空中看去。没有人知道这是什么，瀛洲没人见过这种怪物。

呼——飞龙又一振翅，黑烟和粉烟回卷，整个楼顶顿时一片迷雾，呛得瀛皇和菊若以及谭小谈咳嗽不止，泪流满面。

这烟是用来示警的，平时本就不可能呼吸到，自然无人考虑如何改良它的成分，以保证烟味的平和。

"喀！喀喀喀……"瀛皇声嘶力竭地咳着，他刚从塔楼上跑下来，呼吸急促，所以吸的烟也最多。

"我奉命来救瀛皇，瀛皇可在此处？"

空中怪鸟在摘星楼顶盘旋了一圈，一个声音在怪鸟背上响起。

谭小谈精神一振："果然来了！原来大王用了这种手段？这是飞龙兽。是凤鸣的作用吗？四鸣音功中的凤鸣没有失传？"谭小谈此前也听说了杨瀚只懂得四鸣音功的前三种，此时一见这飞龙，却是马上想到了这一点。

只是，她现在是杨瀚的人，知道了这个秘密，却只是为杨瀚的实力更加强大而高兴，倒不至于心中凛凛，向人泄密了。

"这里，瀛皇陛下在此！"

谭小谈向空中急叫了一声，那怪鸟又是一个盘旋，自鸟背上露出一个人头来："谁放的烟火，我这飞龙熏得都落不下去了。"

这句话一转即逝，那怪鸟又是凌空盘旋一圈，然后一架绳梯倏地放了下来："快！爬上来！"

瀛皇仰望空中怪鸟，惊叹道："这是什么东西？"

谭小谈一把抓住绳梯，递到他的手上："快！陛下，快上去，火要燎到眉毛了！"

"哦哦，好！"瀛皇反应过来，一时也顾不得探问这怪鸟的真相，急忙就往上爬，叮才爬了两阶，他又跳了下来，一把将菊若拉到近前，"快，你先上！快点儿！"

菊若来不及反对，就被瀛皇连推带搡地弄上了软梯。瀛皇又道："零，你第二个。"

这个家伙呀，虽然望之不似人君，倒是挺有人情味的。

谭小谈心中一暖，深深地看了眼这个不太着调的皇帝，沉声道："我不叫零，我姓谭,我叫谭小谈。陛下,我就是来救你的。"

"什么?"瀛皇脸色一变。他性情颇有些怪异,大概与他独特的生长环境有关,不过,他可不傻,只这一句话,他就明白了很多。

谭小谈一把托住了瀛皇的腰,大声道:"快些,上去!"

黑烟裹挟着粉色的烟,盘旋着缓缓升空,在远远的山外也能看见。

倒是那只飞龙,从山外却是根本看不见了。这个距离,那只飞龙不过就像滚滚烟柱中的一粒尘埃。

藤香望着那浓烟,脸色苍白。与她同坐在小亭中的是唐诗,唐诗执白棋,正拈着一枚棋子。她的对手显然心已经乱了,棋面已呈败象。藤香没有盯着棋盘,只是望着远方。

"对不起!"藤香喃喃地说了一句,珠泪潸然而下。

皇帝已经葬身摘星楼上了吧?就像古老传说中葬身鹿台的纣王?只是,自己没有陪在皇帝的身边。聊堪自慰的是,陛下那么风流,身边一定少不了美人相伴,听说……陛下现在最宠爱的女孩儿叫零。这个零应该还没被陛下染指吧,毕竟她刚刚出现没有多久,而那个皇帝最喜欢追求的过程。唉!希望她正陪在皇帝身边。那么黄泉路上,陛下也就不会寂寞了。

唐诗见藤香已经无心下棋,便把棋子轻轻放回了匣中,也向青萍湖方向望去。

那里有一道道的狼烟升空,其中最大最壮观的一股,是粉色与黑色盘旋而上的,在高空之上酝酿成了一朵颜色诡异的蘑菇云,盘旋着,仿佛是地狱之魔睁开的独眼。

父亲成功了。仍有反抗之力的只有南方的木下亲王的封地。可是木下亲王一死,木下亲王府群龙无首,他们势必要角逐出一个新的领袖出来。而在此期间,父亲将彻底整合北方各个势力,然后一举南下,统一瀛洲。

其中的关键是,要给父亲留出消化吸收北方各个势力的时间,否则南方木下势力北伐,双方战事一旦处于胶着状态,现在被强势压制住的北方各个势力必然各生异心。希望三山洲能够起到作用,有他们牵制,再加上木下亲王的势力也要经过一段时间的内乱才能重新选出领袖,也就给父亲争取了时间。

"父亲的谋国之举已然势不可挡了,那个时候我需要面对的艰巨任务是什么呢?"唐诗眯了眯眼睛,"皇太子、皇太女?接下来,该是我与几位兄长之间的战斗了吗?"

唐傲上将军反了。

恶龙降世！

木下亲王被杀！

瀛皇陛下点燃摘星楼，到天上摘星去了。

消息在整个瀛洲迅速传开来，因为人们坚信他们的皇帝是天上神明降世，而今神明陨落，天下将堕入寂灭之世的百姓众多，追随皇帝自尽的竟有数万之众。

瀛洲皇室用了五百年成功地以洗脑的方式，把皇室神圣不可侵犯的观念植入了人心。只可惜，永远无法洗脑的，是那些距"神"最近的人。

神明，终究是陨落在这些神的近侍手中了。

瀛皇当然没有死，那天瀛皇和谭小谈、菊若登上飞龙背，便被载着飞出了青萍山脉。

飞龙虽然可以一飞万里，可是载着四个人显然不可能仍保持这样的体力。

它飞出青萍山脉，就在一处小村庄里降落了，这里有谭小谈早就安排下的一辆马车。

他们换乘了马车，继续往南走，一路换马不换车，足足走了两天两夜，然后换上了一只小船，沿水东向。他们在小船上又漂流了两天，便到了北海边。那里有一艘三桅的大船在等着他们。

他们登上大船，直接驶离近海，在海上漂泊了四天，在南海浩无边际的海域上由一艘带着海盗标记的战船接手。

瀛皇也不知道过了多久，大概太阳升落了有七次，他们被装进货物箱子，搬上了码头。

先是车子，然后也不知道换了什么交通工具，他们在空中摇晃了许久，要不是瀛皇从不晕车晕船，早就连苦胆都吐出来了。

瀛皇钻出箱子的时候，已经习惯了那种起起伏伏的感觉，他猛地站在平坦的大石铺就的广场上，就像脚下踩着波涛，肩膀还下意识地一起一伏着。

正是夜晚，满天繁星。

远处有火把冉冉而来，然后瀛皇就看见一个挺漂亮的年轻男人走到了他的面前，零那个没良心的女人已经率先向这个漂亮的年轻男人跪了下去："大王，小谈不辱使命！"

"大王？"

一路都被蒙着眼睛、捂住嘴巴的瀛皇陛下没跟任何人交流过，他根本就不知道这世上有什么大王。

　　"朕是被一个山大王绑架了吗？"瀛皇苦闷地想，"这样的话，朕还不如烧死在摘星楼上，那还体面些。"

　　那位大王没有理会瀛皇的询问，只是挥了挥手，便带着他们迅速登上了山顶。

　　那里居然有一座宫殿。

　　瀛皇在夜色中也看得出那宫殿的雄伟。

　　"虽然比朕的宫殿简陋了些，不过……这个山大王看来很不一般呢。"瀛皇暗暗地想，对这个莫名其妙的大王更加好奇了。

　　他们刚刚进入咸阳宫，梆子声便敲响了。

　　不是更夫敲的梆子，而是示警的梆子。

　　梆梆梆——

　　夜里，清脆的梆子声比钟声和号角传得更远，也更容易让睡梦中的人警觉。

　　由忆祖山上传下的梆子声很快就由山腰和山脚的人家继续传了下去。然后，以忆祖山为中心，四下数座山峰内外便似一阵风吹走了乌云，点点星光露了出来。

　　那是灯火，一个个村寨、一户户人家点亮的灯火。

　　无数的人家醒来了，家有青壮的，已经迅速背起他们的猎弓，拿起他们的刀叉，村口会合，然后由保正率领，分成一个个小队，以村庄为中心，向四下辐射过去。

　　妇人和孩子、老人也没有闲着。

　　三山妇人同样善战，虽然力气比起男人要差一些，但是不比刀剑，只要一弓在手，她们也是极具威胁的对手。而此刻，她们已经隐在树后、屋顶、墙侧，如果有陌生人出现，就会突然有一支利箭从他们意想不到的方向射出。

　　老人们经验丰富，他们坐镇村寨各处要道，指挥调遣。孩子们拿着锋利的砍柴的弯刀，甚至射鸟的弹弓子，听候爷爷奶奶们的吩咐，往来奔跑，传递消息。

　　山上的梆子声意味着有贼出现。

　　他们都是直属于大王的子民，他们原本都是逃荒的难民，知道要生活下去何等不易，更清楚现在的安宁和幸福的生活来自谁。

　　没有人比他们更清楚，他们对大王的依附有多深，对老人来说，那是儿孙得以不断延续的保障，对于丈夫和妻子来说，那是父母公婆、伴侣子女们安身立命的保障。

对于孩子来说，那就更简单了。他们不需要弄清楚这其中的利害，他们只需要知道，他们的爷爷奶奶、爹娘都说了，大王就是这世上最好的人，有大王在，他们一家才能吃饱饭，才不会受人欺负。

对他们来说，只此一条就够了。

很快，他们居然真的搜到了三个行踪诡异的陌生人。

前坷子村抓到一个，在郊外。

后岗子村抓到一个，那人藏在土地庙里。

鸡冠子寨抓到一个，那人不知道是想进寨子还是想出寨子，被人发现的时候，他正茫然地站在村口，一动也不敢动。他脚下地面上，插着三支利箭，斜入地面半尺。四周乌漆麻黑的，他连箭手在哪儿都看不见，为了活命，他只能站在那儿。

然后他就看见火把从四下汇拢过来，他陷入了一杆杆梭枪、一柄柄铁叉的汪洋大海之中。

"完蛋了！"这人绝望地想，蒙家是绝不会承认他是自己家族派来，一路尾随那货车赶到忆祖山上探听动静的。

如果大王想杀他，他会死吧？这样一想，这个倒霉的斥候更绝望了。

作为一个优秀的探子，他自有诸多隐匿的手段，可是如果一个村子所有的人都被发动起来，除非他能变成一只会打洞的老鼠，不然他能藏到哪儿去呢？

这不是忆祖山上第一次传出警讯，而且警讯未必一定要传自忆祖山，其他村寨如果突然遇险，传出警讯后，附近村寨也会呼应。

第一次警讯的时候，尽管有何善光何公公领着一些人指导，他们还是乱成了一锅粥，像一群没头苍蝇似的在村子内外乱转。

但是到了今天，已经不需要人指点了，他们已经很清楚应该占据哪些交通要道，应该在哪些山路小径上埋伏，应该重点搜查哪些容易藏匿的地方。

他们也明白了应该怎样发挥一个村子里所有人的作用，年纪老迈者如何把他们的经验化为指挥，青壮年应该出现在哪里，辅助应该如何去配合，号令如何来传递……

诸国以先贤启蒙之术、教化之法治民，三山则是完全放纵散养百姓，而依附于忆祖山的四十一座村寨却是打着以民壮维护地方治安的名义，以兵法治民，那么这里未来会如何？

熟悉历史的人都知道，大汉开国皇帝刘邦的开国功臣中很多都是他的老乡，萧何、曹参、樊哙、周勃、卢绾、夏侯婴等，包括刘邦的老婆吕雉，也是极厉害的政治人物。

这么一个小地方，为什么能一下子涌现出来那么多的国家栋梁呢？

标准答案是，人杰地灵，豪杰辈出。

大明开国皇帝朱元璋，他的开国功臣里也有很多老乡，徐达、汤和、周德兴、李文忠、朱文正、耿炳文等，一个贫困县里，涌现出了许多彪炳史册的英雄豪杰，为什么人才如此集中？

标准答案也是，人杰地灵，豪杰辈出。

其实大部分人的潜力都是一样的，这些人的起步也并不比别人更高。萧何原是沛县的一个小官，曹参原是当地的监狱长，樊哙只是个杀猪的，周勃只是养个蚕的，有时候还搞点儿副业，帮人家哭丧，夏侯婴只是个养马的……

如果没有秦末大乱，如果没有刘邦揭竿而起，他们一辈子也就操持着这些，并不会有什么"是金子总会发光的"的事情出现，因为那时的他们本来也没有什么经天纬地之才。勇猛如樊哙，如果把全国的杀猪匠都凑到一起，他杀猪的本事可能连中流都达不到。

他们能留名青史，最根本的原因是机遇，他们在一个合适的时间，碰到了一个合适的带头人。他们跟着这个人一起成长，经验和能力在不断地进步。

当他们势力不断地扩大，从一个乡，直至定鼎天下，得以谋国的时候，他们那时的阅历和经验，确实把他们曾经的同行远远抛在了后边。

但他们的起步点的能力未必比那些人强上半分。

时势造就了他们。

杨瀚在以兵法潜移默化地教化着这些村民，他们的素质和能力渐渐凌驾于曾经同样起点的大多数人。

只要时机得宜，给他们更多的机会，这些逃荒难民当中，未来会涌现出多少英雄豪杰？现在没有人能清晰地想到这个问题，连杨瀚也没有想过。他只是觉得自己太需要人了，他需要既有能力又能为他所用的人，而他只有这些人可用，所以便只能倾注心血去培养他们。

总有一天，人们列举起这些籍贯为忆祖山，环绕在那位英明大帝身边的英雄豪杰时，也会得出气运所至、人杰地灵、英雄辈出的结论。

此时的咸阳宫里，杨瀚完全没有想到这些，他以抓贼的名义动员周边诸村寨，扫荡了可能尾随而来的探马斥候之后，马上就在勤政殿里与瀛皇进行了正式会面。

瀛皇家族以神自居，三山洲上的杨氏以天圣家族自居。

所以，他们的这次会见，在三山世界的历史上，就被命名为——天神之会！

勤政殿里，杨瀚坐在上首，左手边站着何善光，右手边站着谭小谈。瀛皇和菊若呆呆地站在他的面前。

守在宫门处的是何善光手下的太监，方才护卫他们进宫的则是何善光从附近庄户人家子弟中抽调的侍卫。

宫里的士兵早已不敷使用，可各部落如今都缺人力，只肯交些清秀稚弱的女子入宫，即便犯了罪的人贬为奴隶，也是留下使用的。

杨瀚顺理成章地白己掏钱组建了这支卫戍部队，用的钱则来自工商税。

考虑到这支队伍一共不过九百人，纵然再强，也掀不起什么水花，所以各方势力都装聋作哑，无人过问。生怕多一句嘴，杨瀚趁机向他要人。

杨瀚看看一脸懵懂的瀛皇，这个年轻人据说已经十九岁了，比他也小不了几岁，可是看他模样，有种十六七岁还未长成的感觉。他白白净净的，颇为清秀，眉眼很漂亮，很有亲和力，眼神特别澄澈，仿佛两眼新涌的山泉，有种少年般的天真。

"这是一株养在深宫的小草，没有经历过什么风雨。"杨瀚想着，问道："瀛皇陛下？呵呵，以后，恐怕不适合再这么称呼了，却不知道陛下的名讳是什么。"

瀛皇抱着好汉不吃眼前亏的心态，应道："木，木千寻。"

杨瀚皱了皱眉："很秀气的名字呀，像个女孩子。"

瀛皇一脸嫌弃，科普道："古人以八尺为一寻，千寻，形容极高或极长，父母取其喻义，寄望于后人，词意中性，男女皆可用。"

杨瀚恍然，轻"啊"一声道："是了是了，《吴都赋》中有言：'擢本千寻，垂荫万亩。'唐人诗作亦有言：'千寻铁索沉江底，一片降幡出石头。'"

木千寻目光凛然："唐人诗作？你……来自祖地？"

说到这里，他忽然大惊失色，道："难道，我被送到了祖地？"

杨瀚道："祖地，我也想回去，可惜无路可寻。这里是三山，寡人三山天圣杨氏后裔，如今的三山共主——杨瀚。"

木千寻瞪大眼睛，诧异地看着杨瀚："天圣杨氏？杨氏还有后裔？"

杨瀚道："五百年前逃走过一个，不是吗？我是他的后人，我从祖地来。"

木千寻张大了嘴巴看着杨瀚，半晌没有言语。这个消息给他的冲击太大了，天圣后裔再现，而且是从祖地穿越时空而来，这简直……

亲王木下在青萍宫外受到唐傲伏击而死。橘、藤、平、源氏四大世家已对外宣布效忠于唐傲。

而眼前的这位瀛皇陛下……杨瀚有些同情地看着他，说道："你，已经死了。"

木千寻一脸的茫然："啊？"

杨瀚道："外界传言，唐傲闯宫，瀛皇走投无路，举火焚了摘星楼，魂化恶龙，遁世而去。"

唐傲造反是无可掩饰的，唐傲也实在找不出一个好名头，虽然可以给瀛皇编排诸多恶名。可终究摆脱不了一个以臣弑君，谋反当朝的恶名。

但是眼见瀛皇被飞龙救走，唐傲却也果断，马上炮制了这样一番消息对外宣传。只有瀛皇死了，他才好慢慢收拾人心。

"恶龙？不是，我那个……"木千寻一时还没醒过味来，急着解释。

杨瀚截口道："这就是唐傲对外的说法。所以，现在各国都知道，你的臣民也知道，你，已经死了。"

木千寻一张小脸变得惨白，期期艾艾道："那你……你想怎么样呢？"

杨瀚道："我还没有想好。现在，我与唐傲还是联盟关系。不过，我相信，等他消化了木下的势力，下一个目标，应该就是我了。也许，那时你会有些用处。"

木千寻明白了："那时，你就亮出我的身份，在瀛洲内部引起动荡，使得唐傲不敢放心远伐？"

杨瀚微笑道："虽然……有人总是口口声声喊你昏君……"杨瀚瞟了谭小谈一眼。谭小谈瞪了他一下，却是似嗔还喜，自己说过的话，他都记得呢。

杨瀚道："可是，毕竟是帝王家的孩子，这道理，你想得很明白。"

木千寻的脸色一下子正常起来，既然还有用，那么他就不会死呀。

木千寻叹了口气，幽幽道："其实，我对这个皇位本就没什么兴趣。当初，木下叔叔和唐傲为了对抗另一方势力扶保的一位皇子，这才把我抬出来。他们成功了，那一派系土崩瓦解，他们两个又斗起来。我心好累，从此做个平民百姓，太平安宁一些，未尝不好。"

啧！这小皇帝，真是个机灵鬼。

亡国之君里，待遇似阿斗一般好的，绝无仅有。那阿斗情商很高，智商也很高，眼下这个小皇帝，颇有几分阿斗的风采呢。

杨瀚笑道："你不必向我表明心迹，我不喜欢杀人，只要你在我需要的时候，能够完成你的作用。我不但不杀你，还会还你自由。"

木千寻身子一震，惊讶道："还我自由？"

在他想来，最多得个安乐公的名头，被人圈禁起来。如果杨瀚心肠好，还能拨几个下人侍候。如若不然，就是一处宅院，只其一人，封了所有门口，每日只从狗洞里塞一盆饭进来。等到外界再无人关心的时候，他就会"暴病"而卒。

拥保另一位皇子却失败的那位权臣就是这般下场，听说最后要处死他的时候，独居已十年之久的这位大臣，已经因为久不与人接触，连话都说不明白了。

还他自由？这骗人的谎话也太没诚意了吧？

杨瀚道："当然，这三山是寡人的三山，你在这里无权无势，我为什么怕还你自由？你若想去瀛洲，动荡的必是瀛洲，于我只有好处，没有坏处，我为什么要看着你？"

木千寻终于确认，这个三山王说的是真的。

登时，他的眼神也重新灵动起来。

杨瀚道："现在这段时间，你只能住在我的宫里，除了面前这几个人，再不可让任何人知道你的身份。"

木千寻喜道："好！好！"

杨瀚沉吟道："木这个姓氏，太敏感，不可再叫了。千，本就是一个姓氏，以后，你就叫千寻吧。"

木千寻小鸡啄米般点头："好！好！"

杨瀚道："何公公，一会儿给他弄套太监的袍服来。"

木千寻愕然道："太监？你这里居然有太监？"千寻看了看白面无须、慈祥如老太太的何善光，倒抽一口冷气，"这就是传说中的太监？我为什么要穿太监服？"

杨瀚道："因为我这宫里，只允许有我一个正常的男人！"

千寻道："可是我……"

杨瀚目光一冷，沉声道："从今日起，彻底忘记你瀛洲皇室的身份吧。在我还你自由之前，你，就是咸阳宫中一个小太监。"

千寻期期艾艾道："可……可……可以的。"

杨瀚难得说句重话，此时说来，竟已隐隐有种上位者的威严之气。毕竟他在这样一个位置上久了，气度已然养成。

谭小谈亮晶晶的目光注视在杨瀚身上，又瞟了眼一脸沮丧的千寻。千寻这个真皇帝，平素就不着调，现在又是落难亡国之君，有什么气势也被压下去了。

"这个女子……"杨瀚的目光落在菊若身上。

菊若下意识地向他鞠下躬去，惶恐怯弱的样子，就像一只无害的小白兔。她还穿着在青萍宫时那套花色的吴服，垂着长长的羽睫。浅色的木屐因为有带子，所以仍然穿在她的双足上。一头黑发松松地扎在脑袋后面，经过修剪的刘海儿显得特别可爱。虽然一路舟车，没有梳洗打扮，衣着也甚显狼狈，有些地方明显看得出脏痕，但她仍给人一种纯净如玉的感觉。

注意到杨瀚的目光，菊若更加不安起来，双手叠于腹前，做出随时要点头的架势。

木千寻白净的面皮上掠过一抹羞愤的潮红，他忽然上前一步，站到了菊若的前边，双手微微张开，就像护犊的老母鸡："大王，菊若是我的人！"

"哦？"杨瀚觉得菊若的穿着很好看，与他在杭州时见过的扶桑国人的和服特别相似。

杨瀚看向木千寻："她可靠呀？"

千寻咬着牙根，用力地点头道："她可以为我死！"

杨瀚道："好！那么，就让她扮成宫女吧。寡人这宫里，现有宫女八百人，混一个进去，也不引人注意。"

千寻吃惊道："八百个宫女？"他本来觉得这个杨瀚像个山大王，看这宫殿简陋的。可一听服侍他的宫娥人数，却是吃了一惊。因为，千寻做皇帝，宫女也不过六百余人。

民间总以为皇宫里一定有成千上万的宫女，其实还真未必。西汉初年时，宫女只有十几个人。汉武帝时才超过一千人。宫女人数最多的应该是晋武帝、唐玄宗时期，宫女人数突破一万甚至飙升至四万。然后再度回落，现在祖地上的大宋宫廷里，也不过只有一千两百多个宫女，直到清乾隆时期，才又增至三千人。可杨瀚这个宫里，居然……

杨瀚也很无奈，他可不愿背上一个好色的名声，只好道："三山缺劳力呀，所以各地进奉宫里的，多为女子，少有男子。寡人这八百宫娥，其实一多半是顶了太监职司的。"

千寻这才恍然，心想："他有这么多宫女可以用，只要我们躲他远些，平素里叫他看不到，想必我的菊若就不会遭了他的毒手。"

想到这里，千寻便道："我……我和菊若，毕竟是从瀛洲来的，如果与他人接触多了，难免露出马脚。还望大王为我们安排个清闲的所在。"

杨瀚道："有道理。何公公，哪里如今清闲无事呀？"

何善光忙道："大王，王后尚未入住宫中，不过王后的寝宫是早备好了的，三不五时就得着人去洒扫。"

杨瀚挥手道："那就叫他们两个专职司服坤宁宫吧，不必另行遣派他人了。"

何善光答应一声，带着木千寻和菊若悄然走了出去。他得在天明之前安排好二人，做一些叮嘱，免得与其他宫娥太监有所接触时露了马脚。

七十五　首战风月

律政楼楼顶，设着大弩之处，正有几个人站在那里，俱都穿着太监袍服。

下边的人出出入入的，早已习惯了上边有人，如今看都懒得多看一眼。

他们已听说了，这是大王特意配置于此，保障楼里公子们安全的。

大王说，他们正在做的是奠定三山帝国重新崛起、威凌天下的根基，他们每一个人都是国之栋梁，是以要对他们施以最严格的安全保障。

公子们集三大帝国所长的律法已经撰写出来了，现在正在逐条进行最终的审议。

数月的辛苦终于要见成果了，公子们一个个特别兴奋，每天都废寝忘食地工作，不是三急一类的事情俱都懒得理会，包括吃饭。

杨瀚漱洗完毕，换了袍服，便直接奔了这边。

杨瀚平素便常往律政楼跑，虽说公子们一个个都"走火入魔"一般，连他来了也懒得理会，可他仍然是乐此不疲。

因此，见大王奔了律政楼，宫中人也是浑不在意。

但今天，杨瀚进了大楼后，却未往众世家公子谈论立法的大殿上去，只是通过旁边楼梯，径直往上走去。

楼顶，两个太监扶着大弩，正居高临下监视着呈扇面的一大片区域。其他三个楼顶角落也有同样的配置。

只是此处稍往里边，从楼下几乎看不到的地方却有四个人正站在那里。

何善光一脸慈祥，白白净净，笑得一团和气。

徐海生穿着一件太监袍子，袖口却是挽着，袍襟掖在腰带里，看那架势，仿佛马上就要跟人打上一架，那身体结实的，那么肥大的一件袍子穿在他身上，却似只要一用力，就能撕裂了似的。

羊皓独占一角，身上裹着一件灰突突的披风，看着似乎是脏的，但他偶一动作间，那袍子颜色似乎于深浅之间竟有变化。这可不是一件脏袍子，而是以三山洲一种特有的山鼠鼠皮缝制而成。如今他是站在空荡荡的楼顶，所以只能发现那毛色因为光线小生变化，如果是在复杂地形尤其是山林里，他裹着这一件披风，披风的颜色就可以针对周围地形发生一定的变化，叫人很难看得到有人藏在那里。这种山鼠并不厉害，却十分难捕捉，而缝制这么一件半隐身效果的袍子，需要至少六七十只山鼠，可谓价值连城。

司马杰正站在羊皓身边拍马屁："羊公公，好久没见哪，你这气色可是越发地好了，这瞅着瞅着，可是更年轻了呢，现在要说你是我子侄辈，都有人信。瞧你这脸皮，一点儿褶子都没有，跟十八岁的小姑娘一样水灵。哎哟，还有你这袍子，听说这种山鼠可以利用树枝滑翔呢。你也知道，山中野兽众多，现如今虽说龙兽被大王拘于深山谷坳中，可其他各种野兽也都厉害着呢，所以要捉这种山鼠，制这样一件袍子，怕不得花费二十头牛？啧啧啧……"

羊皓本就是一个内心十分阴暗、冷酷的人，但是以前还有一副算是朴实的表情，因为他没什么能力，见到的都是能管着他的，所以总是挂着一副谦卑无害的面孔。

可如今的他，就只是静静地站在那里，脸色便阴骘得仿佛寒山洞里的千年玄冰，那隐隐散发出来的阴冷气息，使得何善光和徐海生都不愿靠近他。

也唯有司马杰，居然对这种阴冷气场免疫，一直凑在他身边，喋喋不休地拍马屁。

司马杰的天赋就是拍马屁，他要拍的当然是比他强大的，越是让他害怕的，他越有拍马屁的心理需要，一见羊皓，自然就如一贴狗皮膏药。

好在羊皓虽然气质阴骘瘆人，却没有对他露出不耐烦的神情，只是静静地站在那里，一动不动地听他讲话，只是眸中偶尔露出的寒光，透着一丝危险的气息。

羊皓如今当然非比当初。三十个"急脚递"，三百名军士，这只是明面上的人马数目和使命，实际上，他现在所掌控的，已经是一个拥有三千六百多人的密探组织。

因为经费缺乏，光靠贩卖消息难以支撑这个庞大组织的动作，这三千六百多人中还有一支两百多人的刺客队伍。羊皓手上，已不知沾了多少人的血，气质自然阴郁。

杨瀚甫一上楼，羊皓便是神色一动，他一直面朝那楼梯口，杨瀚刚一冒头，他就看见了，立即撇开司马杰，快步走到杨瀚身边。

杨瀚刚在楼顶站稳身子，羊皓已是唰地一甩灰鼠披风便向杨瀚拜了下去。披风飘然还未落地，羊皓已然稳稳当当地跪在他的面前，以额触地，恭恭敬敬道："老奴羊皓，拜见大王！"

司马杰瞠目结舌，"这……原来羊公公竟是如此深谙逢迎之道，难怪我说得口干舌燥，也难打动他，以后倒要与他好好参详参详。"心里这样想着，司马杰却也是不落人后，一个急垫步，扑通跪倒在地，直接滑到了杨瀚面前，一把抱住他的大腿，痛哭流涕道："大王啊，奴婢可想死你啦……"

"寡人也很想你们哪。不过，待我三山一统，你们的责任虽然更重，大家相聚的时间却可以更多，这一天不会太远了。"杨瀚笑吟吟地拍了拍司马杰的肩膀，没办法，他抱着大腿呢，不先安抚他一下，杨瀚步都迈不动。

杨瀚当然不需要一个马屁精，但是，如果一个能吏，只是还有拍马屁的嗜好呢？那就无所谓了。

司马杰并不是一个只会恭维人、拍马屁的主。他见人就拍马屁，源于他自幼养成的不安心态，不用力拍上几次马屁，他就担心别人对他有所不满，会下绊子，会害他。这种心理的确有些畸形，可他并没害人不是？

能力，他是有的。

农耕社会，农业至关重要，可以说是百业之首。只不过，三山农耕废了五百年，现在重新拾回，等于是从无到有。而徐海生此人，完全是一名骁勇的战将，他并不完全适合做这件事。

更何况，杨瀚有王名而无王权，他的象奴队如果换一个人带着，恐怕这一路走下去就要被各路豪强巧取豪夺，瓜分干净。所以，这个时候需要徐海生这么一个人。

但是，他只能保全队伍，弹压不轨，真正指挥、运作、调度这支队伍，并在这过程中不断寻找机会，分化、离间各方势力，在里边掺沙子、埋钉子，给杨瀚铺设火种的，是司马杰。

后来闻名于世的天圣大王麾下八犬中，有一个叫"藏刀"，就是司马杰，取自"笑里藏刀"。所以，杨瀚对司马杰真的很是看重，他懂得利用这些人各自的长处。

司马杰又滔滔不绝地说了好多肉麻的话，顿觉浑身舒坦，全身三万六千个根毛孔都张开了，才神清气爽地站起来。

徐海生一脸的不耐烦，要不是他俩搭档这么久了，他知道司马杰的毛病，两个人处得还相当不错，互相配合，相得益彰，算是交情极好，他早一把将司马杰揪起来了。

羊皓也早已站起，饶是他已日渐阴冷的模样，唇边也不禁挂上了一丝无奈的苦笑。直到司马杰抹着眼泪站起，羊皓才又近前一步，拱手道："大王，奴婢已调查清楚，以横云山脉为界，东面，如今我们管不得。西面不服王化的部落本有七个。在大王登基，诸部出山之后，那七个部落也出了山，但现在他们已经变成了三个。其中一个部落是归顺了另一个部落，名为'千猪'。还有两个部落是合二为一，联手自保，名为'风月'。至于另外三个，则是由一个大部落，打败了另外两个，将其全部吞并，名为'斩三刀'"

杨瀚好笑道："这都什么鬼名字？"

羊皓道："千是千峰部落的名字取其首字，猪是丰猪部落的名字取其次字。其余两个部落，大抵如是。实际上就是按照合并后的势力大小排序，取其部落名字中相应的字合为部落的新名字。"

徐海生冷笑道："那要是这个部落吞了十个八个部落，那部落名称岂非奇长无比？"

羊皓淡淡道："大王已经注意到了他们，他们没有这个机会了。"

徐海生一呆，这话还真不好接呀。

杨瀚道："你继续。"

羊皓道："千猪部落如今有五十多万人口，距我们最远，他们在大陆最南边。他们所据的地势奇险无比，先是一条大江，浩浩荡荡，堪称天堑，过了此河，又有一关，两山夹峙，奇险无比，只有闯过这两关，才是一马平川，需从海上去。所以，斩三刀部落的势力虽然远远强于这个部落，如今却也不曾攻伐他们。"

杨瀚眯了眯眼睛，问道："这斩三刀，如今势力如何？"

羊皓道："斩三刀部中势力最大的斩山部，原本就有六十多万人口，只是藏于山林，这个大部落得分成无数的小部落才能生存，如今没有龙兽之害，他们也出山筑城，开荒垦地，人口得以聚拢。他们接连吞并了相邻的两个部落，现有人口已经接近一百四十万。他们的地盘，有大片的草原，所以骑兵尤其强大。还有就是……"

羊皓抬眼看了看杨瀚，又轻轻低下头去："据奴婢派去的密探回报，新年元日，斩三刀部落将要立国，他们如今连国号都已定了，定国号为秦，新帝的年号为……斩杨。"

此言一出，连有机会就要拍马屁的司马杰都不敢开口了，"斩杨"，这是明摆着向大王发起挑衅哪，那个部落竟如此狂妄！

杨瀚沉默了一会儿，轻声道："国号为秦，这是想说他们延续的国祚是……"

司马杰等人原是小民，对于祖地所知不多，所以杨瀚没有再说下去。

不过，这个部落竟然定国号为秦，这是巧合，还是他们的部落首领原是三山帝国覆亡时的一方大贵族，他们家族知道许多关于祖地的历史？甚而……这个部落的族长，他的父祖或者他本人也是从祖地来的？

杨瀚沉默片刻，道："关于将要自立为帝的这个人，你还知道多少？"

羊皓道："不多，我们的'急脚递'才成立没有多久，刚刚把触角探出去。原来诸部分散，对于这些远隔重山的部落，知其部落名就不错了，还不及去打听仔细。现如今，我们对他们也了解不多，不过奴婢已经派了几批人在做进一步的探察。"

杨瀚点了点头，对于一个草创的谍报机构来说，羊皓已经做得非常好了。

羊皓道："奴婢对他们那边了解不多，还有一个原因是，我们之间还隔了一个风月部落。"

杨瀚刚刚听说风月部落时，就觉得这名字稀奇，待听说是将合并的部落名字各取一字而成，这才明白为何会出现这样古怪的名字。

听羊皓一说，杨瀚便道："这风月部落在何处，底细如何？"

这时候还没有关于整个三山洲势力分布的地图，那也是需要派出人员进行勘划的，所以说起如今隶属于杨瀚的各方势力的分布，如果不是因为他亲自走过两遭，脑海中对于各个势力究竟处于东南西北的哪一方，周围地形如何，杨瀚心中也不可能有一个明确的认识。

如今这个风月部落杨瀚就更不了解了。

羊皓一时也不知该如何向杨瀚解说，想了一想，才道："这个风月部落，由大风部落和月华部落组成。两部合一，现在人口近八十万，男女皆可控弦捉刀，故可聚兵二十万。该部所在，沼泽、河流、山川密布，故而其西面的斩三刀部落虽然强大，骑兵却几无用武之地，所以目前相安无事。实际上，这三大部落所在，都是不适合龙兽活动的，所以在大王您拘束龙兽之前，龙兽对那里的祸害也最少，这也是他们虽然偏居一隅，生活穷困，却一直不受我西山强大部落约束，且能迅速集中，隐隐有立国之势的原因。"

杨瀚明白了，自语道："如此说来，我们要一统三山，这第一战，要先战风月呀！"

羊皓眉头微皱，道："我西山诸部主力正在瀛洲，此时与风月开战，只怕……"

杨瀚笑了笑，截口道："正因为我西山主力尚在瀛洲，寡人才要与风月开战。不然，纵然打下风月，与寡人何干？势必要被诸部瓜分干净，寡人连汤都喝不上一口。"

杨瀚瞟了徐海生一眼，道："徐公公，回头你就不必下山了，象奴队从此交由司马公公掌管。你随本王左右，待寡人采了那一溪'风月'，送你个大将军当当。"

世间事物，总有万千联系。当没有人可以凌驾于人类社会之上，把事物之间的内在联系、因果关系，一一梳理清楚，他们只能用气运来解释。

此时，在未来的史学家口中，承接了天地气运，成就了一方霸业的杨瀚，还连半个三山洲都没掌握。

他的势力现在只有忆祖山及环绕忆祖山而建的几十个村落，但是经过近两年的准备，他已经开始磨刀霍霍，准备夺回王权了。

夺回王权的关键就是掌握武力。

此时还没有人知道杨瀚打算何时做，也不知道他打算怎么做。

但是在后世史料中，这个步骤无比明晰。杨瀚大帝攫取兵权的第一步，就是利用诸部精锐主力正在瀛洲作战，大肆掳夺财富和人口而内部空虚的当口，主动挑起了对风月部落的战争。

斩三刀部落将要在明年元日立国为秦的消息已经传到了风月部落，风月部落的首领洪林果断决定抢先立国。唯有如此，两个部落才能彻底不分彼此，拧成一股绳，以抗拒强大的秦国。

洪林自立称帝，定国号为周，开始对合盟的两个大部落进行最彻底的内部整合。可是，整合刚刚完成一半，他的一个儿子就在巡视边界时，与三山国内的一个部落发生了冲突。

孰是孰非已经很难分清了，但结果是，他的儿子死了。洪林勃然大怒，命手下立即把正在该国做生意的一些三山国人抓了起来，然后从他们口中听说了一个重要情报：三山国内主力如今全在瀛洲，配合唐家作战。

洪林的大风部落一向独立，不服西山徐氏管教。如今更是自立一国，又毗邻三山国，原本就担心会受到三山国的攻伐，如今，更是有了主动一战的理由：杀子之仇，不可不报！

三山国内部空虚，机不可失。削弱三山国，便是壮大自己，不然等三山的百战之师回来，恐怕他就要腹背受敌，不管是三山还是秦，都够他喝一壶的。于是，洪林果断决定，讨伐三山。趁着三山空虚，说不定有机会吞并整个三山国呢，如果是那样的话……

人如果没有梦想，跟一条咸鱼有什么区别？洪林不是咸鱼，所以他杀过来了。

这一路杀去，从那些商贾得来的消息果然不虚，三山国内如今何止是空虚，简直是十分空虚，留守各处山城堡寨的力量虚弱至极。

洪林亲率大军，竟是一路攻城略地，势如破竹。一时间各个部落留守于老城的人马和贮存于老城的物资纷纷落入洪林手中。

三山各部闻讯震怒，他们意欲反击，可是诸部各自为政，对洪林根本就是防不胜防，吃了几次大亏后他们终于明白过来，各部人马必须得统合起来，统一指挥、统一调度、统一各方情报，才能抵挡这支日渐深入的队伍。

而这个组织者，他们发现，只能是杨瀚。

于是，各部首领，纷纷集中于忆祖山上。

自杨瀚登基，忆祖山上还是头一回这么热闹。

"大王，王后来了！"

听到这句话，杨瀚手里的箭顿时一停。

他正跟谭小谈在做投壶游戏，谭小谈的武功比杨瀚高明得多，也就是有心让着他，不然凭着小谈的腕力和眼力，杨瀚只剩下落败的份儿了。

一听徐诺上山，小谈飞快地看了杨瀚一眼，神情有些不自然。

虽然与杨瀚双宿双栖的是她，可毕竟那徐诺才是杨瀚的正妻，这个名分她是夺不了的，一听徐诺到了，饶是谭小谈一向无所畏惧的性子，竟也生出几分怯意来。那种怕不是怕徐诺，只是怕在徐诺和杨瀚之间，她无法自处。

"哦，请她到这里来吧。"杨瀚手上的动作只是顿了一下，便又比画了一下，唰地一下投出一箭。

本指望这一箭投中，显出他的心中镇定，奈何那箭仍是投得歪了。杨瀚心理很强大，还真不是因为这位只常闻其名、不常见其人的王后来了有什么惶恐，是真的技术不行。

一阵环佩叮当，徐诺袅袅而入，一件靛青色镂金花纹的衣裳既得体又端庄，显得她优雅而高贵。那收得恰到好处的腰身，袅袅娜娜的，透出几分并不影响其高贵优雅的妩媚来。

看得出来，这段时日不见，徐诺既要主持几座大城事宜，又要安排出兵瀛洲之事，还要平衡徐氏各房的利益分配，使她的容颜更清减了些。精致的瓜子脸蛋上，一双灵动的眼睛显得更大了。她从门口走进寝宫大殿，阳光正侧照在她的娇靥上，肌肤剔透得映出莹润的光来。

她甫一入厅，便带来一阵淡淡的香草芬芳，虽然若有似无，却怎么也不会消失，仿佛她那吹弹可破的肌肤就在鼻端，令人闻嗅不倦。

谭小谈吸了吸鼻翅，悻悻地想："是京都青影堂的胭脂，早知道，人家该带几匣回来的。偏就她爱显摆。"

一见杨瀚正作势投壶，徐诺嫣然一笑，慢移莲步，款款走来，嫣然道："满朝文武怒发冲冠了，大王还有闲情逸致在此嬉玩呢。"

杨瀚没有扭头，只是看着前方的箭壶，比画着远近，悠然道："寡人不在乎哇，若不是这样，王后怎肯回宫，来见寡人一面？"

杨瀚抬手一掷，那箭画了一条弧线，唰地一下正入壶中，杨瀚很满意，终究是没在徐诺面前丢脸。

杨瀚向谭小谈示意了一下，走到椅上坐下。谭小谈跟过来，在旁边锦墩上坐下，端过一盘葡萄来，用银签剔了葡萄核，剥了果皮，用两根纤纤玉指拈了，递到杨瀚嘴里。

徐诺跟了过来，腰肢摆动的幅度不大，身姿却轻盈得仿佛能作掌上舞。

"大王似乎有些不愉快呢。"徐诺有点儿小窃喜，如果杨瀚对她的到来一句抱怨都没有，甚至非常欢迎，那就太不正常了。

因为不管怎么说，作为他的妻子，自己真的是一点儿为人妻子的义务都没有尽到。如果在这种情况下，他居然无怨无悔，那只能是因为他认清了现实，甘于做个傀儡，又或者……他图谋甚大。

不管是哪一种，她都不喜欢。

徐诺虽不在咸阳宫，在这里的耳目却不少，她知道迄今为止，虽然杨瀚身边娇花弱柳无数，他却只采撷过谭小谈这一枝。

他没有堕落下去，没有耽于美色，这令徐诺有些愉悦。但是，他能如此自律，又让徐诺有些矛盾。这样一个大王，对徐家来说，究竟是好还是不好呢？一时间，她也有些想不清楚了。

杨瀚没有回答她的这句话，杨瀚正在吃葡萄。

徐诺摸了摸椅子扶手，笑吟吟道："大雍城里我也置办了这样的家具呢，祖地的这种家具确实舒适。"

杨瀚叹了口气，道："不要谈家具了，我知道，各大部落首领都上山了，你打扮得花枝招展，是想要什么？"

徐诺脸一红，有些羞恼，气道："我可不是为了迷惑你什么。"

杨瀚道："那是自然，我听说，徐家的幻术虽然厉害，但是一种时间太短，转瞬间人就醒了，用于战斗时无妨，其他时候却是无用。另外一种，倒是厉害，只是受术者从此懵懂，犹如木偶。最重要的是，对施术者的精神伤损也大。我好端端地在这里，你自然不必对我用这幻术。"

徐诺目光突转锐利，猛地盯了谭小谈一眼。

谭小谈微微仰起天鹅似的脖子，下巴扬起一抹骄矜。

杨瀚道："不是小谈告诉我的，是我出山巡游时，蒙战告诉我的。"

"原来是他，这老匹夫！"徐诺冷哼一声，复又看向杨瀚，目光晶亮中透着深邃。

杨瀚微微皱眉，道："怎么？"

徐诺一字一句道："哪怕你不肯受摆布，我也不会对你用幻术的，你信不信？"

杨瀚盯着她的眼睛，她的眼睛似乎很深邃，但又很清澈。

杨瀚情不自禁道："信！"说完这句话，他忽又自失地一笑，"我都不知道，我这么回答，是不是因为已经受了你的蛊惑。"

徐诺神色微黯，但一闪即逝，只是淡淡道："唐家有秘法可防我徐家秘术。回头你可以问小谈姑娘，她可以辨别。"

杨瀚相信了，讶然道："你为什么会这么说？"

徐诺涩然一笑，道："不管怎样，你总是我的丈夫。你以为，丈夫这称呼对一个女人来说，是可以儿戏的？不管有没有肌肤之亲，我一个女儿家，与你拜了天地，成了夫妻，心中岂能没有你的印记？"

杨瀚定定地看着她，问道："为什么忽然与我说这些？"

徐诺道："因为，我发现你真的不是一个庸碌之辈，如果徐家肯放下对于权力的热衷，忠心辅佐你，相信三山一统要比现在快上数倍，三山重新崛起成为一个强大的帝国，或许并非难事。但是，徐家……不会答应。我是徐家的人，我无法背叛我的整个家族，向他们挥刀。可我……"

"可你又想叫我明白你的苦衷，谅解你的不易？"

徐诺沉默良久，幽幽道："我今天来，本不想说这些，只是忽然之间，我感觉，我现在若不对你剖白心声，或许，永远都不必说了。"

杨瀚悚然一惊，她……这么说是什么意思？她已经察觉自己的动作了？还是……有感而发？又或者，这才是徐家幻术的最高境界，这是在攻心？

杨瀚定定地看她良久，竟然感觉自己根本无法确定她的心思。

女儿心，海底针吗？

小青也好，小谈也罢，那心思他总能揣测几分。只有这个七七，他是真的看不透。

看不透，心又如何能走在一起？

杨瀚也是沉默良久，叹了口气，道："我，看不透。我们还是先聊些能说透的事吧，王后来见我，徐家想要什么？"

七十六　化茧成蝶

"要对付一个统一了的风月，我们不能各自为政。本来我们三山洲上留下的战士就不多，再一盘散沙的话，后果不堪设想。所以，诸部必须统合起来，形成一支武装，才能应对眼前的局面。"

杨瀚点点头，道："王后所言甚是。"

徐诺道："徐家，想要这统兵之权。"

"不可能！"杨瀚拒绝得特别干脆。

"大王！"徐诺的眉峰立了起来。

"喊什么喊！"杨瀚白了她一眼，"不是我不肯，而是以巴、蒙两家为首的各大部落不会肯。徐家掌诸家兵权？王后，你太想当然了。"

杨瀚讨论着公事，可时不时又夹以男女之间微妙的感情，这就使得徐诺纵然是在谈论公事，却也不至于把她自己完全摆在一个公事公办的角色上。两个人的交流便有了一丝润滑，更好沟通一些。这些技巧，是情商的体现。

从小高高在上、天之骄女的徐诺，很多方面都很强大，但是在这方面，显然不可能与杨瀚比。

杨瀚可是幼失怙恃，在市井之间，形形色色三教九流之中长大的。人生阅历这一课，他可不是从书本中，而是从他人的言语教诲中学到的。

杨瀚这样一说，徐诺的火气顿时压了下来，缓和了语气道："这不是有大王在吗？现在合兵一处，是必须的，不然必被风月所趁分而击之。只要大王站在我们一边……"

杨瀚叹道："七七呀，你想到的，你说巴、蒙几家会想不到吗？我猜，他们这次上山，许多事情都已事先议过了，就像你会先来找我商议一样。"

杨瀚笑了笑，歪头凝视着徐诺道："如果他们事先做过商议，我想，哪些事可以让步，哪些底线必须坚持，他们应该也早商量好了。你觉得，他们的底线会是什么？"

徐诺的脸色微微一变。

杨瀚一字一句道："统兵之权。"

徐诺抿了抿唇，没有说话。

杨瀚道："徐家势大，这统兵之权再落入徐家手中，诸部不安，所以，别的他们都可以让步，唯独这统兵之权，他们一定会力保，绝不让步。巴图是兵部尚书，一直以为，这兵部尚书是一个虚衔……"

杨瀚嘴角露出一丝嘲弄之意："就如我这个大王。可是，现在大敌当前，需要合兵一处的时候，这个虚衔就成了名分，巴图要是拿这个统兵权，名正言顺。你如何争？我如何争？"

徐诺徐徐抬起头，凝睇着杨瀚："如果，有一天时势得宜，需要你这个大王名正言顺的时候，你会如何？"

杨瀚道："如果有那么一天，如果那时候站出来阻止我的，是本该与我关系最密切的徐家，我一定不会原谅他们。如果站出来反对我的是我的妻子，那么，夫妻之情也就绝了。"

杨瀚这句话说得语气很轻，可每一个字打在徐诺的心上，都如重锤。

徐诺沉声道："你不会有那么一天的。"

杨瀚微笑道："我也没想过会不会有，我现在所做的一切，只是为了自保而已。"

徐诺道："我知道，所以我的几位叔父明明知道你的小动作，却也只是装聋作哑。可是，如果你越界的话，我也保不了你。"

杨瀚笑了笑道："我不想越界呀。我其实挺好奇……"杨瀚看向徐诺，"你一个女人，究竟想要什么？"

徐诺微微挑眉，看向杨瀚，微带讥诮道："一个宠爱她的丈夫，几个承欢膝下的孩子？"

杨瀚没有说话。

徐诺道："是不是在你眼里，女人就应该只追求这些，不然，就是不安分，就是无情无义，就是野心勃勃？"

杨瀚叹息道："其实，我倒挺喜欢这样的。几亩山田一幢屋，有妻有子，其乐融融。"

徐诺道："那你我岂非正是绝配？我主外，你主内，若是你我都能安于本分，我保证，你想要的，都能得到。"

杨瀚摇摇头，道："我相信你的诚意，可惜，这天地间，不是只有你和我。我们只能被这人世间所左右。"

徐诺也叹了口气："我们两个的谈话越来越无趣了。或许，我今天不该来。我不来，我们相处得会更愉快一些。"

杨瀚道："问题不在于你来不来，而是你为何而来。如果你是为我而来，你又怎知，我不是求之不得？"

二人对视良久，神色都是没有一丝变化。

谭小谈冷眼旁观，忽然觉得此情此景有些惨然，一对未婚夫妻谈论这些事情，谈到这个份儿上，实在是太无趣了。

如果徐诺是个男人呢？谭小谈想了一下，二人应该是惺惺相惜却因立场不同而只能对立的一对枭雄吧？可是为什么徐诺有这样的追求和这样的立场，自己就觉得她面目可憎、罪大恶极了呢？是因为在自己的理念中，也认为女人就应该相夫教子，就不应该去追求男人追求的地位、权力、功业？为什么一个男人想着去追求这些事情，就是有雄心、有追求、有志向，换成女人就罪无可赦了呢？啊！这就是该死的重男轻女的观念哪！一定是这样！

"可是，我还是宁愿做一个被人宠的小女人，生一堆活泼可爱的小孩子，我只需要打扮得漂漂亮亮的，不需要去跟那么多人钩心斗角，不需要整日奔波在外谋划什么权柄。"谭小谈叹息地想，"我真是太没出息了。"

终于，徐诺率先垂下了眼帘，轻轻道："兵权，不可谋吗？"

杨瀚冷静道："不可以！如果巴图统兵，待风月那边的威胁解决，各路兵马就各归本阵了，于徐家而言，没有威胁。可若是徐家统兵，巴、蒙等部落却不敢放心，在这段时间里，你们会不会分化、瓦解、吞并他们的力量？又或是驱虎吞狼，借风月的兵力消耗他们的力量？"

杨瀚一字一句道："你们徐家想谋的是兵权，对巴、蒙等几家势力来说，却有可能是丧失根基。你觉得，他们会让步？"

徐诺思索良久，涩然一笑，道："不错，是我一厢情愿了。那么，我二叔担任的是户部尚书，这粮秣辎重的统筹调配……"

杨瀚道："兵部尚书理所当然去统兵的话，钱粮辎重，自然也该是户部尚书一力担当。"

徐诺脸上终于露出了一丝笑容，道："七七明白了。我便如此回复几位叔父，相信你能周全到这一步，他们也该接受。"徐诺幽幽地叹了口气，"叔父们正等我的消息。大王，七七告退。"

徐诺起身，向杨瀚深施一礼，慢慢退了出去。

"嘁！那语气，好愧疚、好为难，就好像这完全不是她的威胁与刁难，而是她被几个不懂事的叔父挟制了的样子。"殿上寂静时，谭小谈忽然冷笑一声，嘲讽地说道。

杨瀚瞟了她一眼，谭小谈道："人家可不是因为不喜欢她。我敢打赌，徐家当家做主的人，就是她自己。"

杨瀚在她翘臀上拍了一巴掌，笑道："你人都是我的，打赌我能赢什么？"

杨瀚吁了口气道："我知道，你以前和我说过徐家的情况嘛。只不过，她不肯直接抹下脸皮跟我说，而是假借她几个叔父的名义，说明她对我多少还有些顾忌，我又何必和她撕破脸皮呢？不过……"杨瀚站了起来，微微冷笑，"既然如此，我接下来要做什么，也就不需要有什么负罪感了。有朝一日，我的王后来向我兴师问罪的时候，我就会告诉她……"

杨瀚抓住谭小谈的双肩，凝视着她，一脸诚挚、恳切。

小谈有些茫然，不知道他要干什么。

杨瀚深情道："我知道，我都明白。其实，我们夫妻二人，何其相像。我，是这一国的傀儡。你，也是徐家的傀儡呀。我这么做，都是为了救你出来，让你从此为自己而活！"

小谈一脸茫然："啊？"

杨瀚忽然放开手，向外走去："走吧，咱们晃悠晃悠，散散心，徐家也就该达成意见了，然后咱们再去朝堂议事。"

放在明面上议论的大事，从来都是已经有了结果。那议的过程，只是演给旁人看的一个流程。

杨瀚这小朝廷虽然还不太像样子，在这一点上，也是一点儿区别都没有。

小谈又"啊"了一声，这才恍然醒悟，刚刚杨瀚是把自己当成徐诺来说那番话的。

想想来日如果徐家吃了亏，杨瀚却对她如此"深情款款"，如此"为她着想"，小谈的唇角不禁抽搐了几下。

杨瀚没有着急往大殿去议政，得给徐诺一些时间，让徐家人统一意见。

不过，和徐诺这一番赤裸裸的利益争锋，明显还是让他心情有些郁结了，所以他便往园中散心。

勤政殿里，满朝文武正三五成群，议论纷纷。

大殿上现在没有他们的座位了，有些自从当初参加登基大典之后就再未来过的大臣，还感到很不习惯。听早就来过的人一说，才晓得规矩早就变了。可他们虽然不悦，却也只能冷哼一声："大王好大的排场。"现在正有更重要的事情有求于大王，些许小事，他们也就懒得计较了。

"大王驾到！"

一个小太监高声唱礼。何公公不在，他如今整日镇守在律殿上，快变成律殿上的一只脊兽了。

百官连忙看向王座，只是，他们此次来，虽然很聪明地都换上了朝服，却也没个规矩的站法，毕竟大家都是一步登天做的朝官，礼部也没教过他们这些礼数。实际上礼部懂的事情未必就比他们多。

大殿上，此时也不分文武，不分官阶高低，大家就那么散乱地站着，直到杨瀚坐在龙椅上，小谈在他身后站定，众人才乱哄哄道："见过大王！"

"众卿平身。"

小太监按照何公公教的，继续唱礼道："大王临朝，百官有本早……"

杨瀚道："行了行了，军情紧急，这些繁文缛节就不必讲了。诸位爱卿可是为了风月部落……哦，他们现在已然建国，自立为周了。"

一旁小太监扁了扁嘴，满腹委屈，何公公交代过，百官不懂规矩，得慢慢教他们规矩，结果大王自己就先不守规矩了。

杨瀚可不知道他在那里怨怼，只道："众卿可是为了这周国侵入我国之事而来？"

蒙战欠身道："正是！我三山精锐，如今正在瀛洲作战，留守本以老弱居多，且分散各处，尤其是新建的大城处，留守山中老城的力量极其薄弱。现如今，周人入侵，四处掳掠，我三山各部纷纷出兵拒敌，奈何却是一盘散沙，不要说兵力不及周人强大，仅是周人声东击西，游战于丛林，我各部之间连情报消息都不能共享，只能像没头苍蝇一般乱撞，以致连吃败仗。是以……"

巴图性子急，忍不住跳出来道："所以，臣等以为，诸部兵马应统合起来，由大王任命一个主帅，统一调度指挥，以御外敌。"

杨瀚点头道："爱卿所言有理，什么周人？本是我三山后裔，却不服教化。以前本王不曾回返三山，它独立于外也就算了，如今居然还敢自立称王，这是反叛。寡人之意，不但要把他们打回去，还要灭了他们风月国，哦，周国。"

蒙战拱手道："大王明鉴！只是这三军统帅……"

徐下高声道："自然是由我二哥来担任。我二哥文武双全，威望隆重，除了他，还有谁够资格统帅三军？"

徐诺现在是王后，自然不在殿上，杨瀚飞快地看了徐震一眼，徐震站在下边，眼观鼻、鼻观心，手抚长髯，如关羽一般，一脸的矜持。

杨瀚眼睛微微一眯，徐家这是什么意思？难不成徐诺真控制不了她这几个叔父？还是说徐家这是以进为退，生怕一会儿索要粮秣辎重的管辖权时也会遭遇麻烦，所以先来个狮子大开口？

巴图和蒙战果然大怒，立即上前激辩，徐天、徐下几个兄弟纷纷上前争执，只有徐震老神在原地站在那儿并不言语。

直到双方吵得不可开交，撸胳膊挽袖子将要动手之际，徐震才把双眼一睁，沉声道："好啦，三弟四弟，不要与巴、蒙几位大人争吵。"

徐天、徐下等人听了，这才悻悻然地退回来。

杨瀚坐在御座上，看得清清楚楚，心中明白，这果然是徐震唱的一出好戏，接下来，他就该向自己表明大义所在，宁愿把徐家兵马交给巴图统帅了。

当然，他自己又或者是他的兄弟、同党，会马上提出由已经做了让步的这位户部尚书掌管钱粮。

哪怕只在战争之期有管辖权，这也能扩大他们的威望，扩大他们对诸部的影响力，甚而挖一挖别人的墙脚，策反一些部落势力，招募到自己一边来。

杨瀚思忖着，唇角轻轻地撇着，于不经意间，带起一丝冷意。

卧薪尝胆两年了，虽说已经在民间埋下了许多火种，虽说在百姓心中已经留下了大王的印象，可还差得太远哪，这些部落首领，对他毫无尊重可言。

庙里的泥塑，需要的时候，会被人抬出来巡游一圈，烧香祈福，用完了就会抬回庙里，不到下次有用到它的时候，连冷猪肉也不会供奉一块。

他们这是把他杨瀚当成那个木胎的泥塑了。

只是，与泥塑不同的是，泥塑利用完了还会送回去，金漆斑驳得厉害时，还会重新贴一下金。

可他呢？待三山真正一统之日，他就是汉献帝，就是这各路诸侯抢夺的一件工具，利用完了，只有鸩杀一途。

现在他们没有走到这一步，只是因为还没到那一天。

杨瀚正是十分明白自己若不努力的话，将来必然要落得这个下场，所以两年来才殚精竭虑，悄然布局。

但杨瀚毕竟不是嗜杀之人，以往见了大家也是一团和气的，他很难下得了这个决心，他需要有人帮他巩固他的心志。

现在，这些所谓的大臣，已经成功地帮他下了决心。

"想拿我当汉献帝吗？"

杨瀚继续端坐在那儿，当着一个合格的木偶，任由下边众人争吵着谁来掌兵、谁管钱粮。等着他们将一切利益瓜分完毕后，再象征性地向自己请示一下。

当心志已定时，杨瀚紧咬的牙根反而渐渐放松了，脸上甚至还渐渐露出了平和的笑意。

"很好，你们自己作大死。那我，也就不必再优柔了。"

殿上，只有小谈注意到了杨瀚微妙的神情变化。

小谈瞟了眼殿上旁若无人、高谈阔论的各部首领，暗暗叹了口气。

如果你们能对大王保持起码的尊重的话，来日或还有个大好前程，不然，等到大王行雷霆一击的时候……小谈轻轻摇了摇头，动作轻得无人察觉。

几大部落的首领就如何分配权力、利益商量好了，徐震、巴图、蒙战三大重臣便同步上前站定。

徐震向杨瀚拱手道："大王，巴图本是兵部尚书，如今适逢国难，可当统帅，为大王分忧。"

巴图和蒙战则马上拱手，由蒙战道："兵马未动，粮草先行。徐震乃户部尚书，臣等以为，可由徐震担任粮草官，大军平叛之时，从各城各埠征调来的钱粮，统由徐尚书管理、运输。"

杨瀚笑吟吟道："很好！只是，这是自三山建立以来，在本土打的第一场大仗啊，寡人还是有些放心不下，这样吧，由蒙战再派出两员精干之士，分别至巴图和徐震处为监军吧。"

杨瀚叹息道："军机大事，容不得半分差池呀，一旦出错，可能就得用无数人命来填。这监军，平素里可以负责拾遗补阙、监督作战和调拨粮秣。毕竟，事关数万大军，事关巨额钱粮啊。关键时候呢，一旦巴图、徐震两位大人分身乏术或因故不能视事时，则由监军打理军务，如此，一旦出现难以预料的状况，也不至于出现重大危险。"

蒙战一听，眼睛顿时一亮。他在宫中的耳目说，大王与徐家虽为姻亲，关系却是日益恶化，今日在寝宫里，大王和徐诺险些闹僵，如今看来，果然不假。

"谁不知道我蒙战与巴图素来同进同退？我派人去监巴图的军，当然没什么意义，可我若派人去做徐震的监军，呵呵……"

蒙战马上上前一步，长揖道："大王英明，臣赞同！军机大事，理当谨慎！"

"且慢！"

徐天得了二哥徐震眼神示意，立即上前一步，冷笑道："大王有所不知，蒙家与巴家素来交好，派蒙家的人去监督巴图，只恐他们沆瀣一气。"

他不好明确拒绝，便只好以此理由搪塞了。

杨瀚笑道："寡人相信蒙家是会公私分明的，不过避嫌吗，也是对的。那么爱卿举荐何人？"

这样一说，倒是坐实了派遣监军一事，只不过是派谁去的问题了。

徐天为难，悄悄看一眼二哥，硬着头皮道："既如此，臣推举李洪洲负责此事，李大人是刑部尚书，做这个监军，也算理所应当。"

蒙战道："李尚书与你徐家是姻亲，他去监督徐震，岂非形同虚设？既然徐家对我蒙家派人有异议，臣向大王推举礼部尚书苏世铭……"

徐下仰天一声狂笑："简直可笑，蒙战匹夫，你当我们是瞎子吗？之前化兵为盗，掳掠瀛洲，现在化盗为兵，攻打木下的地盘，你们两家一直是互为联动，如此交情，不怕假公济私吗？"

两下里又是一通争吵，待双方挽起袖子，吹胡子瞪眼地又要大打出手时，杨瀚叹息一声，道："罢了，这个监军，就由寡人指派吧。"

杨瀚想了一想，道："嗯！寡人就派两位公公分别担任两位大人的监军吧，他们与你们任何一方都无关联，大家就都可以放心了。"

众人一呆，先是本能地有些抵触，可转念一想，事已至此，这监军是必须要派了，派谁才合适？

徐家觉得大王的人怎么也比蒙家的要好。蒙家便想，徐家太不把大王放在眼里，两家早已生了嫌隙，这种情况下，大王派人来，总比徐家的人要好。

所以，两边都没吭声。

两个太监转出来，上前跪倒："奴婢在。"

众人一看，咦？其中个子高大的这个有些眼熟哇？有些人忽然就想起来，这不是驭象垦荒的那个粗汉吗？

就听杨瀚道："徐公公，你就随巴图将军去吧。"

徐海生恭声应是。

众人再看杨瀚，不免有些怜悯。

这位大王，还真是在努力扩大他的影响力呀，只是……他根本无人可用啊。瞧他派这两人，让一个耕地的泥腿子去监督军事？呵呵……

杨瀚又道："李向荣。"

另一个太监不慌不忙地叩了个头，慢吞吞道："奴婢在。"

这人矮墩墩的，和比起常人还要高出一大截的徐海生一比，大概只到人家的腰部，仿佛一只酒桶。皮肤黧黑，有些像是海边的渔民出身。

杨瀚道："你就随徐震大人去监督粮秣吧。"

徐天的嘴角抽搐了两下，这人……监督粮秣？他识数吗？认字吗？

那个李公公倒是不慌不忙，又慢吞吞地磕了个头，应道："奴婢领旨。"

朝廷架构简单，也有简单的好处，那就是几个人商量定了，那就行了，没有诸多环节的流转耽搁，有时候会显得特别有效率。

解决了这桩事，众人就没什么事要麻烦这位大王了。小太监一声退朝，众人便乱哄哄往外走，各自走向巴、蒙两家和徐家那边。

显然，两大派系各自人马这就要开始筹措一应事宜了。

杨瀚摇摇头，哂然一笑，低声道："你去，叫徐海生和李向荣去御书房等我。"

谭小谈答应一声，追着二人去了，只有小太监亦步亦趋地跟在杨瀚后边，往宫里走。

御书房里，杨瀚对徐海生和李向荣暗授了一番机宜，二人心领神会，告辞而去。

这个李向荣也是第一批太监里的人物，只是当时没有可供他发挥才能的地方。这人别看其貌不扬，却是个做账、盘账的高手。他本是瀛洲一家大商号的掌柜，只是利用做账手段，愣是不动声色地从东家那里每年贪墨一笔钱。东家连着七年，不管是每年固定的盘检，还是突击盘检，竟然全未发现破绽。直到第八年，东家破产了，被另一家大商号吞并，派了人对该商家下辖所有商号进行账实盘点，这才发现纰漏。

可是在他们发现纰漏之前，这人已经卷带着钱财逃到三山洲来了。他被送进宫来的原因仅仅是他带着那么多财富，被一个大部落的首领给盯上了。于是，巧取的李向荣碰上了豪夺的部落首领，再会做账也无计可施。最后，不但被人随便找了个低劣的罪名，把他的钱财席卷一空，还把他阉了，送到这里来。

之前，杨瀚一无所有，哪有什么账务需要他处理？如今徐震承担粮草事务，这可涉及大笔的钱粮账务，杨瀚就把他弄出来了。

这人虽然谈不上什么品行，不过盘账的本事极大。杨瀚现在是人尽其用，叫一个最会做账的人去盘别人的账，如果真有问题，就不怕不能发现。更重要的是，似乎……吞了李向荣的财产，送他入宫的，就是徐家一派的人。

徐海生和李向荣遵嘱而去，谭小谈走过来，杨瀚轻轻一拉，便把她拉坐在自己腿上。

小谈柔声道："我知道你现在无人可用，一些紧要的事情，也不能随便交代一些人去做，现在哪怕暂别多一些，以后才能长相厮守哇，没关系的。"

杨瀚握紧了她的手，有心想说些什么，但话到了嘴边，又咽了回去。此时若提及任何的许诺，都嫌脏了这份感情。

谭小谈善解人意地凝视着他，杨瀚终于只是点点头，把嘴巴凑到她的耳边。

"你去羊皓那里，他已做了准备，接下来……"

迄今为止，杨瀚只有两件事没有告诉她，一件是小青的决裂，一件是五元神器如何取回。除此之外，所有秘密、所有筹划，他已经都告诉了她。

在杨瀚身边所有为他所用的人中，知道这么多的只有小谈一人。因为别人追随杨瀚，或多或少总有利益的原因，唯有小谈，要的只是他这个人而已。这份情意，他自然会记在心中。

也许，如今的他早已不是当年桃叶渡上街道司的一个小司吏了，但心境再怎么变，他的那颗赤子之心也没有染尘，这同样是他最为自豪的一件事。

他没有迷失自己，不管是被动的，还是打着"我必须要如何如何，因为人上人只能如何如何"的幌子主动去改变。

当晚，谭小谈悄然离开了忆祖山。

徐海生和李向荣已经作为监军，立即赶往徐家和巴家了。

杨瀚并不知道这一次能瞒多久，现在各部首领已经不可能再像以前那样无视他，对他的监视会越来越密切。不过，幸好之前，他已经在徐诺面前适当地暴露了一下自己的"小野心"，希望这会迷惑各方。

只要他们认定，杨瀚只是不安感作祟，只是想从中动作，赢得一些自保的力量，而不是攫取他们的权力。只要他们不了解杨瀚的通盘计划，那么对于他的谋划，就毫无影响。

杨瀚躺在榻上想着，反复推敲的结果似乎都不是多么凶险，他终于长长地吁了口气，闭上了眼睛。

律殿里，那些公子已经有些疯魔了。

其实他们早就疯魔了，但现在的疯魔与以前不同。以前，他们的疯魔能够很明显地看出来，他们衣衫不整，他们蓬头垢面，他们废寝忘食，他们满眼血丝。他们如今的疯魔是在骨子里。

一部大法从无到有。他们学习了能够搜集到的五百年前的三山律，学习了当今世上三种不同政体的国家的法律；他们要结合当下的三山洲的现状，需要思索每一条律法可能出现的各种情况，他们要结合太多的案例去分析，这些律法的制定能否最大限度地涵盖一切可能的情况，并做出公允的判定。

在这个过程中，他们熟悉的不仅仅是法律，还有世故人情。他们了解这世间太多的事情，尤其是站在他们原本身份地位根本不可能去接触的小民的生活——小民的生存、小民的疾苦、小民遭遇的不公……

其实就连杨瀚也没想到，这件事对他们的改造是如此彻底。他原本只是想忽悠这些公子，借他们的手，去创造一部对抗诸部的律法。而这些公子会本能地站出来帮他维护这部法，那就足够了。

可实际上，由身及心，他们的性情沉稳了，他们的思维敏捷了。他们中哪怕原来最习惯用拳头说话的人，也学会了理性思考。原本根本不在乎什么公不公平，只讲究谁拳头更硬的人，心里也装了一杆天秤。

这些贵公子脱胎换骨了。

这些变化，如果是换作那些城府极深的各部首领，是不可能办到的。因为他们年轻，他们的世界观还未成形，所以在这个过程中，才能对他们产生如此之大的作用。而且，在他们之前，没有这样一个环境，他们是第一批。不然，如果已经是在一个成熟的、不知道运行了多少代的环境中，不可能一下子有这么多的年轻人冲进去承担重任、充当大梁。即便偶尔出现这种状况，他们上头一群把持大权、因循守旧的前辈、上司，也会把他们同化进去。可现在，他们就是先驱，是从无到有的创造者。他们先天就会成为这部大法最坚定的维护者和执行者。

杨瀚在大殿上走了一圈，大家的性情比起当初，沉稳了许多，辩论起来，也没了当初的剑拔弩张，可是他们给人的压迫感反而更强了。

这样一群年轻人，他们都是各大部落未来的领袖人物，当把他们放回去的时候……

火种！

还有比他们更能形成燎原之势的火种吗？

杨瀚看着他们，欣然地想着无心插柳的成果，甚至也不禁怀疑起天地之间是否真的有气运之说。

明明他只想要一箩，老天偏偏给他送一车，这不是气运，是什么？

作战，于巴图而言，也是一种新鲜的尝试。以前的作战和现在是完全不同的，那种小打小闹……

他的祖上是三山帝国的名将。祖先留下了很多兵书，五百年下来，原作早已腐朽，好在作为珍贵的家族遗产，它被誊录了下来。

兵书上的东西，巴图早就背得滚瓜烂熟了，可真到用时，他才真正地理解。

他没有防着徐海生。徐海生？那个赶着大象种地的？这人连自己的名字都写不好，大字都不识几个。他明白我在说什么吗？有什么好防的？

可古来名将，还真未必个个都是精通兵书战策的，太多的人是在战场磨砺中，通过实战经验成为一代名将的。

巴图在成熟，一直跟在他身边的徐海生也在成熟。他亲眼看着巴图如何调配军队，如何指挥作战，如何深夜举着蜡烛苦研兵书，如何对着地图自言自语……

徐海生记不住他那兵书中拗口的原话，但是其中的道理已一条条地记在了心里，并根据实战的情况一一参详、一一印证，最终变成真正能够被他活用的知识。

由各路兵马组成的军队一开始还如同十八路反王，不甚理他们共推的盟主。

但是在实战中他们渐渐发现，不听从统一调配，损失的就是自己的实力，渐渐地也就使巴图真正树立起了主帅的威信，大军拧成了一股绳。

"这里，这里……"

巴图凝视着根据斥候反馈堆起的简易沙盘，在一处峡谷处用力插下了一面小旗子，目中精芒大盛："这一战，各部一同推进，将周王大军赶进这条峡谷，预埋于出口处的伏兵断其退路，逼其决战，我军占据地利，可一举灭之。"

徐海生袖手站在一旁，看着那沙盘，琢磨着他在巴图苦研时听来的种种兵书战略，周军要就此大败了吗？

他隐隐觉得，似乎没那么容易，可反复推敲，巴图的计划似乎确实没什么毛病。

嗯，没毛病！巴图想要毕全功于一役。周国毕竟只是两个贫穷偏远的部落联盟，比起西山诸部实力要弱。

西山诸部一团散沙时，洪林可以分而治之，如今他们统合在一起，经过初期的磨合之后，战斗力已经渐渐形成，洪林这个大周开国皇帝就明显感觉到了压力。他已经萌生了退意，这时巴图只要营造出大举进攻的声势，就算为了暂避锋芒，他也会退。而巴图这时调集各路兵马，从四面压上，要在洪林退路必经的葫芦谷把他全歼，未尝不可能。但一切的前提是，要先掐断他们的退路。

巴图把这份重任交给了他的儿子，巴勇。

不仅仅因为事关重大，而且一旦成功，首功必然属于负责这个堵住退路的人。

"勇儿，这个重任就交给你了。你带所部精锐，避开敌人斥候，绕到葫芦谷口，给我像钉子一样牢牢地卡在那里，如果能生擒洪林，我三山第一勇士便非你莫属。"

"是。"巴勇信心十足，他如今带的兵由四个部落组成，共计一万四千人。

三山很多青壮现在都在瀛洲作战，三山各部当然不至于那么热衷帮唐傲打仗。但是唐傲现在是在把他们当雇佣兵使唤，不但给予丰厚的军饷，他们一路攻城拔寨，还能大肆掳掠，这样一来，各部落自然不甘落人后。

可如此一来，留守三山的精锐人马就少了，而现在最精锐的一支力量，就在巴勇手中。

很快，巴勇就匡算了路程和所需的干粮，叫每个人都带齐了物资，悄然闪进了莽莽丛林……

杨瀚坐在御书房里，微微蹙眉地看着"急脚递"送来的密奏。

诸部兵力的聚合，前期并不顺利。直到吃了几次大败仗后，他们痛定思痛，才开始服从军令。不过，现在即将毕全功于一役了，到了享受胜利果实的时候，要摘桃子了，各部将领还能众志成城吗？

从羊皓派在军中的密探送来的消息分析，恐怕未必。

那不是一颗颗的棋子，那是一个个活生生的人。人是有自己的独立思想的，这个时候，他们会不会有自己的想法？

杨瀚从羊皓送来的情报中，已经嗅到了一些味道，恐怕……要出事。

绝杀的场面，一旦失败，很容易造成反杀。

巴勇手下四个部落，集结了征讨周王的大军中的绝对主力，其中有两个部落是徐家和苏家，是另一派系，他们不会甘于把这份大功拱手让给巴勇。

羊皓军中的耳目传回的消息显示，这两路人马中不少中低层将士都在发牢骚，在忿恚他们的上官抢功。他们的领兵官是什么态度呢？

负责四面合围的兵马，同样隶属于两大派系，而这两大派系中，还有各自的小山头，他们都在计较自己的利益得失，一旦遭遇反杀……

杨瀚放下了密奏，抬头道："何公公。"

何善光躬身上前，杨瀚平静道："周围诸寨民壮，如今情形如何？寡人若要用兵，抽得出多少人马？"

何善光道："大王，当有三千精兵。他们平日里，以捕贼缉盗为名，训练合围打击之法，已然训练有素。远征瀛洲没咱们的份，所以从各村寨抽调青壮，三千绰绰有余。大王若是要四十岁以上、十八岁以下的也有，还能抽得出两千。"

杨瀚摆摆手："不可涸泽而渔，况且……丛林用兵，在精而不在多，三千足矣。象奴训练得怎么样了？"

何善光道："又训练了三十名象奴，不少部落都盯着呢，希望他们练成之后先去协助他们那里开荒筑城。呵呵，他们却不曾想到，这些巨象不仅能负重物，能开荒地，冲锋陷阵，一样无敌。"

杨瀚目光一沉，何善光马上闭嘴，原本眉飞色舞的神色迅速一敛。

杨瀚道："很好，叫他们保持训练，各村寨联保，提防一切外人，就说是防范周国奸细。恐怕，很快要用到他们了。"

"奴婢明白。"

杨瀚点点头："律政楼那边早有了规矩，你就不要过去守着了，这些时日，你只抓民壮和象奴这两件事。"

"奴婢遵旨！"

何善光欠身答应一声，走出御书房，把守在门边的两个太监唤到一边，小声嘱咐起来。

杨瀚正埋头看第二份密奏，这一份更隐秘，里边的文字错乱不堪，语句根本不通顺。

杨瀚拿起炭条，在密奏上弯弯曲曲地画起了图案，这是他跟羊皓商量好的一种密码，按照这种图案重新组合这些文字，才是连贯的一篇密奏。

月华部落头领高初是洪林的结拜义弟。两家部落结为一体后，高初为副联盟长。但洪林自立为帝后，总不能搞出个副皇帝来，所以，高初便被封为一字并肩王，地位仍是高高在上，仅次于他的义兄，周王。

不过，王城乃至地方各路兵马的主将，已经在立国时，统统换上了洪林的人。虽然副将包括中低层军官仍有很多是高初的人，但只要假以时日，自然也会逐步换血。

现在高初的心腹只在朝廷文臣中仍然占据着过半之数。不过，太平之年，文官之势才在武官之上，如今周国初创，战事未休，这些文官，摆设的意义大于实质。

如此这般，这个一字并肩王高初，对他的义兄当真就没有芥蒂？

小谈跟着唐诗干过不少合纵连横的事情，如今这件事，自然是她来做最合适。

根据打探来的情报，这个高初并不是莽撞之辈，那么，就算他不能被策反，想必也不会对小谈不利。给自己留条后路，这是人之常情。

希望小谈能成功说服他……

七十七　困兽犹斗

葫芦谷是周军进入西山部落的唯一要道。

在此谷两侧，山峦绵延。山下是热带雨林风貌，山顶却是四季积雪，亘古不化。

如果是一个两个人，如果准备充分的话，能翻过那高山，千军万马却绝不可能。

以前，大风和月华部落在葫芦谷的那边，和这边的西山部落几乎没什么来往。每年只有短暂时间，有商人不辞辛劳，穿越这条古道，将双方匮乏的物资进行交换。这样辛苦一趟，赚来的利润足以保障一年的生活，其中的艰辛却是一言难尽，正因如此，所以才有厚利。

而今，却不是一支小商队，而是上万大军。

上万大军为了不引起周军斥候的注意，还不敢走被人蹚出来的那条山间小路，而是在两侧的山谷、悬崖、溪流、密林中穿行。

那里，也许是从这个世界诞生开始，就不曾有人踏足过。

这一路行来，减员着实严重，被蛇虫咬伤咬死的，因为莫名其妙的疾病高热而死的，因为复杂的地形坠崖坠谷或者掉进莫名的隐蔽天坑的。

这还不算，那种从自然生长了千百年的原始丛林中开辟一条道路的艰难，足以让最勇敢的战士崩溃。

它不比战场厮杀，要克服这困难，需要太多的耐性和毅力。

徐唯一站住身子，低头看看自己的双脚。鞋子早已经踩烂了，是用草绳捆在脚底板上的，现在因为泥泞的地面而扭曲成了一个奇怪的形状。刚刚下过一场雨，密林中因此闷得透不过气来。脖子上说不出是汗还是树枝上落下的雨水，黏糊糊的，不时还有恼人的蚊蝇想要叮上去。

徐唯一是徐震之子，正在律政楼里修书的徐不二是徐撼之子。徐震这一辈用"威震天下，擎空撼地"为名，但只有兄弟七人，所以缺了一个"地"，徐撼就是老幺。

这两个孩子出生时间相差无几，稳婆没个专业的时间工具，也说不清楚那前后脚的时间到底差了多少。

徐家内部也存在竞争，一争起来那就无不可争。两家的儿子谁先落的地，一时也说不清准确时间，于是徐震就给儿子取名为徐唯一，徐撼就给儿子取了名字叫徐不二。

徐唯一倒不是吃不了苦的纨绔子弟，可这三天的跋涉，被蚊虫咬了一身的包，脸上脖子上被树枝刮出许多的伤痕，如今这般狼狈，心中也不免懊恼。

"这还要走多久！巴勇专挑这么难行的路，这哪里有路？"

旁边几个部下早就受不得这般苦了，一听徐唯一发牢骚，马上迎合道："就是呀！他为了抢功，哪里管大家死活？一哥，你说咱们这么辛苦，要是落个好还成，现在明摆着，真就立下大功，那也是他巴家的，咱们图什么？"

"老子不走了！"

徐唯一一屁股坐在地上，摊开一双快要不听使唤的腿："歇着，都歇着，咱们徐家向来是三山第一家族，什么时候轮到他们巴家作威作福，对咱们指指点点了？"

一个部下不放心道："一哥，巴勇可是说了，这是军令，如果谁贻误了战机，放跑了洪林，可是要杀头的。"

徐唯一向他招招手，那部下忙凑到面前，徐唯一突然一巴掌抽出去，狠狠搧在他的脸上，又一抬腿，一只满是泥巴的大脚踹中了他的面门，踹得他"哎哟"一声仰面摔了出去。

徐唯一大少爷脾气发作了，恶狠狠道："你究竟是站哪一边的？军法处置？我处置你就天公地道，巴家他敢处置我徐家的人试试？"

旁边几个人连忙劝住，其中一个人眼珠一转，出主意道："一哥，现在洪林还在后边与巴图交战，咱们就下了山坳，通过那些商贾惯走的那条道过去，又有什么关系？咱们是步行啊，又没有马，没有车，就算有什么痕迹，一场风雨下来，也看不出来了。这样的话，咱们要行军，就要容易许多，而且可以赶在巴勇那一路人马之前，先到葫芦口。"

徐唯一大少爷脾气发作，咆哮道："不去！老子不怕死，可这是不怕死的事吗？这是把人当牲口使。我宁愿战场上与那洪林轰轰烈烈战上一场。我辛辛苦苦去干什么？给巴勇争战功？我呸！"

另一员部将劝道："一哥，咱们有四千精锐呀，你看这山道，何其难行。咱们干吗非得去跟巴勇会合？巴勇不是要去守山口？咱们就在谷中寻一处险要所在设伏，这样洪林一退，先就对上咱们。只要咱们占据有利地势，以一可以当百，四千人足以阻敌。更何况，到时候只消派人去知会巴勇一声，他的人马就得从后边赶上来援助咱们，洪林一旦受擒，这首功，他巴勇还抢得走？"

"嗯？"徐唯一想了想，忽然笑了，"对呀，咱们不听他的。咱们从山谷里走，快速赶到前边，寻个有利的地方设伏。赶紧派人去前边通知苏小懒，叫他的人马也下山，咱们从谷里走。"

巴勇把人马分为四路，两路走左边山麓，两路走右边山麓，左边两支人马是巴家或与巴家结盟的部落势力，右边这两支便是同属徐家阵营的队伍。

徐唯一一声令下，两支人马共计约七千人，便从浓密的山林中钻出，从马古道向前行进。

杨瀚派了人去周国，同时他已经做好了巴图战败的救援准备。

凡此种种，不是因为他在军中做了手脚，他现在伸不出那么长的触手，去影响直接受控于徐巴两家的人马。即便能，这种事他也不能做，成千上万条人命，这样无辜地葬送掉，他没有那么狠的心肠。

他预料巴图会败，只是因为他了解人心。

从古到今，就不曾有过这样彼此对立、防范、竞争着的势力组织起来的联军能够打胜仗的，哪怕是人数远超对方。

所以，他预料巴图会败。

他知道就算提前做出提醒也毫无意义，他们不会相信。

杨瀚唯一能做的，就是收拾残局，并在收拾残局的过程中，进一步攫取权力。

不过，目前看来，他所担心的事情还没有出现。

洪林颓势明显，巴图已经把大胜的预估信誓旦旦地传了回来，他现在能做的就只有等待。

徐唯一站在一块大石上，看着漫山遍野的周军，面如土色。

怎么会这样？怎么会这样？

设伏的人为什么反而变成被包围的人了？

四下里喊杀声震天，周军士兵从正面像潮水似的涌来。他的人马本来如磐石一般坚不可摧。可谁知道，两侧峡谷之上，密林之中，冷箭、滚石突然不断。接着便有无数的周兵，像猿猴儿似的攀着千百年形成的藤网，飞快地下来，从两翼不断地向他切割进来。

徐唯一惊慌失措下，做了个收缩两翼的错误决定，虽然他马上就意识到了决策的失误，但已来不及了。

现在，他这个捕食者被困进了自己的蛛网里。

他站在一块岩石上，他的人马紧紧收拢着，也仿佛是一块岩石，而周军从各个方向扑过来，就像一丛丛扑打在岩石上的巨浪。

浪头要把岩石吞噬，可能需要千年万年，可周军的人浪，每一波涌来再退下去时，都会把这块"岩石"削去一层。

"我明白了！我明白了！那么多人马从山谷走，还有随处便溺的，周军又不瞎，怎么可能不知道前路有埋伏？所以……所以他们反而派了人马，沿山脊而行？"徐唯一恍然大悟，绝望地看向高高的山林，那里举步维艰，还有蛇虫和坑洞，但再艰难，比起此刻的损耗，也是一条最好走的路哇！

可是现在，晚了……

"巴勇呢？不是有人去报信了吗，为什么还不来增援？"

徐唯一嘶吼起来，旁边一员副将战战兢兢道："一，一哥，我们，我们觉得这里地势适合埋伏，就……就停下来了。我们根本不知道距谷口……还有多远哪。"

徐唯一踉跄地退了两步，一屁股坐在大石上。

葫芦谷口，距徐唯一设伏之处，其实只有五里地。

只是山谷并非笔直一条，林木对于声音也有吸收作用，所以前方的厮杀声这里几乎听不到，除非顺风。

而此刻，正是顺风，风从谷中来。

风声不但送来了喊杀声，还送来了徐唯一派来求援的亲兵，王彬。

"巴将军，巴将军，快，快！周王溃兵太多了，我们一哥快顶不住了，巴将军快去救援哪。"

巴勇按着刀，冷笑连连："我早传下将令，四路大军，务必于此谷口会合。你们不是走的右侧山麓吗，怎么会在谷中遇敌？"

王彬懊恼道："一哥嫌弃山路难行，所以选了谷中……"

巴勇道："既然如此，从谷中走应该更快抵达，何以本将军在此等了两天，还不见他来。"

王彬支支吾吾："这……我们一哥行至半路，发现一处地势，很……适合埋伏……"

巴勇冷哼一声道："所以，他不遵将令，擅作主张，想抢我的功劳？"

王彬道："巴将军，我们一哥错了，他千不该，万不该，可……如今周军蜂拥而至，他快顶不住了，还求巴将军救命啊！"

巴勇道："好！"他唰地一下拔出刀来，可拔刀时，那刀锋顺势一扬，正划过王彬的咽喉。

王彬惊愕地睁大了眼睛，捂住咽喉，血从指缝间止不住地涌出来。

巴勇阴沉着脸色道："拖到林中喂野狗。此处地利最适合阻击，我们就在这里等。"

王彬咽气之际，听到的最后一句话是："他徐唯一想作死，那他就去死，都给我记住了，老子可没见过他派来的什么求援之人。"

徐唯一守不住了。

礁石一般的阵形，被"海浪"一层层地冲刷着，越来越小。

徐唯一握着刀，看着四面八方，包括两侧藤蔓密挂的山壁上都是周军，而他身边已经不足百人。

巴勇的援军仍然不见人影，他知道，他完了。

轰！

周军就像永不停歇的巨浪，再次涌上来。

这一次，当巨浪退下的时候，"礁石"被抹平了。

巴图的计划执行得很顺利。虽然后勤辎重遇到了一些困难，他的数万大军追得太急，补给线跟不上。这么多人不可能靠挖野菜、狩猎维持，但是计划已经制订，他还有一万五千人的大军守在葫芦谷，计划必须完成。所以，巴图义无反顾地追来了。

山谷里一片狼藉。

巴图看着遍地的死尸，有些不知所措。

这里不是谷口哇，为什么会发生大战？为什么会死这么多人？

有人认出了尸体中的很多人，那是徐家的人。

巴图大惊失色，难不成他们还来不及赶到谷口，就遭遇了周人的溃军？那……自己的儿子呢？

巴图突然手脚冰凉，大吼道："快！追上去！周人经此一战，必然势竭，马上追上去！"

谷口，巴勇正在指挥部队轮战。

谷口太小了，易守难攻。

他的八千人马实际上无法全部派上去，他把所有人马分成了三队，除了安排在两侧山崖上的人，剩下两队轮战。

逃回周国的人想要破开缺口，疯了似的攻打，可他们的人数已经不多了，看起来最多一万人，其中还有不少伤兵，应该是之前与徐唯一的人马大战时受的伤。

巴勇冷笑，徐唯一作死，那就死吧。

他会像钉子似的钉在这里，配合父亲全歼周军。

从此，巴家将因为这赫赫战功凌驾于徐家之上。就算因为底蕴略逊一筹，无法凌驾其上，也可以并驾齐驱。想到这里，巴勇不禁哈哈大笑。

巴图的大军在疯狂地追赶。后队人马还没有赶上来，巴图担心儿子，就已命令前锋迅速追击，以致现在他的人马布满了整个山谷。

前锋发现了周军，周军被堵住了。

守在谷口的，毫无疑问，正是他的儿子。巴图放下心来，哈哈大笑："儿郎们，给我冲上去，全歼周军！"

"杀呀，杀呀！"

虽然一路急行军，巴图的人马气喘吁吁，可是他们也知道毕全功于一役的时候到了，个个精神大振。

巴图端坐马上，纵目望去，眉头微微一皱：周人只剩下这么多人马了吗？照理说，应该是数倍才对，难不成都逃散了？

这个念头刚刚浮上心头，两侧山崖上便是一阵呐喊，悄然潜上山去并潜行至此的周军突然出现，向两侧山峦上的巴勇的人马发起了冲锋。

两侧山峰上的巴家人马负责居高临下杀伤敌军，并阻止敌军爬上来，所以多配箭矢，长兵器不多，而且人数也不多。

如今周军突如其来地掩杀过来，两侧山峦迅速被他们控制了。

巴图脸色大变，这时，他突然发现，前边原本显得慌乱不堪的周军突然原地扎下了守御阵形，一侧抵御谷口的巴勇人马，一侧竖起枪阵，抵御自己的攻击。

而两侧山上，数不清的周军蜂拥而出，将谷中长蛇似的人马截成数段，厮杀起来。

能说服义弟合并部落，继而自立称帝的洪林，显然不是易与之辈。他消灭了徐唯一的人马，从俘虏口中问明了巴图的计划，顿时灵机一动，决定将计就计。他分出了约四分之一的人马继续逃向谷口，作为诱饵，而他自己则带领其他人马，攀到了两侧山上，悄然向前潜行。直到巴图出现，并因为担心儿子方寸大乱，全军再无阵势，这才突然杀出。

巴图本欲在这葫芦谷布一个口袋阵，将周军一举歼灭。

可惜如今反被洪林利用，反杀大势已成。

巴勇惊觉父亲中伏，急想挥军来救，可是原本不计牺牲地狂攻他的周军，此时却采取了绝对防御。

而两侧山岭，本是袭扰打乱敌人阵形的绝佳位置，可这"制空权"业已落在周人手中，巴勇竟不得寸进，只能眼睁睁地看着谷中大战。

一旦巴图大败，巴勇又能有什么好下场呢？

胜与败，有时就像女人的脾气，瞬息反转。

巴图原是挥军掩杀而来，他的目的是把洪林的大军赶进包围圈，一举歼灭。

而现在，身后一处险隘，是徐唯一和他的七千将士惨死的地方，尸横遍野。前面，是周军稳稳扎下的拒敌阵地，他急于打通这条通道，与儿子合兵一处，可是已经倒下无数士兵，那块阵地虽然也在急剧缩小，却仍稳稳地卡在那里。在他左右，正有数不清的周人像猿猴一般扑下来，两侧山岩上还有猎箭不断射下。

在这种地方，他们与周人作战本就吃亏。因为大风和月华部落比他们更贫穷，所处地区更荒芜。周国境内多有沼泽和丛林，这些周人从小在那样的环境中长大。

而巴图的部落则不然，他们的生存环境要比周人好得多，虽然不是农耕社会，但是少量的农耕再加上捕捞业和运输业，使得他的部落中有大量子民可以做些稳定的工作。

这固然是一种进步，但是在冷兵器时代，这也意味着，他们在丛林作战时，无论是经验还是能力，远远不能跟这些人相比。

巴图的后翼没有人，洪林毕竟是败兵，还有不少散兵游勇此时正在丛林中四处游荡，没有会合过来，他没有足够的兵力四面合围。

但巴图不能退，他若退了，儿子就完了。

巴家子嗣当然众多，可他巴图只有一个儿子，他退，儿子就要死。

生命的意义，在于无穷尽地延续，而巴勇就是他血脉的延续，他不能退。

巴图握着他镶了金刚石的宝杖，死死卡在督战位上，不许三军退却一步，他要为儿子争取一线生机。

巴图相信他的儿子不蠢，在正面进攻难以奏效的情况下，儿子一定会向两侧山麓发起进攻。

从周国方向过来的那一面是上山的缓坡，并不易守，只要儿子能杀上去，就有机会过来，甚而为他解围。

巴勇此时果然亲率一队主力冲向了右侧山麓。

周军在这遍地泥泞的丛林中实在是太敏捷了。巴勇挥着刀，全身的伤口都在用无法忽视的疼痛向他发出抗议，巴勇已经不知道他的身体受了多少伤。可是他没有一丝迟疑，他清楚，只有攻上去，他才有活路，他的父亲才有生机。这个机会是父亲用无数人命给他争取的，他必须得把握住。

洪林当然也清楚，一旦让巴图的计划得逞，他好不容易得来的机会就会再度失去，从而反胜为败。所以，洪林也疯了，如疯如魔，拼命驱使着他的人马攻击。

洪林提着卷了刃的大砍刀，亲自冲在了前阵。他像一柄尖刀，带着他的亲兵，杀进敌阵，看到了正挂刀督战的巴图。洪林大喝一声，手中卷了刃的四十斤厚背大砍刀劈面向巴图砸去。

刀出手的刹那，洪林就已摘弓在手。唰！一个满月弦，锋利的箭矢瞄准了巴图。

巴图挥刀，奋力砸开了劈面砸来的厚背大砍刀，目光刚刚盯向洪林，眸中就映射出一星寒芒。

巴图下意识地一闪，快！实在是太快了！那箭虽然被他避开了心口要害，但还是射中了他的胸膛。

巴图一声闷哼，仰面便倒。

"巴图已死，投降不杀！巴图已死，投降不杀！"洪林大喜，立即高喊起来。

洪林并不确定巴图是否真的已经死了，但是这并不妨碍他打击敌人的士气。

几百年来一直偏居一隅，在更艰苦的生存环境中与天争、与地争、与其他野生部落争，赋予了这一方水土养育的人民更多的战斗智慧。

在特定条件下，尤其是冷兵器时代，文明越落后武力越强大的特征，在他们身上体现得淋漓尽致。

东山部落穷，诸部之间常常大战，不是像西山部落间那种争一个山头、几棵桑树，因为两个部落的小小矛盾发生的小冲突，而是在物资极度贫乏的时候，从别人那儿掠夺有限的资源。在这样的残酷环境下生存、淘汰。

所以三山洲上，以武力而论，东山诸部最强。其次，是那些纵横海上的海盗，以及这些游居偏远地区的野生部落。

西山部落继承的前三山帝国的文明最多，相对而言，也比这些地区的人生活更稳定、更富裕，而战斗力自然也就成了最弱的。

就是在这种情况下，西山部落最精锐的力量又在瀛洲。

洪林相信，这一战只要吞掉巴图这支大军，他不仅仅能解决掉自己最大的威胁，甚而可以趁着西山空虚，将他们一举拿下。

如果是那样，他将拥有比即将建国的秦更辽阔的国土，更庞大的人口数量，丰富的战略纵深，也许，未来要一统三山的人，将会是他。

洪林的野心在膨胀。这机会千载难逢，只要杀了巴图，吞掉这支大军，他就将成为三山之王！

洪林的眼睛红了，巴图跌进人群，箭已射不到了。洪林大叫一声，从部下手中抢过一柄钢刀，疯狂地向前冲去。

他的亲兵紧随其后，替他解决着从两侧冲过来的敌人。

巴图胸前带着箭，奋力站了起来。他不能倒下，如果三军真以为他死了，他们就完了。

巴图很清楚，他的士兵虽然勇敢，却太缺少真正的军队的纪律和信念，他们太过重视统帅个人的作用。这作用，在统帅拥有无上威望和权威的时候，可以最大限度地激发战士们的士气，可是这万千系于一身的反面作用就是，一旦这个统帅战死，三军战力将飞流直下。

可惜，他还是慢了一步。

洪林的大喊立即引起了四下无数周军的呐喊，巴军士气尽丧。

巴军的溃败，在洪林冲向巴图的那一刻，就开始了。

巴图红了脸，一边挥刀劈开拥来的周军，一边冲向洪林。每一次挥刀，插在胸前的箭矢都带给他更剧烈的痛感，虽然他的刀不再稳定，却也激发出了他更大的力气。

巴图和洪林遭遇了，铿铿铿，一连几刀愤怒的撞击。巴图扬起刀，要砍向洪林的肩颈，却突然感觉到了身体被利刃刺穿的滋味。

巴图和洪林面对面地站着，呼吸相闻。两个人都是一脸血、一脸汗，他们结实的胸膛紧紧抵在一起。

巴图双手高举，刀扬在空中，而洪林则紧紧攥着刀柄，整口刀刺穿了巴图的身体，直没刀柄。

巴图死死地瞪着洪林，目中的光却在一分分地减弱。

他知道，他完了，他的儿子完了，三山帝国的梦，也完了。

生命在迅速流逝，在最后一刻，巴图突然想，如果他们当初真心归附于大王，将武装统合如一，今天该是怎样一副局面？

这个念头刚刚生起，还没有想到答案，就随着他的生命，一起消亡了。

七十八　直取要害

巴军败了，士兵四散溃逃。

洪林站在谷中，脸上身上满是血迹。对于这胜利，他一时间似乎还有些不能适应。

手下将领兴奋地禀报："皇上，我们胜了，谷口已经打开，我们可以凯旋了。"

"凯旋？"

洪林激灵一下，突然清醒过来："不！不是凯旋，而是乘胜追击！"

手下将领一呆，讶然道："乘胜追击？"

没错，他们是赢了。可就在这一仗之前，他们还如丧家之犬哪，差点儿在葫芦口被敌人包了饺子。幸亏皇上英明，居然反败为胜，取得大捷。

可……这终归只是一场大捷，他们现在重武器已经全部丢弃，还有许多散兵游勇没有归拢，大战之后，身心俱疲，这时……乘胜追击？

洪林冷笑道："不错！西山诸部的主力都在瀛洲，巴图所领军队，已经是他们各部所能抽调出来的最后战力。现在，各部空虚，只有老弱妇孺，对我们来说，还有更好的机会吗？"

洪林看看渐渐停下动作聚拢到身边的众将士，高声道："乘胜追击，不要管那些散落在林间的敌人，超过他们，全力进攻，直取敌军主城。"

副将讶然道："忆祖山？"

洪林冷笑道："不！是大雍城。先占大雍城，以此为据点，将诸城一一拿下。朕许诺你们，每拿下一座城池，许你们大索三日，财帛子女，予取予夺！"

战意在每一个人心里熊熊燃烧起来。

洪林撇着嘴，冷冷道："忆祖山？那有什么玩意儿了？被西山诸部玩偶般摆弄的那个伪王？哼！"

号角声悠远，久久地在山谷中回荡。

洪林的大军迅速集结，然后箭一般地杀了回去。他们想抢在巴图的败绩传回之前，抢在三山诸部做出应对之前，杀抵大雍城，夺下这座目前来说，整个三山洲上最大、最富庶、最雄伟的大城。

"也许，未来，这将是我的都城。"洪林骑在马上，幽幽地想，"到时，我封锁了葫芦口，大秦，又算什么？天下富饶之地，尽入我手。"

行军，行军，一路急行军。

洪林率领周军一路行去，所经村寨，不管骡马车子，所有的运输工具全都抢来代步。

三山承平五百年，而且是一直处于极原始的社会条件下，其战争意识、政治谋略已经整体退化了。

可天下之大，总有那么几个天生的谋略家，就像草原上的铁木真。

洪林无疑是一个极富谋略的人，以前，他偏居一隅，没有化龙的条件。当龙兽缩回深谷，各方势力开始骚动的时候，他成功地抓住了机会。

他先是与月华部落的赵恒结为异姓兄弟，赢得了对方的信任，将两个部落合而为一，成功地抵挡住了来自东面和南面的斩三刀部落联盟和千山部落联盟的先后进袭。进而，在获悉斩三刀部落将建国称帝之后，他又果断地率先称帝，整合全国军队。

他是一个善于发现机会、把握机会的人。

葫芦谷一战，他于绝境之中反败为胜，歼灭了巴图的大军。这时，他就意识到，更大的机遇来了。

西山诸部共同建立的三山国疆域最为辽阔，人口最为繁盛，物产最为富饶。可是，他们的精锐如今在瀛洲，就算马上有人去报讯，在瀛洲那边作战的部队马上脱离战斗，立即返程，这一去一返最快也得大半个月。

而实际上，这是绝不可能完成的。

在这段时间内，三山国就像一个家财万贯的大富豪，敞开了门户，遣走了所有的护院家丁，宅子里边只剩下醇酒美人、满箱的金银，那干吗不抢了来？

洪林的贪心不仅仅是抢，他还想把这幢大宅子据为己有。

这幢宅子有高墙、有箭楼，只要被他占据了，就算那些家丁护院回来了，他们还打得下来吗?

洪林的野心从未像今天这么大。他要先占领大雍,占据了这座雄城,他的补给就没有任何问题了。接着,他就要以此为据点,迅速吞并其他大城。三山国如今内部空虚,只要打下大雍,有了立足之处,他相信,这份蓝图一定会真实呈现。

所以,这一路行去,他催促大军丝毫不做停留。

小村小寨一扫而空,难打一些的城镇全部绕过,他不想耽误一点儿时间,只想拿下大雍城。

只是如此一来,三军混乱不堪,已然到了将不知兵、兵不见将的地步。

但洪林不管不顾,他抛出了屠城三日的诱惑,催促着所有的人向大雍方向拼命急行军。

整合,将在抵达大雍城下时进行。

现在他唯一要做的事,就是赶路,争分夺秒地赶路。所以,这一路行去,难免有许多掉队者。因此一来,被人偷偷掳走几个人,也就根本没人发现。

一片山坳中,几个周军士兵气息奄奄地瘫在地上,他们被用了重刑,如今已是血肉模糊,只有人形,看不出人样了。

"铺长,几个人分别用刑逼问的,口供一致!"

一个"急脚递"的伙计走到他这一铺的头领面前禀报道。

这个伙计看起来就是一个面目黧黑的普通百姓。平日里,他是很和气的"急脚递"的铺兵。他挨家挨户地送信、收信,承运礼物。他脾气极好,跟雇主家的碎嘴子老大妈也能聊得十分投机。

而此时,他眼中正冒着嗜血的光,脸上溅着用刑时溅上的斑斑点点的血迹,仿佛一个从地狱里钻出来的魔鬼。

"口供一致吗……"铺长目光冷幽幽的,"马上启用加急渠道,把消息传回咸阳宫。三道并行。"

"急脚递"一直给人的感觉是,他们的建立本来是为了应付可能发生的外敌入侵,不过在发现承揽运输、传信业务可以捞取外快之后,他们就成了专门的报信人,给各城各寨的百姓互相传递消息、收取好处的报信人。

各"急脚递"还从未直接向咸阳宫传过消息,他们以前秘密搜索了消息,都是统一汇总给羊皓,由羊皓回宫时再禀报大王。

如今启用他们早就秘密建立了的急奏系统,而且三个信差沿三个渠道,以三种方式同时向咸阳宫传讯,这是头一次。

很快,就有三个真正的铺兵上路了。不是被他们收买、利用的帮闲,而是太监,真正的咸阳宫亲信。

快马驰骋,洪林的信使也在疾驰,驶回他们的都城大泽。

大泽城毗邻一片八百里沼泽,河塘之中,有凶猛的巨型蜥蜴和蛇怪。而这片沼泽,就是他们防御斩三刀部落最好的天堑。

大泽城已经有八九万户百姓聚居于此,但是没有筑城墙。

这种南方泽国,几乎没有筑墙的必要。但聚居的人口,还是如同清水澄沙一般,由外及内,划分出了层次。最外边的是几乎难民一般聚居于此的穷苦百姓,这里也是大泽城最危险的地方。每天都有人当街横死,抢劫、杀人的事情比比皆是。

洪林派回的两名信使急急驰进了这片拥堵、混乱、肮脏的地带。他们满身泥泞,衣服破碎地挂在身上,俨然一个乞丐。只是他们胯下有马,肩上有一杆脏得已经看不出底色的小旗,昭示着他们的身份——信使。

大泽外城虽然龙蛇混杂,但大家都是为了挣口饭吃。这种一看就是远道而来的朝廷信使,身上不会揣几个钱的,而且要是杀了他们,会招来很大麻烦。所以,尽管两名信使进入这一区域后,马速也只是稍稍放缓,还不时大声呵斥着路上百姓,却也一直没有人看不顺眼,上前为难他们。

已经到了大泽,两个信使放松下来。

前边窄巷中一伙人正拥挤在那里,也不知在争吵些什么,把窄窄的巷道整个堵住了。信使不耐烦,高声叫道:"滚开!快滚开!耽误了军爷的要事,小心你们的脑袋!"他这句话刚出口,就有一口回旋刀不知从何处幽灵般地飞了出来。

当听到那刀风呼啸时他蓦然抬头,那道刀光已经从他的颈间掠过。

在他后边的另一名信使惊惧地伸手拔刀,刀刚拔出过半,他就被左侧低矮的二层竹楼上突然探出的一根竹篙刺在肋下,摔下马去。

吭!信使后背着地,一时摔得头昏眼花。还不等他醒过神来,旁边两个人已抓住了他的足踝,唰地一下把他拖进了右侧矮脚楼。紧跟着,竹帘子啪地一下放了下来。

百姓很惊惧,但没人逃开,也没人乱叫。

这里是不法之地，他们只是一群耗子一般活在最底层的人。他们习惯了见证死亡，也习惯了事不关己高高挂起。他们麻木不仁地看着突然冒出来的人牵走马匹，拖走尸体，很快，地上除了一摊不时被脚印踩过、渐渐已经看不出本色的血迹，再也没有什么痕迹留下。

二楼的竹篙收回去了，持篙人的身影一退，便不再有人看见。

有那胆大的抬头看看，只看见临窗一人，静静地坐在那儿，正在喝茶。这人面白无须，脸色阴鸷，目光与他一碰，便叫人有种森然的畏惧。

过了大概三炷香的时间，那排放下的竹帘子卷了起来，一个穿着信使衣服的黧黑皮肤的年轻人走出来，牵起拴在旁边的那匹马，挪了挪身上的包袱，急急上路了。

"闪开闪开！"马上的"信使"不耐烦地挥起了鞭子，看起来跟刚刚被拖进竹楼的那个信使一样霸道。

大泽城再往里去，渐渐是生活尚还不错的农民、工匠的居处。继续往里去，渐有鲜衣怒马者出现，道路也渐趋宽敞、平坦。

这里生活的是各行各业的佼佼者，以及为内城权贵们服务的人家。

最后是占地千余亩的真正权贵区和王宫。外围是普通的大富人家和官吏，越往里去，府邸越是豪华，主人的权势地位也就越高。

大泽城的最深处，毗邻王宫，有一座府邸，其规模、其恢宏程度，几乎不比王宫差多少，只不过由于君臣之别，限于一些规制，所以要略逊一筹。

这里，就是一字并肩王赵恒的王府。

王府里，谭小谈玉面朱唇，公子装扮，坦然而坐。一袭青玉色的公子袍服、同色的幞头，衬得她丰神如玉。

赵恒的长女赵雅前些天初见她时，马上就被勾了魂去，险些鼓起勇气，立即去求父亲把这位公子强留于府中，让她招赘为夫。只是，她很快就知道这么漂亮的男人，竟然是一个女人，穿男装只是为了行路方便而已。害得赵雅姑娘好不幽怨，恨不得天降奇迹，就此变成真男人。

小谈出现在这里，是羊皓安排的。

羊皓给她精心安排了一个三山国商贾的身份，她以给赵恒家老太君过寿诞采买的名义接近赵恒，再伺机进言。

但是，和赵恒见面不过一盏茶的工夫，谭小谈就说出了自己的真正身份："三山国杨瀚大王所遣，我是他的女人。"

谭小谈并非不知道羊皓的办法更稳妥，问题是没有时间让她徐徐接近、取得信任了。

一番交谈之下，她马上就发现，赵恒是个聪明人。她的伪造身份已经引起了赵恒的怀疑，她要用多长时间，才能打消赵恒的疑虑，取得赵恒的信任？

洪林已经领兵攻进三山，如果大王所料不差，很快巴图的大军就会因为各路将领不听号令、各自为战而落败。

如果她这边不能尽快取得进展，那杨瀚亲自出手的第一战所能产生的效果将大打折扣。这一战立的声威不够，就无法确保杨瀚顺利接收权力。

杨瀚需要尽快地、完整地接收西山诸部的势力，而不是待他们的势力被彻底打烂。接手一个破败得不成样子的势力，意义何在呢？要知道，外边可还有无数强敌呀！

利弊得失稍一权衡，谭小谈做出了她的判断。她明确地告诉赵恒，她就是一个说客，而且她就代表了三山王本人。

赵恒闻讯，大吃一惊，立即就要命人把小谈拿下。

小谈只说了三段话，开头便问："洪林已率军侵入我国，他若胜了，还则罢了。若他败了，我王挟大捷之威，兵临大泽，足下已负了月华部落一次，还要再负他们一次吗？"

赵恒脸色一变。

小谈又问："足下与洪林义结金兰，本是兄弟手足。可他废联盟而立国家，足下可曾同意？夺你月华旧部兵权，尽皆安插他的亲信，足下可曾同意？足下性情宽厚，虽恼而不怨，可是洪林一定信你吗？"

赵恒挥手，屏退了亲兵。

小谈再问："我今负王命而来，你若杀我，向他剖明心迹，他就能够释怀了吗？如果他觉得夺了你的兵权，仍然不能剥去你的威胁，你说他接下来会怎么做？"

赵恒听罢，杀意全无。

谭小谈在城中住下，虽然暗中满是眼线，但只要她没有蠢动，赵恒就绝对不会动她。

今天，在刚刚收到前线信使送来的一封密信之后，赵恒突然请她来了。

周国的一字并肩王赵恒是个很聪明的人。

太聪明的人想得就多，所以谭小谈第一次拜访，刚刚说明来意，赵恒就大吃一惊，立即拒绝了谭小谈，甚至没有等她详细说明。

不过，也正因为他太聪明，所以他也没有把谭小谈抓起来，而是正气凛然地拒绝之后，立即拂袖拒客。俨然一副只是出于两国交兵、不斩来使的风范，才把对方逐出的态度。这样，一旦洪家有什么发现，他也可以洗脱自己。

但谭小谈刚走，他就安排了心腹，悄悄跟了上去。只要他想，在这座大泽城中，没有什么人的行踪可以瞒得过他的眼睛。

得知谭小谈没有离开，而是在大泽城中住了下来，赵恒便没来由地松了口气。

他的机警告诉他，必须拒绝，且马上、毫不犹豫地拒绝。但同样是出于他的机智，他本能地觉得，不能斩断这条路。

赵恒其实远比洪林聪明，思虑也更缜密。从第一次接触开始，他就洞悉洪林的目的。

不过，洪林对朋友、兄弟是真够哥们儿义气，这他也是体会得到的。另一方面，龙兽退守各处山谷，把广袤的土地让了出来，三山格局势必要变。

洪林想联盟月华部落生存下去，月华部落也需要与人联盟才能守住领土，于是赵恒顺水推舟就答应了。

洪林有所算计？只要他对自己是真心以待就好了。

洪林要称帝？只要不损害自己的利益就好了。

赵恒没有野心，他没有做领袖的欲望与气魄，这是他最大的问题。所以，虽然他比洪林聪明，他的聪明却都放在明哲保身上了。

洪林领军杀进三山国去了，这时杨瀚居然派人来策反他？尤其是，杨瀚这个傀儡王的尴尬处境，现在谁还看不清楚？可这时候，杨瀚居然派人来联络他，无论谁胜谁败，其实都和他一个傀儡没关系，他一个傀儡，连性命都朝不保夕，居然派人来联系自己？

凭什么？

只是向自己提出了这个问题，略一思索，便令赵恒怵然而惊。

他真的是绝顶聪明，就只为这一个问题，他便领先于三山洲太多太多的人，包括许多和杨瀚接触很多、更加熟悉他的人。

他觉得，这个杨瀚，一定有一张不为人知的底牌。

这张底牌，应该有颠覆三山世界格局的魔力。

这张底牌到底是什么？

动手篡改了洪林密旨的是羊皓一群人。

羊皓和谭小谈未到周国时就分开行事了，双方互不联络，所以赵恒这边虽然盯紧了谭小谈，却未发现密旨出了问题。

原本，洪林的密旨是告诉赵恒，他已击溃巴图的大军，趁着三山国内部空虚，如今已直取大雍城。他让赵恒立即集结周国全部精锐。第一，派出一支主力进入三山国，与之呼应。第二，由赵恒本人死守葫芦谷，确保退路安全。

如此一来，他就可以纵横三山国，一旦赢了，就能将版图扩大十倍，一旦败了，也可循原路返回，已经元气大伤的三山国至少在十年内再无余力征讨周国。

那时，他就可以腾出手来，专心应对来自秦国的威胁。

但是这份密旨现在变了，很多地方依旧保持着原样，比如他如何大败巴图，只是把巴图的损失程度进行了削弱；比如他要兵进大雍城，以此为据点，趁着三山空虚，意图一举吞并整个三山国。所以他要赵恒集结全部精锐，一半入三山国与之呼应，一半死守葫芦谷退路。

所有这些野心勃勃的计划，全都是原样未变，甚至是直接誊写的原文。

可后边笔锋一转，却又加了一段，只加了这一段，密旨整个内容便彻底颠覆了。

洪林在密旨中告诉赵恒，他中计了！

他打败了巴图，不假！

他兵进大雍城，不假！

可所有的这一切，只是三山国诱敌深入的一个计谋。

现在，他被困在大雍城下了，后路已经切断，三山国正从各个方向集结最后的力量，要把他全歼于大雍城下。

退无可退！

洪林也不想突围，他决定，就由他来作为诱饵，把三山国最后的力量吸引到大雍城。

他要赵恒集结周国全部的武装力量，出征三山国，与他内外呼应，和三山国决战于大雍城下。

胜，则拥有整个三山国的疆土和子民。

败，则身死魂消，宏图霸业尽付笑谈。

这绝对符合洪林一贯的行事作风，符合他的霸气和野心。

但是，不符合赵恒的性格。

赵恒没有野心，他不愿意主动冒险。除非钢刀加颈，不得不决一死战，否则，即便有机会他也不想去争取。

于是，在收到这份密旨，并且确认宫中并没有收到第二份密旨之后，他沉默了很久，然后，他把谭小谈给请来了。

赵恒没说太多的客套话。

他开门见山地问道："谭公子，赵某有三件事请教。"

"赵公请讲。"

"瀚王派你来，想要我做什么？"

"对我大王而言，自然是平定三山。对赵公而言，是希望赵公能保全风月。"

"谭公子可否说得更详细些？"

"呵呵，对我家大王来说，当然是希望得到赵公的忠心。我家大王很清楚赵公的性情为人，赵公有大智而无野心，我家大王求贤若渴，像赵公这样的人，一定会成为我王的股肱之臣。"

赵恒没有急于说话，只是静静地听着。

谭小谈继续道："对赵公而言，大风、月华两个部落唇齿相依，互为兄弟。相信赵公不愿看它覆灭。归顺我王，赵公便是宰相，可位极人臣。而大风、月华两大部落，也可得以保全。赵公应该清楚，你们南有千山部，东有大秦，北有三山，西面则是高耸入云的横云山脉，身处四战之地，不归附我王，断难持久。"

赵恒缓缓说道："第二个问题，为什么找的人是我？"

谭小谈道："因为我王料定以洪林的野心，他不会接受这样的两全之策。凡有一线机会，他就想冒险。所以，我王早早做了谋划，洪林此番兵进我三山，必然被我王断其后路，灭其生机。不过，我三山大军正在瀛洲配合唐家夺取瀛洲天下，兵力实有不济，若是灭了洪林，便元气大伤，若再兵进风月，必然是两败俱伤，被大秦捡了便宜。所以，我们只是困了洪林，没有决一死战。保全你、保全洪林、保全风月部落的关键，就在赵公身上。"

赵恒动容道："我？"

谭小谈道："不错！赵公威望，不逊于洪林。如今洪林受困于我三山，无法逃脱。唯有赵公登基称帝，掌控周国，洪林再无退路，才能收了野心，归顺我王。免去一场死战的同时，便保全了各方人马。赵公若是应允，就是救了洪家、救了风月的大英雄。"

是这样吗？

"义兄洪林陷入绝境，以他的性格，必然是宁死不屈的，可那样一来，除了白白送死，又能如何？"

"三山国和周国两败俱伤之际，秦国野蛮必然杀来，无力抵挡，那时义兄的妻儿老小、我的妻儿老小、整个周国无数子民，就全要沦为秦人奴隶了。"

"我……不是要篡夺义兄的权力，是在帮他下决心悬崖勒马？"

赵恒顿时觉得肩上的担子沉甸甸的。

要他背叛义兄，篡夺权力，于他而言，是违背他的道德与良知的。他做不出来。

可是，若他这么做，实是宁愿由他来背负骂名，是为了救下义兄，为了整个风月联盟呢？

赵恒登时觉得自己突然升华了，有种"我不入地狱，谁入地狱"的神圣感。

不对！赵恒突然清醒过来，目光陡然变回一片清明。

他盯着谭小谈道："据我所知，西山诸部只是奉瀚王为尊，实则却是各行其是。他连自己都还不能保全，我若降了他，如何确保他来履行对我的承诺？"

谭小谈微微一笑，道："这，就是我家大王请赵公先行称帝的原因了。我王自有手段，收权于朝廷。赵公可以先自称帝，在这里好生看着。若是我王办得到这一点，赵公再归顺我王不迟，若是我王办不到，赵公便是周国之主，我王自然不能厚颜要赵公归顺。"

眼见说服有效，谭小谈顾盼生姿，更加灵动："没有相应的实力，就算我们厚着脸皮提出承诺，相信赵公也不会理会。"

赵恒心中一动，这样做的话……似乎妥当，可进可退，进退自如。

看来，这个瀚王不简单哪！他要如何收权？他有什么撒手锏？只是，这事关他的生死，想来是决计问不出的了。

"嗯……嗯？好像也不对。如果这样的话，倒的确解决了我的后顾之忧，可是……那岂不就是我上了他们的当，义兄等于是被我所害了？"

赵恒还没想清楚这个问题，他二弟赵毅、王府长史梁文和部将李桥、陈洋、王波、赵义忠等七八个人呼啦啦地就从殿外冲进来，齐刷刷拜倒于地。

"赵公英明！我大风、月华数百万生灵，全赖赵公一念而活，赵公功德无量！"

赵恒怵然而惊，这……怎么回事？难不成，这些忠诚部下早被他们给说服了？他们何时下的手？自己明明一直派人盯着这位瀚王信使的，为何全然不知？

赵恒那颗聪明的脑袋越想越是惊心，终于不再犹豫，断然做了决定。

七十九　该出手了

二狗子公公这几天一直神情幽怨，就像一个才新婚就被抛弃了的小媳妇。

干爹何公公现在要忙的事情似乎比以前多了，不能再整天守在大王身边，他本以为，从此以后他就是大王身边最得宠的太监了。

可谁能想到，这个最得宠的人现在变成了千寻公公。

啊！瀛洲人一定拥有一种蛊惑人心的力量，不然为什么大王宠幸的女人只有小谈姑娘一个，就连得力的太监都要用来自瀛洲的千寻呢？

不管二狗子公公如何幽怨，侍候在杨瀚身边的小太监，现在赫然就是千寻了，而他近身的小宫女则是菊若。

千寻公公站在御案前，乜视着杨瀚御案上那可怜的一小摞奏章。

有关交通的，"急脚递"汇报的三山各地道路开辟情况、交通情况。

有农事的，司马杰那边汇报得很详尽，关于各城各方势力范围内的农事发展，他门清，各方势力都未必了解别人势力范围内的产出，他知道。当然，这里边重点汇报了杨瀚今秋可以收租的那些田产，它们的生长状况、预估产出、未来的收缴、运输计划等。

工商方面，税收还不是很多，毕竟大家还没养成纳税的习惯，朝廷设立的税吏司在各方土皇帝的势力范围内执法权也有限。不过每次统计汇报上来的数额都在增加，而且增加幅度很大，可见运行良好。

此外，还有杨瀚其实挺在乎的忆祖山周围的几十个村寨的发展。杨瀚是把这些村寨当成了试点，所以这里村寨虽小，却是仿佛麻雀，五脏俱全。

杨瀚按着大宋的官府职司范围，依据三山目前的实际情况，做了些调整后，在这些村寨一一设置官员。如果他们在这里能够运行良好，这些人将来就是他的预备干部，是要撒向三山各地的，所以对于这些人及其衙门的运行，杨瀚不能不上心。

最后就是民团组织的建立和发展了。各村先是有了自己的民壮，如此运行了一年之久，杨瀚就在这基础之上，开始将相邻相近的村寨进行联合，组建民团。

人数增加，条件复杂之后，他们所面对的问题，也比以前要复杂得多。如果有谁能从容驾驭一支民团，从它的组建到日常的管理，再到拉练，全部如臂使指的话，这隐隐然就是他的将官系统的苗子了。

杨瀚已经密令"急脚递"从正战乱不休的瀛洲弄些将领回来，他要利用这些人建一所将官学校，把附庸于他的这些村寨中有潜力成为将官的年轻人集中起来培养。

他在咸阳宫与律政宫相对的另一侧，已经把一幢新殿命名为武英殿，从瀛洲弄来的武官教习，都将集中于那里。

说起来，杨瀚的工作量和管理着一个庞大国家的帝王们的工作量是无法比拟的。

但他原本只是一个街道司的小吏，再如何慧黠聪明，再如何深谙人情世故，并且凭着他所知道的朝代更迭的经验，暗中推动着三山洲的变迁，可具体落实下来这些管理事情，不管是管理办法、管理经验，他和他手下这些人一样，都需要学习、揣摩与进步。

而这，落在千寻公公眼中，自然是极其不屑。

他好歹也是传承了五百年的瀛洲皇室自幼就确定的顺位继承人之一，有众多的大宗师调教、指点，他再是顽皮，再是不在乎这些东西，可就算是用填鸭方法，学到的帝王手段又岂是杨瀚可以比拟的。

千寻就斜着眼站在那儿，看着杨瀚忙碌。

明明可以有条不紊地迅速解决、批复的许多问题，他就那么毫无章法地按照笨办法，一条条地思量、批复。

他现在所辖之地，顶多如同一县，就这般笨拙忙碌，这要是真叫他把整个三山洲拿下，建立成一个国家，岂不是要活活累死？

呵呵，愚蠢！

杨瀚抓起茶杯喝了一口，突然看见千寻模样，关心地问道："你昨夜睡觉，没有关窗吗？怎么嘴歪眼斜的？中风了？"

"你才中风了呢，你全家都中风了！"千寻公公像一只大炮仗似的爆发了，"你眼睛是不是有病？我那是嘴歪眼斜吗？我那是不屑，我那是鄙夷！"

千寻冷笑道："就这么点儿事情，做得漫无头绪，毫无章法，委实可笑。要是我来，哼哼，不过是举手之劳。"

杨瀚眼中慢慢露出一抹奇怪的眼神。千寻吓了一跳，双手握拳放在胸前，紧张道："你要干什么？"

杨瀚把那一摞奏章抓起来，又往案上一拍，道："吹牛是吧？好，你来，我看看你有什么本事处理得又快又好！"

"我来就我来，怕你？"

千寻冲到案后，胯骨一拱："走开！"

他一撸袖子，提起笔来，乜了杨瀚一眼，道："研墨。"

一旁的菊若吓坏了，怎么可以这么支使大王，我们正寄人篱下呀陛下！

菊若赶紧上前道："我来。"

杨瀚伸手拦住了她，笑吟吟道："你出去，不要打搅了他。我来研墨。"

菊若见杨瀚一脸笑意，似乎没有生气，只好乖乖应了一声，轻手轻脚地退了出去。

杨瀚过去掩上门，回来开始研墨。

一向对国政之事没有兴趣的千寻打起精神，使尽浑身解数，先整理归类，再总结要点，接着综合分析，最后开始落笔批复。

其间，他会不时向杨瀚问些具体情况。

杨瀚知道这是因为他不能光凭理政经验就地解决事情，必须结合实际，所以回答得十分详尽。

千寻扬扬得意道："不错，有个资政大臣的样子。"说罢提起笔来龙飞凤舞地进行批复。

杨瀚本以为自己要明日才能处理完毕的事情，在千寻一边批复一边时不时还要停下来问些三山具体情形的情况下，居然只用了大半个时辰就全部解决了。

一字并肩王赵恒拿着洪林的密旨急急入宫了。

新朝甫立，虽然洪林在努力削弱赵恒的政治影响，只想他做个安逸无害的富家翁，可时日尚短，效果还没显现出来。如今的朝堂上，仍然是仅次于他的这位副部落联盟长拥有着话语权。

皇后几个月前还是一个部落头领夫人，带领全部落的妇女纺织、饲养、捕鱼。小太子数月之前还是跟小伙伴们一起角力、游泳、撒尿和泥的小屁孩儿，他们母子能有什么主意？

一听赵恒说明利害，皇后就慌了："哎呀，大林子居然失陷在大雍城下了。

"我就说，咱们在这大泽好生过自己的日子不好吗？人家三山国也没来骚扰咱们，何必非要去招惹人家？"皇后抹起了眼泪，"他非要派大小子去勘什么边界，这可好，大小子刚死，他爹也陷人家那儿了，他叔哇，这可如何是好？"

赵恒瞧见嫂子落泪，心中有些不忍，可一想到那国破家亡的可怕后果，尤其是他的兄弟们都已磨刀霍霍，这时想收手，难保事后没有破绽暴露出来。那时，洪家能饶得了他吗？

想到此处，赵恒把心一横，道："嫂子，大哥还在呢，你别着急。为今之计，只有按大哥的嘱咐，集结我大周国全部精锐，由我亲自率领，杀赴三山，救大哥出来。"

"好！那一切拜托二叔了。"皇后惊喜不已，顿时把赵恒当成了主心骨，"快快快，传旨，叫满朝文武立即上殿，叫他二叔点将出征。"

很快，在大周皇后的全力支持下，赵恒点齐了大周国的精兵。之所以这么快，是因为大周国现在也没有多少职业化的士兵，同原来部落状态时一样，部落中的青壮平时狩猎、捕捞，战时控弦为战士。

而两个部落合并后，因龙兽退却山坳，也开始大兴农耕，而且该地位于三山洲的南端，气候温暖，稻米一年至少两熟，所以对于发展农耕动力十足。如此一来，人口目前极为集中，要待将来人口大爆发后，才会向外扩展，出现更多城市。因此此时赵恒聚兵非常容易。

赵恒此番出征是为了救洪林脱困，因此雷厉风行，三日之后，大军就浩浩荡荡上路了。

大军开拔又三日后，再有一日路程就到葫芦口，这时前方斥候突然快马来报，说是发现大量三山国兵马，已经封锁了葫芦谷，看其人马，至少有三万之众。

赵恒闻讯大惊，立即原地扎下营帐，击鼓聚将，召众人商议。

听赵恒说明了前方情况，众将领顿时心寒。

赵毅变色道："三山国大军封锁了葫芦口？这……内有陛下的大军，他们何以调动这么多兵马来封锁葫芦口？内部空虚，岂不是叫我陛下如入无人之境了？三山国人何以如此愚蠢？"

王府长史梁文脸色沉重道："三山国人自然不会如此愚蠢，如此看来，只有一个原因可以解释。"

梁文看看众人，黯然道："只怕陛下，他已经……"

此言一出，帅帐之内顿时鸦雀无声。

半晌，赵恒一拍帅案，激动大叫道："立即抛弃辎重粮秣，随我强攻葫芦口，杀入三山国去。陛下若在，便救陛下出来，陛下若是已经驾崩，本王誓要为陛下报仇雪恨。"

赵恒拔出剑来就往外闯，唬得众将连忙上前，抱腰的抱腰，夺剑的夺剑。

梁文道："王爷万万不可如此，陛下若真遭了不测，王爷就是我大周的主心骨了，王爷万万不可冲动啊！"

赵毅也道："是呀大哥，我们若是草率攻入三山，全部陷在那里，丢下大周的老弱妇孺，那时岂非全做了秦人的奴隶？大哥，慎重啊！"

李桥站出来道："诸位，如今情形已然明了。三山国人封锁了葫芦口，陛下纵然不死，也必被擒。最重要的是，陛下带去三山国的数万精锐恐怕全都完了。"

众人一听，俱皆惶惶然。

李桥道："三山国人恐是还不知我大周底细，因此现在只是封锁了葫芦口。可他们必然抓得到俘虏，待他们弄清了我大周底细，恐怕三山国大军就要杀过来了。"

在场主将中，多为洪林的人。因为自从洪林登基称帝，就在努力削弱义弟赵恒在军中的影响，采取明升暗降等手段，把将官换成了他的人。

只不过，将官主帅可以换，却不可能一股脑儿把赵恒的人都换掉，那样做太明显了些，兄弟俩面上须不好看，所以，许多副将和基层军官仍然是赵恒的人。

洪林的嫡系部队大部分带去三山了，留下来的多为赵恒的嫡系部队，现在洪林只是做到了第一步，把自己的人安插进去做了将官，一时还很难对全军做到令行禁止。

这时赵恒旧部纷纷发言，洪林安排的这些人纵有不同意见，一时也没底气反驳。

　　只是听李桥如此虚言恫吓，其中一员大将还是忍不住道："李桥将军太长敌人志气了吧？三山国参与了瀛洲之战，现在他们的主力都在瀛洲，哪有充足兵力入侵我国？"

　　王波冷笑道："华将军此言差矣！就算三山国人一时攻不过来，可待他们弄清情况呢？待他们的主力部队从瀛洲撤回来呢？我大周三面强敌环伺，到时如何是好？"

　　华将军乜视王波，道："那依王将军之意，该当如何？"

　　王波断然道："国不可一日无君，今陛下陷于敌国，无论生死，我大周都得再立新君，以安天下民心了。"

　　华将军道："既如此，当扶太子继位。"

　　赵义忠哈的一声，道："太子年幼，国难当头，他如何当得起？为我大周万千子民着想，必须得有一位年富力强、威望服众的人继任新君，才能力挽狂澜。"

　　华将军等人还要理论，忽听帐外一阵鼓噪，如浪之啸，众人不禁变色，赵恒急道："外边发生了什么事，听这声音，怎么好似生了大乱子？"

　　赵恒率领众将领急急走出帅帐，就见无数军士将这帅帐围得水泄不通，众将领都是心惊肉跳，这……是要兵变了吗？

　　却见将帅帐围得水泄不通的众兵将一见赵恒，立即发一声喊，便有两个将校冲出来，把一块黄布往赵恒身上斜着一披。

　　众将领看得一脸蒙，还不明白其中意思，就见那两员将校跪了下去，大叫道："皇帝驾崩，周国乱世将至，唯有王爷登基，方可力挽狂澜！我等愿奉王爷为天子，吾皇万岁、万岁、万万岁！"

　　四下里无数的将士呼啦啦跪倒，齐声高呼："万岁、万岁、万万岁！"

　　兵临城下，已经鏖战三日了，大洪林还未把大雍城拿下。

　　大雍城中守军的确不多，此刻守城的甚至很多是妇人和孩子。

　　虽说三山洲男女皆兵，可女人的体力先天就比男人吃亏，虽是后天环境使其强壮，终究还是差着一筹。

　　城墙太高？也不然，这里是才筑的新城，哪有那般雄厚的财力、物力深筑高墙？

说到底，还是三山百姓善守哇！

五百年来，三山洲的百姓什么都退化了，唯独这守城的本事越来越专业，越来越精明，守城经验越来越丰富。

因为这五百年来他们防的是龙兽，时不时就有龙兽袭扰山寨，他们积累了太多守御城池的经验。

攻心为上？

也不错，堡垒总是从内部攻破的嘛。

洪林是一代枭雄，他想到这一点了，也开始实施了，但还是无效。一个原因是：现在的城池里，基本上还是以前一个堡寨的人，阶级层次不明显，人口构成差异不明显。一方面，说明这还只是城市雏形，不够发达；可另一方面，也使得众志成城成为可能。

另一原因，是因为主持守城的那个人。三山国王后，徐七七。

洪林乍闻三山王后在此城时，大喜，虽然他也知道三山王是个傀儡，可不管是抓到三山的王还是王后，总是打击三山国人士气的一个有力武器呀。

结果，三日鏖战下来，洪林终于尝到这位年纪不大、容颜娇媚的王后的厉害了。

在徐诺的指挥之下，大雍城岿然不动，洪林始终攻不下。

大帐里，因为下雨，地面也有雨水淌过，洪林穿着齐膝的牛皮靴子，吧唧吧唧地踩着泥地，听着手下禀报。

"正要秋收呢，庄稼大多已然成熟。所以我军都不愁吃用。只是连日攻城，折损巨大，始终不见效果，士气有些低落。"

"嗯？我给你们的那张图纸呢？抛石机还未造好？"

"大王那份图纸，传了几百年，有的地方已经模糊不清。匠人正在反复试射，相信再有两日，便能造出合格的抛石机来。"

"好！"洪林狞笑，"那可是几百年前的攻城利器呀。吩咐下去，多造云梯和攻城战车，等抛石机造好，她不是守得严吗？那就把城门给我撞开！把城墙给我砸倒！"

"报！陛下，国中急报！"

洪林精神一振，霍然抬头，振奋道："莫非二弟前来接应了？快快进来！"

一个满身泥水的信使急急走入，看那样子，因为一路泥泞，也不知摔了多少胶。

他从背上匆匆摘下一个竹筒，敲掉胶封的筒口，从中倒出一封信来，双手奉与洪林。

洪林背向众人，急急展开一看，一张脸陡然变成鸡冠子一般的颜色。

"黄袍加身，自立……为帝？因为我已身故于三山？我……赵恒！怎么早没看破他的贼子野心！"洪林双手紧紧抓着密信，鸡冠子颜色的脸庞此时已经变成了铁青色。

"陛下，可是一字并肩王出兵了？"帐中几员大将兴奋地追问。

洪林长长地吸了口气，缓缓合起书信，重重地哼了一声："这个赵恒啊，他去攻打忆祖山了。"

众将愕然道："什么？"

洪林转过身，淡然道："二弟以为，三山王虽是傀儡，但毕竟是令三山一统的象征。如果能拿了三山王，以其身份勒逼三山各部投降……"洪林微微一笑，"三山各部自然是不会理会的。可因此一来，这所谓的三山帝国，便也不复存在。各部重新恢复各自为政、一盘散沙的局面，那时还有谁能抵挡我们？"

洪林抚须道："这一计，倒也不错。"

一员大将失望道："可如此一来，他们便不能增兵大雍城下了。"

洪林瞪了他一眼："没出息！我们已经打了三天，我们疲惫不堪，你以为，城中就容易？哼，多为妇孺，纵然仗着地利，必也比我们更加难熬。抓紧制造抛石机，尽快攻城！若是等我二弟抓了杨瀚，来到这大雍城下，你我可不都要弱了名头，叫月华部落出身的将领们耻笑？到那时，你们还有脸凌驾于其上吗？"

众将凛然，忙抱拳道："遵命！"

众将抖擞精神，走出帅帐。虽然一字并肩王赵恒去了忆祖山，可一想到有大周国的另一支大军正在另一处作战，还是令这些孤身置于异国的大军将领感到安心。

不能叫月华部落出身的人看低了。风月风月，我们大风可是在它月华之上。

众将领信心倍增。

只是他们刚刚出帐，一直镇定自若的洪林便颓然坐在了榻上。

赵恒自立为帝了？

改国号为宋？

洪林还不知道改国号为宋竟是杨瀚的主意，否则又是一口老血。

他现在手脚冰凉，只知道，退路绝了。

现在，他成了孤军，一支再无退路的孤军。

洪林没有痛骂赵恒，如果有用，他不吝一骂，可现在暴跳如雷，又有何用？他现在必须想出解决办法。

消息，绝不能泄露。

"若叫三军将士知道赵恒反了，自立为帝。他们妻儿老小俱在国中，岂会安心在此作战？若叫三军知道既没了援军，也没了退路，三军哗变，我就真的再无翻身的可能了。"

洪林腾地一下站了起来，为今之计，只有强攻大雍城，只有活捉徐七七。

到那时，据此一城，足以自保，还可与徐家进行谈判。若我强娶徐七七为后，再以大周为饵，徐家势利小人，说不定会与我联手共取江山，老子还能东山再起。

唯一的活路，唯一的活路哇，打下大雍城！

另外，可悄然派出一支奇兵，摸上忆祖山，拿下那个伪王。这样，一旦打不下大雍城，也可凭杨瀚为质，谈些条件。

想到这里，洪林眼中放出狼一般的光芒，甩开大步冲出帐去。

正被洪林惦记着的杨瀚此时还在忆祖山上等着出兵的最佳时机。

第一次用兵，他必须要胜，还要胜得漂亮。

不仅如此，他还要在别人感到绝望的时候才闪亮登场，他要把自己包装成大救星的模样。

杨瀚现在把奏章全甩给千寻了，他只负责等千寻批复好了一一审阅，然后画个圈，下发就是。

哎，这么枯燥的事，全都甩给他，有些过分吧？

杨瀚想着，便走出律政楼，决定去御书房里表示一下关怀。

毕竟，再有几天，武英殿的师傅们就送到了，到时自己忙活这边的事，可能奏章还要一直麻烦他。

大雍城头，徐诺立于城墙之上，盯着对面洪林的大营，秀眉微蹙。

一架架云梯、一架架攻城车，就地取材，而且根本不考虑长期使用，不在

206

乎这一战的磨损，所以制造得甚快。

它们杵在那儿，就像张牙舞爪的巨兽。

而抛石机这种大杀器，周国居然造出来了。

徐诺居高临下，可以看到洪林营中正在试射的抛石机。虽然他们的抛石机比起五百年前叛军攻陷宫城的巨型抛石机相比，只能算微型抛石机，比起那抛上天圣宫的万斤巨石，这种抛石机抛射出来的石头最多五百斤，可……

徐诺扭头看了看城墙，轻轻闭上了眼睛。

大雍城已经算是三山各城池中极宏伟的一座大城了，可是仅仅一年的建造，能够坚固到哪儿去？

一层石皮，里边是夯土哇！

还有城上的守军，青壮十不见一，大都是妇人和孩子。

虽然他们已经一次次打退了敌人的进攻，似乎坚不可摧，但徐诺清楚，当洪林的大型战争机器建造完成，这些大多已经带了伤，精神和体力都已行将崩溃的妇孺，很可能就守不住这座城了。

"派往巴家求援的人，已经走了五天，还不见消息，看来巴家是打定主意作壁上观了。"徐诺幽幽地道。

徐震愤然道："如果我徐家倒了，自然是他巴家称雄，他不递刀子就不错了，岂会出兵相救？"

徐天道："唇亡齿寒的道理，巴家会不懂？况且，巴图死在葫芦谷，这血海深仇，巴家不想报吗？"

徐擎冷冷道："借我们的头，砍钝了洪林的刀，那时巴家再一举而下，岂不是一举两得？"

徐下愤怒道："那蒙家呢？苏家呢？就没一个出兵相助的，李家可是一向仰我们徐家鼻息的，居然也敢不出兵。"

徐诺淡淡道："蒙家，苏家，恐怕打的是巴家一样的算盘。而李家，哼！保存实力罢了，只要有实力，给咱们徐家当狗和给巴家、蒙家当狗有什么区别？可要是自己没了实力，就算想当看门狗，也没人用他。李家，算计得很清楚。"

徐诺长长地吁了口气，沉声道："三山，必须一统！若是诸部仍然各怀异心，各自为战，我们三山的复苏，不过是昙花一现。"

徐诺看向大海方向，沉默着，风从海上来，拂起了她额上的秀发，白净的额头，明玉一般涓净。

徐诺的眼睛轻轻地眯了起来："利用瀛洲之乱，我们火中取栗。三山国建立了，我们掳得了大量的财富。三山洲上，龙兽被拘束于渊谷之内，大片的沃土正在不断地开垦，诸位叔父，我们三山已经具备建立一个帝国的基础。只差一点，也是最重要的一点。"

徐震沉声道："人心的一统。"

徐诺轻轻点头："不错！人心的一统不可能只凭教化归心。不管是用收买的，还是用征服的，必须把各个独立的部落全部打散，集权于中央。如果不是洪林打到城下，我还不会意识到这件事已如此迫切。"

徐诺看向徐震等人，目光柔和了些："我们不管谁逃出去，我们还有云中等两座城池，徐家仍然是三山实力最强的部族。切记，接下来唯一的使命，只有一统三山，真正的一统。"

徐震一惊，道："七七，你这是什么意思？"

徐诺柔声道："二叔，大雍，很可能要守不住了，也许洪林下一次总攻的时候，就是我大雍城破之时。"

几个叔父脸色一变，徐下道："既然觉得守不住，那我们现在就突围呀，留得青山在，不怕没柴烧，何必说这样丧气的话。"

徐诺淡淡道："我们只要现在决意弃城突围，仅存的军心士气必然全盘崩溃，到那时，只怕突围不成，反而自寻死路。唯有趁着城破之时四下混战，我们各自突围，或有侥幸逃出者。"

徐诺的声音透着苦涩。有些话，她无法说得明白。

周国会强于三山吗？当然绝不可能。那只是两个部落的联盟，而且是一向偏居一隅的贫穷之地。

可三山为什么如此狼狈？固然有精锐主力现在正在瀛洲参战的原因，但是，还有一个更重要的原因，就是人心不齐，一盘散沙。

原本，凭着巴图的强大个人威望，勉强纠集了各路兵马聚于麾下，可即便如此，仍然败了，而且正是败在人心不齐上面。

现在，整个三山国如此模样，居然被洪林一支孤军揪着打，依然是这个原因。

而徐家此时进退两难的局面，何尝不也是因为人心的缘故？

大雍，是徐诺全力经营的一座大城，她把最好的资源、最多的人口都集中在这里，所以，这里才成了洪林矢志拿下的目标。徐诺为了牢牢把握大雍城，把她的大部分亲信，也都安排在了这里。所以，她没办法走。她走，就是弃了自己的基业，弃了自己的亲信，纵然走掉，也是元气大伤，必然被人取而代之，以她一向的高傲，如何能够接受？

留得青山在，不怕没柴烧。理是这个理，可那留得的青山，不是她的青山哪！

徐诺听闻洪林孤军深入，直逼大雍，正因为不放心几个叔父，怕他们在其他两座城池趁机做手脚，所以急急把他们全召来了大雍城。可是，她没想到洪林的一支孤军居然这么能打，结果大家都受困城中，被人包了饺子，想派个人去另两座城池，或者去其他家族求援，都难实现。

如果徐震、徐天他们在外面，不管是带少数兵马对洪林进行袭扰，又或者去向其他部落求援，其力度都比派一信使、持一信件要大得多，也不至于被人如此搪塞。

说到底，还是人心太散。

各个部落之间在互相算计、互相提防。徐氏家族的这些头面人物，也在互相算计、互相提防。于是，叫一个根本不被他们放在眼里的洪林逼到这个份儿上，居然已经开始考虑生死之事。

徐诺后悔了，可纵然后悔，此时也已迟了。她唯一能做的，就是尽量做好安排，不至于使她成为让徐家从此败落的千古罪人。

徐诺转向了城下，俏美的容颜绷起了凌厉的曲线："我是三山国的王后，断然不能落在洪林手上，受其屈辱。我，必须与大雍城共存亡。大雍若守得住，我便活！大雍若是城破，我徐诺唯有一死！"

几个叔父都是心中一震，骇然看向徐诺。

只有二叔徐震隐隐明白了徐诺的想法，她的主要势力都在大雍，如果大雍完了，这些人完了，她纵然逃出去，也不可能对徐家还拥有以前的影响力。可……她失去的也只是乾纲独断的权力而已呀。"不管怎么说，你总是我的侄女，小时候我还抱过你的。难道我还会害死你，又或者把你如杨瀚一般对待？七七呀，二叔若有机会，固然想让我这一房崛起，可也不至于那般狠毒哇。"

只是，这念头他也只能心中想想，有些话，是不能说出来的。

人若是已经有了疑心，说出来也无法叫人相信。

徐诺道："若是几位叔父有谁逃了出去，立即整合我徐家兵马。我已派人往瀛洲传讯，相信我徐家主力很快回来，到时再反攻大雍，形势未必不可挽回。还有……突围之后，立即派人前往忆祖山，将大王接入我徐家。洪林现在没打他的主意，是因为不攻下大雍，他夺了大王也没有用。一旦他攻下大雍，大王操之谁手，意义便大不相同了。"

徐诺说到这里，转过身，看着几位叔父，见他们一个个面色沉重，不禁莞尔一笑。

徐诺道："我只是做最坏的打算，未虑胜，先虑败嘛。如果……"

徐诺沉吟了一下，轻轻道："如果真有那一天，当大王已经没用的时候，我希望，你们能留他一命。哪怕，因为不放心而把他圈禁起来，就叫他做个不事生产、只能生儿育女的快乐田舍翁，让他自然地老去吧。这是七七对几位叔父，最后的要求。"

终究血浓于水，徐诺这一番话，听得几个叔父都红了眼圈。

城头上，徐氏一家人，一时相对无言。

八十　战争巨兽

呜——呜——呜——

苍凉的号角声在忆祖山上响起，接着传递到山腰、山脚，传递到各处村寨。

各处村寨村口大树下的钟紧接着敲响了，当当当的钟声很急促。

于是，正在收割庄稼、饲养牲畜的农夫撂下农具，急匆匆地跑回家去。然后，他们就披着自己亲手编织的藤甲，拿着钢叉、梭枪、砍山刀，背着他们的猎弓，急急奔向村口。

正在剁着野菜喂鸡鸭的妇人，正在村门纳着鞋底和邻居聊着家常的老太太，正在树上掏着鸟窝或在湖湾边和着泥巴的孩子，也都赶了去，为他们的壮士送行。

何公公时常带人到各村寨走动，可不仅是为了摸清这里的情况，为了造黄册。

通过接触与交谈，他已经把一种观念潜移默化地植入这些百姓的心中。

他们知道自己是为自己而战！所以，他们尽管也有担心，也有畏惧，也有牵挂，但他们全力地支持自己的亲人带上他们的刀枪，前往那血与火的战场。

他们是在颠沛流离中刚刚安顿下来才一年多的百姓，那种饥饿、无助与死亡随时降临的滋味，他们还没有忘记，有时午夜梦回，还会惊恐地体会到那种感觉。他们知道，他们的一切都依附于忆祖山上那位王，如果失去了他，也就失去了他们所拥有的一切。

一旦再次走上四处流浪的道路，他们或许全家都会死掉，又或者永远寄人篱下，为奴为婢。

为此，他们不惜一战，不惧一战。

拥有这样想法的队伍，是很可怕的。冷兵器的战场上，死战的意志，甚而比充分的训练、精良的装备更重要。这支队伍，近四十个山寨，一共三千余精兵的队伍，拥有死战的意识。

而说到训练，他们的战斗本能还没有退化，他们的体能、他们的厮杀技巧仍在，他们都是善于战斗的战士。

而装备……他们看到了三十头猛犸巨象，一座座肉山似的，仅仅站在那儿，那庞大的体形就令人产生窒息的感觉。如果这样三十头庞然大物冲撞出去……

原本，三千余名民团战士是抱着保卫家园的必死之心而来，但现在，他们的信心陡然生起。或许，这一战并不像他们想象的那么艰难。

司马杰坐在高高的战象背上，威风八面。他有一种感觉，这时他只要大手一挥，带着他的三十头猛犸巨象，他可以踏破世间一切……

这时，一声咆哮猛然响起，平地起风，带着一股浓烈的腥气，呼啸而来。民团战士和战象队伍中间那条山坳里，突然出现了三条霸王龙。

它们高大，比猛犸巨象还高一倍，体长更逾三倍，它们迈动步子，明明在走，却给人一种重心前移，似乎正要加速奔出的感觉。

民团战士们一瞬间的感觉是血液都要凝固了，幸好他们马上发现了他们的大王。他正站在中间那头体形最为庞大的霸王龙头顶，手里持着一根长矛。

一见他们的王，战士们的恐惧突然化为了狂喜，这般恐怖的生物，却是他们大王的坐骑。

如果说之前他们对这位大王更多的是敬重与感激。这一刻，他们才突然意识到，这世间最强大的战士，是他们的王。三千余名战士，不用人吩咐，已齐刷刷单膝跪倒，挂着刀枪，用炽热的目光望着那站在至高处的他。

猛犸巨象的队伍却是一阵骚乱，巨象几乎第一时间掉头就跑。虽然它们已被驯化，懂得指挥者的命令，可是面对那站在食物链最顶端的可怕生物，而且一来就是三头，它们几乎都要吓瘫了。

也幸亏它们快要吓瘫了，没有做出那么迅速的反应。等它们醒过神来，发现三头巨大的食肉生物并没有捕食它们的意图，这才在驾驭者的控制下渐渐稳定下来。

杨瀚看到三头霸王龙所产生的震慑效果，心中也很满意。可惜，这种武器威慑作用永远大于它的实际用处。

因为这货太能吃了，而且只吃肉，谁供得起它？

杨瀚随时可以将这种可怕生物化为战争巨兽，可这种战争巨兽就像是"巨鼠"超重型坦克，它可以碾压一切，但是若没有油料供应，它就是一堆废铁。好在这里是三山，此行也不算甚远，而旁边仍然是大片的原始森林，不太需要顾忌供给。

杨瀚高高举起了手中的战争之矛，深吸一口气……

"我王威武！大王威武！大王是天下第一战神！不不不，大王是天上天下第一战神，三山纵横，唯我王不败！不管何等强大的敌人，在我王面前，都是土鸡瓦狗，不堪一击！我王神勇，天圣重光……"一连串的马屁声滔滔而出。

杨瀚诧然望去，就见司马杰跪在猛犸巨象的头上，双手高举，歇斯底里，脸庞涨红得仿佛喝醉了酒，一串马屁拍得如痴如醉。

杨瀚的唇角抽搐了几下，头一回对这个马屁精产生了踹他几脚的想法。

"蠢货！这不是抢我风头吗？"

杨瀚准备好的热血沸腾的动员令，突然感觉没法子再说了。

有了司马杰的铺垫，他再说什么，都像是自吹自擂了。

杨瀚窒了一窒，只能振声吼道："众将士，随寡人一战！"

"战！战！战！"

热血沸腾的战士们用刀敲击着藤盾，用矛顿击着地面，用他们最大的声量，发出怒吼的声音。

原本看起来平整、雄厚，仿佛巨石堆垒的城墙，如今斑驳得就像一位古稀老人的脸。城墙的上端已经被破坏得坑坑洼洼，给守城人也造成了不小的麻烦。

洪林的大军先以抛石机对城墙进行破坏，同时也砸死了许多守城者，有些巨石抛得远，连城里边的民房也砸倒了几间。

城头上，已经没有多少滚木礌石可用，守城者在用弓箭射杀试图爬上城头的敌军，又或者用枪矛堵在缺口处，用人命来搏。

洪林的损失不可谓不小，可他的斗志比任何时候都要旺盛。他已经看到了曙光，只要攻下大雍城，他就可以获得喘息之机。粮秣、据点，全都有了，抓住三山的王后、徐氏的家主，他就可以与之谈判，获得最大的利益。所以，往常在这个时候，人马已经极尽疲惫，他会鸣金收兵，来日再战，不会一鼓而竭。

攻城战就是消耗，消耗物资，消耗人命，消耗斗志，不可能一蹴而就。

但今天，他的帅帐前只有鼓声，战鼓隆隆。

今天，他就要拿下大雍！

城墙上，徐诺已经投入了战斗。

她不能仅充当一个指挥者了，城头上，已经兵员奇缺。

伤亡造成了大量减员，同时，如此残酷的战斗，就算是男性战士，也不免有意志崩溃者，更何况是妇人和儿童。

弃战而逃者从无到有，越来越多。徐诺甚至已抽调不出力量进行督战。她挺剑刺死一名挥舞着大斧冲上城头的敌军，一脚把他踹飞出去，把几个沿着云梯爬上来的敌人全砸了下去，自己也是一时力竭，被亲兵一把扶住。

"大小姐，城，恐怕是守不住了。我们护着大小姐突围吧！"

徐诺一把推开了劝谏的部下，寒颜道："死战！"

那部下垂泪道："大小姐，如此下去，不过再多挨一时三刻罢了，留得青山在，不怕没柴烧哇！"

青山……徐诺惨然一笑："我的青山，就在这里呀！"徐家目前建造了三座雄城，以大雍地势最好，周围可供开垦的良田最多。就算她从战略上早就明白鸡蛋不该都放在一个篮子里的道理，可当初迁出大山的时候，她能让谁不来主城居住？

这是从一个极其落后的体制，向一个极其完备的新制度转变时必然造成的问题。

三山世界的发展很特别，它的发展是跳跃式的，缺少了渐进的发展过程。因此，很多问题，尤其是人们意识层面的东西，纵然以徐诺之聪慧，她也只能屈服于现实。可这，也就造成了如今这样的局面：一旦遇到这样的死战，她没有第二条路走。

要么胜，要么死！

留得青山在？不存在的。

"集中力量吧，把敢战、能战者集中起来，我们冲营！"

徐诺盯着远处洪林帅帐的大旗，一字一句地道。

部下愕然："冲营？"

"不错！"

徐诺盯着远方，如今，一味地守，只能再多拖延一刻。可是，根本没有援兵，拖延毫无意义。

逃，于她而言，失去了根基，她一个人逃出去，就只能放下自己的骄傲，让出长房的地位，赔着小心，取悦几位叔父，这种心理落差，是她所不能接受的。

她宁愿战死！

而今，或许冲进敌营，还可以搏得一线生机。虽然从正面战场上突进敌军帅帐，干掉洪林，机会十分渺茫，但这已是唯一还有机会去实现的了。

看到徐诺目中的坚定，她的部下明白了。

只沉默了片刻，他就发出了一声悲壮的怒吼："是！卑下立即集结所有敢战之士，出城，与敌决一死战！"

他提着卷了刃的大刀，转身便走，徐诺依旧盯着远处那杆大旗，然后，开始裹裤腿，紧腰带。

她披上了半身甲，从城墙上收集了四杆长矛，绑在自己的后背上，手中的剑，换成了一口更适合战场厮杀的狭锋单刀……

另一面城墙上，拍竿像拍苍蝇似的把七八个蚁附而上的周国战士拍在城墙上，也完成了它最后的使命。

作为这面城墙上最后一件守城利器，它已经磨损到头了。拍竿一垮，斜搭在笔直的城墙上，只有一侧还连着城上的操纵机械，马上就要散架了。

"我们尽力了！"

徐震吁叹一声，黯然摇头："走吧。"

徐空一惊，道："二哥，咱们这就突围？"

"已经无力回天了，突围！我们直接奔云中！洪林此战，也是元气大伤，他没能力再打下云中的。我们固守云中，等我精锐主力从瀛洲回来，到时候，哼！"

徐撼迟疑道："二哥，咱们突围，那七七怎么办？"

徐震苦笑道："七七唯有一死。我明白她，她不会走的。"

徐撼是徐诺七位叔父中最小的一个，而徐诺是长房的女儿，所以和这个小叔叔年岁差得不多。

小时候徐撼当孩子王的时候，侄子、侄女都与他玩在一起，感情深厚。

所以徐撼颇为不忍，道："二哥，我们……就这么放弃她了？"

徐天忍不住道："老七，你不要这么迂腐！不是我们要放弃她，时也，命也，现在是老天要收她！"

徐震道："不错！我们……可没有杀她！"

几兄弟默然，徐震说得很清楚了。

他有他的底线，虽然争权，但至少没向自己的亲人挥刀。

在他看来，如今连借刀杀人都不算。

这是七七的命，命该如此，又能如何？

很快，徐震等人带领亲兵从后城逃走了。

洪林也懂得"围三阙一"的道理。围师必阙，即便是攻城方的兵力十倍于敌，一般也会采取这种方式，这是攻心。

当然，城围三面，留出来的一面必然是不易通行的、易于埋伏的一面，这条路所在的位置，一定要选不适合逃出城后就四处逸散的地方。

徐震等人这唯一的退路当然也是这样一条路，在逃亡的路上肯定还要有大量的伤亡，他们兄弟几个人也未必就能都逃出去。

可是，终究有一线生机不是吗？

七七只能留下，与城共存亡，在他们看来，是命。他们此时突围，谁死谁活，也只能看命了。

南城，徐诺已经集结了最后的力量，在城门之下，瓮城之中，尽可能地配备了马匹，准备出城一战。

这时，一个士兵急匆匆奔来，到了全副戎装的徐诺面前，悲愤道："大小姐，二爷三爷他们……弃城逃走了。"

徐诺没有说话，瓮城中数百名战士也是鸦雀无声。在场这些人都已存了必死之志，此时还有什么可以撼动他们的心志呢？

徐诺只是望了眼那个被她派在东城的眼线，见他激愤的面庞扭曲，平静地笑了笑，吩咐道："你上城去，传我的命令，叫所有守城之人立即退下城墙，各回本家，希望……洪林不会屠城吧。"

徐诺说完，望向门洞，沉声喝道："开城门！"

唰！

徐诺的身后，一片马刀举起，其状如林。

城门洞开，一支孤军杀了出去。

它像一支箭，开弓即无回头路，只能一往无前。

徐诺已无路可走，唯有以此手段，争取最后一线生机。

在瀛洲作战的大军中，她的力量占了一半。可是，她留在三山的力量，却有九成都在此城。她若跟着徐震等人突围，是没机会等到正在瀛洲作战的亲信归来的。

如今同仇敌忾下的骨肉亲情，在逃出生天后，是消磨不过对权力和地位追求的欲望的，当她派出的人马归来之时，恐怕她已经被软禁了，一切由人摆布。

那样活着，对徐诺来说，莫如去死。

当她挥刀劈开敌人的皮甲，在亲兵的护卫下毫不停歇地一路向前，杀向那杆"洪"字大旗时，徐诺不期然地想起了杨瀚。

他被我们徐家如此摆布，当然也不甘心，他会不会有和我一样的想法？他会不会不甘容忍这样的屈辱？应该不会吧，他毕竟不像我一样，从小就活在最高处。他原来不过是一个街道司小吏，如今锦衣玉食、美女如云，他已乐在其中也说不定。

这家伙，倒是好命。

徐诺挥着刀，唇角竟露出一丝微笑。

噗！

她的大腿挨了一枪，痛入骨髓。

但徐诺眉都不皱一下，狭锋单刀回掠，借着马冲之势，甚至不是挥刀，只是 抹，那人便旋即落马。

快马如箭，向前，一直向前。

洪林在中军大帐放声大笑，他已经看到那支孤军了。

"他们能杀到我的帅帐吗？幼稚！"

城已破，周军正蜂拥入城，洪林心头的一块大石放下了，他行险一搏，成功了！

那个女人，就是三山王后吗？好泼辣！洪林豪气干云，向左右大喝道："备马！随我去，把他们的王后抢过来！哈哈哈……"

洪林没有在中军大帐等那支孤军像离弦的箭渐渐力竭，连薄薄的鲁缟都射不透。

他翻身跨上战马，望着那个骁勇的少女，趣味盎然地迎了过去。

呜——呜——呜——

凄厉的号角声突然在战场上响起——从四面八方响起。

在鼓声和鸣金声之外，突然响起的号角声令整个厮杀的战场登时一静。

正在兴奋登城，准备纵三日之欢的周兵愣住了。

正孤军突入，殊死一搏的那支孤军愣住了。

正兴致勃勃地迎上去，想亲手擒下三山王后的洪林也愣住了。

那支射入周军阵地的孤箭已被削弱得不过剩了三十余人，他们紧紧跟在徐诺背后，抱着必死之心，只想杀一个够本，杀两个赚了。

徐诺大腿上的伤势得不到包扎，在剧烈的战斗中失血过多，她眼前一阵阵地发黑，那号角声在她听来，都有些缥缈不实了。

厮杀的战场诡异地静止了一刹，所有人都不由自主地把目光转向左右，想要找出那号角声的来处。

然后，他们惊愕地发现，在他们中军的左翼，有十余头猛犸巨象排成一排，迈着沉重的脚步，轰轰地走来。

在那巨象的后边，是一群手持梭枪的战士，几乎是每百人为一队，每一队跟在一头猛犸巨象后边。

如果被这巨象迈开大步一路冲来，再被其后手持梭枪的战士冲击……

光是想想所有人都是心头一寒。

与此同时，在他们中军右翼，也有十余头猛犸巨象缓缓走来，在它们后边，也有一群群蓄势待发、杀气腾腾的战士。

这时洪林心跳加快，有些口干舌燥了。

三山的王后就在他的前面，距他还有半箭之地，他已经可以看清那位王后的模样。虽然有些憔悴、有些苍白，秀发沾在汗湿的颊上有些狼狈，可是，很俏美。

洪林看着她，她正在望着自己，忽然，那俏脸上绽开了笑容。原本极美的脸庞，只是一笑，洪林眼前竟有一种薄云陡然从太阳之前掠过的感觉。那种感觉，叫作眼前一亮。

徐诺一笑，颠倒的不只是众生，还有天光。

没道理！不可能！

洪林想不出徐诺见到他会笑得如此灿烂的原因。

他猛然想到了什么，急忙一扯马缰，马转身，他看向了身后。

只这一看，洪林整个人都石化了。

三头他从不曾见过的可怕巨兽，比他偶尔见过的那猛犸巨象还要大上两到三倍的可怕巨兽，正并排向他走来。

洪林军中养有大象，此次出征，有些辎重就是用大象载运的。可那大象只是普通的大象，他们没有驯服猛犸巨象的本事。那猛犸巨象，比他运载物资的普通驯象，大了两到三倍。而眼前这三头龙兽，比那可怕的猛犸巨象竟又大了两到三倍。

只是三头龙兽并肩而来，三座肉山堵住退路，就叫人有一种自己变成了蝼蚁的感觉。中间那头龙兽尤其巨大，它笔直地走过来，一抬腿，就把洪林的中军帅帐踩到了脚下。

那帅帐前的旗杆，被它张开血盆大口，巨大的脑袋微微一歪，露出刀剑一般长的獠牙，一口就咔嚓一声咬断了，就似一个人咬断了一支牙签。

三头龙兽，只有中间那头顶上，站着一个人。他一手扯着套住龙兽的缰绳，一手持着牙签……哦！长矛！

实在是与那巨兽一比，那个人就像是站在巨兽头上的一只蚂蚁，实在无法叫人联想他手里握着的会是一杆枪了。

徐诺身子一歪，从马背上摔了下去。

她失血过多，此前完全是靠一股不甘的意志在支撑，如今突然看到杨瀚神兵天降，而且是如此亮相，只一眼，就把人的抗争意志彻底摧毁。

徐诺放心了，心神一懈，便撑不住了。

人还没有落地，她就昏了过去。

昏过去之前，她脑海中最后一个念头是："那个混蛋哪！果然，不甘心任我摆布。我徐七七聪明一世，居然……被他算计了。真……想……弄死他算了。"

一群没有爆破筒、没有穿甲弹的步兵，遇到铁甲洪流的坦克集群时，纵然他们如何骁勇，可有一战之力吗？

　　杨瀚的行动验证的结果是，绝无可能。

　　杨瀚一声大吼，三头龙兽就扑了出去。

　　三头恐怖的、巨大的龙兽迈开大步，张开血盆大口就扑了出去，大地被震得嗵嗵颤抖着。

　　两侧的猛犸巨象肃立不动，如山壁峙立，正面，三头龙兽咆哮而来，巨尾一甩，巨掌一踏，巨口一张，方圆十丈之内，几乎就没有一个站立之敌了。

　　三头龙兽后边的战士都没有跟上来，在这发疯似的龙兽面前，跟上来恐怕被误伤的不在少数。

　　杨瀚在龙头上虽有藤制的小型车厢，里边还有固定的器具，但那龙头只一低，便是两层楼的高度，再一仰脖子，顿时又呼啸而上。

　　如果不是双脚的靴子牢牢固定在藤厢上，他就要被甩飞出去了。

　　这头霸王龙巨大的头颅俯仰了六次，杨瀚起起伏伏的，差点儿就吐了。

　　不过他仍笔直地站在龙首上，强撑着。如今正在造势呀，不能掉链子。

　　洪林见那巨兽的威势，一时魂飞魄散。他是一代枭雄，可眼见这不可战胜的巨兽，心头那种无力感……

　　“突围！突围！”洪林狂叫，斗志在这一刹那已经飞到了九霄云外。

　　他一拨马头，就向一侧冲去，身边正惶然不知所措的亲兵骑队立即紧随而去。

　　司马杰站在巨象头上，大手用力向前一挥，两侧的巨象迈着沉稳的步子，齐头并进，向他们挤压过来。

　　噗噗！

　　侥幸逃过长鼻、巨足、利齿，冲到巨象身畔的周军战士疯狂地挥起了刀枪，可是那皮糙肉厚的象皮顶多被砍道白印，倒是那锋利的长枪，借着冲刺之势，能够扎进去少许。

　　巨象负疼，顿时疯狂起来，愤怒地向前发动了攻击，而侥幸从它们身边溜过去的周军，却看到了正徐徐跟在巨象后边的忆祖山民壮。

　　民壮们就像他们之前合围抓捕猛兽时一样，一具具大藤盾砰然一竖，长矛

220

从盾隙间刺出，迅速组成了一面面"拒马"。

然后一个个弓弩手就从它们的身后一跃而起，利箭攒射而来。

惨叫声中，冲过来的周兵仿佛被割倒的麦子。

本来，后续若有骑兵连续冲锋，如浪之涌，靠人命堆，也是能撞开枪盾阵的。

可问题是前边十多头猛犸巨象正一路横蹚，从这些巨象缝隙间侥幸逃过来的人本就极少，很难再形成有效的冲阵攻势。

洪林绝望了，他咬紧了牙关，猛一勒马，大吼道："抓王后，掳人质，冲进城去！"

洪林的先头部队已经攻上城墙了，但城中的战斗才刚刚开始，如今敌人援兵已到，城中反抗必然坚决，进城如今并不是最好的选择。

可是，无处可逃了。对他们来说，此时进城，或许就如选择从后城门逃走的徐震等人，不是他们想走这条路，而是死神只给了他们这一条可能的活路。

杨瀚居高临下，整个战场形势一目了然。

洪林刚刚拨马，冲向徐诺倒地处，杨瀚就大声喝令胯下那头庞然大物冲上前去。

龙兽咆哮了一声，迈动跨幅极大的步伐向前冲出去。

杨瀚陡然又是一声龙吟，喝令它止步。

霸王龙的奔跑之姿立即停下，右前掌砰然落下，把刚冲过来的洪林连人带马按在了掌下。

巨大的身躯带着惯性还在向前滑，将地上的泥浪都翻卷了起来。

好在这头龙兽非常听话，它用它巨大的脚掌产生摩擦力，想要停住它一旦启动轻易就停不下来的庞大身躯。

在它滑过之处，四只巨足滑出了两深、两浅四道泥沟，大周开国皇帝洪林连同他胯下那匹马，已经不见了。

随着洪林冲过来的那些骑兵吓得彻底失去了斗志，他们一拨马，就像一群没头苍蝇似的四下逃去。

而这时，左右两侧缓缓靠近的巨象之上，后边长枪徐进如林的民壮队伍当中，都传出了缴械不杀的口号。

四处逃散、魂不附体的周军战士如奉观音，纷纷扔了刀枪，跳下马背，跪在地上高举双手。

杨瀚待身下那头巨兽好不容易止住冲势，才从藤厢中站直了身子，探头向前一看，好悬！

这家伙再迈一大步的话，徐诺就要步洪林后尘。

杨瀚松开卡住鞋子的机关，走到龙头上跺跺脚，霸王龙轰然趴下去，头贴在地上，杨瀚从龙头上跳下去，走到徐诺身边。

徐诺软软地瘫在地上，一身戎装下，那苍白俏丽的脸颊尤其显得憔悴。那模样，就像一朵马上被狂风暴雨打落的花朵，透着凋零的气息。

八十一　要变天了

徐诺醒来的时候，微微睁开眼，就看到树影婆娑。透过翠绿的枝叶，可以看到湛蓝的天空，空中有白云悠悠。

风拂在脸上，很轻很柔。徐诺的倦意还没有消退，这一刻，她仿佛正置身于泽衍园中，正值春日，树下小眠。

徐诺惬意地打了个哈欠，正想闭上眼再养养神，忽然觉得大腿一疼，忍不住"嗯"了一声。

守城、鏖战、主动出击、洪林的大旗、那座肉山上的英姿……一幅幅画面，迅速掠过徐诺的脑海，徐诺悚然一惊，猛地睁开了眼睛。

她看到，杨瀚盘膝坐在她的身边。她半靠在藤壁上，一条大腿正搁在杨瀚的腿上。

裙已上翻，袜已褪去，白生生的一条腿，肌肤若玉，粉光致致。些许淡淡的血迹，并没有影响它的美感，反而衬得它更加娇嫩。

徐诺下意识地抬了一下头，飞快地向下一瞄，发现杨瀚很君子，裙子撩得恰到好处。

徐诺心里顿时一松，疲惫感使她的头又靠了回去。

"醒了？我刚敷完药，这药生肌止血有奇效，你放心吧，等我包扎完，养上一段日子就好。"

杨瀚的动作很轻柔，已经抹了药的地方有丝丝凉意，虽然还在隐隐作痛，却因为那凉意而变得稍可忍受。

徐诺忍不住道："这是哪里？"

杨瀚道："龙兽背上。城中敌我掺杂，如今还在战斗，一时找不到女子来为你包扎伤口，只好我来。"杨瀚停了下，微笑地看她，"你我是夫妻，我为你包扎，也没什么。"

徐诺不是小家碧玉，脸上虽也热辣辣的，可神态依旧淡定。

"洪林呢？"

"哎，怕是找不到了。"

"逃了？"

"没，他被龙兽一脚踩死了。我本想斩了他的头颅，携去周国立威的，可惜。"

徐诺吃力地坐起来，往后靠了靠，然后把裙子放下去。

"大王，洪林的人马还剩几成？"

"死掉的当有两成，被俘的约有三成，应该还剩一半，会逃走。"

"唉，大王有龙兽在手，固然勇不可当，可占地治民、收容俘虏，终究还是要靠人。大王的人手太少了。"

"是，所以，想靠这么点儿人收容他们，很难。不过我若想把他们杀掉，却也不难，洪林已死，巨兽难敌，他们已经没有和我一战的勇气。"

"那为什么不杀掉他们？"

"我故意的。"

"这是何意？"

"我方巴图已死，联军溃散，但徐海生还在。"

"那个监军？"

"不错，我料定诸部心思不齐，虽兵力优于周国，也是必败。所以早早授意徐海生做好准备，现在，他至少收容了六成溃兵。"

"所以呢？"

"这些溃兵，建制已乱，容易收服。大雍城下，洪林惨死，他的余部一旦突围，绝无第二选择，一定会逃回周国，而且必然是散兵溃逃，不成气候。那时候，已经收容诸军残部，重新整合，并以监军身份接手巴图兵权的徐海生，必然会出手。那些亲人、族人惨死在这些周军手中的战士，必然会甘心听命，狙杀这些南逃的溃兵。"

徐诺接口道："等这件任务完成，徐公公已经在这些兵士心中树立了绝对的权威？纵然在诸部压力之下，把他们各自的人马遣散回去，这些人也从此成不了不稳定的因素？"

"不错！"

徐诺想了想，咯咯一笑，牵动腿上伤口，好看的眉不禁轻轻蹙起来。

不过她仍笑得很快意："好主意。徐唯一太蠢，已经把我徐家兵力消耗一空，那联军残部，多为巴图一系，把他们争取过来，很好。"

徐诺看了看面容呆滞的杨瀚，伸出柔软的手掌，轻轻抚摸着他的脸颊。

杨瀚尚未到二十八岁，所以没有蓄须。柔软的指肚轻轻抚上去，有种扎人的感觉。

杨瀚一路行军匆忙，显然修面也是应付了事，胡子刮得并不干净。

徐诺柔声道："大王好厉害，在我们的眼皮子底下，不知不觉，就培养出了这样一支强大的军队。虽然人数不多，却可奇兵制胜呢。"

杨瀚声音依然平静："并不容易。我这一路，都是贴着山林行走，仅仅三头龙兽，所需的肉食我们也无法供应，需要纵它们去林中狩猎。尽管如此，补给仍是不足，幸亏这是大雍城，如果是更远的云中城，为了避免龙兽饥饿过度，不听命令，开始吞食我的士兵，我就只能把它们放归山野了。"

徐诺松了口气："原来如此。如果没有龙兽，只靠这两三千的兵，便再如何骁勇，也不足为惧了。"

杨瀚道："正是。"

徐诺凝视着他，道："如果你的力量能更进一步扩大呢？那时你想怎么办？"

杨瀚道："当然是做一个真正的王。王后，你知不知道，你有多美？你来宫里看我的时候并不多，可你每一次来，我都想……把你留下。可我不敢。如果我是真的大王，你又怎么敢不与我同床？我又怎么会不敢……把你抱上床？"

徐诺的脸蛋浮起两抹漂亮的嫣红，默默地凝睇杨瀚良久，才轻轻道："你想做一个真正的王，就要大权在握。可诸部没有人愿意交出权力，那时你怎么办？"

杨瀚的表情依旧一片木然，沉默片刻，才淡淡道："可以收服的收服，可以压制的压制，桀骜不驯的，那就杀了。"

"如果徐家桀骜不驯呢？"

"杀！"

"如果我，也不肯服从你呢？"

"那我就把你关在坤宁宫里，让你不停地生孩子。等我真正掌握了大权，你又生了一大堆的孩子……王后是聪明人，那时自然会明白，好好做一个王后，才是你唯一的出路。"

徐诺静了静，咯咯地笑起来，还轻轻地击了击掌："好打算！虽然我也一直在算计你，可你居然一直没对我动杀心，我也不知道该不该被你感动。"

"人非草木，孰能无情？王后应该会感动的。"

"若是杀了我，岂不简单？"

杨瀚有些呆滞的目光轻轻移动了一下，定在徐诺脸上，轻轻道："我，不舍得。"

徐诺目光流转，定定地看着杨瀚，目中渐渐也涌起一抹柔情："我也是呢，所以，此番失算，险些就此丧命于此。而我，唯一的遗言，就是要叔父们，留你一命。"徐诺幽幽地叹了口气，"如果你不是天圣后裔，那该多好。我就嫁了你，要你做我的贤内助，从此妇唱夫随，一生恩爱。可惜了呢。"

徐诺话锋一转："数十个数，等你数完，就会忘掉刚才的一切。你能记住的是：你刚为我包扎完，我还不曾醒过来。"

"好！一、二、三、四……"

徐诺往下挪了挪身子，闭上了眼睛，暗自忖道："他嘴里没有含着那种微微发苦的清神药物，方才确实是在我的惑心术中。很好，三山一统，确实是迫在眉睫之事了，你既然想做，那这个恶人，就由你来做吧，我这个贤妻，会全力配合你的。"

"八、九……"

徐诺的唇边，逸出了一丝狡黠的笑意。

"十……"

徐诺的笑容消失了，容颜也重新变得有些惨淡苍白，那副娇弱的样子，就像被雨打残了的一朵娇花，惹人生怜。

徐诺重新悠悠醒来，树影婆娑。

透过翠绿的枝叶，可以看到湛蓝的天空，空中有白云悠悠。

风拂在脸上，很轻很柔。这一刻，她仿佛置身于徐家老宅的泽衍园中，正值春日，树下小眠。

徐诺有些想笑，很有趣的体验，不是吗？

和杨瀚拜堂成亲，结为夫妻之后，他们二人独处的时间并不多，一共也只寥寥三两回。

徐诺很少上忆祖山，这也未尝不是一个原因。但是第一回，杨瀚就已中了她的幻术，只是他全无察觉，他当然无法察觉。

一方面，她很放心山上那位大王，任他如何折腾，她都很清楚，他跳不出自己的手掌心。

那么，杨瀚愿意为了最终壮大她的实力而殚精竭虑，有什么不好？总比他无所事事，每天只好把精力全发泄在女人身上，让她人还未嫁，先有一堆子女好些。

她是王后，后宫妃嫔所生子女，都要由她来负责抚育的。替别人养孩子，徐大小姐觉得，还不如养只猫呢。

另一方面，也是她不想和这种状态下的杨瀚见面。不管怎么说，至少在名义上，那是她的丈夫。何况，杨瀚实在是个不讨人厌的男人。

当他像傀儡一般呆呆地对她有问必答，和盘托出他的种种计划时，徐诺心里并没有那种愉悦的感觉。那种滋味，说不清，反正不甚愉快。

唯独这一次，她"悠悠醒来"，竟有一种有趣的感觉。

亲口问出，即便杨瀚阴谋得逞，也丝毫没动过杀她的念头，徐家大姑娘很开心。哪怕她明知道杨瀚根本没这个机会表现他的仁慈。

被困大雍城，险些丧命于此，这确实是她的失误，纵她智计百出，这次要不是杨瀚及时赶到，她就真的完了。

所以，她很欢喜。

徐诺睁开眼就发现，她真的在泽衍园里。

不是老宅的那座泽衍园，是她在大雍城府邸里新建的泽衍园。

兵败如山倒，之所以会有这么一句形容，是因为战场之上，通常情况下，一旦兵败，当真如此。

当兵的都是吃饷拿粮的，一旦大败，尤其是主帅已死，斗志已失，十倍于敌的情况下也溃不成军的现象很常见。

杨瀚以最快的速度拿下了大雍城。

杨瀚轻咳一声道："咳！寡人听闻大雍被围，心急如焚，立即集结忆祖山民壮，赶来增援。好在，周军初次看见龙兽出战，毫无经验，一战即溃，尤其是，他们那个所谓的皇帝洪林已经丧命在龙兽巨掌之下，七七，你放心，我们胜了。"

"洪林死了？太好了！洪林死了，敌军群龙无首，我三山大患才是去了，大王好生威武。"

"哈哈，哪里，王后谬赞了。"

杨瀚清咳一声，道："如今城池内外，正在清理善后。寡人发现，城后要道上，遗下尸体无数，有我三山人马，也有周军……"

徐诺神色一动，道："大王可发现了什么？"

杨瀚迟疑了一下，似乎有些难以启齿："我们……发现了六叔徐空的尸体。"

徐诺沉默了片刻，道："大雍行将不保，妾让几位叔父突围，去搬救兵的，哎，早该料到周军既然'围三阙一'，该处必有埋伏，六叔他……"

徐诺眼中泛起了泪花，这难过倒不是假的，只是不是因为六叔之死，而是因为被亲人抛弃的悲伤。

她谋划种种，何尝不是为了徐家？可权柄面前，几位至亲的表现实在让她有些心寒。

杨瀚柔声道："战场上刀枪无眼，六叔力战而死，也算死得其所，你就不要伤心了。"

他回头望望："我们杀进城时，周军乱兵正到处掳掠，血流满地，所以把你暂时安置于此，想来此时已经清洗干净了，我带你回房，且好生歇息一下，接下来的事情，交给我好了。"

大雍之围，解了。

是忆祖山上的天圣大王神兵天降，斩杀洪林，驱散敌军，救他们于水火之中的。

整座大雍城万千百姓，都知道这一点。

等他们的子弟从瀛洲回来，那些战士也必然会从他们的父母、兄妹、妻儿处听到同样的消息。

杨瀚这个傀儡，只是三山高层眼中的傀儡，为了充分利用他的威望，民间对此是一无所知的。曾经带领三山子民造就无上辉煌的天圣家族，在百姓中间，早已成了神一般的传说。而今杨瀚的所作所为，更是在他们心中印证了这一点。

杨瀚原本是建康府桃叶渡街道司的一个小吏，他最擅长的是什么？管理街道上一应秩序，也包括了上官们体恤民情、救灾抚民时的诸多具体事宜的操办。如今他只是需要上升到更高层次，去指点吩咐他人去做而已。

于是，杨瀚一道旨意，受损百姓家庭的抚恤、大雍街市秩序的恢复、趁机作奸犯科者的惩治……如此种种，都是百姓能够眼见得到的最直接的实惠，大王贤德的赞誉不胫而走，人人称颂。

徐诺的亲信发现了这个苗头，心中有些不安。

这可是大雍城啊。

徐诺的绝对根基就是这里。

亲信越想越不安，赶紧悄悄跑去泽衍园，对徐诺做了禀报。

徐诺轻轻摸着因为开始结痂生肌所以有些细痒的大腿，沉吟良久，嫣然一笑："我与大王夫妻一体，他这么做，有何不妥？好生配合着，莫要再来聒噪。"

亲信有些莫名其妙，但家主既如此吩咐，他只好唯唯而退。

"大王还真是野心勃勃呢。"徐诺缓缓呷着花尾榛鸡熬制的鲜汤，得意地想，有什么用呢？我只消说一句'大王，七七真是服了你'，你便要乖乖服从我。

"你去征服世界好了，本姑娘只要征服你就行了。"

徐诺想着，眉梢轻轻地挑了起来。这汤，真香！

杨瀚在大雍城扶危济困、万家生佛的时候，徐海生正在漫山遍野地抓捕周国的溃兵。

这些溃兵多的一伙数百人，少的一伙几十个人或十几个人，散入密林，并不好捉。

少而且溃逃至此的败兵，急于返回故乡，这时他们是为了自己的生存而战，其凶悍较先前有过之而无不及，危险更甚于前。

可是，如果说他们是极度危险的困兽，当初在葫芦谷被他们杀得落花流水般的三山军，却成了对猎物穷追不舍、志在必得的猎人。

徐海生以监军身份，收拢了乱兵。这是当初出兵之前，就已明确了的，一旦上帅巴图战死或因故不能视事，则由监军代之。

徐海生虽然收拢了乱兵，可是要带着他们回去容易，想指挥他们作战，却很难。

主帅之职，他可以很容易地得到。但这些仍把自己当成部落私兵的骄兵悍将肯不肯服从他，那就是另一回事了。但是，徐海生对他们抛出了一个他们闻所未闻的奖惩制度：二十等军功爵位制。

杨瀚照抄了秦汉的二十等军功爵位制。不过，他只知道这个激励制度对秦汉时期尚武、崇军、好战产生了多么大的作用，他可记不住那二十等军功爵位制生僻而古老的名字，以及它们相对应的赏赐，这方面，他就依据三山形势，自己创造了。

斩敌首级三颗，即为一等士，可获田一顷、宅一处、仆人一个。

斩敌首级六颗，即为二等士，可获田两顷，宅两处，仆人两个。

斩敌首级九颗，即为三等士，可获田三顷，宅三处，仆人三个。授勋牌，在军中地位不同于一般军士，住宿条件、饮食条件，都要不同。

想象一下，大家一起当兵，吃饭人家有肉，你只能吃糙米……

大家一起回乡，人家又有地又有宅，而你两手空空……

太可怕了，仅此，就足以令所有的战士不但不敢不服将令私自退却，而且逢战必冲，骁勇无比。

如今三山人少地多，有的是未开垦的土地，要赏赐，太容易了。杨瀚巴不得百姓把那荒地都尽快开垦成农田呢。

原本那地荒是荒着，可从山里迁出来后，似乎就理所当然归属于原来那些部落头领了，虽没有明文规定，但大家习惯了，认为这是天公地道的。

现在，杨瀚以王的名义，把这地划归他们了，把抓获的俘虏分配给他们了。这是越过了那些待在部族里等着坐享其成的酋领，拿过赏赐之权的同时，也夺取了战士们的军心。

这一切，是大王给的，如果大王没了，谁来保障大王的赏赐仍然属于他？这是阳谋，是堂堂正正的阳谋，就如那推恩令，你明知道他想干什么，可你偏偏无法反抗。因为当这一阳谋推出来的时候，你用来对抗朝廷的力量，就变成了拥戴朝廷，反过来对你产生威慑的力量。

当巴勇披麻戴孝，仓皇地找到残军主力的时候，他忽然发现：原先想好的如何安抚军士、如何提振士气的话都不用说了。在他想来，必然魂不守舍、颓废沮丧的败兵，一个个眼神绿油油的。

畏战怯战？不存在的，他们积极主动地向上官们建言献策，一提打仗就嗷嗷叫，跟要入洞房似的，兴高采烈。

他想以巴图之子的身份接掌兵权，可是军士们绿油油的目光马上就向他望过来。就连与他穿一条裤子的好兄弟们，都苦口婆心地劝他，别惹事，这林子里头什么事都可能发生，万一抽冷子哪儿冒出一支冷箭，死个不明不白，不值当的。

很快，巴勇就弄明白了为什么这些战士大异于以往，可他发现，他没办法。

徐海生能给这些将士的，他能给吗？

把巴家掌握的大片土地和巴家掌握的从瀛洲运回来的大批奴隶分配给这些泥腿子？

他这个家主还做不做了？他那些叔祖叔爷、伯伯叔叔、堂兄堂弟能把他生撕了。

只把属于他这一房的地和奴仆分给那些泥腿子？他有那么多的赏赐给人家吗？全分出去了，他在家族各房中就变成了最弱小的那个，他还能掌控整个家族？

杨瀚是王，他不需要做大地主，他只需要成为所有大地主的大地主，可他能做的事，巴勇做得了吗？

巴勇虽然与其父一样，以勇力见长，并不擅于智谋，此时也惊恐地察觉到，只等这里再也没有周军可抓，大家兴高采烈地返回，准备分享胜利果实的时候，三山洲的一场前所未有的大震荡就要开始了。

他们从来没有想过，杨瀚有办法绕过他们，直接策动原本牢牢受他们控制的那些草民。他们更是绝对没有想过，原本只能予取予求的草民一旦被策动，可以产生这么大的可怕能量。

"要出事了。天，要变了。"

巴勇默默地想，但是跟着徐海生默默地转战了几天，面对杨瀚的招数，他想不出丝毫办法。

云中、大雍、灞上三座城池中，大雍城最大，交通最便利，人口最多，也最富庶。

另外两座城池中，云中倚山，灞上依水，在战略上各具长处，不得不说，徐诺择地建城时，还是做了充分考虑的。

大雍之围，实在是出乎所有人的意料。

没有人想到洪林会立国，更没人想得到，这个原本偏居一方，大家甚至都没有对它多加关注过的南荒部落，居然有能力杀进西山最强大部落的地盘，搞得大家如此狼狈。

当然，其中有西山诸部主力全都去了瀛洲的原因。

瀛洲之事，不过就是这一两年才突然发生的，以徐诺之能，也不可能料想得那么周全。

这天下，是一盘棋，可下棋的，从来都不只两个人，并非两个人的对弈。

这盘棋是立体的，每一层高度，都有一张棋盘，每一张棋盘上，都有许多人执子。每一层棋局上有一子发生变化，都可能影响同一张棋盘上所有执子之人，继而影响到其上或其下的其他棋局。

瀛洲那边唐傲下了一子，南荒那边洪林下了一子，三山这边，西山诸部也各下其子，众人眼中的傀儡杨瀚，暗搓搓地同样下了一子……这许多弈棋之人布下一子时，可能考虑的只是对面之敌，但是利用了这棋局变化的，却是所有入局之人，甚而包括本来不想入局的人。

徐诺本来在三座大城都安插了自己的亲信，但瀛洲战局，里边有太多的利益。

每攻下一城，都是大量的财富和人口，这个利益即便徐诺自己不眼红，她也无法阻止手下的人眼红。

每一个追随她的人，也有自己的利益需求。所谓忠心，从来不是无条件的，她的人并不是一群没有思想、没有欲望的机器人。所以，瀛洲乱局产生的这块大蛋糕，她必须得让自己的人从中谋得好处，要让他们忠心，还得想办法让他们得到最大的好处。

因此，徐诺也不得不抽调大量精锐前往瀛洲。

因此，她只能集中自己的心腹到大雍，经营这座最重要的城池，也就造成了三山空虚，以致被洪林一路奇兵搅得天翻地覆。

徐震率人突围之后，没有往云中去，而是马不停蹄直奔灞上。

他本来的打算是一旦洪林夺了大雍，旋即发兵来战，靠水的灞上更容易携带辎重、家眷逃离。

为了争取时间，他一路马不停蹄，日夜兼程，直到进了灞上，喘了口气，这才遣出斥候，察探周军消息。

结果斥候将消息送回时，正被六弟媳哭闹得头痛的徐震等人目瞪口呆。

洪林，居然死了？

他们一路逃奔而来，一面命人加固城防，积极备战，一面叫人收拾细软，安排老幼，沿河搜罗所有船只，随时准备跑路的，结果……洪林死了？

大王杨瀚发兵来援？大王哪儿来的兵？

当他们听说杨瀚是领着忆祖山周围村寨的三千民壮，带了三十头猛犸巨象，而主战者只是三头庞大的龙兽，大周皇帝洪林被龙兽一脚踩成了渣，想给他捡骨都凑不齐整时，徐震几个兄弟面面相觑。

他们忽然觉得有些尴尬了。

当初可是料定大雍城必破、七七必死，这才连句场面话都没撂下就逃之夭夭的呀，结果现在七七安然无恙，他们最为忌惮的洪林居然死了，这场面，怎么收拾？

"他二伯呀，我们老六家可没儿子呀，这以后你让我们孤儿寡母的可怎么活呀？呜呜呜，阿空啊，你死得好惨哪！你这是造了什么孽呀？你们老徐家这么多人，怎么就你遭了难哪……"

老六媳妇还在号啕，徐震听得心烦意乱，眉头拧成了一个大疙瘩，不耐烦道："好了好了，老六家的，你别闹了，老六不在了，我们几房兄弟，对你母女自然会多加照顾，谁会欺侮你们？赶明儿你从老七那边过继个儿子好了，我们这儿还有大事商议，你快回去歇息吧。"

徐震努了努嘴，老七徐撼忙上前搀住老六媳妇："六嫂，你别哭了，事已至此，还是赶紧料理后事吧。"

"阿空好惨哪，尸骨无存，我想叫他入土为安都难哪……"

"六嫂，我们派人回去了，一定会把六哥找回来的，你先回去，啊？"

其他几个兄弟都是大伯子，不好出面，徐撼是老七，小叔子搀扶一下倒还说得过去。徐撼一路哄着劝着，把他六嫂劝出去了。

老六媳妇一走，徐震便懊恼地一拍桌子，瞪眼道："谁会想到，大王能来呀？啊，他本来孤家寡人一个！那个洪林，一副人挡杀人、佛挡杀佛的德行，谁能想到他这么不济事呀，啊？你们说，我们现在该怎么办，怎么办？"

几个兄弟面面相觑，仔细想想自己如今的窘境，本来徐诺要是死了，一切都顺理成章得很，可现在……真尴尬呀！

沉默良久，徐下期期艾艾道："二哥，咱们……要不，就佯装不知道大雍那边后来发生的事，打着搬救兵的名头，领一支人马杀回去？"

徐天没好气道："七七能信哪？搬个救兵，需要六个叔父全跑了，连声招呼都不跟她打？"

徐震却是眼前一亮，一拍大腿道："唉，老四这主意可行啊！你们想，其实不管咱们怎么说，七七一样明白咱们为什么走。现在，大家就是觉得尴尬嘛，难不成还真要闹翻？我们和七七一样，需要的，只是一个台阶。就只是一个台阶而已嘛。"

"下台阶慢着些，还疼吗？"

杨瀚搀着徐诺，小心翼翼地步下台阶。

本来只是扶着一只手臂的，下台阶的时候，杨瀚很自然地搂住了她的小蛮腰。

徐诺微微有些不自在，忸怩道："这都快一个月了，不碍事的，大王不必搀扶。"

杨瀚正色道："哎，伤筋动骨一百天，还是小心些好。"

徐诺很郁闷，被你这么一搞，人家腰上痒痒的，比那长了新肉的伤口还痒好吗？

只是，人与人相处，就是有这一点奇妙，有些时候，有些事是可以做的，但是不能说，说出来，那种微妙的感觉就会变了味道。所以，徐诺也只能佯装不知道，由着他"扶"下去，直到院中石桌旁，这才趁机摆脱他的魔掌。

真是受不了！男人都是这个德行吗，怎么不摸你自己？弄得人家细痒细痒的。

徐诺心中没好气，脸上还不好表现出来，只把白白的贝齿，轻咬着艳红的下唇，在石凳上轻轻坐下来。

石凳上铺了柔软的鹅绒坐垫，石桌上，有热茶、水果。

杨瀚走到对面，一撩后襟，也坐下来。

徐诺双手端起茶盏，微微一敬："大王，请！"

杨瀚端起茶盏呷了一口，徐诺瞟他一眼，蛾眉微微一挑，道："听说徐公公卡在葫芦谷口，一个月下来，现如今除了极少数逃进丛林成了野人的，还有一部分冒险翻越雪山的，大部分周人要么做了俘虏，要么变成了军功？"

杨瀚坦然一笑："王后消息倒是灵通，为了剩下的少数游兵散勇，继续守在山里已不划算，我已命徐海生集结大军，回转忆祖山。所以，这三日内，寡人也得回宫了。"

徐诺瞟了他一眼，幽幽道："这一战，因为徐唯一的冒失，我徐家可谓损失惨重。而巴家，巴图战死，说来更是不堪，不过之后阻截周军溃兵，巴家出力甚大，如今大捷，却不知大王打算如何处置。"

以前，在权力博弈的这张棋盘上，杨瀚只是一枚棋子，是没有资格做棋手的。

可是如今，三山之危，可以说是靠杨瀚一己之力解决的。不管是徐诺还是西山诸部任何一股力量，都已不能无视他这股力量。

从现在起，杨瀚已经跳出棋盘，从棋子变成了一方棋手，就连徐诺也不能再无视他的存在了。

任何一个人，一旦具备"落子布局"的能力，其他任何一个棋手，就不能无视他的存在。可棋手也有高下之分，有直来直去只博一时之快的，也有每落一子，一定要造一个落子的契机的高手。

杨瀚是个什么样的棋手？

徐诺刚把杨瀚从棋子提到棋手的位置，还不曾与他过招，不了解他的棋路风格，这一刻，这一问，便是要估量他的斤两了。

八十二　黄雀伺蝉

杨瀚听了徐诺的话，沉吟良久。

徐诺凝视着他，凝视着他的眼神、他的动作，想从中探查出他真实的想法。

宽广的额头、深邃的眼神、高挺的鼻梁，比一般男人略显小巧精致些的唇……徐诺发现自己竟然没办法把注意力集中在观察他神情上，不由得暗自懊恼。

徐诺低下头去喝茶，心中恨恨地想："该死的，怎么倒像是我被他蛊惑了似的？等我做了女皇，一定要把他打入冷宫。要做一个圣明之君，就万万不能沉溺于男女之情。"

"今次，我三山如此狼狈，固然有国内空虚的原因，可是区区一个风月部落，原本绝不被西山地区任何一个大部落放在眼里的势力，真有如此威势？说到底，还是我三山立国虽已两年有余，却是有名无实。"杨瀚终于开口了，看向徐诺，"东山诸部独立，将三山占据了一半，南方如今又有周、秦等部落相继建国，如果我三山国内部仍然是各自为政的话，早晚会在诸侯争霸中率先败下阵来，为人所吞并。所以，三山洲必须一统，三山国内部，首先要一统。"

徐诺的目光微微地凌厉起来，盯着杨瀚。

杨瀚一字一句道："像巴家、蒙家这些部落势力，必须全部纳入朝廷体制。王后，你们徐家也是一样。今后，三山洲上，不能山头林立，只有徐杨两家分掌军政大权足矣。"

徐诺听他说"徐杨两家"，且把徐放在杨前，目中凌厉之意稍减。

杨瀚继续道："千年前，天圣太祖皇帝建国，国祚有五百年之久，不短了。这么长时间，一直就是这样的体制，证明这种体制是稳固可靠的，既然是可靠的，我们萧规曹随就好，也没必要再做改变。"

徐诺嫣然一笑，柔声道："拥立大王登基时，妾身就说过，天圣天贤，相辅相成，永世不易。我徐家，会永远坚定地站在大王身后。只是，这西山诸部，尤其是巴家和蒙家，无论哪一家，都不比我徐家弱小，大王驭龙兽而战又有诸多限制，咱们要如何削其兵权呢？"

徐诺伸出柔荑，扳着青葱玉指道："以武力强行征服的话，杀敌一千，自损八百。在东山诸部和南疆诸部的环伺之下，这么做，很危险。"

杨瀚道："当然不能这么做。这诸部力量，要拿过来为我所用才行，如果把他们都消灭了，要多少年才能恢复这么多的人口？你我等得，东山国还有南疆秦国可未必给我们时间去休养生息。"

徐诺苦笑道："那该怎么办呢？不用武力强行征服，是无法让他们低头的。"

杨瀚摩挲着下巴，突然眉尖儿一挑，兴致勃勃道："唉，你说，我要是从巴家、蒙家各娶一位姑娘怎么样？"

徐诺有些茫然："啊？"

杨瀚道："你看，你嫁给了我，徐家便放心辅佐于我，我若娶了巴家、蒙家的姑娘，分别立为东宫和西宫，那巴、蒙两家会不会就甘心臣服于我了？只要他们肯归顺，其他部落谁敢挑衅？"

徐诺瞪着杨瀚，强忍住冲动，似笑非笑道："大王英明，要不……咱们试试？"

杨瀚挑了挑眉，道："王后真是贤淑，你不吃醋吗？"

徐诺笑得更假了："妾自幼便晓得妇行妇德的道理，只要对大王江山社稷有益，妾自当鼎力支持。"

杨瀚摆摆手，叹道："算了吧，天圣天贤，唇齿相依。即便如此，我也看得出，你那几位叔父，未必对我十分恭敬。如果娶他家一个女儿，便能让一方强大势力俯首帖耳，这世间万事，倒是简单了。"

徐诺心中一跳："原来他早已察觉了？可……为何仍然与我推心置腹？他说的一切打算与计划，与他惑心术发作时所说的一切，是完全一致的。他并没有瞒我，他为何不瞒我？难道，他虽然不信任我徐家，却……却对我信任不疑吗？"

杨瀚看着徐诺，忽然道："为什么这么盯着我看？"

徐诺轻咳一声，垂下眼帘，轻轻转着手中茶盏，低声道："东山女王……那个小青，是与你因爱生恨，这才被东山诸部利用，与你作对的。她当初对你算是用情至深了，你……你当初答应与我结为夫妻，又是怎么想的？只因为……我徐家对你有用吗？"

杨瀚沉默了一下，轻轻道："当初，只为自保罢了。"

徐诺一呆，讶异道："只为自保？"

杨瀚淡淡一笑："我返回三山世界前，我的那位祖先，哦，也就是你们徐家当初那位废帝自立的皇后娘娘，曾对我说过徐杨两家世代联姻之事，我早知道，国家既亡，作为皇室的杨家必遭铲除，而徐家或可得以保存。我既然来了，这一世，无论徐家的女儿是谁，她都一定是我的皇后。"

"哦？"

杨瀚继续道："我还知道，我虽有四鸣音功、五元神器，可是手中没有一兵一卒。已经五百年了，就算是至亲，传承三代，关系也要远了，如果我不能给徐家一个扶持我的理由，徐家凭什么在安逸了五百年之后，把整个家族绑上我的战车呢？"

徐诺的笑容有些僵硬了，却仍努力保持着完美的微笑："所以，这只是利益的结合？"

"是！"杨瀚道，"这只是一个利益的结合。我相信，我抛弃小青，选择了你的时候，其实你心里应该是鄙夷我的。你也是女人，当然会鄙视一个为了利益，抛弃对他不离不弃的那个女子的男人！可我……"

杨瀚自嘲地一笑："我当时，却是想着，我唯有这么做，才是保护我，也是保护她。否则，我徒具热血地不肯低头，换来的能是什么？我甚至不能保证她的安全，我难以想象，她可能遭遇何等不堪。"

徐诺唇角微微一翘，道："她现在是东山女王。"

杨瀚认真道："那是因为我答应做这个大王，我答应与徐家联姻，才没有人去为难她。她才走得掉，才能成为东山女王。"

徐诺提起壶来，为杨瀚斟茶，茶汤注入杯中，手很稳。

"所以，你我只是利益的结合，是吗？大王。"

"原本是的。"

杨瀚凝视着徐诺，轻轻道："但不知不觉间，你的美貌、你的智慧、你的才学，把我折服了。我现在，真心希望能与你共结连理，一生一世。"

徐诺的手抖了一下，茶水差点儿洒出杯外。

她放下茶壶，望向杨瀚："当真？从什么时候开始的呢？"

杨瀚摇摇头："情不知所起，一往而深，又怎能说得清楚？"

"情不知所起，一往而深。"徐诺咀嚼着这句话，一时有些痴了。

当她醒过神来时，发现杨瀚正目不转睛地看着她，不由得嫩脸一热，掩饰地嗔怪道："这么看着我做什么？"

杨瀚道："我想知道，你什么时候才肯与我做真正夫妻？"

徐诺一怔，脱口道："当初不是说过……"

杨瀚截断她的话道："一定要等到三山一统？那一天，也许很快，也许需要十年八年，甚至更久。人生一世，草木一秋，我们都不是稚子了，七七，你坚持要等到那一天的意义何在？"

徐诺被他问得有些心乱了，慌乱地搪塞道："当初，当初昭告了天下的，我若是改了初衷，恐……恐怕不妥。"

杨瀚笑了笑，微微有些冷意："如果你真要等到那一天，我自然不能勉强你，也勉强不了你。不过，一定要等到那一天才结合的话，意思就不一样了。七七，那样，我会很失望。"

徐诺的心咚地一跳，明明杨瀚的底牌她都知道，她也根本不相信杨瀚能威胁得了她，可这句话一说出来，徐诺心中陡然产生一股莫名的压力，令她有些心烦气躁。

她怔怔地与杨瀚对视着，直到杨瀚脸上的笑容渐渐消失，起身准备走开，徐诺心中一紧，忽然唤道："大王！"

杨瀚站住了脚步，等了片刻，慢慢转过身来。

徐诺慢慢露出如花的娇笑道："大王还没说，你打算如何解决巴、蒙两家呢。"

杨瀚眼中那抹希冀之光终于退却，他微微一笑，道："王后不肯现在嫁，终究是对我有所疑虑了，呵呵，这件事，不需要借助徐家之力，寡人只需一计，便可以先下巴家　城，再夺蒙家一城，干后，请拭目以待便是。"

杨瀚向她点点头，扬长而去。

徐诺有心说出那句可以激发惑心术的话来，从而问出他心中所想。可话到嘴边，终究还是又咽了回去，只是默默地看着他远去。

"不借我徐家之力，你就能摆得平巴家和蒙家？怎么可能！"

徐诺没有再追问，她倒要看看，这个杨瀚，还能给她一个什么惊喜。

杨瀚走时，一身轻松。

机会，他已经给过了，能不能抓住，不是他要负责的事。今后无论做什么，再没有枷锁可以束缚他。

从现在起，他，要随心所欲了。

南海，瀛洲整个码头上，挤满了大船、小船和巨大的简陋的竹筏。

一队队士兵把用绳索穿成串的男男女女向小船和竹筏上驱赶着，更有装满绫罗、金银和贵重器皿的一口口箱子往大船上搬运着。

那些箱子五花八门，规制不一，明显是搜罗来的，有的简单，有的华贵，还有把衣柜、倒放的床榻等充作箱子的，有把巨大的花瓶塞满金银的。

这些，都是从瀛洲掠夺来的。

人人都知道战端一启，瀛洲百姓势必遭殃。但是，就算杀死了皇帝、占据了北方的唐傲也不曾想到，他所选择的这个联盟伙伴胃口竟然出奇地好，仿佛一只饕餮，什么都吃。

能拿走的，他们都拿走了，只要搬得动。他们所过之处，比蝗虫过境还要可怕。

民间有句谚语，叫匪过如梳，兵过如篦，官过如剃。意思是土匪过来掠夺，就像梳子一样梳理了一遍把家里的财物掠走，但是匆忙之间，必然有漏过的。官兵过来掠夺，那是堂而皇之的，时间充裕，细细地掠夺，那搜刮得就比土匪还要仔细了。至于碰上个大贪官，就更惨，一路搜刮过去，就像剃了头似的，寸草不生。

可三山国人来了，那就不只是掘地三尺，他们是把掘出来的土都带走了。

人家是掠财，他们把人都掠走了。

他们从海边登陆，配合从北往南打的唐傲，每攻陷一座城池，这座城池就会变成一座空城。钱财，没了！物资，没了！家什器具，没了！牲畜家禽，没了！人，也没了！

他们用刀枪威逼着当地的百姓，叫他们用笼子装起他们的家禽，用箱笼盛装他们的财产，用他们的畜生驮运这些箱笼，由这些百姓驱赶着前往海边。

海边有可以巨量装载的大木筏以及大小船只，不断往复运输。

海上风浪大，小船和竹筏在运输过程中，难免会出意外，但大部分是能够安全抵达三山的。于是乎，三山隶属各个部落的势力不断地向前推进，在他们过境之后，一座城池顶多剩下几个老弱病残，孤魂野鬼一般满城游荡。

问题是，不但粮没了，就连大部分住处的门和窗都被卸走了，他们赖以充饥的只有老鼠，连野狗野猫都找不到一只。很快，老鼠也饿死了……

三山求援的消息是分头送来的，也就是说，是由各个部落的头领分别送来的。也只有他们能指挥调动本部落的人马。

得知三山告急，后院起火，各个部落的兵马立即放弃北进，急惶惶地开始返程。

实际上这一路打下去，能掠夺的也差不多了，剩下的都是硬骨头，是一座座储备充足、城高墙厚的坚城，虽说一旦打下来获利也极丰厚，但那些城太难打了，恐怕要付出巨大代价，每打下一座坚城都得数月之久。这也是三山兵马轻易放弃的原因。

但尽管如此，已经被他们占据的地区，却是全部搬空，能拆的都拆走。比如有位城主大人家族几百年来不断扩建修缮，已经金碧辉煌的一幢宅邸，那房顶的承尘用的是上好的木料，由巧匠雕琢了极华美的镂饰花纹，也被苏家那位将领叫人全拆了下来，准备运回去给他祖先建一幢华屋。

因此一来，整个沿海，到处都是兵、都是民，都是要返回三山的船只。

由于还有大量只要能漂在水上就行的大竹筏，它对水深要求不似大船一般苛刻，所以类似的景象，不仅仅出现在码头上，而是从码头开始向左右蔓延，足有十余里的海滩上俱都如此。

当最后一只巨型竹筏被绳索绑在大船上，拖着一筏的男女老幼驶向深海的时候，唐傲才收到消息。

是的，这些各自为战的三山势力没有一个想到知会一下这位新任的瀛洲皇帝。他们的心思都放在尽快返回三山之前，还有什么是可以搬走而我还没有想到的问题上去了。

唐傲听说三山诸部在他们几乎搬空了半个木下亲王属地之后，全都撤走了，一脸错愕。

他想骂人，却不知道该从何骂起。

如果一个人做了很无耻的事，你当然可以骂他无耻，可是，如果他做的事比无耻还没有下限，而且他根本不以为耻，你能如何？人不要脸，天下无敌呀！

倒是唐霜，愤怒得拔出佩刀，一刀斫下了桌案一角，咆哮道："猪狗不如的东西，我们怎么竟与这样一群无耻之徒联盟。"

唐骄眉头一皱，对唐傲道："陛下，三山人马撤退，也未必是坏事。"

唐霜疑惑地看他一眼，道："皇兄此话怎讲？"

唐骄道："三山人马已把木下亲王的地盘祸害了大半，所有的乡村、堡寨包括一些小城都被他们搬空了，剩下的，都是大型城池。三山众部是不可能拼着耗损大量人命，去攻打这些城池的，一旦我们与他们会合，恐怕还要耗费大量军资养着他们，而他们唯一会做的事，就是继续搬空一切。"

唐骄想到三山众部的作风，也不由得苦笑一声，继续道："现如今，凭着他们的牵扯，使得木世子不能集结军队北伐，为陛下招揽征服北方势力争取了宝贵时间，他们的使命也就结束了。他们自己退走更好，不然我们只怕是请神容易送神难。"

唐傲恍然，微微点头。

唐霜愤愤然道："伯父，如今三山人马退走，要攻克这一座座坚城，可就只能靠我们自己一口口地去把它们啃下来了。"

唐骄微微一笑道："倒也未必。这些城主就算再如何忠于木家，眼下情势如此，他们还看不明白吗？难道他们就不为自己打算？再者，三山众部搬空了乡村堡寨，这些城池也就失去了根基，他们何以为继？只要想明白这一点，我相信，要做到不战而屈人之兵，也不是难事。"

唐霜怃然动容，道："伯父的意思是，我们对这些坚城围而不攻，迫他们投降？"

唐骄道："不错！"

唐傲目光一闪，道："皇兄所言有理。不过，要想让这些以木家孤臣自居的蠢货醒悟，我们不能一味地围而不攻。这些城池已经及时储备了大量的粮草，很多大城至少能撑一年，有的大城更为持久。尤其是兴南城，是南部第一大粮仓，拥有粮窖一千二百座，储粮十年也吃不完。"

唐傲在帅帐中踱了几步，停下来，断然道："如果跟他们打持久战，朕数十万大军要靡费几何？三山众部搜刮了一切，已经有了坚壁清野的效果，他们又打定了据城自守的决心。既然如此，我们就抛开这些容易迫使他们臣服的城池，直逼兴南城。"

唐骄眼睛一亮，道："陛下是想，强攻兴南城。拿下兴南，震慑诸侯献城投降？”

唐傲道：“不错！就算到时仍有执迷不悟者，只要我们拿下这座雄城，坐拥千座粮窖，呵呵，那时，是谁耗不过谁呢？”

唐骄击掌道：“妙哇！”

唐霜迟疑道：“父皇，兴南城怕是最难打的一座，要打下兴南城，消耗只怕不少。”

唐傲道：“正因如此，朕才更要直接拿下兴南城。不然，这一座座城池地拔过去，待朕兵临兴南城下时，已成疲惫之师，岂非更难将它拿下？我唐国甫立，朕为天子，难不成连着几年都要耗费在这军中？”

唐霜心道，还不是你不放心，非得亲手把持兵权？

不过，这话他可不敢说出来，只是请战道：“既如此，儿愿为先锋，即时点兵，杀奔兴南。”

他爹已经称帝，唐霜这个长子却还没有被册立为太子，若是立下不世之功，几个兄弟还有谁能与他相争？

先前的担忧，也只是担心自己老爹把家底祸害得太厉害，等他接班时日子难过罢了。人家是崽卖爷田不心疼，他这里正好反过来了，早把父亲的一切视为他的，生怕被父亲挥霍光了。

如今主意已定，唐霜便要积极请战了，这是为他竞争太子积攒资历。

唐傲看了儿子一眼，微微一笑，道：“好！我儿随父南征，一路立下功勋无数。此番，若能拿下兴南城，朕的江山来日总要交到你的手上，朕才放心。”

唐霜得了这句话，激动得一颗心都要跳出了腔子，忙强作镇定，拜倒于地，大声道：“儿臣甘为父皇肝脑涂地。”

兴南城西十五里，便是云岚山脉。云岚山脉的起点，便是云屏山，此山风景秀丽，有一条栈道逶迤山间。

只过半山，便有云雾环绕，使得整座山透着飘飘仙气。

云雾之上有一座小亭，亭前有迎客松一株，松若行云，斜探崖外。

一个身着道服、形容飘逸的中年人正立于亭中，眺望着山下的兴南城。

由此望去，那兴南城云雾环绕之下也似有种出尘之意。

亭外，立着一个高冠、广袖、大袍的秀士，双手拱手袖前，微微欠身而立。

亭中那中年人默立良久，轻轻吁叹一声，道："寡人失算了呀！实未料到，那三山众部，竟比饿疯了的乞丐还要穷形恶状。掳夺钱财，本在寡人预料之中，为了谋国，这损失寡人也受得起。可谁知，他们过境之处，竟是喘气的不喘气的，但凡搬得走的，全都抢走了。"

中年人指着山下，激愤道："空余田地荒芜，再无半点儿人烟，寡人真是失算了呀！"

如果唐傲能看到此人模样，一定会吓了一跳，因为此人赫然正是被他斩了首级的前瀛洲帝国摄政王、皇帝木千寻的叔父，木下。

亭外秀士拱手道："一将功成万骨枯，何况是谋国？大王何必沮丧？如今一切尽按大王谋划进行着，只待除掉唐傲，大王称帝，得以一展宏图，那时破而后立就是了。"

木下沉默片刻，点点头道："不错！事已至此，追悔何用？若非君权神授，寡人身为木家的一员，万万不能自行摧毁这万世一系的神话，从此遗患无穷，须得假手唐傲这个乱臣贼子。若非唐氏家族经营数百年，势力盘根错节，底蕴深厚无比。不如此，寡人便不能摸清他的全部底细，彻底根除之，也不至于用这杀敌一千，自损八百的法子。如今既然用了，便只有一往无前，不该心生疑虑。"

亭外秀士微笑道："大王铲除奸贼，以木氏神王的身份登上至尊宝座，延续的仍是皇室血统，正证明了君权神授，万世一系，无人可以动摇。从此开创基业，中兴瀛洲，立不世之功。"

"哈哈哈……"木下大笑几声，突又转头看向亭外，"据说，千寻那孩子并未身死青萍宫，而是被一头飞龙救走了？"

亭外秀士眉头一皱，道："是有这种传闻，但卑下仔细打探过，获悉的消息却是陛下焚于摘星楼。大王不必过虑，就算陛下仍然活着，这天下是他丢的，却是大王您抢回来的，难道他还有脸出来，坦然承受大王抢回来的君位？何况，卑下以为，这正是君权神授，木氏皇族万世一系的观念深入瀛洲百姓之心，使得他们相信木氏皇族不会就此而绝，才有这般传言。等大王未死，且率军平定唐氏叛乱的消息传开，天下百姓自然会认定，这天子之位，应在大王身上。"

木下点了点头，沉声道："寡摄政十余载，国泰民安，足以证明，寡比他更像一个贤明之君。这天子之权，寡人已经让给他一次了，不会再有第二次。传令，只待唐傲兵临兴南城下，京都那边和这里便同时发动，瀛洲不能再乱下去了。寡

244

人要破而后立，大治天下。！"

亭外秀士退后一步，双膝跪倒，以额触掌，恭声应道："喏！"

鹿苑里，几头温顺的小鹿追着两个倩影走了一阵，不见她们停下喂食，便转向了一旁的草地。

这里是唐国公主唐诗的府邸，环境幽雅，一步一风景，处处皆诗意，原是瀛皇千寻的一处别苑。

此时正走向门口的一双丽人，其中一个自然就是唐诗，而另一个，便是藤香。

藤香以前常来这处别苑。

此时向外走去，想起以前与千寻在这里的点点滴滴，藤香心情有些惨淡。

大门外，停着一辆雕镂精致的马车，马车旁有四名武士，别苑门口则有四名侍卫，持戟肃立。

一见公主殿下陪着藤姑娘向门口走来，四名戟士向唐诗顿首，马夫跳下马来，和四名按刀的武士一起也向他们的女主人藤香欠身行礼。

就在这时，一道人影一闪而过，来到马车前时，身子一歪，整个人贴地滑去。也亏那车轮极高，他贴着地面滑进车底，手脚向上一攀，便稳稳地挂在了车底。

旋即，蹄声如雷，十几骑武士风一般冲了过来，到了车前猛然一勒马匹，头前两匹马人立而起，碗口大的马蹄向青石板上重重地一踏，稳住了身形。

堪堪走到门前的唐诗和藤香闻声望去，马上两名骑士看见二人，也是一怔，其中一人便道："唐……殿下！"

唐诗瞟了二人一眼，露出似笑非笑的神情来，那二人正是大哥唐霜的随身侍卫柳氏兄弟。唐霜认准了跟在父亲身边才最有继位的希望，所以跟着唐傲发兵征南去了，可对京里几个兄弟又放心不下，所以留了大批耳目。唐诗见他二人，神气自然有些古怪。

柳挥和和柳慧虽然知道唐诗是自己主子的竞争对手，可她毕竟是公主，双方还不曾撕破脸皮，这礼数总是要的，急忙滚鞍下马，后边的武士也纷纷下马，牵缰而立。

柳氏兄弟上前，欠身道："臣柳挥（慧）见过公主殿下。"

唐诗淡淡道："你们到本宫府前来做什么？皇兄有话叫你们传与本宫？"

柳下兄弟迟疑了一下，柳挥期期艾艾道："臣等……发现一个行踪鬼祟的人，疑为南朝奸细,一路追至此处。"

柳慧道:"突然就不见了人影。"

唐诗脸色一冷:"怎么,你们怀疑,那奸细与本宫有关?"

柳挥道:"公主万万不要误会,臣等只是恰巧追至此处。"

柳慧道:"我们追得甚紧,他逃不远的,可刚到此处,便不见了。"

唐诗寒着脸色道:"本宫这府前,是丁字形的,你们从前路来,左右这大道坦坦荡荡,并无一个人影,那么,你们所追的奸细何在?难不成……在众目睽睽之下进了本宫的府邸?你们要不要进去搜搜看哪?"

柳挥苦笑道:"公主府邸,臣等自然是不敢冒犯的。只是……"

他左右看看,这大道又宽又长,如果有人闯来,这门前有侍卫、有马夫,难道就没一个人看见?那是不可能的事呀,除非,人就是唐诗的人,已经逃进府去,被她藏了起来。

柳挥心中虽然生疑,却不敢当真闯进公主府邸查探。

他咬了咬牙,只好忍下这口气,歉然道:"臣等莽撞了,还请公主殿下恕罪。"

说完,柳挥倒退三步,一挥手道:"走。"

柳慧跟着他刚要走,突然看到门前马车,目光不由得一凝,沉声道:"这马车是何人的?"

公主出巡,自有仪制,这辆马车虽然华贵,却不可能是公主座驾。

藤香心情正不好,听他一问,心中愠怒,蛾眉微微挑起,道:"这是本姑娘的马车。"

"你是什……"

柳慧只问了半句,一眼瞥见藤吴服上的族徽,心里咯噔一下。

藤氏?那可是比木氏皇族历史还要悠久的强大世家呀。

柳慧登时闭上了嘴巴,向藤香拱了拱手,转身便朝马匹走去。

车底,宋词听到这里,终于松了口气。

真是太悲惨了。他从方壶帝国一路东来,跨越浩瀚的大海一路的惊涛骇浪就不提了,好不容易将到目的地,结果又遇上了可怕的东方海盗,旗帜上绣着血红的鸳鸯,追得他们的商船惶惶如丧家之犬。最终,商船终于被追上了,不过他及时逃了出去,抱着一个空葡萄酒桶跳进了大海——他发现天空有许多海鸥飞翔,料定已经离陆地不远,相比落在海盗之手,当然是跳船更安全。

他没有猜错，那船果然已经离海岸很近了。他一路游过去，半道还险些被一条鲨鱼给吃了，终于上了岸，却是瀛洲的西海岸。

宋词以为他的灾难终于结束了，可他一上岸，就发现陆地正在经受一场叛乱。

万世一系的皇帝家族竟然被推翻了，上将军唐傲坐了天下。

宋词登陆地的关守江口拓真以木氏的忠臣自居，要起兵勤王，和唐家派来的大军混战，好不容易爬上岸来的宋词被江口家当壮丁抓了去，和唐家派来的大军糊里糊涂地打了一仗。

宋词当然不甘心给江口家卖命，趁着战乱，险之又险地逃了出来，又被一伙因为战乱占山为寇的山贼给掳了去，看他还算健壮，把他拉进了伙。

宋词在山寨里苦苦挨了三天，江口家居然投降了，接着统一了该地的唐军返回京都，顺道就把他们的山寨给拔了，宋词快把自己塞进兔子洞了，才又勉强逃过了一劫。

宋词想着，整个瀛洲大乱，既然京都是被唐家最先占据的地方，那么这里应该是最安全的，于是他一路既要防着匪又要躲着兵，好不容易到了京都，又因为带着些异域口音，被警惕的巡城武士当成奸细追杀起来。

眼见这马车主人似乎甚有来头，吓退了那些追兵，宋词顿时松了口气，这才发觉自己又累又饿，双手都快要扳不住那车底了。

唐诗送藤香到了车前，又是一番依依道别。宋词死死抓着车顶，双臂肌肉都突突地打起战来。

好不容易挨到车驾起行，宋词在车底悄悄观察左右，见那马蹄是跟着车子同步而行的，他瞅准了时机，在那马车堪堪将要拐弯时，手脚一松，就无声无息地落在地上，看着车子从自己头顶驶过。

随侍在马车左右的武士果然没有发现寂静无声地躺在地上的宋词，宋词待马车驶开，迅速坐起，一见道上没有行人，马上向路边一闪，一个箭步，敏捷如猿地飞奔上高高的墙头，身子一翻，就跃了进去。

这似乎是一处幽美的园林，前边不远有一个湖，湖边有踏出的小径。

宋词落脚处是墙头内侧，这里灌木丛生，正好隐藏身形。

宋词静静地伏在地上，四下观察许久，不见人经过，这才松了口气，蹑手蹑脚地走出去。

湖水、树木，一派野趣。要不是隔上十几步便有一座长满青苔的石制灯座，还有远处倒映于水中的楼阁的飞檐斗角，宋词几乎以为自己已经到了一处环境幽雅的郊外。

这定是一个大户人家的园林……

宋词暗暗思忖着，既是大户人家宅邸，轻易不会有人敢来搜查。这里地方够大，又罕有人至，正好可以藏身，只是……

咕噜噜……

宋词摸摸几乎饿瘪了的肚子，先得弄点儿吃的呀，实是饿得很了……

月上柳梢，宋词鬼鬼祟祟地逃到湖畔曲桥之下。

桥与地面之间这短暂的空间是不挨着水的，非常隐秘。宋词在桥洞里坐下来，也不管地上脏，倚着桥，放松了身子，迫不及待地从怀里掏出了他的战利品：荷叶包的扒鸡一只，精细白面烙的葱油大饼三张，还有一瓶美酒。

舒坦哪！宋词快要感动哭了，自从离开方壶帝国，就是流年不利的开始呀……

天灾、海兽、海盗、兵荒、马贼、缉盗、抓奸细……几乎是走到哪儿都有是非。

现在，否极泰来，厄运应该结束了，好日子终于开始了。

这一切，只是脑海中的一闪念，已经快饿疯了的他，哪有工夫想那么多，当下还是填饱肚子要紧。

宋词急吼吼地撕开扒鸡，一手攥着大饼，一手抓着鸡腿就要往嘴里塞，这时头顶桥板突然响起脚步声，宋词心中一紧，立即停止了动作。

脚步就在他的头顶停住了。

唐诗站住，抬头望着天边一轮明月，幽幽地叹了口气。

蔡小菜轻声道："小姐，何事烦恼？"

唐诗道："父皇南征木氏家族最后的势力，恐怕很快就要将其彻底平定。到那时，储君之争，只怕就要摆上台面。"

她转身看向蔡小菜："小谈那边给我传来的消息越来越敷衍，不过字里行间还是能看出一些端倪，我担心……那个杨瀚只怕会待价而沽……"

蔡小菜怒道："他敢！不是小姐从中斡旋，他能从陛下这儿得到那么多扶持？"

唐诗淡淡一笑，道："他现在是个傀儡，如果有机会，他当然想要更多。我只怕，到时候我已满足不了他的胃口，那时，他未必不会倒向能让他满足的其他皇子。说到底，我必须先给自己争出一份希望，他才会站在我一边，成为我的助力。"

蔡小菜恍然，道："大小姐，如今皇帝面前，只有你和唐霜公子最受器重……"

唐诗道："不错，所以，我们得想办法……"

唐诗说到这里，忽然怔住。蔡小菜一呆："小姐？"

唐诗鼻子嗅了嗅，脸上露出一抹怪异之色："小菜，你嗅到什么味道没有？"

"要糟！"桥板下边，宋词看看手里举着的鸡腿、怀里摊开的荷叶上的鸡肉，急忙把鸡腿和饼往荷叶上一放。他刚刚卷起，才要揣进怀中，一左一右两道人影已从桥上掠下，两口长刀架在他的面前。

如此议论，岂能为人所知？

桥下昏暗，唐诗还未看清宋词，便是看清了，只怕一时之间也想不起曾与他在六曲楼中相见。

唐诗俏脸含霜，冷叱道："杀了他！"

蔡小菜刀刃一挑，就要抹了宋词的脖子。宋词在两口刀的控制之下根本无力反抗，只能悲愤地大叫："我只是偷一只鸡……"

就在这时，夜空中一朵灿烂的烟花陡然炸开，姹紫嫣红绚丽地布满天空，就像一朵怒绽的菊花——"待到秋来九月八，我花开后百花杀"的秋菊花。

喊杀声旋即响起。

唐诗倏然色变，京都已尽落唐氏手中，有唐家的大军，有橘氏、平氏、源氏、藤氏等四大世家共同镇守，谁能在此掀起如此波澜？

八十三　衰神立功

京都在这一夜，陷入了血与火的战斗。

唐氏宫变的时候，京都并未遭受太大劫难。因为当时瀛皇在青萍山，木下亲王被杀、瀛皇"自尽"的消息传来，京都这边面对抵达的唐家大军，所做的抵抗并不坚决。

而这次，是平氏、源氏等四大家族动用他们的私兵，对唐军发动突袭。

唐傲正亲征南方，准备一统瀛洲，所以留守京都的军队不能说少，却也不是极多。没有人想得到，四大世家居然可以动员数量如此之多的武士，一场鏖战不可避免地发生了。

藤氏府中后宅的瞻云阁上，藤香提着裙袂，飞快地跑上去，眺望着四处燃起的火光，伴随着阵阵的喊杀声。

"发生了什么事？是谁造反？"

追赶上来的一名女武士按着刀，向藤香欠身道："小姐，今晚，四大世家一起动手，铲除唐氏逆贼。还请小姐速回闺房，免为流矢所伤。"

"我四大世家共诛唐贼？"藤香怔了一怔，激动地扑上前去，一把抓住了她的手，"其实我们藤家没有反是不是？我们只是迫于形势，暂时屈服于唐家，现在我们要联手打败唐家，迎奉陛下归来？"

知道瀛皇千寻没死的人寥寥无几，藤氏家族当时就有人在宫中，且就在现场，是目睹瀛皇被飞龙救走的为数不多的人之一，所以藤氏家族的核心人物，俱都清楚此事。

不过藤氏家族即便是对盟友，也丝毫没有透露过。有时候，你掌握的秘密越多，在面对他人时，就能越占据优势。

女武士有些尴尬，轻咳一声道："小姐，我们四大世家的确是一开始就佯作臣服于唐氏，不过，我们真正要保的人，是摄政王殿下。"

"什么？摄政王？木下不是死了吗？"

"摄政王早知道唐傲有野心，岂会只身涉险？死在青萍宫外的，只是他的替身罢了。"

藤香脸色顿时苍白，退了两步，突然愤怒道："为什么！为什么连你都知道这件事，而我不知道！"

藤香愤怒地冲下瞻云阁，那名负责保护她的女武士马上追了下去。

藤香当初知道陛下被活活烧死，心情郁结，以致重疾不起，父亲无奈，这才把木千寻被飞龙救走的消息告诉了她。

藤香的病是好了，可仍旧深为内疚，既想见到千寻，又惭颜不敢与之相见。

今日得知，许多事情连府中心腹都知道，唯独自己不清楚，藤香更加悲愤了。

比她更为悲愤的，是唐诗。

唐诗本还想集结府中亲兵，前去接收军队平叛，但只冲到一半，就发觉事情不妙，果断放弃计划。

她发现，四大世家居然联手反叛。

她很清楚四大世家拥有多么雄厚的底蕴，现在更出现了超乎她预料的兵力。如果是四大世家联手造反，他们关注的最重要的一环，就是唐家留守京城的军队。

唐诗没有忘记当初四大世家协助唐家造反时，为何青萍山附近几支精锐都按兵不动，坐视青萍宫火起。

四大世家早在军中安插了人手，已经暴露出来的，因功仍居高位要职，还未暴露出来的，尚不知有多少。

唐诗料定，只要她敢出现在军营，就一定是自投罗网。

京都已不在掌控之中了，可这并不是最紧要的，唐家有自己的封地，父亲还有大军在外边，四大家族动用的兵力只能在今夜造成一场猝袭，只要唐家大军回返，动乱旦夕可平。

可既然如此，四大世家为什么敢反？

唐诗不知道摄政王木下还活着，但她不相信四大世家如此简单。他们既然敢反，一定还有后招，足以对付父亲正征战南方的数十万大军。

所以，唐诗果断放弃了前去控制军营、收复京都的想法，一出城，她就命蔡小菜赶回封地。

其实，她已想到四大世家既然反了，必有手段针对唐家的封地，但若是示警及时，总还有一线生机不是？当然，起决定作用的，必然是父亲手中的几十万大军。

所以，唐诗自己直奔南方，她要千里走单骑，前去寻找父亲。

这个年代通信不便，京都这边发动叛乱，就算在父亲那边也有敌人的安排，他们也不可能及时获得京都的情报，即时做出反应。如果自己走得快，说不定可以抢在四大世家派出联络内应的信使之前赶到父亲身边，那样的话，就事有可为。

趁乱逃出城的人很多，四大世家的人在意的是迅速控制京都，所以对于逃走者管控并不严，夜色中，道路上，行人络绎不绝。

唐诗有快马，驰行不过小半个时辰，道路上几乎就不见人影了，唐诗也放慢了马速。此去南方，道路绵长，马力不能持久，她虽心急如焚，也得注意让马力得到休息。

此时，宋词也在逃亡。趁着焰火腾空，喊杀声至，唐诗和蔡小菜一怔之时，宋词立即抢得这唯一的机会，进行了反击。大饼掷向了唐诗，烧鸡隔开了小菜，虽然只是一刹那，宋词已经向前一窜，一个饿狗扑食，冲进了湖中。

蔡小菜只在他肩上补了一刀，因为宋词正向前冲，伤得不深。二女急于弄清京都发生了何事，况且夜色深重，一旦追进水里，很难不会受他暗算，所以她们只好放弃，宋词这才逃得一命。

宋词逃到街上，但见一队队兵马倏忽来去，哭叫声、喊杀声四起。宋词东躲西藏，最后在一户人家门口遇到个急于逃出城去的小老板。那掌柜的牵了头骡子过来，系到门口柱上，再回去拖车子出来时，骡子已经被宋词骑了。宋词趁着兵荒马乱，逃出城去。

这一路逃亡，宋词骡背上没有鞍鞯，颠得屁股生疼。眼见是脱离危险了，宋词才放慢了速度，长吁了一大口气。

他肩上有伤，浑身湿透，饥肠辘辘。想想自东返瀛洲以后种种，饶是一向不信什么命运的他，也不禁怀疑起自己是不是犯了太岁。

宋词刚想到这儿，后边一阵马蹄声响，宋词如惊弓之鸟，急忙回头，警惕地望去，虽在月色之下，可那人……实在是想认不出都不行。可不就是不久前刚被他用一张葱油饼糊住了脸的那位姑娘？

宋词绝望了，这劫难还不曾停止？

唐诗虽见前路有人，原也只是本能地提防，却不料前头那人过于慌张，反而引起了唐诗的疑心。

唐诗喝道："站住！"

唐诗拍马追去，宋词骑的是头骡子，脚力本就不堪，再加上骡背上没有鞍鞯，更跑不快，被唐诗策马疾驰，很快就追上了。

宋词大怒，勃然大喝道："宋某这一路好生不顺，先是巨浪滔天，继而海兽逞凶，接着海贼肆虐，好不容易爬上岸来，却是左一路官兵，右一路反贼，前一路大盗，后一路土匪，到得今日，你这等女子也是凶神恶煞，不依不饶，你待怎样！"

宋词把逃出来时顺手抄起的一根棒子，一路兼作马鞭的物什举起，瞋目大喝道："来来来，宋某不逃了，今日就与你决一死战。"

唐诗听他这么说，反而一呆，疑道："你是何人？"

宋词悲愤道："你都不知我是何人，追我做甚？"

唐诗也是一呆，若非成了惊弓之鸟，她又何必疑神疑鬼？

宋词见她发愣，便缓了口语气，悲哀道："你若不想为敌，便走你的路吧。我觉得我和东方犯冲，这一路行来，当真是步步杀机，没一日安生。你再留在此处，恐怕一会儿也要受我连累。"

不过，此时唐诗已经认出他就是在自家花园逃走的那人，他为何潜入自家府邸，与今夜之乱有何干系？

这些事没弄明白，唐诗岂肯放他离开，听他这么一说，不禁冷笑："胡言乱语。想以这种言辞诓我的，本姑娘倒是头一回见。你究系何人，姓甚名谁？"

宋词刚要说话，后边喀喀喀马蹄声碎，又是两匹快马疾驰而来。

宋词变色道："我就晓得，我与东边犯冲，快走，快走！"

唐诗抬眼一望，远处驰来的只有两匹马，顿时心中大定，策马一拦，喝道："不过区区两人，岂有是追兵的道理！你老实交代，何故藏于我的府邸？"

她这样一问，宋词顿觉眼熟，不由得惊呼一声，道："呀，是你！"

这时，那两匹快马已经驰近，见二人横于道上，那马上之人也暗自警惕，提刀勒马，放慢了速度。

只是到了近前，双方却是俱都一呆，月光清明，看得清楚，这疾驰而来的两人，正是柳氏两兄弟。

城中大乱的时候，这二人还想聚集戍守城中的唐家兵马抵抗，却不料军中早被无孔不入的四大世家掺了沙子，有的戍卫部队整个哗变了，有的则是叛将没有把握，干脆约束兵将，只有不到三分之一的戍守兵卒冲出来抵抗。

两兄弟眼见，再待下去只怕就要陷落城中，只好杀开一条血路，逃出城来。

他二人既然逃出城来，当然是要去南边投奔正在军中的唐霜，所以走的也是南门。

四人相遇，就见宋词，似乎溺过水，浑身湿衣拧巴着，十分狼狈，胯下只骑了一头骡子，没有鞍鞯，手中举着一根并不齐整的木棍。

再看唐诗，倒是腰间有刀，胯下有马，只是一身晚装，正是府邸中的燕居常服，根本不是斗战之时的武服，又或行远路时的衣装，显见逃得仓促。

柳下兄弟倒是一身劲装，掌中一口品质上佳的宝刀，犹自染着血，显得威风凛凛。只是若仔细看，也不免发现汗湿双鬓。

唐诗一见二人，顿时喜道："是你们，城中情形如何了？"

柳挥和柳慧一见唐诗也是又惊又喜。柳挥道："公主殿下？你也逃出来了！"

唐诗道："不错，城中情形如何？"

柳慧恨恨道："四大世家不知道发了什么失心疯，居然一起反了，他们准备充分，我们已经守不住了。"

柳挥道："哼！这千百年来，他们虽然无比尊贵，且势力庞大，可终究不以兵事见长，只要大将军挥军返京，弹指间便能平定叛乱。"

唐诗本来也不敢再抱希望，听他们这么一说，不由得暗叹，果然不可收拾了吗？看来，只能赶紧去通知父亲了。只是，四大世家会如此莽撞？他们敢反，恐怕其中一定还有我所不知的原因。

宋词一听双方对答，却是松了口气，谢天谢地，这回来的终于不是要他命的了，想来衰到此时，也是衰无可衰，否极泰来了，自己的运势终于要变了吗？

这时，柳氏兄弟对视一眼，却是目中光芒一闪。

他们留在京都，最主要的目的是什么？就是盯着唐诗，免得她合纵连横一番，自家公子正在军中，回来已然被她挖光了墙角。

方才乍一见，因为同属一个阵营，又惊又喜自是发自真心。可此时一想，如今机会难得，若就把她杀死在此地，尽可推到乱兵身上，谁知是他二人下的手？那公子的储君身份，还有何人抢得走？

这两人同胞兄弟，心意相通，只眼神一碰，已明白对方心中所想。

柳慧也不吭声，猛然扬起带血的长刀，提马就向唐诗冲去。

与此同时，柳挥也是同样动作，只是他的目光放在宋词身上。

杀唐诗，绝不可叫外人知道，不要说一旦张扬出去唐皇饶不了他们，便是他们的大公子唐霜，为了平息舆论，也得杀他们明志。

这个狼狈小子也得死，杀了他，再夹击唐诗，唐诗今夜就得香消玉殒于此。

不料，宋词这小子自从当初偶然发现一个大秘密后，就是一路逃亡，直到在三山洲上找到六曲楼，此后被六曲楼控制，悄然返回蓬莱，干的都是鬼鬼祟祟的勾当，这次回返东方，那就更不用提了。

如此情形之下，导致他的神经一直处于高度警惕阶段，柳氏两兄弟眼神一碰，刚要提马，他就已经警觉了。

宋词大喝一声："小心！"

唐诗霍然一惊的时候，柳挥已横刀向宋词抹来。宋词也不含糊，手中那根并不甚直的木棍直接就向柳挥的肋下捣来。

你用的是刀，我用的是棍，一寸长、一寸强，不等你劈中我，我先捅中了你。柳挥只得手腕一转，刀锋回卷，想先砍断他的棍子。不料宋词是虚晃一棍，不等他刀锋削至，已抽回棍子，复又向他面门刺来。

此时柳慧业已冲到唐诗身前，但唐诗经宋词一喊，已然提起警觉，一见刀来，立即双足一点马镫，挥刀使一招"推门望月"，向外一推，朝他迎去。

当的一声，震开柳慧这一刀，唐诗的刀锋便与她好看的眉峰一起斜飞起来，直睖柳慧左颈空门！

瀛洲乱了，海面上铺天盖地的三山大军乃至无数俘虏正犁波蹈海，驶向三山。大周换成了大宋，本来极为佛系的赵恒如今被赶鸭子上架，做了开国天子，可他既然已经坐上这个位子，是否依然保持佛系的心态呢？谁也不知道。

如今三山瞩目的，是一向被他们无视的忆祖山。

杨瀚就在今夜回到了咸阳宫，迎接他的，是漫山遍野的火把，仿佛满天的繁星。

这一夜，是忆祖山的狂欢之夜、不眠之夜。

周围四十七寨，寨寨灯火通明，拱卫着忆祖山，仿佛夜空中繁星拱卫着紫微星。

因为大王杨瀚回来了，他们的主心骨、他们的大靠山回来了。

因为，他们的亲人、他们的将士回来了。

这是杨瀚出山的第一战，这一仗打得很漂亮。

虽说，此战已被他放归深山的三头龙兽起的作用最大，但是那种武器只是用来攻城陷阵的，真正要平定地方、收拾残局，还是要靠人。

因此，当百姓欢喜地迎回他们的亲人时，马上又看到了他们带回来的丰硕战果。

杨瀚的家底其实不算丰厚，可是……大周的兵马这一路闯过来时，却是劫掠了许多的中小城寨。

几乎每个周军身上都有一些金银细软，洪林为了激励士气，只将粮草集中保管，个人掠夺的财物，俱归个人所有。

而现在这些当然都归了杨瀚领去的人马，不只是死亡周军身上的金银细软，那些活着成了俘虏的，一样被剥了个精光。而且，他们带回来的不只是金银细软，还有那绵延十数里、人数足超出这三千王军数倍的俘虏。

杨瀚一个人都没给大雍城留下，全带回来了。乡亲们听说，大王会在叙功之后，按照各个军士的功劳大小，将这些俘虏作为奴隶分发给他们的家庭。

家里没有适龄子弟的人家看得好不眼红，六十岁的老汉开始琢磨着下回大王再出兵打仗，就买点儿墨汁把头发胡子都染了。家里原本有三四个极能吃的半大小子，一直头疼于要把他们养大消耗实在太大的人家则是欢欣鼓舞，看到了无限光明的前程。

次日一早，律殿那边的公子们难得集体跑出了宫殿，赶来议政大殿向杨瀚郑重其事地当面赞颂了一番。

他们现在一门心思都在律政大法上，最后的校阅即将结束，各位公子各施门路，弄来了几十个雕版工人，正在夜以继日地雕刻大法。

不过，在建立大法的过程中，他们的理性思维、逻辑思维都大幅提高了。他们之中每一个人都知道，这部凝聚了他们无数心血将使他们流芳千古的大法想真正贯彻下去，大王必须拥有绝对的权威。

大王的凯旋是一个美好的开始。

杨瀚享受了一波彩虹屁，又和这些部落贵族公子来了波商业互吹，把他们欢欢喜喜地送回了律殿，便来到了武英殿。

武英殿这边，杨瀚从周围四十七寨挑选出来的一些好苗子，如今每天都会来宫里学习兵法。

三山在瀛洲的"抢劫大业"中，杨瀚的力量最为薄弱，抢到的也最少。

不过，他密令羊皓，动用"急脚递"的一些机灵之辈潜入瀛洲，不抢金银，不抢美人，倒是把唐氏篡权时不肯臣服于唐家的一些将领举家抢了来。

这些将领是朝臣，不像那些有封地的地方军阀，他们是拿朝廷俸禄，在朝廷任职的。

谭小谈化名为"零"，潜入青萍宫的时候，羊皓这边就派人潜入了京都。他们在摸这些武将的底细，谭小谈也在青萍宫中侧面打听这些人的底细。

所以，青萍宫那边唐氏谋逆，已杀死瀛皇的消息刚一传到京都，大军未至，杨瀚的说客就已开始行动了。能直接说服的立即送走，执意要自尽殉国的，就抛出瀛皇被他们救走的诱饵，最后被杨瀚弄来十几个瀛洲朝廷的武将，这些人现在都成了教官。

杨瀚在何公公的陪同下巡视一番，一见武英殿给他培养武将的教学井井有条，心中甚是满意。这些人来到咸阳宫时，他已带兵奔赴大雍了，想不到这一两个月时间，竟已上了轨道。

杨瀚问道："那些以瀛皇名义招揽来的将领，可已见过千寻了？"

何公公忙欠身道："按照大王的吩咐，叫他们远远地看过了一眼，叫他们晓得，他们的皇帝当真活着，不过，没叫他们正式见面。奴婢说，待第一批学生顺利结业，才允许他们面谒瀛皇。"

杨瀚微笑点头："他们都是举家而来，到那时，就算没有瀛皇，他们也必须得融入此间，安心为寡人做事了。"

仙人承露台，杨瀚在他那位彪悍的废夫自立的祖先留下的神奇影像中见过它当年的风貌。那巨大的平台，那高达几十丈的古拙相貌的青铜仙人，那青铜仙人手中巨大的可以同时站立近百人的巨大青铜盘，那一幕，仿佛仙境。

杨瀚想过有朝一日要重建咸阳宫，却没有想过重建仙人承露台。

那不过是古之帝王梦想长生的一种手段，杨瀚并不相信。连祖龙始皇帝都不得长生，何必用这种虚无缥缈的追求自寻烦恼？

他要让这仙人承露台为己所用。

如今，这原本足有四个足球场大的极平坦的仙人承露台中央，又筑起了一座高台，高台的正中，矗立着一座巨大的黑色石碑。石碑高有十八丈，杨瀚可无处去采集这样一块完整的石料，这块石碑是用一块块打磨好的厚及三尺的沉重石块堆垒而成的。

如此巨大的石块塔状堆砌起来，其实纵然狂风也吹不倒的，但是匠人还是用了手段。他们用鱼胶、蛋清、糯米汁等调合成黏合剂，将打磨得极精细的石块黏合，如今它们浑然一体，坚不可摧。

此时，正有许多石匠站在围绕这石碑搭起的木架上，叮叮当当地进行雕刻。他们雕刻的是已经校阅完毕的三山律。在石碑基座上，还要用金色大字，镌刻上所有参与立法者的名字。

以此石碑为中心，分向四个方向，另有四处小一些的平台，说是小一些，也有半亩多地。围绕中间的法台，杨瀚打算再立文武工农四座台子，分别镌刻上这些方面立下莫大功劳者的名字，这种激励手段，无疑将产生巨大作用。

如今，文武工农四座台中的武台，台基已立，四周汉白玉的石座石栏业已造好，而台上立起了第一座丰碑，那是杨瀚准备为巴图立下的英灵碑。只是现在尚未举行仪式，碑上英烈的名字以及生平事迹尚未镌刻。

巴图何许人也？因何而死？

巴图，乃三山遗族，古三山帝国忠勇将领后裔，历五百年，巴氏后裔忠心不改，一俟天圣后人杨瀚归来，立即拥其称王。南蛮入侵，时三山甫立，国力衰微，巴图为保社稷，血战丛林，身中百十余箭，挂刀不倒，虎死而雄威不殆，是为三山帝国英烈榜上首位承受祭祀、血食与国同休的忠良之将。

嗯，谁管他究竟为何而死，杨瀚就打算这么写。

"拜见大王！"一见杨瀚，正在战神阁上忙碌的匠人们急忙拜倒。

这些匠人很多是唐家为了拉拢杨瀚从瀛洲运来的巧匠。

他们既然来了，也就再也没有回去的可能，无根无底的，以后只能依靠杨瀚，所以对他的敬畏，那是发自肺腑。

杨瀚点点头，道："寡人不日就要举办仪式，奉迎巴图将军的神灵入驻战神阁，接受祭祀，你们是否能及时完工啊？"

一个大匠欠身道："大王放心，草民等定当赶在大典举行之前完工。"

旁边一个口快的小匠人道："爹，你刚刚不还说这扭动的机栝不好装配？"

大匠有些懊恼，扭头斥责道："闭嘴！大王问的是，是否会耽搁举办仪式，这……自然是不会耽搁的。"

杨瀚好奇道："哦？什么机栝不好装配？"

那大匠忙道："大王不是说，这战神阁专用以奉供战功赫赫者，并不仅是用以祭拜战死的忠烈英灵。而活着的人，未来便有可能犯错，不比已经故去的人，可以盖棺定论。故而，这石像要可以反转背身，以警诫后人吗？下边推动石像的机栝，草民一时还没调配明白。"

这战神阁是杨瀚一手设计的。在他想来，如果这战神阁只是供奉故去的人，固然仍有激励后人的作用，但对仍然活着的骁勇善战之士，难以产生极大的激励作用。甚至，只怕有些人立下大功之后，再无追求，又或者生怕吃上一场败仗，反而毁了自己的一世英名，从此不思进取。

所以，杨瀚为战神阁确定了如下规矩：立下不世之功者，便可入驻战神阁，而不会一定要等他死后，才给予这份殊荣。

想想看，一位大将军，他还活着，每次登上忆祖山，于咸阳宫中见驾时，就可以看到战神阁中，与无数素有军神、战神之称的前辈并列其中的自己，那是何等骄傲。这份恩遇，必然也会激励他更加为国效忠。

可是，荣耀也可以变成包袱。影响战场胜败的因素实在是太多了，如果这人都已入驻了战神阁，生怕再打个败仗，从此爱惜羽毛，不再勇于任事，那建这战神阁岂不是适得其反？

因此，杨瀚又要求，这人像，是可以背身而立的。

正身而立者，是背倚咸阳宫，面朝所有沿御道登上咸阳宫的人，背身而立者就是面朝咸阳宫，背对登山者。由于这仙人承露台比咸阳宫矮上一截，背身而立者就有一直在向咸阳宫中的君王请罪的意思了。

总之，入驻战神阁不是终点，如果你还活着，你后来的表现如何，这上边也会有所表现。

你先前立下的功劳，不会因为你后来的失败而抹杀。背身这个动作，就是专为那些生前就立下赫赫战功，得以入驻战神阁的人设定的，它才是盖棺论定。

这样一来，不但可以激励将士勇战敢战，积极争取生前就立下赫赫战功，领取入驻战神阁的荣耀，又可以避免他们从此束手缚脚，不敢作为。更可以使得一些人打消突然生起的谋逆之心。

毕竟，天生反骨，实是无稽之谈。有时候，筹措几十年的谋反之路，只缘于当年人生十字路口的一个错误选择。

如果这石像是可以随时搬抬的，容易出问题。暴风、地龙翻身，都未尝不会导致石像摔倒，因此杨瀚要求石像是固定的，需要背身时，通过地下的机栝将其扭转。

这战神台也起了三层的阶石，下边就可以安装机栝。只是这些匠人似乎在这儿遇到了问题。

这次入驻战神阁的，唯有巴图一人。启动机栝使石像背身这种功能，一时半晌是用不到的，所以那匠人才笃定不会影响了杨瀚对这次平定周人之乱的赏功罚过大典。

杨瀚不是匠人，但他在祖地建康做街道司小吏时，接触过许多市井间的玩意儿，当时他曾与一个街头卖艺变戏法的人交往过一段时间，这可以自动扭转石像的机栝，就是他从那个人的戏法机关中化用出来的。

这三山世界的匠作之人，从秦汉时期就已走上了独立发展之路，自那之后偶尔穿越到三山世界的人，要么不懂这些，要么刚一出现就被一国奇货可居地隐藏起来，询问的也不是这些"小技"。

因此，杨瀚虽非匠作，可他明白的，这里的大匠还真未必知道。杨瀚在与宫里懂木匠活的太监们一起制作桌椅时就已明白了这一点，因此也不打怵，兴致勃勃道："哦？哪里有问题？我来看看。"

那石台旁就是一个坑洞，上边还没有铺上厚重的石板，下边是粗重的机栝。杨瀚蹲下与那些匠人一起研究起来。

八十四　运用人性

四万余联军，两万余俘虏。

大军过万，无边无沿，何况是六万余人。

整个忆祖山都动员起来，各村寨堡镇的地方官带着民壮赶来维持秩序，承担仪仗。律殿里坐而论道的公子们，还有武英殿里诸位老师带着他们的学生，也全都加入了大典的筹备。

何公公忙里忙外，陀螺一般。

这么大的典礼仪式，他毕竟是头一回办，没有既定的章程和规矩，又无法事先排练，岂有不忙之理。

整个咸阳宫的人，全都被何公公调动起来了。

四万余大军列阵忆祖山下，准备向大王举行献俘仪式。

这一遭对刚刚建立的大周——哦，现在叫大宋——来说，算是元气大伤，他们毕竟是小国，一下子青壮年就少了大半。

赵恒登基称帝的第一道诏书，就是国内男子从此必须双妻，娶少了是要罚款的。以前的话，草民都是一夫一妻，只有达官贵人可以纳妾。

而今，该国男女比例相差太大，必须得全面放开。可一旦放开，那些草民既没地位又没钱，谁肯把女儿给他做妾，所以只好制定双妻政策。

还别说，赵恒这招大力促进人口生育的策略，倒是让他的地位一下子稳固下来，很多原大风部落的百姓，如今对他也是极为拥戴。

忆祖山下，唯一不情愿来的是巴勇。

兵是他巴家的兵，就算其他部落派来联盟兵，那也是看他巴家的面子，凭什么要来向杨瀚献俘？

这个大王，明明是个无甚实权的傀儡，偏生还如此好大喜功！呸！

不过，他不能不来，因为大王的赏赐，土地、宅子、奴隶……如果就这么挥军回去，把俘兵押回去，只怕那土地、宅子就都没了着落，而奴隶……这些俘兵只怕要被部落中的长老大人们瓜分一空，哪里还轮得到他们这些大头兵。

如果有了大王的允诺，虽然也不排除回去后部落长老们只当大王的许诺是放屁，可毕竟算是有了一层保障。

被徐海生归拢起来的这些溃兵中，现在军中副将六个人，分统这近四万的兵马。徐家那一脉已经全部完蛋了，只有少量残兵，现在也混在巴家这一系的人马中。

这六位副将发现了部下的骚动，所以暗中劝说巴勇，不妨来忆祖山走一遭，一旦回去，究竟如何安排，还不是由他们说了算？

可若就此归去，只恐将士不满。这一路多丛林，万一碰上几个胆大彪悍的，暗地里射一支冷箭……

有鉴于此，巴勇才愤愤不平地跟着大军回了忆祖山。

此时，军中统帅仍是徐海生，他本为监军，主帅死去，由其接任，这是杨瀚事先就与巴图、蒙战等人议定的规矩。再者，巴勇失魂落魄找到大队人马的时候，身边只剩下三个族中战士，实也没有脸面抢兵夺权。现在他只想忍过了这献俘礼，便率军回返巴家，到那时，杨瀚今日所言所有，想要推翻，也不过是他一句话的事。

庄严的号角声起，献俘礼开始了。

从山脚到山巅，战鼓隆隆。那些赤着双脚、衣衫褴褛的战俘，在凯旋的战士们押送下一步步登山，杨瀚与忆祖山周围大小堡寨受封的官员们站在咸阳宫前，肃然检阅。

献俘礼差不多持续了一个时辰，待战俘全部被引导到一旁山坳，由堡寨民壮接手暂且看押，众将官率各自方阵士兵肃然站于无比宽大而绵长的台阶之上听候大王训示，杨瀚方始缓缓上前。

宽有数十丈、长有数百丈的台阶上，肃然站立着凯旋的将士，虽然兵器甲胄不一，军容算不上严整，但大胜而归的战士那冲霄的杀气，完美地补足了这一点。

杨瀚居高临下，沉声说道："寡人用兵，赏罚分明。今周人入侵，国难当头，诸位将士，舍生忘死，为我三山，立下大功。寡人便论功行赏，论过行罚。"

咸阳宫前广场，正中站着杨瀚，身后算是充作百官的堡寨官、武学教授、律政先锋。再两侧，则是各十五头猛犸巨象，驭象者高踞象背之上。

这是威慑，也是以防万一。

如今大军十分密集，统统挤于山道之上，有巨象居高临下，如果有人图谋不轨，三十头巨象分成前后两排，只消一路蹚下去，他们躲无处躲，抗无法抗，便得一败涂地。

自猛犸巨象前边，次第往下，每隔百丈，又有十个大汉肃立，这些人倒不是多么健壮，有的肚腩还挺大，但都是虎背熊腰，天生的重低音炮，音量极其洪亮。

杨瀚说一句，距他最近的大汉便异口同声大吼一遍，下边的人便继续用最大的音量一路吼下山去。

没办法，这年头通信基本靠吼，简单的命令可以打旗语，这么复杂的话只能靠喊的，所以杨瀚也是言语尽量简单，否则，这些传令兵也受不了。

"徐唯一，不遵号令，恣意妄行，致使我军损失惨重，罪大恶极。虽战死沙场，不可不惩。因其已死，株连家人。徐撼一门，三世不得入仕，不得工商，唯只耕作一途。"

三山世界发展与祖地不同，这里工商业并不受人歧视，由于三山洲上龙兽肆虐，农耕一向不兴，所以也没什么地位，甚至还不如工商吃香，所以，这是极大的惩罚了。

巴勇听到这里，却是精神一振。

若不是徐唯一自作聪明，岂会惊动洪林不入圈套，结果反被洪林将计就计，害死了他的父亲？只是徐唯一已死，巴勇从未把朝廷当成一个可以执法、可以秉公的所在，也没想过要让朝廷为他鸣不平。

此时一听杨瀚竟对天贤家族下手，严惩徐家子弟，甚至徐家徐撼这一房，三代之内，都不可从事工商，不可入仕为官，虽然不知这禁令对徐家能起多大作用，但还是大感快意。

传令兵大声吆喝着，把杨瀚的话传了下去。队伍中还有七八千徐家的残兵，听着杨瀚的处罚决定，却并没有为同族鸣不平的念头，心情反而如巴勇一般振奋。

他们出兵时，人马可不在巴家之下呀，现在还剩多少了？如果不是徐唯一自作聪明，他们的父兄、族人，岂会惨死丛林，连个尸骨都无法收敛？

如果是他们铸下这种大错，恐怕早被锉骨扬灰了，全家都会被点了天灯泄恨。

可那是徐家的人，他们心中纵然不平，又能如何？

万万没想到，杨瀚大王竟有魄力处置天贤家族的人。原以为，天圣天贤是一家，大王纵然有赏罚，也不会严惩那罪魁祸首。如今……大王真是贤明啊！

杨瀚处罚了徐唯一，又一连点了六七个人的名字，尚活着在军中的，立即就有虎狼之士冲入人群，把他拖出来，竟也不使绳子绑了，而是当场处决，血水汩汩，沿阶而下，令人触目惊心。

巴勇原本不耐烦的神色一扫而空，整张脸庞都透出了兴奋的神色。此时他看这大王，已是越来越顺眼了。

千寻手执拂尘，一身太监袍服，站在杨瀚身后，听他说到这里，心中暗忖："他这手段倒是也算高明，前有救了徐家的大恩，这时只对徐家一房做出严惩，这人又是罪有应得，徐家也不好反应过于激烈。如此一来，他就可以敲山震虎了。你们看，天圣天贤是一家，但寡人赏罚分明。而且徐家损兵折将之余，不但没有嘉勉，反倒受了惩治，徐家的灭城之危，也是他解的，各部落看着他对徐家都没有丝毫忌惮，自然要从此对他退让三分。"

杨瀚神情一肃，又朗声说起巴图，在杨瀚口中，巴图将军那是聪明睿智、果敢骁勇。明知敌人设伏，但是为了避免敌军逃回国去，为了解救孤军于前的将士，他置个人生死于度外，虽千万人吾往矣。

巴图被乱箭射成刺猬的事也改成了身中数十刀，犹自敢战，气绝时挂刀独立于谷口，敌军如潮，竟不敢上前。

一番言辞讲来，听得巴勇泪如雨下，想象那画面，更是热血沸腾，最后听到杨瀚手指仙人承露台，说要为巴图立像，世代受皇室血食祭祀时，巴勇悲号一声，扑通跪倒在地，痛哭流涕，激动得不能自已。

千寻心中又想："天贤家族本与天圣家族最亲近，可杨瀚登基后，这天贤家族对他的防范却最深。如今杨瀚打压天贤家族，拉拢巴家，倒也是无奈之中的办法。虽说巴勇此时激动忘形，事后思量起来，却仍会以本族利益为先，但是巴家也有打压势力最为强大的徐家的需要，又对杨瀚生出好感，两家联手，各取所需，却也不是不可能。"

"嗯，这家伙，果然不太蠢。"千寻悄悄瞟了杨瀚一眼。

这时就听杨瀚厉声道："巴勇，你身为前锋主将，虽然是徐唯一不听号令，擅自布伏于前，你却不闻不问，任其灭亡，是为何罪？你既知布伏失败，竟不知派人向你父示警，是为何罪？你父入伏后，你不能及时救援，兵败后，你不能及时收拢败兵，若非徐公公，今日这献俘礼，就会发生在周国都城，第一个俘虏，就是寡人，你，该当何罪？"

杨瀚一声喝问，正在号啕的巴勇茫然抬起头来，脑子一时还未转过弯来，徐海生已经带着两个鬼头刀上淌血的大汉凶神恶煞地向他扑来。

木千寻惊着了："这……这是什么打法？"

站在最前边，一切听得清清楚楚的那近二十位大小将领也都呆了。

徐海生却是有备而来。

徐公公大步流星，上得前来，以他一米九五的身高，近三百斤的壮硕体形，大手一探，只一抓，就把巴勇从人群中扯了出来。跟在徐公公旁边的两个人左右一分，绕步向前，左边一个一伸手揪住巴勇的发髻向后一拉，巴勇"啊"的一声大叫。

巴勇足尖儿点地，右拳攥起，刚要一拳打在徐公公胸腹之间，挣脱他扣住自己左肩，害得他半边身子麻痹的大手，右边那个公公已经一刀抹过了他的咽喉。

那动作，利落得就像是杀过一千头猪。

这人入宫之前，确实就是一个屠夫。他妻子早逝，家中只有一个女儿，年方七岁，宠若掌上明珠，却被寨中一个无赖诱至林中奸杀，只因那人与部落长老沾亲带故，最后竟只做小惩了事。

两个月后，这人便消失得无声无息，如果不是有人在这屠夫那里买的肉馅里发现了手指甲的话，谁也不会知道他去了哪里。

此人杀人当真果决，毫不犹豫，唬得众人冷汗直冒。

杨瀚看着众人呆若木鸡的样子，胸中也是血气翻涌，却得强自压制，故作淡定。

今日之举，他也不知与羊皓二人就他们搜罗来的资料反复推敲了几回，冒险是冒险，可势在必须行险，必须用激进手段打开局面的前提下，这巴勇也未必不能杀。

巴图已死，巴图是巴家长房，巴家人丁兴旺，仅长房巴勇这一辈，就有亲兄弟五人，堂兄弟二三十人。

可是这些兄弟之间关系很微妙，巴图好勇无谋，所以谋断之事，一向是由三房巴伟负责。

由此，巴伟在巴家便拥有很大权柄，而巴勇的四弟巴敢所娶的夫人与巴伟独子巴天胜的夫人是亲姐妹，因此巴伟对巴敢最为关照，彼此关系也最亲密。

另外，巴勇的二弟巴猛同样是好战无谋之辈，而且武力犹在巴勇之上，在崇尚武力的巴家，他也有大批拥趸。

除此之外，这个大家族还有许多错综复杂的关系。杨瀚与羊皓两人密谋了很久，判断巴勇一死，巴家十有八九将陷入夺权的内斗纷争之中。而且，由于之前谁都知道，巴图将来会把族长之位传给长子巴勇，所以团结在一起只是为了争夺更多话语权的各个派系，其实都没有做好竞争族长之位的准备。同时，这些势力之间，力量大小相差也不大，这也就注定了，巴图、巴勇父子一死，这内部之争，将在很长时间内无法尘埃落定。

于是，才有了今日杨瀚果断杀人。

他动手，固然惊呆了所有人，可这看似鲁莽的举动，是充分考虑了巴家的情况，考虑了人心、人性的结果，实则是精心算计之后的行动。

当然，尽管如此，杨瀚也做了种种准备，不但有合纵连横的布局，还有放在明面上的三十头猛犸巨象，以及藏在暗处的三头龙兽随时待命。

两旁的传令兵将对巴勇的处置依次传递到山下，这山路之上黑压压的凯旋大军中，有六七成都是巴家一系的兵马，闻听此言，尽皆大惊，顿时起了一阵骚动。

不过，他们的将领都站在最前边，将领不曾下令，众人虽然骚动，却也不见有谁脑子一抽，就振臂大呼起来要铲除昏君。

另外，徐海生收拢残兵，狙击周国败兵期间，身先士卒，果敢勇猛，也是迅速积累了巨大的声望，在众将士本部将领下达明确命令之前，徐海生还是能弹压得住他们的。

再思及那三十头猛犸巨象就在山上，骚动渐渐平息了，而且迅速安静下来，变得异常寂静。

原来这么多人站在那儿，本来只是呼吸，都会形成一股声浪，可现在，整座山上只能听见大旗猎猎之声。

杨瀚淡淡地扫了眼众人，掌心其实也有些汗湿，只是这细微的变化，无人察觉得到。

杨瀚一口气将六名统领的名字念了出来，他刚念出第一个人时，那人脸色就变了，手已下意识地摸向腰间佩刀，一旦杨瀚下令诛杀，哪怕下一刻就要被巨象踩成肉泥，他也要扑上去先宰了杨瀚。

不料，杨瀚对这六人一口气做出的惩罚却是罢其官职，三代不许入仕。

仅此而已？

仅此而已！

于是，他们那负隅顽抗的决心，登时便如雪狮子遇火，化成一汪清水了。

这时，杨瀚朗声道："朕刚刚收到消息，伪周王洪林死后，其义弟赵恒已然登基，改国号为宋，向同样建国自立的大秦借了三万精兵，会合他的人马，磨刀霍霍，不日将出芦谷，为洪林报仇。又有东山女王，一统东方诸部，如今趁我三山空虚，意图挥兵来袭，而其取道之处，是由南方海域水路上来。我三山大军正从瀛洲日夜回返，最快尚需半月返回。在此期间，吾等将士仍需肩负起卫土守边之责。寡人宣布……"

杨瀚点了将，方才就地被免职的六员将领的副将就地擢升。

这六个人，当然是杨瀚与羊皓拿着十几个副将的资料逐一分析、筛选出来的结果。

对巴家，褒其父，杀其子。巴家就没有造杨瀚反的理由，当然，主要还是因为巴勇一死，诸子争嫡，这时他们反要借助大王之势，求个师出有名，势必反而要巴结大王。

对六个将领就地免职，任命其副手……这一手，高哇！

如果杨瀚任命自己的亲信担任这将领，没用啊。就算他们肯暂时服从，杨瀚现在养得起职业军队吗？养不起。那么他们战事一了，一回故地，杨瀚委派的人就会彻底失去作用。何况这些人的整个家族都在巴家势力范围之内呢。

如果杨瀚从军中选拔一些底层战士破格任用，有用吗？还是没用啊。他们有什么根基，能镇得住这些传承五百年的大家族部落？分分钟就能被人家搞掉。

可杨瀚选的是副手，他们的家世、人脉、根基，都只比原来的正职低那么一点儿，那些正职的家族有一世出个昏庸无能的家主，就能反被人爬到头上去。

这样的人，才有机会在杨瀚丢给他们的位置上站稳脚跟。

可他们一直屈居人下，光是委任他们这么个职务，然后敲锣打鼓地送回家去，那还是没用。时间太短，他们从心态上、从外在条件上，都没做好马上凌驾于旧主之上的安排，只要那些人家稍有弹压，他们就会把杨瀚赐予他们的职位当成烫手山芋，拱手奉还。

可这时候，宋国的赵恒要发兵来攻了，东山的小青女王也要发兵来攻了，他们还得继续戍守边陲，为大军回返争取时间。

这段时间，最短也得一个月。

一个月，每日发号施令，统驭三军，那种大权在握的感觉，当战事结束的时候，他们尝过了权力的滋味，还舍得把权柄交回去吗？一个月，他们的家族多少会经过几天的震惊、几天的窃喜，继而生出些觊觎之心吧？最不济，也会在他们和原本的旧主之间生出猜忌，产生嫌隙。

这时，只要他们不舍得让出已经到手的权力，那除了依附杨瀚，还有第二条路走吗？

千寻听杨瀚下令，命令那些就地免职的将领将功赎罪，携带俘虏和杨瀚的敕书回乡，为有功将士分发奴隶、颁发地契。

千寻的眉毛挑了挑，道："这家伙，真阴险。这些人回去后，若是遵照杨瀚的旨意好生分发奴婢、切割土地，那就等于事实上向杨瀚低头了，哪里还能再跟他唱反调？若是阳奉阴违，不遵旨分发奴婢、切割土地，那损害的就是全军将士的利益。等这些人大战之后返回故乡，发现大王赏赐给他的一切都没到位……杨瀚就是递了把刀子给这些原本的副职、如今的正职，还怕他们没底气压服旧主，从而必须依附于朝廷？"

这是阳谋哇！

你明知道他要干什么，但你毫无办法。

千寻越想越是眉开眼笑："西山三巨头之一的巴家，这一下子要被玩坏了。巴家，完了。"

八十五　一番交易

三军将士叙功受奖，则是在忆祖山下的临时军营里统计、举行了。

不仅是活着的将士，死去的将士更是人人有份。

按照杨瀚的规定，但凡牺牲于疆场的烈士，每家俱有一份抚恤。如果能够证明其生前所立战功，仍然按战功再奖。同时，其家中若有男丁，一旦从军，其父为烈士者，入伍便比普通新兵的军饷和军衔高上一阶。当然，之后的发展还是要看个人本领，虎父犬子的情况，也不是没有。

这些事光是前期统计就得好几天，而兵贵神速，杨瀚要求先做统计，并颁发颁奖令，统计结束，徐海生就要带队出征，这边再继续后边的实际颁发。

这件事，由四十七处堡寨的地方行政官带人负责处理。

杨瀚还特意交代何公公到场主持大局，因为他心细，更因为他执行自己的命令当真是不打丝毫折扣，这个人，用着放心。

后来的天圣八犬中，何公公的绰号就是忠犬。

何公公还在军营中做着最后的收尾工作，安排将士准备拔营再赴战场，安排被罢官的那些将领在忆祖山民团的配合下，把分配给将士为奴的战俘运往各地。

这时，旺财上山了。

旺财名叫李向荣，也是八犬之一。随着杨瀚手下这几位公公渐渐崭露头角，现在已经有人以犬称之了，只是他们的绰号在一些小圈子里流行，尚未名扬天下。

一开始给他们起绰号的，正是这些咬牙切齿却敢怒而不敢言的被废军将。

他们闲来无事，坐在营中编派杨瀚是非的时候，给这些曝光率较高的大太监起了绰号，这时称之为犬，本是贬义，谁会想到有朝一日，它竟成为褒义的称呼呢？

看门犬，徐海生。

忠犬，何善光。

三头犬，羊皓。

吠天犬，司马杰。

旺财，李向荣。

看门犬很好理解，徐海生不仅勇猛，而且敢战，就是因为他在军中树立了很高威望，杨瀚才能顺利夺了他们的军权。

忠犬就更好理解了，这个何公公对杨瀚有多忠心，以前只是耳闻，这几天大家在军中可是亲眼见到了。他不但执行杨瀚的命令不打丝毫折扣，而且言必称大王。他们可不知道这只是这个老实人为自己打气的习惯，搬出主子来壮胆，所以给他取了个忠犬之称。

三头犬则是他们从蓬莱、方壶等国商人那里听说过的一种地狱生物了。这几天，羊皓也没闲着。军中真就没有一人鼓噪，没有一人策反，没有一人发牢骚？怎么可能？只是，这种人都被羊皓以最快的速度处理掉了，处理的方式非常血腥。

至于旺财李向荣，是因为他精于盘算。之前押运粮草与这些被废的军将交接的，多为此人。此人盘账记账，当真是一把好手，眼里不揉一点儿沙子。这些军将本来想多少自己贪墨一点儿，结果这李向荣给他们匡算的粮食用量非常精确，而交接和记账手续又特别完备，实在无从下手。这些军将虽然恨他，却也佩服此人理财记账的本领，因而给他取了这么个绰号。

这些人这些天无所事事，又不敢有太明显的不轨举动，就连痛骂杨瀚的话都不敢大声讲，只好把怒气发泄在起外号上了。

旺财……哦，李公公回宫，可不是一个人来的，与他一同前来的，还有蒙战，蒙家的掌门人。

"这个蒙战，可以呀！大王刚杀了咱们巴勇大哥，他就不怕大王杀红了眼，把他也给宰了？"废将甲坐在营帐前的马扎上，看着一步步登山的蒙战，阴阳怪气地说。

废将乙捧着茶水，冷冷道："他怕什么？巴勇是以失利之罪处死的，饶是如此，巴图老爷的战神像不还是要立在承露台上了？大王这是打一巴掌给个甜枣，终究不敢和巴家彻底闹僵，而蒙战是蒙家的家主。"

废将丙冷笑连连："我看，咱们大王已经疯了，大概是将近三年还没掌握大权，气疯了心，这是破罐子破摔了。搞不好，咱们这位疯王，还真能杀了蒙战。"

废将丁正用力地脱着靴子："嗨！你要这么说，咱要不要打个赌？赌注就……哎！苏灿！"

前方，一员年轻的将领一身甲胄，气宇轩昂，后边跟着一队甲胄鲜明的士兵，手持长戟，正随他巡营。废将丁一眼瞧见，那人正是自己的副将苏灿，如今被大王杨瀚提拔为一路主将了，麾下统兵五千。

瞧他威风八面的样子，废将丁登时气不打一处来，马上扬声召唤。

苏灿扭头一看，见是自家军中主将……原来的，登时有些尴尬，稍稍犹豫了一下，这才快步上前，扶剑向他行了个军礼，毕恭毕敬道："主将大人，唤末将来，有何吩咐？"

废将丁阴阳怪气道："哟，可别这么叫，这让大王听到了，有我好果子吃吗？苏灿哪，你可别害我。"

苏灿越发尴尬，搓搓手赔笑道："是是是，那个……巴五哥说得是，你看我，脑子笨，五哥莫怪。"

巴五哥从鼻腔里哼了一声，把还没脱下靴来的另一只脚向前一扬："这靴子我脱不下来，帮一把。"

苏灿呆了一下，一瞧巴五哥冷冷望来，激灵一下，急忙上前，道："是，五哥！"

苏灿伸出双手，帮着巴五哥脱靴，巴五哥故意挺着脚背，为难了他片刻，这才哈哈一笑，放松了脚劲，让他把靴子脱下来。

"行了行了，去吧去吧。"巴五哥两只脚踩在靴子上，向苏灿挥了挥手，就像在轰自家的狗。

苏灿满脸赔笑道："是，那我就不打扰五哥跟几位朋友聊天了。"

苏灿转身走向前边道路，眼见一队戟兵正持戟肃立在那里，脸庞突然涨红如鸡冠，但只涨红了刹那，又唰地变得一片铁青。他的双手随着步伐，依旧甩放得非常轻松，只是两只战靴抓地的时候，足尖儿位置陷得比平时行走深了许多。

"臣蒙战，见过大王。"

"坐吧。"杨瀚摆摆手，径到主位上坐了。

瞧着蒙战退到椅旁，欠着半个屁股坐下，状极恭谨，杨瀚心中一哂。

这老货！

西山诸部，其实囿于这五百年来的发展，大多缺乏够境界、够格局的谋略。但有两人例外，杨瀚心中是暗暗警惕的。一个是徐诺，这姑娘虽是女子，却是难得的巾帼，智慧心计令他也暗暗忌惮。而另一个，就是蒙战。

杨瀚忌惮蒙战，是因为……看不透他。其实这蒙战也没做什么特别出色的事情，虽说巴图在时，一向对他言听计从，可是蒙战出过什么了不起的策略了？没有。

但杨瀚就是有种感觉，猜度不透。

因为猜度不透，不知他是喜是怒、心中打算也就不知其深浅，对他自然心生戒备。所以此时蒙战虽是态度恭谨，杨瀚见了反而更加提了几分小心。

这蒙家，可是大秦始皇帝的绝对心腹哇！想当年，蒙毅、蒙恬两兄弟，一为文臣，一为武臣。为武臣者，独领精兵三十万，于云中郡屯田戍边，这是何等信任？三十万大军，又有移民百万，筑长城，砌堡寨，屯田戍边，若他有野心，足以自立一方，建国称王。又有蒙毅在朝，极受始皇信重，当时朝中，外有李斯，内有赵高，一时风光无两。唯有一人，是他们两个都不想得罪的，那就是蒙毅。

别看这蒙毅在史书中声名不彰，那是因为他不需要在其中彰显什么声名，他有什么意见，私下就能与始皇帝说了，还需要上朝堂与众大臣打擂台？

始皇帝派人出海，寻找仙山，求长生不老药。在此名头之下，又选童男童女，备齐百匠以及各种粮种，分明有开拓海外之心。

这如今的三山蒙家，就是当年派遣出海的蒙氏族人。

以始皇帝对蒙家的信任程度，何以这统率船队的人是我杨家的祖先呢？

方士徐福发现这三山世界后，与我杨氏祖先共治天下，一曰天贤，一曰天圣。而这蒙家，就如当年在始皇帝面前一样，始终不曾跻身风云。

或许是门风使然，但是，蒙家与其他人家终归有些不同。说起底蕴，较之当时一个无根基的方士，一个虽为主将，圣眷皇恩却远不及徐家的杨将军，都要深厚得多。

所以，追思过往，杨瀚对这蒙家，便也高看了一眼。

只是，不管他心中对这蒙家是如何看法，他要一统三山，蒙家终究是不可无视的一股力量，早晚要正面碰撞的，早早接触一下也好。

蒙战拱手道："大王唤臣来，不知有何差遣？"

杨瀚收敛心神，道："宋国赵恒，蠢蠢欲动。东面，青女王也是磨刀霍霍，如今我三山精锐尚未回返，不可大意。寡人已令大军挟大胜之威，再往东南方去驻防御敌。"

蒙战颔首道："大王英明！"

杨瀚淡淡一笑，道："此前，军需辎重，是由徐震兼了这个粮草官负责。如今，大雍城受洪林之困，损失惨重，徐家有许多事情需要善后。他如今是徐氏家主，恐难脱身，今日再度出征，这粮草官，蒙大人，就得由你来担当了。"

蒙战眉头一皱，轻咳道："呃……大王，臣子为大王效忠，本分内事。只是老臣年岁大了，精力不济，体质尤虚。再者，徐家势大，向徐家索取粮草，恐他们不会把老臣放在眼里。而巴家现如今的状况，恐怕短时间内都难得太平，这粮草摊派下去，恐怕……收不上来呀。"

蒙战离座，恭恭敬敬地跪倒在地，请罪道："非是老臣不肯为大王分忧，实是老臣能力有限。兵者，国之大事。生死之地，存亡之道也。一旦耽误了大事，大王便是把臣千刀万剐，也是不能挽回损失了，故此，臣，不敢受命！"

杨瀚道："若蒙大人都不能为寡人分忧，何人可为？"

蒙战道："徐震既然之前做了此事，且做得还不错，不曾出过纰漏，大王何必另择人选？"

杨瀚抬眼看了看门口，轻轻一挥手，何善光马上一使眼色，叫二狗子与两个宫娥悄然退下。

何公公最后一个退出，将宫门悄悄掩上。

蒙战露出一丝疑惑，杨瀚淡淡道："李公公，你来说吧。"

"喏！"

李向荣答应一声，右手伸进左袖一掏，一张叠了四五叠的折子便掏了出来。

李公公想来平时也没机会接触折了，一下子没拿住，只抓住了最上边一页，下边哗啦一下就垂了地。

蒙战抬眼一瞄，就见上边一排排一行行，皆是蝇头小字，但中间也有断开处，写了一行行的阿拉伯数字。

这三山世界因为曾把东西方文化统一置于一个大一统国家之下，所以这种便利的计数方式倒是早就拿来主义了，蒙战自然认得。

蒙战见了心中便是一奇，奏章不像奏章，账本不像账本。这是什么？

李公公滔滔不绝地念了起来："……徐震所用贪墨手段，并不高明，不过是多征少记、多入少出，又因奴婢与军中交接清楚，不好做手脚，便虚报损耗，甚而以'走水'为由，烧了空仓，抹去亏空……"

蒙战听得突然变色。

李向荣记得极有条理，但凡被他查明了的，哪一天，多少数目，何人经手，记得清清楚楚。他为了不打草惊蛇，没有去详细访查过的，是侧面了解到何人经手，还是以他判断是何人操刀，也都一一记上，但也标明了只是怀疑。而那察觉出了问题，但尚没有什么线索，他也详细写明了该从何处着手，该从何人着手去一一查证。

待他全念完了，杨瀚淡淡一笑，道："蒙大人，你现在知道，寡人为何要你接手了吧？"

蒙战怔忡不语。

杨瀚道："就算李向荣已查得清楚明白的，却也还缺少人证、物证。更不要说还有许多事情未曾查个明白。前番，战事连绵数月，钱粮靡费无数，徐震从中贪墨者，大于三成。他欺我三山各部数百年不曾打过如此规模的大仗，以为无人能把消耗匡算清楚，贪得真是肆无忌惮哪！"

杨瀚叹息一声，道："蒙大人，这世间，有资格与他分庭抗礼的，唯有巴将军与你。巴将军已战死沙场，只有你来接掌粮草，寡人叫李公公配合你，才能不动声色，拿到人证物证。"

蒙战脸色阴晴不定半晌，突然抬头看向杨瀚："大王，徐震乃徐家族长，徐家乃我三山诸部之长。杨徐两家，更有世代联姻、共休共荣之盟约。若是此事查个明白，证据确凿了，又怎样？刑不上大夫哇！"

杨瀚沉声道："寡人欲加刑给他，便是大夫，又如何？"

蒙战沉默片刻，道："恕老臣直言，大王乃英明之主。然，纵是借了天时、地利、人和，又费无数气力营造契机，所斩，也不过一个巴勇。若是那人换成巴图，献俘礼上便不会出现大王生杀予夺的局面。更何况，徐震，更非巴图可比。"

蒙战缓缓抬头，道："大王，切莫因之前一局小胜而错判了局势。老臣若走错了一步，还有蒙家可以退守。大王若是错行了一步，前头便是万丈深渊，粉身碎骨是唯一的结局呀。"

杨瀚凝视他良久，忽然笑了，他又挥一挥手，李公公赶紧收起折子，退了出去。

宫门再次紧紧闭拢，蒙战疑惑地望着杨瀚，他，还有底牌？

"大王，王后和徐震、徐天两兄弟来了。"

门外，忽然响起了何公公的声音。

殿上，杨瀚和蒙战对视了一眼，杨瀚微笑地看着蒙战。他相信，他抛出的条件，蒙战无法拒绝。

蒙战一直踌躇到现在，只是在判断事情的可行性罢了。但是现在，徐震已到，没时间让他思考更多了，他必须做出一个抉择。

除非蒙战无欲无求，否则，他抗拒不了这个诱惑。

蒙战像是无欲无求的人吗？杨瀚虽然感觉这个人看不透，却知道，他是一个有欲望的人。

果然，蒙战忽然抬起头，目光已经坚定起来，他向杨瀚郑重地揖了一礼，道："臣，愿为大王分忧。"

这一礼，行得很郑重。

蒙战对杨瀚一直保持着尊重，哪怕只是表面功夫。但这一遭，他是发自内心的。因为他知道，这是一句承诺，也许此后，他的对手，就只剩下御座上的大王一人，但如果失败，则是徐家一家独大。

权衡一番，他还是觉得，与大王做这一番交易，更划算。

宫门大开，宫娥太监、持戟武士归位。

片刻之后，徐诺、徐震、徐天走了进来。

"参见大王！"

"爱卿免礼，王后，请上座。"杨瀚往旁边让了让，他这王座够宽敞。徐诺谢了座，轻撩裙袂，姗姗地走上来，又向杨瀚嫣然一笑，便与他同坐了。

徐震看见蒙战站在一旁，眼观鼻、鼻观心，状若老僧入定，不由得微微惊讶。

徐天已忍不住拱手道："大王，我徐家大雍城受周人袭扰，损失惨重。如今百废待兴，十分繁忙。却不知大王此际唤臣等来，有何要事吩咐？"

杨瀚瞟了他一眼，淡淡道："寡人只是召见户部尚书徐震，并未召徐天爱卿入宫啊。"

"呃……"徐天老脸一红，有些羞恼，"臣粗鄙，家族事务，一向都是二哥做主。二哥既蒙大王召见，臣左右无事，便一同来了。"

杨瀚又盯了他一眼，忽然笑若春风："无妨，寡人就喜欢徐卿这种忠直之士。天圣天贤，素来一体，杨徐两家，天生亲近，寡人也很喜欢王后家人常来走动啊。"

杨瀚笑望了徐诺一眼，徐诺心中微微一动，方才她走上来时，杨瀚也只淡淡瞥她一眼，冷淡之意，不似夫妻。

从不曾从杨瀚身上感觉如此的她，也不禁有些心中惴惴，虽然她也不知慌些什么。可此刻，杨瀚笑得亲切，分明发自内心，什么事，这么开心？

杨瀚转向徐天，已然朗声道："来呀，给徐天爱卿赐座。"

何公公号为忠犬，执行大王旨意从来不打折扣，也不多加一分。

徐震地位要高于徐天，但杨瀚说给徐天赐座，何公公就真的只搬了一把椅子放在大殿上，请徐天入座。

徐诺和徐震脸色同时一变，马上警觉，出问题了。

"大王……要做什么？"

徐诺敛了浅浅笑意，微微侧脸，睒向杨瀚。

杨瀚目不斜视，只是看着徐震，沉声道："徐震，你可知罪！"

李向荣是做假账的高手，什么贪墨手段是他不了解的？

徐震贪墨粮草所用的手段，较之李公公差了十万八千里，他又完全不曾把这个看起来矮墩墩、黑黝黝，仿佛乡下粗汉的家伙放在眼中，没有小心地提防，如今李公公所搜集的证据，若是认真去查，可谓一查一个准。

现如今，大军由徐海生掌握。这边，蒙战似乎也不怕和徐家撕破了面皮，一副随时可以接手担任粮草官的意思。

这两人配合，要查清这些事情，实在易如反掌。

所以，听李公公说完这一切，徐震站在那儿，只能久久无言，这时再要否认，未免自讨无趣。徐震在一向轻视的大王面前也做不出那么有失身份的事来。

杨瀚淡淡道："徐震，寡人给你一个体面，这户部尚书，你自己请辞了吧。"

徐震心中一宽，唇角微微露出一丝弧度，这大王摆出偌大阵仗，最终的追究措施只是要自己辞去户部尚书一职？三山诸部，仍是各部首领掌权，朝廷的官职全是面上功夫。区区一个毫无价值的户部尚书，谁在乎？呵呵，说到底，杨瀚终究没有底气与我徐家相争啊。

徐震刚要顺口答应，目光一瞟，落在徐诺脸上，就见徐诺端坐于上，似乎温文尔雅，娴静端庄。一张白净如玉的面皮却是紧紧地绷着，眸中隐隐露出恼怒之意。徐震心中咯噔一下，登时发觉不对。

罢去的真的只是一个官职吗？

如今不可否认的是，大王已经不完全是当初那个摆设。

他修道路、立工商、兴农业、建法制、救大雍、灭周王，如此种种，已经建立了他的威望，并且掌握了一定的权柄，不考虑他还掌握着君主的大义，仅从实力上来说，他也相当于西山诸部中一方诸侯了。

六部尚书俱属空衔不假，却也是对当今西山诸部实力的一个认可。现如今，巴图战死，巴勇获罪，巴家内斗不休，这兵部尚书之职，大王已经拿回去了。自己再将户部尚书拱手让出，那意味着什么？

他失去的将不只是一个看似无用的虚衔，他失去的将是徐家的势。

徐家险些丢了大雍城，是大王率兵解围，如神兵天降，还悍然杀了周王洪林，这件事现在正在传开，大王在西山诸部的声望一时无两。

巴图死了，巴勇获罪，这兵部尚书拿回去，还有话好讲。他徐震若是此时交出户部尚书之职，再加上徐唯一上万大军之死、大雍险遭破城之难，徐家曾经的三山第一人家的声望、地位，也就没了呀。

想及此处，徐震暗暗出了一身冷汗。

徐震深吸一口气，淡定地跪下，沉声道："老臣忠心国事，从未有徇私枉法之举。老臣年迈，大王交付重任，臣唯恐精力不济，有负君恩，故而细事多委托族中青年，李公公所举之罪，臣实不知情，老臣定当配合李公公查清此事，不管此事涉及谁，便是臣的亲生儿子，也定严惩不贷。"

蒙战瞄了徐震一眼，这是要找替罪羊了？果然，这所谓六部，虽然不值钱，可是既然已经拿到了，就万万不能再交出去。交出去，它就"值钱"了。

杨瀚冷冷道："哦？徐卿对这贪墨之举竟不知情？"

徐震肃然道："臣，不知情。"

杨瀚一拍书案，喝道："如许之多的粮草，如此重大的事情，有人从中上下其手，你身为粮草官，竟不知情？以此推诿，便无过错了吗？寡人……"

这时徐诺忽然浅浅一笑，柔声道："大王息怒！"

杨瀚看向徐诺，徐诺道："大王，二叔一向勤勉清廉，我甚知之，相信此事，他确不知情。是谁贪墨，终归是要查出来，绳之以法的。只是，要从诸部征收粮草辎重，非大名望者，恐难做到，如今三山情势，毕竟……"

徐诺嫣然一笑，轻轻握住杨瀚的手，柔声道："不若如此吧，徐家自当配合朝廷，查清此事，将所有牵涉此案者，交予大王发落。所贪墨的所有粮草辎重，不但要统统追回，徐家再赔偿一倍，作为处罚。"

这是要以金赎罪？果然，徐家纵然舍得多拿出一倍的赔偿，也不肯还回这个看似没什么价值的尚书空衔。

杨瀚凝视着徐诺澄澈的眸子，似乎想从中看出些什么来，但那深潭水般的眸光中，只有他凝视的影子……

"巴图有功，有功则赏。巴勇有罪，有罪则惩。寡人一向赏罚分明，今徐震纵然不曾贪墨，也难逃一个玩忽职守之罪，寡人若不惩治，如何平天下人心？"

"大王，如今徐公公大军已经成行，粮草辎重，刻不容缓，若此时骤起风波，二叔受惩事小，只恐影响了前方战事，那后果就不堪设想了。何如让二叔戴罪立功呢？"

杨瀚沉思片刻，缓缓道："此事，务必要给天下一个交代，是谁贪墨了粮饷辎重，要一查到底，绝不姑息。"

徐诺听他口气有松动，暗暗松了口气，道："那是自然。"

杨瀚又道："徐震既为户部尚书，又是徐氏家主，事务太过繁忙，难免顾此失彼。方才徐天也说，徐家大事小情，均需徐震过问，操劳过甚了，所以，难免为宵小所趁。寡人可以不因罪而惩之，可是以徐震如今情形，如何办得好朝廷的差使？这个户部尚书，还是徐家的，不过……"

杨瀚看了眼坐在椅上的徐天，微微一笑："就由徐天爱卿接任吧。"

终究，还是扫了徐家一些面子。

不过，由徐震以精力不济为由主动请辞，再由他的兄弟接任，严格说起来，除非深知其内情的人，否则也不会有过多的解读。

从这方面来说，又不算过度扫了徐家的面子。

徐诺沉默片刻，微微颔首："也好！大王放心，徐家可以保证，再不会有类似事件发生。"

杨瀚微笑点头，咀嚼着她的这句话。

徐家，终究，还是徐家。

人常道，嫁出去的姑娘泼出去的水，杨瀚还真不苛求一个女人嫁了他，便得一心一意只为他们自己的小家打算，去算计自己的娘家。

可是，徐诺从始至终就没有嫁给他的觉悟，甚而一直把他当成一个可供利用的傀儡，那么……虽然当初登基，徐家出了大力，可徐家的目的，也只是扶持一个偶像，为徐家的利益服务，自己，也就不需再顾忌什么了。

杨瀚转首向蒙战望去，肩头似乎解开了什么束缚似的，有种浑身一轻的感觉。

"蒙战！"

"臣在！"

"你为吏部尚书，乃吏部天官，为百官之首，本有考核稽查百官之责。这件事，你要用心抓起来，不只徐公公那边的军将，徐天这边的粮草，还有我三山大军。我三山大军很快就要自瀛洲回返，此番归来，他们带回了大量的财富和人口，到时候难免要生出许多是非。稽查百官，可以督促他们守法、遵纪，尽快稳定地方。等这一切梳理清楚，冬天也就到了。一切梳理清楚，明年春天，百业百计，才好有条不紊地推进下去，事关重大，寡人可把这重任，交托给你了。"

杨瀚找蒙战来，似乎本来是想让他接过徐震的权力？

可现在，这权力还是在徐家人手中，左手换到了右手，蒙战却是面色如常，既没有对杨瀚退让表现出一丝轻鄙，也没有露出半分不悦。

他淡淡一笑，长揖道："臣蒙战，遵旨。"

徐诺发现，杨瀚就像一个很会讨价还价的市侩商人，自己好不容易把这个户部尚书仍旧留在了徐家，保得徐家颜面无损，结果杨瀚马上就抛出了一个监察百官之责。

监察百官之责吗？

监察百官，本来只是一个笑话。

吏部尚书，本来也是一个笑话。

他蒙家能监察谁？谁听他的？

可现在，徐家将士不听军令，擅自行动，损兵折将是实；徐家险些被攻破大雍城是实；杨瀚神兵天降，救徐家于水火是实；徐震被罢黜官职是实；巴家现在已经自废武功也是实；而杨瀚，在不知不觉间，已经拥有了一支至少可以自保的力量，还是实。

如此情况下，再加上天圣家族在三山普通民众中的崇高威望，蒙家倒向杨瀚，进而监察百官……不敢说如一个权力高度集中的统一王朝一般给力，却也足以对所有部落首领产生很大的威慑作用。纵然不能直接对徐家产生影响，可是对那些本来中立保持观望的部落呢？对本来依附于徐家，但是现在眼见徐家损兵折将、城池险失、家主被压官职，而心生异志，试图另寻大腿的部落呢？

风起于青蘋之末，浪成于微澜之间。

攻守之势，强弱之态，有时候就只因为一个契机呀！吏部尚书这个权力和影响，实际上要超过徐家保留下的户部尚书。

可是，她能反对吗？

本来要失去的，好歹挽留下来了，还能更进一步，去争取一个在如此情形之下，已经不可能由徐家争得的权位？

如果徐家不出这档子事，被人抓住了把柄，杨瀚这道政令能贯彻下去吗？

想到这里，徐诺心中暗恨，几个叔父当中，二叔已经是最稳健、最有眼界的一个了，可终究摆脱不了一个贪婪的欲望。他贪墨的钱粮，可是从其他所有部落收缴来的财富，也就是说，不分敌友，都被他占了便宜，这事若是传扬出去……

徐诺瞟了蒙战一眼，有这老匹夫在，怎么可能不传出去？如此一想，徐诺心中更郁闷了。她悄悄瞟一眼杨瀚，倒是再不敢抱以完全轻视的戏谑心态。

"那惑心术，不能长久迷惑人，所以，只能用在关键时刻。平日里，要想让杨瀚对我徐家多些关照，看来，我该对他好一点儿。若是本姑娘肯放下身段，只消略施小技，还怕他不能变成绕指之柔？"

徐诺暗暗思索着，便对徐震、徐天道："大王宽宏，两位叔父，还该体谅大王，感恩王眷。此次归去，二叔好生经营徐家，三叔当恪尽职守，切莫于粮秣辎重上出现差池，否则，大雍之危将重现了。"

徐震沉着脸不说话，徐天拱了拱手，勉勉强强说了声："是！"

徐诺妙眸流转，笑盈盈地睇了杨瀚一眼，道："我要在宫里小住几日，陪一陪大王，两位叔父公务繁忙，就先回去吧。"

徐震拱一拱手，转身就走，徐天尴尬地一笑，急忙追了上去。

杨瀚听到徐诺的话，却是有些意外，瞟了她一眼，却也没说什么，只是挥一挥衣袖，对蒙战道："卿也退下吧，好生做事。"

杨瀚起身，步下丹陛，徐诺姗姗随于后。

杨瀚绕过屏风，要从后殿门出去，可刚刚转过屏风，就见一青衣女子俏生生地站在那儿，嫣然地看着他。

杨瀚"啊"一声轻呼，快步迎了上去。

那青衣女子盈盈拜下，娇声道："小谈回来了。"

"快起来快起来，不是大殿之上，不要这许多规矩。"

杨瀚一把将她拉了起来，瞧见她略显清减的容颜，怜惜地抚摸着她的脸颊，柔声道："你本是久居内陆之人，这里的饮食尚不习惯，南疆水土更加不适吧？看你，都瘦了许多。"

小谈甜甜笑道："别的都好，就是少有面食，每天都吃得不少，偏偏总是觉得不饱，奴还担心胖了呢。"

两个人没有聊起此行的任务，对答之间，就是挚友或至亲之间的家常之语，可正因如此，才更显出两人之间的亲密无间。

这一刻，没有君，没有臣，只有一家人。

徐诺在刚刚绕过屏风处站住，仍然带着有风度的浅笑，只是看着二人的目光，毫无温度。

自那日杨瀚从大雍离开时，她就隐隐感觉他看着自己时，眸子里似乎是少了些什么，但一直也想不清楚，究竟少了什么。那种感觉，很是玄妙。

而此刻，她眼看着杨瀚与谭小谈面面相对，杨瀚捧着她的小脸，柔声地说着话，眸中带着一抹说不出的柔软，她突然就明白了。

是了，杨瀚看她时，少了些一个男人看他女人的宠爱与温暖，连欣赏或者是希冀、期待的感觉，都已燃成了灰烬。

八十六　志在天下

徐震出了咸阳宫，在极恢宏的通天大道上站立片刻，突然转向了仙人承露台。

徐天不解其意，连忙跟上。

徐震脸色阴沉，负着双手，缓步走到那块尚在铭刻律法的高大黑色石碑前，仰望片刻。

高高的碑上，石匠们正在叮叮当当地刻着字，那如海碗口一般大的字，站在地上看，也不过就如书本上寻常文字大小。

徐震看了片刻，又经过专为文臣、工农方面功绩卓著者所准备的祭台，最后来到战神阁前，望着巴图的塑像。良久，他从阁前灵龛中取出三炷香，在烛火上点燃，上前拜了三拜，将香插在香炉中。

徐天凑上前道："二哥？"

徐震的脸色依旧如笼着一片乌云，说出来的话却是轻飘飘的，不带一丝烟火气："当初，将杨瀚捧上王位之时，我等所虑者，只是担心有朝一日养虎为患。如今，虎患已成了。"

徐天期期艾艾道："二哥，还不至于吧？你是不是有点儿危言耸听了？"

徐震瞟了他一眼，露出一丝讥诮的笑意："得了一个有名无实的尚书之位，你很开心？"

徐天老脸通红，恼道："二哥，你这是什么话！我只是觉得，刚刚他说得虽凶，最后不还是让步了吗？好歹咱们的大雍城是他救下来的，所以……你怎敢如此辱我？"

徐震轻轻吁了口气，淡淡道："你没有利令智昏，最好。"

徐天刚要再度剖白心声，徐震道："当日，我等在老城的泽衍园中，与诸部首领议事……"

他微微眯了眼睛，仿佛在追忆往事，半晌之后，才道："如今，当日参加议事者中，巴图已经成了杨瀚手中的一具偶像，被他用来树立忠义了。巴家内乱不休，待来日争出个名堂来，必然是元气大伤。"

徐震负着手，在宽广的承露台广场上缓缓而行，徐天忙跟了上去。

徐震道："蒙家那老狐狸，态度暧昧，为了从我徐家口中夺食，十有八九是要依附于杨瀚了，哪怕只是暂时的。"

徐震叹了口气，悠悠道："仅仅两年哪，杨瀚的路，连通了所有城池，许多的耕地都仰仗了他的象奴队，各镇、各寨，习得驭象之法的人，如今都是杨瀚的拥趸。工商之税，收起来了，那些税丁税吏肥得流油，他们也都会抱紧杨瀚的大腿。还有那'急脚递'，简直是无孔不入，尤其是他们承接千家万户的信息传递，天下间，简直没有任何消息可以瞒得过他的耳目。"

徐震停下脚步，转向徐天："忆祖山下，四十七寨如众星拱月，一寨若五千人，四十七寨便有二十余万人口，你道他只领兵三千救援大雍？他可动员的兵力，实际上应该有五至八万了。"

徐天吃惊道："二哥，不至于吧，你……你这不是危言耸听？"

徐震仰天一声大笑："哈！我来问你，徐公公俘得周军几何？"

徐天想了想，道："两万五千余人。"

徐震道："分发于立功战士的农奴，约有多少？"

徐天道："这两日不是刚刚分发于各处吗？约有一万人。"

徐震恨铁不成钢地拍了拍徐天的脸蛋："兄弟，他若没有五七八万的兵，剩下的一万五千名俘兵，他消化得了吗？也不怕噎死？若是没有这么多的兵力镇压，这一万五千的俘兵，一个哗变，整座咸阳宫就尽付火海了。"

徐天倒吸一口冷气，讷讷道："要……要是这么说，当真可怕。"

徐震阴恻恻道："不过，他现在缺钱缺粮，没有底蕴积累，所以可以动员起来，分赴他处作战的，确实只有数千兵力。被他藏兵于民的那些人，目前只有在忆祖山附近才可发挥作用，只可用来自保，一时间，倒还不至于成为我们的威胁。只是……"

徐震抬头看向那高高的律碑，似自问，又似问徐天："仅仅两年，他便搞出如此名堂，再给他两年时间，那时该当如何呢？"

徐天紧张道："二哥，那咱们该怎么办？"

徐震道："最好的法子，当然是七七与他生个儿子，那时，天圣家族有后，他就可以放心地去死了。"

徐天皱了皱眉，道："七七那丫头，虽说对家族倒也忠心，可……叫她牺牲终身，恐怕……她不情愿吧？"

徐震冷哼一声，道："牺牲？那算什么牺牲？欲谋大事，不拘小节。只要她跟杨瀚圆了房，便是那孩子是她跟别人生的，我们都可以把他定为天圣后裔。到时候，她这个王太后扶持幼主，还不是为所欲为，天下俊美男子，予取予求，何等快活。难不成，就必得死心塌地于他？"

徐天讪讪道："理是这么个理，可七七再如何精明理智，终究也只是个未过二十的姑娘，怕是对情情爱爱的东西还抱着些过于纯粹的幻想。我们便是说服了她，只怕她与杨瀚当真长相厮守了，日久生情，便真个倒向了他。"

徐震道："不错，这也正是我所担心的。所以，这一计，太过冒险，不可以。我们如今能走的，只有一条路了。"

徐天急忙问道："什么路？"

"且等着，待我徐家的精锐主力从瀛洲回来……"徐震微微眯起眼睛，一字一顿道，"伺机重演五百年前故事。五百年前，我徐家那位先祖，可以废帝而自立，五百年后的人心，难道还能比五百年前更心向于皇室？那位先祖做得到，我们，当然也做得到。"

徐天蹙眉道："七七肯吗？若她不肯配合……"

徐震淡淡道："为什么要她配合？到那时，做主的是我们。她？她不过就是两年前的杨瀚。我们，负责决策，她，只负责点头或是摇头。仅此而已。"

这时，蒙战居然也出现在了仙人承露台上，他先是绕着律碑转了两圈，仰望片刻，又走到战神阁前，持香、上香、礼拜，煞有介事。

徐震负着手，远远地冷着脸旁观片刻，哂然一笑，施施然地转身离去。

徐天看看巍峨的咸阳宫，看看战神像前持香礼敬的蒙战，想象了一下二哥徐震所畅想的未来，忽然心头一阵火热。

杨瀚牵着小谈的手，旁边陪着徐诺，走进大殿。

杨瀚拉了小谈坐下，对大殿中的千寻温声道："去叫人传几盏茶来。"

又对徐诺微笑颔首道："王后请坐。"

徐诺浅浅一笑，在杨瀚对面坐下来。

小谈一见王后在对面坐了，便要起身，侍立一旁，但身子刚刚挺起，杨瀚伸手一拉，又叫她坐下来，柔声道："安心坐着。"

杨瀚又扭头对菊若道："去，吩咐人准备香汤。"

杨瀚说完，顺手把桌上一碟杏脯往小谈身边递了递，柔声道："一路风尘仆仆，真是苦了你，待会儿，且去沐浴一番，歇息一下。"

感受到杨瀚发自内心的体贴与关怀，小谈温柔一笑，心中也有些甜丝丝的。

徐诺看了小谈一笑，微笑道："小谈这些时日不在宫中？"

杨瀚道："洪林兵困大雍城，寡人欲出兵解围，却恐洪林的义弟赵恒抄了后路，可寡人身边实在乏人可用，只好辛苦小谈，深入蛮荒丛林，刺探军机。此去，何止辛苦，可谓是步步杀机呀。"

小谈浅浅一笑，柔声道："婢子原本就是习武之人，在瀛洲效力于唐诗大小姐身边时，做的便是刀光剑影的买卖。其实，人家很喜欢呢，这可比每日闷在宫中混吃等死有趣。"

徐诺听了讶然道："想不到小谈竟然立下如此大功，妾以为，大王当赏。"

杨瀚便笑看向小谈，道："王后说得是，小谈哪，你喜欢什么赏赐？"

谭小谈忙道："婢子是以大王的臣下自居的，从未把自己当成深宫之人，无须赏赐。"

徐诺坐在对面，眼看着二人四目相对、真情涌动的一幕，她很想保持有风度的微笑，可是，她知道，自己脸上的笑容越来越僵硬。

她有种感觉，那感觉很微妙，她感觉自己与这座宫殿里的人格格不入。

不管是杨瀚吩咐菊若，或是千寻，又或是此时对小谈的极尽呵护，都是一种毫不见外的感觉。唯独与她……仔细想来，二人自相识，可曾有过一次柔情蜜意时刻？二人毕竟有夫妻名分哪，可似乎越走越远了。

那种感觉，叫人心里空落落的。

徐诺有种感觉，如果她现在肯伸手去抓，其实是可以抓住些什么的。但是，她的矜持，她的骄傲，不允许她低下高傲的头颅。

一时间，索然无趣。

徐诺原说要在咸阳宫住上一段时间的，但当天她便说忽然记起还有事情要做，匆匆下了山。

事情，当然是有。三山派往瀛洲的大军马上就要回返了，回返的军队带来大量财富。大雍是她最重要的根基之地，那里也不能完全放手交给别人去做，哪怕是再信任的人。

这两件事，都很重要。

比起这两件事来，咸阳宫里，似乎也没有什么太要紧的事情。

杨瀚的欢心？虽然这次相处，尤其令人不快，但她需要放下身段，去争取杨瀚的欢心吗？笑话！

她，徐诺，平生志向，又岂在儿女情长、相夫教子？

徐家的精锐大军将从瀛洲归来，历此大战，他们已然脱胎换骨，自己也该挟此大势布局落子了。既然杨瀚蠢蠢欲动，那就先斩他的爪子。

一年，统一西山！

两年，征服南疆！

三年，三山一统！

她的志向，在这整个天下！

徐诺下山之际，心中想着这些，胸中一口浊气吐了出去，神采重又飞扬起来。

旌旗招展，此时回头，大泽城已经看不见了。

赵恒吁了口气，转过头来。

大军浩浩荡荡，前不见首，后不见尾。

赵恒不能不发兵，他继承王位，打的是义兄战死于三山，社稷危在旦夕，而义兄之子尚且年幼，难以扶大厦之将倾的名义。

如此一来，他登基之后，就必须得发兵，这个皇位才算是名正言顺。

不过，赵恒显然是汲取了教训，万一他前边出兵，后边被人把葫芦口卡死，再来一个黄袍加身怎么办？所以，他以为义兄复仇为名，把整个皇室都带来了。也就是说，赵恒这次是摆出了以倾国之兵，为义兄复仇的架势。

距葫芦口已经只剩一天路程了，由于双方三番五次在这里发生大战，并造成重大伤亡，所以赵恒早早就派出了斥候，刺探前方军情。

当大军就地扎营，埋锅造饭的时候，他派出的斥候已经送来了前路的消息——三山国杨瀚整顿三军，赏罚之后，士气高昂的新军已经再度向南疆开拔，距葫芦谷还有两日路程。

听完斥候的话，赵恒立即铺开地图，仔细查看一番，在地图上点了一点，道："徐海生率军从忆祖山来，走的应该是这条路。"

他的胞弟赵毅摆了摆手，军帐中几名士卒退了出去，赵毅走过去，顺手放下了帐帘。

此刻赵恒议事，并未击鼓聚将，此时帐中所有将领都是当日拥他黄袍加身的心腹。因此，帐帘放下后，赵毅便直言不讳道："大哥，咱们当真要跟三山国人一战？"

赵恒微微一笑，安详地看着地图，道："三山国人以为我便如此好摆布？他们以为我们此来只是装模作样，那我们就以倾国之兵杀他个措手不及。"

原本的王府长史，如今被他封为宰相的梁文道："陛下，我国中青壮，因先前一战，已经折损过半，现如今国中男女失衡，势力疲弱，此时与三山交恶，就算胜得了这一仗，只怕也是……陛下，臣说句不中听的话，这么大的损失，三山国受得起，他们的主力在瀛洲呢，可我们，受不起呀。"

李桥、王波、赵义忠等人都不约而同地点点头。

赵恒叹了口气，幽幽道："我何尝不知呀，可是，我别无选择呀。"

这赵恒情商极高，如今虽已称帝，对亲近之人，却仍是一口一个"我"，完全是以推心置腹的兄弟相待，并不摆出帝王派头。

赵恒道："各位，三山国精锐即将归来，到时候，我们与三山国可有一战之力？"

众人默默摇头。

赵恒道："若依三山说客所言，降了三山，如何？"

赵毅一挑眉，道："'宁为鸡头，不为牛后。'咱们几百年来天生地长，何曾受过他西山诸部统治，凭什么要臣服于他们？"

梁文等人也是满脸愤慨："决不臣服！"

是呀，他们现在要么是王侯，要么是宰相，如果投了三山国，他们是什么？

这绝不可能成为他们的选择。

赵恒冷冷一笑，道："那么，待杨瀚腾出手脚，首当其冲，必是取我大泽，

287

以三山军力之强，我们顷刻间就是覆灭之危，如何与之相抗？"

众人脸色都沉重起来，赵恒道："这葫芦谷，是他们兵进我国的唯一要道。我意，主动出击，歼灭徐海生一部。徐海生部若是溃败了……"赵恒微微一笑，"三山王杨瀚好不容易树立的威望就会一扫而空，那时三山将再度陷入内部倾轧，一时无暇他顾，我们便有休养喘息之机了。"

赵恒双手扶案，沉声道："各位，投奔三山，非我等所愿。而且，就算投了三山，我等也不得安全。三山国占了我大泽城，接下来就是要对付千山部落，对付大秦。我等人可以降，地搬得走吗？搬不走，那我们就是处于双方交战的第一线。到时候，我们就会成为受三山国人驱使的所谓先锋，用我们的尸骨去为他们垫平前进的道路。所以，我们别无选择。"

这句话一下子燃起了众人的斗志。

本来，他们只是不愿寄人篱下，做人附庸，可一想明白这个关键，才猛然警醒，一旦真的降了，他们也没有太平日子过。他们的亲族全都要成为三山国一统天下的牺牲品。

既然如此，何惧一战？

赵恒右手虚握成拳，在地图上轻轻砸了一下，道："这，也是我这一次倾举国之力，出兵北伐的原因。那位即将登基的大秦天子不是蠢物，他很明白，一旦我大宋亡了，他就要直面三山国的大军。所以，接下来他只会征伐千山，在他有把握对付三山国之前，他不但不会攻打我们，我若有所求，他还会给予援助。"

赵恒这样一说，众人的神色更是振奋起来。

赵恒以前并不是装的，他的性格，的确是有些佛系。但佛系的只是他的性格，老实和无能并不能画等号。现如今赵恒被赶鸭子上架，赶上了这个位置，只能硬着头皮干下去的时候，他便发挥了自己全部的智慧。

任人摆布的平庸之辈？杨瀚和谭小谈，都错看了他。

苏灿是先锋。

尽管之前与风月部落的人作战，三山军曾吃过大亏，甚而还被洪林打到了大雍城，险些就真正颠覆了整个三山，但是苏灿心底里不觉得这次为先锋有什么危险。他觉得，布防于葫芦谷远不如布防于南海，在他心中，从海上来的东山女王的大军有真正的威胁。

周军？哦，现在叫宋军，他们以倾国之力，还能剩下多少控弦之人？赵恒这个伪皇怎么敢来重蹈覆辙？他挥军北上，一定是做做样子，毕竟抢了人家的皇位。

苏灿派了斥候探马，其中有人甚至穿过葫芦谷，远赴宋国内陆刺探军机。

赵恒匆匆登基不久，就动员全国军队北伐了，他甚至还带上了整个皇室，大有破釜沉舟之势。可惜，他走得太慢了，如果他真心要打，应该早七天就抵达葫芦谷占据有利地形了吧？

所以，苏灿可以断定，赵恒并无一战之意。

苏灿原是副将，这次取代主将，头一回统领大军，其实必要的谨慎还是有的，否则他也不会把哨探放出那么远，但是从心理上，他真的认定赵恒绝不敢战。

所以，距葫芦谷还有小半天的路程，天色已经黑下来时，他选择扎营的位置，从战略上看就不是十分谨慎，但是很显然，这里适合扎营。既然明知道宋军绝不可能一战，体恤士卒，也是为将者该有之义。拒马、陷坑、荆棘丛一类的障碍物苏灿也没有设置，宋人多为步卒，速度不快，纵然有敌来袭，照理来说，速度也不至于那么快，何况没有马，冲营更谈不上如风如雷。

不过，他还是加派了游哨巡骑，比正常多派了一倍。

在他想来，宋人多以步卒为主的军伍配置，只消游骑巡哨多一些，如有袭营及时示警，要对付他们，还是很容易的。

夜色，渐渐降临了。

此时，由赵毅亲自率领的宋军精锐已经日夜兼程，只携弓刀轻武器，抄近路翻山岭，潜近了苏灿扎营处。

两面莽莽丛林中，这些宋人大多赤着双足，穿着只遮住要害处的布缕，静静地贴伏在一棵棵大树上，他们的动作非常轻，就连喝水、啃米团的动作都极轻微，以致那高高树冠上栖息的很多鸟，都没有受到惊动而展翅徘徊。

赵恒给他的胞弟下达的命令是：不惜一切代价，重挫三山军。只要三山军大败，凭借之前的大捷和救大雍于危难的赫赫战功而暂时气焰压过各方诸侯的杨瀚必然会遭到各个部落的反攻倒算，三山内乱，便是给了宋国喘息之机。

月悄悄爬上了树梢，宋军从树梢上悄悄地爬了下来。

林中，军队集结完毕，便向不远处的苏灿大营扑了过去。苏灿把哨探放得很远，可宋军抢先一步，在他的眼皮子底下扎了营。

　　这是灯下黑，苏灿完全没有防范。

　　宋军敏捷地扑到苏灿大营处，迅速点燃携带来的一支支火把，投进了一座座帐篷，夜空之下，便是一个火烧连营的场面。

　　远处，一座寸草不生的山峰上，徐海生稳稳地站在那里，仿佛生铁铸就，山上的风吹着他的大氅，忽起忽落。

　　看到那火光四起，徐公公长长地叹了口气，道："果然如你所料，你怎么知道赵恒不是佯作声势，而是真的敢冒险来攻？"

　　站在徐公公身旁的，是羊皓。

　　同徐公公高大的身材相比，羊皓很容易被人忽略。他的身子比较单薄，受不了晚上山头的冷风，于是，他紧了紧猩红的披风，中气不是很足的话说出来，也被山风吹得若有若无。

　　"我不知道……"

　　"那怎么……"

　　"我只知道，由大王主导的这一战，只能胜，不能败。而我，从不惮以最大的恶意揣测人心。"羊皓望着山下越来越旺的火，淡淡道，"越是看起来不像会使阴谋诡计的人，我越小心。"

　　苏灿被喊杀声惊醒，衣衫不整地提刀从帐中冲出来，看到整座军营大乱的时候，心中充满了无尽的懊悔。

　　"故用兵之法，无恃其不来，恃吾有以待之；无恃其不攻，恃吾有所不可攻也。"

　　用兵的法则是，不要将希望寄托在敌人不会来上，而是应该依靠自己的充分准备严阵以待；不要将希望寄托在敌人不会进攻上，而是应该依靠自己有敌人不可攻破的严密守备。

　　《孙子兵法》上的这一篇，他是背过的。毕竟是世家大族子弟，这样一部兵法，他早已背得滚瓜烂熟。

　　可天下间不知有多少人将这兵书背得烂熟，何以世间没有那么多的名将？且不说举一反三、触类旁通的兵法大家，就算资质平庸些的，又有几个人能够真正认真对待兵书中的每一句话，真正一丝不苟地去执行它？

他判断宋军不会主动出战，不会真的来攻，现在证明，他的判断是错的。可即便是对的，他能保证每一次都是对的吗？十次中有一次判断错误，他就要陷入万劫不复之地。

这一刻，苏灿才是真的悟了。如果他能熬过这一关，相信这血与火的真正战场，会让他迅速成长起来，未来未必不能成为一员名将。

可是，今天这一劫，他能熬过去吗？

苏灿举起了他的刀，此时此刻，什么旗鼓号令、进退阵法，全都没用了。

这时候是真正的混战，混战考验的只有军心士气。幸好，忆祖山下的论功行赏，更大地刺激了战士们的狼性。

虽然，他们是遭遇袭击的一方，已经失了先机，但是仓皇惊醒、迎战的士兵们并没有惊慌失措、一触即溃。他们穿着零乱的衣衫，有人甚至赤条条地近乎一丝不挂，却是挥舞着刀枪，嗷嗷叫地冲了出去。

苏灿举起了他的刀，对着匆忙赶到帅帐前的亲兵们大吼道："随我杀敌！但立大功者，朝廷有赏，我苏家也赏！杀呀！"

苏灿连腰带都没系，穿着一件白袍子，跳跃狂奔着，冲向了双方鏖战最激烈的所在。

苏灿的亲兵也个个狂叫着随之冲了过去，双方正势均力敌地苦战时，被这柄战意盎然的"尖刀"一冲，登时瓦解了一片。

远处高山上，徐海生凝视着处于战乱中的先锋营，手中紧紧握着火把。

羊皓微微眯着眼看着，神色比他淡定得多。

"等一等，徐公公，不要着急，再等一等。"

"还要等？先锋营会死很多人的。"

"那不重要。徐公公，我们要谋的，可不是一时一地之得失，而是整个三山。"

"那又怎样？"

羊皓阴恻恻地一笑："这一仗，大王必须胜！大王胜了，才能保持威名不堕，才能在诸部落精锐主力从瀛洲归来的时候，依然能镇压得住他们。可是，这一仗，大王又不能胜得干净利落。"

徐公公打仗是一把好手，但对这种玩弄人心的诡谋伎俩一窍不通。他眉头一蹙，道："为什么？"

羊皓道："宋国必须败，但是，不能把它打得太疼了，否则它就会缩回去，再也不敢伸出爪子。我三山现在必须保证有外患的存在，才能拖延各部大军回归后团结起来向大王发难。"

羊皓看看左前方山谷中的点点烈焰，又回首望向更远处的苍茫夜色，巍峨的忆祖山从这里看，就算是白天也看不到的，但他仿佛就是看到了。

羊皓注视了一阵那空茫，淡淡道："果子才刚刚封进坛子，大王需要时间来让它们发酵。"

徐诺离开忆祖山后，没有即时返回大雍，而是带人赶到了三山洲上最大的天然良港——半月港。

半月港是三山洲上最大的自然港，而且现如今从这里通往各大城大埠，均修了宽敞平坦的大道。只要马车充足，从大船上卸下的货物，可以迅速地运往各地。

半月港成了三山洲的一颗经济心脏，从海外涌入的巨量血液经由这里泵出，通过一条条支线血管，为正在蓬勃发展的各个城市提供着养分。

道路是大王杨瀚组织人马修建的，再加上各个部落在码头上就会互通有无，把掳夺来的一切进行再交换、再贸易，每一方都宁愿交出一部分费用，来满足调停、管理、约束、仲裁的需求……

所以，杨瀚的工商司与税吏司就分别设在码头附近的主干道两侧，仿佛一把钳子，卡住了主动脉。

至于杨瀚从中究竟赚了多少钱，除了穆斯，没有人知道。

穆斯就是在瀛洲盘账时盘出了做账高手李向荣的问题，迫使他逃亡三山洲的那位大账房。瀛洲大乱的时候，他举家都被巴氏部落的乱兵抢回来，沦为农奴，被分配给了一个巴氏族人。

"急脚递"的讯兵挨家挨户揽信送信时，打听到了他的底细，羊皓马上派人扮作商人，为穆斯一家从那个小地主家赎了身，悄然带回忆祖山下安置。然后，他就摇身一变，成了朝廷设在半月码头的税吏司的司吏。

这可不是普通的司吏，杨瀚如今的内库私房钱，近八成来自他这里。

徐家势力最大，从瀛洲回来的兵马，也是徐家的先头部队最先抵达的。最先抵达的先头部队携带的财物以金银细软为主，还有少量是妙龄女子。笨重的财物和大量人口如今还在海上漂泊，仍需三两天工夫才能抵达。

可就是这先头部队，所携来的那一箱箱金银、一担担丝绸、一斗斗粮种，在码头上越堆越高，形如小山的时候，徐诺看在眼中，也不禁冲淡了从忆祖山上下来时的些许不快。

当她听说后边陆续运到的物资和大量人口，其总数量还在这些金银细软数倍之上时，不禁喜上眉梢："木下亲王的封地积累了足足五百年的财富，经此一劫，只怕要被你们搬回大半了。好！只需三五年工夫，待我徐家把它们转化运用起来……"

后边的话徐诺没有说，但唇边娇美得意的笑容，已经把她的心思显露了出来。

"快！马上吩咐人，叫我徐家所有车马全部赶来码头。还有，不惜价钱，把能租下来、买下来的所有车马全都定下来。"徐诺看向海面，悠悠道，"很快，这码头就要万舸拥塞，如过江之鲫了。"

穆斯站在税吏司顶阁的吊脚楼楼顶，举手遮阴，眺望码头，像只偷了八只鸡的老狐狸，笑得很鸡贼。

发达了！马上就要发达了！

接下来，他将要征收的税款将要达到一个恐怖的数字。

他的父母妻儿都住在忆祖山下，远避战乱，很安全。他在这码头税吏司中唯我独尊。他很享受现在的生活。

可要保住这来之不易的一切，他就必须赢得大王的绝对信任。

他很清楚，李向荣那厮现如今在大王面前也很得宠，听说，还得了个"旺财"的绰号？

呸！他有什么了不起的，当初还不是折在老夫手里？

可是，正因为李向荣是被他捉住了把柄，才仓皇逃来三山，成了一个阉人，这仇，不可解呀！

所以，他只有勤勉做事，不停地为大王赚取财富，让大王再也离不开他，才能防止李公公对他下黑手。老夫一定要继续努力，老夫要争一个招财的绰号。

穆斯望向码头的西海岸，那里，他已雇人平整土地，改造成了贮货码头。穆斯又望向码头的东海岸，那里，一排排整齐的大棚已经建起，那是他建造的大型易货码头。

　　还有车行……穆斯阴险地看向宽敞、平坦的大道旁那座拔地而起的大型车行，那是他联合羊公公一起建立的大型车行，整个半月湾附近所有的骡马驴子，所有的载货大板车，全都被他包圆了，他还雇下了所有的工匠，正在加紧打造新的车子。

　　而在车行的对面，则是一座座拔地而起的青楼、茶馆、酒肆、勾栏……这些在战场上百死而归、在大海上漂泊了许久，满身缠满金银的暴发户最想要的是什么？

　　穆斯的一张老脸越笑越是灿烂，仿佛菊花怒绽。

八十七　气运所钟

很快，大量的船只纷至沓来。

十几个部落的船，每个部落的船只又包括了他们的海盗船，从瀛洲过来的大商船，拴系在大船上的各色小船，还有巨大无比的载人木筏。几乎整个半月港湾都被铺满了。

三山各部从来没有过一下子承载这么大的客货吞吐量的经验，就连徐诺，虽也考虑到了各部落船只一旦集中返回，势必在运输上会造成紧张，却也没想到竟严重到这个程度。

由于拥塞，无数的船只泊在港湾里，最远的船只距岸边甚至还有六七里地，不要说靠岸，恐怕在几天之内，还要想办法往船上送粮送水，免得把人饿死。

这是前所未见的海上大塞车。

在公开资料里，那些码头力夫、行脚车队、舶货码头、酒肆客舍，都是各有其主的，穆斯负责的仍然只是工商管理和税赋征缴。力夫有头子，车队有车主，码头有管事，客栈有掌柜……这些人，都是从已经依附于忆祖山的四十七寨中挑选出来的。

何公公对附属的四十七寨造了黄册，做了彻底的调查，谁能干什么，他心中明镜似的，这时自然就派上了用场。

想泊岸？行，我这边有专门的卸货码头，船位有，力夫也有，贮货港也有。船位费是……力夫人头费是……贮货于港每日存储费是……

想出货？行，这里有脚夫，有车马，我们一条龙服务。脚夫按人头，每天是……车马按里程，每里路是……

一时间出不了港？没问题，你看，客栈的，青楼的，酒肆的，茶馆的，都

295

来揽客了。你要是这些都腻了，那还有勾栏呢，看个杂耍，听段评书，赌个斗鸡，看着相扑……

你们的船堵在海上一时下不来？没问题，船上多少人？每天几餐饭？我们这儿可以送饭，有菜有汤，一桶桶地给你运过去……

你说什么？三锭金子？不不不，那是刚才的价格，现在船位需求太紧张，客官们主动要求价高者得，我们也是没办法呀，只好被迫涨价。

啥？对，后边的力夫哇，货仓啊，脚夫哇，客栈哪，当然……全都被迫涨价了。

码头上，人声鼎沸，不过幸好有这些配套措施的服务人员在，他们就像一群群勤劳的小蚂蚁，因为他们的存在，混乱不堪的局面渐渐变得有条不紊。

一些货船实在挨不住，想加钱都没了地方，只好尝试去另一侧的易货贸易区，用小船把大船上琳琅满目的各色货物运下去，摆进贸易区，与其他商家互通有无。

在这过程中，以货易货时，你的货价值几何，我的货价值几何。你一共有多少斤，我一共有多少匹，这中间的换算过程，搞得识字会算的人都头大，更不要说很多人大字不识。整个贸易区马上陷入了混乱当中，吵架的、斗殴的、闹纠纷的，比比皆是。

这时，何善光何公公如及时雨一般，风尘仆仆地赶来了。他带来了大王杨瀚以三山国名义铸造的铸币，以及模仿祖地大宋的交子印刷得防伪措施十分复杂的纸币，作为一般等价物。

平时要想推行这个，阻力很大，没个几年工夫，且有一个强有力的中央政府，是难以推行下去的。真实的东西是实实在在摆在那儿的，谁要你这纸币？但现在不同，以货易货实在进行不下去了，贸易码头又是匆忙建成，设备简陋，很多东西很难储放，就那么风吹日晒地摆在那儿。

因为价值无法进行统一对比、估值，各个商家也是打破了头，整天吵得脑瓜仁疼。何公公还宣布朝廷以码头商税为保障，保证兑换，于是，就有人自忖部落实力强大，不怕大王赖账，尝试着去使用朝廷的纸币和铸币。

既有人开了头，且还是更有权势、更有地位的人，于是，朝廷的货币很快就成了通用货币，贸易区终于开始运行流畅了。

徐诺没有想到这些，实在是因为从小到大，在她的生存环境中，她没有机会去接触这些东西。所以，虽然知道它们的存在，也明白它们的原理，却一时想不到。如今眼见朝廷种种行径，徐诺晓得是杨瀚的手笔，心中渐渐有些不安。

可一想到就算杨瀚建立了这一切，令朝廷的掌控能力更进一步，可最终，还是要靠武力。就算有龙兽可用，杨瀚的武力也是无法覆盖三山洲的，他顶多能保证忆祖山地区的小平安。而且，他还中了自己的惑心术，如有必要，可以在关键时刻一声令下，力挽狂澜，徐诺便坐观其成了。

她没有阻挠，而且下令徐家率先配合。

有什么关系呢？反正只要她想要，这一切早晚都是她的，那么……现在当然是做得越好越开心，杨瀚终究是在为她做嫁衣。

半月码头成了财富积累和流动的地方。有一条金河，在海上、码头、货仓、贸易区、茶馆青楼、康庄大道上流动着，每拐一道弯，那金水都碰撞飞溅，大片金色的浪花扑出河道，落到金河两岸的人的口袋里。但那金河水丝毫不见减少，而是以更快的速度向前奔涌过去。

一辆辆车子源源不断地走上了道路，最后连驴车、牛车都用上了，此时司马杰又弄来了象奴队，除了留下几头负责给税吏司向咸阳宫运送金银，其他的也都投入了运输。

这些部落战士从没有离开家园这么久，不要低估了他们急于回返的迫切心情。尤其是，他们可是满载而归，想象一下，当他们活着出现在亲人面前，而且拿出了巨量的财富……付给车马行一些金银算什么？只要把我和我的货抢在别人之前送回去。

徐家是在徐诺的指挥下最早决定配合码头各行各业的，再加上徐家本来就财大气粗，所以在十天之后，已经运出了三分之二的财货和奴隶。

徐诺见这里已经有了一定之规，便决定把这里交给一个亲信打理，她则跟刚刚装载完毕的又一批货一起回转大雍。

这些财富和奴隶来得太是时候了，如此庞大的财富不仅完全可以弥补之前洪林攻城造成的损失，而且可以把大雍城建设得再好一倍。同时，云中和灞上两座城池也能得到壮大。

徐诺已经想好了地方，明年要再建一座大城。

这座大城，不是向外扩张的，而是建在大雍与忆祖山的中间位置。这座城卡在那里，就是徐家内控的桥头堡，随时可以出兵忆祖山，也可以西拒蒙家，北抗巴家。将来一旦三山内部生乱，徐家就可以占据绝对的主动。因此，这座城将严格按照战城的标准修建，它的最主要作用，是屯兵、备战。

可徐诺刚刚坐上车子，解下披风，就有一份急报递到了她的手上。

木下得皇室神族庇佑，死而复生，感召四大世家佐助，占据了京都。唐傲重兵南下，后路被抄，瀛洲最富庶繁华的北疆尽数落入木下亲王之手。唐傲受挫于兴南城下，中了木下亲王埋伏，被迫南逃，占据木下亲王旧地，以兴南河为界，与木下亲王的大军隔河对峙。木下亲王于京都继皇帝位，定明年年号为建武，为先帝谥号孝闵。

嗯，这位皇叔，是直接给传说中被飞龙救走的先帝木千寻官方认定已死了。

皇帝谥号一般有三种，一种是美谥，是给有文治武功的皇帝的谥号。第二种是平谥，这个皇帝其实比较平庸，但死得叫人同情。第三种是恶谥，生前作恶多端，甚至国家就亡在他的手中，便会给一个恶谥。

木千寻的谥号是平谥，对其结局怜悯同情，但要说生前功绩，那是没有的。

而木下亲王是以受到神族庇佑为名，死而复生的，这个皇位，自然更是理所当然。更何况，他还有力挽国家于危难的丰功伟绩。

不过，消息的核心意思其实就是：自立为帝的唐傲南征木下亲王的封地，这也是瀛洲万世一系的皇室家族最后的地盘。但是，木下没有死，他还策反了四大世家，占据京都称帝。唐傲身拥重兵，有家难回，只好借助兴南河天险，与木下亲王隔河对峙。

简而言之，唐傲篡位谋反，自立为帝，然后带领全部精锐，呼呼啦啦地冲到瀛洲南方。木下亲王更是个狠人，一直暗中隐忍，坐视三山派去的匪一般的大军把他的家族经营了五百年之久、富饶无比的地盘掘地三尺般搜刮了一遍，引得唐傲毫无怀疑地挥军直入。结果，他抄了唐傲的后路，占据了原本名义上由皇室统治，实则由幕府将军控制，如今已由唐氏家族控制了三代近百年的瀛洲北方。

两个人交换了地盘，各自称了皇帝。

这……也太荒诞了吧？

不过，一想到瀛洲南方只剩下几座大城，唐傲要啃下来，还要付出惨重代价。因为小城小埠尤其是诸多村镇都被三山人抢掠一空，甚至就连人口都被大量掳走了，徐诺不禁露出了古怪的神情。

这可是唐傲给三山人制造的机会呀。是唐傲为了牵制实力强大、足以为他分庭抗礼的木下亲王，这才不惜代价，邀请三山出兵。而且，正因为他的大军在正面对木下亲王的大军形成牵制，三山人马才如入无人之境，把木下亲王的老巢抄个底掉。

结果，现在木下亲王入主瀛洲北方了。

而这满目疮痍、一片狼藉、元气大伤的南疆，却成了唐傲的地盘。

唐傲这日子，不好过了呀……

"不要跟着大队一起走了。"徐诺对窗外冷静地吩咐道，"日夜兼程，回大雍。"

窗外得了徐诺的吩咐，车驾马上行动起来。

徐诺轻轻地闭上了眼睛，刚刚有那么一刹那，她有想过就近上忆祖山，但是这念头只是一闪，就从她的脑海中飞走了。

瀛洲形势逆转，对我三山会有什么影响？其中利弊得失几何？这些事，当然得跟徐氏族人商量。家主之位徐诺早已让给了徐震，但家主的实权，她一直操在手中。她从未想过，让徐家脱离她的掌控。

她是徐家的人，徐家，当然也是她的。

"明年改元建武吗……徐诺闭目坐在车中，静静地想，"木下明年改元，南疆斩三刀部落明年立国，赵恒继承了洪林的皇位，也该是明年改元，全都在元日。气运这东西，真是神奇得很哪！"

大雍城围城期间的重大损失造成的悲云惨雾被一扫而空。

每天，都有人给大雍带来新的惊喜。一车车财货、一队队奴隶，几乎是夜以继日地运进城来，几乎全城所有的人家都或多或少地得到了好处。

全城都洋溢在巨大的兴奋当中，比过年还要热闹。此时又值秋收时节，繁忙中带来的是丰收的喜悦，从遥远的瀛洲返回的亲人以及他们携带回来的巨大财富，令大雍喜上加喜。

广场上，徐天、徐下看着堆积如山、一时还来不及整理的各色财物，乐得合不拢嘴。徐撼看着那些掳来的奴隶，其中不乏瀛洲大户人家的夫人、小姐。

天下皆知，女子之温顺妩媚、柔情似水，莫有如瀛洲者。

"咳！那个，还有那个，还有这一对，是孪生姊妹是吧？"徐撼吞了口口水，"送去我府上吧。夫人多病，正缺几个心细的女子照顾。"

大雍城牧是个四十六七的清瘦男子，颌下三绺微须，颇有几分飘逸气质。他微微一笑，道："七老爷，所有财产和人口，要等大小姐回来才能处置。"

徐撼脸腾的一下就红了，恼羞成怒道："咱们徐家现在就运到上万奴隶了，七爷我只要这四五个，还得七七回来做主？"

大雍城牧微笑地拱手道："卑下只是奉命做事，还请七老爷莫要为难在下。"

徐震、徐天、徐下站在一旁，将这一切看在了眼里，徐天忍不住笑道："二哥，你看老七这猴儿急的样子，哈哈，这下子吃瘪了吧？啧啧啧，还别说，老七这眼光是真不赖，二哥你看，那小娘生得当真是我见犹怜！二哥？"

徐天说得眉飞色舞，没听见徐震应和，忍不住回头看了一眼，却见徐震阴沉着脸色，不由得一怔。

徐震看了他一眼，淡淡地道："我如今是徐家的家主。你，如今是户部尚书。些许小事，都做不了主，很开心吗？"

徐天张口结舌，一张脸像是开了染布坊，一会儿红，一会儿白，讷讷难言。

徐震冷笑一声，扬声道："老七，过来。我有话跟你说。"

徐撼正觉得下不来台，听见二哥唤他，就坡下驴，走了过来。

徐震转身就走，徐撼不明所以，急忙跟了上去。徐天、徐下几个兄弟互相看看，都忙跟了上去。

徐家这一辈一共七个儿子，徐诺的父亲徐老大已经死了近十年，上次从大雍突围逃走的时候，老六徐空又死了，现如今只剩下五人，全都到了徐震的住处。

徐震看看坐在下边的四个兄弟，深深地吸了口气，道："以前伯夷在的时候，虽然专横跋扈，可是我们这几个做叔父的，多少也有些权力。如今，七七掌了权，我们几个兄弟快连忆祖山上那位傀儡大王都要不如了。"

徐天、徐下、徐擎都默然不语，唯有徐撼，刚刚吃了瘪，脸上还火辣辣的，恨恨地应和道："是呀！这丫头，心思本就比她大哥要细。女人家上位，又担心颇多，这权她抓得死死的，咱们这些做叔父的，日子越来越不好过了。"

徐擎叹了口气，幽幽道："有什么法子呢？上次守大雍，我们兄弟都跑了，独留下七七一人，誓与城共存亡。只此一举，便又为她赢得了无数人心，现在，她在我们徐家的地位更是固若磐石，无法撼动了。"

徐震道："老五，你太悲观了。不过，如果我们不思反抗，继续这么下去，再有两三年光景，也就要真出现你所说的情况了。"

徐震微微一笑，看了看几个兄弟："七七是女人，早晚要嫁人的。可当她有了男人，有了孩子，她的心，还会放在咱们徐家吗？咱们几个兄弟，老大在的时候，也没把咱们当摆设。她一个侄女上位，就把咱们供起来了，你们甘心？"

徐天虽然憨直了一些，可他在忆祖山时就跟二哥沟通过，倒是马上猜到了二哥的想法，便沉声道："二哥，那你说，怎么办？"

徐震沉吟了一下，缓缓道："于公于私，咱们都不能听之任之。我觉得，我们几个兄弟应该出面。咱们还没有老，还可以保着徐家，稳稳地多走些年，要不然，就此浑浑噩噩下去，将来九泉之下见了爹娘，咱们做儿子的，也无地自容不是？我们出面再保徐家几年？"

几个兄弟一听，就明白了徐震的意思，彼此看看，都有些意动，却又有些顾忌。他们倒不是顾忌亲情，不忍下手，却是一想到徐诺如今对徐家的控制力之强，自觉难以力敌。

徐震又道："去年和前年元日，咱们诸部首领，尤其是有朝廷官职在身的，俱都要往忆祖山觐见天子，今年，有各处大城筑成之功，有各地良田丰收之功，有瀛洲回返的诸部将士赫赫战功，更有大王解围大雍城，杀死大周皇帝的彪炳之功，诸部必然还要上忆祖山为大王拜贺新年的，而且规模定然更胜从前……"

徐擎动容道："二哥是说？"

徐震道："公开动手，咱们必败。在徐家的地盘上动手，就算是猝袭，咱们也希望渺茫。可要是上了忆祖山……"

徐震扫了几个兄弟一眼："只需一路奇兵，控制了七七，包括大王……"

徐震的眼神阴沉了一下："我们这个大王，渐渐长出獠牙了，这不好。"

徐家几个兄弟又互相看看，徐撼率先道："我赞同。二哥，咱就这么干吧！我儿子不二现在还在咸阳宫里，弄那劳什子的什么律呢，到时，我叫他为内应。"

徐撼这么一说，徐天也兴奋起来："我看成！到时候，咱们安排一路人马，从奴隶里边选些貌美女子，假作进贡之用，如此神不知鬼不觉地混上山去，只要控制了大王和七七，咱们立即回来接收大雍城。"

徐下恶狠狠道："那些狗眼看人低的奴才，到时候全都杀了。七七为咱徐家付出也算良多，如今眼看就二十了，都成老姑娘了，总不成家怎么成？她不急，咱们这些当叔父的也替她急呀。"

徐擎笑道："所以呢，到时咱们就把大王和七七送作对，一日三餐，自然不会少了他们的。他们也不用操心别的事，只负责在宫里边努力生孩子就行了。"

几个兄弟互相看看，哈哈大笑起来……

苏灿依着徐海生的吩咐，兵至葫芦谷，便不再前行。

此前，三山诸国皆无常备军，所以在此筑关毫无意义，不能把它变成一座百姓生活居住的城池的话，建了雄关又有谁来守？但是此番杨瀚已经决定，在此筑关，由各部落轮番派兵戍守，以御南疆之敌。

杨瀚是这么说的，是不是这么想的，就无人知道了。

苏灿指挥士兵依山就势筑造关隘，发现依照杨瀚派来的大匠指点，左右不仅有藏兵洞、戍兵营、校武场，甚至还有冬暖夏凉四季恒温的洞窖，可以储放大批粮草。

这个……

苏灿觉得有疑，但他把疑惑藏在了心里。

上一次，赵毅袭营，险些葬送了他的先锋营，若非徐公公神兵天降，他就完了。从私心里，他对徐公公是感激涕零的。

徐公公不仅救了他，救了他的先锋营，还把被偷袭一事帮他遮掩了下去，上报朝廷的是疾进途中，果见宋军远来，先锋苏部不顾跋涉之劳、敌众之险，毅然率众上前，打了一场漂亮的阻击战，成功抵挡住了宋军北上的步伐，为中军人马及时赶到争取了时间。

另一方面，他也清楚，只要他想继续掌握现在的权力，让他的家族在部落中后来居上，跳到原本的主将家族头上，他需要大王的支持。

大王要支持他，那么大王首先要有权力。苏灿已经秘密写信回家，叫家族那边开始有所行动，同时，他每日巡营，与众将士同饮同卧，正在不着痕迹地拉拢那些中低层将领，包括普通士兵的支持。

他们每一个个体，背后都有一户人家，每一户人家，都有千丝万缕的社会关系。这股力量拧在一起，绝不容任何人等闲视之。

葫芦谷的那一端，宋国皇帝赵恒也在筑关。

关还没有筑好，但他手书的此关的名字已经写好，镌刻在一方巨石上。

一夫关。

负责筑关的是败将赵毅，他的亲兄弟。

赵恒留了一部人马随赵毅筑关，自己率大队人马回了大泽城。

当赵毅损兵折将而归的时候，赵恒就知道，机会已经失去了。他没想到杨瀚竟能组织人马，再度迎头赶来，依照常理来说，在经历如此重大损失的时候，宋国不可能真的再对三山用兵。赵恒就是算准了这一点，他才想出其不意。

出其不意，是可以以弱胜强、以寡敌众的。

可是，三山的主力不是在瀛洲吗？杨瀚这个三山大王不是一个调不动各方势力的傀儡吗？各部落的联盟军，怎么可能会听从他的调遣？

大战之后，又是在折损过半，大雍城险些失守的情况下，就因为他的一个揣测做出的命令，三山军就能再次开拔，而且士气犹胜之前？

赵恒想不明白，忆祖山那边的最新情况，他的斥候还没有打听清楚并把消息传递回来。

但赵恒已经感觉到了杨瀚这个对手的可怕。所以，赵恒回大泽了，他让二弟赵毅筑关坚守，防止三山军乘胜而来。自己则马上与最南边的千山部落联盟取得联系，同时遣使赴大秦。

他要让一向身处最南疆，有些耽于安乐的千山联盟明白，一口锋利的刀，已经悬在它的头上。他要让野心勃勃，正一边磨刀霍霍，一边筹谋立国之后，就拿大宋试刀的大秦明白，他们有一个共同的可怕敌人，正在北方崛起。整个南疆三大势力，必须联起手来，共御强敌。

依着赵恒心中的算计，最好的结果，是能够让桀骜的大秦认识到三山国的可怕，让耽于安乐的千山联盟赶紧整军备武，达成三方联盟，起码暂时停止三方势力内部的摩擦。

强国谋天下，讲究远交而近攻。可是以大宋如今的实力，欲卑伏敛翼，遮掩锋芒，旁人都不允许，那它唯有结交近友，共御远敌。如果做不到，他宁愿自撤帝号，归附大秦，也不投降三山。

赵恒的算计，其实并没有错。

因为他一旦归附三山，那么三山接下来不管是打千山联盟，还是打大秦，他的大泽城都是最前沿。粮草辎重势必要大量从当地抽调，没道理这里属于本国国土，却不惜损耗，千里迢迢地从别处运。兵将势必要可着本地一切可用之兵，俱都驱赶上战场，同样都是三山子民，你们身处战争旋涡的中心，反而想置身事外，袖手旁观？怎么可能！

就算没有这些事，只要三山的兵马入驻他的大泽城，大秦和千山的战火也会烧过来，倒霉的，依旧是他们。

可就近投靠最近的强大势力大秦，首先，三山军远道而来，其威胁比随时可以向他递刀的大秦要小得多。

另外，大秦与大宋太近了，双方的地盘甚至犬牙交错，有相互融合的地区。战端一起，大秦没理由不就近集合他们的精锐，与赵恒的人共御强敌。一旦情势不妙，赵恒还可以把战兵留下，其余老幼，举族迁入大秦地界，接受秦军的保护。

赵恒的算计，并没有私心。

以上种种，都是为了保证风月部族的延续。站在大风和月华两大部族的角度来看，他无疑是一个伟大的、无私的领袖。

东山的东山部落，早已经成了一个国。

他们甚至没有举行过一个公开的仪式，也不需要，因为他们太穷了，一穷二白的结果就是，每日只是人们为了吃饱肚子而奋斗，没有太复杂的社会关系和社会架构，聚在一起才更容易与这恶劣的自然环境战斗。

所以，当小青出现，并且把他们聚在一起，也有办法喂饱他们的肚子的时候，不知道是谁首先如此称呼，于是小青就被尊称为女王，并被赋予了王的权力。

小青带领东山勇士们南征北战，东杀西讨，统一了整个三山洲东部，并且收编了沿海所有海盗，把他们组建成一支强大的海军。

这支海军不仅在瀛洲之乱时，趁火打劫捞到了许多好处，现在更是经常远航，前往方壶帝国、蓬莱帝国的海域，从海运贸易非常发达的方壶帝国、蓬莱帝国，抢回了大量的财富。

现在，他们已经成了这两大帝国海商们的噩梦。

富可敌国的大海商们纷纷开始组建自己的海军，为他们的船队保驾护航。

这的确给小青的船队造成了一定的麻烦。不过，小青搞了两手措施，结果她的海盗团队不仅伤亡率大幅降低，获得的财富反而更高了。

首先，小青派人同一些大海商取得了联系，收保护费。只要交了保护费，悬挂了血鸳鸯海盗旗，她不但不抢，还会派出战船护航。这个支出要比养一支船队少得多，那些大海商虽然不情愿，可是算了算账，还是划算的，于是就有人答应了。

同时，小青把一部分海盗船改成了商船，垄断了三山、瀛洲两大洲与方壶、蓬莱两大洲的海上贸易，而且这些商船一旦碰上落单的商船，随时会重新操起海盗旧业。

这些点子，可是那些东山部落长老们永远想不到的。

这些耿直汉子只有两膀子力气，一腔子血性，所以对他们的智慧、艺术、绘画、园艺、农业、畜牧、航海、战争女神小青，崇拜得五体投地。

小青这个女王可比杨瀚混得强多了，她在东山，可以说是说一不二，只要她一声令下，纵然叫人赴汤蹈火，也会有无数的勇士毫不犹豫。

小青女神刚刚收到一件蜡封的竹筒，是由木华离乘着飞龙从忆祖山麓带回来的。

小青站在竹楼的阳台上，接过半空中抛下来的竹筒，转身回了房间，丝毫没有理会竹楼外因为意外看到女王出现，又惊又喜地跪拜下去的子民。

小青坐在用竹篾编制，又精巧又美观的桌前，拿起一把锋利的小弯刀，割开竹筒的封漆，撬开筒盖，向外一倒，吧嗒一声，里边丝帛写就的信软软地滑了出来，同时还有一件东西，随之落在竹桌上。

一支簪子。

一支桢楠木雕成的簪子，先用粗布、后用丝绸细细打磨过的，整支簪子通体泛着比黄金更灿烂的金光，同时散发着桢楠木本身特有的淡淡清香。它比黄金轻，戴在头上更轻盈，同时又有着比黄金更润泽的光。簪子的顶端，雕着一朵花，那是一朵月季。

小青拈着簪子，面上已是一喜，再看那簪上花瓣，顿时目中波光流动，喃喃自语："花落花开无间断，春来春去不相关。牡丹最贵惟春晚，芍药虽繁只夏初。唯有此花开不厌，一年长占四时春。"

小青此前不仅经历过漫长的人间岁月，本身也是琴棋诗赋无所不精，这样的才女，自然只一瞧，就明白杨瀚送她这簪子，簪上又雕月季是为何意。

只道花无百日红，此花无日不春风。

簪雕月季，其意已不言自明。

而且，自古男子赠情侣以信物，耳环、同心结、戒指、裙子、缠臂金、梳子……这些都是可以的，但是，这些都只是表达爱情，唯有簪子，是要迎娶对方为正妻，才会赠送的信物。

那个家伙……

三年前，徐诺册立为后，小青愤叛东山，虽然只是一场戏，可小青心底里也知道，以徐诺的家世，和她能给予杨瀚的无尽帮助，再加上她和杨瀚足足三年的长相厮守、耳鬓厮磨——那可是比自己和杨瀚从祖地一直到三山，相处的时间加起来还长得多。这正妻之位，十之八九……不，是十之十八九，永远与她小青无缘了。

想不到……一抹醉人的笑颜绽放在小青的脸上，让她看起来，比春花更加娇艳了。

八十八　卖儿鬻女

　　一面立挂式的镜子，足有一人高。镜边镂刻着紫色的马鞭草花，这是被认为最神圣的花，可以辟邪驱魔。

　　花是用紫水晶镶嵌的，底饰为包金，镜框两端各有一对枢轴，连接着一个支架，可以使镜子上翻或下翻。镜子的底座是橡木的，至于整个镜面，则是用打磨得平滑到没有一丝痕迹的纯银打造。

　　这个时代，还没有发明用水银制作镜子。这面银镜，是蓬莱的白素公主殿下送给方壶大王的礼物，作为那批被打劫的货物送到了东山。小青已从六曲楼得知白素的行止。原来那夜白素在昏暗之中被载出海，一路漂泊竟偶遇六曲楼主。彼时的六曲楼正欲在蓬莱等地安插耳目，一见白素此等妙人，又通晓三山古语，便以性命为要挟与白素做了交易，又将楼内掌握的重要信物托于白素，并为其编造一套完整的身份信息。也许有些人天生命好，他不用怎么奋斗，也不用如何努力，老天爷就是喜欢把机缘、运气送给他。

　　这种人，通常被称为位面之子。

　　白素原本是个青楼小丫鬟，转眼之间，她就拥有了不朽的生命和神奇的医术。五百年中，拥有同样机缘的苏窈窈始终处于不甘心的痛苦之中，而小青则日日处于被追杀的忐忑之下。只有白素，她活得没心没肺，比谁都逍遥自在。即便是遭遇背叛，她的痛苦也不会超过三天，然后她就会继续很乐观地寻找生活中的美好，活得有滋有味。

　　和杨瀚、小青相比，她生存的能力是最弱的。他们三个一起来到了三山洲。现在，小青成了东山女王，整日里杀戮不休，杨瀚成了西山共主，正在绞尽脑汁地、不露声色地攫取权力。比起他俩能力弱上许多的白素却得此机缘，自此成为蓬莱的大长公主，身份尊贵。小青知晓自家姐姐无恙，方才暗暗松了口气。

这面银镜甚合小青心意，于是它就成了女王的妆镜。小青站在镜前，一身素色的衣衫，秀发只绾了一个最简单的发髻，上边插着一支桢楠色如纯金的簪子。

"清水出芙蓉，天然去雕饰。"

她的姿容之美，已是世间最好的胭脂，她的清波若水，便是世上最艳的唇脂，何须再做打扮。

顾盼着镜中美人，小青浅浅地笑了，笑得很甜蜜。

马上就要满三年了。

"连就连，你我相约定百年。谁若九十七岁死，奈何桥上等三年。"

小青很喜欢这种一生一世的情深义重，却从未想过，有朝一日当她动了情，却也要与心上人经历这样的相隔。

明明知道他在那里，明明只要走过去就能彼此相见。

但是，她不能，他也不能。

有人需要杨瀚这个天圣后裔的身份，你想安闲于桑田之下，岂可得乎？

为了能在一起，他们只能分开，只能努力去攫取权力。现在，这一切马上就要实现了，他们将可以长相厮守。

当然，近三年来，他们努力攫取权力，虽然达到了目的，却也因此背负上了责任。杨瀚不可能置忆祖山周围四十七寨百姓不理，不可能置咸阳宫中已经完全依附于他一人而生的千余人的命运于不顾。小青也是，她不可能从此就大门不出，二门不迈，一门心思地相夫教子，置东山诸多部落，包括越来越壮大的足足四支成规模的大型海盗船队于不顾。

不过，两者并不冲突，她有信心，既能与所爱的人长相厮守，也能为他们安排好稳妥的未来。

"女王！"

门外，忽然响起了一个女孩儿的声音。

小青身为女王，她的卫队全都是女子，这些女子个个骁勇善战，俱是一等一的战士。但是在小青面前，她们永远是卑伏的，声音无比温柔。

"月老求见。"

小青皱了皱眉，她不喜欢这个牵线搭桥的月老。虽说正是因为有月老之助，她才能把掳掠来的财富，通过一些秘密渠道，换成米面、刀剑、甲胄。同时，正是因为有月老相助，才使从未去过方壶和蓬莱的她，对那里的风土人情了如指掌，从而做出把海盗船队改造成亦商亦盗的变色龙船队的决策。

但是，她就是不喜欢这个"月老"。

女人要不喜欢一个人，是没有道理可讲的。更何况，她有充足的理由——月老把她的姐姐白素在蓬莱的一举一动都告诉了她，却一直不肯替她送封信去。

她知道，姐姐现在已是蓬莱的大长公主，她不能寻去，白素为什么也一直没有派人寻回来，哪怕只是报个平安？不用问，显然也是因为受到了"六曲楼"的控制。

六曲楼仅仅只是一个秘密的情报组织，纯粹为了赚取钱财？小青不信。

月老在向她叙述方壶洲的各方势力的时候，曾经提到过一个特殊的组织——鹰巢。那是一片山势陡峭、高峰连绵的山脉，在那群山之中，有一个神秘的刺客组织——鹰巢。西方的鹰巢，与东方的六曲楼一起，成为这世上不是国家，却没有任何一个国家敢轻视的力量。

这个组织的历史比六曲楼要短，六曲楼在天圣王朝灭亡二十年后渐渐名声在外，足足发展了三百年后，才成为一支不容任何人忽视的庞大力量。而鹰巢成立不过一百多年，但它的影响力，已经与六曲楼并驾齐驱，甚至尤有过之。

当然，月老在说到这句话时，脸上有着轻蔑、不屑的神情，语气也充满讥诮。显然他是不以为然的。用他的话说是刚极欲折。

小青理解为他是心理不平衡，毕竟一个才发展了一百多年的刺客组织，风头就快要压到他们头上去了。

这个刺客组织，培养了大批信徒，坚定地将牺牲视为献祭。以至于到了后来，这个刺客组织基本上已不接受刺客订单，而是纯粹以威胁恐吓向各部落收取佣金。

小青听月老说到这里时，既觉得荒唐，又觉得新奇。她用海盗船队向方壶、蓬莱两大洲诸国商队收保护税的灵感，就是受了这个故事的启发。

大大小小那么多的部落，如果每一个部落拿出每年百分之五的国税收入向鹰巢上供，这样的国家有十多个二十多个，那么鹰巢将拥有多少财富？

如果鹰巢有能力迫使一个国家向它交保护费，那么是不是意味着它还可以在很多方面对这个国家施加影响？

正是因为想到了这一点，所以小青根本不相信，鹰巢最终的目的，只是以刺客牟利。

也许，一百多年前，这个刺客组织的第一任首领，只是单纯地想靠一个刺客组织赚钱，但现在，鹰巢所谋绝不会依然这么简单。

那么，鹰巢如此，六曲楼又该如何？它仅仅是一个靠贩卖情报牟利的秘密组织？

因此，小青对六曲楼深怀忌惮。

月老显然也知道小青一直对他提着小心，不过看起来他并不在乎，也许在他看来，只要他能顺利地牵线搭桥，促成了一桩"好姻缘"，对六曲楼有交代，就行了。

一个组织存续了五百年，它成长的不只是底蕴和实力，还有臃肿的机构、人浮于事的风气，职场上的倾轧、但求无过的官僚……

看到小青时，月老很高兴，向她热情地招了招手："女王陛下，好久不见。"

小青背后的女武士们都用凛冽的目光瞪着这个白胡子老头儿，对待她们敬如神明的女王，此人竟如此无礼。如果不是女王一直包容他，她们早将他剁成肉酱了。

"月老，好久不见。"

小青走到檀香木的大椅前，歪着身子坐了，右臂支在扶手上，手掌托住了腮。

"女王就这么随便一坐，那慵懒的女人风情，那不羁的女王气度，那可以将天也踩在足下的豪迈之气，便扑面而来了。"

女王的女武士们一个个两眼放光。小青也没做什么，如果说有，大概只有她凌驾于无数男人之上的气概。

小青瞄了眼对面的人，白袍、白发、白须，看起来慈眉善目的，还真挺像个牵红线的月老，道："月老今日前来，所为何事啊？"

月老笑眯眯道："自然是合则两利的一桩买卖。小老儿想用到女王的一支船队。呵呵，女王的四大船队，现如今有两支半商半盗，一支仍然干着海盗的勾当。只是，瀛洲内乱，最后一支，却是有些无用武之地了，现如今一直在东山沿海巡弋，前不久还驶到西山，向西山诸部炫耀了一下你们的海上强大武力，是吗？"

小青淡淡一笑："这些事本来就不是秘密，却不知月老想用我的船队，做些什么？"

月老咳了一声，捋着胡须看向左右那些穿着护肩、护腕、长筒鹿皮战靴，看来十分养眼的众女武士。

小青依旧托着下巴，懒洋洋道："我和她们，如同一体。我信她们，如同信我自己。月老要是不放心，那就不必说了。"

小青是个特立独行的女王，从不称自己为寡人或孤，以前什么样现在她还是什么样，偏偏她女王的无上权威越来越重。

此刻她这句话一出口，在场的女武士们眼圈都红了。哪怕现在小青点点头，叫她们立即去死，她们恐怕也不会有一丝的迟疑。

月老见状，只好道："咳！女王经营东山，想必还不知道，瀛洲如今的变化吧？"

小青换了个坐姿，坐到另一侧去，双腿交叠了一下："不就是瀛洲皇帝被杀，唐傲篡位自立了吗？怎么，他禅位了？"

月老苦笑道："女王的消息太闭塞了些。现在，木下亲王已经抄了唐傲的后路，自立称帝了。"

小青眨眨眼："哪个木下亲王？"

月老道："就是之前传说死在青萍宫前的木下亲王！"

小青一下子坐正了身子："他不是死了？"

月老扬了扬手："诈死而已。几百年来，他这一脉，世镇南方。但北方半壁江山，一直在皇帝和幕府共治之下。木下亲王早知唐傲反意，却将计就计，先利用唐傲，把皇帝一系的根基连根拔掉，而忠于唐傲的势力，明处的还好，暗处的这回也全暴露了。唐傲被调虎离山，引出了京都。唐氏家族在北方经营数百年的基业被一锅端了。而唐傲，现在只好占据木下亲王旧地，残喘度日。"

"哦？"

小青展了展眉，兴致勃勃："这三山洲五百年不见一国，各个部落只会些争水械斗的把戏，我降服了他们，都嫌有些胜之不武，倒是这瀛洲，有点儿意思呀，这才有点儿国战之意，阳谋阴谋、文韬武略，这人才有用武之地。"

小青站了起来，走到月老面前，兴致勃勃道："你可是想要我出兵打进瀛洲，趁乱夺个瀛洲女皇来当当？"

月老拄着千年老藤的杖，微微佝偻着腰，视线也就与小青胸口平齐。

他连退了两步，这才苦笑道："女王说笑了，瘦死的骆驼也比马大呀，以女王如今的实力，还不足以介入瀛洲争霸之战。"

小青黛眉一颦，道："那么，你想要我做什么？"

月老道："木下亲王的南疆封地，现在已被蝗虫一般的西山兵马掳掠一空，唐傲如今缺兵、缺粮、缺药材、缺兵甲器仗。好在，夺了几座大城，金银还有一些，尤其是南疆有一条金脉，所以……"

月老上前一步，藤杖一顿，一字一句道："老朽想请女王遣一支船队，为唐傲从蓬莱、方壶募雇佣兵，购买甲胄兵器、粮食药材，助唐傲一臂之力，使他在瀛洲南疆能站得住脚跟。"

"帮助唐家？"小青疑惑地看着月老。

月老微笑道："当然，该付的酬劳，唐傲自然会付。只是，需要一支庞大的且具备相当强大的战斗力的船队，才能去做这件事。"

月老叹了口气，道："远涉重洋，沟通东西方贸易的能力，现在只有女王才有。更何况，木下亲王占据了北方，也就接收了瀛洲水师，虽然他们不具备远洋能力，但在近海阻止海船靠岸，切断为唐傲输运补给，却还是做得到的。也只有女王你的船队，才能抵御他们的攻击。"

小青摸了摸圆润的下巴，饶有兴致地看着月老："那么，六曲楼从中能得到什么好处呢？"

月老沉吟了一下，微笑地伸出三根手指："他们那条金脉的出产，我六曲楼拿三成。当然，这个价钱可不只是给他们牵线搭桥那么简单，我们还会给他们提供其他的服务，比如，情报。"

小青笑了笑，她是不太相信月老的话的。不过，有什么关系呢？

瀛洲继续乱下去，显然对她的男人更有利。

杨瀚马上就要一统三山了，那时候，离三山洲最近的瀛洲动荡不安，显然对杨瀚来说，不管是想闭关经营好三山，抑或出兵扩大三山洲的影响，都有好处。

这个交易，不容她拒绝。

这个月老，总是能提出叫她无法拒绝的条件。

小青思考着，如今已是秋高气爽，九月鹰飞。

元日，她是要配合杨瀚有所行动的，那时候，她也要用到船队。不过，她现在有四支强大的船队，如果一时调度不开，可以从另外三支中抽调。

月老耐心地等着小青做出答复。

他对自己的业绩很满意，当初小青刚到东山，他就敏锐地察觉到了其中可资利用的商机。当然，这一切都要小青真的能立得住，能把东山诸部凝聚在她的身边才行。所以，其中确实也有赌的成分。

前期的时候，小青可是一穷二白，一无所有，六曲楼只有投入，没有回报。他，也是担着风险的。但是现在，他成功了。在六曲楼的所有月老之中，他已经跃居前三，成为六曲主人最信重的月老之一。

"听说，莫流连楼的楼主办事不力，现在不甚得六曲主人欢心，如果我再努力一下，或许就可以取而代之，成为一方楼主。到那时候，我就可以安心养老，只要不出大错，从楼主的位子上退下来，便是理所当然的元老，享有巨大福利的。"月老想着，白眉便舒展开来。

其实他还没有那么老，今年才刚刚五十出头，之所以鹤发童颜的，是染白了。啪地一下，小青一拍扶手，站了起来，英姿勃发道："我答应你，你让唐傲派人与我联系吧，这笔买卖，我接了！"

"六曲楼？父皇，六曲楼恐怕不是一个贩卖情报的组织那么简单。"唐诗历尽千辛万苦，终于赶到南方，找到了父亲。

唐傲刚刚打下一座只以劫掠为目的蝗虫军不曾打下的坚城。这座大城本极富庶，又有各地闻风逃遁的富绅巨贾集中在这里，虽然付出了巨大的代价，但所得也是极其丰厚的。

但唐傲脸上并没有笑容，他的根本在北方啊。

可惜，那根本已经被木下连根刨了，易地而守，他本来就吃了亏，更何况这边有近一半的地方都被三山洲的蝗虫军搜刮得寸草不生。

听了唐诗的话，唐傲轻轻叹息一声，道："为父何尝不知，这是与虎谋皮？可，为父如今，有的选择吗？"

唐诗和唐霜对视了一眼，都不再言语了。

现如今，是要站稳脚跟，就算不能打回北方去，也要争取与木下划河而治，占稳这半壁江山。

如今这种情况下，他们二人倒不能再去争什么皇太子或皇太女之位了，眼下如果再阋墙于内，那就真是自取灭亡了。

唐骄道："不管六曲楼有什么图谋，我们只需要借助三山女王的船队从方壶、蓬莱购买物资，稳住南方。现在，我们只能守，不能攻。休养生息之后，再谋长久。"

唐傲点点头，目光突然一转，道："从方壶和蓬莱，我们只能购买物资。以重金招聘雇佣兵，就算有人肯来，如此遥远，恐也无法形成一支强军。"

他负着手，在城头上来回踱了几步，缓缓道："三山那边，我们现在必须交好。说不定，关键时刻仍须从那里借兵。他们旁的没有，人还是有些的。"

唐傲的脸庞扭曲了两下，恨声道："尤其是，他们从我南疆掳走了那么多的人口。"

蝗虫军，这是木下的旧部给三山军取的名字。当初，蝗虫军把南疆挖地三尺地掳掠时，他是恨不得这些三山人破坏得越彻底越好。可谁知道天道好轮回，这儿竟然变成了他的地盘，今后他要在这里扎根下去，还不知要多久。

唐霜心有余悸道："父皇，咱们还要跟三山洲人打交道哇？"

唐傲笑了笑，道："就算是毒药，用好了也是治病的良药。如果三山洲人肯出兵，像以前掳掠南疆一样去掳掠北方，不啻二十万大军的作用。"

唐骄拖着残腿上前两步，道："不错！眼下，我们必须争取一切力量，三山那边，还需维系。关键时刻，或为我们的强大助力。"

唐傲眉峰一展，道："与三山洲东山女王联络的事，就交给霜儿了。"

唐傲看向唐霜："霜儿，你先随六曲楼月老前往东山，与青女王联络，之后，便乘他们的船，前往蓬莱。"

唐霜得授重任，心中暗自激动。

如果他能把东山女王拉为后援，那对他未来竞争皇太子之位，自然作用甚大。

尤其是伯父唐骄在面授机宜时递来的眼神，唐霜已是心领神会。

东山青女王尚未成亲，蓬莱白素长公主也是单身，像这样高高在上的女人，想要找个丈夫太难了。因为身份地位配得上她，且还单身的男人，放眼整个天下，也是屈指可数。现在唐家的局面确实难堪了一点儿，但好歹也是一国，拥有半个大洲。作为唐皇的长子，他又如此年轻俊美，对这两个女人来说，应该是再合适不过的夫君人选。如果，能与青女王或者白公主结为连理的话……

其实唐霜内心是不情愿的。

貌美的女子，他予取予求，可是，这两个女人，主要是身份特殊。她们两个都不可能外嫁，而是必然要招赘。

唐霜可不想放弃唐国的皇帝之位，而去东山做个王夫，或者去蓬莱做个驸马。

不过，如果能够得到她们的支持，等我唐国恢复了元气，我要留在瀛洲，她们又能如何？要么乖乖把她的江山当了嫁妆，赶来瀛洲做个皇后；要么，我目的已达，也不怕与她闹翻。

想到这里，唐霜觉得，这个"美男计"，还是使得的。

唐傲道："大腿，要挑最粗的抱。鸡蛋，却不可以全放进一个篮子里。小诗呀，你往三山走一趟，我们和杨瀚，目前仍是盟友嘛。元日将至，借拜会之机，向他说明一下我唐家如今的情况。他的人把南疆搞成这副样子，还杀了不少木下的人，这个仇，是解不开的。木下现在是我的敌人，将来，也可以变成他的敌人。维系着他，或者，我们还有联手却敌的一天。"

"是！"唐诗脸色一白，默默地应了一句，见父亲摆手，便欠身退下。

唐霜眉头一挑，却没说什么，也只是默默地跟着下了城头。

眼看着一子一女全都下了城墙，唐傲苦笑了一声，幽幽地对大哥唐骄道："他们是我最得意的子女呀。"

唐骄安慰道："生在帝王家，享受着别人再如何努力也享受不到的富贵荣华，便理所当然地要为社稷江山奉献出他的一切。"

唐傲喟然道："诗儿十分慧黠，她自然明白我派她去三山的目的。霜儿未来未必没有回来的时候，可诗儿一旦成了杨瀚的女人，却是绝无可能再回瀛洲了。"

唐傲微微仰起头，花白的胡须在风中瑟瑟，眸中已有了隐隐的泪光："我派她于此时去三山，去做什么？我是放弃了她，不！我是牺牲了她呀，诗儿心中，一定很恨我。"

唐骄的神色也有些黯然，沉默片刻，才强颜欢笑道："诗儿早晚也要嫁人的，三山王的身份，也不算委屈了她，陛下何必如此悲伤。"

唐傲唏嘘道："我唐皇的公主，主动送上门去，巴结他一个蛮夷小王，还只能做个侧妃，呵呵……"

唐骄道："勾践忍不得会稽之耻，怎能卧薪尝胆，兴越灭吴？韩信受不得胯下之辱，哪能统得了百万雄兵，拜将封侯？陛下，该伏低做小的时候，且忍下这奇耻大辱，只要打回北方去，宰了木下，一切牺牲，都是值得的。"

腊月二十三，下了一场大雪。

元日的头一天，又下了一天的雪。

大雪茫茫，忆祖山被粉妆玉琢起来，显得威严而更具圣山气派。

三山洲其实很大，据说，在大洲中央，也有平原、有沙漠、有草原。不过，它的地貌很特殊。四面沿海地区往内陆去，有几百至上千里地的平原，之后就是连绵的山脉，将这片大陆的中央整个包围了起来。

如果从高空看下去，三山洲就像一个巨大的天坑，中间那片巨大的土地，因为有四周环绕的山峦包围着，可以想见，必然是四季如春，气候宜人的。

但是，因为三山洲上有龙兽，人类想要穿越山脉进入腹地，是极其困难的。而且这处大陆上并没有原住民，当年徐福等人跨海而来，才发现了这里。

徐福等人在这片荒无人烟的大洲上建立了基地，便开始进行更远的探索，并发现了其他三块大陆，发现了那些大陆上生存的人类，并展开征服。他们没有对三山洲进行认真的勘测。所以，三山洲上，其实真正的开发区域，一直是四面环海之地。

环海之地，很少会下这么大的雪，今年这样的天气，其实有些异常。

但在三山百姓看来，这是吉兆。大雪对山居的人或野兽来说，都不是什么好事，可人们已经迁出深山，开垦荒地，建造城池了。这场瑞雪，明显对来年春天的耕种有很大好处。

"爆竹声中一岁除"，各部首领在元日到来之前，都已纷纷赶赴忆祖山。

就算现在的杨瀚还是第一年时那样，只是一个无权无势的摆设，面上功夫也还是要有的，各个部落的首领都要携带礼物，前来忆祖山觐见。

而今年尤其不同，杨瀚驰援大雍城的举动，已经一下子就把他的实力提到了仅次于徐家、蒙家和巴家的地步。就算不考虑他的大王身份，各个部落首领也得把他当成不可忽视的一方诸侯了。更何况，今年各部落都从瀛洲捞得盆满钵满，肥得放屁油裤裆，不管是想炫耀一番也好，确实自己吃肉也想分大王一杯羹也好，总之，他们不但来了，而且携带的礼物比往昔丰厚了两三倍不止。

半月港湾税吏司的穆斯，特意挑在元日来临之际将最丰厚的一笔税赋解送忆祖山。

这可是奉献给大王的新年礼物。金锭、银锭、美玉、一斛斛的宝珠、一车车的香料、一箧箧的丝绸、一箱箱的瓷器……穆斯可以确定，如此巨大的一笔财富奉献上去，他一定能得到大王的青睐，最起码，可以成为与李向荣平起平坐的宠臣，那时就不怕他伺机报复，算计自己和自己的家人了。

随同穆斯而来的，还有一队特殊的商人。

穆斯知道，金珠玉宝，固然是目前大王很需要的财富，但大王更看重各种人才。

瀛洲分裂，传承了五百年之久的大帝国分崩离析，更诡异的是，木下亲王和唐傲互换了地盘，分别占据了对方的地方。由此，那些旗帜鲜明地站在对头一边的世家大族都受到了清洗。这些家族都有大量的人流失于外，隐藏于民间。

与此同时，各行各业，都有更亲近旧的统治者的人才，视新君为叛逆，图谋逃离，以全气节。

于是，由于杨瀚这边求贤若渴，就急需一个"掮客"，一个人贩子，有能力从瀛洲替他寻访到各行各业的专才，并且有能力悄悄把他们偷运出来，由杨瀚量才而用。

穆斯带来的这群商人，就是专门负责贩人的。

这一次，作为敲门砖，他们带来的就有二十六个擅长勘探矿脉的堪舆师、四十三个擅长兵器铸造的匠人，还有一位书院的大学者以及他的十二个弟子。

唐诗穿了一身儒衫，唇红齿白，风度翩翩，俨然一个美少年。据穆斯所知，这是那位大儒的十二门徒之一。

穆斯喜欢看人，通过观察一个人，可以发现很多东西。

比如那二十六个勘探矿脉的堪舆师，一路就是忧心忡忡的。

三山洲上多龙兽，这是四海皆知的事。据说三山百姓深受其害，他们在此生活了上千年，始终局缩于四围之地，不敢深入，就是因为龙兽难敌。勘探矿脉，本就是极其艰险的事情，在这样的莽荒之地，又该有多少危险呢？

所以，这一路上，常见这些堪舆师中，有人手托罗盘，两眼发直，有人抓着个龟壳，念念有词，有人拿着几枚铜钱，撒下去，数起来，还有人掐着指头，翻着白眼，也不知在算些什么。

擅长打造兵器的那些匠人都是膀大腰圆、身材魁梧的壮汉或者头发花白的老师傅。他们就实际多了，这一路上，左顾右盼，不停地打量三山风貌，有机会就向路人了解三山的情形。他们想用最快的速度，了解这个以前只在传说中听说过的地方，如果真能在这儿扎下脚，就尽快把父母妻儿都接来。

瀛洲战乱，看来最快也得十年八年才能分出个你死我活，他们要求不高，有个太平地方待着，就是幸福。在哪儿不是卖那两膀子力气？

最有趣的就是大儒带的那些学生。

三山洲比起瀛洲来，自然要显得原始很多。这一路行来，不管是码头、道路、村庄、田野，还是途经的镇子和一座巴家的大城，在他们眼中，都要显得落后许多。想用一两年的工夫就赶上瀛洲，便是神仙也做不到。

但是他们脸上没有一丝颓废或失望，相反，他们更加斗志昂扬、兴致勃勃了。

沿途休息的时候，他们就跑下车，四处考察当地的环境，如果遇到村人或商贾，更是如获至宝，一定要拉住人家，尽兴攀谈。

车子启动的时候，穆斯就听到他们坐在车上，不停地高谈阔论，畅想着如果由他来任此地父母官，他将如何发展农业、兴旺工商，他将如何将这片富饶而原始的土地，建成富庶繁华的都邑。

这些年轻人，是想来三山一抒平生抱负的。

瀛洲帝国历经五百年，已经是一个成熟的、古老的国家了，它的官僚体系早已成熟，人才储备也是极其丰厚，他们难有机会迅速上位，承担大任。

所以，三山的落后与原始，在这些满怀憧憬的年轻人心里，丝毫不是问题。正因为这里什么都没有，宛如一张白纸，对他们来说，反而更好发挥，可以完全按照他们的理想，去尽情地规划、发展……

这十二个书生中，只有两个，有些特别。

一个，就是穆斯眼中那个唇红齿白、肤若美玉，漂亮得像个大姑娘的唐秀才，他和那些学子们不一样，他没有东张西望，没有侃侃而谈，大多数时候都沉默着，最多是单独与那位大儒窃窃私语，也不知在聊些什么。

另一个叫宋诗的学子整天耷拉着眉眼，眉毛耷拉成了八字眉，嘴唇也耷拉成了八字形，要是脑袋再方一些，活脱脱就是"囧"字成了精。他成天无精打采、唉声叹气的，不去与同学们高谈阔论，也不去老师面前请教学问，整天除了叹气就是睡觉，精神头太足的时候，他就会赶去后边车队，去跟那些擅长铸造兵器的匠人比比画画地进行探讨，明明是个读书人，怎么似乎对打铁更感兴趣呢？

着实是个怪人。

一行车马渐至忆祖山范围，沿途遇到的车队也越来越多。

幸亏这忆祖山通往外界的道路被司马杰的象奴队修得又宽又平，否则这各路诸侯的车队，只怕要在这山外塞车。

"这么多的车驾，都是往忆祖山给大王贺新春的？"

唐诗看着那络绎不绝的车马，大多压辙很深，看来携了很重的礼物。有些车队中，还载了清秀的小童、美丽的少女，显然都是进贡宫中的。

唐诗不禁挑了挑眉，暗暗有些讶异。

当父亲说出要她来三山见杨瀚的时候，她就已经知道父亲的目的了。父亲对杨瀚能在他的统一之战中发挥多大的作用毫无信心，可尽管如此，还是派出了他最疼爱的女儿。父亲现在就像一个溺水待毙的人，哪怕是一棵稻草他都想抓住。为了他的帝王基业，他毫不犹豫地牺牲了父女亲情。

可是……杨瀚？他在三山也不过就是一个被人供起来的玩偶，他有什么用？

对于此行，唐诗心中颇感悲凉。

但是现在看这些车队……这和小谈每月送来的密信中所交代的杨瀚处境似乎并不一样啊。

唐诗轻轻蹙起眉，若有所思起来。

这时就听呜呜的号声响起，有人大声吆喝起来："王后驾到，各路车马避道让行！"

唐诗的心蓦地一跳，下意识地压了压斗笠，遮住了自己的眉眼，这才扭头望去。

八十九　新年贺客

众臣工为他们的大王拜贺新春，作为皇亲国戚和天贤家族的徐家，当然是绝对的主角。徐家为杨瀚准备的贺礼显然也最为丰厚，足足十几辆大车，满满地载的都是各式箱箧，显然都是贵重之物。

车队后边还有近五百名青壮列队而行，看来这是进献给大王的农奴。这五百名青壮或许是从瀛洲掠过来的，押送他们的士兵有三百人，俱都骑着马，穿半身甲，鞍鞯齐备，弓刀整齐。

再后边，便是九十九名美丽的少女。天气寒冷，雪花飘飘，她们穿得都比较厚，但是因为身材高挑，窈窕纤细，居然并不显得臃肿。

仔细看，这些少女一个个容貌娇艳，看来都是精心挑选过的，没有一个姿色稍逊。

"身为王后已经三年，却不与大王圆房，整日在娘家打拼，如今还给她的丈夫馈赠美女，呵呵，这位王后哇……"唐诗微微眯了眯眼睛，结合小谈传来的有关徐诺的情报思考分析着，对徐诺和杨瀚的关系有了些不一样的看法。

"如果，为了父亲的大业，我必须得嫁给这个男人的话，貌似这正室王后之位，争取一下也不是不可能……"唐诗想着，唇角微微地勾起来。

宋词蹭到了唐诗的面前，唐诗如今是书生打扮，和他算是同窗，宋词倒不用避嫌。

宋词现在胡诌的名字叫宋诗，其实他就算说出自己叫宋词，旁人也不认识他，只是他还是编了个名字。

宋词变成了宋诗，等于是把他所认识的唐诗姑娘的名字嵌在了他的名字当中，这是本能还是无心之举？

因此，唐诗这一路上对他就有些嫌弃。

唐诗宋词就非得联系在一起吗？

是的！

所以，唐诗更加嫌弃！

在徐诺还未暴露她的野心和能力的时候，合纵连横、睥睨风云的可是她唐诗。那时的她，与今日的徐诺，何其相似？甚至，为了让三山配合父亲，牵制木下亲王，她对徐诺的胞兄徐伯夷也是虚与委蛇的，其形其状，与今日的徐诺，又是何其相似？

三山世界同祖地不同，这里的女人拥有相当高的社会地位，虽然同男人相比，还是要稍逊一筹，但差距也不像祖地那么大。这的女人一样有继承权，仅此一项，在祖地就是绝对不可想象的事情。这种环境下，又是出身名门，出几个性格独立、更关注事业前程而非儿女情长的女子，就不稀罕了。

其实，当初盛唐时这样的女人又何尝没有？想做皇太女的大唐公主，着实有那么几个。

唐诗心中藏着一颗男儿般高远志向的心，又怎么看得上宋词？纵然他是生得不错，可在这种有追求的女人眼中，男人的智慧和权力才是他最大的魅力。至于宋词这小子，她另有用处。

宋词凑到唐诗身边，用肩头撞了撞她："哎，我从小在蓬莱长大，这种主动给自己男人找情妇的，我还头一回遇见，这是你们三山洲的风俗吗？"

唐诗避开一步，淡淡开口："我是瀛洲人。"

宋词耸耸肩，不以为然："有什么不同？你父亲派你来，不就是打算联姻杨瀚，得一臂助吗？"

唐诗横了宋词一眼，有些愠怒。

哪怕她再有事业心，自己的婚姻被说得如此功利，她也不舒服。

宋词笑道："没什么呀，其实你要这么想，纵然政治婚姻，也未必就不能夫妇美满。蓬莱帝国前任皇帝与皇后，就是琴瑟合鸣、十分美满的一对。"

这厮话太多了！

徐诺这边渐渐近了忆祖山，心情却是复杂得很。

大王不甘寂寞，正在逐步经营他的势力，财权、政权、军权、司法权……最初就连她都没有发现，大王看似在漫无目的地落子，最后竟能连成一条大龙。

这，是徐诺绝对无法容忍的。哪怕最初毫无感情，但保持了三年的夫妻名分，又是俊男美女，年龄相当，徐诺对杨瀚也是有了一份情愫的，纵然是淡了些。

可是，这感情再深，也抵不过她的欲望。今日逼宫，软禁大王之后，这份有名无实的夫妻之情，也就彻底断了。

徐诺想着，心中多少有些若有所失的感觉。

徐震和徐天骑着马，走在队伍后边。

三山很少下这么大的雪，这时又近山口了，风更凛冽一些，所以两人都穿着厚厚的皮裘。四周都是他们的亲信，二人也不用担心，说话的声音大了些。

"二哥，想不到七七终于也狠下心来了。"徐天说了一句，因为呛风，便扭过脸，闭上了嘴巴。

徐震哼了一声，冷笑道："所以，我们更应该行动，七七对她的男人尚且可以如此绝情，你以为，她对我们又当如何？"

徐天点了点头，用手掩了口，挡着风，道："二哥说得是。不过，七七同意二哥调人来忆祖山外修筑卫京城，倒是出乎我的意料。"

徐震淡淡道："卫京城一旦筑成，便与巴家的势力形成犬牙交错之势，需要常年派兵戍守，能不用她的亲信，她当然求之不得。她还以为我是因为上次弃城的事出于补偿才主动接下这个吃力不讨好的事情，呵呵……"

徐天眉飞色舞道："她却不曾想到，我们派去选址建城的人，只要一声令下，立即就能化为骑兵，兵临忆祖山下，哈哈哈……"

徐震瞪了他一眼，道："谨慎一些，莫要大意！"

徐震的嘴巴笼在一簇白色的狐毛当中，连鼻子都掩住了，只露出一双带了霜白眉毛的眼睛。他向前方的车驾看了看，沉声道："七七既然想亲自对她的男人动手，我们做叔父的，自然该成人之美。且等七七动手，然后……我们就大义灭亲，出兵勤王。"

"元日，岁首哇！皇帝始制干支之名，以定岁之所在，万物之所成终而所成始也。"

杨瀚喝了两盅，大概有点儿飘，还转了几句文。

"大秦终于还是立国了，定年号为元始。宋国也正式改了年号，定年号为光兴。唐傲虽然狼狈了些，却也不甘人后，启用了新年号会昌，木下则定了年号为建武……哎？咱们那位孝闵皇帝呢？"杨瀚说着木下为他的侄子木千寻所封的谥号，调侃地问道。

何公公欠身道："千寻公公正负责清点各方首领给大王纳的贡物。"

"各方首领啊……"杨瀚笑了笑，有些讥诮，"他们一天还被称为首领，我这个王，就是笑话。希望，从今日起，会有一个翻天覆地的变化。"

何公公振奋道："大王英明神武，一定会的。"

杨瀚失笑道："你是老实人，可别学司马杰，那厮已经被称为吠天犬了，天都能被他的马屁唬得晕头转向，你说吓不吓人？"

何公公也忍不住失笑，忙欠身道："奴婢不会的。奴婢论本领，既不及徐公公，也不及李公公，便是司马公公，也有他的长处。奴婢唯有一颗忠心，岂敢有瞒大王，实是在奴婢看来，大王的心愿，必定心想事成。"

杨瀚道："不错！这马屁拍得情真意切，比司马杰的中听。"

何公公急了，刚要跟大王好好掰扯一下，证明他确实是发自内心，而不是在拍马屁，二狗子走了进来，欠身道："大王，昨夜，各路首领最迟的也已赶到忆祖山下。今日巳时三刻，大吉之时，就要一起上山为大王进贺了，还请大王更换朝服。"

杨瀚点点头，大甜、小甜便捧着冠冕，带着五六个宫娥进来，为杨瀚更衣。

杨瀚刚换好朝服，羊皓就像幽灵似的冒了出来，身子向前一蹿，踮起脚，贴着杨瀚的耳朵低低禀报起来。

杨瀚先是一呆，继而大喜。他之前就叫羊皓注意，趁着战乱从瀛洲多抢人才回来，任何方面的人才都要，反正三山洲百业待兴，你就是个杀猪的，来了也有用武之地。当然，远涉重洋运个杀猪的来有些浪费了，杨瀚只是表示不必过于挑拣，反正什么人来了都有用处，当然，用处越大的越好。

想不到羊皓居然这么快就在瀛洲建立了人才搜刮的秘密渠道，以后各方面的人才可以源源不绝了。

这一次送来的人，有书生十余人，这都是可以很快安排做地方官的，最为急需。因为这年代读书人学的就是如何做官，如何牧守一方。

另有铁匠数十人，而且都是精通甲胄、兵器打造的匠师，他们可以带出多少徒弟？上次与洪林一战，就已经凸显出在这种大规模作战中，武器装备制式不一的弊病了，如果能渐渐形成统一制式的武器装备，并且最终形成如秦朝时一样的流水生产线，战斗力的提升将是肉眼可见的。

还有那些堪舆师，可千万不要把他们当成一群神棍。不排除这些人平日里时常卖弄神棍本领，可要做一个神棍，也要有真才实学的。他们在天文、地理方面，都有独到之处。

三山即将大兴农业，懂得天文的人可以制定农时历法，懂得地理的人可以规划河渠。而且，随着人口增加，必然要往三山洲的深处开发，至于勘探矿脉，更是眼下最为急需的。金矿、银矿、铁矿、铜矿、硝石矿等等，将在兵器、铸钱、贸易等方面产生巨大作用。

这些人都是宝贝呀！

杨瀚原是祖地建康城的一个小吏，同各个层面的人打过交道，所以深知，那些堪舆相面之人，可不只会察言观色、能言善辩。后世的相师、风水师，是否有真才实学，实也无从论证。但这个时代的风水师、相师，确实于天文、地理上有着独到的学问。

比如老罕王努尔哈赤立国后，就把都城由赫图阿拉迁到了辽阳，起名为东京。可是刚刚定都三年，就又迁都于沈阳了。当时东北最大的城市不是沈阳，而是辽阳。比起当时还穷得叮当响的沈阳卫来说，辽阳的基建设施更好，城市也更大一些。但是请了堪舆师一番堪舆后，堪舆师说，沈阳此地，有神龟驮地，四平八稳，当为定鼎之地，于是才不惜耗费大量财物，又迁都沈阳，并在此大兴建设。

几百年后，现代社会以精密仪器测量，沈阳地下为一块完整的岩石板块，轻易不会发生大地震。也不知道古时候的堪舆师只看地表地貌，根本不可能去探测地下的情形，究竟是如何判断出来的。

"老朽高初，见过大王！"

一见那身着冠冕的男人走进来，候在御书房的众书生、匠人、堪舆师便知道三山之王杨瀚到了。

众人之中，论地位自然是以青萍书院的山长高初最高，所以老头子飘然上前，向杨瀚长揖一礼。

后边众书生、堪舆师、匠人见了，也连忙有样学样，随之长揖。

杨瀚抢上前两步，一把扶住高初，欣喜道："哎呀，老先生千万不要客气。我三山正是用人之际，老先生率众来投，寡人不胜之喜！"

杨瀚又看看那些堪舆师和匠人，笑道："诸位都是有用之人，寡人必不会亏待了你等。忆祖山下，寡人已命人建了招贤村，安置各位大才。以后，论功行赏，不拘一格，但有贡献者，寡人定不吝赏赐。"

众人唯唯。

书生们还好，一一上前对答两句，堪舆师们大多是被强迫来，却也不敢表示不满，对杨瀚的承诺，他们现在也不抱什么期望，只管含糊应下了。至于那些匠人，根本没见过这么大的人物，站在那儿拘谨得很，只盼这位大王不要跟自己说话，免得自己说话不甚得体，倒是都很本分。

杨瀚见那众书生纷纷上前见礼，看到最后一人，却是一呆。

此人眉眼如画，肤白若雪，那柳眉杏眼，樱素小口，男生女相，精致如斯，竟是叫男人看了，也不由得怦然心动。

只是……杨瀚对这书生生出些眼熟的感觉，稍稍一怔的时候，面前这俏美如女子的小书生已是向他粲然一笑。

这一笑更是美丽，令人眼前一亮，有银瓶乍破、云开月出之感。杨瀚心中一个名字已是呼之欲出，只是怕自己眼拙认错了人，一时怔忡起来。

高初微笑道："大王，这是老朽新收的弟子唐言寺，虽在老朽门下时日尚短，却早已是满腹经纶。老朽弟子，多习治世之学，这唐言寺，于兵法韬略也多有涉猎，大王雄才大略，志在天下，相信……对大王是有些用处的。"

杨瀚一听姓唐？言寺？可不就是唐诗！

居然是她？

杨瀚上一次见她，还是三年前，那时候，杨瀚还是一个任人宰割的阶下囚，而唐诗，却是抓了杨瀚的人。

今日再见，杨瀚堂堂皇皇，衣带冠冕，倒是唐诗，居然易钗而弁，鬼鬼祟祟了。

杨瀚本想对高初这位大儒表现得礼贤下士一些。

要知道，这可是读书人中极有名望的人物，杨瀚一听说他来，就已决定重用了。哪怕这人是投机而来，人品不好，本领不强，也要重用。

千金市马骨的道理，杨瀚是明白的。怎么吸引天下有学问的人赶来三山？只靠这种偷偷摸摸的抢和骗是不行的。

若重用他们，那就是一个巨大的轰动效应。比他更有名气、更有本领的读书人，抑或不如他的读书人，都会因为他被重用而受到鼓舞。

可如今一见唐诗这般模样赶来，杨瀚马上就知道有机要要谈，哪还有心思与高老先生攀谈。

高初自然是知道唐诗底细的，这时笑道："今元日之喜，各地臣工进贺，大王诸务繁忙。且老朽与弟子们一路奔波，天气苦寒，实是有些乏了，还请大王先遣我等退下，有杯热茶，消消乏气。"

杨瀚一听，忙道："何公公，快把高老先生和众贤才请至文华殿，着人好生侍候着。"

杨瀚自从建了武英殿讲武，就开始建造文华殿，这时正好派上用场。

何善光连忙亲自引了高初等人退出大殿，其中有两个书生到了御书房门口时，却故意慢了一步，停了下来。

二狗子看向杨瀚，杨瀚向他递了个眼色，二狗子顿时明白，这是大王要留下的人，二狗子马上退了出去，顺手把门掩上。

殿门关闭，二狗子公公才怔了一怔："咦？大王又没说要我退出来，再把门关上，我怎么习惯地就出门了？"

御书房中，唐诗和另一个年轻书生已经走到杨瀚面前。

杨瀚讶然道："唐诗姑娘？"

唐诗身着男装，便依然学着男人，向他拱了拱手："瀛洲唐诗，见过大王。"

杨瀚道："果然是你。公主殿下快快请坐。这位是？"

唐诗道："此人嘛，名叫宋词。"

杨瀚一听，唇角便抽搐了两下，道："可是驸马？"

唐诗很无奈，果然，对祖地文化了解多一些的人，一听名字就会把他们误作一对。这宋词的父亲也不知是何等人，附庸什么风雅。

唐诗板起俏脸道："唐诗、宋词差着几百年呢，怎么就是一对了？大王莫要开玩笑。"

宋词并非权贵阶层出身，作为底层小民，根本不知道祖地的存在，更不了解祖地文化的发展，对这句话根本不理解，听得很是茫然。"我跟她怎么就差了几百岁？难不成她竟活了几百年之久？"

杨瀚见唐诗不悦，忙道："哦，是寡人唐突了，却不知，这位宋词是……"

唐诗甜甜一笑，道："还请大王安坐，再叫他详细说来。"

宋词当初知道了蓬莱帝国的一个大秘密，被一个能量极大的权贵追杀，无奈之下，他投靠了传说中的六曲楼。

他没有钱请六曲楼出手相救，好在能够提供足够隐秘、足够重大的消息的人，六曲楼也会提供保护。只不过，这种人就需要从此为六曲楼效力了。

因此，宋词从那之后就成了六曲楼的外围人员，和白素一起被送到了蓬莱。白素成功打入蓬莱帝国皇族，宋词便被安排返回东方，可谁知，又发生了之后一系列的事情。宋词几度险死还生。宋词不想继续这种生活了，他喜欢安逸，并不想在刀光剑影中谋什么功业。

所以，宋词用他所知道的那个大秘密，从六曲楼手中换来了帮他杀掉所有追杀者的回报。现在，他又想用这个秘密，换取一个庇护。

六曲楼在他心中，是无所不能、无孔不入的，因此也只有依傍一个政权，才能与六曲楼这样的强大组织抗衡，才不至于让他某一天傍晚睡下，次日便糊里糊涂地再也看不到天上的太阳。

可是，唐家现在自顾不暇，不是值得一抱的大腿。一番权衡之后，他选择了杨瀚。

为了让唐诗能把他带来三山，他对唐诗的说辞是，他本三山人氏，此地更有情缘未了。

唐诗想着此来主要是为了与杨瀚拉近关系，以备不时之需。这种成人之美的事，求助于杨瀚，其实也是拉近关系的一种手段。

谁料……

"我有一个秘密，想禀报大王……"宋词站了起来，但话只说了一半，便戛然而止，乜向唐诗。

唐诗却是一忙："秘密？你不是想定居三山、寻回爱侣吗？你居然有个秘密？"

唐诗暗暗咬牙，瞪着宋词，似笑非笑道："哦？可是不方便叫人知道的事情？我，要不要回避呀？"

唐诗说着，屁股抬了一下，作势要走。

宋词大喜，忙不迭点头道："好哇好哇，有劳有劳。"

唐诗一窒，顿时有些尴尬起来。

杨瀚见她脸色微愠，忍不住好笑，忙咳嗽一声，道："公主殿下，这屏风后边，有竹榻一席，是我平日乏了的时候小憩的所在，公主可以暂时歇息一下。"

唐诗无奈，只好点点头，绕到屏风后面去。

宋词的第一句话就让杨瀚一喜。

"我自蓬莱而来，我和白素姑娘是朋友。"

杨瀚对白素还真不曾忘记，他和小青沟通消息并不容易，为了避免暴露，非必要时候，轻易不会传讯，一旦传讯，也是尽量择紧要事讲。更何况小青所知道的消息也多来自月老，因而能够告诉杨瀚的不多。但她在信件中，曾经提到白素如今流落蓬莱，处境还不错。

今天，是第一次遇到和白素在蓬莱有过接触的人。

杨瀚大喜，连忙问道："她在蓬莱可好？如今处境如何？"

宋词把白素的情况一说，杨瀚的表情登时五彩缤纷，异常精彩。

白素……瞧瞧人家，有福之人不用忙，无福之人忙断肠啊！

三人自祖地而来，虽然各有奇遇，没有一个流于平庸，可是，小青的青女王，那是刀山火海里杀出来的，自己这边，虽然不如小青真刀真枪杀得辛苦，却是处于重重监控之下，努力拓展生存空间，殚精竭虑地使尽了浑身解数，历时三年，方有今日局面，一双翅膀，时至今日，才有机会挣脱牢笼，得以舒展。

可……你瞧瞧人家白素。

在祖地的时候，就整天没心没肺的，过得比谁都快活。哪怕是被苏窈窈追杀了五百年，哪怕是被挚爱背叛，甚而要吸光她的血，可她，始终是最光鲜、最快活的。五百年，她爱过、恨过，大部分时光都是快乐的。交往过的人，不是帝王将相，就是风流才子，混得开着呢。结果到了三山世界，才做了两天阶下囚，人家就迷迷糊糊登上一只机遇之船去了蓬莱，离开了纷乱不休的三山洲。

那船本是六曲楼为宋词准备的，结果白素成了绝对的主角。

到了蓬莱，有人帮她设计、伪造了一套天衣无缝的证据，硬是把她捧成了公主，且是皇室第四顺位继承人。皇室和元老院争权，自有人把新兴的工商阶层聚拢到她的麾下，让她渔翁得利，成为如今和皇帝分庭抗礼的大长公主，共治天下。方壶的教宗陛下意图控制诸王大公，以神权凌驾于王权之上，急需盟友。蓬莱这边政治权力重新洗牌，急需外援。便有人不惜代价，从中穿针引线。

杨瀚想想自己和小青的努力，真想号啕大哭一场。

人比人，气死人哪！

宋词详细地叙说着，杨瀚听得心怀大畅，好哇，好哇！白素竟有如此机遇，总算不用为她担心了。如今她是蓬莱帝国两大至尊之一，待我一统三山，那时彼此联系，便要容易许多。

宋词方才叙说时，就已铺陈了六曲楼的存在，这时更是直接说到了自己与六曲楼的联系。

他把只对六曲楼说过，以此换取性命的秘密，告诉了杨瀚。杨瀚听了，倒没有任何的意外、惊讶。

三山世界承平太久了，稳定了足足五百年，出点儿前所未有的事，就能叫人震惊了。皇族之中倾轧、角逐的把戏，在祖地可是司空见惯。

远了不说，光是大宋一朝，什么黄袍加身哪，斧影摇红啊，金匮之盟啊，狸猫换太子呀……民间广为流传，津津乐道。哪一个拎出来，不比这三山世界的狗血争霸戏更具传奇色彩？

宋词见杨瀚神情淡定，倒是暗暗钦佩，果然不愧是一方之雄，记得六曲主人听说这件事时，也是两眼一亮，偏他毫无反应。

杨瀚摸着下巴，那蓬莱便是有天大的事情发生，他现在连三山都还没摆平，也懒得理会。只不过……杨瀚仔细一想，这个大杀器，明显对白素十分有利呀。

只要消息公布出去，有确凿证据的话，那个熬了大半辈子，终于爬上皇位，却还被一个从天而降的大长公主抢去了一半权力的新皇帝，也许就要众叛亲离了。

之前六曲楼隐而不发，却积极扶持白素上位，显然是时机未到。那时就算揭发了当时这位皇太子弑父，也只能造成皇孙、太子妃和阿仑亲王争权。

那时元老院实力犹在，皇族这边一旦变成一盘散沙，很可能就会被元老院各个击破，白素毫无机会。所以，六曲楼选择了扶持白素，而不揭发皇太子。

皇太子那时还未登基，皇太孙和太子妃、阿仑亲王尚未意识到争夺皇位继承权的重要性，这时白素异军突起，迅速发展自己的势力，最为有利。

可如今，白素已经具备与皇帝分庭抗礼的力量，那么六曲楼……

杨瀚想了想，徐徐道："你这个秘密，恐怕很快就要被公之于众，也就不再成为秘密，那时，你就不必东躲西藏了。"

宋词道："我明白。只是，如果我还在六曲楼手中，他们将秘密公之于众的时候，我一定会成为重要的人证，在这个过程中，我很可能会死，皇太子……不会坐以待毙的。"

皇太子昆图斯，如今已经登基，但宋词仍然如此称呼他。

杨瀚道："你要投靠我？没有人愿意养一个闲人，你有什么本领可以为我所用？"

宋词道："草民走南闯北，见识总还是有一些的，而且识文断字，算术也精通。大王若叫草民记个账，做一个书记，这等事务，我都做得来的。"

杨瀚的眉毛挑了挑，道："你能逃得了追杀，武艺应该不差，若要从武，如今三山少不了征伐，只要你能建功立业，无须几年，便能成为战功彪炳的大将军。你如今已周游了蓬莱、方壶、瀛洲、三山四地，若是为本王料理海上贸易，也是只需几年工夫，就该能成为如你蓬莱财务大臣一般位高权重的重臣。可你费尽心机来见本王，需要本王给你庇护。而你能给予本王的，却是寡人随随便便就能找到几十上百人都能胜任的事情？"

宋词大概也有点儿不好意思，讪讪地道："大王，草民就是这么一个胸无大志的人哪！"

貌似小谈说过，黄袍加身的那个赵恒，也是这么一个人？

宋词道："草民以前是一个修缮武器的匠人。我不需要同多少人打交道，我只需要把那破损的盾牌修得坚固，把那砍出豁口的刀剑磨得锋利，把那护体的铠甲修得更灵活、轻便，草民不怕吃苦，只是不喜与人打交道，太累了。"

杨瀚听了心有戚戚焉，要说心累，能有人比他更累吗？

这三年，他一直在被人算计，也一直在算计别人，就算他自己身边的人，除了那些太监他能信任不疑，对其他人也是提着小心，经过长时间的观察和了解，才敢渐渐放开自己的真面目，小心翼翼地接触、拉拢。

与人打交道，太累了呀！

不过，每每棋高一着时，那种愉悦感……与人斗，其乐无穷啊。

这就是杨瀚与宋词的区别，其实准确说起来，就是这宋词有点儿"社交恐惧症"，他不喜欢跟人打交道，尤其不喜接触新的人，与陌生的人建立社交关系。这个过程会让他焦虑烦躁，内心十分不安。从表面上看，你不太容易发现他有这种毛病，因为他不是重度社交恐惧症。就像一个还没有发展到十分严重的抑郁症患者，你看到的他，可能比一般人更健谈，更开朗。因为他说话声音很大，别人聊天他会积极参与，他会一直谈笑风生，表现得比你们更活跃、更风趣，所有人中，笑声不断的那位，十有八九是他。但一到夜深人静时……

杨瀚看着他，突然问道："你与那些书生、堪舆师傅远涉重洋，舟车而至，同他们相处，也觉得难受吗？"

宋词苦着脸摇摇头："初时，固然是很难受的。我不喜欢他们跟我说话，我还要费心想想怎么回答。我也不喜欢与他们说话，就只唐诗姑娘熟稔一些，与她聊天自然得很。但同船十余天，怎么也熟了。"

杨瀚道："那么……"

宋词拱手道："大王，草民不是不能与人来往，硬着头皮与人交往的话，旁人其实也看不出什么，还会觉得草民谈吐举止十分得宜。只是草民心中十分不自在，若要不断接触陌生人，不断硬着头皮去重复这个过程，那真是生不如死呀。"

杨瀚道："明白了！这样吧，你从堪舆师中，挑几个你熟稔的做你副手，你不喜与人打交道，需要再使唤旁人时，你就交代他们去做。"

宋词眼珠转了转，道："大王想要草民做什么？去……堪舆风水？"

杨瀚摇摇头，举手在空中画了个椭圆："三山洲，地域之广，不逊于其他任何一洲。只是此洲，天生有龙兽肆虐丛林，故而人不得深入。如今我已约束龙兽于深渊，经过这三年来的自相残杀，相信龙兽残余已然不多，而且，我仍然在约束着它们……"

五百年前，杨氏祖先在此立国时，也有本事约束龙兽。只是那时人口远不及现在之众。而且三山洲上原本没有人，三山洲被发现后，杨氏祖先在此立国，只将核心人员置于此洲，接受其他三洲百姓供养，人口不多。当时仅西部有人居住，完全没有深入不毛、探索大陆的必要，因此从未想过去勘探三山洲的庞大内陆。而今对杨瀚来说，却是完全有这个必要了。

来日就算他一统三山，也会首先注重自身发展，毕竟，现在的三山世界已经不同于一千年前，诸国都已开化。就算他有龙兽助战，就算他有本事征服诸国，山高水长的，他一走，人家又反了，难道他能不断地疲于奔命？身边就有宝山一座，岂有不思开发之理。

这个宋词，现在怯于和人打交道，既然如此，就深入不毛，和天地打交道去吧。

杨瀚道："你往三山腹心之地去，探索山川、河流、地理、产物，哪里是平原，哪里是大川，哪里有山脉，哪里可开路，位置、境域、地形、地貌、风土、出产，如此种种，如何？"

宋词大喜，欣然道："使得，使得，多谢大王，草民定不负大王所托。"

杨瀚笑道："如此就好，你且退下，寡人不日就下旨，封你为三山开拓使，专司此事。"

三山洲何等之大，花费几十年工夫怕也不能全部勘探了解明白，这活不用跟那么多人打交道，功劳却又是极大，史书上必然有他浓浓一笔的，宋词如何不喜。

"谢大王！"宋词毕恭毕敬地跪了下去，从这一刻起，二人便是君臣了。

宋词这一个头磕下去，便磕出个八犬之一的"攕山犬"来。

宋词退出宫门，门外二狗子趁机提醒道："大王，还有三刻钟，就得接见百官了。"

宫门又关上了，杨瀚扬声道："唐姑娘！唐姑娘？"

杨瀚连喊三声，不见回答，因为所谈机密，殿上没有旁人，杨瀚只得起身，自己绕向后边起卧之地。

杨瀚走进后殿一看，唐诗正仰卧于榻上，双手交叉搁于胸前，十分安详。

杨瀚摇头一笑，看来这姑娘一路舟车劳顿，真是乏了。

杨瀚便走过去，他虽放轻了脚步，但唐诗还是听见了，马上扭过头来。

九十　铁甲生风

杨瀚把唐诗带回前面御书房，依旧请她坐了，自己却不坐主位，而是在她旁边椅上坐下，神情一肃，道："我已听说木下假死遁生，借令尊的刀，除去了他不方便下手的皇帝，如今却是占据了瀛洲半壁江山，自立为帝。令尊那厢情况如何？"

杨瀚是个情商很高的人，言语间忽然不提寡人、殿下一类的称呼，二人的关系无形中便显得亲近了许多，能在潜移默化中叫人放松警惕。

唐诗感觉确实比方才松弛了许多，也不知是因为杨瀚话语的作用，还是方才浅眠的功劳。

她沉默了一下，幽幽苦笑道："家父情形，不甚好。"

杨瀚亲手给她斟了杯茶，递过去，也不说话，凝神倾听。

唐诗道："木下亲王的手段很是毒辣。兴南河以北一向是由幕府控制，皇帝定都于北，在北方的影响力也更甚于南方。木下亲王假死，借家父之手将北方忠于皇室的势力消灭得干干净净。"

她轻轻吁了口气，又道："我唐家世镇北方，一百多年前更是掌握了幕府，迄今已有三代，忠于皇室的势力便是再如何隐秘，也早被挖了出来。而在这过程中，我唐家经营、建立的所有势力，也都亮在了明处。"

杨瀚道："木下亲王用自己的封地，吸引令尊率兵南下，使得北方空虚。而他却亲率主力，舍了封地，直取京都，将令尊一方暴露出来的势力连根拔除了。"

唐诗点点头："是个狠人。"

杨瀚道："只是，四大世家地位超然，一向置身于政事之外，这次居然会倒向木下亲王，使得令尊在北方的势力迅速瓦解，倒是有些出人意料。"

唐诗道："由此可见，木下亲王早蓄反意，当初皇帝年少，他入朝摄政。想来在摄政的十多年里，他最主要的事，就是拉拢四大世家了。"

杨瀚转动着手中茶杯，若有所思道："他能说服四大世家出手帮他，付出的代价……一定不小。"

唐诗蛾眉轻轻一挑，道："那是自然，能让四大世家动心的利益，断然不是小事情。"

杨瀚道："既然如此，那么可以想见，北方，此后不会是铁板一块了。木下再如何雄才大略，与人分享了北方，也难以成为一个集权于手中的霸主，今后遭受掣肘处必然极多，这对令尊，大为有利。"

唐诗一呆，看着杨瀚，半晌，眸中渐渐亮了。

她是个极聪明的女子，马上就明白了其中的关键。她的父亲被迫留在了南方，这本是木下亲王一脉经营了数百年的地方，根基太深了。好在，三山的蝗虫兵搜刮了一波，她父亲为了筹措粮食和兵饷，无法对南方贵族们采取安抚拉拢政策，只能打土豪，如此一来，又拔掉了一波。

木下亲王在南方的势力，同唐家在北方的势力差不多，都遭受了灭顶之灾。

也就是说，除了四大世家，几乎所有的世家豪门全遭到了清洗。这近乎祖地的五代十国，强大到连皇帝都不放在眼里的五姓七宗，就是在一次次的扫荡中彻底消失的。那些小世家小豪门更是破家无数。

由此，大宋建立后，才能顺利地、真正地贯彻了科举制。这正是隋文帝、隋炀帝努力推行的制度，却始终推行不力，反而因此遭受反噬，被世家豪门暗中做手脚，葬送了江山。

唐朝时仍然采取了科举制，因为皇族明白科举制远比之前由门阀把持晋升之路，更能集权于皇室。可是，也不过是与世家门阀打了个商量，各自做出一些让步，世家门阀让出每榜大概四分之一的名额给那些真正的寒门，剩下的名额仍旧被他们瓜分。可他们虽然让出了部分名额，却又用师生关系、同榜关系、婚姻关系，把这些跳上枝头的"凤凰男"同化成自己的一员，唐朝统治者也是无可奈何。

而今，瀛洲帝国传世五百年，旧的社会阶层几乎也是根深蒂固，尾大不掉了。经过这样一场大清洗，短期来说，元气大伤；长期来看，对掌权者而言，却未必是坏事。尤其是对唐傲来说，木下那边，可是还有四个庞然大物没有动。

它们就像四只巨大的水蛭，怎么可能不从木下身上吸血？

如此说来，唐傲虽在南方，守着满目疮痍之地，目前明显弱于木下，但长期来看，此消彼长，说不定……

旁观者清啊！父亲和伯父居然也没想到过这一点。

唐诗清楚，父亲和伯父虽然面上仍然保持着镇定，心中已经极其悲观，否则以唐傲的个性，也不会把一双儿女分别派遣出来，低声下气地去与外方势力努力建立裙带关系。

这个分析报回瀛洲，相信能一语惊醒梦中人，不仅对父亲重树信心有莫大的帮助，也将从政策到制度的建立上，对父亲经营南疆，都发挥重大作用。

唐诗颊上蓦地掠过两抹激动的红潮，她离开座位，袍子一撩，就向杨瀚郑重地屈膝跪倒，感激道："多谢大王点拨，这一句话，对我唐国如何定位、如何发展，将有莫大的作用。唐国有朝一日杀回北方，一统瀛洲，绝不敢忘了大王之恩。"

"见外了不是！"杨瀚没想到唐诗竟行这么大的礼，连忙起身相扶，半开玩笑道，"我也不是旁观者清，只是我在三山已有三年，我太清楚，一个家里，一堆的婆婆，人人掣肘，各自算计，纵然眼前兴旺，用不了多久也必然大厦倾覆的道理了。"

唐诗心情激动，不是虚拜，杨瀚手上加了把力气，才把她扶起来。

唐诗听了杨瀚的话，忍不住道："大王在三山的情形，我也略知一二。各部首领名为归附，实则仍是各行其是，大王若不能尽早集权，恐怕不管是东山青女王也好，还是南方诸部，都将给大王造成莫大的威胁，大王今后如何打算？"

唐诗不能不表关切，她被派出来，父亲的心意如何，她心中明白。可这杨瀚若是一个短命的三山王，又或者始终挣扎不得，继续做个傀儡，那对唐国哪有什么帮助？

她这一路行来，所见所闻，知道杨瀚经过一番努力，已经拥有了一定的实力，但……想用来统治三山，远远不够。这点儿力量，只能保证他在不与诸部撕破面皮的情况下，一则自保，二则施加一定的影响。

杨瀚笑了笑，道："我忽然发现，我和唐姑娘你，还真是有缘。"

唐诗心一跳，暗忖："难道……他已清楚我此番出使三山，是为了跟他……不可能啊，我连小谈都没有事先知会。"

唐诗微生忸怩，有些心虚道："怎……怎么有缘了？"

杨瀚道："你看，这三山洲，你只来过两次。上一次来，恰逢我自祖地破空而至。"

唐诗尴尬道："我……我对大王实无恶意。只是我当时正欲联络徐家助我唐家成事，偏生徐伯夷跋扈，激怒各方首领，结果……他被你一下子压死了，我……为图自保，只好……"

杨瀚笑道："我不是说这个，我说的是，你上次来，恰逢我从祖地归来，从此三山有主，气象一新。"

唐诗终于明白了杨瀚此言的重点，顿时凝神，脱口问道："难道我这次来，还要见证什么奇迹？"

杨瀚笑得很神秘："眼看着百官觐见的时辰就到了，你不妨同去，亲眼一观。三年前的事，你参与了。三年后的事，怎好把你抛在墙外？"

唐诗听得心痒难耐，但也知道他此时是不肯说的，只好道："我此番是扮成书生悄然潜来，以何身份随你上殿？"

杨瀚上下打量她几眼，道："公主现下还真不宜暴露身份。一会儿，小谈是要给我打扇的，这样吧，暂且委屈公主，与小谈一起，扮个打扇的宫娥，如何？"

忆祖山的千级阶上，各部首领已经行至半山。随行的随从和礼物，浩浩荡荡。

大王特旨，天寒路滑，众臣可乘轿登山，因此阶石上，一顶顶四人抬的滑竿，如同行在浪尖上的一艘艘小船。

咸阳宫武英殿上，人声鼎沸，行人穿梭。如果你站得远一些，无论怎么细听，也听不清他们的话，因为有太多人同时说话了。

大殿右手边一角，羊皓拥着他血红的披风，静静地坐在那里。在他左右，是八大角头，左四右四。羊皓手下一共十大角头，为他维护着整个谍报系统，现在有八个调入了咸阳宫。

八个人并不是陪在他旁边摆排场，每个人面前，都有一张几案，不断有人递来各种消息，八个人分门别类进行处理。有必须羊皓做主的，才会递到他的面前。

中间雕栏、帷幔相隔，是一片更大的空间。

大殿左右两侧，各自划分为三个部分，用雕栏和帷幔隔开，中间这段区域相当于两边区域的总和，面积最大。

在这片区域中，一张硕大的沙盘占去了三分之一的面积，一群被杨瀚从瀛洲挖来的武官，其中还有著述过兵书的大家，围着那巨大的沙盘，不时把各色小旗子插在上边。

羊皓那边递来的情报，他们第一时间阅读，然后武将进行分析、判断、权衡、研究对策，最终讨论出一个方案，便会转至下一隔断。他们没有兵权，不负责指挥，只负责研究战策，有点儿像个参谋本部。

下一隔断内，就是他们正在教授的那些学生，这些学生大多是忆祖山周围四十七寨的子弟。得了战策，他们立即分发下去，或因太过重要，亲自送走。

大殿另一侧，是同样的三个隔断区域，不过这三个区域，面对大殿中央的方向也挂着厚厚的帷幔，显得颇为神秘，不时有人进进出出，掀帘之际，只能看到最左端帷幔内坐着的是何公公，另外两间连其中的主事人是谁都无人知道。

忆祖山周围四十七寨看起来很平静，家家户户洋溢着过年般的气氛，老人和妇人，串门拜年在街头燃着爆竹听响孩童……

只是，四方团练使已经以村寨为单位集结了所有战士，不仅是上次追随杨瀚去救大雍的三千精兵，还动员了四十七寨所有青壮，共计八千人。

南疆葫芦谷两端，各自建起了一道关隘，墙上有箭垛，墙下有陷坑，关墙一直延伸到两侧的山头上。山头上也有箭楼，只不过这一左一右两个箭楼中有烽火台，一旦强敌破关，就会举烽火向后方示警。

双方的大旗在各自的关隘上迎风飘扬着，城头上却没有几个兵丁巡视。

徐海生徐公公已率主力千里奔袭，驰向忆祖山了。

经过这段时间的打磨与调整，再加上巴家内乱，无人顾及此处，突击提拔的这些副将又想仰仗大王，使得自己的家族更上层楼。徐海生恩威并施之下，已经收服了这支强军。

这支军队的主力是原本隶属巴家一系的，当初就因为徐家的徐唯一不听号令，才使三军大败，巴图战死。所以，就算徐公公还没有收服他们，既然是带着他们去对付徐家，这些将士也绝对是完全服从，毫无异议。

半月港内，因为过年，同时也是因为从瀛洲运回的大量物资已经消化完毕，所以显得极为冷清。

海面上，连打鱼的小船都没有，整个海面空空荡荡的。

码头上，只有几个没有家室的老卒懒洋洋地依偎在屋子里，拾掇好的海鲜就煮在盆里，散发着鲜香，又一坛新开封的老酒筛了几筛，倒进了大家的碗里。

"钓虾龙"酒吃得多了些，酡红着两颊，摇摇晃晃出了暖烘烘的木屋，随手撩开袍子，正要方便一下，目光随意地向海上一扫，顿时一怔。

他瞪大眼睛仔细看了看，不是幻觉，真的有……无数的战船，浩浩荡荡铺满了海湾，正向着码头疾驶而来。

这是……

"钓虾龙"看清了船帆上一对血红的鸳鸯，顿时吓得一哆嗦。

"钓虾龙"哆哆嗦嗦地提起裤子，就见一头飞龙忽然从那最大的一只海盗船上振翅飞起，掠过他头顶的高空，箭一般射向内陆。

被飞龙羽翼遮蔽的阳光重新照在他的脸上时，"钓虾龙"才像还了魂似的号叫起来："敌袭！敌袭呀——"

大殿上，二狗子高宣一声："百官觐见！"各部首领便鱼贯而入，进入大殿。

徐诺业已换好朝服，登上大殿，与杨瀚并肩端坐龙榻之上。

唐诗与徐诺极熟稔，见她出现，忙偏过头去，生怕她认出自己来，但徐诺倒未看向她。

徐诺决意今日逼宫，断了杨瀚的妄想，对杨瀚倒也不无歉疚，所以这时目光都在杨瀚身上，哪里会在意站在龙椅后边的一个小宫娥。

百官向杨瀚致以新春之喜，各自吉祥话不断，等这些人马屁声一停，蒙战便上前一步，微笑道："自我天圣后人再现，三年前立三山国，迄今已有三载。三年来，我三山变化，大家有目共睹。有赖于大王神威，龙兽回避，山川太平，我等各部可以走出深山，筑城定居，开垦农耕。现如今，我三山阡陌纵横，良田无数，大小城池，如雨后春笋。大王又修道路、兴工商、重农耕、建水利，三山百姓，俱受恩惠。前有南疆伪皇洪林，袭我三山，更是大王亲自出兵剿杀。大王文治武功，直追我三山开国大帝也。臣以为，大王当称帝！"

蒙战说罢，便一撩袍袂，跪了下去。

立时就有一些早已和他通过声息的部落首领，也纷纷跪了下去，高声道："请大王晋位称帝。"

338

唐诗打着扇，心道："原来杨瀚打的这般主意？可三山各部各自为政，不能收其兵权、缴其税赋、治其子民、揽其土地，便是称了帝，也无济于事呀。"

唐诗想着，却没有转头去看小谈一眼。

尴尬嘛！

小谈是她的人，一直派在杨瀚身边，目的不过是盯着杨瀚举动，以备她将来争夺皇储时或可引为后援。为了达成这一目的，她当初可是毫不在意地暗示小谈，为谋杨瀚信任，可以自荐枕席。

如今可好，她一个女儿家，天之骄女，上赶着来到三山，却是想着用自己的身子拴住杨瀚。面对小谈，何以自处？

对心高气傲的唐诗来说，行那联姻之举，已是难受。更何况，不是杨瀚求婚，不是媒人出头，她一个黄花大闺女，主动送上门来，这也……太下贱了些。

面对小谈，可不羞死了？所以唐诗像只鸵鸟似的，暂且把头埋进沙子里，能埋多久，便埋多久吧。

杨瀚右手虚抬，还没开口，突然有人大吼一声："且慢！"

众人都向他望去，却见此人正是工部尚书王文正。

杨瀚展颜道："王尚书有何话说？"

王文正拱手道："大王晋位称帝，臣也赞成。不过……"王文正横了蒙战一眼，微微冷笑，这老匹夫，巴家一倒，他就慌了神，居然跪舔大王。果然，原本他依仗的就是骁勇善战的巴图。说是巴、蒙两家同进同退，但此人一直缺少魄力，只是跟在巴图背后摇旗呐喊。

王文正对杨瀚肃然道："蒙大人方才列举了大王诸般功劳，这些功劳，众人有目共睹，臣也是赞成的。但是，有一件事，蒙大人没有提。"

杨瀚眉头一挑，道："哦？何事？"

工文正道："方才，蒙大人有提到，大王亲自提兵解大雍之围，临阵斩伪帝洪林。臣倒是想问，洪林，南疆一蛮夷耳，兵微将寡，何以能搅得我三山不得安宁，大雍雄城竟险些失守？"

蒙战道："自然是因为，诸部俱往瀛洲派兵，三山空虚所致。"

王文正道："不错！可我三山各部，何以纷纷派兵前往瀛洲，以致内部空虚而不顾？不过是因为一个利字。但是为了利，险些失却了根本，这就是得不偿失了。"

王文正转向杨瀚，拱手道："臣，赞成大王称帝。但臣以为，我三山当效瀛洲，设幕府，节制诸部，如此一来，就不会再出现一有利益，各自争先，顾此失彼的状况了。"

蒙战道："王兄此言差矣，我王若是称帝，军权就不能受皇帝节制吗？"

王文正道："大王，蒙大人，我三山情形如何，大家都清楚。集权于中央，不现实呀。若建幕府，幕府却非世袭，哪一部落之主贤达，军力强盛，便可选为幕府，若其后世平庸，那便让贤。如此，诸部都有机会成为幕府，相信诸部便都不会反对，而我王则高高在上，身份超然，万世一系，谁也动摇不得，岂不是好？"

蒙战淡笑道："瀛洲幕府唐家可是篡位称帝了。"

王文正道："瀛洲木氏家族，传承五百年，才出了这么一个逆臣，而我天圣皇朝，当初也不过传承五百年，可见，这个体制，还是合理的。何况，将来若势易时移，我王自然也可以取消幕府。"

杨瀚道："如此一说，听来是皆大欢喜。只是，瀛洲木氏得天下，那是一刀一枪杀出来的，皇权威重，是以得保五百年江山，寡人可没有如此威权哪。"

"大王……"徐诺一直端坐在杨瀚身旁，此时微微侧首，睨向杨瀚，眸中有一丝歉然，语气却很坚决，"妾身觉得，王文正所言，是解决我三山目前困境的唯一手段。"

杨瀚慢慢转头，看向徐诺，二人目光一碰，徐诺目光瑟缩了一下，但马上又勇敢地迎上来。"三山局势，终究不能再如此下去。立幕府，是三山各部都能接受的事。集权于朝廷，对当下的三山来说，却不现实。大王高高在上，垂拱而治，还不用那么辛苦，妾身觉得，于大王而言，未尝不好。"

杨瀚就那么一直盯着徐诺，徐诺也毫不示弱地盯着杨瀚。

过了许久，杨瀚缓缓问道："那依王后所言，何人可为第一代幕府？"

王文正立即抢先道："大王，现今三山各部，以徐氏最为强大。臣以为，第一代幕府可推举徐家，徐震。"

徐天、徐下以及附庸于徐氏一族的人纷纷拜了下去，大声道："臣等附议。"

蒙战沉声道："谁说三山各部都同意设立幕府？我蒙家便不同意！"

"我苏家也不同意！"

"我陈家不同意！"

立时，原本依附于巴、蒙两家，且在巴家倒了以后，也不曾倒向徐家的中小部落首领马上附议。

双方一时剑拔弩张。

徐天看着蒙战，冷笑道："你不同意设立幕府，那么，你可同意集权于大王？"

蒙战道："蒙某对朝廷忠心耿耿，自然同意。只是，当前局势，还不具备相应条件。但若是建立幕府，兵权则集于幕府，便是来日，朝廷也要大权旁落，我不同意。"

徐天一指蒙战，大喝道："我徐家乃天贤家族，与天圣家族休戚与共。要说忠心，天下间还有比我徐家对朝廷更忠心的吗？你既不认可兵权交于大王，又不同意设立幕府，便是居心叵测。来人哪！"

徐天一声大喝，以押送奴隶、美人进宫为名的徐家亲信家将早就候在殿外，立时呼啦啦冲进大殿。

殿上武士大惊，刚刚拔出剑来，几杆锋利的长矛已经抵在了他们的身上。

蒙战等人也是一惊，现如今三山规矩甫立，座位是已经撤了的，但带剑上殿一直不曾取消。蒙战等人立即持剑在手，但是四下里俱是长枪大戟，如果反抗，只怕也是有死无生。

杨瀚一见，霍地一下站了起来，厉声道："谁准你们拥兵上殿的，要造反不成？"

徐诺端坐不动，浅浅笑道："大王，徐天是为大王清君侧，大王少安毋躁！"

杨瀚惊怒地转向徐诺："王后，这是你的授意？"

徐诺柔声道："大王，妾身与大王是夫妻，夫妻一体，休戚与共，怎么会害大王呢？还请大王体谅妾身的一片苦心。"

杨瀚看着徐诺，许久，缓缓点头，冷笑道："好，你很好！"

杨瀚坐了下去，似乎原本挺拔的脊背也有些弯了。

后边打扇的唐诗也是心中一片沮丧："原来他的主意就是利用买通了的蒙战称帝集权？只是没想到徐家技高一筹，先发制人，杨瀚完蛋了，从此沦为彻底的傀儡，只待徐家坐稳了幕府之位，随时废了他。我……我该如何是好？"

与此同时，殿外的徐家兵丁也迅速行动起来。

律殿他们是知道的，但那里只是一群搞法律的人，而且多为各部族公子，至于武英殿的存在，是宫中绝大的秘密。杨瀚经过三年的苦心经营，对这宫里的控制还是极稳的，消息居然没有泄露，因此处于宫殿群右上角的武英殿并未引人注意。

外部这些兵将只是控扼各处要道，防止宫内宫外的人窜逃、传播消息罢了。但他们一动，宫中众人却是立时知道生变了。

"这座城准备叫什么名字？"

"七七给新城拟了个名字，叫长安。"

"很有意境的名字呀，我记得，好像祖地就有这么一座大城。"

"不错，不过我爹觉得不妥帖，所以我爹又想了个名字，叫作望天。"

"望天？这是什么意思？"

"咱们这城就建在忆祖山外，随时可以兵进咸阳宫，叫望天城，实至名归。"

"不错，今日之后，那城，就叫望天城了。"

"七七姐想必会很不开心。"

"那有什么办法呢？七七姐竟然逼宫，夺大王之权。我爹忠于王室，大义灭亲嘛。只可惜，今日之后，大王受了惊吓，时常惊厥，不能视事，到时候，只好拜托我爹代摄朝政啦！"

"哈哈哈，此计甚妙！"

徐英照、徐固城两兄弟越说越开心，此时，他们已率领佯作筑城的"八千民夫"，兵临忆祖山下。

抬头仰望，千阶直上，如入云霄。徐氏两兄弟也不禁生起满腔的豪情，从此，这三山将属于他们徐家了。

其实，五百年前，这江山就属于他们徐家了。只可惜，江山到手，还没焐热乎，就被逆臣叛贼夺去。而今，徐家的子孙将重新夺回这皇位，那杨瀚，再养他三五年，只等民心归附，便可送他一命归西，只可惜了大小姐，也要随他一起……

终究也是徐家的人，两兄弟对这长房长女，还是有些不忍的。血浓于水嘛。可……为了徐家的万世基业，何人不可牺牲？

徐英照拔出剑来，徐徐指向山巅，沉声喝道："王后谋逆，我等勤王！来呀，攻上山去！"

轰——

没有人呐喊，可是八千将士齐齐跑上石阶发出的整齐划一的轰隆声，带着无尽的肃杀之气。

八千将士，俱着白袍，就像一场铺天盖地的大雪，掩向咸阳宫。

宫门外，徐震派在那里的侍卫眼看着山下一片雪白，向山上拥来，不禁喜形于色，立即转身向大殿上奔去。

"二老爷，八千将士，已然掩杀上山，再有一炷香的工夫便到了。"

大殿上，蒙战这一系的人都被押至一边，看管起来。宫里的侍卫也都缴了械，与他们看押在一起。还有一些既未投靠徐家，也未响应蒙家的小部落首领一脸惶恐，站在那儿不知该如何是好。徐诺微微一笑，步下丹陛，走到他们面前，柔声道："大王糊涂，希图急进，实为取祸之道。我天贤家族，本有'正朝纲、清君侧'之责，如今我只是遵祖训而行，待大王悔悟，自然要效仿周公，还政于王的。你等皆国之忠……"

徐诺还未说完，徐震向徐天、徐下一使眼色，两人齐齐上前一步，唰地一下，鞘中宝剑已然擎出，架在了徐诺的脖子上。

如此变故，一下子又惊呆了殿上众人，就连被看押在一旁的蒙战等人，都抻长了脖子向这里看来。

只有大王杨瀚，似乎真的吓呆了，坐在王座上，仍是一动不动。他身后两个打扇的宫娥，属于被人遗忘了的小角色，自然也是站在那里，不敢妄动。

徐诺的脸色变了几变，才缓缓平稳了呼吸。她向四周看了看，就在徐天、徐下发动的同时，那些徐家子弟中一些人也是突然发动，拔刀拔剑，毫不犹豫地刺向身边的手足。同为徐家子弟的另一些士兵却是毫无防备，惨叫一声，倒在了血泊之中。

徐诺强抑惊怒，沉声道："你们干什么？"

徐震缓缓走过来，站到了徐诺的对面。

徐诺颈上的两口剑异常锋利，光洁如玉的颈上，已经划开两道血线，渗出殷红的血丝。

徐震的目光从那颈上一掠而过，轻轻叹息道："七七，你哥哥不是个好家主。你比他，实是强了很多。但是，在我看来，还是不够，要想让徐家更强大，不如我来做这个家主。"

徐诺气得发抖，双拳紧紧地攥着，沉声道："你这是背叛！"

徐震不以为然地摆摆手："你还不是一样？你背叛了你的王，你的丈夫。我这个做叔父的，为什么不能背叛你？"

徐诺脸色一白，怔怔地望着徐震，一句话都说不出来。

徐震笑了笑，道："你是女儿身，嫁出去的姑娘泼出去的水，叔父们担心哪！现在，你的胳膊肘还没往外拐，可有朝一日你有了孩子呢？二叔是过来人，当初你英照弟弟出生的时候，我把他抱在怀里，看着那一小团肉，那心情，真恨不得把我所有一切都拿来疼他，只要逗他一笑。二叔是男人，尚且如此，等你真正做了他人之妻，做了他人之母，你会如何？叔父们是为了徐家，七七呀，如果你的心真的在徐家，就不要怪我们。"

徐诺心中充满说不出的难过，她一切都是为了徐家打算哪，可结果，最防着她的却是徐家的人，叔父们居然一起反了她。

"我，做人便如此失败吗？"徐诺闭了闭眼睛，两行清泪沿着脸颊缓缓流下。

她黯然道："那么，二叔如今，打算如何对待七七呢？"

徐震向后退了两步，突然大喝："徐诺身为王后，竟然逼宫篡位，悖逆君上。我虽是徐家一员，却也只能大义灭亲了。来呀，把这大逆不道的徐诺绑起来，交予大王发落。"

山道上，正如飓风暴雪般涌来的徐家将士距山顶还有五十余阶，突然，天空中嗡的一声，一片乌云蔽空而来，及至近处，才看清是无数支箭矢。

嗖——嘶——嗖——嘶

咻——咻——咻——咻

没办法，箭矢制式不一，再加上落下的角度不同，发出的声音也各有不同。

噗——噗——噗——这是利箭贯入人体的声音。

笃——笃——笃——这是利箭射在藤盾上的声音。

如雨打残荷，山路上顷刻间就倒下了无数人，惨叫声响起。

第二轮箭雨又到了，那些侥幸没有中箭的，或者中了箭倒地惨叫的，都不禁露出了绝望的眼神。

两轮箭雨之后，两侧山坡上突然涌出无数的士兵，他们挥舞着刀枪，冲上了台阶。

那些逃过了两轮箭雨，立即向两侧山坡窜去，想要利用复杂地形逃逸的徐家兵首当其冲，迎上了那如林的枪戟，如浪的刀丛……几个举着长戟，看着山下战况神色惨然的徐家兵猛然惊醒过来，转身就想跑回大殿示警，几口锋利的匕首已自他们的咽喉下边探了过来，他们就倒下了。

山道上，此起彼落的刀剑仍然映着寒光，带起一串串鲜血，惨叫声被呼啸的山风迅速卷进了远远的山坳。

身材高大的徐海生披挂着一身铁甲，一步一步，稳稳地走上山来。

司马杰兜着一件大氅，带着几个人出现在宫门前。一看见徐公公，司马公公立即矮了半头，哈着腰一溜小跑上来。

看见徐公公铁甲上斑驳的血迹，吓得司马杰一激灵，没敢大拍马屁，只是迅速解下自己的大氅，往徐公公身上一披。

徐海生脚下不停，只使双手一兜，使那大氅罩住了铁甲，向司马杰沉声问道："大王何在？"

"勤政殿上。"

徐海生兜紧一身的杀气，便往紧闭的宫门走去。

九十一　一剑封喉

呀轧轧——

原本紧闭的、巨大的殿门缓缓向两侧分开。

一阵寒风裹挟着雪花，漫卷入殿内。

殿上因为惊变正自愕然的众人均向大殿门口望去。就见殿门前站着一人，与那高大的门楣相比，人显得很小，可漫天风雪中，就只一人，稳稳地站在那里，却有一种别样的气魄，震慑人心。

徐公公迈过包铜的门槛，大步走了进来。

徐震眉头一皱，外边应该都已被徐家的人控制了才对，这只杨瀚的看门犬是怎么进来的？

徐海生目不斜视，一直走到丹陛之下，单膝下跪。

静谧的殿上，有人听到了甲胄的叶片撞击之声，顿时明白，这人大氅之下，定然穿着铁甲。

徐公公顿首道："大王，奴婢接到大王旨意，便日夜兼程，自南疆回返，今已按时赶到三山。山下有叛军八千余，意图不轨，奴婢已将他们斩于千层阶上，现向大王复命。"

徐震听到叛军八千余被斩于千层阶上，顿时脸色一变。

徐天不敢置信，他疯也似的跑出了大殿，又向前方宫门跑去。

殿里的人都怔怔地看着徐天，就见他跑到宫门前石阶尽头，忽然双膝一软，跪在了地上。

接着，那石阶的尽头，似乎接着灰蒙蒙的天空处，突然有一排铁甲卫士，举着大戟，齐刷刷地出现。

那不是一排，而是一排排！

一排排士兵滚滚而上，迈着整齐的步伐，排着整齐的队伍，向大殿的方向漫卷过来。

跪在地上的徐天就像大浪之中的一颗沙砾，迅速被淹没在这滚滚巨浪之下，再也看不到他的人影。

徐下一个激灵，突然醒过神来，指着王座之上的杨瀚，大叫道："快，抓住他。"纵然外边全都被人控制了，但只要能控制住杨瀚，他们就仍有机会翻盘。

大殿上，有七八十名徐家子弟，他们正看押着蒙战等人，徐下一声命令，其中有反应快的二十余人立即拔足向高高的王座上的杨瀚冲去。

此时，站在杨瀚身后的唐诗对他已是佩服得五体投地。一瞧那些军士向丹陛上狂奔而来，双手下意识地攥紧了手中的扇柄，长扇被她横了过来，向丹陛上一拍，那装饰着羽毛的扇子便被拍碎了。

这长扇的木柄是用白蜡杆做的，去了这扇头，便是一根极好用的棍。

唐诗虽然最擅长的是刀法，可手中有一根棍，等闲十几个人也近不得身。

这王座之上一共才多大面积？她自信凭一根棍，足以护得杨瀚周全。只要护得片刻，外边那铁甲洪流就能漫进大殿，涤荡一切反叛。

王座另一侧，小谈微微侧首，乜了唐诗一眼，眸中露出一丝笑意。唐诗终究是她旧主，原来纵有再多怨气，背叛了她，这怨气也就消了。待她真正爱上杨瀚后，反而觉得幸亏了唐诗硬点鸳鸯谱，否则她现在仍是唐诗身前一个刀头舐血的女武士，哪有如今的甜蜜？

这样一想，小谈对唐诗就更没了怨恨，念及自幼一起长大的情意，以及自己为她刺探情报时的种种隐瞒，心中还渐渐有了些过意不去的感觉。不管怎样，她现在是不想与唐诗兵戎相见的，如今见唐诗如此动作，分明是站在杨瀚一边，小谈很开心。

同唐诗不同，小谈的那柄扇，扇柄里却是藏了一口长刀的，她已攥住了刀柄，却不急着拔刀。她站在这里，只是为了以防万一，照理来说，今天应该用不到她出手。

"站住！"

徐下的刀仍紧紧压在徐诺的颈上，徐诺一声疾呼，牵动颈部肌肉，伤口更割深了些，可她还是不管不顾地喊了出来。

最先反应过来的是她。

杨瀚既然已经有防备，既然能如此干净利落地除掉徐震带来的八千将士，这大殿之中，岂能没有防范？

此时还要负隅顽抗，意图冲上王座擒拿杨瀚，这是在为杨瀚肃清徐家势力寻找口实呀。

徐公公还单膝跪在丹陛之下，一见十几名士兵举着枪戟冲杀过来，他霍地一下站了起来，身上兜着的大氅呼地一旋，仿佛一团乌云，罩向那些士兵。大氅脱手，便露出他一身铁甲来，肋下，一口竖插的阔刀，长不过两尺有余，宽竟有成人巴掌大尺寸，被他噌的一声擎在手中，双手一合一分，便成了两手各执一刀，这竟是一口鸳鸯刀。

徐公公身材极为高大，手执双刀，一脸狞笑，却并未举步上前。

大殿藻井上、承重大梁上，突然有无数矢影闪烁而下，有的箭矢射来的角度就在头顶，一箭就笔直地贯入了徐家士兵的头顶。

因为是以机栝发射，可穿重甲，力道十分强劲，有的中箭者头顶留了一个箭尾，连惨叫都不及发出一声，便一头栽倒在地。

箭矢射得太突然，不只正冲向王座的人中箭，那些看押着殿上武士和蒙战等人的徐家兵也都纷纷中箭。只听大殿上惨叫连连。这些人都是徐震精心挑选出来的，武艺也自是不凡，只是这种情况下，根本没有还手之力。

纵然武功再高，如何在这样密集的劲矢攒射之下活命？二十余人冲向王座，杀到徐公公面前的，最后只剩下三人。三人虽然侥幸逃过了利箭，却已是脸色煞白，目光惊恐。他们的斗志荡然无存，只是本能地继续向前冲来。

徐公公狞笑一声迎面冲去。

两杆长枪下意识地出手，刺向他的左右两肋。徐公公倒握刀柄，手中双刀一迎。嚓！极其刺耳令人牙酸的摩擦声中，两杆长枪被劈歪，左右一荡，再刺在他身上铁甲时，不但劲道已偏，枪尖儿刺处也偏了，竟不曾刺穿铁甲，而是擦着甲片滑了过去。

而徐公公已经突进到二人身边，从两人中间撞了过去。与二人擦肩而过时，锋利的刀刃一滑而过，几乎将两人断头。

正前方那名枪兵眼见得身材高大、一身铁甲的徐公公撞开两个伙伴，从他们中间冒出来，本欲刺向前的长枪急忙一掣，横在面前，用力向上一挡。

徐公公比那战士高出足足一头半，居高临下，呼的一刀劈了下去。嚓地又一声，枪杆断了，徐公公一刀卡在那战士颅骨中，用力一拔，竟未拔出。

徐公公抬起一脚，踹在那人小腹上。那战士摔在徐震脚下，徐震一个哆嗦，寒意令他生起一身鸡皮疙瘩。

巴家的处境，自巴图父子死后，就变得很尴尬了。巴父被奉入战神阁享受王室祭祀了，而其子则是有罪处斩。这一打一拉，巴家便下不了决心造杨瀚的反。

紧跟着，便是巴家内部争权，自以为有能力接掌家主之位的几房，全都积极行动了起来。

而巴家主力去了瀛洲，留下来的青壮中又大部集结，交由巴图带往南疆。巴图死后，战事未休，这支兵力就落入了徐海生的掌握之中。

紧跟着，杨瀚一手废主将擢副将的手段，彻底把巴家原本还算稳定，只需思考如何站队的那些中层势力也搅乱了。

那八个被提拔上来的副将一俟尝到掌控权力的甜头，如何还甘心把它拱手让与别人？于是他们暗中修书回家，示意家族配合行动。于是，高层的巴家嫡系人马，在那里争夺家主之位。

八个被罢了主将官职的人家，眼看要被原本是其副手的家族凌驾于头上，也急于扳回一局。所以他们之间也内斗起来。

这种乱象，在前往瀛洲的兵马归来后，上升到了一个新的高度。原本胜败渐有定局的一些势力，随着从瀛洲回来的人马多寡，有了新的变化。从瀛洲掠来的大量财富，也令一些势力的实力有了新的变化，于是，相互倾轧、争斗，就如渐渐要熄灭的火堆上又架了一捆新柴，噼里啪啦地烧得更欢实了。

此时，巴家两房势力正在堡寨中对峙，大有一触即发之势。

就在这时，一条飞龙赫然出现在巴家堡上空。

巴家的城，是一座山城。

巴家的城本来就距海边特别近，是拔地而起的一座山，并不在莽莽丛林当中。所以诸部因龙兽回归深渊而迁徙出山、再筑新城的时候，只有巴家只是再建了一座新城，但其主城仍然是这座山城。

屋舍累叠，鳞次栉比，从山脚一路漫上去。

正发生纠纷的两方势力就在山脚下对峙，那飞龙突兀而至，从他们头顶掠过，迅速向山上攀升过去。

山上，有许多人在俯视山下。

哪怕是事不关己，他们也一样关心这两伙族人的争执，谁能占了上风。更何况一旦决出胜负，怎么可能不对其他族人产生影响？

所以，满山遍野的都是人，这巴家主城的所有人，便目睹了那条罕见的飞龙展开巨大的皮膜滑翼，利用气流，不断地攀升、攀升，直到飞至山城的最高处，抵达那块突兀而起、拔地数十丈的巨石。

山巅只有一座石屋，那是巴家的祖祠，如一剑突兀而出，直刺苍穹。

只要不能沿着这座山城一路杀上去，根本没有任何外人能直接抵达那祖祠，但现在不一样了。

巴家的人眼看着那飞龙消失在山巅，很多人都以为它飞过去了，但也有一部分人突然意识到了什么。

糟了！五元神器呀！

会不会……

有人发一声喊，便有更多的人紧张起来。

巴家确实出现了极大的内乱，但每一个争夺家主之位的人都信心十足地认为，只要谁做家主的事确定下来，在这过程中即便是造成了很大的损失，也无妨。

因为，巴家这座主城，是根本无人可以攻破的。就算你围山十年，山上的人也能自给自足，并且繁衍生息。

而在这座山城的最高处，有五元神器存在，那是整个三山的人走出深山，成为这片大洲的主人的唯一凭仗。

除非其他部落势力宁愿回归原始的丛林生活，任由那龙兽再度出山肆虐。否则，不管是其他部族，抑或其他纷纷建立的国家，没有一个，敢把巴家逼入绝地。不管是谁掌控了这天下，都不敢无视巴家，都会对巴家采取绥靖、安抚政策。

因为，那能影响着整个三山洲上所有龙兽的五元神器，就在巴家的祖祠里边。

如果，这五元神器被取走……

巴家的人疯了！

无数的人取出刀剑，疯狂地扑向山巅，山脚下正在对峙的两派也慌了手脚，明知道他们此时上山，若真有事也来不及了，但还是拼命地向山上跑去。

若失去五元神器，他们纵然抢到了家主之位又如何？

原来的巴家，没有五元神器，那也是三山洲上坐三望二的大家族，可如今的巴家，若是失去这份凭仗，那就完了。那时，谁争到了家主之位，只不过是要把一副重担背在身上，去向各方势力低声下气、委曲求全，还有何快意可言？

山顶，不过四丈方圆的一座石屋，占据了整个山尖儿的面积。

其四面都是峭壁，上下笔直逾三十丈。

飞龙就落在那石屋的穹顶，一双带蹼的足，稳稳地站在那拱形的圆顶上。

小青和木恩从飞龙背上一跃而下。

唰，一条绳索顺进了穹顶最中心的空心圆处。

小青把绳索抓在了手中，她的背上正背着一个小箱子，约有棋盘大小。

"女王！"

木恩抓着绳索，唤了一声，小青回看他一眼，道："你守在这。"

说罢，小青抓着绳索便向那空心圆中一跳，迅速滑下。

穹顶的这个采光孔对应的，是下面一块四四方方的凹井。凹井深有三尺，凹井中的水清可见底，十几尾游鱼正在睡莲枝叶间游嬉。

随着小青的身影落下，鱼机敏地四散逃了开去。

小青不等双足沾水，借着腰力一荡，便荡向凹井边缘，双足稳稳地落在地上，她的手一松，那绳索就悬在了水面上。

巴家列祖列宗的牌位前边有一张石制的大供桌，供桌上正是土水火风四如意和卡在它们中间的那只金钵。

四如意和金钵，小青再熟悉不过。此时骤然看到，许多已经渐渐模糊了的记忆，瞬间涌上心头。

五百年前的钱塘名伎和她亲如姊妹的小丫鬟，数百年的追杀与逃避，亡命天涯、游戏人间的生活，曾经心动，最后却愤然永别，不复再见的剑圣裴旻，苏窈窈、许宣，没皮没脸没羞没臊的臭小子杨瀚……

小青有种一梦千年的感觉，眼睛有些湿润了。

她深深地吸了口气，才走上前去，从背上解下箱子，在石桌上打开。

杨瀚的全部计划中，只有一环，只有他和小青两个人知道。

那就是盗取五元神器。

在反复推敲这一环计划时，杨瀚也曾想过，是否取走五元神器就了事，即便暂时要拆开五元神器，从而使避入深渊的龙兽失去压制，暂时复出。最多也不过一天的工夫，他就能重新让五元神器发挥作用，而有了这一天的工夫，一定会有很多人措手不及地死在龙兽手中，村庄被其捣毁。

而这一切，会让所有人更加意识到必须服从于他。

但这只是一闪念，杨瀚就打消了念头。

不能这么做。

龙兽一旦复出，它能出现的区域主要将是东山和西山地区。而且被它们伤害的，只能是居住在外围的那些普通穷苦百姓。

虽然这消息传开后，也能给各个部落势力传递一个明确的讯号，但是伤害许多无辜的百姓，他狠不下这个心。

何况，今日只要计划成功，他就能一跃成为三山洲上最有权力的人，至于王权的彻底集中，那需要一个过程，不是靠强横武力或阴谋手段，瞬息就能完成的。

如此算来，实在用不着多此一举，以牺牲诸多弱小为代价来逞一逞威风。所以，他在信中要求小青制作一口箱子，在不拆解五元神器的前提下，把它完整地装进箱中带走。

对于五元神器的架构和大小，小青的了解并不在他之下，所以他只需提出要求，细节无须多说，小青便能做得很好。

小青把五元神器轻轻举起，稳稳地摆放在箱中，固定在箱子上的木制卡条稳稳地把四如意卡紧，防止它们散开，而金钵是旋拧在四如意上的，只要四如意固定，也不用担心它掉下来。

小青这才合上箱盖，扭紧卡扣，把箱子重新背在身上。回到天井边，小青向上高喊了一声，先叫木恩有了防备，然后向前纵身一跃。

足尖儿微微触到了荷叶，荷叶一沉，压出一圈涟漪。涟漪还未消散，小青已经灵猿一般迅速攀上绳索。

巴家原本就留在高处，不曾往山下观望两派争斗的子弟正抓着铁索疯狂地向山巅攀来。

陡然一声嘶鸣，那飞龙有力的双足猛地向下一蹬，双翼迅猛地扇动，狂风骤起。

刚刚爬上山巅的一个巴家子弟被狂风一卷，脚下不稳，险险跌下崖去，幸亏被旁边一个人及时抓住。

山崖上，悬站着一群人，他们都惊骇地看着天空。那飞龙一个盘旋，稳住了身子，也有了充足的滑翔力，双翼一振，便箭一般向远处射去。

这一次，悬立于崖上的一群人清楚地看到，飞龙背上有两道人影稳稳地坐在那里。只是那飞龙速度甚快，一振翅就变成了天边的一个黑点，他们连飞龙背上的两个人是男是女是老是少都没看清楚。

飞龙飞向了忆祖山，但它在山谷外一片巨大的刚刚挖好了地基的空地上停了下来。

这里，就是徐诺、徐震都想在此建立望天城，用以控扼王室，挟天子以令诸侯的所在。

原本在此筑城者有一万余人，但实际上其中只有两千多人是杂役和奴隶，其余八千多人都是伪装成筑城人员的战士。他们的血此时已经把咸阳宫前的千级阶，铺上了一层血红的地毯。

小青的大军一到，两千余杂役和农奴毫不反抗，立即将地盘拱手相让了。

且不说他们只是手持农具的筑城人员，就算有刀枪在手，又怎敌得过小青手下那些极其凶悍的将士？再者，他们为谁而战？本也没有一战的理由。

小青和白素被苏窈窈追杀过五百年，自从到达三山，才算过上了正常人的日子。

大概是五百年的颠沛流离让她们吃了太多的苦，老天爷也有意补偿，所以白素的运气好得出奇，而小青虽比白素略逊一筹，比起杨瀚似乎也不差。她统治东山诸部，根本不存在杨瀚这样群强环伺之下，残喘经营的局面，她在东山，如今可是一言九鼎，个人权力和威望达到了神一般的境界。

此番夺下这座正在修建中的望天城，对她而言也是易如反掌，可大雍那边，蒙家遭遇的情况就没那么简单了。

蒙家选择了站在杨瀚一边，他们获得的赏赐是大雍城，但这赏赐得由他们自己来取。

蒙战派出了他最看重的蒙氏三杰——蒙牛、蒙峥、蒙嵘。蒙氏三杰，统兵三万，这是蒙氏一族能够拿得出手的最强战力。在蒙家的主力从瀛洲返回后，且此前蒙家也不是战于南疆的大军主力的情况下，才抽调得出如此多精锐。

但徐家的精锐也从瀛洲回返了，虽说回返的精兵分驻于云中、大雍、灞上三座大城，屯驻于大雍的精兵中又抽调了八千多人前往望天城，饶是如此，大雍这边留下的精锐战力仍有一万余人。徐家毕竟一直是三山洲上最强家族。

一万精锐，加上满城可以参战的老幼妇孺，据坚城而自守，蒙家的兵力虽三倍于敌，也不易攻克。

可是，蒙氏三杰皆非好勇无谋之辈。早在蒙战入宫与大王秘密约定之后，蒙家就已开始筹划了。

大雍战后重建，四处招募匠人，更有许多商贾闻利而来。而这其中，许多匠人和商贾，都是秘密接受了蒙家的任务。

大雍易主，已成定局。

徐诺一直牢牢把控着徐家最多的资源，而这些资源都集中在大雍城。

此前与南疆一战，徐唯一葬送了近万的徐家将士，已折去徐家半成元气。

洪林围城，大雍苦守月余，又折了一成元气。

伪建望天城，血洒千阶路的八千将士一死，徐家元气又折半成。

如今大雍若有失，人口、财富尽入他人之手，徐家的实力便等于又折了两成。

而徐诺、徐震等徐家的主事人此时都在咸阳宫中，他们落入杨瀚之手，于徐家而言，所折元气又何止两成？

三山最强世家，历千年气数，仍胜于天圣杨家，但自今日起，恐要陨落了。

三山洲上，五百年来，形成了"三座大山"。

主峰是徐家，左峰为巴家，右峰为蒙家。

至此，已折其二。

杨瀚隐忍三年，绸缪三年，如今是不出手则已，出手则一剑封喉！

忆祖山上，咸阳宫中，变故迭生，大殿上的人都有些迷茫。

先是王后反了大王，大王和蒙家的人成了阶下囚。

但顷刻间，王后也成了阶下囚，下手的竟然是王后的本家人。

不料堂上一席答对尚未结束，大王和蒙家的这些阶下囚又变成了人上人，王后和徐家的人又从人上人变成了阶下囚，这个过程……也未免太快了些。

刺激呀！刺激得众人一时还有种不真实感，似乎随时可能再生变故，以至于大殿上鸦雀无声。

徐诺犹自做着最后的挣扎，振声道："自千年以降，天圣天贤便如一家，相互辅佐，致有霸业宏图。如今之三山，我天贤一族实力最强，无一族可及，相信这一点无人反对。"

徐诺伸出二指，轻轻推开了还呆呆架在她脖子上的利剑，用可笑的眼神看了眼徐下，往前迈了几步，仰视着王座上的杨瀚，朗声道："大王今日如此做，是自毁长城，天贤家族倒了，天圣家族便也独力难支，如何驾驭群雄？大王莫要犯了糊涂。"

杨瀚双袖一展，双手扶到御案上，身子微微前倾，凝视了徐诺一眼，道："今日逼宫篡权者，就是你们徐家。王后哇，你居然跟寡人大谈杨徐两家如何休戚与共，岂不可笑？"

徐震连忙道："大王误会了，王后也好，老臣也罢，都断无觊觎神器之心。只是臣等才智愚钝，不解大王心意，担心大王为小人蛊惑，自毁前程。忧心如焚，错用了手段，想着为正朝纲，先清君侧。啊，臣等刚刚就说过，待庙堂之上，奸佞肃清，终究还是要还政于王的。"

徐撼脸色苍白，连声道："是……是呀！臣……臣刚刚听说，听说二哥说要效仿周公了。"

"哈哈哈……"杨瀚仰天大笑，声音在大殿上回荡着。众人望向王座，都有些茫然。

杨瀚笑了一阵，有些意兴索然地挥了挥袍袖，淡淡道："玩弄这些文字游戏，很没意思。这世上，只有一种废话，寡人说起来或者听起来，不觉生厌，反而甚觉有趣，百听不厌。"

杨瀚扫了阶下众人一眼，那眼神中的淡漠，令徐诺心中一寒。

杨瀚微带讥诮之意道："那便是与一美人，月下花前，同席而坐，絮语温柔。其人比花解语，比玉生香，月在天上，花在眼前，香在心里，意境逍遥。你们所言，寡淡无味，寡人，只觉得无聊。"

杨瀚站了起来，沉声道："把他们都抓起来！"

殿顶、殿柱之上，持弩黑衣人严阵以待，从大门口冲进来的武士立即扑上去，却不忙着绑人，但凡看见中了箭矢，仍未气绝，还在地上哀号的，便先上去补上一刀，出手毫不犹豫。

徐诺的脸色有些发青，愤怒道："大王，徐家的实力不是你能揣测的。今日我等，纵然全陷在这里，徐家纵然在南疆、在这山前折损了许多的青壮，我徐家的实力仍然是三山第一。大王一意孤行，明日愤怒的徐家子弟就要杀至山前了，到时候，恐怕大王收拾不得。"

"这些事，何须你来担心呢？你，是以什么立场、什么身份，与寡人说话？"

杨瀚冷笑一声，起身离座，一步步走下台阶。

徐海生一身铁甲，手执血刀，看见杨瀚走下来，立即侧身而立，神态恭谨。但他始终站在杨瀚侧前方，如有什么异动，立时可以出手。

而藻井上、承梁上的黑衣弩手，立时也有十多人转换了瞄准方向，对准了杨瀚四周五步之内的距离，这时若有谁冒失地上前一步，恐怕立时就要给人射成刺猬。

杨瀚在最后一阶处站定了，看了蒙战一眼，问道："大雍城，可拿得下？"

蒙战拱手道："大王放心，老臣遣蒙家子弟尽出，围城之兵，与守城之卒相比，有四倍之多。且臣于城中早布下内奸，随时可以呼应城外，夺取城门。又有大王赐下的龙兽助战，大雍，必被攻克！"

此话一出，徐诺的脸色顿时苍白如纸，颤声道："大王，你……当真要与天贤家族决裂吗？"

"贤者早已不贤，何来天贤家族？"

杨瀚转向徐诺，看着她道："从今往后，世上再没有什么天贤家族。徐家，也只是寡人治下一个大姓、一个大族罢了。"

徐诺惨然道："大王，你真要如此绝情？"

杨瀚看了徐诺一眼，眼神中透着一抹奇怪的神色："不曾有情，何来绝情？"

徐诺语气一窒，竟无言以对。

杨瀚挥了挥衣袖："都押下去吧，容后处置。且把大殿清扫一番，寡人要与众臣工商议国之大事。"

杨瀚转身就要走回王座，徐诺牙根一咬，突然叫道："大王！"

杨瀚驻足转身，淡淡地看向徐诺。

徐诺盯着杨瀚，一字一句道："好手段！好心机！"

她又向杨瀚粲然一笑，柔声道："大王，七七真是服了你！"

望天城还只是一片工地，四下的城垣刚刚理出个轮廓，城内没有一幢固定的建筑。除了为运送方便，先清理出来的纵横交叉的平坦大道，其他地方只如同一片原野，上边盖满了各种帐篷，那是徐家的人安置的。但木华离和木恩等人对这简陋的环境已经很满意。

"西山果然比我东山更宜居住。"木翼老头子手搭凉棚，站在一处土堆上眺望着远方，满意道，"这一马平川的大片土地，在我东山可不多见。"

木华离道："爹，听说这山谷里进去，就是西山伪王的王宫。咱们为何在此整顿哪？不如一鼓作气杀进去，抓了那伪王，咱们的女王就在那宫里升殿，做女皇帝，那该多好。"

木翼瞪了木华离一眼，叱道："闭上你的臭嘴，女王怎么吩咐，你就怎么做，我都没说话，轮到你来指手画脚了？"

小青此番发兵西山，并没有把真实意图对所有人言明，但是如木翼、木恩这种部落首领、长老级的人物，她是事先通了气的。

所以木翼和木恩这种级别的人，现在都知道女王三年前赴东山，本就是她与三山王杨瀚定下的一计，她和杨瀚早就做了夫妻，其实她并不是天圣后裔，也不叫杨青，她所通晓的驭龙术，是她的丈夫杨瀚传授给她的。这些消息并未给东山诸人带来崩塌式的冲击，一则是因为小青在东山的威望实已不逊于神，大家已经很难再对她的命令产生反抗情绪；二则也是因为，东山诸人虽勇，但那是穷横。西山地区富饶无比，文明程度远远高于东山，那种区别，就像早期的北方游牧民族与大中央帝国的区别。

如果大单于告诉诸部首领，大汉皇帝愿意接收我们，我们都去花花世界享福去，再不用朝夕牧羊，饥一顿饱一顿地经受苦寒了。你们的身份、地位、权力，都不受影响，相信他们也是乐于答应的。

何况，东山风气淳朴，听说人家青女王早就是杨瀚的妻子，她的驭龙术也是丈夫传的，他们也生不起反对的态度。

只是，多少有些不甘心。

这个不甘心，却不是因为个人利益或族群利益了，而是为他们的女王打抱不平。在他们眼中，至高无上的女神，居然要雌伏于一个男人，而这个男人还一直是他们意图征服的最终假想敌，一时之间，有些不适应。

木恩目光一转，突然精神一振，看向远方，道："女王回来了。"

飞龙还振翅飞翔在空中，地面上，一群红衣的娘子军，正策马向这边跑过来，仿佛白皑皑雪地上一团滚动的火焰。

而在那火焰的中心，却是一团青色，就像火苗的顶端，炽焰燃烧到了极点。

那一点青色，只能是女王。

木恩和木翼立即迎了下去，他们赶到的时候，小青已经下马，众部落首领聚拢到她的面前。

小青从巴家堡一回来，就率人去秘密会见接头人了。

此时后边正有一支车队逶迤而来，载运着御寒的冬衣以及大量粮草。

木翼恭谨道："女王回来了，咱们什么时候上忆祖山，还请女王示下，臣好早做安排。"

"为什么要上忆祖山？"小青微微努了努嘴，"大家一路辛苦，就此歇下吧，辎重马上就到，车队后边还有数百头牛羊，准备接收。"

小青看向忆祖山口，眉微微一挑，又道："我要在这儿，等他来。"

当然得等他来。

本姑娘人都给你了，还要自己出去打拼嫁妆。如今为了你，已经杀至忆祖山下，再要自己登山送上门去，未免太轻贱了些。当初你不曾八抬大轿抬我过门，这时总该意思一下吧？

女儿家的心思，木翼等这些粗人不懂，不过女王这句话，大合他们的口味。

对！咱们女王，神一般的女子，还能上赶着去见你不成？就算你修了八百辈子福气，有幸娶了我家女王为妻，你也是放牛的牛郎、种地的董永，我们女王大人一时猪油蒙了心，被你骗了去。你得迎上门来。

小青道："杀猪烹牛，犒劳大家！"

咸阳宫中，徐诺向杨瀚粲然一笑。

杨瀚凝视着徐诺，眼神和表情似乎都凝固了。

徐诺继续柔声道："大王不要一时冲动，伤了天圣天贤两家的和气。妾身也是为了大王好，只是操之过急，未教大王明白妾身的苦心。还请大王收回成命，有什么事是咱们自己人不好商量的？"

杨瀚的神情依然凝固，一言不发。

站在御座后边的唐诗悚然一惊，突然想到了一个可怕的问题。她以前和徐家交往时，也知道徐家有厉害的惑心术，所以时时提防。可看如今这架势，难不成杨瀚早就中了徐诺的惑心术？这就糟了，杨瀚的神志若被控制，这局面岂不瞬间反转？

唐诗的心瞬间提到了嗓子眼，紧张得掌心都沁出汗来。

杨瀚缓缓吐出一口浊气，那眼神，有些轻松，有些释然，又有些遗憾："七七呀，最后的一丝情意，也被你亲手葬送了。"

徐诺脸上的笑意僵住了，她仔细看了看杨瀚，杨瀚目光清明，哪有一丝被蛊惑的痕迹？

徐诺震惊地退了一步，颤声道："你……你怎么没事？"

杨瀚慢慢转过身，一步一步，向阶上行去。

随着他沉稳有力的步伐，铿锵有力的声音也在大殿上回荡："徐诺无德，心怀叵测，图谋不轨！着即，废王后位，贬为庶人，囚禁冷宫，无寡人旨意，终生不得开释！"

杨瀚回到御案之后，一旁的唐诗微微扭过了头去，生怕他看出自己的敬畏之意。

杨瀚坐回王座，看了看阶下的徐诺，轻轻道："寡人废你王后之位，相信你并不在意。反正，你从没在意过这个王后，是不是？"

其言如刀，寒意彻骨。

徐诺如玉的脸庞上，再无一分颜色。

九十二　手段频出

方才的阶下囚，一跃成为最大的忠臣兼功臣。

蒙战就像刚啃了一只千年老参似的，红光满面，身上十万八千个毛孔都丝丝地喷着热气。

"大王，徐震等人欺君罔上，图谋不轨，不知大王要如何处断。"

杨瀚淡淡道："斩了。"

蒙战脚下一软，差点儿摔个跟头。

斩……斩了？

蒙战当然巴不得徐家的人死光光，可就连最想徐家死的他，也认为这绝不可能。

哪怕是大王控制了半个巴家，哪怕是有他蒙战表态会全力支持大王，哪怕是大王居然与东山女王悄悄媾和，重金请了青女王出兵，可是！

废了一后，连杀五大长老，这……是要逼反徐家吗？

徐公公却不考虑这些，立即就挥刀扑了上去。

对！没错！没有审理，没有宣判，没有秋后问斩。

大王早说了，夜长梦多，所以，徐公公马上扑了上去。

徐诺眼前一黑，最后一丝希望也破灭了。

这个男人，看着极其温和，想不到下定决心时，竟如此果决，绝不拖拖拉拉。

这一番杀戮之后，她便再无希望，她完了，徐家，也完了。

然而，怪谁呢？

她本来可以做王后的，而且，谁也争不过她。只要她带着徐家扶保杨瀚，就算小青归来，也绝对不可能再把王后的宝座从她手中抢走。

可是……能做王后的女人，一心想做女王。能做女王的女人，一心想做王后。

路，都是她们自己选的。

杨瀚似乎有些不忍，目光偏向了一边。

刚刚示意过了的，何公公怎么还没把人带过来？

何公公执行他的命令，向来不打折扣，杨瀚放心得很，只是多了羊皓这么个喜欢见血的人，杨瀚怕何公公来不及赶过来。

不过，何公公还真是从不叫他失望，羊皓像一只疯狗似的刚冲向徐擎，就有一道人影飞也似的扑进了大殿，等他扑到丹陛之下，何公公才气喘吁吁地跟进大殿。

"大王，刀下留人哪！"

那人扑到殿前，就被几个凶神恶煞的侍卫以长枪抵住，宫梁上还未下来的弓弩手更是齐齐对准了他。

要不是被那几个侍卫用枪抵住，他只消再往前跑出三步，马上就得变成一头豪猪。

扑通，那人跪下了，头在坚硬的殿石上磕得砰砰直响："饶命啊大王，大王饶命啊！小臣愿以一切奉献我王，只求饶我父亲不死，求大王开恩！"

那人额头刹那就肿起老高，脸上泪水涔涔。

徐氏一族，这一辈中，只有兄弟七人。而如今还站着的，就剩下老七徐撼了。

而跪在阶下磕头不止的，当然就是一直在律殿里修法典的徐不二。

徐撼眼见儿子如此，不由得心中一惨，含泪哽咽道："不二，你……"话犹未了，他便潸然泪下，再也说不出一句话来。大王既然决意斩草除根，岂会让他活？

杨瀚森然瞪着徐不二道："徐不二，你是为寡人修法典的大功臣，难道还不明白王法无情？不过……"

杨瀚话锋一转，突然面露微笑："你爹并未反叛。他虽为尊亲所讳，没有向寡人检举几位胞兄的罪行，却也不曾参与那几个人的叛乱，你这一房，并未派人图谋寡人，是故……"

杨瀚淡淡地一瞟徐撼："你固然有罪，却并无取死之道。念你无意谋反，令公子又于国有功，寡人不惩罚你，你且归去，以后得享田园之乐，老于稼穑林泉之间，就算是寡人对令公子勤于王事，忠于本王的回报吧。"

徐撼一呆，几个兄长说杀就杀了，到他这儿，居然说他无罪？

那八千子弟死个精光，谁还知道其中有没有他的人？就算有，大王说没有，那也就是没有了。

徐家，今后由他的儿子做主，他还需要反吗？他反，不就是要把他儿子从家主之位上赶下来？

原本徐家这一辈兄弟七人，无论怎么轮，也轮不到他老七这一房当家做主哇。所以，他也只能给儿子起个"不二"的名字，从名字上过过干瘾，结果还有个徐唯一跟他儿子抢风头。可……从此以后，徐家就落到他老七这一房手里了？

羊皓看着徐撼，森然一笑："还不领旨谢恩？"

徐撼一个哆嗦，立即跪倒在地，颤声道："草民徐撼，多谢大王。"

蒙战有些不爽。

巴家本与他蒙家交好，如今被大王搞得内部分裂，他自忖若好好经营一番，巴家势力，他和大王可以各自瓜分一半。

而徐家呢？

大王废了王后，再把徐家几个长老拘于宫中为人质，整个徐家就要被压制。

而且徐家一定会出现巴家那种内战，只消十几二十年的工夫，徐家势力便会一步步衰退，降到二线水准。

他蒙家有救驾之功，俨然便成了诸部之长。一旦成为诸部之长，各种资源，就能拿得比其他部落更多，望风来投的地方势力也会更多。此消彼长，据他估算，最多十年，蒙家就会赶上三年前的徐家，那个全盛之时的徐家。

可是，大王居然还留了一个！更妙的是，做家主的是被留下的这个长老的亲儿子。偏生这个儿子，却是对大王忠心耿耿的。

这位徐撼长老只要想扶保自己的儿子，就等于变相地扶保大王。

徐家的这一代长老杀得只剩一个，王后也被软禁在宫中，那徐家就没人能跟徐撼争，巴家那种内乱的情况就不会出现。

不好办了呀！

蒙战暗暗叹了口气，他倒不认为大王是有意防备他，只是大王这明显是在使用平衡之策，要集权于君上啊。

"罢了，这样的话。我得尽快利用以前的情谊，同巴家接触。只要把五元神器掌握在手中，我就还有与大王分庭抗礼的本钱。"

蒙战暗暗自忖着，却不知五元神器此时已经到了青女王的手中。

而这位青女王，可不是杨瀚重金聘请来的雇佣兵。

杨瀚也不想如此杀人，只是他"积弱之象"太久了，如果只是偶施雷霆手段，显出他的厉害，然后一步步壮大王权，最终以润物无声的方式，逼迫各部首领主动交权，这个过程怕是得持续二十到三十年。

即便是一切顺利，这过程中依然少不了杀伐。而且，还有翻船的可能。

所以，重症下猛药，要彻底扭转他在各部首领心中的印象，他必须得出重拳、下狠手。

废后徐诺已经被押了下去。

殿上草草清理干净。

礼部尚书苏世铭上前一步，颤巍巍跪倒。

这大殿之上，他们只是由坐着改为站着了，下跪向来只是那些太监内宦才做的事，但这时，他跪得十分自然，仿佛本就该如此。

"大王英明，逆臣叛乱，平定只在弹指之间。今三山各处，伪帝层出，先有大周洪林，后有大宋赵恒，今又有大秦伪皇帝、大蜀伪皇帝，大王乃天圣后裔、皇帝正统，臣以为，大王当进皇帝位，以正视听，以辟诸伪皇！"

蒙战等人纷纷跪倒，高呼道："请大王进皇帝位。"

地上血腥之气冲鼻，所以大家这一声喊，当真是发自肺腑，中气十足。

杨瀚淡淡一笑，摆手道："哎，正因伪帝此起彼伏，寡人还未能恢复祖上荣光，若是称帝，有何颜面告于列祖列宗？"

杨瀚站起身："寡人不称帝，过去未称帝，现在不称帝，将来，也不会称帝！"

众大臣都愕然抬头望去。

杨瀚微笑道："前人栽树，后人乘凉。寡人承庇于祖宗余荫，已经够多了。这皇帝吗，就等寡人的儿子来做吧！"

"大王登基已经三年，临幸过的女人极少，据悉不过区区两人，而且无所出，就算大王今晚便临幸一女，明日就有了身孕，那么最快，也得二十年，才有机会称帝，何况大王春秋鼎盛，再做个四五十年的大王也不稀罕，那么……"

蒙战飞快地盘算一阵，心情又放松了下来。

看来大王虽然连下猛药，也知道不可操之过急，不可逼迫过甚哪！

杨瀚淡淡一扫群臣，也不想知道他们在想什么，只道："何善光。"

"奴婢在。"

"你去徐家筹建的望天城，东山青女王出兵助朕，现正屯兵于那里。告诉女王，明日寡人将亲身前往，午时相见。"

"奴婢遵旨！"何善光叩了个头。这是口谕，不用请印，何善光立即出殿，前去执行。

杨瀚看了一眼殿上呆若木鸡的众臣，忽然哈哈一笑，道："'爆竹声中一岁除，春风送暖入屠苏。千门万户曈曈日，总把新桃换旧符。'今日，乃岁之元、月之元、时之元，寡人与众臣工，与天下百姓同喜，众卿何以如此沉闷？"

杨瀚啪啪啪地三击掌，朗声道："来人哪，把寡人亲手所书，赠予众爱卿的字分发下去。"

二狗子远远答应一声，带了两个抱着一大捆红字幅的太监走来，开始分发给大家。

蒙战作又惊又喜状，诚惶诚恐地请苏世铭帮忙，一起展开那幅大字，就见红色锦缎之上，龙飞凤舞的四个大字，是用金粉写的"福禄寿喜"。

蒙战连忙欠身："谢大王赐字。"

苏世铭狂拍马屁，道："大王这字，隶不是隶，草不成草，既非楷书，也非行书，却是精研体势，心摹手追，广采精长，备精诸体，冶于一炉，自成一家。风格平和自然，笔势委婉含蓄，字迹遒美健秀，臣以为，可称之为圣体。"

已经回到大殿的司马杰乜着苏世铭，心道："噫？这老东西说得好像很厉害的样子，可惜我记不住，看来我也得多读几本书了，读书人拍马屁，都比我们厉害得多。"

王座上，杨瀚大言不惭地把千寻写的字算在了自己头上，赐予众臣，然后道："众臣工远来不易，宫中会安排你等居住，明日一早，你等随寡人去望天城会一会青女王。退下吧。"

杨瀚挥了挥手，众大臣如蒙大赦，连忙拜礼。

今儿这一幕一波三折的，他们的脑子已经不够用了，接下来他们该如何确定自己的态度，对大王该谦卑到什么程度，大多数人都还心中没谱。他们要回去冷静一下，想清楚了再同关系亲密的其他部族首领商量一下才好决定。

众大臣不约而同跪拜下去。杨瀚离座，走向巨大的屏风之后。小谈身子一转，见唐诗还在发呆，忙向她轻咳一声，唐诗醒过神来，连忙也跟着杨瀚一起往后走。

只是小谈举的仍是扇，唐诗手中擎着的却是一根棍子，唐诗的神色难免有些糗糗的。

"让公主殿下见笑了，今日叫你见到的，只有刀光剑影，新年伊始，戾气未免重了些。"回到御书房后，杨瀚便换了温和的神色对唐诗道。

唐诗摇摇头，深深地吸了口气，道："我该感谢大王，若不是今日看了如此一幕，我还想不到，权位之争，可以惨烈到如此地步。"

杨瀚深深地望她一眼，道："公主殿下似乎有感而发？"

唐诗一笑，道："我瀛洲……"她忽然摇摇头，不想再说下去了。

杨瀚瞟了小谈一眼，道："你陪公主去换身衣服。"

小谈应了声"是"，陪着唐诗退了出去。

暖阁之中，唐诗换下了那宫娥的服装，榻上摆着一套白绫绲银边的白袍，她要换回男装。

小谈在一旁递着衣服，暖阁中一片静谧，二人久久都没言语，似乎各有心事。

唐诗系好了冠，束紧了革带，登时又是一个面如冠玉、目似朗星的翩翩少年郎。

"小谈！"

"小姐！"

两人突然同时开口，又同时顿住，相视一笑。谭小谈道："小姐有什么话说？"

唐诗咬了咬唇，轻轻问："你在这里，可还好吗？"

小谈垂下了目光，轻声道："婢子一切，还好。"

"杨瀚待你如何？"

小谈脸上微微泛起红晕，低声道："大王待我，甚好。"

唐诗点点头，目光闪烁了一下，道："那就好。从今往后，你，不必再向我传递任何消息了。专心陪伴你的男人吧。他是个极聪明的人，你真心待他，他会感觉得到，不会亏待了你。"

小谈霍然抬起头，惊讶地看向唐诗。

唐诗扶了扶束冠，认真道："就算我以后有求于他，我也会选择实言相告。这个男人，欺骗他的代价太大了。至于利用，每个人都觉得凭着自己的心机，足以把别人玩得团团乱转。如今想来，看不出自己不足的，才是身上有太多不足的人。自信固然是好的，可是到了一定的位置之后，每一次太过自信带来的后果，都是不可承受之重啊。"

九十三　众生众相

几回花下坐吹箫，

银汉红墙入望遥。

似此星辰非昨夜，

为谁风露立中宵。

这一夜，无数人无眠。

忆祖山周围四十七寨，百姓还处在过年的喜悦当中。

站错队的部落首领们被拘在一座空荡荡的大殿里，没有被褥，没有火盆，大家要么挤在一起御寒，就像一群摇摇摆摆的企鹅，挤在外边的晃动着身子，总想挤进里边去。也有在空荡荡的大殿里一圈圈溜达的，以活动来驱除透骨的寒气。

他们不知道大王打算如何处置他们，惶惶不可终日中，他们或许懊悔，或许愤恨，但一切的情绪，最终都于彻骨的寒冷中化成了深深的恐惧……

幸运地站在大王一边的部落首领们，有暖烘烘的客居，有丰盛的酒菜，但他们也无心于此。很多人都在互相走动，借着过节拜年的机会，商讨着今后的行止、态度。

他们站对了，但是，大王所表现出来的，与他们所设想的不同。在他们的预期中，应该是以徐氏为代表的一批权贵垮台，空出来的位子，由他们填补上去。整个架构没什么变化，只是其中几根支柱换了而已。可现在，大王显然是想做最大的那根柱子、最粗的那条大腿……

但也有人一回客居就告诉亲随，任何人来都不见。这些人更有狐性，多疑谨慎，情形已然如此，至少在忆祖山上时，他不想与任何人走动，以防有大王耳目看见。他宁愿关起门来自己琢磨，饶是如此，也是越想越深，越想越怕，烛芯不知剪了几回，烛花也不知炸了几次，烛泪堆垒在青铜的灯座上，仿佛凝固的一块美玉，他仍未眠。

小谈和唐诗睡在一张榻上。

小时候，她们经常睡在同一张榻上，一边小谈，一边小菜，中间是唐诗。

三个人嬉笑打闹，经常是嬷嬷沉着脸，提着灯，像传说中的老巫般出现时，她们才屏住呼吸，闭上眼睛，藏在被窝里假睡。

而今夜，只有她俩，这是唐诗要求的。

初时，有些许的不自在，但很快，被窝暖烘烘地舒坦起来，二人稍显僵硬的身子和那稍显生疏的心，便柔软温和下来。

两个人都知道对方多多少少地知道了些什么，但两个人都很微妙地避免再去谈论那些事情，不该言的，便在不言之中，于是，二人的亲近便恢复了往昔的七八分。

唐诗对小谈讲了许多这三年来瀛洲的事情，小谈才知道，唐诗现在与大哥唐霜之间的竞争已经渐趋白热化，要不是因为木下突然"死而复生"，两个人早就兵戎相见了。

但是，大将军唐傲把二人一个派往东山和蓬莱，一个派往西山，却也等于变相地把二人暂时"流放"了，失去了这两个人，这两派势力，恐也难有作为。

小谈也对唐诗说了很多……

咸阳宫南的菜地、麦田，翻过一片山坡的满山杜鹃，那片澄澈天湖中的白鱼熬汤有多鲜美。她骑过龙兽，站在龙兽的背上，就像站在一座小山上。那龙兽一走动起来，她整个人就像腾云驾雾一般。她现在已经适应吃米饭了，就是阶段性地突然想吃面食，然后就包子饺子馒头面饼吃个够……

聊着聊着，她们发现，一个说的全是阴谋算计、明枪暗箭，杀戮血腥；一个说的全是花花草草、游玩起居，温馨有趣。

但是，各说各的，却也说者感慨至深，听者很是用心。

她们，似乎越走越远，已经走入了完全不同的生活。

然后，房间里就静下来，静了许久，她们的话题不约而同地集中在杨瀚身上。杨瀚做过什么，他是个什么样的人，这回，主要是小谈在说，唐诗在听，偶尔，她会插话问上一句。

涉及杨瀚的事情，在小谈看来，真是好多好多。既有他如何事先筹谋，兵出大雍，果断利落地以三千精兵，破洪林数万猛士之战，也有他带着小谈上山挖野菜，一铲子下去，半条虫子在铲尖扭曲挣扎，吓得他请神上身一般疯狂跳跃的丑事……

不管大事小情，小谈都说得津津有味、惟妙惟肖，唐诗听得一点儿也不烦，只是忽而闭着眼听，忽而睁开眼，悠悠出神。

然后，又是一阵好长时间的静谧，唐诗的双眼渐渐合拢，眼皮有了些沉重，似乎有了些睡意的时候，小谈突然道："小姐如果想要大王帮你争帝位，只要小姐能付出相应的回报，大王会答应的。"

唐诗一下子睁开了眼睛，看了一眼小谈，灯光下，她的脸蛋被放下来的秀发遮掩着，星眸如丝，别样妩媚。

"但是，如果想靠联姻，绝无可能。"

唐诗一阵燥热，羞不可抑，忍不住嗔道："胡说什么你！"

小谈幽幽地叹了口气，道："小姐，小谈说的，都是肺腑之言，没有骗你。大王这种人，是不会因为女色而被迷得忘乎所以的。其实，不只是大王，大部分男人，都是如此……小姐你没有过男人，你不会懂的，男人……顶不是东西。没得到时，他猴儿急猴儿急的，欢好之后，他马上就比圣人还要清明。那种情况下，他肯答应你的，一定是在他看来，其实无所谓的，又或者，可忍受的。你不要以为他没了原则，他也只是放宽了底线而已。只有一种情况下，他会没有底线……"

小谈突然转过身，面对面地看着唐诗的眼睛，呼吸相闻："他，真的爱你爱到了骨子里。可美色，只是一把钥匙，真要走进他心里，你也要付出真心，可若你付出了真心，你是否还能想着利用他，来达到你的目的呢？"

唐诗定定地看着小谈，久久没有说话。

小谈叹了口气，幽幽道："所以，小姐你先要想好，你究竟……想要什么。想要江山、权柄，那就别把你当女人。否则，白白给人占了便宜，他若是能利令智昏，也不会在虎狼环伺之下，得有今日之举。若是小姐只求'愿得一人心，白首不相离'……"

小谈躺回去，转过身，只把圆润光滑的肩头和一片粉嫩光洁的玉背呈露在她面前："作为小姐派在三山的秘谍，小谈愿意最后帮小姐一次。穿针引线嘛，小姐知道，我的女红，一向不错。"

唐诗撇了撇嘴，很是不屑："你觉得他好，便以为天下间只有他最好了？本姑娘要是只求一个心上人，天下间也不知有多少才貌兼备的少年英俊可以选择。"

小谈背着身，叹了口气："我知道，可是……小姐呀，你的身份，进，固然是难。退，也是身不由己呀。这般情形之下，你能选择的，天下虽大，还有几个人？"

小谈悠悠道："蓬莱皇帝，今年五十八了，据说身体还不好。方壶那位教宗，一向不近女色，据说身边的教士，都是金发碧眼、俊美强壮的男人。要不，瀛北的木下，你考虑考虑？他才三十七……"

唐诗给小谈掖了掖被角，淡淡道："这还没睡着呢，就开始说梦话了，快睡吧，明儿一早，不是还要去望天城吗？"

小谈呼地一下在被窝里翻了个身，带进一阵凉风，唐诗赶紧压了压被子，嗔道："你又做什么？"

小谈笑吟吟道："明儿大王不会带我去的，我有大把时间睡觉。"

唐诗讶然道："为什么不带你去？"

小谈道："因为，他这人偶露峥嵘时，如山中猛虎，但平时心思细腻得很。他在意我的感受，便不会带我去见小青。"

唐诗一听，好看的眉便轻轻地颦了起来："你若不能去，那我岂非也不方便去了？我还挺想看看，这最后一个难关，他如何解决呢。"

小谈微笑道："那就要看大王是把你看成一个女人，还是一个可以互相利用的政治盟友了。如果是后者，明儿一早，大王一定会邀你同行，因为，他一定想向你卖弄一下他的手段，叫你放心与他交易。"

唐诗目光闪烁了一下，道："如果不是后者呢？"

小谈道："那么，大王明日起行，就不会想起你来。"

唐诗心一跳，语气有些期期艾艾起来："那是……什么意思？他……知道我此来的目的？"

小谈道："那倒未必，只是，他下意识地这么做了，那你便有机会。"

唐诗俏脸一红，悻悻道："你就这么迫不及待地向我推销你的男人吗？"

小谈叹了口气，幽幽道："所以，小姐应该知道，小谈对你究竟有多好了，只有是你，我才不吃醋。"

灯，熄了。

探身出去吹熄灯烛的小谈受了一丝凉意，赶紧钻回被窝，往唐诗怀里挤了挤。

唐诗没好气地在她不老实的屁股上拍了一记，然后就睁着眼，在昏昏夜色下纠结起来。

嗯，明儿一早，他会不会喊自己一起呢？

今夜，无人入眠。武英殿，灯火通明。

那些武学教授正聚在一起，检讨得失，推敲整个军机部门今日执行任务过程中的得与失。

今天的行动，执行得很漂亮，但这并不意味着其中就没有失误和纰漏。只是因为对方太过低估了大王的底蕴，轻敌之下犯的错误更多，所以计划的执行才没出问题。但既然发现了，就该及时纠正，这样下次执行任务，才能更加精准贯彻。

正殿宫墙上，有斗大的一个武字，左右一副楹联："运筹于帷幄之中，决胜于千里之外。"

那是大王的手书。

这副楹联，是武英殿里这些武学教授最真实的写照，也是对他们最大的褒奖。

这些宦途失意，早就没了用武之地的武将，很珍惜现在这样的机会，也很享受这种感觉。

集贤宫，这是安排大儒高初和他的十大门徒的所在。

他们也没有睡，今天前殿发生的事情，何公公已经安排人透露给了他们。对这些从瀛洲远道而来的书生来说，听闻这个消息，他们无比振奋。

关于要以德服人、教化为先什么的，并不在他们的观念准则之中，他们不是腐儒，残忍什么的，更是可笑，他们只觉得这个大王英明无比，似乎……这一回投到明主了。

他们来自瀛洲，而且是既不见容于唐傲这个逆贼，也不喜欢投奔木下的书生，他们是最忠诚的保皇派。

瀛洲相对于三山而言，皇权传承了五百年，忠于皇权的观念在他们心中早已根深蒂固。他们一直深恶痛绝的，就是幕府制度几乎架空了半个皇权。

他们现在已经迫不及待地要为杨瀚效忠，并在三山大展拳脚，一抒平生抱负了。

他们开始结合三山目前的实际情况，畅谈一旦由他主政一方，他将如何施政的问题。甚至，已经开始关心起庙堂之事，开始磋谈那些武略谋臣要如何用制度限制，才能叫他们既发挥作用，又不至于渐渐衍化成另一个幕府。

抑压武将的地位和荣誉感，殊不可取。但是，放纵武将的权力，更不可取。

这些还不知道杨瀚将如何任命他们的书生，已经为他们即将效忠的君王操碎了心。

律殿里油墨飘香，一版版印刷物出来，装帧成册，摆放一旁，殿角已经将涉及政治、军事、民政、工商、农业等各个方面的律法书籍分门别类，摆放了许多。

公子们还在奔波忙碌着，大王明日会晤东山女王，后日在百官归去之前，就要正式颁布法典了呢，这些是要每人一套，把法典带回去的，此时岂能不加班加点。

徐不二尤其卖力，满脸的油墨道子，身上溅的也净是油墨点子。

他家可是参与了谋逆大王的，好几个叔叔一股脑儿就被杀了，大王连眼睛都不眨一下。他的堂姐七七也被废了，现在囚禁在冷宫之中。他的父亲却被宽赦了一切罪行，只是明旨今后只能老死林泉，不得入仕，不能统领徐氏家族。

徐不二很清楚，这一切都是因为大王对他的看重，大王甚而还把他提拔成了徐家的家主，这是他和父亲一辈子想都不敢想的事。

后天，他就要跟父亲一起回家了，抱着士为知己者死的态度，徐不二只想做好大王交代给他的任何一件事。何况，今晚亲自给父亲送去酒菜时，父亲也叮嘱他了："好好做，徐家若不想亡于诸侯之手，从今往后，必须牢牢抱住大王的大腿。"

永福宫中，杨瀚躺在榻上，睡得正酣。

天知道高高坐在王座之上，谈笑间解决了这一切危机的他，在之前有多少个日日夜夜都在谋划、准备。今夜，他才能睡上一个好觉。

明天就能见到小青了。对于人生中第一个伴侣，难忘的又何止是女人，其实，那也是男人心中最柔软的一块。

人，经历的异性越多，渐渐地，能忘我投入地爱上一个人的难度也就越高。他可以喜欢，可以宠爱，可以疼爱，唯独那种情窦初开时节，全身心地投入的感觉，会渐渐失去。

就像一个人，迎来平生第一个孩子，和他抱起第二个褓襁时的感觉，也截然不同。

哪怕疼爱是一样的，甚至因为他小，对他付出比他的手足更多的关爱，但那种初为人父时梦幻般的惊喜，诚惶诚恐的心态，都将不复再来。

这，无关于其他，是人类情感经历的必然。

一别三年，明日重逢，杨瀚又何尝不是满腔激动。可他还是强迫自己，熄了灯，在榻上躺了许久，终于成功地把睡意引上心头，然后，沉沉睡去。

明天，他要用最好的状态，去见小青。

对于小青，那不仅是他人生中第一个女人，他还有着深深的内疚。

整整三年了，虽说小青在东山混得风生水起，但那里的环境有多恶劣，即便他原本不知道，现在也很清楚了。

可小青，无怨无悔。

这三年，她付出了无尽心血，这一切，杨瀚都牢牢记在心头。

明日再会，再不分离。

他要养精蓄锐，明晚，要和久别胜新婚的小青，共度缱绻，缠绵一夜。

所以，今夜，他必须好好休息。

然而，他虽睡去了，可满脑子萦绕的都是小青的倩影，他做梦了。

梦里，他依稀回到了汴河上。

汴河上有一只船，船上有两位美丽的姑娘，小姐叫白素，丫鬟叫小青。那船上还有一个咋咋呼呼的李公甫，一个谦谦君子的许宣，一个嗜好美食的陶景然。

他想搭讪那个白衣胜雪、仙姿飘逸的白小姐，可那个可恶的青衣丫鬟总是从中作祟。

梦到故意捉弄她时的情节，杨瀚咧开嘴巴，睡梦中露出了孩子般的微笑。

望天城说是城，却只有一处处地基，尚未成城。

最大的那顶帐篷，是牛皮缝制的，很挡风，帐内点了四个大火盆，很暖和。

只是，这里尚是一片平坦的旷野，旷野上的风，呼啸着仿佛野狼之嚎。

小青还没有睡，她连衣服都没有脱。

风发出的野狼一般的嚎叫声叫她心烦意乱。

或许，她心中的烦乱与那风声无关，因为晚餐之前，她就已经心烦意乱了。

所以当各部长老乱哄哄地跑了来，七嘴八舌地表示他们很担心三山王杨瀚占她多少便宜，准备替他们的女王好好算一笔账，莫要叫人哄了的时候，她皱着眉，很烦躁地把这些瞎操心的老家伙都给赶了出去。

在帐中踱了一圈又一圈，烦乱的心情始终难以安定。

一想到明天……啊！今天午时就要见到他，小青的心就跳得厉害。

她真想立即出门，骑上最快的马，直接驰入咸阳宫去算了。

只是，她现在不是一个人，她的一举一动，不能不为东山诸部着想，哪怕这些人敬她如神，对她的任何命令都不会违拗。

何况，她还有些小情绪呢，女儿家的矜持，也不允许她这么做。

于是，她只能恨天。

毫无睡意的小青咬着薄薄的下唇，恨恨地想，平日里，一晚的辰光，说过去就过去了，今天的夜，怎么这么漫长？日头还不来，真是急煞个人！

冷宫，其实并不冷。

杨瀚还不至于在起居饮食上，去苛待一个女人。

他的雷霆手段，是为其政治目的服务的。

但冷宫，也并不热，不像小谈她们所居的房间那般温暖，只有连小衣都脱了的时候才觉得有凉意。

每个宫里的用度都是有数的，太监宫娥没理由为了巴结一个废后，宁可自己挨冻，只为让她住的地方温暖如春。

冷宫也不小，要让她的寝居之处再暖和一点点，所耗费的炭，就可以保证伺候在冷宫的所有太监宫娥的居所温暖如春了。

冷，虽不甚冷，冷清却是冷在心里的。

徐诺一直没有倦意，就那么痴痴地躺在衾被中，思想以往，宛如一梦。

未来，一片黑暗。

过了这个年，她就二十岁了。作为一个女子，她已经算是老姑娘了。作为一个人，她还有漫长的时光要走。可前途一片黑暗，她看不到一丝光亮。

谈不上悔，也谈不上恨，她的心中此时一片迷惘，所有情绪都和她的心情一样，笼罩在一片无边无际的迷雾当中。

也许，活得越简单的人，才越快乐。

比如，千寻。

秉笔大太监、代批奏章兼枪手的木千寻大公公的房间无疑是很温暖的。

九十四　兴师问罪

望天城护城河已经掘出来了。

因为用河道里掘来的土夯实之后筑城墙，可以减少从别处运来土石方的工程量，所以，城虽尚未建，但城墙地基已经打好，中间也填上了土壤，虽然尚未完工，只能称为一道土围子，但这土围子也有一丈多高。

原本留作城门的地方还没有掘开，这里仍是土道。

雪已扫净，木翼、木恩等人都站在护城河边眺望着远方。

实际上，不只是他们，几乎这次随小青出征的所有将士，都呼啦啦地拥到了"城墙"上，陡然让那土围子又拔起了七尺之高。

"都回去，都他娘的回去，全挤在这儿算怎么回事？叫人家看了，还以为咱们东山诸部没见过世面，来了个劳什子的三山王，咱们就眼巴巴地挤在这儿看热闹，都回去！"

一个部落长老吹胡子瞪眼睛地大骂，问题是，大家充耳不闻。

大部分人是好奇，虽然小青与杨瀚的事情，大家还不是很清楚，但是小青早已把此来的真相告诉了长老们，而长老们谁没几个亲信，谁没几个子侄？所以他们又把消息告诉了自己绝对信得过的人。

这些人也有自己认为绝对可以信得过的人，于是……

现在整个东山军，人人都知道，西山瀚王与东山青女王，貌似是一对。

具体详情就不同了，很多人得到的都是完全不同的版本，但有一点是毋庸置疑的，那就是青女王与瀚王有情感纠葛。

东山战士们五内俱焚哪！

其实时至今日，小青在他们心中，当真成了不可亵渎的神，他们没有一个敢妄想能成为王夫。敬仰崇拜达到了极致，反而完全脱离了肉欲的范围。

但是，在他们心中，也认定了这天底下，没有一个男人配得上他们心目中的女神。

于是，现在杨瀚成了东山男儿的公敌。

也许，只有小青身边那些女战士才没有这种莫名其妙的嫉妒心，她们只有好奇，好奇能和青女王成为一对的男人，该是什么样子？只不过，她们职责所在，只能守在小青的御帐周围，不会擅自走开。

杨瀚亲率文武百官，统三千骑，赶到了望天城。

望天城头一片骚乱，众东山将士纷纷手搭凉棚向赶来的队伍张望，前边俱为大臣，后边是绵延的铁骑，铁甲丛林中护拥着一辆宽大的车，车子雕梁画栋，自是华丽无比，不过一向崇尚武力的东山群雄却是暗暗撇嘴。

排场什么的，他们才不在乎。只是如此一看，那位瀚王，明明就是个养尊处优的家伙，这样的男人，配得上他们的女王？

前队已抵达城门前那道唯一的入口，两侧便是没有护栏的深沟。

前队停住，一个男子策马，独自驰向前来。这人一身的青色，细腰窄背，星眸朗目，瞧来倒是十分的人品，眉宇间满是英气，气场不俗。

他过了土桥便一勒胯下雄骏的白马，马鞭挂在腕上，向前边守候的东山众首领抱了抱拳："各位长老，还请让开一条道路，我要去见青女王。"

木翼的脸色登时沉了下来，不悦道："此间虽还无城，却是我家女王驻地，尔等什么身份？如此狂妄，敢驰马而入？请你们大王来。"

青衣微微一笑，说道："我，就是杨瀚。"

前边众人登时一呆，迅速安静下来，无数道目光都向杨瀚望来。

杨瀚神情淡定，笑微微地看着他们，众人观望良久，又向旁边伙伴看去。

"原来，足下就是，西山瀚王？"

木翼结结巴巴地说了一句，便又愣在那里，大脑一片空白，不知道该说什么了。

木恩一见，急忙上前拱手道："原来是瀚王当面，失敬，失敬。只是，这土围子之中不甚平坦，恐怕瀚王的铁骑无法尽数进来。"

杨瀚微微一笑，道："要见小青的是我，叫他们进来做甚？自然是等在外边。"

木恩听了，对杨瀚不禁暗暗钦佩。

倒是好胆识!

不管如何,如今毕竟是两人各领一方势力,尤其是现在周围瞪着杨瀚的这些人,可没有一个神色平和。

但凡其中有一个一时冲动拔刀冲上来,就有可能引起"啸营"般可怕的后果,顷刻间他被砍成肉泥也不是不可能,他居然敢单枪匹马冲进来。

木恩深深地望了杨瀚一眼,让开身子,挥手道:"都闪开!"

杨瀚的镇定影响了众人,拥堵在道路上的人纷纷向两边让开,但也只容一人一马通过。

杨瀚毫不迟疑,立即策马驰了进去。

土围子之内,到处都是形式不一的帐篷,但只有一顶帐篷最为巨大,帐前还立着一根旗杆,杆头扬着一面大旗,旗上只有一个"青"字。

那旗下,自然就是小青的寝帐。

杨瀚心中一阵火热,马鞭往马屁股上一抽,便向那大帐轻驰而去。

嗒嗒嗒……马蹄轻快,距那大帐还有一箭之地,帐前穿红袄的女战士们左右一分,一匹枣红马,一道倩影,陡然出现。

今日的小青,盛装打扮。一身淡紫色的灰鼠皮的锦袄,外系一条云披,颈间绕着一条雪白的狐尾,头戴一顶绿松石点缀的毡帽。

叫她的男人远道来迎,是小青属于一个女儿家的矜持。但是众目睽睽之下,她要给她的男人充分的尊重。所以,她迎出来了,而不是大剌剌地等在帐内,让她的男人像觐见一般地进去见她。

曾有一个小故事,说一个男子向她深爱的女孩儿求亲,女孩儿说你只要在我窗前求亲,一连求上一百天,我就答应你。于是男人就在她的窗前,风雨不误。一直坚持了九十九天,人人都以为两人将终成眷属了,但是,第九十九天结束,他笑了一笑,礼貌地离去了。九十九天,他送给了女孩儿,作为他的诚意。最后一天,他留给了自己的尊严。

明明知道九十九天他都坚持下来了,却执着于最后一天,这样没有分寸、不知进退,也不懂得体恤爱人的女人,不值得他一生执手。

小青可是个活了五百多年的女人,她要的,可不是与自己携手一生的人争这一日长短、孰高孰下。

看到小青,杨瀚心头像揣了一个小火炉,暖烘烘的,扑面的风也似没了寒意。

他登时放开缰绳，加快了速度迎上去。

两匹马错肩而过，两人同时一勒马缰，马互衔着尾巴转了一圈半，二人对面停住。

四目相对，万语千言，一时都凝噎在胸口，再说不出半句来。

三年前一别，两人刚刚情定终身，正是情热时候。

三年前一别，两人都是盘中棋子，博弈不由自主。

三年后相见，二人各自统领一方，再无人可以左右他们的命运，只是二人也多了一身的羁绊。

唯一没有变的，是二人深深的情意，随着此时的相见，随着这深情的一眼，尽数化作了眼中的热泪。

小青一忍再忍，两行热泪还是簌簌而下，

杨瀚比她能忍一些，目中泪光莹然，却没有滚落脸颊。

他含着泪光，柔声道："这三年，你还好吗？"

小青泪中带笑："你当人家喜欢这刀光剑影的日子吗？再如何威风，有什么好？"

"以后不会了，有什么事，我来想，我来做。我只要你做一个幸福的小女人。"

小青皱了皱鼻子，腿一骗，从马上轻盈地跳了下来。

杨瀚见状，忙也扳鞍下马。

两人牵着马，并着肩，悠然地走向大帐。

"你倒想，三年不见，功夫还是不及我高吧？"

"我修的是天子剑，不在于匹夫之勇。"

"我看你修的是天子口，就能胡吹大气。"

"哈哈哈……"杨瀚仰天大笑，被自己喜欢的人调侃，也是满心欢喜，这便是真喜欢。

穿着红色战袄的少女们瞪大了眼睛，使劲看着杨瀚，那一双双美丽的大眼睛仿佛变成了一只只小刷子，在他身上刷来刷去。

"就是这个男人？我们女王的男人？"

随着二人渐渐走近，女孩子们好奇、审视的目光渐渐转为满意的神情。

杨瀚的相貌本来就不差。一般到了他这般地位的，哪有二十来岁？何况他不但年轻，而且俊俏。

做了三年的大王，虽说一直是如履薄冰，可毕竟威权在渐渐温养，所以他的气度、威严也是与日俱增，这时龙行虎步的，那气度也叫众女子折服。比起她们部落里那些整天就知道秀肌肉的幼稚男娃，她们觉得，对这个男人还算满意。

她们的女王，当然是没有人配得上的，这个男人嘛，勉勉强强了，也实在找不到更合适的了。

后边，无数的勇士都跟了过来，但他们到了帐前一箭之地，就被那些女战士们示意了一下，不敢再进寸步。

杨瀚和小青正并肩走进大帐，小青右手一抬，大帐的帘便放下来了。

两人呼吸相闻，过了良久，才轻轻放开，小青仰起脸儿，与杨瀚四目相对："我们三人从祖地而来已有三载，如今东西两山一统，姐姐在方壶虽难通消息却也大权在握，备受尊崇，我也能安心了。"

"是呀，我们三人因缘相似却际遇不同。现今三山东西一统，政权稳固，但这也只是我计划中的小小一步而已。"说着，杨瀚抬手指向壁上悬挂的舆图，"接下来进兵南疆、拔除六曲楼、开拓内陆疆域也是势在必行。"

小青听着杨瀚这番策略，想到远在方壶的白素，不免暗暗出神，不知这三山世界还有多少秘境，等着杨瀚和自己前去探寻。

月关 著

南宋异闻录

中

北方联合出版传媒（集团）股份有限公司
春风文艺出版社
·沈阳·

目 录 Contents

三十三　谁是混沌

　　莫家书房里的灯整整亮了一夜，其间莫家人不放心，几次赶到书房门口，逡巡于外，却没人敢闯进去。不过他们看到书房中莫不凡的人影偶尔会动弹一下，知道他无恙，便也不至于过分焦急了。

　　次日，天明。

　　莫府管家站在廊下，已等了很久，也不知道他是从几时就站在那里的，露水已经打湿了他的衣衫。

　　眼见太阳已经升起，阳光洒照到了他的脚下，老管家才硬着头皮敲了敲房门，许久，也未见里边有回音，老管家试探着推门进去。

　　莫不凡仍然坐在书案前，手里捧着一本簿册，双眼赤红，神情迷惘。

　　老管家轻轻唤了一声："老爷？"

　　莫不凡神游物外，毫无察觉。老管家忍不住又上前几步，唤道："老爷？"

　　莫不凡呆滞的目光轻轻闪烁了一下，慢慢转向他。

　　老管家忧心忡忡道："老爷，咱们莫家生意上赊欠得太多了，之前凭着咱家一贯的信誉拖着，现如今老太爷过世，商家们多有不安，纷纷前来催款。"

　　莫不凡没有说话，老管家又道："咱们家的几处钱庄原本还可勉强维持，但是……商家催讨欠款的事不知被谁泄露出去了，现在有些耳目灵通的已经开始去钱庄提款，老奴担心，再有三五日工夫，就得开始挤兑，到那时……"

　　"到那时又怎样？"莫不凡缓缓抬起头来，狠狠地盯着老管家，沉声道，"莫家，倒不了！"

　　老管家涩然道："是！老奴在莫家一辈子了，无论如何，都是要与莫家共进退的。只是……"他举袖拭了拭眼角的泪水，道，"他们咄咄逼人，我怕……这场风波，咱们莫家撑不过去呀。"

"你懂什么！去，你去告诉他们，三天，三天之后，叫他们来。我莫家，自会给他们一个说法。"

老管家暗忖道："莫家已经成了空架子，资产倒不能说没有，可一时间哪有可能变现？又有谁有那么大的胃口吃得下莫家这么庞大的可处理资产？三天哪，不要说三天，就是给你三个月，这事也不可能解决呀。"

只是眼下的情形，他也不敢多说，只得唯唯地应了，走出门后，老管家便招手唤过四个家丁，殷殷叮嘱道："你们从现在起，要寸步不离地盯着老爷，无论他去哪儿，都不得离开你们的视线，记住了吗？"

四个心腹家丁急忙答应，其中一个机灵些的最先反应过来，失声道："老管家，你担心咱们老爷会寻短见吗？"

老管家狠狠瞪了他一眼，那人自知失言，忙垂首不语。老管家这才冷哼一声，匆匆离去。

随园后宅开辟出另建药堂的所在，此时已然初见规模了。都是土木结构，只要备料足，人手足，要建起一幢房子来还是很快的。因为是药铺，古拙一些也没关系，不用精雕细琢。

许宣看着那渐成规模的一排屋舍，不禁心潮起伏。

白素瞧见他的神色，不禁微笑道："许郎，你在想什么？"

许宣感慨道："我一直想着，要开一座属于自己的药堂，让它闻名遐迩。要娶一位温柔贤淑的女子，白头偕老。要成为一代杏林国手，万世敬仰。如今，第一个目标竟然达到了，真如做梦一般。"

白素眨了眨眼，俏皮地问道："那第二件事呢？"

许宣望着她，柔声道："我正盼着呢。我已经跟舅父说了，舅父比我还要开心，他说，待明年这时候……"许宣轻轻执住了白素的柔荑，开心道，"待明年这时候，我第二个人生目标，也将得以实现。然后，我们在白头偕老的时候，一起把咱们的保安堂发扬光大，让你我的保安堂万世传颂，好不好？"

白素温柔地点头，刻意地忽略了那句"白头偕老"，原本这是一句极美好的祝愿，只是于她而言，似乎有些不太合适呢。

李公甫站在即将成形的保安堂外边，越是端详，越是满意："好！这样子才显得气派，那个匾额呀，一定要做得敞亮一些，字要大一些，要黑底金字的。"

工头笑道："李捕头放心，就算不看您的面子，白娘子出手这么大方，待我们又这么好，我们也一定会卖力气的，更何况，我们也不敢偷工减料哇，不然你李捕头饶得了我们？"

李公甫哈哈笑道："就你会说，给我多用点儿心思呀，这房子要给我建得又快又好才成。"

工头忙道："李捕头放心。小的这里先提前恭喜了哈。我们可是知道了，您外甥得了一桩大好姻缘呢。"

李公甫笑得合不拢嘴："是呀，白家娘子温柔贤淑，我这外甥是有福之人哪！我现在就盼着他们两个早日成亲，让我有个大外孙子抱抱，那我这一辈子，也就没什么遗憾喽。"

李公甫久在公门，这嗓门够大，一旁窃窃私语的白素和许宣听见了，禁不住对望一眼，各自低头，脸上俱是羞中含喜，欢愉无尽。

西湖畔一株垂柳下，小青怅然远眺。

很多年前，小钱就是在这里要跳水自尽的。那时他打着赤脚，穿着一条破烂的裤子，上身的衣衫都快烂成布条子了，瘦得一根根肋骨都数得清……

小青想着，禁不住鼻头一酸，眼睛又有些红了。

杨瀚走了过来，一身短打扮，青巾束发。只是，人品俊逸就是人品俊逸，虽然他只是一副小伙计打扮，但还是唇红齿白、十分俊俏，堤岸上往来的游人中，不少大姑娘小媳妇忍不住会偷偷瞧他几眼。

杨瀚在小青身后停下，轻轻地叹了口气，道："我原本觉得你性子清冷，比白娘子要洒脱。接触久了才知道，你比白姑娘还要执着许多。钱老员外已经去了，你……想开些吧。"

小青道："我只是旧地重游，有所感触罢了。"她忽又回首，"你跟来做什么？"

杨瀚道："我看许郎中写的那个单子，多达数百种药材，去了药行得跟人谈上许久，我怕你一个人应付不来。"

小青黛眉微微一蹙，在保安堂时，他便总是阴魂不散。本以为去药行进药可逃得一时清闲，不料他又跟来。不过小青没有说什么，这厮打蛇随棍上的本事她是晓得的。

小青举步向前走去，杨瀚马上跟在后头。他现在扮的是伙计，可不能与主家并肩而行，那是不敬之举，会叫路人侧目的。

小青想想人家原本是一个正式的公门捕头，现如今跟在自己屁股后边，规规矩矩地扮小伙计，又不免生出些许歉疚，道："我有个擅长医术的姐姐，自己多少也是懂些药理的，你不必与我同去。"

杨瀚道："我要时常跟在你身边，叫大家都看得习惯了，才不惹人生疑呀。"

小青回眸横了他一眼："你是我保安堂聘用的伙计，该在店里帮着张罗才是，总跟在我身边，像什么样子。"

杨瀚道："店里已经有小宝安排的高手保护。你出门在外，就落了单，我自然要贴身照应以防不测。"

小青拾步登上了小桥，说道："那些人固然武功高强，可是面对苏窈窈这样的驭水高手，却是不堪一击。比起姐姐来，我自保之力要强上许多，你该留在店里才是。"

杨瀚正色道："姑娘此言差矣，现如今苏窈窈只差一柄火如意不曾到手了，须得提防她狗急跳墙才行。"

小青疑惑地瞟了他一眼，道："火如意是姐姐所有。苏窈窈要下手，首当其冲就是姐姐，你该守在我姐姐身边才对呀。"

杨瀚摇头道："姑娘此言更是差矣。结合我做捕快的经验，加上我缜密的分析，我认为，苏窈窈的目标应该是你。"

小青挑了挑眉，唇角露出一丝似笑非笑的神气："你又有什么强词夺理的理由了？"

杨瀚道："怎么会是强词夺理呢？现在苏窈窈只剩下一柄火如意尚未到手，她也知道，这火如意是由白娘子保管的，没错吧？"

小青颔首道："不错！那又如何？"

杨瀚道："如果我是苏窈窈，我就会想，白素一贯不着调，而且现在她成了我的唯一目标，那个极精明的小青会不会早做防范呢？为了安全，只怕小青会接过保管火如意的重任吧？"

小青嘟了嘟嘴，悻悻道："我又不是苏窈窈，你说什么就是什么了呗。"

杨瀚道："因为道理在我这里，姑娘你无从辩驳。如果我是苏窈窈，我还会想，她们只剩一柄火如意了，一定藏得极小心。我直接去找火如意，恐难得手。

不过，如果我能抓住她们姊妹当中的一个……"

杨瀚赶上两步，瞟了小青一眼，道："如果我抓住白娘子，以她为人质，要挟你交出火如意，你交不交？"

小青断然道："不交！苏窈窈心思歹毒，我不交火如意，姐姐反而安全，我若交出火如意，只怕反而要了她的性命。"

杨瀚道："若是苏窈窈抓了你，用你威胁白姑娘呢，你说她会不会交出火如意？"

小青没有说话，只是加快了脚步，又和杨瀚拉开了距离。

杨瀚追上去道："苏窈窈对你姐妹的性情知之甚详，取舍之间，她当然会选择你为目标。"

小青哼了一声，偏偏他说得甚有道理的样子，无法反驳，便乜他一眼，道："算你有几分歪理。"

杨瀚笑了笑道："所以呢，从今往后，我与姑娘你便得形影不离了，姑娘你要适应才成。"

小青很想反驳，却又不知该如何开口。他这副道貌岸然的模样，和他讲正经道理怎么说得过他？可要说他是打着旁的主意，故意接近自己……那最后一层窗户纸恐怕就得捅破了。

一旦捅破这层窗户纸，到时在他面前该如何自处？小青想想都慌得很，这个禁忌她是无论如何也不会主动去触及的。

"你说……就要开张的那家保安堂？"

"是呀，少爷，他们在咱们临安府开药铺，却不到咱们钱家来拜一拜码头，这是不把咱们钱家放在眼里呀。我琢磨着，先敲打敲打他们，等……"

"不必了，这家字号我知道，是我一位极好的朋友开的，你不要难为他们，能给予些便利的地方，便多给些便利吧。"

钱小宝此时已经换了常服，只系了一条孝带，以示守孝。

祖父的丧事处理已毕，他现在是钱氏一族的家主，得接掌家族事务了。

"是，是我一时不察，幸亏少爷说起，我还不知道保安堂竟与咱家有这等渊源呢，那我知道该怎么做了……"

跟钱小宝说话的是钱氏药行的首席大掌柜白孝天。老白原本寻思着自己以前跟少爷接触不多，如今少爷当家了，他寻些由头前来汇报，一则表一表忠心，二则跟少爷熟稔一些。没想到一记马屁差点儿就拍到钱小宝的马腿上，白大掌柜的灰头土脸而去，心里牢牢记住了保安堂这家字号。"大少爷极好极好的朋友开的？我记得那家字号的掌柜是个穿白裳的女子，那姿容风情，可谓天香国色，莫非……一定是了！幸亏我不曾刁难过她，否则由着她给我们家少爷吹一吹枕边风，我老汉辛苦了大半辈子，就要'晚节不保'哇！"

送走了白掌柜的，钱小宝摇摇头，对一旁的堂弟钱小盛道："咱们继续说，你为何不肯继续读书了呀？你也知道，我不是读书料子，况且，我纵然能取得功名，也不能入仕，我得料理家务。咱们钱家要想长久不衰，出几个官总不是坏事。"

钱小盛苦着脸道："宝哥哥，我的性子你是了解的，我一沾书本就犯困，你让我读书，实在是难为我了，这方面我还不及你呢。你叫我跑前跑后地做事，怎么累我都不怕，唯独坐在那里读书……"

钱小宝哑然失笑："你不要跟我诉苦了，读书的苦，我也知道。嗯……那这样吧，你去药行里帮衬一下白掌柜。"

钱小盛一呆，小心翼翼地问道："宝哥哥的意思是？"

要知道，药铺和当铺，是钱家主营的两大产业。而药行则是药铺的上游命脉，钱小盛原打算跟大哥央求一下，随便委他去一家药铺或当铺听差做事就好，可没想到会直接安排他去药行，而且是跟着白掌柜，这起步……也太高了吧？

钱小盛听了反而有些惴惴不安起来。

钱小宝道："听方才白掌柜的那话音，只怕我钱家药行在外边有些过于霸道了。咱们钱家做生意，凭本事执行业牛耳，谁也没话说，但若刻意打压人家，难免就会叫人心生怨恨。你不要小瞧了这些怨恨，千里之堤，溃于蚁穴。咱们钱家顺风驶船时还好，一旦出了事，那些曾经心怀怨恨的人，一人出来踏上一脚，就可能倒了咱钱家。你此去，不但要跟着白掌柜学习打理药行，还要注意这方面的事。"

钱小盛这才相信钱小宝的安排是出自真心，他兴奋道："好！宝哥哥放心，我明白你的意思了，我一定尽心竭力，帮宝哥哥正一正咱们钱家药行的风气，不叫你失望。"钱小盛兴冲冲地去了。

"小宝哇，你刚刚当家，就如此放权，是不是有些太大意了？"

钱小宝扭头一看，原来是母亲不知何时藏在了屏风后面，显然是放心不下，在观察自己做事。

钱小宝无奈道："娘，你怎么总把我当成还没长大的孩子？这也担心，那也顾忌，我觉得实无必要。一个大家族想要兴盛，就得整个家族的人戮力同心，若是把我那些同宗兄弟都养成米虫，里里外外只仗我一人，实不足取。"

钱夫人道："娘也不是尖酸刻薄的人。娘只是担心你这孩子性情过于宽厚，太好说话了。娘担心，你如今威权未稳，万一有人蹬鼻子上脸……"

钱小宝道："我钱氏族人，若有逾矩冒犯之处，我自会加以惩治。但若一味地防着压着，叫我钱氏族人变得庸碌起来，那危害更大，咱钱家总要人才辈出，才能长久不衰。"

其实钱夫人确实有点儿敏感，不过她这种敏感源于她的丈夫去世过早，缺了一层继位掌家的程序与铺垫，她担心儿子根基不稳，兼性情宽厚，会被有心机的族人架空。如果正常父子相继传承的话，这种担心就有些多余。与后世所渲染的一些大宅门的故事不同，有些现象在古代其实极少出现，数千年封建社会，人家早建立了严密的社会制度。

比如，宫斗常见，宅斗则凤毛麟角，除非在极罕见的特殊条件下，否则根本没可能出现。

原因也很简单。皇帝那是真正的天下至尊，可以为所欲为，你邀得他的欢心，你就能呼风唤雨。皇后是真正的母仪天下，你爬上那个位置，你就是六宫之主。所以不管过程多么惊心动魄，只要成功，你就稳了。

可大家族不同，首先一个，妾不为妻。宗族家规、社会舆论、朝廷律法，一层层地盯着呢。妾就是妾，再如何受宠，也根本没机会成为妻子。就算人家的妻子死了，也只能明媒正娶，另续一房。原本做妾的，永远没机会扶正。更何况还有兄弟、妯娌、长辈、父母、社会、官府，层层监督。就只这一点，做妾的就不会蠢到去跟正室夫人争高下，只是妾室之间争风，争取多得到些男主人的宠爱罢了。

大家族的当家人一般也是这样，因为有着稳定整个社会的公序良俗、制度律法的要求，所以只有在极少数特殊情况下，才会出现家主易位的情况。所以钱夫人一直担心的也只是儿子被架空，从不曾想过他会被取而代之。

钱小宝听他娘又唠叨了一番，不禁好笑："娘，你想得太多了，哪有那么多的事呀！"

钱夫人嗔怪道："你这孩子，娘这么担心，还不是为了你好。娘本来希望你先压他们一下，过个七八年，你坐稳了这家主之位，威望也树立起来了，再起用你这些同宗兄弟也不迟。偏你不肯听话。罢了罢了，那你就要快些成亲，我看小兮那孩子是个好生养的。咱们长房这一支人丁太少了，你赶紧给娘生几个大孙子，那才稳当！"

钱小宝摊开双手，无奈道："这个急不得的，三年之后，儿子才能成亲。"

古语有云："孙不藏爷。"如果父亲在世，孙子是没有必要为祖父守孝三年的，这种情况下他只需要为祖父母守孝一年。但如果父亲早亡，孙子则被称为承重孙，他要代替父亲来为祖父母尽孝，这种情况下，就得守孝三年。

这就是公序良俗，是不可触犯的律法制度，钱夫人纵然再想抱孙子，也必须得挨过这三年再说。甚至，在这三年孝期之内，小宝和小兮若想有所接触，也是不可能的。所以，小兮也被小宝安排到保安堂去了，这样一来，他去保安堂时，便有机会见到小兮，一慰相思之苦。

这时一个家丁急急跑进来："夫人，少爷，不好了，莫家……莫家的人又来了！"

钱夫人一听勃然大怒："岂有此理，莫家欺我钱家太甚了。你去召集家丁，带上家伙，到前厅候着！"

钱小宝连忙阻止，问那家丁道："莫家来了多少人？"

家丁答道："只有莫老爷一人。"

钱夫人一呆，讶然道："就只莫不凡一人？连个家丁都没带？"

家丁道："是，就只莫老爷一人。"

钱夫人愕然看向钱小宝，小宝略一思忖，道："去，把莫老爷请进书房，好茶侍候着，我马上就去。"

那家丁答应一声走了，钱夫人疑惑地问道："莫不凡一个人来我钱家做甚？他又想耍什么花样？"

钱小宝道："娘不用担心，我去会会他，便知端倪了。不管他想做什么，咱钱家只管兵来将挡，水来土屯便是了。"

书房之中，莫不凡捧着茶杯，安静地坐着，双眼直视着前方。杯中水汽氤氲，从他的脸上轻轻飘过，他却连眼睑都未眨动一下，仿佛一具泥胎木塑。

钱小宝进了书房，莫不凡却恍若未见。钱小宝奇怪地看了他一眼，揖礼道：

"小宝有失远迎,叔父莫怪。"

莫不凡抬起头来,看了小宝一眼。

钱小宝叹道:"叔父,你我两家一向交好。莫爷爷过世,实非我钱家之过,难道叔父真要毁了你我两家多年来的交情不成?"

莫不凡突然沙哑着嗓子问道:"小宝,你告诉我,我爹是不是你们杀的?"

钱小宝目光顿时一缩,沉声道:"叔父这是何意?"

莫不凡摇摇头:"你莫慌,我不是要讹诈你钱家。我这么问,是因为……"

他缓缓站了起来,盯着钱小宝:"我爹,应该一直在觊觎你家的一件宝物,是吗?他上天目山,主因不是为了我女儿的婚事,而是在打你家那件宝物的主意吧?他在外边还有帮手,你所说的贼人……是不是就是我爹的同伙?"

钱小宝吃惊地张大了嘴巴,莫不凡涩然笑了:"果然如此吗?"

钱小宝目光闪烁了一下,道:"叔父……既然已经知道,那小宝就直说了。我祖父,就是因为令尊的算计才被害的。而令尊,却不是我们杀的。我祖父为了保住守护之物,启动了机关,是令尊的同伙为了自保,用令尊挡箭,所以他才死去。"

莫不凡点点头:"原来如此。"

钱小宝看着他,突然问道:"我说,你就信?"

"我信!"

莫不凡点点头:"我找仵作为我爹验过尸,仵作说,我爹的致命伤都是箭伤。所以我才奇怪,弓箭乃朝廷严禁之物,便是贼人,刀枪易得,弓弩也不常见,而普通的猎弓却又没有这样的威力。你钱家又不想谋反,家中当然不该藏有弓弩。可是如果说是固定于室内,仅用以防贼自保的机栝弩箭,却不在禁物之列,这就说得通了。"

钱小宝松了口气,道:"叔父明白这个道理最好。我钱家实没有对不起你们莫家的地方。如果细究起来……"

钱小宝的眼圈红了,微微带着颤音道:"倒是我爷爷的死,该向你莫家讨个公道才是。"

莫不凡沮然点点头,道:"我明白。"

钱小宝道:"如今叔父心中疑惑已然明了,还有什么话想说?"

"有!"

莫不凡上前两步,面对钱小宝站定,肃然说道:"我爹的事情,我已无颜再纠缠。而我这次来，却是厚颜向你求救的。哪怕是我莫家亏欠了你钱家，我……还是要向你求救，小宝，求你伸伸手，拉我莫家一把！"

莫不凡说到这里，把袍子一撩，扑通一声，就跪到了地上。

钱小宝吓了一跳，急忙上前搀扶："莫叔父，你这是做什么？折杀小侄了，你快起来。"

莫不凡跪着不动，惨然道："小宝，我实话说了吧，早在几年前，我莫家就已入不敷出、勉强支撑了。原因就在于我爹误信妖人之言，将我莫家财富挥霍一空，所以本该平安度过的小劫，反而越积越大，直至不可收拾。"

莫不凡说着，不禁流下泪来，哽咽道："莫家就要完了，如果钱家不伸手，普天之下，再没人能帮得了我莫家。"

莫不凡把莫家大致的情况说了一遍，小宝听了，却冷下脸来，道："莫叔父，莫家如此情形，便是以前，要我钱家援手，我也不敢轻率答应，更何况如今这般情形。坦白说，我虽不会迁怒于整个莫家，但钱莫两家的交情，却是不可能了。"

"我知道！所以我说的帮，不是无偿地帮。而且，你若答应，我还有一件至关重要的东西可以交给你。"

"什么东西？"

"我爹的手札。我不太明白那上边都写了些什么，但是，应该与你要寻找的仇人有莫大关系，其中，应该有你想找的线索。"

钱小宝悚然动容，急急蹲下，追问道："手札在哪里？"

莫不凡直视着钱小宝，一言不发。

钱小宝深深地吸了口气，拉着莫不凡站了起来，沉声问道："莫家都哪些方面需要资金？数额多少？"

莫不凡到底是早就代替父亲管理莫家的人，而且他的经商能力也着实不弱，只可惜了莫本钟这个"太上皇"仍然是乾纲独断，拿走了大量资金，莫不凡巧妇难为无米之炊，莫家才落得这步田地。

这些账目莫不凡心中有数，张口就来，纵然不会记得非常详细，但也能说个八九不离十。救急所需的资金，后续经营所需资金，一些经营不善的产业依时止损抛售可以换回的资金……

莫不凡逐项说出，钱小宝手指微微掐动，心中加减综合，最后算出一个数字，不由得倒吸一口冷气，道："莫叔父，令尊太天真了，就算我真娶了令爱，两家结为姻亲，我钱家也不可能拿出这么多钱，这对我钱家一样是伤筋动骨。"

莫不凡讷讷难言。

小宝看了他一眼，道："钱家不可能无偿援助，不过我可以采取入股的方式。你莫家主营钱庄和运输还有丝绸业，而我钱家主营典当和药铺，还有酒楼，原本不相干的，所以我钱家想涉足这些行业，你们现有的基础、人脉，也都可以换算成资金……"

小宝手指又是一阵掐算，最后停下手来，看着莫不凡道："我钱家入股，你莫家所有产业，我占六成。"

莫不凡惊道："什么？我也刚刚算过，公道来说，你钱家最多占五成。"

钱小宝道："钱家可以不沾这些产业，而莫家，失去这一切，就是失去所有。所以，我要六成。"

莫不凡气急败坏道："你这是趁火打劫。你刚刚还说，我们莫家现有的基础和人脉也可折算成资金。更何况，我还有家父的手札。"

钱小宝叹了口气，道："所以，我才只要六成啊。莫叔父，你我都是生意人，你应该明白，如果换一个人家，落得这步田地时，肯出手救场的人，可以占到多少？若只要七成的话，也算公道吧？"

莫不凡咬了咬牙，道："五成五！不然，我不会交出家父的手札。"

"令尊的手札或许有些用处，但对我找出幕后真凶，未必有绝对的作用，因为那个人，对令尊也未必绝对信任。"

这句话正中莫不凡的软肋，他之所以点灯熬油地看了一夜，就是想从手札中找出有用的线索，从而在和钱家谈判时能占据主动，就因为他没看出什么端倪，所以才只得厚颜登门。

莫不凡脸上红一阵白一阵的，暗自盘算好久，终于颓然道："罢了，就按你说的，我莫家在临安府还能有一席之地，我也对得起列祖列宗了。"

钱小宝伸手道："令尊的手札呢？"

莫不凡沮丧地从袖中取出手札，交到钱小宝手上。

钱小宝点点头，道："叔父可以回去准备相应的契约和交接簿册了。我会尽快安排人与你联系。"

莫不凡点点头，向钱小宝无言地拱了拱手，颓然转身。

他们二人商量的过程，尽可以讨价还价，穷尽心机，但双方既然已经说定，虽然还没有白纸黑字落实下来，这事也已是板上钉钉了。这就是诚信，莫不凡相信钱小宝绝不会违诺，古人对“人无信不立”看得可是极重的。

小宝将莫不凡送出大门，拱手作别，立即回转书房，打开莫本钟的手札，只细细翻了三四页，便露出吃惊的模样。他把手札往袖中一藏，便匆匆走出书房，唤来家丁道：“立即备马，我要去保安堂！”

保安堂药铺前边部分还在修建中，但后边的库房只是利用原有的房屋建筑进行了隔断，此时已经可以使用。

药行把药材运到后，许宣便亲自验收入库，由小兮姑娘在一旁登记。眼看自己的店就要开张了，许宣兴奋不已，他一座仓库一座仓库地认真检验登记着，看来今天不处理完这些药材，他都不会去休息。

此时，钱小宝已经来到随园，找到了白素。白素只听小宝说了几句，就打断他道：“你先等等，小青，你去把瀚哥儿喊来。”

小青来到已经上了大梁、正在铺瓦的保安堂正厅，就见正厅里贴墙的一排药柜也已经打造好，一个木匠正提着小桶，拿着刷子在给药柜上漆。

这年代的油漆都是用桐油做的，作为一种优良的植物漆，不像后世很多装修材料要搁放许久，它对人体无害。

小青向那木匠问道：“姚师傅，小瀚呢？”

木匠向外边努了努嘴，道：“在院子里熬油呢。”

小青走进院中，就见院子一角砌了一只炉缸，炉上有一口大铁锅，底下架着柴在烧。杨瀚正把洗净的一大盆石子倒进锅里，用木铲翻炒着。

小青道：“小瀚，过来，我有话跟你说。”

杨瀚充耳不闻，泰然自若地炒着石子，用手贴上去试了试，感觉石子已经滚烫，石子中的水汽已经炒干了，就提起一桶生桐油倒进锅里，蹲下身子继续加柴。

小青挑了挑眉，走过去道：“喂！我在跟你说话呢，你听到没有哇。”

“啊，小青姑娘在跟我说话呢？刚刚小青姑娘叫我滚得远远的，说一看我就烦，我可没想到小青姑娘还会主动跟我说话，真是受宠若惊啊。”

杨瀚仰起脸来，一副怠懒相，小青气极，奈何杨瀚现在扮的是小伙计杨瀚，她可是主家姑娘，怎么好意思对他大发娇嗔。

“这个小心眼的臭男人！”小青恨恨地想，“刚刚你搬药材就搬药材，偏要脱了衣裳，在我面前贱贱地秀你的胸肌，本姑娘叫你滚蛋都是客气的，换一个人我早揍你了。"

杨瀚伸了个懒腰，站起来，嬉皮笑脸道："小青姑娘，你找我什么事呀？"

小青板着脸转身："跟我来，咱们到花厅里说话。"

杨瀚懒洋洋道："那我可走不开，这油一会儿就烧开了，等它起了油花，我还得往里边加土参呢。"

小青的脚步顿了一下，继续往正房里走，一边走一边扬声叫道："姚师傅，我找小瀚有点儿事，油锅麻烦你照看一下。"

"好嘞！"姚师傅放下油桶，走向院子。杨瀚这才又塞了几块柴，笑嘻嘻地跟了上去。

小青眼看快要走出正房了，却耳尖地听到姚师傅小声地对杨瀚道："兄弟，我看这小青姑娘果然对你有几分意思。那个许郎中追上了白姑娘，便平白得了偌大一份嫁妆，你这样年轻俊俏的后生，又不逊色于他，可得加把劲。"

杨瀚道："姚大哥放心，小青命中注定要做我的女人，她跑不了的。"

小青听得又是好气又是好笑，这个混账东西，跟工匠们平日里都是怎么忽悠的？只怕这些人暗中早把自己跟他看成一对了吧？难怪店里有点儿什么事情，但凡能和自己扯上关系的，都是杨瀚出面。只怕这些人都在帮他制造机会呢。这小子，究竟有什么本事，居然把这些人笼络得这么好。

杨瀚进了天井，一瞧小青正站在青石阶上等他，顿时有些心虚，她不会听到自己刚刚吹的牛皮了吧？可偷偷瞟她一眼，见她神色如常，杨瀚这才宽心。

小青佯装无事地带着杨瀚进了花厅，白素立刻道："掩上房门。"

钱小宝是从随园正门进来的，所以杨瀚之前没有遇到他，见他也在这里，不禁有些讶异，连忙将房门掩上，上前问道："小宝，你怎么来了？"

钱小宝道："我带了一件极重要的东西来，你们一起看看。"

杨瀚一听，脸色顿时庄重起来。几个人落座，钱小宝把桌上摊着的那本手札来历简单地说了一下，白素道："内中详细记载，我还不曾看过，咱们一起参详一下，看看可有什么紧要的线索。"

手札就摆在白素面前，小青便凑到她跟前，一起看了起来。杨瀚见钱小宝站到了白素另一侧，便理所当然地贴着小青站定，抻长了脖子看去。其实他也知道分寸，贴得虽然近，却还差着一些距离，不至于贴在人家姑娘身上。只是想要看到手札上的字，脑袋却得靠得极近才行，呼吸相闻，扰得小青心浮气躁。

白素低头看那手札，约莫大家都已看完一页，她就翻过一页，直到那本手札完全看完，白素对几个人道："你们都看完了？怎么样？有什么发现？"

杨瀚回到座位坐下，微微颔首道："原来，苏窈窈手下有绰号为上古四凶兽的四个帮手。"

小青原本站在那儿时，因为杨瀚贴得近，她一直暗自提着小心，若是杨瀚不知深浅，趁机贴合上来轻薄自己，少不得就要对他略施薄惩。想不到杨瀚竟然真的全神贯注于手札的内容，直到此时回去座位，始终没有什么不轨举动。

小青暗暗松了口气，却又隐隐地有些失落。"近之则不逊，远之则怨。"大抵便是小青此时的心境了。

白素道："不错，我们清楚她一共有多少人手，总比不清楚的好，如今看来，她只剩一个帮手了。"

小青道："当初船上那个掮客陶景然，应该就是饕餮。此人极好美食。"

钱小宝道："那个丐头儿巫战就是梼杌，他已经死了。"

白素感慨道："莫本钟就是穷奇，他也死了。"

小青一字一顿道："还有一个混沌。"

钱小宝无奈道："是呀，还有一个混沌。可是，莫本钟的手札中，并未说明混沌是谁。你们看苏窈窈这几个手下，陶景然是古玩掮客，可以帮苏窈窈打听四如意的下落。巫战是丐头儿，控制着临安的大小乞丐，可以帮苏窈窈打探消息、散布谣言。而莫本钟，虽然手无缚鸡之力，却能接近我爷爷。这几个人对苏窈窈而言，各有各的用处，混沌的用处是什么？可以是任何一方面，所以……他可以是任何一个人，这样的话，我们根本无法确定他是谁。"

白素纳罕道："苏窈窈都已直接露过面了，为何这个混沌一直藏在暗处，他究竟想干什么？"

小青道："苏窈窈已动用了其他所有人，这个混沌也不会例外。传说，混沌样貌浑圆，没有脸面与七窍。你们记不记得，那个陶景然绰号饕餮，而他嗜好美食，恰好符合他的绰号。这个混沌既然取了这个绰号，说不定他的特长就是……善于伪装。"

钱小宝吃惊道："你是说，也许我们早就见过他，只是因为他擅长伪装，所以我们并不知道他就是混沌？"

几个人互相看看，脸色都难看起来。仔细想来，苏窈窈确实擅长这样的手段，饕餮陶景然曾经以古玩掮客的身份接近过他们，丐头巫战早就以乞丐身份潜伏在平安堂药铺附近。莫本钟是钱塘巨富，年逾八旬老迈苍苍的老人家，任谁也无法把他跟穷奇联系起来，可他恰恰就是苏窈窈的手下，而且早在暴露之前就和他们有过接触。最后的这个混沌，谁能猜到是谁？他可以是男人，也可以是女人，可以是老人，也可以是孩子，如何叫人辨认？如果真如钱小宝所说，这人早就潜伏在他们身边，那真要叫人不寒而栗了。可即便揣测属实，他们还是无法确定这个人是谁，如果一味地疑神疑鬼，只怕就自乱了阵脚，真是进退两难哪。

杨瀚沉思半晌，突然道："我左想右想，这个莫本钟，有问题呀。"

小青没好气道："当然有问题，你反应怎么这么迟钝哪？我们都已经说到混沌了。"

杨瀚看了她一眼，微笑道："聪明人反应都比常人迟钝。因为同样一句话，常人只能想到一个方面，反应就快。聪明人却会一下子想到好多方面，反应自然没有那么快。"

小青被他气笑了，不禁揶揄道："才当了几天的捕快，还真当自己是神探了？成，照你这么说，我们三个都是笨人，只有你是聪明人，好哇，那你说说，你想到什么了？"

杨瀚慢悠悠道："你们都认为，莫本钟成为苏窈窈的走狗，是苏窈窈利用他来接近钱老员外，是吗？"

小青道："本来就是如此。莫本钟已经利用他和小钱的交情，逛出了水如意的下落。"

杨瀚轻轻摇头，道："现在看来，你和白姑娘，从离开建康开始，就一直被苏窈窈盯着，从未甩脱过她。你不信？我问你，苏窈窈派乞丐头巫战去平安堂药铺门前做什么？很显然，她知道白姑娘会去找许郎中，因而派了耳目在那里盯梢。"

小青怔了一怔，和白素对视一眼，忽然感到一阵恐惧。难道她们二人真的一直在苏窈窈的监视之下，从不曾摆脱？如果她们藏在随园的事，早就被苏窈窈查到，为何她不动手？

杨瀚继续道："我认为，你们两人前往天目山时，苏窈窈已经在暗中盯着了，她也就是在这时，才知道你们与钱老员外的关系。"

白素沉声道："瀚哥儿，你这话是什么意思？能否说得明白一些？"

杨瀚道："我是说，你们这次重返临安之前，钱老员外一直很安全，苏窈窈从未找过他的麻烦。所以，可以判断，在你们这次重返临安之前，苏窈窈并不清楚你们和钱老员外的关系，她也不知道你们的水如意是由钱老员外保管的。否则，她大可趁你们不在临安时对钱老员外下手，那样更容易得手，不是吗？可她没有这样做。因此，她是在你们藏进天目山时，才发现了你们和钱老员外的关系。"

小青忍不住道："你究竟想说什么？"

杨瀚道："从这手札记载来看，十年前，莫本钟就已成为苏窈窈的走狗，而那时苏窈窈还不清楚钱老员外和你们的关系，那么她当时收买莫本钟，就不可能是为了对付钱老员外。"

钱小宝双眼一亮，脱口道："不错！"

"还有，莫老员外之所以甘为苏窈窈的走狗，是因为他年纪大了，且疾病缠身，他为苏窈窈效忠，是想从苏窈窈那里得到长生之术。既然他把长生的希望寄托在苏窈窈身上，那么，他为什么不惜让莫家破落，也要动用那么庞大的一笔资金，在金海寺打造一座铜塔？"

白素和小青面面相觑，二女心中已经隐隐捕捉到了事情的关键，可一时还没有形成明确的概念。

小青想想自己五百岁高龄，还不及他一个毛头小子脑筋清楚，不由得老脸一红，恼羞成怒道："你不要说这么多的废话。你就说她十年前收服莫本钟，究竟为的什么？"

杨瀚吸了口气，缓缓道："为了让莫本钟听命于她，为她在金海寺中，建起那座耗尽莫氏家财的七层铜塔。"

白素诧异地问道："她建那铜塔做什么？"

杨瀚摇摇头："我不知道，但我相信，那座铜塔，一定对她至关重要。"

钱小宝欣然道："杨大哥说得有道理，只有这样，整件事才说得通。"

白素和小青双双蹙起眉，杨瀚看看二女，道："想知道为什么，也许我们该去一趟金海寺，探一探那座铜塔。"

白素双掌一合，道："好，那我们就去一趟金海寺。"

杨瀚摇头道："不妥，人去得多了，难免打草惊蛇。"

杨瀚看了眼小青，道："我看，就由我和小青姑娘去一趟好了。我能克制苏窈窈的异术，小青姑娘的异术则可以杀死苏窈窈，我二人同去，互相配合，便万无一失。"

白素赞道："好，还是这样安排妥当。"

杨瀚起身道："既然白姑娘也同意，那我明天一早就和小青姑娘去金海寺。我们两个可以扮成新婚夫妻，装成进香还愿的样子，这样除非是认得我们的苏窈窈本人看到，其他人都不会怀疑。"

白素和钱小宝连连点头："好主意！"

小青瞪着杨瀚，隐隐嗅到些阴谋的味道。只是两个猪队友都赞不绝口，貌似自己也想不出什么正大光明的理由可以拒绝他。

三十四　一步一景

杨瀚倚着门，嘴里叼着一截甘草，双手抱臂，懒洋洋地候着。

也不知过了多久，小青的闺门终于开了，只开了半扇。

先是一抹素色的裙袂露了出来，接着，一只脚小心翼翼地从门中跨出来，那是翘头棕麻的一只女靴，花纹是编织时就形成的，立体感很强，带些俏皮，却又显得素雅。

然后，那个人便整个出了闺房，站在廊下。一袭素色罗裙，腰间用水蓝色的软烟罗系成一个淡雅的蝴蝶结，霞影纱的褙子，绯色的抹胸，杨瀚的目光一下子就被吸引住了。以至于，小青那精致俏丽薄施脂粉的五官，那乌黑秀发轻绾而成的飞天髻，以及发髻上轻插的淡紫色栀子花都被杨瀚忽略了。

小青被他的目光看得脸微红，她一直做未出阁的姑娘打扮，与白素出门在外时，更是常常扮作小丫鬟，所以，这种打扮，于她而言，记忆中似乎从不曾有过。

可是，这个时代成了婚的妇人都是这样的，小青既然要扮新娘子，衣着颜色虽然可以选得素雅一些，这着装的风格和发髻发型还得依照习俗风气才成。

看到杨瀚唇角甘草耷拉下来，他却浑然不觉的样子，小青虽然生出些羞意，却也不禁暗自窃喜。

"看什么看，再看就把你的眼珠子挖出来！"小青凶巴巴地说了一句，只是脸上实在看不出有几分神情透着凶悍，倒是怪可爱的。

杨瀚恢复了从容，噗地一下吐掉了甘草梗，笑道："娘子，请吧！"

小青抿了抿唇，没办法，今天扮的是人家的娘子，这个亏只能吃了。小青便大步向前走去，只是走过杨瀚身边时，又不甘心地白了他一眼。

杨瀚如影随形地跟了上去，道："娘子，你今天很奇怪呀。"

"啊？有吗？哪儿奇怪了？"

从不曾做过如此装扮的小青心虚了，立即站住，上下打量自己："哪儿不对吗？"

杨瀚道："你平时做待字闺中的少女打扮，走路时轻盈俏皮也罢，猫般曼妙也好，总之都是女人味十足。怎么如今换了妇人装扮，这大步流星的，倒像个雄赳赳的武夫壮汉了？"

小青的唇角抽搐了一下，似乎想笑，却又忍住了："我哪有，只是乍然这么穿，有些不适应，我怕踩到了裙裾，想着把裙子踢得开一些，走路才放心。"

小青袅袅娜娜地向前走了几步，翩然回眸道："现在呢？"

杨瀚拍手赞道："'肩若削成，腰如约素''凌波微步，罗袜生尘'，太美了！"这是在用曹植《洛神赋》中的词语夸奖小青了，小青傲娇地哼了一声，虽说没有作答，步伐却是慢下来，走得摇曳生姿。

二人转过廊角，就见一个女仆坐在栏杆上，正用一块手帕包起一只鸡腿，一见小青，那女仆大窘，连忙站起，讪然解释道："二小姐，我……我可没偷东西。这是今儿大小姐加的餐，我不舍得吃……想……想晚上带回去，给我儿子吃，他才五岁……"

如今保安堂开张在即，伙计已经招了四个，不算杨瀚，他现在越来越像小青的专属跟班。丫鬟也招了三个，毕竟这店里除了许宣，还有两位主事人是女子，有女仆方便一些。

这三个女仆当中一个是小夯，但她实际上是小宝的情侣，也不能真把她当下人使唤，另外两个才是真正负责洒扫干活的，眼前这个女仆就是其中之一，叫宋嫂。

小青见她害怕，便和善道："宋嫂，你不要害怕。这几天各处打扫，你们都辛苦了，这只鸡腿你就吃了吧，一会儿去厨下说一声，叫他们给你再留两只，就说是我说的。"

那女仆大为欢喜，连声道："谢谢二小姐，谢谢二小姐，不用了不用了，我把这只鸡腿带给孩子就好。"

杨瀚笑道："这可是二小姐的好意，你是不是不听二小姐的话？"

那女仆慌忙道："不敢，不敢，我……"

杨瀚道："那就把鸡腿吃了吧，去厨下说一声，不然你就是不把二小姐放在眼里。"

那女仆讷讷道："哦，好……"

小青乜了杨瀚一眼，没有说话，径直走出去了。

金海寺这里，杨瀚已经来过一次，那次是为了查那与船娘通奸的罗克敌的消息。此番再来，他的时间从容了许多，才有机会可以慢慢游山逛景。

半山有一处亭阁，是倚着一处山洞建造的，蜿蜒的山洞可以直通山顶。山洞里供奉的都是些杂牌小神，不过这些神祇负责的大都是与大众切身相关的东西，诸如送子、姻缘、财富、平安什么的，所以这里的香火还挺旺。眼见那青烟袅袅，都贴着洞沿飘了出来，香客们也不怕呛，仍然乐此不疲地往里钻，停在外边小亭处的却几乎没有，此时只有杨瀚和小青两人。

小青与杨瀚并肩站在小亭中，男俊女俏，宛如一对璧人。从这里向山下看去，高度恰与寺中那座七层铜塔齐平，铜塔之下的情景也能看得分外清楚。

杨瀚一手负在身后，一手揽着小青的腰，身穿一袭玉色公子衫，头戴公子巾，倒也斯文儒雅、人模狗样的。

小青似乎很不习惯被人这般亲近着，杨瀚的手刚一揽过来，她的腰肌就是一阵抽搐，本能地产生了抗拒，好在她马上就发现杨瀚还挺君子的，没有趁机占自己便宜。他只是虚搂着，手掌贴着自己衣衫，离肌肤却还隔着寸许。

同时杨瀚还拿一些同游的情侣现身说法："你看，那一对男女牵着手呢，要不你也跟我牵手哇？你看你看，这边那一对，也搂着腰呢，搂得还挺紧的。小青姑娘，咱们扮的是夫妻呀，不小心些是会被人看出破绽的。"

"不见得吧？你看那对，明明也是夫妻，男的走在前边，女的隔了八丈远，追都追不上。"

"哎呀，那是老夫老妻吗，你我少年夫妻，郎才女貌，正该是你侬我侬的时候，不能比的。"

小青想想也有道理，再说下去只怕言语上也会吃亏，只好识相地捏着鼻子忍了。

铜塔在阳光之下，熠熠地闪烁着金光，仿佛那是一座金塔。杨瀚凝视良久，不禁感慨："果然壮观！我上一次来，还以为它是砖塔木塔，涂了金漆。如此这般宏伟的一座宝塔，居然整个是以黄铜铸就的，那所需的财富……还真能耗光一个巨富之家。"

小青被他虚揽着小蛮腰，固然没有真的贴在肌肤上，可那掌心传出的热力，却烘得她心烦意乱，听杨瀚这么一说，便脱口问道："你来过这里吗？来这干吗？跟谁来的呀？"

杨瀚道："哦，我当时还是捕快，为了破金甲神人降谕一案，追踪一个嫌犯至此。小青，你发现没有，这座铜塔如此壮观，可四下里明明没什么遮拦，却很少有游客去塔下游玩，岂不奇怪？"

小青不以为然道："这有什么奇怪的，你看那塔，从这里望去固然极其壮观，可若是站在塔下，却只能窥得一角，无法见识如此壮观的一幕了。"

杨瀚沉吟道："是因为'不识庐山真面目，只缘身在此山中'的原因吗？不过，咱们倒要去那塔中仔细瞧瞧。"

小青道："不错，咱们这便过去吧。"说着她娇躯一扭，迅速脱离了那只还未真个搂住就已让她意乱情迷的大手，出了小亭，提起裙裾，脚步轻盈地走下陡峭的石阶。

几株桃树错落植于铜塔四周的空旷土地上，因为是新植，还能看出地面痕迹，有的桃树还用木杆支着，以固定树根。

高耸的七层宝塔，基座也十分庞大，用青石垒就的基座周长大概有十六七丈，知客僧法沐陪着法径方丈双双从铜塔中走出来，在一人多高的基座上站住。

知客僧欣然道："方丈，历时数载，咱们这座七重宝塔终于彻底完工了，如此恢宏的建筑，放眼江南，再无第二家寺院拥有。今年腊八节'浴佛会'时，本寺可以广邀善男信女，严备香花灯烛、茶果珍馐，于此七重塔内大做法事，定可成为江南一场盛会。"

法径方丈白眉舒展，微笑道："不错，如此一来，我金海寺的声望定可名冠江南，成为诸山门魁首。法沐，这里你须小心看顾，轻易不得使人上去，每日着勤勉的弟子认真洒扫。这可是我金海寺镇寺之宝。"

知客僧合十道："师弟省得，方丈师兄但请宽心。"

法径点点头，走下石阶，两个小沙弥合十行礼，待他走过去，便立即跟了上去。

法沐走下石阶，又回首看了看那座无比恢宏的铜塔，笑吟吟地吩咐道："来呀，锁了宝塔。着弟子看护着，以防有人涂抹刻画，坏我镇寺之宝。"

马上就有四个壮大的和尚应诺一声，快步登上石阶，便去推那沉重的塔门，恰在此时，杨瀚和小青绕过桃树，赶了过来。杨瀚一瞧那沉重的塔门被几个和尚用力推着，正在缓缓合拢，杨瀚马上高声叫道："各位大师，且慢关门。"

知客僧诧然向他看去，杨瀚快步赶到他面前，笑容满面道："大和尚，内子很想登这宝塔一观，不知大和尚可否行个方便？"

法沐合十道："施主，本寺铜塔，才刚刚建成，要到明年才有可能对外开放。"

杨瀚恳求道："不敢有瞒大师，我与娘子成亲六载，未得一子半女……"

知客僧看看小青，吃惊道："我观女施主最多十七八年纪，怎么已然成亲六年了吗？"

杨瀚眼都不眨，坦然编谎道："内子脸嫩，所以看着年纪小，其实她今年十九岁，十三岁时嫁入我家。"

小青就站在不远处，二人的对话听得清清楚楚，可是她能怎么办呢？她只能慢慢走上前去，凝视那塔基石座上的雕刻，露出很是欣赏的模样，假装听不见。

杨瀚道："家母因之对内子很是不喜，时常对内子有厌恶之语，害她终日以泪洗面，郁郁寡欢。如今内子终于有了身孕，杨某生怕他们母子出个什么意外，所以特来金海寺进香，祈祷平安。我见这塔宝相庄严，金辉灿烂，定有佛光灵性，所以想陪娘子去塔上祈愿，再往大雄宝殿捐上一笔香油钱，求佛祖保佑。"

法沐和尚是本寺的知客僧，是专门负责应付诸般俗务、接待香客的人，他最重要的差使就是拉捐助，不然偌大一间寺庙，数百位和尚，个个不事生产，每日的吃穿用度、香烛香油的开销，要从哪里弄钱？法沐听到要捐一笔香油钱，顿时有些动容，道："啊！贫僧法沐，乃本寺知客，正负责捐赠事由。施主你……"

杨瀚正色道："善男杨瀚，打算向金海寺捐献这个数。"

杨瀚伸出一个巴掌，法沐看了，唇角微微向下一抿，眼角微微向上一挑，鼻翼微微皱起个纹路，轻鄙之态顿时溢于言表。他却仍然保持着大师风范，向杨瀚悠然稽首道："五贯吗？施主果然虔诚，只是这铜塔，乃我金海寺镇寺之宝，要等方丈行大法事为其开光，再广邀檀越施主……"

杨瀚马上截断法沐的话道："大师呀，我夫妇二人久闻临安金海寺香火灵验，这才从建康府赶来，路途遥远哪！五百贯只是在下一份礼敬的心意，若是心想事成，杨某来年一定来寺中上香，为我佛重塑金身。"

五百贯？法沐听得耸然动容，虽说五百贯比起莫本钟建七层铜塔的巨款来说只是一笔微不足道的小钱，可是平素里哪有那般出手豪绰的人家？再说，那铜塔固然宝贵，可它只能杵在那儿，吃不当吃、穿不当穿，总不能没事就卸下一块铜锭吧？五百贯已是现款捐建中的大手笔了，再说，只要他妻子来年分娩，母子平安，他定然还要来还愿的。

想到这里，知客僧的眼角立即稍稍向下一耷拉，唇角却向上抿出了一个完美的弧形，变得慈眉善目，十分和善。

正站在一旁假装看石雕的小青听到这里，也不禁扭过脸来，看了杨瀚一眼。他竟舍得如此付出吗？他做捕快时，不算旁门左道的收入，只算俸禄，若是一等捕快，一个月也只有五贯，一年六十贯，五百贯不吃不喝也得攒上近十年哪。

小青敬佩之意刚刚油然而生，杨瀚已经向小青招着手，快乐地唤道："娘子！"

杨瀚转头对法沐和尚喜滋滋道："杨某的钱向来都是由内子掌管的。"

小青正往回走，听到这里，左脚跟一踩右脚尖儿，险些一跤跌倒。杨瀚及时赶上，一把扶住她，含笑道："娘子，这位大师就是本院知客，咱们要捐的香油钱，可以交给这位大师。"

小青睇了杨瀚一眼，温柔道："好！"她敛衽向法沐和尚款款施礼，浅笑着，"多谢大师给予方便，我夫妻二人只悄悄登塔，祈祷许愿后就马上下来，绝不给大师找麻烦。"

"这……好吧！"

不知道是美人软语温求的魅力大，还是五百贯的钱已经足以证明这对年轻人的诚意，知客僧接过五百贯的交子之后，笑容愈加和蔼友善了。

"既如此，贫僧就许了你们这个方便，你们自行上塔去吧，慧能，你在塔下候着两位施主。"

知客僧说完，又对二人含笑道："两位施主请登塔吧，贫僧去取功德簿来，等你们下了塔，可以留下善男信女名姓。"

那塔门是纯铜的，太过沉重，原本才只关了一半，四个和尚这时也懒得再把它彻底推开，反正两人入塔的话已经绰绰有余，便只合掌相送。

小青依旧由杨瀚扶着，仿佛一个刚刚有孕的妇人，款款而行，小心翼翼。只是迈过门槛，走到塔梯前，避开了门隙视线之后，小青立即反手拧住了杨瀚的手臂，疼得杨瀚"哎哟"一声，弯下腰去。

小青左手拧着杨瀚的胳膊，右手提着裙裾，柳眉倒竖，抬腿踢着杨瀚的屁股，怒道:"你小子是不是故意的,你说!我才醒过味来,咱们扮成兄妹就不成吗?干吗非得是夫妻?扮成夫妻也就罢了,还得寻个这么蹩脚的理由?我怀了你的孩子?哈!我怀你个大头鬼……"

这塔虽是七层,却是一座空心塔,只在边缘设有木梯,可一层层旋转向上,每一层的拱券门都不能走出去,但可以从拱券门观望外边的风景。因之铜塔内很是空旷,两人说话的声音虽然不大,却因回荡产生了增益。

门外的慧能和尚听到塔中动静不似寻常,忍不住扶着铜门探头进来。小青和杨瀚先他一步察觉了动静,立即住手,扭头看去,就见阳光洒照下,一颗锃亮的大光头正探在门口。

慧能探头看时,小青裙子已经放下,反拧杨瀚手臂的手也已放开,可是杨瀚还保持着弯腰的姿势没有直起腰来,小青的右手也正"按"在他的背上,慧能顿时惊讶地睁大了眼睛。

小青看了眼慧能和尚,便扭过头去,娇声呖呖地对杨瀚道:"郎君,拜佛祈愿,心意要诚。奴家有了身孕,不能动了胎气,却又不想怠慢了我佛。你我夫妻一体,不如就由郎君代我,一步一叩首,登上七重塔吧!"

慧能一听,马上走进塔来,向他二人合十一礼,赞赏道:"善哉,善哉,此塔每两层有五十三阶,喻义'五十三参,参参见佛'。最高一层,则为十八阶,喻示内六根界、外六尘界、加六识界,共十八界,包含宇宙,一应所有。"

慧能微笑道:"两位施主如此至诚,一步一叩首,登塔祈愿。相信我佛一定会保佑你们心想事成的。"

小青笑靥如花:"承小师父吉言。"

杨瀚弯腰算着,三个五十三,一百五十九,再加十八,共一百七十七阶,一百七十七个头。杨瀚双膝一软,扑通一声跪了下去……

慧能和尚一副能够目睹一对虔诚信徒叩拜礼佛,与有荣焉的模样,站在那儿不肯走,杨瀚没办法敷衍,只能真的一阶一阶,一步一叩首,慢慢地向塔上登去。

这七层塔也叫七级浮屠,乃是佛教中等级最高的一种佛塔建筑,从下往上,七重佛塔分别代表着择法觉支、精进觉支、喜觉支、轻安觉支、定觉支、舍觉支、念觉支。每一层塔外,都铸有拱形佛龛,内中塑以生动形象的罗汉浮雕。而塔内可以很明显就看出来,每一层西面正中位置都是主壁,因为那里每一层铜壁上都有一个内凹的方形空间。

显然，知客僧并未撒谎，这座铜塔此时确实不宜对外开放，因为，需在七层塔上分别供奉的四菩萨、三大佛都还没有请进来，那些内凹空间此时都是空的。

杨瀚一路拜上去，渐渐明白了如此安排的用意。这四菩萨、三大佛若是提前就雕刻好了供上去，如何把这个光荣的机会让给信徒们呢？让他们出巨资捐建一尊佛菩萨，请入这座名闻天下的宝塔，那是何等殊荣？

临安是大宋的行在，这里巨贾豪商最多，相信他们会争先恐后地抢夺这个机会，如此一来，对寺里来说又是好大一笔进项，而且一下子就绑定了七个有实力的护法檀越，这算盘打得很精。

小青带着戏谑的笑容，跟在杨瀚身后，看他一步步拜上塔去，自己则是莲步轻移，款款而行。

一层、两层、三层……

杨瀚的呼吸渐渐粗重起来，额头也沁出了汗水，小青脸上似笑非笑的戏谑表情渐渐消失了。她开始游目四顾，看那楼梯护板上雕刻的佛教故事，时而才会飞快地偷瞟一眼杨瀚。

越往上走，消耗的体力也就越大，静谧的塔内，已经可以清晰地听到杨瀚粗重的喘息，经过第五层塔时，外边阳光从拱券门透入，照见他后背的衣裳，杨瀚跪下去时，背上衣袍绷紧，已有汗迹透了出来。

小青开始感觉不安了，不过她可不觉得是自己恶作剧。都怪那和尚！人家两个登塔，你站在那儿看什么，害得杨瀚只能一步步叩头登塔，想偷个懒都不行。小青没好气地低头看了眼那仍含笑合十，正在精神上给予杨瀚很大鼓励的慧能和尚，越看他越不顺眼。

眼看就要叩上第七层宝塔了，小青不禁欢喜起来，总算快到顶了。

第七层到了，这一层与其他六层并没有什么不同，同样没有隔断的楼板，上下层的空间是连通的。这塔甚高，那慧能和尚此时仰望已极吃力，便向二人合十一礼，缓缓退出了大殿。

小青见慧能出去了，赶紧上前扶了杨瀚一把，轻咳一声道："瀚哥儿，我可不是有意为难你呀，都怪那和尚不肯走，害得我们骑虎难下。你没事吧？要不要歇歇？"

"我没事！我壮得很，这……才几级台阶呀！"杨瀚逞强地喘息着，瞧瞧四壁模样，又扶栏向下边看看，道，"我们已经走了一百五十九阶了，还有十八阶……"杨瀚说着，慢慢抬起头来，上边已是塔尖儿，那是第七层的顶，那里的空间也越发地小了。那穹顶上竟然亮着两盏长明灯，有灯光照着，可以看到自塔尖儿悬吊下来一具佛龛，但从这里望上去，却只能看到四四方方的基座底部。杨瀚向旁边一看，发现还有一级铜制的阶梯，由此继续向上。只是比起下边六层楼梯，剩下的阶梯要狭窄许多，阶梯入口还有一道虚掩的铜栏杆，显然再往上去只能是寺中的僧侣，而不是游客。

杨瀚眼前一亮，道："这一层也没什么，如果有什么秘密，看来应该就在上边了，咱们上去看看。"

杨瀚推开那铜栏杆，脚踏上台阶的时候，只觉腿都在打战，他体质虽好，可这样连跪一百多阶的事也是头一次做，当真乏了。

小青看在眼里，心中很是过意不去，忙抢上前扶住他道："我扶你走！"

这最后的十八阶楼梯过道十分狭窄，小青凑上来扶他，两人挨得就极近了，杨瀚忙推辞道："不必了，我能行……"

"人都打晃了，还逞什么能！"

小青凶了他一句，虽不似方才语气温柔，杨瀚却很受用，于是不再推辞，就由她扶着继续攀登。只是此处楼梯太窄，平素只容一人通过，如今小青扶着他，两人是并肩而行，哪怕两人身体已经挨着，也嫌拥挤了些，而且小青身在外侧，那护栏却只有半人高……

此处已经有十多丈高，望下去就叫人眼晕，杨瀚看了眼只及小青腰间的护栏，忽然伸出手，一把挽住了小青的小蛮腰。

小青的小蛮腰本极柔韧，可是被杨瀚一揽，有些僵硬起来。杨瀚也有些不自然，强作镇定道："我怕你跌下去。"

"顾好你自己吧，我才没事。要是被你挤下去，我就拉你一起。"

小青用凶巴巴的声音掩饰她内心的慌乱，只因这一次，杨瀚的手可是真的搂实了她的腰肢。杨瀚的手似乎更热了，炙得小青的身子都有些酥软，好像真的有点儿站不稳了。

嘭嘭！嘭嘭……

小青似乎都能听到自己打鼓般的心跳了，窘得她无地自容。

终于，两人走到那塔尖儿处了，此处已经没有拱券门，全靠两盏长明灯照亮。

不过因为四下都是精铜所铸，灯光一照，反光相互叠加，却也明亮如昼。二人站定身子，一眼就看到了那尊佛：东方净琉璃世界的教主，药师琉璃光如来佛！

供在这里的这尊药师琉璃光如来佛有半人等身高，由塔顶悬吊下来的四根粗重的铜链拴系，两盏长明灯映得那铜佛如金铸的一般。

在铜佛之前，这里的台阶就到顶了，所以此处变成了一个带护栏的平台，比上来的楼梯要宽敞了许多。

杨瀚放开小青，仔细看看那穹顶，又扶栏探头向下看去，仔细观察半晌，问道："你发现什么了吗？"

小青自被杨瀚放开，就一直在悄悄地看他，眼见他额头的汗水，有心想递块手帕给他，又怕他得寸进尺，还在犹犹豫豫，被他一问，不禁一呆："发现什么？哦？哦！我没有哇……你呢？"

杨瀚指了指那高高的塔身，道："这塔说是七层，其实只是从外部结果来分的，内里上下贯通，空空荡荡，一目了然，看不出什么特别之处。"

小青道："我们眼前这尊铜佛，置于塔尖儿处，你看此处楼梯，根本就不是给香客们走的，应该只有寺中僧侣可以上来，添油、拭尘，是谁在这里供奉了一尊药师佛呢？"

杨瀚道："每一层安置佛像的地方现在都还空着，唯独这最高处，已经安放了佛像，而且是一尊药师佛，那应该就是莫本钟本人干的了。"

小青道："不错！这整座塔是莫本钟捐建的。莫本钟又身染重疾，他在这最高处供奉药师佛，最合理不过。"

小青顿了一下，又道："这塔里根本没有什么异样，空心塔虽然少见，却也不是没有。你说，会不会此处根本就没什么特别的，只是那莫本钟虽然依附于苏窈窈，但也知道通过苏窈窈获得长生之法希望渺茫，所以同时寄望于神佛？濒死之人，但凡有一点儿希望，都不会放过的吧？"

杨瀚伸手摸了摸那尊铜佛，又屈指敲了敲，连点儿声响都没发出来，他又伸手推了推，铜佛纹丝不动，这佛像太沉了，显然是一尊实心的佛像。

但杨瀚还是疑惑道："我不这样看，莫本钟同时寄望于神佛，当然并非不可能。只是如果是因为这个理由，他为佛祖重塑金身，甚至翻修大雄宝殿，也足以证明他礼佛的诚意了，他会不惜所有耗费巨资捐建这前所未有的铜塔？以他的为人，可不像！"

小青的黛眉轻轻地攒了起来："可是，就这么一座空心铜塔，没什么特别之处，如果说它与苏窈窈有关，苏窈窈能用它来做什么呢？"

小青指了指那药师佛，开玩笑道："难不成等苏窈窈寻齐了四如意，她就来此处，把这铜佛踢下去，然后一手托钵，一手握四如意，梵唱一曲，便能荣登天界了？"

杨瀚笑道："苏窈窈藏在暗处，随时可能发动，你倒还有心开玩笑。说起来，我们谁也不知道苏窈窈凑齐四如意后想干什么，能干什么，你说的虽然有些荒唐，我看也不无可能。"

杨瀚说着，便拍了拍旁边的铜壁，又踮起脚来，试了试那粗重铜索的结实程度。小青看着他的举动，微笑道："你这人平时不怎么着调的样子，真要遇到事情时，倒是认真得很。"

杨瀚停下手，摇头苦笑道："可惜，越认真，越失望。本以为咱们今日探察这铜塔，能够有所发现，想不到白白浪费了五百贯，根本发现不了什么。"

小青安慰他道："那咱们就在保安堂等她来好了，只要抓住了她，她便有多少后手，也用不到了，这叫以不变应万变。"

杨瀚叹气道："也只能如此了。"

小青举步向下走去，说道："走吧，这里气闷，下去待着。"

杨瀚不甘心地又往四处看了看，最后奋起气力，推了推那尊药师佛，结果却只让那悬吊铜佛的四条粗重铜索微微晃动了一下。杨瀚失望地摇摇头，跟着小青向下走去。

小青下了台阶，站在第七层塔的拱券门处，眺望着外边的风景。风从拱券门吹进来，撩得她衣带飘飘，有种直欲乘风归去的感觉。阳光洒照在她的脸上，那奶白色的肌肤越发晶莹剔透。

小青眯起眼睛看了一阵儿，扭脸对杨瀚笑道："居高望去，风景果然不同。你注意到没有，咱们方才登塔时，每登一层，向外望去，即便是同样的方向，给人的感觉也大不相同。"

杨瀚没好气道："我刚才只顾着叩头了，什么风景都没看。"

小青吐了吐舌头，咯咯笑道："那可不怨我，是你运气不好。咱们下楼时你可以好好欣赏一下，这一遭，也就不算白来了。"

此时小青正侧着脸看杨瀚，眉眼含笑。阳光映在她的侧脸上，越发显得她肌肤如玉，额头的一绺发丝被风轻拂着，那含笑的眉眼有着说不出的俊俏。

杨瀚忍不住叹道："便是看不到外边风景也不遗憾，我面前自有一道风景，风情万种，叫人看一辈子也看不厌。"

小青向他皱了皱鼻子，嗔道："油嘴滑舌的，已经骗过多少姑娘了？"

杨瀚在她面前站住，认真道："我若想骗，迄今为止，十个八个总能骗到手的。可惜，自从见过一人，我便只想骗她一个，只想一辈子对她油嘴滑舌，她却不领情呢。"

杨瀚的眼神火辣辣的，小青垂了眼帘，避开了他火热的目光，再度转身望向塔外，顾左右而言他道："你快看，那座放生池，从这里看过去，仿佛一柄梳妆镜呢。"

杨瀚在她身边站定，也往塔外望了一眼，微笑道："你记不记得咱们今早出来时，宋嫂正藏起鸡腿时的模样，那样的欢喜满足？"

小青诧异地瞟了他一眼，道："怎么突然说起这个了？"

杨瀚缓缓道："她的家境，一定很不好，可是偶然得了一个鸡腿，她便非常满足，也很快乐。而你，上天给了你多少人梦寐以求的能力，你不觉得，明明是莫大的福气，却被你活成了一种灾难。"

小青咬了咬唇，徐徐望着塔外，没有说话。

杨瀚道："你该好好活着，珍惜上苍赐给你的福气，才不枉一生。再说，那苏窈窈是你的死敌，你活得越是开心幸福，对她就是越大的打击。让她越是嫉妒，她才会更加忍无可忍。她急躁了，便更容易露出破绽。"

小青慢慢转过身，面对杨瀚站定，剪水双眸微微仰起，有些揶揄道："比如呢？"

杨瀚道："比如，白娘子有了许宣，你侬我侬。若是连一向清冷的小青姑娘也有了心上人，整日里卿卿我我的，原本就嫉恨你二人青春美貌的她形单影只，顾影自怜，见了一定更加嫉恨交加，迫不及待地出手，你说是不是？"

小青凝睇着杨瀚，好像要一直望进他的心里去，直把原本一脸正气凛然的杨瀚看得心虚起来，才嫣然一笑，道："你呀，花言巧语的，就是想哄我和你在一起呗？"

杨瀚老脸一热，急忙否认："喀喀，我只是觉得……"

小青歪着头想想，忽然道："行啊，那就试试吧。"

杨瀚一呆，失声叫道："你说什么？"

小青似笑非笑道："怎么？不愿意呀？不愿意就算啦！"

小青转身就往台阶走去，杨瀚不胜惊喜，连忙追上去，一迭声地叫道："愿意！愿意！我愿意！当然愿意！傻瓜才不愿意呢，我又不傻！"

小青没有说话，只是步伐更加轻盈，蛮腰款摆，那身姿有说不出的曼妙。杨瀚跟在后边，贪恋地看着她走路的风情，忍不住道："一步一风景，一景一陶然，此行真是不虚了！"

这小子，就是一张嘴巴够甜！

前边的小青撇了撇嘴角，只是……为什么自己心里忽然间也有些甜丝丝的呢？

三十五　引蛇出洞

青衣小帽、小二打扮的杨瀚和一身女式青衣、俏皮伶俐的小兮姑娘各自拈着一支香头儿，弯腰点燃药捻，就飞快地跳开，捂住了耳朵。

噼里啪啦的鞭炮声此起彼伏地响了起来，鞭炮声一响，锣鼓声便也响起来，门前一对舞狮摇头摆尾，喜气洋洋。

许宣站在保安堂门前的烟雾中，笑容满面地向贺客和围观百姓们拱手道谢，也有左邻右舍上前向他恭喜。

白素依旧一身白，头上戴了一顶浅露，轻纱垂下，遮住了容颜，饶是如此，曼妙婀娜的身姿仍是十分吸睛，她俏生生地站在许宣身边，薄纱之下若隐若现的俏颜也带着欢喜。

许宣和白素一左一右站定，伸手一拉，那保安堂牌子上系着的红绸便飘落下来，许宣和白素各执一端，站在台阶两侧，红绸中间位置绾成了一朵大红花。

二人移眸相视，微微一笑，此情此景，竟有一种拜花堂的感觉。小青今天的打扮虽以青色为主，却也不再是平素那种俏皮的小丫头装扮，毕竟谁都知道她是这保安堂的二小姐，便显得大气雍容很多。

小青执着一把大剪刀，上前咔嚓咔嚓两声，将那绸子绾的大红花剪下来，身后杨瀚立即托盘上前一步，让她把大红花放进了托盘。而许宣和白素则把各自托着的一截红绸交给了小兮。

平安堂药铺的老掌柜走上前来，哈哈笑道："许郎中啊，你年纪轻轻，却是医术高明，如今四坊八巷可是无人不知，自从你走了以后，我那店中生意都差了许多。"老掌柜的看看戴着浅露的白素，又对许宣打趣道："可惜老朽没个年轻俊俏的女儿，否则，就招了你入赘，也免得便宜了旁人！"

围上来庆祝的街邻都大笑起来，许宣赧然还礼道："哪里哪里，老掌柜的您过誉了，许某在平安堂时，多蒙老掌柜的照顾，以后你我两家还要多多来往才是。"

老掌柜的是替钱小宝来祝贺的，所以才不惜贬低自己捧他。小宝如今仍是戴孝之身，昨儿悄悄地提前来过了，如今当着这么多人，反而不好露面。

小青剪了彩，就退到一边，很无聊地把大剪刀往杨瀚托盘里一扔。这大剪刀当真是大，是用来剪药材用的，足有一尺半长度，往杨瀚盘子里一扔，尖儿正对着杨瀚的小腹。

杨瀚"哎哟"一声，急忙缩腹，把盘子向外推了推，对小青道："姑娘，你小心着些呀，这么锋利的剪刀，要是一不小心，咔嚓一下，我就……"

杨瀚做出一副幽幽怨怨的表情来，小青禁不住恨恨地瞪了他一眼，这货对自己现在是越来越放肆了。自己当初说"那就试试呗"，明明指的是假凤虚凰，以便激怒苏窈窈。

因为他们也想过了，苏窈窈是跟杨瀚照过面的，只扮成小伙计，只怕瞒不了她。而若是易容呢，他们几个又没一个懂得易容术，再者杨瀚也不可能天天易容。

不过，火如意于苏窈窈而言，她是志在必得。若再加上故意的刺激，要逼她出手，也未尝不可能，即便她明知道能克制她的杨瀚就在这里。可谁知，这个杨瀚似乎真把自己当成她男人了。

小青伸手就向正朝她挤眉弄眼的杨瀚腰眼掐去，杨瀚把腰肢一扭，再加上他肌肉柔韧有力，没有一丝赘肉，小青的手指便滑了过去。小青其实也只是作势，并不想真掐，便只白了他一眼。

人群中，一双阴冷的眸子漠然地扫了他们一眼，一抹恨意与杀机一闪而过，但是正在打情骂俏的杨瀚和小青毫无察觉，正忙着应付贺客的许宣和白素当然更不曾发现。

聚拢来看热闹的百姓中，有人羡慕道："这许宣真是走了狗屎运哪，居然被晋家大小姐给看上了，你瞧，人家姑娘直接就拿钱给他开了一家药铺，等将来过了门，保不齐还有一份丰厚的嫁妆，这真是一步登天哪！"

另一个知道些许宣和白素状况的人叹道："可不吗！尤其是这位大小姐不丑哇！不但不丑，简直可以说是年轻貌美，国色天香。唉！人家这是几世修来的福分哪，我怎么就没有这等好福气。"

"你们看到那位俊俏的青衣姑娘没有？那是晋家二小姐呢，旁边那个对他嬉皮笑脸的杨瀚，据说就是她的情郎。唉！那小子也是祖坟冒了青烟，竟然能得了人家二小姐的青睐。等他二人定了终身，不用问，杨瀚定然也是一步登天，难怪他连正式在册的捕快身份都辞了，换了我也会一样，我只消天天跟在这位小青姑娘身边，哄得她开心，我就赚大发了。"

"喀喀，几位，劳驾问一下，晋家还有没有三小姐呀？"

"有又如何？你也不瞧瞧你自己那副模样，长得像个狗尿苔似的，你有人家许宣、杨瀚那样的好皮相吗？"

"喊！晋家这两位小姐也是肤浅，小白脸子，没有好心眼子。皮相再好，又能怎样？"

"行啦，你少酸啦，据说这晋家富可敌国，财雄势大，不比钱家弱呢，你没看见钱家字号的老掌柜都来捧场啦？人家姑娘，自家啥都不缺，要找丈夫，自然是挑着顺眼的找。"

"啊！我以前看话本儿，那些故事里的使相千金、富家小姐，都喜欢找穷书生，找家徒四壁的少年郎，我还以为，那都是编的，因为那写话本儿的就是一帮不得志的穷酸书生嘛，想不到这种事世间还真的有哇！"

"有也少得很！据说晋家是遭了瘟疫，家中长辈都过世了，现如今就是两位小姐当家，自己做主，所以才能随心所欲，要不然，你当她们家中长辈舍得自己女儿嫁给这样只有一副好皮囊的废物？"

这位酸溜溜地刚说完，后脑勺就挨了一巴掌，李公甫按着刀出现了，瞪着他骂道："什么叫只有一副好皮囊的废物？我那外甥医术高明，放眼整个临安府，还有如他一般年纪，医术就如此高明的郎中吗？假以时日，我外甥成为天下第一名医也不是不可能，你看着吧，这保安堂早晚成为临安府最有名的药铺！"

那人一见李公甫，加上确实心虚，便只讪讪一笑，溜之大吉。其他几个或羡慕或眼红的，也灰溜溜地走掉了。李公甫朝着他们的背影重重地呸了一口，骂道："一群小人！"

李公甫抬头看看正在阶上招应客人的许宣，便整一整衣衫，笑容满面地迎了上去，右手还提着一个礼盒。

此时，小青已经回了药堂，她可不比白素，跟那些熟的不熟的人说些毫无营养的客套话，对她而言着实难受，她宁愿一个人安静地待着。只可惜，化身跟屁虫的杨瀚根本不给她独处的机会，他又跟进来了。

好在，杨瀚还是挺知道分寸的，他也不聒噪。小青伏在药柜案板上，左手有一下没一下地拨着算盘珠子，右手托着下巴，懒洋洋地看着外边。杨瀚就伏在侧面的药柜后边，坐在高脚凳上，双手托着下巴看小青。

小青那张精致的小巴掌脸，当真是百看不厌。她的嘴巴小小的，可唇形很好看，像花瓣似的，那唇瓣嫩红嫩红的，鲜润得好像刚出炉的杏脯，真想尝上一口。

小青托着下巴，懒洋洋地看着还在门口热情洋溢的众人，也不知道他们哪来的那么多的话题。她压根儿没看杨瀚，却又似对他的举动一清二楚，拨着算盘珠子，她突然移眸瞪了杨瀚一眼："看什么看！"

杨瀚依旧托着下巴，遗憾地摇头："这个角度，看不到呢！"

"去死！"小青抓起毛笔，向杨瀚扔了过去。

杨瀚一抬头，便张开嘴巴，咔地一下，正咬住那笔杆。

"像只小狗似的。"小青哼了一声，看他样子有些发噱，便没继续发作，只是眉毛忽然又敛下来，用小指一划，把那算盘珠子很帅气地一清，叹气道："你说，苏窈窈什么时候才会来呢？"

杨瀚当啷一声吐掉毛笔，懒洋洋道："你看，又性急了不是？我也就百十年的活头，我都不急，你急什么呀？现在呢，是苏窈窈比咱们急，所以咱们就不用急，守株待兔就得有耐心。小青啊，咱们得慢下来，静下来，好生品尝这人生五味、世间百态。对了，中午你想吃什么呀？我一会儿去买菜。"

小青瞪着杨瀚，忽然觉得他就是那棵树，自己就是那只小白兔，正傻了吧唧地一头撞上去，还有点儿心甘情愿的样子。

保安堂开张了。

对临安府的百姓们来说，这不过就是新开了一家药铺罢了。不过这保安堂药铺的坐堂郎中不是白发白须的老人，反而是一个丰神如玉的年轻人，因此一来，倒是吸引了许多大姑娘小媳妇来这家药铺抓药看病，看着赏心悦目的郎中，心情首先就会好上许多嘛。

很快，四街八巷的人又听说这店里还有一对姐妹花，一个妩媚娇贵如牡丹，一个娇俏可人若蔷薇，于是男人们也愿意到这家药店来抓药看病了。而且比起只是年轻的女子喜欢来这药铺，这男人的范围就宽得多了，上至八十，下至十八。

只是这对姐妹花平时不大抛头露面，十次来倒有六七次见不到她们，不过若是看到一身青衣、秀丽可人的小兮姑娘，也算是不虚此行了。

今天，来店里抓药的病人有眼福了，因为抓药诊脉的病人多，和许宣一样精通医术的白素也出面了。

保安堂里，许宣和白素分别为客人诊脉、抓药。其实白素拥有的治愈异能，虽不能说是包治百病，但对很多病也能药到病除。只是这同样需要消耗她的念力，所以只有在遇到身患顽疾的病人时，白素才会在给对方抓药的同时，悄悄用异能为他治疗一下。这样的病人回去再把药煎服了，两者相辅，疾病自然去得极快，这样一来，也就更打响了保安堂的名声，病患增多，生意兴隆。

许宣和白素忙碌着，偶尔对望一眼，也有一种充实、温馨的感觉在彼此间流动。若是暂时没有客人登门时，两人我为你斟一杯清茶，你为我轻拭薄汗，那更是心底里有种甜蜜的滋味。

这人间烟火气，真好！白素喜滋滋地想，仿佛回到了五百年前，她还在窈窈小筑里做丫鬟时的感觉，她从不想远离这软红十丈的凡尘世界，她喜这人生百味的生活。

后宅里，小兮正把一件袍子披在钱小宝身上比量，试了试肥瘦长短，用炭笔做好记号，她取下袍子，欣欣然道："好了，等我把腰身再裁瘦些，袍袖修短一些就能穿了。"

小宝还在孝期，只能穿素色袍子，而且不能穿绫罗，只能穿粗布麻衣。这袭靛青色的粗布袍子就是小兮亲手为他缝制的。小兮心灵手巧，这袍子做得很是合体，再加上靛青的颜色，倒是让小宝看起来比以前成熟稳重了许多。

小宝看她把袍子小心叠好的样子，不禁轻笑道："我一直以为你只会凶巴巴的呢，想不到也有如此温柔的一面。"

小兮瞪起杏眼道："什么意思呀？你是说我以前没有女人味吗？"

糟了，又捅马蜂窝了！小宝慌忙摆手道："没有，没有，我只是说你原来脾气不是这么的……嗯……这么的……"

"不是怎么样啊？"小兮从箩筐里拈出一根针来，气势汹汹地逼问小宝。她见小宝时常想起祖父，有些郁郁寡欢，此时也是有意逗他，所以晃着钢针，看着骇人，却也不曾真个扎下去。

小宝看着那明晃晃的针，却有些害怕起来："杨大哥，救命啊！"小宝惨叫一声，转身就跑，小兮笑哈哈地举着针追了上去。

一号药库门口，横亘着一张木头架子，两侧各自延展出一截横木，上边绑了一块褥垫，就像垫在马背上的马鞍，可以让人骑跨其上。

杨瀚在左侧，小青在右侧，此时就骑坐在上边。两人脚下各有一个药碾子，药碾子在木架底部固定着，两人正用脚踩着药碾两边的木轴，用那石制的药碾反复碾压着里边的药材。

杨瀚碾的是酸枣仁，小青碾的是白蔻，这两种药材都要晒干了，再碾碎了，才好充分发挥药效。两人的手都扶在横亘的木架子上，随着脚下的动作，身子微微一仰一倾。

眼看小宝惨叫着从面前跑过，小兮在后面持针追上，明显是在打闹，杨瀚当然不会不识相地追上去劝架。小宝眉宇间已经恢复了几分生气，杨瀚也由衷地为他高兴。

"青青啊，你看他们……"

"别叫得这么肉麻好吗？我从七岁起，就没人叫我青青了。"

"那七岁以前，是谁叫你青青啊？"

"我爹呀！怎么了？"

"哦，青青啊，你看，你姐姐和许郎中相处是一种情形，小宝和小兮相处又是一种情形，虽然各不相同，却是最适合他们的模式。我们两个，其实也在用我们的方式相处着，你说是不是？"

杨瀚说着，脚下停下来，手托着下巴，胳膊肘支在木架上，笑吟吟地看着小青。小青瞟了他一眼，问道："那我们是什么方式呢？"

杨瀚歪着头想想，悠然道："不似小宝小兮一般热闹，毕竟咱们比他们成熟；也不似白娘子和许宣一般蜜意柔情，毕竟……"

"毕竟什么？"

杨瀚叹了口气，道："唉！毕竟我喜欢的那位姑娘有些闷骚，脸皮子嫩着呢，动不动就大发娇嗔，我都怕她。"

小青的脸腾的一下红了，她愠怒地抬起双脚，踩在杨瀚的鞋面上，威胁道："说什么呢？这么难听，什么闷……闷……闷什么的，你说话越来越过分了。"

那个骚字，小青羞涩之下，竟然说不出口。虽然她有五百多年的人生阅历，少女时又是在青楼长大，此时竟也觉得羞难出口。而今，终是因为对这人有了不一样的感觉，原本对她来说并不难出口的一句话，此时竟然羞涩难当。

杨瀚认真道："我是说你外冷内热嘛，虽然你现在一副拒人于千里之外的模样，其实热情似火，我知道。只是那颗心，被你深深地封印住了，我有种预感，来日打开你这封印的，一定是我。你信不信？"

小青心慌慌道："你知道什么，还封印，你干脆修仙去算了。"

杨瀚微笑道："我倒真想去呢，如此一来，我就能修得长生不老，和我心爱的姑娘长相厮守，永世不易了！"

小青傲娇地扬起下巴："喂！姓杨的，不要给你三分颜色你就开染坊，本姑娘可从来不曾说过我喜欢你。"

杨瀚微笑道："没关系，说不说的，也没那么重要，我只要感觉得到你的情意就好了。"

小青哭笑不得道："你要不要这么自我陶醉呀，你哪只眼睛看到我对你的情意了？"

杨瀚眨眨眼道："我没看到哇，我只是感觉到了。你看，那位说起话来凶巴巴的姑娘，现在两只脚正踩在我的脚背上，我以为要被她踩痛了，可她踩得好轻好轻，就像小猫踩奶似的，温柔得不得了。"

"白痴！你简直得了失心疯，该吃药了！"小青面红耳赤，像被蝎子蜇了似的从碾药的木架上跳下来，慌慌张张就往后跑，"你再胡说八道，我以后都不理……啊！什么鬼，你跟上来都没声的！"

小青提着裙子，一边说一边跑，到了月亮门口一回头，竟见杨瀚正紧紧跟在她身后，登时把她吓了一跳，忙不迭地跳开一步。

杨瀚笑吟吟道："我贴身保护你嘛。我能克制苏窈窈，你有本事伤了她，咱们俩联手才珠联璧合呀。"

小青恨恨道："我碾药碾出一身汗，现在要回后宅去沐浴一番，难道你也要跟我去吗？"

"这样啊！"

杨瀚遗憾地站住，看着小青打开月亮门的门。这道月亮门本来是没有门扉的，不过后院隔出一半给了保安堂后，这道月亮门就加了一扇门，免得店中伙计进入后宅。

小青开了锁，闪身进门，砰的一声把门关上，又落了闩，走出没有几步，就听墙外杨瀚自言自语："我家青青入浴，一定美艳不可方物。总有一天，我会跟她鸳鸯戏水，真是好期待呀。"

"这个臭家伙，越来越放肆了！"小青磨了磨牙，却没敢接话。虽说他声音太大了些，可毕竟是在"自言自语"嘛，只能装没听见了，不然这个厚脸皮一定打蛇随棍上。经过这么长时间的较量，小青已经发现，如果和他斗嘴，自己必败无疑。

只是，赶到白素亲手设计、参与砌造的那眼温泉处，宽衣入浴，坐在水中时，小青却情不自禁地又想起了杨瀚那句"鸳鸯戏水"。

蓦地，她就仿佛看到了杨瀚赤裸着他结实阳刚的身躯，坐在她对面，正含笑看着她的模样。小青忍不住又往水里缩了缩，把她那圆润的肩头、精致的锁骨都埋进水里，这才心安了一些。

墙外，杨瀚静静地站了一会儿，自得地一笑，转身离去。刚回到保安堂药库，宋嫂就赶了过来，一见杨瀚便道："啊！瀚哥儿，白娘子和许郎中出诊去了，如今店里没有郎中坐诊，只能照方抓药，可偏偏还有几位上门问诊的病人，也不知许郎中和白娘子几时回来，若是让他们先回去，会不会得罪了人家？"

杨瀚一听倏然变色，急问道："出诊？咱们保安堂一向只坐堂不出诊的，他们为何出诊，去了哪里？"

宋嫂一呆，忙道："南屏山下，刘姓人家妻子难产，移动不得，她那丈夫连求几位郎中，都不肯上门问诊，这才求上保安堂。白姑娘动了恻隐之心，答应登门问诊，许郎中不放心，便跟她一起去了。"

"南屏山吗？"杨瀚迅速想了一下南屏山的大致方位，马上对宋嫂道："你快去告诉小青姑娘一声。对了，后门落闩了，你绕前门去，快快！"说完，杨瀚便飞也似的向保安堂外冲去。

若说有郎中不肯出诊，其实这个倒也常见。因为分娩是产婆、稳婆的事，她们就相当于那个时代的妇产科医生。其他郎中所习的医道大多不包括这一门类，去了也帮不上太大的忙。而且，郎中大部分是男的，那个时代的男性郎中，大部分都不愿意去做这种事情，按照迷信的说法，这很晦气。那户人家几番遭人拒绝，求到这家有女性郎中坐堂的保安堂来，也属寻常。

但是，他们开这药铺的重要原因之一，就是为了钓出苏窈窈。苏窈窈所图的最后一柄如意就是由白素保管的那柄火如意。苏窈窈要下手，白素首当其冲。

杨瀚虽然对小青狡辩过一番，说苏窈窈可能会以她为目标，固然有故意留在小青身边，用水磨工夫攻开她心防的想法。实还有一层意思他没有直说，那就是，他其实认为苏窈窈的第一目标该是白素。可他若形影不离地跟着白素，苏窈窈很清楚他的本事，那样一来，苏窈窈的手段一定更加隐蔽而缜密，说不定会先剪除自己，一个不慎就着了她的道。

杨瀚认为，自己虽然跟在小青身边，但只要他时刻关注着白素那边的动静就好。白素在保安堂时其实不用太担心，因为那几个伙计全都是钱小宝重金聘来的技击高手所扮。

有他们在，想挡住苏窈窈一时半刻还是很容易的，毕竟苏窈窈的技击之术并不高明，她所倚仗的只有那驭水杀人的技能，而白素也能在一定程度上抵消她异能的伤害。

只要这几个技击高手争取出最多一刻钟的时间，他也就赶到了。可他没有想到，白素竟然会出诊，而且带了许宣这个手无缚鸡之力的男人。如此一来，即便那户人家是真的求医，没有设下陷阱，若是苏窈窈趁机出手，有许宣这个累赘在，白素只怕也逃不了。

一俟想通其中利害，杨瀚片刻不停，如一阵风穿过大堂，站在石阶上急急左右一望，恰好见有一人赶着辆大车到了保安堂门前。

那赶车的汉子跳下车，扶着一位蹙眉耷眼、有气无力的瘦弱老人下来，一边小心地揽他下车，一边安慰道："爹，你别担心，两番问诊下来，您的身子已经大好了，白娘子都说了，再有一次，你的病就能好了。"

赶车汉子刚说到这儿，就觉得有人擦身而过，嗖地一下跳上了他的大车，一下子拔出了插在车辕上的大鞭。赶车汉子定睛一看，唬了一跳，失声道："瀚哥儿，你这是做什么？"

杨瀚一边抓着缰绳，挥鞭驱赶那两匹健骡掉头，一边急急回答道："你先扶令尊去堂上歇着，我们药铺两位郎中都出诊了，我去接他们，去去就回。驾！"

杨瀚从小过的苦日子，什么杂活都干过，驾车也不费事，他一鞭子下去，那两头健骡就撒开四蹄，拉着那空车狂奔而去。

赶车汉子目瞪口呆，眼看他绝尘而去，这才喜滋滋地对老汉道："爹，你看这保安堂，待咱们病患真是亲如家人哪，咱们来问诊而郎中不在，你看把他给急的！"

南屏山在西湖南岸，玉皇山北。虽然山并不高，不过三十多丈，不过林木繁茂，怪石玲珑，山体多峭壁、空穴，石景颇多，因而北麓的"南屏晚钟"竟成西湖十景之一。这山上有多处摩崖题刻和佛教古迹。因为佛寺过多，被称为佛国山。

请白素出诊的人自称姓刘，名叫义风。刘义风驾着一辆敞篷马车，许宣挎着药箱，伴着白素坐在车上。

到了南屏山下，刘义风急急停车，跳下车来道："两位郎中，车子上不去了，得劳驾您二位步行上山。我家就在半山腰处，你们看，那角竹楼就是。"

白素向青葱郁郁处一看，果见一角竹楼在林中掩映。

白素对许宣道："快，救人要紧，咱们下车。"

许宣先跳下车，伸手去扶白素，白素向他温柔一笑，跟着下了车。

刘义风焦急道："快，这边，二位请。"

刘义风前边引路，许宣和白素紧随其后，沿着蜿蜒山径，向那竹楼走去。

虽然那竹楼直线距离不远，但坡上道路曲折，许宣和白素急急跟着，绕过几棵高大的松栎大树，前方便是一片怪石玲珑，间有森森洞穴。

许宣正埋头前行，白素突然一拉许宣。许宣茫然回首，就见白素神色肃穆，不禁一呆。

前方，刘义风已经走到一处溪水处，走上一根横亘于两岸的圆木，回头见二人停住，不禁焦急道："两位郎中，快些走哇。"

白素眸波一转，道："这根滚木，看着也太危险，要是不慎滑下去，就要弄湿了奴家的衣衫。有没有旁的路哇？"

刘义风道："山居简陋，就只这一座木桥，过了桥就到了。白娘子只消慢慢行走，不会滑下溪水的。"

白素长长地吸了口气，慢慢把许宣拉到了自己背后，许宣虽茫然不解，却也没有反抗。

白素盯着刘义风道："你说，山居中只有你与老母、妻子同住。令堂七旬高龄，而你妻子又有孕在身，你走这独木桥固然容易，她们过这独木桥也一般容易吗？难道她们从不下山？这里可不像是有人家常住的地方。"

刘义风一呆，焦躁道："白娘子这是何意呀？"

许宣也诧异道："娘子，有何不妥吗？"

白素又道："山间一座竹楼，并不稀奇。可我刚才看那竹楼，居然搭了飞檐，纯为装饰，建造起来要多花许多钱，若你家真如你所说只是普通人家，岂会舍得如此花费？"

许宣警醒道："难道其中有诈？"

白素道："许郎速速下山。"

刘义风哈哈一笑，突然从那独木上走了回来，轻轻拍手，赞叹道："你这丫头，并不是那么蠢笨嘛，倒是要叫我刮目相看了。"

　　这刘义风此时说话，突然变成了一副苍老中性的声音，赫然是苏窈窈的声音。

　　白素方才虽然对他产生了警惕，却也不曾把他和苏窈窈挂上钩，只当他是苏窈窈又招募的手下，此时一听声音，不禁骇得娇躯一震，失声道："小姐？"

　　刘义风幽幽道："难为你，还记得唤我一声小姐，比小青那丫头有良心多了。"

　　白素惊吓地退了一步，错愕地看着眼前这个明明是个男儿面孔，却是一副女子幽怨表情的人，期期艾艾道："你……你怎么能变成这副模样？"

　　刘义风微笑起来，面部表情居然十分生动，根本看不出那是易容后的模样，再高明的易容术，都难免会有细微表情的不自然，可他分明就是一副天生如此的模样。

　　刘义风微笑道："小白，神仙赐给我们的，真的好多好多，可惜，你我从未认真去研究它们。神仙赐给我们的法宝，其实妙用无穷，可惜，也只有我，苦苦研究之下，才弄清楚金钵的一点儿用处。而四如意，只被你们这些拥有者当成了一件纪念物。"

　　刘义风一边说，一边往前走："神仙赐给我们的异术，其实也有莫大的用处。我在无意中发现，只要拥有这异术，我就拥有世间无双的易容术。"

　　她伸出手，轻轻抚摸着自己的脸庞："你知道吗？如果我剥下一个人的皮，把它贴在我的脸上、身上，通过水之异术，我就会像改头换面了一样，任何人也休想发现，哈哈哈……"

　　刘义风笑得有些癫狂："就是……就是每当夜深人静的时候，我都需要把人皮撕下来，泡进水里，用异术对它进行滋养，让它始终像是活人的皮肤一样。"

　　白素听得汗毛都竖了起来。刘义风贪婪地看着白素吹弹可破的脸，羡慕道："小白呀，你已经年轻美貌了几百年，而我……把火如意给我，好不好？只要你把火如意交给我，我再也不会纠缠你，你尽可以跟你的情郎双宿双栖，如果我能恢复青春容颜，说不定你我还可以恢复当初的情谊。这世间，只有我们三个有宿世之缘的人了，如果不是不得已，我也不想伤害你们，因为我好寂寞……"

　　白素听得怦然心动，的确，那火如意对她而言，实在是没什么用处，如果把那火如意交给她，换得从此太平，是不是对彼此都好？又何必非要藏着那火如意，逼得苏窈窈阴魂不散呢？

但是……

白素突然想到了小青的一个猜测，不禁又退了两步："我把火如意交给你，从此真的可以各走各路，互不干扰？"

苏窈窈听她语气松动，不禁惊喜道："当然，只要你交出火如意，我们从此便再没有冲突，大家重归于好，也不是不可能。"

白素盯着她的眼睛，道："可是小青告诉我，也许你要的不仅仅是四如意。当初，你认为我和小青的血，喝下去可以让你恢复青春。而今，不知你发现了四如意的什么用处。只要得到四如意就行了吗？还是说，你弄齐了四如意，依然需要用到我和小青？告诉我！"

苏窈窈的眼神闪烁了一下，突然大笑起来："荒唐，不需要，当然不需要。当初，我也是妒火中烧，昏了头脑，吸人血怎么可能恢复青春呢？哈哈哈，小白，你放心，只要你交出火如意，我自有办法恢复青春，也就不会伤害你们了。"

白素见她一边说，一边在靠近自己，不禁又退了两步，把许宣推到一块山石后面，说道："好！那你发誓，你向赐予我们异术奇能的神明发誓，只要你拿到火如意，从此便与我和小青再无瓜葛，不会再打我们的主意。否则，你将永远丑陋，永远不能恢复青春。"

苏窈窈一下子呆住了，眼神闪烁一阵，突然干笑一声，道："小白，你怎么可以这样为难我呢？对神明是不能乱起誓的，你说对不对？我是你的小姐呀，我说的话，你还不信？"

苏窈窈说到这里，突然厉吼一声，猛地扑上前来，五指箕张，一把抓向白素的面皮。看那十指的力道，这一把要是被她抓实了，能把白素的脸抓得稀烂。

她讨厌那美丽！那美丽就像一面镜子，反照她的丑陋。

天可怜见，当初她青春貌美的时候，小白和小青只是她身边两个青涩的丫头，谁会多看她们一眼呢？

苏窈窈不敢起誓。人，有所信仰，有所敬畏，终究不是坏事。哪怕他是一个恶人，一个十恶不赦的大恶人，心中有所敬畏，有些事也是不敢去冒犯的。最可怕的是没有任何信仰的人，那行事就无所忌惮。

她这一出手，白素也终于明白了，小青的担心是对的。就算交出火如意，自己和小青也依旧不安全，不知那时她又想对自己和小青如何。

苏窈窈这一抓，也抓碎了她的动摇，彻底打破了她息事宁人交出火如意的可能。白素面对苏窈窈的一抓却没有后退，石头后边就是许宣，是她的情郎，她退无可退。

白素不退反进，向前一撞，侧身避过苏窈窈的一爪，双足发力，一头撞进了苏窈窈的怀里，，二人一起飞出去。

哗！白素早已窥准了位置，这一撞，两个人都跌进了湍急的溪水中。

二人挣扎着爬起来，苏窈窈厉声吼道："可恶的小贱人！我宰了你！"

溪水上面已经有丝丝雾气升起，越来越多。这是白素的保命绝招，一旦浓雾成形，白素能辨识一切，那时就难抓得到她了。

苏窈窈气得双手颤抖。白素一边全力催发异能产生蜃幻般的雾气，一边退了两步，跳上岸去。

苏窈窈双足在水中稳稳地站定，脸上的皮肤开始变形、脱落，溪水渗到了她的"皮下"。

雾气越来越浓了，苏窈窈恨恨地一把抓下了自己的人皮面具，真实可怖的容貌在雾气中影影绰绰，仿佛狰狞的魔怪一般。

苏窈窈厉啸一声，身旁的溪水轰的一声卷到半空，化成了几道水做的长矛，向白素激射过去。

白素向后一倒，贴地急窜，水矛射中树木、怪石，竟然宛如钢铁之枪，打碎了怪石，射穿了树木，搅得浓雾翻腾，而白素的身影也趁机遁入了迷雾之中。

"你走不了的！我倒要看看，你有多少力量，能维持这浓雾多久！"

苏窈窈咆哮着，双臂一振，一道水流自溪中升起，矫若游龙般迅速蹿出，将半座南屏山团团围住，然后那道水流蔓延成了一道水做的屏障，自地面向上，直有四五丈高。

这样一道屏障无法伤人，也无法阻止人进出，但是，只要有人破坏哪里的"结界"，她马上就能知道，立即就可以追杀过去。

迷雾范围，此时已经扩大了一市半地左右，雾气被"结界"所阻，不能继续扩张，便在其中不断翻滚，越来越浓。

如今这般情形，就算白素站在那里不动，苏窈窈一寸寸地摸索搜寻，一时半晌也休想找得到她。更何况，白素不但可以移动，而且在迷雾中视力丝毫不受影响。

如今看来，苏窈窈的方法虽然笨了一些，却是最有效的办法。她用"水结界"困住了白素，可在"水结界"之内，白素随时可以偷袭她。现在只看两个人谁先撑不下去。

破坏永远比建设更容易。

苏窈窈狞笑一声，取出了她的金钵，她要用金钵化解雾气，动用金钵的力量是不需要消耗她的念力的。此消彼长之下，她有信心擒住小白。

白素此时已经飞快地潜到了许宣身边，许宣双目难及一臂之外，手被人握住，吓得身子一颤，刚要大叫，嘴巴已经被白素牢牢地捂住。

白素轻声道："许郎，是我。不要出声，跟我来！"

白素贴着许宣的耳朵说话，许宣一时间竟有种呵气如兰的感觉。白素说罢，一牵许宣的手，许宣便乖乖跟着她悄悄潜离了原地。

二人刚刚在附近一处洞穴藏住身形，原先立足处就传来轰的一声，碎石四溅，显然是挨了苏窈窈的重重一击。

苏窈窈立在浓雾之中，手上托着滴溜溜旋转不停的金钵，仿佛一尊魔神。她往四下看了看，什么都看不见，她催发金钵射出一道金光，洞穿了一片迷雾，大步向前走去。

此情此景，就似一个人拿着手电筒，在黑漆漆的夜里探着路前行。

洞穴很浅，勉强能叫人容身。白素和许宣肩并着肩，许宣能若有若无地感觉到她柔软的身子轻轻地挨着自己，鼻端隐隐传来馨香，虽在危险之中，也不免有些心猿意马。

白素侧耳听了听外边的动静，悄声对许宣道："拼消耗，她有金钵在手，我是拼不过她的。为今之计，只有拖着，拖到小青和瀚哥儿知后赶来。"

许宣担心道："他们会来吗？"

白素道："你放心，小青和瀚哥儿都是有七窍玲珑心的人，不似我一般容易轻信于人。他们一得知消息，定会赶来的。"

苏窈窈举着金钵，咋咋呼呼地四处搜寻了一阵，走到一堵石壁前站住，再不用担心雾中能够视物的白素看见她，那仿佛恶鬼一般的脸上，才轻轻挤出一个得意的表情。

这个局，布得很完美。

现在，就等小青和那个能克制她异能的杨瀚自投罗网了。

三十六　窈窈姐妹

杨瀚快马加鞭，将那破车颠得木板嗒嗒直响。到了南屏山下，他抬头一看，有许多百姓驻足路边，抬头看着，指指点点，啧啧连声。

杨瀚抬头一看，半山处一片浓雾翻卷，而且只局限于一处，从外部看来，其雾气边缘与别处壁垒分明，仿佛一刀切下去般。

杨瀚马上知道，定是白素遇到了危险，已经施展了雾化异能，他立即把马车一扔，纵身抢上山去。

有好心百姓扬声大叫："小兄弟，不要乱闯，山上生出异象，恐有怪事发生。"

杨瀚生怕这些百姓误以为山上有宝，一股脑儿上山，被那苏窈窈给害了，便粗声大气地叫道："俺知道，俺媳妇在山上呢，俺得去救人。"说着，便一头扎进树丛不见了。

一个围观妇人赞叹道："真是一个有情有义的男人。"

杨瀚冲到那迷雾边缘，发现空气像一个泡泡，将迷雾封锁在里边，虽然他不怕苏窈窈的异术，却也不由得一怔，试探地伸出一根手指戳了戳。见手指穿进了泡泡并没有什么异状。杨瀚这才鼓起勇气，一头扎了进去。泡泡应声而破，杨瀚钻进雾里，身后的泡泡又恢复了原状。

杨瀚回头看看，心中也大为惊奇。

他只能用走的，因为他的身体没有感应到这迷雾对他产生威胁，所以没有产生"免疫效果"，他走进去也什么都看不见。

杨瀚走出几步，感觉这样不是办法，摸索到一根树枝，把它折断变成了拐棍，挂在手里，高声叫道："白娘子，许宣，我在这里！"

苏窈窈在泡泡破灭的一刹那就知道有人来了，她迅速向这边冲过来，为了不撞上大树或灌木，她手举金钵，用其光束照出道路。

只是那光束并不会扩大，照的始终是一个点，而且也等于把她变成了一个靶子，她虽能长生，却不是杀不死，如果被人捅上一刀，破坏了身体机能，一样完蛋，因此她走得小心翼翼。

等她全神戒备地走到那泡泡边缘，杨瀚早已离开原地了。

"白娘子，许宣，你们在哪里？我是杨瀚哪！"

"苏窈窈，你不要躲，我看到你了！"

苏窈窈听着足有半里路外杨瀚隐隐的叫喊声，鬼一般恐怖的脸微微抽搐了一下。

她对自己这副人不人鬼不鬼的样子真是憎恶到了极点，尤其是，她原本是江南第一美人，相貌、才情无人可以比拟。

她已经"去世"几百年了，可关于她的传说，仍在民间流传，每次听见，于她而言，都是一种痛苦的折磨。恢复青春美貌，已经成了她最大的执念。

原本还小心翼翼的苏窈窈低吼一声，收起金钵，向着杨瀚呐喊的方向冲了过去。

苏窈窈离开不到一盏茶的工夫，那个气泡破开了一下，小青也钻了进来。

小青穿着一袭青衣，乌黑油亮的头发却是披散的，她正在沐浴呢，听宋嫂一说，又听说杨瀚已经离店而去，顿觉危险，急忙穿好衣服，连头发都未绾就冲了出来。

小青跑到半路飞身纵起，把一位接亲的新郎官踢下了马，所以来得如此之快，此时被她丢在路边的那匹白马脖子上还挂着红绸绾的大红花呢。

"许宣，白娘子，我是杨瀚哪……"

小青一冲进迷雾，立即听到了杨瀚从远处发出的声音，马上寻踪摸了过去。

"瀚哥儿来了！"

听到杨瀚的声音，藏在洞中的白素便是一喜，可她身躯刚一动，就被许宣拉住了，许宣道："别急，咱们听得到，那苏窈窈一定也听得到，咱们小心一些。"

白素道："放心，这雾中，只有我能视物，跟我来。"

柔软的小手拉住了许宣，悄悄离开了洞穴。

因为白素能雾中视物，所以行走自如，两个人寻着声音走了一阵，白素突然站住，在许宣掌心写字道："前方，四十步。"

许宣下意识地想要说话，忙又忍住，也拉过白素的小手，在她掌心写道："过去？"

白素手心娇嫩，被他写字弄得直痒，忍不住缩了一下，待他写完，才在他掌心又写道："苏，不远。"

许宣惊了一下，他也不知道这个不远指的是在杨瀚身边不远，还是在他们身边不远，因为看不清，心中尤其惊惧，他不禁往白素身边靠了靠。

整片迷雾中，只有白素看得清楚，杨瀚就在她正前方四十步处，那里是他们先前打算过那独木桥的所在。杨瀚应该是听到了流水声，所以没有继续向前，而是转身往回走，一边走还一边唤着他们的名字。

白素可以清楚地看到杨瀚的动作，他喊上一句，就迅速向旁边闪一下，如果有人寻声偷袭，多半要与他擦身而过。只是那动作，在根本不受雾气影响的白素看来有些可笑。

而苏窈窈就如幽灵一般跟在杨瀚不远处，大约隔着两丈距离。显然，她也知道对她威胁最大的就是杨瀚，因为杨瀚根本不惧她的异术，所以她此时手中竟提了一柄短刀。

只是杨瀚非常小心，喊一声便挪一个地方。苏窈窈察觉他的声音飘忽不定，始终无法捕捉准确位置，所以迟迟不敢出手。

白素一见心中大急，立即一拉许宣，拔腿便走。

白素把许宣拉到雾泡边缘，许宣这时也能看到雾泡外情景了。

白素这才低声道："你待在这儿，不要乱动，如果里边打斗起来，你就冲出去，马上下山。"

许宣急道："娘子不一起走吗？"

白素道："我不能走，我回去接应瀚哥儿。你先不要乱动，这气泡是苏窈窈所布，你一穿过，她就知道了。一定要等她和我们交起手来，无法脱身，你再离开。"

说罢，白素立即转身离去，这雾气于她而言全无阻拦，所以白素奔跑甚速，在许宣看来，白素只是闪身进了迷雾，便马上消失了踪迹。也就在这时，小青从另一侧钻进了气泡。

正蹑在杨瀚左右，生怕一击不中，所以迟迟未敢动用金钵定位刺杀的苏窈窈嘴唇突然诡异地一翘："小青那死丫头也来了！把这个碍事的外人杨瀚干掉，我们窈窈小筑三姐妹就可以好好叙叙旧了……"

小青寻着声音悄悄蹑近，杨瀚又是一声喊："白娘子，许宣……"

嗖地一下，杨瀚又一个腾挪，这小子机灵似鬼，已经喊了这么多遍，生怕被苏窈窈找到了规律蹑上来抽冷子给他一刀，因此这回只喊了一半就闪身了。

不料，他这一窜，正窜进一个香香软软的怀里，杨瀚一时间可来不及想那香香软软的滋味，登时惊出一身冷汗，立即一肘就向那人撞去。

"是我！"小青没好气地说了一句，立即抽身一旋。杨瀚一肘撞空，正要提膝撞去，听见声音硬生生止住，身子却是站立不稳，向前倾去。

两人离得这么近时，小青已能看见他模样，见他如此，小青也不知他是否装相，却只能伸手相扶。

杨瀚惊喜道："小青，你怎么来得这么快？"

"我……"小青刚答了一句，杨瀚便脸色一变，抱着她猛地向前一冲，就地一滚。在杨瀚先前立身处，苏窈窈鬼魅一般出现，手持利刃，咒骂一声道："小贼奸诈！"旋即，她手中金钵便亮起一道强光向前扫去，金光所至，雾气如雪狮子遇火，登时化去。她手中金钵的光刚扫到二人翻滚的身影，便持刀恶狠狠扑去。

小青反应也甚敏捷，蛮腰一挺，双腿用力，弹簧一般，便抱着杨瀚翻滚过来，刚刚转到她身上的杨瀚一下子弹了起来，而自己则借力在草地上向后滑了一下，苏窈窈再度刺空，但小青和杨瀚也因此分开了。

"我姐姐呢？"小青问了一句，身形一闪。

杨瀚道："我还没找到。"说着也是一闪。

苏窈窈手持金钵不断照去，可即便能扫到他们身影，也是转瞬即逝，根本无法定位。

这时，白素飞奔而来，她早已将三人情形看得清楚，忍不住大叫道："小青，瀚哥儿，我在这里。"

杨瀚闻声大喜："白娘子，快快收了神通吧！"

白素飞奔中先是一呆，继而恍然。可不是吗，他们开保安堂的目的就是引苏窈窈现身。此时此刻他们三个最强者都在，哪还需要用雾化护身，这雾气一起，除了她，小青和杨瀚可也是看不见的。她只能短暂借予旁人同样视物的能力，而且很难分心同时照顾两人，对他们三人围歼苏窈窈并无帮助，还容易叫苏窈窈逃脱。想到这里，白素立即开始驱散雾气。

方法倒也简单，她用意念将那雾气化水，就能迅速除雾。这雾虽浓，却不至于形成一场小雨，只是地面微润，雾气已为之一空。

苏窈窈吃了一惊，持钵站定，杨瀚三人迅速分散，呈品字形把她围在中间。

苏窈窈收了金钵，急急一低头，先撕了一块袍子，把脸蒙了起来——她那人不人鬼不鬼的样子，实在不想叫人看见。

杨瀚看在眼里，忍不住叹道："生老病死，乃是常态。多少红颜佳丽，都有白发苍苍的一天，也不见她们寻死觅活。此为天道。苏小姐，你何妨顺其自然？执意强留青春，你若不是生出这许多是非，想来也不过是个白发老妪，虽然没了少女的美貌，却也可以拥有老迈的优雅，怎至于搞成今天这般人不人鬼不鬼的模样？"

苏窈窈恶狠狠地瞪着他，嘶哑道："你可知，我是钱塘第一美人？我青春貌美时，她们算什么？所有人看到的，只有我的风情、我的美貌，她们连太阳旁边的月亮都算不上，顶多只算两颗不那么亮的小星星。她们可以拥有青春，我们同遇奇缘，凭什么老天只对我不公？老天不给我，我就自己去争！"

小青听苏窈窈说到这里，心里猛地一沉。她迟迟不肯接受杨瀚，就是因为她的心思其实远比看似多情、实为洒脱的白素更敏感、更细腻。她被苏窈窈的黑化惊怕了。她不敢，她担心，如果真的与一个男人结合，现在你好我好，只怕随着对方渐渐老去，而自己却始终如青春少女，他的心态也会如苏窈窈一般失衡，最终陷入魔障。

到那时，至亲如死敌，情何以堪？

这一刻，苏窈窈的话再度给了她心头沉重一击。

小青一按腰间，锵啷啷一声龙吟，终于抽出了她的缠腰软剑。

小青沉声道："说那么多废话做什么，她已入网，杀了她！"

杨瀚听了，也举手做出了攻击之势，而苏窈窈狞笑一声，突然向白素冲去。白素的本领并不具备攻击性，只凭拳脚工夫与她相去甚远，她要冲出包围圈，白素就是最好的目标。

"小姐一直就只欺负素素！"白素幽幽地说着，双手互相往袖中一探，两柄明晃晃的短刃业已在手，她也知道自己攻击技能有限，所以早早备了两件兵器，直到此时，她才取出。

虽说纵有兵器在身，她依然不是苏窈窈对手，但要短暂抵挡苏窈窈就容易多了。二人交手，兵器相撞，火花四溅，苏窈窈涌身直进，又是一连两刀刺来，将白素逼退几步，而这时小青和杨瀚已经双双杀来，苏窈窈只得回身应战。

小青知道她的水滴子弹很难伤到苏窈窈，所以不曾窥得空当，轻易也不使用，这样专心攻击，反容易给杨瀚制造机会。

苏窈窈在杨瀚的攻击之下，轻易也不敢分心驱使冰刺技能去对付小青，于是就出现了奇怪的一幕：面对杨瀚攻击时，苏窈窈尽量闪避退缩，面对小青时，则有攻有守，转而攻击白素时，才使尽全力，但也只能逼得白素连连后退，却难以伤到她。在这样的走马灯般战斗中，白素连连后退，已经退到了那条小溪边。

苏窈窈窥个空隙，猛然将刀掷向杨瀚，逼得他一退的当口，趁机从怀中取出金钵，高高举起，怪叫道："你们三个，今儿就留在这里吧！"

杨瀚叹道："苏小姐，你知道你的异能对我全然无用的。"

苏窈窈疯狂地大笑着，手中高擎的金钵陡然射出一道手指粗细、凝若实质的金光，那金光不是射向他们任何一人，而是射向溪水上的那具滚木小桥。

白素三人看了俱是一呆，不明白她是什么意思，只见那凝聚的金光射在滚圆的大木上，登时烧灼出一个黑漆漆的小洞。青烟刚一冒起，小青便脸色一变，失声道："不好！"

小青向前一冲，一把抱住白素，两个人就像融化在空气中似的，一下子从原地消失了。地上，只软软地落了一套青色的衣裳。

苏窈窈疯狂地大笑着，她根本不在乎，她苦心谋划，要对付的就是杨瀚这个能克制她的天敌。只要除去了他，再对付小青和白素，于她而言，要容易百倍。

如今，她已顺利引出了杨瀚，也借白素之手消去了雾气，并把他逼到了爆炸范围之内，整个计划，何等完美。

她当然知道小青的瞬闪异能，也算定了小青和白素能够逃走，这样才好，现在小青和白素可不能死。

而杨瀚，必须死！

南屏山丛林之中，小青和白素就像突然破开空间似的，一下子出现在那里，只是小青一丝不挂。

小青犹豫了一下，她还有余力，可以再瞬闪回去，抢在那塞满了火药的滚木爆炸之前，把杨瀚也带出来。这对她来说并不难，她的瞬闪异能要发动几乎就是一动念的事，只要她动念的速度比火药爆炸一定会快上那么一刹那。

可是，那她就要赤身裸体地出现在杨瀚面前了。

就只迟疑了这么一刹那，当她一咬牙根，打算豁出来不要脸皮了，瞬闪回去救杨瀚的时候，一声惊天动地的巨响，大地猛然一颤，一朵黑色的蘑菇云已然腾空而起。

完了！小青心弦巨震，双膝一软，一下子就跪在了地上。

杨瀚第一次看到一个人可以把水异能这样使用。

当爆炸即将发生的一刹那，苏窈窈跃到了水中，然后，那溪水倒卷而起，层层包裹起她的身体，瞬间化作了一副甲。

那是一副银白色晶莹剔透的奇美宝甲，一片片鳞片状的甲叶将她的身体包裹得严严实实，那种感觉简直难以言表。

杨瀚不禁看呆了，不过他的呆只是惊讶于那水做的盔甲是他生平所未见，那精美绝伦、巧夺天工的样式让他惊呆了，他的动作可是一点儿也没有停顿。

那盔甲刚刚成形，他就如影随形地冲了过去，一把抱住苏窈窈，然后把她的身子一旋，将盔甲的背面迎向了那座"浮桥"。

苏窈窈正在集中意念凝聚水甲，根本没想到他会采取如此奇葩的自我保护方式，更想不到他反应如此之快，根本来不及抗拒。

巨响传来，苏窈窈甚至还来不及对他无耻的行为做出任何反应，一股巨力就撞了过来。杨瀚只觉浑身巨震，双手一下子脱开了苏窈窈的身体，像一团破麻布似的飞了出去，在空中一连翻滚了几周，撞进一片灌木丛中。

苏窈窈原本胸前的甲胄最厚，仓促间将自我保护的最佳防御力量转移到后背，刚刚布设完成，爆炸的巨大冲力就过来了。

苏窈窈首当其冲，虽然那水做的盔甲不仅能保护她的身体，还因为精巧的构造具备一定的卸力效果，她还是整个被气浪撞飞了出去。

当杨瀚一溜跟头地摔进灌木丛的时候，苏窈窈从他的身体上方飞了过去，仿佛乳燕投林般，一头扎进树林。水盔甲已不成形，当她落地的刹那，就分解为水，哗地淌了一地。苏窈窈内腑受到了撞击，哇地一口鲜血喷了出来。

苏窈窈精心布了这么一个局，准备了这么多的炸药，目的就是铲除杨瀚这个最大的威胁。因为她异能在手，简直把自己视作了神明一般的存在，岂能容许世上有一个人可以完全无视她的本领？更何况这个人还跟小青、白素她们混在一起，是她最大的绊脚石。如今不能确定杨瀚是死是活，她怎肯甘心。

苏窈窈挣扎着爬起来，一瘸一拐地想赶回去看看杨瀚，如果他还没咽气，无论如何也得再补一刀。不料她还没有走出树林,就听到了小青的呼唤:"杨瀚!杨瀚,你在哪里?"

声音近在咫尺,应该就在小溪边。而出了树林,前边那片灌木不高,她若出去,一定会被小青发现。如果小青发现她,可想而知会对她做什么。乘人之危不是白素的风格,可小青那丫头……

耳听得小青的呼喊声越来越近,再看看自己现在有些迟钝已经无力再战的身体,苏窈窈咬了咬牙,只好转身逃开。如果再晚片刻,一旦被小青发现,她就算想走也走不了,以她现在的状况,可没把握躲过小青那神出鬼没的水滴子弹。

小青一边走,一边还在穿着衣服。

因为她瞬闪异能发动,自己身上的一切都会遗落于原地,所以她轻易不肯动用这门功法。而白素身上则是无论何时,一定会给她准备一套备用的衣衫。那种上等质料的衣服团成一团的话其实也不占多大空间,叠放于身上更不显眼,倒是不成问题。

听到爆炸声后,她匆匆接过白素递来的衣衫,边跑边穿,这位大姑娘可是真的顾不上矜持了。等她冲到河边时,衣带还未来得及系上。小青发现小溪中间被炸了一个大坑,溪水虽然还在流动,大坑中仍然有些浑浊。

四下里都是爆炸过后的情形,溪旁一块巨石已经被削去大半,剩余部分也已四分五裂。小青不由得肝胆欲裂,石头尚且被炸成这般模样,血肉之躯如何抗得住?

可现场居然没有任何的发现,难不成杨瀚已被巨大的爆炸炸得粉身碎骨,连一片血肉都没留下?

小青又唤了两声,声音已不知不觉地有些颤抖,眼泪已在她的眼中打着转转。

"杨瀚!"小青在灌木丛边发现了一只鞋子,她抓起来看看,男性的,应该就是杨瀚脚上那一双。小青立刻冲上岸,向灌木丛中冲去。

"杨瀚?杨瀚!"

小青终于在灌木中发现了杨瀚,他四仰八叉地躺在灌木丛中,双目紧闭,可身上也看不出有多大伤势。小青喜极而泣,好在杨瀚昏迷着,也发现不了她在流泪。

小青把杨瀚抱到溪边,发现他小腿上扎着一段被炸飞的树枝,树枝穿过了小腿肌肉,触目惊心。

小青有心把树枝拔出来，可只稍稍一动，就发现即便是昏迷之中，他的眉头也痛苦地蹙起来，便放弃了。姐姐马上就到，有她的医术，要治这外伤很容易。

眼见杨瀚不醒，小青掬了把溪水，轻轻拭洗他的额头，忽然发现他的耳垂处也有血迹，竟是由耳中流出的，不由得又是一惊，那巨大的爆炸声……

小青撕下一片衣角，蘸了水轻轻擦去他耳轮上的血迹。杨瀚的眉头皱了皱，悠悠地睁开了眼睛。

小青惊喜道："瀚……哥儿，你醒了，你要不要紧？"

杨瀚的耳鼓嗡嗡作响，只看见她嘴巴张合，根本听不见她在说什么，那巨大的爆炸声弄得他的耳鼓现在只有嗡嗡的声音。但是看小青焦急的模样，也知道她是在询问自己的伤势。

杨瀚艰难地摇摇头道："我没事，你别担心，就是耳朵听不见。"

这时，白素身形一闪，掠了过来。

两人冲回山上时，白素先绕了个圈，跑去探望许宣了。谁的情郎当然谁更牵挂，到了地方，见许宣还蹲在原地，并未趁机逃下山去，白素既感宽慰又觉窝心，自己牵挂着他，他又何尝不是在牵挂着自己呢？

眼见许宣无恙，白素便叮嘱他仍待在原地，免得撞上苏窈窈，这才向爆炸地点飞快地赶来。

小青听见姐姐呼唤，忙抬头道："姐姐快来，瀚哥儿受了伤，你快给他治疗一下。"

杨瀚见她抬头，似乎在焦急地说着什么，可耳鼓轰然，听不见，便按照自己的理解道："你不用担心，那苏窈窈应该不比我伤得轻，她已经逃走了。"

小青一呆，讶然看向杨瀚，神情渐渐转为凝重，试探道："我在跟姐姐说话，你听到了吗？"

杨瀚道："真没关系，我伤得不重。"

小青这才发现，杨瀚不仅答得驴唇不对马嘴，而且声音也提得很高，这是失去了听觉的人才会有的反应，小青真的恐慌起来，她抬起头，看着已经站到面前的白素，便眼泪汪汪道："姐姐，你快给他看看，他只怕是……聋了。"

保安堂的瀚哥儿聋了。

砖街巷附近的大姑娘小媳妇听说这件事后，都感到很遗憾。去保安堂抓药看病，当然是冲的许郎中。可许郎中名草有主了，白娘子常在一旁相伴，着实地碍眼，那时还有瀚哥儿这个可意的小郎君可以看。

虽说他只是个小伙计，但模样俊俏嘛，有人最喜欢看他那双明亮有神的眼睛，有人最喜欢看他笑起来时右颊浅露的小酒窝，还有人最喜欢看他碾药、劈柴时那健硕阳刚的身体。

听力虽然不是最直观的东西，可一想到这人什么也听不见，魅力还是一下子就削弱了许多。宋嫂以为这下子瀚哥儿连伙计都要干不了，很快就被辞退了，不过二小姐似乎对瀚哥儿反而比以前好了。

这不，宋嫂刚按二小姐的吩咐，给瀚哥儿做了鱼羹，正端着香喷喷的鱼羹送去他的卧房。

“你这呆子，看看人家许郎中，多会说话，哄得白娘子每天开心得不得了。你就像块木头似的。”院子里，小兮姑娘恨铁不成钢地拧了一把钱小宝的耳朵。

钱小宝龇牙咧嘴道：“那是男人哄女人的手段，真不懂你们，明明看着都很精明的女人，就喜欢听些哄骗你们的甜言蜜语。”

小兮理直气壮道：“女人就是要男人哄的嘛！你有本事哄我一辈子的话，明知是哄我，我也开心哪！要是一个男人连哄都懒得哄你，那两人也就到头了吧？”

钱小宝噘起嘴道：“听着似乎是那么个道理，可真要是谁遵照这个道理去做事，十有八九都是不切实际。”

小兮越发地生气：“你个呆子，有些事就是一个感觉，不是你拨拉算盘珠子能算明白的。”

宋嫂莞尔一笑，加快了脚步，从廊下穿了过去。

杨瀚的腿看着血肉模糊的，挺吓人，但架不住有白素这个异能名医，用她的异术给他修复身体外伤，简直如有神助，腿上的伤早就好了。

不过，耳膜如果破裂了，从此失聪，这可不是白素所能解决的。白素和许宣都用心了，一开始大家还抱着希望，希望杨瀚的听力能渐渐恢复，现在却只能抱歉地告诉小青，实在是爱莫能助。

杨瀚躺在床上，也很无助。他在南屏山的时候，确实听不见了，那时候耳朵嗡嗡的，其他声音真是一点儿也听不到。直到一天之后，他才隐隐约约能听见别人说话，而且有种如在云端的感觉，似乎很遥远，听得不是很清楚。

现在，已经是他被救下南屏山的第四天了，行动举止已经完全如常，听力也完全恢复了。

可是，眼见大家为了他的失聪，伤心的伤心，焦急的焦急，忧虑的忧虑，感慨的感慨，杨瀚觉得如果此时宣布自己并没有失聪，会让大家失望的。杨瀚是那么善解人意，怎么会做叫大家失望的举动呢？

他已经给自己找好以后恢复听力的理由：他是故作失聪。因为南屏山之事明显表明，苏窈窈忌惮他的存在，想先除掉他。而他一旦成了聋人，对苏窈窈的威胁就小多了，可以让苏窈窈放松警惕。

那为什么连最信任的人都要瞒着呢？因为苏窈窈这个人实在是太狡猾了，一旦别人知道他不是真的聋了，也许在言行举止上就会有所体现，从而被苏窈窈察觉。所以，他决定瞒过所有人。

这理由很不错，合情合理，杨瀚仔细想了几遍，应该能唬得住小青，于是，他现在明明身体倍儿棒，吃吗吗香，却故意做出一副受了打击、萎靡不振的模样，躺在床上，心安理得地接受着小青的服侍。

"来，这鱼羹很香的。宋嫂熬的鱼羹很好吃，她做鱼特别有一手。我还说呢，以后要资助她，给她在西湖边上开一家店。你呀，就当给她试菜好了。"

小青笑吟吟地说着，也不管杨瀚听不听得见。

"啊——张嘴！"

眼见杨瀚睁着一双无辜的大眼睛看着她，似乎不知道她在说什么，小青的心都快要融化了，就像哄小孩子似的，给他做了个张嘴的动作。眼见杨瀚张开了嘴巴，小青喂了勺鱼羹，笑赞道："真乖。"

知道杨瀚已经失聪，根本听不见，小青的伪装也就彻底放下了，此时房中除了他俩再无旁人，小青的母性发挥得淋漓尽致，简直把杨瀚当成了她的小宝贝，嗯……又或者是小宠物？

"我真的是对不住你，当时，我本来有机会瞬闪回去救你的。可是，我犹豫了一下，真的就只是一下下，我想回去的，可是紧接着就爆炸了。唉，你知道我为什么犹豫吗？"

小青又喂了他一勺鱼羹，叹气道："神仙赐给我的本领，有一个很大的弊病。我感觉就像是神仙在捉弄我一样。苏窈窈呢，拥有了长生之术，却无法阻止她的衰老。姐姐呢，原本就浪漫多情，自从拥有异能后，情绪方面就更难控制了，她总是花枝招展、风情万种的，实在是身不由己，而我……"

小青叹了口气，眼见一碗鱼羹喂完了，就把碗放在旁边，说道："我除了可以用水滴杀伤他人，还有一样本事，就是在方圆百丈之内，可以瞬闪离开。可问题是，我瞬闪时，自己身上的东西是带不走的，衣服哇、首饰呀，都会遗留在原地，你说，这像不像神仙的一个恶作剧？"

杨瀚听到这里不禁恍然大悟，想到小青迫不得已时施展这门本领的窘状，忍不住嘴角抽搐了几下。明知忍不住，于是他干脆微笑起来。小青看到他傻兮兮的笑脸，忍不住也笑了。

小青道："你呀，听都听不见，知道我在说什么呀，净傻笑。哎，不管怎么说，你落得这步田地，是我的错。你放心，我会照顾你的，将来……总要给你一个稳妥的安排，我才放心。"

杨瀚看着小青温柔的模样，心中只想："那就嫁给我就好了，嫁给我，照顾我一辈子，你就不用再内疚了。"可是，这个念头也只能在他心里头转悠一下，说是绝对不敢说出来的。

他只是轻轻拉过小青的手，在她刚刚露出疑惑之色的时候，就在她掌心写道："没关系，为了你，我死都不怕。我只是听不见了，习惯了就好。我不会成为一个废人的！"

杨瀚一字一字地写着，眼见着小青露出了痛苦的表情，可她还在强自忍耐，终于，在杨瀚正打算再写一句他要自力更生的煽情话的时候，小青激动得再也无法自抑，猛地挣开他的手，跑了出去。

"啊！这就把她感动哭了呀，小青外表冷冰冰，其实比白娘子还要深情。我做得是不是太过分了些？"

杨瀚担心地坐起来，趿上靴子，打算追出去再安慰她几句，也许能感动得她主动说出"以身相许"也不一定，这姑娘心地纯良，内柔外刚，这对她来说，并不是不可能。

只是，他还没等走出去，小青已经回来了，她手里拿着一块系了绳的木板，一块抹布，一根炭条。

杨瀚茫然地看看她，投以一个问询的眼神。

小青把系了绳的木板往他脖子上一挂，又把抹布往他腰间一塞，炭条往他手里一放，郑重道："你以后想说什么，还是这么写吧，要不你挠得我掌心细痒细痒的，实在受不了。"

三十七　混沌无面

自己脖子上挂着一块牌子，腰里别着一块脏兮兮的抹布，袖子里则揣一根炭条，有话想说时就举起小牌牌来在上边写字……杨瀚想象了一下那种场面，实在是没法看。

人家只是听不见了，不是不能说话呀姑娘！

小青见他怔怔地看着自己不说话，突然想起他听不见，于是举起牌子，把自己要说的话在小牌牌上写了一遍，给他看，然后又示范性地用抹布擦掉，向他得意地一笑，这法子好吧？

杨瀚咳嗽了一声，干巴巴道："小青姑娘，我……是听不见哪，不是不会说话，这块牌子，我用不上啊，应该你挂着它才对。"

"对呀！"

恍然大悟的小青一拍额头："怎么搞的，我怎么晕头转向的……咦？"

小青的声音戛然而止，她瞪着杨瀚，突然问道："那你刚刚不说话，你抓着我的手写什么呀？"

杨瀚眨眨眼，一副本大爷不知道你在说什么的茫然模样。

小青的牙根咬了起来，没再蠢蠢地抓起牌子写给他，而是抬起腿便一脚踢向他的屁股："你故意的是不是？你存心占找便宜。"

杨瀚哈哈笑着抱头鼠窜，小青追到门口停下来，笑骂道："臭男人，真没一个好东西。抓着人家的手心写字又能占到什么便宜了？真是搞不懂男人的愚蠢。"

跑在前边的杨瀚唇角也带着轻松的笑意，但这笑意在他穿过那道通往随园后宅的月亮门之后，却迅速地消失了。

自从他聋了，他就有了特权，保安堂这边所有受雇者中，只有他和小兮是可以通过这里自由进入随园的，面冷心热的小青真的比她姐姐更加心思细腻、善解人意。

小青目视着杨瀚逃开，便去了保安堂前厅，经过药库时，她发现许宣正带着一个伙计在里边盘点药材，以确定哪些药材需要补货。到了前厅一看，白素正在坐堂，此时店中不忙，她在翻看一卷医书。

听见脚步声，白素抬头一看，便欣然招手道："小青，来坐。"

小青在她身边坐下，问道："姐姐，可找到治疗瀚哥儿的办法了？"

白素蹙起蛾眉，摇摇头："我已翻过许多医书，都无这方面的著述记载。许郎中解剖过人体，他跟我说，人的耳朵里有一种薄薄的膜，估计是那个膜破了，所以就听不见了，这天生地长的自然之物，我们补不回来的。"

小青讶然道："耳朵里有膜吗？原来我们是靠这个听声音的。"

白素问道："瀚哥儿现在怎么样？"

小青幽幽道："表面上倒看不出什么，你也知道，他本是极开朗的一个人，现如今在我面前也跟以前没什么两样。可谁一下子残疾了会不受打击？唉，他是怕我们为他担心，强颜欢笑罢了……"

白素叹口气道："谁说不是呢，他本是极俊逸的一个男子，由此一来，前程都毁了，以后……唉！"

小青懊恼道："都是我的错，如果我当时不犹豫了一下……"

白素握住她的手道："你不要自责了。换做哪个女子，那种时候会不犯思量？"

小青肃然道："姐姐，待此间事了，我想好生安顿他一下，保他一生无忧。"

白素道："你想怎么做呢？"

小青想了想道："你看哪，我在临安乡下呢，给他买三百亩的上等水田，旁边再买一座桑山，怎么样？种地、养蚕这种事，只要选定了合适的佃户，基本就可以父一辈子一辈一直做下去了，不用他太费心。嗯……纺织作坊的事就算了吧，雇工做生意需要常常与人打交道，他失聪后太不方便，这些……也应该够他生活富足、太平度日了吧？"

白素也很认真地想起来："嗯，应该差不多了吧，哎呀，要是碰上干旱或者大水灾，田地桑山颗粒无收时怎么办哪？"

小青拳掌一击，道："对呀，幸亏姐姐提醒。我想想……钱家不是接手了莫家的钱庄生意吗？我可以在钱庄再给他存一笔钱哪，存十万贯好了。这样就算碰上灾荒时节，他靠着存款的利息，也饿不死他。"

白素拍手道："不错不错，这法子好。钱庄是钱家的，有小宝照应，这样稳妥。"

小青转念一想，又忧心忡忡道："可我还是担心，他听不见了，就算有人当着他的面商量害他的法子，他都不知道。这要万一碰上个欺主的恶奴，又或者是生出歹心的管事，还不坑得他渣儿都不剩啊？"

白素犹豫道："不会吧，他只是听不见了，又不是人变傻了，会这么严重吗？我有办法了！"

小青急忙问道："什么办法？"

白素道："我们还可以帮他说门亲哪，选一个聪明伶俐的姑娘嫁给他，等他有了家室，过几年子嗣都有了，不再孤单一人，旁人想算计他，就没那么容易了吧？"

娶妻生子？小青突然觉得胃里不太舒服，有点儿冒酸水，一定是宋嫂烹的鱼羹不太新鲜。

小青忍着不舒服的感觉，反对道："这样也不妥当，万一他那妻子不守妇道，或者嫌弃他耳聋，伙同外人谋划他的财产呢？那不就更容易得手了吗？"

白素瞟了她一眼，道："有道理。如果咱们除掉了苏窈窈，也不必满天下地逃来逃去了。要不，到时候咱们就在他左近住着算了，不就照顾他个百八十年嘛，有什么大不了的。"

"好哇好哇，这个法子最妥……"小青说到这里，忽然发现白素促狭的眼神，登时嫩颊一红，讪讪道，"我不是那个意思，我是说……"

白素笑问道："妹妹是嫌弃他失聪吗？"

小青欲盖弥彰地道："才没有，可我没有想过要嫁他！"

白素叹道："三百亩田，你还担心会饿死他，还得再加一座山。好吧，加了一座山你还不放心，又想给他存笔钱吃利息。用得着吗？真就遇上了灾荒年，难道他的庄园就没有往年的积蓄？成吧，给他一笔钱吃利息，那也就算了，你又担心会有恶奴欺主，会有妻子不守妇道……就他那猴儿精猴儿精的人物——这可是你说过的，他现在只是听不见了而已。你瞧瞧你，就像操心自己的儿子似的。你说，你除了嫁给他，天天盯着他、守着他、看着他，还有什么办法能叫你放心他呀？"

小青红着脸道："听你这么说，好像……好像真的不用担心他了，那咱们就这么办好了。"

白素眼珠一转，道："你不肯嫁人，就因为不能白头偕老？"

小青默然不语。

白素的笑容渐渐消失了，又瞟她一眼，幽幽道："等解决了苏窈窈的事，我……想与许郎成亲。"

小青听了顿时心头一沉，虽说姐妹情深，可姐姐一旦成亲，也就有了自己的生活，哪怕她们两个仍然生活在一起，也不可能再保持以前那种亲密无间的关系了，她会有丈夫、有孩子，那才是她以后最牵挂的，到时候自己该如何自处？

小青忍不住问道："姐姐，你是长生不老的。而他，总有一天会老、会死，你……从来没想过这个吗？"

白素无所谓地耸耸肩，道："这有什么好想的？这世间寻常夫妻，难道就都能白头偕老？许郎若对我情深义重，我便陪他一生一世。如果有一天他死了，我会很伤心。但伤心总会过去的，也许再过许多年，我又会遇到一个叫我心动的男人，然后再开始一段新的生活。"

小青犹豫道："一个鸡皮鹤发，一个仍是青春年少……"

白素道："那又怎样？如果我是男人，几十年后，我仍是一个意气风发的少年，而我的发妻已是白发苍苍，满脸皱纹，那才叫人烦恼。或许我的言谈举止稍有不慎，就会叫她多心多疑，而她自己怕也无法忍受如此面对自己的丈夫。可我是女人哪，男大女小是常事。'一树梨花压海棠'的那位张先老爷子，八十岁了还纳个十八岁的小妾呢。"

白素喜滋滋道："我能青春不老，许郎一定更加爱我，他越是老去便会越宠我。多少为人妻子的都想努力保养让自己看上去年轻几岁，到了你这里怎么反倒成了一个负担？真是奇哉怪也。"

小青苦笑道："你若只是长得年轻也就罢了，可他明知你有长生之术，你就不担心你的枕边人一天天衰老，一天天走向死亡的时候，会打你的主意？曾经深爱的一对，如果到了那一天，情何以堪？"

白素叹道："那你觉得，瀚哥儿是那种人吗？"

小青一呆，她直觉地想说不是。可，人心易变哪！

白素信心十足道："我相信，我的许郎永远不会！"

"许宣，也许就是混沌！"

杨瀚说出这句话的时候，把钱小宝吓了一大跳。

他刚刚才知道杨瀚并没有失聪，才为杨瀚高兴了那么一下子，就被这句话给惊着了。

"许宣是混沌？不能吧？这太不可能了。"

"为什么不可能？"

"白娘子那么爱他，还出钱给他建了一座药堂……"

说到后来，钱小宝的声音渐渐弱下去了，这个理由貌似有些牵强。谁规定你对一个人好，对方就一定得对你好？这世间并不都是正人君子，比如那莫本钟……

钱小宝只能问道："你为什么怀疑他，理由呢？"

"理由是，我'聋'的时候，听伙计们给你讲他们之所以没有跟着白娘子去出诊的原因，说起当时本是许宣最先答应出诊，也是许宣反对带这些技击高手同去……"

钱小宝摇头道："谁都知道，许宣以济世救人、成一代杏林国手为人生目标。所以，别的郎中爱惜羽毛不肯出诊，对他而言，也许恰是一个扬名的机会，他不想错过而已。他不想带那些技击高手同去，或许只是因为他不曾料到苏窈窈就这么巧出现，只是想寻个机会与白娘子私相接触、卿卿我我……"

杨瀚道："没错，所以，我不是因为这个，而认定他是混沌。不过，一旦起疑，我以前不曾怀疑过的一些事情，便也重新想了起来，再想起来时，就觉得他很可疑了。"

钱小宝失笑道："也许只是'郑人疑斧'的想法作祟罢了。"

杨瀚缓缓摇头："不！我仔细推敲过，如果混沌真在我们身边，除了他，我实在找不出第二个更可疑的人。"

"好！"钱小宝把一摞账簿往旁边一推，端起茶杯道，"你说说看！"

杨瀚思索了一下，组织了一下语言，这才说道："我跟你说过，此事最早发生于建康城。而许宣就是从建康来的。"

钱小宝道："你是说，他早在建康时就是苏窈窈的人了？"

杨瀚摇头："不会。一则，那时苏窈窈在建康已经布了一枚棋子，就是绰号饕餮的陶景然，以文玩掮客的身份浪迹金陵。再者，莫本钟的手札中也提到过，上一个混沌，十多年前就死了，现在这个，是苏窈窈从建康回钱塘途中所收。"

钱小宝道："你们同船而来有许多人哪，你又如何确定他就是混沌呢？"

杨瀚道："在船上的时候，有一晚，白素和青婷两位姑娘被药迷倒，苏窈窈在她们房中大肆搜索，幸亏我及时赶到，将苏窈窈赶走。也就是从那一刻开始，我才知道我能克制苏窈窈的异术。

"我们从来都没有人去深究，苏窈窈是如何给她们下毒的。苏窈窈并不擅用毒，类似的下毒手段苏窈窈也只用过那么一次，大多数时候，她是仗着自己一身本领直来直去的。可那一晚，她为何下毒、如何下的毒呢？饭茶是两位姑娘自备的，如果说是迷香一类的东西，我闯进房中时可没有嗅到，而且舱门是关着的，如果是从舷窗把香递进去，当时白素和小青尚未就寝，不可能发现不了。除非，是有人提前做了手脚。而许宣，当时正给白素疗伤，只有他每日可以出入两位姑娘的客舱，许宣是唯一有机会下手的人，他又恰恰精通医术。你该明白，医术高明的人，用毒的本事就一定不会弱。"

钱小宝抱着肩膀想了想，点头道："算你有理，不过，还是有些牵强。"

杨瀚一笑，又道："寒食节金甲神人一案，你还记得吧？"

钱小宝道："记得，怎么？"

杨瀚道："那时，苏窈窈找到白素和小青，在西湖上大战了一场。不过，那一次，她的目标并不是白素或小青，而是故意施压，逼白娘子施展雾化异能，使得整个西湖都笼罩在大雾之中，然后，金甲神人就出现了。那金甲神人，才是那天的正戏。苏窈窈是想用神人偈语，引出拥有土如意的人。而湖上出现神人，光天化日之下，那么多人看着，很容易穿帮，但是在一场大雾之中，就不成问题了。可问题是……"

杨瀚身子向前一倾，沉声道："她怎么确定那天白素和青婷就一定会去西湖呢？如果只是跟踪并发现了白素和青婷的行止，临时生起的主意，那她就来不及安排人去演那场幻戏。可见，她一定事先就知道，那时，白素和青婷只把出游的时间、地点，提前告诉了一个人，那就是许宣。只有许宣转告了苏窈窈，她才有可能想出这个计划，并提前筹备。"

钱小宝捏着下巴，轻轻地点了点头："嗯，有道理……"

杨瀚道："还有，白素和青婷离开临安城，藏进天目山后，可巧，许宣居然会去上山采药，然后恰巧碰见了白素。这缘分，也太刻意了些吧？"

钱小宝道："还有吗？"

杨瀚道："还有，就是这次，明知道我们在此设店的原因，许宣居然会如此大意。你不要忘了，他是一位好郎中，平素里心思极其缜密，他会犯如此草率的毛病吗？"

杨瀚站起来道："你看那苏窈窈，她发现了风如意的消息，马上就赶赴建康夺宝，可与此同时，临安这边的莫本钟和巫战就开始进行下一步计划的布局了，足见其智计。西湖大雾，引出土如意的拥有者，竟是借了对手白素的本领为自己所用，当年的钱塘第一名伎，所拥有的可不仅是无上的美貌，她的智慧，也着实了得。可就是这样一个人，在先后得到风如意、土如意之后，势必还要对青白二女下手，从而夺取水火二如意。可在此之前，她竟放心去谋划黄员外的土如意，对青白二女不管不顾，她就不怕两位姑娘逃走，再花几十年工夫去找？除非……"

钱小宝拍案而起，兴奋道："除非她早在青白二女身边布了耳目，根本不担心想对付她们时，却找不到人的问题。"

杨瀚点点头，道："那么，什么耳目能让她如此放心呢？她对白素和小青都太了解了。小青，可不好对付。但是如果是一个能让白素心动的男人，对她来说，应该就是绝对可以放心的眼线了吧。"

钱小宝道："走，咱们去把他抓起来！"

杨瀚稳稳地坐着，摇摇头："不能抓。"

钱小宝问道："为什么？"

杨瀚道："莫本钟归顺苏窈窈已逾十年，对苏窈窈的底细也知之不详。许宣如果是苏窈窈的人，那一定是在离开建康时才被苏窈窈收服，他能知道苏窈窈多少秘密？抓了他也问不出什么的，平白打草惊蛇。"

钱小宝想了想，颓然道："不错！抓了他也无甚鸟用。"

杨瀚苦笑道："更何况，一个陷入情网的女人……哎！如果我现在说你是个杀人不眨眼的江洋大盗，并且摆出一系列证据，你说小兮会不会相信？"

钱小宝断然道："绝不可能。小兮跟我，好得很呢，现在是蜜里调油，她怎么可能相信我是个坏蛋。"

杨瀚摊了摊手道："白素因为受那奇光照过的缘故，原本就多情的性子，变得更加莫测，比起常人，更少些理性。小兮都不会相信你是坏人，我只是一番推断，全无证据，我去说给她听，你说她信是不信？"

钱小宝苦笑道："当然不信！那你说怎么办？咱们就这么被动地等他再一次

出手？”

杨瀚长叹一声道：“不然还能怎么办呢？我对你说这些，是因为苏窈窈现在视我如眼中钉。如果我聋了的消息被她知道后，她仍然觉得我是个威胁，那么接下来她首先要对付的，还是我。我怕我万一有什么不测，这个秘密就不再有人知道，所以才会对你说出我的怀疑，这样，一旦我有个什么三长两短，至少还有你心里有数。”

钱小宝道：“呸呸呸，乌鸦嘴，不要胡说八道。”

杨瀚道：“你能不能再找两个人，不需要多么了不得的工夫，只需要擅长鸡鸣狗盗的本领，能盯许宣梢的。”

钱小宝皱了皱眉，道：“我可不认得这样的道上朋友。不过，你放心，有钱能使鬼推磨，超有钱就连磨推鬼也办得到，这样的人，我一定找得到。”

杨瀚点点头：“好，你尽快安排，咱们盯着他。他若是苏窈窈的人，必有马脚可抓。据说……神兽混沌圆滑而无面，那咱们试试，能不能揪得出他许宣的真面目。”

李公甫挎着腰刀，慢悠悠地走到保安堂附近，抬头一看门楣，便笑吟吟地走进来。一见白素正在堂下忙活着，李公甫便扯着嗓门叫道：“白娘子好哇，正忙呢？许宣呢？”

白素一见李公甫，忙迎上前道：“啊，李捕头来了，快请坐。令甥正在盘点库房，我去叫他。”

李公甫摆手道：“不用不用，我就逛到这儿，顺便进来看看，你们忙你们的，哈哈。”

李公甫把刀放在桌上，坐下来，白素给他斟了杯茶，便亲自去后边找许宣。不一会儿许宣急急赶来，白素却未跟在身边。

许宣一见舅父，忙揖了一礼道：“舅父，您怎么来了？”

李公甫道：“你坐，你坐。我这不是正在巡街嘛，进来偷个懒，讨杯茶喝，哈哈……”

李公甫向后边看看，倾了倾身子，小声道：“白娘子呢？”

许宣道：“还有些收尾的事情，一会儿就出来了。”

李公甫点点头，对外甥跷了跷大拇指：“宣儿啊，你是个有出息的，这样漂亮的小娘子，又有如此身家，对你却是如此情深重意，舅舅也替你高兴啊。咳！舅舅这几十年的老公门，倒也攒下了些钱，我听说隔壁老王要搬家，寻思把他那宅子买下来……"

许宣诧异道："舅舅，咱们家就两口人，足够住了，何必再去买别人的宅子？"

李公甫道："明年，新媳妇就该过门了嘛。再过两年，还有孩子出生，那就局促得多。咱们家小楼不大，再说人家白娘子家境如此优渥，怎么好去咱家住得那么憋屈。嗯……宣儿啊，你不会是想……住进随园吧？"

许宣道："当然没有。现如今，甥儿只有您一个至亲长辈，应该住在身边尽一尽孝心才是。"

李公甫放了心，宽慰道："咱们家跟白娘子的家境比起来，那是远远不如。不过，成了亲，若是住在女方家里，终究不妥。舅舅还真担心等你成了亲就搬出去呢，那样舅舅想抱大外孙子也不方便……"

李公甫打着哈哈，看那样子，像是一件心事落了底的轻松感觉。想来此前是真的一直担心外甥成了亲就会弃他而去。

白素其实已经跟了回来，就在帘子后边侧身听着，听着舅甥俩讨论明年婚事，讨论将来生儿育女之事，忽然想到自己与许宣结合，将来生下孩子，不由得霞生双颊，羞不可抑。

等保安堂闭了店，许宣回到舅舅家时，李公甫已经跟邻居老王热火朝天地砍起了价，要买下王家的屋舍了。

许宣看着好笑，也不好去打扰舅舅，径回家去，先做了几道小菜，把米煮好。他也是很小就自己谋生度日的苦孩子，很多家务活都会干。

晚饭的时候，李公甫兴冲冲地回来了，把一份房契拍在许宣面前，得意扬扬道："喏，房契，已经姓李了，哈哈。明儿个，你拿去给白娘子看看。"

许宣忍俊不禁道："舅舅，不用给人家看吧？"

李公甫道："哎，要看，要看。白娘子何等聪明伶俐的女子，你给她看了，她才明白你想成亲后住在这里呀。宣儿啊，舅舅把你当亲生儿子一样，你跟舅舅也不见外，可白娘子毕竟还不是咱们家的人，还是委婉着些，提前打好招呼才是，免得人家姑娘不开心。"

许宣无奈，只得应了。

李公甫兴致很高，温了壶酒，自斟自饮，待吃过晚饭，便晕陶陶地回房睡了。

许宣住在一楼，待舅舅上了楼，收拾了残羹剩菜，他也回了自己房间，灯下抽出房契看了看，想到舅父的小心思，不由得摇头一笑。

想想当初在建康时，自己只是一个衙门里的仵作，没有亲人，没有爱侣。而今，似乎一个完整的家很快就要出现了，自己也成了受人敬仰的名医，一切仿佛做梦一般……

晚上，许宣也陪舅父吃了几杯酒。他不胜酒力，几杯薄酒下肚，也是有了困意，过了一阵，渴睡之意涌起，便也上榻睡了。倦意一起，连桌上的灯都未想起吹灭。

他没关窗，此时正是初秋时节，凉风习习正好，只在胸腹之间搭一条薄被，舒坦得很。很快，他就悠悠地进了梦乡……

梦里，许宣看到了神仙，神仙在打架。

一个身着黑衣的人，宛如一个黑色的幽灵，手腕一翻，擎起的却是一只散发出庄严佛光的金钵。

在她对面，一个白裳如雪、雍容美丽仿佛观音大士似的女子，手持一只白净瓶，一颗颗水滴从那瓶中跃升起来，在空中形成了一道七彩的虹。

在那白衣女子身侧，还伴着一个英姿飒爽、体态娇俏的女孩儿，宛如大士身边的护法龙女。

她们打起来了，白衣女子受了伤，青衣龙女上前救人，白衣女子趁机飞走，接着，那黑袍人一爪抓向青衣龙女，而青衣龙女身子一晃，就从原地消失得无影无踪。

她们这一仗打得好激烈，看到两个女子先后脱离战场，许宣也不禁松了口气，拭了一把额头的冷汗。

但他的动作马上一僵，因为那个黑袍人一双冷厉的眼睛正向他狠狠地瞪过来，一步步地走近。

许宣很想逃，可他就像遇到了天敌，身子发僵，手脚动弹不得，只能眼睁睁地看着那黑袍的魔神越走越近……

"你在仵作房经常偷偷解剖人体，不畏王法吗？"

神仙果然是神仙，她竟连这个秘密都知道！

许宣怕极了，只能硬着头皮解释："为什么只有人才有灵智？为什么人会生老病死？天人之间究竟有什么联系？元神、真胎、内丹究竟指的是什么？我一直希望，能找到一个答案。"

"你相信……这世上有人可以长生不老吗？"

"我没有见过，所以，我不相信，也不否认。"

"年轻人，你很有趣。有趣的人如果死了，那就无趣得很了。"

魔神的手指在许宣的额头轻轻敲了敲："我，放你一马！"

"谢谢神仙开恩，多谢神仙开恩。"

"不过，以后你要为我做事！"

魔神将冰花伸向许宣，一道水流从空中飞过来，落在她的掌心，蛇一般盘旋着，幻化成各种形状，最后又变成一朵冰花，一点点绽放开来，在阳光下美丽到了极致。

魔神伸出手，许宣下意识地伸手去接，只觉掌心一凉，冰花已落在掌心，在他掌中缓缓融化着。

"我，不只拥有非人的手段，我还有长生之术。跟着我，我可以赐你千年万年的寿元，叫你有充足的时间，把你想研究明白的事情弄个清楚。如果你想背叛我……"

沙哑的冷笑声中，掌心那融化的冰花突然又变成一道银蛇，钻进了他的嘴巴。

许宣只觉腹中一凉，失声一叫，马上捂住了肚子，耳畔已经传来魔神阴恻恻的声音："我叫它在你的身体里化作一朵锋利的冰刺组成的冰花，你就会一命呜呼！"

许宣恐惧极了，颤声发誓："许……许宣绝不敢背叛老神仙，绝对不会。"

"那就好！"

一只苍老的手轻轻按到了许宣的肩膀上："从今天起，我就是你的主人。我有四个得力的属下，以上古四大凶兽为名。十多年前，排行第一的混沌已经死了，其位一直空悬，从现在起，你，就是混沌。"

许宣低呼一声，一下子坐了起来，伸手一摸，只觉一头冷汗。

许宣喘了口大气，又做噩梦了，还好，还好……

桌前，一个静静坐着的人影轻轻转了过来，人影的移动影响了灯影，灯影的光线变化引起了许宣的注意，他一扭头，顿时吓了一跳。

灯下，桌前，正静静地坐着一个穿着连衣斗篷的人，脸上罩着一只雪白的面具，灯光只映着她一半的面孔，惨白惨白，有着说不出的诡异。

那是一张少女的面孔，眉眼很精致，可那巧笑的模样永远也没有一丝变化，盯得人毛骨悚然。

许宣失声叫道："主人？"

"做噩梦了？"苏窈窈冷冷地问。

许宣有些赧然："我……刚刚梦到对不起白素，被她责骂……"

苏窈窈冷哼一声，道："一幢良宅，一个美眷，对普通人来说，确是一生的梦寐所求。可你不同，跟着我，你将是人上人，将是冷眼看这世事变迁的神仙，高高在上。"

许宣低声道："是，这是在下的机缘，感激不尽。只是想起白娘子来，良心总觉不安……"

苏窈窈冷冷地瞪了他一阵，目光竟然渐渐有些柔和下来："你有良心，很不错！"

许宣有些诧异地看向苏窈窈，苏窈窈冷哼道："看什么看？就算一个无恶不作的父亲，也希望自己的儿子是个好人。就算是丧尽天良的恶人，也希望自己的朋友义薄云天。谁又喜欢与恶人小人为伍呢？"

苏窈窈站起身来，款款走向窗边，望着窗外的明月。虽然她的体态瘦瘪，可自身后看去，那体态步伐竟也有种说不出的曼妙韵律，如果在她青春貌美的全盛时期，应该真是一个丽绝人寰、颠倒众生的美人吧。

"不过，最后一柄如意，那柄火如意，你一定要给我拿到。如果不能强取，我们就智夺。小白的弱点就是多情，现在她已经死心塌地地爱上你了，我们要尽快动手。"

许宣忍不住跟了过去，隔着三步远站住身子，问道："主人，拿到火如意后，你会放过白素吗？"

苏窈窈回眸看了他一眼，目光闪烁了一下，缓缓道："我跟她并没有仇怨。说起来，当年我们还是亲如姊妹的人。我要的，只是恢复我的青春美貌，除此之外，我并不关心。"

许宣松了口气，道："好！那……咱们何时动手？怎么干？"

苏窈窈转身走过来，在他耳边低声说了几句，许宣沉吟一下，点了点头。

苏窈窈微微一笑，道："你放心，待我拿齐了宝贝，我就履行承诺，赐你长生之道。"说罢，苏窈窈倒身一纵，穿窗而出，跃入月色中不见了。

许宣向前走了两步，扶着窗沿站定，眺望着空中一轮明月，轻轻吁了口气。

曾经的一些事情，仿佛画卷一般，慢慢展现在他的脑海中，与眼前的景致渐渐地重合在了一起……

从建康前往临安的船上，他挎着药箱去为白素针灸，趁人不备，把一块迷药悄悄贴在了床底，叫它慢慢挥发着。而那一晚，苏窈窈潜入房中，可惜，什么都没找到。

苏窈窈突然出现，召见他和陶景然，吩咐二人联手行动，再度谋取水火二如意的下落。可恰在那时，曾被他治疗过的那个病人闯了进去，居然连门都不敲，结果撞见了鬼面的苏窈窈。

他们别无他法了，苏窈窈只能将那病人杀死，再让许宣扬出一地的药末，倒在地上装作受伤。想到那病人突然在身上长出冰刺的惊悚一幕，许宣不由得打了个冷战，下意识地摸了摸自己的肚子……

在天目山钱氏山庄里，小青在钱老员外的房中，向杨瀚和正哀哀痛哭的小宝解释她们的出身来历，而白素就在外边对他说出了自己的长生之秘……

"长生的秘密，原来要用到那只金钵和地水火风四如意吗？呵呵，苏窈窈，你只叫我帮你盯着白素，帮你拿到火如意，可你从来不曾告诉过我，你究竟是如何得来的长生之术，你，我能信得过吗？"

他低下头，看看自己慢慢握紧的拳头，低低道："白娘子，你对我才是真的好。我也好舍不得，可我，已无法回头了。长生啊，若我能得长生，我又何必回头呢……"

保安堂渐渐名声在外了，最开始迅速打响名声，靠的是许宣和白娘子的颜值，而当病患发现他们开的方子、抓的药真的特别有效之后，这名声就迅速传播得更广了。

这才日上三竿，店里就有许多病人了，再加上陪同他们前来的亲眷朋友，整个大堂人满为患。

"伙计，还有多久轮到我呀？这也太慢了！"

"伙计，给我续杯茶。喂，伙计，你耳朵塞驴毛了呀？听不见说话吗？"

一个暴躁的客人拍案大怒，但杨瀚依旧给面前的一个老妇人包扎着刚买好的药材，头都没抬一下。

那客人恼了，大步走过来，一巴掌就向杨瀚的后脑勺拍去："我说你……"

客人的手腕被人攥住了，向外一挥，那客人踉跄了两步站定，定睛一看，有些不敢相信自己的眼睛，面前是个青衣姑娘，身材娇小，容貌俏丽，怎么看也不像有这么大力气的人。

"他听力是有些不太好。"小青冷冷地道。

那客人怒道："这样的残疾人，弄来店里做什么？"

小青道："他虽听力不好，却是心灵手巧，人也勤快，我们家开的店，想用就用，需要足下来指手画脚吗？你的病，我们店里是看不了的，你可以走了。"

那客人大怒："我才刚来，还不曾问诊，你知道我是什么病啊就叫我走？"

小青冷冷道："才刚来我也看得出，左右不过是性躁、眼瞎、心坏、嘴巴臭，还能是什么病？"

那客人气得直哆嗦："你这是怎么说话呢？你们保安堂这是店大欺客吗？"

宋嫂忙迎过来，满脸堆笑地哄那客人坐下："客官稍坐，稍坐，许郎中和白郎中都在忙着，他们对别的客人用心，给你们诊治时也才会一样用心嘛是不是？我给您续杯茶，你先稍坐，消消气。"

小青哼了一声，一把抓起此时已站到她身旁，却一脸茫然的杨瀚道："跟我走！以后哇，你就在后边待着，免得到前边来，碰上些不开眼的人。"

杨瀚急道："小青姑娘，你拉我去哪里呀？有什么吩咐吗？"

小青不答，把他拉到后边院里，这才拿过一块牌子，用炭条在上边写道："从现在起，你就照应后边。回头我叫人教你辨识药材，以后你再去前边，就只在柜台里捡药。"

杨瀚看了那字，小声道："小青姑娘，我在后边待着，如何照看前边哪？我们还得防着苏窈窈呢。"

小青白了他一眼，擦掉字迹，重新写道："前边有小宝派来的护卫，不用担心！"

小青说完，去搬过一大簸箕待捡的药材，指指杨瀚，又指指簸箕，自己先坐下来，一边捡着药材，一边道："你说你是不是傻？你去前边干吗？就为了招人骂呀！难怪人家说你，这一听不见，你人也变得傻兮兮的了。"

一瞧杨瀚乖乖地坐过来在旁边开始捡起药材，小青又心软了，叹口气道："你以前油嘴滑舌的，确实太讨厌了些。现在话倒是少了，反倒叫人越看越顺眼了，只是……你若只是话少了一些，那该多好。"

杨瀚埋头捡着药材，时而抬头，看她嘴巴开合着，应该在说话，便向她一笑。

小青瞪了他一眼，嗔道："笑起来还是那么讨厌，好像能一眼看进人家心里去似的。"

说着小青自己也觉得好笑，忍不住脸上微微发热，说道："我给随园那边新招了个厨子，他会做金陵风味的菜，我吩咐他每天至少准备两道金陵菜，以后你就跟我吃小灶吧。"

杨瀚定定地看着小青，眼神亮晶晶的，却没有说话。

小青想了想，抓过牌子，在上边写了一句："中午你去随园，陪我吃饭。"

杨瀚见了急忙点头，咧开嘴巴笑了起来。

小青看着他开心的样子，忍不住笑嗔起来："傻了吧唧的样，这么馋吗？"

说到这里，小青自己的脸先红了。反正他也听不见，小青的胆子大了许多："喂，你这么开心，是馋那小灶，还是馋那陪你吃饭的人哪？"

杨瀚嘴巴咧得更大了，笑得……真的是更傻了。

于是，小青的脸也更红了。白玉为颊，晚霞为晕，眉如远黛，唇瓣如花，笼着垂眉敛眉、秀项低回的娇羞，一时间看呆了杨瀚，瞧起来真是已经傻到没治了的感觉。

三十八　踏破铁鞋

白素切完了脉，温柔地对那病人笑道："你发热已七八天了是吗？看你面目发黄，倦怠乏力，又听你说厌食油腻，尿黄如茶，再从你的脉搏判断，应该是湿热蕴结脾胃、中焦，不过是湿热内蕴，并不严重。"

白素提笔，一行行娟秀的小字写在纸上，口中同时说道："以茵陈、滑石、黄芩、菖蒲、藿香、连翘、白蔻仁、木通、射干、薄荷、金银花、甘草……"

白素写完，将方子递给那病人，微笑道："去吧，只需服了药，细细调养，就会好的。"

那病人面色蜡黄，两眼无神，坐在凳上，一副有气无力的模样。眼见白素眉眼含笑，腮凝桃花，不禁胆战心惊道："女大夫，你……你不是诳我吧？我若得了绝症，你就直说……"

白素甜甜一笑，轻嗔道："老人家胡说什么？不过是湿热内蕴，小病而已，怎么就成了绝症？"

那病人见她甜甜一笑，心里更毛了，虚弱地叫："老婆子，老婆子，你快来呀。"

一个老妇人赶过来，病人慌张道："你问问女大夫，我是不是得了绝症啊？她……她对我这么客气，实在叫人心慌啊。"

老太婆怒道："人家女大夫性情温柔，对你说话客气一些也不行了？整天胡思乱想，去抓药！"

被自己浑家一吼，那老头子不敢再说，只好有气无力地挪着步子去柜台抓药。那老婆子立即愁眉苦脸道："白姑娘，你对我实话实说，没关系，我挺得住，我们家老头子，是不是真得了绝症啊？"

"怎么会呢？"白素又是好气又是好笑，"老爷子真的只是寻常的湿热内蕴，服几服药调理一下就好。"

"是这样吗？"老太婆满脸的狐疑，有些不敢置信。

白素这才发觉，自己的表情似乎……

嗯！她刚刚只是不小心听到李公甫赶来，跟许宣耳语的几句话罢了。李公甫在和许宣商量定亲的日子，说是已经定好了媒婆，后天是黄道吉日，到时上门说亲。

虽说二人早已两情相悦，暗定终身，但这三媒六证的程序不能落下，还是得有媒婆走这一遭。那媒婆就住在砖街巷，姓潘。李公甫还叮嘱许宣，回头先去登门拜访一下，商量一些具体事宜。

白素听了自然是心花怒放，她是个喜怒哀乐藏不住的性子，登时就表现出来，给人看着病，病人莫不病痛缠身、痛苦不堪，她却是一副眉开眼笑、欢喜不禁的模样，也难怪人家多想。

白素连忙收敛了一些，可那唇角还是微微地翘着，弧度甜美迷人。

"娘子，潘婆婆腿脚不灵便，我去上门给她看看病，不远，就在后街上。"

李公甫走了不一会儿，许宣果然背起药匣，跟白素说要出去了。

白素有些心慌，忙不迭道："噢，好，好，你早去早回。"

"我知道了！"许宣含笑点点头，向跟着的一个小伙计点点头，二人便一前一后出了门。

自上次被苏窈窈诳去南屏山，他们再出门就加强了戒备，虽然苏窈窈的目标一定是白素或杨瀚，但似许宣出门，而且走得并不远，也安排了人保护。

这店中几个伙计看着年轻，技击之术却俱都不凡，白素听钱小宝说过，他们的师父可是大内负责护卫皇帝的高手。这些弟子虽然还未出师，却也已是一等一的高手。

同后世传奇小说里渲染的不同，并没有什么民间高手不畏权贵，甚而凌驾于官府、律法之上，拥有超然地位的情形。

习得文武艺，卖与帝王家，这才是出人头地的唯一途径。纯粹的习武之人，社会地位并不高，反而低贱得很，能进入官府体系，服务于朝廷的，地位才崇高许多。

所以，真正身怀绝学的人，一定是在官僚体系之内，能够在皇宫大内做侍卫的，放出来个个都是江湖一方之雄。杨瀚曾与这几个小伙计中的一个切磋过，杨瀚比起人家来，也差了一大截。

这家药店，只有许宣和白素是真心要开且想开好的。摆明车马，引出苏窈窈，固然是他们的一个重要目的，但许宣矢志成为一位杏林国手，而白素更是把这药店当成了两人成亲后经营打理的一份产业，自然用心。

至于杨瀚和小青，唯一目的只是想钓出苏窈窈，对这药铺可没什么归属感。临近晌午了，还差着那么一刻，杨瀚想到小青邀约，共进午餐，已经按捺不住地奔向了随园。

他有从保安堂后院进入随园后院的钥匙，开了锁，走过月亮门，再落了闩，杨瀚便脚步轻快地向前走去，嘴里还哼着俚曲小调。

这保安堂本就是利用了随园的后进院落而改，随园后院被截去大半后，原本那处温泉，就成了一进月亮门不远的一处所在。

小青正浸在温泉里边，还拿一块湿毛巾搭在脸上，正全身放松，任那水温滋润着胴体，忽然听到隐约歌声，侧耳听了听，小青霍地一把抓下了脸上的毛巾。是杨瀚的声音。

糟糕！虽说他可以自由往返于随园和保安堂，可平素他也不大到后院里来，小青一直也未想到这温泉池因为改造已经变得位置尴尬，否则早早把这里也隔断出一堵墙来就没事了。

如今杨瀚一路走来，那是一定看得到此间情形的。

小青急叫道："别过来，我在沐浴呢！"

杨瀚哼着歌走着，陡听到这一句，正迈在空中的右脚一滞，身子便向前一栽，但是只停了那么一刹那，他就发觉不对，如果自己闻声止步，岂不暴露了并未耳聋的事实？

幸好他步伐虽停了一下，哼的歌却未明显停滞，马上继续哼着歌，迈着从容的步伐向前走去。

小青一句话喊出口，也已醒悟到杨瀚是听不见的，这该如何是好？

水清透底，可不是要给他看个精光了。

耳听得脚步声越来越近，只要杨瀚再绕过前边两棵花树，自己就要被看见。小青心中一急，身形蓦地一闪，就从水中凭空消失了。

因为人是从水中直接消失的，不但没有溅起一片水花，原处反而形成了一个小小旋涡。

杨瀚转过花树，状似无意地往泉池中一看，但见泉流微微涌荡，帷幔随风飘飘，心中不由得一奇：这么快，溜到哪里去了？

杨瀚向前走了几步，路旁突然闪出一个人来，一块白底蓝花的绸布裹着她的身子，体态曼妙。

杨瀚吓了一跳，道："哇！小青姑娘，你怎么……这打扮有点儿像天竺人哪？"

小青瞪着他，不是因为他，自己会慌不择路地扯下一块帷幔缠在身上吗？还别说，小青低头看看，很为自己的机智感到骄傲，这块布缠得似模似样的，还挺好看。

"小青姑娘？"

小青敛起笑容，没好气道："你先去花厅，我穿上衣……我换身衣裳就去。"

说完想起杨瀚听不见，小青又跟他比画了一下，杨瀚一副了然的表情，道："好！我去那边等你，花厅是吧？"

小青点点头，转身就走。杨瀚看着她后颈上晶莹的水珠，以及仍在滴着水的湿淋淋长发，唇边忍不住逸出一丝笑容。

小青回眸看了一眼，她回眸时，杨瀚正转身走开，小青分明看到了杨瀚脸上一闪即逝的狡黠笑容。

是错觉吧？

一定是！

小青这样想着，却有些不确定。

白素今天的心情似乎非常好，对着每一个客人，都有些按捺不住洋溢在眉宇之间的喜气。

问题是，她的客人都是病人，只要生了病，就没有一个心情愉快的。而且其中一个病人是患了绝症的，还有一个是猎户们从山里抬出来的，缺了腿，对着他们，白素当然不会表现得眉飞色舞，但谁都看得出她容光焕发的样子，心里难免怪怪的。

心情愉快，看病也就快，实际上是因为白素心情愉快，便不惜本钱地动用了自己的驭水异能，其实当场就已帮大多数病人解除了病患。就连那个患了绝症的人，也蒙其所赐，从此转危为安了。

不过，这样治疗虽然快，白素的念力耗损却也太快，等把这拨病人清了场，白素已极为疲惫，忙喝了口茶，吩咐宋嫂道："宋嫂，先挂了牌子，午后再继续诊治，我要休息一下。"

宋嫂答应一声，拿了打烊的牌子正要出去，一个趿着鞋子、敞着怀的闲汉逛了进来，目光一扫，看见白素，便走上前去，问道："可是白娘子当面？"

白素向宋嫂挥挥手，道："你去！"

随即白素又在桌边坐下，道："客官请伸手。"

那人坐下，将手伸出，手腕搁在汗巾上，手却握着拳头。

白素柳眉一展，道："请把手打开吧。"

那人微微一笑，拳头缓缓打开，掌心竟然握着一张纸条。

白素讶然向他望去，那人淡淡一笑，道："我不看病，受人之托，送一封信给你。"

白素有些吃惊，急忙拿过字条一看，脸色顿时一变。

那人耸耸肩道："送信人只给了我三文钱，他说，娘子看完这信，还会给我十文。"

白素二话不说，马上摸出一把钱放到他掌心，一看就多于十文。那人哈哈一笑，挺身站起，道："多谢郎中，我也只是觉得有些气闷，并不以为是什么毛病。原来只是劳累过度，那我就放心了，多谢，多谢！"

那人拱拱手，转身就走了出去。

白素回到侧厢小厅，展开那字条又看了看。字条上只有一句话："许宣已在我手，持火如意来换。一个人来，金海寺铜塔。再有一人知道，还你一个死郎君。"

许宣落到苏窈窈手上了？一念及此，白素心胆欲裂。尤其在她正憧憬着美好未来的时候，这个打击实在是不可谓不严重。

白素脸色阴晴不定半晌，见宋嫂进来，便强挤出一个笑脸，道："我去随园用餐，今日乏了，下午便不开张了，你换个牌子，大家都休息一下。"白素说完，也不待宋嫂答应，便快步向后宅走去。

随园花厅里，杨瀚候在那里先喝了盏茶，待小青到了，丫鬟们才把菜上了桌。小青不见白素，料想是与许宣另在前边用餐，便也没有使人去唤。不料，她和杨瀚有问无答地一边聊天一边吃饭，才用了一半，厨房大师傅却跑了来。

大师傅道："小青姑娘，今儿白姑娘特意点了许郎中爱吃的菜，我炒好了菜送去药堂，却见许郎中不在，白姑娘也不在，那这菜……我先热着？"

小青一呆，霍然站起，道："姐姐不在？她去哪里了？"

大师傅摇摇头："宋嫂说她到随园这边来用餐了呀，可是，也不知道大小姐在何处。"

小青立即飞身冲了出去，杨瀚也是心中一惊，立即跟了出去。

小青先到白素的闺房看了看，这里是白素最可能在而别人不便查看的地方，随即又冲到了后园。

杨瀚跟在小青背后，如影随形地赶到后园。小青站在园中，愕然四顾。难不成姐姐着了苏窈窈的道？店里有许多高手，不应该呀！自从发生了南屏山之事，姐姐如要出门，也不可能不讲……

小青正不知该往何处去找，杨瀚突然拉了小青一把，指了指那温泉，露出疑惑之色。

小青看了眼温泉，那温泉上本来长年有氤氲雾气升腾，这时竟然看不到了。

小青立即掠过去，伸手往泉水中一探，只觉触手冰凉，顿时花容失色："不好！姐姐把火如意取走了！"

杨瀚在一旁听着，一双眼珠子差点儿没瞪出来。

什么！火如意藏在这里？

这谁想得到哇！

建康的李通判视风如意为宝，临安黄员外视土如意为宝，天下首富钱多多把那水如意也当作至宝，只有白素，只有这位小资情调的白姑娘，居然把火如意当柴火用？

这随园早在几十年前就修成了，这个泉水浴池是白素自己亲自设计、监修的。也就是说，那时候她就把火如意埋在了这处冷泉的泉眼处，把冷泉变成了温泉，把旁人眼中的至宝当成了加热用的薪炭……

这……洒脱过头了吧？

不过，也恰因如此，才没有任何人想得到吧？

她哪怕是被苏窈窈追杀，逃到天涯海角时，这火如意也就静静地躺在这眼泉水之下，她根本就不在意、不担心，谁能想得到，这样的人间至宝，会被她藏于此处？

因为少了那氤氲的雾气，水更清澈了，此时可以看到，泉池中心那里，泉水汩汩，可下边的泉眼处少了一大块青石，而此刻泉池边上正放着一块青石，石底朝上，里边有一个如意状的空洞，青石的水渍还没干透呢。

小青二话不说，立即喝道："追！"便一马当先，冲向了保安堂。

金海寺，铜塔在阳光照耀下熠熠生辉，宛如黄金铸就。

要观看这样一幕盛景，需在远处观其全貌才合适，现在信众游人也知道这宝塔不对外开放了，所以塔下寂寥，并无一人。

满树桃花早已不见，累累野桃，坠弯了树枝。

白素便从那桃林中款款走出，站到了塔下。

抬头仰望那塔，重有万钧的质感，高耸入云的角度，叫人生出眩晕之感。

她深深地吸了口气，低头看了看手中提着的一个篮子，火如意裹了布放在其中。

可以把冷泉迅速变成温泉的火如意在她手中，却只是有种温热的感觉，此等异物，端的奇妙，也难怪被人视为神仙法宝。

当白素走到塔门前，那沉重的塔门竟缓缓打开了，没有一丝声音，反而显得异常诡异。

白素定了定神，举步走了进去。

小青正在街头狂奔。

一个年轻、俊俏的女孩子，平素里讲究的是笑不露齿、行不摇裙，此刻这样奔跑，当然马上就引起了行人的注意。

一个闲汉笑嘻嘻地迎上前，伸手便去勾小青的下巴："小妹子，你有什么为难事……"

砰的一声，闲汉倒飞出去，一屁股坐进了路边摊的一口煎臭豆腐的锅里，疼得他哇哇直叫，像坐窜天猴似的，一下子跳了起来。

小青看都没看他一眼，心中只是思索："这样漫无目的，到何处去找呢？苏窈窈可以把她引去任何地方啊！"

那闲汉跳到地上，一摸屁股，痛不可当，大怒之下立即向小青冲来："你这……"

砰闲汉又飞了，砸在了一辆运送马桶的车上。

中国古代的大城市已经有了一定的城市卫生系统。这里百姓每天把马桶放在门口，自有人收取，用车运载到乡下，把屎尿当成肥料，低价卖给地主，再把马桶运回城来。

这闲汉一头就扎进了一只没盖严的马桶，虽说马桶早在乡下溪水里洗过了，可是不可能十分干净，这闲汉倒栽在马桶里，立即哇哇大吐起来。

"什么人？敢在天子脚下闹事？"

李公甫按着刀，带着两个帮闲气势汹汹地闯了过来。

李公甫一见小青，再看一眼那倒栽在马桶里的闲汉，先是一怔，马上反应过来，向那闲汉一指，大喝道："兀那闲汉，无端闹事，来呀，把他给我锁了！"

李公甫说完，就向那车子走去，看也不看小青一眼，只把一手背在身后，向她做出速速离去的示意。

小青却没理会他的好意，马上冲过去，一把拉住了李公甫："李捕头，你可看到我姐姐了吗？"

李公甫一怔，道："你说白娘子吗？她不是去金海寺上香了吗，怎么，不曾说与你知道？"

小青大喜，道："我姐姐去了金海寺？"

李公甫道："是呀，我在路口遇到了她，提着一只篮子，说是去金海寺上香。"

李公甫说到这里，忍不住笑起来："这姑娘，想是成婚在即，所以上山敬香祈福吧。哈哈，我那外甥，人品俊秀，医术高明，定然是个佳婿，便不去求佛许愿，以后也会与她恩爱融洽的。"

"金海寺！原来在那里！"小青恍然大悟，拔腿就向前跑去。

见她惶急的脸色，李公甫不由得怔然道："这是出了什么事了？"

李公甫一跺脚，道："不成，我得跟去看看，那可是我外甥媳妇呀！"

两个帮闲用棍抵着那个从马桶里挣扎出来的闲汉不让他靠近，扭着头回避气味，对李公甫喊道："头儿，这闲汉如何处理？"

李公甫头也不回，只是摆摆手道："街头滋事，罚他五文钱，扫义街三天！"

闲汉悲愤地大叫："我是冤枉的……"

一个帮闲懒洋洋道："不上道。"

另一个帮闲道："这回答不对。"

闲汉瞪眼道："我该怎么讲？"

两个帮闲一起伸出手来，异口同声地道："拿十文钱来，马上放你走人！"

李公甫甩开大步追上小青，气喘吁吁道："不……不行了，我当年抓贼，追了他七条街，现在只……只跑几步，就喘不上气了。小青姑娘，出……出什么事了？"

小青急道："有歹人勒索姐姐，我得去救她。"

李公甫大怒："什么？竟有人敢勒索我李公甫的外甥媳妇，真是吃了熊心豹子胆。"

前边过来一辆拉菜的骡车，李公甫立即冲上前去，把捕头的腰牌一亮，喝道："下车下车，借你车子抓贼，快快快，下去！"

李公甫等不及，把那正发愣的车把式拽下车子，夺过他手中长鞭，自己跳上去抓起缰绳，把车子转了向，便对小青道："小青姑娘，快上车！"

小青心急火燎的，也不跟他客气了，一个箭步跃上车子。李公甫狠狠一鞭，便赶着骡车飞快地驶去。

白素缓缓走进铜塔，塔中仍然空荡，尚未布设佛像。

白素缓缓抬头，顿时情急起来，向前冲出两步，叫道："许郎！"

塔中空荡，白素的声音也在空中隐隐回荡起来。

七层塔处，一个鬼面人正掐着许宣的脖子，紧紧贴在他的后背上。

其实这么高的位置，上边光线又昏暗，并不能看清楚，不过白瓷的笑脸少女面具。仍然一眼可辨，而被她锁住喉咙的许宣，白素再熟悉不过，一眼就认了出来。

白素仰起头来怒道："苏窈窈，火如意我带来了，快放了许郎！"

"呵呵呵……"

高高的塔顶，鬼面人发出沙哑中性的笑声："小白呀，你还真是痴情啊！"

白素从篮中取出火如意，那火如意真如一团流动的火，发出红灿灿的光。

这时，许宣才从苏窈窈手中挣扎了一下，咽喉稍得自由，急叫道："娘子，你快走，她会伤害你的。"

白素眼望高处，脸上露出一丝温柔的笑意，轻轻摇头，道："不！是我牵连了你，我要救你！"

鬼面人冷哼道："好啦，不要卿卿我我、婆婆妈妈了，把火如意交给我。"

白素举高了火如意，大声道："放了许郎，我们交换。"

鬼面人怒道："要不是我收留你，你当年早被挂牌梳拢，成了残花败柳。要不是我收留你，你哪有机会遭逢奇遇，享得长生之术？你这个贱婢，给我一步一阶，跪上塔来。"

白素一怔，鬼面人立即一扼许宣的喉咙，许宣闷哼一声，痛苦地挣扎了一下。

白素见状，忙道："住手！好，我……答应你。"

白素走到楼梯边，将裙裾掖起，露出银绫绲边的阔腿褒裤，一步一跪，一跪一叩首地向阶梯上走去。

鬼面人看到白素向她低头，忍不住发出一阵激愤终于得以释放的瘆人笑声……

杨瀚与小青出了保安堂，便分向道路左右追赶起来。

杨瀚追出一阵，便停了下来。这么寻找，无异于大海捞针，自乱阵脚是无益于事的。如果是苏窈窈胁迫白娘子，命她取走了火如意，她们能去哪儿呢？

杨瀚正思索着，就见前方一队人马，十几个豪奴簇拥着两匹马。头前一匹马上坐着钱小宝，落后小半个马身坐的是莫不凡。莫不凡微微欠着身，正跟钱小宝说着什么，一脸的谦卑讨好。

现在，莫家产业全被钱家接收了，莫家只算是其中一个比较重要的股东而已，身份地位与钱小宝已不可同日而语，所以虽论辈分他比小宝要高，却不敢以长辈自居了。

钱小宝正有一搭没一搭地听莫不凡讲话，抬眼一看，瞧见杨瀚，顿时喜道："杨大哥？"

钱小宝翻身下马，正要上前说话，杨瀚突然一拍额头道："大有可能！"

他看到了莫不凡，陡然想起了莫本钟。

莫本钟投靠苏窈窈，只为求长生。他既已把希望寄托在苏窈窈身上，还会耗费巨资修建铜塔祈福？那塔必然另有用处。地水火风四如意，配合金钵，难道还要再加上一座宝塔？

一念及此，杨瀚立即冲上前去。

钱小宝兴冲冲迎过来道："杨大……"

杨瀚身子一扭，便与他错身而过，冲过去一翻身就上了他的马，喝道："我去金海寺，有急事，回头说。"说完往马屁股上连拍两掌，贴着钱小宝的身子冲过去，飞也似的跑远了，只留下钱小宝风中凌乱。

白素一阶阶地叩拜登楼，娇嫩的额头肌肤渐渐叩出血迹，身上香汗淋漓。可是想到许宣还在苏窈窈手中，她无怨无悔。

瘆人的冷笑声渐渐停止了，不知是已经笑不动了，还是白素的真情连苏窈窈也已为之动容。

许宣站在高处，默默地看着白素，泪眼婆娑，几度欲言又止。

眼看叩到了第六层，抬眼看到许宣，白素一阵激动。她鼓足余力，继续叩阶而上，额头挨着台阶，微微一疼，白素只当是因为额头肌肤叩破，并未多想。

已经叩得头晕眼花、香汗涔涔的她，全未注意到那里竟放着一枚小小的细针，可当白素站起身，喘息着想再继续攀登的时候，骤然一阵头晕眼花，脑子一阵眩晕，向后倒退了两步，失足从六楼一路跌滚到了五楼。

"苏窈窈，你……使诈！"

白素愤怒地叫，她想要挣扎，却发现全身酥软，登时知道中了计。

"白娘子！"

许宣猛地挣开了身后苏窈窈的控制，苏窈窈似乎一下子没有站稳，竟而也从台阶上滚了下来，骨碌碌地一直滚到白素身边，脸在台阶上一磕，咔的一声，那白瓷面具摔得粉碎，赫然露出法径方丈的脸来。

白素吃了一惊，失声叫道："法径方丈！你是苏窈窈？"

法径方丈脸色灰败，双眼紧闭，虽然光线昏暗，可离得这么近，白素还是能看得很清楚，法径……分明已经死了，至少已经断气一个时辰。

怎么会这样？

白素茫然地抬起头，就看见许宣一步步地走了下来，脸色阴沉得是那么陌生。

"许郎，你……"

"你为什么对我这么好？你不该对我这么好的，你这样让我心里很不好过。你为什么要让我心里不好过？"

许宣越说越愤怒，自己的良知与自己的行为产生了痛苦的冲突，而他却把这缘由归罪于白素。为了让自己狠得下心，彻底割断这份孽缘，他突然狠狠一巴掌掴在白素的脸上。

白素的唇边立即沁出一丝鲜血，脸庞肿了起来。白素只是呆呆地看着他，一脸的吃惊，一脸的不敢置信。怎么会这样？许郎……为什么变成了这副模样？

"你喜欢我是不是？你希望我幸福，是不是？好，好哇，我会幸福的，只要你肯付出自己，我就会幸福的。我如你所愿！"

看到白素痛心的眼神，许宣又怕又悔又惭又恼，继而转化为暴戾的怒气，他咬牙切齿地说着，一把揪住白素的头发，拖着她大步向阶下走去，走得毫无感情，就像拖着一截破麻袋，根本不顾忌会硌伤她的身子。

白素的眼神很空洞，她此时当然已经明白，许宣……就是混沌。身子被一阶一阶拖下台阶，可她根本感觉不到疼痛，身上的疼痛，哪及得上她心里的痛，仿佛刀绞一般的痛。

与许宣相识以来的诸般美好甜蜜一一浮现心头，与眼前的他相映照，这带给白素的，只有噩梦一般的感觉。

许宣终于把她拖到了一层塔楼内，拖得她遍体鳞伤。

许宣气喘吁吁地俯下身，扭曲着面孔向她狞笑："快了，我很快……就能结束你的痛苦，你放心，我还是……很疼你的。"

白素空洞的眼神渐渐恢复了一丝神志，大颗大颗的泪珠顺着脸颊滚了下来。

小青冲到了铜塔下，她既已知道白素来了金海寺，又怎会还想不到她与杨瀚一起探查过的这座铜塔，它可是由苏窈窈手下的"穷奇"莫本钟，耗费了败家之资才建成的呀。

铜门虚掩着，只露一隙。

可这门太巨大了，虽只是一隙，也足以容人穿过，所以小青二话不说，就冲进塔去。李公甫提着刀，气喘吁吁地跟了进去，一进去就发现小青正站在那里，错愕地看着前方。

前方，许宣抓着白素的头发。白素软软地瘫在地上，满面泪痕。

小青颤声道："姐姐，你们这是……"

白素双眼一亮，急道："你快走，许宣……是混沌。"

"什么？"

小青大吃一惊，娇躯一颤，突然一阵剧痛传来，对面的白素露出了惊骇欲绝的神情，而许宣，竟然也同时露出了无比震惊的神色。

小青缓缓低下头，就见一截刀尖儿从自己的胸口露了出来，殷红的鲜血，正沿着刀尖儿缓缓滴落。

"唉！我一直觉得，老天辜负了我，不该把我生为女儿身的，不然，凭我的无比智慧，为相，我将是旷世良相；为将，我将是一代名帅；为君，我将是千古一帝！"

李公甫松开了刀柄，看着小青身子一软，跪倒在地上，便慢悠悠地踱向前去，看了惊愕的许宣一眼，忽然一笑道："我说过，我会在暗中盯着你，你的一举一动，都别想瞒过我，我没有骗你吧？"

许宣无比震惊道："舅父！你……苏……苏……"

李公甫自得地一笑，缓缓道："不错，我就是你的主人，苏窈窈。"

许宣愕然道："这怎么可能，怎么可能！"

李公甫摸了摸自己的脸，道："你的舅父在去建康城的那个雨夜，就被我杀了。因为我发现，捕头的身份，尤其是临安府捕头的身份，似乎对我很有帮助，哈哈哈……"

李公甫笑着转过身，匕视着许宣道："你是仵作，你在建康府的衙门里收殓过一具无名男尸，是吗？"

许宣突然想到，李通判府上惨案发生后不久，有人在一条无名小巷中发现过一具血尸，他是仵作，血尸送到官府，他还对这具被人剥了皮的尸偷偷进行过解剖，那是……他舅父的尸体？

许宣突然有种想要作呕的感觉，可他偏偏吐不出来。

李公甫道："自从我悟出金钵的妙用，明白要靠它，才能补全我当年的遗憾，恢复我的青春美貌，我就一直在布局。"

李公甫越说越激动："我派陶景然以文玩掮客的身份去寻找，我让巫战控制杭州大街小巷的消息，我蛊惑一味求长生的莫本钟散尽家财，为我修建这座能够发挥金钵威力的宝塔，我费尽心机，终于……等到这一天了！"

李公甫张开双臂，哈哈大笑起来。

随着她的大笑声在铜塔中回荡，李公甫的人皮从她身上诡异地脱落。与此同时，她的身形也在缩小，不再维持那种赳赳男儿的高大形象，身材渐渐瘦削苗条了许多。

小青脸色灰败，生命力正从她的身体里迅速流失，她扶着胸口的刀，沾着一手的鲜血，痛苦地问道："你……已经从我姐姐手里拿到了火如意，为什么……还不肯……不肯放过我们？"

已经完全恢复了形象，满面褶皱、黏液如怪物的苏窈窈弯下腰，笑眯眯地对小青柔声说道："因为，我还需要把你们的青春之力，通过金钵，转移给我呀，亲爱的小青妹妹。"

三十九　生死一瞬

"火如意呢？"

苏窈窈盯着许宣，许宣急忙把火如意双手奉上。

苏窈窈眼中射出炽热的光，一把接过火如意，轻轻抚摸片刻，便向楼梯上走去。

白素中毒，小青垂死，她们已无力反抗了，苏窈窈还有何担心？

许宣一见苏窈窈登塔，马上跟了过去。

苏窈窈头也不回，只是冷哼一声，道："去，把门关上。"

许宣本想跟上去看看她究竟如何使用这神仙法宝，听她一说，只得讪讪止步，转身去关门。可那巨大的铜门一个人太难推动了，越是接近闭合时需要的力气越大，他使尽吃奶之力，也只做到了虚掩，仍然留着一道缝隙。

苏窈窈快步走上塔尖儿，看到那具药师佛的铜像，不禁微微一笑。

药师佛端坐莲花台上，左手持药壶，右手结施无畏印，面目慈祥。

苏窈窈双手握住铜制的药壶，突然用力旋动起来。一圈、两圈、三圈……

苏窈窈旋得很用力，当她旋了十八圈，铿的一声响，那药壶被旋下来了。当药壶旋下来的那一刻，塔尖儿处四面的锐三角形铜壁也一层层地褪了下来，阳光登时直接照了进来。

苏窈窈的呼吸变得急促了，她原本冒充李公甫时，本没有那么魁梧的身材，全靠异术支撑，四如意藏在本就过大的身体上当然没问题，她也不放心放在其他任何地方。

这时她急急把四如意一一取出，抬起衣袖拭去上边沾着的黏液，再把它们一一插进药师佛左手药壶取走后的孔塞中，孔塞中早按相应的规制预留了插孔。

当四柄如意一端插入孔塞，就形成了一个托举的花瓣形状。这具药师佛原本是按一半人体比例铸造的，此时四如意的支架一立，几乎便与铜佛的额头等高。

苏窈窈颤抖地取出金钵，郑而重之地把它放在立架上，轻轻旋转了一下，咔的一声，四个插孔对齐了，金钵固定在了四如意上。

地，土黄色凝若实质的一道光冲霄而起。

水，一片迷离的蓝色水影扶摇直上。

火，红通通的光就像一团燃烧的烈焰，在塔尖儿处冉冉地吞吐着，败而复生，生而复败，层层翻卷，仿佛一道火莲。

风，无形。看不见风的形体，但冲霄而起的土黄色光芒和那蓝色水影却在红通通的火莲之上开始扭曲、旋转起来，渐渐扭合成麻花状，仿佛要钻透那苍穹。

与此同时，悬吊着铜佛的四条巨大的铜链像船上的锚链一样哗啦啦地向上收起，于是，药师佛的基座开始上升，当四条铜链铿的一声绷紧时，铜佛的基座正好封住刚才塔尖儿脱落形成的空间。

塔尖儿被一尊药师佛取代了。

而药师佛的胸前立着四如意，四如意的顶端是金钵，金钵的位置比药师佛头顶的法冠还要略高。

阳光直照上去，金钵嗡嗡地响颤起来，空中黄蓝两色的扭曲气柱似乎更加壮大了，接着，一束乳白色的光从那四根如意架撑的那处圆形的孔塞射向塔内地面。铜塔似乎对这光有增益作用，那束光先是扩张了一下，刚一触及四下的铜壁，马上收缩回来，最终闪烁了几次稳定下来，落在塔基地面上的光，直径不过五尺。

"果然如此，果然如此，我揣摩得不错，我真是天才！哈哈哈……"

苏窈窈狂笑起来。

许宣仰着头，眯着眼专注地看着，苏窈窈的动作他根本看不到多少，因为太高了，但他还是眼都不眨地盯着，想通过苏窈窈的举动尽量揣摩出其中的秘密。

这时候，小青俯在地上，正在反手握住自己背后的刀，一寸一寸地向外拔。

幸亏小青肢体柔软，如果是一个肢体僵化的人，手都够不到自己的后背，那就根本做不到这一点了。

刀锋已经穿透了她的身体，拔刀当然痛苦到了极点，小青疼得眼中漾起了泪光，但她咬着牙，努力地拔刀，任那鲜血在身下染成了血泊。而白素，眼都不眨地盯着她，一脸的焦急，却并未阻止她的动作。

苏窈窈走到了第二层，马上就要下来了，她向下一看，见许宣正抻着脖子，还在呆呆看着塔顶，而旁边地上，小青正痛苦地反手拔着刀，突然心中一凛，一下子想到了一个关键。

她方才太过狂喜，以为一切在握，竟忘记了这件事。苏窈窈马上大喝道："蠢材，快制止她！"说着飞身扑了下去。

许宣被她一喝，马上醒过神来，他急忙一回头，就见小青拔着刀，当啷一声，刀子落在了地上，小青也似已经耗尽了全身气力，一下子瘫软在地上。

可这时，白素目光一凝，开始行动了。

白素的治愈异能，只对她自己无效。

她只是中了毒，而不是被废去了异能，只要她的神志还清醒，她就能动用意念，就可以使用她的异能。

小青身下的血泊以肉眼可见的速度迅速收拢，那分明是被摄回了体内，可惜他们隔着衣服，看不到小青的伤口。当被白素的异能驱策，所有的血液以不染一丝尘埃的洁净状态重新回到小青体内的时候，她的伤口也在迅速恢复。

苏窈窈凌空扑过来了。小青抬起头，愤怒地瞪向苏窈窈，她的气力还未恢复，只驱动了一颗水滴子弹——一颗殷红的水滴子弹，迎面射向苏窈窈的眉心。

苏窈窈身子凌空，手中又无金钵护体，而且也没想到小青这么快就有了反击之力，仓促之下只得急急腾身闪避，只听她一声闷哼，血红的水滴穿过了她的肩头，在空中变成了一串血珠，那是她的血液。

那串血珠还未落地，就在空中变成了一颗颗水珠子弹，旋了一匝，向苏窈窈激射过来。这时耗尽念力的白素已经瘫软在地上，脸上却露出了欣慰的笑容。

因为她的愚蠢，致有今日境遇，只希望不要连累了妹妹，现在，小青已有了自保之力，希望……她能逃脱。

可小青还想救她走，不仅如此，她还想一劳永逸，解决掉苏窈窈。所以，她抽出了软剑，此一战，志在必得。

苏窈窈想反击，但仅以技击之术而言，她怎比得上剑圣教出来的小青，实际上只要一剑在手，杨瀚也不是小青的对手。

苏窈窈只能动用异能，可她不想自己失血过多，于是，她毫不犹豫地拖过正惊呆在一旁的许宣，只一挥手，尖利的指甲就划破了他的胸口，然后一串血箭便疾射向小青。

这时，那道乳白色的光束开始像一层层叠加的白色光环，上下错动起来，似乎自上而下，又似乎自下而上，也看不出它究竟是在向上收缩，还是在向下扩放。

苏窈窈苦心布局多年的乾坤逆转、窃活偷生之阵，已经正式启动了。

小青的伤虽被治愈了，她的体力却没有那么快恢复，苏窈窈因此得以与之缠斗不落下风。

苏窈窈与小青缠斗着，眼见那乳白色的光上下翻腾，愈来愈激烈，猛然喊道："许宣，把小白拖到光柱之中！"

"啊？哦，哦！"被苏窈窈划伤了身子，一直捂着胸站在旁边呆立观战的许宣惊醒过来，急忙跑向白素。

白素无比哀伤地看着他，身体受到的伤害她并不在意，许宣如此无情的举动，却让她心碎。

许宣碰到白素的目光，下意识地躲避了一下，却仍然抓住了白素的手臂，将她拖向那白色的光束。

他想知道，这些异宝究竟有什么作用。他为了钻研医术，研究人体的奥秘，不惜悖逆道德，不惜触犯律法，私下解剖人体。如今，有一个比"病"更大的奥秘，涉及"老"与"死"，许宣如何克制得住那种解谜的冲动。

小青不知道人进了那光束会怎样，焦急之下就想去制止，苏窈窈却奋起余力阻挠起来，迫得她根本脱不得身。

此时，杨瀚一路飞驰，已经到了金海寺的山门。

"驾！"

杨瀚并未下马，策马再一鞭，那马一声长嘶，冲过山门，迈开碗口大的铁蹄，飞驰进去。

这时杨瀚已经看到了铜塔异状，看到了那塔顶奇异的佛光闪烁。

人在塔下，即便是近处，也是看不清那塔顶金佛的，只看见一团不断开合怒绽的火莲，拱迎着一团金光。

杨瀚策马自寺中一路奔去，就见无数信众纷纷就地跪下，正向那铜塔佛光处顶礼膜拜。

杨瀚冲过一扇门户时，看见了那位知客僧满脸的惊喜，一边向后狂奔着去寻方丈法径，一边又不舍得放弃这亲眼看见的佛光，那扭头纠结之态，着实很有喜感。

"这和尚倒真是忠于职责，有了这铜塔佛光，金海寺从此名扬四海，香火更要鼎盛了吧？"杨瀚心中不由得想到。

马行如龙，刹那到了那铜塔下边，还未等马停稳，杨瀚便滚鞍下马，飞也似的冲上了台阶。

许宣也不傻，他不知那乳白色的光束有何妙用，当然不敢进去。将白素拖到光束旁，目光这才回到她身上，却见她满眼含泪，不是因为恐惧，而是无比的绝望与伤心。

许宣心弦微微一颤，一股恼火却油然而生。他心一横，就把白素推进了光束。

苏窈窈一边与小青缠斗，一边正盯着这边动静，眼见许宣把白素推进了光束，不禁大笑一声，纵身一跃，冲向那束白光，空中犹自转身将血箭激射向小青，将她阻了一阻。

苏窈窈一跃入那光束，那光束立即发生了变化。乳白色的光冲霄而起，龙卷风般在空中盘旋的黄绿色光束则倏然向下，绕着二人盘旋起来。

苏窈窈激动地高举双手，大叫道："地水火风，和合成人！哈哈哈……"

黄绿两色光束疾风一般旋转着，光束中的苏窈窈渐渐开始发生了变化，白发渐渐变黑，肌肤渐渐饱满，干瘪枯瘦的身体像充了气似的丰盈起来。

与此同时，白素原本苍白的脸颊越发气色灰败，头发渐渐变成了白色。

许宣震惊地看着这一切，喃喃道："夺天地造化！真的是夺天地造化呀！"

白素对自己的身体变化似乎毫不在意，她的眼神还是定在许宣身上，痴痴地看着他，只想从他脸上看到哪怕是一丝的不舍、一丝的愧疚。

可许宣现在只有满眼的狂喜："原来是真的，居然是真的！"

白素凝视着他，慢慢露出惨然的笑容。

哀莫大于心死，这一刻，便是死去，也没什么了吧。

可这世上，还是有人愿为她而死的。小青想也不想，就向那光束撞去，却被那光束一下子震了出来，倒飞出去，撞在坚硬的铜塔壁上，哇地吐出一口鲜血。

苏窈窈狞笑道："你别急，等我吸干了她，就该轮到你了，哈哈哈……"

这时，苏窈窈已经奇迹般地变成了一个中年美妇，虽然容颜还是个三四旬的中年妇人，可那眉眼五官，已是惊人的美丽。

她的一笑，一举一动，原本给人的感觉是张狂狰狞，而此刻却只觉优雅无比。

苏窈窈低头看看自己渐渐血肉充盈、皮肤光滑润泽的双手，再摸摸自己的脸庞，忍不住激动得热泪滚滚。

几百年了呀，她终于要恢复她的无双容颜了。

就在这时，杨瀚到了。他一头冲向大门，将大门撞开一隙，自己也不禁退了两大步，但大门因此露出的缝隙已经够他钻进去。

于是，杨瀚就像一条溜边的黄花鱼似的钻了进去。

杨瀚一进去，就被眼前奇异的一幕给惊呆了。

小青委顿在墙壁边，挣扎着正要爬起来，一见杨瀚，惊喜道："瀚哥儿，快救姐姐！"

杨瀚一看那怪异的光束之下，白素已然满头白发，现在连容颜也开始变得灰败，眼角渐渐出现鱼尾纹，而一个风情气质、容颜五官都优雅美丽到了极致的美妇人正站在她旁边，不由得呆了一呆。

一个奇怪的想法浮上了他的心头，还不等他确认，小青已然流泪催促起来："她就是苏窈窈，你小心许宣，他是混沌。苏窈窈正在吸我姐姐的寿元，快救她出来！"

小青喊完了，却突地心中一沉，完了，他听不见的！

绝望的眼神自小青眼中浮起，杨瀚已经大吃一惊，立即扑上前去。堪堪触及那光幕时，杨瀚心里突打了个突儿，突然一扭身，一把抓住了正望着那奇景兴奋欲狂的许宣。

许宣惊道："你干什么？放开我！"

奈何他根本不会武功，力气哪有杨瀚大，被杨瀚推着撞向那光幕。许宣急急向怀中摸去，可还不等他摸到什么，已被杨瀚推抱着撞进光幕。杨瀚不知道那光幕闯进去有什么后果，第一个念头就是拿混沌试水。

苏窈窈狂笑道："进不来的，颠倒乾坤一旦启动，就……呃？"

苏窈窈突然瞪大了眼睛，眼睁睁地看着许宣被推进了光束。

刚刚小青那么快的速度都撞不进来，杨瀚只是箍住许宣的身子往前一推，他的手一触及那光束，那光就仅是一道光了。许宣被杨瀚一把推进光里去。

许宣吓得发疯，拔腿就往外跑，可一股强大的光束吸力紧紧地摄住了他，他费尽全身气力，才只艰难地迈出一步。

"我明白了！"

杨瀚突然恍悟，这些人的异能对他无效，难不成这光束也是一样？

杨瀚抬腿迈入光束，再迅速一退，来去自如，毫无阻滞。杨瀚大喜，立即冲进了光束，一把抱起白素。

"咦？"杨瀚抱起白素，突然发现她脸上的鱼尾纹正在消失，气色也在重新变得年轻，杨瀚吓了一跳，赶紧摸摸自己的脸，好像没变化。扭头再一看许宣，杨瀚不禁又吓了一跳。

许宣正在迅速衰老，头发开始变得花白，脸上出现浅浅的皱纹，眼角的鱼尾纹尤其明显。

杨瀚不明白这怪异的光束是什么原理，有什么规则，他却知道，因为许宣的加入，此刻这光束正在抽取许宣的生命力，补充给白素。

杨瀚又扭头看了苏窈窈一眼，苏窈窈还是一副中年美妇的模样，但似乎比刚才更容光焕发了。

她的容颜不仅是美，而且是一看就透着甜、透着媚、透着女人味。美女的眼波盈盈欲流，本就会令人迷醉，她的眼波却似真的会说话，可以一个眼神就把话说到别人的心里去。

杨瀚只看了她一眼，就已明白，她也没有受到影响，她和白素一样，此刻都变成了汲取者，而自己对这光束免疫，所以……可怜的许郎中成了这里唯一的生命力的供应者。

此时的许宣已经变成一个不折不扣的中年人了，而他还在继续流失着生命。

苏窈窈似乎也被这一幕惊住了，她喃喃道："普通人也可以吗？普通人，也可以？"

看来，她在此之前，也不知道一个从未有过异能的普通人，也可以把生命力置换给她。

"放过他吧！"白素拉了拉杨瀚的衣襟，满眼的哀求。

她已经恢复了自己的模样，看一眼许宣，终究忍不住心软。

杨瀚才不想管混沌的死活，可一看白素那央求的眼神，不禁叹了口气，一把抓住许宣的手腕，揽着白素的细腰，快速向光幕外跑去。

"不要走！"

苏窈窈疯了似的扑过来，却只来得及抓住许宣另一只手。

杨瀚已经半个身子踏出光幕，却无法再向前分毫。

苏窈窈眸中凶芒一闪，左手五指箕张，突然插向杨瀚的后心。她的爪功犀利，这一爪下去，足以破开杨瀚的身体，抓烂他的心脏。

这时急于脱离光幕的许宣用尽全身气力，终于从怀中颤巍巍地摸出一根细针。

这根针上淬的毒，与他诱使白素一步一叩首，跪上七重楼时所布的毒针完全相同。

许宣使尽全身气力向苏窈窈刺去，而苏窈窈根本没把不会武功的他放在眼里，所以毫无防备。

小青深知苏窈窈爪功的利害，别看她此刻十指已变成纤纤葱指，可她凝功时是会在指尖儿表面覆以一层冰尖儿的，因此可以洞穿人体。一见她正扣向杨瀚的后心，小青立即大叫："小心！"

杨瀚拖着许宣，正奋力向外挣扎，听见大喝回头一看，不由得大吃一惊。他急忙放开已被推出光幕的白素，同时放开了许宣，反手就想去挡，却已来不及了。

小青见此状况，突然奋起余勇，猛地向前一滚，身子一挺，一把抱住杨瀚。苏窈窈唇角带着一丝充满魅惑的得意的笑，她的指尖儿已经触及杨瀚的后心，这个祸害、这个天敌终于要死了。

她此时只要再向前一探，纤纤十指就能穿透杨瀚的身体，把他的心摘出来。一念及此，苏窈窈笑得更愉快了，那媚而不荡，甜而不妖的笑，简直也有偷心的效果。

但是，下一刻，她的指尖儿就抓空了，杨瀚不见了，小青也不见了，就在她的眼前像是一下子融化在了空气中。苏窈窈身前半尺有余，一套青衣正缓缓飘落向地面，渐渐失去人形。

"该死！"苏窈窈怒叱了一声。

塔外的桃林里，杨瀚定了定神，他还没有任何感觉，整个人就出现在了这里。小青还抱在他腰间，抱得紧紧的，根本不敢放开。

她的脸像一块大红布似的，窘迫道："不许看！"

"啊？哦，噢噢！"

杨瀚的手一垂，从小青的腰后滑过，登时触及一片高高的隆起，弹韧光滑，极有质感，杨瀚马上就意识到她正光着身子。杨瀚赶紧缩回解开腰带，对小青道："放手！"

小青只略略离开几寸，杨瀚急把外袍一脱，反手便罩在小青身上，道："快穿上！"

小青双手刚把袍子笼紧，杨瀚就向塔中再度冲了过去，同时大叫道："我没看见，什么都没看见。"

小青随后冲进塔里，登时一呆。

杨瀚正站在她前面，一动不动。

小青看见，白素躺在光束外面，仍然因为中毒麻痹身体动弹不得。而光幕之中，苏窈窈也因中毒动弹不得，许宣正咬牙切齿地扼着她的喉咙。

许宣面孔涨红，青筋暴起，平素的儒雅斯文已全然不见，看他的样子，只怕一个核桃都能生生地捏碎，更不要说是一个女人的喉咙了。

苏窈窈被许宣扼得脸色红涨，双手抽搐着，几度想要抬起，却又无力地垂下，根本无法推开他。

杨瀚猛地醒过神来，抬头一望，看看塔顶，大喝道："我去取下如意！"

他刚跑到台阶旁，小青已脚尖儿一挑，将她的长剑挑了起来。剑圣裴旻的掷剑术！小青脱手一掷，那剑凌空飞起，倏然直上，铿的一声正中金钵的底部。

轰——

一声炸雷般的巨响，土黄色和水蓝色的扭曲光柱和那射向苍穹的乳白色光柱错乱起来，最终化作一个七彩的光环，向四下里荡漾开去，仿佛一道道涟漪。

然后，那绷紧的四道铜链便轧轧地又落下来，把托举的金钵放了下来。异象消失了，那光束的压力一去，苏窈窈正瞪着双眼，右手突然失去压力束缚，突然抬了起来，一下子就插进了许宣的胸口。

许宣的身子僵硬了一下，咬牙切齿地又狠狠扼了一下，听着苏窈窈喉中咔咔的声响，慢慢瘫软在了她的身上。苏窈窈喉中咯咯地叫着，大睁着双眼，也寂然没有了气息。

白素呆呆地看着他们，泪水迷离了她的眼睛。一个曾是她情同姊妹的小姐，一个曾是她许定终身的情郎，眼前一幕，叫人情何以堪哪。

杨瀚最先清醒了过来，忙道："快，把他们带出去。"说完，杨瀚就快步向塔上跑去。

异象消失了，用不了多久，寺中僧侣和信众就得赶来观看，他们身在其中，身边又有几个死人，那时可就说不清楚了。小青也明白过来，急忙上前抱起白素，先把她转移出去。

杨瀚跑到塔顶，简单一看，明白了其中道理，马上先旋下金钵。刚刚剑刺上去炸得粉碎，可这金钵底部竟连一点儿痕迹都没有，也不知道是什么金属，如此坚硬。

杨瀚取下金钵，又把四如意一一取下，全都藏进小衣里，兜在怀里鼓鼓囊囊的，然后又把药师佛的药壶旋回去，那塔顶四壁的锥形铜面马上咔咔地再度覆盖了顶部。

杨瀚顺着楼梯飞快地跑下来，跑到一半看到法径方丈，心中一动，急忙把他扶起，靠墙摆出盘腿打坐的姿势，又把他的双手放在膝上，帮他捏了个手诀，这才继续向下跑去。

杨瀚跑到一层，小青正赶回来抱第二个人。

杨瀚忙道："许宣我来，你抱苏窈窈。"

两人各自抱起一人，也不管那地上血迹和"蜕皮"，便匆匆出了铜塔。

二人刚刚穿过桃林，避到一幢禅房与高大院墙间的缝隙处，无数的信众和僧侣便疯狂地跑向了铜塔。好在所有人都是冲着铜塔去的，根本无暇往旁处多看一眼。

小青待众人冲过去，又回去将杨瀚所指的那匹马牵回来，将那二人抬上马背，由小青牵着，杨瀚则背起白素，一行三人悄悄绕向侧门，避进了后山。

当白素的麻药药力慢慢消失，恢复了行动，在她面前，已经出现了两座新坟。小青不想她为之伤心，和杨瀚已趁这当口，掘出了两座坟墓，将苏窈窈和许宣分别葬了下去。

坟前没有立碑，坟土还是新的，但过不了几日，相信也无人理会这两座坟是何时出现在这里的了。

白素身上常带着一套衣裳，小青此时已经换上，外袍也就还了杨瀚，二人有些担心地看着白素。白素慢慢走过去，在许宣和苏窈窈两座新坟中间默默地坐了下来。

杨瀚摸摸怀里的金钵和四如意，他很好奇这些东西，很想马上看个究竟，可此时此地显然是不合适的。小青走上前在白素身边蹲下来，轻轻揽住她："姐姐？"

白素落寞地笑了笑，幽幽道："我被人埋起来过。活着埋起来才痛苦。人死如灯灭。死了，无知无识，也就没什么感觉了。"

小青轻轻地"嗯"了一声。

白素又道："苏窈窈死了，我们再没有什么可担心的了，以后，可以过回正常人的生活，你开不开心？"

说到这句时，她扬眸看向了小青，眼神很亮，眼白却是红的，发丝随着风轻轻地撩过那眸子，凄艳绝美。

小青含泪道："姐姐，不要再伤心了。"

白素轻轻摇摇头，痴痴怅想一阵，忽而一笑，道："'一切有为法，如梦幻泡影，如露亦如电。'我们走吧，下山！"

白素站起来，拍拍屁股，走得轻轻盈盈，潇潇洒洒。

金海寺注定要成为近来临安府名气最盛的地方了，一时风光无两，连灵隐古刹的气势都被暂时盖了过去。

有人传说，法径方丈坐化成佛了，成佛之时佛光普照，天生异象。

也有人说，金海寺闹了妖怪，妖界大圣祸乱金海寺，吞噬了捕头李公甫的血肉，只遗下一具皮囊，它还害死了法径方丈，最后激怒佛祖，遣降龙罗汉降世，亲自将它收服。

成佛论和妖魔论各自传播，开始衍生种种版本。

保安堂挂出了牌子：东家有事，暂时歇业。却没标明恢复经营的时间。

随园后宅里，悠悠琴声，都是许多单音，参差组合，听了却叫人心神宁静，那极其自然悠扬的旋律，犹如天地人相互的交融，闭目听上一阵，便有一种清净空灵的感觉。

一架古琴，一炉熏香，沐浴之后的白素轻轻抚着琴，神色渐转肃穆，仿佛一朵素净白莲，又似观音静坐。

小青坐在对面，看着她渐渐恬静的容颜，轻轻吁了口气，道："你心情好多了吧？"

白素十指在琴弦上轻轻一按，止了琴音，道："伤不伤心，是我的事，摆出一副臭脸给谁看哪。"

白素经历五百年风雨人生，终究比一直封闭着自己的小青更有阅历，此刻心境已经平息下来，虽然偶尔想起来，依旧心中空落落的，但悲切哀婉的心情已淡去。

小青松了口气，点点头，道："你恢复了就好，那咱们要不要去吃点儿东西呀？我都饿了。"

白素道："方才瀚哥儿喊你去吃东西，你又不理他，饿死都活该呀。"

"我理他？"小青气不打一处来，"他跟我装聋，他骗我，你说气不气人？"

白素道："他不是说了，是为了让苏窈窈放松戒心吗？怕你我知道真相，神色间会露出破绽。"

小青冷哼一声，气咻咻的，张了张嘴，又闭上了。

白素凝神看她片刻，唇角微微翘了起来，身子微微前倾，小声道："喂，是不是他装聋期间，你对他说过什么不该说的话了？所以现在恼羞成怒，连杀人灭口的心都有了？"

小青被她说中心事，脸腾地一下就红了，嘴硬道："我……我就是讨厌被人骗！他敢骗我，这一辈子就别指望我对他再有一分好脸色。"

白素道："当真？"

"当真！"

"不悔？"

"不悔！"

白素点点头，甜甜道："那我就放心了。"

小青诧异道："你放心什么？"

白素伸个懒腰，袖管一褪，露出一截白生生的手臂，道："现如今苏窈窈已经死了，你我再也不用担惊受怕东奔西走，也是该安下心来，享受这软红十丈、人间烟火的时候了。坏男人太多了，像瀚哥儿这样情真意切、经受过考验的好男人可不多了，你既然不要，那我当仁不让了。"

小青瞪大眼睛怪叫起来："喂，你要不要脸哪！"

白素眨眨眼道："奇怪，我怎么不要脸了？难道你认为我该为骗我害我的许宣守孝三年？我还没嫁呢好吧？或者说，我不该打瀚哥儿的主意？你不要的嘛，还不许我捡哪？"

"白素哇白素，枉我还为你担心，你真是够洒脱的，行，你真行。你去吧，你去勾搭他吧，我看你们俩呀，一个没心没肺，一个猴儿精猴儿精，正好是天作之合，天生一对！"

小青气鼓鼓地站起来，愤愤地往外走："我去吃饭了。"

白素唇角翘了翘："喂，你不要我可真追了呀。"

回答她的是咣的一声关门声，小青姑娘既没说要，也没说不要。

白素笑了笑，一丝愁绪笼上眉梢，尾指俏巧地一拨，一曲琴音再起。始则感秋风而捣衣，继则伤鱼雁之杳然，终则飞梦魂于塞北，正是一曲有些淡淡忧思的《捣衣曲》。

后窗外，一团透明的水，仿佛活物似的滚动过来，到了白素后窗下渐渐地立起，最后形成一个隐约的人形，悄悄地望着室中抚琴的白素。看那清水形成的人体，隐隐然竟是许宣的模样……

水做的许宣不是固定的，它要不断来回流动，才能维持着人的形状，在灯光下就像流动的水团。

杨瀚在小青门外碰了一鼻子灰，只好自去与小宝和小兮共进晚餐，两个人对他问东问西，杨瀚也懒得回答，吃罢晚饭就把两个人一起赶走了，然后马上回了自己房间。

他快速取出四如意和金钵，放在了桌上。这些东西当真奇妙，比如那土如意，重有千钧，但是只要在金钵一定范围之内，就轻若无物了，也不晓得那千钧的重量去了哪里。

杨瀚家祖传下来的风如意与其他三如意相比，只是质地颜色不同，上边的花纹并无两样，而这些花纹杨瀚从小就看惯了，也没发现过什么奥秘，所以只扫了一眼，就放弃了这方面的研究。

摆弄了半天，依旧没什么心得，望着散放在桌上的几件器物，杨瀚突然心中一动：难不成应该是金木水火土才对？可这里多了一个风，少了一个木。

杨瀚仔细看看桌上五件器物，试探着把它们按照金木水火土五行的方位重新摆了摆位置，其中木字位用风如意代替，可是这样摆下来，别的不说，五件东西却没了组合在一起的可能。

难道，猜错了？

杨瀚看着那极似如意形状的四件东西和形状完全不同的金钵，突发奇想，如果它们不是需要插入金钵底座的孔，而钵底的孔只是为了固定金钵呢？比如在这桌上架起四个楔子用以固定金钵……

杨瀚想到就做，连忙搬过几件东西叠起来，但都有点儿矮，直至抓来一个小竹枕，把它竖起来，高度恰恰好。他把竹枕竖起，把金钵小心地放在上边，看看高矮，拿起一个如意比了比，可惜不能斜着竖在桌上，一放就倒了。

杨瀚反复打量半晌，看到那云芝状的如意头，再看看那钵上的纹路，突然灵光一闪，将它颠倒过来，试探着去挂在钵沿上。那如意的云芝头如果不理会它的形象，只把它视作挂钩的话……

嗒的一下，那弯钩处的宽度不差分毫，正好挂在钵沿上，杨瀚看了看它所对应的位置无误，马上把另外三柄如意也依样挂在上边。当最后一柄如意也卡挂在金钵上时，金钵嗡然一声，钵中似有一团星云开始旋转起来。

杨瀚看着那团星云，仿佛仰望浩瀚的星河，那个金钵就是整个宇宙一般。然后，那团星云缓慢旋转着漾出了钵口，渐渐形成一只手的形态。

这是什么东西？难不成还得击掌为誓？

杨瀚的唇角抽搐了一下，试探着伸出手，与那星云形成的掌形贴合上。

"呀！"

杨瀚只觉掌心被针扎了一下似的，急忙缩手，却见掌心小小一个针口，只有烧灼的痕迹，所以没有血滴出来。

杨瀚讶然看去，那金钵之上突然升起一道三尺高的光束，闪烁了一下，就扇状张开，形成了一面光幕，光幕中，出现的是一片巍峨的高山，山间有古树、长藤、流瀑、怪岩，恍若仙境。

巍峨的高山上，有一座恢宏的石制宫殿群，巨大的包裹着火焰的石球似乎是被抛石机从山下抛射上去，每一颗砸下去，都溅起一片尘烟，倒下一片建筑。

一道道浓烟在那恢宏的宫殿群中升起，隐约可见蚂蚁般的人在奔跑、厮杀。

然后，杨瀚看到了一座石台，石台高约几十丈，一步步台阶向上，似乎直通天际。

石台上又立起一根巨大的铜柱，铜柱也高几十丈，铜柱之巅是一个巨大的仙人，仙人高有十丈，双手高举，托着一扇巨大的荷叶状的铜盘。

铜盘上正站着人，以那人身材与这铜盘相比，仿佛一片普通荷叶上爬着的一只蚂蚁，足见那铜盘之巨大。

紧跟着，光幕向那站立的人影靠近，整个光幕内最后只剩下那个人，再看不到周围的一切。

那是一个身着深色曲裾深衣的女人，一件绕膝式曲裾，腰身裹得很紧，双绕三重的广袖。似乎有风在吹，所以她的衣袂鼓荡，更增威仪。

这位妇人看起来有四旬上下，高高在上的姿态令人有一种强大的压迫感，即便只是站在光幕前的杨瀚也不由得退了两步。

她乌黑的长发编成了一条长辫，在头顶盘得高高的，辫根在右耳后侧，上盘头顶，下绕经左耳后，辫梢回接辫根，仅用一支骨簪固定，没有满头的珠玉，却有一种高不可攀的感觉。

她凝视着光幕前方，神情肃穆，一双凤目含着威严，高起的鼻柱直透山根，这让她的女性柔美受到了一些破坏，显得个性太刚强。

那光幕中的女人忽然开口说话了，声音是从金钵中传来的："我，不知道你是我的哪一代子孙。但你，一定是我的后代，只有流着三山世界的皇族血统的人才看得到现在这一幕。"

光屏沙沙了一阵，影像模糊了片刻，重新清晰起来，那个高傲的妇人继续道："时间一定已经过去了很久。我就知道，我的儿子是个废物，他唯一的用处，只是繁衍子嗣，传承后代。"

贵妇人露出鄙夷的表情："他跟他的父亲一样，都很无能，才让我们的帝国遭遇到今天的背叛，整个皇族都要灰飞烟灭了。可他是我唯一的儿子，我能废黜他的父亲，自己来做女皇，我却不能抛下我的儿子。我只有把逃回祖地的唯一机会让给他，寄望于他的后代中能有个有出息的。你，是那个有出息的孩子吗？"

四十　天作之合

小青走到花厅的时候，杨瀚已不在那里了。

"做了欺骗我的事，居然没有一点儿不安。"

小青傲娇地扬起下巴，在心里给杨瀚又悄悄加了一条罪责。

直到晚餐吃完，杨瀚也没有出现，小青更生气了。白素还在抚琴，琴音听得她心烦，她一个人在院中散心，胡乱走了一阵，在那眼已经变成冷泉的浴池边坐下，伸手撩了撩清凉的泉水，心中却更烦闷了。

明天就把他赶出随园。苏窈窈已经死了，杨瀚一个大男人没道理继续住在这后宅里边哪。她和姐姐都是妙龄女子，旁边住着个男人，瓜田李下的像什么话，一定会招人非议的。

这样一想，小青心里舒坦了许多，她站起身，在园子里又转了小半圈，还是没见到杨瀚的身影，小青不禁又改变了主意：为什么要明天才赶他走呢？今晚就该把他清理出去呀。

想到就做，有了理由的小青马上风风火火去找杨瀚。

叩叩叩！静谧的夜里，敲门声传得很远，不过小青是来赶人的，心中坦然，没必要藏着掖着。

门开了，杨瀚一脸梦游般的表情，眼神的焦点都没落在小青身上。

"你怎么了？"小青心中一紧，赶紧上前一步，抬手就要去摸杨瀚的额头。手指堪堪要触到他的额头，小青突然又警醒过来，忙缩回手，扮出一副凶巴巴的模样道："没睡醒啊你！"

"啊，是小青姑娘啊！"杨瀚仿佛刚回了魂，惊喜道，"你怎么来了？不生气了？"

杨瀚刚刚听完光幕中的女人对他交代的话，直到此时他才知道，他居然属于一个异时空的皇族，他的祖先居然在一个不为人知的异时空里拥有一个庞大的帝国。

这个消息带给他的震撼太巨大了，以致现在他还有些意识不清，那个光幕中的女人……准确地说，那个三山世界的末世女皇，告诉他的信息太神奇、太不可思议了，他一时有些消化不来。

"谁说我不生气？咳，我是想……你看，苏窈窈已经死了，你继续住在这里，孤男寡女的多有不便……"

"说的也是……"杨瀚的眉头轻轻蹙了起来，"白姑娘受那神光照射后，性情浪漫、桃花多情，她要是半夜三更来敲我的门，说实话，那么美丽的一位姑娘，我真未必把持得住。"

杨瀚说得很诚恳："要不……我搬去小青姑娘你的隔壁住吧？那样，白姑娘一定会顾忌一些。"

"我姐姐只是浪漫多情，不是人尽可夫，好吗？"小青瞪着杨瀚，一字一句地说着，小火苗开始在她眸中危险地燃烧起来，"你搬去我隔壁，我不要名声的呀？苏窈窈死了，现在我们已经没有危险了，你是不是也该搬走了呀？"

杨瀚为难道："可我的房子……小兮已经转租给别人了呀。"

"嗯……"

杨瀚吃惊地看着小青："你不会是想……这三更半夜的就叫我搬吧？"

小青老脸一热，干咳道："我哪有这么说，这不是……这不是先跟你打声招呼吗？那……那你先休息吧，明天……可以去保安堂拾掇出一间卧室来，反正它以后开不开张也无人晓得了，要是姐姐没兴趣，店就送你了。"

小青说着，转身就走，全然忘了她此番兴师问罪的初衷。杨瀚含着笑意，看着她迷迷瞪瞪地沿着长廊走向尽头，那尽头是一个观鱼池，可去不了别处。

杨瀚突然唤道："菁菁！"

小青听得一阵肉麻，扭过身子，瞪着他。

杨瀚向前走了两步，道："你原来戒备我，是担心我见宝起意，现在你总该相信，我并不会打你宝物主意，也不会对你的永生之术心生贪婪了。那么，你可以接受我了吗？"

小青没想到他这么直白，一下子就戳破了那层窗户纸，戳得她心慌慌的，小青退了一步，道："我……我可不想……"

"不想什么？"

"不想有一天，我还是个小姑娘，却抱着一个老爷爷似的丈夫，行不行？"小青大声说，却不知是在说给杨瀚听，还是想说服她自己。

杨瀚摊了摊手，道："难不成，我也得拥有长生之术才行？"

小青摇摇头，幽幽道："我只是想，能有机会放弃这长生的痛苦。"

杨瀚奇怪道："长生能有什么痛苦？"

小青叹道："你不懂，因为你没有长生过。人的一生就该经历过每一个阶段才完整。你会希望你永远七岁吗？"

杨瀚摇头道："当然不想，可是二十岁上下，正当壮……"

小青苦笑道："因为你能一天天长大，一天天变老，你才会觉得失去的青春可贵，如果你要永远停滞在哪一阶段，你就会产生七岁时一样的烦恼了。更何况，一个人活在人世间，别的人都在往前走，只有你……"

咔！房中隐隐传出一点儿声息，杨瀚一惊，立即转身向房中扑去。小青先是一呆，但是见到他惊急的神态，也知道必有缘故，所以想也不想，便跟着冲了过去。

杨瀚走出门外与小青说话的时候，他的后窗缝隙里，一股清水缓缓地涌了进来，那汪水落到地上，形成了人形，人形一眼就看到了放在桌上的金钵和四如意。

杨瀚知晓了它的秘密。不过，他很没出息地只想把它当成一个荒唐的梦。

他不知道距这位女皇的时代已经过了多久，但是从苏窈窈的年代推测，至少已经有五百多年了。五百多年哪，哪个皇朝能存世这么久？在那个三山世界恐怕早就没有他们一族的影响了吧，还复辟什么呀！

如果现在有人向人介绍，说他是南齐皇帝萧道成的后裔，那会怎么样？什么都不会发生，他就算在朝堂上说给当今的皇帝听，皇帝也只会略表惊讶，不会认为他能对自己的统治产生一丝一毫的影响，时间太久远了呀！

杨瀚觉得，他的祖先在那异时空所缔造的庞大帝国早就分崩离析了，现在说不定已经改朝换代很多次了，难不成他还真能去到那个世界，取出祖先的宝藏，揭竿而起重建帝国？

所以，杨瀚想把这个秘密终结在他手里，再不叫任何人知道，包括他的后代子孙。就让他们安安分分地生活下去吧，拥有一份与实力不相称的野心，那只能带来悲剧。

此时，房中却突然传来声息，难不成还有黄雀在后？杨瀚可不想节外生枝，再生祸患。

水流动着，一直流动到桌案边，突然一定，就完全变成了一个人，正是许宣。他没有死，不但没有死，而且拥有了化形的异能，只是……鬓角花白，眼角也有了鱼尾纹，他失去的青春无法回来。

不，也可以回来！只要他拿回这五件宝贝。

许宣轻轻抚摸了一下那金钵，激动地把它揣进了怀里，接着拿起土如意揣进去。水如意被揣进怀里的时候，与土如意一碰，咔地响了一下。

声音不大，但在这静谧的夜里，足以叫人听见。许宣立即警醒，抬头向门口一望，杨瀚已然一阵风似的向他卷了过来。

杨瀚冲进门来，看到一个人影，立即一记冲拳打了出去。虽说他并不想去那个劳什子的三山世界，却也不想它落到别人手里，一拳打出，尚未触及那人身体，他已看清了那人模样。

杨瀚登时大惊：许宣？

砰！杨瀚的拳头重重地打在了许宣的身上，许宣的下巴都被打歪了，整个人倒飞出去，一下子撞在了窗棂上，将窗棂撞得稀碎，整个人摔了出去。

杨瀚虽见到许宣死而复生有些震惊，但动作并未稍歇，立即追了出去，大喝道："站住！"

但杨瀚冲出窗子所见到的一幕，才真的让他惊住了。

他看到许宣突然融化了，从一个人，突然融化成了一摊水，在那水的中央包裹着的，分明就是金钵、土如意和水如意。那团水包裹着这三样东西飞快地向远处流动过去。

随着地面的起伏、花草树木的阻挡，它居然会随着地势起伏，被树木分隔开再合拢……

这还是一个人吗？

杨瀚看得汗毛都竖了起来。

就在这时，身后一棵大树上跃下一道人影，手中握着两杆透明的、冰做的长枪，狠狠地刺向了杨瀚的后心。

苏窈窈！

已经变成中年美妇的苏窈窈！

锋利的枪尖儿触及了杨瀚的身体，马上变成流水淌落下去。

果然，异能对他终究是无用。

苏窈窈早已有备，只是想知道自己死而复生后，异术是否能杀伤杨瀚，一见无效，马上弃了手中半截尚未化水的冰枪，改用十指抓向他的后脑。

而这时，小青也到了。

她刚跃过窗子，就看见杨瀚呆立在那儿，正望着远方夜色。一道秃鹰似的背影，正凌厉地扑向他的后背。

小青骇然大叫："小心！"

小青顺手一招，三颗水滴子弹袭向灰衣人的背影。

"可恶！"

苏窈窈知道杨瀚见到许宣的异状，一定会有片刻的失神，这是她计算好的出手时机。若不是小青及时出现，杨瀚确实危险了。

杨瀚虽对她用异术驱策的攻击免疫，却不可能抵抗她用双手制造的伤害。

但是，三颗水滴子弹正射向她的后心，苏窈窈虽不清楚自己死而复生的原因，却也料到应该与那铜塔光束有关系，而不是可以无限地死而复生，此时没有那铜塔光束笼罩，她若中招，也就真的死了。

所以她只能躲，苏窈窈一躲，那三颗水滴子弹便射向了杨瀚的后脑。

小青下意识地惊叫了一声："快躲开！"

杨瀚听到之前一声"小心"，已霍地转过身来。此时苏窈窈一躲，三颗水滴子弹准确地打在了他的脸上。

原本疾速如电、可以洞穿重甲的水滴子弹，射在他的脸上顿时失了力道，变成了三颗雨滴，打得杨瀚眨了眨眼。

苏窈窈趁机逃去。

杨瀚定一定神，马上叫道："快回去！"

说话间，他已飞身扑向破烂的窗子，桌上还有火、风两柄如意，只要许宣他们不能得到完整的神器五件套，那就没什么用处，这两柄可不能再丢了，天知道那许宣已经变得几近于妖，会不会再潜回去偷走最后的两柄如意。

杨瀚在桌前站住了，一见火如意和风如意还静静地躺在桌上，顿时松了口气。

小青身影一闪，出现在他身边。

杨瀚抓起了两柄如意，小青沉默了一下，轻声道："方才那人好像是……"

杨瀚道："苏窈窈。"

小青震惊道："果然是她，她没死？"

杨瀚把两柄如意揣进怀里，轻轻地转过身，看向小青，道："在她之前，还有一个人，入室盗走了金钵和土水两柄如意。"

小青的目光一缩，迟疑道："你是说……说……"

杨瀚点点头："是许宣，他也活着！"

小青骇然道："许宣也活着？不好，姐姐她会不会……"

到底姐妹情深，一听说许宣和苏窈窈没死，小青第一个想到的就是白素的安危。

杨瀚是个行动派，小青刚刚提到白素，杨瀚已一闪身向外冲了出去。小青呆了一呆，也马上跟了出去。

杨瀚快逾奔马，一阵风似的冲到白素闺阁之前，砰的一下撞开门，向正房中只扫视了一眼，不见有人，马上冲向卧房。

一扭头看见杨瀚闯进来，白素吓了一跳，手里的枕头掉到了地上，她双手一抱裸露的香肩，害怕地退缩道："瀚哥儿，你……你要干什么？你可千万不要胡来呀，小青要是知道了，一准阉了你，你是不知道她那醋劲的厉害，到时候我也跟着倒霉……"

杨瀚又好气又好笑，可他还没说话，小青就从后边走了出来，没好气地白了白素一眼，道："对！我要是不吃醋，你就要顺水推舟了是吧？"

白素一见小青，眼睛登时睁大了，吃惊道："咦？小青，你们俩……这是在玩什么把戏？"

小青一抬腿，就把一只锦墩向白素踢了过去，淡淡道："许宣没死！"

噗。

白素腿一软，止好坐在小青踢过来的锦墩上。

卯时二刻，天边刚出现鱼肚白，白素、小青和杨瀚已站到金海寺后山两座无名孤坟旁。

一座坟是掘开的，而另一座完好无损。掘开的是苏窈窈的，完好无损的是许宣的。

白素不死心，三人还是把许宣的坟掘开了，里边果然没有人。

白素呆呆地看着那个土坑，杨瀚忍不住咳了一声，道："我一拳打出去，他就倒飞出去，撞开了窗棂。我追出去时，见他落地一滚，整个人……就化成了一团水，滚动着逃向了远方。"

小青道："所以，他的坟完好无损，应该是因为他苏醒后，想逃却逃不出来。生死关头，激发了或者说是发现了他的化水异能。这土埋得不算实，水自然可以流出来。"

白素轻轻道："他想着，自己没死，那么……苏窈窈有可能也没死？"

杨瀚道："虽然他和苏窈窈是彼此利用，最后更是相残而死。可现在，他们只能结盟。"

小青点点头："所以，他又掘出了苏窈窈。这就是他的坟完好无损，苏窈窈的坟被掘开的原因。"

杨瀚向前走了两步，看看那两个土坑，又抬头看看灰蒙蒙的天空，回首苦笑道："他们都是聪明人，当然明白合则两利的道理。所以，很快就达成和解，缔结了同盟，然后潜入随园，盗走了金钵和地、水两柄如意。"

晨风轻轻撩动着白素的秀发，她沉默了片刻，怅然若失地一笑，幽幽道："我们手里，现在有火、风两柄如意。一切，似乎都回到了原点呢。只可惜，有些事，却是再也回不去了……"

青云客栈，这客栈名字是个好兆头，所以贵人都喜欢住这里。

贵人住这里，规矩就多。

按照宋代的规矩，开客栈必须得有两三间上房，这两三间上房得打扫得干干净净，摆设得整整齐齐，连席子都得是全新的。

给谁住呢？当然是官员和有功名的读书人。而且他们出的还是平价，这就是读书人的特权了，谁叫掌权的就是读书人，他们制定的规则，当然以优待读书人为先。

若是普通人来了，他有钱，他愿意多花钱住上房行不行？当然行，但你必须得保证始终有几间上房空着，不能等官员或有功名的读书人来了，却因为已经被有钱的普通人把上房都占了，让人家另择住处。

如果一直没有官员或有功名的上等人来呢？那你这上房就一直空着吧。幸好，青云客栈名字取得好，当官的和读书人都喜欢平步青云这个兆头，所以，这儿的高贵客人一直很多。

高贵的客人多，客栈里就安静。有普通客人来了，掌柜的第一件事就会通知他们，本店已有某某官员或某某秀才、某某举人入住。意思是，你可不要喧哗无礼，冒犯了贵人。

此刻在青云客栈住的，就有一对举人夫妇。

那丈夫虽年过半百的样子，但举止儒雅，气度风流，穿着一袭青衫，长身玉立，风度翩翩，一看年轻时候就是个美男子，即便是现在，也一样可以令许多怀春少女为之流连。

至于那位举人老爷的夫人，戴着一顶浅露，若隐若现地能感觉到五官的美丽，气质的优雅，至于相貌，她深居简出的，倒不太为人注意。

只有一次，伙计陈二狗送热水进房，无意中见到了这位举人老爷的妻子相貌。他出来便如痴如醉，许久不能言语。

有人向他问起那位许举人的妻子高矮、胖瘦、黑白、美丑，他痴痴半晌，就只吐出一个字：美。至于高矮胖瘦，他一概都不记得了，他如今已记不清那女人的皮肤白不白，眉毛细不细，鼻子挺不挺，嘴唇是否丰泽柔润……

归根结底，就一个"美"字，心底的印象也只剩下了一种美的感觉，而难以具体地描述。

这一来，可是引起了很多人的兴趣，只是，自那日之后，那位举人老爷的妻子更不大露面了，这等有身份的人物，旁人只能私下窃议，却不敢做出有所冒犯的举动。

此刻，那位美妇人正对镜梳妆。一件凤尾裙，穿出美人鱼般惊艳的感觉。

纤毫可鉴的铜镜内，一个虽然已被岁月渐渐侵蚀了青春，却依然优雅而美丽的妇人正对着镜子，不厌其烦地散开长发，再重新盘起，所梳的发型，从魏晋南北朝直到如今，包括了所有流行过的发式。

偶尔，发现一根白发，她就露出很紧张的神态，凑近了镜子，找到那根白发，将它小心地拔去。金钗、步摇、发簪、耳环，各种饰品，不断地试戴，不厌其烦。

这位举人老爷的夫人，当然就是苏窈窈。

而扮举人老爷的则是许宣。

宋代的"过所"制度不严格，不过要以有功名的身份住上房，则是一定需要过所的，这种当时的前往异地的介绍信，是注明了该员身份来历的。

过所是由苏窈窈提供的，莫本钟曾为她弄了一摞只盖了官府衙门的公章，其他信息一概空白的过所。

许宣是男人，对于容颜半百的冲击感不是那么强烈，如果因此获得了长生，中年男人的容颜又能怎样？对他而言，没什么影响。

他现在着迷的是那五件神器，他不相信那东西只是叫人长生，其中一定藏着什么重大的秘密，说不定，真的可以叫人成仙。

而苏窈窈则不然，她现在终于可以用真面目示人了。虽已变回一个中年美妇，可是对她而言，远远不够。看着镜中的自己，她反而更加迫切地想要重返十八九岁时的青春妙龄。

她半扭过身子，纤腰一扭，凹凸有致的身体曲线更加迷人："研究出什么了？"

许宣摇摇头："这么短的时间，也研究不出太多，我觉得，还是要拿到全部的神器，才有可能发掘出它的奥秘。"

苏窈窈蛾眉一挑，形成一个妖艳而妩媚的弧度："那就去抢回来。"

许宣正把玩着水如意，闻言睨她一眼，道："少安毋躁。已经惊动了他们，要有耐心，耗的时间越久，时刻防备的他们越会心力交瘁，越方便我们下手。"

"我等不了！既然普通人的寿元一样对我起作用，我就不用那么大费周章了，我要马上拿到火风两件如意。"

苏窈窈走到了许宣面前："你有化形之能，他们防不胜防的，马上去。"

许宣缓缓放下水如意，冷冷道："你命令我？"

许宣慢慢站了起来，苏窈窈不得不退了一步，不然两个人就完全挤在一起了。

许宣瞪着苏窈窈道："你也许有点儿小聪明，但还远远不够。几百年了，你追求的不过一个不老，可笑的女人，以后，我来做主吧。"

苏窈窈那双妩媚的眼睛瞬间就充满了野性的愤怒。

她伸出嫩红的舌，轻轻舔了舔唇，有种诱惑的感觉，却透着嗜血的狠厉。

"几百年了，还是头一回有人敢这么对我说话。"

苏窈窈说着，旁边桌上的茶壶中已经蛇一般盘旋出一股水流，尖端如刺，猛地刺向许宣的眼睛。

许宣没有躲，那水的尖端刺到他的眸子时，突然变成了冰。

锐利的冰刺一下子扎进了他的眼睛，许宣整个人突然又变成了一汪水，人形的水。

冰刺入水，又怎么能伤得水半分？

那水流突然一卷，一下子就把苏窈窈整个身体都裹在了里边，仿佛把她笼罩在一个大水泡中。

苏窈窈因为窒息，面孔立即涨红起来，她伸手在身上胡乱地抓挠着，却无法把许宣从身上揭下来。她身子踉跄着，撞翻了桌子，半跪在地上，痛苦不堪，却连声音都发不出来。

"除了杨瀚那个不知所谓的家伙，谁也不能伤我。所以，除了面对他，我便已立于不败之地。你对我，最好客气一些。从今以后，你说了不算，我说了才算，要听我的。"

许宣说完，突然离开了苏窈窈的身体，重新恢复了一个正常人的样子。

苏窈窈半跪在地上，剧烈地咳嗽着，好半晌才恢复了雍容优雅的风姿，但她的脸庞上仍然带着一丝淡淡的红晕。

"记住我说的话了，女人？"许宣傲立着，看着盈盈立起的苏窈窈。

同一个夜，白素在房中正在作画。

一幅水墨丹青，白素正画到牧童牵着的老牛。

小青躺在榻上，侧卧着，怀里揽着个水晶盘，盘里盛着鲜红的樱桃。

小青托着腮，也不知道在看什么，微微有些出神，时而拈一枚樱桃塞进小小的嘴巴，润红鲜嫩的唇嚅动几下，轻轻一扭头，就准确地把核吐进一个钵里。

杨瀚坐在门外廊栏上，正面对着空气说话，不时还加以手势加强语气，也不管有没有人看得见。

"这就是我的考虑了。我们何必一直让他们牵着走呢？我们越是过得安闲得意，他们就越是着急。他们在暗处，我们在明处，与其整天受他们左右，不如自行其是。

"我在衙门里的时间虽然不长，但也结识了几个朋友，我有办法给你们弄到新的过所，建康那边我更熟，我打听过了，我的官司已经了了，咱们可以一起去建康。你们喜欢安静的话，我们可以择一处僻静的所在，栖霞山怎么样？钟山也行，白姑娘喜欢热闹，可以在那里建一家书画馆，那里游客很多，生意不会差的。小青姑娘，你别想多了呀，我们可以兄妹相称，住在那里呀……"

杨瀚换了个坐姿，再接再厉："你们少与外人接触，也不会有人注意，过个十几二十年，你们就说是我的女儿啊，女儿长得像姨，那也不算稀奇，等我再老些，你们就是孙女的身份……"

白素的笔端从牛尾巴上提起来，似笑非笑地对小青小声道："你还记不记得咱们上一次住在钱塘的时候，那个被咱们嫁出去的丫鬟？她是先有了身孕，才急急嫁人的。她那丈夫也是咱们府上家丁。"

小青懒洋洋道："记得。那丫头哭诉说，那小子一开始说要跟她说说话，赖到天黑也不走，又说只是躺着聊聊天，绝不碰她。再然后就说只是抱抱她，绝不亲她，最后……孩子都搞出来了，哎，男人哪，骗人都千篇一律，没点儿新意……"

杨瀚隐约听到室内说话，也听不清说的什么，便高兴道："小青姑娘，你是同意了吗？我可是很有诚意的，我连你们今后的事情都想好了。喏，有朝一日，我要是不在了，你们还可以远走他乡，我听说异域的人看咱们宋人的长相都是一样的，多住几年也不打紧……"

白素叹道："要不说烈女怕郎缠呢，这唠叨得谁受得了，要不，你就嫁了他算了，不然任他这么说下去，我连觉都睡不了。"

小青有气无力道："你画你的，我看谁能耗得过谁。"

白素道："我看他是真心要跟你过一辈子，你就答应了他吧。"

小青道："一辈子？那是他的一辈子，不是我的。谁要二十年后装他女儿，四十年后装他孙女呀，我不想看着他老死，什么时候我能比他死得早，我就嫁给他。"

白素道："这个简单，你自行了断就行了。"

小青吃惊地看着白素："几百年的交情了，你要不要这么狠心？"

白素把笔一搁："你真不跟他走哇？"

"不！"

白素道："那我跟他走。"

小青坐起来，瞪着白素。

白素道："你放心，我呢，会跟他以兄妹相称，过二十年，就以父女相称，再过二十年，则以爷孙相称。想想还挺动心的呢，几百年下来，还没扮过这些身份，挺叫人心动的。"

小青还是瞪着她看。

白素道："你信不过我呀？"

小青咬牙切齿道："我信不过你们俩！"

白素眨眨眼道："就算我们长相厮守，日久生情，跟你又有什么关系呢，反正你又不要他。"

小青道："那许宣呢，他还活着，以后，你打算怎么办？"

白素淡淡道："还能怎么办？今已如同寇仇，他若来，不是他死，就是我活。"

小青语塞，半晌，忽然又躺了下去，懒洋洋道："那你们去吧，有空的时候，我也许会去看看你的。"

"好！"

白素答应一声，便搁下笔，姗姗地走过去，打开门，对杨瀚道："瀚哥儿，你说得对，我们在这里，就是一个活靶子。换一个地方，说不定可以化被动为主动。我……"

小青突然出现在白素身侧，一双杏眼瞪着杨瀚道："我们答应跟你同去建康，不要在这里聒噪了。"

"当真？"

杨瀚欢喜地站起来："不错，我的谋划里，也有这一环的考虑。我们若是前往建康，说不定苏窈窈按捺不住，半路就得动手。这回，我们走陆路，这样更灵活一些。我明天一早就去跟小宝说，晚安！"

杨瀚拱一拱手，很开心地走了。

白素摇摇头，转身往回走："唉，有些女人哪……"

小青脸有些红，气鼓鼓道："有些女人怎么样啊？"

白素道："有些女人哇，自己不想要的东西，别人想拿去，她也觉得酸。唉，还几百年的交情呢，真是没法说。"

"你……"

小青转身走了出去。

房门被小青砰的一声关上了，白素脸上促狭的笑消失了，落寞半晌，幽幽地一叹："还是你运气好，口是心非的丫头，身在福中不知福哇。"

白素轻轻摇了摇头："也许是曾经亲如姊妹的小姐吸你的血，给你留下的恐怖记忆太深了。"

白素慢慢抬起头，看着屋顶纹饰的承尘，幽幽道："为什么我遇到的，却都是那样的男子？小青啊，姐姐很羡慕你的，你知不知道……"

小青背倚着门，静静地听着房中白素的喟叹，默然半晌，才放轻了脚步，默默地走开了……

树下，小宝听杨瀚一说，马上就激动起来："杨大哥，你不用说那么多了，我知道，你是怕连累我，我身边现在常有高手保护，你不用担……"

　　杨瀚摇摇头，笑道："你倒了解我，不错，我要走，确有这个原因在其中。你身边是有高手，但是防范这种异能人士，根本不够。尤其是许宣，现在简直是无孔不入，你不为自己着想，也得为家人、为小兮着想啊。"

　　钱小宝听了，不禁默然。

　　杨瀚拍拍他的肩膀道："你送了我那么多钱，我不用为生活担忧，已经足够了。我们三个都有异能，联起手来，又没有你们需要顾忌，才好与他们对抗。"

　　钱小宝叹道："好吧，我会按照爷爷的办法，在临安给你们另起两幢宅子，如果需要，你们就来住！"

　　"我会的。"杨瀚拍拍钱小宝的肩膀，跟他一起走开了。

　　片刻之后，一团液体蠕动着从树下流了过来，然后慢慢形成人形，最终彻底变为正常人的模样，望着二人离去的方向，阴鸷地一笑，转身走开了。

四十一　太公钓鱼

重返建康城，要数可伶、可俐这对孪生姊妹最为开心了，毕竟她们是土生土长的建康人。

杨瀚叫她二人乘船沿水路回去，虽说青白二女搬家搬惯了，可是多少还是要有些随身之物的。而女孩子所谓的有一点儿随身之物……至少也得几口箱子，还是走水路方便。

同时，可伶、可俐从水路走，可以先到建康，提前做些安排。杨瀚已经给她们说出了几处可选的住址，叫她们在桃叶渡客栈安顿下来后，可每日去走访观察一番。

可伶、可俐两位姑娘自然乖乖应承。她们两个，可不亏了她们的名字，伶俐着呢。在她们看来，这位瀚哥儿早晚是自己家的二姑爷。

由此一来，两位姑娘对杨瀚的话自然是不敢怠慢。杨瀚虽知可伶、可俐两位姑娘苦日子过惯了，整日抛头露面的，比一般女子有见识，却也担心两个妙龄少女远行的安全问题，便拜托船老大。

船老大收了他的钱，自然是满口应承。待到了建康，那就是可伶、可俐的老家，倒没那么多担心了。

日送可伶、可俐登船后，杨瀚便回到停在码头上的马车旁。

只有一辆马车，别无他人。他没让小宝相送，对小兮更是瞒着，嘱咐小宝待他走后再知会小兮一声就是。不是杨瀚不近人情，以前只有一个苏窈窈，就叫人如芒在背，现在又多了一个许宣，而这许宣化形的本领实在叫人忌惮。

杨瀚现在还不清楚许宣只是能化水，还是可以化为别的样貌，如果他能够随时幻化成其他人，那不就是七十二变了，那样的话，他身边的任何人，包括白素、小青，都得时时彼此提防，这种情况下，当然和亲朋挚友保持些距离才好。

杨瀚走到车旁，轿帘正掀着，白素大小姐脱了靴子，偎在座位里边，上半身靠在一侧厢壁上，双脚袜子都脱了，极秀气柔软、鹅蹼般盈盈的一对雪白双足交叠着抵在另一侧厢壁上，手中握着一卷话本儿正看得津津有味。

这是临行前她刚买到的一本新出的话本儿，花了她十八文钱呢，叫什么《钟情四海》，光听名字不用看内容，也知道依旧是些男欢女爱、情场缠绵的故事。

小青坐在外则，身后卧着白素，白素双腿蜷着，小青的腰背就恰好靠在白素的膝上。

小青看见杨瀚回来，便道："走吧。"

这时的杨瀚一身葛黄色的两截衣，头上戴着一顶草编的遮阳帽，清凉透气质地柔软，还透着青青草香。如此打扮，方便远行。

杨瀚从车辕上拔下大鞭，叮嘱小青道："青青啊，你不可如此大意，为了安全起见，你该先确定一下我的身份，万一许宣能幻化成他人呢，你就不怕此时的我是他所扮？"

小青淡淡道："我知道是你，走吧。"

杨瀚不走，欢喜道："我听说，即便是双胞胎，他的父母也分得出来，只因对他们太熟悉了，只要有些许差异就能区分得开。你只瞥了我一眼就知道我不是许宣，定然对我非常熟悉了。"

小青摇头道："那也不是，此时若是许宣扮作你，他想知道我们有没有看出他的破绽，一定先盯着我们的眼睛看。可你一来，那双贼眼便盯住了姐姐的脚，然后又盯我的腰畔，贼兮兮地乱瞄，我又不瞎，还看不出来？"

小青身后的白素好像突然被口水呛了一下，咳嗽起来。

杨瀚揉了揉鼻子，乖乖上了车，在车把式的位置上坐定，手腕一振，扬起那大鞭，啪的一声，就炸了个比炮仗还响的鞭花。

旁边一个刚下船的客人被杨瀚的这一鞭吓得一哆嗦，下意识地缩了缩脖子，旋即破口大骂："扑领母诶！惊了着死，鲁个傻帕，有病去睇兽医啦！"

杨瀚干笑两声，道："失礼失礼，莫怪莫怪。"忙规规矩矩地收了鞭子，抖着缰绳驱赶车向外走。

小青憋笑憋得花枝乱颤，她知道杨瀚这是有心在她面前卖弄，但就是觉得这种行为太幼稚、太孩子气、太好笑了。

小青一笑，娇躯便抖个不停，震得白素的膝头也跟着一颤一颤的。白素埋头看着书，只用膝头磕了下小青的后背。小青当然也不示弱，反手一巴掌就拍在了白素的胯上。

一个半时辰后，他们轻车而行，已经离开了临安城。白素离开城中官道的平坦之地后，便不再看书了，两人挑开了前边和左右的轿帘，各自偎着一侧厢壁，懒洋洋地瞧些屋舍人物、草木流水解闷。

驾车的杨瀚可没她们俩这么舒坦，杨瀚已经好几回直起腰又弯下去，有时还会趁着颠簸，加大腰杆左右晃动的幅度，分明是乏了。

白素抬眼看见，正要说话，忽地心中一动，目光一闪，正看见小青也正盯着杨瀚的动作。"咳！"小青清了清嗓子，开口道，"瀚哥儿，我乏了，咱们停下来吃口茶，活动活动身子吧。"

小青说话的时候，前方路口恰好出现了一个茶棚，茶幡子在风中轻起轻伏，三两茶客谈笑聊天，颇有一种烹茶篱下话家桑的田园悠闲意境。

"好哇！"

杨瀚正乏着，一听这话正中下怀，连忙勒住缰绳，把车停在一棵大树下。

杨瀚放好脚踏，白素握着一双小拳头，站在车辕上用力地伸了伸小蛮腰，这才款款下车。

杨瀚伸手虚扶，白素搭了把他的手臂，向他眨眨眼，促狭地一笑，说道："小青啊，反正咱们不急着赶路，不如就在前方农舍用午餐吧，正好多歇一阵。"小青也随着下车，随口应了一声。

白素和小青走出几步，忽然察觉杨瀚没跟来。扭头一看，他从车后解下一捆草来扔到马面前，又要再去拿装豆饼和盐巴的口袋，小青忍不住道："先喝口茶吧，歇歇乏再说。"

杨瀚又不是真正的车夫，哪有那么老实乖巧。如此作态，等的就是小青说话。兵法上这叫示敌以弱，诱敌深入哇。如今小青终于开口，杨瀚目的已达，忙喜笑颜开地答应一声："好！"

"傻样。"小青在心底里轻轻地嗔了一句，转过身与姐姐往前走，心里头忽然有些暖洋洋的。白素走出两步，回眸向杨瀚一笑，举手撩发的时候，大拇指忽地向他跷了一下。

杨瀚暗自嘀咕："这位白姑娘除了自己谈情说爱的时候有些智障，平素里还真比小青精明。"

几个人走开不久，车底下一摊透明的水突然落下来，压弯了草丛，缓缓地流进了丛林中。

苏窈窈一身男装，中年文士打扮，正牵着马站在那里，从林间缝隙遥看着白素等人动静。那团水流动过来，倏然立起，迅速变为许宣模样。

苏窈窈向许宣嫣然一笑，抛下马缰绳，袅袅娜娜地走过去，一双玉臂软绵绵地勾住了他的脖子，呵气如兰道："许郎，我看他们是在钓鱼，咱们要不要乖乖上钩呢？"

许宣向前走上两步，两眼放光："我现在确信，这世上真有神仙了，这金钵和四如意，一定是神仙法器，它所拥有的力量，相信我们还不曾完全窥得门径，一旦全部掌握……就可超脱生死，有神通变化！"

许宣说着，身体大部分仍然保持着正常人的模样，但半边脸、半边手，已经又变成了液体的状态，透过他这半边身子，可以看得清他身后的树木岩石。

许宣用梦呓一般的声音道："长生不死，死而复生，上天入地，变化无穷，那是神仙的追求。我现在能化水，却不能变成其他任何东西，甚至不能把自己的容颜变化得年轻一些，说到底，这变化的神通我还没有掌握，只会了一点儿粗浅的化形工夫，我要追求更高深的本领。"

许宣鄙视地瞟了苏窈窈一眼："几百年来，你念念不忘的，不过是恢复青春年少，那有什么志气？"

苏窈窈幽幽道："人家是女人嘛，当然更在乎容颜一些，不比许郎你……"

苏窈窈现在很精明，上次伤许宣不得，反受制于他，苏窈窈就改变了策略。对一个强大的男人，喊打喊杀，莫如以柔克刚。就如现在，虽然她看似柔弱了，常常受到许宣奚落，可她要做什么，反而容易很多。

许宣着迷地看着自己晶莹剔透的右手，哂然道："不要叫我许郎，这么世俗的称呼！从今往后，你只能叫我许宣！"

许宣说完，便往地上一扑，整个人又化作一摊水，流动开去。

他这衣服也是以水化形的，所以来去无碍。较之一旦动念瞬闪，连自身衣衫也无法带走的小青，看来真是强了不只一点儿半点儿。

茶棚下，一下子出现两位谪仙子一般的妙龄女子，棚下的茶客较之方才的恬淡悠闲，忽然就有些不一样了。

一些年老的男人忽然不说话了。

他们喝着茶，偶尔瞟一眼白素，再瞟一眼小青。

他们时不时把目光投向杨瀚，他们想弄明白，这小子何德何能，为什么能尽享齐人之福？

不怪他们这么想，因为杨瀚是与白素和小青坐在一桌的，如果是仆人，是没资格与主人一桌的，所以三人的地位必然平等。

那两位姑娘不管怎么看，也没有一丝与他相似的地方，不可能是他的姐妹，这就难怪人家想歪了。

杨瀚并没在意这些人的想法。

"茶博士……"杨瀚对那斟茶的老人尊称了一声，道，"我看你们这村落并不大呀，何以路人形形色色，如此之多？村口茶棚，生意甚好。"

茶博士笑道："客官你有所不知，这村中有一棵千年古槐，甚有灵性。但有所求，常常灵验。不管是求姻缘、求子嗣，抑或祛病祈福，因之吸引了远近不少人来。"

"竟有这样的奇事？"白素姑娘登时来了兴趣，"那棵千年古槐在什么地方？"

茶博士指点道："由此进村，就在村中，一口古井旁不远。你们也无须向人打听，进了村子就能瞧见，极高大的一棵古树，那里游人最多。"

白素喜道："妹妹，待解了渴，咱们瞧瞧去。"

那棵大槐树有没有很灵验的能力，杨瀚不知道。但是看那棵几个人环抱的高大古树，说它活了上千年应该不假。

树上挂了很多的红包袋，都是祈愿人挂上去的，粗布染的红布，里边放一张纸条，拴在树枝上，是一种很古老的祈愿方式。

大树下不远就是一口古井，古井其实已经干涸，周围有卖纸笔的、卖福袋的、卖食物的，还有算命的，俨然成了一个小型的街市。

白素和小青本想找家正儿八经的饭店用餐，结果发现这里只有小吃，便买了一堆小吃，三个人边吃边逛，待逛了一圈又回到大槐树下时，杨瀚看白素跃跃欲试的样子，忍不住道："两位姑娘不祈个愿吗？"

白素马上响应道："好哇好哇，瀚哥儿一起来吧。"

白素买了福袋，又到那卖纸笔的摊子前，拿过一张纸条，拈起笔来，下意识地背过了身去，迅速地写下一句话，然后搁下笔，把那字条轻轻挥了挥，墨迹一干，就卷了起来。

三个人的福袋先后都系到了树枝上，杨瀚很想看看小青写的是什么，可众目睽睽之下，他当然不能去拿人家的福袋，更何况树下的老人已经好心地提醒过了，这祈愿的福袋可不能打开，一旦打开就不灵验了。

杨瀚只能眼巴巴地看看，再依依不舍地收回目光，转眼看向小青时，发现她的目光与自己一般，也是充满了好奇和一探究竟的渴望。

杨瀚龇牙一笑，道："我没打开，说说总行吧？我写的是'愿执子之手，与子偕老'。"

小青眼中的好奇消失了，乌溜溜的眼珠一转，便转身走开了。

杨瀚急道："哎，我说过了，你还没说呢。"

小青负着手，慢慢回过身："我又没问你，你爱说我还能堵着你的嘴不成。我可没说我想告诉你呀。"

小青得意扬扬地走了开去，那得意的步伐，像脚底下安了弹簧似的，好不轻盈。

谁也没注意到，一股流水贴伏着树枝流动着，旋即，白素系在树枝上的福袋就消失了。

"她写了什么？"树林中，苏窈窈见许宣看完字条久久不语，忍不住好奇。

许宣淡淡地瞟了她一眼，默默地把字条团在了掌心："我想单独见见白素，或者……可以兵不血刃地拿到火风二如意。

苏窈窈撇了撇嘴，酸溜溜道："你不说我也知道，那个小蹄子，一贯多情的性子，定然对你还没有忘情。不过，我提醒你，许郎，你别看她浪漫多情，是非轻重，她拎得清的，你想花言巧语骗她，断无可能！"

许宣冷冷道："叫我许宣！"

杨瀚在村里的时候，就向村民打听了接下来的路程。因此，前行约一个多时辰，天色正黄昏，他们就在赶到的一个镇上住下了。

再往前去，已经来不及赶到下一座城埠，普通的村庄没有客栈，安顿下来可不容易。

这个镇上的客栈和临安城的客栈自然不可同日而语，这里的上房以临安城的客栈标准衡量，顶多算是一般的房间而已。

白素的房间挨着山墙，接着是杨瀚的房间，再外边才是小青的房间。

小青也知道，既然许宣和苏窈窈的异术奈何不了杨瀚，那么三人之中，就以他的战力最强。自己的技击之术虽强于杨瀚，可对手一旦使用异术，就抵消了自己剑术的优势。

小青已经在考虑，要不要把裴旻的超卓剑术传授给杨瀚，这套剑术在他手中能够发挥的威力，显然要数倍于自己。不过……她总觉得，这是自己在无耻地寻找与他私相接近的借口，所以迟迟没有行动。

白素和小青都好洁，不过今日沐浴，两人的速度都比平时快了许多。一想到许宣是能化水的，她们泡在浴汤中就不再是安闲舒适的心境，而是总觉得有种莫名的紧张。

只有杨瀚，夷然不惧。

直到此时，他还在泡澡。小青甚至都能听见杨瀚那边哗啦哗啦的水声，还有他哼的歌。

小青越听越心烦，便爬起来，在墙上砰砰地拍了几下。

"青青，你找我呀？"杨瀚马上扯开嗓门就问，小青登时一窘。

杨瀚又道："有什么事吗？"

嗓门还是很大，小青没理他，恨恨地回到床上。

杨瀚再接再厉："我正洗澡呢，你别急，等我一会儿啊，沐浴已毕，我就过去！"

小青差点儿一跤摔下床去，这个惫赖的家伙，早就知道不该搭理他的，为什么偏偏忍不住？小青干脆一拉被子，把头蒙了起来，求个眼不见为净吧。

挨了许久，隔壁却没再传出声音，小青掀开被子侧耳倾听，还是没有动静。小青好奇起来，悄悄起身，赤着脚下地，蹑手蹑脚地去桌上取了只大碗，悄悄走过去扣在墙上，再贴上耳朵听那边动静。

此时，在靠山墙的那边房内，许宣……自诩为仙人的许宣，正从地上的一汪水中缓缓升起，凝结为人形。

白素双手一分，一对短刀就取在了手中，冷冷地看着他凝结成形，一脸戒备。

许宣完全恢复了常人的模样，他看着白素，白素也在看着他，曾经的一对有情人默默对视，良久无言。

半晌，许宣才道："你知道我在跟着你们？"

白素道："想也想得到。那剩下的火风两如意，你们不是志在必得吗？"

许宣涩然一笑："我们，你们……我看到你字条上写着'你若见到，我想见你'，心中还颇为激动，现在，已经变成你们和我们了吗？"

白素听得心头一跳，可想到他的所作所为，眸中的光又冷下来："你和我？从你做下那样无情的事来，你我还有什么你我可谈！"

许宣沉默片刻，道："我当初臣服于苏窈窈时，还不曾见过你。一开始接近你，确是出于苏窈窈的授意。可我与你接触久了，你那么善良，那么美丽，对我又那么好，我心非铁石，又岂能无动于衷？"

许宣轻轻叹了口气："可那时，我受制于她。她曾经给我喝过一杯水，我见过她恐怖的杀人手段，我当时也是蠢了，一杯水入肚，不过一时三刻，便化入体内了，怎么可能仍然受她驱策？可我只是个普通人，我信了，我真的怕呀。"

白素凝视着他，看得出，他说的俱是由衷之言，白素眼中的恨意渐渐淡了些。想到他原本只是一个普通书生，乍然见到这种神魔一般的人物，还被宣称已受控制，他又该是何等惊恐无助，不禁有些怜悯起他来。

许宣道："后来，她要我诓你上铜塔。我仍然以为，那杯水在腹中，只要她一动念，我就会死。而且她可以掌握我的一切，我安敢抵抗？她对我说，她要的只是四如意聚齐，我信了，又或者因为怕死，自欺欺人地让自己信了，这样良心才安一些。"

白素忍不住道："那现在呢，你仍然受制于她？"

"当然没有！"

许宣脸上的神采焕发起来："现在我能化水，我若化水，无物可伤。呃……除了那个杨瀚。当然，金钵也能克制我，但金钵在我手里。"

白素忍不住道："那么你为什么还和她混在一起？你既然不再受制于人，你如今跟踪我们，意欲何为？"

许宣凝视着白素，道："现在金钵在我手上，而土水两柄如意则由苏窈窈保管，我们两个，现在谁也离不了谁。此其一。"

许宣向前踏了一步："其二，我听说你有长生不老之术后……我是从你口中才知道的。苏窈窈当初只是指使我、利用我，这个秘密，我并不清楚。我知道以后，一方面以为自己仍受制于她，我不得不听命行事。另一方面……"

许宣沉声道："我本是个郎中，一直以来的志向，就是成为一个悬壶济世的名医，成就千古美名，因此我孜孜于医道，为求精进，不惜冒犯国法，偷偷解剖人体。"

白素想到曾在建康府仵作房内的事，不由得轻轻点了点头。

许宣激动起来："而现在，我发现了一片新的世界，神人的世界。我们只有金钵和土水两如意，毫无用处。你们只有火风两如意，一样毫无用处。可它们若是合在一起……"

许宣激动地往前踏了一步："我们之间，现在没有任何利害冲突哇！我既有机会得长生，为什么不去得到它？娘子，我想与你做一对神仙眷侣，与你长相厮守、永世不易。"

白素轻轻叹了口气，幽幽道："曾经有人说，多情者，不专情。我，就是一个多情的人。与你长相厮守、永世不易，你愿意，我不愿意，因为……我会倦的呀。"

许宣一呆："什么？"

白素道："其实，三五年最好，三五十年也成。时间再长了，我不厌，你也要厌了，神仙眷侣，怕就要变成神仙怨偶，所以，你我都得长生，我是一定不会再和你在一起的。"

白素抬眼，看着许宣轻笑："上天赐了我长生不老之能，我若只是耗在你一个男人身上，那多亏呀。"

白素说着，手中短刃突然划出两道致命的弧线，刺向许宣的脖颈。

一出手，就是最凌厉的杀招。

白素的轻笑也于此时肃然不见："你若求长生，长生从哪里来？是窃取我的生命呢，还是其他的百姓？许宣！"

两道银光绕着许宣盘旋，许宣仿佛失去了骨头，以种种不可思议的动作，在脚步挪动最小的范围之内便避过了一次次杀招。

白素继续呵斥道："原本志在悬壶济世的一个人，现在却变成了一个为求长生不惜伤天害命的恶人，我还信你情深似海？你当我是傻子？我曾为你意乱情迷，足矣！爱你爱到执迷不悟？做梦！"

许宣听她说出这句话，不禁站住，苦笑。

他站住了，白素的刀却还在动，刀从他的咽喉一抹而过，白素虽有心杀伤，还是不免一惊。

可是，明明肉眼可见的一道血线伤痕，刹那就恢复如初了。

趁着白素一击得手，一惊暂顿的刹那，许宣右手突然探出，白素急急后退，但许宣的右手突然伸长了，身子仍在原地不动，手臂却多探出一尺多长，一拳打在白素身上。白素踉跄退了两步，闷哼一声，唇边沁出鲜血。

许宣自矜道："别做无谓的挣扎了，你是伤不到我的。"

许宣这句话刚说完，轰的一声，窗棂粉碎，杨瀚裹着窗棂碎片扑了进来，一拳就打在许宣的后心。

许宣哇地一口鲜血喷出，整个人向前飞了出去，稀里哗啦地砸碎了一堆东西。

杨瀚晃了晃钵大的拳头，道："那我呢？"

许宣滚倒在地上，既恨又惧地看着杨瀚："你们……商量好的？"

杨瀚没理他，只是看向白素，歉然道："抱歉，终是迟了一步，害你受了伤。"

白素捂着胸口摇摇头："不怪你，是我一击得手，却又心生不忍，才被他有机可乘。"

杨瀚道："待我先擒住他！"

杨瀚纵身扑向许宣，许宣一见克星，根本无心恋战，身形猛然化水，就往后窗外卷去。

杨瀚纵身跟过去，又是一拳击出，许宣明明已经化作一团液体，但在杨瀚面前，果然任何异能都无效，这一拳击中那水团，本该像什么物件打中似的陷进去，许宣却怪叫一声，被打得翻出窗子，摔了个滚地葫芦，一下子恢复了原形。

杨瀚追出去，眼见许宣将要站起，一记扫堂腿就抽了过去。许宣尚未站起，就势往回一仰，哗地一下，又化作一摊流水，以飞快的速度向远处滚动过去。

等杨瀚追之不及，无奈赶回白素卧室的时候，小青和店家都已闻讯赶来了。白素声称受到贼人袭击，唬得那店家不敢多做追究，白素又大方地给了钱，那店家就给她换了个房间，千恩万谢地去了。

房门一关，小青就向白素和杨瀚瞪起了眼睛："你们一起谋划的？只瞒着我？"

白素躺在榻上，用手帕掩着嘴轻咳几声。

小青依然板着脸，像个怨妇似的："你只瞒着我。"

白素解释道："这不是想着只有瀚哥儿能克制异能吗？怕你也有所准备，引起他的警觉。"

小青看看杨瀚，又看看白素，冷笑道："结果呢？你们两位自作聪明，自以为布下了天罗地网，人呢？"

杨瀚眨眨眼："跑了。"

小青的下巴扬了扬。

白素又咳了几声，见小青还不过来嘘寒问暖，便幽幽一叹道："哎，以前情同姊妹，现在也不知因何而酸，连我受了伤，咳了这么久，都问也不问了。"

小青没好气道："又死不了，问了能舒服点儿啊？你开方子，我去抓药。"

白素马上眉开眼笑道："你这一关心，我心里马上就舒服多了，不用抓药了，调息歇息一晚就好。"

小青瞪了她一眼，恨恨道："就知道你装模作样。"

杨瀚道："现在差不多了吧？"

白素道："差不多了，我受了伤，这时去，不仅帮不到你们，反要成了累赘。你二人同去，应当小心一些。这次不成，还有下次，先要保全好自己才是。"

小青看着他俩，眼珠转来转去："你们又有什么事瞒着我啦？"

白素道："我配制了一种药，洒在了前后院落中，许宣化水而走，必定染上这气味。"

小青乜了杨瀚一眼，道："然后呢？你会闻味呀？"

杨瀚道："我向小宝要了一只好狗。"

小青道："狗在哪里？"

"汪汪！"院子里突然传出两声狗叫，村头那位茶博士牵着一只大黄狗走了进来，小青吃惊道："钱大少好大的本事，这里还有耳目。"

茶博士笑眯眯道："老汉不是钱大少爷的耳目，而是本村的村正，受钱大少爷之托，送上土狗一只。"

四十二 章猫戏鼠

有钱果然能通神。

也不知道钱小宝从哪儿淘弄来的这只大黄狗，毛发金黄，身体强壮。杨瀚先叫它嗅了嗅白素配好的那种药水，把它往地上一放，唤着它的名字喊了一声："黄大哥，看你的了。"

"黄大哥"便"汪"的一声，冲出了院子。

小青腰间缠剑，紧随在杨瀚身边，板着俏脸，也不说话。

她还在生气，生杨瀚的气，也生白素的气。他们两个离开临安城前居然就商量了一个主意，却瞒着她。

小青感觉自己受到了排挤，哪怕他们没有恶意，被排除在圈子之外孤零零的一个人，也难受得很。

杨瀚很想逗她说几句话，看她生气的样子，很有趣，可是那只四十多斤重的大狗跑得飞快，扯着杨瀚一溜烟儿地跑，根本没工夫说话。

直到那狗嗅嗅跑跑，扯着杨瀚进了后山，山上气味较杂，狗要嗅出追踪的味道比较困难，才放慢了速度。杨瀚喘匀了呼吸，哈哈大笑道："老夫聊发少年狂，左牵黄，右擎苍，锦帽貂裘，千骑卷平冈……"

小青正看他不顺眼，便撇嘴道："人家打猎，前呼后拥，千骑相随。你就孤单一人，领着一只大黄狗，神气什么？"

杨瀚正色道："非也非也，我吟这词，重点只在第一句。"

小青继续打击他："'左牵黄，右擎苍。'你的大黄犬是有了，苍鹰呢？"

杨瀚道："《广雅》有云：'苍者，青也……'"

他下一句还没说出口，小青已经一脚踢来，杨瀚纵身一跳，笑道："我……哎哟……"

原来此时"黄大哥"又找准了方向，突然向前一蹿，杨瀚刚刚闪身，立足不稳，被那黄狗一扯，摔在地上，被大狗拖着从草皮上滑了过去。

小青虽在生气，看了这等模样，也不禁扑哧一声笑了出来。

奔出几十步，"黄大哥"又开始迷茫了，左嗅右嗅，寻找着方向。

小青追上来，见杨瀚正狼狈地爬起，忍不住道："幼稚！"

杨瀚笑嘻嘻道："男人哪，在上司面前才成熟，在朋友面前才随意，在敌人面前才理智，在自己喜欢的女人面前才会幼稚。如果一个男人不爱你，他保证可以比你爹都更成熟、更冷静、更理智，你喜欢我那样对你吗？"

小青白了杨瀚一眼，一脸的不屑，不过心里头不知怎的，忽然舒服了许多。哽了一路的气，突然就消失了。

"黄大哥"走走跑跑，终于在一处洞穴处停了下来。

杨瀚舔湿了手背，把手伸到洞口。小青好奇地看着，也不询问，她知道杨瀚一定会给她一个解释。

片刻之后，杨瀚起身往洞中走了几步，停下来回头道："里边没有风吹出来，应该只有这一个出口。我进去，你守洞口，今天务必得把这个祸害除掉。你，可守得住？"

小青挑了挑眉毛，从腰间摘下一个葫芦，往空中一抛，一拳击出，那葫芦应声而碎，葫芦中的水尚未落地，便突然凝在空中，迅速变成一颗颗小水滴，均匀排列开来，仿佛在那洞口挂了一架水晶帘子。

小青道："自被那金钵又照过一次之后，我发觉自己控水的能力更强了，能够一次控制百十颗水珠，不过，时间不能太长。"

杨瀚点点头，向她跷了跷大拇指，转身就往里走。

"等一等！"

小青突然说了一声，唰的一下从腰间抽出软剑，道："这个给你。"

杨瀚苦笑摇头："软剑我不曾练过，实在用不了。耍不好敌人尚未受伤，我先划破了自己的脑袋，你用吧！再说……"

杨瀚深深地吸了口气："我能克制他们，可不代表我能通过别的东西间接克制他们，兵器对我来说，没用，有这一双拳头，足矣。"

杨瀚向小青晃了晃一对拳头，举步进入洞中，后边传来小青紧张而小声的一声叮嘱："那你小心，见势不对，赶紧出来！"

杨瀚听了很开心，一个女人肯关心你，就绝不可能讨厌你。虽然这女人有些慢热，杨瀚却觉得前途一片光明，形势一片大好。

只是，他的这种好心情只持续了不到一盏茶的工夫。洞不深，也没有岔路，虽说他小心翼翼，悄悄摸进，速度也不快，但一盏茶的工夫还是走到了洞的尽头，然后，他的心情就很不好了。

小青快要维系不住那道"水晶帘子"的时候，洞中突然传出了一阵奔跑声，小青立即打起了精神，提起了长剑，然后她就看到杨瀚脸色极难看地跑了出来，两手空空。

小青一呆，问道："怎么样？"

杨瀚脸色难看道："我们中计了！"

杨瀚和小青跟着大黄狗离开后，白素就关了门窗，取出药酒，宽掉一半上衣，露出晶莹雪白的肌肤，开始给自己揉搓药酒。她的胸前挨了许宣狠狠一拳，打得着实不轻。

梳妆镜就在面前，白素将药酒的药力揉搓入骨，准备穿上衣服的时候，镜中突然闪现出一道人影。白素一见，只觉彻体生凉，娇躯一僵，手也不禁停在了空中。

她没办法再动了，因为身后的那个人已经伸出手，他的手刹那就变成了一道水流，缠住了白素的玉颈。

许宣站在白素身后，微笑道："你们既然知道我们一定要拿到火风二如意，一定会盯着你们，我们又怎会想不到你们会想到这件事？你以为我们就全无防备吗？"

白素道："你……怎么发现的？"

许宣道："苏窈窈说过，你布下大雾，却能通过你布的雾气感知、了解雾中的一切。我能化水，那么你说，我在化水逃走的时候，如果有什么气味沾在我的身上，我能不能发现？"

白素恍然道："原来如此！可你……又是怎么摆脱瀚哥儿和小青的？"

许宣道："一上了山，我的速度就比他们快得多了，我只要在山中故布疑阵，多转几个圈圈,再循原路回来就行了。可他们呢？他们大概此时刚刚发现上当吧。”

“哼，你的主意？只怕是苏窈窈的主意吧？”

许宣从手上分出一段水流，轻轻抚摸着白素的脸颊，一团水在脸上滚来动去，本该是很舒服的感觉，可这是人的身体的一部分发生的变异，白素只觉得毛骨悚然。

许宣抚着她的脸颊，叹息道：“不相信你的许郎智计比那苏窈窈还要高明吗？她现在还在村外山路上，赶着一辆马车等我。本来刚刚在那间屋子，我就想带你走，想不到我在算计你们，你们也在算计我，我棋差一着，先失一城，只好仓皇逃走，先把杨瀚和小青引开，这才回来找你，苏窈窈此时还在山路上等着呢。”

白素眼珠微微一转，伤感道：“我宁愿如此算计我的人是她，而不是你。”

许宣笑了：“我知道你问东问西的，只是在拖延时间，没用的，他们两个是来不及赶回来的，你还是乖乖跟我走吧。”

白素道：“火风二如意不在我身上，你抓我有何用？”

许宣道：“你为了我，能毫不犹豫地献出火如意。你说，以小青和你的情义之深，她会不会为了你交出火风二如意呢？”

白素大恨，咬牙切齿道：“我白素，真是瞎了眼睛！”

许宣悠然道：“我许宣，却是算无遗策。”

许宣得意地俯身向前，想把白素拉起来。白素突然发作，膝盖重重地向上一顶，桌子呼地一下飞起来，桌上那碗药酒被撞得弹起，登时泼了许宣一头一脸。

“啊！”许宣一声惊叫，下意识地捂脸后退，一下子放开了白素。白素被他液状的手臂箍着，有种被冰凉的蛇缠绕复又松开的感觉，她强忍恶心，向前一扑，便逃出了房间。

许宣被药酒迷了眼睛，越揉泪水越多。他生怕白素跑掉，大吼一声，身子一旋，陡然化成了一股旋转的水流。奈何，他任何利器也难伤害的液化状态体，碰上了同为液体的药酒，却是可以相融的。

许宣对自己的身体机能了解得也不算透彻，这一化为液体，药酒反而渗入体内，感觉更加难受。许宣急急恢复了常态，干呕了半晌，却只吐出一口药酒。

许宣抚着欲呕的胸口，咆哮道：“贱婢！该死！”拔腿就向外追去。

镇子往西，是一条并不算宽敞的古道，大概是前不久刚下过雨的缘故，道路被经过的车子碾压得形成一道道泥车辙，干了以后地面便不再平坦，人走起来不舒服，车子经过也颠簸得厉害。

此时，一行人马正走在这道上，车子上载着货物，车辕上插着镖旗，一群镖师护卫在货车两侧，伴着车子缓缓而行，车把式坐在车上，挥着大鞭，驱策着拉车的骡子。

一伙山贼正俯伏在前方道路两侧的茅草丛中，他们大多衣着破烂，面有菜色，拿的武器也是五花八门，木棒、粪叉子、生锈的刀，还有人就持着菜刀。

其中一人身材最是魁梧，衣着相对光鲜，他穿着一件铜钱纹的员外袍，不过腰部以下部分都皱巴巴地掖在腰带上。这大汉手中的刀也最为完整，明晃晃的，看制式，好像是捕快用的一口单刀。

一个十四五岁的年轻人一溜小跑地过来，往这大汉身边一趴，兴奋道："庚四哥，点子来了。"

庚四哥道："是什么人？"

年轻人道："是一队镖车，我看押着满满的几车货物，这回劫了他们，够咱们吃一阵子的了。"

旁边两个山贼一听却紧张起来："镖局的车？四哥，点子扎手哇，咱们要不要放过他们，截下一单？"

庚四哥眼睛一瞪，道："下一单？下一单谁晓得什么时候来？若劫个零散客人，咱们这么多人一分，都不够大家吃顿饱饭。我六臂哪吒庚新在江湖上的名号响亮得很，寻常百姓不知道，江湖中人却是如雷贯耳，我只消亮出身份，他们马上就得叩头乞降！"

旁边一个狗头军师模样的人点头道："四哥说得有理。我们浪荡江湖，有三不劫。一曰老弱妇孺，二曰残疾人，三曰出家人。除此之外，无不可劫，我们是贼呀！"

一个大汉赞道："四哥果然盗亦有道，很懂得尊老敬贤、爱护妇孺的道理。"

庚新重重地啐了一口，道："我们不劫老弱妇孺，是因为这样的人敢闯荡江湖，必有所恃。正所谓人不可貌相，对这样的人，我们得格外小心，免得阴沟里翻船。"

年轻小伙子恍然道："原来如此。"

庚新得意道："残疾人也是如此，他们身体残疾，还敢行走江湖，说不定就是身怀绝技的。"

狗头军师道:"出家人也是这个道理。所以,只有面对这三种人时,我们要格外小心。"

道路上,一个趟子手眼见前方道路狭窄,草木茂密起来,不禁有些紧张,抓起了原本插在腰间的刀。这是一个刚加入镖局不久的年轻人。

镖头徐震见了哂然一笑,道:"慌张什么,镖旗上有我的字号。我徐震八臂哪吒的绰号,全是闯荡江湖杀出来的,声名赫赫,谁人不知。若有不识字的小贼截道,你只需报上我的名号,但凡劫道的,都得拱起双手,乖乖放行。"

八臂哪吒徐震一言出口,前边草丛中便突然跳出一个面有菜色的十六七岁少年,手持一杆红缨枪,威风凛凛地大喝道:"呔,此树是我栽,此路是我开,要打此路过,留下买路财!"

那趟子手紧张道:"镖……镖头,真的遇到劫道的了。"

徐震一惊,定睛一瞧,那年轻人身材单薄,又只一人,胆气顿壮,便不屑道:"慌什么,随我来。"

徐震按着刀大步向前,还没走出几步,前方草丛中一声呐喊,突然跳出十几个人来。六臂哪吒庚新提着刀,大摇大摆地走上前来,与徐震目光一碰,各自站住,对视良久,谁也没先说话,不禁有些尴尬。

"咳!"庚新捂着嘴咳嗽一声,身后的狗头军师福至心灵,立即喝道:"青云洞大当家六臂哪吒庚新在此,尔等还不乖乖放下货物,叩头乞命!"

对面那个趟子手马上喝道:"萧山四海镖局大镖头八臂哪吒徐震在此,尔等毛贼,还不乖乖叩头谢罪,马上让开!"

徐震和庚新齐齐一怔,他的绰号也是哪吒?这就尴尬得很了。

一时间,两人大眼瞪小眼的,又怔立起来。

那个年轻山贼看看这样下去不是路数,便小声问那狗头军师:"咱们已经报了大当家的名号哇,为什么他们没有纳头便拜?"

狗头军师沉吟道:"也许他们是刚出道,还不知道咱们四哥的厉害。"

对面,一个车把式也小声问那趟子手:"他们怎么不跑?难道不怕咱们大镖头?"

趟子手扛着旗,思索道:"也许他们是新落草的生瓜蛋子,还不晓得咱们镖头的厉害。"

镖师队伍和山贼队伍双双瞪着对方，大有把对方活活瞪死的味道。

这时，一道白影倏然一闪，已经没入货车群中。

旋即，衣袂猎猎声响，一袭青衫、中年文士样貌的许宣陡然出现了。

许宣看看双方斗鸡一般的模样，冷着脸问道："你们可看见了一个白衣美貌女子？"

六臂哪吒庚新见有人打破僵局，登时松了口气，立即把刀一举，露出狰狞的脸色，冲着许宣狞笑道："不开眼的小子，没看到本大爷正在劫道吗？"

八臂哪吒徐震见有人打岔，也是暗暗松了口气，忙对许宣冷声喝道："本镖师正在铲除这伙强梁为民除害。你个书生来掺和什么？如此没有见识，书都读到狗肚子里去了吗？"

砰！

许宣双手齐出，明明与二人还隔着四尺多远，他的双手不应该够得着二人，可是只见他肩头一动，两只拳头就击中了徐震和庚新的胸口。

两人哇的一声大叫，齐齐倒飞出去，摔进了草丛。

许宣冷冷道："聒噪！"

众山贼和众镖师一见自己的老大被打，对方又只是一个文弱书生模样，登时发一声喊，一齐向他扑了上来。

砰砰砰……

许宣站在那里，也不见他挪过地方，众山贼和趟子手便纷纷飞起，有的下颚中拳，有的小腹中脚，有的明明是冲向许宣，却是被人拎着后颈甩了出去。一个个被打得晕头转向，片刻工夫，地上就躺了一片，惨呼呻吟着，却没一个人再站起来。

许宣冷哼一声道："一群垃圾！"

他看看那几辆货车，突然身子向前一扑，变成了一股透明的水流，蛇一般绕着那辆车子上上下下、里里外外地飞速盘旋起来。

那"水蛇"盘旋、缠绕、钻进钻出，却始终没有发现白素，最后那股水流倏然涌上一辆车顶，重新化为许宣。他往四下看了一看，三面旷野，只有一面是山，便厉啸一声，向那山上扑去。

"妖怪呀——"

一见许宣如此神通，众山贼、镖师发一声喊，立即四下逃去。最可笑的是，山贼头子庚四哥跟着镖师趟子手们跑了，而镖师头子徐震却慌不择路地跟着山贼们跑了。

头车马一声长嘶，失去人看顾的它便拉着车子，扭到一旁野地里吃草去了。

原地只留下了几辆装满货物的车子。

过了许久，许宣突然又出现在车子旁边。

许宣看着车子，叹息一声，道："出来吧，这里没有旁人了，你我好好聊聊。"

四下寂寂，没有声息传出。

许宣掸了掸一块石头，在上边坐下，又道："其实，我未必就得伤天害命。普通无辜人我不会去伤害他们，可这世上还有许多大奸大恶之人，我若是取这些人的性命为我所用，天道也能容我吧。"

四下里还是一片寂然，只是一辆车上似乎有东西微微动了动。

许宣的目光马上盯着那里，他站起身，一步步走过去，道："你想想，我不必伤害你，也不会伤害无辜百姓。我们从此长相厮守，有何不好？我不明白，你还纠结些什么？就算我曾对不住你，以后，我会用永远来补偿，还不行吗？这可都是我的肺腑之言哪！"

许宣说着，已经走到那辆车旁，突然用力一掀，上边一口麻袋被掀开来，底下是一只竹笼，微微压瘪了一些。方才的震动，就是下边竹笼塌陷造成的。笼子有格，可以看到里边堆着细软，藏不了人。

许宣四下看看，叹了口气，旋即冷笑起来："果然不在这里，害我白费心机。不过……你逃得了一时，逃得了一世吗？哼，待我会合苏窈窈，追杀你们到天涯海角！"

许宣纵身掠去，几辆车无人看管，马受不了路旁青草诱惑，各自转向两旁，开始悠闲地吃草。

过了一炷香的时间，前方草丛中，许宣慢慢地站了起来，看看那几辆马车，仍然不见一个人影，许宣一脸失望，终于转身掠去。

晚风轻轻吹着草地，一匹马吃着草、拖着车，在旷野中越走越偏，走出十多步远的时候，低头吃草的马看到了正卧在草丛之中的白素。

白素伸出手，轻轻抚了抚马头，马歪过头去，打了个响鼻，继续慢悠悠地吃起草来。此时，白素才从草丛中缓缓地站了起来。

要论心思之诡诈，白素实比不上许宣。可要论耐性，和一个已经经历了五百年岁月的人相比，许宣哪能比得了她？

白素没有马上就走，她的伤虽然不重，可要这么一路跑回去，也必然伤势加重，白素选择了骑马。她从马车上卸下一匹马，虽然没有马鞍，可曾与鲜卑国主是好友的她，自然拥有一身好骑术。

白素乘马而归，较之来时就快了许多，自己受擒时的村落已经在眼前，白素突然心中一动，立即跃下马来，闪入了一旁庄稼地里。

她突然记起，许宣若是化形，移动速度会快她许多，许宣既然知道她逃了，会不会先行返回镇子守株待兔？

所以，她马上潜入了庄稼地，那匹马无人约束，继续向镇上驰去，再行不过半里，果然庄稼地里闪出一个人影，马缰绳被一只手抓住了。

苏窈窈抓住马缰，在马背上微微一嗅，道："是栀子花香，白素那小贱人最喜欢的味道。"

许宣微笑道："我越来越欣赏她了，以前我一直觉得她蠢蠢的，现在看来，并不傻嘛。"

苏窈窈冷哼道："欣赏？被她逃了，便竹篮打水一场空了！"

许宣道："不过多费一番周折，他们逃不出我的手掌心。"

许宣抬头望向前去，缓缓道："马既然来了，她一定是回来了，只是突然机警了些，又躲了起来。现在，她应该就藏在前边的庄稼地里。你猜，是左边还是右边？"

"姐姐一定是被抓走了。"小青冲回客栈，一瞧那张破烂的桌子，顿时脸色大变。

杨瀚仔细观察了一下，道："桌子不是被拍烂的，是被膝盖从下边向上顶起，撞烂的。你看这药碗，碎在那么远的地方，若是被人砸或劈了桌子，它岂会落那么远？"

小青的眼睛亮了起来："你的意思是说？"

杨瀚道："白素一定是做了反抗。"

小青喜道："你是说，我姐姐未必被抓住了？"

杨瀚道："不错。不过，不管有没有被抓住，我们都得先找到她才成。你说，我们应该往哪里找？"

小青一呆，东南西北，都可去得，往哪里找？

杨瀚道："我问你，是因为不管是许宣也好，苏窈窈也好，又或者是白素，你都更熟悉，也许你猜得出来。"

小青恍然，道："我想想。"

杨瀚看着小青蹙眉思索的样子，眸中微微露出一丝暖意。

那个傍晚，他从那个神秘的三山世界女皇口中，听到了很多的信息。综合得到的信息，再加上白素因神光拂照而过于浪漫多情的个性印证，他大概明白了一些道理。

这宝贝赋予人什么样的异能，是与这个人的性格紧密相关的。

白素天性浪漫，最为憧憬的是男女之间唯美的爱情，所以神光照射时，就强化了她的这一特点。她纯良温柔，所以她得到的能力就是雾化与治愈，一个用来帮助别人，一个用来保护自己，这神器还当真是妙用无穷。

苏窈窈是钱塘名伎，年仅十九就艳名冠天下，直到如今，天下士子还对传说中的这个美人念念不忘，他们把这世间一切最美好的想象都给了苏窈窈。

可一个花魁，真的只是靠美貌与才艺便能脱颖而出？

这天下，宫斗、宅斗，一切尔虞我诈，都比不了欢场中争风吃醋、钩心斗角的手段。苏窈窈能从中脱颖而出，艳冠群芳，她的心机手段又岂是常人可比的？

她善于控制人心，也许这就是她拥有可以驭水入体，再由人体之内最脆弱处取人性命的手段的原因，那神器可以按照它的理解，在物化异能时，做出符合该人性格特点的选择，有点儿"因材施教"的意思。

许宣能化水，不仅可以保护自己，而且可以隐藏自己。这大概也是与其生平经历有关的。他少年丧父，要做郎中，又因年纪太小，难以服众，所以就得努力做出成熟、稳重的样来。后来这一步失败了，他只能去做仵作。仵作是贱役，他要在别人面前隐藏自己的羞辱和困窘，维护自己的尊严。为了提高医术，摆脱那种处境，他又得瞒着旁人悄悄冒天下大不韪解剖人体……他后来被苏窈窈收服，接近白素，在苏窈窈和白素之间，都要隐藏真正的自己，他之所以游刃有余、不露破绽，与其过往经历中早已习惯了掩饰、隐藏自己的习性有着莫大的关系。

那么，掌控水滴的小青是个什么性格呢？

因为她的什么习性特点，她才拥有了这样的本领呢？

杨瀚一直有点儿好奇，他最熟悉也最关心的人，反而无法准确地对她的性格做一个评价了。

　　这时候，小青扬起了眸子。杨瀚急忙道："你想到了？"

　　小青的声音如大珠小珠滚玉盘一般干脆："想不到！我只是想明白了，我就算想到了也没用，三个人除非全是一样的癖好，否则就算想到了，我们又该依着谁的癖好方向去追？"

　　杨瀚皱眉道："那怎么办？如果我们胡乱选个方向追下去，只怕是盲人瞎马，越追越远了。"

　　小青道："他们不管是往哪个方向走的，应该不会一点儿痕迹也不留下吧？你我各自负责一个方向，选相邻的两个方向，各自去找，一有消息，立即以长啸示警求援。"

　　杨瀚道："好，我们先搜哪个方向？"

　　小青道："我们的来路和刚刚往返的山中之路，分别占了东、南两个方向。这两边的概率最小，我们先往去路搜，就搜西、北两个方向吧。"

　　二人毫不怠慢，立即反身出了客栈。

　　二人可不比白素是越墙走的，他们从前门来，又从前门走，来去匆匆，那掌柜的见了顿时起疑，急急到了白素卧房一看，人影也不见一个，只有一张桌子拍个稀烂。

　　掌柜的登时叫骂起来："天杀的！刚刚拆了我家的窗子，才给你间新房，便又拆了我家的桌子，女人家家的，比我家'旺财'还能拆家，小娘子！白小娘子，你出来，赔钱！"

　　西面、北面都是庄稼地，正是秋收时节，稻麦金黄，高粱压穗，小青钻入其中。

　　与此同时，苏窈窈和许宣也进入了庄稼地，白素在躲，小青在找，苏窈窈和许宣则在搜，尤其是许宣，他化作一团液体，在庄稼地里肆无忌惮地流动着，搜寻的速度非常之快。

　　杨瀚搜的是西面，这一面也是庄稼地。杨瀚穿行其间，一个人是搜不过来这么大的面积的，但他自有他的办法，他在喊，在大叫。

　　"白娘子，白姑娘，快出来吧，我是杨瀚。"

　　许宣的本事全靠他的异能，一旦失去异能，他依旧还是一个文弱书生。而异能在杨瀚面前无效，所以他对杨瀚的威胁为零。

至于苏窈窈，多少回的手下败将了。别人眼中恐怖无敌的魔神，奈何技击之术不如他，异能又奈何不了他，杨瀚一样不把她放在眼里，所以他喊得毫无顾忌。

喊着喊着，为了扩大音量，他还用上了家传的狮吼功，嗯……嗓门果然大多了。

那天傍晚，看过了三山世界女皇用奇异手段留下来的影像和语言，所以杨瀚弄明白了一件事：他家传的狮吼、虎啸、龙吟、凤鸣四项音波功，真的是非常强大的武器。

祖先遗言曾交代每一代的子孙必须熟记这四门音波功的功法，否则即为不孝，可以逐出门户，不入祖谱，这可是比死都严重的惩罚。所以每一代杨氏子孙都有认真练习过，可它除了让人的嗓门变得大了一些外，真的就没别的用处了。

杨瀚一直觉得，自己的祖先也许是个吹牛大王，直到那天看过三山女皇的留言，他才终于明白，这四项音波功究竟有什么用处，为什么说它拥有改天换地的力量。

只可惜，这门功夫对他此刻所在的世界来说，就是屠龙之技一般的存在。世上无龙，你练得一手屠龙技有什么用？

根据三山女皇的说法，这四门音波功是只有三山皇室才能传承的绝学，而它的用处也只在三山世界之中才能发挥。所以，除非他肯依照三山女皇所传授的办法回到三山世界，否则这四门功法于他而言，只是吊嗓子的工夫。

可他又不是唱大戏的，练个大嗓门有啥用？杨瀚不打算去到那个神秘的三山世界，虽然他也很好奇。而如此一来，他这祖传的四门功夫就等于毫无用处。杨瀚已经打算让它在自己手里失传了，没必要再传下去。

小青在庄稼地里走着走着，忽然站住了。她侧耳听了听，听到一阵隐约的流水声，小青心中顿时一动。

白素不具备攻击性异能，而她的防御性异能需要造雾，要造雾需要很多的水，不然只给她一碗水的话，能造出多大一团雾？况且要等她把这一碗水彻底分解成雾气，那时间也太久了。

因此，姐姐只要听到了这水声或者发现了这流水，她一定会接近这条河流，这样一旦发现敌踪，她才能以最快的速度布设蜃雾以保全自己。小青想到这里，立即循着水声向河边走去。

其实他们几个人所具备的异能，要看用在什么地方。如果是在战场上，那么小青、苏窈窈、许宣三个人加在一起，也不及白素一个人的用处大。小青在场上顶多算是个弓箭手，许宣则是刺客，而苏窈窈算是一个战士。

可白素不同，只要主帅选在江河之畔布阵，又或者事先引来足够的水，白素就能把整个敌营笼罩于大雾之下，叫他们全军将士都不能视物，如此就只能任由宰割了。

传说中，黄帝就曾被蚩尤这一招打得昏头转向，要不是九天玄女下凡，帮他造出了指南车确定方向，率领全军走出了迷雾，他就得全军覆没了。

白素此时就在小溪边，而且已经开始布雾。白素并不想坐以待毙，她当然不是一个无脑弱智。

放出那匹马后，她就在远远地蹑着、盯着，所以她看到了苏窈窈，也看到了许宣。当二人向庄稼地里搜过来的时候，她就开始躲避了。

她要去到村子，她知道杨瀚和小青知道上当后，一定会回来找她，只要回去村子与他们会合，许宣和苏窈窈便奈何不了他们，因为她们有杨瀚这个可以免疫异能的大杀器。

所以，她毫无顾忌地用起了蜃雾。她当然明白，蜃雾一起，许宣和苏窈窈也就知道她在这里。但是，在雾里，只有她可以洞悉一切，她可以轻易地从许宣和苏窈窈的包围圈中冲过去。

迷雾起来，许宣和苏窈窈果然发现，他们立即向河边一带搜索过来，白素背靠一条河流，不遗余力地催动异能，让迷雾的范围变得越来越大，然后，她就裹挟着那迷雾向前走去。

迷雾之中，她看到了许宣以飞快的速度流动过来，白素立即闪了开去。她看到左边田埂中有一只青蛙，担心惊动它发出叫声，所以向右退了三步，许宣就从她身边不远处滚动过去，却未发现她的踪迹。

这时候，白素心中一动，她看到小青了。

小青刚刚踏入迷雾，正提着剑，小心翼翼地闯入。白素立即向小青所在的方向潜过去，毫不顾忌苏窈窈，在这迷雾中，只有来去如风的许宣还能让她感到一丝威胁。

"小青！"白素赶到小青身旁不远，便轻轻唤了一声，她可深知小青剑术的厉害，不想冒冒失失地闯过去，迎头挨她一剑。

小青听到声音顿时一喜："姐姐？"

白素这才赶过去，一把拉住她的手："快，我带你出去！"

白素这句话刚说完，就一下子呆在原地。

火，从各个方向同时燃起来了。

火头其实还在雾气范围之外，但火舌与烟雾已经袭入雾内，雾气再重，也无法与火抗衡。正是秋收时节，庄稼都成熟了，容易引燃，火势一起，雾气随之化去，白素顿时花容失色。

此时小青还不知远处变化，见姐姐忽然不动，忙道："姐姐，怎么了？"

白素沉声道："许宣在四下里放了火！"

"回头，往河边走！"小青立即做出了选择，白素也知道，只有在水边二人还有一搏之力。

以前，她会雾化，小青有水滴子弹，堪堪可与金钵在手的苏窈窈斗个平手，可如今多了一个许宣。

许宣本领虽不甚强，却无物可伤，她们的绝技对许宣来说毫无用处，不用异能，小青超卓的剑术也一样伤不了许宣，杨瀚不在，她们唯有拖延时间。

但是，她们想到了河，许宣和苏窈窈一样想得到。可是此时此刻，她们唯一的救星杨瀚对这里发生的一切还一无所知。

四十三　柳暗花明

姑苏城的接官厅是庄严肃穆的一处所在，然而粉墙黛瓦，杨柳轻拂，又给它染上了几许温柔水乡滋味。

苏州但有新官到任，或有朝廷官员来此视察，都是乘船经盘门水关入城，泊岸后，经来远桥到接官厅，在此接受隆重的欢迎仪式。

平常时候，这里因风景秀丽，也甚受游人喜欢。尤其是秦桧内弟平江（姑苏）知府王唤在胥门南侧建了姑苏馆，于城上建了姑苏台，从此与台下的百花洲、洲东的射圃浑然一体，这里就更是游人如织了。

今日，恰是新任平江知府上任的日子。姑苏大小官员、士绅名流，纷纷聚集于此，等待迎候这位新任知府大人。

上一任平江知府是病死的，病死之后苏州一地足足半年没有知府。可见朝中几派大佬为了在这个重要的地方安排自己人，彼此角逐、角力，明争暗斗得是何等厉害。

如今，新任平江知府千呼万唤，终于出台，也就意味着他这一派赢了。通过如此激烈的竞争才获得的机会，那新任知府要给朝廷一个交代、要给自己这一派正名，必然得大动干戈，有一番作为。

这样的举动，比起一般意义上的"新官上任三把火"还要厉害几分，这也是平江府上下人人重视，许多年老德昭的士绅、致仕退休的老臣也纷纷出动的原因，平江府，怕是要有一阵子不太平了。

官船，缓缓地抵岸了，远远地就看到了船头的官幡，上书一个大大的"文"字。

平江府众官员、士绅、名流按官品、地位肃立岸边，仪仗分列两旁，一见船只泊岸，马上就是三声号炮，众人不约而同地上前三步，只等知府大人出来，便俯首见礼。

踏板已经放好，船首的帘终于掀开，平江新任知府文傲文大人缓步走了出来。此人年纪五旬左右，面容清癯，双眼有神，稳稳地往船头一站，目光向岸上一扫，不怒自威。

"恭迎府尊大人！"

"恭迎文太守！"

众官吏、士绅齐齐见礼。文知府微微一笑，抬了抬手，做出礼贤下士之态，举步就向岸上走去。

他踏板才走了一半，两位平江官员齐齐迎上两步，正要做出虚扶之态，就听一声娇叱："杨瀚！你这负心薄幸之人，给我站住！"

除了官员士绅，还有许多游客此时也纷纷聚拢上来看热闹，当然，他们是被衙役们挡在道路外边的。人数虽多，但现场秩序井然，并无人大声喧哗，因此这一声喊，众人都听得清楚。

众人俱皆讶然，齐齐闻声望去，就见一叶小舟，原本是跟在文知府官船外侧的，此时竟然绕了过来，也泊了岸。船头一个白裳女子，翩翩若仙。一个青裳女子，俏丽甜美。

文傲一见，目光顿时一闪。平江知府这一职位虚悬了半年有余，本派与另一派争得那是何等激烈，诸般手段一一施展，好不容易才在较量与妥协中双方达成一致，由其出任知府。这才刚刚到任，就闹了这样一出好戏？是真有百姓含冤，要向自己这个新任太守告状，还是有人布局，要在他上任之日制造事端？

文知府心念急急一转，马上抬手喝止准备上前赶人的衙役，沉声道："慢着，唤她们近前！"

众衙役不敢怠慢，急忙把那白衣女子和青衣女子领到近前，文知府和平江大小官吏、士绅名流们定睛一看，顿时有些心旌摇动。

这也太美了吧？一个这样美丽的姑娘已是罕见，何况是两个！

两个美人风情迥异，各具特色，但无论哪一种风情，都是叫人一见便喜欢到骨子里的。

这样的绝色美人，只应怜爱、珍惜的，怎么会有人欺侮她们，迫得她们要向新任知府拦道告状呢？她们……这是要告谁？

一时间，众官员士绅面面相觑，都想看看，是谁印堂发黑，要触这新任知府大人的霉头。

文傲一见二女一个妖艳无双，一个清丽绝俗，态度便更加和善，温和道："两位小娘子不必害怕，你们有什么冤屈，只管向本府一一道来，自有本府替你们做主。"

青裳美少女将纤纤玉指向文知府一指，喝道："杨瀚，你装什么蒜呢？我和姐姐餐风饮露，苦苦寻来，就是为了向你讨一个公道。"

文傲一呆，指着自己的鼻子讶然道："向我讨还公道？"

青裳美少女道："不错！"

她转向众人，高声道："各位老爷明鉴，小女子名唤小青，这是我姐姐白素。这个杨瀚，始乱终弃，玩弄我的姐姐。现如今，我姐姐尚未出阁，已有了身孕，这负心人却一走了之，抛弃了她，这样人面兽心之人，也配为一方父母官？"

白素摸着平平坦坦的小肚子，黛眉微蹙，幽幽怨怨、委委屈屈地点点头，那可怜样，可是真招人疼啊！

在场众人一听顿时哗然，那些围观百姓更是兴奋莫名。今天没白来呀，美景已经看过了，现在又有好故事看了。

文傲身边一位幕僚怒叱道："简直荒唐！你那姐姐既然与人苟且，现在难道连人都认不清吗？站在你面前的，乃是新任平江知府文公讳傲，哪里是什么杨瀚了？"

小青柳眉倒竖："就是他！他与我家小姐相处的时候，就是自称杨瀚的。"

众人听了，顿时一窒。这样说来，也不是不可能，如果是文傲文大人用假名诳骗人家姑娘呢？那位幕僚也怔了一怔，难不成自家老爷真的做出了偷香窃玉的事来，连他也不知情？

文傲被气笑了，此刻他已断定，这两个女子必是有人授意，前来坏他名声。因为他根本不曾招惹过这样的女子，那除了是有人授意，还能是什么原因？

文傲上前两步，望着白素微微一笑："姑娘，你说我叫杨瀚？"

白素道："不错！就是你！"

文傲又道："你说我与你私相接触，还叫你有了身孕？"

白素泣声道："不错，你这负心人，当初游湖赏月，海誓山盟，骗了人家，不想你就一走了之，我……"

白素一扭身，伏在小青肩头便嘤嘤地哭起来，只是手帕掩着脸，也看不出掉没掉眼泪。

文傲眉尖一挑，道："哦？那……我们是何处相识？你姐妹俩，又是什么人家呀？"

小青大怒道："杨瀚！你现在还想要撇清自己吗？我们是在临安府西湖畔相识的。我姐妹二人本是西湖画舫上两个歌伎，当初你与我姐姐交往，船上的姑娘、伙计都知道的，你瞒不了人！"

原来是两个歌伎……

文傲一听，心中一块石头顿时落了地。

何也？坏人名节，不要说他是官员，而且是个重要官员，就算只是一个普通功名的读书人，这一辈子也完了。对方若是官宦之女、士绅之女、良家女子、他人妻子，其中任何一个身份，他都要完蛋。

而且，如果有女人以此罪名指责男人，几乎没有人不相信。哪个女子会坏了自己名节，去诬陷一个男人呢？根本不需要证据，迫于舆论压力，他就一定得请辞归乡。

当然，他被政治对手这样陷害，他们这一派系的人也不会善罢甘休，一定会给予报复，双方就得掀起一场腥风血雨。但那，已经和他没有什么关系了，坏了名节，对男人来说比女人更严重。

可惜呀，这女子到底年轻，她居然说自己是歌伎。这一来就好办多了。文老爷有妻子，若是再勾引他人妻子、良家妇女、官宦士绅之女，那都是道德上的极大败坏。

可是一个声色娱人的伶人……

士子官宦，何惧风流哇？哪个朝廷大员家里不养着一群歌伎舞伎？既可娱乐于酒筵之间，又可侍奉于枕席之上，人间乐事也！这是雅事，谁也不会把这个当成污点的。

这白衣女子风情妩媚，身段风流，丽色殊异，着实罕见。便是有了身孕又怎样？若得她侍奉枕席，未尝不是一段风流雅事。还有她身边那青衣姑娘，甜美不俗，也是个妙人。既然有人把这对姊妹花送上门来，何不顺水推舟……

想到这里，文知府捻须大笑："哈哈哈，我只道你等做的迎来送往生意，早已没了真情。没想到你们竟然追到这里来，实在令老夫感动。白素姑娘既然有了老夫的骨肉，老夫自然不会亏待了她。陈杰，把她们姐妹俩安置一下。"

文傲对身边幕僚吩咐了一声，那陈杰一呆，只好讪笑答应，心中只想："老爷去临安活动，前后也就一个多月时间，每日里我都陪着他的，这是几时自游西湖，结识的姑娘？"

白素一听顿时慌了，这老头子坏得很，还真想把人家给收了呀？她忙不迭向小青看去，都是小青出的鬼主意，这可如何是好？

小青也是吓了一跳，这老头儿要不要脸哪？看我姐姐漂亮，你都不否认的呀？不但不否认，居然连本姑娘的主意都想打，胃口还不小！

小青赶紧往前走了两下，眯起一双杏核眼仔细瞅了瞅文傲，便"哎呀"一声，掩住嘴巴道："错了错了，奴家眼神不济，认错人了。姐姐，他不是你的杨瀚哪！"

"他不是杨瀚吗？他不是木易之杨，瀚海之瀚吗？那他是哪个杨瀚哪？"

白素也会作怪，急忙也眯了眼睛，假装有眼疾。当然，还没忘了把杨瀚的真名宣扬出去。

小青顿足道："什么哪个杨瀚哪！人家叫文傲，根本不叫杨瀚！我还当他取了个假名，凑近了一看，真不是他！这老头儿满脸褶子，都半截入土了，你那郎君，才二十余岁，怎么可能是他！"

白素急道："那咱们快走，去找出那真杨瀚！一定得把那负心薄幸之人找出来！"两位姑娘说着，便急急转身走了。

你要说她们眼神不好吧，她们俩在人堆里游鱼似的，左一转右一转逃得飞快。

平江府众官员士绅见此一幕都傻了眼，这情况变化之速……也太快了些吧？一波三折，瞬息万变，我们这脑子都要不够用了。

他们的脑子不够用，文知府的脑子却是够用的，眼见顺水推舟、白得两个美娇娘的主意失败了，文傲固然有些舍不得，但到底仕途更重要，心思只一转，哈哈一笑起来。

文傲把胡须一抛，脸色一沉，便朗声说道："本官刚刚到任，这也不知是何人想要算计本官。本官只略施小计，便叫她们现了原形！哈哈哈……"

众人一听，恍然大悟，纷纷上前恭维，马屁不要钱地向上拍："府尊大人英明啊！"

"太守大人真是睿智！谈笑间便拆穿了歹人诡计！"

"我等佩服！佩服！"

马屁声中，白素和小青已迅速远离，当她们再次出现在街上的时候，小青已经变成了一个俊俏的灰衣小伙子，而白素则变成了一个小村姑。

小青牵着一头驴子，白素坐在驴子上，像个回门探亲的小媳妇。

白素骑着驴子，抬头看看路上行人，幽幽道："自那日镇外庄稼地里起了火，我们被小姐和许宣一路追杀逃到这里，已经和瀚哥儿失散太久了。"

小青牵着驴子，头也没回，只是道："今日这场闹剧，必定会传扬开去。他一定能听说，只要他听见了，必然知道我们在这里。"

白素道："这样的话，我们得在姑苏多待上一些日子，等等瀚哥儿了，就只怕……苏窈窈他们阴魂不散。我们现在这装扮不行，得换个叫他们绝对想不到的身份才可以。"

小青沉默了片刻，也不禁幽幽地叹道："只盼他得了消息，尽快赶来。"

一向有事独自去扛的小青，现在渐渐也习惯性地把杨瀚当成了依赖。这对她来说，可不是个好现象。而杨瀚，此时正在湖州盲人瞎马地打探着两个人的消息。湖州与姑苏，中间隔着一座洞庭湖呢。

姑苏城风景秀丽，美妙如画，因之关于神仙、妖怪的传说也多。

比如狗咬吕洞宾，不识好人心的故事；比如铁拐李游狮子林被错综复杂的假山迷得绕不出去，干脆在其中下棋解闷的故事；又比如灵岩山上九道凹痕来自太白金星的故事。

近来姑苏城似乎又开始盛行神仙妖怪的传说了。

有人说，他应邀去渔隐园赴宴，亲眼见到一朵白牡丹、一条青鲤鱼化身绝色佳人，与一对妖精夫妇大打出手，那对妖精夫妇年岁似乎都不小了，中年模样，却也是男的俊逸，女的妩媚。

有人就此向渔隐园的主人史老爷求证，史老爷对此三缄其口，不肯多言。

不过有好事者说，曾见有大批的和尚、道士出入史家做法事，史老爷还叫人铲了院中花草重新栽植，那池塘中的水也都换过了。

负责清淤的工人则说，他们在清淤时捕到过大水蛇两条，二十多斤重的大鲤鱼三尾。史老爷没敢伤害它们，全都就近运到太湖里放生了。

没两天，寒山寺的僧侣又说他们在夜晚时，曾见到两个灰袍小沙弥同一对中年妖精夫妇在大雄宝殿顶上大打出手，这件事周围的百姓、码头的客人也都能做证，因为双方大打出手时触碰了寒山寺的大钟，使那大钟在不该敲钟的时候响了十余下……

仅仅一天之后，盘门处一对摆渡的小艄公再度与那对中年夫妇大打出手，这一战更加激烈，呼风唤雨、吞云吐雾、撒豆成兵……一个小艄公在激战中受了重伤，被另一个小艄公带着仓皇飞走了。

太湖湖畔，一个船夫眉飞色舞、唾沫横飞地讲着："老汉从姑苏来时，那对神仙夫妇又打败了潜伏在虎丘剑池修炼的一对小妖怪，据说那对神仙就是吕洞宾和白牡丹……"

旁边马上有人问道："那吕洞宾使的可是剑？白牡丹可是一身白？"

船夫道："这却不曾看见，想来吕洞宾道行高深，降服几个小妖，不需要用剑。至于那白牡丹嘛，虽说是神仙，终究是女子，可也不能总是穿着一身白吧？换身衣裳再寻常不过。"

在百姓口口相传中，最初被定义为妖怪的那对中年夫妇已经穿凿附会到了吕洞宾和白牡丹身上，如此一来，被他们一路追杀的白素和小青自然就成了妖怪。

杨瀚初时听人说起美人寻夫，错认知府为杨瀚的故事，就知道这是白素和小青在向他传递讯号。他更清楚，白素和小青这显然是一直没有摆脱许宣和苏窈窈的追杀，迫不得已才出此下策。可如此一来，她们就得暂居姑苏，等着自己去会合，许宣和苏窈窈必然会趁此机会追杀她们。

一念及此，杨瀚心急如焚，马上道："船家，快，快送我去姑苏！"

那船夫说得正在兴头上，翻个白眼道："客官莫急，我这船定时摆渡，要到午后未时才启程，不急不……"

船夫刚说到这儿，杨瀚已翻手亮出一锭金子，阳光之下，金光灿灿。

杨瀚道："马上走，它就是你的！"

那船夫咽了口唾沫，拉起杨瀚就走："客官随我来。"

那船夫拉着杨瀚急急跑到岸边，踮着脚往人群中一趸摸，立即跳脚喊道："提莫！提莫！洪提莫，我在这里！"

一个正坐在小船上抠着脚丫子的大汉闻声抬头，见他急得跳脚，便懒洋洋站起身，借着别人的船为跳板，一只只船地跳了过来，登上码头道："姐夫，你有啥事这般着急？"

船夫一把夺过杨瀚手中的金子，往那大汉手中一拍，道："快，马上送这位客官去姑苏，不要耽搁。"

洪提莫大吃一惊，他不曾拥有过金子，可见总是见过的，急忙双手搓了搓，没有掉漆，掂重量也像，他不放心，又把金子放进嘴里咬了咬。

嗯……有个浅浅的牙印，还有点儿咸……不对，是有点儿甜。可也确实有点儿咸……

咸？洪提莫想起自己刚刚抠过脚丫子的手，顿时"呸呸"起来。

那船夫对杨瀚笑容可掬道："客官，我那船大，便送你去，也不及小船快捷。这是我的内弟，绝对可靠的人，叫他送你去，一定又快又稳。"

杨瀚笑道："你还真是肥水不流外人田。不过，说了几时摆渡，并不见利弃诺，倒是可敬！"

那船夫咧嘴笑笑，一见内弟洪提莫正眨巴着一双眼睛看着他们，便在洪提莫屁股上踢了一脚，吼道："还不快去，别耽误了客官的急事！"

"啊？啊啊！"洪提莫急忙答应一声，转身就往回走，一边走一边扯着喉咙喊："客官往这边来，小心一些，别绊到了水里，做了龙王爷的女婿，我还得花钱给你料理后事。"

杨瀚心道："这个嘴贱的，难怪落魄如此，不及他姐夫营生做得大些。"

姑苏文庙，乃范仲淹在此任太守时所建，有屋宇二百多间，占地极广，屋宇甚众。文庙除了祭祀、考试，平时还兼做学堂，因之有人每日管理，晚上巡视两匝，主要是防火，至于盗……这里边一到晚上全是空荡荡的，也没什么好偷的。

因之这里的守夜人并不多，只有四个人，分驻各角。

"姐姐，你怎么样了？"小青喂白素喝水，才只喝了两口，白素便憋得脸庞通红，摆着手叫她拿开。

白素喘息了一阵，道："没什么，就是有些气短，一喝水，便喘不过气。"

小青懊恼道："都怪我，早知如此，我们就该一路逃下去，不必刻意制造事端等瀚哥儿来了。"

白素虚弱地笑了笑，柔声道："如果我们直接逃走，结果也比现在强不到哪儿去。只有苏窈窈一人时，我们尚且摆脱不了她，何况现在又加了个……许宣。"

白素又喘息了一阵子，出神地望着灯光，痴痴半晌，轻声道："妹妹……"

"嗯？"

"如果……我是说如果，如果瀚哥儿还没找到我们，他们就先寻到了，以我现在的情况，怕是逃不掉了。那时，你就自己走吧，你比我本领强，如果不是我牵累你，你早可以逃掉的。"

小青一听顿时紧张起来："姐姐，你不是说，只是受了一掌，内腑受了震动吗？为什么要说出这样的话来？"

白素道："我的确……只是震伤了内脏，并无大碍，只是调理起来，却很麻烦。"

小青摇摇头："不对，以前你我也曾被苏窈窈追杀至山穷水尽之境，可你从不曾说过这样丧气的话，你是不是……伤得很重？"

白素强笑道："你又多疑了。以前，这世上只有我陪着你，我怕我死了，你一个人太孤单了。现在，好在还有瀚哥儿疼你，我对你……也就不用那么担心了。你……这么看我做什么？"

小青摇头："不对！不对！你一定有事瞒我！我马上带你去看郎中。"

白素抓住了她的手，莞尔一笑："这世上再高了不敢说，但至少七八成的郎中，医术都不及我高明，我说没事，那就是没事，还需要去看什么郎中。再说，这个时辰了，文知府因近来异事频发，整顿地方，实行宵禁，你一上街，先被抓走了。"

小青不安道："你胸口还疼吗？"

白素道："只是喘息时隐隐有些作痛，不碍事的，我们在此静养几日就好。"

小青凝视她良久，才缓缓道："好，那你多休息。我去给你熬点儿热粥。"

白素疲倦道："我没胃口，不想吃了。"

"嗯！"小青帮白素躺好，替她盖好被子，又挪动了一下枕头，让她睡得更舒服些，这才吹熄了灯，轻轻走了出去。

苏州城外，杨瀚看看紧闭的城门，扭头看看一脸无辜的洪提莫："你不是说一定赶在闭门之前抵达姑苏城吗？"

洪提莫道："其实我们到得真不晚，再说，原本也没宵禁哪。这不是近来神神怪怪的事情太多了，知府老爷下令宵禁，结果就晚了呀。一路上我是紧赶慢赶，不曾刻意拖延过，客官你都是看到的呀。"

杨瀚叹了口气，心想这么晚进城，一时也无处寻找她们，虽然着急，但也只得作罢了，便道："既如此，看来我得寻一个地方住下了，明日一早我再进城。这附近，可有客栈哪？"

杨瀚要找白素和青婷，他也只有一个办法，就是制造一个轰动全城的大事件，而且他不能走，制造出事件之后，要住在人人都知道的地方，白素和青婷听说了消息，才可以来找他。

而用一个什么事件来制造这事端，杨瀚也还没有想好，暂且找个地方住下，好好想一想办法，也未尝不可，因此虽然今天延误了入城，他倒也不是特别着急。

只是，当他被那洪提莫殷勤地领到一家据说既有饮食又有住宿的客栈，听那洪提莫向女掌柜的喊着二姐，杨瀚忽然有些怀疑，在太湖水面上的时候，这个艄公究竟有没有绕路……

天光刚亮，小青就端了热粥来看白素。

才一夜的工夫，白素居然发起了烧，脸庞滚烫，喂她喝粥，连下咽的力气似乎都没有了。

小青当真着急了，立即出去备好了车子，又去马厩牵来了马，挂好辔头，便去房中把白素连被子一块儿抱出来，放到了车上。

通德坊郑氏乃当地名医。小青向人一问，推荐的都是当地的郑氏或何氏，此乃姑苏两大神医，一问路程，郑氏药堂更近一些，小青马上驱车直奔郑氏医堂。

郑神医名声在外，有不少外地病人，为了能求得神医诊治，一大早就来排队，小青驱车赶到时，门前已经有四个人排队了。

这么着急看病的，又有几个不是急症？自然没有人肯让位子给她，哪怕是小青肯出重金，在如今一心只求健康的病人面前也是无用。

小青无奈，本想等这四个人看完病再说，可一回头，发现白素已经昏昏沉沉不省人事，那几个人虽然病也不轻，可终究不是顷刻就要丧命的急症，小青立即下车抱起白素就向里冲。

那四个病人的家属大怒，上前就来阻挡。小青心急如焚，一句话都懒得多说，只是几记漂亮的鞭腿，就把他们踢得落花流水。

门前药童没想到这少女身材玲珑，身段窈窕，可是竟然如此悍勇，不由得目瞪口呆："咳！姑娘，我家看病只论先后，谁缓谁急太难分辨，所以一向……"

"头前带路！"小青凤目含煞，只是一声厉叱，那小药童便吓得一哆嗦，想想小青刚刚一脚踢飞那个壮汉的威猛，便赶紧头前带路了。

"怎么样？"郑老先生给白素号完脉，又翻开她眼皮看看，捋着白胡子久久不语。小青心中焦灼，忍不住询问起来。

郑老先生长叹一声，摇头道："可惜了，花样年华，竟身患绝症……"

小青一惊，颤声道："绝症？先生说我姐姐得了绝症？"

郑老先生道："不知令姐因何受了这样的伤害，她的心脉已经断了，无药可医。你们走吧，不要让她死在这里，坏了老夫的招牌。"

小青急道："怎么可能？还请先生再看仔细一些，我姐姐……她怎么可能这就患了绝症？"

郑老先生无精打采道："老夫已经仔细看过了，何必再看？绝症就是绝症，老夫这里倒是有个方子，可是……最多叫她苟延月余，到时候依然是神仙难救。所需药物又极是昂贵，你又何必闹个人财两空呢？带你姐姐回去，料理后事吧。"

小青听了勃然大怒，一把揪住郑老先生的衣襟，怒道："哪有你这样的郎中？不好好给人看病，反要咒人早死，信不信本姑娘发起火来，烧了你这药铺！"

郑老先生一向受人敬重，几时遇到过这样霸道的病人家属，登时也是勃然大怒："你这女子，真是岂有此理！来人哪，给我把她们赶出去！"

小青眼睛一横，那小药童刚才见识过她的本领，哪敢上前轰人，畏怯不敢言语。

这时，白素稍稍恢复了一些神志，虚弱道："小青，不……不得无礼。于医者而言，最为沮丧之事，莫过于有疾而不能医。先生……已经尽力了，不要……难为人家。"

郑老先生有些讶然："这位姑娘也懂医术？"

白素浅浅一笑，虚弱道："略懂一些，不及老先生万一。"

小青急道："我家不愁银钱，什么珍贵的药物都可以，只要能治好我姐姐的病。"

郑老先生沉吟了一下，道："老夫惭愧得很。这个绝脉之症，老夫实是无计可施。"

他提笔写下一个方子，道："你们若不吝银钱，舍得用药，这个方子便拿去，药性太烈，三天只需一服，但只需十服，过了一个月，便连它也不济事了。你们若不死心，可以用这一个月的时间，去另寻办法。"

小青听到这里，不由得眼圈泛红，哽声道："真……真的没有办法了吗？"

郑老先生苦苦思索半晌，轻轻摇头："家父昔年曾经说过，绝脉之症也未必就不可治愈。这世上有一种药草，只有一片完整的叶子，名为圆心草，服之可续断脉，只是……"

白素听到这里，不由得双眼一亮，小青已急问道："只是怎样？"

　　郑老先生苦笑一声，涩然道："只是，老夫行医一辈子，什么药材都见过，唯独这圆心草，老夫只听说过这么一回，从不曾见过，更不曾听过世上谁人有过此物。也许，只有天上瑶池才生长这等奇物吧？"

　　小青听了，鼻子不由得一酸。

　　白素轻轻握了握小青的手，转而对郑老先生道："小女子自家事自己知，实不相瞒……我……早知自己已是绝脉，没得治了，却不想老先生医术如此高明，不但有续命的方子，还知道这世间有此药物可以治愈。"

　　郑老先生苦笑道："只是一个传说罢了，只长一片叶子的药草，想想也不可能，便连灵芝，也不只一片叶子呀。"

　　白素微微一笑，对小青道："小青，付了诊金给先生，那续命之药，便依方买上十服吧。"

　　小青红着眼睛把方子交给小厮，取了钱给他，小药童忙不迭跑去，不一会儿便把十服续命之药包好，打成一个包袱，给她们送了回来。

　　小青接过药，抱起白素，含泪道："姐姐，我们走！"

　　门外那几个病人家属见她们出来，都投以仇恨的目光，只是畏惧了小青的武力，不敢上前招惹她们。小青也不理会他们，把白素轻轻放在车上，终于忍不住掉下泪来。

　　白素见她如此模样，不禁轻轻一叹，道："若是老先生所言不虚，那姐姐也未必……就没有一线生机。"

　　小青一呆，道："姐姐是说？"

　　白素道："七……七十年前，你我曾同游昆仑，你可还记得我们曾在一座峭壁下，见过一株只有一片叶子的奇异青草？"

　　小青急急回想，可惜仔细想了半天却是全无印象，不禁摇头："有吗？我全不记得了。我们真的见过这种圆心草？姐姐可还记得位置？"

　　白素轻轻一笑，道："你不习医术，对这个自然不感兴趣。姐姐却是记得，当时闻它药香扑鼻，虽不知其用处，却也知道不是俗物，姐姐本想采它下来，却被……"

　　白素轻咳两声，道："却被一个突然出现的小道童所阻，他说，那株草药叫续心草，极是罕见，只是还需二十年，待它花开结籽方才成熟。若非急用，不如留它在此，结籽再生，也免得绝了这天生地长的宝物。"

白素看向小青，幽幽一叹，道："只是……已经七十年了呀，姐姐也不知道那株奇草是否还在，或者早被当年那个小道童采走了吧。"

小青毅然道："无论如何，我们总要上一趟昆仑山，才知结果。我们这就走。"

白素道："不可，我们还没等到瀚哥儿。"

小青把双眉一挑，急急道："此去昆仑，千里迢迢，只有一月之期，没空等他了。他若仍能找得到我们，帮我救你性命，那就是天意，我便以身相许，还他的恩德。"

四十四　冤家路窄

郑神医门口，第二个排队的病人刚进去不久，便有一个乞丐领了一对中年夫妇急急赶来。那对夫妇相貌不俗，男人面如冠玉，目似朗星，虽已中年，却是风度翩翩，尤胜于少年。

那个美妇人更是不同凡响，整个人仿佛一枚熟透了的水蜜桃，把美丽女性成熟巅峰期的魅力发挥得淋漓尽致。

众人一时间不禁看呆了眼睛，就连一个愁眉苦脸、不停唉声叹气的病人都暂时停止了呻吟，贪婪地盯着她看个不停。

那乞丐指着郑神医家门楣道："就是这里！"

许宣抬手丢给他一串铜钱，苏窈窈已柳眉一挑，率先冲向门去。

"岂有此理，还有个先来后到吗？"排队的病人家属们愤怒了，此时门口已经又多了六七家病人，齐齐出声指责，排在最前边的一个大汉已经撸胳膊挽袖子地冲了上来。

砰！

苏窈窈像挥苍蝇似的，掌背拍在那人胸前，那人呼地一下高高飞了出去，再向下落时，长袍挂在门前灯柱上，离地有两丈多高，骇得那人挂在空中尖叫不止。

一见这女人如此厉害，其他两家已经吃过小青苦头的人家登时不敢动弹了，其余各家也是噤若寒蝉，不敢妄动。

苏窈窈和许宣冲进大厅，外边的人七手八脚地把那大汉从灯杆上救了下来，那人落了地便破口大骂，只骂了两声，便突然像噎住了似的住口，憋得脸庞通红，却已一个字也说不出口。

原来苏窈窈和许宣又冲了出来，苏窈窈虽然花钱雇用了全城的乞丐，可惜仍然迟到了一步，此时正怒不可遏，再听他出声叫骂，一腔怒火都发泄在他的身上。

苏窈窈一步步上前，向他走去，凤目含煞道："继续呀！怎么不骂了？"

那大汉眼见苏窈窈越走越近，骇得双膝一软，一下子就跪了下去，突然福至心灵，道："夫……夫人是要找一对以姐妹相称的少年公子吗？"

苏窈窈的手已经抬了起来，闻言硬生生止住，冷冷地看着他："怎么？"

大汉颤声道："我……我见二人出来，自言自语说要找什么续心脉的灵药，要去……要去昆仑山。"

苏窈窈听了，不禁与许宣对了一下眼神。方才询问那郑神医，也提到过这株药草了，难不成她们真去寻找这味奇药？世上当真有这样的药物不成？

许宣道："我们且往昆仑方向追去看看。"

苏窈窈道："只有如此了。"

苏窈窈扭头看看那大汉，嫣然一笑："你很不错，我便饶你一命！"

大汉狂喜，也顾不得体面，连忙叩首谢恩道："多谢夫人高抬贵手，多谢夫人高抬贵手。"

苏窈窈又是一笑，道："贵手可以抬，贵脚却饶不得你的嘴贱！"

大汉刚刚一呆，苏窈窈已一脚踢到了他的嘴上，大汉哇的一声倒摔出去。这一脚力道真是极大，那大汉除了后槽牙，俱都被苏窈窈这一脚踢落了，登时满口鲜血。

苏窈窈冷哼一声，已与许宣掉头而去。

郑神医刚诊治完头一位客人，净了净手回来坐下，正要叫人招呼第二个客人进来，就见一个大汉嘴角淌血地跑进来，把郑神医吓了一跳。

郑神医忙道："老夫主治内科、妇科，于外科并不擅……"

大汉口齿不清道："不是我，我是送我浑家来看病的。"

郑神医恍然道："啊，却不知尊夫人何在呀？"

大汉指着嘴巴，含含糊糊道："不急，不急，先生先帮我止了血再说。"

郑神医家门口，先后出现两个奇女子，武功高超，打伤了六七个壮汉的消息很快就传开了。

紧接着，那对中年夫妇的模样便被传开，马上就有人意识到，他们就是传说中正在此地降妖伏魔的吕洞宾和白牡丹。一时间，好事者纷至沓来，将郑神医的药堂围了个水泄不通。

"闪开闪开!"

这样的消息,杨瀚一进城就听说了,马上飞快赶来。他在拥挤的人群中奋力撞开一条道路闯了进去,可那些病患家属对他不排队的行为毫不在意,脸上连怒色都没有。

杨瀚歉疚地投以一个眼神时,那些人还向他微笑颔首,神情充满了理解与宽容。杨瀚一边向他们拱手道谢,一边暗想:"姑苏不愧是人文荟萃之地呀,就连寻常百姓也是如此斯文知礼。"

杨瀚向他们拱拱手,加快脚步冲向药铺。刚到门口,就见一个嘴上缠了药布,只露出鼻孔和眼睛,像个木乃伊似的男人直挺挺地走出来,右手边还挽着一个妇人,挺着大大的肚子,状似身怀六甲。

只是,她腹部虽然胀大,脸庞、身材却不像有孕,也许是腹胀气一类的毛病。

杨瀚连忙止步,对那"木乃伊"拱手道:"兄台,可曾见过一对美丽少女又或一对俊俏少年在此求医?又或者是一个风度翩翩的中年书生和一个妖娆妩媚的……"

"昆仑!他们去了昆仑山!"

大汉不等杨瀚说完,就手舞足蹈地比画起来,热情无比。

他满口牙齿都没了,说话声音有些漏气,为了让声音清晰一些,所以说话咬力甚重:"那对俊俏少年往昆仑山去了,说是去寻什么仙草,过了一炷香的时间,又有一对中年夫妇赶来,问清他们去向后也随他们去了。"

"昆仑?"

大汉伸手一指:"对!你往这边走!"

杨瀚忙拱手道谢:"多谢兄台。"

杨瀚说完拔腿就走,心中对姑苏百姓的古道热肠更增了几分好感。

杨瀚跑出去不远,便先折去了马市。

这一去若真是要赶往昆仑山,跑细了腿也到不了,总不能游山玩水似的溜达过去吧?

他料想小青和白素、许宣和苏窈窈也不会步行而去,前往马市时便格外仔细,但问过一遭,却并没有人见过这样两批人来这里买过马。

其实杨瀚想得差了,小青和白素还有苏窈窈可不似他一般的心态,律法规矩对这几个人而言如同浮云。因为急于离开,小青就赶了从姑苏文庙弄来的那套马车，而许宣和苏窈窈则劫了两匹太平马，已经先后出城去了。

小青怀疑许宣应该是在白素身上做过什么手脚，不然的话，他和苏窈窈没道理总能那么准确地追上来。

虽说小青要带着姐姐去昆仑寻那救命的仙草，可此去昆仑，不管是走水路还是走旱路，都有无数种选择，许宣和苏窈窈不知道她们的具体路线，怎么可能总是准确地捕捉到她们的信息并及时追上来？

为了打消这个疑虑，晚上在一家客栈休息的时候，小青特意向小二要了几大桶热水，让姐姐和自己都彻底地沐浴了一番，然后换上路上新买的衣袍，就连随身携带的细软金银也都用热水泡过，唯恐有什么气味留下。

可事实证明，这个办法没用，许宣依旧阴魂不散，总能及时找到她们。小青不得不考虑另外一种可能性：许是官府的仵作，应该很熟悉官场的一些事情。而苏窈窈则从莫本钟那里得到过大笔金银。

这两个人一个有门路，一个有金钱，会不会是动用了官府的力量？毕竟自己和姐姐再怎么样伪装，都很难回避只有两个人的特征，而且其中一人身染重疾，只能坐车，连马都难乘坐。

有了这些特征，利用官府在大城大埠的控制力，其实要查到她们的消息并非很难。想到这里，小青开始专走小路，经乡镇村庄而行，但凡遇到大城大埠就绕道而过。

这一来，小青和白素果然享受了一段清闲时光，从四天前开始，许宣和苏窈窈就再没露过面，似乎已经被她们彻底摆脱了。小青心中欢喜，却也不敢大意，依旧日夜兼程，急急西行。

只是，如果连许宣和苏窈窈都能被她们摆脱了，杨瀚还能追得上来？那可能性显然更小。一直穷追不舍的许宣和苏窈窈若都失去了她们的踪迹，吊在最后的杨瀚又怎么可能找得到？

忽而想起，小青心中也不禁一阵惆怅惘然。早知如此，似乎不该立誓的。不过，好强的小青也只在心中转转这样的念头，外在绝不会表露分毫。死要面子活受罪，指的大概就是这位姑娘了。

昆仑山，号称万山之祖。古人谓之"龙脉之祖。"

昆仑山是小青和白素唯一主动去游览过的所在。这两个女子去其他地方，多是因为被苏窈窈追杀，不得已而为之。只有昆仑山是她们自己主动去过的。

她们拥有了异能，得到了长生不老的本事，对于神仙的存在自然深信不疑，所以她们才主动前往昆仑山，看看是否能够遇到那位传说中人头豹身、青鸟侍奉的"西王母"，那一次当然是无功而返。

如今，她们要二度造访昆仑山，却是从东海之滨的临安府出发，赶到西极之地，可以说是要横贯整个中原大地，她们不但要时时隐藏行踪，躲避许宣和苏窈窈，还得争分夺秒，与天地争寿。

昆仑未至，峨眉已到。

峨眉山，青青山坳之中，流水潺潺如练。

已是黄昏，溪水旁架着一堆篝火。火上架着两段粗大的青竹，青竹是被从中剖开的，剖开的竹管中接了水，正煮着捕自溪中的银色小鱼，鱼汤翻滚着，已经散发出鲜香味，只是汤色还不够乳白黏稠。

鱼汤还没煮好，烧烤的大鱼却是烤好了，一尾大肥鱼，焦黄的鱼皮滋滋地冒着油，叫人一见便食指大动。

小青把采来的茱萸就着石窝子捣成酱汁，用树叶蘸了，一边慢慢转动鱼身，一边把茱萸汁淋洒在大鱼身上，增加辣味。接着，又把采来的青柑捏碎了，将流出的酸水也淋在大鱼身上，最后才从荷包里捏出一点儿盐末，轻轻撒上。又在火上转了两圈，让那滋味入味，然后小青用剥了皮的树枝做成的一双筷子在那焦黄的鱼皮上点了点，随着点开的一个小洞，一股白色的热气裹挟着浓郁的鲜香扑鼻而来。

"姐姐……"小青马上把烤鱼从火上拿下来，转身走向白素。

山坳中有些阴凉，所以小青把柔软的草铺在了一片阳光下，只在白素头顶位置压弯了一枝树叶，免得阳光直射在她脸上，但还可以洒照在她的身上。

一路跋涉，虽有小青的精心照顾，可这么赶路毕竟太辛苦了，白素的脸色很不好。气色灰败，唇上血色几乎都不见了，两眼睁开来，也是虚弱无神。她身边放着一个用竹管切成的杯子，杯子里还剩一口黑褐色的药汤。

这是第四服药了，当第十服药服下后，最多再挨三天，若是仍然寻不到圆心草，那她就要香消玉殒了。

看到同样脸色憔悴的小青，白素只是向她露出一个让她宽心的笑容，客气话全然未讲。几百年相依为命，既然小青决意要去昆仑山碰一碰运气，她也没有必要跟自己的好姐妹矫情客套。

"姐姐，刚烤好的，趁热吃点儿。"

"好！"白素没让小青搀扶，自己坐起来些，背倚着一棵大树，对小青道，"拆一半给我，我自己来。"

小青答应一声，和姐姐分了那条肥鱼，两人肩并着肩，坐在树下，一边挑着刺吃着鲜嫩的鱼肉，一边沐浴着阳光。

"妹妹，这些天许宣和苏窈窈踪影全无，看来是已经摆脱他们了。你也不用这么辛苦了，总是走荒山大泽，我怕你撑到昆仑山也要病了，姐姐现在可全指着你呢。"

"姐姐放心，我撑得住。只可惜，水如意放在瀚哥儿那里了，不然，对你的伤总有一些好处。"

"瀚哥儿……"白素咀嚼了一口鱼肉，轻轻地叹了口气，"许宣和苏窈窈紧蹑我们而来，现在都被我们摆脱了，瀚哥儿只怕是更找不到我们了……"

"只要许宣和苏窈窈能被摆脱，瀚哥儿追不追得上来都不打紧，我一个人照顾得了你的。"

"你明知道我不是这个意思。"

小青叹了口气，道："姐姐不要说了，总归……都是天意吧。"

白素气道："天意天意，叫你拿主意时你推三阻四，好不容易下个决心，还要推给天意。我看哪，就是老天爷嫌你总是喊他帮你拿主意，所以这回不理你了。"

小青忽然咪咪地笑了起来，愉快道："本来我很担心姐姐的，想不到姐姐还有闲情逸致替我做媒人，那我就放心了。"

白素抬手轻轻打了她一下，嗔道："看你，我这不是担心……要是我万一……你孤苦伶仃的一个人嘛。"

"别胡说八道，我还有你呢。我们相依相伴五百年了，我们还会一直相依相伴，永远，永远。"

"就算姐姐没有事，也希望你能有个归宿。瀚哥儿和你的缘分，不该就这么散了。"

"快吃鱼呀你，一会儿就凉了。要说缘哪，如果我和他真有缘，那他就出现哪。他来了，那才是缘！"

小青说着，狠狠地咬了一口鱼肉，也不理会其中还有细刺，便大口大口地嚼了起来，仿佛她嚼的不是鱼肉，而是杨瀚，忽然间就觉得不是香甜，只是酸了。

　　该死的，总说你跟我是天作之合，那你倒是找到我呀，还没许宣和苏窈窈追得紧，真是一个没用的男人！

　　"不要跑，有本事咱们打一架呀！二打一你还跑，你还是不是男人哪！"

　　杨瀚挥舞着一对拳头，大呼小叫地在峨眉山上跑，想用激将法逼许宣一战。

　　可前边鼻青脸肿的苏窈窈和许宣跑得上气不接下气，根本没有和他一战的精力。

　　许宣的化水异能也是需要念力支撑的，如今被杨瀚追得念力早就消耗一空，无法化水了。可是杨瀚比他们还累，毕竟在他可以化水的时候，杨瀚也跑得飞快，才不至于追丢了他们。

　　杨瀚是在四天前误打误撞地追上许宣和苏窈窈的。从那一刻起，许宣和苏窈窈就尝到了被人追杀的滋味。他们两人的异能对杨瀚完全没用，可不用异能的话，许宣只是个不懂技击之术的郎中，打架的话根本不用把他作个数，若只是苏窈窈一个人的话，她又根本打不过杨瀚，那就只好跑了。

　　这四天来，他们俩被杨瀚追得如丧家之犬一般，苏窈窈甚至动过去府库盗窃弓弩的念头，很显然，世俗世界的武器对付杨瀚反而更奏效，奈何他们被杨瀚追得根本停不下来。

　　昨天，他们倒是从山脚下一个猎户家中弄了张猎弓，许宣还发挥他的所长，寻到了一味见血封喉的毒药药草，碾出汁液来涂抹在箭头上，然后藏于林中准备射杀杨瀚这个祸害。

　　可直到动手的那一刻，他们才发现，原来弓弩并不是看着别人操作的一搭一拉一放那么简单的。杨瀚连闪都不用闪，他们根本射不到，即便只有十步的距离。

　　接着，那支射歪了的箭就插在了地上，许宣和苏窈窈只能继续逃跑，就在刚刚，许宣正跑得心跳如雷时，突然福至心灵，想到自己昨日射箭错在了哪里：他的箭羽好像不是竖着的，而是横着的，箭射出去时，箭羽会刮到弓臂的呀，那不歪才见鬼了。

　　"喂！你是不是男人哪，有种的你别跑！"杨瀚说着，一个趔趄，因为腿力不支，险些跌倒。他向旁跟跄几步，一把扶住一根粗大高壮的青竹。

　　杨瀚喘息着向前看去，许宣和苏窈窈相互扶持着，跑得一点儿都不快，像一对老头儿老太太似的，可问题是，他这时跑起来也跟他们差不多，杨瀚的气力也已经用尽了。

杨瀚眯起眼睛看看天色，已近黄昏了。许宣和苏窈窈已然筋疲力尽，他们跑不了多远，等他们再逃开些，一定会找地方休息。这大山深处，只要天一黑，谁也别想走，不但野兽频繁出没，而且脚下一空就得摔下悬崖。所以，自己莫如早早歇下，比他们多恢复一分气力，明天才好继续追杀。

杨瀚已经想清楚了，自己找不到小青和白素不要紧，她们是去昆仑山寻仙草的，自己只要缠住许宣和苏窈窈，不叫他们追去捣乱，便是帮了小青和白素的大忙。

竹根处有道黑影乍然一闪，就想缩回地下。杨瀚手疾眼快，一伸手就把那东西抄在了手中："嗬！好肥的一只大竹鼠，这下子晚餐有着落了。"

苏窈窈和许宣走得非常狼狈，两条腿好像已经不属于他们似的，不管是俊男还是美女，在这一刻，那优雅的风度、飘逸的风情，全都荡然无存了。

当两人走到一片草地上，扭头看看杨瀚没有追过来，苏窈窈立刻不顾形象地瘫在了草地上，大口大口地喘息着。

许宣还想再坚持一下，但精神一松懈，两条腿马上像灌了铅，也一屁股坐在了草地上。

晚风、残阳，还有……一缕鱼香……

许宣第一个嗅到了鱼香味，登时心中一凛，向苏窈窈打个手势。

苏窈窈心中一惊，急忙挣扎坐起，这时又是一阵风来，她也嗅到了鱼香味，苏窈窈吸了吸鼻子，道："上风头有人。"

许宣道："走，咱们去看看。"

白素和小青此时已经吃完了大鱼，那鱼汤也熬好了，乳白色的鱼汤带着青竹的香气，虽然黏稠，却不腻人。

两人喝着鱼汤，热汤入肚，原本身子极虚的白素额头沁出了细汗。小青在溪水边投湿了汗巾，回去帮白素拭了拭汗，道："且歇歇吧，明早起来，应该就好过多了。"

不远处，草丛中，苏窈窈眸中厉光一闪，就要冲出去，却被许宣一把拉住。

苏窈窈冷冷看向许宣："怎么，旧情难忘了？"

许宣淡淡道："你别忘了小青会瞬移。我们待她们睡下，全无戒备时再出手。"

苏窈窈转念一想，许宣之言确有道理，妒意这才稍去，轻轻点一点头，向他妩媚一笑，道："还是许郎思虑缜密，人家不及你。"

许宣微微一笑，道："你不要多想，我与她已是绝不可能了。你比白素还要美貌几分，待来日取得火风二如意，你我皆恢复青春年少，那时我便娶了你，做一对神仙眷侣。"许宣并未纠正苏窈窈对他的称呼。

苏窈窈感动道："人家孤苦数百年，早想安定下来，若得永驻青春，愿与郎君结为连理，双宿双栖，永世不易。"

夜深了，今夜无月，繁星满天。

星辰在天上显得异常明亮，就好像缀在黑幕上的一颗颗明珠，但它的光芒对地面影响不到分毫，山坳里黑漆漆的，就连那堆篝火，似乎也在两丈开外便完全融进了夜色中。

苏窈窈和许宣悄悄地向着那堆篝火靠拢过来，隔着三丈多远停住。许宣仔细看着树下，白素躺在一堆青草上，侧卧在篝火旁，隔着不到一丈的距离，正沉沉地睡着，而小青就躺在她身子外侧，此时业已睡得熟了，许宣不由得阴阴一笑。

苏窈窈桃腮泛红，眉梢眼角尽是春色，她掩了掩罗裳，将那微露的精致锁骨掩了起来，又抚了抚鬓边凌乱的一丝秀发，就听许宣轻声道："你我左右绕过去，同时对小青出手，只要制住了她，白素便也逃不得了。"

苏窈窈点点头，马上向左侧掩过去，许宣便向右侧转了过去。两人绕到侧面，这回看得更加清楚，小青和白素背贴着背，正在甜甜入睡。二人互相打个手势，苏窈窈已按捺不住，率先扑了过去，十指箕张，直取小青。

"啊！"

苏窈窈身在空中就觉不妙，她的手臂似乎被一条锋利的细刃割伤了，一阵钻心的痛楚，紧接着另一只手似乎也触到了什么，苏窈窈这才发现火光映照之下，面前似乎有一张细若蛛丝的网。

苏窈窈生怕再撞向前去，被那网丝划花了她的脸庞，不由得怪叫一声，强行力道向下，把自己狠狠地砸向了地面，就在这时，小青霍然睁开了眼睛。

小青的异能靠念力支撑，而且时间越长，消耗越大，所以许宣和苏窈窈不相信她在睡觉时会布下水滴护卫自己，这才放心大胆地扑了过来。但他们拥有异能后太过倚仗异能，竟然忘了，其实许多事情用寻常手段就能解决。

小青让姐姐睡在靠火的一侧,自己睡在外侧,就算不防着人,又岂能不防着山中野兽?她用劈开的细竹篾交叉结了一道网子护在背火的一面。那竹篾极细,在夜色之中根本看不出来。

苏窈窈见机不对,为了保住美丽的容颜,也顾不得许多了,宁可以一个极狼狈难堪的姿势摔向地面。

另一侧的许宣却是毫不犹豫,在他的身体触到那细若发丝的竹网时,他立即化身为水,身子穿过竹网的刹那,就再度恢复人形,狞笑着扣向小青的咽喉。

这时,小青已醒了。

她一睁眼,许宣已到面前。小青立即一扬手,许宣马上怪叫一声,双手掩面,倒纵而出,这时竟顾不得化身为水躲避那细竹篾编织成的网子。他后背衣袍割裂,肌肤勒伤,这才撞断了网子,跌跌撞撞逃出几步,一头扎向旁边的溪水。

苏窈窈刚从地上爬起来,一见许宣退得如此狼狈,把她吓了一跳。她可是深知许宣刀枪难伤的奇异本领有多可怕,许宣竟似受了重伤?这怎么可能?小青用的什么手段?

苏窈窈不知就里,急忙跟着许宣倒纵而出,逃了开去。

小青原地一个翻滚,一把抱起白素,急道:"走!"说罢飞身向前冲去,抱着白素越过火堆,反踢一脚,两根着火的木头便砸向追上来的苏窈窈。

苏窈窈旋身出腿,将两根着火的木头踢开,但她被阻了一阻的当口,小青已然抱着白素遁入夜色之中。

这时许宣才哗的一声从溪水中跳出来,落汤鸡一般落在火堆旁,两眼通红,恶狠狠道:"逃?我看你往哪里逃,咱们追!"

许宣说着,便向小青的身影消失处扑了过去。

苏窈窈急忙追上去,关切地问道:"许郎,你怎么了?"

许宣一边追赶,一边咒骂道:"该死的小青,她手边备了一竹筒茱萸汁,我一时不备,险些被她弄瞎了眼睛。"

苏窈窈心中咚地一跳,暗道:"原来,他也不是无懈可击,要对付他,也不是全无办法呀……"

许宣虽然心思缜密,但江湖经验远不及苏窈窈,还不知道就这一句话,已经把自己最大的弱点透露给她。这无异于一个练铁布衫的,却把自己的罩门告诉了别人。

一追，一逃。

峨眉的这个夜，一点儿也不安宁。

小青抱着白素，初时还好，到后来已然力竭。白素起初还安稳地躺在她的怀里，听到她擂鼓似的心跳声时，终于忍不住挣扎起来："快放下我，不然，我们两个一个都逃不了。"

小青虽不肯放下白素独自逃生，可也清楚再这么下去，两人只能一起赴死。小青看看前方黑漆漆仿佛一头怪兽盘踞般的山崖，竭力挣扎过去，将白素放下，小声道："姐姐，你藏在这里，我去引开他们，待我摆脱他们，再来接你。若我明日将晚时还没回来……"

小青顿了一下，握了握白素的手道："那一定是……一定是我暂时摆脱不了他们。我会吸引他们离开，姐姐你就得独自西行了，一个月的时间快要过半了，万万耽误不得。"

"好，我明白！"白素也知道这时不是儿女情长的时候，更知道小青此言如同交代后事，不过想到小青有瞬闪异能，发生悲剧的可能性并不大，还是爽快地答应一声，道："妹妹，你自己小心！"

将一只肥硕的竹鼠剥洗干净烤熟了吃掉，杨瀚便用藤搭了个吊床，睡在两棵树中间，这样虽不怕猛兽偷袭，可还要担心毒蛇顺着青藤爬过来，杨瀚也不敢睡得太踏实。

半梦半醒之间，杨瀚隐隐听见小青的声音道："你们两个妖人，狼狈为奸，老天早晚收了你们。"

杨瀚的眼皮微微动了动，大概又做梦了吧？这里荒山寂寂，怎么可能听到她的声音。

旋即，又听许宣的声音响起："小青，我所求者，不过是火风二如意。只要我拿到手便再不会与你们为难，你们何苦与我们作对？交出火风二如意，我们马上就走。"

小青冷笑："是吗？你当我是傻子？自从临安铜塔事后，你们每次都想把我和姐姐抓到，而不仅仅是想盗取我们的火风二如意，不然的话以你无孔不入的身手，早就翻遍了我们的行囊，可你还是要抓我们，为什么？"

苏窈窈的声音突然响起："贱婢，只要拿到火风二如意，我们汲取什么人的性命不成？何必费尽心机，偏要与你们为难？那杨瀚十分难缠，我们也是宁可不得罪他的，偏你多疑！"

杨瀚突然从藤床上坐了起来："不对，这不是梦！难道……"

夜色中，就听小青的声音忽左忽右，不时地移动，显然他们三个人对着话，各自的位置也在不断挪动，以免被对方偷袭。

小青哈的一声轻笑，嘲讽道："是吗？只怕是你们两个已经发现，即便被你们汲取了普通人的性命，虽然能让你们暂时还春，却还是会一天天变老，所以才对我和姐姐不肯撒手吧？因为只有我们，才能让你们永葆青春。你们现在有两个人，所以我和姐姐，你们一个都不想放过。"

夜色中突然静了下来，显然，小青一语中的，许宣和苏窈窈没想到她竟察觉了其中的关键，这时一下子点了出来，二人一时间不知该如何反应了。

片刻之后，许宣强笑道："胡说八道。就算普通人的生命不能叫我们长生不老，我们只要不断找些普通人汲取他们性命也就是了，有必要舍易就难，偏去为难你们吗。"

林中寂寂，小青并未回答。苏窈窈忍不住道："不错，小青，你只要交出火风二如意，我们掉头就走，从此绝不为难于你。"

"小青？"

又是片刻的沉默，许宣突然咒骂了一声："该死的，她又逃了。"

许宣说话时，声音已从小青先前发声处响起，显然刚才说着话，他就在悄悄靠近小青。如此作为，实难叫人相信他真的只是为了拿到火风两如意，小青所言显然不假。

苏窈窈闻声闪到许宣身旁，恶狠狠道："白素一定是被她藏起来了，不过她与白素姐妹情深，她是不会远离的，咱们继续搜。"

苏窈窈话音刚落，身旁突然又冒出一道黑影，二话不说，一记"黑虎掏心"就打向许宣的胸口，许宣哇地喷出一口鲜血，整个人倒摔出去。

半空中，许宣化成了一团不成人形的水流，可这水团还没落地，就被一只手抓住了，它马上恢复了许宣的原形。杨瀚抓着许宣的足踝，呼地一下抢向苏窈窈。

许宣怪叫道："是我！别误伤了！"

他被杨瀚一沾身，便什么异能都使不出来了，如果此时苏窈窈一刀刺过来，还真能要了他的命，许宣不得不赶紧示警。

苏窈窈虽还不曾看清来人是谁，一听许宣叫得如此凄惨，就知道是杨瀚。这世上除了他，没人可以让许宣如此狼狈。

苏窈窈立即一矮身，拔出短刀刺向杨瀚的小腿，杨瀚本想以许宣为武器，把苏窈窈也拿下，不想她变招如此之快，而且她用的是刀，普通人的技击之法，普通人的武器，这他可免疫不了。

杨瀚"哎哟"一声，向后疾退，不料地面不平，被突出地面的一小块岩石磕了一下后脚跟，仰面摔了出去，许宣自然也脱手了。

许宣化作一团水落地，向外滚动两匝，再一跃起，这才恢复人形，怒不可遏道："杀了他！"

苏窈窈贴地扑向杨瀚，噗噗噗一连扎出三刀。杨瀚手撑脚蹬，贴着地面急急后退，躲过了这三刀，一骨碌转到了一棵大树后边，再重新绕出来时，也不过就是刹那的工夫，就见许宣和苏窈窈像是一对被狗撵着的兔子，已然落荒而逃了。

这两个人跟杨瀚已经斗了四天，自然晓得他的厉害，方才猝袭既未得手，那就不可能再有机会，所以二人逃得飞快。

杨瀚看看追不上了，只好扔掉刚折下来的树枝，四下一看，夜色茫茫，此时要找小青，无异于大海捞针："原来她也在这山中，早知如此，今晚就该多赶点儿路，说不定就会遇到她了。"

天色微明，小青狼狈地登上峨眉金顶，喘息咻咻。也许真的是命中注定的冤孽吧，她昨夜本来已经逃开了，藏在一处草坑里，本想借着夜色掩护，避过许宣和苏窈窈，天明再去找姐姐。

却不想，她明明藏得好好的，许宣跟苏窈窈却像长了一双天眼似的，笔直地冲着她扑过来了，快逾奔马，这明显是发现了她所在的样子。

小青可不知道他们俩只是被杨瀚吓破了胆，生怕被杨瀚抓住，这才逃得飞快，结果误打误撞，冲过来方向的正是她的藏身之处。迫于无奈，小青只得从草坑里跳出来，拔腿就逃。许宣和苏窈窈见了大喜，立即又跟在了她的后边。

天色渐渐有了光亮，小青再想遁隐身形已然不易，结果在一追一逃之间，她已逃上金顶。

金顶上雾气隐隐，居然还有七八个墨客，十几个书童，正站在金顶上，等着看日出，突然瞧见小青三人，虽然三人行装有些古怪，不像是来看日出的，却也并没有特别讶异。

"小青，你已无处可逃了，束手就擒吧！"苏窈窈追到了小青面前，站定身子，眼见她已到达绝顶，无处再走，不由得兴奋异常。

许宣除了逃命或追杀的关键时刻，平素也是用双腿跑的，并不化形。不过他的体质较之常人已经强了太多，跑到山巅时，虽也是气喘如牛，但是眼见小青已无路可逃，眼中也不禁露出兴奋的光来。

小青看看四周，不由得有些绝望。许宣舔了舔嘴唇，向她贪婪地伸出手："交出火风两件如意来。"

小青退了一步，冷冷道："不在我这里。"

苏窈窈冷笑道："不可能！小白病恹恹的样子，难不成这么重要的东西会放在她身上？死到临头，你还要撒谎？"

小青冷笑道："一定得放在姐姐身上吗？你想要，找瀚哥儿去吧，只要你有胆子去找他。"

苏窈窈冷哼一声道："那是你和小白的宝物，会这么放心地交给别人保管？小青，你以为我如此好欺吗？"

小青淡淡道："苏窈窈，不要以你之心，度他人之腹。在你眼中宝贝至极的东西，于我们而言，未必放在心上。"

许宣目光一闪，道："不要跟她废话了，先擒住她再说。"

苏窈窈和许宣同时扑向小青，三人立即厮打起来。原本只是对三人形迹略生诧异的几个文人骚客登时看得目瞪口呆，眼见这三人一个突然一扬手，便是一杆冰枪在手，那个一闪身，几滴水便炸裂了一块石头，那个男子尤其诡异，竟然化作一团水流迫近，逼得那少女狼狈不堪……

神仙？妖怪？想必还是妖怪的可能性更大一些吧？

这些昨晚就赶上金顶，只为今早日出而来的骚客们两股战战，想要逃跑，却觉双腿发软，动弹不得。

小青只对付许宣或苏窈窈任何一人，都要略逊下风，更何况这二人联手，小青根本不是对手，苦苦支撑一阵，小青挨了许宣两记水化的巨掌打击，侧身避开苏窈窈手中的冰刺，和身便抱住苏窈窈，往地上一倒，便向悬崖边滚去。

苏窈窈发觉她想和自己同归于尽，骇得魂不附体，一时挣不脱她，只得尖声大叫："许郎救我！"

其实小青才不想与她同归于尽，小青算计得很清楚，她会瞬闪，只要抱着苏窈窈滚下悬崖，将要摔落地面时，便踢开苏窈窈，动用瞬闪异能，她应该可以活下来，而苏窈窈则一定要摔成肉泥了。

这两个妖人少了一个，总归是好对付一些，而且这一来很可能就摆脱了许宣的追杀。

不过，小青主意打得虽好，事情却未如她预料一般发展。苏窈窈被她抱着一通翻滚，还未翻到悬崖边，地上有一块突起的石头，苏窈窈一把抓住了石头，十指紧扣，再不撒手。

小青抱紧苏窈窈奋力滚了两滚，一时却未将苏窈窈挣脱，这时许宣已经到了，他自怀中取出一口短刀，一刀就刺向小青的后心。

"小青！小心！"

此时杨瀚堪堪赶到金顶，一见这般情形，惊得魂都要飞了，纵身向小青扑了过来。身在空中，杨瀚就挥出一拳，狠狠捣向许宣的胸口。

不料许宣却突然狞笑一声："你上当了！"反手一刀，就向杨瀚刺来。

原来，许宣已经看到杨瀚冲上山来，他刻意制造杨瀚必救的局面，为的就是置他于死地。至于小青，他还要汲取小青的生命力呢，怎么可能舍得取她性命。

杨瀚身在空中，根本无力腾挪，许宣一刀狠狠刺向了他的心脏。

许宣虽不会武，但拥有异能之体后，力量、速度、稳定性、准确度都远远强于常人，他又是个常常解剖人体的郎中，这一刀刺得又狠又准，只要刺中，杨瀚必死无疑。

可是就在这时，一团灿烂的金光乍闪，太阳喷薄而出了。那一团金光晃得许宣一顿，惊见杨瀚遇险的小青已骇叫一声，放开苏窈窈，腰杆一挺，便抱住了杨瀚。

许宣的刀只略略一顿，依然扎向杨瀚的心口，而且速度更快、更狠厉了。可这时小青已经跃起，一把抱住了杨瀚，许宣的刀便成了刺向小青的后心。许宣心中也是一惊，他可不想杀了小青，可这时力已用尽，他的刀已经收不回来了。

但是，他的刀刺空了，眼前人影一闪，小青和杨瀚便不见了，只有一套衣衫正软软地落向地面。

站在崖巅金顶上的那些文人骚客本来吓得魂不附体，但其中一人骤见佛光亮起，还是不由得惊呼起来："你们看！"

众人包括许宣和苏窈窈一起望去，就见云雾弥漫当中，一轮内紫外红的彩色光环不断闪烁，光环中一男一女相拥在一起。

只可惜那佛光本就映得人若隐若现，那二人更是只在佛光中滞停了一刹那，便一起坠向了云雾缭绕的悬崖峭壁之下，那幕奇景如惊鸿一瞥，再也看不见了。

四十五　三山秘密

小青和杨瀚相拥在一起，直直地坠落下去，耳畔风声呼呼，一团团雾气被他们急剧下坠的身形撞开。

"对不起！"小青凝视着杨瀚，悲凄地说了一句。

她刚刚用过瞬闪异能了，可是慌不择路，只想着避开许宣的一刀，却忘了这一侧是悬崖，而今她根本没有余力发动第二次瞬闪，两个人都要完了。

"你说什么？"杨瀚没有听清，大声问了一句，只是一张口，风就灌进了他的嘴里，后边两个字是小青意会的，杨瀚其实并没有喊出口。

"我说……"小青一双赤裸柔软的手臂突然环紧了杨瀚的脖子，把嘴巴凑近了他的耳边。

杨瀚只觉两团柔软抵着胸前，一时晕晕乎乎有种微醺的感觉。

"我说，若有来世，我一定，做你妻子！"小青说完这句话，眼泪忽然一下子涌了出来。

她放开些身子，又深深地看了杨瀚一眼，仿佛要把他牢牢记在心里，然后再度抱紧了他，蜻蜓啄水般在他唇上飞快地吻了一下，再顺着他的颊，把唇滑到他的耳边，轻声道："这一回，真个要你中有我，我中有你了。"

说到这里，小青心中忽地一阵甜蜜，与心爱的人这样永远地不可分离，似乎也是个不错的结局呀！

女人的感性，真是男人不能理解的东西。杨瀚热忱追求的时候，她始终不为所动，不断地推三阻四，这时要死在一起了，她倒被她自己的浪漫想法给感动了。

浪漫吗？杨瀚可不觉得，好好的两个人，摔成一堆腐肉，喂了虫蛆，有什么好浪漫的？于是，关键时刻远比小青理性的他开始自救，他想抓住个什么藤条一类的东西，但是……居然没有!

距地面越来越近了，也许，只在瞬息之间了吧。

杨瀚突然做出了一个叫小青诧异的举动，他一把推开了小青。小青惊诧地看了杨瀚一眼。

杨瀚此时却无暇看她，探手入怀，掏出了风如意。

风如意如风流动，质地透明，只隐约可见一个如意形状，你甚至可以透过它看到其他的东西，它就像一块透明的琉璃，若不是光线透过它时会发生些微的变化，那它就是几乎是透明的。

"希望我那位祖先说的是真的，我自己家的老祖宗，应该不会忽悠我吧。"

杨瀚急急想着，突然张口，对着那风如意一声虎啸。

虎啸山冈，那是何等威势?

在杨瀚看来，只是练大嗓门的功夫，可在那声波震荡之下，群山隐隐回荡之时，他手中的风如意突然迎风而长，瞬间扩大了百倍不止。它依旧是几乎肉眼难辨的流风状如意，此时的大小却如一叶小舟。

杨瀚又惊又喜，急忙踏了上去，伸手一拉小青，而当小青踏入这轻舟的时候，他们二人已经将要坠地了。

方才二人这一番言语心思，看似时间极长，其实不过刹那之间。生死关头，人的思绪反应是百倍于平时的，而当杨瀚用秘法将那风之轻舟催动的时候，两人已坠至几棵参天大树的树冠处。

"疾!"杨瀚大恐，明明只需用念力控制，却不由自主地吼了一声。

那风之轻舟堪堪将至地面，突然一股大力横向一推，一股强劲至极的飓风呼啸而出，将那足有十余丈方圆的巨树树冠推得一阵剧烈摇动，轻舟已借此摆脱了下坠的强大力道，横向飞了出去。

"哈哈，我们……不好!"杨瀚也是忙中出错，轻舟所飞方向，正是崖壁。

杨瀚扶着小青光滑柔韧的腰肢，刚刚稳住身子，就见轻舟以奔马难及的速度撞向了崖壁。杨瀚大惊，立即抱紧小青，猛地身子一旋。

砰!

风之轻舟撞上崖壁，立即恢复原形掉落下去，而杨瀚和小青也被甩了出去。杨瀚后背撞上崖壁，哇地吐出一口鲜血，昏过去了，整个人立即软软地滑了下去。

此处距地面还有六七丈高，这崖壁虽算光滑，但上边有许多可以攀附抓扣的突起或缝隙。两人身子滑下去三丈，小青才反应过来，急忙一手揽住杨瀚，一手抓住了一块岩石。

杨瀚陷入了梦境之中。

他觉得自己的身子变得轻飘飘的，站在一块巨大的平地上，四下望去，只有云雾中几座孤零零立着的山峰，山峰在极远处，因为雾气的弥漫，下不见其底，上不见其顶，只在云雾中若隐若现地出现那么一截。

他面前的巨石铺就的平坦地面似乎距边缘是最近的，只有二十丈左右的距离，杨瀚有种那四边的巨柱是用奇长奇粗的铁链将自己所在的平台悬浮在空中的感觉，所以他小心翼翼地向那边缘走去。

当他走到那巨石平台的边缘，不禁倒吸了一口冷气，在他面前出现的，居然是一条向下的阶梯。那阶梯也是巨石铺就的，很难想象，得需要多少人力，才能造就如此庞大的建筑，那根本不可能是人力所为，只能是神仙之地。

在他面前，那长长的、宽宽的、向下蔓延无尽的阶梯上，站着无数的人，最前边的人穿着兽皮披，那是斑斓的猛虎皮做的袍子，斜披在那些男人的身上。在他们颈间，挂着洁白的兽齿项链。

他们都赤着脚，小腿结实得如同普通男人的大腿，袒露着一只臂膀，粗壮魁梧、肌肉贲张的双臂似乎连山都能举起来，他们的脸上涂着几道颜料，头上戴着鸟雀的翎毛冠。

见到杨瀚出现在高台上，他们忽然举起手中的干戚，跺着脚欢呼起来，口中发出"噢噢嗬嗬"的叫声，然后一起跪了下去，放下武器，双手扶地，屁股翘得高高的，额头紧抵着巨石的地面，显得无比虔诚。

杨瀚感觉自己的身子在飘下去，所以他的目光越过那些兽人，又看见一群穿着交领右衽、曲裾深衣的人。

他们的深衣都是麻制的，袖口宽大，象征天道圆融；领口直角相交，象征地道方正；背后一条直缝贯通上下，象征人道正直；腰系大带，象征权衡。分上衣、下裳两部分，象征两仪；上衣用布四幅，象征一年四季；下裳用布十二幅，象征一年十二月。

他们站在那些野人之下的第二阶梯上，肃然而立，每人手中捧着一块玉笏，见到杨瀚走来，他们立即齐刷刷地跪了下去，身体仍然挺得笔直，一个个严肃得不见一丝表情，仿佛是一群泥木雕塑。

杨瀚继续向下走，宽衫大袖、褒衣博带、魏晋风尚的男人；圆领袍衫、软脚幞头、唐宋风尚的男人……

他们好像都很畏惧杨瀚，他们不像之前原始兽人一般装扮的人会以狂热的目光迎接杨瀚，也不像接下来身着曲裾深衣的先秦人物一般肃穆庄严。只是远远地看见杨瀚的身影走下来，他们就已垂下了目光，近乎惶恐地匍匐在地，对他顶礼膜拜。

有鼓声响起，不知道那是用什么兽皮制成的巨鼓，声音敲出来仿佛巨雷，天地间都充斥着那惊天动地的声音，一下下震颤着他的耳膜，令他恨不得想发出龙吟声，借以抗拒那震撼心灵的巨响。

狮吼、虎啸、龙吟、凤鸣，杨氏祖传的四门音波功，其中狮吼与虎啸喊出来还可吓人一跳，而龙吟与凤鸣对他而言一直觉得既怪异又无用，这时他却很想使用龙吟功，他感觉到，那能抗拒这种叫人有些难受的鼓声。

杨瀚没有继续往下走，那台阶太长了，根本看不到头，而肃立在阶上的，是密密麻麻的人，只有男人，成年的强壮的男人，还有年老肃穆的男人，杨瀚站住身子，向下望去。

随着他的目光所及，站在阶上的人，就像割倒了的麦子，一层层地俯伏下去，不过片刻工夫，那仿佛通向天庭的漫长台阶上，就只剩下他一个人，孤零零地站在那里。

他抬起头，忽然看见天空中盘旋着几只巨大的生物，它们的样子太古怪了，有一只巨大的鸟喙，巨大的尖嘴里居然还长有牙齿，当它们飞近时，可以看到它们的每一颗牙齿似乎都有半尺长。

它们还有一双没有羽毛只有皮膜的巨大翅膀，身下的一对利爪宛如一对锋利的铁钩。离杨瀚还不算太近，它们扑扇出来的疾风已经快叫人站立不住了，左右两边跪下的人都不得不伸出手，扶住他们头上的冠，免得在杨瀚面前失礼。

但它们显然并不敢接近杨瀚，只是示好似的向他鸣叫了几声，便又展翅高翔了。

这是哪儿？怎么那么像……祖先说过的三山世界？

杨瀚纳罕地想着，他站在那儿，所有人便跪着，他痴痴地想东西，所有人都俯低着头，不敢发出一丝声息，生怕打扰了他，只有天空中那丑怪丑怪的飞鸟，总想要亲近他似的，不时会飞近一些。

只是，它们一靠近，扇起的风就像刮起的狂风，有一只丑怪的年轻飞鸟没有掌握好分寸，一下子飞得太近了，杨瀚有些站立不稳了，风吹起了他的袍裾，他发觉下体凉凉的，好像里边根本没穿亵裤。

杨瀚可没有暴露狂的习惯，他立即抓紧了自己的衣服。这样一急，他一下子醒了过来。

小青此时正蹲在他的面前，身上穿着他的袍子，头发也用树枝简单地绾着，像个半大小子。而杨瀚正紧抓着他的犊鼻裤，瞪大眼睛看着小青，他的上身已经赤裸了。

两个人就这么大眼瞪小眼地对视了良久，小青才期期艾艾道："我……我只是想看看你身上有没有伤，不是想……不是想扒光你的衣裳……"

崖下山谷，四壁陡峭，应该是亘古以来，就不曾有人来过。地上的落叶都厚厚的，踏上去有种软绵绵的感觉。

不过，小青担心会有蛇虫，还是选择把杨瀚安置在藤床上。利用四棵参天的古树的藤编织出一张藤床，再铺上青草，软软的还沁着草香，小青的确心灵手巧。

她又去捉了两只锦鸡，点上火烤着。

"你怎么样了？伤还疼吗？"小青架好拾掇停当的锦鸡，返回藤床边关切地询问。

杨瀚笑道："我没事，只是内腑受了震动。你看我壮得像牛似的，只要歇上一阵就好多了。"

小青叹气道："我被他们两个追得紧，无奈之下，把姐姐藏了起来，我告诉姐姐，日落之前，一定会去找她。如果届时未到，恐怕姐姐会豁了性命，去找苏窈窈拼命。"

杨瀚道："既如此，我稍歇歇，咱们便走。那日我在临安，听郑神医堂前求医的人说，白姑娘的心脉断了？"

小青恨恨道："是！她中了苏窈窈的毒手。我想，那时苏窈窈应该还未察觉他们汲取普通人的生命力，也只能如普通人一样一天天变老。不然的话，她不会对姐姐骤下毒手的。"

杨瀚担心道："心脉若是断了，还有得医吗？"

小青苦笑道："照常理来说，自然必死无疑，而且挨不过三日的。不过，有郑神医的妙方，能延姐姐一个月的寿元。我们只能抢在一个月内赶去昆仑，看看是否有缘得到圆心草了。"

杨瀚道："圆心草？那是什么东西？"

小青道："那是……其形酷似荷叶的一种药材，不过它不是长在水中，而是生在峭壁上，大小较之荷叶也小得多，叶片则厚如灵芝。据郑神医说，世间唯有此物可续心脉。"

杨瀚蹙眉道："想来这东西并不常见吧？莽莽昆仑，纵然在一个月内赶到了，你们就一定找得到吗？"

小青沉吟了一下，道："七十年前，我和姐姐游昆仑，曾经见过一株圆心草，只盼它还在那里。"

杨瀚挣扎坐起，苦笑道："七十年，在你口中，倒似七个月一般随意。"

小青扶住他道："你正受着伤，不好生歇着，起来做甚？"

杨瀚道："算了吧，我听你一说，希望真是渺茫，我们还是马上找路出去吧，既然时间紧迫，我们可拖延不得。"

小青将他摁回藤床上，道："我也心急如焚，可无论如何，你得歇上一歇。要不然，你伤势得不到调理就行动，一旦伤势加重，我可照顾不了两个人。你抓紧时间调息，午后我们再走，那时，想必苏窈窈和许宣也该离开了。"

杨瀚也怕自己反成了累赘，略一思忖，便答应下来，闭上眼睛，缓缓地调息休息。

草香、阳光、轻柔的风……很快就把杨瀚送进了物我两忘之境。

不知过了多久，杨瀚醒来，觉得呼吸顺畅许多，身子也轻快了许多，试探地深深呼吸了几口气，胸口和后背的痛楚感已经减轻了许多。这时他才嗅到一阵鸡肉的香气。

从昨夜开始一直到现在他还不曾进食，一嗅到肉香，肚子登时咕噜噜地叫起来。

篝火已经熄灭了，两只烤鸡还架在火堆上，灰烬余温烤得那鸡肉渗出油脂来，滴在灰烬上，偶尔滋滋地冒起一团火苗。

见杨瀚醒来，小青忙把一竹筒泉水递给他，让他润了润喉咙，再从一只烤鸡上撕下一条鸡腿，撕着一条条鸡肉喂给他吃。

杨瀚只需要躺在藤床上，自有小青殷勤地服侍。身下的藤床轻轻地悠荡，躺在其上的杨瀚不禁生起一阵逍遥之感，难得享受小青如此的温柔，一时间杨瀚只盼这种温馨可以无穷无尽地持续下去。

"我们本要摔个粉身碎骨的，你是怎么……将那风如意变成一叶风舟的？"这个想法在小青心里憋了很久了，终于还是忍不住说了出来。

杨瀚沉吟了一下，很快就决定实话实说。他发现了，小青看着爽利，实则比白素敏感细腻很多，她其实极度缺乏安全感，如果总是有事瞒着她，哪怕是好意，也会渐渐让她不再信任。

而小青一旦不再信任一个人，再想走进她心里，那是比登天还难。

所以，杨瀚道："金钵和四如意，也许……真的是神仙遗物吧！"

小青道："我是问你怎么懂得使用它，我们历经五百年可也不曾发现过什么。"

杨瀚凝视着小青道："五百年前，乘金轮之舟飞翔于天空，赐你长生不老之术的人，是不是你心目中的仙人？"

小青道："当然，他们若不是仙人，怎有那样的神通？"

杨瀚道："不！他们并不是仙人，他们只是得到了仙人留下的金钵和四如意，比你了解那五件神器更多的用处，所以被你当成了仙人而已。"

小青疑道："这是五百多年前的事，你如何知道？为何如此确定？"

杨瀚凝视着小青，缓缓道："我们从建康前往临安的船上，我就对你说过，风如意是我的家传至宝。小青啊，除了上次装聋，我绝没骗过你一次。"

小青想起之前以为他真聋了，自己和他吐露心事肆无忌惮的样子，不由得嫩颊一红，忙道："啊！那个呀，对呀，你是说过那是你的家传至宝，怎么了？"

杨瀚道："我说的这个家传，我一直以为是五百年前，可前不久我才知道，不只五百年，这宝贝在我家已经传了一千多年。"

小青讶然看着杨瀚，道："在你家传了一千多年？那……五百年前，我和姐姐还有苏窈窈遇到的乘飞舟的仙人是……是？"

"他是……我的祖先！"

小青的嘴巴顿时张成了 O 形，半天合不拢。

杨瀚道："如果从那时算起，我是杨家第十九代后人。如果再把那之前的五百多年算进去，我是杨家第三十七代后人。"

小青茫然道："为什么你要分从那时算还是把那之前的五百多年另加上？这其中有何道理？"

杨瀚道："因为……在那之前的五百多年，我的家族，并不在这个世界上啊。"

小青吃惊道："不在这个世界上？你越说越荒唐了，不在这世上，难道还是在天上？"

杨瀚摇头道："也不在天上，而是……在三山。"

接着，杨瀚讲了一番小青虽然听得懂，一时却难以理解的话来。

杨瀚告诉小青，传说中的海外三仙山，是一个真实的存在。

不过，海外三仙山上生活着的并不是什么仙人，而是和他们一样的人类。

海外三仙山和他们生活的这个世界之间，一直有着一个无法逾越的屏障，所以平时既看不到，也过不去。只有电闪雷鸣、暴风骤雨时，东海之上偶尔才会撕开这两个世界之间的屏障，使得一些人误入其间。

因为那屏障打开的时间极短，需要在阵阵天雷的炸裂中才能打开，所以误入三山世界的人基本上就再也回不来了，从此只能生活在那个三山世界里。

也许曾有人只是短暂地闯过去片刻，又在风雷交加中回到了这个世界，所以才有了东海三仙山的传说。

杨瀚告诉小青，其实那个三山世界，最初并没人居住，本是一片莽荒之地，生长着许多奇异的生物，唯独没有人类。

后来，从殷商时期甚至更早的时候，大体上是从人类学会了乘舟出海捕鱼开始，陆续有人会在那种奇异的天象中，通过海上突然被天象打开的屏障闯入三山世界，并成为那里的第一批人类。

不过，那个新世界中，有着太多凶猛巨大的野兽，而闯过去的人类数量有限，所以他们艰苦生存、艰苦繁衍，一切辛苦都只是为了填饱肚子。

后来，那里的人类越来越多了，渐渐汇聚形成一些大型的部落，有一些甚至渐渐有了国家的雏形，但是他们还没有足够的力量，也没有足够的动机去建立一个国家。

直到……一个精通天文、历法、医药、炼金术等本领的人率领着精于战阵之术的数千骁勇将士以及精通诸子百家之术的三千弟子闯入这个世界。

他就是徐福。

徐福的故事，小青当然是知道的，所以有关徐福进入三山世界之前的故事，杨瀚不需要做太多的解释。

他只告诉小青，寻访东海三仙山，想找长生不老药的徐福率领着由几十艘楼船、艨艟、斗舰组成的庞大舰队，在一场暴风雨中闯入了三山世界，当风波平定之后，他们再也回不来了。

于是，舰队中两千多名水手，八千多名身经百战的大秦虎贲之士，三千精通百家杂学的少男少女，便奉徐福之命，征讨三山世界，效仿始皇帝，建立了一个大一统的三山帝国。

可惜徐福本人只生有三女，并未传下男丁，所以便与掌握军队的大上造、将军杨元联姻，立杨元之长子为帝，徐福之长女为后，从此三山帝国的帝位属于杨氏家族，后位属于徐氏家族，代代联姻，代代传承。

随着诸部落一统，一个庞大的帝国建立了，三山皇室对于这个新世界的探索也越来越多，最终……他们在一处洞府里发现了金钵和四如意。也就是说，其实他们作为这五件至宝的拥有者，也不知道它的来历。

但是他们从发现这五件至宝处的壁画中学到了一些应用之法，从此拥有了这五神器的皇室，地位更是牢不可破。不过，这五神器的运用之法是掌握在徐氏家族手中的，而五神器则掌握在杨氏家族，以此达成两个家族的平衡。

这本是老祖宗为后世子孙的太平苦心设计的办法，可这样一来，固然达成了势力的暂时平衡，却也为他们埋下了祸端。

随着帝国越来越强盛，两大家族也是繁衍生息，人丁越来越兴旺，人一多了，心思难免就杂了，这就给了一些曾被帝国征服，却一直不曾真心臣服的部落机会。在他们的巧妙运筹之下，庞大的帝国崩溃了，大秦帝国只传了二世而亡，三山帝国却传了十九代，五百年后，它便像周天子的天下一样分崩离析了。

徐、杨两大家族遭到了反叛者最为残忍的大清洗，杨瀚的先祖是唯一从三山世界逃出来的杨氏族人。

杨瀚把他从那位祖先那里听说的情况，一五一十地对小青说了一遍，小青不敢置信道："你？你是一个庞大帝国的唯一继承人？那个帝国的皇太子？"

杨瀚点点头，激动地握住她的手，道："你有没有兴趣，跟我去做太子妃？"

小青的嘴角抽搐了两下，奋力抽出手来，摇头道："别做梦了好吗？都过去五百多年了，也许你家老祖宗的江山从春秋时期进入了战国时代，诸侯争霸，打得不可开交。也可能早有新的天选之子出世，建立了一个新的大一统帝国。我劝你还是打消去那个世界的念头吧，好好的别去送死。"

杨瀚马上再度抓住小青的手，一往情深道："好！你说不去，那我便不去。什么皇太子，我不稀罕！只要能和你在一起，就算他们请我去当皇帝，我都不干。"

小青忽然发现，他这是在用道义感挤对自己，人家为了自己，皇帝都可以不做，要是还不肯答应人家，是不是太忘恩负义了一些。小青有些慌，不禁嗔道："你说这么多，就为了让我觉得亏欠你！"

杨瀚道："哪有此事？这都是我的真心话。你看，你的长生不老之身，是我家老祖宗给你的。谁叫我比你生得晚呢？就为了让你从五百年前等到如今，让我遇见你，这是天意呀，天意……不可违呀，是不是？"

小青听得怦然心动，听他这么一说，好像真是这么个道理，难不成自己真与他有缘？不行不行，可不能再听他说下去了，自己现在就有些招架不住了。

小青忙不迭道："你吃饱了没有？刚刚趁你睡着，我还给你做了个拐杖，你要是休息好了，我们这就择路出去吧。"

小青说着返身就去收拾烤鸡，杨瀚在后边叫道："你不拒绝，那我当你同意了呀！"

小青张口就要否认，可话到嘴边，又硬生生地咽了回去。"我没听见，没听见，没听见……"小青现在只能以鸵鸟心态来保护自己了。

"娘子，扶我下榻，这床不稳，我怕摔着。"

谁是你娘子呀，给你点儿好脸色就顺杆往上爬！

小青气咻咻的，可还是乖乖放下烤鸡，回身搀他下来。

"我没事，我又不是弱不禁风的大小姐。"杨瀚客气地笑笑，拒绝了小青的搀扶。

小青怕他伤势未愈，使力过度会伤了肺腑，所以有心搀扶，但也防着他耍无赖，会趁机整个身子都压过来揩自己的油，所以虽然双手伸了出去，身子却悄悄拉开了一些距离。

如今杨瀚并不接受搀扶，倒是让她暗暗松了口气。

"我们不能这么走下去，不管是只有你们两个人，还是加上我，目标都太明显。他们只要勤于奔波，再使些银钱打听，一定容易探听到我们的消息。"

杨瀚一边走，一边冷静地分析。

这古老的山谷没有现成的道路，只能摸索着往外走，有藤蔓拦路，小青就挥动软剑斩断，杨瀚手中竹杖也不时敲打一下地面，如腐叶野草之下有蛇虫，也好早早惊动驱赶。

176

小青道："那我们能怎么办？"

杨瀚道："两个办法，各有利弊，究竟如何选择，我却有些拿不定主意。"

小青现在可不敢以自己五百年的阅历来轻视杨瀚的见解了，有些时候哇，岁数大可不代表见识、智慧一定就高，老糊涂老混蛋也是有的。小青暗暗自嘲地想。

杨瀚道："第一个办法，我们先去成都，那里是与吐蕃茶马交易的一个集中点。我们挑一个茶马商队，混迹其中，一起西行。这样的队伍有很多，每一队人马都不少，许宣和苏窈窈只有两个人，他们查不过来的。"

小青思索着道："那缺点呢？"

杨瀚道："行进路线。对我们而言，茶马队伍走的未必是我们所去之处的直线路径，再加上马队行走缓慢，如此一来，路上耽搁的时间势必会久一点儿。"

小青道："那另一个办法呢？"

杨瀚道："出了峨眉，就寻一个大城，买几匹好马，一辆结实的大车，换马不换车，你我轮流驱赶，日夜兼程。许宣和苏窈窈不要说很难再打听我们的消息，就算我们提前告诉他们我们将要走的每一步路线，他们也来不及追上来，这就是堂堂皇皇的阳谋了，你知道我要做什么，但你没有办法阻止我。"

小青道："缺点呢？"

杨瀚道："第一，就算你我轮流驱车，让白姑娘在车中歇息，如此奔波，对一个心脉已断的人来说，也是极难熬得过去的。"

小青道："那第二呢？"

杨瀚道："寥寥三两人，轻车疾进，日夜不停，一定会引起有心人的注意。若是被马匪流贼盯上，那些人地形熟、马速快，我们摆脱不得，便要平生很多麻烦。"

小青思索了一阵，道："跟着商队走，确实安全，可时间上会变得非常紧张，恐怕赶不及。如果一路快马出川，你我还好办，就怕姐姐的身子撑不住。如果我们先跟着商队走呢？用四五天的时间，断开许宣和苏窈窈的追踪，然后离开商队，再用四五天的时间，快马疾行，最后三四天，留给我们在山中寻药。"

杨瀚轻轻一拍额头，赞道："好主意！这样应该就能甩脱他们，而且兼顾了白姑娘，咱们就这么办。"

小青脸上也露出了欣喜的笑容，还是自己心思缜密嘛，主意虽然是他想出来的，可最后还是要靠本姑娘才筹措得两全其美，只是……杨瀚为什么看起来比自己还要高兴？嗯……这男人胸襟还不错，被人抢了风头，也不着恼。

二人用了一个多时辰，终于走出了山谷。

一出山谷，二人便提起了小心，不过他们并未看到许宣和苏窈窈。这二人就算不死心，从山上下来寻找，偌大一个谷地，他们也不确定二人会从何处出来，想以区区两人之力监控整个山谷，是绝不可能的。

小青出了山谷，辨识了一下方向，便领着杨瀚急急去寻白素。也亏得小青几百年来总是东奔西走，连西方极远之地也去过了，对于确定方向颇有心得，所以在她带领之下，二人倒没走冤枉路。

二人很快找到白素藏身之所，小青提剑奔到崖上，却见崖下空空，并无人影。小青心中大急，连忙冲到崖下叫道："姐姐，姐姐？"

杨瀚看看崖下，那里铺着一个草窝，有人压睡过的痕迹。杨瀚蹲下身子，伸手一探，道："尚有余温，她没走远。"

小青一呆，道："尚有余温？"

小青扭头一看那青草铺子，这才明白他说的是什么。

白素从一棵大树后转了出来，扶着树干，微笑道："我听到声息，不知敌我，所以藏了起来。想不到还有这个破绽留下，幸亏是瀚哥儿来了，若是苏窈窈，我定逃不过她的毒手了。"

三人聚到一起，简短说明这几天各自的情形，小青便把自己路上与杨瀚的计议说了出来，白素赞道："好法子，这样的话，我们马上下山吧，如果我所料不差，他们至少在山上还得搜寻一天，正好方便我们甩脱他们。"

主意已定，三人马上下山。小青扶着白素，至于杨瀚，有白素在，他的伤自然是即时痊愈了。

白素这门"治愈"的异能，是个专为他人做嫁衣裳的属性，她在自己身上用不了，却能治愈旁人。

小青搀着白素下山，看着前边开路的杨瀚。自从接到白素，他和自己就不太说话了，大概也是怕她难为情吧。只是……

只是之前二人出谷，那么长的时间，貌似他也没有说过什么。他没让自己搀扶，也没有油嘴滑舌。他在谷中时，不是说过只要不拒绝，那就算是答应他了吗？为什么他的态度忽然冷下来了？

臭男人，就不该对他们好。小青心里忽喜忽忧的，也不知道究竟是出于什么心情。难不成被他骚扰惯了，都已成了一种习惯？

忽然，小青注意到白素也在看杨瀚的背影，还是一种蛮欣赏的目光。

小青立即酸溜溜道："姐姐，你还是看着点儿路吧，你右边就是悬崖，这要是一不小心摔下去，铁定是粉身碎骨了。"

白素叹道："唉！这刚有了心上人，就如此恶毒地诅咒自己姐姐了。"

小青脸一红，嗔道："谁说他是我心上人了？你别胡说八道。"

白素道："你要真不喜欢，那就拒绝明显些呀，不要欲拒还迎的，让他觉得再努力一下就能成功。"

小青绷着脸道："然后你好主动追求他是吧？"

白素欣然道："是呀，现在呢，有人比着，我真是越看他越觉得可爱。"

小青不屑道："算了吧你，人家对你有恩的好不好？你就别作践人家了。"

白素眨眨眼道："万一他就喜欢被我作践呢？"

小青摇头道："唉！我怎么会有一个如此风骚的姐姐？"

白素拍拍她的手道："人以群分哪妹子，我风骚？你还不是闷骚？"

"不是，我没有，别乱说！"

白素看看四下风景，忽然诗兴大发："'九嶷山上白云飞，帝子乘风下翠微。斑竹一枝千滴泪，红霞万朵百重衣。'妹妹呀，你说娥皇女英当年有没有陪着舜帝一起来过这里呀？夫妻同命、姐妹一心，那也是一段千古佳话呢。"

小青嘴噘噘道："'尧幽囚，舜野死。'舜帝是被大禹兵变，逼其禅位，明为流放暗中害死的好不好？我看那娥皇女英啊，都未必是自愿相随的。舜是称帝至少三十九年后才死的，她们姐妹俩是舜称帝之前就嫁给他的，那时都是嫁给他至少四十多年甚至五十多年的六七旬老妇人了，怎么会像少男少女一般寻死觅活的？十有八九是被大禹派人绑了石头沉了湘江的。"

白素无言以对。

小青瞥了她一眼，嘲讽道："怎么不说话了？还有没有诗情画意了？"

白素道："你看这峨眉山水真是优美呀，如果姐姐此去昆仑能侥幸不死，咱们以后回来再去逛逛青城山怎么样？我感觉那儿的风景也差不了。"

小青冷笑道："你这顾左右而言他的本事可是真不小。"

白素点点头，意味深长道："是呀，我这顾左右而言他的本事，是真不小。"

小青乜了白素一眼，总怀疑她是在说反话，可又没有证据。

四十六 远赴昆仑

黄昏时分，远方一座连绵山峦，仿佛一幅涂抹得极生动的写意画。

山的上部是皑皑的冰雪，中间部分则是灰色、黑色、红色和绿色共同组成的岩石层，而下部则是姹紫嫣红的树木花草。

从脚下向那远山延伸过去，是连绵不断的大草原，青青碧草，茵茵如垫。

天宇澄净，仿佛一块剔透的蓝水晶。

草原上一片安详宁静的气氛。只是一个起伏的小草坡，马踏上去，前方便豁然出现一条河流。

河不宽，但九曲十八弯的，仿佛一条银亮的玉带盘绕在绿茵茵的草地上，众人不由得精神一振。

小青一拨马头，飞奔到小河边，扳鞍下马，刚刚在河边蹲下，旁边一个男人就像一头疯牛似的嗬嗬叫着冲了过去，一头扎进了河里，溅起一片水花。

小青又好气又好笑地看着那人，那人叫裘四郎，是商队中一个身材极粗犷、性情也极粗犷的汉子，一路同来，小青同这个毫无心机的粗犷大汉相处得还不错。

紧接着，更多的商队中人弃了马，一路欢呼狂奔着冲过来，清澈见底的溪水立即被他们踩踏得浑浊起来。

小青又好气又好笑地看着他们，白皙的俏脸上还挂着溅上去的晶莹水珠。

杨瀚停下马车，把白素扶下来，白素一见河水，登时也加快了步伐。

不怨两位姑娘激动，女儿家本来就好洁，可这一路西行，最不方便的就是用水，尤其在商队中，两个人即便有水也不方便沐浴，真是把她们熬坏了。

杨瀚忍不住笑道："这帮家伙，疯起来什么都不顾的，还是到上游去吧。"

小青眼见这里的水是用不得了，便答应一声，回过身来从杨瀚手中接过白素的胳膊，搀扶着她，姐妹俩急急忙忙向上游走去。

姐妹俩寻了一处清亮宁静的水湾处蹲下，立即掬水洗脸。她们都是天生丽质，肤质也好，不怕素颜见人，何况这些时日也未涂抹过胭脂水粉，倒是风霜扑面，难受得紧。

小青洗了几把脸，这才伸手到稍远处，掬了一捧清凉的雪山泉水，饮了几口，感觉颇为甘甜。

小青抹一把脸，扭头一看，杨瀚正捧着水在她二人下游大口饮着，忍不住道："喂！那水我和姐姐用过的！"

杨瀚笑道："河水是流动的呀，有什么问题？"

小青嗔道："你想喝水，去我上边嘛，真不知道干净。"

杨瀚道："好好好！"

杨瀚绕到小青和白素上游，又掬了几口水喝，将未喝了的水又洒回河中。

白素掬着一捧水喝着，乜着杨瀚动作，对小青道："这下子好，变成我们喝他口水了。"

小青翻了个白眼，道："河水是流动的嘛，有什么问题？"

白素又好气又好笑，道："得，这就开始夫唱妇随了呀，看来我真是多余的人了，还是早点儿找个人家嫁了吧，要不然夹在你们中间，叫人黑眼白眼的总看不上，多难受。"

小青终究是个脸嫩的，开不得玩笑，小脸一热，便掬水泼向姐姐。白素心脉断裂，有郑氏神药撑着，现在只是行动量一多，就会胸闷气短，难以维系，但一般的动作倒也无妨。眼见妹妹泼水过来，白素不甘示弱，立即还以颜色。

两个人正闹着，一阵悦耳的吆喝声响起，白素扭头一看，只见一个窈窕的少女骑着一匹极神骏的高头大马飞驰而来。

那马跑得极快，但那马上的少女跨鞍打浪的动作极是优美，稳稳地坐在马背上，丝毫不受影响。她的秀发盘在头上，小辫飞扬着，额头系着一枚翠绿色的额坠，随着她骑马的动作一跳一跳的，正是马队副首领尼玛次仁的妹妹拉姆。

拉姆是个十五岁的小姑娘，与哥哥尼玛相依为命，所以也一直跟着马队游走四方，小小的姑娘，锻炼得如野草一般坚韧，性格则极为开朗、活泼。

这马队中都是商人，而且是大汉，哪有杨瀚这样的俊俏小哥儿。小姑娘正是情窦初开的年纪，他们同行不过三两天，拉姆已经喜欢时不时缠着杨瀚了。

马堪堪冲到河边，拉姆猛地一勒缰，骏马人立而起。马前蹄还未落地，拉姆已经从马上跳了下来，翠玉的眉心坠又活泼地跳跃了几下。

"杨大哥，杨大嫂，你们怎么不下水洗澡？"

这一路行来，杨瀚为了对外掩饰，便与白素称作夫妻，小青则为婢女。不过，这并不妨碍拉姆对杨瀚流露出喜爱之情。似乎杨瀚已经成亲的事实，对她全无影响。

杨瀚笑道："不急，刚刚驰骋出了身汗，这时下水小心着凉，毕竟是雪山上流下来的水，我等晚一些，烧些热水在帐中洗澡。"

拉姆歪着头想想，点头道："有道理。你们读书人的规矩虽然多，但是听起来都很有道理。那我也晚上再洗，我先去烤只羊，晚上请你喝酒。"

拉姆说完，又风风火火地跑开了。

白素笑道："这拉姆小姑娘活泼可爱得很，听说她哥哥常跑马队，很有钱的，瀚哥儿，你若做了他们家的女婿，一定快活得很。"

小青咬着牙根"微笑"道："是的呢，番人一个女人可以嫁好多丈夫，你不用担心她整天烦着你一个，可以考虑一下。"

白素乜了她一眼，笑吟吟道："拉姆家里很富有的，可不用担心有多个丈夫。"

番人风俗与汉地不同，有一夫多妻现象，也有一妻多夫现象。总的说来，一夫多妻者只有富人，其现象占番人婚姻家庭总数量不超过百分之五，而一妻多夫多为穷人家庭，其现象占番人婚姻家庭总数量超过百分之三十。

富有男性多妻的情形与汉地大致相同，而贫穷家庭的多夫，则是因为该地地广人稀，气候恶劣，交通闭塞，土地贫瘠，天灾人患不断，贫穷家庭繁衍生息、维持生计十分困难。

此种现象于汉地百姓而言，自然不能理解，白素只是促狭地调笑二人一番，小青听了心中不喜，便拿来敲打杨瀚。

杨瀚正容道："别闹了，我现在去给你们支起帐篷。小青，你快打些水来，先放一放免得太冰，一会儿你们俩早些沐浴，不然，恐怕又得几日工夫不得好生清洁了。"

草原上不但水源匮乏，而且燃料也不足，烧一次足够沐浴的热水，那可是极奢侈的事。也亏得他们不是马队商贾，又给了马队很丰厚的报酬，否则老是烧热水，早激起马队不满了。

白素听了顿时一肃："我们今晚就走？"

杨瀚道："今晚就走。"

小青听了，原本微生不悦的心情顿时变得心平气和起来。

白素回眸，向远山望去，苍山如海，残阳如血。

远山之上，那红的白的、灰的绿的一抹抹写意色彩中，只占了一个像素那么大小的一个小点，若有一双千里眼望过去，便能看清，那正是苏窈窈和许宣。

两个人站在一块大石上，风拂动他们的衣袂，仿佛一对神仙眷侣，只是神仙一般飘逸的风姿，却掩不住两人脸上阴险而得意的笑容。

许宣看看远处草原，又低头看看手中金钵，将它小心地揣进了怀里："'知己知彼，百战不殆。'他们不清楚只要他们带着四如意之一，这金钵便能感应他们的方位，他们输定了。"

苏窈窈把柔荑轻轻搭上了他的肩头，轻轻抚向他的脸颊，妩媚地笑道："许郎真是了得，人家拿着这金钵数百年，都没揣摩出这个用处，还是你厉害些。"

许宣在她嫩颊上捏了一把，得意道："他们以为早甩脱了我们，戒心已无，我们便能出其不意。放心，他们……逃不出我的算计。"

篝火前，一双手臂高举，翠袖滑落，露出两截皓腕。

拉姆锦筒绣裙、粉光脂艳，柔美的身体呈现出"三道弯"的迷人曲线来，她把妩媚黑亮的柳眉微微一挑，便伴随着悦耳的羯鼓声跳起了热烈奔放的舞蹈。

欢快的羯鼓声中，形貌粗犷的商队成员频频举起牛角杯畅饮，抑或抓着汁水淋漓的手抓羊肉开怀大嚼。

宴会场地一角有个大大的火塘，铁架上吊着一只烤得焦黄发亮的全羊，一个人正小心地转动全羊，轻轻撒着作料。

拉姆是番语，是仙女的意思，此时的拉姆舞姿热烈优美，疾风回雪一般飘转舞动着，那迷人的身体曲线，在她的旋转中完美地呈现出来，恰如一位敦煌天女，看得人如痴如醉。

而杨瀚却在怂恿拉姆的哥哥尼玛次仁也上场跳舞后，悄然退开了。此时，拉姆正时而蹬踏，时而急旋，专注于俏巧迷人的舞步。

周围商人大声欢呼着："拉姆！拉姆！拉姆！"他们之中大多数是汉人，但常走吐蕃，也跟这些吐蕃汉子一样变得豪放粗犷起来。

尼玛次仁一上场，就勾手搅袖，扭腰摆胯地跳起来，时而东倾西倒，时而环行急傲，每一个动作都应和着鼓声，舞姿比拉姆更奔放、更热烈。

拉姆不甘示弱，舞姿也陡然变得热烈起来，四下里的叫好声此起彼伏。

就在这一片欢腾中，早已候在营帐一角的白素和小青牵着马，静静地伫立在那儿，直到看到一个黑影飞快地掠来。

"走！"杨瀚向二女低声打个招呼，回头看了看那篝火正旺处欢舞的人影，便从小青手中接过马缰绳，三人悄悄地离开了营地。

扎营处很有讲究，比如他们扎营之处，这个方向看似是平坦的草原，其实是密布的草甸和深浅不一的沼泽，更有无数小溪穿行其中，可以防止很多野兽接近。

杨瀚早摸清了道路，他牵着马小心地走在草甸子上，蓄水的洼地都是泥坑，月光下，他们挑着那颜色更深的草甸子，从一个草甸子跳到另一个草甸子上，曲曲折折地向前走。

好在马有灵性，能够跟着杨瀚行走，有的地方马身长，一迈腿就过去了。距离远些的草甸子马也懂得跳一下。草甸子短时间负重没问题。

三人三马借用一块块草甸子，距那营帐区渐行渐远，在他们前方更远处，是高高矗立的雪山。

也许用不了多久，尼玛次仁他们就会发现杨瀚三人不告而别了，不过他们见多识广，应该会明白三人定然是别有苦衷，何况进入商队的时候，杨瀚就已打过招呼，倒不用担心太多。

当天光大亮，商队继续启程的时候，他们已经在山脚下弃了马，登上了昆仑山。马鞍辔已经卸下，这些马得恢复野马的生活了，不过也不排除会被游牧人发现，并把它们带走的可能。

第二天，白素在昆仑山上服下了最后一服药，这服药下去，就只剩下三天了，三天后再没有找到圆心草，她就得香消玉殒，被埋葬在这昆仑山上。

小青明显有些焦急了，不过白素表现得还算镇定，因为按她所记的地点，明天他们就能赶到那片悬崖，寻到那株圆心草。

傍晚，三人在山中歇下，次日天光一亮，便继续启程，他们又在山中穿行了大半日，中午捕只獐子烤来吃了，下午再行一个多时辰，从一片密林中穿过，前方突然传来一阵瀑布的声音。

白素一喜，道："就是这里，七十年了，想不到这瀑布还在。"

白素拄着木杖加快脚步向前走去，杨瀚向小青看了一眼，小青道："别看我，我都忘记了。这里来没来过都不记得了。"

白素加快脚步走在前头，三人穿过密林，前方豁然开朗，一株株笔直高耸的云杉突然取代了高矮交错、藤萝密布的场景。一道道金灿灿的阳光从云杉的缝隙间成片地洒进来，投映在碧绿的草地上，其情其景，如梦似幻。

他们向那云杉树群走过去，就像要走进金色的阳光里，云杉树林的宽度不过百余米，当他们走出去，就看见一个巨大的山谷，一汪碧绿湛青的湖水，湖上烟波浩渺。

湖水的尽头，是一个落差极大的瀑布，远远就能听见那瀑布巨大的轰鸣声，瀑布挂在两片红黄色的山崖之间，仿佛一条纯白无瑕的浣纱洗练披挂下来。

那浩渺的烟波正是瀑布从数百米高处轰然砸下激腾而起的雾气，雾气在阳光的折射下，在空中形成了一道七彩的虹桥。三人瞪大了眼睛，惊讶地看着这不可置信的一幕。

小青喃喃自语："好美！真是如仙境一般！"

白素道："你来过这里的。"

小青马上道："忘性大真好，还能再惊喜一回。"

她虽然调笑着，脸上却看不出一点儿调笑的模样，显见心中其实十分紧张。

白素不禁握了握她的手，道："生死有命，富贵在天，我比常人已多活了几百年岁月，而且得以永葆青春，已经赚了。"

杨瀚四顾一阵，道："那个灵芝厚的大荷叶在哪儿呢？你不急我们急呀。"

白素指指瀑布边快近山顶处，道："那里有一个小平台，要先从旁边绕到上边，便有一个斜坡通向那里。当初，我和妹妹来到此处，我想近些观察瀑布，绕到上边，才发现的。"

杨瀚马上道："我先上去。"

小青道："我扶着姐姐，你快去！"

杨瀚拔腿就往瀑布上方的山坡跑去，小青扶着白素缓步跟在后边。

待小青扶着白素走到一多半距离时，杨瀚已经从坡顶又沿着那缓坡绕到了延伸向瀑布的小平台，其实刚刚小青就看到他从坡顶下去了，但半天不见他出声，小青顿时紧张起来。

小青忍不住大声问："瀚哥儿，找到了吗？"

这句话说到一半，她的声音已忍不住颤抖起来。

杨瀚的声音久久没有传出，这回连白素强装出来的淡定笑容也有些不自然了。

小青扶着白素攀上坡顶，再沿缓坡向下，绕到探出悬顶的那片石台，就见杨瀚正坐在大石上，瀑布向下砸起的水雾就在他的脚下升腾，如托佛般托举着他的身躯。

他一动没动，背影微微塌着，显得无比疲惫。

白素的目光迅速投向岩边一道石隙，一见那里空空如也，脸色就是一白。

但凡天材地宝，在它附近是没有其他植物生长的，迷信的说法有很多，而真实的原因只有一个：它汲尽了周围土壤的一切养分。

所以，那株圆心草周围也没有草和树，但现在那块石头旁边什么都没有。

小青一看白素的脸色，就知道发生了什么事，忍不住怒道："我就知道，我就知道，当年我们既然发现了它，就该把它采下来，就不该听那小道童胡说八道。"

白素拍拍她的手，柔声道："傻妹妹，七十年前，我们就是采了那株药也用不上，指不定早就扔到了哪里或送了人，不要说气话了。"

杨瀚黯然道："在建康府时，曾有一位姑娘就死在我面前，我无能为力。我本以为，只要我够坚强、肯努力，再不会有这样的事发生，想不到……"

杨瀚掩住了面孔，再也说不下去。

白素深深地吸了一口带着水汽的清新空气，展颜道："我早说过了，比常人多活了这许多年，我已经赚了，就算要死了，一个五百九十九岁的人，也算喜丧了吧，你们哭丧着脸做甚？"

白素执起小青的手，道："妹妹，姐姐还有一天时间，我若死去，唯一的牵挂，就是你在世间无依无靠。想当初，你我都因家境贫寒被卖入娼门，几百年来相依为命……"

白素眼中渐渐漾起晶莹的泪水，轻轻道："姐姐想看着你嫁人，若你终身有了依靠，姐姐才好安心地走。"

小青潸然泪下，哽咽地点头："我答应你，我答应你，我今晚就成亲。"

姐妹两个抱在一起，忍不住号啕大哭。

此时，杨瀚已走到了两人身边。眼见两人相拥在一起，哭得天塌地陷，杨瀚犹豫地站在旁边，也不知该说什么好。挨了一阵子，眼见二女依旧是泪雨纷飞，杨瀚终于忍不住了。

杨瀚伸出一只手,在小青的肩头轻轻点了点。

小青扭过头,眼睛红红地凶他:"干什么?"

杨瀚迟疑了一下,道:"你们刚刚说,劝说你们不要采那圆心草的是个小道童是吧?"

"是呀"

"他当时多大了?"

"那谁问过,大概十三四岁,干吗?"

杨瀚微微蹙眉道:"这个地方,人迹罕至。按常理来说,就算是成年人,除非艺高人胆大,也不会轻易一人入这深山,更何况是一个未长成的少年人。"

白素擦擦眼泪,道:"瀚哥儿是说?"

杨瀚道:"除非他就住在附近,而且有同门师长,那才合理吧?"

白素的眼睛一下子亮了。

小青急道:"我们马上找找!"

杨瀚道:"只是……七十年了呀,那人还在不在,抑或这圆心草还在不在,殊为难料。"

小青激动道:"不管怎样,总归还有一线生机,我们就不能放过。我们马上去找。"

小青爬至瀑布最高处,登高远眺,极目四望。

天苍苍,林莽莽,哪里看得到一户人家。

杨瀚却只在山顶四顾片刻,便往山下走。

小青又找了半天,依然什么都没有发现,低头看看杨瀚,他正以那瀑布为中心,在林间漫步而行,东望西顾,也不知在找什么。

小青心中焦急,便揽了白素下山,追到杨瀚身边,道:"站在这里,目光更难及远,怎么能找到人家?"

杨瀚道:"刚才在山顶已经看过了,目光所及,也未见人家。想来纵有房舍,也被树木掩映,无法看到。在这山中若真有人家,他们起居生活于此,不管是汲水打柴、种菜行走,一定会有些不同于野兽的痕迹留下,我们便可借此判断这附近是否有人家了。"

杨瀚说着,继续向前搜索过去。

小青望着他的背影一时呆住。白素看看小青,小青哼道:"这道理,我也明白。"

白素道:"可你没有想到哇。"

小青怒道:"你想说什么?"

白素道:"我觉得瀚哥儿真的不错,堪为良配。在我死前,你一定要嫁了,我才安心,要不我死也放心不下。"

小青一把挽起白素,一边追着杨瀚走去,一边气鼓鼓道:"几百年来,都是我安排照顾你好嘛,说得好像我一切都难自理,你若不在了,我连活着都难似的。"

白素慢条斯理道:"事实正是如此。哪怕我什么都不干,我在你身边待着就可以。而我若不在了……"

白素伤感地看了小青一眼,幽幽道:"你的软弱,不在于外表,而在于你的心。这几百年来,你一直以我作为你的寄托,因为你要照顾我这个容易上当受骗、又总是不太着调的姐姐,你活着便有了牵挂、有了奔头,而我呢,我整天看些话本儿,憧憬浪漫的邂逅,大抵也是如此吧。如果我失去了你,我可能就会变得放浪形骸,直到有一天,我厌倦了这一切,去自行了断。如果你失去了我,你会立刻没了活着的目标,这就是我担心你的原因。"

小青冷笑道:"胡说八道,那苏窈窈几百年孤单一人……"

小青的声音突地戛然而止,白素道:"她有她的追求,她有她的执念,她一直想恢复她的青春美貌,这就是她活下去的动力。其实,这世间如果没有人可以长生不老,她也会安然接受生老病死的天道,可有了我们,她便有了不甘心。"

白素说到这里,黯然叹道:"这个道理,你没想过,但你本能地明白。因为,你经历过。可惜,许宣不明白,人,真不见得是活得越长越好。"

前边,杨瀚突然站住了,他抚摸着一棵树,仰着头看着。

白素和小青对视了一眼,马上赶过去。

杨瀚指着一截树干,兴奋道:"你们看。"

小青定睛一看,身子不由得一震:"是刀斧砍过的痕迹!"

白素道:"痕迹很新,就是最近才砍伐的。"

杨瀚欢喜道:"你们说是在瀑布边遇到那小道童的,我就想,他当时才十一二岁,不可能独自走远路,我唯一担心的是,年代太久远了,如果那小道童还活着,现在也八十多了,会不会还住在这里,如今看来……"

小青激动道:"这里人迹罕至,既然有人,应该就是那个人……或者他的同门、弟子后人。"

杨瀚道:"只希望,那圆心草即便长成之后被他们摘去了,现在也还留着。"

白素微笑道:"瀚哥儿不用提醒我,我是不会大喜大悲的,如果说有什么事是我能勘破的,那一定是生死之道。"

杨瀚就怕白素只发现这么一点儿有人居住的痕迹就欣喜若狂,一旦真的找到那户人家,圆心草却没了,会让她大喜之后突又大悲,一喜一悲之间起落太大,以她心脉受损的状态,会登时要了她的命。

不想白素倒是看得通透,所以杨瀚也没再多说什么,只道:"那小道童既然住在这万山之祖的福地,应该是跟着有道之士修行,活个八九十岁,应该不难。"

小青也怕白素多想,忙道:"是呀,都说昆仑是出神仙的所在,我和姐姐当年就是为此入山寻仙的。当年那个小道童是修行人,说不定自有高深道行,修得长生不老之术,也是可能的。"

小青刚说完,前边大树之后就转出一个小道童来,肩后扛着一捆木柴,手里提着一把斧头,一脸愕然地看着他们,乌溜溜的眸子里满是惊讶与好奇的神色。

小青吓了一跳:"小道童?你真是修仙的呀?几……几十年都没变老?"

此小道童当然不是彼小道童。

只是时间观念对白素和小青来说,实在与常人有些不同。她们正聊着当年那个小道童,结果就突然冒出来一个,行装打扮与当年的小道童又一般无二,这才一时发生错觉。

白素记性还真是了不起,这世间有些人脸盲,见过几次也记不住人,但有些人记忆力超好,几十年前见过一面,几十年后也能一眼就认出来。

白素显然就是这种人,她还记得当年那小道童的名字:长生子。

小道童一听他们说起这个名字,就放松了警惕,欢喜起来:"我还奇怪呢,自从我进了山,除了同门,再没见过旁人,你们一出现,我比见了老虎还觉得稀罕。原来是我师父的故人……"

小道童目光有神,身负好大一捆柴火,却是步伐轻盈,浑不在意,一柄斧子提在手中,更是轻若无物,显见是个会功夫的,身手一定还相当不错。

这也正常,住在这高山大泽之中、野兽出没之地,如果没有点儿功夫,根本无法在此立足。只是,山中人迹罕见,他也就依然保持着一颗赤子之心,所以很容易相信人。

白素惊喜道："你师父？长生子还活着？"

小道童诧异地看了她一眼，道："我师父当然还活着，他身体好得很呢。"

杨瀚马上上前一步，对小道童道："不错，我们正是你师父的故人，十多年前……见过你师父一面，还是你师父他老人家出手替我治好了病。也是你师父告诉我们，他隐居于此的。我和两位姑娘此番进山，是专程前来拜访老仙长的。"

小道童欢喜道："原来如此，那我带你们去见他。我的几位师兄出山交易食物、布匹去了，只有我和师父他老人家在。我师父说他以前也常出山的，不过近十年来就只在山中潜修，不大出门了。"

小道童一边说，一边领着他们在林中七拐八绕的，不一时转到一处水潭边平地。那潭水边三四座木屋，错落而建，依山就势，并无规矩。

木屋中间一道弯曲小径，后边就是一座不高的石山，石山上雕刻着三清石像，因为年代过于久远，那石像经历风吹日晒，又生了苔藓，若不是早知道这是一处道人潜修之地，杨瀚三人未必一眼就能认出这是三清的尊容。

小道童背着柴火快步跑过去，高声叫道："师父，师父，有客人来了。"

茅屋的门本来就是开着的，小道童喊过之后，其中一幢茅屋里便传出絮絮叨叨的声音："这深山老林的，哪来的客人？逍遥哇，你别是又抓了山猫回来，为师说过，不能养宠物，它掉毛，还咬为师的衣服……"

随着声音，走出一个白发苍苍的老道人，一见杨瀚三人，登时呆在那里，惊讶道："啊！真有客人，三位年轻人，你们……怎么来到这大山深处的？"

白素道："你就是长生子？几十年……"

杨瀚赶紧打断她的话，上前一步，拱手道："这位就是长生子老仙长了吧？我等三人千里迢迢而来，有一桩事情，要寻仙长商量，可否借一步说话？"

白素和小青都是极俊俏的姑娘，与人打交道先天就占了便宜。这昆仑山中，十年也见不到一个外人，若突然出现三个壮汉，这老道难免要心生警惕，可其中有两个是比花花解语、比玉玉生香的美人，怎么看也不像是歹人，便容易叫人接受。

老道讶然地看了看他们，便吩咐那小道童："逍遥子，去把为师炒晒的野山茶换上一壶。"说罢，把大袖一拂，肃然道："三位，请！"

几个人进了房间，便在草织的蒲团上坐了。白素上下看看老道长，啧啧道：

"你变化真大，当真一星半点儿都看不出来了。"

长生子愕然道："姑娘识得老道？"

白素笑道："当然识得，你在你这小徒弟一般年纪时，我曾在那边瀑布上见过你一面的。我妹妹小青当时也在，你不记得了吗？"

长生子啼笑皆非，佯怒道："你这女娃，真是荒唐，老夫少年之时，那得多少年前了，世间哪有你这小女娃，呵呵，你们……"

长生子抚着胡须，一边说着，目光一边在白素和小青身上扫动，话说了一半，似乎忽然想到了什么，脸上的笑容渐渐凝住。

七十年前的少年之事，不管是人是物，纵然有些印象，记忆也早模糊了。亏得这老道久在山中居住，经历的事情实在不多，经白素一提醒，原本模糊的记忆忽然开始变得清晰起来。

只是，眼前这两个少女，明明双十年华都不到……七十年前？怎么可能有她们？

这时小青才缓缓插嘴道："长生子，你还记得那瀑布一侧长着的圆心草吗？"

小青提到圆心草，长生子一下子全想了起来，眼前这对少女分明就是他少年时见过的那对美丽女郎，这……几十年了，她们的容颜怎么可能毫无变化？难道她们竟是山中的精怪？

长生子盘坐的身形一挺，一双大袖顿时鼓荡起来，仿佛有风自袖里吹起。老道目中湛湛，神光隐隐，厉声喝道："你们究竟是何方精怪，竟敢来打扰老道清修？"

四十七　神仙打架

小青本以为把驻颜不老的事情解释给这位老道人听会非常麻烦，却未想到白素只说她和自己多年前曾遭逢奇遇，基本上就是诓骗杨瀚时说过的那些鬼话，这位长生子老道长居然马上相信了。

仔细一想，也是必然，小青看得出，这位老道长年岁虽高，可一身武功深不可测。如果只是较量技击之术的话，恐怕自己再绑上杨瀚、白素，三个人联手也不是这老道长的对手。

有这样的好身手，这位老道人若去人间游走一番，何愁不能谋得富贵荣华？可他自幼在山中潜修，直到今日都不曾离开，显然要么是真正看破世事淡泊人生的高人，要么是追求长生大道。

这样的人，对遭逢仙人，得到什么天材地宝一类的事情，显然会比一般人更容易采信。

长生子听罢，拊掌叹息道："原来如此，原来如此。七十年了呀，两位竟然丝毫未见老态，依旧如同当年。老道……咳，小道已隐约记起当年之事，那时见到两位风姿出尘，还当是同样隐居昆仑的一方道友……"

长生子感慨道："小道在这山中一住就是七八十年，每日里除了修道就是炼丹，修的是长生大道，炼的是太乙金丹，可直至今日，仙丹未果，大道不成，比起两位的仙缘来，可是惭愧得很了。"

白素歉然道："可惜我们姐妹俩根本不懂修仙长生之术，全是误打误撞得来的机缘，没办法教你什么。"

长生子爽朗地一笑，摆手道："唉，我这几十年的修行，虽说修道未成，可这世事，总算是看得透了。两位的仙缘，我固然是羡慕得很，可各人有各人的机缘，却是强求不来的。"

长生子抚了抚胡须，眼神一凝，道："方才听白姑娘讲，你受了重伤，须得服用圆心草治疗？"

白素点头道："不错。那株圆心草，可是被你采了去？却不知……是否还在你的手中，若是已经没了……"白素沉默了一下，淡淡一笑，"明天，就是我在人间的最后一天了。说什么长生，道什么不老，终究敌不过伤病侵袭。"

长生子道："那株圆心草，在三十年前就已成熟，若不采摘，它便要朽烂了，是以被我采了回来。因其难得，也不曾变卖，这些年来，炼制金丹时曾试用过其中一部分，不过尚有一小半，要用来给白姑娘治病，那是绰绰有余了。"

小青一听大喜，道："既如此，还请道长把它取来，若能救回姐姐，小青定有重谢。"

长生子哑然失笑，道："老……喀喀，小道年逾八旬，已经是奔九的人了，每日里山泉野果、野菜山珍，落得一个逍遥自在，山都懒得出了，要什么钱财身外物。我现在就让小徒把圆心草取来，那药成熟以后，坚硬如铁，非得用锯子才锯得开。得先取山泉浸泡，待其松软，再为白姑娘煎服。"

得知圆心草仍在，白素的笑容也轻松了许多，忙道谢："有劳道长。"

长生子哈哈一笑，道："不必客气，我长生子垂暮之年，能够有幸见到真正的长生之人，一生追求，便不算虚妄，颇有一种'朝闻道'的感觉呀。"

长生子站起身，扬声唤道："逍遥！"

逍遥子就在门外候着呢，闻声进来，唱个肥喏："师父！"

长生子道："你陪这位小哥，去药房中把那圆心草用锯子锯下巴掌大小一块来，回来取山泉水浸泡起来。要看紧了，可莫叫飞禽走兽又来偷吃。"

小道童答应一声，杨瀚便站起身，跟着那逍遥子小道士出去，拐到那三尊石像前，见右侧有一洞窟，走进去一看，却是半人工半天然的一个不算很大的石室。

推开门，里边林林总总摆放着不少药材，虽然品种不算极多，但是许多大药铺子没有的上好珍稀药材，这里都有。

昆仑山本来就是一个天然的药材宝库。再加上这里人迹罕至，各种天材地宝自然是不计其数。

那圆心草在这些珍稀药材之间并不算特别珍贵，毕竟它只对特殊病症的人来说才是最珍贵的药材，还剩下小半块荷叶状的圆心草，也有大碗口那么大，就那么随随便便扔在药架上。

逍遥子取了那药，用锯子锯下巴掌大小的一块，剩下的仍然扔回药架，便跟杨瀚出了药库。

此时，长生子已经给白素、小青两姐妹安排了房间，因为那已经硬化得像一块坚硬的木头似的圆心草，没几个时辰是休想泡得开的，而此时已近黄昏。

杨瀚把圆心草拿去给白素和小青看了，这时逍遥子捧了个装满泉水的陶盆来，就在白素房中，把那已经化木的圆心草放进去，又用一块洗净的石头压在了盆底。

守着那块圆心草，小青长长地吁了口气，道："谢天谢地，虽然还不曾服下去，但就这么看着它，我的心就踏实多了。"

杨瀚忍俊不禁道："你不会就这样守它一宿吧？不用担心，这深山老林，人迹罕至之处，不会出什么意外的，晚上我就宿在堂屋，会警醒一些的。"

白素道："多亏了瀚哥儿，否则……纵然我们能摆脱许宣和苏窈窈，在那瀑布处也该心灰意冷，一味等死了。"

白素看一眼小青，道："妹妹，你发过的誓，可得说话算话呀！"

小青的脸腾地一下变成了大红布，回头怒视白素一眼，道："你这是刚有了生机，便有闲心管人闲事了是吗？"

杨瀚好奇道："发誓？小青姑娘发过什么誓？"

小青红着脸道："跟你有什么关系？一个大男人，怎么这么喜欢打听些家长里短的事情？"

白素道："这怎么就跟人家瀚哥儿没关系呢？人无信不立，我跟你讲，你就是脸红成猴子屁股，也得说话算数。"

杨瀚听得更加好奇，忍不住道："究竟什么誓呀？为什么小青姑娘如此羞窘？"

小青不搭杨瀚的话茬，气咻咻地对白素道："谁猴子屁股！你才猴子屁股！哦……还真是，我都没见过你脸红，大概是千层鞋底子做腮帮，脸皮太厚！"

白素冷笑："翻过来一葫芦，侧过去一扁蒲，怎么说都是你。反正你那誓言我记着呢。"

杨瀚按捺不住，道："哎呀，两位姑娘究竟在说什么？我这好奇心一勾起来可忍不住，说来听听呗？"

杨瀚知道白素好说话，一边说一边看着白素。白素一瞧他那央求的小眼神，果然心软了，便道："瀚哥儿，你有所不知，小青在姑苏城的时候，曾经指天赌咒地发过一个誓。她说，此去昆仑……"

白素还没说完，小青就推着杨瀚往外走："去去去，人家长生子老道长给咱们准备晚餐去了，你去打个下手，挤在姑娘家房间里做什么。"

小青一直把杨瀚推出房去关上了房门，才气咻咻地走回来，向白素跺跺脚。

白素一脸无辜："我还不是为你好。妹妹呀，你现在是不知道男人的好，等你夫妇和合，男女欢好，尝到了其中滋味，你就会感谢姐姐我了。"

小青更羞了："停停停，越说越不像样子了。"

她瞪一眼白素，无可奈何道："我说的是：'此去昆仑，千里迢迢，只有一月之期，没空等他。他若仍能找得到我们，帮我救你性命，那就是天意，我便以身相许，还他的恩德！'现在，你可还不曾服下圆心草，救得性命呢。"

白素走过来，笑嘻嘻道："哟，这誓言记得真熟，一字不差。啧！啧啧啧……"

小青又羞又气道："啧什么啧，再啧舌头都要打卷了。真是的，人家明明是担心你的伤病才情急之下立誓的，现在却有一种被你卖了的感觉！"

白素佯装没听见，伸出一根手指，戳了戳水中那截圆心草，蹙起眉头道："像块木头似的，这玩意儿就算泡软了，怕也啃不动吧？"

小青没好气道："你别打岔，这明显是熬汤喝的！"说着，小青砰的一声关了房门，被白素挤对得待不下去，她也出去了。

厨房里，长生子老道长系着围裙，切葱拍蒜，炝锅过油，虽是白发苍苍，厨艺倒是谙熟得很。

黄羊肉、野山芹……一道道菜肴，煎炒烹炸的，香气飘来，引得杨瀚垂涎欲滴。

长生子显然很享受这烹调的过程，杨瀚抱着双臂在门口看了半晌，兴致勃勃炒菜的长生子才发现他在，不由得哈哈一笑，道："老道山居无聊，闲来无事，就喜欢研究这些山珍野味的吃法，一饱口腹之欲，呵呵，倒叫小哥你笑话了。"

杨瀚微微一笑，道："有个爱好总是好的，其实我们世人每日奔波，还真比不上老道长你山居逍遥。穷尽一生，百般拼搏，究竟所为何来？老道长你才算是悟得人生真谛呀。"

长生子手上微微一停，哈哈摇头道："难怪那两位姑娘对你如此喜欢，你这小哥着实地会说话。"

杨瀚吓了一跳，赶紧回头看看，小声道："老道长千万胡说不得，那位看起来年纪小一些的姑娘心眼也小得很，若叫她听见了，一定找我麻烦。"

小青站在墙角，侧耳听着，心中恨恨："背后说我坏话，当心烂舌头。"

长生子听得哈哈大笑，指了指一个草编的竹篮，道："来，你若无事，过来帮老道把这羊肚菌洗一洗。"

长生子一边把黄羊肉和野山芹下锅翻炒，一边道："难道老道看走了眼？那两位姑娘若不是把终身寄托在你的身上，长生不老这样的大秘密，会轻易说与你知道吗？"

杨瀚濯洗着羊肚菌，乜视了长生子一眼，这位道长系着围裙，抓着锅铲，于油烟袅袅、满是人间烟火气的所在中，竟然有一种仙风道骨、飘然出尘的风范。

杨瀚道："人可信与否，与情爱无关。不过，那两位姑娘之中，确实有一位我深爱之人。"

他的手停了停，露出一丝若有所思的微笑："老道长潜修一生，可能不会明白，那种只见一面，就叫人爱到骨子里的感觉。"

木屋角上，小青踮着脚，耳朵紧紧地贴在板壁墙上，听他说到这里，轻轻咬了咬唇，就那么默默地站着，颊上渐渐露出一对浅浅的甜美笑窝，好像漾起了蜜。

她就这么站着，许久，许久，直到一只壁虎把她当成了那木屋的一部分，爬到她的头上……

满满一桌酒席，看起来虽不及江南的菜肴精致，却都是山珍野味。

长生子以地主身份才坐了上首，不然若以年岁论的话，他实在是拍马都赶不上白素和小青二人。

长生子坐首席，右边是白素、小青，左边是杨瀚和逍遥子。这山居的野道士不似世俗中的道门，规矩并不森严，所以小道士也上了桌。

杨瀚看到，逍遥子还偷偷瞄了他师父一眼，便在给白素和小青斟山酿果酒时顺手也给自己倒了一碗，不过长生子并未介意，逍遥子便有了点儿沾沾自喜的感觉。

小青坐在杨瀚斜对面，果酒刚一斟上，她就端起碗来热情洋溢道："道长请，姐姐，干！"然后一仰脖子，咚咚咚，一碗果酒下肚。

看得长生子赞叹不已："小青姑娘真是好酒量，这果酒喝起来劲头似乎不大，可是后劲绵长，尤其是这么痛饮，最易醉了，贫道也不敢如此畅饮哪，哈哈。"

小青道："喝着酸酸甜甜，酒劲不大，没有那么大的后劲吧？姐姐，你尝尝。"

白素端起碗来饮了一口，眉开眼笑道："果然好酒，在外边要喝到味道如此纯正的果酒可不容易。道长，我真有些羡慕你这样优游自在、闲云野鹤的生活了。"

长生子连连摆手："哈哈，两位姑娘说笑了，你们游戏天下数百年，那是神仙一般的日子，没由来取笑贫道。来来来，瀚哥儿，我敬你一杯。"

逍遥子已经从师父那里听说了这两位漂亮姐姐是活了几百年的老前辈，在小小年纪的他看来，这样美丽的两位姐姐，又活了这么漫长的岁月，那就是地仙。

所以逍遥子对白素、小青两人敬畏得很，一见小青一口气就喝完了一杯酒，心中暗想，神仙就是神仙，这样饮酒，也太厉害了些。便忙不迭拿起酒坛子再度毕恭毕敬为她斟上。

杨瀚正用有趣的眼神瞄着小青，他很好奇，刚刚被壁虎爬到头上，吓得那般失态，不断挥舞双手、身子乱蹦的那位小姑娘，此时究竟是怎么做到如此淡定的？

直到看到小青一口气喝了一大碗果酒，这才哑然失笑。原来这位姑娘只是强作镇定遮羞，不然她才不会愣愣地一口气干了一碗果酒，哪怕酒劲真的不大。

这一碗酒下去，小青脸上立即浮起两抹酡红，杨瀚马上把目光转向了长生子。

老道一生深居山中，纵然出山，也是与山外牧民商贾交换生活物资，没去过大城大埠，所以听杨瀚说起市井中事来，也是津津有味。

杨瀚若再盯着小青，促狭地看她，小青心中难堪，难免以酒遮羞。杨瀚怕她喝多了，所以及时地转移了目标。小青看他与长生子聊得投机，不再关注自己，这才暗暗松了口气。

一场晚宴结束，杨瀚陪伴白素和小青回去，就在堂屋并起两个条凳为床，他是不惧许宣和苏窈窈异能的，纵然这二人来了，有他在，这两人也讨不了好去。

明日服下圆心草就能解决心疾，白素虽说看着神态自然，可心中又岂能不紧张，这一夜几乎未睡觉。小青后来虽未再饮，可就那一碗也喝得急了，此时酒劲上来，倒是一夜好睡。

白素躺在榻上，一阵阵地胡思乱想着，听见外边长凳时不时咯吱一阵，忍不住小声道："瀚哥儿，还不曾睡下吗？"

杨瀚有气无力道："不晓得哪一样吃得不对劲了，肠胃有些不适，已经方便好几趟了。"

白素感动道："你身子一向强壮，今晚饮食我们都没事，你怎会腹泻的？定是因为这一路奔波，辛苦了你。"

白素趿鞋起床，就使小指在那浸着圆心草的盆中点了一点，蘸起一粒水滴，推开房门，就见堂屋油灯仍然亮着，杨瀚和衣躺在床上，一见她出来，忙坐了起来。

白素走过去，小指在他额头轻轻一抹，一道水痕抹上了杨瀚的额头。白素嫣然道："我的异能，治疗外伤最佳，对于内疾，效果不是甚好，不过腹泻这样的小病，应该还不成问题，这回你可以睡个好觉了。"

杨瀚忙要下榻致谢，被白素一把按住，轻笑道："不要起来了，你睡你的。别看我那妹子清清冷冷的样，若叫她误会起来，她不来寻我麻烦，却免不得又要折腾你了。"

杨瀚笑道："倒也不至于，她只是对感情特别小气，不舍得轻易付出。但有一日，她肯对人放开自己，必然是全心全意。就如对你一般。"

白素挑了挑大拇指，道："你倒懂她。"

白素掩口打个哈欠，道："好困，我去睡了，你熄了灯吧，这样如何睡得安稳。"

白素说着，就姗姗地回房去了。杨瀚重新躺下，好笑地摇了摇头，这个大姨子但凡对一个人没有猜忌提防时，也太不拘小节了些，就穿着一身亵衣，秀发也披散着。

"等我和小青成了亲，她应该也会和我们住在一起吧？她又没旁的地方去，小青与她的感情又比亲姊妹还亲。她如此不拘小节，到时我就得格外小心了，要不然这后院里边只怕是火灾频频。"

杨瀚想着，也有了些倦意，虽不敢睡熟了，还是合上了眼睛，打个盹儿养神。

天明之后，长生子赶来三人住处，一瞧杨瀚眼有血丝，无精打采，不禁愕然："瀚哥儿可是睡不惯这粗鄙的床铺吗？啊，山中夜间寒冷，莫不是被褥薄了？"

杨瀚忙道："没有没有，道长十分尽心了。只是我连日奔波，心火郁积，到了这里总算得以放松，不免便有些腹泻。老毛病了，小时候上私塾，每年年底先生考校课之后我也这样，不打紧的。"

白素和小青此时业已起了，听见长生子说话，忙迎了出来。长生子与三人叙谈了几句，见小青端出陶盆，取出那圆心草看了看，欣然道："好了，此时煎药最佳，逍遥？"

"来了来了！"

逍遥子单手用铁钩搭着个泥炉，右手提着一只带耳环的陶罐，进了堂屋，把那泥炉搁好，陶罐放在上边，又去汲了泉水来，抱了捆劈好的木柴，就在这堂屋生起火来。

待那火势稳了，水也烧开了，长生子把圆心草整个放进罐内，盖好盖子，叮嘱小徒弟逍遥子就保持这样的火势。小青忍不住道："道长，这一服药须煎多久？"

长生子道："一个时辰足矣，老道要做早课了，各位且自宽心，待药煎好了，白姑娘的心疾一定药到病除。"

那炉火有小道士逍遥子添柴，长生子也不担心，漫步走出房去，抬头看看天光，便在房前青青草地之上盘起双膝，打坐吐纳。这老道才是真正的武林中人，练的内家功夫也是极高深的真正绝学。

杨瀚三人都不是此道中人，也看不出这老道的本领有多么高强，但是他们三人在房中围坐，目不转睛地守着那炉草药，忽然隐隐听到外边有风雷之声。

一开始三人还当是极远处确有雷声，但那风雷之声极是漫长而有韵律，待他们注意到那老道端坐地上，胸膛起伏，一呼一吸之间与那风雷声隐隐相合，才知道这是长生子吐纳时发出的声音。

三人面面相觑，小青不禁吐了吐舌头，对白素小声道："姐姐，你我只是占了神仙机缘，得了点儿本事。人家修的可是道家真功，玄之又玄。我看，人家才是真人。"

逍遥子正在添柴煎药，听到这儿，仰起脸来，笑道："我师父的本事确实大得很呢，山中不管什么猛兽，没有能受他一掌的。不管怎样险要的峭壁陡峰，他都如履平地。不过，我师父也会老、也会死，哪里比得了两位神仙姐姐……"

逍遥子看看白素和小青，道："昨日，我师父还对我说，他潜修一世，直到今日，才得窥天道之一隙。师父说，两位神仙姐姐虽是因奇遇而得这本事，可赐予两位姐姐这样本领的又是谁呢？既然有人可以做到，那他也可以。以后，他要遍览我道家典藏秘籍，穷究其理，一定创造出一门可以叫人天长地久长生不老的功法出来。"

白素听了，感慨地点点头："令师是真正的世外高人，或许真有一天，他可以创造出这样一门神奇的功法也不一定。我和妹妹得逢奇遇之前，只是两个小丫鬟，这本事来得糊里糊涂，几百年来也过得浑浑噩噩，这等雄心壮志，却是想也不敢想，想了也没用。"

这时长生子吐纳已毕，忽然仰首一声长啸，声若龙吟，绵绵长长，恐怕几十里外也能听到，这一声长啸足足一盏茶的工夫，足见气息之长，然后老道人才突然振袖而起，朗声一笑道："一个时辰了！"

说罢便转身向室内走来。

此时，谷口瀑布旁，正倚树而坐闭目养神的许宣和临水自照对自己的容颜爱惜不尽的苏窈窈突然听得这声龙吟一般的长啸，顿时也是精神一振，霍然向谷中看来……

自受伤以后，白素一直心痛隐隐，呼吸气短。老道亲自用一块煮过的麻布将药汤过滤出来，正好盛了一碗，叫白素喝下。

这药汤微苦，虽有回甘，入口时却不太好受，可这是救命的良药，白素只得苦着脸，一口一口地咽药。

那楚楚可怜的小模样，连小小年纪的逍遥子都看得不忍了，想去给她掏个蜂窝，弄点儿蜂蜜来吃。

白素憋着气终于把那一碗药汤喝掉，赶紧又灌了几口清水漱口，呼呼地喘息一阵，讶然道："咦？这药果然灵验，我胸口隐隐的痛楚没有了，呼吸也……"

白素深深地吸了口气，再呼出，如此反复几次，欣欣然道："这些天我呼吸都是浅浅的，有种吸气吸不进肺腑的感觉，这一下就顺畅多了。"

小青心中一块大石放下，欢喜至极，扶住姐姐殷殷询问一番，确信姐姐已药到病除，一转身便向长生子跪拜下去，激动道："道长于我姐妹有再造之恩，小女子……"

长生子吓了一跳，急忙双手虚扶，一股无形劲道蓦然升起，竟然隔空扶住了小青，小青双膝堪堪触及地面，却再跪不下去，被长生子轻轻一扶，又站了起来。

长生子汗颜道："使不得，万万便不得，姑娘如此大礼可折杀贫道了，姑娘快快起来。"

白素从怀中取出几张交子，赧然对长生子道："道长乃世外高人，奈何我姐妹二人实在没有什么别致的谢礼，只有这世俗的阿堵物，一点儿心意，还请收下。"

杨瀚乜视着，心道，世间大多数的高雅，还不是靠阿堵物堆砌起来的，有这老道一般本事，能在此间自在逍遥的，世间能有几个人？也不知这是小宝给她的财物，还是她这几百年来攒下的，看着数额可不少。

长生子哈哈一笑，道："贫道在这山中，要这财物何用？圆心草本就是姑娘发现，真要说起来，贫道才是得了便宜的人，不需要，不需要。"

白素见长生子不收，一转身便塞进了逍遥子的怀中，笑道："说起来还真是无甚用处的东西，这地方基本是花不出去的，若有从临安、蜀中、长安一带出来的商贾，或还认得，不然只能去中原花用了。小道士，你替师父收着吧。"

逍遥子慌忙去看师父，长生子无奈一笑，倒未再坚拒，逍遥子这才收下。

白素情商很高，虽然口口声声赞老道隐居世外，与苍松为友，白云为朋，闲云野鹤，逍遥自在，可她却是个喜欢软红十丈的人，这等清闲地方她是待不住的。这地方每天一睁眼就看到一个牛鼻子老道和一个没长毛的牛鼻子小道，只有一个看着顺眼的俊俏小哥，奈何又是自己的准妹夫，实在不好招惹，再待下去，只怕无聊死了。

只是，刚刚治好便想告辞，似乎有些不近人情。倒是小青了解她，一瞧她犹豫，便替她开口道："这两日打搅道长清修了，如今姐姐既然痊愈，我们这就告辞了。"

长生子抚须道："也不急在这一时，贫道山居潜修，一日本就两餐，一早起来，料想不曾治疗，两位姑娘也无心就餐，所以今日的早餐便延后了。待贫道烹调几味小菜，为三位饯行。"

到吃饭时，一瞧又是一桌子的山珍海味，杨瀚便苦起脸来："不瞒道长，昨夜小子腹泻，如今虽然好多了，可还是闻不得一点儿荤腥，一闻到便有呕吐的感觉，这一顿便歇一下肠胃吧。"

逍遥子听了笑道："瀚哥儿出了山，可尝不到这般正宗的野味了，可惜可惜。你既然见不得油腥，我去给你们煮几枚鸟蛋充饥。"

长生子听了瞪起眼睛道："你这劣徒，不听为师教诲，又偷偷去掏鸟蛋了？"

逍遥子嘻嘻一笑，跑了出去，一会儿工夫，端着一碗鸟蛋回来。

众人这厢吃菜喝酒，杨瀚就苦着脸剥着鸟蛋，就着泉水。白素看了不忍，拿过几个鸟蛋剥好，放到杨瀚面前碟中，歉然道："一路上，辛苦瀚哥儿啦。"

小青用膝盖轻轻碰了碰白素，白素偏头道："你碰我，我也该谢谢人家，我可是替你谢人家的。"

小青含了下胸，再抬起头，端起果酒，咬着牙根甜甜地假笑道："瀚哥儿，我敬你，多谢你啦。"

杨瀚端起一碗清泉水，与她一碰，微笑着抿了一口。白素捂嘴一笑，刚要伸箸去夹野菜，突然眉头一蹙，道："不好，我那胸闷气短的毛病好像又出现了。"

小青一惊，急忙扭头道："姐姐，你怎么了？"

小青伸手欲扶白素，突然脸色一变，抚胸道："我……怎么也……"

长生子坐在上首，轻轻放下酒碗，叹了口气，道："两位姑娘，还请见谅。贫道也是不得已而为之……"

小青霍然看向长生子，震惊道："是你做了手脚？"说到此处，她已有些坐立不稳。

逍遥子讶然看看他们，又看看师父，显然不明白发生了什么。

长生子叹口气道："贫道……"

他还没有说完，杨瀚突然振衣而起，一桌子酒菜全被他掀了起来，砸向长生子的面门。

长生子岂会被这些东西砸中，他仍端坐在那里没动，一堵无形的气墙突然涌现，砸向他的一桌子酒菜仿佛撞上了一道无形的墙壁，碎裂流淌飞溅下来，长生子坦然而坐，丝毫未受波及。

门前和窗前，突然同时出现了许宣和苏窈窈，许宣哈哈笑道："你们没想到吧？我……呃？"

许宣突然一呆，就见桌子砸向长生子的刹那，原来病恹恹地坐在那儿愁眉苦脸吃鸟蛋的杨瀚已生龙活虎地站了起来，与此同时，他手中还抖开了一条绳子，仿佛一条缚龙的长索。

不过，他要缚的可不是龙，而是两位比花花解语、比玉玉生香的美娇娥。绳索也不知用的是什么手法，往两位姑娘身上一绕一缠，再往自己身上一挂，三个人就成了连体人。

白素和小青加起来按当时一斤十六两制计算，也有一百二十斤左右，但杨瀚双腿也是极有力道，就这么揽着两个美人的纤腰，拔足狂奔，居然如同一人奔跑之速。

堵在门前的许宣顿时呆住了："不合情理呀，他不是应该讶然之下，先听我把来龙去脉说个清楚吗？怎么像个炮仗似的说着就着？"

就只这么一刹，杨瀚已经冲到面前，一拳捣向许宣的面门，砰的一拳正中许宣的鼻子。许宣痛得大喊一声，鼻涕眼泪一起流了下来。杨瀚一把揪住许宣的衣领向后一摔。

长生子震开那桌饭菜，凌空一把抓来，大喝道："控鹤手！"

此时许宣堪堪被杨瀚甩到身后，长生子一记控鹤手，一股无形劲道骤然一摄，就把许宣抓在了手中，这变故，让长生子也是一呆。

许宣迅速化形，身化流水，倏然之间就脱离了长生子的掌控，甫一沾及地面，又迅速化为人形，大喝道："抓住他！"

长生子纵身跃至门外，此时苏窈窈也从窗前飞扑过去。杨瀚一手揽着一位姑娘，此时已奔到十余丈外，长生子的控鹤手也无法及于这么远。

长生子立即足尖儿点地，飘然追了上去。他不急，杨瀚能逃到哪里去？用尽全力以最快的速度奔出，对任何一个人来说，都是不能持久的。

以轻功飞驰的人是如此，路程长了，他们一样得以车马代步。对常人来说同样是如此，发力狂奔难以持久。所以长生子几乎是抱着一种猫戏老鼠的戏谑态度追了上去。

可杨瀚自有他的打算，他并不想逃太远，只要稍有理智的人知道是绝不可能的事。

小青和白素被他一左一右揽住，虽说是极轻盈的身子，可终究不可能真的轻若羽毛，但是被杨瀚这么一挂一揽，奔跑之速居然一点儿也不慢，这双腿当真是极有力道。

自谷中冲出，不过百余步直线距离，只是各种树木野草遮挡，平时都是绕着曲折小径而行，这时候杨瀚自然不讲究那么多了，只以大袖护住两个美人的头面，便直直地撞了出去。

一棵矮树上，一只青色的毒蛇吐着舌芯，咝咝地做出威慑之态。可当蛇首刚刚一仰，杨瀚带着两位姑娘已经呼啸而过，旋即，长生子到了。

那蛇大概是感觉这些生物侵扰了它的领地，咝的一声，就张开蛇口，一对獠牙向长生子咬了下来。

长生子避也不避，直接冲了过去，那蛇口一下子咬中他的脖颈，却如中败革，只觉极其坚韧，根本咬不动。旋即一股巨力传来，一下子将那蛇活活震死，软绵绵地摔落了下去。

长生子追出须臾，猛然加快了速度，想出手把杨瀚擒下，这时水汽蒙蒙，瀑声隆隆，瀑布虽还隔着数十步距离，可杨瀚已经到那瀑布前的水潭边了。

杨瀚猛地一旋身，白素和小青两个美人就被他毫不怜惜地扔了出去，扑通两声，相继落水。

长生子一呆，他这是要干什么？来个玉石俱焚？

身后，苏窈窈和一团流水状的许宣到了，许宣倏然化形，苏窈窈尖声大叫："快抓住那两个贱人！"

中了迷药的人入了水便会骤因刺激而恢复，更何况是白素、小青这种亲水体质的。

刚刚化形的许宣也大叫起来："别叫她们入水！"

两人说着，同时纵身一跃，向前扑去，可惜，已经晚了，水面上突然弹起一串水珠，苏窈窈手中扬起一面冰盾对了一招，冰盾碎裂，苏窈窈凌空倒纵而回。

许宣则侧身一避，头向下一栽，扑通一声钻入了水中。许宣乍一入水，立即踪影全无，和水化为一体。而白素和小青却如同被蝎子蜇了似的，一下子从水中跳了出来，堪堪落在杨瀚身边。

落汤美人，湿衣贴身，好在这个时节高原天气凉，两位姑娘也是不断地加衣裳，倒不至于春光毕现。

杨瀚脸上有几条树枝抽打出来的红色的痕迹，显得有些滑稽。不过他却笑得很开心，一口小白牙异常灿烂。

许宣重新幻化成人形，就站在水面上，和苏窈窈、长生子呈品字形把三人围在了当中。

杨瀚道："道长为何跟他们勾结在一起了？"

苏窈窈冷笑道："很简单！我们露了一手，叫他晓得我们有神仙之术。又当着他的面，杀了他三个徒弟。他既不是我们对手，又眼热那长生不老的本事，想跟我们分一杯羹，自然就乖乖听命了。"

长生子脸色一青，却未反驳。

逍遥子只比师父晚到了一步，正在林下藏着，好奇地看着湖畔一幕。在他心中，杨瀚和两位神仙姐姐都是很好的人，他不太清楚师父为什么要对他们下手，此时听得这句话，顿时震惊得整个人都呆住了。

许宣恨声道："你是如何察觉长生子有异的？"

杨瀚道："很简单。白姑娘对长生子道长说出长生之秘的时候，道长虽然一脸惊叹，他的眼神却没有露出一丝惊讶震惊的神色，一点儿都没有。"

杨瀚转向长生子，道："道长要么就脸上也别露出惊讶赞叹的神情，始终一副世外高人、淡泊生死的模样，那也说得通的。你满脸的赞叹惊羡，眼神却那般平静，只能说明，你是装的。不过也不怪你，你长居山林，少与外人打交道，需要你伪装作态的机会自然少之又少，可不比你旁边那位许宣兄，他若装起'佯'，谁都瞒得过。"

小青乜了杨瀚一眼，道："你既有疑心，为何不早告诉我们？"

杨瀚一摊手道："我只是疑心哪姑娘，我怎么说给你听？我自己其实也拿不准是否看错，如果只是我多疑了，岂不是枉作小人？你冷不冷？我把外衣脱给你呀。"

杨瀚这么公开嘘寒问暖的，小青姑娘可吃不消了，脸一红，嗔道："大敌当前，正经一些。"

杨瀚道："好好好，大敌当前，那我便正经一些。"

长生子气极而笑，道："想不到百密一疏，原来是老道这里出了岔子。可那又如何，难不成你们如今还能逃脱？"

长生子举起一只手，淡淡道："就凭你的功夫，老道只用一根手指，也能置你于死地。"

杨瀚瞟了长生子一眼，道："谁说我要跟你打？"

杨瀚把小青往前推了一把，很没志气道："跟你打的人，是她。"

"小青姑娘？"长生子有些意外地看了小青一眼。

杨瀚道："许宣和苏窈窈应该没有对你仔细说过我们三个各有什么本事吧？以这人间功法来说，我们三个，再加上许宣、苏窈窈，我们五个人捆在一块儿，也不够你活动一番拳脚的，可惜除了我，他们都有些非人的本领，神奇得很。"

长生子想到方才那凌厉无匹的几颗水滴，不由得心中一凛。这种非人的功法，他当然是见识过了，否则他也不会轻易答应许宣与苏窈窈进行合作。

实际上，当苏窈窈和许宣乍一露面的时候，他本来是想把这两个人抓住的。他一共四个弟子，除了最小的这个逍遥子，其他三人并不是去山外交易购物去了，而是死在了许宣的手里。

许宣那根本打不死、捶不烂的神奇功法先就使他立于不败之地了，而他变化水形，活活将人窒息而死的本领更是恐怖，他那三个弟子就是死在许宣手中。

老道没见过苏窈窈出手，不过见她与许宣二人，一直是许宣发号施令，料想她是许宣部下，本领也不高强，唯一可忌惮者，只有许宣。

不过，他自忖凭他修至极高境界的护体罡气，许宣化水也休想困住他，可偏偏他也没有杀死许宣的办法，又受了长生之术的诱惑，这才放下仇恨，答应合作。

许宣的确没有对他详述过小青、白素的本领，只说这二女极其难缠，所以才定下用药的法子，难不成这两人都有奇异的本领？

别的不说，刚刚那至柔之水以那么快的速度射出来，老道可没有把握自己的护体罡气一样抵得住。那水滴快到极致，真有无坚不摧的效果。

苏窈窈尖声冷笑道："你倒打的如意算盘，当我和许郎是死人吗？"

白素听她叫了一声"许郎"，不禁看了许宣一眼。许宣脸色平静，毫无异样。白素忽然觉得一阵恶心……

杨瀚淡淡道："我当然没当你们是死人，不过，你们两个，有我！"

杨瀚指了指自己的鼻子："哈哈哈，打不过我吧？没有办法，我就是这么强大。"

许宣和苏窈窈又气又急，可杨瀚说的是实话，在长生子面前，他恐怕真不是一招制敌，自己二人虽能对付长生子，却是纵然联起手来也会被他打得很狼狈。

长生子看出杨瀚本领不强，却没想到他竟是许宣和苏窈窈这对异人的克星，不禁有些诧异，深深看他一眼，道："老道看走了眼，早知如此，方才在席间，就该先结果了你。"

杨瀚道："你先治好了白姑娘的伤，在此过程中丝毫没有暴露你的面目，饯行宴上才下手，说实话，我是真的怀疑自己过于多疑了，你刚才若再殷勤一些，说不定我就肯吃你炒的菜了。道长的手艺是真不错。"

长生子深深地吸了口气，道："可头一天的饭菜，你毫无顾忌地吃下了。"

杨瀚道："很简单，因为我当时虽已对你有了怀疑，但也料定你那时纵然真与他们有所勾结，也绝不会动手，因为……"

杨瀚冷冷地瞟了许宣一眼，道："他们想要活的白素，这也是我放心叫两位姑娘吃东西的原因。"

杨瀚生怕白素听了又对许宣动情心软，忙解释了一句："白姑娘，他不是对你心软，只是想汲取你的生命。"

白素没好气地道："我知道！"

白素悻悻地转头对小青道："你男人有时候挺傻的。"

小青也没好气道："偶尔傻，也比你这傻的时候居多要强！"

小青居然没有反驳"你男人"这句话。小青居然帮着自己数落她的姐姐。杨瀚顿时心花怒放，大喝道："小青揍老道，两个败类归我。白姐姐注意自保，动手！"

说着，杨瀚就攥起一对拳头，冲着苏窈窈扑了过去，一边打一边大叫："我平时真不打女人的呀！"

逍遥子自从得知师父无视三个弟子之死，反而与杀徒仇人沆瀣一气，对师父便已心冷了，只是藏在林下观看几个人战斗。

此时眼见师父长生子以铁袖功震开小青射来的几颗水滴，一抖大袖，上边赫然有密集的一片射穿孔洞，逍遥子不禁睁大了眼睛。

"水是至柔之物，居然可以有如此威力？可以射进人体吗？可惜这是神仙功法，我做不到。不过……我若有本事让水滴出手时化为冰……不妥，冰珠入体也不容易，但若是圆圆的冰片呢？就像一枚小小的飞刃……

"啊！小青姑娘射偏了，那颗水滴居然击中了杨瀚，为什么师父的铁袖功都抗不住，杨瀚却浑然无事？难不成他能对付那两个连师父都杀不死的人，是因为他能吸收攻击的力道？

"白素姑娘好像根本不会武功呢，可她居然能制造迷雾，她在雾中行走自如，那个许宣一闯进去就像没头苍蝇似的，根本沾不着她的身，如果我能创造这样一种身法……

"还有他们的青春不老的本领，神仙术哇！我不懂神仙术，可是若以上乘武学变通一下，能否也能达成相似的功效呢？"

这小道士本就天资聪颖，堪称武学奇才，如今这场"神仙打架"，却是一下子打开了他想象的大门，一些奇思妙想，从此深埋于少年逍遥心中……

四十八 一步之遥

许宣空有一身神技异能，一挨近了杨瀚便全无效果，一没了效果，他这个不懂技击之术的人就和普通人没什么两样，和杨瀚交手被打得鼻青脸肿，只有苏窈窈尚有一战之力。

许宣恨恨地看着与苏窈窈交手的杨瀚，在场的苏窈窈、小青、白素动起手来都不及他，世俗功法练到极致的长生子也不如他，他是最厉害的那个，可偏偏有了杨瀚，他就成了最没用的那个。

突然，许宣心中灵光一闪，一下子有了主意。他纵身向前一扑，一头扎进水里。杨瀚眼角余光看到了，不过丝毫不以为意，许宣在他眼中可是最没用的那个。

杨瀚此时正在潭边，许宣入水，立即化水潜行，到了杨瀚身边，突然纵身一跃，挟着一股水流扑向杨瀚，仿佛一条水做的长龙，缠向杨瀚的身子。

他甫一挨着杨瀚，立即恢复了原形，但他已经"锁"住了杨瀚，手脚并用，像只壁虎似的紧紧缠在杨瀚身上，这一箍紧，立即察觉杨瀚怀中有异物感。

如意在他怀中！

许宣马上探手向杨瀚怀中抓去。

此时，杨瀚的反击已经来了，一拳、两拳、三拳……

一拳打歪了他的鼻子，鼻血长流；一拳打青了他的眼睛，眼睛眯合，都看不清了，眼仁充血；第三拳下来，把他的门牙都打飞了一颗……

但许宣这时也发了狠劲，权当挨打的那个不是自己，探手入怀，一把抓住风火两如意，手脚一松，滑落在地，一个翻滚摆脱了杨瀚，哈哈狂笑道："我拿到了！"

杨瀚大惊，万没想到这个读书人居然使得出泼皮混混发下狠劲时才用的手段。他立即纵身一跃，就想夺回如意。苏窈窈见状扑上来，顶在了许宣前面。

长生子与小青对敌，虽不如小青，到底是人间一等一的高手，居然还能勉强支撑，此时忽见许宣抓着两件奇物狂笑闪开，心中顿时一动，难道他们得长生、会化形、有诸般异术的原因，就来自他手中抓着的那两件宝物？

这样一想，长生子立即撇下小青，抓向许宣。

小青一颗水滴子弹正射向长生子，长生子反身去抓许宣，对这水滴不管不顾，被它噗一声洞穿身体，长生子闷哼一声，仍不理会，而是全力扑向许宣，大喝道："控鹤手！"

一股强劲的吸力陡然吸向许宣手中的宝贝，许宣反应哪有这老道敏捷，只是一呆，尚来不及化水裹住那两柄如意，如意就脱手而飞，落入长生子手中。

长生子定睛一看，手中竟是两件质地十分奇异的如意。正如莲花是佛家崇尚的宝物一样，如意是道家崇尚的宝物，长生子一看，顿生契合之感，忍不住哈哈大笑："天意！贫道修行一世，就该贫道得这宝物，成仙成圣！哈哈哈……"

苏窈窈力阻杨瀚，拼着挨了几拳也不退，只为让许宣收回宝物，一见落在长生子手中，如何忍得，她一旋身，便是一大捧河水扑向长生子。

长生子正哈哈大笑，那水扑了一身一脸，口中灌进一口，咽下肚去，他只当自己不小心，也未在意，而是冷笑道："滚开！"

长生子大袖一拂，被溅湿的袍袖振起无数颗水珠，速度、力道虽不及小青，却也极具威势，迎面就向苏窈窈打去。苏窈窈自恢复成中年美妇模样，最爱的就是她的容颜，哪舍得被打花了脸。

苏窈窈尖叫一声，以袖掩面，倒摔进水里。长生子冷嗤道："不堪一击。"

此时许宣已化水缠向长生子，先是缠住他的双腿，然后迅速向上蔓延，想要把他整个包裹于其中，长生子护体罡气立生感应，奋力一振。这时许宣已缠住他大半个身子，就差头面不曾裹住了，吃这巨力一震，一时僵住，竟未能将他全部包裹。

长生子厉声长啸，想把许宣震开，同时道："我杀不了你，你也困不住我的。待我悟出如意奥秘，再取你……"

长生子刚说到这里，苏窈窈水淋淋地跃回岸上，怒目看向长生子。长生子身子一震，脸色陡变，四五根冰刺从他体内蓦地生长出来，穿透了包裹着他的水人许宣。

由于化水的许宣正包裹着他的头面以下部分，长生子身体被刺穿时涌出的鲜血无法溅射出来，一片殷红就在那水泡之下蔓延开来，看起来仿佛变成了一块大琥珀。

许宣趁着他一呆的工夫，两只手突然恢复原形，一把攫过火风两如意，然后像退潮似的从他身上退下来，迅速卷动到一边。

长生子直挺挺地站在那儿，低头看看自己胸口冒出的锋利冰刺，又抬头看看站在潭边的苏窈窈，脸上露出不敢置信的神情。

树丛中，逍遥子将拳头紧紧地咬在嘴中，不敢发出一点儿声音，可眼泪已忍不住地涌了出来。

他恨师父的无情，为了得道长生，居然对三位师兄的死无动于衷，可毕竟从小跟着他，感情又岂能说抹杀就能抹杀的。

许宣喝道："我们走！"

许宣化水，裹着那两枚如意迅速流向远方，苏窈窈立即紧随其后。小青大惊，拔足就要追赶，杨瀚喊道："不要追了！"

小青止步，讶然看向杨瀚，杨瀚苦笑道："我双腿力道将尽，追不上的。只你一人追去，能有什么好果子吃？"

长生子握住胸前探出的冰刺，缓缓坐倒在地，喃喃道："我得到了，我本来已经得到了，距成仙飞升，只一步之遥，只一步之遥……"

白素撤去迷雾，抢到杨瀚身旁，急道："五件宝物被他们凑齐了，这下子他们只要潜藏起来，便天涯海角，我们也追不到他们了。"

杨瀚道："未必！"

小青神色一动，道："此话怎讲？"

杨瀚道："一言难尽，我回头再与你细说。"

他看一眼听得发怔的长生子，叹了口气，解释道："那宝物，是四件如意，一口金钵，合在一起，才有奇效。许宣和苏窈窈，先前就已窃得其中三件。"

长生子缓缓吁了口气，喃喃道："原来如此。原来，我距长生之道，还如此之远。这，不是我的机缘，不是我的机缘哪……"

长生子说完这句话，惨然一笑，慢慢垂下头去，身子一松，气息断绝。

白素黯然道："长生子这样超脱世俗的修行人，也被欲望冲昏了头脑。长生不老的诱惑能把好人变成魔鬼。"

小青若有深意地瞟了杨瀚一眼，杨瀚马上道："我不贪恋这个，我更喜欢自然地成熟，自然地老去。你要担心我因为这个而变心，不如担心我被美女勾搭而变心，那可能性更大一些。"

白素飞快地瞟了杨瀚一眼，杨瀚咳嗽一声，揉了揉鼻子，道："别多想，我不是说你。"

一座孤坟立于山谷之中，没有立碑，杨瀚觉得，那对长生子来说，毫无意义。

小青款款地走到杨瀚身边，道："逍遥子不见了，那孩子……应该是已经知道了什么。"

林中，逍遥子看着立在师父坟前的三人，默默地跪下，遥遥向师父的坟叩了三个头。

师父虽然不仁，但毕竟养他教他，恩不可忘。然后，他便站起来，孑然一身，飘然而去。昆仑，这伤心之地，他是永远也不会回来了。

白素向长生子的坟墓默默地施了一礼，转身对杨瀚和小青道："他们已经拿全了宝物，此后应该不会再来骚扰我们了吧？"

杨瀚道："暂时应该不会，那苏窈窈极重容颜，她急于恢复青春年少，知道我们不好招惹，又知道普通人的寿元一样对她有作用，一定会先从普通人下手。"

小青道："你的意思是，她早晚还会找上我们？"

杨瀚道："不错。一天天变老，于我而言，是理所当然的事。许宣也不会太在乎，给他十年，甚至二十年变年轻一次，对他而言，都是可以接受的。但是……苏窈窈能否接受？"

白素和小青想了想，苏窈窈原来就极看重她的美貌，这几百年来更是形成了一种执念。恐怕一丁半点儿的衰老，她也无法承受。二女不禁轻轻摇了摇头。

杨瀚接着道："更何况，如果时时需要用那宝物摄取别人的生命力，她就得时时拥有那宝物，难道她不担心宝物发生意外、失窃或损坏？所以，为了一劳永逸，她早晚还是会找上你们。"

小青咬牙道："我不想再躲了，既然躲不了，那我们就主动找上他们！抢回那五件东西，抛进汪洋大海，叫他们彻底断了念想。"

白素苦笑道："他们若不来找我们，我们去哪里找他们？只怕是大海捞针，根本不可能的事。"

杨瀚微笑道："那可未必，你们还记得他们在金海寺建造的那座铜塔？"

白素和小青微微动容："你是说？"

杨瀚道："要置换生命，需要极其庞大的能量，以当日情形来看，应该是依靠太阳的力量，再通过铜塔进行增益，不是只要拥有了那五件宝物就能轻易施行的。"

小青道："所以，他们会赶回临安？"

白素急道："那我们马上赶回临安！"

杨瀚道："不急。我离开临安之前，曾经拜托小宝做了两件事。"

小青乜视着他，不悦道："我怎么不知道？"

杨瀚道："难道你不该好奇我拜托他的是什么事？"

白素不耐烦道："哎呀，小青最在乎的当然是你有事瞒着她了。快说，究竟是什么事？"

相传，轩辕黄帝时有修道者名曰宁封子，向轩辕黄帝传授了可御风云的"龙跻之术"，黄帝感其恩，遂筑坛拜其为"五岳丈人"，故其隐居之山就叫"丈人山"了。

许多年后，丈人山改称为清城山，山下建起了清城县。又过了许多年，因为水患频仍，官府遂把"清"字去掉了三滴水，从此变成了现在的青城山、青城县。

青城县有一个渡口，是秦国蜀郡太守李冰率领民众在岷江中游修建都江堰后，形成的民间古蜀渡口。

到了五代十国时，这里渐趋没落。青城徐氏主人，也就是花蕊夫人的父亲徐国璋重振古渡，在此开辟水陆交通枢纽，从此，这个渡口就改叫徐家渡了。

青城县拥有岷江以西咽喉要道的码头，南来北往的商贾都要经过这里，许多人常年住在这里，置地买房，在商业发达的宋代，这里就更是富庶了。

而今，又有一位中原来的大商贾要在此定居了。这位大商贾姓许，据说还有举人功名，虽已是中年，却是面如冠玉，目似朗星，风度翩翩，一看就不是等闲之辈。

他的夫人许苏氏更是美丽，见过的人都说，当年的花蕊夫人美貌，应该也就是她这般模样。夫妻俩一到青城县，便先去拜访了徐家老太爷。

徐氏家族立足于此两百多年了，乃青城当地乡贤首富，地方势力更是牢固，当地百姓七拐八绕的总能跟徐家扯上关系，县太爷上了任，第一件事也是要拜访徐家。只有获得了徐家的认可，他在当地施政才不会产生那么大的阻力，否则赋税收不上来，政令传不下去，他这七品正堂的百里至尊，也只能守在衙门里头发号施令了。

徐老太爷对风姿不凡的许氏夫妇很看重，有了徐家的认可，当地便也无人敢故意刁难于他们。

比如这房牙子徐小坳，素来奸猾，见人说人话、见鬼说鬼话的主，可是思量再三，手头有一幢凶宅，他还是没敢推荐给许老爷，目前领着他们正看的这幢，心里预期着也只赚一成就知足了。

"娘子，你看这里如何？三进的院落，环境清幽，我很喜欢。"许宣里里外外走了一圈，笑吟吟地问苏窈窈。

房牙子眉开眼笑道："许老爷有眼光，这幢宅子，前有湖，后有山，有水就有财，有山就有靠，风水好得很。此间原来的主人，自入仕之后就一路飞黄腾达，如今已升任广南梅州知府，举家迁走了，所以房子才空了下来。"

苏窈窈听了微微点头，房牙子忙道："原主人走了才三个月，房子新着呢，不用修缮。原来府上的管家、门子、家丁、护院、丫鬟、婆子、厨子也都散去没多久，他们原是大户人家的下人，懂得规矩，要是老爷夫人中意，小的可以把他们找来，也免得有些不懂规矩的下人，还得夫人您费心调教。"

苏窈窈听到这里，更是中意，点头道："好！就这幢宅子吧，奴仆下人，如有原是此宅的更好，这件事，一并麻烦你了。"

房牙子一听喜上眉梢，这一来又能赚一笔人牙子的钱了，喜得徐小坳眉开眼笑，连声答应。

许宣和苏窈窈定下了房子，先把房钱交了，过了房契，便回客栈等着，房牙子立即一溜烟儿地奔去给他们找人了。

一进客栈客房，苏窈窈便道："我们如此置地买房，会不会太过招摇了？"

许宣道："天下之大，我们即便招摇一些，他们又如何知道？"

苏窈窈恨恨道："想不到他们做得这么绝。我们辛辛苦苦、日夜兼程赶回临安，谁能想到，好端端一座铜塔，居然被他们给拆了。"

许宣淡淡一笑，道："那塔杵在那里，只是一座寺产，拆了，才是花用不尽的金钱。钱小宝只要传出些谣言，说那里招摇恶鬼，法径方丈实为恶鬼害死，寺中僧众自然舍得顺水推舟。"

苏窈窈道："可是，当初佛光普照，俨然神迹。临安城都传遍了，一时风光无两，都盖过了灵隐寺呀。"

许宣道："正是如此，所以哪个寺院不忌惮？这谣言一出来，会有多少人推波助澜？最终落得一个拆除的下场，毫不稀奇。"

苏窈窈气愤地在锦墩上坐下，道："可如今我们怎么办？我的钱若想再造一座铜塔，那是远远不够的。更何况，如果我们造塔，这么大的声势，他们一定暗中打探着我们的消息，必然会知道。"

许宣微微一笑，道："那日铜塔移转生命时的异象，我都看在眼里，大致也明白了它的道理。耗费巨资造一座铜塔？不需要的。"

苏窈窈一怔，急忙问道："那要怎么做？"

许宣避而不答，改口道："我们先置宅子住下，然后修桥补路、大兴土木，叫人对你我全没了戒心，也习惯了我们大兴土木的做派，然后我们才……呵呵……"

自古蜀中出美女，不过两个都是活色生香的美女，全都傍在一个男人身边，这也是不常见的一幕。但杨瀚也不怕拉仇恨，自顾自地走在街上，潇洒得很。

一到成都，杨瀚就去驿站取到了钱小宝寄至此处的信件，看完之后，杨瀚就放心了，铜塔已拆，他们已经不可能再利用铜塔作恶了，这样的大工程，一时半晌的也不可能再建起来吧。

于是，辛苦跋涉许久的杨瀚便停了下来，在成都小住，同时也没忘了打听四方有大兴土木的举动。

在他想来，就算许宣和苏窈窈建一个简陋些的，比如砖塔、木塔，再包裹以铜皮，那也不是一件小工程，费时也不会短了，一定打听得到消息。

四十九　众生为薪

一幢新宅，虽然简陋一些，却是新建的。宅子在山坡之上，四下林木葱郁，鸟语花香，环境十分雅致。高大的院墙，门楣上写着"慈幼庄"三个大字。

慈幼庄也就是慈幼局，就是后世所说的孤儿院。与孤儿院相似的机构，并非始于宋代，不过在那之前基本是救灾性质的，就是发生天灾人祸，出现大量孤儿时，朝廷才会干涉。而平时个别孤儿，则没有制度性的机构去帮助。这项社会福利制度的建立，是从宋代开始的，而且正是由被后世骂为奸相的蔡京创建。

说来有趣，为了减少弃婴，宋代还设立了举子仓，贫困人家生了孩子，就送一石米或者补助四千文钱，避免一时生计无着丢弃孩子。而这项福利制度，却是秦桧设立的。

这座建于许宅后山坡上的"慈幼庄"正是大善人许氏夫妇出资捐建。青城县令管平潮、主簿何常在由许宣和里正周鸿陪同，正在巡察这处慈幼庄。

幼小的婴儿单独有一个院落居住，有几个婆子妇人居间照料，喂养牛奶、羊奶；大上几岁的孩子独居一个院落，有村中的老冬烘教他们读书识字；再大一些的孩子，还有匠人每日轮流到此，教他们各种生活技能……

本地富庶，弃儿不多，即便有也多是生来就有残疾的孩子，所以这里大多数的孤儿都是许宣放出风去，许了好处后，被人从外地接引过来的。

管县令越看越满意，抚须微笑道："许员外，你这真是好大一桩善举，功德无量啊！"

许宣拱手道："哪里哪里，学生不过是经营生意，赚了点儿钱，想着取之于民、用之于民罢了。"

宋朝时候，经商并不受人歧视，所以他虽自称学生，显得有功名在身，却也不忌讳谈及经商。

许宣哈哈一笑，又道："学生成亲多年，未得一子，也是想着，多做善事，得些福报，上天垂怜，能赐个一子半女的。"

里正周鸿心道："恐怕这才是你做善事的真正缘由吧？这人没有子嗣，定是妻子不能生育。他虽中年，却是举人，家财万贯，人也是一表人才，我那远房侄女朵儿若能给他做个小的，一旦有了子嗣，俨然也是二夫人的待遇，这买卖划得来，我回去且与我那堂弟商量。若攀上这高枝，我也得济。"

何主簿笑眯眯地看着许宣，道："许员外为朝廷分忧，我地方官吏理当支持。本县常平仓里还略有积蓄，只是不知许员外这里需要每月贴补多少哇？"

宋代，官府设有慈幼局，由官府供给粮食衣物，生病了由施药局免费看病，官府出钱雇用奶妈子给弃婴或孤儿喂奶，大一些还可以安排入义学读书。

如果民间有人愿意收养孤儿，官府每月给一贯钱、三斗米，连给三年。如今许宣一下子收养了这么多的孤儿，如果他提出申请，官府是应该给予补贴的。

所以何主簿难免有些担心，不知道他打算向官府要多少贴补，要知道，假慈善之名从中渔利的欺世盗名之辈，却也不是没有。

许宣连连摆手道："不需要，不需要，养育这些孤儿，学生还是办得到的。"

许宣向空中拱了拱手，道："学生读圣贤书，虽不入仕，也想着为朝廷分忧，达成圣上'必使道路无啼饥之童'的愿望。"

管县令与何主簿一听他不要钱，高帽子更是不要钱地一顶顶抛过来。许宣谦逊地连称不敢，抬起眼来，看到穿着新衣裳正在院中奔跑欢笑的孤儿，许宣笑得也更加愉悦了。

"朵儿她娘，你觉得……堂兄说的这事咋样？"

"那位许老爷我是见过的，的确是一表人才，现如今他补路铺桥、建慈幼庄，好像有花不完的钱，也是极富有的人家，只是……咱们毕竟是良民百姓，女儿给人做小，还不得叫街坊邻居们笑话？"

"扯淡！谁笑话？那他是酸。朵儿他娘，咱闺女是俊，可那能当饭吃呀？村东头刘老四家比咱家只多了十亩山田，强也强不到哪儿去，咱闺女嫁过去，不一样得下地干活，风吹日晒的，什么好模样两年下来也没了。"

朵儿她爹和老婆讲着道理："你看许老爷家财万贯，可迄今为止，也没有一妾，不是个喜欢拈花惹草的人，咱闺女要真是进了许家的门，说是妾，那也就是两人之下，这要再有了孩子，那夫人也不能把她怎么着，到了许家锦衣玉食的，有何不好？"

"嗯……要这么说，倒也是个理。可咱闺女不是跟刘家小子好着呢吗，她肯答应？"

"父母之命，媒妁之言，啥时候由着她自己决定了？你要也同意，我就先去跟堂哥说一声，你别觉着咱们家委屈了，人家许老爷还不知道呢，这得找个空叫人家瞅瞅，人家还未必看得上咱们家姑娘呢。"

"那不能，咱姑娘才十六，水灵灵的一朵花，他能不稀罕？我得空先跟闺女说一声吧，要不堂哥一说，只怕很快就要过门。这闺女性子拗，我得先叫她想通了，可别惹出乱子来。"

"嗯，那倒也是。"

两口子在堂屋里商量着，却不想朵儿姑娘就在帘后头听着呢，一听爹娘要把她许给人家许老爷做妾，周朵儿顿时急了，急忙回了屋，从后窗爬出去，便去找刘成商量。

刘成今年十八，是刘老四的独子，农忙时节在家务农，农闲时节做个走街串巷的货郎，和父亲一样，心思活泛，家境比起其他街邻要好得多。

刘成跟朵儿姑娘偷偷好了一年多，两三个月前才传出风声，叫街邻们知道了一些。一年多里，两人只能私相幽会，此时正是好得蜜里调油的时候，一听要许给别的人家，朵儿姑娘不情愿，刘成更是着急。

刘成做货郎常常走街串巷，见识比姑娘多得多，朵儿姑娘不是很清楚那位许老爷家境究竟如何，只晓得挺有钱的。他可是知道，那不是有钱，而是巨富，和他们刘家那是天壤之别。

而且许老爷不但有举人功名，家财万贯，如今和当地乡贤之首徐家来往甚密，更是受当地县令、主簿老爷的赏识，不仅有财，而且有势，一旦这位许老爷真相中了朵儿，自己拿什么跟人家争？

不，不是一旦！朵儿这么漂亮，许老爷看到了，那是一定会纳她为妾的呀！想到这里，刘成马上道："朵儿，你愿意跟我，还是去那许老爷家做妾？"

朵儿嗔怪道："人家当然是跟你一条心了，不然能跑来跟你商量吗？"

刘成咬牙道："好！那咱们走吧！"

朵儿一呆："走？去哪里？"

刘成道："只要逃出这青城县，咱们出去躲个一年半载的再回来。那许老爷是体面人家，碍于名声，就算再中意你，也不会讨你过门了，咱们就可以长相厮守。"

朵儿只是个乡间小姑娘，听说要离家出走，心中难免有些彷徨，可一想到有刘成哥哥陪伴，却又有了勇气。至于她若逃走造成的声名不保等各方面的严重后果，却是想也不曾想过。

朵儿思量一番，对上刘成焦急的眼神，不由得心中一热，点头道："好，我跟你走！"

成都富春坊在大慈寺附近。这里是成都最繁华的商业区，有久负盛名的"剑南烧春"美酒，更有醇酒一般的美人，优伶、娼妓极多，走在街上，姿色出众的女子比比皆是。

所以，白素和小青打着伞姗姗地走在这街巷中，常有男子为之惊艳，有那不怕莽撞的还会忍不住上前来问上一声，问问两位姑娘是哪个园子里的姑娘，好去捧捧场。

两位姑娘不胜其扰，只好把浅露的帷幔放下来，这一来搭讪的男子就少得多了。只看身段，固然曼妙迷人，可浅露遮住容颜，本身就表明了拒绝的态度。尤其是这样一来，显然人家是良家女子，众人自然识趣。

小青透过浅露看着外边景致，懒洋洋地对白素道："姐姐是打算在成都长住了吗？"

白素懒洋洋道："这里很好哇，你没发觉，人一到了这里，就变得身心舒适，十分慵懒吗？"

小青道："可是，用不着买那么大的院子吧？再说，我们干吗亲自到这里选人哪？找个人牙子选几个中意的送去府上挑选一下不就成了？你要想找用熟了的，叫小宝把可伶、可俐送过来嘛。"

白素认真道："院子不买大些怎么成？你看哈，你跟瀚哥儿成了亲，咱们得分开住吧？等明年有了小宝宝，还得准备奶妈子房吧？孩子大一些喜欢玩耍，没有个花园怎么成？"

小青忍不住道："我几时说过这就嫁了？他……他都没跟我说过什么。"

白素道："他不说不是因为他不想说，这不是我让他张罗着开印书店的事呢吗？你再有钱，那是你的。男人若是没点儿正经事干，他在娘子面前如何抬得起头来？你心里也不踏实呀，对不对？唉，这也就是我吧，真是操不够的心。"

小青听到这里，忽然站住了。

白素戴着浅露，没有注意，仍然往前走着："再说了，咱们那么大一幢宅子，现在一个下人也没有，我们不亲自来挑用人又怎么办哪？领上门去的，你就不怕人牙子从中有所算计？这过日子呀，就得精打细算，这跟有钱没钱没关系，姐姐说了，你要听得进去才行，我这真是操不完的……"

白素正说着，小青突然快步追上来，拉住了她的手臂，小声道："姐姐，我真要嫁呀？"

哪怕是隔着两顶浅露，白素都感觉到了小青的忐忑。

白素道："当然是真的，其实瀚哥儿已经跟我提过了，不然，你以为我会那么不着调，不经你二人同意，就擅作主张？"

小青更慌了："不是，他怎么……他跟你提，跟我没提呀。"

白素道："你早发过誓的呀，人家应誓了吧？那就不用再提了。"

小青紧张道："真要嫁呀？"

白素道："你要说你讨厌他，不喜欢他，那就不嫁！"

小青赶紧解释："我不讨厌他呀，你别这么说。我就是……好慌……"

白素释然，笑道："哦，那正常，几百年嫁不出去的老姑娘了，突然听说要出嫁，当然慌了。"

小青怒道："我是不想嫁，不是嫁不出去。"

白素不以为然："哎呀，一样啦，反正是几百年的老姑娘了！"

小青："……"

这时，一个少女怯生生道："两位姑娘，你们……你们是来挑佣仆的吗？我很勤快的，干活利落，丁钱少算些也没关系，就是……能不能再搭上一个人哪？"

白素和小青扭头看去，就见一个长相甜美的姑娘，将一个同样满脸赔笑的少年拉到了身边："我叫朵儿，这是我刘成哥哥。"

青城山下，这里只算是青城余脉，舒缓地铺展在青城县前。许宣的宅邸就在这山坡之下，而半山腰处，便是他新建的慈幼局。

山顶不高，且很平坦，一经铲平，就更是平坦如棋盘了。

山坡上这块棋盘一般的平地中心，长七丈宽七丈的部分，被挖下去一丈左右，然后，缩减为六丈，再向下挖一丈，如此反复，如今最下边一部分长宽各一丈的地方也已挖平了。

如果是在平地上挖这么深，早就渗水成了一口井，幸亏它是在山头上，挖下去这么深，土壤虽湿，却也不至于出现渗水的情况。

许宣雇了很多人挖掘这东西，但工程大体成型后，这些人便领了工钱遣散了，没人知道许员外为什么要花钱挖掘这么个东西，有人猜测许员外是想蓄水，可当地并不缺水，反而水患频仍，旱灾倒很少发生。

不过，乡民百姓们谁在乎这个呢，又不是什么有趣的逸闻，初时还有些人闲谈时聊及此事，没几天就无人理会了。

山上的大坑并未停工，只是现在换成了慈幼局里收养的那些半大孩子。大坑里竹子搭建的脚手架还在，孩子们觉得这是一件很有趣的事情，他们喜欢像猴子一样在里边爬上爬下。

他们并没有干多少体力活，每天的事情都很轻松，他们只需要用小铲子把四壁削平，废土用筐提出去，再把一块块轻薄的黄铜板运进来，一块块拼装起来，贴在土壁上。

那黄铜板是许宣从铸镜店订购的，很薄，但是打磨得很光亮。为了订购这些铜板，他同时向远近十来家铸镜店下了单，预付了一半的工钱，这才加班加点地铸造、打磨出来。

但凡参与劳动的孩子，每天的晚饭里都会有一大勺肥猪肉，所以孩子们都抢着来干活，孩子们干活不懂得藏拙，只用了几天工夫，这件差事就做完了，脚手架也一层层地拆除了。

于是，阳光一照，那坑中便金光灿烂，互相辉映，照得其中金碧辉煌。苏窈窈站在坑沿上，看着一层层向下倾斜四十五度角的金灿灿的坑壁，又抬头看看空中阳光的交会点，沉默半晌，轻轻叹了口气。

许宣乜了她一眼，道："怎么？"

"我叹自己……一向自诩精明，可是与你的智慧一比……"苏窈窈苦笑道，"我为了建那聚集光源的铜塔，硬是耗时七年，把一个富可敌国的大商贾逼得从此败落。可你建这倒立之塔，只需挖去土壤，贴上一层薄薄的铜板，耗时不过月余，所费也不算多，与你一比，我只觉自己好愚蠢。"

许宣微微一笑，自矜道："我本非池中之物，一遇风云，自然飞腾成龙。而你，说到底，当初不过是钱塘一方名伎，所习也不过是些娱人的手段，只是你运气好，遇到了仙缘而已。"

许宣负起手来，傲然道："我这些时日反复揣摩，总觉得那几件宝物大有玄机，可不仅仅能给予人长生之力。"

许宣向山下看了一眼，奉了他的命令，整个慈幼局的人都向山上进发，那些最年幼的孩子由人抱着，年纪小些的叫人牵着手，蹦蹦跳跳的欢喜不禁，至于那些少年人，因为早就来过，倒是沉稳许多。

许宣道："这些孩子，还在吃奶的，七人。童男童女，三十九人。少男少女，二十二人。再加上那些在慈幼局做事的仆工婆子一共十六人，一下子汲取这许多人的生命，至少可保你我五百年不会衰老一分了。"

许宣转向苏窈窈，道："待你恢复青春年少模样，就把土水两如意交予我保管吧，唯有把五件宝物放在一起，我才能揣摩出它更多的奥秘。"

苏窈窈嫣然一笑："好！"

她答应得如此爽快，许宣反而一怔，不禁怀疑地看了苏窈窈两眼。

苏窈窈道："我美不美？"

许宣不知她何以问到这些，但还是答道："美！白素、青婷，也算罕有的美人了，可是与你一比……"

苏窈窈嫣然道："与我一比怎样？"

许宣想了想，道："你，就像一枚熟透了的桃子，瞧着白里透红，十分诱人，嗅着香气扑鼻，心旷神怡，叫人一瞧，便恨不得马上狠狠咬上一口，尝尝那甘美的果肉滋味。"

苏窈窈眸波一转，道："白素呢？"

"白素就像一朵柔美馨香的花，叫人见了，很想轻抚它柔嫩的花瓣，轻轻钩着花枝凑过来，嗅一嗅它的芬芳，也许会采撷下来，却又未必，全看当时心情。"

"那小青又如何？"

"你可见过那雪中的红梅？"

"我活了五百多年，走过很多地方，当然见过的。"

"小青就是那雪中梅花了。一早推窗而望，天地一片银白。枝条上满是绒绒的雪粉，其下硬是张开了点点殷红。你会觉得很惊艳，但你不会有凑近了去嗅一嗅的想法，更不会想把它摘下来，似乎，它就该留在那雪中枝头才是最好的。此所谓只可远观，不可亵玩。"

苏窈窈侧着头想了想，眸波流转着，在阳光之下，有着说不出的诱人。

久久，她才风情万种地瞟了许宣一眼，道："你可是因为我如今模样比她们要大上许多，所以才有这样的感觉？"

苏窈窈最怕人说她丑，她尚是老妪模样时，每每杀人，常是为此。她也最怕人说她老。不过，恢复成美妇样貌后，这种极度敏感的心态已经淡多了。

如今恢复青春年少在即，她就更不忌讳说及自己年龄了。

许宣摇头道："不然，我说的是你们从骨子里流露出来的风情，与年纪无关。"

苏窈窈浅浅一笑，伸手抚鬓道："这就是我爽快答应你，一俟我恢复青春年少，就把由我保管的土水两柄如意，交给你参详的原因。"

苏窈窈凝视着许宣，脸上仍旧带着浅浅的笑容，一字一句道："若我恢复风华最茂时的容颜，较之现在，还要美上七分。我相信，普天之下，你再找不到一个如我一般的女子，来配你许宣人。"

苏窈窈骄傲地挺起胸膛："论才情，论美貌，我都将是你的不二之选，那我还怕什么呢？"

许宣看着苏窈窈，喃喃道："听你这么说，我倒真想看看你十八岁时的模样了。"

苏窈窈嫣然道："我不会叫你失望的。虽然，我的模样不会改变，可是十八岁和三十岁，呈现出来的绝对是完全不一样的姿色。"

苏窈窈幽幽地叹了口气："一个人，年华渐老，也只能顺应天命，可是一旦知道有逆天改命的办法……又怎么可能不执着、不疯魔？"

说着，她慢慢转过头，贪婪地看着山道上正逶迤登山的那一排长长的人。

杨瀚和白素、小青此时正冲向许宅后边的那座矮山。

刘成和朵儿私奔到成都后，才感觉人生不易。即便是平时走街串巷能言善道的小货郎刘成，在这大城市里也完全不够看了。

其实刘成机灵，朵儿俏丽，他们若想要找个大户人家傍身并不困难，但他们不想分开，想被同一个主人雇用，这就不容易了。

一则同时需要雇用男女佣仆的人家本就不多，二则人家一听他们二人是情侣，心里先就犯了嘀咕。

一个是怕他们是私奔出来的，这要是被他们的家人找来，自己就闹个鸡飞蛋打，没准儿还要落个收容私奔之人的麻烦。二则，家中佣仆一男一女却是情侣，除非是早就用熟了用惯了非常信任的家人，否则主人家多少也会有些忌惮。

偏生白素是个心软的，朵儿姑娘眼泪汪汪地一哭诉，白素又确实需要人，马上就把她和刘成一块儿招到府里去了，并把朵儿安排为贴身丫鬟。

一日闲来无事，白素与朵儿唠起家常，朵儿口快说出她是私奔出来的。白素顿时好奇，朵儿本来还担心大小姐会因此辞退她，可见白素只是兴致勃勃听个故事，便把来龙去脉对她说了一遍。

白素一听，如何还不知道这位许员外是什么人？于是，杨瀚三人就来了青城县。

说起来，还是这许宣太过计较家世传承，父母所起的名字他都不想改，更不可能改姓，不过即便他换了名姓，就他在青城县的做派，也足以引起白素警惕了。

山上，许宣正安排那些人沿着软梯一层层地下去，在每一层宽一丈的平台上或站或坐。婴儿不方便带下去，就摆在最上边一层的平台上。等所有人就位，许宣便撤了软梯。

佣仆和岁数稍长的孤儿并非没有过疑问，但许宣说他曾在山中得到过一部秘藏，内中记载有修行秘术，说是利用此法可延年益寿，修道有成。

青城山本来就是道教祖庭、道门纵横之地，大家对此多少有些了解。再说了，即便许员外只是异想天开，那又怎样？大家吃他的、用他的，配合他做个游戏，哄他开开心，也是应尽之义嘛。

这就是大家的想法，谁会想到世间竟有那般恐怖的害人手段？

许宣微微一笑，一扳顶上设置的机关，四根长长的长铜板同时从地面翻起，在倒竖七层塔的中心位置组合在一起，彼此卡架着，形成一定的坡度，四根长铜板的尽头各有一个小豁口和卡槽，那是光芒透出的地方。

紧跟着四根更长的铜板沿着相同的轨迹架立起来，正在那下层铜板上方一丈处对接起来。

许宣身化流水，卷动着滚到那下层铜板的小豁口处，再度化为人形，将火两柄如意一一对照方位放入卡槽。苏窈窈一阵激动，立即纵身跃过来，将土水两柄如意也依方位摆好。

少年们全都在下方坑洞之中，他们仰着脸，眼见许大善人突然化形为水，顿时惊呼起来。神仙？难道这世上真有神仙？还不等他们反应过来，许宣已经取出金钵，郑而重之地卡在那四如意上。

一层层倒立宝塔的黄铜坡面，就像太阳能板，吸收了大量光能，沿着一定角度反射上去，当头顶铜板架起，反射上来的光便沿着计算好的坡度集中反射到地底正中心一丈方圆的空地上。

光线反复交错，仿佛织就了一张光的大网，而那些坐在其中的人，也因此整个笼罩在了那光网之中。

地底那块空地也是铺着铜镜似的板材的，不过它是凹面的，因此它把所有的光都汇聚在一点，向正上方投射出了一道凝聚起来的光束。

本来那光束正穿过合并组成的铜环反射向天空，如今那金钵倒扣其上，整道光束便射进了金钵，刹那，曾经发生于临安铜塔的那一幕再度发生了。

只不过如今发生的一切，就像是临安铜塔倒映在水中的影像，它是完全颠倒过来的。许宣和苏窈窈对视一眼，同时跃上了最高层的铜板架，乳白色的光束正在其上盘旋。

"啊——"

刚沐浴到那光芒中，许宣便发出一声畅快的欢呼。这感觉太舒服了，浑身沐浴于乳白色的光芒之中，他仿佛一下子被注入了无穷的力量。

苏窈窈一直紧盯着许宣，她看到许宣的容颜正在逐渐地变得年轻起来，似乎自己撑不住只眨了眨眼，再看到的他都发生了新的变化。

他在变，那自己一定也在变！苏窈窈紧张地抚摸着自己的面孔，恨不得马上找一面镜子，仔细看看自己的变化。

"许宣！"杨瀚一声大吼，他和白素、青婷及时赶到了。

许宣正在看着苏窈窈，看着她似乎时光倒流般慢慢变得年轻，他仿佛也看到了自己的脸正在发生的变化。这种感觉，真的很奇妙。

难怪这女人孜孜不倦于恢复她的青春。虽然她的容颜没有多大的变化，但那风情、气质、皮肤的光泽，较之先前渐渐有了太多的不同。

果然如她所言，仅仅年轻十多岁，她的模样居然较之以前有了那么大的变化。许宣并不好女色，先前的苏窈窈已是一个绝色尤物，可在他眼中，也只是一个招之即来的女人罢了。但是现在，眼看着那绝世的容颜在他眼前慢慢呈现，许宣竟也不由自主地产生了一丝永远占有她的欲望。就在这时，杨瀚一声大喝，把他荡漾的心神收了回来。

许宣扭头看到杨瀚，不由得眉头一皱："是你？你为什么要来？我本想开恩，放你们安逸度日，等你有一天老死了，再去取她二人性命，可你不知天高……"

许宣还没说完，杨瀚已经到了，呼地一拳就向许宣劈面打去，还是那么简单粗暴。这可以攫人寿禄的神光奈何不了他，苏窈窈和许宣的异能也奈何不了他，他又有何惧？

坑下的人们一见来了救星，顿时惨呼起来："救命啊，快救命啊！"

只是被许宣"神迹"一般的行为震慑了刹那，随后他们就发现自己迅速苍老起来。孩童不明所以，还好一些，年长一些的如何还不明白发生了什么事。

许大善人这不是神仙，是妖人哪！神仙怎么会有攫人性命的邪术？

可惜，置身其中，他们的力气几近于无，想站起来都难，更不用说反抗或逃跑了。此时终于来了救星，难怪他们欣喜若狂。

许宣大恨，他什么都想到了，就是没想到杨瀚也能及时赶来，天下之大，怎么可能就被他得知自己的下落？难不成这人真是上天安排给自己的克星？

在众异能人中，他是最可怕的一个，奈何，一旦对上杨瀚，他就是最废柴的那个，招架不过两个回合，他就被杨瀚一拳打出了乳白色的光束。

那乳白色的光束，小青和白素是绝不敢沾的，但许宣一被打出光束，二女便无所畏惧，立即冲了上来。

许宣正被杨瀚打得没脾气，一见小青和白素，却勃然大怒起来，小青也就罢了，白素哪有攻击他人的本领，她也敢冲上来交手？这是谁给她的勇气？

许宣立即向白素冲过去，刚刚近前两步，便化身流水，汩汩涌去。如此一来，他就不怕身处侧翼的小青任何打击，已先立于不败之地了。

只是，他算盘打得虽好，白素一见他向自己冲来，却是陡然而退，一边退，一边挥舞起衣袖来，一时间墨汁、黄酒、桐油漆、茱萸水、水银、香灰、硫黄、雄黄、砒霜、黑狗血……真不知道白素一双大袖底下究竟藏了多少东西，但凡她觉得能溶于水，有可能对许宣造成困扰的东西，她都带来了。

许宣躲都没躲，他根本没看清射来的是什么东西。刀枪剑戟一应武器全都伤不了他分毫，他哪会怕什么暗器？于是，当许宣再度化形为人的时候，那模样就变得很惨了。

他站在白素对面，两只眼睛带着黑色的大眼圈，就像青城山上的大熊猫似的。问题是那黑色真是皮肤下面的，所以他的双眼虽被茱萸水辣得泪流不止，也冲不掉。

身体其他部分是否中了招，许宣自己一时也不知道，他狂怒地大叫一声，正想扑向白素，一旁小青对他发起了攻击。

对于小青的水滴子弹，许宣并不敢掉以轻心，他马上又化成了水，但他刚一化水，白素又冲上来了：墨汁、黑狗血、雄黄、桐油漆、茱萸水、砒霜……

许宣从未想过自己拥有神奇功法后居然还有落得如此狼狈的一幕，许宣这厢狼狈，苏窈窈那边比起他来也强不到哪儿去。

苏窈窈虽然能打，却不是杨瀚的对手，但即便如此，她死活不舍得离开那道乳白色的光束，不仅不离开，她还要全力维护着，避免杨瀚破坏。

杨瀚一跃进光束，就看清了此时苏窈窈的模样，只一眼，心中便生起一种惊艳的感觉。白素和小青都是美人，美人看多了，杨瀚对于美色通常都比较有抵抗力。但杨瀚从未见过一个人可以美到如此地步，若说她眉眼口鼻、体态腰段和白素、小青比较，有着多么大的不同，那也未必，可就是这些一样的物件组合在她身上，便有了一种完全不同的味道。

不过，虽然为之惊艳，杨瀚还是一拳打了过去。

就在这个美人身下一丈低的距离，那些婴儿竟已满脸皱纹、白发苍苍，他们有的甚至还不会说话，只是咿呀地叫着，哇哇哭着。

他们处于倒七层塔的最上面一层，距离苏窈窈和许宣最近，所以也是生命力最先被收割的一群人。

苏窈窈是美，美绝凡尘。可是一朵生长在累累尸骨之上的鲜花，一颗成熟于层层血肉之上的浆果，谁敢嗅它？谁敢吃它？

苏窈窈不是杨瀚的对手，但她不肯退。她还不知道此时的她是否已经恢复了全盛时的容颜，即便是已经恢复了，对她来说也不够，她还要贪婪地吸收更多。只有积蓄了足够的生命力，她才能许多年不变哪。

所以，当杨瀚痛下杀手，一拳打中她的后背，打得她哇地一口鲜血吐到钵上时，她也一步不退，倒是反腿一击，逼得杨瀚退了一步。

苏窈窈旋即一个翻身，重又护在金钵之前，仍然守于白光之下，对她而言，能在这白光之下多守一刻，多吸收一分，付出再多代价，也是值得的。

"你这是何苦，不老于你，便如此重要吗？"杨瀚忍不住问了一句，当然也没忘了随着这一声问，又是一脚踢出。

苏窈窈狠狠地拭了一把唇边的血，同时侧身一避，避开了他这一腿。

"值得吗？许宣！难道你忘了我们在一起的恩爱快乐？你以前只是一个普通人，现如今已经拥有了神通，可你真的快活吗？"白素幽幽地问，有些感伤。

光束之外，许宣被白素层出不穷的"法宝"搞得异常狼狈，而旁边小青又不失时机地动用水滴子弹攻击，许宣一旦来不及变身，便会挨上一记，此时已是遍体鳞伤。

这时的许宣已经基本恢复了当初的容颜，看到他此时的样子，白素不禁想起了两人当初卿卿我我、两情相悦时的模样，一时忍不住潸然泪下。

许宣却似已经着了魔，面对曾经暗定了终身的这个女人，心中不起一丝波澜："值得吗？当然值得！"

"当然值得？"白素惨笑，"如果一个人无情无义，没有值得爱的人，没有真心爱他的人，纵然拥有永久生命，又能如何？"

许宣冷笑："如果长生不老，感情，又算什么？"

白素轻轻摇头："我，已经是拥有不死之身的人，可我并不快乐。你所追求的，总有一天也会让你体会到我的寂寞与悲伤，到那时候，你会后悔的。"

"那是你，不是我，我不会后悔。"许宣一边说，一边猛扑上来，"天赐之福你不要，愚蠢！我不同，我不只要长生不老！只要拥有了无尽的岁月，总有一天，我能参透这些宝贝全部的奥秘。到那时候，我就能飞升成仙，我要做玉皇大帝。做神仙，你说值不值得？你说我后不后悔？哈哈哈……"

许宣似乎彻底疯魔了，一边狂笑着，一边恶狠狠地向白素扑去。

五十 彼端世界

苏窈窈此时当真是人间绝色，如此美人，照理说没有哪个男人舍得对她下狠手。但杨瀚是见过她曾经妖魔般的一面的，这种深刻的印象，抵消了她美色的魔力。

杨瀚一连几拳打中苏窈窈，苏窈窈终于抵挡不住，心不甘情不愿地被打出光束。被迫退出光束的苏窈窈愤怒地大叫一声，纵身向小青扑去，她现在只想杀人泄愤。

地塔中的人仍在惊恐地尖叫着，杨瀚向下望了一眼，暗暗叹了口气。他们的生命力还在消逝，失去了注入目标，他们的生命力此刻正在消逝于空气之中，大有尘归尘、土归土的意味。

有人说，世间一切，都是土水火风空的组成，也只在这几种模式间不断地转换，包括生老病死。也许此刻的他们，就是这句话的另一种诠释吧。

杨瀚不知道该怎么解救他们，杨氏血脉被这宝物的认可，使得他对这宝物拥有更大的使用权，但这宝物究竟有多少用处，其实他也不是很清楚。

这是很早就出现在三山世界的宝物，远在人类踏开空间屏蔽，到达那个世界之前。没人知道它是什么人遗落或存放在那里的东西。

杨氏祖先曾经摸索出了一些它的用法，但那并不包括夺人性命，也不包括长生不老或拥有种种异能。这只是他的祖先逃离祖地时发生的一个意外，从而给予了一些人特殊的能力，使得这些人只专注于这些方面的研究。

他的那位祖先不曾教过他这些东西，他也不知道该如何把这些人已经失去的生命力再还回去。他现在唯一能做的，只是终止这种正在抽取生命力的行为。

而要终止这种行为，只有一个办法。

地下那些人的绝望哀号声太可怕了，尤其是他们被迅速抽取了生命力，此时不只满脸皱纹，头发花白，而且因为抽取的速度太快，身体无法承受，以至于脸颊内凹，两眼突出，就仿佛地狱中一群张开双手凄厉哀号的厉鬼。

不能再这样下去了，如果让苏窈窈和许宣再度逃走，他们不但要继续整日地防范遇袭，而且在这过程中，许宣他们也不知还要害多少人……

杨瀚想着，伸出手握住了四如意中的土如意，从铜架上提起了组合在一起的金钵，光束失去作用点，便立即消散无形了。

杨瀚托着金钵底部，开始转动土水火风。土生金，金生水，四大元素间，自然也可以相互转换，而最终，一切可以回归本源。

随着他的动作，金钵嗡的一声，一道淡蓝色的光环像涟漪一般荡漾开来，杨瀚站在那蓝色涟漪的中心，蓝色的涟漪扫过了正在地面上的白素、小青、许宣、苏窈窈……

愤怒至极的苏窈窈正手持一杆长柄冰锤砸向小青的后心，眼见苏窈窈扑向小青，许宣及时摆脱了白素，化作一团流水，也滚向小青，想合二人之力先解决了小青，再合力对付白素。

但是，那杆硕大的冰锤堪堪将要砸到小青，白素已发出绝望的惊叫声时，突然变化成了一大坨水，一个大水团一下子砸在了小青的后心上，小青只是踉跄了一下，身上一凉，还当是中了什么古怪的暗器。

她正想转身看个究竟，就被眼前许宣出现的异状吓了一跳。许宣正化作一团水，跳跃滚动着向她涌来，那相当于人体体积的一大团水堪堪滚动到她的脚下，突然重新变成了人形。

许宣双手抱头，正保持着一个向前滚动的姿态，很窘迫地躺在那里，一脸的愕然，很显然，此时变回人形，并不是他的意思。

"长生，没有了。不老，也没有了。你们的异术，一样没有了。"杨瀚手托着金钵，四如意铿然收拢，卡住了底座。

杨瀚看着小青："我只是揣摩着使用的，幸好果然如我所想。不过之前我并无把握，不是有意骗你。"

小青凝视着杨瀚，突地嫣然一笑。那一刻，她突然放下了一切包袱，那容光焕发的模样，仿佛一位美丽的新嫁娘。

"异能，没有了吗？"

白素诧异地看了眼地上那摊水，试着想把它雾化，结果集中了意念力，那汪水依旧躺在地上，没有丝毫的变化。忽然之间，白素就惘然起来。

不喜，不忧。

几百年来，她已经习惯了现在的自己，突然之间重新变回五百多年前的那个她，她没有不舍，却难免惘然起来，有些不知该如何适应重归于本来的自己。

而许宣早已呆若木鸡。

他爬起来，尝试了一下，没有变化，什么变化都没有。许宣就像一下子被剥去了硬壳的螃蟹，顿时呆在那里。他被打回原形了，一瞬间，他的能力、他的自信，全都没有了。

就像一个原本懦弱无能的人穿上了隐形衣或者戴上了遮挡容颜的面巾，他狂妄，他嚣张，他觉得自己无所不能，与其平素的模样判若两人。可是当他突然失去这保护，他的任何行为都会付出相应的代价，受到相应的制裁，他无法再隐藏自己的时候，他就原形毕露了。

此时的许宣，一下子失去了那种高高在上、自诩为神的感觉，顿时惶恐失措起来，他的自信、他的勇气、他的胆魄，一扫而空，他变回了那个身份卑微的小仵作，从高高的神坛上彻底跌落了下来。

"给我，快把金钵给我！"

许宣惊恐地叫着，想扑向杨瀚，可他只跑出两步，就站在了那里，脸上带着一种不知是哭是笑的表情。他这两步跑得很无力，他的特殊体质不复存在了，他拿什么跟杨瀚斗？

苏窈窈与他们所有人都不同，她此时正专注地看着脚下那汪水。浅浅的一摊水，但是在黑褐色的土地上，却比镜子还要纤毫可见。她一下子看到了那"镜"中的自己。

苏窈窈趴到了地上，贪婪地看着水镜中她娇美无俦的容颜，用颤抖的手指轻轻抚摸着自己的眉眼，不知不觉间，已是泪流满面："我回来了，我……终于找回了我自己。"

杨瀚托着金钵，小心地从那踏板似的铜板上走下来："苏窈窈，你害了太多人，从建康城的悠歌姑娘、李通判、李公甫……再到如今，我会把你交给官府法办。"

苏窈窈仍旧贪婪地望着水镜中的自己，看了许久，她忽然伸出手，掬起一捧水，任那水从葱白似的指间滴落。她伸出手指，小心地拭去了腮边一道泥痕，又捋了捋散落在鬓边的发丝。

她盈盈地站了起来，看了杨瀚一眼，又转向白素和小青，眉眼都含着笑："你们看我，是不是好美？就像……当年一样？"

白素和小青看着她，没有说话。此时的苏窈窈，和当年完全一样，一时间，二人也突然想起了许多已被她们遗忘的过去，她们三人共同经历的日子。

"我，不会去坐牢的。我失去的青春，好不容易才找回来，我不会再失去它的。"苏窈窈回眸望着杨瀚，笑着说道。然后她缓缓拔出了髻上的金钗，杨瀚的瞳孔刚刚放大，她的金钗就没有一丝犹豫地刺进了她的咽喉。

白素和小青惊得身子一抖，齐齐上前一步，却又站住。

苏窈窈回望着她们，吃力地张着嘴，她已发不出声音，可是看那口形，她分明在说："我好想……和你们……一起……回到当初！"

青山绿水间，白素和青婷、苏窈窈三个美丽的女人对立着，依稀中，仿佛时空倒错，她们又回到了五百年前的那一夜。

一辆油壁车轻驰在江南小径上，

车中传来三位少女的笑谈，那时她们是那么亲密。

> 幽兰露，如啼眼。
>
> 无物结同心，烟花不堪剪。
>
> 草如茵，松如盖。风为裳，水为佩。
>
> 油壁车，夕相待。冷翠烛，劳光彩。
>
> 西陵下，风吹雨。

杨瀚、白素和小青在逃命。

白素和小青甚至来不及体会一下重归于凡人的感受，就开始逃命了。

此时他们已经上了船，就像当初一起从建康城赶往临安，只是这船上没了许宣，也没有暗中窥伺的苏窈窈。

许宣逃了，在苏窈窈生恐容颜再有一分变老，为了保住她的青春美貌，宁可自尽身亡的时候，他就趁机逃了。

此时的许宣已经是个常人，与以前全无二致的常人，而且因为他曾经做过的恶，他比以前更惶恐。这时的他只是一只卑微的虫子，随时可以被人捏死，也许他很快就会被人捏死。

杨瀚很想亲手抓到他，可惜，他们追下山没多久，自己就成了官府的通缉对象。

杨瀚离开前曾放下软梯，地塔最下边几层的人受到的波及较少，他们有能力爬上来，从而展开自救。

不料，山顶当时出现的奇光已经引起了百姓们的注意。很多百姓以为山上出现了宝物，再加上之前许大善人掘山为坑的奇异举动，更坐实了这一点，无数百姓争先恐后跑上山来。

再之后，便连官府也知道了。他们知道得当然不多，只是从当时坑下当事人那里，听到了只言片语。但就只是这有限的信息，也足以让他们弄明白事情的经过。

长生不老！

一俟得知这个消息，管平潮、何常在这两位青城县的正副手就一起"疯"了。这是无稽之谈吗？看看那些白发苍苍的几岁身体的小老头儿，谁还能不信？

长生不老哇！

这要是自己拥有了这个能力……

这要是弄到宝物，献给皇帝……

于是，杨瀚和小青、白素就成了通缉对象，而且通缉层面不断上升。一开始只是青城县发出的海捕文书，很快，就是成都府，再接着是西川府。

幸亏他们没有把追捕这三人的真实原因公布于天下，不然的话，只怕整个天下的人都要为他们而疯狂了。

杨瀚和白素、小青并没有在船上待太久，下一站码头，他们就下了船，选择陆路而行，不久，又改为步行跨越山岭。东行的路线和方式不断变换。

他们之所以逃得顺利，很大程度上是因为当时交通不便利，信息传递的速度也慢，各级官府追捕的命令几乎是跟着他们的脚步一步步向外蔓延的。

在他们经过的地方，此时早已是公门中人无人不知，所有城狐社鼠也都发动起来，如果他们此时还在那里不曾离开，便将寸步难行。

"瀚哥儿，怎么办哪？看这阵势，就算我们逃回临安，有小宝照应，怕也难以藏身了。"山坡上，白素忧心忡忡，刚刚啃了个野果子就忍不住向杨瀚说出了自己的担忧。

现如今，她和小青已经失去了那种奇异的能力，所以不可能再长途跋涉，前往异域他乡。仅凭小青的武力，她们可不敢保证自己在那些地方还能安然无恙。

她们俩的美貌，在失去异能之后已成了她们的负担。一旦遭人觊觎，那就会给她们惹来无穷的祸端。

所以，白素此时已经把脸涂黄了，蜡黄蜡黄的，好像得了什么重病。她还换上了男人的衣裳，只不过那双水汪汪的大眼睛太过妩媚，纵然男人打扮，也是掩饰不掉。

所以，她又自作聪明地戴上了一个黑眼罩，把自己变成了一个"独眼龙"，还贴上了络腮胡子。

小青就比白素简单多了，因为她只要稍加掩饰，再换身男装，就是活脱脱的一个清秀书童，虽然俊俏，可她本有英气，扮个少年人还是颇为容易的。

什么人会带着一个外形既粗犷又猥琐的胡须男子和一个俊俏的少年走远路呢？于是，为了配合两人的打扮，杨瀚就把自己装扮成了一个商贾。他肩上搭着一个褡裢，颌下贴上胡须，嘴角还点了一颗痣。

杨瀚道："这宝物是我家祖上无意中找到的，所以摸索出了一些功用，可毕竟不是打造它的原主人，所知还是有限。我那日所用的手段，其实……相当于一种修复。"

杨瀚看了看白素，这几天下来，他已经把自己与这套宝物的渊源和自己曾经的身世说给了白素知道。

杨瀚道："它的用处，其实并不在于赋予人异能，使人长生。如今我将它修复，它以后也不可能再给予你们曾经的那种能力了。"

外形粗犷的男子有气无力地捶着大腿，娇滴滴道："谁在乎呀？能长生我就长生，不能长生那就拉倒，我只是……如果只能每天这般拼命地逃跑，我宁愿跟着小姐一起自尽了。"

杨瀚看看小青，小青没好气道："你有什么主意，说出来就是了，看我做什么？"

杨瀚沉吟道："我那位祖先，教过我前往三山世界的办法。我那日在青城山上所用的'修复'，其实就是启动这宝物重返三山的第一步，它要……摄回所有的能量，才能打开通往三山世界的大门。这也是……你们失去长生之力和诸般异能的原因。"

白素独眼一亮，道："瀚哥儿，你是说，我们……可以逃去三山世界？"

杨瀚点点头："我的祖先要我回三山世界，我本来是不肯的，可没想到，似乎是天意使然……如今我们所谓的长生之术，朝廷必然是已经知道了，天子虽然仁慈，可若事涉长生之道，他是否依然能慷慨地放过我们，殊难预料。就算他肯，我们身份败露，恐怕其他人不肯甘休，以后也是再难安宁。"

小青沉吟道："所以……去三山？到了那里，他们本领再大，也追不过去了。"

杨瀚道："不错，只是这等于是离开这个世界，我不知道，你们俩是否愿意……"

白素喜出望外道："嗨，那有什么呀，我和小青这几百年来什么地方没去过？不怕不怕，我们早习惯了。"

她托着腮想了想，心花怒放道："你是皇位继承人，那我要是跟你过去了，怎么着也得是个大长公主吧？哎呀，一想就好开心。"

小青没好气道："你要是皇帝他姐姐，才是大长公主呢，你又不姓杨，哪轮得到你当大长公主？我看，你当皇后好了。"

白素羞羞答答道："那多不好意思，要不我当西宫娘娘吧，你做东宫。我再认个干爹，拜他做当朝太师。"

杨瀚咳嗽一声，干巴巴道："两位，所谓皇室，那都是几百年前的事了，我若去了，很可能只是个一文不名的穷小子，不要说做皇室，可能会朝不保夕。"

小青吁了口气，道："我姐妹俩逗趣，只是想让你放松些罢了。你以为我们真那么天真，会梦想着那边的世界有一群人几百年来忠心耿耿矢志不渝地等着他们的皇帝归去？"

杨瀚心中一块大石落了地，忍不住握住小青的手道："我是怕你失望，既如此，我就放心了。那么……待我们成功抵达三山世界之后，你……就嫁给我，好不好？反正你的担心现在也不存在了。"

小青心中一羞，急忙抽回手，偷偷瞟了一眼白素，她正用一只眼盯着他们。小青娇嗔道："你一辈子没讨过老婆呀，非得这个时候说？"

白素迫不及待道："没关系，她要是不跟你，那我就西宫扶正了。皇上，你快说，咱们怎么过去？也要造一座塔吗？"

杨瀚道："那倒不必，只是我们条件有限，能量不足，在这里启动的话，恐怕无力把我们传送过去。我们得赶到那空间屏障处，再启动这宝物。"

白素一把揪掉了眼罩，眼珠子滴溜溜一转："那空间屏障之处到底在哪儿，远不远？"

杨瀚道："东海之滨，徐福出海之处。"

琅琊台上，望着湛蓝一片、与天一色的大海，白素和小青不禁长长地吁了口气。

虽然她们不是第一次看见大海，在五百年的漫长时光里，她们甚至见过异域他乡其他大洲的大海，可是登高远眺，还是不免心旷神怡。

头一次东临沧海，见到这一片浩瀚大海的杨瀚，更是心驰神醉，久久不能自已。

"当年，徐福就是从这里出海的吧？"杨瀚忍不住道。

白素乜了他一眼，道："你母系那边就是徐氏后裔，徐福算是你外祖一脉了，你直呼其名，合适吗？"

杨瀚苦笑道："早出了五服吧？毕竟从我家老祖五百多年前来到这里，婚姻嫁娶，就再也不是与徐氏联姻了。"

白素道："说得也是。说到出海之处，徐福曾数次出海，地点不一，这只是其中一处。"

杨瀚沉吟道："长生不老药……我想，在徐福之前，一定还有人去过三山世界，甚至有人在天雷暴雨、击破两界屏障的时候，曾经又回来过，否则，世间就不会有三山的传说了。"

小青道："既然有人能从这边过去，自然也会有人从那边过来，这倒不稀奇。你说，那边的庞大帝国本就是徐福建立的？在他之前，那个世界早就有人，但从无一个统一的皇朝？"

杨瀚点点头："我的祖先的确是这么说的，她……就是徐氏后人。而我杨家，原是秦皇派遣出海的统兵将领。"

小青道："嗯，徐福博学多才，通晓医学、天文、航海等知识，乃鬼谷子关门弟子。精于辟谷、武功，再有大秦骁将相助，也难怪能在那边效仿秦皇，一统天下。"

白素回头看看，道："你此番离开，将再难回来，既然不与小宝相见，也不托人给他留个口讯吗？"

杨瀚道："此一去，如阴阳相隔，就让他以为我们远赴异域他乡好了，何必再为他徒增困扰。"

白素点点头，望向海边，那里有一艘船，是被他们包下来的一只渔船。

杨瀚举步向山下走去，大声道："走吧，咱们且去瞧瞧，那三山世界，究竟是个什么所在！"

杨瀚付了很多钱给船家，实际上，为了以防万一，他除了做了些必要的准备，购买了一些物资，兑换了一些金银，剩下的所有钱，全都给了船家，比那船家冒着危险出海半年赚的还要多，那船家自然乐不可支。

因此，当他那船驶到此前打鱼到过的最远一处岛屿，再不敢往前时，船家还主动热情地帮杨瀚把一口口箱子搬上岛去。

此时，已是夕阳西下，彩霞满天。看看一男二女三个年轻人，船家有些不放心道："小哥，你们真的……就到此为止了？要是我们走了，你们再想回去，可未必会有船经过了。"

船家看看那岛，不大，草木也不茂盛。暂时庇身是可以的，但要在此生活，是绝不可能的。

杨瀚笑道："多谢船家，你自去吧，我心中有数。"

"好吧，那……咱们就此别过！"船家向杨瀚和两位姑娘拱拱手，跳上了船头。

他的大儿子、二儿子、小女婿，还有大孙子忙不迭地收锚收缆，准备驶离。

船很快驶离了岸边，船家的大儿子疑惑地看着仍在岛上站着的杨瀚和两位姑娘，道："爹，他们是不是什么重要逃犯哪？不然，跑到这种荒岛上做什么？"

船家叱责道："不要胡说八道，什么重犯会对你我这么客气，早就杀人灭口了。我看那两位姑娘和那后生眸清神正，可没有一点儿奸邪之气。"

船家说着，情不自禁地向岛上看了看，捋着花白的胡须，喃喃道："那岛，不足以庇身哪，这三个人，不会是修行的神仙吧？"

他那大孙子正在变声期，难听的公鸭嗓子笑道："爷爷，你也是想得多了，若他们是神仙，踩个葫芦也能渡海了，干吗还要咱们用船载他们过？"

杨瀚站在岸上，看着那船越走越远，渐渐成为一个小黑点，这时最后一缕阳光也陡然沉进了大海，天边仍然红彤彤的，但整个天地都已暗了下来。

杨瀚便回头道："我们现在就过去？"

白素赶紧道："你等等！"

白素急忙藏到旁边一块背风的大石头后边，从怀里掏出一个小铜镜，梳理着自己的头发。

小青诧异道："姐姐，你这是在干什么？"

白素头也不抬道："你赶紧过来，好好整理一下你的妆容，这要万一正落在瀚哥儿的皇宫里，母仪天下的你，妆容不整、发丝蓬乱的，可不叫人笑话。"

小青沉默了一下，扭头对杨瀚道："你不是已经抹去了我们的异能吗，为什么她还是这么不着调？"

杨瀚沉吟了一下，道："也许……习惯了吧？"

"习惯了？"

"你想，你们遭逢奇遇时，她才十九岁。此前的性情，顶多养成了十八年。可这之后的性情，可是用了足足五百多年的时间养成，哪儿那么容易改回去？"

白素兴冲冲地从岩石后边跳了出来，迫不及待道："我整理好了，瀚哥儿，咱们快出发吧。"

杨瀚长吸一口气，道："我们走，一起去看看，那云和山的彼端究竟有什么！"

当那艘渔船距岸边还有小半个时辰的距离，天色如墨，已经全黑下来的时候，远处海上，突然有一道光束冲天而起。那道乳白色的光束在夜色下，在一览无余的大海上，显得特别显眼。

那老渔夫刚灌了两口老酒，蓦一回头，看到如此一幕，呆了很久，直到那道白色光束彻底消失，他才颤抖地惊叫起来："仙人！他……他们真的是仙人！仙人，飞升啦！"

忆祖峰上，咸阳宫。

咸阳宫的宫已不在，徒留一片废墟。

在这废墟之上，建起了一座巨大的伞式茅屋，四壁其实仍然是砖木结构，远看如那山峰之上一朵巨大的蘑菇，古拙、典雅。

巨屋之内，四壁火把燃烧着松香，噼啪作响，在大厅的中央，还有一口大鼎，鼎下燃着炭，鼎中烹着一只肥羊，鲜香四溢。

在座的人俱是峨冠大袖，高齿木屐，跪坐于案后，俨然是先秦打扮。

客席首位，跪坐着一位曲裾三绕、体态婀娜的美丽女子，秀项颀长而优美，仿佛白天鹅般优雅。她的肌肤也像羊脂美玉一般润泽白嫩。她手里拈着杯，正微微含笑，一双星目微微闪动，注意着厅中所有人的动静。

对面，是一群义愤填膺的男人，其中一人正拍案而起。此人年约五旬，容颜清癯，目光有神，身着一袭玄色曲裾，宽袖、大袍，鸡心式祖领露出里边雪白的里衣，领口绣着方格纹饰，显得极为庄严。

"我不同意！你们唐家也是叛逆！是你们这些叛逆一起毁了我们三山帝国，屠尽我皇室后裔，现在你们过得如此逍遥，都是吞噬我三山帝国的血食。我们怎么能与这些叛逆同流合污？如果不是不斩来使，哼！唐诗，巴某早已斩下你项上人头！"

唐诗就是那位曲裾深衣的端庄美人，她微微一笑，柔声道："巴图长老，您久居这忆祖山上，可曾见过那大海之中的鲸鱼？"

刚刚说话的清癯老者冷冷道："你以为老夫孤陋寡闻吗？大海，巨鲸，巴某自然是见过的，怎么？"

唐诗嫣然笑："那么，巴图长老见过鲸鱼的死亡吗？"

清癯老者微微一怔，没有说话。

唐诗的目光徐徐扫过众人，柔声说道："鲸鱼，海中庞然大物。它活着的时候，一吞一吐间，就是万千生命的消逝，以此供养它的生息。但世间万物，莫不生老病死，这是天道。总有一天，这等庞然巨物也会死去。巨鲸死去之后，它庞大的尸体会慢慢沉入海底，渐渐腐烂、分解。深海之底，冰冷、黑暗，本来没有生物，但是因为这巨鲸的身体分解，就会渐渐滋生种种生物。"

大厅中静悄悄的，所有人都屏息听着她诉说，尤其是坐在首位的一位长袍青年，虽然穿着宽袖大袍，可他结实饱满的肌肉被袍子隐约衬出一些形体模样，便显示他有着的惊人的爆发力，体魄之强壮，恐怕是力能扛鼎。

唐诗柔美悦耳的声音继续在厅中回荡着："那些生物，也以彼此为食，但它们最终极的生命来源，就来自那巨鲸。这个，叫作'鲸落'。巨鲸活着的时候，得到了整个大海的供养，当它死去，便把它自己，回馈给整个大海。"

唐诗目光微微一转，与首座青年目光一对时，立即为之一亮，毫不掩饰那目光中灼热的爱意。

唐诗道："三山皇室，就是那只巨鲸。当它在时，我们所有人都在供养它，当它死去，尘归尘，土归土，巨鲸陨落，万物滋生。这，只是一个轮回。"

唐诗轻轻拈起了酒杯："我不觉得，我们就一定亏欠了三山皇室什么，又或者，我们就应该永远将三山皇室奉养在高高的神座之上。各位长老，三山皇室存世了五百多年，如今……也消亡了五百多年，一千年过去了，你们为什么还要抱着这样的执念不放？"

"自三山皇室覆灭，天下分崩离析，今已化为三个庞大帝国。你们瀛洲帝国便是其中之一。你父亲更是瀛洲帝国如今唯一的上将军，手握重兵，上挟伪天子，下扼制百官，恐怕他是想自立为帝，所以才派你来，想让我们这些三山遗老做你们的马前卒吧？"另一位长老说话了，这位与方才那位巴图长老衣袍近乎一样，只是领口绣了菱字纹，眼神也更深邃一些。

唐诗微笑道："蒙战长老未免多疑了。如今的三大帝国，说到与三山渊源，以我瀛洲帝国最为密切。我父亲今为瀛洲上将军，协助天子治理天下，他老人家从未忘记与三山遗民同祖同宗，所以派我来，希望你们能放下成见，携起手来，共同治理好这一方世界，相信，这也是始皇帝的愿望。"

蒙长老仰天一声豪笑，冷冷道："唐傲狼子野心，早已昭然若揭，你这女人还在这里矫饰诡言。算了吧，我们在这三山洲上过得很好，不想与虎谋食。"

众长老纷纷附和，道："对，你快走吧，我们三山遗民从不曾忘记自己的来历，我们是不会忘了祖宗，与你们同流合污的。"

"快走快走！多看你一眼，都污了老夫的眼睛。"

首座那位青年瞧见唐诗一双黛眉微微蹙起，突然一拍桌案，大喝道："都住口！"

大厅中顿时又静下来，一起望向首座。

那青年站起身来，一脸倨傲："三山帝国？那是几百年前的事了，你们这些老家伙，年纪最老的也没见过它吧，嗯？"

青年走下座位，不屑地扫视众人："前边那座深谷，原有一座三十丈高的青铜仙人，手承巨盘，承接仙露。几百年下来，那铜仙人和巨盘早不见了，哪里去了？被你们拆掉换成了口粮！"

青年冷笑一声，道："你们不忘故国？你们何尝不是在啃噬三山皇室以图生存？什么气节，什么忠心，一个个冠冕堂皇的，你们只是不想受人驱使，失去你们作威作福的权力吧。"

蒙长老目光一厉，沉声道："徐伯夷，你大放厥词，胡言乱语，不把我等放在眼里吗？"

"没错！"

徐伯夷大步走过来，手指快杵到了蒙长老的鼻子上，唾沫星子更是喷到了他的脸上："我为什么要把你这老家伙放在眼里？我家先祖定下规矩，三山帝国，世世代代杨氏为帝族，徐氏为后族。如今杨氏早已荡然无存，可我徐氏后人还在，我如今就是徐氏家族的掌门人。现在在座的所有人中，以我最为尊贵。你等既然口口声声说仍然忠于三山帝国，难道不该听命于我？"

徐伯夷走到首座前边站定，傲然扫视了一眼那些长老，冷笑道："狮吼、虎啸、龙吟、凤鸣，四大奇功，你们谁会？嗯？巴图、蒙战，你们最多只会一手半吊子的狮吼功吧？四大奇功之中，只有我徐家，不仅懂得全套的狮吼功，而且还懂一些虎啸功，你们能安生地活在这三山洲上，全仗我徐氏庇护。"

徐伯夷指着他们，仿佛在点数一群牲口："我徐伯夷已经决定与唐家合作了，如果你们不愿意，我徐家派去保护你们各部落的人将全部撤回，失去我徐家庇护，我倒要看看，你们在这杀机四伏的三山洲上，如何生存？嗯？你们谁会虎啸功？谁会狮吼功？站出来！"

大厅中众长老面面相觑，一时无人言语。这三山洲不比方壶、蓬莱、瀛洲三个大陆，三山洲居于这三个庞大陆地的中间，是一座最为特别的巨岛，岛上有太多稀奇古怪的生物。

三山帝国定都于此，一则是方便对三个大陆的统治，二则也是因为陆地分隔，这个巨岛上又有众多诡奇生物，可以阻隔可能的叛乱或攻击。

但是，控制这一切的能力已经随着三山帝国的覆灭而消失了。当初为了斩草除根，三山皇室就连正在吃奶的孩子、怀了身孕的妇人，也都被杀光了。

古老相传，三山皇室的太子是成功逃走了的，可是，五百年了，没有他一丁半点儿的消息，恐怕这只是前辈们为了给后辈希望编出来的故事吧？

现如今只有徐氏家族掌握的本领可以让他们依旧做这三山洲的主人，一旦失去徐氏的庇护，那族人们如何在这凶险之地生存？生存都难的话，他们如何立足？

徐伯夷见震慑住了众人，不禁冷笑一声，转身走到唐诗面前，马上变成一个彬彬有礼的君子："唐姑娘，我妹妹夜观天象，说今晚将有一场流星雨，时辰已经快到了，徐某是否有幸邀请姑娘一同到仙人承露台上，去观赏这天象异景呢？"

唐诗嫣然一笑，盈盈起身："固所愿也，不敢请耳。"

徐伯夷礼貌地挽住了唐诗的手，唐诗虽然伸出了手，柔荑却是半缩回了袖中，所以准确地说，徐伯夷只是隔着袖管握住了她的手腕。

男儿雄壮，女子柔美，两个人都是高挑颀长的身材，就这样手挽着手，宛如高贵的帝后，对两侧的人看也不看，就那样走了出去。

这是示威！

巴图、蒙战等长老气得浑身发抖，可一想到徐伯夷的威胁，为了全族人的安危，却是无可奈何。

巴图气得捶桌大骂，老泪纵横："苍天哪，你开开眼，劈了这个悖逆祖宗、不忠不义的畜生吧。"

唐诗一起身，便有两个雪白劲装的女武神般的佩剑姑娘随之站了起来，此时正往外走，听见巴图的诅咒，左边那姑娘嫣然一笑，道："这位老爷子，要是骂人能灵的话，你把三大帝国都骂死算了。"

右边那姑娘就笑道："就只怕把你自己气死，三山三帝国也依旧好好的。"

两个姑娘一边摇头一边往外走。

左边的说："食古不化。"

右边的说："真是迂腐。"

巴图拍案大喝道："你们是什么人？"

两个白衣如雪的美人齐齐转身，俏生生地向他欠了欠身，左边那个道："蔡小菜！"

右边那个道："谭小谈！"

仙人承露台上，本有一座三十多丈高的青铜仙人，仙人手中还有一个硕大无朋的青铜盘，用以承接露水。

可是这几百年来，三山遗民生活拮据，为了生存，能够变卖的一些值钱物什早就拆卖光了，所以，那里如今只剩下了一个无比巨大的平台。

徐伯夷陪着唐诗姑娘登上那平台，蔡小菜和谭小谈两个姑娘各站在一角。

仰望星空，天河无比浩瀚。

徐伯夷不禁看向唐诗，微笑道："满天星辰，无比璀璨，可那最亮的一颗星，却在我的面前。"

方才在厅中，唐诗大有小鸟依人之感，此时却疏远了许多。

唐诗轻轻抽回手,淡淡一笑,道:"徐兄过誉了。我瀛洲帝国,美女如云,尤以温柔恭顺闻名于世,若是徐兄能引三山洲遗民归附家父,我可以帮你物色百美,供你品鉴。"

这言外之意,就是你休想打我主意了,否则的话,哪有女人这么上赶着要帮她男人挑女人的?

徐伯夷听到这里,陡然色变,他正想追问清楚,远处蔡小菜、谭小谈两个位姑娘异口同声地喊了起来。只是,两人虽然同时开口,喊的话却不一样。

蔡小菜喊道:"小姐快跑!"

谭小谈喊的是:"头顶危险!"

这两个姑娘是唐诗的贴身女卫,是瀛洲上将军唐傲从小派在她身边伺候的,早就彼此熟稔,一听这话,唐诗姑娘想都不想,突然一旋身,便鬼魅般地跑了出去。

她没有纵身跃到空中,既然危险来自空中,当然不可能跃上去。何况,人在空中,不管是应变速度,还是再想腾挪闪避,都是绝不可能的。

唐诗足尖儿点地,步子迈得并不大,碎步的频率却极快,嗖嗖嗖,身影便已在七八丈外,那步伐与忍者奔跑时的步调颇为相像。

这位姑娘掉头就跑,居然连回头看一眼天上究竟有什么危险都没来得及,一点儿好奇心都没有。

徐伯夷愕然,这儿能有什么危险?他讶然地抬起头来,就看到天空中一簇黑影,当他抬头时,那黑影已呼啸而至,劲风扑面中,好像……是一口箱子?

噗!

下一刻,徐伯夷就从原地消失不见了,他整个人被那口装满金银的箱子拍在地面的青石板上,骨肉成泥……

五十一　奇货可居

咸阳宫宫已非宫，人非其人。三大洲的世界中，许多人早已不知他们祖先的来历，也不知道还有一个祖地的存在。

为了维护自己的统治，统治者们共同选择了隐瞒这一历史。所以有关这方面的记载，全部被锁进了国家藏书库，民间但有流传，杀！如果有人口述这段历史，杀！

三大洲的帝国也知道时空界限不稳，说不定什么时候就会有人再度破开空间屏障，来到这个世界。所以他们在海上空间缝隙处驻扎了军队，一俟再有新来者，会立即接走，不会让民间接触到这样的讯息。

如此一来，只用两百年，就足以让后人完全不知道他们的来历，他们会以为自有天地以来，他们就生于斯，长于斯了。更何况此时已经距三山帝国时代又过了五百年。

但是，三大洲的权贵阶层是对这历史知之甚详的，只是他们对此讳莫如深。而三山洲上的人是人人都知道这段历史的，只是除了他们，三山世界大部分地方的人对此毫无所知，他们纵然说出去，也会被人当成一个无稽的传说。

在我们七大洲的世界上，如果某热带雨林中的一个部落声称他们的祖先是天狼星移民，会不会被世人当成一个有趣的笑话？三山洲遗民目前的处境大抵如是。

可现在，杨瀚出现了。

三山洲并不是空间缝隙所在之处，能破空出现在这里的，只能是从这里破空离开的三山皇太子后裔。只有三山皇室拥有的宝物才能在这里打开空间，也能回到这里。

所以，杨瀚三人一出现，所有的人就都知道，是昔日强大的、恐怖的三山帝

243

国皇室后裔回来了!

可问题是,出现的是三个人,没有人搞得清三人之中谁才是杨家后裔,因为他们发现这三个人的时候,他们都是昏迷不醒的。

那件传送之宝原本设定的抵达点就是当年的出发点。可是巨大的青铜仙人早被败家子们拆光换成了口粮,那片承接仙露的巨大青铜荷叶也早不见了踪影。

所以,他们出现在当年的出发点,就从三十多丈的高处笔直地掉了下来。

幸好此时他们仍在那件宝物的笼罩之下,一俟发现不妥,宝物立即重新启动,用残存的能量重新控制三人的移动。

只不过,时间仓促,只在电光石火之间。而宝物传送三个人再加上那么重的金银,消耗实在是太大了,导致残存能量不足,需要日光照射重新补充能量后才行。

所以尽管三人下坠的力道被紧急卸去了大半,但还是用摔的方式降落了。至于那些金银细软,一应器物,此时当然就不在被保护之列。

所以,徐伯夷先被一口箱子砸成了肉泥,然后又是几口细软杂物的箱子摔落一地,最后才是杨瀚、白素、小青三个人重重地摔在地上。

眼前的这一幕令唐诗和蔡小菜、谭小谈甚是惊诧,她们没有第一时间反应过来,主要原因还是因为徐伯夷被砸死了,这可是他们唐家为了联合三山洲遗民,苦心经营良久的政治盟友。

他就这么⋯⋯干净利落地挂了?这岂不是说他们之前的一切准备都化为流水了?因为这个,唐诗的反应稍稍慢了那么一刹,而就是这么一刹,咸阳宫里的人都已飞也似的冲了过来。

对这些一直仰望星空,盼望着那传说中的皇太子后裔重返三山的遗民来说,要接受这一幕不需要任何消化时间,所以尽管唐诗占了近水楼台的便利,最终的结果却是⋯⋯

徐家的人扒拉开散落一地的金银,通过那衣服、鞋帽和被砸碎的玉饰,确定了死者的身份:他们的家主徐伯夷!

众人顿时如丧考妣,同时派人号啕着飞也似的回去禀报徐家了。

巴图和蒙战作为仅次于徐家的两家部落势力,冲上仙人台后分别抢到了金钵、四如意和白素、小青。而唐诗和她的两个贴身侍女,则抢到了杨瀚。

当唐诗从震惊中清醒过来,意识到究竟发生了什么的时候,立即扑上前去,一看三人服饰，辨出男女，马上就喊了一声："抢那个男的！"

本能地，她认为杨瀚才是先朝的皇室后裔。虽然当年的三山皇室也曾出现过女皇，但牝鸡司晨的事情毕竟少之又少。

她没有赌错。当杨瀚悠悠醒转时，他的眼前立即出现了两口长剑，锋利的剑尖儿指着他的眼睛，使得他甚至看不清眼前站着的究竟是什么人。

杨瀚只能听到一个清脆得仿佛珠落玉盘的女声问他："你叫什么名字？"

"杨瀚"两个字一出口，他能明显感觉到面前那人的喜悦："你是姓杨的？"

抢到了小青和白素，同时也夺到了三山至宝的巴图和蒙战立即率人包围了整座巨大的平台。虽然三山遗民在其他三大洲人眼中已是近乎野蛮落后的人，但是没有人敢小觑他们的战斗力。

尤其是在这里，在三山人的地盘上，他们占尽地利人和，唐诗和她的两个侍女立即陷入重重包围。

"把那个人交出来！"

巴图大踏步地走上了平台，手中握着一柄金柄铁剑，身后跟着四名持戟武士，其发髻袍饰，一如秦卒，显得甚是悍勇。其实他们更擅长的是弩箭，而此刻整个仙人台四周已经布满了弓弩手，杀气凛凛。

"巴图长老，这人意图行刺我们大小姐，我们唐家要调查清楚他的底细，所以，我们不能把他交给你。"小菜说起谎来真是小菜一碟，直接就把从天而降的杨瀚指成了刺客。

蒙战带着几个长戟手也走上台来，淡淡道："唐姑娘，明人面前别说暗话，你马上把人交出来，否则，可别怪我们不客气了。"

唐诗嫣然一笑，道："若是把人交出去，恐怕我们马上就得死了！"

她向四下明显已经动了杀机的弓弩手们瞭了一眼，道："如果是平时，我相信你们不敢对我不利。可现在，我只要交出这个人，你们为了隐瞒消息，一定会毫不犹豫地干掉我，是不是？"

"怎么可能？"蒙战一脸正气地断然否认，"两国交兵，不斩来使，我们岂会做出那等不义之举？更何况……我们救出的两位姑娘中，有一位姓杨，她叫杨青。"

蔡小菜和谭小谈原本淡定的神情顿时一扫而空。他们手中已有一个杨氏后裔了？那自己的处境只怕万分凶险，因为杨氏后裔出现的消息一旦传出去，整个三山将立即成众矢之的。

这一点，这些三山遗民的长老一定很清楚，所以，既然他们手中已有杨氏后裔，自己就没有什么倚仗了，为了安全起见，他们很可能会采取极端手段封锁消息。

唐诗的脸色却只是微微一变，随即就露出了轻松的笑意："是吗？以蒙战长老杀伐果断的个性，如果你所言属实，现在就不会站在这里跟我说废话，结果只能是我已经被射成了筛子！"

蒙战淡淡道："我没有动手，是因为你掌握的那个男人是杨青姑娘的兄长，所以如非不得已，我们不想用极端手段。"

蒙战说罢，突然提起嗓门，大声说道："杨瀚公子，你请放心，白姑娘和令妹杨青都安然无恙，我们会救你出来的。"

唐诗看看蒙战，又看看一旁神色紧张的巴图，忽然咯咯地笑了起来。蒙战一怔，问道："唐姑娘，你笑什么？"

唐诗神采飞扬道："看来，我捡到宝了呢。这三个人中，只有我手里这个是杨家后人吧？你很紧张呢，是不是怕他醒来一不小心说漏了嘴，所以赶紧提醒他该怎么讲？"

唐诗这句话一出口，蒙战和巴图的脸色一下子变了。

唐诗缓缓退去，退到杨瀚身边，好整以暇道："这样的话，我们貌似有得谈了呢。两位长老，可否撤去弓弩手，给我们安排一个合适的居处？"

唐诗顾盼自若，嫣然道："我需要好好想一想，我们该谈些什么。"

唐诗说罢，纤纤玉手举起，突然做了一个奇怪的手势。谭小谈立即脱手掷出一颗乌溜溜的珍珠大小的圆球。那圆球落地，砰的一声就化作一团浓烟。

四下里数百名弓弩手哗的一声齐齐平举起弓弩，利矢瞄准了那团浓烟。浓烟散尽，唐诗和两个侍女仍然站在原地，只不过三女已经换了一身深青色的劲装，婀娜曼妙的胴体曲线毕露。她们戴着同色的头罩，额系抹额，只露出一双眼睛，手中各执一柄细长如剑微显弧度的长刀，呈品字形把杨瀚围在了中间。

可怜的杨瀚，很显然是又被人敲晕了，软绵绵地趴在那儿。

巴图大怒道："唐姑娘，你既然如此不知死活，那我们就不客气了！"

巴图一挥手，那平台之下突然脚步声铿然作响，一队长戟手步伐整齐地走上平台，呈雁翅状向他们包围过来。

唐诗、蔡小菜、谭小谈三位姑娘缓缓挪动着脚步，始终呈品字形把杨瀚围在中间。

其中身材明显更高挑一些的唐诗冷冷道："巴图长老若是想玉石俱焚，我就先杀了他！让你五百年的等待，一切成空！"说着，她长刀一撇，刀尖儿直指杨瀚。

蒙战一惊，脱口喝道："统统住手！"

正缓缓逼近的长戟手顿时齐刷刷地停了下来，动作整齐划一。

唐诗的眼睛微微地眯起了一个弧度，仿佛一只偷了鸡的得意小狐狸。可是，还不等她继续说话，远处突然一阵火光点点亮起，站在仙人承露台上俯瞰下去，仿佛那是天上的星河在闪动。可那些点点火光寂静地、迅速地向这仙人台迫近。一个武士快步上台，一个单膝点地，按剑顿首道："两位长老，徐家徐诺来了！"

仙人承露台被一圈火把团团围住了。

很快，一位身着浅黄蔑罗衫，腰系五色花罗裙，头戴芙蓉冠，系着浅黄银泥云披，脚下一双泥金鞋的妙龄女子在十几个大戟士的簇拥下登上了仙人台。

"二小姐，公子他……他死了……"几个侍卫一见徐诺来了，立即上前，伏地大哭。

徐家长房仅徐伯夷、徐诺兄妹二人，所以徐诺可谓是一人之下，位高权重。只不过家族里一贯是徐伯夷称尊，这位二小姐据说性格柔弱得很，从不理会家族事务。像这种公开场合，徐二小姐还是头一回出现，连巴图、蒙战这样的三山遗民长老级人物，此前也没有见过她。

此时一瞧，火把之下，徐诺一双大眼水波潋滟，下巴尖尖，嘴唇如菱，虽不甚符合秦人强健的审美风格，但绝对是一个楚楚动人的美人，那含泪的眼睛，真是叫人心酸。

"哥哥……"徐诺一见地上血肉，忍不住悲呼一声，眼泪顿时滚落下来，她的身子晃了一晃，险些晕倒在地，幸亏旁边还有两个侍女跟随，连忙扶住了她。

可徐诺已经站不住了，她软软倒在地上，哀哀痛哭起来："哥哥呀，你……你死得好惨……"

蒙战、巴图等人互相看看，忍不住也是一声叹息，不管徐伯夷之前是如何跋扈，可这死状，也着实凄惨了些。

一个随从叩首泣声道："二小姐，大公子他……他是被从天而降的一口箱子给砸死的。而那口箱子，是……是……"

"我……我知道……"徐诺抽泣着，扭过头去，不敢再看胞兄那凄惨的模样，只是凄然道："你们……快收殓了我兄长下去。"

巴图和蒙战走上前来，旁边有人向徐诺引见，徐诺一听连忙见礼，含着泣音低声道："原来是巴图长老、蒙战长老，家兄以前多次提起过两位哩。"

巴图和蒙战虽与徐伯夷不和，两大部落平时还甚受徐氏家族的压榨逼迫，可如今这般情形，倒不好对这少女过于刻薄，忙劝慰几句，道一声节哀。

待一番寒暄见礼已毕，一位苏长老便道："刚刚由天而降的，有两女一男。我等来得晚了，那名男子被唐诗夺去。我们想要向他讨人，两下里正僵持着，却不知你们徐家对此有何看法。"

虽然这徐诺一向不大抛头露面，可现在徐伯夷挂了，至少目前，徐家是以她为主的。这少女哪怕再柔软，没有个主意，她背后的徐家却是三山洲上如今最强大的家族，众人不能不在乎她的看法。

徐诺抬起衣袖，轻轻拭了拭眼泪，幽幽道："我三山世界与祖地之间有天地屏障，偶尔雷霆大作，天地伟力撕开屏障，才会有人得了机缘从祖地过来。可是，能直达这仙人承露台的……"

徐诺一双泪眼轻轻地扫过几位长老，轻轻道："只有我三山皇族、杨氏后人。却不知，被几位长老救下的两位女子中，可有我三山皇族后人？"

那位苏长老和其他几位长老不约而同地看向蒙战。蒙战沉声道："两位姑娘受了重伤，如今还在昏迷中，其中是否有我皇族后裔，我们现在也不清楚。为了避免那唐诗挟人自重，我方才已说两位姑娘中有一位是皇族后裔了，可惜，似乎没有瞒过她。"

徐诺哀声道："家兄惨死，小女子方寸大乱。杀了我徐家的人，照理说，那就是我徐家的仇人，断然不容放过的，如今这般情形却又不同，徐诺一介女子，着实不知该怎么办了。"

徐诺抽泣了一下，又道："如果那两位女子中有我皇族后裔，我等都该听命于她的，如今该何去何从，我等何如向那两个女子问清身份再说？"

蒙战上前一步，挡在众人前面，微笑道："徐家是我三山后族，与皇室关系最为亲近。徐姑娘你想见她们，自无不可。只是她们伤势太重了，老夫担心她们出了意外，已经急急命人送回蒙家延请名医救治了，如今不在这仙人台上。"

"原来如此……"徐诺黯然地点点头，"那小女子就回头再去探望吧。我听哥哥说，唐诗是奉瀛洲上将军唐傲之命，来我三山商量联盟之事的，我三山皇族后裔归来，唐姑娘为何要把他夺为人质呢？"

徐诺说着，回眸看了一眼偌大的仙人台正中央位置，穿着玄色劲装、手执长刀、呈品字形严阵以待的三个姑娘。

蒙战道："瀛洲帝国是我三山叛臣割地自据称帝的。我三山忠良岂能认敌为友，与他们同流合污？所以，令兄严词拒绝了她，正要送她下山，却不料骤生剧变，弄成现在这个模样。唐诗裹挟人质，大抵是觉得奇货可居，想倚之为凭仗，跟咱们讨价还价吧。"

徐诺黛眉一蹙，绞着手指，有些无措道："那……那咱们该怎么办呢？"

徐诺黛眉颦着，忧心忡忡道："这个男人很可能是我皇族唯一后裔呢，我三山至宝只有皇族嫡系后裔才懂得启用之法。若是唐诗姑娘以他为人质，我们……我们该如何是好？"

巴图和蒙战互相递了个眼色，这个徐家姑娘果然是未见过世面，没什么见识。要不是仗着徐家有全本的虎啸功，那徐伯夷狂妄之辈，早护不得徐家地位了。如今这姑娘如此柔弱毫无主见，再加上皇室后人出现，抢了徐家的风头，我等诸部，以后的日子就要好过多了。

两人目光一碰，喜色一闪即逝，巴图旋即道："所以我等困住了这里，这里是咱们的地盘，不怕她飞上天去。"

蒙战道："我皇族重现的消息，绝不能传扬出去，不然，不等我三山诸部重新统一，壮大势力，方壶、蓬莱、瀛洲三国就要拼了命地打过来，这个唐诗，绝不能留下！"

徐诺期期艾艾道："两位长老所言，想来一定是有道理的。可……可她手里有我们绝对不可伤害的人呢，我三山帝国最强大的倚仗，若没有皇族秘术是根本无法驱动的。"

蒙战淡淡一笑，道："呵呵，也许那两位女子中才有真正的皇室后裔也不一定。"

巴图则沉声道："我们只管把她们困在这里，看看谁能耗得过谁。"

徐诺咬了咬唇，幽幽道："嗯……唐诗姑娘到我家做客时，与我颇为投缘，我想我还是先去规劝一下，若她肯交出人质最好，若是不肯，便依两位长老的主意。"

蒙战微微一哂，那个男人现在就是唐诗的救命稻草，你们再熟，她肯交出来吗？简直是痴人说梦。

但蒙战没有把他的不屑表现得太明显，只是摆摆手，不甚热衷道："也好，那徐家侄女，你就去试试吧。"

徐诺点点头，抬手止住了想跟上来的十几个大戟士，说道："唐姑娘现在如惊弓之鸟，你们别吓着了她，不必跟来了。"

一个大戟士担心道："可姑娘你……"

徐诺摇摇头道："唐姑娘来府上做客时，与我相处甚是融洽，她不会伤害我的。"徐诺说完，便姗姗地向那仙人台上严密戒备的唐诗走去。

那些大戟士互相看看，只好默默地退到仙人台的边缘等候。

巴图摇摇头，道："这姑娘好天真。"

张长老苦笑道："温室之花，实在幼稚。"

苏长老叹了口气，道："徐伯夷一死，徐家算是彻底完了。"

另一位李长老反驳道："徐家跟咱们不同，可不必在乎家主英明与否。徐家便是代代纨绔，一无是处，只要他们有全本的狮吼功和虎啸功，我们也得仰他们的鼻息过活。"

蒙战负手看着一步步向唐诗走去的徐诺，淡淡道："这世上，没有什么是坚不可摧的凭仗。我三山皇室昔年有狮吼、虎啸、龙吟、凤鸣四大奇功，还有土水风火空五元神器，还不是一夜之间分崩离析？"

他慢慢转过身来，深沉地看着几位长老，徐徐道："现在，我三山皇族回来了，皇族拥有比徐家更全的功法，从今以后，我们再不必受制于徐家。"

众长老看着蒙战的眼睛，渐渐地，两眼都放出了光。

鲸落，于三大帝国而言，是吞噬其血肉，重演造化的一个过程。其实类似的事情，在这世上哪一天不在上演？只不过有的巨大，改天换地。有的微小，只涉及几家几户。

徐家凭着他们的优势，这五百年来掌握了三山洲上最富饶的土地，最庞大的财富，拥有强大的武装势力。可当它失去倚仗的时候，它也将变成一头沉入深渊的鲸鱼，用它的血肉养肥这些虎视眈眈的部落。

当然，这一切的前提是：那个杨瀚——皇室唯一的后人，必须得救出来，既不能叫他落在唐诗手中，也不能叫他落在徐诺手里。

徐诺走到了唐诗面前。唐诗一身玄衣，头戴面巾，只露出一双眼睛，杀气隐隐。

这是遁术高手的标准打扮。瀛洲帝国的武力主要体现在武者与遁者两大流派上，这是该邦赖以立国的根本。若能成为一个遁术高手，就是一个当世第一流的刺客，绝对不容小觑。

徐诺慢慢地走到唐诗面前，凄声道："唐诗姐姐，我哥死了。"这句话一出口，她的泪便忍不住地又落了下来。

唐诗淡淡道："节哀顺变。"

唐诗说着便一抬手，食指向下一勾，拉下面巾，露出那张漂亮的嘴巴，一颗丹丸顺势弹了进去，被她一口含住。与此同时，蔡小菜和谭小谈也不约而同地做了个相同的动作。

唐诗道："我已服下清心丸，你的幻术对我无效的。你想怎样，现在可以说了。"

徐诺的目光落在昏迷在地的杨瀚身上，夜色深沉，看不清他的模样。徐诺的心情很复杂，自己的胞兄虽说不是他杀的，可胞兄的离奇之死与他有着莫大的关系。

虽然胞兄之死不是此人有意为之，可死的是徐氏家族的族长，这分量自然与小民不同，害死徐家族长的人只有一死，他的全族，都得死！

然而，他偏偏有着如此特殊的身份。

因为他的特殊身份，徐家不但不能杀他，还要尽最大的可能保护他，不惜一切代价地救出他。也许将来，徐家和他还要建立更加密切的关系，一念及此，徐诺姑娘的心情实在是难以言喻。

唐诗声音冷冽道："七七，你怎么说？"

她唤的是徐诺的乳名，能知道徐诺的乳名，两个人的关系显然非比寻常。可她依然保持着扬刀的姿势。

她可以在一瞬间劈出七刀，锋利的刀刃可裂三重甲，但是在徐诺面前，唐诗丝毫不敢马虎。

徐诺收回了目光，轻轻地叹了口气，低声道："他，是杨家的人吧？"

唐诗没有犹豫，马上干脆地回答："是！"

聪明人面前没必要说假话，徐诺想验证这个男人的身份，实在有太多的办法。

徐诺轻轻摇了摇头：“既如此，你们离不开三山洲的，就算用他的命相威胁，你们也绝不可能有机会离开。因为，我们会不惜一切代价得到他，即便得不到，宁可毁了他，也不会让你们把他带走。所以，挟持人质对你来说，很鸡肋。”

唐诗道：“我明白。我若不交出他，只有先杀了他，然后再被你们杀死这一条路。而我就算交出他，我也一样活不了。你们必须杀了我才能保守这个秘密，你们三山遗民才能放心。”

徐诺黛眉微蹙，道：“可是，他在你们手里，只要还有一线让他活下去的机会，我们就算付出再大的代价，也是绝不想让他死的。”

唐诗淡淡道：“这就是问题的症结所在了，我已无法可想，无计可施。难道你有办法？”

徐诺缓缓道：“唐家姐姐，你来三山，是为了谋求与我三山洲联盟，令尊此举的目的不言自明，只有我三山洲才能牵制贵国木下亲王的三十万精锐铁骑，令尊才能放手施为。”

唐诗道：“五百年了，天下格局早该再变一变了。”

徐诺道：“不错。不过，这场游戏，我们三山洲本来只是陪玩的，我代表徐家答应与你们唐家合作，原也只是想从中分一杯羹，没有更大的野心。”

唐诗冷冷道：“那么现在呢？”

徐诺笑了一下，她笑起来的时候，夜色似乎也骤然亮了一下。她很美，她的笑容尤其动人，但她说出来的话，使她像一个狡黠精明的商人。

徐诺道：“现在，情况变了，我们三山洲有了参与这场游戏的本钱。”

唐诗冷笑，刀尖儿一撇，直指杨瀚：“你的本钱就是他？我现在一脚就能踢死他。”

徐诺柔声道：“何必呢？就算我们三山洲也加入，成了一个玩家，你唐家想要的也是半点儿不会减少，相反，你们还可以得到更多，那么唐家有什么理由放弃这个机会呢？”

唐诗眉头微微一皱，道：“这个人所掌握的力量太可怕了。一旦我们纵虎归山，我担心我唐家不但谋局不成，反倒是与虎谋皮，自食恶果。”

徐诺苦笑了一声，幽幽道：“唐家姐姐，他真有传说那么厉害吗？在三山帝国建立之前，天下还只是大大小小的部落，而这五百年来，三大帝国积蓄了多么雄厚的实力，你真以为……”

徐诺指向杨瀚："只是他的出现，只以他一人之力，我三山洲就能拥有匹敌三大帝国的强大力量？"

唐诗扭头看了看，杨瀚趴在那里，就像一只死狗。这个男人拥有摧毁三大帝国的力量？唐诗不敢点头，她怕遭雷劈。

传说，总会在流传的过程中渐渐夸张起来，现在世间还在传说她唐家的老祖宗唐三少昔年曾以神鬼莫测的遁术，在阵前一夜之间刺杀了敌军四十七员虎将，并且用了四十七种不同的方法，使数十万敌军不战而溃。

而真相呢？现在只有唐家的嫡系后人才知道，当时只不过是敌军统帅一时昏头，召集众多将领集中议事，而唐三少窥得了一个机会潜进去，在他们的酒坛子里下了剧毒。

于是，歃血为盟之后，这四十七员虎将，马上就实现了"但求同年同月同日死"的誓言。

想到这里，唐诗轻轻吁了口气，放下了刀，忽地向徐诺嫣然一笑，道："我做不了这个主，我得向家父请示。"

徐诺马上开出了条件："可以，但是，要么由我派人捎个口信过去，请令尊亲自来一趟……"

唐诗插口道："这不可能，我爹绝不会离开中枢。"

徐诺马上提出了第二方案："那么你唐家就得把觊觎瀛洲江山的铁证押在我这里，唯有如此，你才可以把杨氏后人出现的消息告诉你的父亲。"

唐诗摇头："这也不可能。时机尚未成熟，此时消息一旦泄露，我唐家就是待宰的羔羊。你想挟制我唐家，反为你所用吗？"

徐诺无奈道："那么，如何让我们打消彼此的顾虑，看来我和姐姐还得多费一番思量才行了。不过，你我既然都有这个意向，那就是一个好的开始。我们先解决眼前这些麻烦，再慢慢商量个两全齐美的办法，如何？"

徐诺说着，向远处的巴图、蒙战等人努了努嘴。

唐诗低头思索了一下，蒙面巾下，那双可以令繁星失色的美丽双眸缓缓扬了起来："好！我可以先住进你徐家，就是之前我住的那幢院落就好。"

唐诗说着做了个手势，谭小谈和蔡小菜马上把死狗似的杨瀚扶了起来。

唐诗道："你先把那群骟狗一般逡巡不去的人打发掉吧。"

徐诺瞟了杨瀚一眼，他耷拉着脑袋，还是看不清长相，不过，好像挺年轻，还没蓄须呢。

　　徐诺道："那他呢？"

　　唐诗的柔荑轻轻搭在了杨瀚的肩上，兰花般俏美，可她只要一发力，就能马上要了杨瀚的命。

　　面巾之下那双美丽的眼睛弯成了一双楚楚动人的上弦月："他？他当然要和我住在一起，在你我想出一个彼此都能接受的合作方案之前，我与他生同生，死同死，形影不离。"

五十二　山中斡旋

"当世遁术，以瀛洲为最。瀛洲遁术，以唐家为尊。唐诗是唐家大小姐，一身遁术定然出神入化，若是留下她性命，万一被她跑了呢？"

"巴图长老，如果有一身高绝的遁术就能独步天下所向披靡，那么我们早就败了，何至于三大帝国能够鼎立，我三山遗民能独立于此，尚安然无恙？"

蒙战道："侄女所言不无道理，我们总不能逼迫太紧，如果唐诗想同归于尽，害死了那年轻人，我们几百年的苦苦等待就化为了乌有，三山再也无力崛起了……"

三人之中，只有杨瀚才是杨氏后人的秘密被徐诺直接揭开了，可蒙战的脸皮好像厚得很，红都没红一下，还很坦然地接了下去。

蒙战看了众长老一眼，又转向徐诺，微笑道："不过，事关重大，我几大家族都要派人参与看守，以防万一。"

徐诺幽幽地叹了口气，道："几位叔父愿意帮忙那是最好，不然侄女还真的心生忐忑，唯恐承担不起呢。其实，依着侄女的主意，最好是把他们放到蒙战长老或巴图长老的部落，只是唐家小姐不肯……"

蒙战微笑道："唐诗原来与你徐家往来密切，自然对你们更加信任。那咱们就如此安排吧。"

忆祖山上的咸阳宫是三山诸部议事的圣山圣殿，他们各自的部落并不在这里。

徐家因为是后族，所以徐氏部落离圣山最近，饶是如此，从忆祖山下去，也要再翻过两座山峰才见一座城堡，以峡谷一端筑城墙城门，其他三面倚着峭陡的山势而建。

三面山峰上建了驰道和箭楼，有徐氏部落的战士守护，易守难攻，实是一夫当关，万夫莫开。

众人把唐诗和她的两个剑侍少女以及几十名部下"押送"到城堡之中，来到一处修竹处处、环境幽雅、仿佛仙境的所在。唐诗一挥手，两个剑侍便领着那几十个随从把杨瀚抬了进去。

唐诗在院子门前停下，向蒙战、巴图等人看了看，道："一日三餐，便劳烦徐姑娘了。不管什么饮食，我们都会安排一人与那位杨家公子先吃的。"

唐诗抛下这句话，向众人嫣然一笑，便退进了院子，院门砰的一声关上了。

蒙战往四下看看，道："左边临街这三座楼，我蒙家驻扎，可挡一面。"

巴图大声道："那右边一排房子，便暂归我巴家驻守吧。"

徐诺道："这门前空旷，只是一片茵茵草地，我徐家会派人来，扎下帐篷，守住这里。"

苏长老打了个哈哈，道："既如此，那后边临山的一面，就交给我们几家负责吧。"

几个人说动便动，马上各自去安排，蒙战和巴图少不得叮嘱自家战士几句，时刻注意门前，连那徐家一并监视着，并提醒他们饮食用水一概自行负责，切勿由徐家提供。

这两侧都有三层的小楼，站在顶层，可以把前边那处雅致的院落整个前跨院一览无余，如果唐诗与徐家已有勾结，想从徐家看守的前门潜出，只消一进前院就被发现了。

如果是以前，几大部落是不敢对徐家如此指手画脚的，更不要说敢派人进驻徐家，欺我徐家无人吗？

可现在……是的！就是欺徐家无人。

徐伯夷死了，嫡长房就只剩下一个性情柔弱的小女子，恐怕很快整个徐家就要为了争权夺利内讧起来，从而败落下去，几位三山遗老已经没人再对徐家存有敬畏之意。

最后，各方长老与留守的人各自约定了联络方式，便离开了徐家的城堡。虽说三山各部落都有共同的外敌，可彼此之间也谈不上和睦，他们可不敢留在这里，万一被人暗中动了手脚，后悔也来不及了。

唐诗进了那幢独立的庄园，因为之前她就住在这里，对这里很熟悉，倒不用重新安排防务，直接进了自己所住的正房。

这是徐家款待瀛洲帝国上将军唐傲的掌上明珠唐诗姑娘的所在，规格自然极高。

三山洲虽在三大帝国看来，现在都是一些半野人一般的部落，落后得很，可三山上层遗老家族，其做派、财富，并不比三大帝国的权贵豪绅们差。

徐家更是三山诸部落中实力最强的家族，这幢宅院的品位自然不会差了。

正堂一间大屋，看着空旷，实则陈设典雅大方，脚下清漆的原木地板光滑莹润，四面的障子门、壁、窗纹饰大方古典，居中一张席，两端摆着蒲团。

唐诗仍然一身玄色劲衣，只把鹿皮小靴脱在门外，一双着白袜的秀气小脚迈着猫一般轻盈的步伐走进去，到了仰躺在席之上，脑后枕了一只竹枕的杨瀚面前，跪坐下来，拉下蒙面巾仔细看了他几眼。

谭小谈和蔡小菜也正跪坐在杨瀚旁边，好奇地看他。

谭小谈道："这祖地来的人，跟我们好像也没什么两样。"

蔡小菜道："废话，不只模样没什么两样，说话也是一样的。我等祖先，本就是祖地来的。"

唐诗轻轻点头，道："家父藏书阁中，有几幅杨氏帝王画像，看他眉眼轮廓，依稀有几分相似。"

蔡小菜忍俊不禁道："先三山皇族杨家，在这方世界中早亡了五百多年，这后人还能与其先祖相似？"

唐诗道："我也觉得神奇，只是……他这眉毛，与那几幅帝王画像几乎一模一样。如果不是巧合，那只能说明血脉传承，还是有它的奇妙之处了。"

谭小谈道："小姐，我们暂时得保平安了，可接下来怎么办？"

谭小谈指了指仍在昏睡的杨瀚："这人既是咱们的护身符，也是咱们的索命环，咱们知道了杨氏后人重返三山的消息，这三山诸部绝不会放我们活着离开的。"

蔡小菜道："上将军早已有心废了那昏君，那昏君祖上是反叛三山杨氏的三大主谋之一。这样说起来，咱们的上将军如今算是与三山诸部同仇敌忾呢。从这个角度看，我觉得徐家那位大小姐是真心要与我们共谋大事的。"

唐诗点点头，道："不过，现如今有了这个男人，只怕七七那丫头的胃口就没那么容易满足了。杨氏后人的四行功法、五元神器，真有那么厉害？"

唐诗忽然若有所觉，凝目盯了杨瀚一眼，蹙眉道："他还不醒？"

谭小谈看了看蔡小菜，道："小菜，你那一下是不是打得太狠了？"

蔡小菜哼了一声道："我又不想打死他，能打多狠？他是从天上掉下来的时候就摔成了重伤，所以迄今不醒。"

唐诗道："取最好的伤药来，务必保他无恙。"

蔡小菜应了一声，自去取她们所备的瀛洲最好的疗伤圣药。

谭小谈道："我来看守他，小姐去沐浴一番，好生休息一下吧。只怕明日那徐家小姐就要来寻你了。"

唐诗重新拉起蒙面巾，只露出一双眼睛，道："这么大的事情，徐小七再如何狡智，也不敢独自拿主意的。只怕她现在正在召集徐家长老商议对策。趁此机会，我马上出去一趟。"

谭小谈讶然道："出去？"

唐诗道："不错！他们绝不会想到我刚刚入住，马上就会离开，今晚潜出去是我最好的机会。"

谭小谈期期期艾艾道："可……外边明哨暗哨的早已密布下来，他们对咱们唐家的遁术只怕是重点戒备着，小姐你如何出去？"

唐诗明月似的眼睛微微露出一丝笑意："从天上。"

唐诗所住的这幢宅院叫作泽衍园，泽衍园后院中多青竹，碗口粗细，笔直修长，一杆杆修竹营造出十分雅致的氛围。

此时，竹林之中，却有四杆修竹被拉弯，竹梢捆绑在一起，唐诗就俏生生地站在那攒绑在一起的竹梢上。

蔡小菜很紧张："小姐，这要抛射出去，撞上岩壁，只怕就粉身碎骨了，纵是计算妥当，落到地上，从这么高处抛射出去，也活不了的。"

唐诗冷哼一声道："我自有办法，动手！"

蔡小菜虽然担心，但瀛洲人执行命令最是不打折扣，还是一咬牙，拔出利刃，一刀剁了下去。

那捆在一起的四杆青竹梢头，另一端绑在一块大石上的绳子被她一刀斩断，四杆修竹弹回，一股强劲力道呼地一下就把唐诗弹射了出去。

只见一道黑影划向长空，速度比攻城的抛石器抛出的石丸还要迅猛。

唐诗为了和徐家洽谈合盟、利用徐家掌控整个三山洲，已经有不止一次的接触，每次都是住在泽衍园，对这里的一草一木早就十分熟稔，这个法子也是一次偶然的灵感得来。

为此，她当时还特意在徐伯夷陪同下游赏了一下周边的环境，清楚了落脚点的模样。

此刻，一个不足百斤的轻盈女子被四杆修竹的强劲力道抛出去足有几十丈高，一身玄衣与那漆黑的夜色已经完全融为一体，纵然目力极好的人，大概也只能看到一个淡淡的黑影，会误以为是夜枭飞过。

只这一跃，唐诗就跃出一百多丈的距离，完全超出了庄院四面环伺的警戒范围。

蔡小菜担心的没有错，那四杆修竹制成的简易抛石机能把几百斤重的东西抛出近一百丈，唐诗体态轻盈，被抛得更远，按这速度，她将直接被射到崖壁上，撞个粉身碎骨。

但身在空中的唐诗丝毫不慌，她眯着眼睛，凝视着越来越近的仿佛一只踞伏的巨大黑兽般的山体，突然抖开了一块布。

那块布在夜色中看似一块黑布，实际上它有各种扭曲错乱的花纹，本是唐诗施展遁术的一件强大道具，而且它还兼具护身效果，相当于一件软甲，所用质料非同一般。

那布立即如同一件降落伞，产生了强大的风阻。唐诗看似纤细，一身力量却是极大，牢牢控制着那块遁身布，在空中的速度立即变得缓慢了。

苏长老此时刚刚布置完自家监守泽衍园的人手，忽听得外围空中隐隐有扑棱棱的风声，抬头望了一眼，夜色之下只看见一道浅浅的小小黑影一瞬即逝，只当是一只夜鸟惊飞，全未在意。

蔡小菜虽然担心小姐，可一刀斩下，也知道再担心也无用，所以并不做小儿女姿态，站在那里忧思悲切地做些无用功，而是迅速爬上竹梢，将绳子割断，然后把一应可以引人生疑之物全部销毁，这才回到厅中。

谭小谈把杨瀚的头枕在自己大腿上，正盘坐在席上一勺勺地喂药。

蔡小菜凑过去，探头看了一眼，道："这家伙伤得是有多重啊，还不见起色吗？"

谭小谈道："外表无甚伤势，主要是摔得狠了，内腑受伤。我刚给他号过脉，他之前应该辗转奔波过很久，操心劳神，以致内火太旺，只是一直被他压制着，这一受伤，内火外浮，便加重伤势了。"

蔡小菜眉头一皱，探手抓住杨瀚的手腕，号了号脉，道："我去取些伏火丹来。"

谭小谈道："我方才也想过用伏火丹，只是担心勾起虚火，再生疾病。"

蔡小菜道："体质孱弱或者扶阳配伍之药过于峻猛温燥，才会勾起虚火。这家伙壮得像牛，我取药过来，咱们俩商量着配制，再加些地黄、天冬等温凉药性的东西，想来无恙。"

谭小谈犹豫了一下，道："好。"

蔡小菜自去取药，谭小谈继续给杨瀚喂服调理内腑的药汤，缓缓又灌几口，杨瀚突然呛咳了一声，悠悠地醒转过来。

杨瀚一睁眼，就看见一个圆脸，生得很甜、很俏的小姑娘正用一双萌萌的大眼睛看着他。

"呀，你居然醒了！"

谭小谈很开心。杨瀚微微扭头，感觉头下很是柔软，这才意识到为什么和这姑娘这么近，原来自己正枕在人家腿上。

他四下看了看，问道："你是谁？我在哪儿？"

谭小谈甜甜地笑道："我是救你的人，这里是三山洲。你是从祖地来的人？祖地现在什么样？什么朝代了？谁当皇帝呀？你是姓杨吗？你是我三山帝国皇室后裔吗？你多大了？成亲没有？你……"

杨瀚打断她的话道："我有两个女伴，她们在哪儿？可还好吗？"

谭小谈道："你从空中摔下时，特意向上推了她们一把，所以她们比你伤得轻呢，应该已经醒了。你放心，她们也被人救下来了，不会有生命危险。"

谭小谈解释完了，马上又问："那两个女孩儿是你什么人？你的妻妾？你的妹妹？你就带了两个人回来吗？踏破空间屏障究竟什么意思？是在天上飞呀飞的飞上好久吗？飞的时候能看见云彩吗？"

杨瀚瞪着谭小谈，本来还想回答一句，奈何她的问题太多，而且天马行空的，瞬间工夫就能从地上问到天上去，杨瀚心中一阵无力感，本来就很疲弱，一时间更不想回答了。

杨瀚只好道："你叫什么名字？"

"谭小谈。"

"小谈？我看姑娘你这谈兴可是……咳咳咳，我可以见见我的两位女伴吗？"

"这个我可帮不了你。"

圆圆的甜美脸蛋上，带着一丝歉意："她们虽然被人救了，但是救走她们的人和我们可是对头。不过你不用担心，我们那些对头也把你们当宝贝的，绝不会生起加害之意。"

说到这里，谭小谈眯眯眼地得意一笑："可是，最大的那个宝贝被我们抢到了，呵呵呵……"

杨瀚语塞。

"你为什么不说话？是不是还是伤得很重？我医术其实蛮好的，不过只是号脉，难免会有差错。你觉得哪里不舒服？你赶紧跟我说。你可是我们的人质……"

"啊？"

"你要是死了，我们就完蛋了。我们还要靠你逃离这里呢，所以不管怎样，我们一定要治好你。这儿疼不疼？这里呢？"

谭小谈的小手在杨瀚身上这里按按，那里按按，很殷勤地询问。

"谭小谈！"

蔡小菜一声叫，谭小谈的活泼样马上消失不见了，立即变得端庄淑美起来，文文静静的。

看起来，这姑娘应该是话特别多，性情也太活泼，但是她身边的人大概早受不了，也不知已经教训过她多少次，所以只有管着她的人不在身边的时候，她才会如此放飞自我。

杨瀚闻声望去，就见一个尖下巴、长眼睛、一张雪白精致的狐狸脸的小姑娘姗姗地走过来，手里还提着一个上等的漆盒。

这女孩儿走过来，在杨瀚另一侧跪坐下来，瞟了杨瀚一眼，欣然道："你醒了，看来伤得不算重。"

说着，她打开漆盒，道："我们给你配一颗伏火丹，再调理一下，你很快就能生龙活虎了。"

杨瀚往漆盒中看了一眼，圆圆的漆盒中仿佛女孩子摆放的胭脂水粉一般，分门别类拼放着五六只小盒子，里边装着不同模样的粉末，杨瀚嗅了嗅味道，不禁讶然道："这是什么？"

蔡小菜指点道："硫黄粉、硝石粉、皂角子粉、马兜铃粉、地黄、天冬……"

谭小谈才忍了一会儿，又忍不住说话了："这是用来配制伏火丹的东西。"

杨瀚深深地吸了口气，伏火丹什么的他不懂，不过，火药什么的他可懂。

他在建康街道司的时候，逢年过节，查抄处治过不少私购火药制造炮仗的小商贩，还亲眼见过他们拿自己家的房子当生产作坊，结果房子炸成废墟的样子。

他在来三山之前，就已预料过可能面对的各种情况，所以一听"人质"以及他和白素、小青分别落到彼此为"对头"的人手中，大概就已预料到了所处的环境。

这种情况下，他当然不能坐以待毙。可他倚何物傍身呢？如今，就有机缘来了。伏火丹？这个三山世界的人难道还不懂得如何制造火药？那么……

杨瀚马上换了一副极真诚的笑脸："其实，在祖地的时候，我是一个郎中。"

"啊？"

"我曾从师玄机子大师，学过太乙神针，如今已领悟了第五式太乙针。医术出神入化，在西湖边上还开过一家保安堂药铺，医术很是叫人称道。我也会炼伏火丹，而且我有独门方法。因此……"

杨瀚凝视着谭小谈的眼睛，很诚恳道："这个硝石呀、硫黄粉哪，你们可不可以多搞点儿来？还有，我要炼丹，火候很重要，麻烦给我搞个几十斤的木炭……"

谭小谈笑眯眯地看着杨瀚，问道："你在祖地还当过郎中啊？"

杨瀚矜持地点点头。

谭小谈道："不过，你要的东西……"

谭小谈乌溜溜的大眼睛转了一转，黠笑道："好像可以做火药呢！"

杨瀚的表情顿时僵住，瞪着谭小谈，一句话都说不出来。

蔡小菜慢慢跪坐下来，她已换了一身白色的常服，娴雅得仿佛一朵午夜的昙花，微笑地对杨瀚道："好教殿下知道，几十年前，也有人从祖地过来呢。"

几十年前，火药已经发明了，所以蔡小菜的言外之意……

杨瀚面不改色："咳！我……真是一个郎中。"

谭小谈掩口轻笑："殿下真是一个有趣的人，人家相信你做过郎中，好了吗？"

三山洲有两面易于停泊船只，这两处易于停泊船只处，当然都掌握在三山遗老世家手中，那就是财路。

但还有一处，海上暗礁密布，旋涡处处，但是偏有人摸清了其中的水路，于是就有了一条秘密的水道。

三山世界现在有三大帝国。一曰瀛洲帝国，瀛皇是至高无上的统治者，但是从两百年开始，权势渐渐落到大将军手中，就是上将军唐傲。

二曰蓬莱帝国。蓬莱帝国不设皇帝，最高的领袖称为执政官，同时又设有元老院，由执政官和元老院分别掌管执法权和立法权。

三曰方壶帝国，方壶帝国由大大小小的部落组成，公爵分掌着不同的领地。

三个帝国各居一方，想逃脱本国的制裁怎么办？逃到三山洲是最好的办法。

六曲楼就是三山洲的法外之地。只要你有本事成功地逃到这里，你就可以安然无恙了。不过，并不是每一个罪犯，六曲楼都会慷慨地接收。你必须要有用，要么你有数不尽的财富，要么你有令人看重的本领，六曲楼才会庇护你，你在这里才能生存。集中了这么多的奇人异士，六曲楼自然也就成了一个不容任何人小觑的所在。

于是，这个庇护所渐渐有了更多的生意，其中最大的生意当然是杀人，六曲楼拥有这世上最专业、最高明的刺客。但是投靠到它门下的奇人异士实在太多，所以六曲楼现在究竟都有些什么生财之道，没有人知道。

三大帝国对六曲楼鞭长莫及，而三山洲上，即便是力量最为庞大的徐家，对于六曲楼的存在一样装聋作哑。所以它就杵在那儿，成了一个所有人避而不谈的禁忌。

唐诗潜出徐家城堡，奔赴的就是六曲楼。很显然，她是清楚六曲楼的所在的。

一曲肝肠断，轻羽此去莫流连，更有南国花正好，莫向白蘋洲上独叹秋水寒。

二曲肝肠断，深院梨花相谢早，五马罗堂久徘徊，油壁桐车载君去，去时盈盈红泪满红绡。

三曲肝肠断，落花为雨侬为愁，秋千架上看笑靥，而今都随海棠瘦，唯自弄笛别院忆兰舟。

四曲肝肠断，琵琶不语琴绝弦，鹦鹉架前说心事，垂画双立秉烛观，但得青鸟传信与香媛。

五曲肝肠断，往事何堪忆从头，剪花笑谈灯影瘦，而今红螺渐蒙愁，明月华衫霓裳能记否？

六曲肝肠断，欲倾心事无所藉，还自南园抚霜枝，云台黛色苍烟里，问君此去还谋定佳期？

六曲楼便以六段《筝峰》，分设六位楼主：一楼莫流连，二楼满红绡，三楼忆兰舟，四楼青鸟，五楼红螺，六楼抚霜枝。

都是很雅致的名字，但是这六位楼主的名字，纵是六曲楼里杀人不眨眼的大凶大恶之人，轻易也不愿意提及。

唐诗进入六曲楼后，面对头扎青巾、腰系围裙，年纪看起来似有一百岁的白胡子店小二，却只淡淡地说了一句："哪一层楼，我也不想上。"

快一百岁的白胡子店小二什么样奇怪的人、什么样奇怪的要求没有见过，所以他仍然笑眯眯地问道："为什么呢？"

唐诗道："因为他们做不了主。"

白胡子店小二的眼角微微地眯了一下，问道："那么姑娘想要做什么事呢？"

唐诗道："我是唐诗。"

白胡子店小二脸上的笑容终于不见了。瀛洲帝国上将军唐傲的女儿唐诗？

白胡子店小二立即肃然道："唐姑娘来得巧，我家六曲主人今日恰好在！"

白胡子店小二拍了拍手，沉声道："来人，引这位姑娘赴黄泉路，见孟婆。"

偌大一个客厅，本来只有这么一个白胡子老头儿，可是不知道从哪儿突然又冒出一个白胡子老头儿，向唐诗肃了肃手，引着她向后厅走去。

唐诗刚刚离开不到半炷香的工夫，又有一个年轻人走了进来。

这年轻人胡子拉碴，头发蓬乱，身上一件袍子也不知多久没有洗过了，袍子呈青色，下摆全是白渍，那是在海水中浸泡过多次，一直不曾清洗所产生的盐渍。

白胡子店小二迎上去，马上就嗅到一股子海腥气和汗臭味。店小二皱了皱眉，微微地往上风头站了站，依然保持着可掬的笑容道："这位小哥，你要上哪层楼？"

狼狈不堪的年轻人好像力气早用光了，随时都能倒下，他有气无力地回答："哪一层楼我也不想上。"

快一百岁的白胡子店小二笑容马上僵住了，近百年来，倒也不是没有过想见六曲主人的重大逃犯，可在白胡子店小二的记忆中，这样的事一共只有过两次而已，难道今天一晚就要出现两次？

白胡子店小二问道："为什么？"

狼狈不堪的年轻人长叹一声道："因为他们做不了主。"

白胡子店小二深深地吸了口气，肃然起敬道："请问公子高姓大名。"

狼狈不堪的年轻人道："我叫宋词。"

白胡子店小二的神情一下子呆住了，整个人仿佛一尊雕刻的木塑，一动不动。

狼狈不堪的年轻人轻轻咳嗽一声，试探地问道："小二哥听说过我的名字？"

白胡子店小二轻轻摇了摇头："从来没听说过。"

年轻人苦笑道："我只是个一文不名的倒霉蛋，你当然没听说过。我想见六曲主人，是因为……"

年轻人凑近店小二耳边，轻轻说了两句话，白胡子店小二的脸色马上就变了。

他慢慢地退了两步，用力拍了三掌，沉声道："来人，再开黄泉路，引这位小哥去见孟婆。"

大厅中鬼魅般地又出现一个人，这回却不是白胡子老头儿，反而是个看起来俏皮可爱的小姑娘。店小二装束的小姑娘向年轻人摆了摆手，就蹦蹦跳跳地向后厅走去。

年轻人立即拖着疲惫的身子跟在了小姑娘的后面。

白胡子老头儿站在空荡荡的大厅里，望着厅外深深的夜色，长长地叹了口气："怪事年年有，今年特别多。板凳爬上墙，灯草砸破了锅，这天下，怕是要乱了……"

五十三　六曲主人

有一些传说已经作为一种文化，浸淫到每一个人的骨子里，所以，当他们意外地破开时空，从此生活在另一个世界，传说也理所当然地带去了。

六曲楼建造在临海的几面山崖上，面前就是长达数里的暗礁，即便是知道航线的人，不熟悉水流的，也常有阴沟里翻船的情况。另三面，都是陡峭的悬崖，所以四面都难有大队人马杀进来，地理位置得天独厚。

但是这黄泉路是往下走的，下边显然是山腹，这山腹中有一个巨大的洞穴空间，半天然，半人工，没有人知道底下究竟有多大，又通往多少个地方。

很多有关地府的名称宋词都听说过，但是先后顺序一直没有搞清，或者说，他压根儿也懒得去搞清楚，因为他以前生活在遥远的蓬莱帝国。

直到走进这里，宋词才清楚了这些地方的顺序。首先当然是鬼门关，一个不该去的人无论如何也见不到，该去的人并不需要多么困难就能抵达的地方。然后就是黄泉路，黄泉路两侧生长着彼岸花。花不见叶，叶不见花，花叶生生两不见，相念相惜永相失的彼岸花。再前边就是一条地下河，河水滔滔，寒气扑面而来，这里应该就是忘川河了，忘川河上有一座石桥，桥头没有写字，但宋词本能地知道，它就是奈何桥。

宋词走上了奈何桥，蓬头垢面的他，看起来还真像一个游魂野鬼。

过了奈何桥，一边是一块巨石，一边是一方石台，这应该就是三生石和望乡台了。三生石记你前世今生恩怨情仇，登上望乡台，则可以回望故乡最后一眼。

望乡台边有一座小亭，亭子里坐着两个女人。一个一袭玄衣，高贵冷艳。一个看起来和走在宋词前边的那个小姑娘年纪相仿，大大的眼睛，尖尖的下巴，笑起来两颊还有两个小酒窝。

两女坐在亭下石桌两旁，喝着热气氤氲的茶，也不知道那是不是用忘川河水煮的今生。

小姑娘跑到那亭下就站住了，回眸看向宋词，这一路她虽看似活泼，却没跟宋词说过一句话。

再往前去，应该就是六道轮回，六曲主人所在了吧？

宋词只看了一眼，前边昏暗，似乎还要走出好远。他没敢多看，急忙快步上前，向那年纪大一些的少女长揖一礼，道："在下宋词，想见六曲主人，孟婆姑娘可否代为引见？"

那位姑娘听了一怔，呆呆地看着宋词，半天没有说话。

旁边有两个小酒窝的小姑娘笑眯眯道："我才是孟婆。"

宋词吃了一惊，看看那小姑娘，再看看面前这位女子，先前以为年轻如她就是孟婆，已经够吃惊的了，没想到孟婆居然是那个韶颜稚齿、年纪更小的女孩。

宋词吃惊地看着眼前的女子，不敢置信道："她是孟婆？那你是谁？"

面前的玄衣女子淡定地回答："我是唐诗。"

奈何桥畔，望乡台旁，这是唐诗和宋词第一次相遇。

枕在美人膝，看着美人面，左顾有美人，右盼也有美人，还有淡淡处子馨香沁人心脾，这应该是男人梦寐以求的吧？

杨瀚却在一门心思地想着如何离开。想要离开，他就先要搞清楚自己的处境，弄清楚他如今在谁的手中，对方意图何在。幸好他旁边有一个很健谈的谭小谈，而蔡小菜又被他一句话就将住了。

"你看，我是前朝皇室后裔，既然你们不想杀我，那么不管你们想怎么做，最终我们都将达成一种合作关系，是不是？如果我不能对这一方世界有所了解的话，我如何与你们合作呢？我想要知道的，并不是你们的秘密，而是这三山洲上大部分的人都知道的事情。我只是远道而来，所以才不清楚。你对我隐瞒这些，并无意义。"

杨瀚说着，还拉过蔡小菜白嫩的小手拍了拍说，语重心长地说："你很难确定我们将来合作有多深，关系有多重，做事不要太绝呀。祖地有句俗话，不知道你听说过没有：凡事留一线，日后好相见哪！"

蔡小菜本来想反驳，眉毛已经挑起来了，话也到了嘴边，可是不知道忽然想到了什么，心中陡然一凛，马上又闭紧了嘴巴。

蔡小菜既然不反对，小话痨谭小谈就兴高采烈地介绍起来。没多长时间，从五百年前到如今，这个世界是如何发展的，现如今都有哪些强大的势力，他们之间是些什么关系，小青和白素究竟落到了谁的手里，现如今他身在何处，控制着他的人又是什么人，杨瀚就都清楚了。

其实谭小谈对他说的这些，并不是升斗小民们都清楚的事，大部分的小民根本不知道他们祖先的来历，还以为自从开天辟地，他们就生活在这里。

"原来是这样啊……"杨瀚深深地吸了口气，慢慢闭上了眼睛。一下子接收了太多的讯息，他需要好好消化一下。

小青和白素落到了三山遗民手中，她们应该是最安全的。他如今被瀛洲帝国上将军唐傲之女挟为人质，可她同时也是徐家的人质。

杨瀚早就从祖先留下的讯息中知道了三山世界皇族与后族的由来，自然知道那个徐诺就是徐福的后代，如果自己仍能成为皇帝，那她应该是皇后？

杨瀚忍不住说出了自己的辈数，然后问道："那位徐诺姑娘是什么辈数？"

蔡小菜和谭小谈白掐着手指头算了半天，最后连脚指头都快用上了，谭小谈才欢天喜地道："啊，我算出来了，要是从你们两家第一代联姻算起呢，她是你姨！"

谭小谈安慰道："没关系，你们两家五百年没联姻了，早出了五服，这辈分不算数了。"

因为忽然想到了什么，一直没说话的蔡小菜笑了笑，若有深意道："世易时移，今非昔比。徐杨两家世代联姻的规矩早该无效了，其实你根本不需要想那么多。"

杨瀚笑了笑，没有说话。他破空而来，只是想找个安宁地方，重新开始生活罢了。五百年前的皇室与他相距太远了，他根本没有过这个想法。

但是方才听谭小谈详细讲述这三山世界的情况，他却发现，三山帝国虽然早已不复存在，可它一直影响着这个世界的发展，而他的到来，便成了各方势力追逐的那头鹿。不管他愿不愿意，哪怕是被强迫着，他也一定得发挥出三山皇族的作用。否则，他就没有活着的必要。

既然这样，不管是为了自保还是不做傀儡，他都只能打起十二分的精神，巧妙地利用各方势力，做这一方世界"重启土水火风，再造三山世界"的那个变数。

而这其中关键，就是徐家，徐家的徐诺。

一座六道轮回的巨大木屏风将唐诗和屏风后边的六曲主人隔在了两端。

当唐诗走进来，还未开口说出自己的需求，六曲主人带有金属质感的声音就响了起来："唐姑娘，如果你是想离开三山洲，那就不必开口了。就在刚才，徐家徐诺已经封锁了所有的出海口，任何一只船也休想出去。"

"人出不去，那么……消息可以送出去吗？"唐诗沉吟良久，提出了第二个问题。

屏风后边传出一阵金属碰撞般的笑声："唐诗姑娘，我六曲楼接下的生意，最小的代价也是极昂贵的，你只为送一个消息？"

唐诗断然道："不错！要以最快的速度送给我的父亲，办不办得到？"

屏风后边，六曲主人如金铁般铿锵道："这个，我们倒是可以办到。"

唐诗马上道："三山洲与其他三洲并无陆地接壤，海路行船，需三天以上，所以，信鸽也是飞不出去的，一定要用船才行。如果六曲楼主有船送信出去，那么带上三两个人，应该也不成问题吧？"

六曲楼主淡笑道："我用什么法子把消息给你送出去，你不必知道，你只需知道，五天之内，你的消息，一定呈送到令尊面前。"

唐诗收敛心神，点了点头，从怀中取出一封书信："信在这里。"

也就是说，唐诗潜入六曲楼的时候，就已准备了第二方案。举在她手里的不像是一封信，倒像是一张硬硬的黑色木片。

这是用唐家独门手法炮制出来的。必须要用唐家独门的药水浸泡，才能打开这封信，其他任何办法，都只会把信的内容破坏掉。

"很好，唐姑娘可以回去了，这封信，我会送到。报酬，自会向令尊去取。"

唐诗没有和六曲楼主砍价，六曲楼接生意的价格一向极高，高到令人咋舌，总之，愿者上钩。

唐诗点点头，把信轻轻放在地上，走了出去。

她走出六道轮回不远，就看到了那座亭子，宋词正在亭下坐着，等着见六曲楼主。

看到宋词，唐诗的神色微窘。你以为你名满天下，总想遮掩自己的行藏，好不容易坦荡一回，慨然说出自己的名字，然后等着收获惊讶、崇拜、欢喜的反应时，人家却只是一脸呆萌地看着你，那是一种什么感觉？

唐诗感觉心里糗糗的。

想到这个男人叫宋词，唐诗宋词……唐诗又不免有种怪异的感觉。

不过，她没有停留，她安静地走了过去，在她想来，这个宋词不过是她生命中的一个过客，今日一别，应该再也没有机会相见了。

唐诗离开了六曲楼，站在一座高高的峰峦上，风吹着她的衣带，直欲飞仙。

久久，唐诗纵身掠去，她没有返回徐家的泽衍园，而是奔向了蒙家部落所在地。

曾经，她联络徐诺，想要一起算计三山诸部落遗老。可是，现在情况有变，她必须得改弦更张了。

现在，她要去找蒙战，既然多了杨瀚这个变数，她的合作对象也该变一变了。

杨瀚的早餐看着很可口。

一碗碧粳粥，两个小馒头，面前三只碟子，一只盛着已经剥了壳，油汪汪的咸海鸭蛋，一碟翠绿的小磨香油拌的海白菜，一碟酥烂的小糟鱼，骨头都是酥的。

杨瀚端着碗，拿着筷子，吃得很香。

蔡小菜和谭小谈在小矮几前，盘膝坐着，各据一角，双手托着下巴，笑眯眯地看他吃饭。

这方世界，仍然是汉唐之前的生活习惯，家具矮，床是席子，坐有蒲团，而不用胡桌胡椅，显得甚是古拙。

虽然说面前两个美人秀色可餐，可是被她们这么一直盯着吃饭，杨瀚还是有些过意不去。

看了看二女面前摆着的筷子和还未曾动过一口的碧粳粥，杨瀚不禁轻咳一声，道："两位姑娘何妨一起？"

蔡小菜双手托着下巴，微笑地轻轻摇摇头："殿下先请，这是规矩。"

谭小谈直言不讳："再过小半个时辰，殿下要是还没被毒死或者麻翻，我们再吃。"

杨瀚端着饭碗，忽然觉得秀色一点儿也不可餐了。

泽衍园正门，徐诺一身浅素，腰间系了一条孝带，带着四位老人缓缓走来，后边跟着八名武士，这八位武士则一身缟素，就连剑都缠上了白绫。

徐诺与徐伯夷是平辈，所以穿着如此，后边四位是族老，家中长辈，自然不用戴孝，不过穿的也都是黑白素色衣袍。

这一夜，想必徐诺操劳得很，为胞兄布设灵堂，操办后事，因为家主骤然过逝，得召集族中元老商议大事，尤其是皇族后裔重新出现，这样重大的消息必然得告知族老，共同商议个对策出来。

所以，徐诺此时花容黯淡，眼带血丝，不过她容颜本来极美，又是一身的孝，带些憔悴，反而更加显得楚楚可怜。

他们一行人还未抵达门口，蒙家和巴家的人就从两侧拦了过来："徐姑娘，意欲何为？"

徐诺身后一位族老喝道："这是我徐家的产业，要去哪里，难道还需要向你们通报？"

巴家一位长老似笑非笑道："徐二爷，这泽衍园如今可不只是你们徐家的产业那么简单。要去见那个人，得各方家主齐聚才行吧？"

徐二爷白眼一翻，道："你们这些狗东西，容你们来我徐家，就已是高看了你们。什么时候轮到你们在我徐家耀武扬威了？"

那位巴家长老叹气道："徐二爷，今非昔比了。若是以前，你们家主在这儿时，也轮不到你出来大呼小叫哇。徐姑娘，你怎么说？"

徐诺看了看他，轻轻道："我二叔说得对！"

巴家长老怒道："你说什么？"

徐诺幽幽道："我大哥是走了，可徐家的实力犹在，没有半分损耗，巴毅长老，凭什么你就觉得可以对我徐家指手画脚了？"

巴毅指着徐诺，一时气结，说不出话来。

徐诺道："不错，殿下是出现了。可是殿下出现了又怎么样？我徐家，依三山祖制，永为后族。就算殿下来了，就算我三山帝国重现，我徐家……也依旧在你们头上。"

巴毅看看徐诺，又看看徐二爷，放声大笑起来："哈哈哈，徐姑娘，你有了这几个老家伙撑腰，就胆气壮起来了是吗？我告诉你，我们几大部落，顶多就是对你粗声大气一些。德不配位，你早晚沦为你这些叔伯的傀儡。"

徐二爷冷笑一声，一举手，身后八名武士立即长剑出鞘，对准了他们。更后边，徐家许多弓弩手马上端起当年始皇帝的大军所向披靡的踏张弩，冷冷地对准他们。

徐诺冷哼一声，便向泽衍园走去，四名族老和八名素衣剑士立即紧随其后。巴毅眼见如此，一时也不敢轻举妄动，只好恨恨地扭头吩咐手下："你马上回部落，把此间情况报与巴图大长老。"

"唐诗姐姐呢？我想见她。"面对迎上来的几名侍卫，徐诺站住，浅浅一笑。

几名侍卫持刀站住，一言不发。蔡小菜从房中快步走了出来："徐姑娘？"

徐诺看着蔡小菜，道："唐家姐姐休息得可好？"

蔡小菜怒气冲冲道："昨夜我家小姐回来，突觉身子不适，检查之下，腿上竟在不知不觉间中了一枚牛毛针，针上淬了毒。"

徐诺吃惊道："竟有此事？是谁下的手？"

蔡小菜冷笑道："你们昨夜在场的人，只怕都脱不了干系。"

徐二爷沉声道："那唐姑娘如今怎样？"

蔡小菜微微扬起下巴，道："我唐家还有点儿自保的本事，我们小姐无恙，死不了！"

徐诺松了口气，举步上前，道："谢天谢地，我去看看唐姐姐。"

徐诺面前架着几口长刀，但她竟似毫无觉察，举步就向前走。

蔡小菜忙道："我家小姐虽然无恙，但现在余毒未清，却是不好见客的。"说到这里，她扫了徐诺身后四位长老一眼，道："况且人多手杂，小女子不敢大意。"

徐诺笑了笑，道："既如此，我且先去看看那个人。"

徐诺说时，仍在向前走，始终一步未停，那长刀刀尖儿已经抵到她的裙袂，几个武士只得一步步后退，保持着抗拒的姿势。

蔡小菜拦了上来，道："我家小姐尚未痊愈，徐姑娘……"

徐诺微笑地看向蔡小菜："小菜姑娘是不是搞错了？"

蔡小菜奇怪地问："什么搞错了？"

徐诺道："这里是三山洲，是徐家。你们现在只是我们的人质，而不再是我徐家的座上宾。你们好端端地住在这里，只是因为你们控制着那个人，我不能从你们手里夺走他，不代表我就不能见见他。"

徐诺伸出一根手指，轻轻拨开蔡小菜："如果你们有什么不满意，叫唐家姐姐来跟我说。"

徐诺说着，就拔腿向前方走去。蔡小菜呆了一呆，马上追了上去。

宽大的房间里，席之上，隔着几案对坐的是徐诺和杨瀚。杨瀚身后两尺左右，分别跪坐着蔡小菜和谭小谈。

二女腰间都有刀，她们一只手垂着，另一只手按在刀柄上，保持着随时可以出刀的姿势。

她们跪坐笔直，有些不动如山的气势，但杀气内蕴，凝峙如岳。徐二爷甚至看得出右边的蔡小菜使用的是斩蛇势，而左边的谭小谈使用的是逆鳞式，区别虽在细微处，可他看得出来。

唐家家主虽然现在是瀛洲帝国的上将军，可唐家享誉天下的不是战阵杀伐之术，而是唐家的遁术和刀法。徐家对唐家不可能不有所了解。

徐诺坐下，静静地看了杨瀚许久，杨瀚也在定定地看着她。

蔡小菜和谭小谈没有给他们介绍彼此的身份，但是二人目光相遇的那一刻，他们却仿佛一下子就知道了对方的身份，那是一种很奇妙的契合。

许久……

"我是杨瀚！"

"我是徐诺……杨家的杨瀚？"

"不错！"

"我是徐家的徐诺！"

"徐家的徐诺，很好。我本以为，我过来以后，可能会落在一片废墟上，或者荒无人烟的森林里，能够这么快遇到徐家的后人，我很开心。"

"我也是！"徐诺微笑起来，眼前这个男人，看起来不是那么讨厌嘛，很聪明的样子。徐诺喜欢跟聪明人打交道，和蠢人在一起，她嫌累。

三山洲乃至整个三山世界，女人的地位较之祖地都要高得多，或许是因为人类刚刚来到这个世界时，因为环境恶劣，在征服自然的过程中男人和女人都需要出力，而且最初的时候，女人的数量远远低于男性。所以，这里的女人拥有和男人一样的权力和地位，这也是当年杨瀚的祖先眼见丈夫不争气，可以轻易地废黜他的帝位，自己来做皇帝的原因。

因此，在徐家，只要徐诺想出来做事，作为长房子嗣，她完全可以拥有不逊于她兄长的地位和权力，但就是因为懒得与哥哥那样的蠢人因为各种事务争执，她宁愿避身幕后做自己想做的事。

她太聪明，所以不太喜欢和人交流。但是，和杨瀚说了这么几句话，她觉得很轻松。于是，她看着杨瀚的目光也变得柔和起来，不再以审视的姿态。

"虽然你们已经离开了五百年，不过，你仍然是我们的殿下。你如今回来了，对这个三山世界，你了解多少呢？"

当着蔡小菜和谭小谈的面，徐诺不好把话说得太明白，只好采用旁敲侧击的手段。但杨瀚再一次打破了她的认知。他，毫无顾忌。

"我了解得不算多，不过小谈姑娘很健谈，她告诉我很多。"

谭小谈忽然像被呛到了似的咳嗽了两声，蔡小菜则是狠狠地瞪了她一眼。

杨瀚直率道："我知道，五百年岁月，沧海桑田，已然今非昔比。不过，你们徐家他唐家是否甘于现状？如果你们满足于现在的一切，那就杀了我，就当什么事都没发生过。"

杨瀚拍了拍右后边的席子，蔡小菜呆了一呆，还没明白他的意思，杨瀚已经躺了下去。

杨瀚这一躺下，两个女孩儿若是暴起出刀，右可断其头颅，左可刺断其脊的凌厉杀招就使不出来了，他的人仍然在两个少女的掌握之中，可是已大有反客为主之势。

徐诺身后四个跪坐的长老露出了诧异之色，只有徐诺，毫无惊讶，美目中却是异彩一闪。

杨瀚懒洋洋道："如果你们想有所改变，那么，就不要再把我当成奇货可居的猎物。不管是你们唐家。"

杨瀚指了指徐诺："还是你们徐家。"

杨瀚不管五六双瞪圆了的眼睛，只是看着徐诺："首先，三山洲不能再乱了，一盘散沙能做什么？徐家若是连后院都没整治明白，怎敢放心向海外踏出一步？至于唐家，大好头颅，何必系在裤腰带上，有我在，那位上将军的计划应该能多上几成把握。谋国呀，哪怕只是多上一成把握，都值得付出一切吧？"

大厅中一下子静了下来，七双眼睛都定在杨瀚身上，定定地看了好久，徐诺忽地嫣然一笑："殿下有什么凭仗呢？如果只凭身份的话，我想，你什么都做不了。"

杨瀚仰望着屋顶的承尘，若有所思道："我听小谈姑娘说，其实三山洲比瀛洲、蓬莱、方壶三个大陆都要大，这里却是人口最少，土地也最贫瘠的所在。"

杨瀚慢慢扭过头，看向徐诺："因为少了四鸣音功、五元神器吗？"

徐诺的眼睛一下子亮了起来。她一直在担心这件事，可是因为关心生怯，她一直没敢问起。难道……难道他全部继承了？

杨瀚的肚皮瞬间塌了一下，然后又鼓了起来。他陡然一声长啸，声音并不震耳，却是悠悠绵长。那是龙吟，三山世界久违的龙吟……

一大早，巴图、蒙战等长老就赶往徐家了。徐家不会撕破脸面公开伤害他们，但是会不会暗中下手，那可不好说。所以他们不敢住在徐家，却不担心出入徐家。

其实他们此刻还未收到留在徐家的眼线送来的消息，他们只是不放心杨氏后人留在徐家罢了。

昨夜回去之后，其实他们也没休息多久，因为他们一回去，马上就去见了白素和小青。通过与二女的对话，他们已经确认了杨瀚才是他们盼望了五百年之久的那个人。

但是，这个消息他们没有马上公布出去，他们手中有五神器，有白素和小青，如果杨瀚成为徐家或唐家的傀儡，他们说不得就得把白素和小青硬捧出一个来，指称她才是杨家后人。所以这两个女孩儿现在既是他们的贵客，也是他们的犯人，她们的居处戒备森严。

三山洲正如谭小谈所言，面积实际上比瀛洲还大，比蓬莱和方壶那两个大陆的面积还要大，可是在所有人眼中，它就是一个岛。

虽然它四面环水，位居大海之中，可面积庞大到如此地步，已经很难再称之为岛了，它之所以被称为岛的原因是：这里人口稀少，耕地也稀少，这里的居民大概只有一千万人。

五百年来，三大帝国少有战事，人类繁衍生息至今，蓬莱帝国已有六千五百余万人，方壶帝国大大小小两百多个部落，总人口加起来也有一亿了，而瀛洲帝国则拥有五千万人口。

三山洲的人口之所以这么少，除了当年帝国分崩离析后，大量青壮年或者战死沙场，或被掳为奴隶，还有一个重要原因，就是三山洲耕地太少，百姓要么以狩猎为主，要么以渔业为生。

整个三山洲百分之八十五的领土上都覆盖着茂密的森林，三山洲百姓没有办法与林中野兽争夺土地，因为在这块大陆上，生长着在祖地已经灭绝了的可怕生物：龙！

这种龙当然不是传说中能兴云布雨的飞天神龙，而是恐龙。祖地上的百姓其实早就发现过恐龙化石。北宋真宗时，成都人黄休复所撰《茅亭客话》卷九《鬻龙骨》，就记载了当时他亲眼所见、亲身经历的恐龙化石交易。文中转引卖龙骨的老者说的话，说那些龙骨"大十数丈，小三五丈"，也就是说，大的龙骨三十多米、小的十几米，与后世所发现的恐龙化石几乎是一样的尺寸。

可是在这块土地上生长着活的恐龙，这种庞然大物谁能抵敌？幸好，忆祖山所在地区似乎是这些庞然大物的禁忌之地，它们轻易不会进入这一区域，这才给人类保留了一块较大的生存空间。

可是今天，情况似乎发生了变化。

巴图、蒙战等人正在山脊上快步而行，苏长老突然脚下一顿，吃惊地指着山下林中，愕然道："那是什么？"

几个人顺着他的手指所示方向看去，就见树木倒伏摇晃，极其剧烈，似乎有什么庞然大物正在林中横冲直撞，接着，他们就看到一头巨大的、生着可怕头颅的怪兽飞奔而去。

虽然只是一刹那，那个庞然大物就再度隐入了茂密的森林，他们还是看清了那个怪物的样子。巴图骇然道："龙之霸王！"刚刚隐没在森林中的，赫然是一头霸王龙！

蒙战惊疑不定道："它怎么会出现在这里？这里是圣地区域，任何一种龙兽，都从不靠近这一区域的。"

他说到这里，不禁和巴图等长老碰了一下眼神，眼神立即炙热起来，难道……是那个人召唤它了？

普天之下，也只有他还拥有召唤龙兽的四鸣音功了，只能是他发出了召唤，被这头逡巡在左右的龙兽听到了，才令它违背习性跑进了禁地。

召唤龙兽的功法，据说是昔年徐福结合了古壁画的一种发明，后来建立帝国后，则是皇室掌五元神器，徐氏掌四鸣音功，彼此制衡，直到那一世……

眼见帝国岌岌可危，三大重臣各怀心思，皇后娘娘愤而罢黜了皇帝，自己登上了皇位，五元神器和四鸣音功从此集于一身，直至随着皇太子的失踪而绝迹。

如今看来……

巴图和蒙战深深地对视了一眼，激动的热泪潸然而下，从对方的目光中，他们都看到了一抹志在必得的决心：必须把殿下救出来，不惜一切代价！三山的重新崛起，完全寄托在他的身上了。

此时，唐诗正在赶往蒙战部落途中，她夜晚自徐家城堡前往六曲楼，再连夜跋涉而归，饶是身手高明、奔跑迅速，此时也还未到地方。

忽然间，一阵雷鸣声传来，与此同时，她脚下的大地也剧烈地震动，唐诗为之骇然，立即向前一蹿，俯伏在一块突出的岩石下边，拔出了她的长刀。

但是她马上就发现，这刀于她而言毫无用处，因为和她将要面对的对手那庞大的身躯相比，她的武器就像一支牙签。

俯伏在岩石之下的唐诗没有看到那些巨兽的全貌，她只看到了一条条粗壮的仿佛蟠龙柱一般的大腿，长长的由极粗到极细的尾巴，它们奔跑着，轰隆隆地从她面前跑了过去。

雷龙！

因为它们喜欢成群结队，奔跑起来尘土蔽日、响声如雷，所以理所当然地被人称作了雷龙。它们每一只都像一座楼那么雄伟，奔跑起来的威势足以吓退一切敌人。

一头头巨龙跑过去了，直到它们跑出很远，唐诗才从岩石下钻了出来。她站在山脊上，眺望着那渐渐远去的"雷声"的方向，那方向……是徐家。

唐诗马上就想到了被她掳为人质的那个男人，只有他，只能是他。除了他，还有谁能召唤龙兽？

五百年了，原来那个古老的传说是真的，先朝皇裔真的拥有驭龙的本领。这么可怕的巨龙，就算动用大型床弩，依仗高而坚固的城墙，轻易也杀不死吧？

那个男人的归来，可以让三山洲上迅速组建出一支无敌的、忠心耿耿的军队。

这一刻，唐诗禁不住目眩神驰，如果不是理智告诉她，尽管杨瀚在她的控制之下，可她根本没办法带走这个人。那么此刻唐诗早已放弃与蒙战、巴图会面的打算，会立即赶到那个人的身边，不管他提出什么样的条件她都会答应，只要他肯跟自己走。

五十四　反客为主

杨瀚现在想得很清楚，如果他刚一出现，就给各方势力一种他就是一个任人摆弄的软弱者印象，那不用问，他将来一定是一个傀儡。

他不相信已经五百年过去了，曾经的三山遗老遗少还会对他这个突然出现的陌生少主无条件地忠心耿耿，尤其是其中的掌权者。

人心归附是要靠自己争取的，祖宗给他留下的只是名望和正统的名分，如果他自己不努力，只巴望着靠祖宗余荫亮一亮身份，人家纳头便拜的话……若是只隔了十年八年，这还是有一定可能的。可是五百年了，昔年亲自经历过三山帝国的人早不知死去了多少代，亮一亮身份就叫他们誓死追随，那想法得有多天真。

所以，杨瀚决定不等，不等各方冷静下来，权衡利弊得失，各自勾连商议，彼此达成妥协，最终形成一个大家都能接受的方案。不等，他要反客为主。

反正光脚的不怕穿鞋的，他现在又有什么可失去的？于是，杨瀚一不做二不休，马上展示了龙吟。这一招果然有效果，一下子各方就都乱了阵脚。

徐家城堡上，突然警钟长鸣，凄厉的号角声在山谷中久久回荡起来。高高的箭楼上，徐家的箭手们眼看着出现在城堡下的几头洪荒巨兽，骇得唇白颊青。

一个沉得住气的头领沉声大喝："都别慌，我们的城堡它们撞不烂。快，准备狼牙木、火油、床弩、震天雷，快快快……"

大型床弩可以用长枪大矛为箭，这种武器是能杀伤龙兽的，还有火油，不过这种大型武器徐家拥有的并不多，毕竟制造起来麻烦，耗资巨大，平时又没有用武之地。

与此同时，已经有人飞也似的跑去禀报家主了。

一个武士凑在徐诺耳边急急低语了几句，徐诺俏脸微微变色，摆了摆手，示意那武士退下。

徐诺的一双妙目盈盈地凝注在杨瀚身上，许久之后，才嫣然一笑，柔声道："殿下，城外来了几头洪荒龙兽呢，可是殿下召唤来的吗？"

四位长老还不知道发生了什么事，此时听徐诺一说，不禁为之色变。蔡小菜和谭小谈也骇然看向杨瀚，谭小谈脱口道："龙吟？"

关于三山皇室能驭使龙兽的传说，她们当然知之甚详。因此听说龙兽出现了也并不吃惊，叫她们吃惊的是：传说是真的，真有人能驭使龙兽。

这个人就在眼前。

杨瀚笑了笑，轻叹道："它们来了？五百年了，也只有它们，依然忠诚于我。"

徐诺肃然道："请你相信，徐家自开辟三山世界，就与杨家休戚与共，这一点，永远也不会变。"

徐诺虽然是在表忠心，可一句休戚与共，仍然是把徐家和杨家摆在平等的位置上。

虽然在三山帝国全盛的时候，徐家也确实拥有和杨家分庭抗礼的实力，否则后来也不会出现徐氏皇后罢黜皇帝，自立为帝的事了，可此时如此表态，却难免带着徐诺的真实想法。

的确呀，五百年前徐杨两家是平起平坐的地位，如今徐家虽然失去了四鸣音功，却拥有庞大的实力，杨瀚虽然拥有四鸣音功，可他是孤家寡人。除非他愿意做丛林之王，跑去深山与龙兽为伍，不然，就算能召唤龙兽，也很难改变他和徐家的主客之势。所以，听了徐诺的肺腑之言，杨瀚没有任何反应，这，也是一种态度。

徐二爷忍不住道："龙兽是殿下召唤来的？却不知……殿下是否还继承了凤鸣之术？"

杨瀚打了个哈欠，既不否认，也不承认。对他而言，没有必要把自己的底细和盘托出，他已经从谭小谈口中知道了徐家只精通狮吼与虎啸，龙吟早已失传，这就够了。

"殿下想是有些倦了，那就请殿下歇息，早些养好伤势。"

徐诺向杨瀚长长地一揖，然后盈盈站起，身后四位长老随之站起，一起向后退了三步，再向杨瀚长揖一礼，走了出去。

杨瀚提出的要求，他们当然没办法马上做出答复，这是回去商议了。

蔡小菜看了看杨瀚，轻咳一声道："殿下当着我们的面，和徐诺姑娘这就商量开了，合适吗？"

杨瀚仰起脸来看了看她，说道："有什么不合适？你唐家有所求，徐家亦有所求，可在你们头上，却有重重大山凌压下来，你们想改变，都需要我。其实，我是希望与徐唐两家一起商议的，但你们姑娘怎么一直不见人？"

蔡小菜又咳了一声："我们小姐……"

"她是逃出去了吧？"

蔡小菜和谭小谈的娇躯同时颤了一下。

杨瀚站起身，蹒跚地走开了，懒洋洋道："如果唐姑娘回来了的话，叫她来见我。"

巴图、蒙战等人伏在山脊上又静静地等了许久，不见林中再有异动，这才继续向前赶路。只是此时，他们的速度骤然加快了许多。

很快，巴图和蒙战等人就在高高的山脊上碰到了唐诗。

唐诗对拔刀相向的众多侍卫视而不见，向着巴图、蒙战等人微微一笑，柔声道："诸位长老，这天下，马上就要变了。是被卷进洪流，粉身碎骨，还是操舟弄浪，独占鳌头，不知诸位，可有思量？"

忆祖山山脊之上，唐诗和巴图、蒙战等三山遗老坐而论道的时候，徐诺与徐家诸位长老也在召开紧急会议。

参加会议的不只是徐震，还有徐天、徐下、徐擎、徐空、徐撼，徐诺的父亲这一辈一共七人，以"威震天下，擎空撼地"取名，徐诺的父亲徐威已经过世，现存六位长老俱在。

更老一辈的也还有人健在，不过他们年纪大了，轻易不再参与家族决策。

徐震道："城堡前的龙兽久久无人回应，已经自行散去，各位可以放心。"

徐擎惊叹道："如此说来，那龙兽真是他召唤来的？"

徐撼道："仅凭他的杨氏后裔身份，就值得为我族所用。有了这名分，我们要一统三山洲，才算出师有名，遭遇的抵抗也才不会坚决，更何况，我徐家如今也只保有狮吼和虎啸的功法，就算他不会凤鸣，对我们来说，也是极为有用了。"

徐天道："老七，你要明白，我们的问题不在这里，这个人我们当然是要用的。问题在于，一旦迎他回归，如何确定他的身份，就此奉其为主？"

大厅中顿时肃静下来，过了许久，徐空才缓缓道："这三山世界，本就是我徐氏先祖建立的。当初立国时，我徐家二代祖先尚未出生，只有三个女子，且杨家掌有兵权。这种情况下，我徐氏先祖才决定以杨氏为帝，我徐家则与杨家联姻立后。但今非昔比了，我们徐家……还有无必要用我徐家将士的鲜血，去帮杨家的人打下一座大大的江山？"

徐诺沉声道："六叔，这句话，你放在心里就好。所谓天下，现在还只是一句空谈，在真正打造出一个天下之前，再也不要提起。"

徐空心中一凛，肃然道："是我莽撞了。"

二爷徐震道："这个杨瀚，不仅有名分，还有实力，我徐家想改变天下大势，确实离不了他。"

徐天道："可是，我们先要考虑清楚，如何保障我们徐家的利益？"

徐下微微一笑道："杨瀚除了我们，还能指望谁？我想，这一点我们不用顾虑太多。如果在这种情况下，我们徐家还不能掌握大权，就算人家赐给我们的，也一样会被人夺走。"

徐撼道："不错，我们现在只需要做出对杨家忠心耿耿的姿态，全心全意去辅佐他，他对我徐家全无戒备之心，诸般大事，就只能交托给我们，到时还怕不能左右他吗？"

徐震道："四鸣音功，本是我徐家所有，得想办法拿回来。不然，我们早晚要受制于他。"

徐天道："这恐怕很难，杨瀚再蠢，也不会把他的倚仗交给我们。"

徐震道："如果有绝对的信任，也未必就不可能。"

徐诺眯了眯眼睛，道："如何让他对我徐家绝对信任呢？"

徐震道："第一桩，就是今日议事之后，我们在此间所议之事，都藏进心里去。直到这天下鼎定之前，大家都要把它忘掉，忘得一干二净，要毫无疑虑地忠于杨瀚，对他的命令不打一丝一毫的折扣。"

徐诺颔首道："那第二呢？"

徐震看向徐诺，微笑道："英雄难过美人关。七七呀，我徐家一向为三山后族。如果你嫁给他，我徐家又忠心耿耿地保着他，那个时候，你有没有把握，从他手中套出四鸣心法呢？"

大厅中顿时又静下来，许久，徐下才神情古怪道："我们最终还是要算计他的，叫七七嫁给他？这如何可以？"

徐震道："不然，又有何人配得上我徐家家主呢？七七的将来，左右不过是择一良婿，入赘我家。那男人的作用，也不过是为我徐家诞下子嗣，杨瀚既不老也不丑，出身来历也不算辱没了我徐家，选择他，有何不可？"

几个人都一起看向徐诺，徐诺沉默不语。

徐震见她沉思良久，忍不住问："七七，你怎么看？"

徐诺回过神来，轻轻点头，道："二叔的提议，未尝没有道理。不过，我们现在就提出联姻，是不是太急了些？我们该待他闯出一些名堂之后再说？"

世家女虽然锦衣玉食，可从小经受的教育就让她们明白，个人选择必须得让位于家族利益，如今众人是在谈论她的终身，她却在冷静地讨论其中的利害得失。

于世族豪门而言，终身是终身，却算不上什么大事。

徐空道："那是自然，如果这小子不争气，还有什么好说的？我们徐家也不必和杨家绑得那么紧了。又或者他这人易于摆布，我们就省了这些，直接叫他为我们所用就是。"

徐诺笑了笑，道："六叔，方才你不曾见过他，这个人，绝不是好摆布的。"

徐震道："我不赞成拖延，锦上添花，何如雪中送炭呢？更何况，我担心到了那时候，会给他人做了嫁衣裳。"

他看了看几个兄弟，沉声道："联姻，素来是家族联盟、势力结合的最有效手段，从古到今，一直就是。我们不抢得先机，就有可能被蒙战、巴图那些人占了便宜。所以……"

徐震看向徐诺："七七，你可以现在不嫁，但是一定要先把名分定下来。"

徐下道："不错！他一出现，我们徐家马上就'交出'家族实力供他驱策，又把我们的家主许配给他，这种情况下，他岂能不相信我徐家的忠心和诚意？"

徐震微笑地看向徐诺："七七，你以为如何？"

徐诺莞尔一笑，道："还是诸位叔父想得妥当。只是这样一来，下次就要劳烦二叔去见他了，大事谈定之前，我可不方便再出面。"

徐家几个兄弟都忍不住笑起来，徐擎拍手笑道："不错，你这丫头，再大方也不好亲自去跟他讲，哈哈哈……"

徐天忽然一皱眉，道："我们刚刚闯去见他，唐诗那小妮子一直没露面，她……"

徐诺淡淡道："我猜，她是逃出去了。"

徐天等人顿时大吃一惊，唯有徐震神色平静，微笑道："我猜也是如此，幸好七七昨儿一回来，第一道命令就是立即封锁所有的出海口。"

徐擎紧张道："她既然敢逃，难保没有送出消息的办法。一旦消息泄露，那就糟了。万一各国群起来攻，我们如何抵挡？难不成退进大山深处去？"

徐空也紧张起来："这些年来，诸国只许我三山洲拥有捕鱼的小船，定期来查，但凡可以载运大军、运输龙兽的楼船巨舰我们一艘都没有，现造也来不及呀。"

徐诺淡淡道："诸位叔父请放心，我相信唐家就算得了消息，也不会轻易泄露出去。他们现在不想擎天，他们只想着让这天塌下来，砸死那些比他个儿高的。"

徐震补充道："这也是我坚持要尽快捧杨瀚出来，尽快取得他信任，尽快与蒙、巴等人达成和盟的原因。'天予弗取，反受其咎。时至不行，反受其殃。'我们该立即行动起来了。"

巴家、徐家、蒙家等几个最大部落的中枢，都坐落在忆祖山地区，这一地区是丝毫不用担心受到龙兽袭扰的地方。不知道是不是龙兽一代代传承了远古的记忆，对于忆祖山一带，它们从不涉足。也正因此，这一地区成了各大家族的中枢之地，毕竟这里最安全，如果放在别处，难保不会因为那种巨型龙兽的时常出现而频繁迁徙。

不过，蒙家的中枢所在地与徐家不同，徐家是把整个山谷建成了城堡，以三面大山为城墙，再以数百年时光，将峡谷前边垒砌成巍峨的城墙。而蒙家却是依山就势，选择了一处十分险要的所在，这处高山的山顶就像是被上古仙人一剑削去似的，很平坦，那面积足以形成一座城池，而其下却非常险要，只有一条要道可以通向山上。

白素和小青如今就作为"贵客"居住在这座蒙家岭上。

"什么嘛，还说是贵宾，这根本就是把我们当成了犯人，走到哪儿都有人跟着。"

小青正站在一处崖顶，眺望着山下，这座山下明显有大片的农田，再往前去，远远地可以看见大海。

曾经，三山洲在杨家治下时，龙兽都受到约束，是有很多农田的，可是这几百年下来，为了避免龙兽袭扰造成损失，很多百姓只能选择狩猎或者捕鱼，曾经的大片农田重新变成了森林，三山洲上能拥有这样大片的农田已经非常难得了。

小青长长地吁了口气，道："当年，徐方士主持寻仙大局，杨将军统率大军。可是，我记得有一个蒙家，是始皇帝最信任的家族，三山世界的这个蒙氏，很显然就是那个蒙家的后人，没准儿他们才是真正奉有始皇帝令谕的人。"

白素托着腮，她已经脱了袜，白生生的小脚丫逗弄着脚下的青草，脚底痒痒的，懒洋洋道："哈，你也看得出来呀，我看你都不急。"

小青摊了摊手道："我急有什么用？要解这个局，关键在瀚哥儿身上。除非万不得已，蒙战才会抛开瀚哥儿，利用我们做些文章。"

白素停下了动作，双脚慢慢地踏在了柔软的青草上："瀚哥儿……也不知道他现在怎么样了。"

小青道："他比我们伤得重……"

说到这里，小青眸中掠过一丝温柔，又想到了将要落地时杨瀚对她的反手一推。

小青道："如今才第二天，他可能刚刚苏醒，伤势未愈。他是被人挟为人质的，应该连这一方世界现在是个什么状况他都还没有搞清楚，他藏拙是正常的。待他搞清楚一切，一定会反客为主的，反正他有这个本钱……"

"反客为主？"白素瞟了小青一眼，"你对他很有信心哪。"

小青点了点头，道："你不要看他起于微末，我们游历天下五百年，应变急智比起他来如何？远远不如呢。起于微末的大人物多了去了，更何况……"

小青也向远处盯梢的那些武士们看了一眼，缓缓道："我就不信，他的那位祖先心心念念地希望她的后代能重返三山，再建皇朝，对他就没有一丁半点儿的交代。"

白素眼珠转了转，忽然往小青肩膀上一靠，小声道："你想不想他？"

小青抿了抿嘴没说话。

白素嘻嘻地笑起来，道："我就知道，你嘴上不说，心里一定关心得很。他现在伤势如何呀？那个姓唐的女人有没有虐待他呀？他有什么打算哪……"

白素偷偷看了那些侍卫一眼，把头扭向了小青。她周游天下几百年，见识还是有些的，她担心人群中有人懂唇语，所以背朝他们，对小青道："我晚上偷偷溜出去看看如何？"

小青黛眉一蹙，道："你又要胡闹。"

白素道："怎么是胡闹呢？这三山洲是个什么情形，咱们只是听蒙战一面之词，不出去走走怎么知道究竟是个什么样子？再说，如果能和瀚哥儿取得联络，我们也好商量如何面对这困局呀。"

小青迟疑起来。

白素赶紧趁热打铁道："你不用担心我的安危，首先呢，这些家族并没有撕破脸，表面上的交情还要保持的。再一个，能从祖地过来的，对这里的人而言都有着不同寻常的意义，他们会把我们藏起来，却轻易不会伤害我们的。"

小青哼了一声道："道理是这么个道理，可你怎么走？你下得了山？"

白素道："嘿嘿，被小姐追了五百年，负责打的一直是你，我只管跑来着，虽说现在异能不再，但是论到轻身功夫，两个你绑在一块儿也不是我的对手。"

小青动容道："你真下得了山？"

白素点点头，小青深深地吸了口气，心中挣扎起来。

虽然她强作淡定，可是自从落到三山世界，便与他再未相见了，他如今究竟是个什么情况？因为不知道，怎能不揪心？如果姐姐真有本事出去……

"那么，你们唐家要什么？"

"要你们三山诸部的配合，吸引住木下亲王的三十万精锐大军，唯有如此，我父亲才有可能在京城发动兵变。"

"令尊……想做皇帝？"

"只是瀛洲的皇帝。换我唐家上去，不比木下家族更好？"

唐诗微微一笑，看着蒙战、巴图等人道："答应合作，首先，距你们最近的瀛洲会全力配合你们，至少你们想在这三山洲上重建一个帝国还是办得到的。三山洲的领土，其实比我们三块大陆都要更庞大，只要约束住龙兽，你们未必不能成为第一强国。还有就是……"

巴图忍不住问道："还有什么？"

唐诗嫣然道："方壶帝国实际上是由大大小小两百多个公国组成的，一盘散沙。当你三山洲独立成国之后，我们瀛洲可以联合你们与蓬莱帝国，共同把方壶大陆瓜分掉，我想，你们的胃口再大，那时也该饱了吧？"

巴图和蒙战等人面面相觑，一时犹疑不定。

唐诗道："各位，完全重现昔日的三山帝国是不可能的。你们应该知道，五百年下来，各个大陆人口数量增加了将近一倍半，而且各国军力不断强大，犀利的武器不断出现，昔年凭着几头龙兽就能一扫天下的事情，再也不会出现了。当年天下各处，都是一盘散沙式的大小部落，徐福领着几头龙兽一路蹚下去，就能所向披靡，势如破竹。可这五百年来，我们三大陆越来越强大，而你们三山洲却在不断衰败。此消彼长之下，你们有什么能力带着那么多食量惊人的龙兽跨越大海去征战四方？不要再妄想一统四海了，那是不现实的。合作，我们各取所需。"

蒙战沉吟良久，沉声道："令尊能够同意？"

唐诗嫣然道："家父的胃口不大，他只想取代木下家族，成为瀛洲之皇，仅此而已。"

蒙战沉吟良久，道："那么我们现在要怎么做？"

唐诗道："跟我一起，前往徐家堡，当面承认杨瀚三山之王的身份，你们这边要迅速统一，同时牵制木下的大军，我父亲会在合适的时候发动，到那时候，就算外界全都知道了杨氏后裔重现三山的消息，你们也进可攻、退可守，不必遮遮掩掩了。"

巴图粗声大气道："嘿！你跟我们去徐家堡，奉杨瀚为王？徐家会同意吗？"

唐诗叹了口气道："巴长老似乎忘了，杨瀚现在是我的人质，我要放了他，难不成徐家反而会出来阻止？巴长老更不要忘了，徐家如今能凌驾在你们诸部之上，就因为他们一直以三山后族自居，占据了道义大旗。"

巴图眼睛亮了："不错！我们率先表态，打他个措手不及，徐家除了跟着表态效忠，别无他法。除非，他们把自己树为三山诸部之敌，那么他们将什么都得不到，反要蚀一把米了。"

唐诗回过头去，看向徐家城堡的方向，幽幽道："我只担心，他们比我们预料的还要聪明很多，会率先向杨瀚效忠。若被他们抢了先机，很麻烦的……"

很快，徐震、徐天等六位长老出现在杨瀚的面前。巴家和蒙家的人想拦又不敢拦，只得急派一人去禀报家主。

蔡小菜和谭小谈知道她们的这个俘虏有些不同寻常，也不敢过于限制他的自由。

还是大屋席之上，此时阳光正好，隔着障子门，房中柔和而明朗的光线，把每个人的模样都映得清晰无比。

"殿下。自五百年前我三山帝国崩溃，我徐氏一直卧薪尝胆，期待皇室后裔归来。这五百年来，我徐家已拥有相当于三个祖地上关中之地的领土，人口三百余万……"

杨瀚见过这城堡的雄伟，但说实话，城堡里的人看上去并不多，跟临安比不了，跟建康也比不了，人口的稠密程度只与青城县相仿。

后来听谭小谈一讲，才知道这岛上农业不发达，大家多以狩猎和捕鱼为业，如此一来，人自然不会太过集中。

那临安城每天需要多少米粮从外地运入，以满足庞大人口的日常需要哇，这里的农业如此落后，自然严重限制了三山洲上城市的出现。

如今听徐震一讲，拥有三个关中之地，人口只有三百万，典型的地广人稀，就这样徐震还一脸的自豪，可见其他部落比徐家还要不如。

徐震道："如今，殿下终于来了！我徐家决定，交出全部地盘和人马，供殿下驱策，追随殿下，一统三山洲，重建三山帝国。"徐震说着，已是激动得老泪纵横。

杨瀚听了也不禁为之动容，这还真的是一来就有兵有钱有地盘哪，徐家经过这么短的时间就统一了内部思想，向他表态效忠了。

如此举动，要说杨瀚不为之感动，那是假的。可是，一个庞大的家族，经过几百年的发展，早不知更迭多少代了，他们的后人可以像先人一般那么忠诚？

忠诚是需要培养的，或因你强大的人格魅力，或因共同的利益，或因你与他们同生共死的感情，或是经过长久的教育，一代代耳濡目染，让他们把忠诚深植于内心。

而今的徐家，是因为最后一种？徐家后人，一代代传承着祖训？

杨瀚希望是这样，可他不敢那般单纯地全部寄望于此，因为他现在一个判断失误，可能结果就是死，杨瀚岂敢不提起十二分的小心。

三山世界最初只是一些大大小小的部落，有着最原始最简单的社会关系，后来徐福一统诸部落，实行的是大秦的中央集权和郡县制度，如此传承五百年，然后瓦解。三位重臣取而代之，分别建立了瀛洲帝国、方壶帝国、蓬莱帝国。又是五百年过去了，直到如今……

可以说，这个世界的格局一直就是这样，变化发展得太慢，有点儿像从三皇五帝到春秋时期一般，经过漫长岁月的发展，才会发生一次变化。

所以，这个世界没有祖地那么多的斗争经验，这些老狐狸心机再重，也只能体现在个人之间的博弈上。对于政权更迭、政治斗争，他们缺少太多的经验，对杨瀚而言，这大概是他比他们占据优势的地方。

不过，杨瀚也没有忘记在火药上吃瘪的事，那可是几十年前有人来到这个世界才让这个世界的人学到的东西。

既然每朝每代都有人偶尔来到这个世界，那么这个世界的人未必不会通过对这些人的了解，以间接的方法进行吸收和学习。

杨瀚只希望，既然这通往三山世界的入口在海上，而活跃于大海之上的人要么是海商，要么是渔民，这些人对于历史发展所知有限，他们能够告诉三山人的也有限，否则自己单枪匹马，想要反客为主，真的是太想当然了些。

杨瀚想着，脸上却是马上露出激动的神情，声音微微发颤道："徐家对我如此忠心，杨某感激莫名。想当初，我三山帝国，凌驾天下，那是何等威风！"

杨瀚从跪坐一下子站了起来，似乎很是激奋，实则只是不习惯跪坐，膝盖都有些疼了，趁机起身活动一下。只是他一站起来，徐震等人马上跟着一起站了起来。

这样一来，蔡小菜和谭小谈就有些尴尬了。她们本来是扶剑跪坐在杨瀚身后的，如果他突然向前一蹿，想逃到几案另一边的徐震一方去，便立即左右交击，挟剑而斩，取其性命。

可现在杨瀚站起来了，两位姑娘忙不迭也跟着站了起来，紧紧地跟在后面。

杨瀚大步走到障子门前，霍地一把将门拉开，灿烂的阳光顿时透射进来，后边的徐震等人下意识地眯起了眼睛。

障子门外，唐家的侍卫立即扶剑左右退了一步，避免挡了杨瀚的视线。

杨瀚指着远处一座似乎原本直插云霄，后来却被仙人一剑斩断似的平整断峰，激动道："我从祖先传下的五元神器中，看到了它当年的盛况。那高耸入云的承露仙人，还有云雾缭绕中仙宫一般的巍峨宫殿现在却成了一片废墟。五百年了呀，除了一些石头，什么都没剩下。那连绵不断的宫阙如今都荡然无存，令人痛心哪！"

徐天指着后窗，一脸尴尬道："殿下，忆祖山、咸阳殿在这边，那座山峰……喀喀，那是蒙家的山城。"

杨瀚老脸一红，好在他正迎着阳光，别人也看不见他的脸。"那不重要！重要的是，五百年了，我三山帝国竟然没落如斯，愧对祖宗，愧对先人哪！"杨瀚痛心地捶了捶自己的胸口，霍地转过身来，"三山必须一统。有徐家支持，我有把握一统我三山洲，开垦农田、兴旺工商、繁衍人口、壮大实力，然后，走出去……"

阳光之下，杨瀚的身体包裹了一层光芒，徐震看不清他的脸，但还是上前两步，长揖道："殿下，我徐家随时听候殿下驱策。殿下所指，就是我徐家将士讨伐之地。"

　　徐震表了个忠心，旋即道："当务之急，有三件事需要做，希望殿下能够应允。"

　　杨瀚心中打了个突儿，暗道："条件终于来了，这才合理。要不然总觉得不托底呀。他肯提条件，我用着才放心。"

　　杨瀚想着，不动声色地问道："哪三件事？"

　　徐天欠身道："这第一件事，殿下归来，不能没有名分。殿下可先称王，以号令诸侯。"

　　杨瀚胸口顿时一阵气血上涌，他本是建康城桃叶渡的一个街道司小差役呀，这才一眨眼的工夫，就有了相当于三个关中的庞大领土，有了三百万子民，还能称王了。

　　这……真如做梦一般。

　　杨瀚强抑激动，沉声说道："可。"

　　徐下拱手道："这第二件事，依我三山祖制，杨氏为皇，徐氏为后，世代传承。今殿下归来，且已成年，既然称王，不能无后。我徐家徐诺，温柔和顺，仪态端庄，聪明贤淑，请殿下册立为后，从此杨徐一体，再叙无间。"

五十五　三山之王

　　杨瀚听了徐下的话，不禁沉默起来。

　　徐家几个兄弟盯着杨瀚，许久，徐震沉声道："殿下可有为难之处？"

　　杨瀚道："不瞒诸位，昨夜与我同来三山的那两个女子中有一人，早已与我定下终身。"

　　徐震松了口气，微笑道："原来如此，我还当是什么为难事呢，殿下称王称帝，妃嫔自不可少。不要说那两位姑娘中有一位与殿下定了终身，便是那两位都与殿下有私情，后宫中那么多位子，还怕容不下她们吗？"

　　杨瀚心道："你们说得容易，小青那性儿，岂是寻常女子可比的？"

　　眼见杨瀚依旧沉默，徐空不悦道："难不成，就因为那女子先与殿下有情，殿下就欲以后位相待不成？"

　　杨瀚道："这位长老说得差了，主要是我如今骤然变化，恐怕她一时不能适应，我总要见到她之后，给她一些时间接受才是。"

　　徐空双眉一挑道："我徐家可以交出一切，供殿下驱策，在殿下心中，尚不及博得美人一笑？若说美人，我家七七，未必就比那位姑娘差了。"

　　杨瀚忙道："长老息怒，你想，如果我今日能为了求得富贵而轻易弃之不理，难道来日就不能因为已然富贵而弃你们于不顾吗？"

　　徐震呵呵笑道："殿下有情有义，徐某替我家七七高兴得很。只是，国与家是两个不同的事情，殿下此言，未免有些诡辩了。"

　　杨瀚乜视着他道："此话怎讲？"

　　徐震上前两步，沉声道："如果殿下连儿女之事也如此优柔寡断，何以谋天下？殿下，徐某知道，如果我徐家忠心于殿下，为殿下冲锋陷阵，打下一座大大的江山，殿下定然不吝赏赐。可是，殿下若不能立为我徐氏之女为后，徐某以什么理由去说服三百万徐家子民去为殿下抛头颅、洒热血？我该告诉他们为谁而战？为何而战？值不值得为殿下而战呢？"

大厅之上，徐震声音铿锵，隐隐有金石之音，徐天、徐空等人齐齐露出愤懑之色。

蔡小菜和谭小谈眼睁睁地瞧着，心中好不着急，可是，她们两个说到底只是两个侍女而已，如何插得上嘴，只能暗暗心急。

唐诗走的时候预料徐家在为家主办丧事，不可能太早与杨瀚进行接触，至少不会马上进入实质性的谈判。

谁料，她虽未看轻过徐诺，终究还是对她估量不足，大抵是因为徐诺兄长在世时，虽然也是徐诺在幕后出谋划策，可是毕竟不是她做主。再加上徐伯夷对唐诗有非分之想，妹子那里纵然有什么主张，经过徐伯夷的嘴再转述出来时也不会那般犀利，以致她现下失了先机。

不过，唐诗的反应也不可谓不快。唐诗与巴图、蒙战等各大家族长老已经赶到了徐家堡。唐诗换了一身男装，混在几位长老的侍卫当中，此时正站在那巍峨壮观的城门之下。

吊桥放下，腰系孝带、一身浅素，仿佛一朵新雨梨花般的徐诺已经袅袅娜娜地迎了上来。

"想不到各位长老这么早就赶来为我亡兄吊唁，我本想三日之后再向各位长老发出讣告的。各位长老隆情厚意，一至于斯，徐诺代表我徐家感激不尽。"

蒙战、巴图率先过桥，风风火火地赶到徐诺面前，还不等性急的巴图开口说出要见杨瀚的话来，徐诺已经抢先一步，悲悲切切地开了口。

巴图呆了一呆，下意识地向蒙战看去。

蒙战眉头一皱，又缓缓展开，向徐诺拱了拱手，叹息道："伯夷世侄英年早逝，我们这些老家伙都为他痛心得很。徐姑娘，你要节哀顺变哪。"

徐诺凄然点头，微微侧身，肃然道："各位都是亡兄的长辈，灵前上一炷香就好，这边请。"

蒙战扭头看了看，只好捏着鼻子跟了上去。巴图一瞧老蒙都跟着走了，也只好跟了上去。

一群人本是为了杨瀚而来，结果半道被徐诺截住，给她哥哥吊唁去了。偏生几家虽然关系不好，可是存在着外部强大压力的情况下，又要彼此扶持，所以从不曾闹翻，这时又不能否认。

唐诗跟在后边，混在侍卫群中，瞟着徐诺背影，心中暗道："这丫头居然以这种理由拦人，这样子能拦多久？不对，恐怕她已经对杨瀚出手了，她是在拖延时间，她正在逼杨瀚表态？"

这样一想，唐诗顿时心急如焚，恨不得立刻插翅飞回泽衍园。泽衍园内是由她的侍卫把守的，再有巴图、蒙战等人的侍卫掩护，她随时可以换回服装，挽回局面。

只要杨瀚还在她的手中，她相信就还有机会。

可现在，四下里那么多徐家的人跟着，哪里脱得了身？

眼看到了灵堂所在，唐诗只盼几位长老快快上香，早早了结了此事。却不想，又有几个孝童抬了书案和文房四宝来摆在他们的面前。

徐诺道："各位论辈分都是家兄的长辈，照理说，长辈不必吊唁的。今日各位来，应当是以各家家主的身份，既如此，还请各位家主留下挽联。蒙伯父，请！"

蒙战的唇角抽搐了几下，终于相信了唐诗先前所言："你们一直忽略了徐家的徐诺，徐家真正的话事人其实是她，而不是徐伯夷。论智慧论胸襟，徐伯夷连给她提鞋都不配。"

蒙战只好硬着头皮走上去，马上就有两个小孝童扯开宣纸，递上毛笔，蒙战挥毫写下"悲声难挽流云住 哭音相随野鹤飞"。

蒙战写罢，搁笔退到一边。巴图见了，只好也暗自苦笑地上前，写了一副"音容宛在 浩气常存"。匆匆写就，退到一边时，巴图瞟了一眼，倒是有了个意外发现："咦？老夫虽比蒙战那老匹夫粗鲁一些，可老夫的字比他写得好啊。"

接着苏长老向前，题了一句"鹤驾已随云影杳 鹃声犹带月光寒"。

这些长老都是自幼读书的，要写几副不重样的挽联自然轻而易举。苏长老之后是李长老，众人依次上前，唐诗按着刀站在随从群中，急得额头的汗都要淌下来了。

等众人都写完了，又来了一个颤巍巍的老人家，一人三炷香，挨个发放……

泽衍园，鸿轩堂上，杨瀚沉默良久，缓缓道："诸位长老所言不无道理，是我只顾儿女情长，让各位长老见笑了。"

杨瀚颇为诚恳地向徐氏几个兄弟行了个罗圈揖，又道："只是这立后，是否该放在三山洲一统之后哇？"

他看看众人，苦笑道："如今称王，只能勉强算是个草头王，而且不能让三大帝国知道，藏头遮尾的，我不甘心。立后，帝后一体，上承宗庙，下衍子嗣，同样是非同小可的大事。我不想……这一件件大事都草草了事。"

徐空一听，顿时喜上眉梢，他们要的本来就是先定名分，但人是不会现在就嫁过去的，不然的话，一旦这小子徒有其表，连个三山洲都统一不了，那岂不是赔了夫人又折兵？只是确定名分，先不举办婚礼，也不册后，一旦他失败了，徐家就还有机会挣扎出来，免得给他陪了葬。本来正愁该如何提出这样的想法，他自己主动提出来那是再好不过。

只是几个兄弟中，当由二哥徐震做主，徐空却不好贸然答应，遂向徐震望去。此时，正有一个徐家侍卫贴着徐震的耳朵，告知巴图、蒙战等人赶到，已被小姐劫去灵堂拜祭的消息。

徐震听得心中一跳，面上却是不动声色，挥手屏退了那个侍卫，这才上前两步，向杨瀚长长一揖。

徐震直起腰来，向杨瀚微笑道："殿下说的是，待三山洲一统，殿下再隆重举办婚礼，于我徐家而言，也是无上的体面，我等自然同意。只是，这名分需要先明确下来，通报诸侯。"

杨瀚点头道："那是自然。还有第三条，又是什么？"

徐震肃然道："我三山皇朝有四鸣音功、五元神器，一直以来，皇室掌握五元神器，徐家掌握四鸣音功，相辅相佐，五百年江山太平无事。直至四鸣音功、五元神器俱都掌握于皇帝一人之手，遂生剧变，我们希望，此后仍然恢复祖制，神器与音功由杨徐两家分别掌握，相互呼应。这样，纵然有人作乱，也难免顾此失彼，不至于让他们只要控制了天子一人，便能决定我朝的命运，不知殿下以为如何？"

杨瀚心中怦然一跳，原来真正的条件是这个。四鸣音功、五元神器，只要得到其中一样，就算在此之前供他驱策，为他牺牲无数人命，也是值得了。若不答应，杨瀚相信，徐家的人会不惜撕破脸皮把他勒为人质，幸好……五元神器落在其他部落手中。

在此之前，杨瀚一直觉得他自从到了三山，简直是倒霉透顶，自己摔个半死，又被绑为人质；白素和小青则落入他人之手，五元神器也被他人得去，自己空知使用之法。

此时杨瀚忽然觉得，老天爷其实是在帮他，一直都在帮他。否则就只眼下的局面，他就无法应付，将来最好的结果，也是与徐家相互制衡了。

杨瀚马上叹气道："四鸣音功，唉，现在只能称为三鸣音功了。因为，狮吼、虎啸、龙吟、凤鸣四音功中，凤鸣功早已失传了，我也不会。不过……"

杨瀚展颜微笑起来："你们对我忠心耿耿，只要你们能帮我夺回五元神器，我会马上把狮吼、虎啸和龙吟传授给你们，如何？"

徐家六兄弟忽然被他绕晕了，蔡小菜和谭小谈在一旁听着，也隐隐约约觉着不对劲。没错，当年皇族掌握五元神器，徐家掌握四鸣音功，现在杨瀚还是要如此，貌似没错呀，可是……好像哪里有些不对了？

众人一时都觉得有些不对，可又一时不曾绕过那个弯来，倒是谭小谈歪着头想想，率先想明白了，不禁脱口叫道："哎呀，不对！瀚哥儿，你是会四鸣音功的人，就算你把它教给徐家的人，你还是会四鸣音功，一样可以传给你的后人哪。那样的话，还谈什么制衡？"

杨瀚慢慢回过头，看了谭小谈一眼，这姑娘那么蠢，为什么唐诗姑娘还会把她留在身边呢？

徐震此时终于明白哪里不对劲了，他爽朗地一笑，道："哈！殿下真是太风趣了。不如这样，当年，是皇室掌握五元神器，徐氏掌握四鸣音功，如今咱们就颠倒过来，由我徐家掌握五元神器，殿下一族掌握四鸣音功，祖制是为了让杨徐两家相互扶持，休戚与共，我们这么做，也不算违背了祖制。不知殿下以为如何？"

杨瀚脸上微笑着，心里急急转着主意，却是马上做出一副欣欣然的模样，爽快地答应道："好！那五元神器已经落在巴家，只要你们能夺回来，便由徐家世代保管！"

"多谢大王！"

徐震双眉一展，袍袖左右一分，郑重地向杨瀚跪了下去。这一跪，才算是正式承认了杨瀚三山之王的身份。徐震身后五个兄弟，也不约而同地跟着一起跪了下去。

蔡小菜下意识地扶刀侧身以示避让，免得无端受人大礼，只有谭小谈大刺刺地站在杨瀚身后，扶着刀柄，翻着眼睛，努力地想："我刚刚是不是又说错话了？"

灵堂上众长老一一上香，祭过了徐伯夷，徐诺便引着众人到了白茅之庐。这是徐家堡的正堂，徐家议事的所在。

徐诺引他们来此，也是在委婉地向各大部落表示，从今往后，徐家就是以她为主了。

此前徐伯夷在时，也曾邀巴图、蒙战等人来徐家堡议过事，不过，这些人从未进过这白茅之庐，因为白茅二字，大有寓意。

春秋时期，天子分封诸侯，要用代表方位的五色土筑坛，按封地所在方向取一色土，包以白茅授之，作为受封者得以有国建社的象征。

徐家的议事堂命名为白茅之庐，接待贵宾的所在命名为泽衍园，隐隐然就透露了徐家的野心。白茅之庐，意味着他们徐家是授封于天圣杨家，杨家无后，他们就是理所当然的正统传承。至于招待贵宾的泽衍园，泽衍，你要泽衍于何人？贵为天子，才有泽衍天下、恩霖四方的能力，徐家何德何能？

所以，这些人以前到徐家，不管是因何而来，这白茅之庐绝不踏进一步，泽衍园绝不入住一晚，同样含蓄地把他们的态度表达得清清楚楚。

可今天，他们没有计较这些，这固然是因为他们想要讨论的事情太过重要，确实需要一个安全、安静的所在，而最重要的原因，还是因为杨瀚的出现。

杨氏后裔已现，徐家的这点儿小心思对他们而言就无关紧要了，根本懒得计较。

"七姑娘，令兄刚刚过世，此时此刻本不应谈及此事。可是此事关乎我三山洲安危，干系太过重大，时间紧迫，不能不谈，因此，我等只能冒昧了。"

众人一入座，蒙战马上就开了口，连这以前从未踏进一步的白茅之庐也未顾得上多打量几眼。言语之间，他对徐诺已隐隐有了一丝对待一家之主的敬意，而不再把她当成一个小姑娘，用一种居高临下的态度对待。

"我三山诸部都希望自己的部落能够更加强大，但归根究底，靠着我们自身的力量，这一目标不可实现。我们在三大帝国的压迫之下，这许多年来，农垦荒废，大舰销毁，又不得蓄养重兵，哪还有机会？"

李家长老道："而今，杨氏后裔从天而降，这是我们唯一的机会，可同时，也是我们最大的危机。"

蒙战诚恳道："不错，一旦杨氏后裔出现的消息被三大帝国获悉，他们会迅速派遣强大的水师抵达三山洲，那时候，我们除非交出杨氏后裔和五元神器，否则，立即就是灭顶之灾。"

苏长老叹息道："可是我们甘心这么做吗？如果这个时候我们还是各怀心机，那就错失了良机。等到大军压境，我们必然是鸡飞蛋打，一场空。"

巴图粗声大气道："七七侄女，你是聪明人，咱就直说了吧，你手里有杨氏后裔，可我们手里也有五元神器，咱们得联起手来，才能重振三山洲，至于各家该得的好处，蒙老弟，你说！"

蒙战道："咱们各部落原本争的是什么？不过是在三山诸部中，谁说话更管用，谁家能多占几亩良田，而今我们有重新崛起为一方强大帝国的机会，如果还去计较那点儿争执，就是一个天大的笑话。"

徐诺柔声道："那么蒙战长老的意思呢？"

蒙战强调道："不是我的意思，而是我等诸部的意思。我们应该立即放下彼此的成见，携起手来，精诚合作，奉杨氏后裔为王，迅速一统三山。"

李长老补充道："这五百年来，已经有太多部落忘却了本心，纵然知道天圣杨氏再现，他们也不会臣服，我们得打到他服。如果我们这时还要尔虞我诈，不等收服诸部，三大帝国的战舰就要光临了。"

此时的三山洲，就如分崩离析之后的蒙古帝国。这时的杨瀚，就像是黄金家族后裔，因为他自身没有实力，所以并无人真心臣服于他，可他的先祖所创造的辉煌，又是被所有部落敬仰、钦佩的。

所以，就算他没有四鸣音功、五元神器，他代表的道统，也是被各个强大势力所看重的，谁占据了这个道统，谁在与其他诸部争锋时，就占据了道义上的优势，可以赢得许多中小部落的归附与支持。

当然，杨瀚的四鸣音功、五元神器有着实质上的作用。这就使得杨瀚虽只一人，旁人也不得不把他当作一方势力平等看待，不敢把他完全视为一个傀儡。

徐诺叹息道："现在就有一个大危机在呢。唐家的唐诗就在岛上，她是知道杨氏后裔再现的消息的。我们该拿她如何是好？"

徐诺看了看蒙战等人："如果她从此音讯皆无，瀛洲上将军唐傲定然不会善罢甘休。可若是放她离开，杨氏后裔重现的消息就会被外人知道了。"

蒙战道："七姑娘说的是。那么，我们何如把这个外人变成自己人呢？"

徐诺凝视着蒙战，蒙战道："唐诗姑娘来三山洲，联络你徐家，第一步，是想支持你们徐家成为三山首领。第二步，他们唐家想做什么？"

徐诺微微眯了眯眼睛，突然扬声道："唐诗姐姐，你在吗？"

蒙战惊了一惊，自己就只说了这么一句话，徐诺就知道唐诗已经与他们取得了联系？还知道她跟他们在一起？

侍卫群中，唐诗毫不惊讶，向前走出几步，微笑道："七七妹子果然冰雪聪明。"

徐诺看了她一眼，道："唐诗姐姐好本事。"

唐诗嫣然道："鸡鸣狗盗之术，不值一提。"

徐诺看了看唐诗，又看看蒙战和巴图等人，道："唐家姐姐既然已与巴长老、蒙长老见过面了，不知你们商议的结果如何。"

唐诗缓步上前，微笑道："若无杨氏后人出现，诸位所争的，不过是这三山洲上谁做老大的问题。如今既然有了杨氏后人，大家要争的就该是这三山洲、瀛洲、方壶洲、蓬莱洲今后的格局问题。我们较之三大帝国都是弱者，何如拧成一股绳，共谋之？"

徐诺凝视着唐诗，微笑道："唐家姐姐连夜潜出泽衍园，就是为了与巴图、蒙战等诸位长老议定此事？"

"不错！"

唐诗眼都不眨，仿佛先前去见六曲楼主人的根本不是她。唐诗慨然道："这件事，不是一家一姓所能承担的，我唐家希望能与三山诸部精诚合作。"

徐诺盯着唐诗，道："你能做得了令尊的主？"

唐诗道："不能！不过，这种对我唐家有百利而无一害的事，我想不出家父有任何理由拒绝。"

唐诗望着徐诺，很诚恳道："所以，既然七七妹子信不过我，唐诗愿意留在瀚殿下身边作为人质，七七妹子可以派人与我的侍卫一同返回瀛洲，向家父说明共盟之事。但是……"唐诗转向众长老，"事情不能再拖了，兵贵神速，这边得马上行动起来，你们凝结的实力越强大，家父那边就越没有理由拒绝，一旦三大帝国获悉消息，你们自保的力量也就越强大。我相信，这个对各位有百利而无一害的主张，大家都不会反对的。"

唐诗很巧妙地把她留在杨瀚身边做"人质"的条件融进了整段话里，迅速转移了大家的注意力，在座众人一时间都忽略了这个细节，巴图率先道："我同意！"

蒙战沉声道："我同意！"

苏、李等几位部落长老相继表态，徐诺看看众人，轻轻点头："好！我也同意。"

奉杨瀚为王，迅速一统三山诸部，协助唐家推翻瀛洲皇室，再联合蓬莱帝国，瓜分撕裂位于其间的方壶帝国的大计，就此确定了，三山史称"茅庐之约"。

杨瀚在泽衍园中再度见到了徐诺，还有唐诗、巴图、蒙战等人，此时这些人各自代表着一方势力，而这些势力显然是要以杨瀚为纽带，开始逐鹿之战了。

杨瀚跪坐在上首，看着肃然跪坐于面前的众人，虽然他才过来没多久，可是再想起曾经的一切，临安、建康，仿佛一梦。

从现在起，他将不得不为了生存而战，不得不扛起三山杨氏的责任了。人在江湖，身不由己。他能做的，就是尽量地利用自己的优势去主导这一切，才不至于随波逐流，沦为傀儡。

"吾等，三山徐家、三山巴家、三山蒙家、三山苏家、三山李家……愿奉瀚殿下为王，助殿下一统三山世界。"

唐诗和蔡小菜、谭小谈站在一旁，她们亲眼见证了这场简陋而庄严的仪式，亲眼见证了天圣杨家复兴的第一幕。

"殿下，时间紧迫，但是再简陋，也需一个称王的仪式，我等需回去各自有所准备，有些住处较远但也忠于殿下的部落，还需派人前来，所以称王之期，定在七天之后。"

"这个你们来操办就好。我们要一统三山，必须得在一段时间内不能叫三大帝国得到消息，这件事，你们可有把握封锁住？"

徐诺沉声道："这件事请殿下放心交给我们徐家来办。我有把握，不让消息传出三山。"

杨瀚深深地凝视了徐诺一眼，徐家若有能力封锁三山洲的消息，那是不是也就意味着，其实徐家有很大的力量可以控制整个三山洲？只是他们的獠牙一直深藏着不曾探出来？

蒙战道："上个月，三大帝国联查团刚刚来过三山，要到明年这时，才会再派人来。官方的联系上，我们控制得住。只是，商贾往来怎么办？还有诸多的部落，如果有人知道了消息，且想泄露出去……"

徐诺淡淡道："家兄是被人刺杀的，刺客杀人后就逃之夭夭，下落不明了。我徐家封锁三山，查缉凶手，不许人擅自进出，这个理由，应该能诓得一时，为殿下争取时间。"

蒙战微露恍然之色，不错，这倒是个说得过去的好理由。

唐诗适时地插口道："还有我们唐家，一旦达成联盟，我们唐家也会帮忙，短时间内隐瞒消息，不是问题。"

杨瀚轻轻点了点头，蒙战道："还有一事，我等既然达成协议，共同奉瀚殿下为王，殿下今后该常驻何方呢？你们徐家是后族……"

蒙战看了眼徐诺，微笑道："而且瀚殿下已经答应册立七姑娘你为王后了，殿下再住在你们这里，只怕不妥。不如迎去我蒙家如何？"

徐诺脸微微一红，她再大方，当着未来的夫婿被人说起这个，总有些不好意思的。

不过在这件事上，她可不想相让，徐诺启齿一笑，道："欲行大事，何拘小节？殿下的居所，须得绝对安全。这三山洲上还有比我徐家堡更具铜墙铁壁的所在吗？我徐家已决定将一切交给殿下，这徐家堡，当然也要改一个称呼，可以作为殿下的王城。"

巴图大声道："我等现在应该一致对外，若是这时候还彼此戒备着，还谈什么精诚合作？你们两位也不必争了，若是对彼此都不放心，殿下可以去我巴家，我巴家居处险要，一夫当关，万夫莫开，定可保殿下无恙。"

唐诗冷眼旁观，心中暗暗冷笑。她就知道，这些人之间的隔阂不会那么容易就解决。这也是她放心与三山洲合作的原因，待来日她的父亲取瀛洲皇室而代之，那就是一国之主，而三山洲，纵然有杨瀚在，只怕也是一盘散沙。

能够役使龙兽，确实非常厉害。可是，当年的三山皇室拥有龙兽这等战争利器，还不是一夕之间土崩瓦解？

唐诗从不觉得有了这样的本事就能无往而不利。再强大的堡垒，只要内部出了问题，一样会顷刻间崩塌。

"你们不要争了，我不留在徐家，我也不去蒙家、巴家。"杨瀚一锤定音道，"我去咸阳宫住！"

苏长老呆了一呆，失声道："殿下，咸阳宫……早已不复存在了。"

杨瀚道："我的人在，咸阳宫就在。那宫殿不复存在，总有一天，我们可以再建起来。"

他望向前方，目光有些悠远："你们都不曾见过那真正的咸阳宫是如何恢宏，但我见过，总有一天，它会在我的手中重新建立起来。现在它只是一处茅屋，正好可以激励我卧薪尝胆。"

徐诺和蒙战等人对视了一眼，只微微一转念，便齐齐俯首道："臣等遵命！"

明日杨瀚就要移驻咸阳宫，并且前往巴氏、蒙氏等部落视察。而今晚，各部长老不约而同地留在了泽衍园。

共同辅佐杨瀚重建三山，这个大政方针已经确立下来，可是各部落具体都要做些什么，拿出些什么，换取些什么，这些事依然要由各部落进行更详细的谈判。

摆在台面上的决定，永远都是暗中博弈之后确定的，这个过程才是至关重要的。

唐诗是不能参与这些不宜为外人所知的事情的，所以她的客居堂屋中，此刻就只有她和蔡小菜、谭小谈两个心腹，三人喝着清茶。

唐诗呷了口茶，这茶微带苦意，比起瀛洲京都的茶实在是差远了："我已经和徐诺谈妥了，徐家希望在杨瀚称王册后之后，再派人前往瀛洲，所以，小菜呀，到时候你跟他们的人一起回去，把此间的事情详细禀明我的父亲。"

蔡小菜顿首道："是！小姐昨夜潜出，没有得到六曲楼的帮助吗？"

唐诗微笑道："六曲楼的消息，应该已经送出去了。"

谭小谈松了口气，道："既如此，小菜姐晚回去几天也不打紧了。"

唐诗摇头道："不然！木下亲王一直对我父亲怀有戒心，在他步步紧逼之下，家父迫不得已，已经想要抢先动手了。"

唐诗看了看蔡小菜和谭小谈："其实……这次父亲派我来与徐伯夷接洽的真正目的，是希望他马上出兵，牵制木下亲王。只要徐伯夷答应，宁可将我嫁入徐家，不然，你以为他徐伯夷敢对我那般放肆？"唐诗冷笑，"他那时，已把我当成他的妻子了！"

谭小谈动容道："大将军这么着急，难不成准备马上动手了？"

唐诗点了点头："不错！木下亲王正与几位大权在握的将军频繁接触，恐生异变。父亲担心错失一招，步步皆错，所以本打算趁木下亲王回京参加昏君的寿诞这个机会发动兵变，把他们一网打尽。可是那昏君虽然无道，国力尚未衰微，民心也尚未丧尽，木下亲王手中更有三十万百战精兵，不容小觑，尤其是京畿地区的卫戍部队大部分还是忠于皇室的。"

唐诗苦笑了一声，幽幽道："家父虽然苦心经营了多年，如今也只是掺了些沙子进去，对京畿卫戍部队还未达到有效的控制，这时发作，成功的把握实在不大。"

谭小谈目光一闪，脱口道："如今三山洲出了这样的大事，等于为大将军争取了时间。木下亲王一旦知道，针对的就不是似乎有反意的大将军，而是实实在在来自于三山洲的威胁了。"

唐诗颔首道："不错！所以，我通过六曲楼主送回的消息只有八个字：'偃武息戈，静待机变！'家父看了一定会明白，我这么说必然有重大变故，可是不让他知道究竟发生了什么事，他纵然等待，也不会太久。"

唐诗说到这里，冷笑一声，又道："六曲楼的确是神通广大，但我信不过他们，杨氏后裔出现的消息，纵然是用了我唐家独门的保密手段，我也不敢在书信中明言，所以还是要等小菜回去，详细禀报于我父亲。"

谭小谈摸着胸口，苦起小脸道："既然如此，我和小姐就得等大将军获悉消息，再与这个杨瀚达成协议才能回去了？"

唐诗睨了她一眼，道："怎么？"

谭小谈呻吟似的道："人家好想念我们京城的铁炉油馍、油泼米皮呀，在这儿整天的不是海产就是兽肉，主食就只有稻米。可怜我的胃呀……"

唐诗板着脸道："等父亲的消息送来，我就会回去，而你，还是要留下来，作为我唐家和杨瀚之间的联络人。你要留在他的身边，给我盯紧了他，这个人对我们的作用很大。"

谭小谈摸着胸口的手一下子停下了，呆滞半晌，突然直起腰来，一脸忠心道："大小姐，我不怕辛苦的，不如七天之后，就让我回京都去见大将军吧，这儿交给小蔡姐姐好了。"

唐诗淡淡地瞟了她一眼，道："小菜没你心眼多，也没你会装模作样，你留下，给我看住那个杨瀚。"

蔡小菜捂住嘴笑，向谭小谈飞了一个媚眼。谭小谈捂紧了胸口，痛苦地呻吟道："大小姐，我会饿死在这里的。"

唐诗推开窗子向外望去，一轮明月已经升起，夜色笼罩了大地。

唐诗喃喃道："杨氏重现，三山将出现大变局，这个杨瀚在这场变局之中至关紧要。只是不晓得，他能走多远。"

一只飞蛾在唐诗开窗之后立即飞了进来，扑向桌上那盏灯，可还不等那飞蛾敛翅落在灯上，谭小谈正抚胸的手就微微一抬，指间瞬时出现一抹毫光，那是一根闪着蓝光的牛毛针。

　　针尖儿一闪，精准地刺穿了飞蛾的身体，还不等那飞蛾的尸体落地，谭小谈指尖儿的针已不见了踪影。谭小谈重新抚着胸口，愁眉苦脸、有气无力道："我想吃面，我好想吃一口面……"

　　蒙家岭上，一身靛青色劲装的白素收拾停当，向小青打了个手势。小青一点头，纵身就跃上了屋脊。趁着暗中盯梢的人下意识地往屋脊上抬眼的工夫，白素像只狸猫似的，一翻身就滚过后窗，没入夜色。

五十六　天选之子

"小青姑娘？"守卫看清了出现在屋脊上的人，急忙放低了手中的弩弓，扬声问道，"小青姑娘这是做什么？"

小青负手站在屋脊上，笑道："我还从未见过三山世界的夜空，故而登高一望。"

小青说完，在屋脊上缓缓而行，朗声吟道："众星罗列夜明深，岩点孤灯月未沉。圆满光华不磨镜，挂在青天是我心。"

屋下十几个守卫面面相觑，有些哭笑不得。人家姑娘诗兴大发，想到房顶上溜达溜达，貌似也不是什么很了不起的事情，大家也只好眼睁睁地看着，不好再说什么。

白素趁着这机会，飞快地贴伏到了陡峭的后山崖上。

小青剑术无双，习自大唐剑圣，只是以前因为精于异术，而唯一的对手也精于异术，这种凡人之间最上乘的剑术在异术面前并不算得，所以钻研得不深。

而白素不同，白素当时的异能只有两种，一是治愈，二是雾化。可雾化之后要迅速脱离敌人，依然需要她自己的努力，所以她对轻身术十分精通。

纵然她没有对轻身术下十分的苦功，经历了漫长岁月的浸淫，也有十分深厚的功底了。

更何况当发现习练轻身提纵术可以瘦腿，可以翘臀，白素姑娘就练得很勤了，她是把这门功夫当成塑体术练的，功夫也因此日渐精深。

白素的轻身功夫学自传奇游侠空空儿。她曾三次用异术治愈过空空儿，用救命之恩换来了空空儿冠绝天下的轻身提纵术。而今，却是她第一次在这样的环境中使出来。

挂立在陡峭的崖壁上，罡风呼啸中，稍有不慎就是粉身碎骨的结局，一仰头只看见满天繁星，除此之外一无所见的白素没有一丝紧张恐惧，却觉得异常兴奋刺激。

她没有动用飞爪，就用双手双脚的力量，利用崖石间不起眼的突起和缝隙，像一只灵巧的猴子，在山崖间跳跃、攀爬、滑行，那种灵动机敏，便是世上最高明的攀岩家见了，都要自愧不如。

近一个时辰后，白素抵达了山底，抬头看看，她在山底捡起一块石头，在长满青苔的崖壁上画出了一个只有她和小青才明白其中意义的符号，然后就像乳燕一样快乐地投入了夜色当中。

白天在山顶观察，居高临下的，她已经看清了这山底地势，她知道向前行去，将是一个海湾，海湾边虽有起伏不定的岩石，但那里是没有人的，要从那里离开，非常安全。

只是，从山上望下去简单，真走起来她才发现这段路并不短。用了很长时间，白素终于听到了一起一伏的涛声，抬眼向前一看，却是黑漆漆的，根本看不清海面。

今夜有星，无月。

嗅了嗅那潮湿的海腥味，白素再次捡起一块石头给小青留下了记号，便依着白天的记忆辨识了一下方向飞奔过去。一路上虽然都是高大的、光滑湿润的岩石，却丝毫影响不了她的速度。

徐诺和众长老们的议事结束了，此时已经过了三更，他们各自赶回住处，并没有惊扰杨瀚休息。

一座小楼上，唐诗负手站在窗前，房中没有点灯，所以与夜色浑然一体，她能看得清院落中散向各处房舍的众人，众人纵然抬头细辨，却也很难看得清她。

蔡小菜和谭小谈就站在她左右，看着远处廊下一身素衫、姗姗而行的徐诺。

灯下美人如玉，仿佛一朵静静绽开的昙花。

徐诺走着，忽然抬头向唐诗的窗口看了一眼，但唐诗一动未动，徐诺不可能看见她，徐诺只是知道她禁在这里，这是自然而然的一种反应。

蔡小菜叹息道："小姐，我们要和徐诺争，只怕争不过呢，弄不好，就为这位七七姑娘做了嫁衣。"

唐诗负手不动，只是望着渐渐远去的徐诺，问道："此话怎讲？"

蔡小菜道："徐姑娘有整个徐家做嫁妆，本人又是这般美丽。她与杨瀚可以朝夕相处，有近水楼台之便，我们拿什么和她争啊？"

唐诗忍不住微微侧了肩，乜视着蔡小菜："我们争什么？争男人吗？"

蔡小菜呆了一呆，道："啊？我是……我觉得……"

谭小谈忍俊不禁地笑道："小菜姐姐，徐诺正因为有整个徐家做她的后盾，才是阻碍她接近杨瀚的大麻烦呢，那杨瀚一接触就知道，不是个没心机的蠢蛋，你说他对徐姑娘会不会心怀忌惮？美色纵然迷得了他一时，能一直让他迷恋下去吗？夏桀根本不曾为妹喜建酒池肉林，商纣也不是为妲己而建鹿台，周幽王为博褒姒一笑烽火戏诸侯的故事更是毫无逻辑的鬼话，只有傻瓜才信。再说了……"

谭小谈看了看蔡小菜，叹息道："我们要的是杨瀚可以给予我们的帮助。其实他并不是最好的人选，徐伯夷才是最合适的人选，既可以帮到我们徐家，事了之后要摆脱他也容易，这个杨瀚，与他合盟，的确有养虎之患。"

唐诗哼了一声，对蔡小菜道："多跟小谈学着点儿，你呀，看着精明，一脑袋的糨糊。"

蔡小菜扁了扁嘴，没再说话。

唐诗淡淡道："我看中杨瀚的，是他能给我们唐家带来的帮助。等我们得到我们各自想要的东西，也许那时就成了你死我活的对手。"

唐诗顿了一下，道："所以，小谈，你要牢牢地给我盯着他，盯紧了他，为了取得他的信任，你要忘记你是唐家的人，如果有人试图对他不利，哪怕是来自我们唐家，也要照杀不误，直到……我给你下令！"

谭小谈道："是！"

唐诗微笑道："男女之情，从来都不是稳固关系的根本。就算是升斗小民，也会因为利益纠纷、立场不同而分道扬镳。但男女之情，可以加速人与人之间的理解与信任，所以……"

唐诗转过身，看着谭小谈，微笑道："把他变成你的男人，这对你的任务很有帮助。"

谭小谈的目光闪烁了一下，就像深夜里烛花的一下跳动。

白素发现自己迷路了。

其实她的方向感很好，虽说在蒙家岭上居高临下看到的周围地势全貌，一旦身入其中，就很容易迷失方向，但是走南闯北去过无数地方的白素相信自己仍能准确地辨别方位。

但是她忽略了两点，一来，这是夜里。二来，这里的星辰不是她所熟悉的那个时空所能见到的星辰，所以指向作用完全消失了。

白素只能沿途做着记号，悄悄向前探索。既然已经迷路，她现在要做的就是离蒙家岭越远越好，这样一旦蒙家的人发现她逃走了，也来不及追到她。待到天明，她自然能凭借地势辨别出准确的方向。

白素独自一人，却并无惧怕之感，反而有一种飞出了牢笼的感觉。可是就在她享受着这黑暗中的寂静的时候，她突然发现了一点儿灯光。

就在这深沉的夜里，耳边响着一起一伏的涛声，一点儿灯光突然就出现在了眼前。

夜色太深了，那灯光散开来，就像被吸进了如墨的夜色中，只有那一盏灯，徐徐地飘移着。

白素立即提起了小心，却也同时加快了脚步，飞快地跟了上去。

白素追得近了，才发现那是一个提着灯笼的人，接着她又发现，提灯人背后似乎还跟着一个人，两个人都没说话，前边的人提灯照着脚下，后边的人紧跟着前边的人，一前一后，默默地前行。

白素悄悄跟了上去，在这深更半夜的时候，居然有这样两个诡秘的人出现，一定是有什么诡秘的事情。

前方两个人慢了下来，然后他们弯下腰，仿佛钻进了一个洞穴。白素停住脚步，抽出短刀，在旁边的树上留下记号，然后握着刀悄悄地蹑了上去。

这是一片探出海岸的悬崖，崖下怪石嶙峋，有浪涛拍岸，但是声音比外边大海上，则要轻微了许多。

白素摸黑走到刚才灯火消失处，这才看清眼前是一个洞口，洞口和周围的夜色些许的差异叫她辨认了出来。

这里居然有一个洞？

白素更加好奇了，她把刀刃贴着手腕，摆出一个随时可以出手御敌的姿势，悄悄钻了进去。

这洞不是天然的，悄悄伸手摸去，四下不是潮湿不平的岩壁，而是光滑温润的木板，白素虽然踮着脚，也能感觉出脚下不是坚实的地面，应该也是铺着地板。

什么人会在海浪掏空的崖石下边建造这么一个庞大的木屋？为什么里边一盏灯都没有？刚刚那两个人究竟是什么人，他们究竟要干什么？

白素越发地好奇了，她揣摩着前行，脚尖儿突然触到了什么东西，居然是台阶，白素摸索了一下，一面是板壁，一面有扶手，果然是一架梯子，白素立即矮了身，向上走去。

白素走到楼梯拐角处，正要继续摸索，忽然听见远处砰的一声响，白素顿时心中一紧："洞门被关闭了？"

紧跟着，她听到一阵吱吱嘎嘎的摩擦声，就好像是有人拖着什么大型器具从木屋外经过，摩擦着木屋墙壁造成的刮蹭碰撞声，以至于整座木屋都微微起伏摇晃起来。

白素立即坐了下来，她坐在石阶上，一手持着短刀，一手抓着栏杆，也不知过了多久，摩擦碰撞声没有了，但是木屋的起伏颠簸的感觉变得更剧烈了。

不对劲……

难道……难道这不是木屋，而是……

白素心中突然生起一个古怪的想法，她顾不得多想，立即摸索着楼梯栏杆向上爬去。

楼梯到了尽头，迎面是一面木板，白素把短刀叼在嘴里，双手在木板壁上摸索了一阵，居然摸到一个把手。

白素试着推了推，没动，又横着一拉，开了！

那不是板壁，那是一个障子门，障子门被她拉开，昏黄的灯光突然就映进了眼帘。

白素眯了眯眼睛，再睁大，然后……就看到一团"古怪之物"。

这是一个不大的屋子，桌上摆着一盏灯还有几盘酒菜。最重要的是，屋子里还有一个男人，一个没穿衣服的男人。

他湿漉漉的长发披散着，有着六块腹肌的健美壮硕的身子不着寸缕，坐在椅子上双手捧着一块肉正在张口大嚼。

白素顿时呆住了，小嘴缓缓张开，短刀吧嗒一声掉在了门槛上。

宋词刚刚撕下一大口肌肉条理分明的烤麋鹿肉，正想送入口中，就看到障子门开了，一个只看眼睛就已妩媚得一塌糊涂的劲装女子，在门口露出半个身子。

宋词也呆住了，他本以为这个密室里只有他一个人，他甚至以为这只船上根本就没有女人，眼前这人……是谁？

直到白素惊讶地张大了嘴巴，短刀掉到地板上发出声音，宋词才突然清醒过来。"糟糕！我没穿衣服！"

宋词一下子跳了起来，迅速冲到床边，一把抄过裤子，忙不迭地就往脚上套。

船首狭窄的空间内，两个黑袍人静静地坐在里边，面前一根铁管传来三长两短五声敲击，其中一个黑袍人沉声道："我们已经穿过了徐家的海上巡弋船舰范围，把船升起来。"

另一个黑袍人拿起一个小锤，在面前那根铁管上敲了三短两长五记敲击声，底舱六个赤膊大汉立即扳动开关，船体外侧的绞轮将悬挂在底舱外的巨大石块的绳索一一铰断，浑圆如茧的船体轰然一声跃上了水面。

船舱里，穿着犊鼻裤，裸着上身的宋词锵一声拔出短剑，紧张兮兮地指着白素："你是谁？你为什么在这里？"

可她还没等开口，船就突然从海面之下轰然升起，两个人都站立不稳，"哎哟"一声就向对方撞去。

半空中眼见那剑要刺中白素心口，宋词急忙甩手掷出短剑，被弹上半空的白素一把抱住了他，白素在上，宋词在下，一起跌到那张床上，砰的一声，床被压塌了。

船首，发号施令的黑衣人露出了一丝微笑，道："打开舱盖，升起船帆！我们去蓬莱帝国！"

杨瀚走进蒙家岭，马上就看到了摩肩接踵、挥袖如云的盛大场面。蒙战等人一脸错愕，显然眼前的一切并非出自他们事先的授意安排。

面前人头攒动，除了前方一条主路，似乎所有的道路都被人流堵塞了。爬在树上的，站在墙上的，连屋顶上都站满了人，整个蒙家岭的人似乎都聚集到这儿来了。

只这一座城，人山人海，有近乎十万人。

所有的人都是来看杨瀚的，他从祖地而来，他是三山皇室后裔，这些成了他身上笼罩的一层神秘而独有的光环，所有看着他的目光都透着新奇的意味。

杨瀚知道小青和白素就在蒙家岭上，他也急于见到她们，但是他知道不可操之过急，眼前这些人对他的未来至为关键。这些人都将是他的子民，是他复兴三山帝国的根本，他必须得用心经营才行。

杨瀚停住了脚步，缓缓举起了手，只是微微一扬，压抑许久的狂呼声便应势而起，山呼海啸一般，无数只手也学着他举了起来，仿佛一片突然升起的丛林。

杨瀚的心顿时定了下来，自从来到三山世界，了解到这里目前的状况，他就知道自己必须得步步思虑周详，才能一步步左右局势，而不是为人所掌控。

而这，不能依靠那些既得利益者，必须倚重自己。他真正可以倚靠的，是这些看起来微不足道的升斗小民，他们的合力就是一股可以摧毁一切的洪流。

昨夜，似乎早已睡下的杨瀚并没闲着，三山局势如此，他如履薄冰、如临深渊，他知道只有开局做好了，他才能避免成为一个功成之后就变成弃子的傀儡，被一杯毒酒了结余生。

三山帝国早已不复存在了，三山洲作为曾经的三山世界的中枢，现在已经破败，远远落后于它曾经的那些属地——现在的三大帝国，它现在甚至还要受制于三大帝国。

三山洲上的百姓生活十分清苦，这些各大部落的长老，作为三山洲的统治者，最操心的就是如何维护他们的统治，那他们能做些什么呢？

可以想见，这些部落为了避免人口流失，必然采取极端手段。其一就是设立港口，严格限制人员出入，严格封锁外界消息，不让三山洲百姓了解外界的发展。

想来，这也是徐诺敢说可以在相当长的一段时间内封锁他称王消息的原因，因为几百年来三山洲的这些部落一直都在干着禁绝内外消息的事情，他们现在只需要再加强些封锁力度就好。

第二则是愚民了。他们先封锁了外部世界发展的真实情况，叫三山洲百姓们耳聋目障，安心做那井底之蛙，甚至可能把外界描述得不堪入目。

第三步就是给三山洲一个期待的信仰，三山洲上有现成的可以凝聚人心的信仰，那就是曾经的三山帝国，曾经的三山帝国的强大与辉煌。

想来，似蒙家、巴家这些部落，曾经无数次对他们的百姓描述过当年的三山帝国是如何辉煌，作为三山帝国的嫡系子民享有何等高贵的地位和优渥的生活。他们也一定会告诉他们的子民，天圣杨家、皇室后裔，总有一天会破空归来。当他归来之日，三山洲百姓就可以跟着他重现往日的辉煌。

那时的各大部落根本不知道逃走的天圣杨家后裔还会不会回来，什么时候回来，所以杨家就成了可以放心使用的一件利器，他们一定会不遗余力地向百姓们宣扬杨氏的伟大。

这种信念一代代传承下来，每一个百姓从小耳濡目染，深刻于心，所以，今天见到他时那狂热的眼神、激动的泪水，就再正常不过了。

杨瀚已经看到蒙战等人有些不自在的神情，杨瀚知道，他除了四鸣音功、五元神器，还有一个迅速掌握主动的办法，不是掌握这些部落首领，而是最底层的百姓。

所以，他为今天与三山普通百姓的第一次亲密接触，精心准备了一个节目。这岭上的十万百姓，将从此成为他撒出的十万颗火种，燃烧整个三山洲。

杨瀚露出更加亲和的笑容，不失风度地再度挥挥手，举手投足间带着一种雍容华贵的姿态。他向前走了两步，高声问道："你们，知道我是谁吗？"

蒙家岭上，百姓激动得热泪盈眶，其中不乏胆子大些的，七嘴八舌地回答着，大抵都是"天圣杨家后人""你是太子"一类的话。

杨瀚笑了，高声道："不错！我是天圣杨家的后人，我，回来了！"

狂热的欢呼声中，杨瀚突然仰起头来，一声长啸。长啸龙吟不绝，突然沉重的踏地声响起，就像沉重的鼓声，砰砰地一下下击打着众人的心。

很快，在杨瀚等人的身后，那条笔直的通向山下的大道上，探出了一颗怪异的兽头。兽头之下连接的是仿佛巨蟒的脖子，它的身子在不断地向下延伸，直到四根巨柱似的粗腿承担着的肉山似的身躯全部出现在众人面前。

蒙家岭上顿时一片哗然，好在这是一只性情温和的长颈龙，虽然看着恐怖，可是岭上百姓也都知道它不会轻易伤害人类，所以大道两旁的百姓只是竭力向后退了退，生怕激怒了它，却没有尖叫逃跑。

那头昂着头，比两旁的屋舍楼房还要高出一大截的长颈龙不急不缓地，迈着大步腾腾腾地走到杨瀚身边，整个岭上顿时再度寂静下来，所有人都屏住了呼吸，看着那头巨龙。

巨龙缓缓低下了它长长的脖子，眼看着它硕大的鼻孔凑向杨瀚的后背，谭小谈心中突然生起一个荒诞的想法，那头龙兽不会突然咔嚓一下把他咬成两截吧？

长颈龙没有咬杨瀚，它只是低下头，在杨瀚身上用力嗅了嗅，然后用它的鼻子亲昵地拱了拱杨瀚，脖子俯得更低，与它庞大的身躯相比显得异常可笑的一双小眼睛眼巴巴地看着他。

杨瀚拍了拍它的脖子，长颈龙马上将它的头俯到了地面上，杨瀚一步踏了上去。长颈龙慢慢扬起了它的脖子，杨瀚稳稳地站在龙头上，被越送越高，渐渐成了在场所有人仰视的存在。

"稳住！这要摔下去可就神话不再了！"刚刚因为一声长啸有些头晕眼花的杨瀚暗暗警醒着自己，没有五元神器之助，这一声全靠肺活量的龙吟实在是吃力得很。

长颈龙的头最终把杨瀚定在了五丈高的空中，杨瀚徐徐伸手，挥了一挥。

他原来住在建康和临安，那都是繁华帝王之都，见惯了大人物的做派，此时模仿出一二来，那种庄严神圣之感哪是这些三山百姓所见过的。

此刻，他正站在一头巨大的龙兽头上，这个动作更是显得神圣无比。不知是谁激动得魂不附体，突然就跪了下去。

这个举动一下子引起了群体效应，很快整个蒙家岭上，远远近近、密密匝匝、道上房上，人们纷纷对杨瀚顶礼膜拜。

一瞬间，所有的人都屏息跪着，蒙家岭上鸦雀无声。在此之前，他们只有每年一度登忆祖山祭祖时才有一跪，这一刻，是他们平生第一次跪一个活人。

如此一幕，自然激荡起了他们内心的情绪，很多人泪流满面、号啕大哭。而这时最尴尬的就是跟随在杨瀚身后的一群人了，徐诺、徐震、蒙战、巴图、唐诗……他们要不要跪？已经有人用疑惑不解的目光望向他们，令每一个人都如芒在背。

徐诺眸中波光一敛，突然盈盈地跪了下去，虽然她是单膝下跪，但终究还是跪了。徐诺跪下的时候，蓦然发现身旁的唐诗也同时跪了下去。

徐诺讶然看了唐诗一眼，她又不是三山洲人，何须下跪？

唐诗似乎知道她在看着自己，也知道她有什么疑问。她单膝点地，垂眸做出一副谦卑的姿态，低声回答道："我跪的，不是他，而是大势，是气运。"

徐诺深深地望了唐诗一眼，眼中倏然掠过一丝忌惮。这头龙兽似乎早就等在岭下了，所以才能适时出现，杨瀚是什么时候做的安排？他又是怎么做出安排的？难不成是唐诗在帮他？她与杨瀚已经达成了一些不足为外人道的协议吗？

突然之间，徐诺有了深深的危机感。

二人这一跪，其他人更无法继续站下去了，没有人想成为众矢之的。蔡小菜发现所有人都跪下了，赶紧拉了谭小谈一把，两个人也匆匆跪倒。

谭小谈不情不愿地瞪着巨龙的脚趾，真想拔出毒针刺上一记，摔死那个臭屁烘烘的王八蛋。只是，她也清楚，她就算掏出一把毒针，怕也毒不死这头龙兽。

更重要的是，现在的杨瀚对唐家、对大小姐来说，用处比她大一千倍、一万倍，她可以随便死，杨瀚绝不能死。

龙头上，杨瀚高声道："我，是你们的王！现在，我回来了。我会带领你们，重振三山，务要使夷狄不敢小视神洲，乱臣贼子不敢窥测神器！我，是天选之子，三山之王！"

"万岁！万岁！万万岁！"排山倒海般狂热的欢呼声澎湃起来。蒙战等人单膝跪在地上，忽然觉得事态的发展已经渐渐超出他们的掌控了，但是他们毫无办法。

"两位姑娘就住在这里吗？"杨瀚停在一处院落前，扭头问蒙战。

一上蒙家岭，杨瀚就成了绝对的主角儿，狂热的民众跟随着他，连蒙战亲自出来命令众人退下，现场都无人听从了。直到杨瀚发了话，大家才停下脚步，恋恋不舍地目送他们离去。

长颈龙已被杨瀚命令回了山林。杨瀚懂得龙语，可以命令它，但只限在杨瀚的控制范围之内，一旦脱离，杨瀚也不知道它会干出些什么来，可是若时时以龙吟相召，没有五元神器佐助，杨瀚也受不了。

再者，这龙兽的体型太庞大了，虽说它能听从杨瀚驱使，可不代表它的智商突然就变高了，一个不小心，它可能就会踩死人，或把百姓的茅屋给毁了，这山城之中，不适合它久居。

驱赶长颈龙下山后，杨瀚问清白素和小青的居处，便径直往这边而来，到了院门口，侍卫守门长戟交叉，拦住了他的去路。

"我想见见小青和白素，一个人。"

杨瀚回过身，看着蒙战，脸上带着浅浅的微笑。蒙战也许穿得太厚，年纪大了，又跟着奔波这许久，额头已经沁出细密的汗珠。

他拾起袖子，拭了把额头的汗水，干笑道："殿下，不如我等陪同殿下前往，呵呵，徐姑娘和唐姑娘还没见过白素、小青两位姑娘呢。"

杨瀚叹了口气，道："蒙长老，你不明白，女人，麻烦哪。"

他看看众长老，摊了摊手，无奈道："你看，各位刚刚把我捧得这么高，威风凛凛哪，一会儿要是被一个姑娘拧着耳朵、踢了屁股，我难堪，各位也不好意思嘛。我得……去哄一哄啊。"

众长老听了都干笑起来，徐诺的脸色却有些不自在了。虽说她还没嫁呢，可是现在在场的谁不知道七日后杨瀚称王时就要册立她为王后，此时杨瀚却在说着与另一个女人如何恩爱。

笑得很愉快的只有一个人，唐诗。

唐诗甜甜地笑道："殿下真是个多情种子呢，很是怜香惜玉呀。我瀛洲风气不比方壶、蓬莱，也比不得三山洲，素来男尊女卑，唐诗感同身受，更加羡慕……那位小青姑娘。"

唐诗这么一说，徐诺的脸色更不好看了。

杨瀚深深地望了唐诗一眼，这位姑娘正一手拿着火钎子挑起木柴，一手拼命地拉着风箱，在那煽风点火呢。

杨瀚戏谑道："各位要奉我为王不是一句空话吧？我要凝聚三山人心，不树立威望如何办得到？如果我们这时候还在彼此戒备着，那不如早早散伙，免得招来灾殃，也不必思量什么谋国之举了。"

唐诗正色道："殿下说的是，我唐家可是诚心要与殿下合作的，小菜、小谈，你们两个还跟在殿下身边做什么？没眼力见的东西，赶紧滚过来，从现在起，对殿下，你们只有敬重，必须敬重！"

蔡小菜和谭小谈对视一眼，急忙回到唐诗身后。

徐诺迅速调整了情绪，浅浅笑道："我们候在外边，若叫旁人看见了，难免觉得奇怪，不如大家随殿下进园子，到了两位姑娘居处之所，大家止步就是了。"

杨瀚瞟了徐诺一眼，徐诺微微垂下眼眸，微露羞意道："人家也好奇两位妹妹的模样呢，今后总要朝夕相处的，如今见上一面，也不算唐突吧？"

杨瀚心思一转，正容道："徐姑娘说的是，是我思虑不周，实在抱歉了。"

徐诺浅浅笑道："殿下唤我徐姑娘，未免生分了。殿下叫我七七就好。"

杨瀚微笑道："七七？你是七夕那天生的？"

徐诺点点头。

杨瀚赞道："好日子！'纤云弄巧，飞星传恨，银汉迢迢暗度。金风玉露一相逢，便胜却人间无数。'好日子呀……"

杨瀚说完就向园中走去。蒙战急忙挥了挥手，示意蒙家的心腹侍卫让开道路。徐诺率先跟了上去，却又落后杨瀚半步，那情形，俨然就是帝后出巡的架势。

唐诗没有急于跟上，而是落在最后面，饶有兴致地看着杨瀚和徐诺的背影。

蔡小菜疑惑道："小姐，我有些不明白了，我们究竟是在跟徐家合作，还是在跟蒙、巴等长老合作呀？现在的情形，我怎么有些看不明白了呢？"

唐诗白了她一眼，道："这还看不明白？如今看来，这三山洲上，我们唯一的合作者，只能是这位殿下了。"

蔡小菜一听顿时吃了一惊，此前唐家秘密派小姐来三山洲，是要跟徐家合作，胁迫各大部落屈从的。后来杨瀚出现，他的人落在徐家，五元神器则落入巴家，唐诗马上又与巴图、蒙战等人接触。

蔡小菜以为小姐是想在徐家和以巴蒙为主的两大势力之间寻找一个平衡，此时一听唐诗竟把杨瀚捧到一个如此高的位置，自然十分惊讶。

唐诗摇头叹息道："三山洲虽然地大物博，却被这些三山遗老生生经营成了一座孤悬于海外的小岛。在这岛上几百年，他们只剩下重现往日辉煌的憧憬和野心了，却没有相应的胸襟与眼界。"

此时，杨瀚等人已经进了门，唐诗摆了摆手，带着蔡小菜和谭小谈跟了上去。

唐诗一边走，一边道："巴蒙两家论实力，巴家更强一些，但这两个人中，蒙战的心机更深一些。可今日，杨瀚愣是打了蒙战一个措手不及。这两个人玩不过他的。"

蔡小菜不敢置信道："他不是说他原本只是祖地上一个负责街道秩序的小差役吗？他有这么厉害？"

唐诗一边往园中深处走，一边微笑道："一个只有两名部下的小小亭长可以推翻气势如虹的大秦帝国，一个织席贩履小儿可以于乱世中夺得三分天下，英雄应运而生。"

蔡小菜黛眉蹙了起来，担心道："这小子有这么厉害吗？"

唐诗的目光落在了谦卑地落后杨瀚半步，却又亦步亦趋、姗姗相随的徐诺身上，微笑道："三山洲上，若说有人能与杨瀚棋逢对手，大概就是这位'金风玉露一相逢'的七七姑娘了。"

谭小谈忍不住插口道："小姐，若是如此，我们更要提防养虎为患。"

唐诗停住脚步，看向谭小谈，正色道："所以，你要记住，不惜一切代价取得他的信任。在我激活你之前，你要把自己完全当成他的人，从身到心！哪怕是他命令你向我递剑，也不要有一丝犹豫！"

谭小谈慢慢抬起头来，生平头一次如此直视着唐诗的眼睛，缓缓地点了点头。

锵——远处突然一声剑吟，唐诗和蔡小菜、谭小谈霍然扭过头去，就见一柄长剑冲霄而起，扶摇直上，在湛蓝的天空中曳出一道森然的毫光。

谭小谈失声道："掷剑术？世上真有如此工夫？"

唐诗凝视着那柄似欲穿云的长剑，唇边渐渐绽起一丝饶有兴趣的笑容："原配要给正室一个下马威了。一个正室，一个原配，棋逢对手，将遇良才。咱们有好戏看了！"

五十七　双子计划

　　小青确是在练剑，不过不是为了给徐诺一个下马威，她哪知道会有这些人来。她只是想多掩盖一会儿，避免被人发现白素离开的事，因而有意在已经起疑的侍卫们面前露上一手。

　　以前她有异能在身，杀伤力较之剑术更高，所以也没有特别在意这套剑法，此时施展出来，知道这是她今后赖以生存的重要技能，因而便用心揣摩了。

　　这个世界的人本来就是来自她原来的世界，在此繁衍生息。虽说在这过程中他们也经历了自己的发展，必然与本源的世界有所不同，但是不可能有太多的偏差。

　　而教她剑术的裴旻在她原来的世界曾经被誉为一代剑圣，换而言之，他的剑术在这个世界也应该是一等一的高超功夫，小青自然要重视起来。

　　最后这一手掷剑术，以剑圣裴旻的能力，可以掷剑冲霄数十丈，待其坠落时，能正好插剑入鞘，分毫不差，这不只是无双的臂力，也是精准的控制力与眼力的锻炼。

　　可是，如果这一剑不是掷向云霄，而是掷向前方的敌人，如果它的准头可以在数十丈外不偏离一个指头的宽度，那将如何？那是惊天一掷！乾坤一掷！威力惊人！

　　杨瀚和一大帮人踏入院落的时候，那剑正自空中落下，准确地插进了小青手中的剑鞘，惊得一众侍卫目瞪口呆，这等神乎奇技的功夫，在他们看来恐怕最高明的瀛洲武士也办不到。

　　"小青！"

　　"杨瀚！"

小青一见杨瀚，大喜地迎上来道："你没事啦？"

杨瀚道："一些小伤，并无大恙，也亏得徐家精心照料。"

小青看了眼蒙战、巴图等人，这些人她都已经认识了，站在前边的人中，只有一个徐诺是生面孔。

徐诺很漂亮，笑得也很柔美，可是不知道为什么，一瞧见她那对自己略带审视的眼神，小青心里马上不舒服起来。那是一种本能的反应，就像一只猫突然看到有只新的猫进了家门，正在窥视它的小窝。

小青看着徐诺，龇起一口小白牙，微笑问道："这位是……"

"徐家，徐诺。"徐诺微笑点头，不卑不亢。

小青恍然大悟："哦，原来你就是徐伯夷的妹子呀。"

小青马上走上前去，扶住她的手臂，内疚道："徐诺姑娘，请节哀顺变。令兄之死，实是瀚哥儿无心之失，唉，我当初就说，不要带那些阿堵物过来，结果……还望姑娘你不要见怪呀。"

徐诺脸色倏然一变，马上又变为浅浅的笑容，道："生死有命，富贵在天。这件事本就算不上殿下的过失，实是天意所为。我们徐家与杨氏素来休戚与共，自然分得清其中道理。"

小青道："哦！徐杨两家的渊源我是听瀚哥儿说过的。杨氏为帝，徐氏为后，世代联姻，休戚与共，那关系自然是密不可分的。"

徐诺眨了眨眼，看了看杨瀚，又看看小青，微笑道："殿下很信赖小青姑娘你呢，这么重要的事，他都毫无保留地对你说了。"

小青道："是呀，他跟我毕竟是同生共死的交情，有什么秘密会瞒我呢？比如说，五百年前，三山帝国崩溃前夕，是你们徐家的一位祖先，她是当时的皇后吧，毅然罢黜了自己丈夫，把他软禁起来，自己做了女皇帝。一代巾帼，令人钦佩向往啊。"

徐诺叹息道："是呀，当时的皇帝陛下就是太过于沉溺女色了，他不理朝政，以致天怒人怨。当时的皇后娘娘为了杨氏江山的存续，只好不惜背负骂名，亲自接掌皇位，她本想撑过最艰难的一段时光，再还政于杨氏，可惜天不从人愿。不过幸好……"

徐诺微笑地看向杨瀚："奸臣逼宫，大难临头之际，女皇陛下把唯一的生存机会让给了太子，才有了今日殿下重返三山。殿下雄才大略、英明神武，我三山帝国，一定能够在殿下手中重新崛起的。"

小青讶然道："徐姑娘跟瀚哥儿相识不过两三日，这就断定他雄才大略、英明神武了呀？当初那位夺了杨家皇位的皇后娘娘，多少年的夫妻，连太子都已成年了，才看透皇帝不堪扶持呢，你的话可不要说得太满了。"

杨瀚听这二人你一言我一语，夹枪带棒，含沙射影，听得一脑门白毛汗。他拭了把额头的汗水，看看蒙战红扑扑的一张脸庞，讪笑道："哎呀，今儿真热！"

蒙战还在因为整个蒙家岭上突发的狂热气氛而浑身燥热，听杨瀚这么一说，忙不迭点头道："哎！是呀是呀，这天……是真热。"

杨瀚道："咳！白素呢？小青啊，我们去屋里聊吧，这儿阳光……太刺眼了些。"

徐诺柔声道："殿下与小青姑娘去房中聊吧，诸位长老这边，我会替殿下招待的。"

杨瀚干咳两声，道："小青？"

小青一扭身就往房中走去，杨瀚忙不迭跟在后边。

蔡小菜深深地吸了口气，扭头看着谭小谈，上下打量几眼，点了点头。

谭小谈诧异道："你这么看我做什么？"

蔡小菜同情道："那两位都不是什么省油的灯啊。我看你留在杨瀚身边，会连渣都不剩的，节哀顺变。"

房门一关，小青的脸色马上就变了："姐姐呢？你没看见她吗？"

杨瀚一呆，也不禁变色道："白素离开蒙家岭了？她去找我了？"

小青顿足道："昨儿夜里就离开了，你没遇到她呀？"

杨瀚也着急起来，道："当然没有！她不会走远吧？若是在忆祖山附近还好，龙兽没有召唤，是轻易不会进入这一地区的，不然后果不堪设想。我们一会儿就去找她。"

小青道："你出得去吗？你重获自由了？对了，你现在什么情况？蒙战对我说，你是被一个姓唐的女人掳为人质了，不过姓唐的逃不出三山洲，她又被徐家变相保护了起来，怎么我看现在，这些人倒似以你为尊？"

杨瀚道："你听见她唤我殿下了？唐家想谋夺瀛洲木氏的江山，需要外援。徐家想要重振三山洲，也需要一个号召，他们都需要我，我们自然能够互相妥协。"

小青睨着杨瀚道："只是妥协？这帝后之约，又怎么讲？"

杨瀚迟疑道："小青，这件事我正要跟你说，这个……"杨瀚吭吭哧哧地把徐家归附的条件说了一遍，小青听了面上毫无表情。

杨瀚担心道："你生气啦？"

小青扭过身去，望着窗外悬崖上淡紫色的花，淡淡道："我不生气，我有什么好生气的？我又没跟你拜堂成亲。"

杨瀚低声下气道："不答应，你以为我不会死吗？你以为他们就一定不会用逼供的方式迫我说出四鸣音功？到那时，你也将沦为蒙家手中的一枚棋子，等到我们的利用价值消失，就会被一碗毒酒彻底抹杀。古往今来，这种事还少吗？我答应他们，这只是权宜之计，我必须得走出来，让更多人知道我的存在，并且趁机扩大属于我的力量。等强弱易势的时候，规矩还不是咱们说了算嘛，老婆！"

小青挣了挣肩膀，悻悻道："你不要乱叫，谁是你老婆！"

杨瀚揽住她的肩膀，涎着脸道："自从看见你的第一眼，我就想要与你始于月老，终于孟婆！你不是我的老婆，还能是谁？"

小青听了杨瀚的话，眸色终于渐渐转为柔和。

小青凝视杨瀚良久，才幽幽道："徐家毫无疑问将是你以后最大的倚仗，徐家要和你联姻，保障的不只是这一代，而是徐家世世代代的富贵荣华，所以他们绝不会在这一点上让步的。"

杨瀚道："我知道。我也清楚，我若不答应将有什么后果，所以我也只能含糊答应着。不过……"

小青刚要发作，杨瀚已经扶住了小青的肩膀，低声道："只是权宜之计。有朝一日，我若能不再受人摆布，还不是我说了算？"

小青道："若是那时，徐家为你出生入死，牺牲无数。你能登上帝位，徐家出力甚伟。你的良心允许你无视徐家的要求？你可以一意孤行，不在乎天下人心？"

杨瀚长叹道："这个我也想过的。唉，我已经后悔来到三山了，其实，当时只是因为一份好奇。否则，我和你远渡重洋，去那大食也未尝不可……"

过了许久，还是小青先打破了两人之间的沉默："徐家不管是否有心机，对你的用处，终究是不可忽视的。你们杨家与徐家又有自古传下的规矩，我不会为难你的，如今知道你心中有我，我就开心了。"

杨瀚讶然道："你是说……"

小青瞪了他一眼，不甘心道："你既然走的是称王称帝的路，我又能怎么办？

三宫六院总是难免的。古往今来，也只有大隋独孤氏出过一个悍妇，名声那么难听。而且人家能那么霸道，还是因为她有一个霸道的娘家，我呢？"

小青叹了口气，幽幽道："我比你多活了五百多年，什么事情没见过，什么都能想得开了。今日知道你心中最在乎的是我，我就……知足了。"

杨瀚微微皱起眉头，沉吟不语。

小青酸溜溜道："开心你就笑出来呗，用不着装出这么一副愁眉苦脸的样给我看，怎么，允许你多找几个美人，你还觉得是个苦差事啦？"

杨瀚摇头道："不是这样，我是在想一件事情，该怎么跟你说。"

小青瞟了他一眼，不似装模作样，不免也严肃起来："什么事？"

杨瀚拉着小青在榻边坐下，低声道："小青，你在我心中，不比任何一个女人，就算你不争后位，对徐家来说，你也是徐家潜在的最大威胁。徐家倾其所有，助我打天下，却有一个女人在我心中比谁都重要，你说，徐家会不会想办法对付你？明枪易躲，暗箭难防，你能躲得过他们的暗算？"

小青的脸色倏然变了。

杨瀚道："这还是你我最想当然的好结果。如果徐家……借我三山杨氏后裔的身份一统三山洲，接着想取而代之呢？也许在这过程中，我已经建立了自己的势力，他们就会顺其自然地接受现实。但也可能……我并没有建立起属于我的力量，那就只能任由他们摆布了。"

杨瀚把小青柔软的小手紧紧握在了掌心："五百年前，我那位出身徐家的祖先自立为帝，为的是力挽狂澜，我相信她的目的不是为了徐家。可现在的徐家包括那个徐诺，他们有什么想法，我真的难以预料。"

小青轻轻蹙起了眉头："那你有什么打算？"

杨瀚缓缓道："我打听到一个消息，如今的三山，分裂为东山和西山。"

小青道："这个蒙战倒是不曾跟我说过，什么东山西山？"

杨瀚道："我们所在之处，属于西山，以徐氏、蒙氏、巴氏等部落为首。这些部落一直以三山正统自居，可是与他们对立的，还有一个东山。所谓的东山地区，最初本是三山帝国的东海郡。昔日三山帝国分崩离析后，东海郡太守木轶曾奉迎我杨氏的一位郡王称帝，坚守一方达三十年之久，直至被叛军彻底击败，那位郡王及其家眷沉海而死。从此，东海郡不复存在了，如今经过五百多年的发展，原属东海郡的部落已经再度发展起来。因为他们曾经迎奉一位郡王立为皇帝，延续了三山帝国的国祚，所以他们一直认为他们才是三山正统。如此一来，东山西山自然彼此敌对，双方不但彼此敌视，还时常互相征伐，几百年下来，可能结仇的原因也早忘记了，却已势同水火，彼此不容。"

小青隐隐明白了几分，问道："所以呢？"

杨瀚道："你留下，我在拥有自己的实力之前委实放心不下，很难维护你周全的。而且，外边若是另有一股势力自称正统，我在这边的作用才不可替代。"

小青明白了："你想让我走？让我把东山势力控制在手中？"

杨瀚赞许道："亏得是你，如果是你姐姐，我可不放心让她做任何事。"

小青哼了一声道："如果是我姐姐，只怕那个徐诺对她稍有了解，就会完全放下心来，根本不会再把她视为威胁了。你想让我去东山，我凭什么让他们臣服于我呢？"

杨瀚道："很简单，西山有了天圣杨氏的正宗传人，这对一向不肯驯服于西山的东山诸部来说，不亚于一个晴天霹雳。若是这时候突然有一个人出现，自称她才是正宗的天圣杨氏，你说他们认是不认呢？"

小青道："我红口白牙这么一说，他们就会认了？"

杨瀚道："如果你会四鸣音功，他们会不会认呢？"

小青震惊道："那是你的祖传秘技。"

杨瀚道："我的不就是你的？"

小青七视着杨瀚，道："你就不怕我学了你的本事，却变心看上了别的男人，然后来个弄假成真和你对着干？"

"怕！当然怕呀！所以，小青姐姐，你可千万不能欺负我呀。"

小青听得心中一阵荡漾，忍不住抱了抱杨瀚，幽幽道："人家真是上辈子欠了你的。好好的逍遥神仙不做，跟着你跑到这叫天不应、叫地不灵的所在，还要陪你打江山。"

小青这么说，显然是同意杨瀚的安排了。杨瀚叹道："我也是没办法。'德不配位，必有灾殃。'我强行留你，强行扶你登上后位，只会给你招来杀身之祸。"

小青道："我明白！"

小青想了想，突然扑哧一笑。杨瀚诧异道："你还笑得出来？"

小青瞪了他一眼，恨恨道："我在想啊，我这男人呢，要靠自己去抢。我将来坐什么位子，也要靠自己来抢，那我要你何用啊？"

杨瀚苦着脸道:"别这么说,我现在跟他们谁都不熟,也不知道他们是个什么脾性。偏生还有一个徐杨帝后传承的规矩在,我哪知道都五百年了,他们徐家还在呀?"

小青叹了口气,柔声道:"我明白,其实在你说出要传我四鸣音功的时候,我就知道,我在你心中,终究是无人可以替代的。"

小青轻轻抚摸着杨瀚的脸颊,恋恋不舍道:"只是我若去了东山,便很难再见到你了。"

杨瀚抱怨道:"你还说?你若早答应与我成亲,哪还有现在这许多事情,咱们的孩子都会打酱油了,谁还分得开我们哪?要联姻是吗?让我儿子娶徐诺嘛!"

小青瞪着杨瀚道:"胡说八道!就算咱们早就……也没那么快呀!"说到这里,小青自己先笑出声来,满脸的红晕。

杨瀚道:"我想过了,你我一会儿就大打出手,你佯装知道我与徐家的婚约之后愤怒至极,一剑刺伤我,演一出义断情绝的好戏……"

杨瀚还没说完,小青就断然拒绝了:"不行!现在不是时候。"

杨瀚一呆,道:"不是时候?哦,你是说传你四鸣音功的事,还是说寻找白素回来?这两件事不会受影响的,我已有安排……"

小青再度打断了他:"我不是说这两件事。"

杨瀚诧异道:"那是为什么?"

小青气鼓鼓道:"你说为什么?我都不是唯一了,我还不许拔个头筹夺个第一呀?现在要是让你受伤了,哼!哈!美得你!"

杨瀚更加茫然:"什么唯一第一?跟我受不受伤有什么关系?"

小青摆手道:"反正什么时候'决裂',我会把握机会。现在……"小青长长地叹了口气,"现在我们得先把我那个不省心的姐姐找回来。"

院落里面,曲水流觞,环境雅致。

众长老三三两两聚在一起,也不知在低声聊些什么,关系没有那么亲近的自然也识趣,不会凑过去倾听。

徐诺坐在竹林中品茶,茶汤清亮,入口回甘,又有清风徐来,很能安闲心神。徐诺的眼睛轻轻地眯了起来,仿佛已完全融入了这舒适惬意的氛围。

但是,当她面前出现了一张面孔,正饶有兴致地打量着她时,徐诺却霍然睁开了眼睛。那负着手弯着腰站在徐诺面前的正是唐诗。

唐诗笑眯眯地看着徐诺，微笑道："殿下进去好长时间了呢，七七一点儿都不急呀？"

徐诺笑了笑，道："这有什么好急的？人家小两口自入了三山便彼此不得见面，此时应该会有很多话要说吧。"

唐诗笑道："啧啧啧，七七妹子还真有中宫正室的风度呢。"

徐诺道："杨氏为帝，徐氏为后，自我三山世界甫立，便成规矩。徐氏既然决定一心辅佐殿下，徐诺既然明白自己终将成为殿下的妻子，自该谨守本分。"

唐诗竖起一根手指，轻轻摇了摇："不不不，就算殿下功成，你也是后，不是妻。天子独大，没有人可与之平起平坐。'齐'与'妻'谐音相同，所以天子无妻，只有后！"

徐诺眨眨眼道："是吗？受教了。我只需知道，天家有十印，外事五枚，掌于天子之手，内事五枚，掌于皇后之手，就行了。"

唐诗道："就怕这位小青姑娘，在殿下心中可不只是一个侍奉枕席之乐的美人。"

徐诺淡淡道："如果她比我更强，对殿下的大业帮助比我更大，徐诺何妨拱手让贤？"

唐诗直起腰来，似笑非笑道："说的是，现在盘算那许多做什么，未来的事，变数多着呢。祖地来的人，水土不服，要是有个什么头疼脑热的一命呜呼了，那也不是不可能。"

"诗姐姐这话似有所指呢？"徐诺的眸光陡然一寒，箭一般射向唐诗，可唐诗已经错开了目光，并不与她对视。对徐家的幻术，唐诗始终是心怀忌惮的。

就在此时，房门一开，小青沉着脸从房中走了出来。

众人都站起身来，向那房门看去。就见杨瀚讪讪跟在后边。虽然他故作无事，轻轻抚着脸颊，左顾右盼，可是脸上五道指印殷然，实在是挡也挡不住。

杨瀚道："蒙战长老？"

蒙战急忙迎上去，看一眼他的脸颊，连忙移开目光："咳！殿下有何吩咐？"

杨瀚道："白素姑娘先前恐敌友难辨，所以昨夜偷偷从后崖摸下山去了，本是去找我的，可我也不曾见过她，你赶紧派人，随我去后山崖下找找，可别出了什么意外才好。走走走，咱们赶紧走！"

徐诺施施然地站了起来，瞟一眼唐诗，悠然道："诗姐姐，你看到了？你我世家，重教守训，将相接武，德业并举，致有今日。徒具美色而无内秀者，只能以色娱人。以色娱人，不过晨露白霜，安能持久？你说，她拿什么和我争啊！我，用得着跟她争？"

七七姑娘微微仰起了下巴，像一只骄傲的孔雀，袅袅婷婷地追着杨瀚去了。

杨瀚一行人寻到后山崖下，小青看到了白素留下的符号，不禁喜道："她安全下来了，往那边走了。"

众人看不懂那石壁上的鬼画符，其实那鬼画符倒不是白素姐妹俩闲来无事瞎编的什么密码，而是用很简单的图形指示，配上了罗马文字解说。

在场的人自然没人懂得这种文字，在他们眼中看来，就是杂乱无章的一幅图画，只有徐诺看到那壁上文字时，微微露出了诧异的神色，只是没有人注意到她的反应。

众人都有马匹代步，速度要比白素昨夜步行快得多，及至到了海边岩石处，因为众人不用掩饰行踪，也是骑马从一旁村庄中穿过，而不必下马攀爬石头。

村庄中百姓消息闭塞，还不知道传说中的天圣杨家已有后人归来，只是瞧见这许多人鲜衣怒马，气势不凡，怕事不敢上前，只是赶紧招呼了在道上玩耍的孩子，免得惹出是非。

一行人终于到达了白素被载出海的那片突出海岸的崖石边，小青看着大树上的刻痕，再看看前方，不禁一脸的茫然。

杨瀚忍不住道："怎么了？"

小青指着前方，惊诧道："姐姐说……有两个人，挑灯钻进了前边的洞穴，她……追上去了。可是前边……哪有什么洞穴？"

杨瀚向前看看，只有一片突出如盖的山崖，其下则是一片海水，海浪不断推涌上来，拍打着崖根，空空荡荡，确实没有什么洞穴。

杨瀚忍不住走上前去，四下观望着，诧异道："这里有洞穴？不可能啊。"

众人都跟上来，谭小谈突然弯腰从一根突起的石笋状石头旁捡起一团毛发状的东西，仔细看了看，说道："这里曾经系过缆绳呢。"

"系过缆绳？"众人都围过去，那果然是缆绳磨损留下的东西。既然有缆绳，那就应该有船，众人不禁抬头向前望去，崖下的海水颜色幽深，也不知道有多深。

蒙战捡起一块石头抛下水去，听到那水声，缓缓说道："这崖下的海水极深，能泊得了船。"

杨瀚慢慢登上前方一块光滑的石台，心中灵光一闪，脱口说道："我明白了，那不是洞穴，应该是船舱！夜色之下，白素看不清楚，误以为她追踪的人钻进了洞穴，实际上……"

徐诺接口道："殿下猜测得不错，如果有一只船泊在这岸边，缆绳系在那里。白素姑娘追到这里，由此上船……"说到这里，徐诺的脸色突然变得难看起来。

巴图睨着徐诺，徐徐道："所有的出海口不是都已被你徐家封锁了吗？"

徐诺吸了口气，回头对身边人道："立即查一下，负责封锁这一片海域的人是谁，叫他马上回来见我。"那人立即顿首离去。

小青在岩石边蹲下，探头看了看，失声道："果然是有船泊在这里，你们看！"

杨瀚等人探头看了看，那块岩石靠水的一面很平整，应该是凿刻过，在岩石上有很深的摩擦痕迹，看来这里不但泊过船，而且是经常停泊。

徐诺忍不住道："蒙战长老，这是你的地盘，这里经常有船出入，你竟丝毫不知吗？"

蒙战冷笑道："怎么，难不成你怀疑是我在这里泊有船只？这附近暗礁处处，不适合捕鱼。岩上又是怪石嶙峋，不适合种植。附近只有一个小村庄，谁会闲极无聊到这里探查。"

"好了，你们不要争吵。"杨瀚制止了二人，对小青低声道，"如此看来，白素怕是一路跟过来，夜色中看不清楚，误上了贼船，现在已经被载出海去了。"

小青站在岸边，一时惘然。

大海茫茫，当然无从追踪，她明白这个道理，所以没有冲动地提出追出去。可姐姐上的船是什么船，她会不会遇到危险？一想到这里，小青就心急如焚。

唐诗突然道："这里正因为是蒙家的地盘，如果是蒙家在这里藏了船，完全有能力抹掉一切痕迹，也就不会被我们轻易发现了。所以，我觉得……诸位，六曲楼的老巢应该离这里不远吧？"

蒙战和巴图的眼睛齐齐一亮，异口同声道："你是说，那只船有可能是六曲楼的？"

杨瀚奇道："你们在说什么？什么六曲楼？"

杨瀚说着，情不自禁地看了谭小谈一眼，这个小话痨好像没跟自己聊起过什么六曲楼呢。

谭小谈没好气地白了杨瀚一眼，什么意思呀你？干吗这么看我？你当我是个筛子呀，浑身都是窟窿，什么事情都漏给你听？

杨瀚笑了笑，收回目光，握住小青的手柔声安慰道："你不要急，白素虽然功夫寻常，却是八面玲珑的心思、自来熟的脾气。又不是生死大敌，谁会舍得杀她呀？她的安全应该无恙的，我们慢慢寻找她就是了。"

小青挣开杨瀚的手，冷冷道："是我寻找她才是。你有那么多的大事要忙呢……"小青脸色不善地瞟了徐诺一眼，"还有工夫管我姐姐死活？"

杨瀚尴尬地摸了摸鼻子，干咳两声，扭头对蒙战道："蒙长老，麻烦你安排几个人在这附近再细细查探一番，看看能否找到更多的线索。我们先回去。"

蒙战拱手道："谨遵殿下之命。"

蒙战对杨瀚做了个请的动作，同时含着警告的意味瞟了一眼小青，脸色不善。

女儿家对自己的男人使小性儿，那是小儿女之间的情趣，旁人懒得理会，说起来也只会一笑了之。可你若是不知轻重、不分场合，那就令人生厌了。

杨瀚是在场诸人共同迎奉的新王，这位小青姑娘先前打他一巴掌的事，如果还能说是一时冲动的话，这时当着这么多人不给杨瀚留面子，蒙战等人对她就难免心生反感了。

杨瀚策马一路返回，思量片刻，凑近了徐诺，问道："七七姑娘，那个六曲楼究竟是一个什么所在？"

徐诺摇了摇头，道："我也不是很清楚，这六曲楼很特别。虽然它就在三山洲上，而且就在这忆祖山附近，可是恰因住得近了，和我们彼此猜忌，所以我们反而不是很……"

徐诺还未说完，唐诗一拨马头凑了过来，笑吟吟道："殿下，我对六曲楼倒是了解一些，可以为殿下解惑……"

徐诺微笑着看了唐诗一眼，马上柔声对杨瀚道："唐诗姐姐在瀛洲唐家一直负责情报搜集，想来与六曲楼早有瓜葛，殿下可以听唐诗姐姐解说一番。"

唐诗毫不见外地凑近杨瀚，把徐诺的马挤到了后边："殿下，这六曲楼从何时存在已不可考了，不过它却是当今世上独立于三大帝国之外的两大势力之一，这个六曲楼……"

徐诺勒了勒马缰绳，让在了后边。

徐诺是徐家与唐诗实际进行接洽的人，两人自相识以来，便一直有种惺惺相惜的味道。只是此刻，徐诺忽然觉得这个唐诗有些讨厌了，没有理由，就是讨人厌。

五十八　受命于天

起伏的山峦，尽都笼罩在莽莽的丛林之下。从高空中望下去，那苍绿的山峦就像是一座座巨大的海浪，连绵起伏。

在人类发现它之前，它就是一整块被树木覆盖了的绿色大陆，有各种珍奇的动物，尤其是在方壶、瀛洲和蓬莱所没有的龙兽。

是徐福的舰队率先发现了它，那个时候，也只有这支来自大秦帝国的舰队拥有在大海上远航的能力。

徐福在三山洲不仅发现了龙兽，还在一处神秘洞穴中发现了控制龙兽的四鸣音功，以及或许是天外仙人遗留下来的五元神器。于是，徐福统一了三山世界后，就把帝都定在了三山洲上。他本以为凭着三山洲独特的地理优势以及所向披靡的龙兽大军，他的帝国可以千秋万代，一如始皇帝所说的"朕为始皇帝，后世以计数，二世、三世至于万世，传之无穷"。

可是，再强大的堡垒，也无法防止从内部的破坏，五百年后，它崩溃了。三大权臣骤然发动兵变，连勤王之师和生活在丛林深处的龙兽都来不及召集。

再五百年后，三山洲这一方世界大有要恢复曾经的原始状态的趋势，人类的活动地盘越来越小，没有天敌的龙兽在此繁衍生息，不断地挤压着人类的生存空间。

高空之上，几与云齐之处，有一头大鸟正在展翅飞翔。

这头大鸟没有羽毛，但皮膜的翅膀鼓动起来非常有力，它虽然不能像传说中的鲲鹏一样扶摇直上九万里，在一次扇动后滑翔出近百丈却是轻而易举的。

这是一头翼龙，它的翅膀张开来足有四丈长，木华离那百十来斤的体重，骑在它身上恍若无物。

这是唯一被东山木家驯化的飞龙。它在很小的时候受了伤，被木家首领木翼捡到并收养，长大之后它就成了木氏家族的神物，木氏部落的图腾上都加了它的形象。

木翼给它取了一个名字，叫"风神"。风神的飞行高度和飞行速度非常惊人，它可以不吃不喝，一次飞行达一万六千公里。

地面一片翠绿，飞得高了、久了，你会迷失了大地与海水的区别，甚至大地与天空的区别，但是风神分得清。前方丛林中出现了一个土褐色的平台，那是一块巨大的花岗岩。这里是东山诸部中最强大的木氏部落的议事台。风神的翅膀一敛，便向那土褐色处降落下去。

木华离大口地喝着皮囊中的水，最后一口水堪堪喝尽，就看到了眼中越来越近、越来越大的土褐色花岗石平台，黝黑粗糙的脸上不禁露出了欢喜的笑容。

经过两天的漫长飞行，他终于回到了自己的部落。

木翼很快就听到了木华离亲口禀报的消息，听到消息的时候，他正在削着一竿竹枪。

木华离匆匆赶来，急促地呼吸着道："爹，祖地来人了。"

木翼漫不经心地削着竹枪："每隔几十年，总会有人从祖地误闯三山世界，这有什么稀……"

木翼手中弯曲的铁刀突然停在了空中，霍然扭头看向木华离，沉声道："来人直接出现在了忆祖山上？"

木华离用力地点了点头。

木翼手中的铁刀当啷一声落了地，茫然半晌，才颤声说道："天圣后裔出现了？"

整个三山洲地区，都不是祖地误闯之人会出现的地方，能够直接出现在三山洲、出现在忆祖山上的人，只能是当初在此做了定位，然后利用五元神器逃走的皇室后裔。

木华离沉声道："不错！天圣后裔出现了！我安插在他们那边的内奸亲眼见到了。出现在仙人承露台上的一共有三个人，两女一男。"

木翼呆了一呆，旋即恍然，道："不错！天圣后裔传承至今，想来子嗣也不少了，有三个后人过来也不稀奇。"

木华离摇头道："不见得都是杨氏后人，当时为了抢夺这三个人，徐家、蒙家、巴家差点儿翻脸。最后，徐家抢走了那个男的，此人名叫杨瀚。"

木翼道："那定是天圣后裔了。"

木华离笑了笑，道："蒙家则抢走了两个女子，其中一个名叫杨青，另外一个名叫白素。白素不知与这两人是何关系，但是那个杨青，显然也是杨氏后人。"

木翼道："五元神器呢？他们能回来，一定带了五元神器。"

木华离道："五元神器落在了巴家手中。"

木翼满是皱纹的脸庞松弛下来："谢天谢地！蒙战是不会甘心受制于徐家的。他既然也得到了一个杨氏后裔，一定会奉她为王，与徐家扶持的那个杨瀚分庭抗礼。至于巴家，既然五元神器落在他们手中，在和另外两家较量的过程中，也未必就会落了下风。"

木华离微笑道："我也是这么想的。这样一来，他们之间就会钩心斗角，无法形成合力，也就无法挟天圣后裔再现往日之威，发动大军来剿灭我们了。"

木翼紧张道："这只是我们最好的打算，他们都不蠢，天圣后裔再现，他们早晚会达成妥协。"

木华离道："可恨，我东山诸部才是三山正统，是我们延续了天圣国祚。可惜忆祖山在他们的地盘上，如今咱们该怎么办才好？"

木翼捡起铁刀，在毛竹上有一下没一下地砍削着，思索片刻，木翼嚓地一下把铁刀剁进毛竹，沉声道："你先去歇息吧，我马上召集诸部长老议事。顺利的话，你今晚就得往回赶，那边若再有什么变化，你可见机行事，不必往返奔波事事请示，以防延误时机。"

木华离肃然道："孩儿明白！"

能够证明曾经的三山帝国是何等辉煌的，也许只剩下通往咸阳宫的条石台阶了，足足有一千零八十阶，逶迤而上，气势恢宏。山顶曾经的宫殿早被销毁，那曾汇合了三山世界无数的财力物力，集七十万奴隶修建的巍峨宫殿早已在历史的长河中消失，连残垣断壁都未留下。

那些建筑用石都被各大世家拆去建成了自己的堡垒，用以防止可能发生的龙兽袭击。青铜所筑的仙人承露台也已荡然无存，铜人铜盘都被拆去变卖了。

这条石筑成的阶路，当初只是为了方便从山上往下运送石块，所以放在了最后拆除，而山上拆下的石料已经足以保证周围几大部落建造堡垒，这才得以幸免。

如今的山顶只有一座大屋，是秦汉古制的茅顶大屋，其后原本倚山有累累殿宇，如今都被草木掩盖了。五百年，沧海桑田，并不稀罕。

而今，这一千零八十阶的石阶被扫得一尘不染，山顶圆形的议事大屋后边业已用大木建起了几幢屋舍，这里将是他们的新王登基并长住的所在。

这几天下来，西山诸部的十几个首领已经尽数集结到了忆祖山下，今天是第七天，杨瀚称王的日子。

十几个部落，一向分别与徐家和蒙、巴两家亲近，而今日之后，杨瀚将是他们共同的王。虽说杨瀚想要发号施令还是得通过这些部落首领，但是有了杨瀚，各部落之间的联系必然加强。这也正是东山诸部忌惮的原因。

长长的台阶两侧站满了拥挤而来观礼的各部落百姓，一眼望去，杨瀚恍惚中有些熟悉的感觉，这一幕，与他在祖先展示的幻象中所见的一幕何其相似。

唯一不同的是当时的视角是女皇帝自上而下，一步步走来，万千百姓像割麦子一般徐徐跪倒，而今，他却是从下而上。杨瀚当然不会放弃这个向三山百姓展示自己力量的机会。

在讨论登基典仪详细流程的时候，他就坚持了这一条，他要从阶梯之下，一步步登上山巅。只不过，这个过程，旁人要靠步行，而他，却是乘着一头庞大的龙兽。

杨瀚乘坐的仍然是一头长颈龙，其实为了产生震撼效果，他曾想过去丛林深处物色一头巨型雷龙，那种龙兽的体形比长颈龙要庞大十倍，由此产生的荡魂摄魄的效应实在是太震撼了。

但他很快就发现这不现实。一则，那种龙兽实在是太庞大了，如果把它弄来，杨瀚就成了真正的"孤家寡人"，后边所有追随他的部落首领都要远远抛在身后。

因为那雷龙的体形实在是太庞大了，而且它虽然是食草动物，可尾巴是它最可怕的武器，连食肉的龙兽都不敢靠近它，那尾巴轻轻一甩，就足以把一群人送上西天。

长阶两旁也无法站立观礼人员了，雷龙那庞大的躯体还有可能踏坏石阶，毕竟五百年不曾有人修缮维护了。而且在这石阶的设计修筑中，根本没考虑过承受如此吨位的庞大龙兽。

更糟糕的是，这种龙兽需要不停地进食，整天除了睡觉就是不停地吃，你根本无法让它去做别的事情。

这要是登山登到一半，它忽然饿了……

所以为安全起见，他选择了长颈龙。饶是如此，一路行来，无数的百姓仍然是激动得热泪盈眶，跪地大呼："我王！"

山巅之上，作为观礼客人的唐诗和两个侍婢站在平台右侧，俯视着自下而来的龙兽，蔡小菜不禁轻叹道："他们这个登基大典，实在简陋，可是……若说到震撼，实在无出其右！"

唐诗点了点头，忽地莞尔一笑："只是太无趣了些。小谈，一会儿你就帮他制造点乐子吧！"

唐诗的目光盈盈地瞟向谭小谈，谭小谈抿起了嘴巴，用力点了点头。

嗵！嗵！嗵！

巨鼓擂响了！

山巅之上，三个徐家堡选出的俏丽少女身穿宫娥服装，各自托着一个红绒的托盘，静静地肃立着。托盘之中，分别盛放着王冠、王袍和印玺。

帝，是唯我独尊的。王，则是"一"下有"土"，意味着一方之主。在如今这个情形之下，如果杨瀚称帝，对他并没什么好处，只会引人笑话，所以称王是最妥当的办法。

因此，那冠与袍皆为大秦王制的服饰，而非帝王冠戴。

杨瀚的龙兽终于到达了山顶，龙兽在杨瀚的指挥下缓缓俯低，杨瀚从龙兽身上走下来，回头瞄了一眼，眸中飞快地掠过一丝笑意。

一千零八十级台阶，纵然这些人都身手矫健，登上来也不会轻松，何况今天如此盛大的日子，这些人的穿着都十分隆重。

杨瀚回头看时，其中表现好的也已呼吸粗重，有些平时养尊处优的已然是满头大汗。

如果说有人身轻体健，这一千零八十级台阶轻易登上来没有丝毫狼狈，那就只有徐诺一人了。

此时杨瀚自己尚未称王，自然就无权册立王后，所以徐诺此时是以徐氏家主身份同其他首领一起登上来的。

看到徐诺云淡风轻的模样，杨瀚暗暗一惊，那个谭小谈说徐家精通幻术，叫他小心，莫要着了道。可如今看来，这个徐诺可不只是精通幻术，单就这份体力来说，功夫只怕不低。

徐诺看到杨瀚的眼神，眸中露出一丝说不上是好笑还是嗔怪的意味。显然，她知道杨瀚此举有故意给大家一个下马威的意思。

"哎哟！"捧着王玺的侍女忽然惊叫一声，手中托盘上的玉玺啪的一声摔到了地上，白玉的宝玺顿时磕掉了一个角，那侍女惊得脸都白了。

山巅目睹这一幕的人顿时脸色大变。山顶的寂静迅速影响了肃立山路两旁攘臂高呼的百姓，他们不知道山巅上出了什么事，却已经感受到了那份紧张的压力。

扑通！那个侍女脸色苍白地跪到了地上，惊恐地大叫："不是婢子的错，不是婢子的错，是她……是她碰到我了，殿下饶命，大小姐饶命啊！"

那个侍女一把抓住旁边一人的裙摆，惊恐地大呼起来。

谭小谈的石榴裙险险被一把拽了下去，慌得她急忙一把扯住裙子，窘迫道："我……我只是想走到那边，不小心碰到了她的手……"

巴图的脸色早就沉了下来，厉声道："今日是我王登基之日，旁的差错也就算了，你的人竟然摔碎了我王的玉玺，唐诗，你怎么说？"

巴图这一声吼，两旁的武士锵啷一声就拔出了佩刀，凶狠地瞪向唐诗。

唐诗惊道："小谈，你怎么如此莽撞！"

蒙战饶是心机深厚，此时也不禁动怒，森然道："唐姑娘，在我三山百姓欢呼雀跃之时，你们竟然闹出这么一档子事来，这件事只怕你要给我们一个交代才行！"

众武士握刀森然向前迈了一步，大有杨瀚一声令下，就要一拥而上，把谭小谈这个如花似玉的小美人剁成肉酱的架势。谭小谈花容失色，扑通一声，也跪到了唐诗面前，颤声道："小姐。"

"混账！"唐诗一脚把谭小谈踢成了一个滚地葫芦，右手腰间一拔，将一口带鞘的短刀就扔到了谭小谈的面前，"今日殿下登基大喜，你竟出现如此差池！你自我了断向殿下谢罪吧！"

"殿下……"谭小谈颤声对杨瀚说了一句。杨瀚走过去，弯腰捡起了玉玺，又拾起那个跌碎的玉角，对了一对，倒是还能对上，看他神情，仿佛根本没有听到谭小谈的央求。

谭小谈露出了绝望之色，颤巍巍地捡起短刀，缓缓拔出刀来，抵在了自己胸口，只是腕上无力，一时没有插入，可目光已然有些涣散。

蔡小菜很是不忍，颤抖着嘴唇想为谭小谈求情，可一扭头看到唐诗铁青的脸色，到了唇边的话又不禁咽了回去。

"今日，不宜见血！"杨瀚把那玉玺和碎角放回托盘上，然后拍了拍谭小谈的肩膀，一弯腰从她手中夺过了短刀。

那个侍女仍然跪在地上，高高举起托盘，颤巍巍地接了，然后生怕自己双手不稳再把它摔下来，急忙抱在怀里。

唐诗余怒未息道："殿下，唐家一心与殿下合作，绝无为难殿下的意思。这个贱婢，在这大喜之日竟然做出这等事来，唐诗实在无颜面对殿下。这贱婢唐诗是不敢再要了，我把她交予殿下，是杀是剐，为奴为婢，全凭殿下吩咐。"

谭小谈立即跪爬到杨瀚脚下，抱住他的腿，颤声央求道："殿下开恩，殿下开恩。"

杨瀚笑笑，道："这玺摔了也就摔了，没什么了不起的。这是老天嫌弃一个王的玺印配不上我，所以示兆于我呀！"

这话一出，那些脸色难看的首领怔了一怔，神色都缓和下来。

杨瀚看向众首领，朗声道："可我还偏就不换了！"

众人都抬起头，诧异地看向杨瀚。杨瀚高声道："在祖地，有一方玉玺，上边刻着八个大字：'受命于天，既寿永昌。'你们可曾听说过这方玉玺？"

蒙战激动道："那是大秦传国玉玺！"

杨瀚朗声道："不错！始皇帝一统六合，以和氏璧刻传国玺，传之后世。后世皇帝，必得此玺而后称正统。及至汉末，王莽篡位，太后怒掷玉玺，破其一角，王莽以金镶玉，后世皇帝仍然只认此玺，为什么？"

杨瀚徐徐四顾，高声道："天子富有四海，难道就寻不出一块并不比和氏璧逊色的美玉吗？当然不是！实因那是始皇帝所用的玉玺，意义自然不同！"

杨瀚指着那侍女手中玉玺道："而今，我就要以此玺为国玺，建一番无上功业。用无上的功业，弥合这玉玺的裂痕。让后世任何一位帝王都唯认此玺，以拥有此玺为无上荣光。"

"我王万岁！万岁！万万岁！"

这一番话，不要说巴图那种性情耿直之人，就是蒙战这等心机深沉之辈，也是听得热血沸腾，情不自禁地跪拜下去，真心实意地大呼起来。

徐诺听得目泛异彩，如果说最初在她眼中，杨瀚只是她要利用的一个工具的话，此刻再看杨瀚，她却不免有了些异样的心思。

一方面因为徐家家主的身份，她对杨瀚多了几分忌惮。另一方面，又因为将成为这个男人的妻子，她又有些欢喜。那心思的复杂，一时间连她也说不清楚究竟是喜是忧了。

唐诗看向杨瀚时，心中却是暗自凛凛。今日这个场合，当然不宜闹得太难堪。可她没有想到杨瀚应变这么快，能把一件很晦气的事情，三言两语就变成了一件如此提振士气人心的事。

"我不会养虎为患吧？"唐诗心头终于掠过了这个问题。

杨瀚伸出手，微笑着示意众人起来，同时膝盖轻轻地拱了拱，小声提醒还在抱住他大腿的谭小谈："你赶紧溜一边去，生怕别人看不见吗？"

高台之下，县鼓在西，应鼓在东，彼此应和，声声入心，节奏仿佛与人的脉搏相互呼应着，令人听到这鼓声便心潮澎湃，难以平静。

可以想见，如果在战场上响起同样韵律、节奏更快的鼓声，将是如何激励人心。

杨瀚担心自己忙于烦琐的仪式，顾及不了那头龙兽，一旦失去自己的控制，它野性复发，有可能伤人，所以先以龙语命令那头龙兽下山，回归山林。

长颈龙砰砰然地下山去了，在它走过之处，拥挤在山道两旁的百姓迅速蜂拥过来，仿佛原本被分开的海水撞击在一起，很快布满了整个山道。

高台之上，左编磬，右编钟，几个身穿礼袍、白发苍苍的乐师用它们演奏出了一曲恢宏、高雅的乐曲。这可是正宗的秦制宫廷音乐。

杨瀚在司仪导引下按照步骤一一进行，直至换好冠戴，登上王座，殿内殿外一齐跪拜，称王大典才算结束。

鼓瑟齐鸣，庆祝完新王的出现，杨瀚开始颁布登基后的第一道诏书：册立官员。

既然三山洲重新出现了最高的统治者，这些部落首领自然不能再以各自部落的名分出现，虽然实际上，现在还是由各个部落首领负责各自部落的军事、政治、民生等所有事务。

杨瀚与拥戴他为王的众部落商议之后，决定以隋唐的三省六部制为基础建立官制，由于他这个王基本上也要依靠这些臣子才能发号施令，完全谈不上集权，所以三省也省了，只保留了六部，这样架构简单一些。

当然，如此一来，一旦他拥有了足以左右形势的权力，就可以直统六部，分而制之，达成高度集权，但这不是在场这些人所能想得到的了。

蒙战成了吏部尚书，巴图则为兵部尚书，徐震为户部尚书，苏世铭为礼部尚书，李洪洲为刑部尚书，王文正为工部尚书，其余小部落首领也各有官职。

一一宣告过后，众人上前叩拜，待他们更换官服，重新升殿，本着先外后内的原则，这才开始册立王后。

徐诺已经在众首领听旨领旨的过程中去后边更换了凤冠霞帔。

她本极美，此时淡淡梳妆，再配上那一套比新嫁娘更加华美高贵的衣裳，简直是艳光四射，娇媚不可方物。她在八个侍女拱卫下缓缓升殿，长裙曳地，裙长有三丈三尺三寸。

新任礼部尚书苏世铭站在上首，高声诵读册后诏书："孤承先帝之圣绪，获奉宗庙。自古为圣君者必立后，以承宗庙，建极万方。贵人徐氏，温婉淑德，娴雅端庄，可册封为后，为天下之母仪。内驭后宫，赞襄内政，外辅于孤，以近贤臣……"

杨瀚站在王座前，看着徐徐登上丹陛的徐诺，乍一见她娇媚之姿，也不由得怦然心动。那种美，实在是叫人不能不动心。

徐诺扬眸看向杨瀚，此时的杨瀚一身黑色绲金龙纹的王袍，这是延续大秦典制的服饰，较之后世盛行的黄色龙袍其实更显庄重。

尤其是杨瀚可不是一个糟老头子，这身装束一穿，英姿勃发，徐诺的心弦像被什么拨动了一下似的，突然有些乱，急忙垂下了眼眸。

徐诺登上王座，杨瀚上前两步，轻轻扶住她的手，正要与她共坐，接受百官朝拜，大殿门口却突然传来一声大喝："杨瀚！"

今日杨瀚称王，这瀚字便成了讳字，其他人再不能用这个词，同音的也要避讳，更不要说当着他的面叫出来了，厅中众臣登时含怒望去，却见小青一身劲装，手中提剑，正站在大殿前边。

杨瀚讶然道："小青！"那本来扶着徐诺的手便似被蜇了一下，倏地收了回来。徐诺瞟了他一眼，似乎有些怨尤。杨瀚正震惊地看着小青，不曾注意徐诺的神情。

徐震花白的眉毛一耸，沉声道："今日是我王登基册后的大喜日子，小青姑娘若是来贺，还请站在唐诗姑娘身边。还有，我王的名讳，还请姑娘不要冒犯。"

"他是你们的王，不是我的王！"

小青提着剑，大步走进来。殿两旁的武士还从未见过这样的场面，他们也是

336

第一次成为站殿武士，没有经验，未得命令，一时也不知该不该上前阻止。

这些人迟疑之时，小青已经走到大殿正中，抬头望着王座之上的杨瀚和徐诺。徐诺蛾眉一扬，就欲发作，但是忽然瞟见一旁的杨瀚，神色又转为平和，只是睬了小青一眼，微带煞意。

蒙战和巴图不约而同上前一步，拦住小青去路。蒙战微笑道："小青姑娘，请自重。"

小青讥诮道："蒙战大人，我是小青，还是杨青？"

蒙战登时一窒，先前他怕徐家夺了杨家后裔，让自己位于不利处境，当时对外一直声称这个小青叫杨青，乃是天圣后裔，目的就是一旦徐家"挟天子以令诸侯"，自己这边就另立一个杨氏后人与之分庭抗礼，如今却是搬起石头砸了自己的脚了。

须知，如今也只有殿上这些人才知道小青并不叫杨青，外边那些百姓还不知实情，他们还以为这个小青是新王的亲妹子，未来的长公主呢。

小青一言噎住蒙战，抬头向上望去，眸中已迅速蒙上一层泪光："杨瀚，你来三山时，是怎么对我说的？五百年沧海桑田，谁也不知道我们来了三山，将是何等处境。无论是凶是险，是吉是福，我都毫无怨尤，毫不犹豫地与你同来。而今，你就这样对我？"

杨瀚似乎有些慌张，急急看了徐诺一眼。徐诺却垂下了眼帘，长长的眼睫毛覆住了眼神，有些眼观鼻、鼻观心的姿态。

杨瀚又气又恼道："小青，你闹什么？那天，我不是与你说过了吗？"

唐诗饶有兴致地看着这一幕，就见小青愤怒地举起握剑的手，对杨瀚道："你说什么了？你说要立足三山，离不开诸部支持。你说杨徐两家，世代联姻，这是祖训。好，你要称王，后宫不能空虚，我由得你。你可曾说要立她为后？"

众人听到这里，彼此面面相觑，都露出"都是男人，你懂的"的眼神来。

一位姑娘跟着你远赴他乡，无怨无悔，这已是极为难得，更何况是跟着你前往一个完全陌生的世界，那要多大的勇气，是要割舍她曾经的一切的。

他们这位王，定然也是觉得对不起人家，所以当日向她解释时，避重就轻，含含糊糊，想打马虎眼。

十有八九，这位小青姑娘当时只是同意他娶徐家姑娘过门，却根本没想到他是要立徐诺为后，自己是陪他同生共死，一起闯了三山的人，倒是先发后至屈居人下，这个小青姑娘当然不甘心。

如此一想，蒙战和巴图登时就失去了阻拦的兴趣。在一个成熟的王朝中，吏部才是最厉害的，实为六部之首，所以吏部尚书又称天官。可是对现在的三山洲来说，这些都是虚的，只有兵部才最实惠。

因此几大家族为此可是没少争执，最终这一官职落到巴图身上，是三大家族妥协的结果。

蒙战提出徐家已经有了王后这层关系，再占统兵之权不可接受。徐家觉得虽然巴图与蒙战走动颇近，但是在自己得不到的情况下，由头脑简单的巴图来掌兵部，也比蒙战这头老狐狸要好。

如此妥协出来的一个结果，各方自然都有些耿耿于怀。现如今小青来找的麻烦是杨瀚的私事，难堪的只是徐家，这两个人对视一眼，便很有默契地退开了。

二人一退，小青便提着剑一步一步向那丹陛走去。丹陛之上，杨瀚有些手足无措，看看小青，又看看徐诺。一直垂眸观心的徐诺缓缓扬起了眼帘，一双丹凤眼中暗藏的煞意渐渐地渗透出来。

五十九　割发断情

只隔一阶，青衣劲装的小青站住了。因为一身凤冠霞帔的徐诺已然挺起胸，向前踏了一步，稳稳地站在了她的面前，同时也堵住了她的进阶之路。

两个女子，一个皎皎如绿萼，清丽无尘；一个灼灼似牡丹，雍容高贵。

四目相对，小青的剑未扬起，一双柳眉已如扬起的剑锋："徐姑娘，陪他出生入死的人是我，陪他义无反顾闯荡三山的还是我，你，凭什么为后？"

"就凭我学过六韬三略，千军万马可如臂使指！就凭我熟读四书五经、治政要术，能偃武修文、治国安邦！就凭我《女诫》《内训》烂熟于心，可以修身齐家、相夫教子！"

徐诺对小青寸步不让。

杨瀚登基还要召唤龙兽，率领群臣登上山巅，只为从气势上压倒群臣。如今她刚刚册封，便有人向她挑衅，此时退让，后患无穷。

"就凭我是天贤徐氏的后人！"

徐诺缓缓张开了双臂，头上凤冠的宝珠轻轻颤动着，她厉声叱道："我就是天命所归！我不配为后，还有谁配？"

徐诺目中神光湛湛，俯视着小青，不管是从气势上，还是从装束上，都完全压制住了小青的气场。

"今日是我正位中宫之典，你咆哮殿堂，目无君上，如此德行，难道你有资格配位中宫？你给我跪下！"

小青目光自与徐诺一碰，就觉得心神一阵恍惚，徐诺沉声说到"就凭我学过六韬三略"开始，小青耳中已经听不到其他的声音，只有徐诺一个人的声音，仿佛一片绝对静谧中擂响的巨鼓，轰隆隆地震撼着她的心灵。

当徐诺声色俱厉地说出"跪下"两字时，小青双膝一软，心中明明死也不愿，竟不由自主地跪了下去。

大殿之上，一时寂静至极，仿佛一根针落到地上都能听见。

杨瀚素知小青性情孤傲，叫她给人下跪绝无可能，可眼下只见徐诺沉声一喝，小青应声跪倒，杨瀚不由得心中暗凛。这定然就是徐家的幻术功夫了，这功夫显然只能短暂控制他人神志，不能彻底控制一个人，否则这徐诺只怕早使出这手功夫来，免得小青今日登殿闹事。可是，只要能短暂控制他人的神志，在关键时候已经可以决人生死了，这手功夫太过邪门，自己也得小心才是。

小青以前有异能，可以控制水滴子弹，包括她习练裴氏剑术，对于她意念的锻炼都相当有用，徐诺的幻术并不能完全控制她，她虽屈膝跪下了，心中却清楚地知道，自己着了道。

小青跪在那里，神色极其痛苦，为了同徐诺的意念抗争，额头已渗出细密的汗水。杨瀚恨不得一把推开徐诺将她拉起来，可他想起了那个小话痨谭小谈说过的话，却是根本不敢妄动。

除非适时地打断施术人，又或者等受术人自行挣脱清醒，旁人万万干涉不得。如果强行将受术人唤醒，时机不对的话，轻则让他内腑受伤，重则神志错乱，可能再也无法清醒。

这是涉及神志意念的功夫，杨瀚不敢冒险。

徐诺发现小青意念十分强大，竟然一直在抵抗她的幻术，暗自惊讶之余不免加大了控制力道，这时她的手腕忽然一紧，眸波一转，就见杨瀚肃然道："够了，你收手吧！"

小青趁着徐诺神志移转的刹那工夫，牙齿一紧，一下子咬破了舌尖儿，借着产生的剧痛，一下子挣脱了徐诺的控制。她猛然一个团身后纵，跃下了丹陛，嘴角已沁出鲜血。

"小青……"杨瀚急忙奔下丹陛。

"你滚开！"小青一声怒喝，手中剑如一泓秋水，飒然出鞘。殿上众人顿时一声惊呼，只是谁也来不及救援了。

杨瀚急急一旋身，险之又险地避开了这一剑，可臂上还是唰地一下被割出一道口子，殷红的鲜血一下子涌出来。

小青目含泪水，恨声道："你好！你眼看着她欺负我！从今日起，你是你，我是我，你我再无半分干系！"

小青一剑挥出，徐诺的心就陡地提了起来，亏得杨瀚急旋身躲开了要害，要不然他就要开膛破肚，神仙难救了。要是那样，这杨瀚刚刚登基，她可就要成了寡妇。如今眼见杨瀚只是小伤，徐诺这才松了口气，再看小青，杀心顿起，戟指喝道："来人，给我杀了她！"

殿上武士终于得了命令，立即举起大戟从四下逼过来，一时间四面八方、上中下三路，十几杆锋利的长戟将小青团团困在中间。

"住手！"杨瀚大喝一声，捂着手臂看着小青，血正从他的指缝渗出来。

杨瀚沉声道："放她走！"

小青含泪看向杨瀚，左手一捋，右手剑一扬，一缕青丝飘然于空。小青厉声道："杨瀚！你我从此恩断义绝，不到黄泉，不复相见！"不等那缕青丝落地，小青已决然而去。

礼宾席上，唐诗跪坐着，看着这殿上发生的一切，云淡风轻地道："小菜呀，你觉得，如果这位小青姑娘突然横死，大家会认为是谁下的手？"

蔡小菜道："当然是这位王后娘娘啦。"

唐诗拊掌微笑道："徐姑娘和她的丈夫若是每日相见，朝夕相处，彼此心中都种着一根刺，那情形，一定很有趣。"

蔡小菜顿首道："婢子明白。"

蔡小菜悄然退后，向殿外潜去。此时殿上情形十分混乱，谁会注意到唐诗身边的一个侍女悄然失去了踪影。

可是比蔡小菜更早，还有一个小部落的首领也悄然离开了混乱的大殿。

如今百官都是刚刚册封，站位也是乱七八糟，大家都不熟悉站在自己前后左右的人应该是谁，因而此人的离开根本无人注意。而且，这人离开不久，又悄然回到了大殿。

小青提着带血的长剑奔出咸阳宫正殿，蔡小菜远远地跟了上去。

今日是杨瀚称王立后的日子，蔡小菜自然不能佩带兵器上殿，不过她要杀人，可不一定非得腰间有刀。暗杀才是她真正的绝技。唐家最擅长的本来就不是正面格斗功夫，而是遁术，刺杀术正是遁术中最重要的一课。

在蔡小菜眼中，此刻激愤而走的小青已经是一个死人了。只不过，小菜想选择一块"风水宝地"送小青上路——要嫁祸给徐诺，当然不能叫人看到是她下的手。

此刻这山上偏偏就是载歌载舞的人最多。

小青提着剑，斜刺里冲下了山，闪进一片丛林。

小青心里乱糟糟的："那殿上都是人精，我若收力，必然被他们看出疑点，也不知他伤得重不重。那个妖精打扮起来还真挺好看的，那家伙不会对她日久生情吧？我该往何处去联系东山势力呢？"

小青刚想到这里，前边树后突然转出一个人来。

这人披着长发、赤着双脚，斜披一张虎皮衣，背上一张长弓，腰间挂着一把状似狗腿、背厚刃薄的黝黑色无鞘弯刀，黝黑的脸庞向她一笑，便露出一口雪白的牙齿。

"你是谁？"小青吃了一惊，急忙止步，凛然举剑向他指去。

那人双手摇了几摇，示意自己没有敌意，随后单膝缓缓跪倒，一手扶膝，一手拄地，沉声道："三山遗民木华离，拜见青殿下！"

蔡小菜一路跟踪进了密林，这个地方不错，山清水秀，四野无人，正适合杀人。

徐家擅长的，一是弓弩，二是幻术，弓弩自己不曾带在身上，看来只能用没有外伤的办法杀了小青，才好嫁祸给徐诺了。

蔡小菜打定了主意，立即加快脚下速度。但她刚刚转过一棵大树，一股强劲的风骤然扑面而来。

今天天气晴朗，哪里来的妖风？

蔡小菜大吃一惊，只当小青察觉她在追踪，不知用了什么法子反击，立即贴地一滚，倏然滚出十几匝，双脚在地上一蹬，借力又蹿出五六丈远。

在闪退的同时，蔡小菜双手一分，闪烁着幽蓝光芒的十根毒针便握在了双手指间。

蔡小菜这一系列动作如行云流水，十分敏捷，但是接下来，她欲跳起的身子一下子僵住了。

在她的面前，阳光突然不见了，一对巨大的翅膀正伸展在空中，巨大翅膀产生的阴影笼罩了她的脸庞。

她看到小青和另一个人好像正坐在那巨鸟的背上，但是只一瞬，随着那大鸟翩然一转，摆正了本来侧转的身子，她已看不到鸟背上的情形了，也不知刚才一幕是不是眼花。

强劲的风压迫得蔡小菜屏住了呼吸，眯起了眼睛，周围杂草碎屑纷飞。她眼看着那对巨大翅膀、尖利如钩般的一对利爪以及鞭子似的长长尾翼，就在她头顶一人高处翩然掠过，越飞越高，钻进了洁白的云层……

正殿之后已经建起了几幢大屋，各部落分别出人出力，用了几天工夫抢建出来，作为宫殿来说当然简陋了些，但也不失大气庄重。

一则因为这些大屋都是用草木建成，不需要粉饰装修，二则是诸多器具，都是各大部落供奉上来的，大家分头行动，时间虽短，倒也有些模样。

大屋内外所用木料全都是桢楠，桢楠可是金丝楠中最好的品种，在祖地，现在也只有皇室才能把金丝楠当成建筑材料使用，而且多是用在殿柱，大多是不舍得用它制作家具的。

至于其他人家，谁若是能得到一块上好的楠木，那是一定要用来做成棺材当成宝贝一样珍藏起来的，除了死生大事，他们根本不舍得用在别的地方。

而在三山洲，这样的大木却是比比皆是，并不稀罕。金丝楠木不但用久了会发出黄金一般灿烂的颜色，而且会散发一种清香味，这等上好的木料，连清漆都不用涂，它本来就是防腐防蛀的。

杨瀚带着谭小谈，本想里里外外地逛上一圈，熟悉一下，奈何各处侍卫见到杨瀚俱都跪拜见礼。杨瀚还不能适应对他们视而不见，一一招呼起来又太烦琐，只好快快地回了自己的大屋。

杨瀚在房中坐定，自嘲道："还真是简陋哇，草头王配茅草屋，倒也般配。"

谭小谈给杨瀚斟了一杯茶，双手奉上，轻声道："这是徐家进奉的上品好茶，请大王品尝。"

杨瀚看了眼谭小谈，欲言又止。为王也不是一件容易事啊，单是各种的适应、调整心态也需要时间，如今身边有个貌美如花的小姑娘伺候着，都感觉有些不自在。

谭小谈把茶奉到杨瀚手边，飞快地看一眼杨瀚脸色，清咳道："王后娘娘已经颁布命令，着令各部不再处死罪人，而是一律阉割，以便充于宫廷侍奉大王，第一批已经执行，只是养好身子还需些时日。"

杨瀚皱眉道："都是罪人吗？我听说有些家境贫寒衣食无着的良家子，也是愿意自阉入宫的。"

谭小谈的唇角轻轻地抿了抿："大王说的应该是祖地的事吧？这三山洲比起外间固然清苦，可是山野里随便走上一遭，树上摘的，林间猎的，总能有素有荤，让一家果腹，很难饿死人呢。"

以为他是嫌弃将要充斥于宫廷的都是犯过罪的，谭小谈忙解释道："大王尽管安心，那些罪人虽然成了阉人，却能逃过一死，今后想要生存，更得依赖大王，不敢不守规矩的。"

杨瀚叹了口气，道："这个我倒不担心。"

杨瀚呷一口茶，瞟了谭小谈一眼，说道："你本是瀛洲上将军唐傲府上的侍婢，如今被唐诗惩罚，转赠于我，心中可有怨言？"

谭小谈定定地看了杨瀚一阵，忽地一笑，灯下看来，竟然十分妩媚，只是那妩媚之中却透着一丝凄然："大王是聪明人，应该看得出，唐诗用这样拙劣的手段，不过是为了在大王身边安插一根钉子罢了。"

杨瀚把茶杯缓缓放下，说道："唐家要跟我联盟，不在我身边安插一个眼线，怎会放心？我理解。只是，看得出也不好点破，免得彼此脸上难看，为何你却一下子都交代了？"

杨瀚打了个哈哈，半开玩笑道："不会是因为本王乃天圣后裔，生来的王霸之气叫你一见便为之倾心，所以纳头便拜吧？"

"大王说笑了。我对大王坦白，是因为我很清楚，我只有从此忠于大王，才有活路。"

杨瀚的眼睛眯了眯，盯着谭小谈道："我一直觉得唐诗是个不可小觑的对手，可她安排在我身边的耳目能马上反她的水。如此看来，此人也不过了了。"

谭小谈扑通一声跪了下去，垂首道："唐诗乃一代女杰，毋庸置疑，瀛洲最是男尊女卑，可唐上将军最为器重这个女儿，尤胜诸子，怎可小觑？"

杨瀚看着谭小谈，谭小谈垂着眼帘，灯下俏靥吹弹可破，此刻就跪在自己膝下，那副予取予夺的模样，还真像一朵诱人采撷的花，而且，没有刺。

杨瀚缓缓道："这么说来，她还未离三山，你就反水向我示忠了，难道不是她识人不明？"

谭小谈缓缓抬起头来，眼中已是泪花闪烁："唐诗不是识人不明，只是习惯了视我等为草芥，习惯了草芥们对她毫无条件的效忠与从命。"

杨瀚定定地看着谭小谈，没有说话。

谭小谈凄然道："我和唐诗从小一起长大，她常说，视我和小菜如同姊妹，我也一直以为我和她真的情同姊妹。直到七天前，她决定留我在三山，她交代我……"

谭小谈眼中的泪水终于凝聚成珠，大颗地滚落下如玉的脸颊："她说，为了赢得大王信任，若是大王想要我侍奉枕席，我也不可拒绝。"

谭小谈说到这里时，眼中露出深深的恨意，牙齿咬得咯咯作响："她明明知道，我已有意中人，那个人叫柳慧，是上将军麾下的一名剑士，与我青梅竹马，一同长大。而她，甚至没有问我一句愿不愿意。"

杨瀚道："所以，你就决定背叛她？"

谭小谈没有回答杨瀚的这句话，她含泪的眼睛有些出神，停了片刻，才继续道："今日唐诗授意我撞落玉玺，大王开恩赦免了我。可是如果大王恚怒不肯饶恕呢？那我今日就要为大王祭旗了！"

谭小谈缓缓扬起泪光潋滟的双眸，凄然道："在她心中，我这个所谓的姊妹，不过是她用着称心的一个奴隶，也是可以随时用来牺牲的。"

谭小谈看着杨瀚，激愤道："'君之视臣如手足，则臣视君如腹心；君之视臣如犬马，则臣视君如国人；君之视臣如土芥，则臣视君如寇仇！'小谈不怕死，但是小谈不想心不甘情不愿地替人卖命！"

徐家泽衍园里，唐诗娉娉婷婷地站在小楼上，扶栏远眺，望着远处一丛灯光，忽而粲然一笑，幽幽道："难得父亲能无条件地信任我，不但及时停止了行动，还把大哥派到岛上来做质子，换我回去议事。"

蔡小菜欣然道："那当然，上将军一向最宠爱大小姐嘛，我看哪，将来上将军若是得了天下，做了皇帝，说不定会把太子之位封给大小姐你呢。"

唐诗嗔道："不要胡言乱语！"

蔡小菜不服气道："怎么就胡言乱语了？这在三山世界又不是什么稀罕事，大小姐若是先做皇太女，将来再登基做女皇帝，也不是不可能的事。"

唐诗回眸瞪了她一眼："再敢胡言乱语，我就割了你的舌头。"

蔡小菜吐了吐舌头，不敢再言语了。

唐诗回眸又向窗外望去，缓缓道："大哥是来做质子的，徐诺却把他奉为上宾，专门设宴款待，亲自作陪，反而把我排除在外，真不知她要做何打算。"

蔡小菜眼珠滴溜一转，疑惑道："是呀！那个徐七七，不是想利用美色，勾引咱们大公子吧？就像小姐你迷惑了那徐伯夷一样？"

唐诗无奈道："你呀，莫要小看了徐诺，就算徐伯夷那样的纨绔，他苦苦追我，最大的原因也是我背后的唐家。你以为这天下女子整日里思来想去的就只是情情爱爱、婚姻嫁娶？到了徐诺这个境界，她考虑得不会那么肤浅。"

蔡小菜道："那就是她认定咱们大将军既然在图谋皇位，将来一旦成功，做太子的十有八九是咱们大公子，所以想提前跟他搞好关系。"

唐诗目光闪烁了一下，道："这倒是不无可能，为了这个原因，把我排除在外倒是合乎情理。哼！她如今已被册立为杨瀚的王后，却不与杨瀚同房，如今为我大哥接风洗尘，更是撇开了杨瀚，看起来，在她心中，杨瀚也是毫无分量，只是个可资利用的工具呢。"

蔡小菜道："不会吧？那照大小姐这么说，难不成利用完了杨瀚，她还想取而代之？"

唐诗悠然道："那也不是不可能，将来如何，这就要取决于杨瀚了。如果他是一摊扶不上墙的烂泥，你以为徐诺会把终身托付于他？她今日接受了册后的印玺，却又强调要等杨瀚一统三山再合婚同房，不过是在等罢了。"

蔡小菜眨眨眼道："等什么？"

唐诗道："等着看杨瀚如何作为。如果此人一无是处，那就利用他天圣后裔的身份一统三山，榨尽他的价值，再杀了他。如果此人倒还有用，却又无力摆脱徐家的控制，那也不妨就嫁给他，不过那时的杨瀚将形同入赘，只能任由徐家摆布了。"

蔡小菜道："如果这杨瀚雄才大略，不但能一统三山洲，而且还能建立完全属于他的力量，徐家已经无法掌控他呢？"

唐诗微微一笑，道："那徐诺就会果断地抹杀野心，永远收起她的獠牙利爪，乖乖地去做杨瀚的小女人。"

蔡小菜啧啧道："徐七七倒真是打的一副如意算盘。大小姐，你说这杨瀚和徐诺的一场智斗，谁能赢？"

唐诗仰起脸来，看着天上一闪一闪的星光，久久方道："这，需要的不仅是个人的谋略与智慧，还要看他们的机缘和运气，涉及的变数太多了，谁又能说得清呢？"

蔡小菜叹气道："听大小姐这么一说，简直就是一对狐狸在较劲呢，小谈留在杨瀚身边，会不会受了池鱼之灾啊？"

唐诗莞尔一笑，道："她？不用担心。"

蔡小菜期期艾艾道："大小姐，其实……其实我觉得大小姐今天把小谈转赠给杨瀚的手段似乎太生硬了些呢，如果我是杨瀚，恐怕不会就这么轻易相信她。"

唐诗淡淡道："我要尽快回瀛洲去见父亲，哪有时间细细安排？再说，只要杨瀚不蠢，不管我安排的手段如何巧妙，他都不会轻易相信小谈的。"

蔡小菜讶然道："大小姐既然明白，那又何必把她留下？"

唐诗回过身来，已是笑靥如花："最起码，一旦杨瀚与徐诺斗到你死我活，需要借助外力的时候，杨瀚就会想到利用小谈联系我唐家。小菜，你要记住，做生意，可不能死心眼，想想徐家和杨瀚分别央求我唐家出手干预的时候，我们是不是就可以待价而沽了呢？"

蔡小菜恍然道："我明白了，原来大小姐打的是这样的主意。"

唐诗的眼中露出一丝狡黠之意，缓缓道："也不尽然。还有一点就是，我相信小谈。你以为杨瀚现在疑心她，就会永远怀疑她吗？你呀，虽然跟她一起长大，却也不曾看透她。那丫头，就是一个不折不扣的小狐狸。"

杨瀚轻轻勾起谭小谈的下巴，定定地看她很久，才轻轻地吁了口气："一将功成万骨枯，谋国之略中，更不知要牺牲多少无辜，这个道理，我现在才有切身的体会。你走吧。"

谭小谈茫然道："走？我能去哪里？"

杨瀚柔声道："回瀛洲，找到你的那位青梅竹马，从此双宿双栖。"

谭小谈咯咯一笑，虽然在笑，却叫人看着有些心悸："大王是让我和他去黄泉路上双宿双栖吗？大王以为，我二人若是私奔，天下之大，还有存身之处？"谭小谈惨然摇头，"小谈命若浮萍，唐诗命我留在大王身边那一刻起，不管我如何抉择，我和柳慧，都是再无可能了。"

杨瀚皱眉道："那你想怎么样？"

谭小谈黯然道："小谈的心不是草芥。小谈的命，却是草芥。命……既然把我吹上了这忆祖山，我就只能在这儿扎下根来，托庇于大王，倚仗您这棵参天大树为我遮风避雨，才能苟活人间了。"

杨瀚沉默良久，轻轻道："我就是因为……在祖地已无处存身，才逃来三山的。"

谭小谈凄然道："可惜小谈没有那个命。"谭小谈深深地叩下头去，"求大王收留！"

杨瀚沉默有顷，沉声道："我若视你如手足……"

谭小谈顿首，振声道："小谈必视大王如腹心。"

杨瀚站起身来，双手扶起谭小谈，慨然道："好！如今正是本王用人之际，我只是不曾想到，甫至三山，身边第一个可信可用之人，居然是你。"

谭小谈激动道："大王如此信重，小谈定为大王出生入死。"

杨瀚笑了笑，道："也未必就有那么严重，真要到了那一天，你也护不住我。"

谭小谈兴奋道："是呀，小谈糊涂了，大王您有四鸣音功，可召集龙兽，普天之下，谁人能敌？"

杨瀚摇摇头道："在一统三山之前，我最大的敌人是我身边的人，对付他们，龙兽不可恃，只能靠谋略。"

谭小谈疑惑道："大王身边的人？"

杨瀚淡淡道："不错。你以为只有你负有使命到我身边？现如今簇拥在我身边的，哪一个不是别有用心？我只有征服了他们，才能成为真正的三山之王。不然的话，三山一统之时，就是我的大限之日。"

谭小谈明白过来，慨然道："大王如此胸襟气魄，我相信，必能一统三山，定鼎天下。小谈愿鞍前马后，追随大王。从今天起，小谈就是大王的人了，大王但有所命，尽管吩咐！"

杨瀚苦笑道："这深更半夜的，能有什么吩咐？给寡人扫床铺被吧，这一天折腾得我骨头都要散了，我得睡了。"

"哦！"谭小谈糇糇地爬上了床。

三山大木极多，所以这屋子建得不小，这张床榻做得也大，要铺被，不使四个宫娥一起可做不来。

"他……不会在背后看着我吧？"

这个念头一生起来，谭小谈顿时浑身不自在，脸不知不觉地便有些发烫。只是，她咬着唇，悄悄扭头一看，却瞧见那个傻子正站在大窗前看星星。

"天上的星星难道比我好看？这么差的眼力，他凭什么一统三山。"小谈简直有些怒发冲冠了，明明是自己心猿意马，这时却迁怒于杨瀚，把"近之则不逊，远之则怨"发挥得淋漓尽致。

杨瀚仰望着星空，呼吸着忆祖山上的清新空气，忧心忡忡："小青也不知怎么样了，东山诸部不可能在这边没有耳目，斗了五百年，再蠢也该有这些心机，他们，应该会及时联系小青吧？"

杨瀚昨夜上床之后，并未马上睡去。其实他现在的身份和地位很微妙，既高高在上，其实又是任人摆布，算计巧妙的话他就能反客为主，若是失败，下场则惨不忍睹。想想小周后的下场，想想李煜身中牵机之毒，想到这些凄惨无比的结果，就叫人不寒而栗，杨瀚可不想有朝一日自己和小青也要落得那般结果，这就需要多做筹谋。

杨瀚思来想去，翻来覆去，很久才睡去。可这三山洲原始生态保持得实在是太好，一早还未起床，窗外就鸟雀欢鸣，叽叽喳喳，杨瀚不觉就醒了。

"来人，侍候大王更衣。"小谈站到一侧，对外边说了一声，同时啪啪啪地三击掌，四个宫娥立即捧着梳洗用品走了进来。

杨瀚摆摆手道："放下放下，你们都出去吧，小谈一个人留下就行了。"

一时之间有人侍候，已经很不自在了，又是一帮姑娘，杨瀚想想都头大。

小谈吸了吸鼻子，以前她也不是没有侍候过人更衣，只是从小到大一直侍候的是唐诗，忽然变成了一个大男人，姑娘心里难免也有些不自在。眼见四名宫娥都退了出去，殿门也关上了，小谈只好硬着头皮姗姗地走上前去。

一大早，徐诺就登上了咸阳宫，到了寝宫门前，看见四名宫娥站在廊下，徐诺便停步道："大王可已醒了？"

这四名宫娥都是徐家选派献入宫中的。一见是自家大小姐到了，齐齐行礼，其中一女道："大小……娘娘，大王已经起了，小谈姑娘正侍候大王更衣。"

徐诺蛾眉微微一挑，道："你们从今往后不再是我徐家堡的人，而是大王的宫中之人，侍候大王起居饮食是你们的本分，竟然如此藐视王上吗？"

四名宫娥急忙跪倒，为首一人叩头道："大……娘娘恕罪，不是我等懒惰，是大王吩咐过，只需小谈一人侍奉就好。"

"哦？"徐诺怔了一怔，目光微微一闪，似笑非笑道，"这谭小谈本是唐姑娘身边的人，大王倒是很信任她呀。"

这话听着好像……四个姑娘都没敢接茬。

徐诺淡淡道："你们都起来吧。"

眼见四女站了起来，徐诺仿佛漫不经心地问道："昨夜小谈睡在哪儿啊？"

四个姑娘面面相觑，其中一女讪讪地答道："回禀娘娘，宫中尚无总管，也无女官。除了侍卫巡弋，其他方面尚无秩序章程，我等……也不曾注意小谈姑娘睡在哪里。"

徐诺微笑道："这是本宫的疏忽。那么，从今天起，就由你来担任女官一职，负责这宫中侍婢们的安排。各地选送的内侍宫娥会很快送来，你要负责制定章程，安排人手，务必做到井然有序。"

其他三女都有些羡慕地看着那答话的侍女，一时间有些后悔自己方才不曾主动应答了。那个被点为女官的宫女喜出望外，连忙垂首道："是！奴婢谨遵娘娘吩咐。"

徐诺挥袖道："好了，你们退下吧。"

四名宫娥不敢多言，姗姗地退了下去。徐诺望了一眼那紧闭的宫门，上前一把推开，把木屐脱在门外，赤着双足走进去。

徐诺走进大厅，目光一扫，便往盥洗房中走去，落地轻盈无声。

徐诺刚走出几步，就听杨瀚道："哎呀，出血了，幸好不多。"

谭小谈道："大王快洗一下。"

杨瀚道："不用担心，下次就不会了。"

徐诺一听，顿时气往上冲。男人简直就没一个好东西。这个男人是不是搞不清楚他现在什么状况？还是以为只凭他一个天圣后裔的身份就能摆平诸部、征服人心？你好色也就罢了，本姑娘给你选送的宫娥哪一个不算俏丽？你偏偏不知死活地去碰唐诗的人。那个小妖精，一定是她主动勾搭，这个狐媚子，若是天天在他身边蛊惑那还得了？

徐诺沉着脸走过去。

盥洗室中，杨瀚接过水杯，漱了漱口，将带着血沫子的水吐掉，把杯递还给小谈，龇着牙对着铜镜看看，说道："前几日住在泽衍园，每日都是用青盐配丝瓤刷牙，我还当你们三山洲上没有牙刷子呢。骤一使用，牙龈难免出血。"

谭小谈笑道："我们三山世界的人本就是来自祖地呀，更何况，每隔几十年，总有祖地的人误入三山世界，就算我们这儿的人不曾想到过这样的东西，也会从他们口中知道。"

谭小谈把洗好的毛巾递给杨瀚，一边看他擦脸，一边道："我们瀛洲以前一直是用一种树枝，一头捣碎了就与牙刷子相仿了，那种树枝不但有洁齿防蛀的功能，还能起镇痛作用，比祖先们用的杨柳枝要好。牙刷子嘛，三十多年前我们就开始用了，大王用这茯苓煮制的牙膏可还舒服吗？我们瀛洲还有一种以荏苒（紫苏）叶为主熬制的牙膏，刷完一口清凉馨香，气味更好闻呢。"

刚刚走到盥洗室门口的徐诺听到这话不由得一怔，想了一想，又蹑手蹑脚地倒退回大厅，在席旁的一张蒲团上跪坐下来，整理了一下仪表，这才正容朗声道："徐诺向大王请安！"

六十　同床异梦

盥洗室的帘拉开，杨瀚走了出来。

杨瀚刚刚梳洗完毕，头发已经绾起，插了一支碧玉簪，外袍是青玉色的常袍，一眼望去，英俊儒雅，翩翩如玉，看得徐诺也是眼前一亮：这人倒是一表人才，只是肚子里究竟有多少斤两，还有待观察。

说起来，西山诸部中再无人比徐诺的心思更复杂了。旁人要么是虔诚地希望他们的王英明神武，要么是希望杨瀚只做一个傀儡，只有徐诺，既希望他有雄才大略，又担心他会失控，那种复杂的心思，实在是难以言表。

"王后！"

见徐诺向他空首一拜，杨瀚便走到席前，在另一张蒲团上跪坐下来，也循古礼，双手拱于胸前，与心相平，然后举手到地，俯头至手，向她还了一礼。

小谭斟了两杯清茶，用托盘盛了奉到席上。徐诺淡淡地瞟了她一眼，说道："我与大王有话说。"

"是！"小谈膝行跪退三步，然后起身，倒退向门口，踏出门槛时，轻轻地别着脚，侧身退了出去。

徐诺看了，眼中的火苗登时一闪。

杨瀚也看到了谭小谈袅袅退出的优美身姿，只是男人心粗，他可不曾想到谭小谈那样故作娇怯，其实是在向徐诺传递着某种错误的信息。

杨瀚只当是大户人家侍婢的规矩，这么走路看起来风情万种的，挺养眼。一想到风情万种，杨瀚登时心头一热，情不自禁地又想起了小青。

二人自从在三山重逢，直到杨瀚登基称王那日做戏决裂，之间有六天时间。六天里，每晚小青都会悄悄潜入他的房间，除了学习四鸣音功，便是与他耳鬓厮磨、缠绵恩爱。

小青不比常人，行事做派不像寻常女子一般忸忸怩怩，第一夜，竟是她主动出手，推倒了杨瀚。

杨瀚想着与小青缠绵情形，神情难免露出些异样。徐诺看在眼中，却以为他是盯着谭小谈离开的身影有些神思不属了。

徐诺马上挺了挺胸膛，柔声道："大王，唐家派来了长公子唐霜为人质，要换唐诗回去。"

杨瀚定了定神，道："哦？唐家派人来了？"

徐诺道："是。这个唐霜现在已经被妾身软禁起来了，在和唐家达成正式协议之后，妾身才会放他离开。"

杨瀚提醒道："今后很长一段时间内，我们和唐家都会是盟友关系了，不要慢待了这位唐家长公子。"

徐诺嫣然道："大王说的是，在很长时间内，我们和唐家都将是盟友。这唐霜除了不能自由走动，其他方面大王尽管放心，妾身对他礼遇得很。唐霜来了，唐诗就可以走了，妾身已经安排了船，今天一早送她离开了。"

杨瀚点点头，欣然道："幸亏有你，不瞒你说，我初履王位，其实对内政外事一无所知。亏得王后贤德，帮我解决了很多麻烦。"

杨瀚说着，心头却是一声冷笑："唐家大公子唐霜来了，作为盟友送来的最重要的一个质子，我却连面都不能见上一见。唐诗离开，更是你一手包办，她都被送出外海了，你才来知会我，真是贤惠能干的好王后哇。"

思及此处，杨瀚突然想到一个笑话。一位姑娘嫁人，洞房之夜瞧见老鼠偷米，兴致勃勃地指给新郎官看："你看你看，老鼠偷你们家稻米。"及至次日，又见老鼠偷米，新娘子勃然大怒，抢起擀面杖就砸了过去，恨恨大骂："该死的耗子，竟然偷我家的稻米。"

徐诺看见杨瀚的唇角忽然微微翘起，笑得有些诡异，不禁说道："大王，妾身的安排可有不妥之处？"

杨瀚微笑摇头："没有，我只是想到巴、蒙等人，虽说现在授了他们官职，他们也以臣下自居了，实则一应军政赋税司法等事，仍然是他们自作主张。王后，我们和东山诸部如果不能整合的话，一统三山便是一句空话。所以昨夜为此，我可想了许久呢，如今见王后如此能干，得此内助，我心中自然欢喜。"

徐诺看了看杨瀚，虽说神采奕奕的，可眼睛里确实有血丝，昨夜果然没有睡好。只是这没睡好的原因真是因为思虑太久吗？想到小谈刚刚退出去的别扭样，徐诺心里有点儿腻味。

不过徐诺并未往这方面带话题，她是豪门贵女，如果为了那么点儿捕风捉影的事就捻酸呷醋，未免太有失身份，杨徐两家，一圣一贤，她可是一人之下，万人之上的地位。

徐诺反问道："不知大王思量一夜，可有了主张？"

杨瀚道："税赋、司法这些都可以往后放放，这些现在都是虚的。咱们现在必须想办法先收他们的兵。收了他们的兵，才能叫他们俯首帖耳，真正地听命于咱们。"

徐诺目光一闪，道："大王说得固然不错，只是各部落都把兵马看作命根子，恐怕没有一家会答应交出兵权的，我原还打算先收司法之权，再徐徐图之呢。"

杨瀚摇头道："没用的，避强就弱，必遭反噬。不能给他们警醒的机会，咱们得先收兵权，其他事，自然迎刃而解。"

徐诺蹙眉沉吟："殿下有龙兽可以驱使，再加上我徐家的兵马，要逐一征服诸部，虽然损伤不会小，却也未必做不到。只是，以什么名义出手呢？毕竟他们表面上恭顺得很。"

杨瀚心道："且不提巴家掌握着五元神器。就算我动用龙兽，它也只是摧坚破关的利器，要收服诸部，最终还是要靠你徐家的兵马，到最后诸部倒是臣服了，我却仍是孤家寡人一个，只是养肥了你徐家。"

杨瀚忙摇头："不不不，这不行。诸部奉我为王，虔诚礼敬得很。我却马上调集兵马去攻打他们的部落，何以得民心？我们应该联合诸部，选择一个不肯臣服的外敌，向他们开战。"

徐诺凝视着杨瀚，追问道："然后呢？"

杨瀚狡黠道："大军作战，必须得统一调度，具体指挥兵马的将领，当然是由各部落指派，统帅者却是凌驾于他们之上的，只要有这个人在，指挥调度久了，威权自然盛大。更何况，在此过程中，有功则赏，有过则罚，或升或贬，掺沙子搅浑水，只要运作得当，不怕不能把兵权渐渐收拢上来。咱们有天圣天贤的名分，若不能在这个过程中渐渐收拢兵权，那也太无能了。"

徐诺一双好看的黛眉微微地攒了起来，迟疑道："大王，如今任兵部尚书的可是巴图，统兵调将理所当然由他决策，咱们这样做，岂不是为巴家做了嫁衣？"

杨瀚与徐诺商议时一口一个咱们，那推心置腹的样子，仿佛一对奸诈的小夫妻在算计旁人的财产，说到此处时徐诺自然而然地也用上了"咱们"。

杨瀚得意道："王后忘了一个人，他可是有资格让巴图靠边站，自己来统兵挂帅的。"

徐诺失声道："谁？"

一瞧杨瀚的笑容，徐诺恍然道："大王你？"

杨瀚道："不错！咱们现在是打江山，可不是坐江山，我不亲自出马，难不成还能待在这咸阳宫里坐享其成？大军出行，粮秣辎重是最重要的。户部尚书这个衔如今可是落在你二叔头上，我在前方收拢兵马，王后在后方，能不能把赋税钱粮拢在手中呢？"

徐诺的眼睛渐渐亮了起来。她可不蠢，只这刹那工夫，她已想出了对诸部落分而化之、或拉或打，最终控制他们钱粮税赋的好几种办法。

杨瀚笑得很开心："我与王后一唱一和，你说，能不能唱好这出大戏呢？"

徐诺笑得更甜，昵声细语道："妾身一定使出浑身解数，伺候好大王您这个角儿。"

东山褐岩，是东山诸部的圣地，当年三山帝国崩溃后，那位逃到东海郡的亲王就是在这里受东海郡太守拥戴登基称帝，从而延续了三十年国祚的。这里不比忆祖山，并没有什么古迹，山势也不险要，不会给人神圣的感觉，但问题在于，这是东山诸部与西山诸部争夺正统的物证，具有重要的意义。

小青刚一抵达褐岩，马上就被送进一处洞穴看护起来。

木翼把风尘仆仆赶回来的木华离带到小青隔壁的一处洞穴，这两处洞穴相邻，不过中间的岩壁厚有三尺，根本不用担心隔壁能听到这边的声音。

木华离禀报道："爹，我把她带回来了。不过，我这次去，听到了一些不好的消息。"木华离皱了皱眉，神情沮丧，"我得到的消息说，那个名叫杨瀚的男人才是天圣杨家的后裔，这位小青姑娘其实并不姓杨，她不是天圣杨家后人，而是那个杨瀚的情人。"

木华离用强调的语气继续说："是杨瀚原本的情人。现如今，杨瀚为了得到东山诸部的支持已经称王，并且册立徐家的徐诺为王后了。这个小青悲愤欲绝，因此与杨瀚当庭决裂，我带她离开时，还看到杨瀚派了人来想杀了她呢。"

木翼满是皱纹的老脸仿佛岩石镌刻的一般，并没有露出什么惊讶的神色："儿子，你走后，爹已经想过种种可能了。哪怕她不是天圣杨家的后人，我们也得硬生生让她变成杨家后人。不然，西山诸部就会占了上风。如今，这小青既然与杨瀚情断义绝，对我们而言，就是一件大好事，如此一来，我要说服她承认是天圣杨家的后人，相信就容易多了。"

木华离忧心忡忡道："西山诸部现在有五元神器在手。那个杨瀚又是真正的杨氏后人，想必是懂得四鸣音功的，这真与假，岂不是一戳就破？"

木翼冷笑道："幼稚！我东山诸部谁肯向西山诸部低头？现在大家争的是名分、是大义，不是东山压倒西山，就是西山压倒东山。就算明知是假的，大家也只会装疯卖傻地当她是真的。"

木华离道："可是，她不懂四鸣音功，就算诸部首领肯配合，又如何瞒得过我东山诸部的百姓？"

木翼道："几百年来，我东山诸部饱受西山诸部的欺凌，如今那个真正的杨氏后人又落在西山，且与徐家联姻了，西山诸部近水楼台。如果我们归附低头，岂不是要永远被西山诸部压在头上了？"木翼拍了拍木华离的肩膀，"儿子呀，你要明白，百姓们就算心中沮丧，也会很快想通这个问题，谁也不会戳穿的，我们需要一个天圣后裔出现在东山。"

"儿子总觉得……"

"不必说了，你在这里等，我去见她。"

木翼整理了一下衣装。平素里，木翼的打扮给人的感觉与大宋西南黔贵地区的土司相仿，他穿兽皮，戴狼牙项链，冠上会缀以鸟雀的锦羽，有时还会在脸上抹上褐色的岩泥。

而今天，他难得地换上了一套大袖高冠的秦汉袍服，显得异常庄重。这样的冠戴以前可是只有每年诸部会盟，举行祭祖大典时他才会穿上，那代表着木家悠久的传承和辉煌的过去。

隔壁山洞前，两个木氏部落的战士手持锋利的长矛笔直地站在门口，一见族长出现，二人立即更挺直了腰杆。木翼停住脚下，朗声说道："东海郡太守木翼，求见公主殿下！"

门口两个持矛的战士顿时愕然看向族长。他们知道里边有一位很俊俏的姑娘，是他们的少族长木华离带回来的，他们还以为这是少族长从哪个部落抢亲抢回来的呢。

什么？太守？公主？

他们当然知道自己的部落族长祖上曾经是东海郡的太守，不过那是太遥远的过去了。木氏后人只有在每年的祭祖大典上才会提及这个称呼，以寄托对一个古老王朝的追思与怀念。

这些战士还在孩童的时候，就听族中老人把那口口相传五百多年的历史告诉他们，知道在很久很久以前，三山洲不是现在这个样子。那时候，他们有一位强大的皇帝。那位强大的皇帝拥有神一般的力量，只要他一声号令，就可以让到处肆虐的龙兽乖乖地待在大山深处，不敢出来害人。可是后来，三山国陨落了。曾经如此强大王国的三位权臣蚕食了它的力量，建立了现在的瀛洲、方壶和蓬莱三大帝国，而他们这些三山王国最正统的子民后裔却被锁在这三山洲上，艰苦生存着。

现在，族长大人不仅提到了他的家族古老的官职，还说什么公主殿下？哪来的公主？如果是瀛洲皇帝的女儿，族长大人没必要提到三山帝国授予的古老官职自讨没趣呀，难道是……

两个年轻的战士一下子血往上涌，激动得脸庞都红了。他们都是心思单纯的战士，这一刻，他们却隐隐地感觉到，似乎将要有什么大事发生了。

木翼没有等到小青的回答，便正了正衣冠，大步走了进去。大概过了两炷香的时间，木翼跌跌撞撞地跑了出来，脸庞像涂了鸡血一样红。

他就像喝了一坛子老酒似的，踉踉跄跄地一头撞上了岩壁，亏得那是坚硬的花岗岩，否则就他那极有力量的一撞，能把那块墙壁撞塌了。

"族长？"

两个战士本来按捺不住地想问些什么，可一瞧族长这副失魂落魄的样子，赶紧上前扶住他，担心道："族长大人，你这是怎么了？"

木翼迷迷瞪瞪地望着两个战士，好半晌才清醒过来，"啊"的一声怪叫，就冲进旁边的洞穴去了。

腰系兽皮裙，头戴锦鸡翎，打着赤脚的部落战士愕然地相互望了望，一起敬畏地看向那洞穴的入口。里边那位公主殿下究竟是什么人？为什么一向老成持重的族长见了她会如此失态？

木翼跑进洞窟，连自己的高帽子吃他一撞已经歪了都没发现。

木华离一见父亲回来，忍不住问道："爹，咱们什么时候召集诸部，宣告公主殿下的到来呀？我看咱们部落里安静得很，其他部落似乎都还不知道这事呢。"

木翼满面红光地哈哈大笑："因为我不敢告诉他们哪，爹也担心咱们接回来的人并不是天圣后裔，原打算等你把人接来，咱们商量好了再说，免得穿帮，哈哈哈……"

木华离呆了一呆，道："爹怕穿帮怎么还笑得这么开心？"

木翼一把抓住木华离的手，笑得满是皱纹的老脸像绽放了的一朵秋菊花似的："因为她答应了呀，哈哈哈，她答应了，这不重要。要紧的是，她会四鸣音功，她会四鸣音功，哈哈哈……"

木华离大吃一惊，道："什么？她会四鸣音功？难道她真叫杨青？真是天圣后裔？"

木翼激动地摆着手："不不不，那个杨瀚才是天圣后裔，不过他曾经把四鸣音功传授给小青姑娘。你知道吗？四鸣音功中的凤鸣功已经失传了，杨瀚也不会，哈哈哈……"

木华离一脸茫然道："我三山帝国威震四海的神技失传了一门，这有什么好开心的？"

木翼像跳舞似的，蹦蹦跶跶道："他不会，可咱们会呀，咱们有从小驯化的风神哪！他们天圣后裔不能统治天空，咱们的公主殿下却可以翱翔九天，谁是正统？你说谁是正统？哈哈哈……"

木翼像吃了笑药似的，直笑得上气不接下气。木华离瞪大眼睛看着父亲，好半天才消化了他的这句话，木华离立即蹦了起来："我明白了，我明白了，哈哈哈。"

父子俩手拉着手，像跳踢踏舞似的蹦了半天才停下脚步。木翼兴奋地对木华离道："你马上派人召集东山诸部，就说我们寻回了天圣后裔，杨家的公主。"

木翼握紧拳头，兴奋欲狂道："谁敢不来，咱们就揍他。我要把咱们的公主捧成至高无上的女神，诸部武士只要见了这样美丽、优雅、高不可攀、独一无二的女神，谁会不甘心为她效死？他们会心甘情愿地赴汤蹈火的。到那时候，不管多么强大的敌人，他们都会嗷嗷叫着，疯了一样地扑上去，把敌人一把撕碎，只为博得女神一笑。东山，要崛起了！"

"哦哦哦，我明白了，我这就去。我会告诉他们，要召开十年……不，百年一次的大集会，所有部落最勇武的战士都要来参加。"

木华离转身就往外跑，黝黑的两颊一片酡红，近乎醉酒的状态比他爹还要严重。

博多港近来清静了很多，这个港的海船贸易主要是与三山洲交易，运来三山洲的山珍野味、皮毛玉石，运去瀛洲的物产。可是从十天以前，就没有船从三山洲过来了。

很多从这边过去的商船都循原路退了回来，他们得到的消息是，三山洲徐家的家主被刺杀了，整个三山洲如临大敌，现在内外封锁，严查凶手。

到了现在还没有开禁的消息，博多码头停泊着的大型商船已经不多了，很多受不了无止境等待观望的商船将货物转运他方，以求降低损失。

如今港口出入的大多只是近海打鱼的小船。这一天，几十只小帆船正在静波平澜的海湾水面上捕鱼，忽然看见一只三桅大船从远处驶来。

渔夫们顿时一阵欢喜，难不成三山洲的海禁已经解除了？解除了海禁，商旅增多，他们打的鱼销路才好哇。

那只船越驶越近，已经可以看到船帆上的桔梗家纹，渔夫们这才恍然大悟，原来是唐家的大船，难怪他们能在三山洲已经海禁的状态下出入自如。

大船驶进港口，码头上，一行二十多名武士骑着雄骏的高头大马，后边还带着二十余骑空马飞驰而来。

船在码头停靠住，踏板放好，蔡小菜和十几名侍卫拱卫着唐诗走出了船舱。

那些骑马的武士纷纷下马，其中两名武士飞快地赶到船边，按刀而立。两个武士衣着相同，都是白色直垂，靛青色羽织，头戴侍乌帽，容貌俊朗，有六七分相似。

唐诗穿着一袭樱花纹的衣裳，手执一柄五彩小扇，姗姗地走上岸来，一瞧后边的马匹，黛眉轻轻一蹙，道："怎么不准备车子？"

其中一名武士顿首道："主公希望以最快的速度见到大小姐。"

唐诗懒洋洋地叹了口气，道："坐了好几天的海船，本来就乏，还要连乘几日的马，人家的骨头都要散了呢。"

另一名与先前武士有六七分相似的武士沉声道："主公突然停止行动，方方面面都要知会，承担了很大干系。所以，主公急切需要一个理由。"

蔡小菜冷哼一声，道："柳挥、柳慧，你们两兄弟还真是两只会叫的好狗哇！我们大小姐如何行止，什么时候轮到你们在此犬吠不止了？"

面前那对容貌相似的武士霍然抬头，凶狠地瞪向蔡小菜。

蔡小菜冷笑，下巴微微一扬，徐徐拔刀，说道："怎么？想跟我动武哇？柳慧，看来小谈上次砍你那一刀是太轻了。我的刀可是比小谈的刀还要锋利呢！"

那武士被蔡小菜一说，面庞顿时涨得通红。唐诗轻描淡写道："算了，打狗还要看主人呢，他们可是我大哥的心腹，现在大哥替我押在三山为质，他们关心主人，忠心可嘉。"

唐诗说着便袅袅婷婷地向前走去。前方已经有武士牵了一匹乌骓迎来，那匹雄骏的宝马正是唐诗的爱驹。蔡小菜冷哼一声，推刀入鞘，跟在唐诗后面走过去了。

柳挥、柳慧两兄弟敢怒而不敢言，只是扶刀肃立于左右，眼看着唐诗、蔡小菜还有十几名武士过去，却未见谭小谈身影，柳慧脸上露出一丝喜色。

他向刚刚拴好缆绳的一个水手招了招手，小声问道："怎么不见谭小谈？可是死在三山洲了？"

那水手摇摇头道："大人，这个小人可不清楚。小人一直守在船上，直到徐家放行出海，就只看见大小姐和小菜姑娘登船，没看见小谈姑娘。"

柳挥举步向唐诗等人走去，一边走，一边说道："二弟，别忘了，你是一名武士。谭小谈是堂堂正正与你比武击败你的，你要用同样的方式杀了她，才能夺回失去的荣耀。"

柳慧脸一红，垂首道："是，我明白了。"

沙滩上拖放着几只破烂的渔船，一块平坦的地方用木杆架着一张破烂的大渔网，一个白发苍苍的老渔夫正拿着渔梭耐心地织补着渔网。

远远地，眼看着唐诗等人翻身上马，在四十多名魁梧武士的护拥下飞驰而去，老渔夫不觉停下了手中的动作，喃喃道："唐家那位最受宠的大小姐回来了呢，这件事，得马上禀报亲王殿下！"

三山洲巴家，把一座山，硬生生建成了一座城，一座纯粹的山城。

难怪当初几大部落争取杨瀚留在自己部落时，巴图夸耀自家部落所居之处最是险要，可以护卫杨瀚安全。

从山脚望上去，屋舍累叠，鳞次栉比，明明很险要的山，可是上升到了几十丈处，就有大片的突转平缓的地势，这些位置上都建满了房屋。

由于地势起伏不定，所以常常会有些屋舍，前门出去是一片平地，后门小院边上就是深达几十丈的悬崖。

三山洲男女老幼皆善射，尤其善用弩，使得全民皆兵。这种地势的一座山城，就是一座戒备森严的兵城，没有任何一个骁勇善战的将领愿意攻打这样的一座城。

实际上，这山上有活泉、有土地，能够自给自足，要攻打这样的一座城，除非付出尸山人海的代价把上边的人都硬生生耗死，不然给你一百年时间也攻不下来。

三山的王与王后带着徐震、蒙战等人都来了。五元神器落在了巴家，巴家当然不想交出来。虽说巴家不会使用它，但是掌握它，对杨瀚和徐家就是一种牵制。

这也是杨瀚与徐家循祖制重新缔结了婚姻关系，但蒙战和巴图仍然自信可以与徐家分庭抗礼的主要原因——五元神器在他们手中。

山越往上走便越陡峭，到了山巅处时，就只剩下了一座石屋。这里不是巴家议事的所在，而是巴家的祖祠。

平素里，这里并无人看护，因为此处如一剑突兀而出，直刺苍穹。除了一条加了铁索的只容一人攀行的小道，根本没有别的路上来。山顶那不过四丈方圆的石屋占据了整个山尖儿。而在其下三十丈处，环山而建的则是巴氏家族核心成员的屋舍。这等所在，哪用担心有人偷入。

石屋顶是圆的，没有窗，屋顶最中心处是空心的，阳光从那里照射进来，与那采光孔对应的是一个四四方方的凹井，井深三尺，平时用来承接雨水。此刻虽未下雨，那边缘长满青苔的凹井中仍然蓄满了水，水清可见底，有十几尾游鱼在睡莲枝叶间游嬉，随着众人的踏入，鱼机敏地躲进了叶下。

五元神器就供在巴家列祖列宗的牌位前边。

徐诺一见，一抹杀气便在眼中瞬闪而过。巴家把五元神器供在祖祠里，这是什么意思？这是打算把它当成巴家的传家宝，世世代代供奉了？

徐诺本意是征服巴家，能文斗最好，如果需要动武，也是点到为止。毕竟，一旦三山一统，外边还有更广阔的天地要征伐，比起他们，三山众部尤其是西山诸部，算是很亲近的关系了。

可是如果巴家想把五元神器据为己有，那就绝不可接受。不管付出多大的代价，总有一天，她要把这五元神器夺回来。

老祖宗定下徐杨两家江山共治相辅相衡的规矩就已经够了，不需要再加一个巴家三足鼎立。

一念及此，徐诺竟能克制住好奇，不去关注那供桌上的神器，反而迅速地观察起了巴氏祖祠，思量如何把这神器取走。

杨瀚看到那供桌上摆放的五元神器，却是目光一凝，身形也停了下来。

四如意中的风如意是他从小就见过的，小时候，每到炎炎夏季，他最喜欢抱着这柄如意睡觉，因此他的童年从没在苦夏的午夜热醒过。

他从小生活在建康城，从未想过有一天会离开那里。可是就因为他献出了风如意，换来一个小管家的差事，从此陷入了一桩离奇杀人案，被迫离开了建康。

那时听人说起临安，在他心中仿佛就是远在天边的一处所在，谁能想到，他竟因此辗转，不但去过了临安、青城、峨眉，还去了万神之山的昆仑，最后更是来到了这传说中的海外三神山。

一切的机缘，都始于这五元神器。

世事真是难料，世事也真是奇妙。

没有人催促杨瀚，其他人虽不知道这五元神器的诸多妙用，却因为传说给了他们更甚于杨瀚的敬畏和尊崇。

他们都屏住了呼吸，静静地站在杨瀚身后，凝视上那石案上一看就不是凡物的五件宝贝。

徐诺已经把这巴氏祖祠内的一切关键尽收眼底，牢牢记在了心中，这才收回目光，看向杨瀚。

杨瀚长长地吸了口气，缓缓地举步向供桌走去。众人跟上，杨瀚轻轻抚向石案上平平摆放的四件如意以及金钵。巴家的人不知道该如何使用此物，因此并未敢予以组合。

看着那五件宝物，巴图忍不住舔了舔嘴唇，说道："大王，这五元神器，传说妙用无穷？"

杨瀚微微一笑，道："不错！庄子说剑，你可听过？"

巴图一呆，求助般看向蒙战，蒙战轻轻摇了摇头。

徐诺微微一笑，道："夫天子之剑，'包以四夷'，'裹以四时'；'制以五行'，'开以阴阳'。诸侯之剑，'四封之内，无不宾服而从君命'。庶人之剑，不过匹夫之勇，'无所用于国事'。"

杨瀚讶然地看了徐诺一眼，徐诺向他微微地一挑蛾眉，小小俏皮之中，微露一丝得意。

杨瀚笑了笑，轻轻抚摸着四如意，道："这五元神器，可当天子剑，可当诸侯剑，亦可当庶人剑，全看它操于谁手，用于何处。我今日，就要用它开阴阳，定四时，造福天下。"

杨瀚拿起四件如意依次搭建，以榫卯结构稳稳地固定在桌上，最后拿起金钵，对准四如意突起上翘的部分。咔的一声，金钵就位。

整个过程，杨瀚没有瞒着任何人，丝毫不在意被他们看见。众人起初还担心杨瀚会命令他们退出去，独自操作。他们不管是出于私心还是出于好奇，都想看一看整个过程。

没想到杨瀚对这三山至宝的使用居然没有一丝遮掩，虽然众人也不至于就此天真地认为这是殿下对他们无比的信任，可心里终究还是很舒坦，对杨瀚的胸襟也是愈加折服了。

杨瀚的手指非常灵活地在金钵繁复精致的花纹不同位置仿佛兰花拂穴一般轻柔而迅速地点按。众人看得目不暇接，就连一向自诩过目不忘的徐诺紧盯杨瀚的动作片刻，也悄然叹息一声，放弃了。

太复杂了，毫无规律可言，他的动作又快，根本就记不住。难怪他根本不在乎众人一旁围观，这操作过程根本就不可能有人记下来全部动作。

杨瀚……杨瀚自己其实也记不住，因为刚刚这一系列看似神圣而庄严的动作，实则什么用也没有，那只是他的临时发挥，毫无意义。

这五元神器的使用，其实根本没有那么复杂。这个三山世界很可能是高等文明利用暗物质建造的一个新世界。这个高等文明也许发现了地球文明，想在不影响它自动发展的基础上，模拟它的文明衍生的过程，做一个实验。

所以他们在三山近乎完美地复制了同地球世界一样的外在条件，而所谓的五元神器，应该是他们用以控制这个新世界的一件仪器，仪器当然是越简单越容易操作越好，不会搞得复杂无比。

杨瀚做了一阵无用功，便对着那金钵张口吟出了一段龙语。这段龙语的音调同样复杂无比，它不同于音乐的韵律，很难叫人听一遍就记下来。

杨瀚小时候要不是有父亲在一旁整日里棍棒伺候，每天他的记忆与学习内容没有进步就不许他吃饭，他也不可能背得下来。

而且这段龙语的唯一作用就是"驱逐",所以杨瀚既不认为别人有本事记得住,也不担心一旦被人记住会对他造成多大的威胁。

这个五元神器有记录功能,杨瀚那位五百年前的祖先就是利用它的这一能力给子孙留下了一段影像资料,可惜这五元神器一到地球马上就分崩离析,直至五百年后才重新聚齐,杨瀚成了唯一一看到过这段内容的人。

杨瀚把这段龙语用五元神器记录了下来,旋即改为高频播放模式,人耳是听不见的,但是可以看见金钵一层层荡漾出来的金光。

那金光以金钵本体为中心,一圈圈地荡漾开去,穿过众人的身体,穿透厚重的石壁,笼罩在整个三山洲的上空。

十万大山的龙兽谷外,有一根粗得六七个成人拉手环抱才能抱得住的参天大树,这棵大树已经有数千年历史了,它的生命行将走到尽头。

树皮盘剥、枯朽,高高的树梢犹有几抹新绿,只是比起旁边大树如盖的浓阴,那枝头的新绿就像光头上最后顽强挣扎着的一缕毛发。

在那高高的树杈中间有一座木屋,木屋前利用伸展的树杈搭建了一个木质平台,平台上,一个青衣人正惊讶地探出头来,从高达二十余丈的空中俯视着地面。

大龙兽、小龙兽,食草龙兽、食肉龙兽……一头头龙兽从四面八方汇聚而来,仿佛听到开饭声的狗子,疯狂地冲向前方幽深仄长的山谷。

青衣人年约三旬,胡子拉碴的,但是面庞很英俊,一双眼睛神采奕奕,原本有些玩世不恭的脸庞此时却有着严肃的神情,眸中透出探询的意味。

"不对呀,龙兽谷深处发生了什么?为什么远远近近的龙兽都在往里跑?"

青衣人摩挲着有些扎手的下巴,轻轻地蹙起了眉头。

这几百年来,整个三山洲渐渐又被丛林覆盖了,失去控制的龙兽四处活动,繁衍生息,凭借着它们强大的战斗力不断地挤压着人类的生存空间。

现如今龙兽的数目已经是幽深的山谷所不能承载的了,它们的食量太大,这么多的龙兽聚集到一起,势必会因为缺少食物而自相残杀,它们为什么要跑回去?

从小就观察、研究龙兽,一心想发掘龙兽之秘的他对此感到非常不解。

这时,飞翔类龙兽也向山谷中飞了过来,青衣人马上就想躲进他的小屋去。这些空中龙兽如果看到了他,是不会介意俯冲下来,一爪子把他提在爪中,捉进山谷为食的,"顺手牵羊"嘛。

这时，空中有一头龙兽歪歪斜斜地向他飞了过来，青衣人抬头看了一眼那头龙兽的飞行曲线，不是以捕捉为目的的。研究了许多年的龙兽，他一眼就能分辨出这些龙兽每一个动作蕴含的意义。

旋即，青衣人认出了那头龙兽，那是风神，是他小时候在草窠中发现并抱回部落收养的那头飞翔龙兽，他正是因为成功驯养了这头龙兽，才萌生了研究龙兽的兴趣。

"小叔，我来啦！小心哪，风神发疯了……"风神背上，木华离大叫起来。就见那头龙兽歪歪斜斜的，仿佛一只断了线的风筝，一头向木屋撞了过来。看它的样子，还想努力控制住自己的身体，但是已经来不及了。

风神结结实实地撞上了木屋，尖利的喙扎进了木屋，身子卡在平台上，青衣人被风神撞得贴在风神的肚腹和木屋板壁之间，差点儿窒息。

"小风，给我起来，你快把我压扁了。"

青衣人拼命地推搡着风神。风神奋力拔出长喙，向后退了两步，在平台边缘停了下来。看到它最近的人类，快乐地扑扇起了皮膜的翅膀。

青衣人被劲风一下子呛住了。他捂着嘴弯腰咳嗽几声，抬起腿来恨恨地一脚踹过去，把本来就站在平台边缘的风神一脚踹了下去。那家伙皮糙肉厚的，又有翅膀，摔不死它。

风神扑扑棱棱地摔下树去了，小小的平台上，青衣人和木华离总算有了活动空间。

青衣人问："小离，你怎么跑来了？"

原来，这青衣人就是木华离的小叔木恩，木翼最小的兄弟，是木翼他老爹六十八岁时才出生的小儿子，基本上是由他大哥木翼抚养大的。

木华离道："小叔，我爹让我来找你，叫你赶紧回去。"

木恩摆手道："不去不去，这些龙兽都出状况了，纷纷往龙兽谷跑，不晓得里边发生了什么，我得查个清楚，说不定这龙兽谷里有什么异宝出世了呢。"

木华离干笑道："小叔，只怕是你想多了。我乘风神一路寻来，也发现龙兽出了异状，不过，它们可不都是奔着龙兽谷来的，而是所有的深渊大泽它们都往里钻。我这一路上经过许多地方，各地的龙兽都在发疯地往山坳里跑，越是大而深的山坳，里边聚集的龙兽就越多。"

木恩摸着胡楂道："那就更加奇怪了，这些龙兽从未有过这样的奇异状况，我得查个明白。"

木华离挠了挠头，道："既然各处的龙兽都是这个样，小叔你就不必一定得在这里研究哇。小叔，我爹找你回去，是因为天圣杨家的后裔出现了。"

木恩呆了一呆，英俊的脸庞上迅速掠过一丝恍然，随后激动道："天圣杨家的后裔？古老相传，天圣杨家有驯龙秘技，难不成这龙兽暴动是因为……"

木恩扑上去，一把抓住了木华离的衣领，激动地问道："天圣杨家的后人在哪儿，你看到了吗？"

木华离想到了父亲对他的叮嘱："你小叔痴迷于龙兽，都快研究傻了。这么大的人了也不娶亲，整天猫在深山老林里。你可千万不要告诉他咱们这位公主殿下是假的。小青姑娘的真实身份，只有你我二人知道就行了。要让其他人包括你几位叔父都把她当成真正的天圣杨家后裔，你小叔说不定就有兴趣追她了。"

木华离想到这里，便道："天圣杨家出现了两个人，一男一女。男的叫杨瀚，被西山诸部抢去了。女的叫杨青，现如今就在褐岩。小叔，她懂四鸣音功呢。"

木恩一听，登时两眼放光："竟然如此？快，我们马上回去！小风，小风，你别装死，快上来。我要去拜她为师……"

所有龙兽受高频声波传递的龙语所驱使，都本能地往深谷中跑，因为只有在那里，这种高频声波才不会影响到它们。

但是风神是被木家从小驯化的，同其他龙兽不同，它基本上是可以抵抗这种龙吟驱赶的。

不过，毕竟是第一次听到这种驱赶的声音，深植于血脉的恐惧还是发挥了作用，再加上其他飞翔龙兽都在拼命地逃跑，也干扰了它，风神慌不择路，才用那么不堪的方式降落。

此时，风神在树下已经渐渐安静下来，听到从小把它养大的主人召唤，风神马上快乐地张开翅膀，向小平台冲上来，那呼呼啦啦、轰轰隆隆的声音像一架直升机似的。

巴家祖祠，杨瀚看着那荡漾出去的一圈圈金光，缓缓转过身，面向蒙战、巴图等人。那金光就像是从他身上闪烁出来似的，一圈圈涟漪般荡出，掠过了众人的身体。

杨瀚微笑道："只有让龙兽不再干扰我三山百姓，我三山洲诸部才能定居下来，发展农耕，人口才能迅速增长。从现在起，除非深渊大泽，其他地方都不会再有龙兽出没了。所以，那些只能打散成一个个的小部落，四处迁徙、分散谋食的人们，现在可以聚集起来，可以成镇、成城，生活安定，而工商亦可应运而生。你等诸部辖下但有平坦优渥的土地，尽可烧尽野草，开垦耕种，把它变成千顷良田，再不必担心会有龙兽，一日之间就毁去你们一年的收成。"

众部落头领听到这番话，一个个简直不敢相信自己的耳朵。这几百年来，他们也不是不想发展，只是早年间，三大帝国看得紧，每年都会派人轮流巡视三山洲，限制他们的发展。这几百年来，三大帝国再派人来几乎都只是关注他们是否偷偷建造海运大舰，其他方面根本不关心，因为没必要。

有龙兽肆虐，三山洲能做什么？曾经的三山帝国可谓是成也龙兽，败也龙兽，他们如今根本谈不上发展的条件。再没有人比他们更清楚杨瀚这番话意味着什么，一些部落首领已经激动得老泪纵横。

杨瀚还有一句话没有说，三山百姓不能定居，不能成镇成城，不能发展工商，不能大兴农耕，居无定所，交通不畅，就根本没有建立强大国家的可能。

如果是草原还好些，这种到处是山，龙兽出没之地，部落越小，生存才越容易，也就越难建立统一的秩序，更不可能建立一支强大的军队，偶尔出现个联盟，也不过是昙花一现。

可现在，孕育统一的基础已经出现了。

徐诺望着那一圈圈金光之中的杨瀚，一时竟有种顶礼膜拜的冲动。

天子之剑，化雨化露，惠泽万民，包容无形，安定天下呀！

这一刻，她心中悄悄下了一个决定，就凭杨瀚为三山洲万千百姓做出的这个贡献，就算有朝一日徐杨两家反目成仇，也定要保他一个善终。

他对三山有开辟之功，无论敌我，都在承受他的恩泽，若是伤了他，那可是神憎鬼厌，是要遭天谴的呀！

六十一 制胜之道

天圣杨家的后人回到了三山世界，天圣杨家没有抛弃它的子民，天圣后裔已经用五元神器把龙兽赶进了深谷……从此，百姓们可以安居乐业了，再也不用每日里跟龙兽躲猫猫，眼睁睁看着好不容易种下的一小块庄稼，却被庞大的龙兽打个滚就毁于一旦。

这个消息一经传开，东山诸部一片欢腾，远比过年还要热闹。

其实在听到这个消息之前，大小部落就已察觉异状，毕竟那么多的龙兽疯狂地逃向深山谷坳之中，这动静瞒不了人，可他们当时并不知道发生了什么事情。

现在，他们知道了。

不过，一个个为了易于生存而打散了的小部落要重新汇聚起来，要把那荒废了几百年，早已荣枯了无数回的野草地烧荒垦荒，重新耕耘成肥沃的农田，需要一个相当长的过程。

就算以最快的速度，也需要经历一个春秋。好在这几百年来，三山百姓都不是以农耕为主业，因而他们仍旧可以在现有的生活状况之下进行这一系列劳作。

在各个部落首领的组织安排下，大小部落开始向拥有大片"田地"的地区转移，在那些经历了五百年岁月，除了一些石制建筑，已经完全看不出曾经是一座座雄城的废墟上重建辉煌。

杨瀚此刻立足之处藤蔓野草丛生，在远处几乎看不出这里曾经有过人类活动的痕迹，到了近处，踩在那巨大的石台上，才能感受到这里曾经是一处很古老的地基所在。

地基之上除了两根孤零零的石柱，其他建筑物早已在岁月侵蚀中消失了。那两根石柱也被一层层枯死的和新鲜的藤蔓缠绕着，仿佛两棵高大的树木。

"这就是云中城的中心，这地基之上就是我徐家的祖宅所在。我在图纸上曾经看到过，很是气派。"徐诺的声音带着一丝缅怀，但更多的是兴奋。

她在大石的地基上用力地跳了两下，地面早被一层层败叶和灰土掩盖了，还有杂草杂生，不用力踩踏，根本感觉不出下边是平整的大石地基。

"我们徐家还保留了很多当年的建筑图纸，尤其是与我徐家有关的。当年，我徐家就是世居这云中城的，后来为了躲避龙兽不断的袭扰，才建造了现在的徐家堡。徐家堡固然险要，可若论交通之便利，远不及云中，云中四下沃野千里，当年可都是阡陌纵横的良田。"

说起祖上的辉煌，徐诺的眼神是亮晶晶的，而这辉煌即将在她手中重建："二叔已传下号令，命令徐氏诸部开始集结。我们准备先行重建云中、大雍、灞上三座城池。这三座城池互为犄角，以此为中心。待三座大城粗具规模，再向四方依次拓展，我们需要抢时间。"

徐诺转向杨瀚："我们现在本就不以农耕为主了，所以烧荒、开垦、种植等事宜可以先放一放，也不至于影响民生。我们得先把城池建起来，同时把战舰造出来。"

杨瀚看向徐诺："为什么事先不曾与我商量？"

徐诺娇嗔道："人家这不是告诉你了吗？大王，封锁三山不可能太久，久了必然惹起三大帝国的疑心。纵然有唐家帮忙，我们也不能瞒太久，得先把立足之地建好。"

杨瀚摇头道："不行！农耕同样重要，务必得同步进行。没有粮食，空有城池何用？人住进来了，没有吃的，三大帝国一旦兴兵讨伐，不用他们攻，只需四下里一围，我们便不战自溃了。"

徐诺黛眉微蹙，可还是努力解释："可若是同步开荒垦地，一时间哪有那么多的人手？除非我们先集中力量只建一城。然而一座孤城，面对强敌仍然不可恃呀。"

杨瀚不悦道："明知不可为，为何还要做此决定？如此重大的事，你该事先与我商议的。巴家和蒙家准备先行重建的几座大城，都与我有所商量。"

徐诺笑靥如花："人家与大王又不是外人，好啦，人家以后有什么计划，先禀与大王就是了。人家是想，咱们不是有龙兽吗，有龙兽相助，再有雄城在手，纵然存粮不多，外敌也无法久困嘛。"

杨瀚微笑道："牧野之战，周武王联军五万对战商军七十万，吕尚亲率亲兵百人，阵前挑战，斩杀敌将，震慑商军，乱其阵脚，然后武王挥军掩杀，一战杀商军十八万，生俘三十三万，捕获虎、熊、犀牛、鹿等一万余头，你以为如何？"

徐诺莞尔道："吕尚偌大年纪，亲率数百精兵上前叫阵？那时的商朝能有七十万大军？那时的皇城大埠能有多大，能养活多少兵？更可笑的是，捕获豺狼虎豹一万余头，他们这是去打猎吗？若是那里虎豹出没，成群结队，只能说明，那里是一片莽荒，都城所在尚且一片荒芜，地广人稀，这七十万大军又从何说起？"

杨瀚道："但史书中堂而皇之，就是这样记载。"

徐诺嫣然道："尽信书不如无书。"

杨瀚笑意更盛："我也是这么想的。所以，王后哇，你我夫妻一体，有些事你不与我商量，我有事却不能瞒你。龙兽确是我们攻城拔寨的利器，却不是我们绝对的倚仗。"

杨瀚向远处指了指，道："试问，我若在巴家岭上用龙语号令各处龙兽出动的话，它们是会不分敌我地攻击所见的一切，还是能够分辨敌我呢？"

徐诺脸上的笑容不见了，通过观察，她已经发现，龙兽只能即时接受杨瀚简单的命令，一旦离开杨瀚的控制范围，就会即刻野态复萌。

杨瀚道："所以呀，杀人八百，自损一千的事，咱们不能做。"

徐诺期期艾艾道："可是，千余年前我三山帝国甫立，的确是倚仗龙兽之威，纵横天下的呀……"

杨瀚道："一千年前，你我的祖先来到这个世界的时候，这里的土人只是一些大小部落，地广人稀。那些土人没有大城大埠，没有坚船雄城，什么都没有。只需驱使三五龙兽为先锋，再有大秦的弩士戟兵垫后，自然所向披靡。而今，我们就算是主动打出三山洲，我们能带多少头龙兽？这些龙兽要不要吃喝？以它们的食量，我们要准备多少粮秣？如今的三大帝国不但有雄城重兵，而且懂得战阵之法，远不是一千年前那些部落可比。可那龙兽，须得我亲临战场，随时进行调动指挥。王后，就算是一个战士，不经训练，听不懂鼓令，看不懂旗号，不知晓军纪，进退无度的话，在战场上也要变成一只无头苍蝇，你以为在敌人周密完备、兵法战策的应对下，我们可倚龙兽为重？"

这个道理，以徐诺的智慧自然不难理解。只是她从小到大，听到的故事里祖先就是这样无所不能的，就是这样建国的，所以她对这种从小就接受了的说法从不曾怀疑过。

没有怀疑，也就不会去思索它是否合理。可现在杨瀚点出来了，徐诺马上发现，他说的是对的。

徐诺本来对征服西山诸部，杀出三山洲，踏平三大帝国，重建祖先辉煌有着巨大的信心，因为他们有龙兽，而他们的皇室后裔能够驱使这些不可战胜的龙兽。

此刻听杨瀚一说，徐诺的脸庞突然血色全无。

她已经开始了，无法再回头。可是，既然龙兽不可恃，以三山洲上这点儿家底，他们凭什么能在虎狼环伺之下重新建国？

徐诺颤声道："那岂不是说，一旦三大帝国发现端倪，挥军来攻，我们……我们将旦夕瓦解，毫无所恃？"

徐家本来就是三山洲上最强大的部落，而徐诺更是心怀大志，如今随着杨瀚的到来，这个预期已经在她心中无限提高，而今她的理想骤然破灭了。

一旦出现这个结果，徐家将连现有的局面也再难保持。三大帝国为了消弭后患，一定会阻碍斩草除根……

"城镇的建立，不可能于一朝一夕之间完成，更不可能直接达臻完美。所以，当务之急，你们只有两件事，一是在这里建造足够的屋舍。而屋舍的建造要考虑到以下几个方面：府衙建在哪里，哪里该设城门，哪里适设水道，工商未来必须要有，可以建在什么位置，把这些重要的职能所在想清楚了，再来确定应当依附于这些职能所在的应该是什么样的人家。"杨瀚一边思索着建康城、临安城的规制，分析着这两座城各处建筑所承担的不同职能，以及由此产生的住户的不同需求，一边向蒙战讲解着。

蒙家的底蕴可不及徐家，五百年前就没有留下什么古老城镇建筑的规划图，纵然留下了，后辈历经五百年也不会觉得它还有什么用处，早就任其朽烂了。

如果杨瀚不通过他见过的城埠建设琢磨设计的原理，任由这些山中部落即兴发挥……其实也不是不可以。

城市规划本来就是从无到有渐渐形成的一门学问，总有一天，三山百姓也能重新掌握这门技术。只是在这过程中不免就要拆了建、建了拆，劳民伤财，多费几番功夫。

"大王说得是，可是，这城墙不建得既高且厚，只怕……"

蒙战听着，面露难色。

初时，听杨瀚讲解，蒙战还提着戒备，但细细听来，杨瀚所有的规划完全就事论事，不存半点儿私心，这一点蒙战还是分辨得出，也就信服了，开始与他认真商议。

杨瀚道："如果我们能在短时间内建造雄峻的大城，那固然好。可是，时不我待呀。我们要想壮大，又必须得出山，不然大城藏于深山，交通不便，如何发展？至于卫护城池安全嘛……"

杨瀚停住脚步，面向蒙战，有些严肃道："我本以为，以蒙长老的睿智，早该想得到。可我忘记了，或者说是我没有意识到，五百年的山居生活已经如此严重地影响了你们……"

蒙战惊讶地问道："山居生活影响了我们什么？"

杨瀚肃然道："境界！胸襟！格局！"

站在杨瀚身后的谭小谈唇角悄悄画出了一个诡异的弧度。

她第一次听杨瀚这么说的时候，是对他那有名无实的王后，徐七七听了这番话之后，好像就有点儿中邪了。

其实从杨瀚称王开始，小谈就一直跟在他身边，她早看出杨瀚这个王就是被众人架起来的一个泥胎木塑的雕像。平时大家各行其是，根本无人理睬他。

决定建造云中、大雍、灞上三座大城，是徐家自己决定的。他们给他们的王唯一的荣光就是已经开始筑城之后，才把他请去巡视了一番，算是打声招呼。

小谈觉得这个杨瀚其实也挺可怜的，要兵没兵，要权没权，就像神龛里的一尊雕像似的，到了那个时辰，大家就带点儿冷猪肉来拜一拜、祭一祭，仅此而已。

但是从那天之后，小谈发现徐诺变了。这位徐家大小姐经常主动来找杨瀚商量事情，商量的事情都是还不曾采取行动的，所以从某种意义上来说，已经有了请示的意味。

另外，杨瀚开始拥有自己的势力，虽说这势力还小得可怜。

徐家拨了两百匹马，三百个骁健之士，听从杨瀚的号令。

这三百人可不是作为杨瀚的侍卫，而是十人为一铺，在徐家势力范围内建造从海边一直到忆祖峰上咸阳宫的三十处"急脚递"。

现在，杨瀚正按照自己的方法在训练他们，训练他们侦伺、收集情报以及传递情报的能力，包括夜用鼓号、日用狼烟乃至飞鸽传信法。

杨瀚原本只在街道司和县衙做过事，可也正因如此，他接触过像"急脚递"、城市规划等最具体而微的事情。

他读过书，开过智，所以能够从这些具体而微的事情中分析总结出它内在的道理，说起来也就头头是道了。这大概就是杨瀚开始得到徐诺的重视并接纳他意见的原因吧。

杨瀚要来了这三百人的绝对控制权，因为杨瀚说过，他建造"急脚递"是为了一旦哪里发生敌情，他可以最快的速度获悉。战场形势瞬息万变，但他依然要以早于所有人的速度了解前方的事情。他知道了前方发生了什么，就可以利用巴家供在祖祠里的五元神器，从发生敌情的左近深山中调龙兽出山，予围城之敌或进犯之敌以毁灭性的打击。

他说得很有道理，没有任何人能拒绝这个要求。就算给他三百人，这三百人的赏罚生死都由杨瀚全权负责，那又怎样？三百人能做什么？更不要说这三百人还是分散于三十处，却是保护自己城池的关键。

徐诺虽然对杨瀚有戒心，担心杨瀚不甘心做一个吉祥物，会想方设法地谋夺权力，可无论怎么分析，她也不觉得这件事能对徐家产生什么不好的影响。

于是，徐诺和徐家五位长老一致通过，并且马上拨付人手，充分表现了徐家对杨瀚大王毫无二心的忠诚。

蒙战期期艾艾道："境界？胸襟？格局？"

杨瀚有些痛心道："不错！五百年了，你们就守在忆祖山下，靠着祖宗余荫给你们留下的地盘过日子，部落之间虽偶有争斗，可是这争斗的手段……"

杨瀚脸上露出的不是鄙视，而是无尽的伤感："在我看来，不过就如祖地上两个村落间的争水械斗，毫无章法，只能算是匹夫打架。"

蒙战眉头一挑，愠意渐生。

杨瀚视若无睹，继续道："你们彼此了解，了解对方堡寨内的一切，了解周围地势的一切，了解对方的首领，更没有必然的你死我活的仇恨。五百年来，你们要争斗也是强的打弱的，强攻弱守，弱者心里始终明白一件事，自己的堡寨连龙兽都攻不上来，所以根本不用担心对方攻上来。强者也清楚，自己不可能牺牲无数性命去攻陷对方的堡塞，不过是堵了对方的大门叫骂一番：你敢出来吗？出来就打你！如此困上几日，叫对方吃些苦头，便扬扬得意收兵而去……"

杨瀚盯着蒙战，沉声道："我说你们只是村夫斗殴，有错吗？"

蒙战羞愧起来，虽然还不知道自己错在哪里，他支支吾吾道："我……嗯……大王……"

杨瀚摇摇头，悲伤道："先不提具体的办法，只说战争的策略吧。你为什么一味地想着必须让你的城池牢不可摧呢？你今后将要面对的强大敌人不是龙兽，而是来自三大帝国的庞大军队。"

蒙战眨了眨眼睛："是呀！那又怎么样？"

杨瀚痛心道："那又怎样？你为什么没想过要御敌于国门之外呢？为什么没有想过要断敌粮道？为什么没有想过要诱敌深入呢？你如今要重建的这几座城，是五百年前无比富饶的大城所在，这是我在徐家珍藏的舆图谱册上看来的，古人选择这里建城，自然有他们的道理。它周围沃野千里，有大小河流贯穿其间，可以提供灌溉，可以生产食物，交通也便利，但是这里真的无险可守吗？"

蒙战再次茫然了。

杨瀚道："你只想到要建大城，就算你建了，如果秋收时节强敌来袭，你便缩在城里，坐视千里庄稼、无数村镇，俱都成了敌军的口粮和奴隶？你为什么不能把眼光看得远一些？此处东一百八十里，就是海岸，那里多礁岩暗流，大船难渡，只有小船可行，如果有敌人自此乘小船而来，我们是不是只需要少量兵马，就能轻松射杀？北二百里处有一险隘，只需少量兵马驻扎，便是十倍之兵都难以逾越。西六十里处更不用说，险峰插云，那是一夫当关，万夫莫开的所在。只有北面一马平川，足足三百六十里平原，可再往前去，便山势连绵了，其中虽无险关，可是只提兵于山中，处处设卡，与敌周旋缠斗，敌人纵然能闯得进来，十成兵马也要折了一半，强弩之末，还有余力对上你以逸待劳的守城兵马吗？实在不放心，就在那山中依托地势筑一座雄关，所耗钱粮兵马也只相当于你筑一道城墙啊！如此，你所保护的何止一座城，还有城外无尽的良田。哎！五百年坐井观天哪……"

杨瀚好像很难过，他的声音哽咽了一下，才又缓缓道："坦白说，我现在对带着你们重建三山帝国已经没有什么信心了。"

蒙战脸上红一阵白一阵的，有些……无地自容的感觉。

杨瀚悠悠叹道："你蒙家祖上乃我三山帝国第一猛将。想来，蒙家祖上的兵书战策还是传下了一些的。可是，五百年时光，你们蒙家子孙没有机会去进行真正的战斗，去实践、体会兵书战策的妙用，不再有放眼天下的胸襟、格局，那又有何用呢？寡人习四鸣音功，在祖地时也是毫无用处，那是因为那个世界没有龙兽，寡人空有屠龙术而世间无龙，自然一事无成。可是一旦到了这三山世界，马上就可以拿来使用。你们蒙家的兵书战略可不是这样啊，兵书一直都在，这个世界也一直都在，是你们这些人眼中早已没有了这个世界，五百年来，你们紧紧盯着的就只是忆祖山下那几个山头堡寨……"

蒙战被他说得面如土色，大有拔剑自刎以谢祖宗的模样，眼泪都快下来了："大王训斥得是，那么老臣……老臣该怎么做？"

杨瀚苦笑道："我刚刚不是已经告诉你了吗？"

蒙战哑然，是呀！人家刚刚才说过的，可他已经被说得失魂落魄，竟失措问出这种蠢问题。

杨瀚严肃道："蒙大人未虑胜，先虑败，这是对的。尤其是现在我们极弱而三大帝国极强。只是，你的目光不该局限于这一座城，你要看到一百里之外、一千里之外，看到那需横渡七日才能抵达的大洋彼岸。"

蒙战心悦诚服："是！臣明白了。臣不但自己要学，还要召集蒙家子弟一起学，把祖先的兵书摆出来，照着如今这三山世界的舆图，推敲、研习。"

杨瀚欣然点头："很好，尽快提高你们的胸襟境界，我们才能真正放眼这世界。我们是得提防一点儿，万一不等我们三山一统、雄城筑就，三大帝国就已兴兵来伐怎么办？所以，你们蒙家要提供一支精兵，由本王亲自统帅。"

蒙战就像现代社会里被电话诈骗忽悠得言听计从的守财奴似的，已经是人家说什么就照着做什么了，可是一听要自己交出存款密码，终于肉疼地清醒过来。

"呃……大王啊，我蒙家原本只是依山而居的一个部落，并没有常备之兵，大王是天圣后裔，是我等拥戴的大王，既已建国，自当建军。可是这得有个过程啊，首先就是缺少人手筑城，这时再招常备兵，不免顾此失彼。再者，如何征兵，征兵后军械军饷等如何解决，太多的事情，还需召集众臣合议……"

杨瀚心道："这个糟老头子坏得很！五百年了，境界格局一落千丈，就只局限于一隅了。这利益纷争、尔虞我诈的心眼，可是一点儿也没退步。"

杨瀚慨然道："爱卿此言，实是老成谋国之策。回头你跟兵部尚书巴图先计议一下，拿个章程出来，寡人再召集各部大臣，共同廷议此事。"

蒙战松了口气，道："大王英明。"

杨瀚道："不过，眼下这三百壮士，两百匹马，却是一定要拨付给寡人的。寡人要把他们十人一组，分布安插在通往你们大城的各个交通要道上，建'急脚递'，通风报信、传递消息。一旦三大帝国大军压境……"杨瀚抬头望向远方，神色凛然，"我要第一时间拿到他们的确切消息，从而及时调动附近深山的龙兽予敌重创，保护你们的城池。"

杨瀚转向蒙战，悲悯道："我三山洲人丁太稀少了，要尽量减少伤亡啊。有了人，我们才能强大。"

他才只要三百人哪？还要打散了安插在通往蒙家大城的各处交通要道上，一处只安排十个人？目的是收集情报，及时派出龙兽御敌……

蒙战再次羞愧了，太不该小人之心度大王之腹了。尤其是看到杨瀚望向远方时那毅然坚定的目光，扭头看向自己时那慈悲关切的神情，蒙战的一双老眼终于蒙上了朦胧的泪光。

蒙战用力地点着头，掷地有声道："大王思虑周详，老臣定当全力配合。大王放心，不管多难，这三百名精兵、两百匹快马，老臣三日之内一定交予大王。"

谭小谈心道："哎呀，又答应一个。他跟徐七七、巴图、苏世铭、李洪洲几个人最后的反应一样啊。这位大王还真可怜，费尽心机地这里划拉几个，那里划拉几个，全加起来也不过三五千人，又能有什么用呢？"

杨瀚却是一脸欣然："好！蒙大人，你是本王最信重的老臣，这件事就交给你了。接下来，你这边一定要筑城、开荒两不误，尽快地……"

蒙战讶然道："开荒也要同步进行吗？大王，老臣估算过，开荒需要大量人手，收获却得要一年之后了，我们调拨大批劳力筑城的同时，还要安排一半的人去捕鱼、狩猎，如果再拨人去开荒，恐怕不等明年粮食收获，大家就要饿肚子了。"

杨瀚摇头："不然，烧荒简单，不就是垦荒时需要耗费大量劳力吗？这样，你要筑城，也需要运输大木、大石吧？你要开荒，需要铧犁翻地吧？这两件事情，都由寡人来解决！"

蒙战震惊道："大王来解决？大王如何解决得了这样的事？"

杨瀚微笑道："徐家的虎啸功不全，所以连徐家都不知道，蒙大人自然就更不清楚了。"

杨瀚唏嘘了一下，道："五百年了呀，沧海都变了桑田，也难怪你们因为局于一隅，境界格局大降。就说这四鸣音功吧，你们现在只知道狮吼功可以驱逐普通野兽的袭扰，早已失传的龙吟功可以驾驭龙兽参战，却不知那虎啸功中也有一门本领，便是驭象。"

蒙战惊喜道："驭象？啊！曾有一个部落驯服过几头野象，只是驯象太难了，而且我们以前也没什么大用，所以一直不曾尝试驯服，难不成大王可以驱使野象帮我们拖运重物、耕犁土地？"

杨瀚颔首道："那是自然。"

蒙战大喜，道："这样好，这样好！这样的话，我们筑城也好，开荒也罢，必然事半功倍。"

杨瀚一拉蒙战，快步走开几步，压低声音道："不过，相应的工钱，你要按所需同样壮劳力的人头计算，看看总额多少，寡人只要一半。"

蒙战呆了一呆，道："大王这是何意？"

杨瀚不悦道："我这个大王，现在可没有税赋可收，更谈不上内帑了。这一两天，内宦宫娥就要送来了，有那侍候用心的，寡人想有所赏赐，也要等着你们的贡奉。宫室简陋，寡人想扩建一番，还要找你们要人要钱，寡人威信何存哪？"

杨瀚再次压低了声音，小声道："你看小谈，她跟着寡人，尽心侍奉，寡人很欢喜。寡人要不要赐些首饰头面、胭脂水粉给她呢？她现在连换洗衣裳都没几套。如果连身边人寡人都无法予以赏赐，这大王不如换了你们来做吧，寡人让贤！"

蒙战看看有些疑惑地远远站着的小谈，俏生生的一个可人，顿时恍然。他也是男人，仔细一想，大王不求权不求势，又要承担那么多，若是醇酒美人也不能享用，这大王的确做得很没意思。

虽说，如果是耕耘建筑时那么多劳力的收入，即便减折一半也是一笔巨款，不过实在不好继续讨价还价了。他就是花又能花多少，再说肉最终不还是烂在自己家锅里嘛。

于是，蒙战又点了点头，愧然道："是臣思虑不周，这件事，就按大王吩咐。"

谭小谈见杨瀚拉着蒙战走开，鬼鬼祟祟也不知聊些什么，心中便想："他又说什么了？一定不是好话。这家伙蛊惑别人还挺有一手，那个蒙战又点头了。

我可得小心些，他要是跟我说什么境界格局，我一定得马上捂上耳朵，不听不听！"

　　杨瀚各处走了一圈，近一个月的时间就过去了。他倒没有走遍西山所有部落，但是现在各大部落全都从极其险峻、交通极不便利的深山里出来了，分别迁往原本名义上属于他们，但早就放弃开发的广大地区，杨瀚已游走一遍，这个脚程就算是快的了。

　　回到忆祖山时，各部派来的"急脚递"人马大部分已经到齐，只有刚刚去过的两个部落还没派人。

　　如今忆祖山下直属于杨瀚的军士共计三千六百人，各部对这些人只再负责半年钱粮，半年之后，就得是朝廷负责养着他们，也就是杨瀚负责，好在杨瀚虽无赋税，却有大量的"免费劳工"可用。

　　蒙战有一句话并未欺骗杨瀚，他们没有常备兵。为了能够吃得饱，他们只能将自己统治的部落打散开来，安排至各处生存，怎么可能有常备军？

　　这三千六百人，是三山洲几百年来第一次重新出现的职业军人。杨瀚在游走各个部落期间，已经把他设想的练兵之法写下传了回来，叫这些兵马各自操练，现在也不知道情形如何了。

　　原本杨瀚打算一回忆祖山就去军营看看他们操练的情况，不过已经到了山下，心念一动，却又忍住了这个念头。驭下是一门学问，而且是一门只从书本中绝不可能掌握的学问。驭下不仅要学，要有人点拨，还要经过历练，要世事练达，要一步步树立自己的威信，杨瀚虽然可以算是颇为精明，可他也不可能在这方面一蹴而就。

　　好在人情世故方面，他本就精通，这一个多月以来，周旋于各大部落首领之间，对他们驭下的手段、风格，也在接触中有些了解，而这些经验自然也被他慢慢吸收了。

　　所以到了山下，杨瀚本想转向军营，心念一转，抬头看看天色，却是先上了山。

　　山上说是宫殿，如果按照祖地的标准看，如今的房宇屋舍面积大抵和"天下第一眼"钱家在天目山的钱庄相仿，所以卫戍宫殿的武士也不多，一共只有五十人，可宫娥如今则有一百七十多人了。

武士只负责外围警备，宦官们在各自部落中歇养，如今才开始行动自如，过两天才能送到。所以一进宫中，阴气甚重，触目所及，皆为妙龄少女，而且一个个模样、身材还都不赖，这都是各部落精挑细选后陆续送来的。

杨瀚离开咸阳宫时这里才几个宫娥，如今再看，宫中处处丽影，雾鬟云鬓，煞是好看。

杨瀚不由得暗暗冷笑，看起来各部落首领们虽然吝于分兵给他们的大王，却毫不介意送女人哪。

大王正当壮年，岂有不好女色之理？各大部落首领们心照不宣，不约而同地都在努力把他们的大王往耽于女色的道路上推。

大家都想在大王身边安插自己的耳目、眼线，武士不舍得给他。宦官嘛……没办法掺沙子，这些被他们搞得不完整的男人，对他们有彻骨的仇恨，就算其中有人表态效忠，他们也不敢相信哪。他们只能寄望于女人，一旦被大王垂青，收为枕边人，大王的一举一动、一言一行，还能不了如指掌嘛？

所以这些宫娥都是各部落精挑细选的美女，包括徐家安排在杨瀚身边的两个宫娥大甜、小甜。管理她们的是个姓褚的女官。

月关 著

南宋异闻录

上

北方联合出版传媒（集团）股份有限公司
春风文艺出版社
·沈阳·

图书在版编目（CIP）数据

南宋异闻录：上、中、下 / 月关著 . —沈阳：春
风文艺出版社，2022.12
　　ISBN 978-7-5313-6371-2

　　Ⅰ . ①南… Ⅱ . ①月… Ⅲ . ①长篇小说—中国—当代
Ⅳ . ① I247.5

中国版本图书馆 CIP 数据核字（2022）第 235564 号

北方联合出版传媒（集团）股份有限公司
春风文艺出版社出版发行
沈阳市和平区十一纬路 25 号　邮编：110003
辽宁新华印务有限公司印刷

责任编辑：尹明明	助理编辑：韩雅慧	
封面设计：琥珀视觉	版式设计：李英辉	
责任校对：于文慧	幅面尺寸：170mm×240mm	
字　　数：1255 千字	印　　张：72	
版　　次：2022 年 12 月第 1 版	印　　次：2022 年 12 月第 1 次	
书　　号：ISBN 978-7-5313-6371-2	定　　价：158.00 元（全三册）	

南宋异闻录

目 录 Contents

引子

南朝，钱塘，西泠桥畔。

月轮高挂中天，夜雾袅袅于途。

一辆油壁车由远而近，轻驰在江南乡间的小路上。车前挑着一对灯笼，随着辘辘的车轮颠簸着车子，灯上一个精致娟秀的"苏"字也是摇曳不定。

车上披着轻纱的帷幔，车前有一车夫持缰而坐。月光如水，照得大地并不黑暗，更重要的是，这路是早走熟了的，车夫闭着眼也能如履平地，所以夜晚丝毫没有影响车行的速度。

帷幔随风起伏，时而便露出车中三道倩影。居中是一个绯衣少女，云鬟雾鬓，步摇轻颤，自后望去，只见纤秀颈项，宛如优雅的天鹅。

左边少女着白，右边少女着青，看服饰与发型，仍作待字闺中的少女打扮，显然是这中间绯衣美人的丫鬟。不过，看这三人同座，月下夜行，清脆的笑声撒了一路，状似情同姐妹。

这居中的绯衣少女乃钱塘第一名伎苏窈窈，左右的青白衣裳少女则是她一双丫鬟：白素与青婷。三女夜行，乃是去赴官宦之家的阮公子之约。今夜阮公子设了盛宴，遍邀本地才子佳人，诗书风流，一时无双。

突然，原本如霜的夜色陡然一变，由清冷的浅白色突然变成了金光万道，仿佛一颗被封印万年的太阳突然挣脱了束缚，一下子跃到了空中。

驾车的车夫老黄双目顿时不能视物，慌得他急忙一勒缰绳。两匹骏马被他猛地一勒，人立而起，四只碗口大的蹄子啪的一下重重砸在地上，猛地止住了车子。

"哎哟！"车中三名少女措手不及，险些因为这骤停的车子一下子摔出去，亏得三人挤坐着，三个少女虽然娇躯轻盈，可一辆油壁车能有多宽，因此才没有滚将出去，跌一个钗横鬓乱倒也罢了，万一来个以面呛地，那可毁了一副我见犹怜的绝好容颜。

"老黄，怎么回事？"

苏窈窈有些愠怒，以手遮面，挡了一下那强光，旋即一掀帷幔，折腰而出，站到了车上。白素和青婷两个丫头也跟了出去，三人立在车头，举目向天上望去。一见天上奇景，她们顿时目瞪口呆。

只见一个巨大的金色的如天王所持金轮状的东西正在空中盘旋，那灿若太阳的光芒正是由它放射出来的。打眼一瞧，那金轮状的东西似饼而非饼，似球又非球，仿佛不是这海内所生之物。

它在空中摇摇晃晃，似乎已无力支撑，突然间，这金轮状的东西爆开来，巨大的冲击波仿佛一圈圈涟漪，迅速向四下荡漾。车夫老黄惊叫一声，一个懒驴打滚翻下车去，一头钻进了车底。

而苏窈窈、白素和青婷三女却是避之不及，被那金光透体而过，三个美丽的少女摇晃了一下身子，就软软地倒在了地上。

金光消失了，空中的金轮也消失了，远近有几处火起，有硝烟升起，夜色重归清冷，静静地照在三具窈窕动人的胴体上。

夜露晶莹，幽兰露，如啼眼。草如茵，松如盖，小径寂寂。

油壁车停在那儿，两匹马茫然地打着鼻息，仿佛什么都没有发生过。

一　云谲波诡

时光荏苒，五百年后……

月上柳梢，华灯初上，正是秦淮热闹的时候。桃叶渡旁，一个少年摇着小扇，施施然地走了过来。路上很多行人见了他都要热情地打一声招呼："瀚哥儿。"那少年也是笑吟吟地还礼不迭，十分客气。

这位瀚哥儿一袭圆领袍衫，革带束腰，头戴一副无脚幞头，鬓边还插了一朵美丽的蔷薇花，衬得那俊美的容颜，未免显得有些妖娆。不过，没办法，这就是大宋的习俗，上到皇帝，下到百姓，只要是个男人就喜欢簪花。

眼前这位簪花少年身材颀长、眉眼清秀，唇角不笑时也带着三分笑，微微地向上翘着，十分讨人喜欢。一双黑而亮的上挑眉，衬得他的眼神特别精神灵动，顾盼之间仿佛会说话似的，与那些满身油腻硬要簪花的男人可不同，大姑娘小媳妇的瞧见了他，总忍不住要多看几眼。

此人名叫杨瀚，三天前还是咱大宋建康府（南京）街道司的人。能干这一行的，要么是牛二那般的泼皮无赖，镇得住人，要么就得八面玲珑，会见风使舵，机警伶俐，可真要他跟人硬刚的时候，也使得一手好拳棒，不仅能屈能伸，也得能软能硬。

杨瀚就属于后者，能说会道，机警伶俐，还有一身的好功夫。虽说是社会底层的一个小民，可这两宋三百年江山，是列朝列代中平民百姓最富裕、生活最优渥的朝代。

在古代，如果你没有建功封侯、征伐天下的雄心，就想当一个平头百姓，又或者只有能力做一个平头百姓，那么你生在宋朝，便是修了几世的功德，其他朝代，平民百姓的生活可是远远不及。

所以，杨瀚活得倒也是有滋有味的。可惜，三天前，他却丢了这个肥差。

倒不是杨瀚秉公执法，得罪了什么大人物，也不是碰上了有什么背景的泼皮无赖，挤对得他干不下去，是因为街道司的主司黎老爷看上他了，想把自己的女儿嫁给他。

主司，那是衙门里的人，而像杨瀚这种，都是由主司负责招聘的，所以准确地说，杨瀚端的就是人家主司老爷的饭碗，能成为主司老爷的乘龙快婿，那是祖坟冒了青烟才对。

可是，杨瀚也是个八面玲珑的人物，跟建康城的城狐社鼠们十分熟稔，耳目非常灵通，对于这位主司老爷的宝贝女儿，他了解得比主司老爷自己还清楚，怎么肯答应。

可这黎老爷也不知道是哪根筋不对了，居然不懂得强扭的瓜不甜的道理，用辞了他的差使相威胁。杨瀚自然是不肯屈从的，于是他就失业了。这两天街上的人提起消失了的杨瀚，许多人不免长吁短叹，替他惋惜一番，却不想他今儿个傍晚居然露面了。

桃叶渡旁有一家食馆，杨瀚走进去，拣了张桌子坐了，扬声道："掌柜的，鸭血粉丝汤一碗，蟹黄包子一屉，再打一角酒！"

系着围裙的杜小娘一见是杨瀚，心下欢喜。谁不爱看俊俏后生？她和爹爹打理这店，每次杨瀚来了，那鸭血粉丝汤都是材料十足，还舍得给他放勺胡椒。她马上脆生生地答应一声，便忙活起来。

杨瀚扭头一瞧，看见挑担子经过的老范，忙又喊一声："嘿！老范，进来进来，给我切半两羊肉、一副猪胰子。"

这老范是个挑担卖熟食的，对杨瀚也熟悉，一听他叫，忙挑着担子进了店来。他把扁担一撂，案板往杨瀚桌上一放，拈了块羊肉就切起来，一边切一边笑道："瀚哥儿这是另谋高就了，如今在何处发财呀？"

杨瀚等的就是这句话，他傲然向四下瞟了一眼，见众人都竖起了耳朵，这才矜持地一笑："谈不上，谈不上，就是承蒙咱建康府通判李老爷赏识，现今在李府做了个小管事。"

老范吃了一惊，惊叹道："哎哟！可了不得！宰相门前七品官呢。瀚哥儿你这到了通判李老爷府上做管事，怕不比黎主司身份低吧？"

杨瀚淡淡一笑，不好吹捧自己，不过也不否认，显然是默认了他的话。本来嘛，要不他今儿个为什么簪花打扮，腰间还系了个香囊，风流倜傥地出现在他以前负责的地段上啊？

衣锦还乡嘛！

说到底，这是杨瀚年轻人心气高不肯服输的心态，你不是逼我娶你女儿，我不答应你就砸我饭碗吗？呵呵，此处不留爷，自有留爷处！小爷三天工夫，现在混得身份地位不比你低了，看谁心中无趣。

杨瀚知道，今儿这一亮相，明天消息就能传到黎主司耳朵里，到时候，只怕他这心里头五味杂陈的，不会太舒服吧？哈！哈哈！

杨瀚把折扇一收，在长凳上大马金刀地坐了，杜小娘已经利落地把他要的菜肴和酒都端了上来，向他含羞一笑："瀚哥儿，请慢用。"

杨瀚微笑颔首，未曾拿起筷子，先从怀里掏出一份小报，一边就着灯光看小报，一边自斟自饮，自得其乐。

建康府通判李向荣坐在灯下，参详着那件形似如意的古物，越看越是得意。这如意不知道是用什么材料制成的，看着晶莹剔透，其中隐隐有星云图案，拿在手中轻如鸿毛，像根本不存在似的。

"宝物，真的是宝物哇……"李通判捻须微笑起来。

这件宝物是杨瀚送给他的，是杨瀚的家传宝物。可是虽然看着很神奇，这宝物究竟有什么用，却是无人知道。既当不得吃，又当不得穿，却也是一辈辈地传下来了。

杨瀚被黎主司赶出街道司后，就把这不知道传了多少代，一直也没甚用的宝贝送给了喜欢收藏古董的李通判，换了个通判府小管事的职位。

对李向荣来说，这是求之不得的宝贝。

他拿着那柄不知什么质地的如意轻轻摇了摇，房中竟似有凉风习习，原本燥热的心情竟一下子平静下来，他不禁愈加喜欢。

今日与几位大人和名士举办雅集，他特意携了此物前去。他对这剔透的如意中隐隐呈现的星云图案很感兴趣，可惜现场的官员和名士没一个说得出如意的来历，参得透其中的玄机。不过，这更凸显了它的珍奇。

李向荣把玩半晌，拿起一支炭条笔，在纸上细细地勾描这如意的样子，以及其中的星云图案，在旁边细细记录它的尺寸以及自己对它质地的感觉，他打算写一封详细的书信，送去杭州行在，给他司天监的朋友看看，或可知道这奇物的来历。

正低头认真描绘的李通判完全没有察觉，他头顶上的屋瓦正被人无声无息地揭开，然后一张雪白的面孔便出现在那里，正好堵住那片屋瓦的空隙。灯光传至屋顶已经黯淡了，可是那张面孔依然被映得雪白。

那是一张少女的面孔，眉眼很精致，可是那张面孔是瓷的，是白瓷制成的，因之美丽的面孔便带上了一种说不出的诡异。灯光反映着那张瓷面，透出的是惨白的光，异常得令人惊怵。

那张诡异的带笑少女面具上，只有一双眼睛是灵动的，可眼中的神色又透着一种说不出的诡谲，那双眼睛，正定定地看着李通判手中晶莹剔透的如意，炽热得仿佛看到了失散多年的情人。

杨瀚在自己以前的管片炫耀了一番，估摸着这些消息明儿就能传进黎主司和一班街丁耳朵里，在老上司和旧同事面前算是给自己挣回了颜面，这便起身，施施然地回李府去了。

行至半途，眼见乌云压顶，一场豪雨就要泼下来了，杨瀚可保持不了从容步伐，急忙加快脚步，急匆匆回府。这边他刚敲开门，大雨就泼下来了，又急又骤，饶是避得急，杨瀚的衣衫还是打湿了大半。

"瞧你，今儿天气就不好，瀚哥儿还要往外跑，有没有换洗衣裳啊？"

给他开门的是丫头悠歌，才十六七的年纪，一袭青衫，模样娇嗔可爱，身段带着斯文秀气。金陵城里长大的姑娘，行止谈吐就是带着种秀秀气气的斯文。

李府三个管事，一个内管事是个老妈子，夫人当年的陪嫁丫头，一个外管事是老夫人的远房舅子，就只杨瀚这么一个小管事，生得俊俏，这么年轻就做了管事，而且能说会道的，惯有眼力见儿，外管事、内管事和老爷夫人全都喜欢他，那是必然大有前途的人。悠歌姑娘正是考虑终身的年纪，对他属意得很，瞧这谈吐，俨然是把自己当成人家的小媳妇了。

一双少年男女在门楣下说话的当口，李向荣李通判仍在书房里忙活。

他把那怪如意的图样临摹下来，旁边细细标明对它的解释，打算来日寄往杭州行在，然后又不死心地搬出一堆藏书，继续翻看起来，想在其中找出些蛛丝马迹。

这年代，家中有大量藏书的人，那就是拥有一笔巨额财富。且不提书籍之贵，而且书籍可以传递知识，许多雕版的老书最忠实地保持着原著的内容，较之一些后人抄录、转录的难免出些差错，甚而导致文意拧转的书籍，那价值更是不可估量。

因此，暴雨一起，李通判急忙起身，先把窗子关了，免得水汽进来，侵袭了纸张。

李通判回到桌前坐下，正要继续翻阅古籍，看看是否有与这怪异如意相关的记载，忽然发现书页上竟有水滴。李通判眉头一皱，赶紧拈起衣袖，将水滴轻轻润去，然后坐直了身子，看看自己哪儿被淋湿了，怎的水珠还落在了案上。

这时，又是一滴雨滴落下。李通判微微仰头，水滴正打在他的眉心。啪的一下，水滴绽开来，溅得李通判眉一挑，眼睛也不禁眯了起来。

他的眼睛只是一眯，再一张，也不过就是刹那工夫，就发现面前已经突兀地出现了一个少女。少女一身夜行衣，一张惨白的面孔明明很美丽，可是偏偏看着特别诡异惊悚，因为那张栩栩如生的脸是画在白瓷上的，那甜笑始终那样，一成不变，叫人看了心里直冒寒气。

"你是谁？啊！"李通判只质问了一声，马上发现雨水从头上浇下来。原本那戴美少女面具的怪人是俯在屋顶的，用身子遮住了雨水，但雨太大，片刻之后，还是有雨滴落入，这才引起了李通判的警觉。

如今这面具人跃入室内，屋顶揭开屋瓦处没有遮挡，雨自然直灌进来。这时候李通判还怕书被浇烂了，急忙伸手去拿书，可手刚伸出去，他的喉咙就被一只苍老的满是堆垒的皱纹的仿佛一截老树皮的手狠狠地扼住了。

面具下发出一声悠悠的叹息，因为声音太苍老了，以至于显得有些中性："本以为你这进士出身的官博览群书，或可从这风如意中发现些奥秘，想不到你这么没用。"

面具人叹息了一声，另一只手便去取那搁在桌上的怪如意。

李通判被面具人扼得喘不上气来，听了这句话，却不由自主去想："风如意吗？原来这件怪如意叫风如意，它为什么叫风如意？"

门楣下，悠歌和杨瀚并肩站着，因为雨太骤太急，如果就这么跑进厅里，难免也是浇透，他们只好站在这里暂避。

两人正半真半假地开着玩笑，突然一声惨叫一下子撕开了重重雨幕，清晰地传进了他们的耳朵。这声惨叫是如此凄厉，它是从肺腑里嘶吼出来的，可是那肺腑似乎也被撕了个大洞，所以声音都有些破音了。

悠歌和杨瀚听到这一声，不由得同时一怔。悠歌失声道："是老爷的声音！"说完，她就以手挡头，飞快地向厅中跑去。

"悠歌，小心！"

杨瀚喊了一声，忙不迭也跟了过去。

二人跑进大厅，绕过屏风，穿过小堂，冲进书房。一见房中情形，只唬得他们倒抽一口冷气，险些要摔倒在地。

灯在桌上，映得室中一片明亮。

屋顶破了一块，雨水从那破坏处直透进来，再经灯光一照，仿佛就是从天而降的一束光，正罩在李通判身上。

李向荣坐在官帽椅上，面容扭曲，双眼怒突，显得既狰狞又可怖。尤其骇人的是，他的袍下仿佛盘着一条蟒蛇，正在绕着他的身体盘旋，撑得他的袍子起伏膨胀，说不出的诡异。

杨瀚骇然叫道："老爷，你怎么了？"

李向荣一双怒突得快要掉出来的眼珠子死死地瞪着他，突然猛地一振，随着又一声瘆人的惨叫，他的袍子一鼓，无数根晶莹剔透的冰刺从他袍下猛地刺了出来。血顺着冰尖儿一滴滴落下来。

杨瀚双眼瞪得老大，直勾勾地瞪着李通判，身子一撅，仰面就倒，砰的一下砸在了地上。这个身体机能很好，面对如此恐怖的刺激，他的身体果断做出了最好的自我保护：晕倒。

悠歌小姑娘的神经居然比这懒怠小子还要坚韧，她明明吓得瑟瑟发抖，偏偏没有吓晕。她发出一声尖锐刺耳的叫声，昏迷中的杨瀚似乎都被这声尖叫震得抖了抖身子。

然后她反身就向外边的雨幕中冲去。

悠歌小娘子哭叫着："鬼呀！妖怪呀！快来人哪……"她猛一转身，疯也似的跑进天井，在大雨倾盆之下疯狂地嘶吼着，浑身战栗。

美少女面具人本来已经鬼影一般登上了墙头，想要掠身离开了。夜色之下，惊恐万状的悠歌也根本没有发现她的身影。但是当听到"鬼呀！妖怪呀……"的尖叫声时，正作势欲闪的面具人却猛然顿住了。

她缓缓转过身，一双冰冷的眼睛看着犹自在院中失态狂叫的悠歌，漠然的眼神中露出一缕凝实得有若实质的杀气。她缓缓举起了右手，那只皮肤苍老得像古树皮一般的手，和那年轻、美丽，却又充满诡异的面具形成了触目惊心的对比。

闪电的光亮骤然闪起，一下子映亮了她，这一下她的身影终于被暴雨中的悠歌看了个清楚。悠歌一眼看到那可怖的面孔，尖叫的声音顿时消失，仿佛被人一下子扼住了喉咙，她的嘴巴仍然大张着，声音却一下子窒住了。

电光一瞬即逝，旋即雷声才滚滚而来，那诡面人苍老的手也在此时突然张开，让人看在眼里会一下子产生一种错觉，似乎那震撼人心的天雷就是她发出的掌心雷似的。

下一刻，正在悠歌身边和头上密集落下的雨线便突然发生了一种奇异的波动，一条条雨线先是波荡了一下，然后就像真的变成了线，被一只无形的手束成了一束，变成了一根从天上倾下的雨柱。

然后那一柱雨像一条晶莹剔透的水蛇似的活了起来，在空中蜿蜒而起，仿佛三角形蛇头的部位跃跃欲试，突然向前一纵，一下子冲进了悠歌大张的嘴巴，钻进了她的肚腹，悠歌的身子猛地一震，就像……刚刚诡异死去的李通判。

"各位兄弟走快些，马上就到建康驿馆了。"

大街上，他们正狼狈地冒雨前行，几个蓑衣人中间是一个穿着单衣暴露在大雨中的犯人。犯人颈间戴着枷锁，雨水打在枷板上，噼啪地溅在他的脸上，他的头发也被雨水冲得一绺绺狼狈地垂下来。

那几个蓑衣人明显是一伙捕快，虽然他们披着蓑衣，看不出吏员捕快的装扮来，可是从这居中的犯人，还有他们蓑衣下翘起的分明是腰刀的轮廓，却能叫人一眼就看出来。

就在这时，旁边院子里传出一声尖叫："鬼呀！妖怪呀，快来人哪……"

刚刚喊话给兄弟们鼓劲的捕快拔出刀来，向那发出惊呼的院落一看，大声吩咐道："你们且看住了犯人，我去瞧瞧！"

"李头儿小心！"一个捕快只喊了一声，那拔刀的捕快已经向院子冲去。

这些捕快不属本地官府，他们是从大宋临安（杭州）行在赶来的。一般来说，需要解往京城的犯人，都是由地方捕快负责抓捕解送的。不过这个犯人原是京中一个小吏，自己地位虽不高，却是一桩涉及高官案件的关键证人。

这样的一个犯人，如果只是地方抓人，很难说不会在这过程中被有心人动了手脚，将他杀人灭口。为防意外，临安府才特意派员赴建康（南京）公干，直接来此捕人，此前都未告知过当地官府。

如今他们从乡下把这个人抓到了，这才带往建康府，准备行文地方，再把犯人解往临安。却不想他们从郊外回来，傍晚才进城，还未走到馆驿，便撞上了这场豪雨，着实晦气。

那持刀冲向通判府的乃是临安府的一个捕头，姓李，叫李公甫。做捕快多年，去年刚升到捕头位上，最是古道热肠的一个人。此刻听得有人呼救，看那门楣、阶石、旗杆，分明是一户官宦家庭，李公甫岂能不在意。

砰！李公甫一脚踹开院门，舞着腰刀就冲了进去。

轰隆，又是一声惊雷响起，映亮了一个身影。

她站在院落中央，暴雨如注，冲散了她的发髻，长发披散而下，遮住了她的容颜。那非常窈窕的身段，因为这暴雨、长发、惨白色的电光的搭配，显得无比诡异。

李公甫骇然横刀，壮起胆子喝道："什么人？"

雨水打在他横起的刀面上，溅到他的脸上，可他连眼皮都不敢眨一下。他的身子藏在厚厚的蓑衣之下，本来连雨水都打不透，这时却有一种湿黏的感觉，好像被一条蛇盘在了身上，很不自在。

那怅立雨庭之中的女子正是悠歌。李公甫做捕快多年，这狮吼功般的大嗓门可是厉害得很，吼出来声若洪钟、极具威严，虽然有雷霆暴雨的干扰，这一喝也颇有官威。

悠歌却桩子似的站在庭院中，一动不动。

突然，她身子一震，从喉中猛地发出一声非人般凄厉的惨叫。

随着这一声惨叫，老天似乎也听不下去了，忍不住又是一道雷霆亮起，借着这天雷的光亮，李公甫这位六扇门里的老捕快就将这一幕看得清清楚楚。

饶是李公甫这一辈子都在临安府做捕快，早见过无数的阵仗，这一吓也险些软瘫在地上。他攥紧了腰刀，因为惊恐用力，掌背骨节处都绷得发白，他颤声叫道："你……你究竟是什么妖怪？"

这句话刚出口，滚滚殷其雷便向他当头压了过来。李公甫这个公门老手凭着多年的捕盗经验，突然汗毛一竖，敏锐地觉察到院落一角似乎有人潜藏，李公甫想也不想，扬刀便向那个角落扑了过去。

　　这就是老公门人的经验了，怕归怕，人对未知事物大多都怕，可是他很清楚，院中这个不知是人是鬼的披发女子不太可能对他构成威胁，躲在墙角的那个才是。

　　李公甫刀风呼啸，卷着激起的雨水直刺向角落，可待他随刀而进，冲到角落时，却讶然发现那角落里只有几篁修竹，除此之外一无所有。难不成……看走了眼？

　　李公甫横着刀，努力睁大眼睛看去，那角落里除了三五根细而修长的竹，的确一无所有……

二　单枪独马

天亮了。

金陵城经过一夜的豪雨，仿佛被洗过了一遍。墙角的修竹枝叶新绿，上边所缀的晶莹雨滴在阳光下熠熠发光，阁楼栏杆下的芭蕉花蕊上，一只小蜜蜂正从花蕊里那滴水珠中奋力挣扎出来，带着黏黏的花粉，扑扇它的翅膀。

李通判府前黛瓦白墙，马头墙上探出了几枝蔷薇，时而随着风摇曳着，适时地把雨珠洒下去，顽皮地钻进路人的脖子。一切都是那般优美，静中有动，岁月静好。

只是……

李府门前路边的大树下，先是聚着几个街坊，在交头接耳地说着什么，因为他们透出了恐惧、兴奋、诡秘的神色，不免吸引了更多的路人加入，而后，与他们不熟但心生好奇的人也停下了脚步。

一个卖炸糕的小贩也不顾做自己的生意了，被这么多人围着，还有两个极俏丽的小娘子，那楚楚动人、看一眼就叫人销魂的美丽眸子就这么俏生生地定在他的脸上，让他一下子觉得自己成了人生的主角。哪怕……只是暂时的。

于是，卖炸糕的郓哥儿一下子挺起了胸，声音也更大了些，为了体谅那两个一穿白、一着青，一个如梨花新蕊，一个似红杏初成的小娘子刚刚加入听客的行列，不晓得前因后果，所以很体贴很有技巧地重说了一遍。

"真的，莫大郎，你别不信，刚刚，你看到门口那两个佩刀的差官了吗，他们喊我过去买了两套炸糕，我趁机往院里瞄了一眼，真真儿的，一地的血呀，整个院子都红透了。"

白衫美人和青衫俏女的美眸果然惊骇地瞪大了，郓哥儿心头顿时一热。

有个扎围裙的肥胖汉子笑："你又满口胡言，这一夜的大雨，死上多少人，血都冲净了，哪可能一院子的血？"

郓哥儿登时涨红了脸，心想这个张屠户，偏来给老子拆台怎的，当着两个比花花解语、比玉玉生香的俏姑娘。"嘿！你还别不信，两位差官老爷一边吃着炸糕，一边在说话，我听着呢，昨儿个李老爷府上死的人还真不多，就李老爷和一个婢子。可他们的死法极特别，怕是遇了妖怪，而且是个水里的妖怪。为什么这么说呢？"

郓哥儿身子一偏，屁股就挪到了自己的炸糕小车上，右腿一蜷，用手一扳，架在了左腿上，开启了说书模式："昨夜有一个临安府的捕快办案路经此地，听到呼救闯进院子，亲眼看到，那个婢子暴雨中站在院子里，如痴如魔，不知在做什么。突然间一声瘆人的惨叫，接着就是无数根冰刺从她体内冒了出来。你见过冰刺吗？就冬天屋檐下边挂着的冰凌的形状。嘿！你个没见识的，从小没离开建康城，怕是不晓得，这么说吧，就像锥子，这回懂了吧？"

郓哥儿越说越起劲，三分听说，七分靠编，唬得旁边一众百姓一惊一乍的。只是越往后，越加离谱，那白衫姑娘和青衫姑娘便听不下去了，二人对视一眼，心有灵犀地离开了人群。

郓哥儿还没把为何院子里只死了一个人，下了一夜的雨，居然还满院子血的原因给编出来，一见两个俏姑娘举着花伞，盈盈而去，兴致顿时弱了，声音也小了许多。

白裳女看起来年长几分，生得优雅美丽，面似满月，眼角含情，颇有些妩媚娇丽。而青衫女比她小了几分，更重要的是，二人从发型到衣着，青裳女才是未出阁的黄花闺女打扮。

可是二人走出不远，倒是白衫女更沉不住气，忍不住说道："小青，那人有冰刺自体内弹出……"

青衫女举着花伞，机警的目光迅速向四下一扫，打断了她的话："许是那卖糕的胡诌的，说些如鬼似神的东西，才好引人注目。"

白裳女俏巧地白了她一眼，小瑶鼻轻轻一皱："你当姐姐是三岁小孩儿，那般好哄的？这等别致的杀人手法，哪能随便就想出来了？你也知道，这世上有个人，是真有这般本事的。"

青衫女的脸色顿时变了变，轻盈向前的脚步也是稍稍一顿，一只脚刚刚迈出去，足尖儿才点着地，步伐却停了下来："你是说……苏窈窈？"

白裳女纠正道："是我们小姐，一定是她。"

青衫女浅浅地一笑，右颊上露出一个俏皮的小酒窝，只是那笑却是不屑的冷笑："曾经是我们小姐，但现在不是了，五百年前……就不是了！"

她转向白裳女，眼圈微微有些红："现在，你是白素，我是青婷，你就只是白素，我就只是青婷，与她苏窈窈，再无一分半毫关系！"

青婷说得斩钉截铁，掷地有声。

白素默然片刻，眼圈也红了："虽然我们与她名为主仆，当年实是情同姊妹，谁知道……"

青婷打断了她的话："现在，只有你我，才是姊妹。姐姐，这建康城，我们已住了七年，容颜始终不改，已经开始引人注意，我们该换个地方再去游戏人间了。"

白素虽然心中满是对曾经的主人恐怖手段的惊惧，还是忍不住被她这句话逗笑了："逃命就是逃命，说得这般风雅，也改变不了事实。走吧，我们尽快了结此间之事，然后，你想去那儿？"

两位俏姑娘又撑着伞，盈盈前行了。

"去漠北？"

"七年前刚从那儿回来。"

"要不，去西域？"

"怎么，你还想去当西域小国的王妃？"

"啊！我们去扶桑吧。"

"他们把你当妖怪要烧死在寺里的事忘了？"

"那你说去哪儿嘛，你晓得，姐姐我是个没主意的人，一直都是你拿主意的。"

"知道就好，我已有主意，走吧，先回去了结此间一切。"

两位姑娘一边说，一边走了。

而李通判府上，因为惊吓晕倒而幸运地逃过一劫的杨瀚，刚刚陷入了一个新的大麻烦。

这个胸无大志，本想着讨上一房小娘子，生上几个姥姥不亲、舅舅不爱的熊孩子，为杨家延续了香火，就此完成自己人生使命了事的杨瀚，正在面临着人生的一个重大抉择。

他可不知道，人生走下去，就有越来越多扇门，每个门后边都有一条不同的人生路。而如今在他面前只有至关重要的两扇门，一扇门注定了一生无闻，另一扇却是一个新生活的开始。

可是他不知道每一扇门后藏着什么，他心里正在天人交战，不知该如何选择。

杨瀚有个不为人知的心疾，骤遇重大变故，对他刺激太大，他就会惊厥昏倒，这种现象也会体现在，他真正紧张、在意一个人或一件事的时候。心跳会骤然急促如雷，导致气息不稳，说话都会断断续续。

这种情况当然不多见，但昨夜的诡异一幕正是其中之一，所以，他干净利落地晕倒了。当他醒来时，官府的人还没来，但前院后院的人都起了，大家一通忙碌，有冒雨去报官的，挽扶哀哀痛哭的老夫人、夫人、两位如夫人回后院安抚的，收拾庭院的，所以所谓满院子血……确实是郓哥儿的夸张之词。

那时已经是四更天，雨已经小了，可仍淅淅沥沥地下着。庭院里已经没有一滴血，雨水哗哗四逸，女眷们都被贴心地扶回了后院，家人们嘘寒问暖。这时不在家主面前有所表现，更待何时？

只有杨瀚一个人在前宅小厢房里，默默地守在小丫鬟悠歌姑娘的身畔。他并没想过要娶悠歌姑娘。妻子吗？在他心里，对这个要相伴一生的女人，一直还只有一个模糊的形象，他并不清楚自己愿意和一个什么样的女人共度一生。

不过，这并不妨碍他对悠歌小娘子有好感。悠歌小娘子姿容俏丽，脾气又好，他说不清那种感觉是把她当朋友、当喜欢的女孩儿，还是当个可以玩笑打闹的小妹子，总之，他喜欢。

可现在，她死了，变成了一具可怖的尸体。

杨瀚不知道自己当时如果不晕倒，是不是就能救下她。因为他虽然有一身好身手，可这并不代表他能应付这么诡异的事情，这……根本不像是人力可以造成的。

可这并不能让他释怀，不能让他心安理得地抛去忧伤、怅然与自责。从悠歌姑娘体内钻出的冰刺，在雨水作用下，正以更快的速度在融化，因之那停尸的门板下边，血水也是滴滴答答，越来越多。

杨瀚用自己的衣袖，轻轻拭去悠歌姑娘脸上的水渍，轻抚了几次，帮她合上了那双已经失去神采的眼睛。看着她依然保持着极度痛苦表情的容颜，杨瀚心中有一团莫名的烈火，越烧越旺。

不管那个凶手是谁，不管他有什么理由，他都该死，他必须死！那个该死的凶手还杀了通判老爷，他逃不掉的，六扇门一定会把他缉捕归案。杨瀚只有想到这一点，心情才稍稍宽慰一些。

但他没有想到，天色大亮，建康府的捕快们来到府上，一宿未睡的他觉得饥肠辘辘，才到厨房要了碗粥，在上边撒了几片咸菜，正蹲在门槛上想凑合一顿的时候，居然听到自己将成为替罪羔羊，背上杀主弑婢必受极刑的罪名。

他听到的只是一句暗示，当时他粥才喝了一半，一个捕快进来，也向厨子要些吃的，然后也不等那厨子问，便主动大发感慨："多拿些干的，准备几道小菜。哎，捕快这营生，不好干哪。大老爷发了怒，一个月内，必须抓到凶手，否则二十板子，再加罚俸一年。再一个月抓不到凶手，再打二十板子，再罚俸一年，这样诡奇的凶手，哪儿那么好抓的，我们建康府的捕快，可要倒霉了。"

等他拿了食物，提着食盒出来，要回大厅与其他人共食的时候，路过杨瀚身边，身子停了一停，仿佛压根儿没看见他这个人似的，声音略压低了些，用只有杨瀚才听得到的声音继续感慨："说不得，又得用我公门惯用手段，抓些不相干的人顶罪，免得大家为难。只不知是哪一个倒霉催的，大祸临头，尚不自知呀！"

杨瀚听了，忍不住抬头看了他一眼，那捕快头都没低，继续向前走去。杨瀚看着他的背影，眼看他左手提着食盒，右手按着腰刀，那按刀的右手忽然离开刀柄，并掌如刀，看似走动时自然地挥手，却分明是向右下方狠狠地一劈。

那捕快消失了，杨瀚蹲在门槛上，呆了半响，一抹寒气陡然袭遍全身，汗毛都竖了起来。他认得那捕快，他做了那么久的街道司，怎么可能不认识这里的捕快，说起来两人交情也不错，他不信这捕快是诳自己。

因为官府对捕快的考核制度里，重大案件都是限期破案，否则就是一顿板子再加罚俸，任谁也受不了。所以重案难办，实在没辙的时候，会找些不相干的人顶罪，当然，那种人最好也是泼皮无赖、四处讨嫌的货色，这样不会引起民怨。这些事，杨瀚是知道的，可他万万没想到，这种事居然会有一天落在他的身上。

那捕快的暗示很明显了，他又不瞎，如果再看不明白，他就真该死了，蠢也该活活蠢死。所以，他又挣扎了半响，犹豫是否该相信官老爷的"明镜高悬"，最终还是觉得，不能拿命去赌，于是立即逃了。

杨瀚逃的时候，居然还佯作无事地喝完了粥，转悠回自己的房间，抄走了所有的积蓄细软。因为他知道，这必然是一班捕快因为案子棘手，在商量找人背锅，并且把目标选定了他，可还尚未做些手脚，以便坐实了是他，因此还有时间，不过明知要被人栽上杀人命案，还能如此镇定，倒也是个人物。

杨瀚爬上侧院那棵槐树，翻过墙头，一头扎进小巷子的时候，心中对那暗示他的捕快充满了感激，这是救命之恩哪。陈洋，那个捕快的名字，他记住了。

杨瀚不知道的是，当知道他逃了的时候，那捕快陈洋也极畅快，因为他自觉欠了杨瀚的恩情已经还了。他是个知恩图报的人，杨瀚只知道人家和自己交情不错，却不知道这个捕快为什么肯帮他，有些事，他做过，却忘了，但陈洋记得，一直记得。

陈洋是接了父亲的班做的捕快，他爹就只他一个儿子，这差事自然就传给了他。可他的性子，其实不太适合做捕快，他内向、腼腆，嘴还笨，被人抢白几句，便涨红了脸，气堵了心，连句对答都凑不出来，而那说不得便动手的做派，也不是这样一个性儿又刚刚做了捕快的人做得出来的。

所以，他第一次执行差事，便被一对泼皮、泼妇给挤对得下不来台，窘迫地站在大街上，成了所有人的笑柄。那时街邻们在笑，摊贩行人在笑，就连和他一起来的那个老捕快，都因为他的窘态笑得前仰后合，根本没有上前解围的意思。

那时候，是杨瀚经过，见此一幕，上前帮他干净利落地解的围，而且说话间很注意维护他的脸面。

"笑？有什么好笑？笑得跟个破鞋帮子炸了线似的，喜欢官差老爷对你呼来喝去不当人看吗，喜欢差官老爷抄起量天尺就把你打成猪头吗？这位差官是个斯文君子，拿你当人看，才好生与你言语，偏你消受不得，那就是自轻自贱了。"

这句话，陈捕快一直记得。三年了，三年后的今天，他已经是个经验丰富的老捕快了，而且是捕头身边极赏识的心腹，但这件事，他一直记着，今天，这恩终于还了。

"走！出城，马上走！"这是杨瀚这时唯一的想法，可是他赶到城门口的时候，还是晚了一步。

捕快们觉得杨瀚是昨夜唯一的活口，而且李夫人说那"风如意"就是他献给李通判的，可现在"风如意"已经不见了，种种线索，就算牵强一些，也总能绕到他的身上，便想，这样的大案，凶手显然不是精怪也是奇人，没可能捉到的，为免自己受罪，不如直接栽在他身上就好，恰好他只一个人，父母双亡，又没亲戚，也没人替他喊冤。

却不想，这厢推敲一番议定了，去捉人时，这厮竟然逃了。立即就有"马快"飞驰四方，加强了城门出入戒备。杨瀚是两条腿走路，待他赶到城门口，已然出不去了。

"糟了！"杨瀚把头一埋，掉头就走，可未走多远，便见街道司几个人正迎面走来，领头的是街道司四辅司之一的高初。

杨瀚脸色骤变。这段路恰好行人不多，也不是方便摆摊处，虽然他急急扭身回避，可他分明看见高辅司的眼神是跟他对上了的。

杨瀚迅速折身走向旁边唯一的巷弄，后背都紧张得弓了起来，只消高辅司喊上一声，说不得只好动手了。虽然他们人多，但论拳脚工夫，没人比他高明，或可逃得性命。

杨瀚知道街道司的人这时上街，必然是查他的，方才他见街上不但有捕快们逡巡，还有民壮持械行走，东张西望，必是官府差遣，这是已经把他当凶手抓捕了。

可是，高初带着几个人，优哉游哉地过去了。杨瀚钻进小巷，直到风一吹，汗湿的后背一片清凉，也没等来高辅司的一声大喝。方才那几个人正在东张西望，但高辅司分明是看见了他的，竟似全未看见一般，这是有意帮他呀！人家是副辅司，杨瀚和人家还真没多么深的交情，这时竟能仗义相助，杨瀚内心满是感激。

而高初呢？高初走过那条小巷弄时，微微笑了一下，可谁也不知道他为何发笑。就在四个月前，高初被关系最为恶劣的另一位辅司给告了，告他贪墨，上边派了人来查，一时间高辅司马上就要锒铛入狱的消息甚嚣尘上。

那天，他被四个人盘问了整整一天，走出来时筋疲力尽，身子都有些摇晃了。他从盘问他的二进院小班房里出来，一直往外走，一路所见的同僚，要么转首他顾，要么故意绕开，有那平素不合的更是趾高气扬从他面前走过，只有杨瀚——

杨瀚当时正从外边回来，两人迎面碰上。他清楚地记得，街道司门口的灯光之下，杨瀚啪地一个立正，毕恭毕敬地朗声喊了一句："高头儿好！"

那天，他被冤得都快撑不下去了，更被那种冷漠、压抑的气氛憋得喘不上气来，他本来想回去就安排一下，拿条绳子去吊死在冤他的那户人家门下，就为杨瀚这一声喊，这一个敬意的立正，他觉得心里没那么冷了，他觉得身子骨里还有一丝力气，最后，他撑下来了。

种瓜得瓜，种豆得豆。

杨瀚不知道自己该去哪里了。

城，出不去了。

旱路走不通，他想走水路，可是水路居然也被封了。

被杀的可是通判，那是高官，官府执法的力度相当大。

走不得，留下来却是坐以待毙，他知道这种缉捕不会一直持续下去，可他不知道自己还能藏几天，他现在甚至无处可去。早上只喝了碗粥，这一通奔波，他现在已是饿得饥火上升了。

杨瀚沿着秦淮河精神恍惚地走着，彷徨无措，不知不觉竟然走到了桃叶渡。还未到夜晚，秦淮河上还不是热闹时候，杨瀚心思百转，竟未注意已经回到了熟悉的地方。

一个绿衣小娘在河边浣衣，刚把拧好的衣服一件件放进木盆里，捣衣槌也放进去，端起来侧夹于腰侧，盈盈地踏着石阶上来，一眼看去，恰见杨瀚。那小娘骇得一跳，立即冲上前来，一拉杨瀚衣袖："瀚哥儿，你别是傻的吗，怎么还敢来这里走动？"

杨瀚定睛一看，是桃叶渡前食馆的杜小娘。

她四下看了看，急急一拉杨瀚的手："跟我来！"

杜小娘不由分说，拉起杨瀚就走，她的住处就在河边，只消向前边里弄里一拐，就钻进了自家小屋。小屋不大，中间一个堂屋，右边是她的闺房，左边是老爹的卧室，平日就在前边支棚摆摊做食馆。

杜小娘拉了杨瀚进屋，探头向巷中看看，见无人跟来，这才放心地掩了门，把杨瀚推进自己的小屋，小声道："爹爹去买肉菜了，便是他回来，也从不到我房中来的，你只消莫出声音，莫出房去，便不会有人发现。"

杨瀚呆了一呆，道："外边怎么传我？杜小娘子，你不怕吗？"

杜小娘嫣然一笑，抿嘴道："说你杀人害命，奴奴才不相信。你是好人。"

"你……我……"杨瀚正是彷徨无措的时候，听了她这句话，心里一阵暖流涌动，说不出的感动。

杜小娘道："你那街道司里，惯见的泼皮无赖居多，平日里巡察街市，吃拿卡要商贾，揩油狎昵女子，哪有几个正经人，偏你是个异类，为人好得很，不仗势欺人谋取好处，否则油水也是丰富，怎至于被黎主司辞了差使，马上就得献出传家宝给李通判，才谋个营生过活？就是……"

杜小娘脸一红，道："就是嘴巴花了一些，喜欢搭讪小娘子，但从不说下流话，从不做下流事，这还不是好人，怎样才是好人？你且安心藏在这儿，过几日外边平静了，你赶紧离开建康便是。"

杨瀚感动得眼圈都红了，正不知该如何道谢，肚子先替他说了话，咕噜噜一声叫，好不婉转缠绵。杜小娘哧的一声笑了出来，道："饿了吧？奴奴去替你弄些吃的，只是都是昨儿夜里剩下的，你莫嫌弃。"

杜小娘说着，又风风火火地走出去。

杨瀚慢慢在榻边坐了，忽然又想到这是人家姑娘的闺床，男人不好随便坐的，忙又移到墩上坐了，一时间疲惫、沮丧、绝望的情绪全部涌了上来。接下来，他该何去何从啊？

杜小娘倒是利落，不一会儿就热好了饭食给他端进来，道："喏，你喜欢的鸭血粉丝汤一碗，蟹黄包子一屉，酒可莫喝了。奴奴得出去准备晚上营生的东西了，你就藏在这儿，千万莫出去！"

"好！"杨瀚顿了一下，重重地一点头。待杜小娘出去，放了帘子下来，杨瀚坐下，一个蟹黄包子塞进嘴里，只嚼了几口，两行泪就唰的一下涌了出来。

他爹，在他七岁那年就因水患造成的瘟疫死去，他娘辛辛苦苦把他拉扯到十五岁，也病逝离开，十五岁呀……他料理了母亲后事，带着少年变声期难听的公鸭嗓，这厢跑个腿，那厢打个杂，饥一顿饱一顿的，到十七岁才费尽周折投入街道司。

"我的苦日子何时是个头哇？我上辈子究竟是造了什么孽，老天要一直这么冤我，屈我，欺侮我？"男儿有泪不轻弹，此时杨瀚的热泪却是扑簌簌地滚下来，一滴滴地掉进那碗鸭血粉丝汤里。

杨瀚咬了咬牙，将那口包子吞了下去，又端起碗来狠狠地喝了口热汤，抬起袖子，用力一擦眼泪。

他不躲了，他不要躲了，捕快们指望不上了，那他就自己查。他要还自己清白，他要替枉死的悠歌小娘子讨还公道。从现在起，谁欺侮他，他就要欺侮谁。天欺侮他，他就要欺侮天！

舍得一身剐，敢把天王老子拉下马！

现如今的建康城，乃是大宋的行都。而临安，则是大宋的行在。国都呢？国都始终是汴梁，北方落入他人之手，朝廷被迫南迁，但并未另立国都，他们还是希望能打回去的。

只是冷兵器时代，武力强大与否，有时候与你的经济发展、文明程度并没多大关系，先前人家正在势头上，他们就得先求稳，仓促南渡，哪可能即时发起反击，能守住、稳住就不错了。

及至后来，更北方的统治者把贫穷的瘟疫统治到哪儿就带到了哪儿，江北破落，南富北穷，再加上人心思定。实际上，当皇帝的是想收回故土的，至于忌惮二帝归来，纯属后人臆语。

这两位天子一个根本不想当皇帝，后来人家兵临城下，仓促传位，终得解脱。而另一个才当了一年皇帝，根本来不及培养自己的班底，就算有培养，也随着他们俩的被俘一起被俘了。

康王南渡，另组的班底，谁怕这俩丧权辱国的家伙归来呀。再者，南宋存续一百五十多年，南北两宋加起来，比唐朝、明朝国运都长，就算赵构担心老爹和老哥回来，可那才几年的工夫？他们死了以后呢？后来的皇帝还担心什么呢？

实在是外因、内因，诸多因素，已经无力回天。包括一个令人大跌眼镜的事实，那就是士、民阶层，都不喜欢北伐，民间阻力很大，他们好好的日子过着，太平、富足，谁愿意起兵，真要把北方打回来，岂不是还得养活北方人？

这些阻力看不见摸不着，可在各个方面却能发生实质的作用，皇帝想恢复昔日版图，谈何容易？不过这是后话了。自南渡以来，大宋"重文轻武"的局面在相当长的时间里是改变了的，因为强敌的威胁可就在面前。

以建康府为例，这里的官员大多负有军事责任，而且战时会全部转向为军事服务。官府为了有效率，也做了诸多的改变。

比如，建康府属于集中办公衙门，诸多官员都在一个地方，有事情好沟通，避免办事人员东奔西跑，各处请示。另一个，就是官员们哪怕是负责民政、司法的，也负有战事一近，立即转换职能的责任。

建康府治坐落在皇帝行宫的东南角，秦淮河的北面，安抚使、制置使、宣抚使、知府事、通判、总领、转运司、侍卫马军司等高级军政官员全都在这里办公。

从中可以看出，通判这个官，在这诸多高级官员中排位着实不低，而建康府现在的通判，却死于一桩离奇命案，可以想见，这件事建康府该是何等重视。

李公甫带着自己的人，押着人犯，来到了设厅。这设厅的前边乃是戒石亭，亭中一方戒石，上边刻着"尔俸尔禄，民膏民脂，下民易虐，上天难欺"十六个大字，用以警示官员。

设厅后边是清心堂，南面是仪门，以修廊相连。清心堂的后面是"忠实不欺之堂"。李公甫等人到了设厅就候在那里，知府大老爷正在后面处理事情，他们得等上一阵。

忠实不欺之堂，听起来有些长，不太像个堂号，可这就是南宋建康府府治官衙里的一处重要所在。堂上，裴捕头、郑捕头、洛捕头齐刷刷地站在堂前，向居中而坐、面沉似水的知府老爷沈深禀报。

郑捕头道："大老爷，那杨瀚机警狡诈，早早地逃了。小人们如今已封了水旱两途，满城缉捕，大老爷放心，我们布置得早，他逃不掉的。"

沈知府脸上似笑非笑，神气非常古怪。他伸出三根手指，淡淡道："三天，算上今天，我建康府水旱两路，只许严查三天，三天后，一切恢复正常。"

裴捕头一听有些着急，忙道："大老爷，我建康百万人口，那厮藏遁民间，一时间哪里寻得？若给小的们十天半月的时间……"

沈知府呵呵两声，淡淡笑道："十天半月？那我建康百姓，该受到多少骚扰，民生岂不受了影响？"

洛捕头道："大老爷爱民如子，菩萨心肠。只是通判老爷被杀，这是何等大事，便让百姓们有几日不自在，谁又敢生半句怨言？小的以为……"

沈知府拂袖而起，洛捕头一见，急忙住口。

沈知府绕过公案，跨到他们面前，笑吟吟地看着他们三个，和气地问道："你们也晓得通判遇害，是何等的大事。那么，就想抓个小小家丁来搪塞了事，嗯？"

沈知府这句话声音并不大，他脸上还带着笑，语气也很温和，声调更是江南人的儒雅柔糯，可这三个人却似头顶上同时炸响了一个惊雷，骇得双膝一软，扑通一声就跪了下去。

沈知府缓缓举起右手食指，向头顶指了指，问道："知道本府为什么要在这里见你们吗？"

三人缓缓仰头，战战兢兢地看着，那红日出海图上方，赫然是"忠实不欺之堂"六个大字。

沈知府缓缓道："李通判被杀一案，只怕不是那么简单。你们三个，给本官打起十二分的精神来，务必查出真凶。至于这个杨瀚，或与此案有些关联，可是，就算他是真凶，幕后也一定另有黑手。"

沈知府唇角微微一翘，带出几分讥诮："那古物是他献的，然后他又杀了通判，抢回古物，而且并不逃走，佯装晕倒等你们来，试图蒙混过关？是你们太蠢，还是你们以为本府太蠢？"

三个捕头俯下身子瑟瑟发抖，看到知府大人袍下一双足尖儿稳稳地站在面前，好担心他突然就抬起腿来，狠狠踢在他们的脸上。

"去吧，好生做事。你们不欺本官，本官便不会欺你们。"

"是。大老爷开恩！"三个捕头把头磕得砰砰直响，额头瘀青了，这才倒退着爬下去，到了大堂口才急急钻出去溜了。

沈知府摇摇头，喟然叹道："吏滑如油哇……"顿了一下，他朗声向门口吩咐道："去，传临安府捕头李公甫进来。"

设厅廊下，李公甫等人正在候着，其中一个捕快忽道："哎，头儿，我记得我听你说过，你有一个外甥，就住在建康府，咱们来时直接去的乡下捕人，不及相见，如今就待换了行文，便回临安，也不抽暇与你外甥见见吗？"

李公甫一呆，旋即苦笑道："不是你说，我都忘记了。"他拍拍额头，"昨夜那可怖的一幕，把我这老公门也吓糊涂了，加上一夜未睡，光顾着向本地公人叙述所见，竟尔忘记了。我那外甥……哎，也不知……"

李公甫吞吞吐吐的，似有难言之隐。

就在这时，一个足下乌履，穿着合裆单筒裤，外罩圆领长袍，头戴曲脚幞头的年轻男子背着个药箱急匆匆走来。这年轻人面色白皙，眉眼俊俏，气质儒雅。他本来是要绕过设厅，往侧厢去的，可一抬头，正看见李公甫站在那儿。

这年轻人呆了一呆，似乎想要回避，可目光与李公甫碰上了，脸上便露出一丝苦涩。他顿了一下，还是硬着头皮上前，向李公甫长长一揖，道："舅父，你……你怎来了建康？"

李公甫一见这年轻人，也是一呆，讶然惊喜道："啊，你……外甥啊，你怎在这里？"

年轻人愧然道："哎，说起来实是一言难尽，我……我回头再与舅父细说。"年轻人说着，飞快地看了眼旁边几个捕快。

李公甫见状会意，晓得他必有难言之隐，忙岔开话题，道："哦，这几位都是我临安府的同人，我且介绍与你认识。"

李公甫将自己的几个部下介绍了一下，年轻人忙向他们拱手施礼："晚生许宣，见过各位差官。"他旋即又转向李公甫："甥儿与舅父大人足足十年不见了，今日重逢，不胜之喜。只是正有差遣要办，待事了，甥儿还在这里等候舅父，与舅父和各位远道而来的差官聚上一场。"

几个人正说着，一个穿着两截衣，满脸络腮胡子的挑担汉子走了过来，瞄了他们几个人一眼，把头上的竹笠压了一压，挑着满满两担子肉菜，从他们身边走了过去。

若有极熟悉的人细看其眉眼，就能隐隐看出端倪，这个满脸胡子的汉子，竟与建康府四处抓捕的嫌犯杨瀚有几分相似。

这个担菜的汉子正是杨瀚，既然逃不得，他便来了。

不入虎穴，焉得虎子。捕快们竟想栽赃给他，李通判之死是否与官场倾轧有关？李通判和悠歌小娘子死状如此之奇、之惨，可是之前一则他寄望于官府破案，二则悠歌小娘子毕竟是女人，他也不好检视人家身体，所以对那奇怪的死法了解并不多。他需要潜入仵作房，细细查验一番，说不定能有线索。

狗急了跳墙，兔子急了咬人。杨瀚原本很无害的一个人，可受逼之下，他与平素的他，已是判若两人了。

三　接踵而来

每天府治之所是提供午餐的，这也算是官府的一项福利。上上下下千余号人的午餐，可不是一点儿半点儿，光是厨子大师傅就有二十多个。

厨房很大，在整个府治之所的西北角，还延伸出去一大块。小工们在料理食材，还没到做饭的时候。杨瀚站在门口，跟那个围裙一拧都能拧出菜油，一身葱花味的大厨子闲聊天。

简直没有这些大厨不知道、不明白的。

"这李通判哪，平素里就喜欢寻摸些古物，那些古物阴气重，最招鬼物，他八字不够硬的话，岂是可以轻易触碰的？还收藏了那么多。你听说过一面古镜没有？听说那古镜之中便藏着一个恶灵，后来呀……"

大师傅说得眉飞色舞，杨瀚笑眯眯地扮着最好的听众，一句也不打断，直到这大师傅说得渴了，端起大陶缸子灌了口凉茶，这才拉回正题问了一句："这么说，李通判的遗体现在就在仵作房呢？哎，死后都不得安宁，也是可怜。"

"嘿！还什么安宁啊，听说他那身子都被妖怪的术法弄成筛子一般。"

"仵作房在哪儿啊？"

"那等煞气重、阴气也重的所在打听它做什么？看到那个角儿了吗？那座镇魂塔下就是。知道咱们府里为啥要建一座镇魂塔吗？就是为了真要有那怨气重，不舍离世的，也有宝塔镇压。"

原来仵作房在那边，杨瀚暗暗记下了。

仵作房外，一个书办一脸嫌弃地站在那儿，离门口远远的。仵作和刽子手都是整天跟阴物死尸打交道的人，平素里旁人都不爱跟他们扯上关系。刽子手更是常常打一辈子光棍，很少有女人愿意嫁他们的。据说他们杀人杀多了，若有子嗣，便有报应，至于刽子手本人，杀气太重了，恶鬼也要回避。

这时，许宣挎着药箱急急走来，一见那书办，便客气地笑道："常先生，劳您久候了。"

常书办从鼻子里哼了一声，道："两具尸体，都搁里边了，你仔细检验着，回头形成文案交给我，大老爷要看的。"

"是是是。"许宣忙不迭答应，就要进屋。

那常书办本来要走，忽又停住，回首道："记着了，万万不可损坏尸体，有违人道。只许通过外伤和其他办法勘验尸体。"

许宣笑道："老规矩了，小人自然明白。"

常书办点点头，施施然地走开了。

仵作房里还真不像外人想象的那样阴森恐怖，屋里窗明几净，桌上还摆着一盆花，显然是许宣精心侍弄的，长得正艳。

只不过，这房子确实空，除了一桌、一椅、一盆花，中央便是四张木台，现在两张上放着尸体，尸体上盖着白布。地上是缝合得甚密的水磨砖，东高西低，墙边一口大缸，缸上一只木桶，显然是用来打水冲洗血迹用的。

许宣掩好了门，吁了口气，把药箱放在桌上，打开拿出几样工具，便掀开一具尸体的盖布。下边正是悠歌小娘子。她身体遭到破坏，脸没有，脸上惊恐的模样因死后肌肉松弛而变得平和了。

许宣细细检视良久，带着一手血沉吟道："好生奇怪，这伤口都是由内而外的，可是，有什么东西是能在人体内向外刺出的？这不可能啊！难不成真是妖狐作祟？"

沉思半晌，许宣露出热切的目光，返回桌边，打开药箱夹层。夹层里边竟是整整齐齐一排锋利的刀具，刀具各式各样，有极细小的刀，也有可以斫骨的厚背刀，看着很是吓人。

许宣抚摸了一下那排刀具的柄，又犹豫了一下，喃喃自语："平素虽无人进来，可这次两具尸体涉及官员被害，不能冒险，一旦被发现……"

想到这里，许宣又把那夹层合上了。可他扭头看到悠歌小娘子平静的模样，又不禁长长地吸了口气："这样死法，闻所未闻，于我而言，也是几无可能再遇的奇迹呀。若能探个明白，不但对我医术大有助益，可能还能发现些什么，帮这姑娘报仇雪恨。若是如此，便毁坏了她的遗体，她也不会生气的吧？"

想到这里，许宣向悠歌小娘子长长一揖，默默祈祷："此时不便下手，待我晚上再来，还望小娘子宽宥。"他要打主意，也只能打悠歌的主意，李通判那具尸体，他是万万不敢破坏的，那是大官，关注的人多，一旦发现他把人家开膛破肚了，可是大罪。

眼下不能使用其他手段，许宣便只能用常规方法验看，尽管这样能察知的不多，还是令他啧啧称奇，解剖悠歌遗体一探究竟的念头也愈加强烈了。等这厢忙完了，许宣净了手，这才伏案书写勘验文书，其实他心知肚明，就以其现在所查到的，对破案实无什么帮助。

忙完这一切，许宣便去前院与舅父会面。李公甫这时早见过了知府老爷，禀报了此来缘由。知府老爷叫捕房来人，带他去办理了手续。从人家这儿带走了人，还是个在乡下有头有脸的士宦，不知会地方官府一声，那是不成的。

看到许宣出来，李公甫也很高兴，一行人先把犯人收监，交由建康府羁押，然后去了一家酒楼。酒楼不大，但菜品味道极好，宋朝是不宵禁的，夜生活极其丰富，所以食客不少。

好在几个人包了个雅间，倒不用听旁人聒噪吵闹。酒席上，李公甫干了几杯酒，脸色依旧半点儿不变，显然是酒量极好的。李公甫道："宣儿，你这十年怎生过的？建康与临安又不是天涯之远，怎的久不来联系？"

许宣脸现惭色，停了酒杯，顿了一下，才起身向李公甫长长一揖："甥儿无能，有辱家门，实在愧对亲友故人。所以，便与亲戚都断了联系，若非今日意外相逢，长辈当面，不敢故作不识，甥儿，还是……还是不敢相见的。"

李公甫讶然道："这是何故？"

许宣脸上红一阵白一阵的，半晌才低了头，愧然道："舅父晓得，我父本是悬壶济世的一个郎中，可甥儿无能，父母因那一场大瘟疫死后，甥儿为了生计，就……就入了府治，做了一个仵作。"

听到这里，李公甫和旁边儿个捕快齐齐"啊"了一声，恍然大悟。

捕快、仵作、刽子手，这些人虽是公门中人，社会地位却很低，都是贱役。三者中捕快还好些，仵作和刽子手就差些了，那是人憎鬼厌的职业。郎中那可是相当受人尊重的职业，许宣本是郎中后人，现在落得这般田地，自然是堕落了。

可是……那是十年前哪，那时许宣才多大？他虽是学医的，那么年轻，想要行医，谁肯信他？没有生意做，又不懂其他，去做仵作大概也真是他唯一的选择了。

李公甫不禁嗔道："你这孩子，也是糊涂。父母双亡，还有我这个舅舅，你自来投我便是，怎么便去做了仵作？那时你才十六七年纪，年纪轻轻，想要坐堂行医，自然没人信服于你，可就算在家精研，难道舅父还管不起你一顿饭吗？"

许宣含泪道："那时节，一场大瘟疫铺天盖地，路上处处遗尸，都来不及处理。甥儿也不知有没有可能走到临安去，更不晓得舅父那厢情况如何，只好……及至做了这贱业，让祖宗蒙羞，更是不想再寻，无颜再见亲朋了。"

一个捕快猛地一拍大腿，道："咳！若不是有我们，这天下哪有那么多的冤屈可得昭雪？偏生我们如此不招人待见。我说许郎中，你舅父如今是我临安府八大捕头之一，那也是威风一方的人物，你何苦还在这厢当仵作，何不就去临安，挂牌行医呢？我临安西湖，风景雅致，岂不比这石头城过得舒适？再者，你也可以挺起胸来堂正做人了。"

另一个捕快接道："是呀，我们李头儿可一直没有婚娶，膝下没个一儿半女的，你这亲外甥，便跟儿子也没什么两样。现在有我们头儿照拂，待我们头儿年岁大了，你也好跟前孝敬呀。"

几个捕快都看向李公甫，这事当然还得李公甫同意。不过李公甫不曾婚娶，始终孑然一身，如今既然寻回了失散多年的外甥，哪有不带回去照拂、养老的道理。

李公甫果然点点头，温和地说："是呀，甥儿，你父母双亡，只不知如今是否有了妻室，是否愿跟你一起迁往临安哪？"

许宣迟疑半晌，道："甥儿执此贱业，要讨一房浑家哪里容易，迄今还是孤身一人。甥儿要去哪里，全由得自己，只是迁去临安……舅父可否容甥儿再考虑一下。"

李公甫爽快说："使得，明日行文加印转回，怕不得晌午以后了，走也不甚方便，我们后天才启程。你再好生思量一下。"

这正事暂时撂下，众人便只说些闲话佐酒，待这顿酒席散了，下了楼，几个捕快起哄道："头儿与亲外甥十年不遇，今晚便去外甥家宿了吧，多说说话，我们自回馆驿去。"大家一边说，一边互相挤眉弄眼，显然回馆驿是假，要趁头儿不在身边去寻些乐子才是真的。

见此模样，李公甫笑骂了一声，由得他们去了。

李公甫到了许宣家里，舅甥俩煮上茶，又聊了个把时辰。许宣把自己十多年来的往事说了一遍，李公甫听得不禁老泪纵横，再次提出让甥儿搬去临安，舅甥俩彼此也有个照顾。

许宣其实在本地也没什么割舍不下的，只是他从出生就在金陵，没去过旁处，那时节的人不比现代，一想要去一个全然陌生的所在，难免有些紧张，所以顾虑重重。许宣答应明日想透彻了再答复舅父，便安排他在西厢房住下了。

许宣回到自己卧室，侧耳听了听舅父那边动静。李公甫性子爽直，入睡也快，没片刻工夫，呼噜声就响了起来。许宣微微点头，蹑手蹑脚地走出去，轻轻提着门闩开了门，再小心翼翼地拉紧，便匆匆没入夜色当中。

夜晚的府治显得格外冷清，一幢幢高大的建筑，一道道叠回的门户，在夜色下透着些诡谲的气息。月亮是弦状的，正挂在树梢上，清浅的光洒照在庭院中。杨瀚蹲在角落里啃完了一个夹着咸菜的馍，终于开始行动了。

这衙门又不是皇宫，每日进出那么多人，谁出入得详细记录。所以杨瀚和那厨房大师傅闲侃了半天，等人家开始做饭时，他便夹着扁担，一头扎进了半开的库房。

挨到傍晚，厨房门锁了，杨瀚仍安静地守在里边，直到月亮高挂，这才从窗子钻了出来，按照白天那大师傅所说的位置一路潜去。夜色中那镇魂塔的塔尖儿也很明显，倒是不怕找丢了。

杨瀚专挑阴影下走，避着巡夜的更夫，摸到那塔状建筑下边，谨慎地四下一瞭，然后一个箭步闪到窗边，从靴筒中抽出一柄锋利的小刀，探进窗缝一点点地撬动着。

似乎找到落下的木闩的位置了，杨瀚用刀尖儿抵着，向上挑动，终于把窗子打开了。窗子是向外推展的，杨瀚吸气收腹，从那不宽的窗隙中钻了进去，又把窗子小心关好，从怀中取出一只铜筒套着的火折子，用力晃了几晃，用力一吹。呼的一下，一股火苗冒了出来。

杨瀚借着这光亮寻到桌边，将桌上蜡烛点燃，收了火折子，把蜡烛稍稍举高，便看到两架放了尸体的木台。这夜晚室中，一支蜡烛所照不过眼前丈余方圆，这塔状建筑的基座下边极宽敞，四下一片空洞的黑暗，难免令人发毛，可李通判是主家，悠歌是伙伴，因此杨瀚心中的惧意还真不太大。

离桌边最近的那具尸体是悠歌小娘子的。杨瀚走过去，掀开盖的白布，一眼看到悠歌小娘子的脸，马上就定了那里。

他的手在微微发抖，因为颤抖，一颗烛泪滴在了他的手背上，疼得他一下子清醒过来，这才发觉脸上，不知不觉间已经流出两行清泪。

杨瀚把蜡烛轻轻放在悠歌小娘子头颅上方的木台上，双手合十，向她的尸体郑重地拜了三拜，声音沙哑："一会儿在下难免要触碰到小娘子的身体，还望小娘子莫要见怪。

"杨瀚断无亵渎小娘子之意，实是……实是因为公门无良，要拿本人顶罪，杨某为证清白，只能自己找寻真凶。若是可能，我还想着，替你报仇雪恨，报答你在李府对我的一番照拂。

"杨某来此，便是希望找些线索，仅此而已。此番言语，皆出于肺腑至诚，绝无半句欺瞒，还望悠歌小娘子你魂兮未远，多多见谅。"

杨瀚只当这件作房里就只有他和两具尸体，所以说话的声音虽然不大，却也不至低到变成默祷，因此在这静谧的夜里就显得非常清晰了。

这塔只是个样子，上边几层是上不去的，只不过举架高了些，两丈多高才是房梁，而且是横竖搭建的井字状梁，那宽大的木梁之上，此时正静静地蹲伏着两个少女。

杨瀚只当自己的话没有任何人听见，却不想，那分别蹲伏在两根木梁上的少女听得一清二楚。两个少女，一着青，一穿白。

白素和青婷是来探查李通判和悠歌姑娘死因的，虽然此前听人一说症状，基本就是她们躲了几百年的那个"老妖怪"的手笔，可……

坦白说，两位姑娘从晋代一直活到现在，世事见多了，别小看了平民百姓的想象力，他们有时候编故事，那脑洞真的是……

有许多前车之鉴，所以两位姑娘决定夜探仵作房，看看遗体的伤痕。只要一看，她们就能确定是不是小姐苏窈窈的手笔了。方才一见，果然不假，两位姑娘正要离开，就遇到杨瀚闯来，出处只有那一扇窗，两女只得跃上房梁暂避。

杨瀚说完了，便上前仔细检视。其实这女孩儿即便生前再美，变成一具尸体也很难令人想入非非了，何况她的身体还遭到了剧烈破坏，杨瀚是真的没有产生一点儿非分之想。

他仔细检视了伤口，可是除了证实这伤口确实是那奇异的方法造成的，也没有更多发现。杨瀚不禁摇了摇头："如此看来，我那晚所见都是真的，不是障眼法，是真的……这世间，怎么可能有这样诡奇的事情，难道……真是妖怪作祟？"

杨瀚不想人家姑娘身体一直暴露着，急忙帮她小心掩好衣裳，重新盖好白布。他把烛台放回桌上，便在房中心事重重地踱起了步子。

"捕快说，老爷书房中只失窃了一件东西，就是我献给老爷的那件怪如意。这么说，凶手就是为了这怪如意而来呀！爹生前说，这是我家祖上传下来的宝贝，后代子孙都要好生珍藏。可要说它究竟是个什么宝贝，却又说不清楚。如今老爷刚刚拿去雅集炫耀，就招来杀身之祸，怪如意也被盗了，难不成我家祖上传下来的这件物什真的是件宝贝？

"如果，那杀人夺宝的，真是妖怪。我只精通拳棒工夫，如何与之为敌？难不成，先去找位道士，学些降妖伏魔的本领？也不知黑狗血是不是真的驱魔祛邪，大蒜有用吗……"

想到对付妖怪的办法，他不知不觉地说了出来。

白素听在耳中，不禁噗的一下笑出声来，因为她忽然想到，自家小姐确实是讨厌蒜味。当年小姐刚刚艳名四扬的时候，钱塘有位马公子慕名而来，迷上了小姐，常常痴缠不休。奈何那位马公子嗜吃大蒜，小姐不胜其烦，却碍于人家身份尊贵，不敢说破，因此每次受他邀请前去赴宴，都要先捶被大骂一番，再硬着头皮前往。后来还是自己给她出了主意，以毒攻毒。

这一招还真奏效，真把那马公子给弄得大生恶感，"移情别恋"了。

如今，当年那颠倒众生的苏小姐变成了一个妖怪似的人物。不！她现在就是一个不折不扣的老妖怪。而这姓杨的小子居然想到了大蒜，如果小姐还记得自己当年给她出的招，和这杨姓小子嚼着大蒜互相喷口水……

想到这里，白素才忍不住笑出声来。这一声并不大，杨瀚却还是隐约听到了，他霍然抬起头来，警觉地向梁上望去。那一声不大，他不确定是老鼠还是什么。

白素吃了一惊，急忙缩身提裙，习惯性地扭头向另一根梁上看去，暗淡烛光下，小青果然正一脸愠怒地瞪着她。一向习惯自己闯祸、小青收拾的白素忙向她吐了吐舌，讨好地一笑。

小青比白素要小些，可白素的性情比小青更活泼，自从被不知来自哪里的金轮照射之后，她们都发生了变异……

小姐苏窈窈与她二人一样，三人都有了长生之能以及一些其他本领。可是不知出了什么偏差，她二人不仅长生还能不老，唯独小姐，人虽可长生，颜却不能不老，如今形象，着实可怖。

白素原本就是浪漫多情的性子，自从被那神光一照，似乎这性情也被放大了，时时刻刻，不忘浪漫。哎，五百年岁月呀，这位姐姐总是不忘恋爱，偏生她是不老的，如何与人白头偕老？

至于自己，那神光的后遗症……罢了，更加难于启齿，不提也罢。小青想到这里，忽地突然一惊，哎哟，下边这小子长相可不赖，姐姐不会又喜欢上他吧？姐姐可是一看见俊俏男人，就跟小狗见了肉骨头似的。

小青急急扭头向白素看去，就见白素微微眯着俏眼，正在打量下边的杨瀚，那眼神好像真的是一只小狗狗见到了肉骨头，口水都要流出来了。"不行，我们马上要离开建康去钱塘，可不能让姐姐节外生枝。"

小青刚想到这里，下边思量已定的杨瀚却似感觉到了什么，神情猛然一惊，一个箭步跃到桌前，伸手一捏就灭了烛火，接着再扬袖一拂，将那淡淡的烟气驱散，然后纵身，扑向靠墙的一座木台，他记得那个位置是很难看清木台下方的。

杨瀚灭烛，驱烟，一个箭步跃至墙边，反应不可谓不快，应变不可谓不智。他刚刚钻到木台下方，将袍襟掖住、身形藏好，门锁就开了。许宣提着灯笼，背着药箱，施施然地走了进来……

许宣从容进入室中，动作立即快了起来。他落好门闩，匆匆赶到桌边。这室中虽暗，可他走惯了的，摸黑走到桌边，一步不差——再远一些，便触不到桌子，再近一些，便撞上了桌子。

许宣这才取出火折子，将蜡烛点燃。然后将药箱放下，打开夹层，露出三排明晃晃的刀具。许宣修长白皙的手指从那一排排刀具上轻盈地掠过，仿佛乐师拂起了轻快的乐符。

然后，他选了一把小刀，一手持刀，一手持蜡烛，走向木台。

"这位姑娘，我不知你身份来历，但你的死因太过奇特。"

许宣对着木台上盖着白布的悠歌说了一句，顿了一下，又道："许某本出身医学世家，奈何家道中落，为了生计，被迫做了这仵作。可许某一直没有忘记光大门楣的梦想，我希望有朝一日，我能成为一个行医救困的杏林国手。"

他烛光映着的脸上，有些憧憬的光辉。

又过了片刻，他脸上的神采才黯淡了些，目光落回木台上："自从做了这仵作，经我之手，解剖过的尸体不下百具。解剖之学，原本也是我中华上古医术一科，可惜，后来经过种种原因，被迫废止。如果能够允许我们行医之人做解剖之学，我相信，我们的医术可以更加精准，可以救更多的病患。许某正是秉持这一信念，虽然所作所为法所不容、理所不容，却……"

他轻轻摇了摇头，把盖着的白布揭开，看着那张苍白秀气的面孔，轻轻地说："探查姑娘的死因，于许某而言，是不可多得的研习机会，许某绝无亵渎之意，姑娘在天有灵，还祈恕罪。如果能因此找出重要线索，帮姑娘你报了仇，那样最好。如果不能，许某若有所得，今后行医济世，那功德也少不了姑娘你的。"

许宣说完，便把烛台放在木台上方，轻轻去解悠歌姑娘的腰带，在她已然拭净鲜血、柔软白皙的腹部轻轻按了一按，锋利的刀尖儿就轻轻压了上去……

房梁上，白素和小青都屏住了呼吸。她们没想到这一晚上，来探这件作房的人居然一拨又一拨，她们自己无所发现，之前那杨姓小子也无所发现，现在不由自主便期待这位仵作小哥儿能有所发现了。

杨瀚藏身墙角木台之下，不好探头，也是竖起了耳朵，希望能够探听到一些有用的信息。

许宣解剖得很细致，足足一个多时辰他才停了手，轻轻吁叹一声，喃喃自语："没有任何作假，的确是锥形利物由内而外刺出，瞬间取人性命。人体内是不可能藏有这般大小许多利器的，纵然能，没有外力驱动，也不可能透体而出。所以，这绝非人力所为。看起来，是有什么奇怪的方法瞬间抽取了人体血液内的水分，将它凝结成冰，而且形状如刺。

他慢慢仰起脸，眼神中一片迷茫："这是……神魔之法呀，人间……怎么可能有这般怪异的存在？"

房梁上，白素和小青不由自主地对视了一眼，眼中满是失望。终究没有更有用的信息。苏窈窈的这项异能，就是五百年前那道神光赐予的，她们俩也各有异能，所以知之甚详。

可是那是个什么原理，她们也不知道，原以为可从这仵作口中有所了解，今后再与苏窈窈对敌时，便多几分把握呢。

许宣取出针线，将他剖开的口子又细密缝好，替悠歌穿好衣裳，恢复原样，然后从缸中取水冲地，净手，熟稔无比。待这一切做完，他这才背起药箱，灭了烛火，从仵作房离开了。

白素和青婷静静不动，挨了片刻，杨瀚像只耗子似的从墙角木台下边钻了出来。先前他听到些许声音，不过还未辨清是什么，就被许宣闯了进来，此后一直也未见上边有啥动静，已经忘记了。

他从尸体上看不出什么，那许姓仵作也没看出什么，杨瀚知道此路已然不通，他得另想办法了。所以，也不久耽搁，又候了片刻，料那许宣走远了，杨瀚便也从窗子溜了出去。

待杨瀚离开，房梁上边飘然落下两道人影。看起来，这两个女孩儿有夜中视物的本领，她们站在地上，自若的神态与杨瀚大不相同。

小青道："姐姐，不会差了，就是她！"

白素道："是她又如何？这次她显然不是冲着我们来的。"

小青淡淡道："不错，她是冲着'风如意'来的，她寻'风如意'做什么？"

白素默然不答。

小青道："当年，神人之舟爆炸，有'地水火风'四如意，还有一金钵，堕落于地。你我醒来，各寻得一如意，我所得水如意，你所得火如意，土如意被那车夫老黄得去，还有柄风如意，其质轻盈，遇风则飞，你我追之不及，也不知哪里去了……"

小青转向白素，目光熠熠："而她，便得了那只状似金钵，底下还有金轮状花纹的器物。大家原也不曾发现这些东西究竟有何妙用，只当神人遗宝收藏来着。如今五百年过去了，风如意现世，她居然杀人夺宝，你说，为什么？"

白素黛眉一皱，一双水汪汪的桃花眼有些不情愿，却还是回答道："想是这许多年来，她已经揣悟出了什么，知晓了这四如意的用处？"

小青点头："不错！所以，她既然得到了一件，就一定更加迫切想要得到另外几件。你和我，原本就是她的目标，如今更是不会放过。她固然不知道我们藏身于此，可难保她就不会发现，所以，我们必须走。"

白素沉默良久，幽幽一叹，道："哎，每至一处，你我最多住上八九年便要离开。四处流浪，一个知心之人交不下，一份安宁闲静不可得，这样的日子，何时是头哇。"

小青苦笑道："神人赐你我长生不老之能，这就是我们必须付出的代价。人，有所得，必有所失。"

四　按迹循踪

白素迟疑道：“可是……我觉得，她既然已经来过这里，应该得了风如意便离开吧，那样的话，反而这里更安全。”

小青断然否定：“她既在此得到了风如意，必然会再细细打探一番，希望再有所得。所以，我们必须走！”

白素犹自挣扎：“你的判断，也未必准确。我想……”

小青面无表情道：“不！你别想！”

白素牵住她衣角，央求道：“小青……”

小青板着脸道：“你是舍不下刚刚那个杨姓小哥儿，还是那个许姓小哥儿，要说风流儒雅的俊俏小哥儿，钱塘更多的。”

白素嫩脸一红，讪讪道：“你胡说些什么，乍然一见而已，人家怎么就喜欢上他们了，你当我是这么随便的人吗？”

小青翻了个白眼，道：“当然不会，你随便起来不是人！”

白素气极，含嗔拧了她一把：“胡说八道，五百年来，人家也就与人做过一世夫妻。我只是……被那神光照过，喜欢谈情说爱，情难自控罢了。嗯，说不定与我所得的是一柄火如意也有关系，所以热情如火。”

小青哼了一声道：“我得的是水如意，却也不曾柔情似水。”

白素向她扮了个鬼脸，咪咪笑道：“冰，也是水。”

小青不耐烦道：“不与你穷扯，总之，三天之内，我们必须离开，回钱塘。”

二女议罢，终于也先后穿窗而去。

这二女一去，室中本来就该再无一个活人了，可是二人刚刚把窗子掩上，一道黑影就从穹顶落了下来。她的双臂展着，袖子扬起，其状真似一只无声无息的蝙蝠。

她一身黑，却戴着一只白色的面具。瓷制的、始终微笑的少女面具透着无比诡异的气氛，因为夜色看不清身体，那张白瓷诡笑的少女脸庞仿佛是悬浮在夜色中似的。

面具上，一双眼睛微微地闪烁着。一个有些苍老、有些中性的声音幽幽叹息："多年未见，你们依旧是那般年轻，始终是那般年轻……曾经，你们只是我身边的两个小丫鬟哪，现在你们看起来，比我还要貌美。"

一只苍老的、如古树皮的手轻轻抚上了那张光滑的、微笑的，却因神情始终毫无变化而显得有些惊怵的瓷制脸庞……

许宣悄悄回到家，将药箱放好，又蹑手蹑脚走到舅父房外侧耳听了听，里边有隐约的呼噜声，许宣松了口气，再次净了净手，这才悄悄回房躺下。

咚！咚咚！"子时三更，平安无事……"外边传来了巡夜更夫拖着长音的声音，许宣吁了口气，合上了眼睛。

今夜巡更至鼓楼区域的，是更夫何文发。老何五十出头了，打了一辈子更，这条路线早就熟得不能再熟了，闭着眼都能走下来。

他一路慢慢地晃着，敲着梆子，路过一处小巷时，感觉有些尿急，四下看了看，便提着灯笼，往僻静处走去。

其实这深更半夜的，他便是当街便溺也没人发现。可是，大家都是乡里乡亲的，前边这巷口是做小生意的人早起摆摊卖早点的所在，他不想给人家添堵。前边是条死巷子，里边杂草丛生，少有人至，正好方便。

老何哼着歌，钻进死巷子，把灯笼插进墙缝，梆子也搁在一处半塌的墙上，再往前走出两步，解开裤子撒尿。他忽然感觉那尿撒在地上声音不对，怎么噗噗的？

老何低头看了看，看不清什么，忙扭头摘下灯笼，再一瞧，不由得骇然大惊："杀人啦！杀人啦！"老何连梆子都忘了拿，慌慌张张地就跑了出去。

翌日天明，许宣拦了挑担叫卖的小贩，要了两份早餐，与李公甫在堂屋小桌上用餐。李公甫笑眯眯道："宣儿思量如何，可要与舅父去临安？一会儿我可就要去衙门更换……"

他刚说到这儿，敞开的门上就被人用力拍了两下，一个帽歪戴着，绦松系着的捕快腰带上松松垮垮地挂着一把量天尺，冲着里边叫道："许仵作，快些去衙门，又有离奇命案发生了。"

许宣讶然，急忙站起，问道："窦差官，发生了什么事？"

那捕快正向远处招着手："呔！站住，给我两屉包子。"说完了这句话，他才扭头答道，"鼓楼那边死胡同里发现了一具男尸，这人死法与李通判家命案一模一样，而且更加惨，皮都被人剥了去。"

说着，他就匆匆迎向那小贩，去吃小笼包子了。

许宣惊了："什么，又生了命案？这建康城可是不得太平了，再有几起命案出来，知府老爷考课不优，我们都要受他撒气了。"

李公甫心有余悸："幸亏我那日闯进李通判府晚了，没有撞见行凶之人，要不然……宣儿，快些用了早餐，咱们一起去衙门。你在此处，显然是不得好处了，不如就跟舅舅回钱塘去吧，还是那里太平。"

李公甫说着，就端着大碗，转着圈吸溜吸溜地喝起粥来。许宣也知道拖延不得，赶紧回到桌前，三口并作两口地吃饭。

杨瀚夜里回了杜小娘住处。杜小娘相信他不是凶手，对他说要去找寻线索自证清白的话也是笃信不疑，所以十分配合。

夜市忙到很晚才收，杜老爹上了床自然是鼾声如雷，早早睡了。杜小娘却是给杨瀚留了门，一直和衣而卧，等他回来。

及至杨瀚回来，问清今日并无所获，杜小娘还是柔情安慰了几句，这才一个榻上、一个地上，各自睡下。

其实这孤男寡女，暗室相处，是最容易滋生旖旎，顺其自然便发生苟合的。杨瀚血气方刚，人品俊秀，杜小娘正当妙龄，姿容婉媚，又早对杨瀚有情，两个人躺在那儿，要说一点儿心猿意马也不曾有，那是不可能的。

可是，杨瀚如今是今日不知明日事，连前程性命都不可知的人，人家杜小娘是在他危急时刻出手相救的人，他十有八九是要离开建康府的人了，杜老爹可是放出话去，只此一女，只招上门女婿。他若破了人家姑娘身子，岂不害了人家一辈子？恩将仇报，禽兽不如了！

所以，杨瀚原本极伶俐的一个人，而且很喜欢言语调笑，揩人家姑娘的油，这时却是绝不敢露出半分来。倒是杜小娘自己按捺不住，扯了夜色遮羞，低低地对他说："奴奴一时睡不下，瀚哥儿且上床来，我们说说话。"

杨瀚也是装傻充愣，绝不顺杆爬。真要这般情形下，居然图一时爽快，坏了人家姑娘名节，那他就是真个该死了。

杜老爹的生意主要在晚上，倒是不做早茶生意的，起得也晚。而杨瀚却是习惯了早起，他起来时，杜小娘还甜睡着，十六七岁的大姑娘，可也正是渴睡的年纪。

杨瀚悄悄爬起来，将被褥收拾好，卷起塞回床下，仔细看看杜小娘。她正甜甜睡着，侧卧着身子，半骑着被子，裤腿上窜，露出一截雪白晶莹的小腿，秀气的小脚丫也不老实，大脚趾和二脚趾竟然夹着被角。

杨瀚微微一笑，怕她着凉，又怕吵醒了她，便只掀起上半截被子，小心翼翼地替她上身盖实了些，再看看那覆着整齐秀气的眼睫毛，闭合成一线的眼睛，便蹑手蹑脚地走了出去。

他昨夜回来，忽然想通了一事：李通判李老爷是丧命前一天去参加文士雅集，炫耀怪如意的。自己则是在前两天献宝给他，才得以进了李府的。也就是说，如果凶手是在雅集之后才知道这宝物所在，那么只有一天的时间。

而这凶手所用手段匪夷所思，显然不是寻常盗贼，这怪如意又是自家的祖传宝物，据说藏着什么大秘密，那么这个拥有神奇本领的凶手如果是早知道这宝物作用，那么……

怎么就那么巧，连自己都不知道究竟有什么用的宝贝，恰好有一个知晓其秘密的奇人，恰好就住在建康城，恰好就出席了雅集，他或与参加雅集的人有密切关系，恰好就发现了这宝物，然后杀人夺宝？

这种概率不是没有，毕竟天下之大，无奇不有。可是这么多的巧合，这种概率还是太小了。如果，换一个思路，是有人早早就知道了这宝物在建康，甚至知道在他手上，本来要杀人夺宝的对象是他，可是等凶手决定动手的时候，他刚刚把宝物献给了李通判呢？

这，无疑才是更靠谱的推测。

那么，如果不是李通判去参加雅集文会，炫耀的时候暴露了这宝物，凶手应该是在什么时候知道它在建康、在自己手上的呢？毕竟传了不知多少代，外人正常来说不应该知道。

于是，杨瀚就想到了一个月前。

一个月前，他已经被街道司主司大人软硬兼施地逼婚很久了，实在有些受逼不过，那时就动了念头，把那祖传的所谓宝物带去古玩街出售掉。若那东西真个值钱，回来有本钱做个小生意，也就免得再受那主司大人的腌臜气。

可惜他接触了几个人，出的价都太低，于他而言没有意义，就又带了回来。会不会……就是在那时，被有心人知道了？

杨瀚一路走，一路想，一路判断。他接触过的那几个人，应该不是凶手。此人为了得到这件东西，不惜杀掉一个官员，这可是重罪中的重罪，如果这几个人中有人就是识得那宝、想得那宝的人，花点儿钱从他手中买下来，风险要小得多。

但是，如果是这几个人中的一个偶然对别人说起过那件宝贝，而听说的人中，恰有人知道这宝物的来历或作用呢？杨瀚想着，便决定去找找这几个古玩掮客，好在也不多，他一共就只接触过三个人，因为出价都太低，就心灰意冷回来了。

此时的杨瀚没有贴胡子，古玩街他不常去，别看都在一个城里住着，谁认识谁呀？昨夜他潜入仵作房时也没戴胡子，他不懂专业的化装之术，戴着那东西太不舒服。

一栋青砖墁地、门前植柳、环境很是优雅的宅邸前，此时正停着一辆车子，几个丫鬟正捧着些器物一一搬上车去。

一个白裳美人站在车边，娇声指挥着："轻着些，慢着些，可别碰着了，中间用丝绸搪一下，这可都是极值钱的器物呢。小翠，小翠，你小心着放，那可是官窑的青瓷。可伶、可俐，你俩跟我去古玩街，其他人回去，可别叫二小姐知道了。"

杨瀚扭头看了一眼，身段娉婷风流，脸蛋艳媚如玉，是极漂亮的一个女子，若是换作以往，他少不得要狠狠剜上几眼，直看进人家漂亮姑娘骨子里去，这时却是全无心情。

他也没有多想，便从车旁走过去了。白素正指挥着几个丫鬟，也全然没有注意走过去的这位小哥儿。

此时，许宣正在仵作房里发呆，面前血淋淋的一具尸体，正如那捕快所言，血肉模糊。他粗粗检查了一番，没有发现动刀的痕迹，若是动了刀，就算刀法再好，皮下肌肉也难免被割到，可是……没有。

人已经死了，为什么还要割去皮肤？而且已经是残破不堪的皮肤。那么就是……为了掩饰死者身份？

可洛捕头说，一早就已满城告知过了，并没有什么人家发现有人失踪啊。

许宣又开始跃跃欲试起来，想着他这仵作房招人忌讳，不大有人进来，而且这具尸体被发现时就一丝不挂，连皮都没了，血肉模糊的，简单解剖一下，也不用缝合收尾，速度很快，不会被人发现，他便自药箱夹层中取出口刀来。

可是，许宣切开那血尸的肉体，才只检查了片刻，正沾得两手鲜血，推官曹老爷就带着洛班头和两个捕快阴沉着脸一头闯了进来。一瞧许宣行为，几个人登时大骇。

曹推官又惊又怒，大喝道："许仵作，你在做什么？"

接连发生命案，今年的考课是一定谈不上优了，推官曹老爷很不开心，洛班头考虑到凶手似魔似怪，凭着公门手段，只怕难将凶手缉捕归案，自己少不了一顿又一顿的板子，心情更是郁闷。

今日这剥皮案全无线索可言，推官老爷闻讯后，急于了解，这才忘了忌讳，带着人闯进来，却不想竟看见这样一幕，登时又惊又骇。

毁人尸体，惨无人道哇！

两个捕快比两位官老爷还不如，纵然是经多见广的人，也不禁吓得倒退了几步，如见恶魔。

曹推官戟指喝道："你好大胆子！残害死尸，只比殴斗杀人罪减一等处治，难道你不晓得吗？"

许宣的脸也吓白了，这罪责他当然懂。实则自汉晋以来，解剖人体就已成了重罪，虽然列朝列代不时仍有习医者冒天下之大不韪，可是叫人逮个正着，那就完蛋了。

人家可不管你是故意毁人尸体，还是为了研究医术，这等不仁不法之事，必然严惩的。

曹推官喝道："来呀，把这许宣给我拿了。"

两个捕快听令，壮起胆子上前，把双手染血的许宣给锁了。

几个人推拉着许宣进了二堂，把事情秘密报与知府老爷知道。沈知府冷漠的眼神立即瞟向跪于案前的许宣。

许宣硬着头皮解释道："大老爷，这两日接连发生命案，死者均因离奇手法被杀。小人这么做，是为了尽快找出死因，缉捕凶手，免得有更多良善遇害。"

沈知府冷笑一声，道："本官最恨人欺，偏生你们一个个都当本官好欺骗。许宣，你解剖尸体，真是为了找出被杀根由？那本府来问你，你查出了什么？"

许宣额头汗水涔涔，只好俯首谢罪，讷讷言道："这……这确实是小人的一个想法。只不过，小人也确有解剖人体，以精研医术的意思。"

许宣向前跪爬两步，央求道："大老爷，古有神医俞跗，精通剖开人体以治内疾的医术，若不解剖人体，如何熟络经脉、内脏，再有对症之术以除疾解患？小人再不敢了，还求大老爷开恩。"

沈知府恨恨地指着他道："我朝开风气之先，民间有小报泛滥。那离奇杀人案，已被传得沸沸扬扬，这件事情若再传扬出去，你叫本府如何自处？"

小报最早出现于北宋，到南宋时已经十分成熟了。那时的小报都是私人经营，既没有官府补贴，也没有友情赞助，打广告也是人们还没想到的主意，想赢利只能靠增加销量，所以打听各种消息当真是不遗余力，而且消息是真真假假、半真半假，做官的都怕了他们。

官府对此是屡禁不止，根本拿他们没有办法。徽宗年间，民间对奸臣蔡京很是不满，便用一家小报刊印消息，说蔡京及其同伙因为贪腐无能，已经被英明的皇帝陛下给抓起来了。

蔡京很无奈，大会小会地讲，才算澄清了消息。有鉴于此，沈知府也怕呀。

沈知府把袖子一拂，恨恨道："拉下去！先打二十大板！"

啪、啪、啪……

白素坐在棚下，纤纤玉手轻轻拍打着自己的大腿，也不知道是什么节拍。

可伶正在把一件件珍贵古玩摆上货贺，可俐则蹲在一旁。红泥小炉燃得正旺，小扇子一扇一扇的，茶香四溢。

白素用青瓷的小盏品一口上品拣芽的"香口焙铐"。风拂面，身心舒泰，她忍不住大发感慨起来："食一碗人间烟火，饮几杯人生起落。哎！我最爱的，还是这人间烟火呀……"

可俐微微仰着头，避开炉中冒出的烟火气，一边嘬着小嘴，一边扇着炭火对白素道："大小姐，你最爱的，怕不是这人间烟火，而是围观男人家爱慕的目光吧？"

可不，小棚还没完全布置妥当，四周已经围了不少人了，反正淘弄古玩的大多有闲工夫，大多是年过半百的男人，如今来了这么个活色生香的大美人，看她二郎腿跷着，贴身的湖丝裙衣柔滑地贴着曲线优美的大腿，隐隐透出腴润的质感……

"咕咚！"有人吞了口口水，也不知道是馋那上好的团茶"香口焙铐"，还是馋了那品茶的人。

白素享受着众人爱慕的目光，语气却是娇嗔地对可俐："你个小蹄子，又来编派家主。等着吧，离开建康时，本娘子只带可伶，偏不带你。"

"不要哇大小姐，人家给你铺床叠被，端茶递水，没有功劳，也有苦劳哇。"

可俐也晓得大小姐是戏谑说法，所以并不紧张，但还是配合地央求了一下。

可伶、可俐这两个丫头是白素去年元夕游灯市时买回来的自卖自身的一对丫头，跟她的时间不长，所以还是可以带走的，不过再带个七八年，也得想办法给她们安排一个归宿送走。

长生的秘密不能叫别人知道，不管是多亲的人，想到那一年，那个富拥四海、天下至尊的男人，白素的心不由得一疼。已经拥有了一切，还不是一样贪心不足？不能叫人知道，不管他是谁……

杨瀚进了古玩街，慢悠悠地向前走着。这地方鱼龙混杂，三教九流，无所不有。一些作奸犯科者拿了赃物也是来这里发落，所以这里是没人大声叫卖的，整个市场很安静。

有些人摆着地摊，堆放着各种古物，有那相中了古物的人，与货主交谈也是声音极小，有时出个价还是笼在袖子里，只给对方一人看到，显得有些鬼祟。

杨瀚四下扫视着，一时没有发现他之前接触过的三个捐客，却见路边一个卖冷饮的姑娘，便走了过去。在这里卖冷饮的，必然也是常年在这里做生意的，应该认识不少人。

冷饮早就不是稀罕物啦，不过宋代以前基本上都是富有人家才有的吃，直到宋代，用冰制成的冷饮也开始走进寻常百姓家。会专门有些商家冬天在地窖里大量储放冰块，夏天用来做生意。

这个冷饮铺子的品种还挺多，水晶皂、生腌水木瓜、甘草冰雪凉水、荔枝膏、间道糖荔枝、离刀紫苏膏、金丝党梅、香桩元等，有冷饮有果子。

杨瀚刚一走过去，姑娘就甜甜地笑起来，声音也甜甜的："小哥儿要买雪饮吗？都是奴奴自家酿的，入口冰爽，甜入心脾，价钱公道……"

杨瀚咳嗽一声，笑道："可以向小娘子打听个人吗？"

姑娘一听是问路的，刚站起的身子马上又坐了回去，懒洋洋道："奴奴只是个卖冰饮的，不识得什么人。"

"哎，去姑娘你心里的路，姑娘也不舍得指点一下吗？"

这样一说，姑娘登时臊红了脸，慌慌张张四下一望，羞涩道："你……你这客人胡说什么，我与你又不认得，小心叫我爹听见，生生打断你的腿，他脾气可不好。"

杨瀚哈哈一笑，就算姑娘对他不感冒，也不会讨厌一个欣赏她的男人了。杨瀚顺手摸出两文钱，道："小娘子的手艺定然是不差的，我买一份甘草冰饮。"

姑娘收了钱，欢欢喜喜地给他盛冰饮，杨瀚趁机问道："我想买点儿古玩回去摆设，听说有个叫陈好古的手上有几件好玩意儿，却不知小娘子晓得他今在何处吗？"

姑娘甜甜一笑，扬手一指，道："喏，刚刚走过去的那位便是，那个穿葛袍的。"

杨瀚抬头一看，恰见一葛袍人正施施然前行，这时姑娘已经把冰饮递过，杨瀚急忙接在手中，快步追了上去。追着葛袍人往前一阵，眼看要追上，侧后面看去，果然是打过交道的陈好古。

杨瀚正要扬声招呼，就听一个女孩儿家的声音脆生生地响了起来："过路的客官们瞧一瞧、看一看嘞，我家都是上品的古玩器物大甩卖嘞，童叟无欺、价钱公道，你买了不亏，也上不了当嘞……"

杨瀚听得心头一喙："这什么人哪，有这么卖古玩的吗？"循声望去，就见一个长得小花似的青衫小姑娘，豆蔻年纪，正双手拢在嘴巴上，站在路边大声叫卖。

衙门这边，许宣被摁在刑凳上，打得屁股开花。许宣倒也能忍，咬紧了牙关苦挨。好在他平素待人和气，不曾得罪过人，这些捕快与他相识，也无心刻意为难，手下放轻了些，才能承受得住。

李公甫来衙门更换公文，本想等着外甥一块儿离开，却不想竟听闻他因擅自解剖死者尸体，受到了大老爷的责打。其实宋朝时候官方偶尔也有解剖尸体的，毕竟于医学有利。可就算是官方，用来解剖的尸体也是造反的、十恶不赦的罪囚，许宣可就犯了大忌讳。

李公甫一听急得团团乱转，也不知该如何是好。还是手下捕快们提醒，快去向大老爷求情，他们是临安府的捕快，不归建康府大老爷管，说不定能客气一下，给几分薄面。

李公甫如梦初醒，赶紧跑到二堂向知府老爷求情，并再三陈述，这事现在也就内衙几个公人知道，只消大老爷吩咐下去，定然不至于传扬出去。

许宣虽然犯了重罪，可从根底上，毕竟与穷凶极恶之徒不同。知府老爷暗自思量的时候，许宣已经叫人架着进来谢打了。

瞧他血都染透了衣衫，知府老爷便吁了口气，喝道："念你全为破获命案，抓捕真凶，并非罪无可恕，情有可原，本府便只略施小惩。如今二十板子你也受过了，就此离开建康府吧，从此不得在本府居住、生活、就业。去吧！"

许宣大喜过望，这可比斗杀减罪一等轻多了，至少不需要黔面流放，去做上几十年的囚犯。许宣一个头便重重地磕了下去，谢过了大老爷，这才由李公甫扶着出去。

李公甫一路走，一路埋怨："你这孩子，便是研习医术，也不该如此干犯王法呀，亏得大老爷慈悲，要不然这一番罪责有的你消受了。"

许宣虽然一瘸一拐，行路痛楚，脸上却偏偏露出了一丝轻松的笑容。他四下看看，悄声对李公甫道："舅父，我这几年，解剖人体不下百余具，于人体之学，敢说当世少有人及。参照父亲留下的医书，自信医术也已不同凡响，我这便跟舅父去杭州，到时开一个医馆，必然名扬四方，先父在天有灵，也会欣慰的。"

李公甫又惊又喜："当真？于人体之学的了解，当世无人能及？解剖人体百余具……"李公甫急忙掩住许宣的嘴巴，四下看了看，紧张道，"这句话再不要提起，永远不要提起，否则你便死上十次都是少的。"

李公甫扶了许宣出门，因为这边还要去办理提取人犯等诸多事宜，而许宣若要跟了李公甫离开，也需要回家整理一番。便由一个捕快去叫了个脚夫，用驴子载了许宣回家，至时雇车将家什运往码头，而李公甫这边则去跑公门，双方约定，直接在燕子矶码头见了。

五　不解之缘

这边甥舅二人分手，各自去忙碌，那边杨瀚举着冰饮，正站在一个卖古玩的棚子下边。棚子里边琳琅满目，所摆器物看起来确实都很不俗，尤其是一个穿白衣的妩媚小娘子，还有两个豆蔻年华的小姑娘，都赏心悦目，一时间便围了好多人。

他们一看就知道，这主仆三人是不会做生意的，至少不曾做过古玩生意。哪有把这么多的上好器玩一股脑儿摆出来的，这得一件一件慢慢销售，永远都是就只一件的模样，那才卖得出高价呀。更何况，这又不是在街边卖菘菜（白菜），哪有这般大呼小叫的？

陈好古提起一只细颈双耳波光纹的花瓶，看看釉色，看看底款，随口道："果然是好东西，多少钱哪？"

可伶姑娘脆生生答道："客官若是诚心买，算你便宜些，一百贯好了。"

陈好古笑道："一百贯？倒是真不贵。只是，你家东西怎么卖得这般便宜，东西的来路没问题吧？"

可俐姑娘一听叉起了小蛮腰，哼道："要是有问题，我们还敢这么大张旗鼓地叫卖吗？实话说与你知道，是我家老爷病逝了，生前欠下大笔药费，家里没有活钱了，我们夫人才决定售卖器玩，你若买，便是便宜了你。"

这番话是白素教的，白素是活了五百年的人，生生死死见多了，才不担心扮个未亡人。恰好她一身的白，正应景。要说是搬家，这理由反而不可信了。因为那时节举家搬走的事太罕见，就算迁往异地，本地也不可能没有族人亲眷可以托付家产，再一个，一旦搬家，总有大量的东西要运走的，怎么反而贵重东西要留下？所以寻了个叫人信服的理由。

陈好古瞟了眼白素，那水灵灵的样，简直就是棵一掐就出水的小白菜，登时心痒痒的："原来如此，也是可怜，其实陈某家境还算宽裕，我看你家娘子年纪轻轻，总不好这便守了寡，若是娘子有意，陈某可以纳其为如夫人，定当好生照料，你且去问问你家夫人。"

可伶一听柳眉倒竖，杏眼圆睁："喂，你这人好不讲道理。你要买瓶便买瓶，怎么你买个瓶，还要饶个娘子。"

白素正低头品茶，听见说话心下欢喜，谁这般有眼力见儿，竟为本姑娘如此痴迷？

抬头一瞧，见是个油腻的胖子，白素心中登时不喜，狠狠瞪他一眼，就待扭头不理，可这明眸一转，恰便看见了杨瀚。

姑娘美眸顿时又是一亮，咦？这不是在仵作房遇到的那位俊俏小哥儿吗，他怎么来了？这真是有缘千里来相会，无缘对面手难牵。十年修得同船渡，百年修得共枕眠。若是千哪年哪有造化……

陈好古手里正拿着前朝的宝玩细细端详，那边杨瀚已经在他肩头一拍。

陈好古扭头一看，顿时一愣，讶然道："小哥儿是哪个，咱们认识吗？"

杨瀚佯怪道："陈兄这才几日不见，怎么就忘了我了。近一个月前，我曾有件东西请陈兄鉴定过，那是一件轻若羽毛、晶莹剔透、状似如意的东西。"

杨瀚一边说，一边紧紧盯着陈好古的神情变化，陈好古一脸茫然，听他说完，还是一脸茫然，半晌才勉强点头："听你一说，好像是有这么回事，呵呵，你今儿可有什么东西要卖给我吗？"

陈好古是做掮客的，碰见好东西他也买，自己有好东西价钱合适他也卖，更主要的是当中间人。杨瀚选他做第一个接触对象，是因为他当初就对自己的家传宝物不感兴趣，只看了看，粗浅谈了几句就离开了。

这样一个人，不大可能把他的东西放在心上，还去说与别人听，所以杨瀚先挑这最不可能的试试，容易剔除无关人等。这时瞧他模样，显然不太可能是传出了消息的人，不过杨瀚还是多问了一句。

"陈兄，我那如意，陈兄可曾帮我介绍与他人知道，可有人愿意要吗？"

陈好古微微有些尴尬，听杨瀚这么说，他当时应该随口敷衍过一句，其实他对谁都会说一句"我没看上，不过我会帮你介绍出去的"的话，买卖不成仁义在嘛，可是否真的用心介绍过，那就看他心情了。

杨瀚说的是什么东西他都忘了，哪能介绍给他人，这时只好含糊道："嗯……也是有的，只是一时没人有兴趣。呵呵，如有机会，我还会向人介绍的，不过你也可以再找找旁人，或者有人会有兴趣吧。"

杨瀚察言观色，心中已然有了判断：这人应该是不太可能。杨瀚便道："如此，有劳陈兄了。"说罢，转身就挤出了人群。

白素把茶盏往桌上轻轻一顿，暗暗有些生气："这个小子，正眼都不看我一下，本姑娘的美貌你都不放在眼里吗？看着倒还俊俏，没想到眼神不好，着实叫人生气。"

杨瀚挤出人群，前方阻力一松，他心里又急，一下子就冲了出去，却不想前方正有一个青裳姑娘急急走来，两下里正撞个满怀。

杨瀚高了那姑娘一头，姑娘的鼻尖儿正撞在他胸口，"哎哟"一声，登时就捂着鼻子，眼泪汪汪了。

"啊，对不住，对不住。是在下莽撞了。"杨瀚连忙道歉。那姑娘用手捂着口鼻，只露出眉毛眼睛，那双眼睛说不出的漂亮，因为隐隐带着泪光，更是透着一种说不出的撩人。

啧！好漂亮！

杨瀚一边道歉，一边暗暗忖度着。

姑娘看起来有些生气，她放下秀气的小手，气咻咻地伸出一根青葱玉指，在杨瀚胸口用力点了点，应该是想斥责他一番，可是鼻子还是酸的，一时说不出话，于是配合那动作，就有些像是撒娇了。

这一下那姑娘就有些窘了，白玉似的脸蛋上微微透出晕红的颜色来，真……真是尴尬呀。老天赶紧一个雷劈了这混蛋，或者劈出道缝来让她钻吧。

姑娘这一放手，杨瀚登时眼前又一亮，这巴掌脸，太精致了吧？肤色奶白奶白的，眉眼五官说不出的秀气，配上那窈窕玲珑的身材，有种香扇坠般的娇美。

那小鼻头有点儿肉肉的，嘴巴虽然极小极小，偏生唇瓣轮廓清晰，红嘟嘟的仿佛新出炉的果脯似的，下巴有种尖尖的感觉，其实却是圆的，好……可爱！

三分娇憨，五分灵动，剩下的都是她独有的诗韵。杨瀚的心仿佛被什么击中了似的，砰的一下，眼前的阳光仿佛都突然明媚了一瞬，一时间眼中除了所见的青衣少女，再无其他。

"哼！"青婷鼻头酸酸的，第一声斥责的话没说出口，这时再说显然更尴尬，干脆不理他了，只是没好气地瞪他一眼，就一头扎进了人群。青婷心想，她那个不省心的姐姐呀，得赶紧把她揪回去。

"好可爱的姑娘……"杨瀚下意识地转过身，看着她挤进人群，似乎就连她的一片衣袂落入眼中，都充满了俊俏可爱的味道。俊俏可爱，可以是一种味道吗？

这一刻的杨瀚，坚信是可以的，因为他现在的心脾里满满的都是那姑娘可爱的味道。

小青挤进人群，正在叫卖的可伶一瞧二小姐来了，登时吐了吐舌头，又着腰的手也放下了，讪讪地叫了一声："二小姐。"

小青没好气地哼了一声，看见白素还四平八稳地坐在那儿，就气咻咻地走进棚子，质问道："姐姐，你在这里做什么？"

"呀，你来了呀。"白素像个恶作剧被家里大人逮到的孩子，赶紧站了起来，涎着脸笑，"你怎么找到这儿来了？"

小青怒道："我在问你做什么？"

白素讪讪然道："咱们这一走，太多东西没法带了，都挺值钱的，得处理一下呀。"

小青往棚外看了看，压低声音斥责道："姐姐真是不知死活，这个关头还敢出来招摇，钱财身外物，舍了就是。"

白素苦着脸道："值好多钱呢，我怎么舍得？再说，那人藏头露尾的，光天化日的不会出来，哪可能就发现了咱们。这古玩街上，不是这一行当里的人可少有人来呢。"

小青恨恨地跺了跺脚，负气地嗔道："你这也太会过了吧？"

白素嘻嘻一笑，拉起她柔软的小手，涎着脸小声道："妹妹，你我二人虽说能长生不老，可终归是人间女子，又不是天上的仙人，要是没钱吃饭，没准儿要饿死。"

"你……"

"要是咱们没有老死，而是饿死，岂不可怜？"

"你……我真是懒得理你！"小青负气地坐了下去。

白素一看妹妹没再坚持，登时眉开眼笑，快步上前，向棚外众人吆喝道："只卖一天，有兴趣的客官赶紧下手，明儿个，不管东西卖没卖掉，奴家可是再不来了。"

听她这么一说，登时就有几个早有相中的东西的客人抢上前来纷纷出价，白素便马上热情洋溢地跟人砍起价来……

杨瀚本就对陈好古疑心不大，离开之后便去找第二个人——陶景然。这第二个捎客，当初是和第三个捎客一块儿见的他，当时这二人正在一起吃酒。杨瀚打算去那酒楼问一下他们的消息，因为从上次他们在酒楼的情况来看，他们对那里是很熟稔的，说不定是常去的客人。

杨瀚进了酒楼，马上就有小二热情地迎上来，杨瀚微微一笑："我找人。"

这小二可比方才那姑娘会做生意，依旧笑脸相迎，将他让了进去。一楼全是散客，杨瀚目光一扫，没有找到陶景然，便向小二询问："小二哥，我寻一位陶姓客人，大约四十出头，身材高瘦……"

二楼临窗一桌，陶景然坐在桌前，满桌的佳肴，却只他一人，旁边坐了一个老人，拉着弦子，另有一个十七八岁的姑娘，正在给他唱曲儿。曲儿婉转，歌喉动人，看长相，也颇有几分姿色，眉梢眼角，尽是风情。

陶景然高高瘦瘦的个子，一袭圆领长衫穿在他身上，跟挂在竹竿上似的，不过他的胃口却是极好，满满一桌子菜，在他的筷子之下，早已吃了个七七八八。

陶景然摸着肚子，正在自我陶醉："这醉仙楼王胖子的手艺，着实越来越好了，诸般菜肴，味道极好。"

他又瞟了眼旁边那位唱曲儿的大姑娘，笑吟吟道："小娘子唱得好，长得也好。这菜肴不仅要好吃，更要好看。所谓色香味俱佳，这色可不仅仅指菜色，还包括饮食的环境，清洁幽雅方能让人进食舒畅。而这香，除了菜肴之香，还包括旁边的美人秀色足以佐酒。活色生香，这味，才是箸下之美味呀。"

杨瀚走来，正听到这一句，便咳嗽一声，上前道："陶先生当真是美食大家，这番道理说来，让人耳目一新哪。"

陶景然抬头一看，微微有些疑惑："你是……有些面熟哇。"

杨瀚自来熟地坐下，道："陶先生好不健忘，月前咱们就见过，当时我有一柄不知什么质材做成的古玩如意，曾想请陶先生代为销售。"

陶景然"啊"的一声，轻拍额头，道："是了是了，我想起来了。实不相瞒，你那如意质材无人知晓，瞧着虽然稀罕，却不知来历、不知何物，着实难寻买家……"

杨瀚打断道："陶先生可曾帮我向人兜售过吗？"

陶景然倒是坦然，摇头道："你那东西，实难估量价格。你偏生要价不低，卖不掉的，再者，陶某主营首饰头面，肯收藏这一类稀罕物的客人不多，所以……实在抱歉。"

杨瀚先前已推断，自己接触过的这三个捎客应该与凶手无关，不过凶手很可能是从他们那里知道了怪如意的消息。若是如此，这捎客不知内情，也没必要为人隐瞒，若说帮过了他，总是一份人情嘛。

所以，这陶景然坦言不曾代他兜售过那柄怪如意，应该是所言不虚。因此杨瀚也不盘根问底多做纠缠，马上一拱手，道："既如此，那在下就不多打扰了，告辞。"

杨瀚转身下楼，那陶景然打了个饱嗝，扬声道："小二，算账！"

路边棚下，白素卖的东西都是极精致的器物，价格又出奇地便宜，一时间很多人觉得有利可图，哪怕自己不想收藏，也可转手卖个高价，所以纷纷出手，可伶、可俐收着交子，眉开眼笑。

虽然这是纸币，不是铜钱，所占空间不大，可也把两个女孩儿的腰包揣得鼓鼓的。这时一个摇着扇子观察良久的瘦脸公子眼见货架上古玩器物已去了大半，便向左右两个随从递了个眼色，迈步走向前去。

他拿起个蟋蟀罐，看看成色，笑吟吟问道："这东西怎么卖呀？"

白素笑答道："这可是大唐时宫里的玩意儿，金贵着呢，不过我急于脱手，算你便宜些，一口价，八十贯，如何？"

摇扇的公子呵呵一笑，把罐一放，唰的一下收了扇子，向白素一指，厉声道："好你个贼女子，卷了我家的东西，还敢如此正大光明变卖，见了我这本家竟然佯作不识？"

白素一呆，登时恼了："你这人胡说什么，想要讹诈吗？"

扇公子冷笑道："我家的失物早报过官的，衙门里自有记载，岂是你能蒙混过去的？把她及其同党给我拿了，送去衙门治罪！"

扇公子这一发话，两个鲜衣恶奴登时扑上前来，要抓白素。扇公子向四下里拱拱手，朗声道："诸位，这几个女子俱是贼人，对本公子以色相相诱，玩一个'仙人跳'，卷走了我家财物，今日恰被我遇到，少不得要经官了，还请大家做个见证。"

四下里有识得他的人便暗暗冷笑，什么狗屁公子，这姓洛的小子分明就是一个欺生的泼皮混子。仗着他爹是公门捕头，见到可能来路不正又或无甚背景的人来此变卖器物，便与公门中人内外勾结，敲诈人家。

他刚刚没有早出手，也是怕犯了众怒，先可着大部分有意的人买走东西，这时才出手便容易得多了。可怜了这几位小娘子，一个千娇百媚，一个清丽脱俗，两个小的也是明眸皓齿的美人坯子，此一去被勒索些钱财还是好的，说不定还要被人占了身子……

只是，白素哪是那么好相欺的，她性情外放，喜怒随心，是个根本收不住性儿的女人，一听这人颠倒黑白，着实可恼。尤其他瘦脸如驴，面目可憎，真是浑身上下没半点儿长处。

这边洛公子正对围观众人做着交代，她已怒不可遏地抄起了那个蟋蟀罐，大骂道："混账东西，欺负本娘子吗，真真瞎了你的狗眼！"说罢，就把手中罐狠狠砸了过去。

洛公子刚刚说罢，扬扬得意转过身来，这一转身，身子一侧，那罐就砸偏了，贴着他的耳郭飞了过去，呼的一声直奔刚刚走来的杨瀚面门。白素一看要砸错了人，"哎哟"一声，花容失色，奈何却是来不及救人了。

倒是原本坐在棚下的小青，眼见姐姐发怒，刚刚放下茶杯站起身子，陡见这样一幕，美眸中异光一闪，一滴晶莹剔透的水珠就从茶水中跳了起来……

杨瀚正自赶路，一件东西呼的一下迎面飞了过来。杨瀚吃了一惊，不晓得是个什么物什，不敢伸手去接，当即一个铁板桥，想让过物什。

杨瀚的铁板桥自幼就练，而且用的是最危险的方法，双脚后跟置于一凳上，另一个凳子置于后脑，而大多数人练铁板桥是置于双肩处，身体中段悬空。如今杨瀚的铁板桥已经可以长达一个时辰，腹部再置百斤重物，一手铁板桥使将出来，真可达"足如铸铁、身挺似板、斜起若桥"的境界。

只是，这时那粒水滴就像一颗子弹似的后发先至，追上了蟋蟀罐。

水明明是至柔之物，但是速度到了，却可以切割至坚之物，比如水刀之于钢板。小青用意念驱使的这粒水滴以奇速飞行，堪比狙击枪打出的子弹，啪的一声，就把那只唐明皇把玩过的蟋蟀罐炸得粉碎。

杨瀚此时正使用铁板桥，双足如铸铁般不动，身形后仰如桥的状态，那罐一炸，碎屑四溅，一粒瓷碴倏然从他脸颊上滑过，一道细细的口子上旋即就渗出了鲜血。

小青本是好意救人，没想到这小子竟然有一身好功夫，躲了过去。眼见他挺起腰来，怒目望来，颊上一道细细血痕，小青飞快地吐了下舌头，然后马上恢复了冷冰冰的表情。

杨瀚大步走过来，他方才没注意是谁掷的东西，眼见一个白衫公子正指着棚下女子，正大声叱骂着什么，上前便拍拍他肩膀，道："兄台……"

杨瀚现在正被缉捕，自然也不大敢闹事，方才冲上来时心火犹旺，因为那一下着实凶险，这要真被拍中面门，难说会有什么后果。但是一巴掌拍下去时，他就已经省起自己现在的处境了，心中便存了息事宁人的念头。

却不想洛公子此时却正是火冒三丈的时候。其实他哪里是什么公子了，书也没读几天，只是有个开蒙而已。他爹是吏，他大哥将来要接他爹的班，而他作为老二，倚仗六扇门里的关系，早跟一班泼皮混在了一起，一身的戾气。

方才罐贴着脸颊飞过，险险毁了他的容貌，这洛二火气就上来了，一指白素，骂道："臭小娘，给你脸不要脸，给我……"

这时杨瀚一拍他肩膀，力气也是大了些，拍得他瘦肩一痛，反手就是一巴掌抽了过来。杨瀚惊"咦"一声，拍出去的右手曲肘一转，架住他的小臂向上一抬，左手一记冲拳就打在了他的腋窝上，怒骂道："什么东西，如此猖狂！"

洛二痛得半边身子都木了，马上指着杨瀚，喝令两个其实是泼皮兄弟的假跟班："揍他小子。"

两个泼皮神色一厉，马上向杨瀚冲过来，不由分说厮打起来。

"呀，这位小哥儿不但人生得俊俏，还有一身好功夫。你瞧见他那个铁板桥没有？那腰力，怕担得起一座山呢。"

白素眼中红心闪闪，大发花痴，完全忘了今儿自己是来干吗的了，就连一个泼皮被杨瀚一脚踹飞出去，撞倒了一扇木架，砸碎了上边还没卖出去的七八件瓷器，八九百贯银钱毁于一旦，也不放在心上。

小青拿这个姐姐是一点儿办法都没有，自从当年被那神光照射过之后，她就这个性子了。在那之前，虽然见了俊俏小哥儿她也会暗自品评一番，可是绝不至于是如今这个模样。

早十几年的工夫，她还时不时想板一板姐姐的花痴病，但是这个打算已经放弃很多年了，虽然还是时不时揶揄她一番。

小青一拉白素，道："快走！"

白素依依不舍："还有好多值钱东西呢。"

哗啦……爬起来上前助阵的洛二倒飞回来，把另一架瓷器也撞碎了。

小青道："不剩了。"

白素还是依依不舍："人家小哥儿仗义助我，怎好撇下人家不管？"

小青冷笑道："你想怎样助他？显出你的本事来，叫人晓得你不是寻常人，小心被人抓去，活活蒸了，啃了你一身皮肉。"

白素唬得脸一白，小青趁机拉着她走开，同时向可伶、可俐两个姑娘使个眼色。这两个小姑娘倒没取错名字，伶俐得很，马上跟在二小姐后边，四个女孩儿一溜烟儿地跑了。

不过，被小青拉着依依不舍走出租来的棚子时，白素还是悄悄动了点儿手脚，纤纤玉指向桌上点了一点，那杯中茶水登时腾起指甲盖般大小的一小片雾气，仿佛有了灵性一般，倏然一闪，便掠到了杨瀚脸上，登时化开，不复存在。

杨瀚正打得兴起，丝毫没察觉脸上变化。那道血痕犹在，但是被瓷片划开的那道伤口已然迅速愈合，连一丁半点儿的痕迹都没留下。

杨瀚的拳脚打这三个泼皮轻而易举，没片刻工夫，就把三个乖张暴戾、倒而复起的无赖打得再也爬不起来了。他定睛一看，棚下那四个姑娘早已脚底抹油，溜之大吉，不由得心中一噱："我这里替你们解围，你们溜得倒快。"

人群中一个有些背景、不怕洛二一伙人的中年人好心提醒道："小哥儿，快快走吧，他们还有一班兄弟，一会儿得了信过来，恐怕双拳难抵四手。"杨瀚也怕这般阵仗下被人认出他来，忙拱手谢了，急急地溜了。

急急离开古玩街，小青一张俏脸就唬了起来。白素虽是姐姐，其实从性情上来说，现在倒像是小青还未长大的妹妹，知道小青生气自己不知轻重，白素也不敢说话，讪讪地跟着走了半晌，才小声道："妹妹，咱们的车子还在市上。"

"不要了！"

"哦……"

"同大马上遣散佣仆，今天就离开建康！"

"好……"

知道自己闯了祸的白素答得好乖，可伶、可俐两个丫头跟在后头憋笑，这种情景，她们两个贴身丫头可是看得多了，这家里主事操持的本来就一直是二小姐，至于大小姐，吟诗作画、抚琴弄筝、制造邂逅、品评男人……好像真没干过什么正经事。

六　云遮雾障

　　街道两旁清一色都是砖木结构飞檐雕花窗栏的二层楼面商铺，鱼铺、醋铺、粮米铺、柴炭铺比比皆是，更有一条条小巷蜿蜒而内，巷中便是一幢幢住宅。青砖小瓦马头墙，回廊挂落花格窗。闹中有静，依旧不失幽雅。

　　这里是建康府存义街，后来列朝列代不断地改名，到了现代，就是如今的南京太古里了。古玩掮客裘有才就住在这条街上，杨瀚一路打听着消息，转转悠悠的，终于在一条巷弄内找到了裘家。

　　门脸不大，不过金陵的房子大都如此，哪怕里边别有洞天，其实门楣也不是多么敞亮气派，除非是极高地位的官员府邸，这一点可比不得北方，北方哪怕是一个镇上的地主，那府院的门脸也能阔气得堪比知府衙门。

　　从外边看，这是一幢两层的小楼，院子应该不大，因为楼檐就在眼前。杨瀚抓起门环，砰砰地叩了两下，扬声唤道："裘老哥儿在家吗，裘老哥儿？"杨瀚这一拍，发现门竟是虚掩的，可连问几声，里边都没人回答。

　　门既然没锁，家里应该有人，难不成在午睡，又或是在后院侍弄花草，没有听见？杨瀚想着，推开门走了进去。

　　"裘老哥儿？"杨瀚一边扬声叫着，免得不告而入，被人误会是贼，一边绕过虽然很小，却很精致的院内盆景花草，走进了并不宽敞的客厅。

　　一只脚刚迈进去，杨瀚便是一惊，一个"裘"字刚出口，就硬生生地憋在了喉咙里。

　　堂屋里，一幅书画的古旧木屏风前边是一桌两椅，右边椅上坐着一个青袍人，仰着脑袋，咽喉处似乎插着什么东西。

　　杨瀚警惕地左右一看，一把抄起门边夜晚用来上闩的木杠紧紧握在手中，小心翼翼地走向前去，四下寂寂，不见旁人，杨瀚这才细看，那青袍人咽喉处插着一柄有些古旧的凤头状匕首。

杨瀚试了试青袍人的鼻息，低声道："裘老哥儿？"

裘有才显然是已经死了，毫无气息。不过杨瀚试其鼻端，发现尸体未凉，他目光一转，发现桌上放着两杯茶，伸手一探，茶还是温的，杨瀚不禁倒吸了一口凉气。

很显然，就在他赶到之前，裘有才正在招待客人，应该就是在他叩门唤人的当口，那客人突然发难，刺死了裘有才。杨瀚立即持着木杠飞快地四下检索了一番，没有人踪。

此外前后有院，房子也与其他人家相连，共同构成了鳞次栉比的一片住宅区，凶手想走哪里都能走得，应该是已经溜掉了。

杨瀚回到堂屋，看看仰坐在椅子上的裘有才，把木杠往桌边一靠，双手掩面，疲惫地喘了一口长气。

很诡异的画面——

幽静小院中，盆景、花草共同构成了一幅精致的江南园林图。

阳光斜照也难进入的逼仄古旧的小屋，古色古香的木屏风，略显斑驳的几案，一人仰坐，双目大张。一人俯坐，双肘撑在膝上，双手掩在脸上，无比憔悴的模样。

仿佛什么都可以发生，又仿佛最可怕的一切已经刚刚发生过了。无奈、绝望、压抑、缺乏生机的氛围令人窒息。

杨瀚真的很绝望，如今看来，裘有才显然是知道些什么的，很可能就是案子的关键，可是，他已经死了，死人是说不了话的。自己苦苦追查至今，始终一无所获，难不成就要背着杀人凶手的罪名从此亡命天涯？

许久许久，前院门扉一响，又有人进来了。

杨瀚仿佛一下子被惊醒了似的，嗖的一下跳将起来，一把拔下插在裘有才咽喉处的东西，伤口的血滴还未落地，他的身影已经消失在客堂，出现在后院。

一只狸花猫正匍匐在墙头上，爪子的肉垫轻盈无声，伏低的身姿一步步向前，一双猫眼炯炯地瞪着一只正摇着尾巴站在墙头欢唱的麻雀。它的一双利爪已经弹了出来，就要扑过去了……

呼——眼前一道黑影一闪，带起一股劲风。

猫儿有些茫然，俯在墙头，眨了眨呆萌的眼睛。前方那只欢唱的麻雀已经展翅飞去，它扭头望望巷子，远远一道人影刚刚闪过巷口。到口的食物没了！

猫咪打了个哈欠，两只前爪一趴，整个人伏在了墙头。

白府是三进的大院落。

后宅里，白素、青婷二女的卧房中，一道幽幽的身影正在轻轻移动，四下翻找着。

她戴着一张白瓷的少女笑脸面具，一双眼睛透过那不动的容颜冷冷地扫视着一切可能藏匿贵重物品的地方，可惜，她已找了半天，还是没什么发现。

前厅里，白素和青婷已经回来了，青婷刚一回来，就风风火火地召集全体丫鬟婆子、家丁花匠在前厅集合。众人一脸的茫然，青婷也不废话，只说姐妹二人要迁往他乡投靠亲友，所以此处佣仆就要遣散了。

青婷说罢，也不必往后院去取细软，叫可怜、可俐将白素刚卖贵重古玩赚来的钱分发给大家。众人虽然很是不解，可主家要走，他们又能如何？好在这主家出手大方，遣散费丰厚，大家就更不能说什么了。

眼见众人纷纷上前领钱，有人眼圈红了，有人还在拭泪，白素看不下去了。虽然游历人间五百多年了，可她始终如一个多情少女，感情充沛得很，见不得这些场面，便对青婷说了声要去后边收拾东西，自往后宅去了。

白素心情惆怅，落寞地走进后宅，看看已经住惯了的环境，长长叹息一声，一直这么走哇走哇，不断地割舍切断与已经认识的人的联系，她的心好疲倦，总是空落落的。

其实，也许不是因为环境吧，而是因为除了相依为命的小青，她在这世间再无寄托，这样的日子不知道还要持续多久，有时候真不知道这长生不老究竟是祸是福。

忽然，白素察觉房中有动静，全院的人都去了前厅，谁在房里？

白素面色一紧，呼的一下就拉开了房门，刚从梁上跃下来的笑脸少女堪堪与她撞个对面。

"小姐？"

"小白，好久不见了。你……变得更美了……"

甜笑的少女面具下，那人双眼放出了闪闪的光，是羡慕，是妒恨，还有一种贪婪，仿佛想一口把白素吞下肚去。白素只觉肌肤上掠过一丝寒意，不由自主地退了一步。

戴着甜笑的少女面具，曾经的钱塘第一名伎、风华绝代的苏窈窈，一步步走向前来，喃喃自语着："我真是很想念你们呢，当初，我们情同姊妹，多好！交出火如意和水如意，我们依然……"

苏窈窈说着，突然手掌一探，一把抓向白素的面门。然而她没注意的是，白素退了一步的时候，门廊下左右两口荷花缸，就有袅袅的雾气开始升腾起来，夭矫如龙。

荷花缸古代许多人家都有，摆放在屋檐下，里边常年蓄满了水，水中还会种上水莲，养上金鱼，是家中一道风景，还有吉祥喻义。但它真正的作用是消防器材。一旦家中走了水，可以及时用这大缸中的水来灭火。

这两口到成人腰部以上高度的大缸里雾气滔滔，盘旋直上，当苏窈窈一爪抓出去的时候，白素鬼魅般向后一闪，那两团雾气迅速地扑了过来，与之化为一体。雾气仍旧源源不断，顷刻工夫，整个院子都被迷雾笼罩，一臂之外，便难及物。

苏窈窈十指箕张，谨慎地四顾，冷笑道："小白，这些手段，奈何不了我的。"

她话音刚落，雾气中便突然冒出一个身影，一掌拍向她的肋下。身在迷雾之中的白素是能够感知到迷雾中所笼罩的一切的，所以这目不视物的迷雾对她全无影响。

苏窈窈迅速反击，鹰爪似的五指陡然抓去。白素眼见偷袭不得，立即抽身后退。苏窈窈追上两步，往迷雾中抓了两抓，却根本没有白素的身影。

苏窈窈狞笑一声，往怀中一探，摸出一口与僧人化缘所用的钵相似的东西来，只是它金澄澄的，似乎是黄金所铸。

前院里，小青散发完了遣散费，叹口气道："你们各自去收拾了自己的行装，这就离开吧。"

众人默默无言，只向小青深深一礼，便各自散去。

可伶、可俐站在小青身畔。可伶道："二小姐，咱们走得如此匆忙，这宅子怎么办？"

小青道："宅子一时半晌是卖不掉的，且放在这里，等我们到了……地方，自会有人来此料理。"

小青话音刚落，就听后院"啊"的一声惨叫，小青脸色一变，喝道："你们别动！"说罢就一连几闪，飞也似的向后宅掠去。

"姐姐？"

小青一头闯进月亮门，眼见院落中白茫茫一片，举手难见五指，立即知道是姐姐动用了她的异能"蒹葭苍苍"。当然，这技能的名字是白素姑娘自己取的。

白素使出这护身的工夫，定是遇到了危险，小青一面游目四顾，谨慎地做出防御的动作，一面令数十滴水滴从四面八方飞过来，静静悬在她身体四周，随时待命。

这水滴，是她从雾中抽取的。她当然做不到"无中生有"，但是只要有水，抑或是水的变体，比如雪、冰，就可以为她所用。

小青从浓雾中抽取了几十滴的水，压根儿没影响这雾气的浓厚，浓雾依旧翻滚上下，仿佛有一只巨妖正在里边吞云吐雾。就在这时，一束金光突然于浓雾之中乍然亮起。

好强的一束光，在那道浓烈的金光照耀下，浓雾就似被喷薄而出的太阳照耀着，迅速消融、变薄，人体的轮廓渐渐暴露出来。

小青只一眼看去，便捕捉到一个身影。静静悬浮在她身周的几十滴水滴一起扑了过去。

苏窈窈一声闷哼。她手持金钵，金钵中金光如斗，直射过来，小青驱使的水滴一被那金光射中，如雪狮子化水，顷刻归于无形。

可是小青一下子射出几十滴水滴，苏窈窈的金钵来不及把这些水滴子弹尽数笼罩其中，仍有三滴正中苏窈窈身体，只是已经被她避开了要害。

一滴水滴穿透了她的衣衫，只在腰畔划破一道口子，还有一滴水滴穿过了她的小腿肌肉，第三颗水滴却是打穿了她的肩头。

苏窈窈反身便走，跃上墙头的时候才传出一声悲笑："小青！真是我的好妹子！"

"别追！我们斗不过金钵！"白素眼见小青要追，一把抓住了她。

苏窈窈已经受了伤，伤势对她这样的异人来说虽不重，可也影响动作身形。她跟小白、小青相斗不知多少回了，始终也没占什么上风，她的"腹里开花"的杀人技能对同样能控水的白素和青婷作用也不大。

如今受了伤，她当机立断，立即溜了。反正她在暗，她们在明，主动始终操之于手。

"她果然找来了，都怪我……"白素可不知道苏窈窈如何找来的，只当是自己去古玩街果真引起了苏窈窈的注意，心中很是歉疚。

"王婆婆……"

小青这才看到地上躺着一人，正是刚刚领了遣散费回来收拾东西的王婆子，几支晶莹剔透的冰刺还穿在她的身上，有殷红的血沿着那冰刺流下来。

白素神色一黯，目中便有泪光隐隐闪动："王婆子瞧见满院的大雾，有些惊讶，闯了进来。我救援不及……"

小青揽住她肩膀，刚想说话，突然脸色又一变，飞身便掠到了月亮门口，对正走回来准备收拾东西的几个内宅女仆丫鬟道："莫要入内，立即离开白府，许你等走时各携一件东西作为补偿，马上！"

几个女婢刚刚散了后凑在一块儿议论了几句前程问题，这才回来，见二小姐如此慎重模样，心中不由得就慌了。她们都有些衣物枕褥在后宅，也不值几个钱，眼见二小姐说得郑重，又允许她们从前宅各带一件东西离开，便也不敢多说，唯唯答应着，便慌忙又往前院赶，彼此交换一个眼神，心中都想："二小姐别是犯了什么官司，今日行径怎么如此诡异？"

白素失措地对小青道："妹妹……"

小青没说话，只是默默地走上前，向王婆子的遗体默默三拜，然后托起她的身子，走向前边的屋舍……

小溪边，有人浣衣，有人濯菜。杨瀚蹲在溪边，将那件凶器放在水里。血丝如缕，缓缓稀释，最终濯洗得干干净净。

这是一柄很有古韵的凤钗，看得出来不是本朝之物，但杨瀚对这个没多少研究，也看不出究竟是哪个朝代的首饰。年代如此久远，又是镶金嵌玉的，价值自然不低。

"凶手，应该是一个女人吧，不然，谁会随手携带一柄钗子？"

杨瀚望着潺潺的流水，静静地想。

水面如绸般律动，水草在水下摇曳，杨瀚俊俏的脸庞在波光中轻轻地荡漾着。

"凶手应该是跟裘有才很熟，所以可以登堂入室，被奉茶以待。凶手本来不想用暴起杀人的手段，或者另有谋划，可是在我寻来时，凶手担心泄露真情，所以才拔下凤钗，杀了裘有才……"

想到这里，杨瀚心头掠过一丝寒意："凶手怎么知道我会去找裘有才？莫非她一直在盯着我？"

杨瀚警惕地向四下看了看，没有发现什么异状，不过这里他也是不能久耽搁了。他马上就离开了河岸。谁料他沿着青石的台阶刚刚向上走了几步，抬头一望，忽见远处一股浓烟滚滚而起。

杨瀚上了街，又向远处望了望，烟火甚旺，也不知是谁家走了水，已经有好事者急急向那边赶过去了。杨瀚这时自然是不敢凑热闹的，只在路上走着，思忖下一步的行动，可一时间也漫无头绪。

他想着要不要先回杜小娘家，再思索接下来的举动。这时有两个怀里抱着个瓶的青衣少女快步走过来。

其中一个青衣女子道："大小姐、二小姐究竟出了什么事呀？好端端一份家业，说舍就舍了，打发我们离开，居然事先全无消息。"

另一个青衫女子道："小姐还烧了房子，你说是为什么？你就没怀疑过？咱们家两位大小姐从来不事经营，可是家里似乎永远有用不完的钱。"

头一个青衣女子变色道："你是说……两位小姐是江洋大盗？"

第二个青衣女子急忙嘘了一声，小声道："我也就是胡乱猜测。两位小姐对咱们不薄，不要声张。她们都去了码头，显然是要离开此地了，我们也快快离开吧。"

头一个青衣女子急忙点头，两人加快了脚步。

杨瀚听到这里，心头一动："两个女子？江洋大盗？不事生产，却能用度不愁？"杨瀚摸索了一下笼在袖中的金钗，马上拔腿向那烟火升起处赶去。

白素和小青站得远远的，立在一处巷口看着自己的宅院火光熊熊，有许多邻居正在徒劳地想要救火，可那一桶桶水泼上去，于这样的大火而言，显然毫无作用。

可伶、可俐两个小丫头已经被她们支使，先押着一车细软奔了码头。

白素怅然一叹，悠悠道："王婆婆虽然信佛，可也不曾留下遗嘱想要火化，我们把她放在房中引了火，合适吗？"

小青淡淡道："我不是为了火化王婆婆，是因为她身上的伤，一旦落入官府手中，必然和李通判被杀一案联系起来，你和我，能见得光吗？"

白素的脸色又黯淡了几分："妹妹，你我虽然拥有了长生不老的本事，可我总觉得，它并未给我们带来快乐、幸福。人生一世呀，或许就该像草木一般，经历枯荣，才是好的。"

小青吁了口气，道："如今大火熊熊，是泼不灭了。官府查不到什么，顶多当成一桩疑案处置，至少不会与李通判挂上关系了。我们快些走吧。"

白素默默点头，再回头时，小青已经走远了。白素急忙追了上去。两人刚刚走出不远，杨瀚就从巷子里钻了出来，一瞧远处那宅院，心中便是一凉，已经烧成这副模样，必成一片白地，还能发现什么？

白素和小青各背一个包裹，换了走远路的村姑装扮，急急出了建康城，往江边渡口去。两个人都没叫脚夫，但脚程甚快。

路旁草丛中突然掠起一道人影，一爪扣向小青的包袱，将那包袱抓在了手中。她飞掠过白素上空时，又一爪抓向白素的包裹，白素这时已经惊觉，立即一拳向空中捣去。

拳掌相交，那黑影又腾空蹿高了三尺，然后远远地落在了草丛中，得意地哈哈大笑。可她虽然笑着，脸上因戴着白瓷面具，显得无比诡异，来人正是苏窈窈。

苏窈窈双手十指一分，刺啦一声，就把包袱撕碎了，里边的东西哗啦落了一地。苏窈窈低头看看，又气极地伸脚拨拉了一下，怒道："没有！"

她也知道白素性情不稳，真有重要东西，十有八九是在小青身上，所以先抓小青的包裹。小青既然都离开建康了，那水火两如意一定会带走才对，怎么会没有？

苏窈窈的一双凶目立即瞪向白素，阴恻恻道："把水火如意交出来，我便放你们走。"

小青往白素身前一挡，冷笑道："谁知道你要搞什么鬼？自从当年你花言巧语地诳骗，给我姐妹二人下了药，想吸我们的血，我们姐妹俩就再不相信你半句鬼话了！"

苏窈窈狞笑一声，道："你猜我为什么选在这里动手？这里可没有水，而我除了控水，我还有它！"

苏窈窈手腕一翻，就将金钵擎了起来。

小青听了苏窈窈的话，淡淡地叹了口气，微微露出些讥诮的笑容，轻声道："姐姐。"

白素将自己的包袱向胸前一挪，一探手，就从中掏出一个白瓷净瓶，将那封口的木塞一拔。

苏窈窈的眸光顿时一缩，她已看见，那瓶中，正有一颗颗水滴跃升出来，在空中形成一个半环状，阳光映在那环状的水珠上，竟生出七彩的氤氲，仿佛一道小巧的彩虹。

"天哪！观音大士显灵啦！"

草丛中，一个人惊骇地掩住了嘴巴。他的目力看不到小青身前那道七彩的虹桥，他只看到了白衣飘飘的白素，手持一只玉净瓶立在那儿，娉娉婷婷，人淡如菊。

藏在草丛中的人是许宣，他和舅舅约好了码头相见。因为舅舅押着重犯呢，势必不能到他家去帮他收拾行李细软。好在许宣也没什么细软，他这作比不得刽子手和捕快，人家是有外捞的，他没有。

他这职业，收入是极低的，他一个单身汉，又不会持家，积蓄极少，因此只捡了几样还值点儿钱的东西打个包袱，便搭了辆顺风车出城，在前方不远处岔路口，千恩万谢地分了手。他正一步一挪地往码头走，结果就看到了双方对峙。

方才苏窈窈如苍鹰扑兔般的动作他看见了，那时就吓了一跳，也顾不得屁股生疼，还包扎了绷带，赶紧就蹲伏在草丛中，这时再见白素手持净瓶，一身素雅，却说不出的妩媚大方，登时心弦一跳。

苏窈窈很懊恼，五百年岁月，曾经都是只擅长琴棋书画的三个女子，现在都有一身好武功，可要说到武功，苏窈窈实在不是青白二女联手之敌。要说运用异能，青白二女的异能相互配合，相得益彰。

别看白素的异能只是自保和治愈，一个雾化、一个疗伤，配合好了，一样是杀敌利器。小青的水滴快逾闪电，速度达到极致，就是吹毛断发的利器。本来她有金钵，足可压制。可是，水滴速度太快，而且这些年来，小青的能力也是不断长进，一开始她只能控制一滴水滴，现在她至少能控制三十多颗，从四面八方袭击过来，饶是金钵在手，苏窈窈也手忙脚乱，一个不慎，依然要着了道。

而白素若是动用雾化，再紧贴小青无声指示呢？迷雾之中，她是不能视物的，可白素可以感知迷雾中的一切，白素只要指示小青射出水滴，自己在迷雾中根本无法确定水滴射来的方位，如果来不及用金钵化解，十有八九要受伤。

虽说那金钵能化解迷雾，可是需要时间哪，而且只要水源充足，对方也可以源源不绝地补充迷雾，那就更是无从化解了。眼下唯一的优势是，对方的水源有限。

所以，尽管没能利用"打草惊蛇"之计，诱使二人携宝离开建康，抢到水火如意，苏窈窈也不想放过这个机会，双方还是打斗起来。

一时间兔起鹘落，武功与异能并举，蹲在草丛中的许宣只看得目眩神迷，在他看来，这绝非人力可为，只怕对面这三个人非仙即妖，反正……不是人！

杨瀚出了城，回头看去，身后是高高的城墙，是绿树掩映下的飞檐斗角。

苏窈窈还是占了上风，附近没有水源，白素只携了一瓶水，苏窈窈一直做出抢攻的姿态，可一直在控制着自己的节奏，消耗着小青的异能之力和水源。要知道，此时此刻，小青使用的是异能，可她使用的是金钵的力量，并没有消耗自己的本源力量。

所以，苏窈窈终于趁小青力竭，一掌拍中了白素。小青身上没有水火两如意，那应该就在白素身上，所以她的目标始终是白素。白素哇地一口鲜血吐出去，可她倒摔出去的刹那，也是一个"兔子蹬鹰"，狠狠踢中了苏窈窈的身子。

白素身子倒飞而出，还未及落地，就被小青贴地滑过去，巧劲一托，将她又送出去七八丈远，不要说白素身上的包裹，就连她手中的净瓶都完好无损。

就这瞬间，苏窈窈胸中戾气陡升，强捺胸口翻涌的血气，仍是一爪恶狠狠地抓了出去，但她心中已绝望地明白，没机会了！

确实没机会了，苏窈窈一爪抓出，用力一扣，一把抓住了小青的衣衫，下一刻，原地就只剩下她，手里抓着一套衣衫，从外衣到内衣，连袜子都在……

然后，没有被她抓住的部分，便滑落到了地上，苏窈窈恨恨地把手中的衣物一扔，怒不可遏地仰天长啸。

因为就这片刻工夫，白素已摔碎了净瓶，净瓶中剩下的半瓶水迅速化成了一团雾气，裹着她的身子，冉冉地向远处飞掠而去。而胸中血气翻腾的苏窈窈已然来不及追上了。

没错，白素有雾化和治愈异能。而小青，则是水滴子弹和瞬闪能力。她的异能缺陷就是，只有她自己能够瞬闪离开原地，没有其他任何外物能被她带走。所以，她一旦使用瞬闪，马上就得光洁溜溜。

这就是只要白素不在身边，小青宁可被人打死也绝不使用瞬闪的原因，除非周围不是空旷之地，瞬闪之后也能藏身。虽然活了五百年岁月，遍历了无数人间，可在这一点上，小青毕竟还是个未出阁的姑娘，实在接受不了。

方才她一使用瞬闪，马上就掠到了白素身边，配合早已无比默契的白素立即用剩余的水化为雾气将她笼起，仿佛给她做了一件雾做的衣裳，两个人逃之夭夭了。

许宣蹲在草丛中，眼见双方大战，一个少女突然凭空消失，另一个少女驾雾而遁，只看得目瞪口呆。可是，他遁身草丛之中，苏窈窈哪里可能感觉不到，方才只是无眼顾及他罢了。

此时苏窈窈把手中衣物一抛，冷厉的眼神陡然向他扫射过来。许宣身子一震，吃苏窈窈一瞪，骇得遍体发僵，想逃，却连双腿都不听使唤了……

苏窈窈看着许宣，一步步走了过去。

许宣吓坏了，终于恢复了行动能力，一瘸一拐地逃开，可他臀部有伤，哪里逃得快？眼前只人影一闪，苏窈窈已经站到了他的面前，恶鬼似的枯瘦利爪缓缓举了起来。

许宣骇得扑通一声跪了下去，哀叫道："老神仙饶命啊，小生只是无意间看见，绝不会出去乱说的。"

也许是这声"神仙"打动了苏窈窈，先前她可是只因为李府小丫鬟悠歌喊了句"有妖怪"就悍然杀人了呢。

她的利爪停在许宣的脑门上，停了半晌，突然问道："你在仵作房经常偷偷解剖人体，不畏王法吗？"

许宣大吃一惊，竟忘了眼前是个老妖怪一般的人物，骇然抬头道："你……你怎么知道？"

一片草丛之中，一阵窸窣之后，小青整理着衣衫走了出来。白素把包袱重新背在背上，跟在后边，惋惜道："可惜你的瞬闪之能只能自身移动，如果可以毫无顾忌地使用，我想小姐也未必是你的对手。"

白素跟小青敢爱敢恨的个性不同，明明知道如今的苏窈窈已全然不同以往，可仍时不时以小姐相称，一如当年，感情上毕竟不复当初，只是习惯了而已。

小青整理着刚刚穿上的备用衣裳，淡淡道："老天哪有那么好心，我看，老天爷让我们长生不老，根本就是一场恶作剧。"

白素吁了口气，把纤腰一叉，道："小姐阴魂不散，显然是盯上我们了，我们还要往北走吗？"

小青把丝绦一系，小蛮腰不堪一握："姐姐有何主意？"

白素一拉小青，兴奋道："要不我们走远些吧，上回我们只到了拓枝便不再走了，不如这次我们走得再远些，去刺儿可东（索马里）看看，你说去哪里好？

小青微微一笑："钱塘啊！"

白素吃惊地看着小青："回钱塘？"

小青道："你觉得不可思议吧？苏窈窈应该也这么想，所以，她未必料到我们会往钱塘去，最危险的地方有时最安全。我已经告诉可怜、可俐乘船而行，你我二人乘渡船过江，做出要往北去的姿态，然后悄悄潜至镇江，跟她们会合。"

"好，还是妹妹心思缜密，就按你说的办！"

看着许宣吃惊的神色，苏窈窈咯咯一笑，道："你不必问我如何知道，你明知解剖人体触犯律法，为什么还要这么做？"

许宣抿了抿嘴唇，道："虽说身体发肤受之父母，此乃孝道，可在我一个医者看来，对于尸体，实在不必有这许多愚昧考虑，如果解剖死者能够拯救生者，为什么不可以去做呢？"

谈到此事，许宣有些激愤，恐惧心理也淡了些，朗声道："我不明白，为什么人和其他生灵都是生命，只有人才有如此灵智。我不明白，人为什么会生病，为什么会老死。天人之间，表里之间，究竟有什么联系。为了研究医理，我甚至还读过许多修行的典籍，元神、真胎、内丹，那又是什么？是不是真的存在？我研究人体，就是希望能找到一个答案。"

苏窈窈的手指动了动，盯着许宣半晌，直到许宣重新出现了瑟缩畏惧的神情，才缓缓道："你相信……这世上有人可以长生不老吗？"

许宣茫然地摇了摇头："我没有见过，所以，我不相信，也不否认。"

苏窈窈无声地笑了，虽然没有笑出声音，可面具下的眼角分明堆起了笑纹："年轻人，你很有趣。有趣的人如果死了，那就无趣得很了。"

她的手指在许宣的额头轻轻地敲了敲："我，放你一马。"

七　扑朔迷离

"快啦快啦，船可就要开了呀，还有要上船的没有？"

船老大站在码头上吆喝几声，又赤着脚踩着晒得发烫的跳板走上船头，迎面正碰上可伶姑娘。

船老大站住脚步，道："可伶姑娘，你不是还有两位主人吗，可到了吗？"

可伶笑道："我家主人去镇江办点儿事，从那里登船。头等的客舱我已租下，钱都给了你的，给我们留着便是。"

船老大笑道："那就好，我只是怕落下了客人，这就准备开船了。"

船老大扭头吩咐几个水手："解缆绳，收跳板啦。"

"等一等，等一等！"

远远地，许宣背着包袱，一瘸一拐地赶过来，脸上犹自带着惊容，还未完全恢复颜色。

站在码头上，正要转身上船的李公甫回头看见，赶紧三步并作两步，上前相迎，接过他的包袱，道："宣儿，你可来了，路上没有遇到麻烦吧？"

许宣欲言又止，想到那离奇的一幕，实在不知该如何说起，便只摇了摇头，道："没事，只是身上有伤，行动不便，险些迟了。"

李公甫扶着许宣上了船，那水手便解缆绳卸跳板，船悠悠然地离开了码头。

"且等一等！"

杨瀚奔跑而来，伶俐地闪过一个税丁，又绕过一个拎着鱼的厨子，从两只鱼篓上跳过，待他冲到码头时，客船已经驶出两丈开外。

船上一个水手大声笑道："小哥儿且候下一班船吧，我们……"

杨瀚冲到岸边并不稍停，身形反而陡然加快了，他已经看到可伶姑娘。这小姑娘可不就是在古玩街陪着主人贩卖器玩的那个小丫头？

古玩街，古玩，两位大小姐，燃烧的宅子，来历不明的财产，今日贩卖器玩，今日便乘渡船离开，被一支女人钗子所杀的裘有才……

这所有的一切在杨瀚心中迅速地掠过，穿成了一条线，他心中对青白二女已经产生了莫大的怀疑，可伶既在船上，青白二女必然也在，杨瀚岂能放过？

他足尖儿在码头的大苍石上用力一点，身子呼啸而起，仿佛一头苍鹰似的，一下子掠到空中，在码头上的人们和船客们的惊呼声中，嗵的一声落在了船头，身形居然稳稳的，没有向前冲出卸劲。

李公甫击掌喝彩："好身手！"

"你这客人……"虽说没有踏坏甲板，船老大还是有点儿心疼，不过一瞧这就是个练家子，他又不敢得罪，所以只嗔怪地说了半句，就闷闷不乐道，"客官要行船，该早些到的。请问你到哪里？要客房与否？且先交钱，若到镇江，不需客房，傍晚即到，需二十文，若……"

这艘客船不小，三十多米长，载客近百人，它要先沿长江去镇江，再从镇江转入运河航道，一路经常州、苏州、嘉兴、湖州到杭州。船上有许多客人，有走远程的，也有去近程的。

杨瀚一上船就引起了小骚乱，虽说官府的搜捕力度突然小多了，可他"做贼心虚"，这时候自然不会再度做些引人瞩目的事，因此开了间客房，便先回房歇息去了。

其实官府现在搜捕他的力度突然大为减轻，就是因为建康府的知府老爷点破了几个班头的用心，他们知道抓了杨瀚也没办法替自己解围，自然就不那么热衷于浪费人力搜捕杨瀚了。

知府老爷对他们的用心一目了然，可问题是……死者可是堂堂通判，这个案子是要报上朝廷。随便抓个小家丁，牵强附会地硬指他是凶手，结得了案吗？你当朝廷诸公都是白痴？

知府老爷若是睁一眼闭一眼，由得他们胡搞，案子报上朝廷，受到斥责的一定是他。地位不同，格局不同，那几个小捕头自以为得计，在知府老爷看来，这自然是行不通的手段。

只是杨瀚目前还不知道对他的搜捕已经流于形式，再过一天海捕公文就会撤了，因此还是比较小心的。他奔波了这么久，中间虽然吃过东西，体力却是极乏了。杨瀚进了房间，小心闩好房门，又观察好临船舷的小窗，万一发生意外足以跳水逃生，这才呼呼睡下。

他一觉醒来，是因为船体一震，这是到镇江码头了。

镇江码头上，有客人下船，也有客人上船，络绎人群之中，青婷扶着白素，款款地走上船来。这样一对明眸皓齿、身段窈窕的美人，登时吸引了很多人的目光。

可伶、可俐早在船上候着，她俩所住的舱室是双人的，头顶就是头等客房，也是双人的，但宽敞和舒适程度与她们的小舱房就不可同日而语了。

二女迎上来，将二人让进上层的客房。青婷见白素脸色苍白，秀眉微蹙，便马上道："我们一路奔波，有些乏了，且歇息片刻，你们退下吧。"

等可伶、可俐退出去，白素再也忍耐不住，闷哼一声，一口瘀血吐了出来。

青婷急忙上前扶住，忧心忡忡道："姐姐？"

白素轻轻摆手："小姐这一掌好重，我不得歇息，又赶了这许多路，便发作了。不过不碍事的，这口血吐出去，就觉得轻松多了。"

青婷扶着她在卧铺上躺了，用手帕替她拭去唇边血渍，又倒了杯可俐已然沏好，此刻温度犹温的茶水给白素漱口，然后才在榻边坐了，叹息道："你呀，明明身怀疗伤异能，可神奇的是，偏偏对你自己不能奏效，要这本事有什么用？"

白素性情倒是豁达，笑道："医不自医，人不渡己，大抵如此吧。我等受上天垂怜，能得青春永驻，长生不老，还想奢求什么？你的瞬闪能力不也一样有缺陷吗？一旦施展就不着寸缕。"

小青嗔怪地白了她一眼："没心没肺的样，这时还来说笑。我该给你找个郎中看看的，可别落了病根才好。"

白素安慰道："自家事，自己知。说过了不碍事的。这客船可不等我们，哪有工夫去找郎中，你别聒噪了，让我休息一阵便好。"

白素说完，便合上了眼睛，静静养息。小青无奈，便也走到另一边自己的榻上躺了。这时船体轻摇，离开了码头，转而往运河里去了。

许宣趴在榻上，衣摆向上掀着，露出屁股。

李公甫坐在榻边，一手捧着个小罐，一手蘸了膏药给许宣涂抹在被板子打得皮开肉绽的屁股，十分小心翼翼。待他涂均匀了，再把绷带重新缠起，啧啧赞叹："你这药膏看起来真有神效哇，昨儿个你自己抹的？我看伤处已经有些愈合了。"

许宣从李公甫手中接过绷带，自行缠好，下了地，道："这是我家祖传的金疮药的一种，不过我通过了解……掌握了更多的医理之后，进行了一些改良，所以药效更易渗透。"

他掀开窗帘向外看了看，瞧见岸上景致，轻"啊"了一声道："已转入运河了。"

李公甫道："宣儿到过这里？"

许宣点头道："是，曾经办案，来过此地两次。"他顿了一下，忽然转头道，"舅父，你在临安做捕头，经多见广，你相信这世上有飞来飞去，云雾遁身的奇人吗？"

李公甫一怔，失笑道："你若说飞来飞去的江湖人物，那就有。云雾遁身……变戏法的我也见过，可要是真能飞天遁地、五行遁身，那就只在茶馆里听说书的讲过了，怎么？"

许宣有些失望地摇了摇头，掩饰道："没什么，许是我神怪话本儿看多了，总喜欢胡思乱想。呵呵。"

李公甫道："这孩子，你休息吧，我就住隔壁，有事敲敲舱壁就好。"

李公甫说完就出去了，他是押解囚犯回临安的，因此不与许宣同住，他住隔壁套间，外间睡了一个捕快，另外就是被锁在船柱上的那个囚犯，在另一边的舱中睡的是另外三个捕快，一呼即来。

船转向运河时，已是暮色苍茫，在驶离镇江河段的时候天色全黑下来就会靠岸停泊，明日一早继续启程。

黄昏时分，整个船上的气氛都显得悠然起来，杨瀚的心情也放松了许多，这才打开舱门，走了出去。出去刚转悠几步，他就看到了可伶、可俐，年轻姑娘活力充沛，自然是没办法闷在船舱里的。

杨瀚掸了掸袍子，脸上便挂出一副和煦如春风的笑容，缓步走了过去。

"好美！"杨瀚脸上带着欣赏的笑容，轻轻摇头，又似点头，很是赞叹的样子。适时，可伶、可俐两位姑娘正站在船舷边，正在笑说着什么，远山如黛，夕阳侧打在她们身上，给她们的倩影镀上了一层金色的边。

听见杨瀚的声音，两个少女扭过头来，瞧此人衣着整洁，容颜俊美，便生不起厌恶之心。可俐便道："什么好美？"

在她想来，杨瀚应该是说岸上风景，那风景确实优美。

杨瀚道："娉娉袅袅十三余，豆蔻梢头二月初。春风十里扬州路，卷上珠帘总不如。我说的自然是两位小娘子的风情美貌，便是这山这水这树，有了你们，都焕发了无尽风采。"

杨瀚说到这里，忽然有所警醒了似的，急忙长揖告罪："啊！请恕在下唐突，在下绝无唐突之意。在下乃是一位画师，乍见两位美丽的女郎与这山水相映成趣，情难自禁，恕罪！恕罪！"

"不碍事的，不碍事的，你这画师莫要文绉绉的，叫人不好说话。"可伶被他夸得心花怒放，笑逐颜开，可俐也是眉梢眼角都含上了笑意，女儿家谁不愿被人夸赞美貌，尤其是这么斯文知礼的男子，他是画师呢，眼光自然是高的，他说美，那定然是真美了。

杨瀚一笑起身，很自然地就走到了二女身边："邂逅相遇，适我愿兮！人说十年修得同船渡，我与两位姑娘，定然是前世结下的缘分。不知两位姑娘是谁家女子，这是要往哪里去呀？"

可伶、可俐脸蛋都微生红晕，正是十三豆蔻年纪，对异性初萌情趣的岁数，可是她们以前被泼皮男人吹口哨的事就有，上元、中元诸般节日时陪两位小姐出门，被无赖咸猪手磨磨蹭蹭"挤神仙"揩油就有，何曾有过一个出色的男人如此斯文相待？

而且人家这次不是冲着小姐去的，是冲着我呢。

可伶嫩颊生晕，便也故作成熟，端着大方，语气都温柔起来，更加柔糯动听了："奴奴姐妹俩本是建康人氏，今主人东迁，欲往钱塘。我们自然随主而行。"

奴奴、奴家都是女人自称，本可以混用，但从语气上来说，年岁小的、未嫁的姑娘，更喜欢以奴奴自称，大抵有点儿"本宝宝不开心了"同样的语境，有稍许撒娇、装嫩的感觉。

比如黄庭坚《千秋岁》中"奴奴睡，奴奴睡也奴奴睡"，又如《西游记》中"生了奴奴，欲扳门第，配嫁他人，又恐老来无倚"。

杨瀚击掌叹道："呀，真是巧。我也是往钱塘去的，正与两位姑娘同途。"

杨瀚说着，看看可伶、可俐，又道："两位姑娘眉眼如画，秀外慧中，这等的人品，什么人家才用得起。想来你家主人定是大富人家，又或官宦之家了。"

可伶、可俐跟杨瀚说话，简直是如沐春风，尤其是人家语气，分明是一副对着已经成年的漂亮女子的口吻，两个小姑娘为求稳重，也不禁装起了小大人。

可俐便笑吟吟道："我家主人书香门第，财富亦非比寻常，钱塘那边也早有产业，确是大富之家呢。"

可伶生怕杨瀚误会她二人有暖床丫头的身份，便断了一份邂逅的念想，可俐忙着重声明道："我家主人姓晋，不是革斤靳，是晋国的晋。一名晋白素，一名晋青婷，都是还未出阁的姑娘。"

宋朝时候，官民关系甚而比后来的明清时期还要开放宽松，比如这大宋的皇帝，就有过老百姓丢了一口猪，居然敲登闻鼓，上金殿向皇帝哭诉的事情，而当时的天子宋太宗，居然还真就接了状子，派人查了一通，不曾找到窃贼，就自掏腰包买了口猪还他。

还有一位仁君嫌弃原来的皇宫太小，宫墙也低，周围百姓住家的楼阁比皇宫还高，老有百姓人家站在楼阁上对宫中嫔妃指指点点，有意扩建一下皇宫，结果给百姓们划了搬迁新址，拿出了几倍的赔偿，老百姓就是不愿意搬，最后也只好继续憋屈在前朝节度使府改建的小皇宫里，愣是动迁不得。

民间也是如此，主仆关系的绑定也比较松散、平等，除非你是主人所买的姜侍，人身自由就要小了许多，因为那属于人家的私有财产了。一般的奴仆，都存在着互聘互选的关系，来去自由。

可伶这丫头心眼鬼道，这是向杨瀚巧妙地表示，自己是个身份自由的丫鬟，而且是完璧之身。郎君若是有意，不妨考虑考虑。

宋朝时候，男十五，女十三，就允许婚嫁了，不过当时女孩儿成亲的平均年龄是十九岁，二十岁往上至二十四五岁才结婚的也占了五分之一，越是贫穷家庭成亲越早些。

杨瀚已经记住了白素、青婷的名字，也不急着把话题往她二人身上引，免得引起这对小姑娘的警惕，顺着她的话音又说笑了几句，撩拨得两个未谙情事的小姑娘春心荡漾的，这才继续套话。

两个小丫头已经被撩得晕乎乎的，跟喝了一大杯黄酒似的，对杨瀚哪里还有什么戒心，只是因为生怕吓跑了这位俊俏郎君，所以对主人家里发生命案，主人弃尸焚宅，远迁钱塘的事不敢提，其他的则是知无不言。

此时船尾厨下，却正有一个客人与厨娘理论："我只借你厨房一用，有什么不可以？大不了许你些银钱便是了。"

那胖厨娘挥舞着大勺，愤愤不平："这不是钱不钱的事，奴奴做的饭食，哪里不好吃了？你竟要借我厨房自己烹调食物，这是对我莫大的侮辱！"

那瘦高竹竿似的客人作势欲呕："啊——我呸！还奴奴，你都该自称老身的年纪了，也不知羞！"

那胖厨娘勃然大怒，挥舞着勺子就冲上来："我一个未嫁的姑娘，自称奴奴、奴家有何不可，你这客人不讲道理……"

"君子动口不动手，我跟你讲……哎呀！救命啊，泼妇发疯了！"瘦高竹竿似的男人被一勺糊在脸上，登时油了一片，吓得撒腿就跑，胖大妇人举着大勺自后边追上来，双腿迈动，踏得甲板嗵嗵作响。

杨瀚正从少女情怀如诗的可伶、可俐口中套取着有关白素、青婷的资料，忽然手臂被人一抓，身子一转，正对向一个挥舞着大勺的胖大妇人，对方约莫五十上下，荷叶盘一般的大脸盘子，荷叶上站着青蛙一般怒突的眼睛，把他吓了一跳。

"切莫动手，切莫动手，小娘子何故发怒？"

杨瀚嘴甜，这就跟对老大娘唤大姐，对丑姑娘唤美女一个道理，这句"小娘子"一出口，那厨娘登时转嗔为喜。旁边正盘着缆绳的水手呸地一口，心道："这厮属小蜜蜂的，说出话来甜得发腻，我倒要好生学学。"

厨娘收了大勺，语气和缓许多："小哥儿有所不知，这饿死鬼投胎一般的腌臜货色，跑到后厨辱我手艺，我自十四岁在这船上掌勺，迄今三十多年了，也不知接待过多少客人，何曾有人挑过我的不是？偏他挑剔，太伤人心了。"

原来如此，人家是当厨子的，你说人家做的菜不好吃，这就是砸人家饭碗哪，这是事关职业尊严的事，换谁也不能忍哪。出门在外，在船上吃饭也没几回，中途到了码头停歇，还可以下去打打牙祭，便凑合两顿又有什么，矫情！

杨瀚便转身斡旋道："这位兄台……"

杨瀚说到这里，声音戛然而止，失声道："是你？"

那正拿着块手帕用力擦脸，穿一袭长衫跟晾着衣裳的高竹竿似的男人也是手上动作一停，讶然道："是你？"

眼前这个挑食的客人，正是他在古玩街上打过交道的那位掮客——陶景然。

杨瀚没想到竟在这里遇到陶景然，十分意外。不过，对陶景然的癖好，杨瀚却是了解的，毕竟已经打过两次交道，而两次遇见他都正在吃，而且都是极精致的饮食。

杨瀚便转身对那胖大厨娘深施一礼，道："这位陶兄是我的老相识。不瞒小娘子，这位陶兄于食物一道特别讲究，在建康时，他也是常常自己烹调，恁是何等名厨名脍，他都吃不惯，习性如此，倒不是对小娘子的手艺有特别的看法，还请见谅。"

这位人称管大娘的胖厨娘脸色稍霁，道："原来如此，这人嘴巴不但挑剔，说话还臭，他若似你一般好好说话，我也不会与他一般见识。"

杨瀚赔笑道："恕罪，恕罪，我这朋友若非性格怪僻，怎会有这般挑食的习惯？小娘子做这船上生意，各等样人都是见识过的，心胸宽广，莫要与他怄气。"

管大娘哼了一声，不屑地看看陶景然，对杨瀚和颜悦色道："还是小哥儿说话叫人心里舒坦。看你面子，我去把厨房收拾一下，便借与他用用。你一会儿来吧，不过，我的作料可不给你。"

管大娘最后一句是对陶景然说的，陶景然得意道："我只怕你的作料不全，也不够正宗呢，放心，诸般作料，我都备得有，但出远门，都要带上的。"

管大娘冷哼一声转身离开了，这次脚步虽重，倒不至于踏得甲板砰然作响。

陶景然松了口气，捏着手帕苦笑道："还是你这等俊俏小哥儿与女人打交道方便，我吃亏便吃亏在这张脸上了。"

杨瀚笑道："明明是你不会说话，你怎上了船，要去哪里？"

一见陶景然望向可伶、可俐两位姑娘，杨瀚忙介绍了一下，两个小姑娘到底少与男人打交道，方才和杨瀚一个人说话，她们还觉自在，现在有陶景然在旁，就有些不好意思了，忙福了个礼，便依依不舍地去了。

反正杨瀚也是要去杭州的，还有大把机会接触。少女情怀总是诗，她们俩跟着小姐识字，小姐收藏的那些才子佳人的话本儿也没少看，自然想到了许多叫人脸热心跳的情景。

有憧憬，也是好的，她们正是喜欢做梦的年纪嘛。

眼见两个女孩儿离开，陶景然向杨瀚挑了挑大拇指："我好美食，你却好美人哪，两个姑娘都不错，虽然韶颜稚齿，已是美人坯子，长开了都挺迷人。"

杨瀚笑道："别扯淡了，你怎么在此？"

陶景然答："我去杭州谈一桩生意，瀚哥儿怎么也上了船？"

杨瀚掩饰道："投亲访友而已。"

陶景然笑道："那正好同路，一会儿待我烹好佳肴，便请你来，你我二人小酌几杯。"

陶景然说完便喜滋滋地告辞，回去取食材和作料了。杨瀚转身也走了，走出几步，忽地心中一动，扶着船舷站定，看着夕阳下被船犁开的浪花，哗哗地泛着金光，目光渐渐变得深邃起来。

他慢慢转过身，看着陶景然那高高瘦瘦、竹竿似的背影，若有所思。

上层甲板上，小青端着一盆水走了出来。之前白素吐血，弄脏了一块手帕，她刚刚洗干净，这船就在水上，血水端出门来，便往河里一泼。只是晚风一吹，一些血水被风吹了回来。

下层甲板上，杨瀚正在船舷边，不过反应奇快，他迅速向后一闪，避过了被风吹回来的血水，可刚刚开了门，一瘸一拐走出来放风的许宣可没那么好运气了，正被那血水扑在脸上。

许宣大怒，扶栏仰望，喝道："谁泼脏水，不晓得下层有人吗？"

青婷"哎哟"一声，急忙探头望来，道歉道："对不住，忘了风大。"

许宣一看青婷的模样，顿时唬了一跳，这不是路上遇见过的那位姑娘吗？后来突然凭空消失，有妖法的那人？许宣心中一怵，便强挤出一丝笑容："不碍事的，不碍事的，姑娘本也是无心之失，不碍事的。"说着，拾起袖子擦了擦脸。

白素倚在榻上，一双颀长丰盈的大腿交叠着，手中拿着一本才子佳人的话本儿，正看得如痴如醉，看到那男女分离、痛不欲生的场面，忍不住眼泪汪汪，便拈起一方手帕，轻轻拭着眼角。

这时青婷提着盆快走进来，急急掩了门，小声道："姐姐，我方才看见那个仵作了。"

白素抬起脸，茫然道："哪个仵作？"

青婷放下盆，没好气地走过来，从白素手中夺过话本儿抛在一边，道："看话本儿都看傻了你，还有哪个，就是建康府仵作房里解剖人体的那个。"

白素恍然，喜滋滋道："呀！原来是他，那个极斯文、极儒雅、极俊俏的小哥儿吗？"

小青翻了个白眼，道："你就记得这些。你不想想，他是官府的仵作，到这里做什么？"

白素一呆，终于警觉起来："你是说……官府已对我们起疑，派他追踪过来？不……会吧，官府办案，不派捕快，会派个仵作来？"

小青刚想说话，门便叩响了，小青马上向白素做了个噤声的表情，一个箭步掠到门边，低声道："谁？"

"在下许宣，此处可是刚刚那位青裳姑娘的住处？"

听着外面清朗的声音，青婷和白素迅速交换了一个眼神，小青缓缓地打开门，两颗水滴已经静悄悄地悬了头顶，紧贴舱板棚顶的位置。

门口，许宣一见小青，便斯文地长揖一礼，道："在下略通医术，方才嗅到那盆水中有血腥之气，不知可有需要在下效劳之处？"

小青脸色一冷，淡淡道："不用了！"说着就想把门掩上，许宣道："在下从那血腥之气嗅出，伤者应是伤了肺腑，是内伤，而非外伤，若拖延久了，恐对身体不利。"

小青一呆，神色讶然，这人医术竟高明至此？

其实许宣医术再好，也不至于通过血腥味就能判断出伤了哪里，是内伤还是外伤，当时交手一幕，他可是一直看着的，自然说得出来。

许宣其实对小青姐妹俩很有些畏惧之心，可是作为一个钻研医术如痴如魔的人，他又实在好奇，为什么这两个女子可以驾雾而遁，可以凭空消失，她们究竟是仙还是妖？

这种孜孜的探询与追求，最终令他鼓足勇气，主动登门了，他想通过医治，对这两个姑娘做更多的了解。

听说是那个极斯文、极儒雅、极俊俏的小哥儿来了，白素欢喜不禁，不等小青再做决定，便坐了起来，欢欢喜喜道："小郎君真医术通神，快请进来吧，奴奴正觉胸中烦闷。"

许宣一笑，道："如此，失礼了。"便壮起胆子走进门来。小青在后边轻轻跺跺脚，可思及姐姐伤势，便也不再阻拦，跟了回来。

房门轻轻关上了，不远处壁角，杨瀚幽灵般闪了出来，摸摸鼻子，心想："可惜我不懂医术，用不了这么妥当的办法。我若说自己是个画师，想给两位姑娘画一幅'海棠春睡图'……不知道会不会被那凶巴巴的青衣小娘子一脚踢将出来。"

他却不知，以白素姑娘的不着调，十有八九，是会答应的，说不定还会做出诸般配合。

许宣进了白素的卧舱，以他对医术孜孜追求的精神，就连冒着触犯王法的风险去解剖人体都肯做，眼前明明放着两个"异人"，他实在无法阻止自己一探究竟的好奇心，可是紧张害怕也不是假的。

他只能掩饰着内心的紧张，向白素长揖一礼道："家父常说，医者父母心。眼见姑娘你有伤在身，在下实在无法佯作不知，故而便忍不住毛遂自荐了，若有冒昧之处，还请姑娘多多担待。"

白素听了不禁莞尔，又往榻上一躺，轻轻伸出右手去，臂肘往大腿上一搁，悠然道："那就请我的医者父母，给我看看吧。"

两个姑娘生得明媚照人，实在看不出半点儿妖怪的模样，说话又是这般和气，许宣的心情便放松了许多，又向白素告一声罪，便搬了个墩子过来在榻边坐了，轻轻搭住白素的皓腕，给她切脉。

白素在舱中穿的可是轻罗小衣，这时又是斜卧榻上，臂肘就轻轻搭在大腿上，许宣只要目光一垂，就能看见她那大腿丰腴浑圆的曲线，轻罗之下，似乎那粉光的大腿都隐隐透出了肉色。

许宣登时不自在起来，急忙把目光移开。白素和小青那可是几百年的阅历，对他的小动作早就看在眼里，白素顿时又生几分好感："这人是个君子。"小青的神色也和缓了一些。

"许先生这是往哪里去？"白素一边让他切着脉，一边柔声问道。

许宣忙答道："哦，我随舅父往钱塘去。"

小青突然问道："看你方才步伐，似乎受了伤？"

许宣苦笑，道："姑娘好眼力，不错。我在建康时，本来是在公门任职，只是出了差池，挨了大老爷的板子，如今尚未痊愈。我也正是因为出了过错，丢了公门差使，这才想迁去钱塘投靠舅父，建康我已是没法待了，实在惭愧。"

白素见他坦诚，更增三分和悦之色，欢喜道："奴家也是往钱塘去的，与先生真是有缘分。"

这时许宣已切了脉，又望闻一番，沉吟道："姑娘似因外伤，震动了内腑，这样的伤势，应该以药物内服，再多加静养才好。只可惜在下不曾带有伤药，只能开个方子，等到了下个码头，再去药店买齐药物煎服。如今吗……我有针灸之术，亦可稍缓伤势，却不知姑娘你……"

不等小青说话，白素已连连点头，甜丝丝道："那就有劳先生了。"

许宣一笑，道："分内之事，不必方谢。"这针灸的针，他确是随身携带的，当下探手入怀，取出一个卷起的小布带，展开来，里边一排密密匝匝的极细的银针，有四五十枚，灯光下熠熠放光。

许宣把灯移过来，摘下灯罩，取针从烛火上一掠而过，左手往白素肩头轻轻一按，找准了穴位，不等她有所反应，右手银针已然入穴，手法娴熟，白素甚至连入针一刹那时的痛感都没有。

小青一旁看了，美眸中异光一闪，心中暗道："此人果然是个好郎中，只这一手针灸术手法就是极好的，许多年老的郎中也没这般娴熟。"

这话倒是不假，旁人练针灸，都是用纸垫、软木来练，许宣可是自从练针灸就是用真正人体来试手。他若解剖人体还需挑个适当时间，免得被人发现，针灸之术他随时可练，早不知拿多少人体试练过了。

杨瀚在外边逡巡一番，也没个理由接近，想着不能打草惊蛇，便先扶着栏杆，缓缓下了阶梯。杨瀚刚回到下层甲板，陶景然便兴冲冲地找过来，一见他便拉住他手臂道："哈哈，瀚哥儿叫我好找。我已烹制了几道小菜，来来来，你我且去小酌几杯。"

杨瀚目光瞬间深沉了那么一刹那，旋即便微笑道："好，陶兄的手艺，在下倒要尝尝。"

杨瀚随着陶景然走去，进了陶景然的卧房，那几道小菜都已做好端了进来，正摆在小桌上。杨瀚一眼扫去，只见各道小菜虽然都是寻常的食材，可颜色搭配赏心悦目，一嗅便有香气扑鼻，叫人一见便食指大动，果然是个美食大行家的手艺。

陶景然请杨瀚坐了，递过一双筷子。杨瀚忙抢过一个小酒坛子，四下一看，道："酒碗呢？"

陶景然道："我这酒可是极好的'洞庭春色'，用碗喝岂不是牛嚼牡丹，大煞风景吗，我有这个。"

陶景然向他得意地挤了挤眼睛，转身从旁边取了一口杯匣，打开来里边一共八只其薄如纸、其色如玉的细瓷杯，取出两只，小心翼翼放在桌上，看那杯上，干灯光下隐隐然透出"饕餮"模样的纹路，十分精致。

杨瀚把酒满上，二人谦让一番，先碰一杯，夹了口菜尝尝，杨瀚便向陶景然挑起大指赞道："陶兄亏得不曾去做厨子，不然便没有其他厨子活路了。"

陶景然一听这话，登时眉飞色舞："哈哈，实不相瞒，陶某小时候经过大灾荒的，哎，那时节，赤土千里呀，大街上的人走着走着，忽然就倒下了，你道为何？

不是饿了一天两天，而是一连几个月，每天都只是胡乱塞些东西果腹，临到死时都不知道，那一口气忽然就断了，惨哪！陶某侥幸活了下来，那饥饿的味道，现下也不曾忘记。从那时起，陶某便只好饮食，只有吃东西时，才让我感到人生在世有莫大的幸福。再后来，手里丰裕了，我更是非精致美食不吃，如此才不枉来此世上走一遭哇。请请请，再尝尝这道菜……"

杨瀚虽然极是从容，可不经意间，倒是只捡陶景然吃过的菜夹，可一共也只有六道荤素菜肴，陶景然不一会儿就都吃过了，杨瀚自然也就无所顾忌，菜肴确实美味，便大快朵颐起来。

当然，言谈之间，杨瀚少不得旁敲侧击一番，不过观其神色，似乎裘有才之死，他竟还未曾得到消息。而且这厮倒真是个好吃的，一碰到吃的，就没有其他任何事能扯开他的注意力了。

陶景然这嘴巴一直不停，不断地向杨瀚讲这几道菜他是如何烹制所以美味，又引申开去，纵论天下美食风味，不管杨瀚讲什么，他都能硬生生地扯回到食物上去。到最后杨瀚只能闭上嘴巴，听他滔滔不绝地大讲美食经了。

上层白素卧舱内，许宣走了几根针后，气息渐渐喘匀，心情也平静下来，心中便想："她们与我等常人究竟是否相同？她们究竟是有异术的凡人，还是神仙妖怪，我或可试探一下。"

心中这样想着，许宣便又拈起一根银针，目光微微一闪，眼见薄衫之下，诱人的双峰突起，他手拈银针轻盈一闪，轻轻掠过那挺拔的玉峰，一针扎在白素双峰夹峙间的膻中穴上。旋即便双眼一抬，定在白素芳菲妩媚的俏颜上，看她反应。

八　君子好逑

　　许宣一针扎下去，便抬眼向白素望去。白素一双水汪汪的大眼睛也正凝睇着他，见他望过来，白素依旧大大方方地把目光迎上去，不曾有丝毫的羞涩回避，许宣不禁看呆了。

　　许宣呆了片刻，白素不禁抿唇一笑，柔声说道："不瞒许先生，奴家也略通医理。这膻中气海之穴，与肺腑的内伤应该并没什么关系呀，先生针灸此处，是什么医理呀？"

　　许宣心头一跳，慌忙解释道："啊……恕罪，恕罪，在下一时慌乱，这……是我不慎扎错了穴道，惭愧，惭愧！"许宣一边说，一边急忙拔出银针，转而向下一移，扎在了白素的中庭穴上。

　　白素嫣然一笑，只当他是因为靠自己太近，有些心慌意乱，所以才扎错了针，心中不免小生几分得意。她把手挪开，双腿放直，仰卧在褥上，这样一来，高耸的胸膛、平坦的小腹，更是跌宕如一幅好山水了。

　　许宣近在咫尺处，面对如此一幕旖旎景致，一双眼简直没地方放了。旁边小青看得一脸没好气的，却把气撒在了许宣身上，道："你这位医者父母心最好专心一些，扎错了穴道可不是闹着玩的。"

　　许宣一脸愧色，连连道歉。白素嗔道："小青，人家许郎中好心援手，你怎可如此说话。"说完又对许宣歉然一笑，道："我妹妹性情率直，说话不知轻重，先生莫要见怪。"

　　许宣强笑着连说不碍事，心中却是啧啧称奇。膻中穴不比寻常穴道，此处若是中了针，痛楚感会较其他穴道强烈些。

　　他方才还用暗劲悄悄地捻了捻，有些人的体质弱些，还会因此产生作呕感，为何这白素姑娘却一脸淡定，全无反应？难道她们果真不是人类，而是什么精怪化身？若是那样的话，适用于人体经络的穴道，自然于她们而言也就不适用了。

许宣胡思乱想着，却不敢再试了，毕竟人家已经说了，她也是通医理的。许宣认真施针完毕，便收针告辞。白素马上坐起身道："先生妙手，奴家现在感觉已经舒适多了呢，不知先生下次用针是什么时间哪？"

许宣一怔，他这次来只是为了一探究竟寻找的托词，下次……还有下次吗？许宣只好硬着头皮答道："呃……那明日在下再来探望，看看情况再说，若是病况未再恶化，这由表及内的施针之术，便停了也不妨的。"

白素微微有些失望，她倒不是喜欢被扎针，只是想找借口与这年轻后生接触罢了，偏生这人老实，不过唯因如此，白素更觉欢喜，便微笑点头道："既如此，有劳先生了。"

"姐姐坐着吧，我替你送送先生。"小青看不惯白素的花痴样，一把摁在她的肩头上，阻止她站起来，自己则迎向许宣，正切断了两人的视线。

高高的桅杆上，一个戴着微笑少女面具的身影正静悄悄地站在上面，船体轻轻起伏，她却稳稳地站在上边，与夜色宛如一体，一身青色的衣裳，更是与夜色相隐，浑然一色。

她居高临下地看着小青送那许姓郎中出舱门，目光又微微一转，看向陶景然的舱门，舱门开着，灯光正将杨瀚和陶景然推杯换盏的身影投在甲板上。鬼面人不禁伸出一只苍老的手，缓缓摸上了自己的白瓷少女面具。

小青目送许宣走下楼梯后，忽然若有所觉，猛一转身，目光霍然投向那高高的桅杆，凭着她敏锐的目光，夜色下的一切也是如同白昼，可那桅杆上却是寂落无人，只有两只水鸟正敛翅落下。

小青摇了摇头，只当是自己多疑了，转身便回了船舱，一进舱门，就见白素手托香腮，侧躺在榻上，脸上带着甜蜜的笑容，小青不禁翻了个大大的白眼。对白素再熟悉不过的她马上就知道，这位浪漫多情的文艺女青年，又开始浮想联翩了。

小青忍不住走过去，没好气地在她额头弹了一指，嗔道："一看见俊俏男子就发花痴，难道忘了曾经被男人伤得有多重？这世间男儿最是无情无义，你呀，一次次被男人害，偏生乐此不疲。"

白素清醒过来，白了她一眼道："情伤是伤，寂寞就不是伤吗？寂寞伤更深哪！寂寞的伤，唯有爱情才能治愈。再说这世间男子也不都是薄情寡义之人嘛，我只是不够幸运，还没遇上而已。小青啊……"

白素坐起身来，语重心长道："你也不要总是如此抗拒男人，上天给了你永远的青春与美貌，为何偏要辜负了它呢。你该多多谈情说爱，享受人生才是。不然整天就只有你我厮混在一起，人家还当咱们是磨镜女呢。"

"你……"小青气结，在她额头又狠狠点了一指，赌气一屁股坐回自己榻上。

白素涎着脸凑到小青身边，拖起她的手，摇着身子撒娇："人家刚施了针，精神恢复了些，你快陪我出去放放风嘛，走啦！"

小青一脸的嫌弃，却还是无奈地站了起来，在这世上，大概也只有相依为命五百年的白素，才能叫她如此迁就了。

许宣回到自己房中，于灯下摊开银针，犹自念念叨叨："不应该呀，那是膻中穴，怎么可能没有一点儿反应。难道她真的是什么精怪？"

这时舱门一开，李公甫走了进来，粗声大气地笑道："哈哈，宣儿，这等辰光了你还不睡，还在研究医术哇？"

许宣眼睛一亮，急忙拈着根银针站起身来，道："舅舅，你别动。"

李公甫一呆："啊？"

许宣冲着李公甫的膻中穴，一针就扎了进去。

李公甫呆呆地看着许宣，茫然道："你干什么呢？"

许宣讶然道："疼不疼？不疼吗？为什么不疼呢？这不应该呀！"

李公甫的脸皮子抽搐了几下，怒声道："当然疼啊！你为什么扎我？"

许宣呆呆地点了点头，一把拔出针。李公甫哎哟一声，揉了揉胸脯。

许宣举着针回到桌边坐下，在灯下端详着银针，自言自语："凡人果然是会疼的呀……"

李公甫气极，一巴掌拍在许宣的后脑勺上，怒道："你个臭小子，学医学傻了吧你。"

许宣揉了揉后脑勺，苦着脸道："舅，好疼……"

陶景然舱里，二人桌上小菜已经吃光，一小坛子酒也喝光了，此时已经煮了一壶香茗，茶也喝过四杯了。

杨瀚又呷一口茶，笑吟吟地问道："陶兄可还记得我曾托你变卖的那柄怪如意吗，坦白说，那虽是我家祖传之物，可是什么质地，什么来历，我却一无所知，陶兄阅历丰富，可知其中一二吗？"

陶景然已然有了几分酒意，醉醺醺地摆手，坦率道："知之为知之，不知为不知，陶谋不敢诳言，我确实不了解。瀚哥儿你不是我们古玩行里的人，不晓得这其中的学问，这一行博大精深，涉及种种门类，没有哪个古玩行家是精通所有古玩器类的。以我来说，我只专精一行，那就是女人家用的首饰头面。"

杨瀚目中精芒一闪，身子向前一倾，脱口问道："首饰头面？"

陶景然好奇地看了他一眼，道："这有什么稀奇的？"

杨瀚连忙恢复了从容神态，笑了笑道："哦，我是觉得……这都是小玩意儿，能赚几个钱。"

陶景然得意地一笑，以手掩口，压低声音道："瀚哥儿，这你就不懂了，我告诉你，女人的钱哪，其实远比男人的钱好赚，哈哈……"

杨瀚看着他的笑脸，心中只想："裘有才死前，我去找过他陶景然，也告诉过他，接下来我要去找裘有才。所以，他是唯一知道接下来我要去找裘有才的人。

裘有才之死，是因为咽喉间被人插了一柄凤钗，而那钗子的风格痕迹，分明是一件古物，至少也有两三百年历史了，那它一定就是女人正戴着的东西吗？古玩掮客要在他熟悉的地方，凭着丰富的人脉才好做生意，哪有远赴外地的道理？这个陶景然……"

夜色茫茫，星河灿烂。

船此时是停泊着的，船已经从由江入河，绕过镇江城，在运河口歇停下来，要明儿一早再继续启程。浪一层层地拍打着堤岸，巨大的船体也随之起伏，大体却很平稳。

小青挽着白素的手臂，两个人在上层甲板上慢慢走着，远处灯火错落。

扶栏站定，二人听着涛声静默良久，白素轻轻叹了口气，道："每隔些年，都要搬一次家。这一次尤其狼狈，哎！也不知道什么时候才能过个安稳日子。"

小青没好气道："有她阴魂不散地跟着，不要指望了。"

白素抿了抿唇，幽幽道："小姐以前不是这样的，那时她见了只小虫子都要吓得直跳，大呼小叫地喊我们去抓虫子。可现在……她居然会用那么残忍的手段杀人，太残忍了。"

小青冷哼道："她以前还视你我如姊妹呢，现在又如何？人是会变的！"

白素忧伤地摇摇头，转身握住了小青的手，柔声道："有些人不会。我不会，你也不会。不管发生什么事，不管沧海变桑田，我们始终是最好的姐妹，永远都是。"

小青板着脸道："那只是你的一厢情愿，若有机会，我就把你卖给男人，自己一个人去逍遥快活。"

白素欣然道："若那男人年少多金，英俊潇洒，你就狠狠心，赶紧把姐姐卖掉吧。"

两个女孩儿对望着，忽然吃吃地笑了起来。轻笑片刻，小青轻轻张开双臂，抱住了白素，幽幽道："你呀，不管多伤心，总能很快振作起来。不管多绝望，总能活得兴致勃勃。姐姐，亏得身边有你。"

白素也轻轻抱住小青，听着彼此的心跳，眼角也不禁湿润了。

杨瀚自陶景然处告辞离开，走上甲板的时候，看到的就是这样一幅画面。

杨瀚眯了眯眼睛，举步向阶梯上走去。

虽说他已怀疑了陶景然，可这两位姑娘一样行色诡异，纵然她们不是凶手，定然也与这案子有莫大关系。如果是这样的话，陶景然出现在这只船上，一定也是冲着她们来的，杨瀚想弄清真相，恐怕离不了这两个女子。

杨瀚上了甲板，掸一掸衣衫，摆出一副风流倜傥的模样，上前两步，又手唱一个肥喏，道："两位小姐，好不凑巧。古玩市上一别，又相见了。"

小青和白素身形分开，一看杨瀚，俏脸登时一沉，道："你是哪个，我们似乎并不相……"

白素欢喜地叫道："啊！原来是你，这位小哥儿，你怎么也在这里？"

小青张了张嘴巴，只好气鼓鼓地又闭上，摊上这么个姐姐，还是把她卖掉的好，真是气杀人也。

杨瀚一副又惊又喜模样，上前道："原来小姐还认得我？"

当日在市上，他只帮人家打过一次架罢了，真要说有接触的，可是旁边那个正虎着脸的青衣小丫头。一身青衣，在夜色下俨然成了黑色。玄衣玄裤，纤腰一束，偏是周身上下无一处不媚，媚在骨中，须得细细品咂才有味道。

杨瀚与白素说着话，一双眼却贼兮兮地打量小青，小青狠狠剜了他一眼。

白素笑道："当然认得，小哥儿当街那一个铁板桥，当真天矫有力，替小女子解围的时候，痛打那几个泼皮，更是英姿焕发，人家怎么会忘记。"

"啊！姐姐又发花痴了。"一旁的小青头痛似的扶了下额，摊上这么一个姐姐，何其不幸?

杨瀚又惊又喜，忙上前一步，道："当真? 不瞒小姐，那日市上虽只匆匆一瞥，小姐的倩影便在杨某心中徘徊不去了。昨日午夜，杨某做了个拜堂迎亲的美梦，那梦中娘子，俨然就是你的模样。"

"是吗?"白素好不娇羞，红着脸蛋问，"那……那你都梦见了些什么?"

什么乱七八糟的! 这两个人越说越不像话了，当她小青不存在吗?

白素还没等来杨瀚的回答，身后一股大力传来，已经被小青推着，不由自主地撞进了舱门，接着砰的一声，舱门就从外边关上了。

青婷转过身，双手抱臂，冷冷地看着杨瀚，一副拒人于千里之外的模样。

杨瀚毫不气馁，微笑上前道："呵呵，与令姊开个玩笑罢了。不过，虽是假话，却也半真半假。"

青婷明明知道他在钓自己说话，终是捺不住好奇心，问道："那一半真，又是什么?"

杨瀚凝视着她，深情款款道："那一半真就是，在下念念不忘的姑娘，是曾撞进我怀里的那个女孩儿。自从看到她那一眼，我便连我跟她将来的孩子叫什么都想好了。杨凌、杨帆、杨冰、杨浩，你选一个?"

小青冷笑一声，道："油嘴滑舌，平素里逗弄那些情窦初开的小娘子，无往而不利吧? 可惜了，今儿个，你就撞到铁板了。"

小青说罢，转身就走，竟没有丝毫犹豫。

杨瀚追上两步，扬声道："小娘子，好歹告知一下你的芳名啊。"

小青充耳不闻，只是不屑地丢下两个字："幼稚。"

不想这时房门却开了，里边探出一个螓首美人头，笑吟吟地接口道："奴叫白素，她叫青婷，小哥儿尊姓大名啊?"

小青一个趔趄，摊上这样的猪队友，也是苦了她。

杨瀚忙道："在下姓杨，单名一个瀚字。'校尉羽书飞瀚海，单于猎火照狼山'之瀚，可不是不解风情粗俗大汉的汉。"

白素抿嘴一笑，道："好名字，奴家记下了。"

小青没好气地一推白素，闪身进门，欲要关门时，又向杨瀚瞟了一眼。杨瀚站在那儿，微笑着，星光之下，潇潇洒洒，并未上前痴缠，只是笑道："我看两位姑娘气色都不大好，我这有个偏方，可以试试。"

小青瞪着他，没有说话，不过关门的动作却是慢了下来，这动作一慢，那颗美人脑袋又从她肩后冒了出来："瀚哥儿请讲。"

杨瀚道："用黄瓜切片，敷脸一刻钟，肤色气质，定然大好。"

此时，黄瓜已经叫黄瓜了。西汉时期，张骞出使西域带回中原时，这种瓜本来称为胡瓜，只是五胡十六国时后赵皇帝石勒忌讳这个"胡"字，襄国郡守樊坦便给胡瓜改了个名字叫"黄瓜"。

砰！门关上了，小青冷笑着对白素说："一个大男人还懂这些，定然是个浪荡子。"

白素兴致勃勃道："明早启程前，可往码头上买几根黄瓜试试。"

小青哼了一声，不过却未出声反对。

昨晚船只停泊在进入运河的闸道前时，已是夜色深沉，所以船上旅客也未上岸，今儿一早，便有许多人上岸购物，下一站是常州，路途较远了。

杨瀚也到码头上晃悠了一圈，一转眼，就看到陶景然正跟一个卖香料的在那里说话，杨瀚心中一动，便悄悄靠过去，侧耳倾听了一番，陶景然所买居然是紫叩、砂仁、肉蔻、肉桂、花椒、大料……

杨瀚不禁摇了摇头，这人明明最为可疑，可是自上船来，却没发现他做些什么可疑的事情，似乎整天都在盘算着下一顿吃什么、怎么吃，简直就是一个吃货。

杨瀚摇摇头，便想走开，不料一转身，迎面一道轻盈的人影正走过来，杨瀚原本侧身听着陶景然说话，这一转身，那人本打算从他身边走过去的，这一下堪堪撞进他的怀里。

"哎哟！"小青捂着鼻子，眼泪汪汪，"混蛋，你是不是故意的？"

"哎，又是小青姑娘你呀，你看你看，这真是天意，姑娘要去哪里，要不要在下相陪？码头上很乱的，有很多泼皮无赖，姑娘你生得这么美，一旦被有心人看见……嗯！"

杨瀚正嬉皮笑脸地说着，突然身形一顿，脸凝重，眉心轻轻地蹙着，一动不动。

小青恨恨地瞪他一眼，收回了正在他靴子上用力踩着的小脚丫，道："管好你自己吧，不要这么讨人嫌！"

说完，小青一撩鬓边发丝，便从杨瀚身边走了过去，颈后几绺青丝随着河风的拂动，露出她白皙娇嫩的肌肤。

小青蔑视他的那一眼，如果是铁刷子，都能把杨瀚的脸皮给刷下来，但她的目光并不是铁刷子，那一眼斜睨，杨瀚还觉得蛮可爱的，所以在她从自己面前走过去的时候，杨瀚还吹了口气。

那口气就吹在小青的后颈上。

"啪！"杨瀚的手腕马上就被小青的小手叮住了。

"呀！她的小手，好轻、好软……"杨瀚刚生出这个想法，那只小手就变成了一把铁钳，一股无可抵御的大力袭来，杨瀚"哎哟"一声，手就被拧到了自己的背后，只能哈着腰，不断地叫着："疼疼疼，要断了，疼疼疼……"

"再敢轻薄本姑娘，就拧断你的狗爪子。"小青凶巴巴地说了一句，放开手，冷哼一声向前走去。因为气愤，她的身子都有些一顿一顿的了，杨瀚半屈着一只手伸在胸前，盯着人家姑娘的背影。

杨瀚一双眼睛一直盯着人家的背影，小青姑娘大步地向前走着，似乎把对他的不耐烦都用在了脚上。她明明没有回头，却偏生好似知道他一直在盯着自己看似的，脚下忽而一乱，踩在一根缆绳上，身子便是一歪，亏得她身子灵巧，向前蹿出一步，稳定了身形。

这时陶景然提着一袋子香料，还用草绳拎了两条肥鱼，施施然地走过来，一见杨瀚便笑道："啊哈，瀚哥儿也上岸散心了呀，喏，你瞧，我刚买的鱼，一条中午烹了，一条晚上烤了，到时咱们再喝两杯。咦，你这是要买什么？"

"啊？哦，没什么，我……买点儿胡榛子。"

杨瀚把两文钱给了旁边一个抱着筐子卖开心果的孩子，随手抓了一大把，也不计较多少，便嗑着开心果，跟陶景然往回走。

到了船头，正见白素在上层甲板上扶栏远眺，一双俏眼微微地眯着，杨瀚马上扬声道："白姑娘！"

白素一见是他，也欢喜地招招手，杨瀚便与陶景然说了一句，快步向阶梯上走去。走到转折处时，杨瀚借着转身之际，目光飞快地向下一扫，果然，陶景然并未走开，他虽然放慢了步伐，似乎正在优哉游哉地走着，可目光分明在瞟着白素。

那是怎样的目光？绝不是一个男人对一个美丽女子的欣赏或者爱慕，那目光森然，就像……就像墙头上匍匐的一只狸猫，屈着双腿，小心翼翼地靠近，正要作势扑向一只蹦跳着、浑然不知危险降临的小雀。

杨瀚心头一跳，一下子确定了很多猜想。陶景然乘上这只船，就是为了白素和青婷而来的，不管他们之间是什么关系，自己那桩冤案，十有八九与他们有关。也许，盯着陶景然的这对猎物，就能揭开这谜底了。

杨瀚思忖着，转过了阶梯，笑若春风地迎向白素："白姑娘，要不要吃胡榛子？"

白素很开心："呀，是阿月浑子，我最爱吃呢。"

开心果又叫胡榛子、阿月浑子，那时已经是一种很流行的小食品了。

杨瀚便往白素手心里倒了一多半，两个人并肩站在栏杆旁。杨瀚道："姑娘的身体好些了吗？"

白素讶然道："你怎么知道我身体不妥？"

杨瀚笑道："看气色就知道了呀，对心仪的女子，男人总会更上心些。"

白素抿嘴一笑，嗑了个开心果，道："你这人哪，嘴巴甜呢，是个会哄人的。不过，你若真喜欢我妹妹，最好不要跟我纠缠不清。我要是被你哄得当了真，可不会让给妹妹的。"

"呃……"杨瀚一阵尴尬，这姐妹俩说话都是这么直爽的吗？他却不知，这对姊妹活得岁数实在是太长了，阅尽人生，再加上总是隔几年就换个地方，重新开始一段人生经历，所以久而久之，懒得那些虚伪客套。

既然人家说开了，杨瀚便也大大方方地转向白素，道："若我真是有心追求令妹，姑娘以为，我有成功的希望吗？"

白素果然是很直率："没有！所以，你还是追我吧，追我机会很大，追我妹妹，绝无可能！"

杨瀚听了白素的话，不禁讶然道："小青姑娘莫非受过什么伤害？"

白素窒了一窒，道："小妹的性子一向冷淡，倒没有什么特别的原因。只是，你若以为凭着生就一副好皮囊就能叫她动心，那是万万不能的。"

杨瀚听了这话，心中倒是有些不服气，以前只要他有心撩拨，哪个怀春少女不立即春心荡漾？听这位白姑娘说的，把那小青比作冰山了，他还真不信就凭自己的手段，不能叫那女子动情。

正说着，小青提了两袋东西已然登上甲板，一瞧杨瀚正与姐姐对面而立说着什么，顿时黛眉一皱，快步迎了上来，对白素道："姐姐，药买回来了，咱们回房去吧。"

说着，她却是把手中口袋又拢紧了些，其中一袋装的是黄瓜，她可不想给那登徒子看见。

"不急不急，难得阳光正好，咱们……"白素还没说完，小青把左手口袋也挪到右手，拉起白素就回房了，自始至终没正眼看杨瀚一眼，真把他当成空气了。

杨瀚摸了摸鼻子，喃喃自语："还真是一个不好接近的姑娘，若不是正忙于大事，待我施展出撩猫逗狗的手段来，我还就不信……"

哗，一盆水泼了出来，杨瀚急忙一跳，险险被泼了一身。小青挑了挑眉毛，可那眼神的焦距分明没定在杨瀚身上，很淡定地就把舱门关了。杨瀚不禁笑了，这样有趣的姑娘他还是头一回看见，这一刻还真动了挑战的心思。

关了舱门，放下水盆，小青就把搁在盆架上的盘子端了起来，盘中正放着几根刚刚洗过的黄瓜，小青随手拿起一根，整齐的小白牙一张，嘎巴就是一口，一边吃一边走向榻边。

她把盘子放在几案上，鞋子一蹬，盘着腿往榻上一坐，一边嚼着黄瓜，一边道："一会儿行了船，我便去厨下讨些炭来，给你煎药。"

白素咳嗽一声，道："我看，还是请许郎中煎药好些。"

小青淡淡道："医理，我也懂些。煎药，更不在话下。"

白素道："你自然是懂些医理的，可终究不如许郎中内行吗，这方子又是许郎中开的，请他煎药更妥当些。"

小青手中的黄瓜一停，叹了口气，道："待到了临安，大家便各奔东西了，你跟他，能有什么结果？"

白素对她眨眨眼，笑道："你懂什么，男女之间，最情动处，便是欲拒还迎，欲迎还拒，不即不离，若即若离，如柳岸絮语，如蝶扑细蕊，似有情人，却不过于狎昵，彼此情牵暧昧，却又若有若无。彼此心知肚明，却不捅破那层窗户纸，雾中看花，朦胧绰约，此所谓有情不必终老，暗香浮动恰好……"

小青恶狠狠地咬了一口黄瓜，只这一口，便去了一半。她大口地嚼着，嗤之以鼻道："本姑娘要么不找男人，要找就得是你中有我，我中有你，举案齐眉，一生到老。谁敢跟老娘儿玩暧昧，我骗了他！"

白素没好气地白了她一眼，道："好没情调的丫头，快替我去请许郎中来。"

"膻中气海被扎了，却浑若无事。她是没有人类的经络，还是金刚不坏之体，不受外力影响……"许宣坐在桌前，一边咚咚咚地捣着药，一边苦苦思索着，忽然听到叩门声。许宣握着药杵就走过去，舱门一开，许宣登时跟见了鬼似的一声怪叫。

小青看着双手抱臂，哆哆嗦嗦的许宣，没好气道："干吗呀，我长得很像鬼吗？"

"啊！原来是小……小……小青姑娘，姑娘有……有什么事吗？"

小青狐疑地看看他，一把将他拨开，探头往室内看看："你搞什么鬼呢，为什么这么害怕？"

小青看看，没什么发现，便又转回身来："喂，许郎中，我已照你开的方子把药抓回来了，姐姐说劳烦郎中帮她煎药，不知郎中可方便？"

"哦，方便！方便！"许宣定了定神，慌张道，"那……咱们走吧。"

小青乜视着他手中紧握的药杵，一言不发。许宣顺着她的目光一看，恍然大悟，忙把药杵放回药罐里，讪然一笑："姑娘，请。"

"真不明白姐姐喜欢他什么，愣头愣脑的。"小青嘀咕着，撇撇嘴，头前走去，许宣急忙跟上。

杨瀚被小青轰开之后，便回了下层甲板，见陶景然正拿着一个陶盆，站在前甲板上正在往收拾妥当的鱼身上抹着香料，不禁走过去。

若非此前看见了陶景然盯着白素时那毒蛇般的目光，杨瀚根本不信他上这艘船会是别有所图，这个人实在是太好美食了，似乎每天一睁眼就在盘算怎么吃，早餐吃饱了，摸着肚子就开始盘算下一顿，这样一个人会是别有目的的歹人？

"哈哈，瀚哥儿，这就忍耐不得了？这时鱼还腥着呢，待我喂好了作料，妙手烹调一番你再看，馋得你连舌头都想吞掉。"陶景然一副乐不可支的样子，扬起沾满作料的手向杨瀚招呼着。

这时空中一声惊呼，一个正站在桅杆上远眺的水手脚下一滑，哎哟一声就仰八叉地摔了下来。他的位置正在腌制鲜鱼的陶景然上空，这一摔下来，定然会把那陶盆砸个粉碎。

杨瀚看见了不禁惊呼一声，身形猛地向前一蹿，可是，他距陶景然还有八九步距离，已是来不及抢过去救人了。

这时陶景然闻声抬头，先是"咦"了一声，旋即双腿马步一扎，一双手陡然来了个"天王托塔"，砰的一声抓住了那水手腰带，然后犹如陀螺一般滴溜溜打了几个转，再把那水手放下时，虽然那水手歪歪斜斜，一头撞向了一堆缆绳，重重地摔在了地上，但那下坠的力道分明被陶景然卸去了。

杨瀚吃惊地站住，陶景然迎上杨瀚的目光，坦然一笑，道："幸好鱼没事，只可惜脏了我的手，得先净净手，瀚哥儿帮我看着鱼。"

陶景然风风火火地去了，一会儿工夫又跑了回来，在他眼里，似乎只有那两条正在腌制过程中的肥鱼。

这时那水手已经恢复了平衡，忙不迭向陶景然道谢，陶景然笑道："不妨的，不妨的。古语有云，百年修得同船渡，你我同船，就是有缘。这只船上的人，应该都是修了上百年缘分的故人，今日同船而渡，就如好友重聚，你既有难，我既有力，出一把力，有何不可。"

那水手千恩万谢地去了，杨瀚上前，笑笑道："好身手。"

陶景然笑道："做我这一行，时不时也能淘到珍贵之物，没点儿工夫傍身，如何能得安全？不过，我的身手没有我的烹饪工夫好。"

杨瀚微笑道："烹饪工夫好，才是真的好，比工夫更实用。不过，刚刚陶兄说，百年修得同船渡……"

陶景然用作料抹着鱼，专心致志，只随口问道："怎么？"

杨瀚的眼睛微微地眯了起来，悠悠道："可是，佛不曾说过，这修的百年缘分，是善缘还是恶缘。如果我们前世真的修了百年，才有今日同船之缘，这缘就一定是善缘？有没有可能是为了寻仇？"

陶景然打个哈哈，笑道："恶缘？不至于吧？要是照瀚哥儿这么说，那这船一路走下去，岂不是要杀得人仰马翻，死好多人？"

杨瀚凝视着陶景然，陶景然仰起脸来，笑得一脸灿烂。

九　螳螂捕蝉

小炉是跟船上厨房借的，炭是向船上厨房买的。许宣分好了药，洗净入罐，又低头生火。

白素坐在榻沿上，两只着白袜的秀气脚丫在床下荡来荡去。

"许先生贵庚啊？"

"二十有四了。"

"呀，那已婆亲了吧？"

"惭愧，在下父母早亡，没人张罗，迄今尚未婆亲。"

"嘻嘻，我也是！"

"什么？"

"没什么，没什么，许先生喜欢吃什么食物哇？"

"呵呵，在下于食物一道并没太多讲究，家父是郎中，在下自幼遵循父亲教诲，食物只吃七成饱。"

"嘻嘻！我也是。"

小青越听越气闷，站在角落里撇撇嘴角，直接开门出去了，眼不见为净。

这时火已旺起，红红的火光映着许宣俊逸的模样，更添三分俊美，白素当真是越看越爱，直恨不得把他和一口水，一口吞下去："咳！许先生喜欢什么样的女子呀啊？"

许宣把清水缓缓注入罐子，盖上盖子，顺口答道："呵呵，在下也不曾想过太多，只需温柔贤淑，端庄可人，能相夫教子，勤俭持家的就好。"

白素欣喜道："呀，我就是呀！"

许宣讶然看向白素，白素似也知道这句话太过直白了，不禁脸一红，双手撑着床沿，低头含羞，脉脉不语。

许宣似乎发觉了白素对自己的好感，登时有些失措拘谨起来。此情此景，正是若有若无，暗香浮动，此中旖旎，难以言喻。只不过，享受其中的是白素，许宣……或许不知所措更多一些。

白素很享受这种暧昧滋味，因为相伴她的是她想面对的人，小青这厢可就没有那么幸运了，本来那对"狗男女"的勾勾搭搭她就没眼看，这才走出船舱，还没等散散心，那个神憎鬼厌的小无赖便出现了。

杨瀚站在甲板上，正负手临风，还别说，风度翩翩，神采飞扬，身材挺拔，气宇不凡，真有些风流倜傥的味道。可惜他一扭头看见小青，马上破功，又涎着脸迎上来。

小青转身就走，奈何杨瀚跟一贴狗皮膏药似的，屁颠屁颠地跟在后边，一直跟到了后甲板。小青霍然转身，一双杏眼瞪着杨瀚，怒道："你跟着我做什么？"

杨瀚笑吟吟地看着她肤如沃雪，体态玲珑，俏美的五官好似初绽的嫩黄花蕊，青涩中透出娇美的芬芳，不禁欣然赞道："小青姑娘是我生平所见，最为心动的女子，那种特殊的韵味，当真叫人一见难忘。"

小青黛眉一蹙，不耐烦地看着他。这种话哄不谙世事的黄毛丫头去吧，她才不上当。

杨瀚突然化身诗人似的，激情澎湃，张开双臂道："你知道吗？我远远一见你的倩影，便似雪山顶上发现的第一抹新绿，心中无比激动。乍一看清你的眉眼，便如寒冬里吹来的第一抹夏日清风，叫人心旷神怡。"

小青的唇角轻轻抽搐了几下，问道："你爬过雪山？见过雪山顶上的第一抹新绿？"

"呃……没有。"

"寒冬里能从哪儿吹来夏日的清风？春天去哪了？"

"这个……"

"狗屁不通！"

"小青姑娘，这只是我们诗人夸张、比喻的一种手法。"

"诗人？你是诗人？哈！你还要不要脸？"

"那要看小青姑娘你是喜欢要脸的还是不要脸的了。"

"不要脸！"

"成，那我以后就不要脸了。"

小青气极，碰上这么个怠懒无耻的家伙，偏生他又只动嘴巴，没动手脚，实在不好用太过分的手段制他。小青只能恨恨地抬起脚，一脚踩在杨瀚的脚面上，用力地踩着。这个小习惯好多好多年了，一直也没改过。

杨瀚一本正经道："下回我会换双软点儿的靴子，免得硌了姑娘的脚。"

小青一呆，这脚竟然再也踩不下去，这样奇葩的一块滚刀肉，打也不是，骂也不是，她以前怎么就没见过呢？真是不知该拿他怎么办了。

杨瀚柔情似水道："姑娘可还要继续踩吗？若是暂无意继续，便请高抬玉足，这船已经开了，难免有些颠簸，我怕姑娘站立不稳。"

小青深深地吸了口气，一字一句道："我活了这么……大，还是头一回碰见你这么不要脸的。"

杨瀚欣喜道："可已符合姑娘你的要求了？"

小青二话不说，转身就走，步子快得就跟有只狗在后边撵着似的。杨瀚就喜欢从背后看她走路的样子，他眯着眼，笑吟吟地看着小姑娘走出一路的风姿，眼中露出一抹恶作剧的戏谑笑意。

陶景然在用贪吃如饕餮一般的美食爱好掩饰真正的他，杨瀚虽然平时有些口花花，此时明明已对青白二女产生了怀疑，仍然如此这般，又何尝不是用登徒子的外表在掩饰自己？

这对姐妹如此别致有趣的性格，应该也是一种伪装吧？那么真实的她们又该是怎样一副模样？杨瀚很期待扒下她们"画皮"的那一刻。

这时，李公甫的声音传了过来。

"宣儿，宣儿，你去哪里……"

杨瀚回头一看，就见李公甫从这一侧的舷梯爬上了二层甲板，一见杨瀚便笑道："小哥儿请了，你可曾见过一位年轻人，身穿……"

杨瀚不等他说完，就往白素的房间一指："差官老爷找的是令外甥许宣郎中吗，他在那里，正帮一位女客煎药。"

李公甫有些讶异，笑道："小哥儿与我外甥相熟的吗？"

杨瀚道："令甥人品俊秀，难免令人瞩目，倒不是在下与他相熟。"

李公甫哈哈一笑，道："我那外甥，确是极俊逸的人品。多谢小哥儿啦。"

李公甫说完，便向白素房间走去，举手拍了拍门。

不一会儿工夫，李公甫就拉着许宣走了过来，一路走，一路急急说道："有位姓严的客人患了急症，这前不着村后不着店的，就算靠了岸，也无处找人治他。我看见了，便说我外甥医术高明……"

许宣苦着脸道："舅舅，这医科有许多种，禁科、祝由科、小方脉科、大方脉科……我主攻的是伤科，最擅长的是外伤科，其他只是略有涉猎……"

李公甫道："这不是船上没有其他郎中了吗，你就算只是略有涉猎，总比别人强些。走吧走吧，我跟你讲，这位姓严的客人是临安府一位教谕，你若治好了他，这名声自然打出去了，对你到了临安挂牌行医大有帮助。"

李公甫热心地帮外甥打算着，走到杨瀚身边时，客气地点点头，便拉着许宣快步下了阶梯。

李公甫发现有人生病，热心推荐自己的外甥，希望他能治好客人，从而为在杭州坐堂行医奠定声名。人之所为，总有一定的动机呀！杨瀚若有所思地想着，目光又落在远处小青绰约的身姿上，这对俏媚可人的小姐妹身陷局中，她们的动机又是什么？

岸上是一片山坡，山坡上一片青葱，看起来一片静谧。丛林中有一片树叶，树叶上吸附着一只蝉，蝉引吭高歌几声，便低头饮引树的汁液，丝毫没有察觉一只螳螂张开大刀，正跃跃欲试地靠近。

正全神贯注于蝉的螳螂，丝毫没有察觉树干上一只黄雀微微蹲伏着，一双眼睛正瞬也不瞬地盯着它。黄雀同样没有意识到，在它更上方，一条青蛇无声地吐着舌芯，柔软的身体微微蠕动，头正渐渐昂起。

青蛇的身体与树叶浑然一体，便是近在咫尺，也很难被人一下子就发现。可这并不包括眼神无比锐利的鹰。天空中，一头苍鹰正平展着翅膀，慢慢地画着圈子，寻找着扑击的最佳一刻。

夜色深沉，又是一个静谧的夜。

无月，星辰寥落，远处有寒山寺的钟声悠悠传来。

码头上，客船随着河水的荡漾轻轻地起伏着，除了船头挂着的一盏灯，整艘船上只有寥落的几处灯光仍然亮着，如同那天上寥落的星辰。整艘船都已陷入沉寂，已然三更，船上的客人和水手们大都入睡了。

一道黑影弓着背，如同狸猫般出现在一层甲板上，贴着船舷向前方飞快地蹿出几步，一矮身便拐上了舷梯。

路径他似乎熟得很，兔起鹘落，或贴着船舷，或藏身缆绳之后，几个起落间，已经轻盈地闪到了二层船上的客卧区域。

杨瀚一直藏身在暗影之中，眼见这人出现，不由得暗暗冷笑，足下凝力蓄势，便待一个虎扑冲出去将那人扑倒，不料这时突生意外，呀一响，有一扇舱门开了，灯光照出舱中两道人影。

那黑影一惊，立即闪向一旁暗影处，杨瀚唬了一跳，这个位置既不在灯下，由此又可以纵览整个舱面，是绝好的位置，没想到这人竟也蹿到这儿来。杨瀚立即吸气收腹，尽量地靠近船舷。

此时，那闪入暗影处的黑衣人与杨瀚相距不到五尺，中间只隔着一只铁锚，那锚虽然巨大，却也没到能完全将人掩住的地步，幸亏那人正盯着开门出来的人，浑然没有注意旁边有人。

杨瀚看了一眼那人，蒙着面，手中竟然握着一柄寒光闪闪的匕首，此时他正警觉万分，扑过去是一定会被他提前察觉的，起不了突袭的作用，杨瀚只能放轻了呼吸，希望此人不会往旁边探看。

两道人影隐约可见是一男一女，那女子看发型体态应该是个少妇，与舱中男子又低语几句，又咂了个嘴，便整整头发，提着脚跟，快步向下舱走去。

杨瀚记得那道门里住的是松江一个布商，带了几个伙计出来做生意的，其中一个管事就带的有浑家，想来夫妻俩都是这布商家的下人，这少妇只怕就是……

杨瀚替那下舱正呼呼大睡，浑然不知头顶已经长出一片草原的大兄弟默哀了一下，又下意识地往旁边黑衣人那看了一眼。那黑衣人似乎也看明白了方才是偷情一幕，轻嗤一声，不屑地扭过头来。

两个人眼神这一下正好碰上。虽然二人都隐在夜色当中，可这一对视，目光熠熠，哪还遮掩得住。

杨瀚一看，再躲不得了，立即一个虎扑，跃过铁锚向那人扑去。那人也是吃了一惊，手中匕首一挥。杨瀚早从靴筒中拔出匕首，与他铿地一碰，杨瀚身在空中，不由得腾挪了一下，那人趁机向前一蹿，飞遁而去。

看这人身手，其实不弱，真要动起手来，尚不知鹿死谁手，可这人根本没有恋战之意，或许在他眼中，只有行动目标才值得他下手，根本不想与其他人多做纠缠。

杨瀚立即拔腿追了上去，两个人一个逃，一个追，借助上舱的各种障碍物，那人闪躲几回，突然一个矮身，杨瀚再追到近前时，那人已经踪影全无。杨瀚定睛一看，眼前一道门户，正是白素和青婷的卧房，杨瀚心头登时一紧。

果然所料不差，此人十有八九就是冲着这两位姑娘来的，此刻莫非他已……

一念及此，杨瀚不敢怠慢，立即将匕首向门缝里一插，顺势向上一挑，只听铿的一声，分明是门闩被他挑落了，杨瀚一拉舱门，先舞一个"夜战八方式"护住要害，这才冲了进去。

唰唰唰——杨瀚舞着匕首，上护面门，中护中宫，脚下左右微跳，把一柄匕首舞得如银梭穿线一般，待见并无人趁机向他袭来，这才住手，凝神向前看去。

几案上，亮着一盏灯。

几案右边，是白素的床榻。白素穿着条灯笼腿的湖纱亵裤，上身穿一条鸳鸯戏水的绯色胸围子，撑得胸前鼓鼓腾腾的。

她光着两只粉莹莹的玉臂，手里捧着个话本儿。几案上放着一盘话梅，白素拈了一枚话梅，唇微张着，正要把那话梅塞进去，此时自然是正目瞪口呆地看着他。

几案左边是青婷姑娘的卧榻，不过榻上没人。因为几案前边还有一只椭圆形的大浴桶，浴桶中雾气氤氲，青婷姑娘坐在桶中，水没至肩头，圆润白皙的肩头在水中若隐若现，水中花瓣正或起或伏。

青婷姑娘贴了一脸的黄瓜片，只是此时贴在眼皮上的黄瓜片已经翻了起来。青婷正张着一双大眼睛，面无表情地看着他。

杨瀚四下看看，干笑两声，道："咳！实不相瞒，方才有个歹人窜至此处，被我看见，我担心他要对两位姑娘不利，所以不告而入……"

两位姑娘仍然看着他，一言不发。

杨瀚苦笑道："咳咳，我知道这个理由太荒唐，委实叫人难以相信。"

白素妙眸一转，忽地嫣然一笑，道："瀚哥儿何等伶俐的一个人，若是说谎话，定然不会用这般不可信的理由，所以，我相信你。"

杨瀚感激道："多谢姑娘信任。"

他瞟一眼冷着脸的青婷，忽又一笑："在下所说的秘方，姑娘用着感觉如何？"

青婷马上伸手在脸上一划拉，把瓜片都抹掉了，难得见她奶白的肤色竟隐隐透出了一抹羞红，也许……只是灯光照的吧。

杨瀚握着匕首，向她们拱拱手道："既然姑娘没事，那在下就告辞了。两位姑娘还请小心一些，方才确有歹人流窜于此。"

白素笑而不语，也不知是信了还是不信，而青婷依旧是瞪着杨瀚不语。实际上，她现在也真是不方便再有什么言语，虽说隔着一个浴桶，水面上又有花瓣遮掩，可没穿衣服，那种感觉便尴尬得很，对着一个大男人，她还能说什么？

杨瀚走到门口，忽地若有所觉，回过头来，有些讶异道："两位姑娘见到一个男人，深夜持着匕首闯进房来，居然毫不惊慌，也未失声大叫，这份镇定工夫，倒真是叫人刮目相看。"

小青冷冷道："你再不滚蛋，本姑娘可就不客气了。"

杨瀚向她深深地盯了一眼，明知杨瀚什么也看不见，小青仍是黛眉一挑，露出些许愠意。杨瀚哈哈一笑，便走出门去，出了门还向她们很君子地点点头，顺手把门带上。

榻上，白素轻轻一笑，道："这家伙蛮有趣的，妹妹，你可莫要误失良人哪。"

小青的肩头往水面上冒了冒，淡淡道："男人就没一个好东西，你不要再无脑地被男人骗了。"

白素打趣她道："我真觉得这个男人挺有意思的嘛，你要不要？你若不要，我可就收了。"

小青冷笑一声，道："不管是那姓许的，还是这个姓杨的，你一个也别想。到了杭州，便乖乖跟我隐居起来。如果方才这姓杨的所言不虚，你该明白，是谁逡巡在我们身边。"

白素脸色一变，小青轻轻地咬着牙根："阴魂不散的苏、窈、窈。"

站在寥落星辰之下，听着周而复始的涛声，杨瀚的六识不由自主地变得敏锐起来。他知道，从这一刻起，他不再处于暗处，不管是那个神秘人还是青白二女，都不会再把他当成一个无关的路人，他最大的优势消失了，必须得步步小心。

"神秘人？"杨瀚突然想到了方才那个黑衣蒙面人，立即一纵身向一层甲板掠去。他是从二层甲板上直接跳下去的，足尖儿刚一沾地，身形立即一旋，冲向陶景然的住处。

一灯如豆，陶景然坐在榻边，右脚放在陶盆里，左腿架在右腿上，一边俯身用毛巾擦着脚，一边哼哼唧唧地唱着大宋时代的流行歌曲："浅酒人前共，软玉灯边拥。回眸入抱总合情，痛痛痛。轻把郎推……"

呼！房门被拉开了，陶景然吓了一跳，向门口一望，就见杨瀚正站在门口。

陶景然一脸错愕地问道："瀚哥儿，什么事？"

唱个艳曲儿不犯法吧？本朝开风气之先，官府管天管地，不至于连拉屎放屁都管吧，再说了，这词可是咱大宋徽宗皇帝的大作呀，烟花柳巷里一直传唱着呢。对了，瀚哥儿也不是官差呀。

杨瀚眼神错动了一下，赔笑道："哦，小弟一时不慎，遗失了一粒耳珠。原本在怀里放得好好的，仔细想来，只有上次应陶兄邀请，在此与兄畅饮大醉时，曾取汗巾擦面来着，想是……那时不慎带了出来。"

陶景然问道："什么耳珠，很珍贵吗？"

杨瀚道："只是米粒大的一颗珍珠，自然谈不上珍贵，只是那是家母生前留给我的唯一遗物，在杨某而言，自然是再没有比它更珍贵的了。"

陶景然"啊"了一声，急忙把另一只脚也擦干净，跋上便鞋，站起身来环顾四周道："这舱里我倒不曾怎么收拾过，不过每日里出来进去的，却也不曾发现过有什么珠子。"

杨瀚走进去，一把拿起蜡烛，打个哈哈道："深夜打扰，已经很失礼了，可不敢劳动陶兄再陪我找珠子，陶兄且请宽坐，小弟自己找找就是。"

杨瀚说着，却也毫不客气，就举着灯，在铺底桌下，四下里翻找了一番，趁陶景然不注意，他还用手背蹭了一下那个洗脚的陶盆试其温度，水盆犹温。在四处翻找的时候，杨瀚自然也是提着十二分的小心，最多也只侧对陶景然，绝不以后背示之，唯恐遭了他的毒手。

一番搜索下来，杨瀚并未找到什么东西，其实他急急闯来此处，只是想看看陶景然在不在，在干什么，是不是他心中猜测的那个黑衣人。入室搜查，也是因为既然已经给了自己这么一个借口，就得装模作样一番，原也没指望一定能搜出什么。

他以找珠子为借口，顶多搜搜床底墙角什么的，许多东西都不能翻动，比如陶景然那口装作料的小箱子，还有装细软财物的一口大箱子，就没有打开翻找的道理，就连人家的床铺枕头他也不便翻动，只能借着搜查床底时，另一只手撑扶床沿，用力压压，感觉一下下边有没有藏着利器。

陶景然任他搜了一遍，待他起身，这才笑吟吟地问道："瀚哥儿可找到了吗？"

杨瀚摇摇头，沮丧道："哎，只怕是真的遗失了。小弟打扰了，陶兄休息，小弟告辞。"

陶景然安慰道:"一人藏物,千人难寻嘛,丢了东西,何尝不是一样的道理。今天是十二号吧,我听老人说过一个法子,方才用这法子帮你掐算了一下,你要找的东西,应该是没丢,我推算的方位,是在一个边角的地方,可能是一处环境的边角,也可能一幢房子的边角,甚至是一个口袋的边角,瀚哥儿再多找找。"

"多谢陶兄,请歇息吧,小弟告辞。"杨瀚自然不信陶景然装神棍算出来的什么边边角角,向他告一声罪,便退出了舱去。

舱房中静了片刻,再度传出了宋徽宗所作的那首《醉春风》,陶景然的嗓子微微有些沙哑,这曲儿唱起来别有一番韵味:"试与更番纵,全没些儿缝。这回风味成癫狂,动动动……"

"难道真不是他?不然,他在不知会被人盯上,不知会有人来他房间一探究竟的前提下,会能提前做出如此滴水不漏的设置,这个人的心思之缜密,也未免太可怕了!"杨瀚默默地想着,一时也有些迷惘了。

杨瀚睡得很晚,所以早上起得也晚。他是被一阵争吵声给闹醒的。吵闹声就在他的舱室外响着,杨瀚不耐烦地穿起衣服,走过去一拉舱门,就见好多人正围着船老大,拥堵在他门口,在那儿理论着什么。

其中一个大汉揪着船老大的衣领,怒道:"来来来,大家都来评评这个理。"

船老大身材敦实,比他足足矮了两步,下盘低,倒是在船上立得稳当,此时也不还手,只是把一双绿豆眼乜着船客揪着自己衣领的手,哼哼道:"你放手!"

那大汉声如洪钟,大声嚷嚷道:"大家都是你船上的客人,你身为船主,岂能厚此薄彼?就是他上舱的客人付的船钱多,他住得宽敞,吃得丰盛也就罢了,为何连热水我等也只提供一壶,他上舱的客人就有大桶大桶的热水用来沐浴?"

这话一说,旁边的客人登时聒噪起来,正所谓不患寡而患不均,人皆此心,一听之下,谁也不平衡。不但下层的客人们鼓噪,上层扶栏冲着下边看热闹的客人中登时也有人不悦了。

那位松江布商大怒道:"什么什么?上舱提供成桶的热水?是谁?为何我这舱中昨晚只给了一壶热水,我连清洁……咳咳!都只能草草了事,凭什么别人就可以有大桶的热水洗澡,船老大,你说清楚。"

船老大终于怒了,一把挣开那大汉的手,大声道:"我这船上,晚间只供一舱客人热水一壶,你沏茶也好,烫脚也罢,都由得你,其他一概不管的,何曾给人供过大桶的热水？"

旁边那大汉怒道："你还要狡辩？我刚刚亲眼看到的，一大早，两个丫头，从那间舱里一盆盆地往河里倒水，都是用过的洗澡水，水中还有花瓣，你总不会告诉我说，人家洗的是冷水澡吧？喏喏喏，就那间。"

那大汉伸手一指，众人都往他指处抬头看去，却只看见一个桶沿，众人跟着大汉上了上层甲板，只见舱门外甲板上正晾晒着一只浴桶，可怜、可俐站在一边，两个丫头都叉着腰，凶巴巴的。

可怜叫道："吵什么吵什么，我家主人自取水沐浴，关你们什么事？"

那大汉道："就是她们一伙，你这船老大不老实，看人家女子年轻貌美，就提供许多热水讨好……"

船老大怒道："我说过了，每舱只供热水一壶，并不曾多给她们热水。"

"你糊弄鬼呢？难不成她们是直接打了河水上来，就用那冷水洗的澡？诸位，你们信吗？"

"吵什么吵！"舱门一开，小青姑娘唬着一张俏脸走出来，往那一站，脚下不丁不八，一双妙目四下里冷冷一扫，沉声道："我用冷水还是热水，河水还是井水，总之不曾要船老大额外照顾，与你们有何相干！"

马上就有人道："船老大不曾偷偷提供热水给你，那你怎么洗的澡，难不成是用你的尿壶拴了绳，一壶壶地从舷窗提上来的河水？"围观众人登时哄笑起来。

小青乜视着他，冷冷道："你信也好，不信也罢，本姑娘不需要证明给你看。船老大不曾额外提供热水给我们，爱信不信！不信滚下去理论，莫要扰了本姑娘的清静。"

小青说着，转身就要走，还扬声吩咐可怜、可俐道："可怜、可俐，桶晒干了就搬回来，本姑娘喜欢干净，今儿晚上还要沐浴呢。谁若有那闲心，那把本姑娘的住所四下团团围住了，瞪大你的狗眼瞧清楚，到底有没有人给我们送水。"

"我眼大我来……不是，我就住上舱，我来盯着！"

那松江布商一瞧这小青姑娘纤腰一束，容貌极是俏美，虽然还略带稚色，可唯其如此，尤其叫人心动。还有她那身材，体态玲珑，只随意地往那儿一站，周身上下便有无处不媚之感，这是一等一的尤物哇！

想不到自己邻舱竟有如此美人，那布商登时心猿意马起来，马上主动请缨，要负起夜晚监视小青房间的责任，可大声说完了话，马上又对小青压低声音，小声赔笑道："姑娘莫怪，且先应付了他们散去吧，老夫是不会为难你们的。"

小青一脸的不耐烦，苍蝇怎么就这么多，这个色棍比那找碴的大汉还要讨厌，她正要叱责这布商滚一边去，少在自己跟前献殷勤，就听船尾突然传出一声尖厉瘆人的惨叫："啊！"

紧接着便是一个男人失魂丧胆的一声惊呼："快来人，杀人啦！"

众人一惊，纷纷跑到船尾，扶栏向下望去，就见一身捕快公服的李公甫握着口腰刀，后背抵着船舷，一脸惊恐地左顾右盼，也不知在提防什么。在他面前的甲板上躺着两个人，一个仰面朝天，手里抓着一个破碎的纸包，看面容正是许宣。

许宣身前四步远处，有一人向前俯卧，准确地说，他不是俯卧，而是身体前倾，呈四十五度角，背臀位置在最高处，双腿软软地垂着，双臂更是晃晃荡荡地，支撑他身体悬在空中的，是他腹部穿出的一根粗大的冰柱，正抵在甲板上。

众船客从上层甲板看下来，看不到他腹部的冰柱，却能看到沿着他的脊椎，他的后背上有数根冰柱攒刺出来，每根晶莹的冰柱上，都带着一丝鲜血，阳光一照，竟有一种迷离的感觉。

这人的死法太古怪，如果把那冰刺看作他身体的一部分，这人就像一头刚刚被人射杀的上古凶兽。上层甲板上，俯身向下探看的人们登时发出了惊呼尖叫声，其中一个妇人仰面便倒，竟然吓晕了过去。

杨瀚扶栏向下一看，只看一眼，就知道这人的死法与李通判和悠歌姑娘一模一样。

凶手，在船上。

我要找的真凶，就在这艘船上。

突如其来的认知冲击让杨瀚的神志眩晕了一下，但他马上清醒过来，霍然扭头向旁边看去。陶景然！陶景然此时在哪儿？

杨瀚霍然扭头望去，人群后面，陶景然正向前边挤来，鸭子似的抻长了脖子向下探看一番，眼神一转，看到杨瀚，不禁咂了咂舌头，对杨瀚道："太可怕了，这是什么妖怪居然敢白昼杀人？光天化日的，怎么真就死了人呢？不会是我一语成谶，这一船人，都是有前世孽缘的吧？"

杨瀚没有说话，他之前没有注意过陶景然，此时自然也无法确定他是刚刚过来，还是一直就在人群当中。杨瀚从人群中挤出来，顺着舷梯向楼下跑去，此时船老大等人也闻讯跑了过来，一见出了人命，登时暗叫一声苦也。

行船人最怕麻烦，可是这一遭只怕少不得要跟官府中人打交道了。一个水手已经大声叫了起来："死人啦，命案哪，快报官！马上报官！"

李公甫攥着腰刀，本来以背抵着舷板，一直警惕地左右打量，待见大队人马过来，这才心胆一放，冲上前去抱起许宣试他鼻息，奈何那水手大呼小叫，李公甫被他吵得心烦，忍不住大喝道："闭嘴！我就是官府中人！"

那水手看看他一身捕快公服，也不禁一呆，倒是当真闭上了嘴巴。杨瀚健步跑来，凑到李公甫面前，一看他怀中脸色惨白、双目紧闭的许宣，忙道："许郎中怎么样了？"

李公甫兴奋道："还好，还好，还有气，刚刚只是吓晕了。"

杨瀚看了一眼旁边那具尸体，因为天气热，那人体内刺出来的冰晶此刻正在缓缓融化，冰水渗着血水流淌在甲板上，稀释了血的颜色，看着有种不真实的感觉。

李公甫道："方才我在舱中歇息，忽听有人大叫，立即拔刀冲出来，却不想正见到此人惨死，我这外甥躺在地上生死不知。这死掉的人奇异的死状，我在建康城里是见过的……"

李公甫说到这里，声音顿了顿，语气带上了几分肃杀："建康府正在搜捕的那个命案真凶，就在我们这艘船上。"

这句话一出口，四下顿时一阵骚动，人人互望，一脸惊惧。李公甫冷冷地吩咐赶过来的三个下属捕快："徐震，待船到码头，你带他们两个立即封锁了这船，不许任何人上下，联系当地官府，派人配合你们，逐一排查。"

三名捕快大声称是，杨瀚一听却是暗暗叫苦："要糟！我现在尚是嫌犯，虽说建康城里已不搜捕我了，可一旦弄清了我的身份，少不得要抓我回建康，这可如何是好？"

杨瀚这里正苦思对策，李公甫那边已经掐着许宣的人中施救起来。一会儿工夫，许宣悠悠醒来，甫一睁眼，立即一声惊叫，疯狂地挣扎起来。李公甫连忙将他摁住，大声叫道："宣儿莫怕，是舅父在此。宣儿，冷静！"

许宣定了定神，待看清是李公甫，便叫道："杀人了！舅父，有怪物杀人！"

李公甫问道："宣儿可看清了那人，他是何模样，因何杀人？"

许宣连连点头："看清了，看清了，不不不，没看清，没看清。"

李公甫眉头一皱，道："宣儿，歹人已经走了，你不要害怕。"

许宣苦笑道："甥儿不是害怕，实在是……一时说不清楚。"

许宣咽了口唾沫，这才详细解说起来。原来，刚刚他在房中歇息，昨日诊治过的那位教谕身体不适，又来向他求助。许宣替他诊治了一番，亏得上次在码头上岸采买的药物中就有适用的草药，便给教谕包了一服药，送他出来。

许宣正嘱咐他回去后如何煎服，那人突然望着许宣背后一声惊呼，许宣回头一看，就见一人从船舷外冉冉升起，她穿着一身黑色的衣服，看体态应该是个女人。

这个女人脸上戴着一个诡异的白色面具，那面具的模样是一个少女，五官眉眼看来颇为精致，只是面具上的笑容，阳光下看来叫人觉得无比邪性，忍不住汗毛直竖。

那位生病的教谕忍不住叫了一声"妖怪"，转身就跑……

杨瀚听到这里，脱口问道："那人明明就是人的身体，脸上戴了面具而已，那位教谕为何要称她为妖怪？"

许宣苦笑道："因为那怪人，是从船舷外边冉冉升起来的。"

杨瀚不说话了，这艘客船很大，他也曾扶栏看过船下河水。这船的吃水线距船舷上沿足有两丈五六的高度，而且船的外侧非常光滑，无处可攀，如果是人，如何能从船舷外边缓缓升起？

许宣又道："可是教谕唤的这一声'妖怪'，似乎激怒了那个面具人。只见她伸手一招，便有一道水流自她身后河水中夭矫而起，游龙一般卷向教谕，教谕吃惊之下一张嘴，那道水流便似活了一般冲进了他的口去，然后，就有可怕的冰刺……"

许宣打了个冷战，心有余悸地没再说下去。

李公甫忍不住问道："然后呢？"

许宣道："我吓坏了，便大叫'快来人，杀人啦'，那面具人似乎想要向我逼近，我情急之下，一把将还未递给教谕的药包扬了出去，也不知是个是眯了那人的眼睛，就见她退了一步，然后……"

许宣低了头，赧然道："我从不曾见过这等场面，然后就吓晕了过去。"

杨瀚看了看许宣身边破了一半的药材包，抓起一把看了看，又嗅了嗅，对许宣道："许郎中这药材，有的已经碾成了面？"

许宣道："是，我这药材，原本并不是用来卖的，只是想用来合制成一种药丸。所以有些药材，我已经都捣碎了。"

杨瀚眼睛一亮，兴奋地对李公甫道："差官老爷，许郎中曾拿这药扬在歹人身上，此事刚刚发生，那人既来不及清洗头面，也不见得就来得及换了衣服，如果马上去查……"

李公甫一拍双手，叫道："着哇！那凶手身上必有药味！"

李公甫霍地站了起来，把腰刀再度拔出鞘，大喝道："所有人等，就站在原地，不得稍动，谁动马上砍了！"

众旅客不知发生了什么事，可公门中人既然这么说了，没人敢找麻烦，一时间一层二层，不管是正下楼的还是正扶栏的，抑或是正交头接耳啧啧惊叹的，不但没有一个人敢挪动脚步，就连身子都不敢稍动，就跟集体中了定身法似的。"

李公甫又喝道："徐震！"

徐捕快应声赶到李公甫面前，李公甫抓起一把药材，凑到他鼻子下边，让他嗅了嗅，喝道："一个个查，谁身上有这药味，立即拿了！"

徐震的唇角抽搐了几下，李捕头这是拿他当成狗了吗？奈何官大一级压死人，他心中不满，可不敢说出来。

李公甫看了一眼船老大，向他一指，命令道："先查他的人，若是没有可疑，就叫船老大的人带上兵器，配合你们检查。"

船老大是生意人，最怕招惹官司，连忙唯唯答应了。

"等等！"

李公甫突然又唤住了三个捕快和船老大，目光落在旁边那位提着大勺的厨房管大娘身上。管大娘正心中惴惴，不知这位差官老爷为何这般盯着自己，李公甫开口了。

"这位胖厨娘，我看你的厨下，似乎养着一只黑狗？"

管大娘战战兢兢道："是，奴家是养了一只狗，可那土狗蠢笨得很，不会……没学过嗅着味找人。"

李公甫大手一挥，喝道："嗅着味找人自有徐震去办。那只狗本捕头另有用处，事关人命大案，你那黑犬，本官征用了！"

104

十　翻箱倒箧

船，中途抛锚了。

船于大河之中，稳稳地定在那里。

船上，三名捕快把刚刚接受过检查的水手们集合起来，手持鱼叉鱼梭，暂时充作他们的帮闲跟在后边，一起如临大敌地一间间舱室查着。已经接到李公甫李捕头的命令，全船旅客都不得走动。

所以，此时旅客们都像中了定身法似的杵在原地，包括正在舱里休息而且还是裸睡的，包括本来追在甲板上看热闹此时正一脚踩在舷梯上一脚踩在甲板上的，包括一个原本正蹲在马桶上咬牙切齿地大解的，此时都一动不动，任由徐捕快领着一帮人呼啦啦呼啸而来，凑在他们身上嗅了几嗅，再四下翻找一番，便又呼啦啦呼啸而去。

查完的人仍然在原地，顶多是起来小范围活动一下，探头看看。因为怕旅客走动混淆，有人漏了查缉，所以禁令此时尚未解除。

徐捕头昂昂然地走在前边，见人就凑过去，揪着人家衣服咻咻地嗅上一阵。在他后边，是捕快楚渊和方平。这两人一个持着铁索随时准备套人，另一个端着一碗黑狗血，随时准备泼人。再后边便是一大帮水手，抄着鱼叉鱼梭，声势浩大。

甲板上，已经被查过的陶景然和管大娘仍然"定"在原地，等着全船"掘地三尺"的搜查结束。

陶景然站在原地不动，扭头看看管大娘，道："管大娘……"

管大娘抹抹眼泪，没好气地问道："作甚？"

陶景然道："你养的那只土狗，卖与我如何？"

管大娘继续没好气地问道："干吗？"

陶景然欣欣然道："你是个厨娘，难道没听说过'狗肉滚三滚，神仙站不稳'这句话吗？"

管大娘双眉一竖，怒气便渐渐生上眉梢。

管大娘大叫一声："你这杀千刀的，居然要吃我的大宝！"说完不顾禁令，一下子扑过来，把陶景然扑倒在地，红着眼睛咬住了他的肩头，疼得陶景然大叫："啊啊啊，放手！你怎么跟疯狗似的，快松口。"

杨瀚是最早一批"被嗅过"的人，这主意本就是他出的，而且下层甲板出事时很多人都在上层甲板上看到他，因而嫌疑最小，此时已被李公甫拉为帮闲，帮他处理事情。

许宣恢复了老本行，惊魂稍定后，对那尸体细细勘验一番，小声对李公甫道："舅舅，这人死法与我在建康府衙门检查过的李通判和悠歌姑娘并无二致。"

李公甫点点头，一脸凝重："我初到建康那晚，虽不曾与此人撞见，却也是见过她的手法的。这个人，一定有奇异的本领。"

杨瀚眉头一皱，道："李捕头是说……妖法？那黑狗血能破她邪术吗？"

李公甫犹豫道："老辈都这样传的，应该有些道理。"

船老大苦着脸站在一边，搓着手嘟囔："瞧这事闹的，哎！到了下个码头，我得请个师父上来做场法事，免得我这船被冤魂缠上，这一趟生意，赔了呀。"

李公甫横了他一眼，对许宣道："这位乃是钱塘教谕，是个官，不可如此狼狈。你把伤口缝合一下。船老大，去教谕房中找身干净衣裳给他换上，择个僻静舱室储放，到了临安，我们自会把他带走。"

李公甫说着，向杨瀚一摆手，领着他出了检查用的临时舱房，看看船头船尾，道："你去上层看看，瞧瞧搜得怎么样了。"说完他向仍然扭打在一起的陶景然和管大娘走过去，没好气地踢了陶景然一脚，喝道："都起来，再敢胡闹，当你们妨碍公务，统统抓起来。"

杨瀚上了二层甲板，就见徐震领着人刚搜到白素和小青房间，连忙赶了过去。

可伶、可俐站在舱门口，怒视着徐捕头，杏眼圆睁，跟忠心护主的小狗似的。可伶叫道："干什么，干什么，放开我，你再这样我可喊非礼了。"

徐震冷笑道："喊哪，你喊哪，我就是官差，我正在办案，你就是喊破喉咙，看谁来救你。"

"啊，徐差官且住！"杨瀚喊了一声，急忙上前解围，"怎么了？"

徐震先前只见他和李捕头说话，却不晓得他和李捕头的真正关系，只当也是亲近的自己人，一见他来，便和颜悦色起来，对他道："这两个小娘皮，居然不让我检查。"

可俐如见救星，忙拉住杨瀚道："人家还是未出阁的黄花闺女呢，岂能容得他一个大男人在身上嗅来嗅去的，羞也羞死了。瀚哥哥你来得正好，快帮帮我们吧。"

可伶道："就是，我们也就算了，我们家两位小姐什么身份？更不能由得他们如此欺侮。"

杨瀚按一按手，道："两位小娘子，今日船上死了人，人人都有嫌疑，须得一一查过，任何人都不能例外的。"

可伶扁扁嘴，委曲道："可是下舱死人的时候，我们都在上舱呢，很多人都看见了。"

杨瀚道："理是这么个理，可是为了公平，不能特例呀。不瞒你说，我和徐差官，也都是先叫人检查过的。不但我俩，就是李捕头自己，也是先被人嗅过，自证了清白的。"

可俐一听，嘟了嘟小嘴，倒是不说话了，只是瞥了徐震一眼，依旧一脸嫌弃。

杨瀚搓搓手道："你们嫌疑固然最小，可这搜查的程序是不容例外的。徐差官全是为了公事，公门中的执法之人，难不成还有意揩你们的油？当然不是的。这样吧，两位小娘子若是对不识得的人有些不自在，我来检查就是了。"

徐震揉了揉鼻子，人家都说了自己是执法之人，不是有意揩油，难道还能上前抢这差使，便点点头："瀚哥儿代我检查，也是可以的。"

杨瀚拉起可伶手臂，凑近了去嗅了几嗅，笑道："真香！"

可伶一张俊俏脸蛋登时羞红一片，含羞带嗔地瞪他一眼，却看不出几分真正怒意。

方平方捕快一听"真香"，马上举高了那碗黑狗血，如同祭起了"翻天印"，一副如临大敌的模样。杨瀚急忙一拦，讪然解释道："我说的是人家姑娘身上的幽香，不是那药材味道。"

方平松了口气，埋怨道："瀚哥儿说得清楚一些，莫要吓人。"

可俐见姐姐被嗅过了，便乖乖伸出一只手臂，脆生生道："喏，你嗅吧。"

杨瀚看了她一眼，小姑娘羞怯地低下头去，杨瀚在她褪了翠袖露出的白生生手臂上一嗅，又顺着手臂一路嗅上去，小姑娘好像有些怕痒似的，忍不住缩了缩肩头，杨瀚停了动作，点头道："没有药材味道。"

可俐没有听到他夸自己身上有幽香，不满地噘了噘小嘴。

青婷和白素就站在打开的舱门中，见此情形，青婷冷冷地走了出来，不屑地瞟着杨瀚，揶揄道："本姑娘也得查吗？"

捕快楚渊猛地一抖铁链子，大喝道："船上任何人不得例外，否则，先是一碗黑狗血淋下去，然后锁了再说。你这小娘子，选哪样？"

青婷目光陡然一冷，居然有种不怒自威的气概。楚渊今天捕人，颇有捉妖的感觉，心中本就十分紧张，见状立即退了一步，半个身子都闪到了徐震后边。

青婷冷笑一声，向徐震一指，道："罢了，本姑娘懒得与你们计较，你来嗅吧。"

徐震也被她方才的神色吓了一跳，明明清丽可人的一个姑娘，可是神色一冷时，那眼神当真犀利无比，徐震也不禁有些含糊了。"万一这姑娘就是那妖人，我离她近了，还不被她一把抓住？她复了原形，咔嚓一口，我半个脑袋就没啦！"心思急急一转，徐震便正气凛然道："我乃公门中人，今日所为，全为查找凶手，岂是轻浮好色，占女人便宜。你们若误会了徐某，并没什么，可我临安府六扇门的清誉，却是断断不容玷污的。"

徐捕头先说了一番大道理，然后便向杨瀚一束手："一客不烦二主，还是要劳烦瀚哥儿了。"

这里边除了他，也就只有杨瀚嗅过那药材味道，旁人想替也替不了。杨瀚便笑吟吟地上前一步，不知怎的，他就喜欢看小青为难。

青婷咬了咬牙，明明最是讨厌他，此刻却无法避免他近身。青婷可不想被人泼一身狗血，以她的本事，固然可以逃了，可苏窈窈还在暗处阴魂不散，难不成再把官府拉出来，在明处通缉她们？那可真的不易藏身了。

青婷只好学着可俐的样，恨恨地伸出一只手来，递到杨瀚身前，冷冷道："你嗅吧！"说完，青婷在心里马上跟了一句，"乖乖小狗！"

杨瀚可没依着她的吩咐去嗅她手臂，而是先绕着她转了半圈，绕到身后时，突然凑近了去，在她白皙的颈子旁边嗅了一口。杨瀚的气息撩动了小青颈后的发丝，小青忍不住身子一僵，强忍着愠怒，才没一肘撞过去。

白素欢天喜地地冲出来，笑眯眯地挺了挺骄傲的胸脯，雀跃道："瀚哥儿，该我啦。"

小青一瞧姐姐一副跃跃欲试的模样，登时一头黑线，这个不着调的，真不如弄死她算了，活着净丢人了！杨瀚也是唬了一跳，这位漂亮小娘子这么主动热情的吗？

人家主动，他反而有些不自在了，迟疑了一下，正打算上前稍做检查，就听船尾有人大叫："有人！水面上有人，有人在水上漂！"

"嗯？"

杨瀚一转身，嗖的一下就从原地消失了。白素看着甲板上吃他一蹬溅起的轻尘，赞叹道："好有力的一双腿，简直像头豹子！"

此时，杨瀚已经出现在船尾，抬头向前一看，却见叫喊的人是下层甲板上几个监督全船乘客维持秩序的水手，他们持着鱼叉鱼梭，正指着水面大喊大叫，杨瀚马上向河中望去。

由于此刻船正停在水中，水波滚滚，却没有犁开的浪花，相对平稳。波浪之上，正有一个黑衣人踏浪而去。听到船头叫喊，那黑衣人蓦一回头，锐利的眼神射过来，与杨瀚的目光碰个正着。

杨瀚心头一震，他看到了那张惨白色的微笑鬼面，是她！就是那个怪物！

鬼面人一甩衣袖，浪花突然扬起，在空中幻化作三支水箭，向船尾众人扑来。

杨瀚吃了一惊，急叫道："快趴下！"说完左手摁倒一个，身子一侧，抬腿一踢，把右边四个水手踹倒了一片，最外边一个摔成了滚地葫芦，翻滚到船舷边，肩头撞上了船舷。

笃！一声闷响，杨瀚翻身半蹲，手扶船舷向外一抬头，大河浩荡，浪花滚滚，哪里还有那人身影。三道水箭，射空了两道，在空中失去力道，哗的一下在船头位置上空落了下来，仿佛下了一阵雨。而另外一道，却正中船尾的船舷，将船舷上沿位置射出一道豁口，这一道浪花，竟比真的箭还要犀利，真要射在人身上，只怕能透三层重甲。

看着那道口子，杨瀚不由得倒抽一口冷气。只是此刻他还不曾见过小青的水滴子弹，水滴子弹虽不及这水箭声势大，可速度至少快了四倍，破坏力也大了许多，而且因为肉眼难辨，想要闪避，难度十倍于这水箭，那才是杀人的利器。

那妖人想是被他们逐舱搜查，在船上已经无法藏身，这才远遁。如此一来，自然没有理由再对全船乘客逐一盘查了。李公甫等人闻讯匆匆赶来后，与徐震、楚渊和方平三人商量了一下，就由搜查改成了逐一盘查。

船老大取来了旅客花名册，一一唱名比对，船上旅客居然一个不少，那不告而去的鬼面人，竟也是不告而来，是这船上凭空多出来的一个幽灵乘客，没有人知道她是谁，此前又是藏身何处。

"她还会回来的。"

在李公甫高声宣布大家接下来可以自由活动，并拍着胸脯表示自己乃是临安府捕头，任捕快已二十余年，从一介小捕快升到大捕头，亲手抓获大盗无数，一定保证大家安全的话时，杨瀚望着滔滔的水面，暗暗地想。

他回过头来，目光一抬，就看到了二层甲板上的白素和小青，青白二女俏生生地站在围栏边，一个似一道皎洁如水的白月光，另一个如幽谷峭壁上的一朵紫罗兰，相映生辉。

杨瀚下意识地点了点头："有她们在，那个妖人，就一定会再来！"

小青见他直勾勾地看着自己，还点点头，似乎在对自己品头论足，气登时就不顺了，她马上伸手一拉白素，道："姐姐，走啦！"说完便毫不留情地丢给杨瀚一个后脑勺。

"道君曰：受诸罪者，在世之时，不敬三光，欺负神理，十恶五逆，不忠不仁，不慈不孝，毁伤物命，杀害众生，福尽寿终，当受斯苦。若有善男子、善女人，一心专志，入静持斋，焚香行道，六时转念是经，吾当随愿，保佑其人，使宿世冤仇，乘福超度。幽魂苦爽，各获超升……"

船泊在一处郊岸，岸上设了一个简单的香案，一位道士手舞桃木剑，正在超度亡灵。

船头站着许多旅客，面有戚色。

船老大虔诚地双手合十，闭着双眼，念念有词："教谕老爷，您是读书人，明得事理，所谓冤有头，债有主。我等苦哈哈，行船赚个营生度日，与教谕老爷之死，实无半分干系，教谕老爷开恩，可莫找我等麻烦……"

陶景然连连摇头："这船怎就招惹来那般有神通的人物？也不晓得这一路下去，还要发生什么。"

杨瀚道："下一站便是湖州，陶兄不如下船去，或走陆路，或另寻船只，避开这只船就是了。"

陶景然一听，又是连连摇头："不可不可，我与杭州客人早约好了时间，万一耽误了行程，一桩好买卖便做不得了。"

杨瀚调侃道："陶兄如此这般，可谓舍命不舍财了。"

陶景然正色道："这又不然，做生意要讲的就是一个信字。信用这道招牌若是砸了，那还如何取信于人？这门生意，我便再也做不下去了。"

杨瀚向许宣递个眼色，许宣便咳嗽一声，上前道："这位陶兄，此去临安，是要买什么珍玩，还是要卖什么珍玩啊？"

陶景然道："是那边有人要出手几件古玩，又不敢长途跋涉往建康来……"

趁他与许宣说着话，杨瀚便悄悄退开，消失在观望的人群后边。

岸上那道士焚一道符，双手高举，高唱起来："伟哉大道君，常普无量功。舟楫生死海，济度超罗丰。罪对不复遇，福报与冥通。用神安可测，赞之焉能穷……"

在这诵经声中，杨瀚已经潜入了陶景然的船舱。

杨瀚思量再三，还是把他对陶景然的怀疑告诉了李捕头，李公甫听了便有了此刻这番计较，趁那船主做法事，客人大都聚在甲板上观望的机会，搜索他的船舱，看看有无发现。

李公甫和三个捕快是走不开的，他们是六扇门的人，刚刚发生命案，很多人都会自然而然注意他们的行踪，杨瀚就成了最佳人选。

杨瀚趁许宣牵制住陶景然，迅速潜至他的船舱，用事先从船老大那儿要来的备用钥匙开了锁，立即冲进房去，顺手拉上了门。

船舱里很简单，旅行的客船，本来也没什么复杂的家具，杨瀚把床铺细细搜索了一遍，利落地恢复原样，然后又打开陶景然的箱子，一箱子是作料，另一口箱子加了锁，好在杨瀚在那街道司常跟一班城狐社鼠混在一起，学了些旁门左道的本事，忙取出事先备好的一截铁丝，撬了几撬，咔的一声开了锁。

箱子里有些银两，还有些衣物，杨瀚仔细翻找一番，依旧没什么发现，他把箱子还原，在舱中四下打量半晌，突地两眼一亮。这船舱就挨着船的一侧，窗外就是船舷，船上的人无法从这里来回走动，会不会……

杨瀚立刻抢过去，一把拉开舱上窗帘，探头出去四下看了看，可惜，并没有什么东西悬挂在舷窗外。杨瀚咬了咬牙，忙把窗帘重新拉好，再次环顾室中，没有发现什么问题，这才溜出了房去。

法事做完了，船老大送了道士离开，便再度启程，旅客们各自散去，少不得长吁短叹一番。

李公甫见杨瀚走来，向他以目示意了一下，杨瀚轻轻摇头。李公甫眉头一皱，转身扶栏，看向悠悠的河水。杨瀚慢慢走到了他身边，也双手扶栏站定，凝望着河水。

半晌，李公甫道："瀚哥儿，你怀疑的这人，只怕与这案子，并无关联吧？"

杨瀚道："李捕头的意思是？"

杨瀚道："那鬼面人逃了，许多人当面看见的。我想，先前那人应该一直藏在船上，这些事都是那人自己做的，也不无可能。"

杨瀚道："确实有这个可能。不过……"

李公甫道："怎么？"

杨瀚道："有一处解释不通！"

李公甫道："何处解释不通？"

杨瀚道："那鬼面人暗中行事，一直没有人察觉她的存在。可是为什么，她会在光天化日之下，从船侧冉冉升上来，以至于被令甥许郎中和那教谕撞个正着？"

李公甫双手一拍扶栏，说道："对呀！终日打雁，险些被雁啄了眼睛！瀚哥儿好机敏的心思！"

李公甫转向杨瀚，兴奋道："只有一个解释，她是故意暴露！这样，之前不管发生什么，我们都会怀疑是这人所为，之后再度发生什么，我们也会认定了是她又潜上船来。"

杨瀚道："不错！她在暗，却只是为了吸引我们的注意力。而那个在明处的人，才是真正隐藏在暗处的人！"

李公甫道："陶景然！"

杨瀚点点头："我怀疑，就是他！"

李公甫目中煞气一现，道："你查不到什么，便交给我吧，我去拿了他……"

杨瀚急忙道："万万不可打草惊蛇。"

李公甫冷冷一笑，道："李某毕竟是个老公门，哪会干出打草惊蛇的蠢事。只是，我总不能再坐视有人被害，以人命为饵，去引他暴露吧？你放心，任他如何了得，只要落在李某手上，哼哼！"李公甫自得道，"人心似铁，官法如炉！三木之下，何求不得！"

李公甫很自傲，他也有这个自信。人体对痛苦的承受程度是有限的，为了避免那种无尽的难以忍耐的折磨，就不怕那人不说实话。

李公甫做了二十多年的捕快，作为一个老公门，见过太多阴暗面的东西。而

112

这个时代，执法者破案子，都是做有罪推定的，我判断你有罪，就可以把你当成犯人往死里折磨，逼你说真话。

可是，这种刑罚之下得到的究竟是不是真话，可就不好说了。之前建康府捕快想拿杨瀚当替罪羊，就是因为有这种自信，只要把他抓进牢里用上大刑，就不怕他不招！

对李公甫来说，只要破了这桩人命案子，还抓到了真凶之一，他就立了一桩大功，可杨瀚不然。就算抓住陶景然，也逼他说了实话，自己自然是可以解脱罪名了，然而杀死悠歌小娘子的凶手呢？如何缉捕她归案？

就连杨瀚想逃，官府都没有办法抓住他，官府有本事抓住那个其技如妖的奇人吗？杨瀚想替无辜的悠歌姑娘报仇，这是一份道义。同时，他还有一份私心，他想知道，自己的家传至宝，究竟是什么东西，有什么用处。

也不知道传了多少代的东西，祖祖辈辈传下话来，都说这东西有莫大用处，可既当不得吃，也当不得穿，就连想卖掉，都换不来几两银子，杨瀚对这所谓的祖传宝物早就绝望了。

可是现在，有人不惜犯下迹同造反的杀官大罪，也要夺取那怪如意，究竟是为什么？而这人居然拥有近乎妖的能力，一个拥有近妖能力的人，却想得到他的祖传宝物，那就说明，这件祖传之物确实应该有着极其重大的作用。

想通了这些，杨瀚自然不想李公甫用简单粗暴的方法了结此案。陶景然房中没有那柄怪如意，也就是说，那怪如意如今应该在那个鬼面人手上，只抓一个陶景然，对李公甫而言，案子破了。对他而言，却是仇也未报，祖传的宝物也未寻回，他自然不愿。

杨瀚忙道："我自然相信李捕头的问供手段，可是，既然明知这陶景然可疑，何不用他为饵，钓那鬼面人出来。如今看来，幕后主使，必是那会妖术的鬼面人，陶景然不过是她麾下一个喽啰。抓住幕后主使，才能让案情真相大白。这歹人杀的可是堂堂一方通判，五品的朝廷大员，这案子要是破了，李捕头您还怕不能成为临安府的总捕头？若是成了临安府的总捕头，那就等于是我大宋六扇门里的第一人哪！"

李公甫听了顿时动容，犹豫了一下道："只是……这陶景然不会见机也跑了吧？他若想逃，我们便是日夜盯着，也难免疏忽，到那时可就鸡飞蛋打，一无所获了。"

杨瀚微微一笑，道："不会，船上一定有他们很在意的东西还没有得手，否则那鬼面人大可带着陶景然溜之大吉，他们还潜伏在船上做什么？鬼面人又何必故意暴露，以掩护另外一个人？"

李公甫啪的一拍额头："有道理！"

他上下打量杨瀚几眼，忍不住招揽道："瀚哥儿此去临安，是投亲还是访友，可有长居临安的打算？"

杨瀚道："李捕头这么问，是想……"

李公甫笑道："实不相瞒，临安府马步快三个捕头，就我手下干员最少，你心思缜密，极是精明，兼又精通武艺，实是不可多得的人才。不知你可愿意入我六扇门做事？只要你跟着本捕头认真做事，三年之内，我就把你由帮闲转为正式的捕快，从此也算给子子孙孙挣下一份营生。"

捕快胥吏，基本上都是可以父子接班传承的，所以这行当几乎是世袭罔替。之所以有句话叫"任你官清如水，难敌吏滑如油"，不够精明强势的官员常被小吏们牵着鼻子走，实在是因为你是流官，人家可是世世代代在这个岗位上任职的钉子户，关系盘根错节、错综复杂，早就织就了一张庞大的关系网，所以社会地位虽然不高，油水其实都大大的。

三年时间，把他从临时工转正式，这个诱惑不可谓不大，杨瀚听得怦然心动。捕快可是油水甚足的职业呀，就算只是个帮闲，也是吃香的喝辣的，比起普通小民优渥得多，若是转为正式……等自己娶了浑家，生了孩子，这职位都可以传下去啦！

杨瀚想到这里，一颗心已是激动得怦怦乱跳。这要是老杨家当年传下风如意的那位老祖宗看到儿孙如此不肖，只怕要活活气死，再气到炸尸，气个死去活来。他家祖上那是何等了不得的人物？现如今居然会为了能去做个帮闲开心得要死，这可真是一代不如一代了。

十一　生死关头

船继续东行，已经过了湖州，再下一站就是杭州。

终点站要到了，船上所有的人都一下子轻松下来，这难熬的日子终于快结束了。马上就要到临安，皇帝所在的城市，应该万邪不侵的吧？大家都在心里想着，祈祷着一路平安。

许宣和白素、小青两姐妹明显地熟络起来，白素的内伤需要调理，而许宣是船上唯一的医师，这是白素姑娘的理由，说得很是光明正大，说的时候，她还虚弱地咳了半天，小青便也不好阻拦了。

杨瀚没有对李公甫说出青白二女烧了自家宅院潜逃至船上的事情，如果他说出这件事来，李公甫这样的老公门一定会产生疑心，把青白二女也列为疑犯进行调查。

杨瀚在说出陶景然和死掉的裘有才的关联时，原打算交代青白二女的可疑的，可正当他想和盘托出时，脑海中突然浮现出小青姑娘撞得鼻头都酸了，捂着鼻子，眼泪汪汪的，一根青葱玉指在他胸口戳了几戳，欲恼还羞的俏模样，便鬼使神差地住了口。

天下最黑暗处，莫过于牢狱。曾经在街道司做事的杨瀚也算是半个公门中人，知道一些狱中情形，如果这样一对活色生香的小美人真被送进那个地方……想想都令人不寒而栗。

他知道青白二女即便与这个案子有关，也不可能是自己想抓的人，所以他隐瞒了这一部分讯息，他要自己查。

李公甫决定盯着陶景然，如果陶景然的鬼面人伙伴来联系他，就一网打尽，如果不来，那便到了临安府，再把陶景然拿下盘问。这件事他告诉了杨瀚，但并没要求杨瀚配合。

盯一个人的梢，有他三个得力部下就足够了。杨瀚虽然答应做他的帮闲，但毕竟还没禀报主簿老爷，没有入职，没有薪水，现在就支使他替自己做事，尚嫌早了些，皇帝还不差饿兵呢。

杨瀚表示他们盯着陶景然的时候，自己可以满船游走，看看船上是否还有可疑的人。李公甫欣然答应，在他转身离开后，便对徐震等三个捕快道："瞧瞧，这小子不但伶俐、精明，有一副好身手，而且还勤快，这样的人，值得重用。"

徐震三人都是正式的捕快，闻言只是笑笑，不以为然。在人类社会的鄙视链中，虽然捕快们已经是相当低的阶层，但他们的帮闲，他们也是不放在眼里的。

"药凉好了，小娘子……"

许宣早用纱布把药汁沥出来一盏，凉到正宜入口，便端到白素面前，柔声提醒。白素一直托着下巴，甜甜地看他煎药，这小郎中煎药时神情好专注，那深邃的眼神，翘挺的鼻梁，英俊的脸蛋，真是越看越爱。

昨儿个正看一个话本儿，讲的是春秋时期的一个爱情故事，以抱柱而死的尾生为原型的。真羡慕那时的女儿家，敢爱敢恨，遇到心仪的男子，就能马上大胆示爱，白素姑娘觉得自己还是不够胆大，虽然嘴巴花花的，没有男人在的时候尤其口无遮拦，可真等他到了身边，居然情怯得很，不太敢说话呢。

一见许宣把药端来，白素立即皱起了脸："好苦哇。"

许宣道："良药苦口嘛，快喝吧，一会儿凉了，可就更难入口了。"

"我不要，许郎中，你想想办法嘛。"白素趁机牵起许宣的衣袖，撒娇地央求。

许宣迟疑道："这样的话……那放一勺饴糖（麦芽糖）？"

"三勺！"

"糖加三勺，太多了吧？就一盏药。"

"拜托嘛，许郎中……"

"好吧，亏得饴糖不影响这药性。"

得了大夫允许，白素马上欢天喜地地取出一罐饴糖，放到第三勺时狠狠剜了一大块，结果连手指都沾上了。

小青差点儿化身姜太公，大吼一声"妖孽"，祭起打神鞭，就活活抽死了她。

小青实在受不了她那风骚劲，气鼓鼓地就出了门，噘着小嘴，可刚往栏杆边一站，目光一撩，就看到杨瀚正站在下层甲板上向她望来。

最后一个夜，杨瀚回了自己客舱，把灯点亮，挨了一阵，就掀开舷窗看看，从舷窗爬了出去。舷窗之下就是舷板，再往下两三丈处就是滔滔河水。幸好上沿有一道棱子可以借力，杨瀚全凭指力，攀着这道棱子，小心翼翼地向外移动着。

鬼面人一定担心离开这只船后，不好查找这青白二女下落，所以，她一定还会来，杨瀚决定再守上一夜。这一次，他决定出手。之前，他也偷偷藏下了一小葫芦黑狗血，此刻葫芦就挂在腰间。他也不清楚那鬼面女所用的异能是不是妖术，有备无患吧。

这一次，他没有从甲板上过去，因为船老大也怕出事，已经安排了水手们轮流值夜，巡视上下甲板，杨瀚仗着自己身手矫健，从外沿一直爬上去，贴附在白素和小青的舱房顶上，守株待兔。

杨瀚很是费了一番周折，才爬上船的最高处，找到白素和青婷卧舱位置，在上面平躺下来。他腰间挂着一葫芦黑狗血，腰带上插着一柄匕首，就躺在那儿，仰望着星空。

星河璀璨。那上边，有什么？星星上真的住着人吗？月亮里边，真的有一个嫦娥吗？如果这世上真的有妖怪，那么有神仙，也不稀奇吧？杨瀚胡思乱想着，隐约听到白素和青婷房中搬翻东西的声音。

杨瀚听了不禁收了神，心中暗笑。女人就是麻烦，此时船正夜泊，要明日晌午才到杭州，这时便开始收拾东西了吗？她们带的零碎也是真……

不对！杨瀚突然心中一凛，白素惯见的大小姐做派，小青又不是那么细致的女人，她们既带得有丫鬟，会夜中不睡，只她二人自己收拾东西吗？难道……

舱中，鬼面人翻找一阵，把青白二女所携物品都查了个遍，依旧不见水火二如意，不禁大怒，走到青白二女身边，把那苍老的手，轻轻摸索着小青吹弹可破的肌肤，目中露出又嫉又恨的神色。

"水火二如意究竟在哪里？交出来，饶你们不死！不然的话……"鬼面人阴恻恻地说着，苍老的手渐渐用力，把小青娇嫩的肌肤按出了一道白印，"我就划花你们的脸。"

白素听得一惊，可她根本无力挣扎。她和小青都中了酥筋散，也不知道是什么时候着的道，待发现时，已经动弹不得，只能任人宰割了。小青却是夷然不惧，淡定道："不过是一副皮囊罢了，要划便划，小姐！"

她这一声小姐，叫得鬼面人身子一颤，那声"小姐"，分明满含讥诮，此时的她，光是那手，就瘦如老树枯干，模样还能看吗？世上哪有这样其容如鬼的老小姐？

苏窈窈怒声道："贱婢！你居然敢羞辱我？好，我就先划花你的脸！"

苏窈窈五指箕张，就要向小青面上抓去，小青连一句示弱的话都不肯说，更不要说讨饶了，她把脸一仰，闭上了眼睛。

呼——就在这时，杨瀚团身从舱室小窗钻了进来，烛火被气流扰动，摇曳了一下。

舱室的窗不大，但头能钻出去，杨瀚跟着那些下九流的朋友学了很多杂七杂八的鸡鸣狗盗之术，多少还是有些软骨功底子的，因此钻得甚是顺利。

他双腿先着了地，上身后仰，紧跟着钻了进来，腰杆一挺，正看到青白二女各自软软瘫在床上，一个黑衣鬼面、身材枯瘦的女子正抓向小青的脸。

杨瀚吃了一惊，失声叫道："住手！"

鬼面人霍然扭头，看到杨瀚，左手立即一拂，桌上茶壶中一道水流马上像有了生命似的，倏然钻了出来，灵蛇般疾射向杨瀚的嘴巴。

"不要！"小青的一双美眸蓦然睁大了，这人虽然有些讨厌，不！是非常讨厌，但是她不想他死。

可她此时根本动弹不得，连说话的声音都软软的，就连刚刚这声喊出来的"不要"都虚弱得仿佛央求，她哪里能救下杨瀚？这酥筋散太霸道了，她驭水的异能都施展不出。

眼见那道茶水倏地钻进了杨瀚的嘴巴，小青痛苦地闭上了眼睛。白素躺在另一边榻上，一双美眸张得大大的，待见那道茶水钻进了杨瀚的嘴巴，她也一下子扭过头去。悲剧，似已不可避免。

青婷和白素心中，不约而同地响起了一个声音："完了！"

"噗！"杨瀚没想到那鬼面人反应这么快，他还没来得及拍碎腰间的葫芦洒狗血，就先着了人家的道。一口凉茶灌进肚去，杨瀚的一双眼睛顿时瞪大了。

这鬼面人可怖的杀人术法，他是见过的，自己马上也要被捅成筛子了吗？这一刻，杨瀚心中充满了恐惧。但是旋即，鬼面人就震惊地退了一大步，骇然叫道："怎么会？这不可能！"

她瞪着杨瀚，目光锐利，似乎正在凝聚精神，为了加强念力，她甚至还向杨瀚挥了挥手，可是杨瀚仍旧呆呆地站在那儿，嘴角挂着一丝水渍，惊恐地瞪大眼睛看着她。

鬼面人连连挥了几次手，杨瀚依旧好端端地站在那儿，他甚至还下意识地伸出舌头，舔了舔唇角的茶水。

鬼面人震惊地叫道："我的驭水之术，怎么……怎么对你不起作用？"

鬼面人不敢置信地一挥手，茶壶中又是一道水流喷出，这一次她甚至没有采取诡异杀人手法，而是直接将那道茶水在空中幻化成一道水箭，疾射向杨瀚的眉心。

杨瀚在她使用异能又召唤出一道水流的时候，就赶紧闭上了嘴巴，还下意识地伸手捂住了嘴，根本不承想到她居然变换了攻击的办法，于是……那道水箭准确无误地刺中了杨瀚的眉心。

水箭射中杨瀚的眉心，登时就恢复了水的温柔，力道弱得就像是用一支漏了气的水枪射出去的一道水流，把杨瀚喷得一脸的茶水。杨瀚呆呆地站在那儿，伸出舌头，又舔了舔上唇淋漓下来的茶水，一脸茫然。

白素和青婷目瞪口呆地看着杨瀚，跟见了鬼似的。怎么可能？苏窈窈的异能居然对这小子丝毫不起作用，如果苏窈窈的异能对他不起作用的话，那她们的又如何？

杨瀚舔了舔嘴唇，突然哈哈大笑起来。他也不明白这妖人的术法为什么对自己不起作用，可既然她的妖法不管用，那还怕她何来？自己年轻力壮，比力气、比身手，难道还会怕了这个枯瘦得像只猴子似的女人？

"看招！"杨瀚胆气顿壮，甚至因为自己刚才的恐惧而有些气恼，他沉腰坐马，一记"黑虎掏心"就冲着苏窈窈当胸打去。

"可别怪我欺负人哈，就冲你这枯瘦的身子，这一拳若是打得实了，还不叫你当场散了架？"所以杨瀚下意识地叫了一声，算是给这女人提个醒。

苏窈窈双拳一架，砰的一声响，杨瀚这一拳如中败革。他不由得惊讶地"咦"了一声，没想到这瘦小枯干的女人看着不起眼，力气竟然这么大，这一拳竟然被她硬生生地扛住了。

苏窈窈虽然扛住了这一拳，但整个身子都向后飞去，后背轰的一声撞在了舱门上。苏窈窈怪叫一声，不信邪地再度扑向杨瀚，如同一头凌厉的母豹般，左爪右拳，一攻面门，二攻胸腹，势强力沉，快如闪电。

杨瀚发现对方最可怕的能力对自己竟全然不起作用，顿时胆气大壮，立即豪迈地迎了上去，双掌一分，先来一招钟鼓齐鸣，再来一记双峰贯耳，接着就是一招蝴蝶双飞，双腿飞跃连环踢出，每一记拳脚都是势大力沉。

跟我比力气？呵呵，女人！

噼啪噗砰……

两个人仿佛两股旋风，在舱室中盘旋抢攻，每一记攻击都是力道十足，有敌无我，这可是拳拳到肉的真功夫，不讲究什么姿势优美，更没有什么起手势收手势，但是简单、直接、有效。

快速的缠斗令人目眩，拳掌声连珠迸爆，几案不知道是被谁击中，撞上了舱壁，摔得四分五裂，一口箱子被苏窈窈一脚踢向杨瀚的面门，杨瀚打得兴起，也不闪避，只是一拳击出，轰的一声，箱子里的东西漫天飞扬。

杨瀚虎吼一声，借势一蹬，复又扑向苏窈窈。

苏窈窈终究是女人，这般拳脚相加，如何比得了他一个精壮的大男人，虽然未落下风，可是拳脚都隐隐生疼，也是真吃不消了，却不想杨瀚抗击打能力这么强，依然是生龙活虎。

苏窈窈顿生退意，她举手一招，刚刚摔在壁角的茶壶碎片之下，流淌在甲板上的一汪茶水倏然跃于空中，形成银亮的一线，宛如活物般一个转折，就向青婷的面门刺去。

杨瀚本来已纵身弹起扑向苏窈窈了，一看这架势，大骇之下，立即折身扑向小青。苏窈窈趁机团身一退，呼的一声从那舱口穿了出去。她瘦小枯干，体形比杨瀚小得多，逃出舷窗便也更容易几分。

杨瀚这边救人，救得可是十分狼狈。他是半空中折向小青的，本来他是要扑向苏窈窈的，力道十足，这时虽然借着腰力一拧，转换了扑向的对象，力道却没减几分。

那么一个娇滴滴小美人，香扇坠儿似的，就这么扑上去，还不把人家压散了架？可那道银线般的水流直刺向小青面门，他能免疫苏窈窈那种控水的魔法，小青可不能，不及时救援她就要香消玉殒了。

杨瀚情急智生，半空中猛地调整了一下身姿，铿的一声，他的身子重重地砸在了榻上，与此同时，他的手也伸出去，抢在那道银线般的水流射中小青面门前的一刹那，盖在了她的脸上。

好精致的一张巴掌小脸，被杨瀚的一只大手糊得严严实实的。那道水箭正射在他的掌背上，果然一沾他的身子，那水箭顿时力道全无，只是射湿了他的手背。

白素睁大了眼睛看着他们，杨瀚双腿分开，跪骑在小青身上，两腿贴着她大腿外缘，膝盖抵在榻上，上身前倾，一手撑床，一手捂在她的脸上，就像正骑跨在她身上似的，那姿势……有着说不出的暧昧。

虽然知道此情此景不该笑，但白素实在忍不住，扑哧一声笑了出来。

小青一双杏眼瞪得大大的，因为离得太近，杨瀚甚至能看清她黑亮黑亮的瞳孔中自己脸庞的倒影。杨瀚的眉尖儿轻轻一挑，似乎有些疑惑，鬼面人已经走了呀，她的眼神为什么还是一副如临大敌的模样？

这混蛋是在装傻充愣占便宜吗？被捂住了嘴巴的小青实在忍无可忍，又无法发声吼他滚开，只好张开小嘴，用力地在他掌缘咬了一口，奈何她此时酥软无力，连个牙印都没给人留下。

吃她一咬，杨瀚才恍然大悟，敢情自己还跨在人家身上呢，虽说并没真挨着人家姑娘身子，可姿势终究不雅。杨瀚惊呼一声，道："恕罪，恕罪！"急忙一推床板，身子挺了起来。

哗啦！本来表示"我能坚持一下"的那张床铺，再也承受不住这一推之力，彻底塌了。这一下杨瀚可是结结实实地坐在人家身上了，很柔很软，令人心猿意马……

"再不滚开我杀了你！"小姑娘的声音有些羞急了，天杀的！她何曾被一个男人以如此暧昧的姿势靠得这么近，一颗心已经跳得小鹿一般。

杨瀚急忙来了一个"懒驴打滚"，翻到一边。

"开门！开门！"舱门被重重地拍打起来。

"里边有动静，老大！"

船老大懊恼的声音咆哮起来："究竟又他娘的出了啥子事情哟！老子这一番出门是看过了皇历的诶！咋就一下子冒出这么多的事情哩！"

杨瀚正想扬声回答，可刚一张嘴，便被一只柔荑捂住了嘴巴，她的小手，果然又香又软，柔若无骨。

杨瀚动了动眼珠，扭头乜视。小青向他吃力地摇了摇头。就这片刻工夫，她刚刚恢复的一点儿力气又耗光了，手从他嘴巴上软软地滑下去，轻轻道："你莫说话，扶我起来，我说。"

杨瀚凝视着小青，眸中疑色渐浓。两人对视着，小青眼中渐渐露出一丝央求的意味。杨瀚从没想过这个凶巴巴的小女人，居然也有示弱求饶的神情流露，只是一看，心中便烫了一下似的柔软起来。

　　这一刻，似乎她若提出什么要求，他都会一口答应下来，只为不叫她露出那种叫人心痛的感觉。

　　"好！"几乎没有一丝犹豫，杨瀚便答应了，说罢伸手去搀她。奈何小青一双腿此时软得跟面条似的，如何站立得住。杨瀚便道："得罪了！"说罢弯腰探身，一手托秀项，一手揽腿弯，一个公主抱，把香扇坠儿般娇小玲珑的小青姑娘给抱了起来。

　　小青微微一惊，但只看了他一眼，没再说什么。

　　"不对！我怎么会这么听话？妖法！一定是妖法！这个小青姑娘一定也会妖法。刚刚那个鬼面人是个水妖，这个小青说不定是个狐狸精，她会魅惑之术。狐狸精……有尾巴的吧？"

　　杨瀚从没想过自己会对一个小姑娘如此俯首帖耳，建康城里、桃叶渡上，他可是公认的第一风流，向来只有他调戏得大姑娘小媳妇面热心跳，绮思荡漾，什么时候能有人如此左右他的情绪了？

　　"闪开！闪开！"李公甫带着两个捕快匆匆从下舱跑上来，一见船老大领着一帮人正守在舱门前，有的打火把，有的端梭枪，还有一个端着碗狗血，不禁紧张问道："出什么事了？"

　　船老大一见官差来了，大喜道："差官老爷，刚刚我的人在甲板上巡弋时，听到此处舱门响了两声，声音很大。"

　　李公甫唰的一下拔出刀来，对着舱门沉声喝道："我是临安府捕头李公甫，舱内旅客，开门！"

　　杨瀚抱着小青已经走到门边，听清了外边的对话。小青提了提气，尽量用稳定、清晰的声音答道："差官老爷，舱中只有我姐妹二人，夜色已深，只着小衣，不便开门相见。"

　　李公甫疑惑地看了一眼船老大，船老大忙道："里边说话的是白姑娘还是青姑娘啊，此间刚刚可是发出了重重的声音？"

　　小青轻咳一声，用不耐烦的声音道："你这舱门泛了潮，关不严了，我落不了闩，便用力推撞了两下，这有什么问题。"

船老大一听顿时有些尴尬，上舱可都是多花了钱的，服务不好，难免心虚，便干笑道："啊哈，原来如此，那是小老儿误会了。"

船老大说罢，又对李公甫赔笑道："差官老爷，自从出了人命案子，小的这些手下人有些疑神疑鬼的，恕罪，恕罪！"

船老大说完，反手就是一巴掌，拍在身边一个持叉的水手后脑勺上，恶狠狠骂道："一惊一乍的，怎么屁大点儿动静也能咋呼起来，人吓人是能吓死人的，你知不知道？"

那水手苦着一张脸，却也不敢反驳。

李公甫没好气道："散了，都散了。"

众水手一哄而散，徐震懒洋洋地打个哈欠，拍着刀鞘道："我就说，陶景然已经被咱们盯得死死的，这儿还能有什么事，头儿，咱们还是……"

他刚说到这里，下舱便隐隐传来捕快方平的一声大喊："头儿快来，陶景然要跑！"

李公甫一听大吃一惊，急忙领着徐震二人，跟没头苍蝇似的向下舱冲去。方平的一声喊，舱室中的三人却是听不见的，听到李公甫吼了一嗓子"散了"，小青便松了口气，马上说道："放我下来！"

她从不曾被一个男人这样抱着，杨瀚又刚跟苏窈窈战过一场，微微出汗，男人味经由那结实的胸肌透出，荷尔蒙感十足，叫她心烦意乱。

"放下？"这姑娘现在软得像一摊泥，放下还不瘫在地上？杨瀚回头看看，便走向白素那张完好的床榻，把小青轻轻放在榻上，与白素并肩挨着。

床头那盏灯不曾被方才的一场大战殃及，照着一对并蒂莲花似的美人面孔，显得异常俏媚。灯下看美人，愈增三分颜色，这句老话可不是白说的。

白素迫不及待地问："瀚哥儿，她那驭水的奇术，怎么奈何不了你？"

杨瀚目光一闪，道："我也甚觉奇怪呢，许是我的体质特殊了一些吧。小时候隔壁王麻子替我摸骨，就说我骨骼清奇，天赋异禀，平生只需注意一件事，便可一生无忧，富贵无双。"

白素好奇地问道："注意什么事？"

杨瀚道："王麻子装神弄鬼，只给我说了一句偈语，可我到现在还不曾参悟明白。"

白素愈加好奇了，又问道："他说的什么偈语？"

杨瀚道："他说，男人是搂钱的耙，女人是装钱的匣，宁叫耙子缺个齿，不叫匣子没了底。"

杨瀚满口胡说八道，其实他对自己能免疫那妖妇的奇术，也是极其纳罕。不过，他已隐隐猜到，自己的这种能力，极可能与他祖上传下来的那柄怪如意有关，而这个秘密，他并不想让人知道，尤其是白素、青婷两姐妹。从今晚之事看来，她们和那妖人必有莫大的关联，杨瀚就得更加谨慎了。

白素听得一呆："这么通俗易懂的话，还有什么参详不明白的？"

小青冷冷道："他在戏弄你！"

白素恍然大悟，马上沾沾自喜起来："男人对面目可憎的女子，是绝对没心情戏弄的，这说明本姑娘生得好看。"

小青翻了个俏巧的白眼，郁闷道："我要不是现在动弹不得，一定掐死你。"

小青说罢，忽然发觉杨瀚自把她放下，就半蹲在榻前，看着她们，不禁没好气道："看什么？"

杨瀚笑笑，缓缓说道："姑娘不想被外边的人看到此间情形，定是有难言之隐。我已经帮了你，现在，姑娘可以帮帮我了吗？"

白素瑟缩了一下，期期艾艾道："你……你想我们帮你什么？"

"白素，你！闭！嘴！"小青胸脯起伏，真要给这个花痴姐姐给气炸了。

小青一开口，白素马上乖乖闭上嘴巴，显得很委屈的样子。

小青冷冷地瞥了杨瀚一眼，问道："你想问什么？"

杨瀚道："两位往钱塘去，应该是为了避祸吧？那个杀手之所以出现在这只船上，就是冲你们来的？"

小青的眼神收缩了一下，坦然答道："不错。"

鬼面人出现在她们房间，被杨瀚撞个正着，这件事已经无法辩解。

杨瀚目光闪动，道："这人，为何要针对两位姑娘？"

小青解释道："那鬼面人与我家有大仇。这许多年来，她为了报仇一直在追杀我们。我们姐妹俩南迁北徙，到处躲藏……"

杨瀚突然插口道："看你年纪，如今最多双十年华，令姊也只比大你三四岁的模样，你说这许多年？几年之前，你二人尚未成年，一对稚龄少女，如何四处流浪，躲避仇家。"

小青幽幽地叹了口气，道："当年我姐妹俩虽然年幼，幸亏还有一个忠心耿耿的王妈妈一直照料着我们，她是……我娘当年陪嫁的丫头。可是，就在前两天，那鬼面人找到我姐妹下落，闯进我家，王妈妈为保护我们，被她杀害。"

杨瀚道："那你们为何不报官，而是乘船逃走呢？"

小青叹道："那鬼面人极为贪婪，最喜欢收集奇珍异宝。而她又会妖法，为了夺人宝物，她在建康杀了一位大官，王妈妈的死法若是被官府知道，我们姐妹便要有一身的麻烦了。"

白素接话："是呀，常言道：饿死不做贼，屈死不告状！奴奴与妹妹颇有几分姿色呢，若是进了衙门，那班官差对我们起了歹意，诬告我们是歹人同党，到时候岂不任人摆布？"

杨瀚道："仅仅是怕见官？"

小青幽幽道："你对我姐妹二人有救命之恩，我不瞒你。你道我姊妹二人不事生产，为何却能生活优渥？你以为，我们姐妹俩的钱财是从哪里来的？"

杨瀚的眉尖儿微微一挑，等着她解释。

小青有些难于启齿的样子，最终还是低声说道："当年，江湖上有西北三大寇，叱咤一时，作案无数，因此聚敛了许多财富。我爹娘和那鬼面人，就是当年的西北三大寇。我们姐妹俩所用的银钱，都是我爹娘留下的赃款，我们……见不得光的，如何敢经官报案？"

这番话很完美地解释了她们的苦衷，一切的疑点一下子都有了答案。杨瀚似乎没想到事情的真相竟然是这样的，他呆了片刻才问道："你们姊妹俩，也跟那鬼面人一样有奇异的能力吗？"

他对小青说着话，目光却已望向白素。这位白家小姐姐性情天真，心里藏不住事，看她反应，应该能判断出真假。白素咬着下唇，轻轻摇头，那楚楚可怜的样，真是我见犹怜。

白素道："西北三大寇，只是一个盗伙，可不是一个师父教出来的徒弟，我爹娘自然不会那样阴毒可怕的工夫。"

小青补充道："其实那鬼面人原本也只是武艺高强一些，并不会妖术。有一次她药翻了一个道士，掳了道士的钱财，顺手还抄走了道士身上一本秘法残卷，钻研许久，竟被她学会了这样一门邪异的本事。"

杨瀚的目光在二女身上逡巡了两遭，忽然又道："令尊令堂与那鬼面人，究竟有何仇怨，可否相告？"

小青苦笑一声，道："这事倒没什么必要瞒你，那鬼面人，叫苏窈窈，是个女人。她和我父母之怨，自然是爱而不得，因而生恨。"

白素怯生生道："瀚哥儿是我姐妹二人的救命恩人，对瀚哥儿我们自然是知无不言。如今你已晓得一切，会向官府告发我们吗？"白素说着，眼波盈盈欲流，开始实施美人计加哀兵政策了。

杨瀚脸色一正，道："实不相瞒，杨某有意投到李捕头门下做个帮闲，因此船上出了命案，才热心参与，想向李捕头证明自己的本事罢了。不过两位姑娘的私隐之事，我是不会对任何人讲的……"

杨瀚深深地看了青婷一眼，柔声道："有理没理，莫进衙门。这个道理，我也是明白的，便是失去了李捕头的青睐，我也不会送你去那样的地方。"

这表白，也忒直接、忒大胆了些，白素感动得一双大眼睛水汪汪的，这才是男人哪，如果是对我表白的，我一定要感动得一塌糊涂了。哎，那位许宣郎中，若有瀚哥儿这样的勇气就好了。

小青凝视着杨瀚，却突然问道："为什么那人的驭水之术对你毫无影响？"

杨瀚摇了摇头，一脸困惑："我也搞不清楚。"他拍拍腰间葫芦，"或许是我携的这一葫芦狗血能克制她的妖法吧。"

杨瀚站起身，道："那苏窈窈已被我惊走，今晚应该不会再来了，两位姑娘且安歇吧，我告辞了。"

杨瀚向两位姑娘拱了拱手，转身走到门边，拿下门闩，拉开门探头向外看看，见外边没什么人走动，马上闪身出去，回首向二女示意了一下，又体贴地把门拉紧。

舱门一关，白素呼地一下就坐了起来，满脸欣赏："这人平时虽然口花花的，一副油嘴滑舌的泼皮相，其实骨子里倒真是一个方正不阿的君子。"

小青也一挺腰杆坐了起来，动作极是利落，听了她的话，不由得冷哼一声，道："他说过问船上之事，是为了赢得李捕头青睐，那他在建康时夜入仵作房，又作何解释？这小贼一个屁俩谎，所言不尽不实之处甚多，你别被他骗了。"

白素道："哎呀，就不兴人家也有难言之隐吗？难道你刚刚对人家说的就是实话？我看你说起来眼都不眨，就连我都差点儿信了。"

小青气恼道："我说你究竟是哪边的？"

白素道："咱们两个千娇百媚的大美人躺在这里动弹不得，他又知道了咱们不敢见官的短处，但凡起了一点儿歪脑筋，什么暗室亏心之事干不出来？可他居然毫不留恋，避嫌离开，这还不叫君子？"

小青冷笑："你想防他见色起意，怎样防备不好？非得摆出一个'老树盘根'的姿势，他又不瞎，还看不出你药性已过，已经对他有了戒备？"

白素不服气道："你又怪我！明明是你躺在那儿，却摆出一招'兔子蹬鹰'，叫他发现了破绽。"

小青气道："他把我放在榻上时，我就是这个姿势，怎么可能被他起了疑心？"

白素突然笑靥如花，凑近了去，挤眉弄眼道："哎，被他抱着时，是什么感觉呀？有没有心慌意乱心猿意马心惊肉跳哇？"

小青没好气地喝道："滚！"

十二　黄雀在后

陶景然逃了。

本来杨瀚是不知道这件事的，不过早餐的时候，李公甫脸色很不好，徐晨、方平和楚渊的脸色也不好，四个人脸色都是臭臭的，就跟那碗粥上边剥好的臭鸭蛋似的。

四个人都埋头呼噜呼噜地喝粥，没有一个人说话。杨瀚忍不住拐了拐徐震的胳膊，悄声地问了一句，徐震便没精打采地说了一句："昨夜，陶景然逃掉了。"

楚渊就蹲在徐震旁边，他打了一个大大的哈欠，然后用力一筷子把臭鸭蛋夹开了，虽然闻着臭，里边却有浓浓的蛋黄油流了出来，楚渊精神一振，便与那碗热粥较量起来。

留着陶景然，放长线钓大鱼，这是他的主意，结果反被陶景然逃掉了。显然，是这几个捕快手尾不干净，被陶景然发现有人监视了，这才果断逃走，不过说到底，还是因为自己的原因，才把人家四名公人到手的功劳给弄丢了。

所以，杨瀚很有些尴尬，想说几句什么，却发现楚渊正咬牙切齿地跟那个臭鸭蛋较劲，徐震抿一口粥停一下，跟个笑不露齿的大姑娘似的，而方平则拿筷子搅着粥，粥都快搅成米糊糊了，恐怕对他都是有些不满的，便有些讪然。

李公甫见此情形，便打个哈哈，强行振作道："逃了便逃了，不然真被我们抓住，把他那会驭水奇功的同伴引到临安境界，闹出什么大阵仗来，你我兄弟逃得过大老爷隔三岔五的板子？塞翁失马，焉知非福，想开些吧。"

杨瀚干笑道："还是李捕头豁达。"

李公甫挤出一丝笑容，道："我只是想得开罢了。"

今儿船就到杭州府了，整只船一下子恢复了生机。大家都知道，那个鬼面人不会再跑到船上闹事了，光天化日的，沿运河下来，来往的船只也稠密起来，大家觉得安全了，兴致便高了许多。

这几天因为畏惧那来无影、去无踪的鬼面人，船上旅客不要说大声谈笑，没事时就连到甲板上远眺观风的人都少了，而这时却纷纷拖家带口走了出来，情绪也好转许多。

许宣也在甲板上，旁边一对璧人，衣袂飘飘，容颜俏美，仿佛画中人，连交错而过的邻船上旅客，都不免痴痴回望她们许久，这二人自然就是白素和小青了。

船，缓缓驶进了临安城中的北关水门（今武林广场），货船至此就泊于码头了，而渡船却要继续向前，驶进西湖另择码头下客。客货分离，也是为了方便管理和收税。

许宣眼见一汪碧水，仿佛一块碧玉镜子呈现在面前，湖水、浅堤、绿树、白云，相映如画，不禁一拍栏杆，兴奋道："啊哈，我想起一副对联，乃东坡学士所留，堪称千古绝对，迄今无一对恰到好处。"

旁边马上就有乘客道："什么样的绝对，许郎中且说来听听。"

这时，杨瀚也走到了上层甲板，挤到栏杆旁来，小青淡淡地瞟了他一眼，杨瀚站在一丈开外，正笑吟吟地看着她。小青姑娘俏脸一板，就把蠓首扭了过去，这个家伙，可不能给他半分好脸色，他会顺杆爬的。

可青婷刚把脸扭向别处，突生怪异之感，下意识地扭回头，不禁吓了一跳。那家伙跟个鬼似的，也没听到点儿动静，居然已经到了自己身边，衣角也轻轻地挨着。

"他若敢效那登徒子'挤神仙'，我就把他丢进西湖。"小青姑娘暗暗发狠地想着，这时许宣大声地吟起了那副千古绝对："提锡壶，游西湖，锡壶掉西湖，惜乎锡壶！"

众旅客听了，纷纷蹙眉沉思起来，这副对子太过巧妙，仔细想想，还真的想不到有什么对子能够对得上。众人正冥思苦想之际，杨瀚举手叫道："我想到了！"

许宣对子一出，就连白素和青婷二女都不禁仔细沉吟起来，她们俩原是钱塘名伎苏窈窈的贴身丫鬟，而苏窈窈能成为钱塘第一名伎，可不是光靠美色就行的，如此人文鼎盛之地，不是满腹经纶的才女，那是断断得不到如此名望的。

白素和青婷久受她熏陶，那也是琴棋书画无所不精，较之世间许多才女都要强上三分。可是就连她们两个，仔细思量苏东坡这副绝对，都不禁得出了结论：

便是出了上联的这位东坡学士，他自己也是断断想不出合适的下联的。

却不想，心中刚刚忖度出这样一个结果，杨瀚竟然越众而出，说他有了答案，连青婷也不禁向他望去，目中异彩闪现：这个怠懒的家伙，居然如此深藏不露，有这般大才学吗？

杨瀚目光傲然一扫，但见众人纷纷露出敬畏神色，这才志得意满地朗声吟道："携姐夫，戏节妇。节妇踢姐夫，嗟夫姐夫！"

"噗！"小青真不想给他一点儿好脸色的，可她实在没忍住，好在旁边众人一呆之后，全都捧腹大笑，倒也不显得她笑声突兀了。

"不学无术！"小青撇了撇嘴，趁机打击。旁边白素姑娘却是一脸的沾沾自喜，娇滴滴道："虽说有些粗俗，可是仔细一品，还真是迄今为止，对得最恰当的句子。瀚哥儿当真好文采！"

"白娘子过奖了，文章本天成，妙手偶得之。在下也只是一时福至心灵罢了。"杨瀚毫不羞惭，对人家的夸奖照单全收。

小青心道："这个臭不要脸的，脸皮果然比城墙还厚。"

这厢众人笑闹着，船悠然驶过一座石桥，前方不远便是客运码头了。偏在这时，一阵风来，绵绵细雨便突然下了起来。杭州六月天气，正是梅雨季节，这恼人的雨说来就来，根本没个规律可循。

船上客人眼见码头到了，纷纷跑回去取了行囊准备登岸。雨虽不大，淋得久了也要湿了衣裳，但行远路的人，大多都备了雨具，此时，就见黄的紫的花的白的伞就像一朵朵花瓣，从那船上一朵朵地飘向岸上去。

与几个捕快押了那一直囚在舱中，始终不见天日的囚犯，到了踏板旁时，李公甫一手撑着伞，对杨瀚道："瀚哥儿，你且去寻个住处歇下，最好离我临安府衙门近些，方便听用。两日后，再来衙门寻我。"

杨瀚可没有雨具，便站在那如丝细雨中，向李公甫叉手施礼："小的明白了，两日之后，小的再去衙门拜见，李捕头辛苦。"

如今，他算是正式答应拜入李公甫门下做他的跟班帮闲了，以后就是端人家饭碗，态度自然极是恭谨，他退后两步，站在踏板边，欠身送李公甫一行人先行上岸。

这时就听二层甲板上，船老大如雷的声音咆哮起来："天杀的！怎么连我的床榻都拆了，难道她重得像头猪吗？"

杨瀚听了不禁吐了吐舌头，亏得小青姑娘已经离开，不曾听见。心里想着，杨瀚便向岸上看去，青婷和白素两位姑娘带着两个豆蔻年华的小丫鬟已经上了岸，正一步步登上那如虹的断桥。

　　看她轻盈的身姿，可不像是一头猪，细雨飘摇，柳丝如烟，她的倩影，就似姑射仙人，风姿绰约，不可方物。

　　"舅父，稍等一下！"许宣撑着伞，一扬眉，便看到了白素。白素已经登上断桥，正伫立远望，细雨缠绵，将她笼罩其内，仿佛自亘古时便是那桥的一部分，无比和谐，无比优美。

　　许宣唤住了正要押着人犯离开的李公甫，快步登上断桥："白姑娘！"

　　小青霍地扭过头来，有些凶巴巴地看着他。许宣讪然一笑，将伞收起，递了过去："小青姑娘。"

　　小青的目光闪烁了一下，没有接伞。白素回眸一看，欣然上前，道："许郎中。"

　　许宣道："下着雨呢，这把伞就送给姑娘你吧。"

　　白素又是意外又是欢喜，却迟疑道："你也正要用伞，这……"

　　许宣一笑，道："我是男人，淋了雨也没什么。"

　　许宣说着，把伞放进了白素手里。手指一碰她柔软的掌心，头一抬，便看到那柔情似水的一双眼睛，许宣不由怦然心动，四目对视，一时间竟有些痴了。

　　小青不着痕迹地插了进来，浅浅笑道："那就多谢许郎中了，姐姐，我们走吧。"

　　小青挽起白素手臂，转身就要离开。白素不舍道："许郎中住哪里，改日奴去还伞。"

　　许宣作揖道："此来临安，我住舅父家中。到荷花坊巷口问问邻居，大家都知道的，临安府步快捕头李公甫的家便是。"

　　"哦！好的，我记住了。"

　　白素眉开眼笑，忙不迭应着，身子却被拉着她的小青扯着，越走越远。许宣痴痴怅立桥头，目光追着那道倩影走了好远好远。白素和青婷共持一伞，缓缓远去，迷离雨幕中，只留给许宣两道靓丽的身影。

　　"闪开了闪开了，黄老爷上岸了！"四个鲜衣恶奴推搡着码头上的行人，轰出一条道路来。一个穿着铜钱员外袍、肚腩突出的中年男子施施然地走上岸来，在他身旁落后半步，还有一个给他打伞的小胖子，相貌与他有六七分相似，看年纪应该是他的儿子。

"怎么这么多人，挤什么挤？下雨也不知道避避。他娘的，雨天路滑，把你跌进了湖去喂王八。"

那员外看着一张弥勒脸，慈眉善目的，说出话来却有些损。随着他这一句话，"哎哟""哎哟"两声，当真有两个已经被恶奴挤到了边沿的客人站立不稳，扑通两声跌进河去。

"快救人哪！"马上有人叫了起来，几个好心的水手急忙跳下船，向那两个客人游来，码头上也有人拿了竹篙、绳索，急急抛下水去，想要救那两个落水者上来。

小胖子脸皮子一紧，急忙上前一步，小声道："爹，莫乱说话。你的'乌鸦嘴'又应验了。"

黄员外也是神色一紧，他戒备地四下看看，掩口咳嗽一声，小声道："放心，不会有人疑心了为父有这奇异的本事。"

四个恶奴开着道，护着黄氏父子挤出码头，那两个落水者狼狈地被人救了上来，一个脱了靴子倒水，另一个拧着袍子，咒骂道："偌大一个码头，不够他走的吗，真他娘的属螃蟹的。"

人群中马上有人好心劝道："莫乱说话，那是四海船行的黄掌柜，杭州码头七成的货运、渡船都是黄家的产业，势力大得很。"

人群乱乱纷纷当中，杨瀚跟属黄花鱼似的，溜着边挤了出去。

白沙堤上，烟雨之中，柳枝飘飘荡荡地垂进湖面。青白二女共撑一伞，肩并着肩，在一片烟雨朦胧的湖畔站住，眺望着远处如水墨画般的风景，痴痴凝视，宛如画中人。

"人人尽说江南好，游人只合江南老。春水碧于天，画船听雨眠。垆边人似月，皓腕凝霜雪。未老莫还乡，还乡须断肠……"白素轻轻地吟着诗，珠泪盈睫。

小青没有白素那般情感外放，但一双明眸业已湿润了，她看着这梦中已见过无数次的优美景致，轻轻地说："临安，我们回来了……"

雨中行人，踟蹰如断魂。一个手扶竹杖、头戴竹笠、身披蓑衣的老翁佝偻着背，缓缓地走在长堤上，他扶着竹笠，微微抬头，瞟了一眼烟波浩渺的湖面，湖畔，正有一双美人。

老翁的白眉微微一展，那眉宇，依稀露出几分陶景然的模样。

白素和小青沿着白堤一路下去，步履轻盈，丝毫不觉疲乏。可伶、可俐已经租了一辆车子，载着她们的东西，亦步亦趋地跟在后边，两个小姑娘都坐在车辕上，手里各自打着一把轻盈的小伞。

前方一双玉人，身后一辆轻车，车上一紫一白，一带梅花、一带荷叶的花伞在风中轻轻地摇曳着，摇出了一路的诗意。

"可伶！"小青忽然回头唤了一声，可伶便一挺纤腰，从车辕上跳下来，一手打着小伞，一手提着裙裾，向她跑过来。

小青对可伶附耳说了一句话，道："去吧，你们到了地方，先卸了东西安顿下来。"

"是，二小姐。"可伶又跑回车旁，坐在最前边的车夫伸手拉了她一把，小姑娘上了车子，低声对车夫说出一个地址，车夫把鞭一扬，拉车的两头健骡便加快了速度，载着她们飞快地去了。

白素和小青肩并着肩，手挽着手，漫步在堤岸烟柳之下，许久，小青才感慨道："四十年不曾回来了，这杨柳岸，倒是一点儿变化都没有。姐姐你看，那块石头，当初你还坐在上边钓过鱼的，我看旁边那朵荷叶，都似与当初一模一样。"

烟雨中，行人渐渐少了，迷离的山水画卷中，前方只有一个挟着包裹匆匆走去的一个路人，后边则只有一个拄着拐杖踽踽独行的衰衣老人，小青心情放松下来，便也恢复了几分少女的娇憨。

白素忍不住笑道："那石头固然没有变化，可那荷叶如何辨别与当年是否不同。"她停住脚步，转身看向小青，袅袅摆动的柳枝下，一双玉人凝睇对立，许久，白素才悠悠一叹道："不变的，该是你我的容颜才对。"

小青嫣然一笑，柔声道："还有你我的姊妹之情。五百年长相厮守，始终不渝。"

两个人靠得更近了，肩头挨着，一起转向烟波浩渺的湖面。那一片迷离，在她们眼中，渐渐幻现成永远难忘的那一幕画面。

西泠桥畔，月挂中天。一辆油壁车由远而近，车前一对写着娟秀的"苏"字的灯笼摇曳不定。帷幔被晚风吹着，车中三个少女，云鬟雾鬓，步摇轻颤，笑声撒了一路。

突然之间，那清冷的浅白色月光变成了金光万道的太阳，就只是一刹那，然后金光就不见了，清冷如水的月光复又流泻下来，静静地照在三个昏迷在草丛中的窈窕美人身上。

草如茵，松如盖，小径寂寂，仿佛什么都不曾发生过。

一滴晶莹的夜露，如少女含泪的美眸，盈盈地流转在一片翠叶上。晚风轻轻一拂，将那绿叶吹得微微一倾，那滴露水便滑下来，打在了青裳少女的额头，她那双细细蛾眉微微一蹙，便缓缓地睁开了眼睛……

两位姑娘似乎并不急着去寻住处，她们这里游一游，那里逛一逛，记忆里哪儿依然如故，哪儿有了变化，她们都能停下来看看，长吁短叹一番。

有变化的地方并不多，那时候的生活节奏太慢，五百年前的钱塘，和五百年后并没有太多的不同。这个民族的历史太悠久了，传承也是一直不断的，所以过去未来，在她们的眼中，有时就像是昨天和明天。

陶景然耐心地跟着，一路行来，他的装束已经变了很多。白堤上那个蓑衣老人趁人不备弃了拐杖和蓑衣，就变成了一个仙风道骨的道人，手里居然还有一根拂尘。

再跟一阵，他扯去白胡子白眉毛，脱了那道袍，便又变成了一个穿着短袍、趿着草鞋的普通汉子，走在街上东张西望的，似乎是个打零工的闲汉在找活计。甫回故地的青白二女心情激荡，免不得在曾经走过的地方多流连一番，但因为他十分小心，居然一直没有发现他的存在。

"啊！"小青正仰头看着一棵榆树，想着当初在这株树上撸榆钱儿，回去做饼吃的情境，忽然那树前门扉一闪，一个年近六旬的妇人挎着个筐子走出来，走到门旁清水溪旁蹲下。

那筐子中是一束青菜，此时雨已停了，看来那老妇人是要濯洗青菜，准备午饭了。

小青轻讶一声，一把拉住了白素的手，白素疑惑地向她扭头看来。

这时那门一开，一个穿开裆裤、剃茶壶盖发型的五六岁顽童，拉着一个才两岁左右、梳着一对朝天丫的可爱小丫头从门槛迈过来，奔着那老妇人跑过去，一边跑一边还叫："太婆，太婆，要吃肉肉，是妹妹要吃肉肉，买肉肉吃呗。"

小男孩儿叫着，小女孩儿浑然不觉哥哥在拿她当借口，很配合地点头，奶声奶气地应和："右右，右右。"

"你们哪，馋嘴巴！好，一会儿濯完了菜，太婆就给你们去买肉肉。"两个小娃娃的奶奶眉开眼笑地答应着，本来正想望向白素和青婷的目光早已转向了自己的孙子、孙女。

小青趁此机会，扯着白素一头钻进了路边一条巷子。白素道："什么事，跑这么急做什么？"

小青回头看看，不见有人追来，再往前看，前方也只有一个人正悠悠然地走着，马上就要出了巷子，这才略觉心安，低声道："我刚刚看见了如云。"

白素茫然道："如云是谁？"这句话说出口，才突然反应过来，顿时唬了一跳，"上一次在钱塘住时侍候你的贴身丫头如云？"

这两姐妹就算没有苏窈窈追着，迫于容颜不老，怕给人发现，也得隔上几年便搬一次家。白素是个苦中作乐的性子，每次搬家招了家仆，都会别出心裁地给他们取些名字。

上一次她在杭州住时，给后宅丫鬟们取的名字都来自诗经。琴瑟在御，莫不静好。所以她当时的贴身丫头之一就叫静好，唤她时若咬字不清，便常常被人听成了正好。

出其东门，有女如云。虽则如云，匪我思存。她当时给小青的两个贴身丫鬟取的名字就是如云和思存。一晃儿四十年过去了，她早把这些人的名字忘记了，要不是还记得自己当初为她们取名的原因，这时还想不起来。

"居然是她！"白素努力把刚才所见那个动作迟缓、头发花白的老妇人与当年那个一开心起来，就喜欢捂着嘴巴，咯咯咯地笑得像个小母鸡似的小丫头联系起来，可仔细想了半天，实在联系不起来。

"是她吗？"

"不会错的，我是看到了她唇角的那颗痣，猛然记起了这幢房子，才发现她是如云。她嫁的就是咱们前院的管事，这处宅子还是我帮他们小两口选的呢。"

白素一听，顿时唬了一跳，赶紧加快了离开的脚步，一边走一边埋怨："这才隔了四十年，我们不该回杭州来的，有些认得你我的人，现还健在，你我容颜半点儿变化没有，若被他们看到，再健忘也能记起来了。"

小青也加快了脚步："我不信苏窈窈会就此罢手，来钱塘本就是虚晃一枪，你以为我真会在此长住吗？"

二女走得急了，前边那短袍汉子脚下便也隐隐加快了，短袍汉子就是陶景然，他本来藏在巷中盯着，万没想到白素小青两姐妹居然也向巷中赶来，只好转身装作行人。

他们在船上没找到水火二如意，因此一路紧蹑而来，想找到二人住处。在他们看来，应该是二人先把紧要的东西送到了下一处要住的地方。这时是万万不能被他们发现的。

陶景然紧赶两步，便拐出了巷口。只是刚一拐过巷口，便有一掌削向他的颈子，立时把他削晕了。

陶景然拐过巷口就被人一掌砍晕了，眼神一直，直挺挺地向后栽去，幸亏那出手的人又一把拉住了他，往自己怀里一带，陶景然便软软地靠在了那人身上，那人正是杨瀚。

杨瀚也是盯着白素来的，他和小青在船上真真假假，各自一番话，似乎双方就到此结束了。但杨瀚知道小青所言不尽不实，因此存了放长线钓大鱼的想法，一上岸就跟在了后面。

为防二女发现，杨瀚躲得较远，这一路跟踪下来，便被他发现了陶景然。陶景然盯着白素和青婷，杨瀚盯着陶景然，小青突然拉着白素闪进小巷，迫得陶景然转身，跟在他身后的杨瀚却是更早一步，先行躲开了。

只可惜，这是一条死胡同。

这是一条丁字巷，出了巷口可左可右。向左可以拐进另一条巷子，向右却是一个短短的死胡同，被三面高墙围堵着。墙头甚高，这一侧是死路，没什么好看的，却因与其他人家挨着，一家走水，其他人家易受牵连，所以，这面墙都建得很高，有两丈上下，以起到防火的作用。

杨瀚估量了一下，墙高两丈，无可攀，顶上还植了刺梅，爬不上去。正犹豫间，陶景然就闪过来了，杨瀚只能当机立断，一掌将他砍晕。

白素和青婷的脚步声越来越近了，杨瀚扶着陶景然，汗都要下来了，要糟！

白素和青婷急急走到巷头，左右一看，就见右边死胡同里，刚刚那个男人正袍子敞开，站在那儿，哼哼唧唧地唱着小曲儿。白素和青婷顿时厌弃地脸一皱，急急转向了另一侧。

杨瀚身上套着陶景然的袍子，袍带解开，将一条窄巷遮住了大半。陶景然就直挺挺地躺在他前面的草丛中。杨瀚假装撒着尿，耳听得身后的脚步声渐渐远去，扭头看了一眼，见二女已经快出小巷拐向别处了，这才假装系腰带。

等他磨磨蹭蹭一阵，二女完全消失在视线之内，杨瀚不禁犯起了愁。怎么办？青白二女这一来，倒是被他解了围，这陶景然是没办法盯梢了，可自己也因失去了二女的踪迹，无法靠盯着她们抓到鬼面人苏窈窈。

盘问眼前这个陶景然？

杨瀚的目光落在了陶景然的身上，心头又是一阵挣扎。

他不想把陶景然交给李公甫，他要追问的是与自己有关的事情，一旦盘问，自己的"逃犯"身份也就暴露了，若被押回建康，天知道那些黑了心的差官老爷会不会因为陶景然的落网就把他择出去。

可不把陶景然交给官府，难不成要对他动私刑？

杨瀚叹了口气，把陶景然的外袍脱下，往地上一扔，蹲在了陶景然的身边。

用刑啊……杨瀚还真没这方面的经验，从哪里着手？他还没醒，需要先把他绑起来，再弄醒了，然后动刑吗？在这里用刑，惨叫声会不会惊动街坊啊？对了，手边没有绳子……

杨瀚很纠结地蹲在那儿，胡思乱想许久，突然想到了失去的风如意。对呀，他是鬼面人的同伙，那怪如意会不会在他身上？杨瀚马上在陶景然身上翻找起来，结果一无所获，只搜到了一袋碎银子。

杨瀚拈着这袋碎银子，想着能否把个大活人弄走，出了巷子又不至于被人发现可疑，下巴上突然挨了一记重拳。杨瀚闷哼一声，仰面倒去。

这个从不曾给人用过刑的年轻人耗了许多时间，陶景然已经醒了。陶景然一醒，马上一拳向杨瀚打来，打得他整个身子都倒摔出去。

杨瀚不知该如何用刑，只是因为从不曾经历过这些，他的身手反应却是没话说。杨瀚仰面摔出去的时候，双脚已经本能地蹬了出来。

陶景然没想到他反应这么快，一拳打出，马上双手一撑地，坐了起来，杨瀚蹬出的双脚便结结实实地踹在了他的脸上，陶景然被踹得仰面摔倒，脸上登时两个大泥脚印子。

杨瀚的手在泥地上一撑，一个鲤鱼打挺，倏地又翻了回来，双足轻盈落地。他向前一看，陶景然顶着一张泥脸，正要再度爬起，杨瀚立即纵身一扑，向他压了上去。

在这狭窄的巷弄内一通厮打，杨瀚占了上风。他的武功本就比陶景然高明些，再加上年轻力壮。常言道，拳怕少壮，老不以筋骨为能，纵然搏击经验丰富，可力气与反应速度比不了。

再加上杨瀚从小打烂仗起来的，他苦练父亲传下的技击之术，成年后才略有所成，少年时主要是靠着练武造就的速度、反应和力气，用的却是泼皮打架的招式，两人在巷弄内打架，恰如他当年被小泼皮堵在巷弄内欺负，当真得心应手得很。

二人厮打不过一刻钟的时间，陶景然就瘫在那里动弹不得了。这时的陶景然好不凄惨——他右眼乌青，鼻血发紫，嘴巴里被塞了一把青草，左颊上一摊泥巴，脑袋上被半块砖头拍开的伤口处还有鲜血流淌下来。

传说武林高手的至高境界就是无招胜有招，一草一木皆可为兵，想来瀚哥儿就是已经练到了这种境界的大高手，陶景然躺在那儿，喘息半晌，突然嘶哑地笑起来。

"哈！哈哈哈……"

杨瀚单膝跪在陶景然的身上，只要一发力，膝盖就能顶断陶景然三根肋骨。他看着疯狂大笑的陶景然，冷冷问道："你笑什么？"

陶景然笑得眼泪都下来了："我……我自忖技击之术，也算……算得上江湖上一等一的高手了，可我居然……居然被你这泼皮无赖打烂仗的手段折腾得如此之惨，可笑，实在可笑……"

"扯淡！什么技击之术！能赢的，就是好功夫！"

杨瀚不以为然地压了压膝头，沉声喝道："我的如意呢？"

陶景然喘息着，笑声渐歇："你说风如意？风如意，风无形，就算摆在你面前，你又怎么看得见呢？"

"风如意？原来我祖传的宝物叫风如意？为什么叫风如意，难不成这世上还有金如意、木如意……金木水火土，五行如意？"杨瀚心思急转，却不想让陶景然知道他对自己的祖传之物一无所知。

杨瀚寒声道："不错！我的风如意，交出来，饶你不死，不然，我把你绑了石头，沉西湖！"

陶景然仰着头，看着两丈高处的刺梅花微风中摇曳，微微地眯起了眼睛："我幼年时，本是一个孤儿，每天都在饿肚子，每天爬起来，都只有感恩，庆幸自己没有在头一天的睡梦中饿死。那时候，我也常宿在这样的小巷子里……"

杨瀚皱眉道："我问你，风如意在哪儿！你的同伙苏窈窈在哪儿？"

杨瀚本以为自己一下子点出苏窈窈这个名字，会显出自己已经知道甚多，足以令陶景然为之一惊，说不定便可诈出他的话，可陶景然自顾自说着，好像根本没有听见他的话。

陶景然悠悠道："我之所以喜欢美食，每天都喜欢研究如何能把食物烹调得更美味，就是因为小时候穷怕了。如今，世间美味我都享用过了，死……又何妨？"

他把那肿胀得只露一条缝的眼睛看向杨瀚，淡淡道："若不是碰到了恩主，是她收养了我，我早在很多年前就死掉了，你说，我会不会做出任何有害于她的事来？"

"恩主？是苏窈窈吗？"杨瀚看看足有四十六七的陶景然，蹙眉道："苏窈窈……是个老婆子？她多大年纪了？"

"我不会……做对不起恩主的事。如果我受不了痛苦，被迫招出恩主的事来，我死都不会原谅我自己！"陶景然微笑地对杨瀚说着，一缕黑色的血从他的嘴角缓缓流了出来。

杨瀚悚然一惊，失声叫道："你吃了什么？"

陶景然睁着只有一条缝的眼睛看着杨瀚，呵呵地笑着，笑声中突然传出"咯"的一个杂音，然后身子猛地抖了两下，便寂然不动了。

"快来，到那边玩去！"嬉笑的声音从远处传来，有几个顽童进了巷子。

杨瀚默默地站起来，最后看了陶景然一眼，便掩面反身奔去，现在，他得提防自己被人看见了。

一个很空旷的空间，里边很昏暗，没有点灯，只有一缕光不知从哪里直射进来，正照在空间的正中间，这束光外，站着三个人，只能隐约看清他们的身影。

"饕餮，死掉了！"其中一道人影幽幽地说了一句，声音不大，在这空旷的空间里却有些回音。听她有些中性的苍老嗓音，显然就是苏窈窈。

"什么？景然老弟他……"一个中气十足的粗犷声音骤然说了一句，却被苏窈窈的一声冷哼打断了。

"这几年，他在建康逍遥自在，都快把我的教诲忘到脑后去了！"

苏窈窈说着，慢慢走到那束光影下，诡异的惨白的微笑少女模样呈现出来，因为她穿着一身黑，在那束光里，就仿佛只有那张惨白的脸飘浮在空中。

"我的意思是，在船上已经惊动她们了。她们上了岸必然小心，其实大可不必马上追踪的。梼杌，这也是我没有动用你的人手的原因。"苏窈窈慢慢仰起了头，"微笑"地看着头顶那束光。

"你在临安经营多年了，且让她们安顿下来，只要她们在临安住下，咱们就不怕找不到她们。饕餮却不死心，结果落得这般下场，愚蠢之至。"

从对话来看，那说话中气十足的人显然就是梼杌了，梼杌微微躬身道："主上息怒，陶景然只是立功心切罢了。"

一直不说话的第三人轻轻叹了口气，用一副老迈的声音道："哎！混沌十多年前就病故了，现在饕餮也去了，主上身边，如今就只剩下你我二人……"

苏窈窈的白色面具霍地转向了他，打断了他的话："不！这些年我一直在物色新的人手，混沌的位置，已经有人顶上去了。"

梼杌讶然道："已经有人顶上去了？是谁？"

苏窈窈淡淡道："你不必知道。混沌无面，本就该是最神秘的人物。哎，只是，我本以为麾下四凶如今已经齐全，却未想到，饕餮居然这般容易被人干掉，阴沟里翻船，死得不明不白。"

苏窈窈既然以上古四凶兽为四个心腹命名，那个声音粗犷中气十足的人是梼杌，已经死掉的陶景然是饕餮，还有一个被她收用此时却并不在这里的人是混沌，那么旁边那个声音老迈的人显然就是穷奇了。

穷奇苦笑道："纵然混沌的位置有人顶上去了，恐怕用不了多久，能听从主上驱策的人，依旧会只剩下两人。主上啊，我……只怕是来日无多了。"

苏窈窈安慰道："你不用太过担心。我在建康故意打草惊蛇，就是为了把小白和小青赶回临安。她们既然来了，便是钻进了我的天罗地网。只要让我拿到水如意……"

苏窈窈那张惨白的微笑的少女面孔微微地点了点："以水如意温养，虽不能令你长生不老，再延寿三五十年，却是易如反掌。有这三五十年，我就能悟出长生之法，保你寿与天齐。"

那老迈的声音有些激动起来，向苏窈窈深深地鞠了一躬，道："属下甘为主上犬马，至死不渝。"

百井坊，因五代十国时此处有寺庙一座，僧侣上百，居民数万，居民饮水很是麻烦，吴越国王钱镠就命人在此处挖了九十九口井，由此得名。杨瀚此时就出现在这里，打算在这租间房子。

百井巷流水绕古街，小桥连老铺，清池围旧宅，环境极是幽雅。此处距县衙也不远，步行两刻钟就到，对门是一间当铺，人不多，很清静。杨瀚很是中意。他在巷子里打听着，最终商定了这处宅子。

这是一进三间的一处宅院，住着兄妹二人，他们住了中庭和东厢，西厢的房子空着，本就一直出租的，原住着一个商贾，那商贾在这儿住了三年，前些日子刚刚回江西老家去了，这房子便空下来。

杨瀚能说会道的，哄得房东李老实对他也甚是满意，不过真正做主的是房东的妹子李小兮姑娘，小兮姑娘显然对他也很满意，笑眼弯弯地就给了他一个蛮公道的价格。

小院里有一口井，两棵树，一棵桂花树，一棵石榴树，收拾得很是利落。西厢房子虽然不大，却也整洁，推开后窗，还有修竹数竿，雅致的意境甚可人意。杨瀚前后看了一遍，丢下包袱，先在榻上躺了下来。

光棍汉一人吃饱，全家不饿，他也不急着收拾东西。头一回一个大活人因为受了他的逼迫，在他面前自尽而死，这事对他冲击不小，他得先歇一歇，压压惊。

十三　故人情深

　　静静地躺在榻上，胡思乱想许久，杨瀚的心渐渐安定下来。

　　杨瀚心态平息的时候，有种脱胎换骨的感觉。原本，他只是街道司的一个小人物，所经历过的最大风浪，也就只是那么大一条小河沟，能掀起多大的浪头？

　　现在，他摇头摆尾地，一头闯进了一条完全陌生的大河，头一次知道，世上原来还有如此浩荡的河流，经过初时的紧张，这时已完全融入其中了。这时候，李老实敲了敲本就没关紧的门扉，热情洋溢地走进来。

　　"瀚哥儿，你初来乍到，周围还不熟悉。一日三餐，就先跟我们兄妹一块儿吃吧。"李老实人如其名，显得很老实，他邀请杨瀚跟他们一块儿用餐，笑得却很腼腆，有些羞涩的感觉。

　　"哎呀，那太不好意思了。这样的话，回头房租我会多交些，把饭钱带出来。"杨瀚一骨碌爬起来，连忙道谢。

　　"哎，不用，不用，哪用得着这么客气。一起吃，热闹。要不然，就我兄妹俩，菜都不好做，做少了花样少，做多了就要剩，剩了就要喂大黄，大黄现在肥得像头猪。现在有了你，正好。"

　　人家是老实人，不会说话，没关系的。杨瀚如此给自己做着心理建设，挤出一个笑脸道："这样的话，真的是叨扰了。"

　　"没事，没事，我妹做得多，你要不吃，就得喂大黄了。"李老实说着。

　　饭桌摆在正屋里，这是李老实的居处。李老实的妹妹李小兮系着碎花小围裙，正在摆桌。小兮姑娘今年十七了，挺俏丽的江南水乡女子，鼻子小小的，嘴巴小小的，腰肢细细的，五官眉眼如同江南园林一般精致雅丽，声音更是糯糯的，叫人一听就甜到心里去。

"瀚哥哥来了,快请坐。"小分姑娘甜甜地笑,殷勤地递过一双筷子,然后迅速抽出另一双,准确地抽在她大哥伸向大饼的手上:"洗手去!"

杨瀚赶紧也站起来:"我……我也去洗洗。"

彩霞满天时分,白素和青婷也到了砖街巷。

她们游了昔日时常去的地方,一抒缅怀之情,然后便在临安城中周旋起来。

苏窈窈一路追了下来,她们当然不会天真地认为到了临安,苏窈窈就会放弃。不过临安百万人口,只要摆脱了她,她再要找,便如大海捞针了。所以二女用来故布疑阵摆脱追兵的过程足足耗了一个半时辰。

苏窈窈其实也早知道她们到了临安,绝不会轻易便去安顿之处。所以才没有安排人在她们一到临安的时候就盯她们的梢。饕餮是立功心切,自作主张,果然被她们干掉了。

可伶、可俐此时已经赶到砖街巷的居处,不过她们二人也不是直接来的此处,而是按照小青的吩咐,在几度故布疑阵后,先去找了联系人,经由联系人的安排后,她们出现在砖街巷 随园时,服装和形象早就全变了,她们的车子也早被换掉。

白素和青婷确信没有人追踪后,绕到了砖街巷,到了随园门口,可伶早就守在那里,一见她们到了,马上开了门,二人一步不停,进了园子,高大的朱门便砰然关闭了。

"见过大小姐、二小姐。"园中侍婢下人齐刷刷地站在园中,一见从未见过的主人到了,纷纷见礼。

四十年前,二女便在此居住过。她们离开后,依然有人在打理这里,而且隔几年便对这幢房子做一次"买卖",到如今也不知转了几手,可它实际上的拥有人,依然是白素和青婷。

随着每一次买卖,这园中的佣仆也会全部换掉,新招来的佣仆们得到的消息就是:此家主人是朝廷的封疆大吏,所以一直镇守地方。砖街巷的这幢宅子,只是这位大老爷的别业。

院中这些丫鬟佣仆是三年前招来的,他们还从未见过自家任何一个主人,不过府中自有主人派来的管事主持一切,按月发放薪水,大家各操其职,倒也悠闲自在。

直到今天,他们才听说自家主人的两个女儿要来临安居住了,心中不无好奇。

"都起来吧。"

小青抬了抬手，候众人直起身子，介绍道："这是大小姐，我和姐姐要在临安住一段日子，你们各尽其职，认真做事就好。我家规矩严，大家各守本分，别做错了事，别乱嚼舌根，我便也不会亏待了你们。"

小青说完，便与白素在可伶的引领下向后宅走去。待她二人走开，众佣仆对自家两位小主人免不了便要品评一番。

"两位小姐好美呀！"

"那是，听说人家是官宦世家，哪一代娶的不是美人，生下来的后代自然越来越俊俏。"

"我看大小姐是个温柔和气好说话的，二小姐就厉害些。"

"只有两位小姐来住，平素一定没有多少宾客往来，我们依旧轻闲自在，安心做好自己的事就好了。"

"好了！"

一个脸庞瘦削的三旬男子突然出现，拍了拍手，板着脸道："散了散了，都去做事。"这人就是一直在园中做管事的，佣仆们对新来的主人好奇居多，真正怕的反而是他。他这句话一出口，众佣仆忙一哄而散。

后宅小厅里，可俐正陪着一位老人。可俐对这老人很好奇，他看起来似乎年纪很大了，脸上已经有了老年斑，这年岁做小姐的太祖父应该都可以了吧？

可是，可俐又觉得他很年轻，他这么大年纪了，走路居然不用人扶，也不用拄着拐杖，步履轻盈，他坐在那儿，就像一个三十而立的中年人一样，依旧有充沛的精神与活力。

他穿着很素雅，身上没有任何值钱的物件，腰间连一块美玉都没缀着，举手投足却有一种说不出的贵气，那是学不出来的，一定是养尊处优，一直高高在上的人才有的气派。

他正在喝茶，那是贡茶，但不是极品贡茶，它没有品。

给皇帝喝的，也只是极品贡茶，不是最好的茶，最好的茶太过稀少，还要受到天气等诸多因素影响，产量和质量完全没有保障，所以做贡茶的皇商也不敢把这极品之上的好茶献进宫去，一旦皇帝喜欢了这茶，而来年无法供应，无人吃罪得起。

这是朝廷上下心照不宣的一个潜规则。但自家小姐就能喝得到这种连皇帝都喝不到的贡茶。这还是大小姐有一次开心了，得意扬扬说给她听的。

但这老人端起茶时，神态自若，仿佛家常便饭，根本没有惊讶的表情。可俐本还以为他品不出这茶的珍贵，但老人品了一口，便告诉她火候老了，这样的嫩芽新茶，尤其是这个品种，该如何如何烹煮。

从那时起可俐便暗暗吃惊了，因为这正是大小姐告诉过她的话，只因这客人是外人，欺他不懂，嫌麻烦的可俐才省了道程序。

"这老人，一定不简单，说不定是一位致仕赋闲的相爷呢……"可俐想着，便恭敬了起来。这时候，白素和青婷走了进来。

"大小姐，二小姐！"可俐欢喜地迎上去，没注意身后的老人也是霍地站了起来，神情激动。

"你先出去吧。"小青点点头，示意可俐出去。可俐走到外边，就见可伶正站在门廊下。身后的门，关了……

小厅的门一关，那个老人立即向前几步，激动地跪倒在小青和小白面前，又膝行上前两步，一把抱住了小青的腿，额头吻在了她的靴面上，老泪纵横、声音哽咽道："小白姐姐，小青姐姐，小钱……终于在有生之年，又见到你们了。小钱，好想你们！"

若叫临安城的达官贵人见到这个老人，此时竟跪在一对貌美如花的少女面前，涕泗横流，仿佛一个孺慕的童子般真情流露，只怕一个个都要活活吓死。

这可是杭州首富，号称"天下第一眼"，曾经进宫帮皇帝鉴过宝，教过皇帝养生之术，连皇帝都尊称他一声"钱翁"的钱多多钱员外呀！

小青抚着老人白发苍苍的头，就像抚摸着一个三岁的乳口小儿："多多，多年未见，你也老啦。"

钱多多老泪纵横："四十年，四十年了呀！小钱还以为有生之年再也见不到两位姐姐了。小钱一直认真地打理着随园，总盼着两位姐姐能够回来，一年又一年，每换一拨人进来侍候，小钱都满怀欢喜地期待着，直到越来越老，我好怕再也不能见两位姐姐一面……"

"哎，你如今也是儿孙满堂的年纪了，怎么还像个孩子似的。"白素看不过，上前搀起了钱多多，"多多呀，这里叫'随园'，本就是'随缘'之意，你早该明白其中的道理才对。"

钱老员外拾起袖子擦了擦泪，哽咽道："是，两位姐姐如逸鹤闲云，旁人是游历四海，两位姐姐才是真正的游历人间，万事无挂碍，是真正的仙人。小钱凡体俗胎，终究脱不了这一身俗气。"

"拉倒吧，小白比你还俗气呢，七情六欲，五感四大，一样都不曾落下，什么仙，你甭把她当回事。"小青毫不客气地拆起了姐姐的底。白素瞪起了一双俏眼："你个小蹄子，又欠揍了是不是，跟姐姐这般无礼。"

钱老员外笑望着两个姐姐拌嘴，那感觉就像当年刚认识她们时一样，顿时便觉云卷云舒，岁月静好，有生之年，还能再见到她们，这便再无遗憾了。

钱老员外，是这世上除了苏窈窈，唯一知道她们可以长生不老的人。

钱老员外叫钱多多，他爹娘给他取了这个名字，但小时候的他不但没有钱多多，而且家徒四壁，穷得有上顿没下顿的。如此的家境，遇到大灾荒大战乱的时节，自然连活都活不下去了。

十岁那年，瘦得脑袋大、身子小，简直如同一个活体骷髅似的钱多多葬了病饿而死的母亲，流着泪来到西湖边。他都已经闭上眼投进湖水了，却被一个大浪卷了回来，稳稳地落在岸上。

然后，他就看到了两位美丽的仙子——白素和青婷。

那时白素和青婷经过一番游历后，从天方国回来，刚回到杭州。她们听了钱多多的悲惨遭遇，便收留了钱多多。小青教他识字读书，对他如同严父，而白素整日里烹茶弄曲儿。女红烹饪的，当然，少不了同各色俊彦、杰出的男子"暗香流动"，玩些令人心跳的情感暧昧，活得香滋辣味的，倒也因此在起食饮居上，对他照顾得无微不至，如同一位慈母。

幼年失去双亲的小钱把白素和青婷视为恩人，更视为亲人，在他心中，两位仙子姐姐就是他的亲姐姐，也是他的父母双亲。他是见过小青姐姐施展驭水手段，把他从湖中救起的，小童心中，一直认定了两位姐姐就是仙人。

及至后来，二女打算离开当地，他那时已经成了一个十七岁的大小伙子，是某当铺的一个伙计，他在白素和小青的指点下，掌握了一手高明的鉴宝本领，只候时机施展，便能脱颖而出，一鸣惊人。

听说两位姐姐要走，钱多多哭得肝肠寸断。白素一时不忍，还是把二人离开的苦衷告诉了他。早在心中把两位姐姐当成神仙的钱多多一点儿意外、惊讶的反应都没有。

在他的理解中，就是有神仙遇到两位姐姐，认为她们有仙缘，所以点化她们成了仙。两位神仙姐姐在仙宫里没有名分，所以游历人间，是一对散仙、地仙。

过了些年，两位姐姐回来了，那时他还不是杭州首富，但他已经被誉为"天下第一眼"，是鉴宝界的魁首，也是天下当铺最有威望的人，那时，他置下了随园，安顿两位姐姐。

七年之后，又是一别，从此便再未相见，直到今天。在这四十年里，他已成为杭州首富，成了亲，有了孙子、孙女，开枝散叶，人丁兴旺。可在老迈苍苍的钱多多心中，两位姐姐依然如是，在他心里，就是神仙！永远都是！

李公甫带着许宣先去了钱塘县衙，交了公差，送囚犯入监，一切办理妥当，这才唤了一个捕快给他拿着行李，带着外甥回自己住处——荷花巷的一处宅子。一进巷子，就有一个挎着篮子的老妇人热情地招呼："李捕头回来啦。"

李公甫向她微笑点头："回来啦，大娘这是去买菜？"

"是呀是呀，这位后生是……"

李公甫忙介绍道："这是我的外甥，叫许宣，从建康来，以后就在临安住下了。"

老妇人连连点头，笑眯了眼："噢，俊俏，好俊俏的一个后生，有浑家了吗？"

许宣腼腆道："婆婆好，晚辈尚未娶亲呢。"

老妇人笑眯眯道："没娶亲好，没娶亲好，我们临安的姑娘，比建康的姑娘水灵秀气，老婆子回头帮你物色物色。四坊八邻的你扫听扫听，我潘妈妈介绍的婚姻，都和美着呢。"

甥舅俩点头哈腰地把热情的潘媒婆给让了过去，前边扛着行李的捕快如蒙大赦，赶紧继续前往。不过隔墙有耳，双方这一番对答，已经被一个街边摆地摊卖枣的小贩听见了，两人还没到家，李捕头家来了亲戚的消息就传开了。

李公甫一边走一边对许宣道："你到了家且先住下，明儿个我就寻一家药店，介绍你当坐堂医。只是你现在没有名气，年纪又轻，不能服众，一开始不方便往大药堂里介绍。舅舅虽有人脉，最终还是要看你的本事。"

许宣信心十足道："舅舅放心，宣儿自忖如今医术已经超越父亲当年。只是在建康已经做了仵作，想去当个坐堂医，没有哪个医馆肯收，都觉得晦气。"

李公甫笑道："不错，殓尸的仵作去做郎中，哪个病人敢找你看病？你记着，若有人问起，千万别说自己在建康做过仵作。只说幼随名医在栖霞山研习，如今艺成下山便是。"

许宣忙道："多谢舅父提点，宣儿省得。"

"头儿，到了，小人这便回去了。"搬东西的捕快停在一处门前回首叫着。

这是一幢两层的小楼，不大，但也精致。

李公甫点头道："辛苦你了，你自去吧。"

许宣急忙上前接过包袱，李公甫在怀里摸出钥匙，那钥匙一共三枚，一大两小，大的自然是开门上铜锁的钥匙，小的则是家里箱笼的钥匙了。李公甫开了门，便带着许宣进去。

这巷中都是熟邻居，几十年也难有变动，顶多是父子传承，新老更替，一旦来个生人，很快就能家喻户晓，所以李捕头有个做郎中的俊俏外甥定居本地的详细消息，很快又传开了。

郎中，那可是一份既体面又安定的工作，这位许宣又是一个年轻俊俏的后生，尚未娶过亲，荷花巷里一共三个媒婆，另外两个得到信晚的登时也闻风而动了。都说姑娘不愁嫁，可要嫁得好，也不容易。

媒婆这行当，竞争也是蛮激烈的……

十四　钱家有宝

"好，小杨啊，从今儿起，你就是我的帮闲了，好好做！"

"谨遵捕头大人令！"

杨瀚抱拳，有模有样。

李公甫点点头："总捕头召集我等议事，我先去了。徐震，你给小杨讲讲咱们六扇门里的规矩。"

李公甫转身离去，原本肃立一旁的徐震登时松懈下来，笑嘻嘻地向杨瀚招招手，在椅子上坐下来，幞头一摘，有一下没一下地弹着，乜着杨瀚道："杨老弟，坐吧。咱们捕快呢，算作吏役，在吏役一行中，又属于最低的一档。捕役捕役，捕拿盗匪之官役也；快手，动手擒贼之官役也。捕快呢，就是捕役和快手的合称，负责缉捕罪犯、传唤被告和证人、调查罪证。不要以为你做了帮闲，就是有多大的本事了，呵呵，只要是手脚利索、脑子好使的，都能当捕快、帮闲，你大字不识也好，有过坑蒙拐骗的前科也好，原本是个泼皮无赖也好，都行。我，原来就是个惯偷。"

徐震似乎很得意于自己曾经的"辉煌"，沾沾自喜地亮出了底子，敲打杨瀚一下，又道："咱们捕快，没几文固定的薪水，你做帮闲的，是李捕头自己掏腰包，就更加没有保障了，有时候呢，会给你一点儿，有时候呢，就一点儿没有。可是……"

徐震向前倾了倾身子，轻轻敲了敲桌面，压低了声音道："咱们亏不着，还没听说有捕快和给捕快做帮闲的人饿死。你要是做捕快都能饿死，那你就是一个圣人。"

杨瀚目光闪烁了一下，道："还请徐家哥哥指教。"

徐震很满意他的态度，微笑道："靠山吃山，靠水吃水。咱们做捕快的，保一方平安，吃些孝敬也是应该的嘛。放心，这其中的门道，以后我会详细点拨于你，大富大贵是谈不上，小日子过个有滋有味，还是办得到的。"

这时库房的吏役捧了套公服过来，徐震站起来，对杨瀚道："来，穿上试试，看看合不合身。"

临安大街上，人来人往，街市繁华。

一袭黑色圆领袍，领口、腰带、袍裾、帽檐都是红的，胸前黑白分明一个大大的"捕"字，后背上也有一个"捕"字。腰间斜插一口"量天尺"，其形如剑，只是没有尖儿，也没有刃，除非砍在脑袋上，否则不易砍死人。

这就是杨瀚的行头，他今天是头一天上任，直接就上街了。至于培训，那年头哪有什么培训。本来徐震作为一个老公门，是应该带一带的，徐震也确实带着他的，一路下来，也给他讲解了许多东西。

不过路过前边一条巷弄时，有户人家门扉一开，一位风骚的小妇人把那水汪汪的一双大眼睛向徐震身上一丢，努了个嘴，反身便进了房，门却半掩着留给了他。

徐捕快搓了搓手，向挥苍蝇似的向杨瀚挥挥手，便一脸淫笑地跟了上去，那一溜小步伐迈得，就跟街口蹑着只母狗钻进巷子的大黄似的，虽然肥胖，却像踩在棉花里一般轻柔。

徐捕快连句交代都没有，就一头钻进房去。杨瀚初时还以为那是他的浑家，琢磨要不要进去跟嫂子打个招呼。及至听见房内淫声浪语响起，这才后知后觉地醒悟过来，敢情这是个半掩门的窑姐，徐捕快的老相好。

杨瀚可没有听墙根的习惯，便独自上街巡视去了。

杨瀚并没什么大志向，原先是建康府桃叶渡街道司的人，后来又做了三天的李府家丁，现在做了临安府的捕快，虽说并不是正式的，只是个帮闲，比他原来的境遇也是只好不差，他是可以就此安顿下来，在这富庶之地娶妻生子，安度一生的。

至于说建康府对他的缉捕，最多一年半载，便永远成为过去了，也不用担心。但是，他过不了自己心中那道坎，悠歌小娘子死了，死得那么惨！

就在死前，他们还一起在屋檐下避雨，姑娘还说要帮他洗衣服。一转眼，她就死了，死无全尸。而他，却在紧要关头，因为头一次看到如此可怖的一幕，受惊过度，昏厥过去，没能予以一点儿救助。

他的心结，难解。

虽是只相识三天的朋友，但他觉得有愧于悠歌。所以，他没有因为身负嫌犯之名而隐姓埋名逃之夭夭，反而追到杭州来了。自从发现那个怪物的法术对他无效，杨瀚更是胆气顿壮，他要利用捕快这个身份的便利，找出那个鬼面人，还悠歌姑娘一个公道。

杨瀚还是头一次认真打量这座都城级别的城市，一路走来，诸多新奇。

忽然，他的目光落在了前方一位公子身上。这位公子是个十七八岁的年轻人，穿着一身素色的绫罗，应该是极名贵的面料，走动起来，律动如水，阳光下衣料有隐隐的光泽闪烁，角度合适的时候，还能看出面料中有隐隐的铜钱纹。

年轻人长得瘦削一些，却不难看，眉眼之间，充满着年轻人的朝气。他的颈上挂了件金光闪闪的东西，杨瀚一开始还以为是一把铜锁，见他走近了才发现，居然是一把金色的小算盘，用金链挂在颈间。

年轻人走动时，那金算盘在胸前一跳一跳的，有时动作大一些，那纯金的算盘珠也会上下跳跃几下，发出嘀嗒的清脆响声。

这时候，杨瀚眼见一个老苍头儿一提袍袂，一溜小碎步地向那年轻人跑过去，到了他身前两步远突然停住，"哎呀"一声惊呼，就用慢动作般的摔倒动作缓缓倒了下去。

"咦？"年轻人很好奇，弯腰去扶老苍头儿，"老人家，你怎么了，可是哪儿不舒……"

年轻人这一弯腰，胸前的金算盘就垂直奔拉下来。老苍头儿突然双眼一睁，五指箕张，如苍鹰搏兔，一把攫住他的金算盘，放声大叫起来："撞人啦，我被人撞啦，可怜我老人家偌大年纪，哎哟，我骨头断啦……"

年轻人一脸错愕，很认真地对老苍头儿解释道："老人家，我并没撞你呀，我好端端地走在这里，是你突然一溜小跑，过来就躺那儿了，我还纳闷呢……"

老苍头儿勃然大怒："你这叫什么话，这意思是我讹人嘛？我老人家活了偌大的年纪，怎么会讹你一个小后生，明明就是你撞的我，你还要狡辩不成？"

这时四下里已有许多百姓围过来看热闹，人群中一个大汉突然跳将出来，一把抓住年轻人的胳膊，大吼道："是你撞了我爹吗，走走走，我们先去医馆，再去见官！"

老苍头儿一见儿子来了，马上收回手，重新往地上一躺，做奄奄一息状，气若游丝道："我偌大的年纪了，这天气又热，我哪禁得起这般折腾哟，这一路走下来，只怕老汉我一条命怕就没了半条。罢了罢了，儿啊，我看这年轻人也不是有意所为，叫他赔些钱，爹自回家调理就是。"

老苍头儿的儿子瞪起眼道："你听见了，我爹心善，不想与你计较，赶紧赔一笔钱了事。"

年轻人苦笑道："嘿！我说你们爷儿俩这一唱一和的，我明明没有……算了，算了，我忙得很，没空与你们计较，说吧，你们要多少？"

那大汉贪婪地看了一眼他颈上的金算盘，迟疑道："五……十……呃……"

他想要五贯钱，又觉得眼前是一头大肥羊，或许十贯钱他也是付得起的，头一回敲诈碰瓷，对价钱他掌握不好。

正犹豫间，那年轻人很不耐烦，摆手道："五十贯？行行行，我认倒霉，五十贯就五十贯吧，你放手哇，你不放手我怎么拿钱？"

大汉和躺在地上的老苍头儿闻言大喜，五十贯，他连眼都不眨就答应了，这说明……

躺在地上的老苍头儿马上一个"懒驴打滚"，向前一下，一把抱住了年轻人的大腿，大叫道："我这身子骨不比年轻人，伤了筋动了骨，怕是这辈子再也好不了啦，五十贯怎么成，你要给五百贯！"

人群大哗，这老苍头儿忒不是东西了，看人家年轻人好说话，居然一张嘴就要五百贯，五百贯哪！一个家境尚还不错的人家，一个月也就收入五贯钱，他居然敢要五百贯，常人八年多的总收入哇！

只是虽然群情汹汹，可是看到那孔武大汉故意亮在腰侧的牛耳尖刀，大家怕碰上一个浑人，上来就捅一刀，所以没人敢上前指责。

那年轻人一副很无语的模样道："老人家，我们做人呢，应当讲诚信。你刚刚说的是五十贯，怎么一转眼就变成了五百贯呢。我若答应给你五百贯，你是不是又想要五千贯了？"

老苍头儿紧紧抱住他的腿道："我可没答应，刚刚是我那混账儿子说的，我要的就是五百贯！"

年轻人摸了摸下巴，抬头看看天色，说道："那可说好了呀，不许再变卦，否则我宁可去见官了。"

老苍头儿一听他的口风，登时大喜道："不变卦，不变卦，只要你拿五百贯来，咱们就大道通天，各走半边，老汉绝不再找你麻烦……"

"你不找他麻烦，我可想找你的麻烦！"

一只大手伸过来，砰的一把扣住了老头儿的肩膀，用力向上一拉，那老头儿瘦瘦的，也有百十斤的模样，被这只大手一把拎起来，半边膀子都麻了，站在那儿挣扎不得。

旁边大汉反手就去腰间摸刀，瞪起牛眼吼道："直娘贼！是哪个……"

啪的一掌，重重拍在他的脸上，那大汉原地转了个圈，半边脸登时赤红肿胀起来，后半句话给打得咽了回去。

大汉眼神模糊了一下，再清醒过来时，吃惊地向前看去，杨瀚似笑非笑地站在他面前，把胸脯微微挺了一挺，胸前那个"捕"字顿时绷得十分平整。

鬼怕恶人。做捕快的若是气势叫这等无赖压住，那就休想再整治他们了。杨瀚原来做街道司的时候就明白这个道理，何况又有徐震这个老公门的提点，自然知道该怎么做，他只一巴掌，就把这大汉的气焰打下去了。

杨瀚把量天尺抽出来，在那老头儿屁股上拍了一记，喝道："走！跟我去县衙！"

他又睨了旁边那年轻人一眼，道："小兄弟，你是苦主，跟我一起走吧。"

"这……哎……我有事的……"

年轻人似乎有什么急事，抬眼看看天色，很是不安，可这捕快是在为他主持公道，这年轻人是个明事理的人，哪有这种时候自己反而息事宁人的道理。

他犹豫了一下，还是答应下来，点头道："好，我便跟你去县衙吧。"说完这句话，年轻人突然又想起了什么似的，顿时满脸笑容，自言自语："我去县衙，这是不得已，赶不及回家，爷爷想来也怪不得我。"

这样一想，年轻人登时满面笑容，看来他是根本不想回家，只是畏惧长辈，现如今有了理直气壮的理由，反而开心起来。

杨瀚见他先愁后喜，嘴里念念有词，也不知道他在说些什么，心中不禁狐疑，这个年轻人，别是脑子有点儿问题吧？所以，押着老头儿和老头儿的儿子往县衙去的时候，杨瀚刻意站得离那年轻人远了些，免得他突然咬人。

"小兄弟，尊姓大名啊？"一路行去，杨瀚还是先打听了一下这苦主的情况。

年轻人笑吟吟地开玩笑道："我这姓，不用免贵的，我姓钱，叫钱小宝。"

今天这个碰瓷案好审，因为本县的公人就是人证，所以审理起来特别痛快，问清案子经过后，典押老爷便把惊堂木一拍，大喝道："蓄意讹诈，败坏民风，依律严惩，来呀，把祈老儿拖出去重打三十大板！"

三十大板下去，就老头儿那瘦弱的身子，只怕要当场没命，可是碰瓷讹诈，依律行刑，真要打死了也是白死。

但那老头儿听了判决居然不怕，原来他之所以敢上街讹诈，就是因为无意中听一位讼师说起过，说年逾七十者，除十恶不赦的大罪之外，都会量刑轻判甚而免罪，这才动了歪脑筋。

老头儿跪在地上，马上叩头大叫道："典押老爷明鉴，小老儿今年已经有七十岁了，年老体弱，受不得刑啊！"旁边跪着的大汉也不禁露出一丝狡黠，得意地瞟了杨瀚一眼。

"哦？你已年过七旬？"典押老爷怔了怔，这老头儿瘦是瘦，可是看着精神矍铄的，真没想到他都已经七十岁了。典押老爷便缓了口气道："祈老儿，你已古稀之年，尚且如此不明事理吗？罢了，念你年迈，本官便不对你动刑了……"

老苍头儿大喜，那位讼师说的果然是真的，老苍头儿连忙叩头谢恩："多谢大老爷开恩。"

典押老爷摆摆手道："你不用刑了，可罪责仍在。依律，由你的子嗣代受刑罚。来呀，把他儿子拖下去，重打三十大板。"

老苍头儿和他儿子登时呆在那里，大汉惊惶道："爹！典押老爷，不是……我怎么……那个……"

旁边过来四个如狼似虎的衙役，不管三七二十一，两根水火棍往他膝弯里重重一点，另两根水火棍往他肋下一戳，大汉闷哼一声，扑通一声就趴在了地上，一时间连气都喘不上来。

四根水火棍上下交叉，喝一声："起！"这大汉就被四人叉了出去。饶是他身体强壮，只消这三十大板下去，也要去了他半条命，要是歇养恢复得不好，这户人家以后不但少了个壮劳力，还要从此添个病篓子，成为全家的负担。

那老苍头儿顿时大恐，不对呀！这跟预想的怎么不一样呢！等他回过神来，儿子鬼哭狼嚎的声音已经在外边庭院里响起来，老苍头儿还想求情，可是抬头一看，堂上空空。人家典押老爷日理万机的，早就退堂走人了。

这厢事情料理完毕，杨瀚便溜溜达达地出了门，他琢磨了一下，还是决定去方才最繁华热闹的那条街，女人都喜欢逛街购物的，青白二女来了临安，想来也会去街市上走动吧。只要找到了她们，就可以守株待兔，抓那鬼面人苏窈窈了。

杨瀚迈步就下了台阶，扶着量天尺刚走出两步，钱小宝从后面追上来，一把拉住了他，笑容可掬道："这位差官且住，咱们打个商量！"

杨瀚讶异地站住，问道："钱公子还有什么事吗？"

钱小宝道："实不相瞒，刚刚是我爷爷叫我回家，说是有两位极重要的本家长辈来了临安，叫我速速回去拜见，不想因为这档子事给耽搁了。家祖管教素来严厉，我想劳烦足下，陪我回去一趟，跟我爷爷说明缘由，要不然我少不了一顿排头。"

杨瀚不悦地蹙起眉头，打着官腔道："杨某乃是公门中人，你这自家之事，我可管不……"

他还没说完，一大锭沉甸甸的金元宝就塞到了他的手心里，钱小宝赔笑道："杨大哥，小宝不会白白劳动于你，你若肯跟我去，事了之后，小宝再送你一锭金子。"

杨瀚咳嗽一声，不动声色地弹了弹掌心，那锭金子就滑入袖筒不见了。

杨瀚板着脸，一身正气、两袖清风地问道："尊府在哪儿，远不远？咱们要不要叫辆车子代步？"

钱小宝大喜道："不远不远，我家就在砖街巷钱园，跟这县衙很近的，咱们徒步过去，一炷香工夫也就到了。"

徐震两条腿软得面条似的，心满意足地飘哇飘的，飘回了县衙。还没到衙门口，老远就看见一个富家少爷往杨瀚手里塞了件什么东西，然后就拉着他，亲亲热热地走开了。

徐震见了顿时一惊，心中暗恼："这个混账东西，我教他吃拿卡要，也没说在衙门口明目张胆地要哇，这个小子胆太肥了。不成，我以后得离他远一点儿，免得被他连累了。"

钱园的整个西厢，都是一个大园林。这在砖街巷这样地段昂贵的地方，未免显得过于奢侈，但对钱多多来说，只要是能用钱解决的事，那还真不叫事。

假山真如一座山那么大，当然，指的是江南地区那种雅致秀丽的小山。小桥、流水、曲廊、亭榭围绕园心的假山，错落有致地掩映其间，再恰到好处地点缀上修竹、绿草、凌霄花、碧萝藤，远景美不胜收。

钱多多亦步亦趋地跟着白素和小青，一只花狸猫发现了钱多多，马上嗖的一下追过来，绕着钱多多转了几圈，尾巴翘得高高的跟旗杆似的，然后两只前爪往他腿上一搭，就要往上爬。

钱多多忙弯腰把它抱起来，花狸猫呼噜了几声，在主人怀里惬意地躺倒，眯上了眼睛。

小青慢悠悠地走着，欣赏着园中美景，道："你这钱园，与随园相距不远哪。"

钱多多赶紧道："是。不过小青姐姐放心，平素多多绝不敢去随园打扰。"

白素笑道："你这园子大，有我那园子六七个那么大呢。"

钱多多赧然道："是！多多巴不得把最大、最好的园子给姐姐住，只是偌大的宅院久无主人，只怕就会太多人注意了。就算有主人常住，街邻们也一定会打听主人底细。"

白素无奈地抚额："我说多多呀，姐姐只是夸你院子够宽敞够漂亮，又不是怪你给我们置办的园子小，你不用这么谨小慎微呀。在我和小青眼里，你始终是当年那个小钱，从未见外的。"

钱多多虽受了她的责怪，但话里话外，却是毫不见外的亲近人才说的，钱多多好不欢喜，一张老脸上都洋溢起了红光，显然是开心至极。花狸猫蜷在他怀里，呼噜噜地闭着眼睛，那依赖劲，与跟在白素、小青身边的他，依稀相仿。

白素和小青在一泉飞瀑前停下，在藤椅上坐了，钱多多便在一旁肃立，赔笑道："小白姐姐，小青姐姐，多多比不得两位姐姐修得仙体、青春永驻，如今渐渐年迈，只怕以后不能尽心服侍左右。我之长孙，名叫小宝，虽然顽劣了些，倒还孝顺。多多打算让他见见两位姐姐，以后代替多多承担起服侍两位姐姐的责任。"

白素让他也在一旁坐下，说道："不必了吧，我和小青，隔几年便要迁移他处，我们的秘密，还是不要让别人知道的好。"

钱多多忙道："未得两位姐姐允许，多多不曾对任何人说起此事，便是孙儿小宝，如今也不知道。只是多多思量，早晚还是要告诉他的，两位姐姐放心，只要多多吩咐下去，小宝绝不敢泄露出去。"

钱多多感伤道："侥天之幸，在多多有生之年，还能再见到两位姐姐。两位姐姐若几年后再度离开杭州，过上三四十年再归来时，多多只怕……"他顿了一下，"那时只怕我孙儿小宝也已垂垂老矣！"

钱老员外感激地对白素和小青道:"两位姐姐对多多有再造之恩,钱家的一切,全是两位姐姐赐予的。钱家只要还在一日,还存一人,就不能忘了两位姐姐的恩德。"

小青轻轻摇头:"你呀,你有今日造化,也是你的机缘,不用想那么多。要不然,我和姐姐反而不自在。"

白素取出手帕,轻拭额头微汗,吁叹一声,道:"是呀,我和小青游历人间五百年,生离死别,喜怒贪嗔,见得多了,你别看我们依旧一副少女模样,可这颗心,早就老了,古井无波,不起微澜,便是泰山崩于前,也不变色。为什么呢?实在是因为我们看过的太多、看破的太多……"

小青听了,勉强撩起右眼,瞟了瞟她。我信你个鬼!你也就是在咱们一手带大的多多面前,才会摆出这副老资格。换个不识你底细的俊俏年轻人试试,肤浅、幼稚、天真、花痴……

小青正腹诽着,马上就要说到五百年沧海、五百年桑田,自己的一颗心也像风吹日晒的石头,早已经勘破了红尘,寂灭了心灵的白素老神仙,突然"呀"的一声惊呼,纤腰一挺,屁股底下跟安了弹簧似的,从藤椅上跳了起来,藤椅顿时发出咯吱一声惨叫。

"呀!是瀚哥儿,他怎么在这里?小青,快看,你快看哪,是瀚哥儿!"白素摇着手,手里还捏着方丝帕,那副德行怎么看怎么像勾栏院里的红姑娘。小青一见她跳起来,心头就在冷笑:"看吧!装不过三息,就原形毕露……"

及至白素一说"瀚哥儿",小青顺着她的目光看去,一眼瞧见杨瀚,登时双腿一弹,嗖的一下就从藤椅上跳起来,伸手一拉还在摇着小手绢的白素。钱多多只觉眼前一花,两个姐姐已经跳到假山中了。

小青向他竖指做了个噤声的动作,小声道:"那人我们认识,不可相见。我们先躲躲。"亏得那假山够大,假山下的山洞也够大,两位姑娘一转身就钻了山洞,消失不见了。

钱多多怀里的花狸猫茫然地抬起头,慵懒地"喵"了一声,钱多多抚了抚它的头,它又舒服地趴了回去。钱多多扭头望去,就见自己的大孙子钱小宝正陪着一个年轻人跨过一道小桥。

"来来来,这边走,我爷爷常在石下听瀑打瞌睡,晒太阳,现在一定在那儿呢。"

"哔，你这宅子，这哪是一幢宅子呀，太大了吧？"

"哈哈，非也，非也，这可不是我家的宅子，这只是我家宅子里的一处花园。啊！我爷爷果然在那儿。"

钱小宝快赶两步，笑道："爷爷！"

"混账东西！整日里不着家，东游西逛的不务正业！我使人唤你回家，你拖到现在才来，忘了家里的规矩是吗？一会儿你自去祠堂领罚，跪上两个时辰，晚上不准吃饭……"

钱小宝苦起脸来，道："爷爷召见，小宝哪敢拖延，实是事出有因。喏，爷爷你看，这位是县里的捕快，他可以为我做证。"

钱小宝急忙一拉杨瀚，挤眉弄眼道："杨大哥，看你的啦！"

看在金元宝的面子上，责无旁贷，立即挺身上前，只是到了钱老员外面前，还是不由自主地塌了塌腰。这位老人家，就算县太爷见了，也得毕恭毕敬，他实在没底气摆什么公门中人的嘴脸哪。

"呵呵呵，钱翁，您老人家安康啊！"

钱多多瞟了眼杨瀚胸前那个"捕"字，蹙眉道："你是谁？"

杨瀚笑容可掬："小的乃县上的捕快，姓杨名瀚。钱翁，令孙小宝，今儿在街上碰到一对无赖父子。那对无赖……"

杨瀚把事情经过对钱老太爷详详细细说了一遍，钱老太爷见孙子不是有意怠慢这才息怒，却又道："整日里不务正业，上一次你莫爷爷来家中坐客，你也借故不来，叫人看了，显得我家没规矩。小宝哇，你爹死得早，现如今爷爷岁数也大了，你是长孙，这份家业你早晚要担当起来。以后不可整日游玩了，明日你就择一家当铺，先去做个估值掌眼的朝奉，爷爷就是这么一步步起来的，你也要从这里做起。去吧。"

钱小宝一听顿时苦起脸来，怏怏地答应一声。

钱老太爷是因为白素和青婷尚未同意由小宝接手照顾，又不想见到杨瀚，所以才放了小宝一马，否则少不得把他拉住，又要教训一番。老人家年纪大了，絮叨起来没完没了，钱小宝也怕爷爷又兴致起来，赶紧一拉杨瀚就往外走。

杨瀚见钱小宝一脸苦色，不禁笑道："成年之后，是该找些营生做呀。虽说你家家大业大，便坐吃山空，也得十来辈子才吃得完，可总该为子孙后人留些什么。再说，当铺很轻闲吧？我家对门就有一家当铺，我看了下，一天也不见几个人出入，这有什么好愁的。"

"当真？"钱小宝一听大喜，连忙扯住杨瀚，"你家住哪里？"

杨瀚道："我住百井坊，怎么？"

钱小宝道："快带我去，我瞧瞧，既然这里轻闲，明日我便去这里吧。你是不晓得，我爷爷既然说过了，就一定不会放过我的。我可不想去大门面，就被锁在那里走动不得了。"

杨瀚道："我家对门那当铺，未必就是你家的生意。去别人家做朝奉，也可以吗？"

钱小宝微微一笑，自矜道："别的地方不敢说，临安这地方，现如今只要挂着'当'字的，就一定是我家的产业，至少也是我家参了股的。有'天下第一眼'在此，旁人谁敢开当铺。"

杨瀚伸手道："钱！"

钱小宝一呆，道："你我这么熟的朋友了，带个路也要钱吗？"

杨瀚干笑道："替你向你爷爷做人证的钱。"

钱小宝恍然，摸出一锭金子塞进杨瀚手里，道："就这些了，你再要也没有了。我每日出门，就只带两锭金，应付有些地方不收交子的方便。"

每日零花除了交子，还带两锭金？这生活真是无从想象啊。

杨瀚捧着金子一边咬，一边感慨地想。

钱小宝一脸嫌弃地看着他，心想："用不用这样啊？我钱小宝给出去的金子，还用验真假？"

杨瀚带着钱小宝回到了百井坊。一到百井坊，钱小宝就大赞："这里僻静很多，附近也没有闹市，俱是百姓民居，想来可当的东西不会很多，不错不错，我就选这儿了。"

旁人做生意，只图兴旺，这位少爷却是巴不得门前冷落车马稀，也是极品。

远远地，因为杨瀚那身公服太显眼，正蹲在溪边洗衣服的小兮姑娘一下子就看见了。一瞧杨瀚哥哥回来了，小兮惊呼一声，起身就跑，那捶衣服的木棒都丢在了一边。

过了一会儿，小兮姑娘又跑回来，原来蓬乱的头发整齐了，本来随意的衣服换了身整洁的，小腰身束得紧紧的，将那本来不算丰隆的胸脯也凸显了出来，嘴唇上似乎还抹了一点点胭脂。

"杨大哥……"看到杨瀚走近了，小兮姑娘甜甜一笑，热情地扬扬手，一颗心不争气地扑通起来。

杨瀚也笑着向她招了招手。

"深山育俊鸟，柴屋出佳丽呀！"钱小宝眯起了眼睛，小兮姑娘不是他见过的最漂亮的姑娘，可是她有一种独特的味道，是小宝从以前那些使相千金、豪门贵女身上看不到的。

他喜欢看这姑娘小家碧玉的温柔俏皮，喜欢看她眼角眉梢、上翘的唇瓣露出的宜喜宜嗔的神情。这小娘子，着实可爱。

"公子，小心狗屎！"

"啊！啊！"

钱小宝一下子跳起来，从狗屎上跳了过去，那狼狈的动作惹得小兮姑娘咯咯直笑。

钱小宝回头看了一眼，正看到她笑得无比灿烂、小白牙整齐耀眼的模样，那一瞬间，钱小宝只觉得眼前的阳光都陡然变得更亮了。

迈步走进当铺大门的时候，钱小宝的脑海中还在反复闪现着姑娘灿烂的笑脸，以致精神有些恍惚。

掌柜的认识钱小宝，毕竟脖子上挂一个纯金小算盘的造型，可不是满大街都有的。

这位掌柜的主持的当铺规模太小，过年也只有去钱园送份礼的资格，连进去当面给老太爷磕个头都不够格，不过前年他有幸进过一次钱园给老太爷贺寿。那次他看到了站在老太爷旁边的这位钱氏长房长孙，未来的钱家之主。

一瞧钱少爷来了，可把掌柜的唬得不轻。钱小宝对这里很满意，看起来平时生意真的不是很多的样子。倒不是没生意，只不过这里的人大多是典当生活物资，再不然就是一些来路不明的诡物，没有什么大生意，进出基本平衡，每年盘账都只是略有盈余。

听说钱少爷的来意，掌柜的也是又喜又忧。喜的是少爷到这儿来做朝奉，从基层学起，这是自己天大的机缘哪！若因此和钱少爷搭上了关系，以后只要表现还算出色，飞黄腾达指日可待。

忧的是，这可是少爷，他在这儿做朝奉，时时处处都得小心谨慎，机缘也可以是风险，要是让少爷发现自己诸般不足，本来论资排辈，也不无升迁机会，可要是少爷看不上，这一辈子就再没了前程。只是他想归想，这些事根本由不得他决定。

等钱小宝欣欣然地决定明儿就来这当朝奉，然后潇潇洒洒地离开后，掌柜的站在门口发了半天呆，回屋就大吼一声："摘招牌，上门板！今儿不开张啦！伙计们都给老子勤快起来，里里外外给我扫得一尘不染。去花鸟市上买些鲜花鱼盆给我各处摆上，上品好茶买上二斤。大朝奉二朝奉全到账房里来，咱们合计合计！"

钱小宝可没想那么多，不知道自己的到来给这当铺带来多大的震动，他说好了来这里做事，打声招呼就忙不迭离开了，溪边有个姑娘正牵着他的魂儿呢。

小兮姑娘刚才打了声招呼，得到回应，便欢喜得很，只是总觉得就这么简单地打声招呼，不能拉近两人的关系。她咬着唇，捶着衣服，忽然间就计上心来，此时眼见杨瀚迈步出了当铺，小兮眼珠一转，假意站起身来捶腰，一个站立不稳，"哎呀"一声，就往溪水中跌去。

"瀚哥儿会来救我的吧？"小兮姑娘倒在溪水边，美滋滋地想。

"姑娘小心哪！"钱小宝大惊失色，一边奔跑，一边迅速地把袍裾往腰间一掖。杨瀚本来也追上来的，但是突然间，他就飞快地向后一纵，再一矮身，避到了一边，动作比冲上前时还快。

踩到了那摊新鲜狗屎的钱小宝，脚下叽的一声。狗屎激射而出，从杨瀚原本的站立处飞了过去。小宝脚下一滑，向前一栽，一个"狗吃屎"扎进了溪水，把小兮姑娘溅得全身都湿透了。

掌柜的闻讯赶来，赶紧叫人回铺子里给小宝取了套衣裳，那是当铺中人的制服。

宋朝时候，士农工商诸行百户，衣装各有本色。虽然大体上相似，但都在一定位置有些特别的设定，叫人一看就大致知道他是哪一行当的。

钱家是开当铺的，南宋时候，为了发展经济，促进商业流通，朝廷鼓励典当行业的存在，朝廷特意钦定，凡开设典当者授以朝奉郎官的官衔，等于是跻身仕宦之中，成了官员，一样享有免除捐税徭役的权利。

"朝奉"这个称呼，就是当时人们对从事典当行业的人的尊称，高大上得很咧，可别拿人豆包不当干粮。

掌柜的给小宝取来的就是一套皂衫角带，朝奉特有的穿着。钱小宝穿在身上，挥了挥袖子，眉开眼笑道："不错，不错，还挺合身的，哈哈。"

一旁小伙计没眼力见儿，他也不知道这位公子爷是谁，忍不住说道："二朝奉，你既穿上了皂衫角带，那就算是正式入职了。咱当字门里的规矩，一旦入职，可不得随意离开了，小的要不要先给二朝奉你在后院收拾个房间出来？"

掌柜的气得脸都黑了，典当行里是有这个规矩，上到掌柜、坐柜、站柜，下到普通的小伙计、学徒，都必须住在店里，既不能随便回家，也不能带家眷，五年才放一次假，不过一次假期十个月。

这主要是防着店员社会关系复杂了，假公济私。再一个，当铺里有很多值钱的东西，频繁进出，担心夹带。可那也得分是谁呀，这是自家大少爷，他夹带？夹带自己家的东西吗？

掌柜的恨不得踹那伙计一脚，不料钱小宝一听，眉开眼笑："当真？太好了，你快帮我拾掇个房间出来，今晚我就住这儿了。"能远离祖父大人，不用听他耳提面命，钱小宝不知道有多开心，这下可算有了正大光明的借口。

更何况，这儿可是有位俏佳人哪！那位俏姑娘把他的湿衣服收走了呢，说要帮他洗，真是太温柔、太贤惠了！看看那些姐妹亲眷结识的官宦家女儿，一个个整天不务正业，不是吟诗就是抚琴，听得牙疼，还是这姑娘瞧着可爱。

掌柜的一看钱大少爷对住在店里居然甘之若饴，不禁暗暗点头，钦佩地想："老爷子不愧是'天下第一眼'，家规森严，门风谨然哪，看这大少爷教育的，一点儿纨绔气息都没有，钱氏能成为江南首富，果然是自有他的道理。"

这边的事，很快钱老员外就知道了。钱老员外听了，顿时老怀大慰。这个大孙子平日里总惹他生气，想不到关键时刻还挺给力，特意选了处生意不是那么好的当铺，不走捷径。锦衣玉食的他肯住在店里，嗯……孺子可教，孺子可教哇！

钱老员外便忍不住地向两位姐姐卖弄："小白姐姐，小青姐姐，我那大孙寻了处平常当铺做朝奉去了，呵呵，这孩子，平素里什么都好，脾气好，性格好，懂孝道，过日子节俭得很，从不乱花钱。就一点不太好，不喜欢学习，多多从两位姐姐处学来的鉴识古玩的本领，本是对他倾囊相授的，可这孩子玩心重，现在十成本事，学了也不过六成，多多一直为此发愁呢，如今听说他肯脚踏实地，终于放心了。"

白素听了也替他高兴，道："龙生龙，凤生凤，老鼠的孩子会打洞。你做事本分，天资也好，你的孙儿又怎会差了？他年纪轻，又不像你，从小过的苦日子，玩心重些也是正常。你看，这年岁稍长，不就懂事了吗。"

"姐姐说的是，多多真是太高兴了。来，多多再敬姐姐一杯。"

钱多多捧起杯来，与白素一碰，一饮而尽。

小青乜了钱老员外一眼，对他夸得一朵花似的大孙子总是有些不太相信，那小子能跟杨瀚那个吊儿郎当的家伙勾肩搭背走在一起，能是多规矩、多懂事的孩子？

钱小宝规规矩矩老老实实地坐在柜上，足足大半个时辰了，纹丝没动。

老掌柜的悄悄自后台掀开帘瞟了一眼，暗暗点头："钱家真是后继有人哪，瞧瞧人家这坐功，明明是大少爷，又是年轻人，心气稳着呢。昨儿晚上试他眼力，比自己也是只强不弱，到底是老太爷亲自调教出来的人哪。"

老掌柜的欣欣然回后院喝茶去了。只接触了大半天的工夫，他就发现这位少爷没有架子，特别和气可亲，畏惧之心既去，便从容多了。

钱小宝坐在高高的柜台后面，双眼微微闭着，睡得很香。这等睡功，是长期受爷爷调教，练出来的。他可以在熟睡状态中，仍然端坐笔直，微合双眼，似乎正在凝神细听，实则早已神游太虚，与周公下棋去了。

"喂！"高高的柜台下边有人脆生生地喊了一声，双手举着，把一件袍子递了上来。这柜台太高，外边的客人稍矮一些的，要递东西得双手高举。

柜台这么高自有高的道理，一则不叫客人看清楚朝奉鉴别东西时的表情，免得被客人觉察出东西贵贱。二则方便在典当的东西上做记号，这是当铺之间的潜规则。

如果客人嫌给的价低，再去别人家当铺，那边看到记号，晓得这边已经给了低估价，也绝不会再给个高价，哪怕两家典当行是竞争关系。

干这一行，图的是长久，当铺之间自然不会恶意竞争，值钱的东西总会有的，为了一件两件的鹬蚌相争，太不明智了。

钱小宝微微撩了撩眼皮，昏暗的光线下看见柜台上摆着件衣服，马上脱口而出："虫咬鼠啃，破烂衣服一件，三文钱——"

李小兮站在柜台下，没好气道："喂，钱小宝，你是眼瞎呀还是心黑呀，这是你的衣裳！"

"啊？"

钱小宝猛地张大了眼睛，急忙探头出去，果然，翠裳玉人，正是小兮。

钱小宝马上喜滋滋道:"原来是小兮姑娘,你来当东西吗,有什么困难你跟我说嘛,干吗要当东西,我跟你说哈,这当铺里黑着呢,一个盐业,一个典当,都是暴利……"

角落里那小伙计听得目瞪口呆,这种上门来拆招牌的,照理说该打将出去。可是老掌柜的貌似对这位二朝奉挺客气,没准儿是他私生子,要不要管哪?

李小兮又好气又好笑,跺着脚道:"你睡着了呀?这是你的衣裳,我洗好了。"

"啊?噢!"钱小宝这才看清楚柜台上是自己昨天落水时的衣裳,不禁讪笑道,"我没看清,我没睡觉,我很敬业的,呵呵。小兮姑娘,真是太感谢你啦,明儿个,我请你吃饭答谢。"

小兮姑娘"哼"了一声道:"没诚意!明天?明天是寒食节,哪儿开伙呀?"

"啊!明天是寒食节了吗?那我邀你游西湖吧。"钱小宝一听顿时两眼放光,寒食节的时候,家家户户都不开火,都是吃提前准备的青团等应节的食物,野外踏青,户外野餐,年轻男女尤其喜欢这个节令。

小兮姑娘听了咬着小指想了想,道:"嗯……那好吧,就不知道我大哥和瀚哥儿有没有空。"

钱小宝眉开眼笑,道:"有空,有空,这事我来安排,一定叫他们有空。"

十五　缘来难弃

桃红柳绿，伞影冉冉。

以竹做骨，以绸张面，轻巧悦目的两张伞，一张碧荷红花，一张修竹优雅。执伞的姑娘，一穿白，一穿青，身段风流，姿容婉媚，一路行来，吸引了很多行人目光。

荷花巷里，潘大娘看见两位姑娘，登时便是眼前一亮。这年头自由恋爱的极少极少，媒婆子这行当兴旺得很。想多赚钱，媒婆子们要抓住一切商机，所以最喜欢关注少男少女。

这两位姑娘人品如此出众，要是给她们说亲，定然容易成功。

潘大娘马上从后边尾随上来，结果没想到两位姑娘姗姗而去，居然去的是她的另一个潜在客户——许宣许郎中的家。

白素和小青一路打听着，到了李公甫家门口，却见铁将军把门，见旁边有几个小童玩耍，白素上前问了一下，小童们便告诉她，许郎中现在已是平安堂的坐堂医，就在后边那条巷子。

白素一听甚是欢喜，对小青道："妹妹，这许郎中果然是个有才华的，刚到临安，便被聘去成了坐堂的郎中。"

小青叹了口气，道："姐姐，我们非得如此招摇吗？一路行来，很多人都在看咱们，苏窈窈不死心，一定也在临安……"

白素道："我们不露面，她就不知道我们在临安了？放心啦，我们回去时，多绕几条路，不叫她跟上就是了。我们是去见许郎中的，总不能藏头露尾，鬼鬼祟祟吧？"

"我上辈子一定是欠了你很多钱，这辈子才一直被你坑，还要帮你揩屁股。"

小青无奈，只能喃喃自语。

白素瞪了她一眼，嗔道："粗俗。人家都把你当仙子呢，说话这般的烟火气。"

两位姑娘一路斗着嘴，便绕到了后巷，后巷这条街才是临街的大路，方才那条左右都是民居，便幽静许多，狭窄许多。这条路两旁都是各色店铺，平安堂没打幡，只有偌大一块牌匾，走到近处方才看到。

"就是这里了，妹妹，咱们进去。"白素一手执伞，一手提裙，姗姗登上石阶。门前伙计眼前一亮，急忙迎上来："小娘子，是抓药哇还是看哪一科，我家今有坐堂医许郎中医术高明……"

白素听他夸赞许宣，心中欢喜，打断他的话道："奴家正是听说许郎中医术高明，才来问诊，还请小二哥头前带路。"

小青无奈地摇摇头，收了伞，与原本提在手里的许宣的油伞并提着，跟了进去。

许宣衣着整洁，袖翻着，露出一道白边，显得极是干净利落，坐在侧厢珠帘后，挨着一张桌子，面前坐着一个老者，手腕搭在汗巾上。许宣为他号了脉，又说了几句，老者连连点头，显然对许宣的诊断很是信服。

许宣说罢，提起笔来唰唰唰地写下一张方子，又仔细叮嘱一番，老者含笑点头，拿了方子便出来，到柜台上抓药。柜台后面，掌柜的一直有一下没一下地拨着算盘珠子，眼角却在瞟着许宣这边，此时方才轻轻点头。

看李公甫李捕头的面子，他收了许宣当坐堂医，可这么年轻……说实话老掌柜的心里是有点儿含糊的，可一连看了三个病人，哪怕是一开始对许宣这样年轻的后生不以为然的老者都颇为信服，老掌柜的终于放心了。

看样子，这个许郎中不是靠着家中长辈的人脉混日子的人，于医道确实是有两手哇。一见老者上前抓药，老掌柜的连忙放开算盘，笑吟吟地迎了上去。

这时候，小伙计引着白素和青婷一掀珠帘，也到了侧厢。许宣抬头一看，"呀"的一声惊呼，欣然起身道："白素姑娘，青婷姑娘，你们怎么来了？"

白素抿嘴一笑，道："我来还伞嘛，多谢许郎中借伞，免我姐妹狼狈。"

许宣向外间看了一眼，忙道："坐坐，姑娘快请坐。"

白素就在方才老者座位上坐了，小青却不肯坐，负着双手，慢悠悠踱到墙边看那墙上书法。

白素把袖轻轻一褪，露出皓腕，搁在汗巾上，眼瞟着许宣，含情脉脉道："不知道奴家的伤势是否已经大好了，还请许郎中再给看看。"

许宣点点头，取一方丝帕往白素腕上轻轻一搭，这才将三根手指搭上去。虽然隔着丝帕，触感的柔软，肌体的温热，却是隔断不了的，听着白素微显促急的脉搏，许宣的心跳似乎也加快了许多。

"姑娘……已经痊愈了。"许宣切了会儿脉，移开手指，有些局促道，"姑娘不必担心，那些许伤势，已经完全调理好了。"

白素欣然道："当真？那可多谢许郎中了，多亏了你，奴家的伤才没留下隐患。"

许宣摆手道："不敢当，不敢当，是姑娘你血脉强旺，痊愈得快。那船上药材不全，许某实也没出上什么力。"

白素道："许郎中过谦了。啊！明日是寒食节，药堂也要休沐。奴家想邀请许郎中同游西湖，可好？"

许宣犹豫道："这个……我本想利用寒食节去四处走走，看看哪一处野药多些，便去山上采撷。"

他向帘外看了一眼，身子微微前倾，压低声音道："不瞒白姑娘，许某并不想久寄他人门下，我打算自己备些药材，平素时给人看病，也能积攒些钱财，总有一天，我要自立门户，开一家药堂的。"

白素美眸异彩一闪，赞道："许郎中真是有志向！不过，这也不差在一日两日嘛，寒食节气，你又是刚到临安，闻名天下的西湖盛景也不去瞧瞧，未免可惜了。"

"这个……"

许宣吃她一劝，不禁犹豫起来。

白素手腕一翻，就搭在了他的手上，柔声道："许郎中便应了奴家嘛，奴家也是初来乍到，想去游西湖，可没个男人在身边，又有些胆怯。临安城里，奴家最熟的男人，就是许郎中了。"

"这……好吧。"许宣被她柔荑握住，登时心慌意乱，忙不迭答应下来。

墙边，小青负在背后的双手已经握紧起来，好像掐住了一对狗男女的脖子。

钱塘县衙，仪门前大院里，捕快们济济一堂。

李捕头正站在阶上大声疾呼："谁人过节不打烊？当然是我们做捕快的。百姓过节，捕快过关，这个时候，是我们最忙碌的时候。明儿就是寒食节，游西湖的人一定很多，要防止踩踏，防止盗窃，防止调戏妇女，对几大名胜景点要做好疏散，防止拥挤，下面，进行具体差派。杨瀚哪，你初来乍到，人地两生，就只负责断桥那一片好了……"

"当，当，当，当，朝罢天子拜药王，迈步来到平安堂。生地黄、熟地黄、甘草本是药中王。有钱人吃人参，穷苦人家买大黄。人参能把人补死，大黄吃了通肚肠……"

"辛苦了，辛苦了。"今儿寒食节，平安堂掌柜的本想打烊带着家人出去走走的，就图多卖几文，万一有个急病人呢，结果等来了几个乞儿，一到门口就大唱"莲花落"。

这几个乞儿除了中间一个，大多年岁不大，都是十几岁正处于变声期的孩子，唱出曲儿来那叫一个鬼哭狼嚎，说不出的难听。中间那个乞丐却是成年人，身材极其高大，一头脏发披散着，像狮子王似的，威风凛凛。

掌柜的知道这是"花子门"的人上门讨钱了，为图安宁，赶紧说着客气话，笑容可掬地出来奉上五文钱，那"狮子王"便道一声谢，领着几个小乞丐转向下一家了。

他们一转身，掌柜的脸色就冷下来，赶紧回屋，招呼住店的伙计把门板安上，关门打烊。

这些"花子门"的乞丐，最是丧尽天良，偷鸡摸狗那是家常便饭。更加令人发指的是，还会偷人家孩子，剜眼割舌，扭肢抽筋，弄成各种奇形怪状在街上乞讨。掌柜的做太平生意的人，犯不着得罪这些恶毒阴险的丐帮小人。

"当，当，当，当。呱响嗒板，脖里挂，狗咬我，我不怕，三老四少行行好，要饭的三爷我来了……"百井坊里，也有一群乞丐在讨饭，平常时候他们就四处乞讨，不过各种节日的时候异常活跃，因为这种日子，大家都不想惹些晦气，更容易讨到钱。

那乞丐到了李老实门口，瞧见好肥一只大黄狗，趴在门槛前，嘟着一张狗脸正在打瞌睡，马上就敲起了板子，眼见房中无人出来，那乞丐声音更提高了些："叫一声，你不应，叫两声，你不动，三声四声粗喉咙，五声六声穿堂风……"

堂屋里，李小兮姑娘系着小围裙，正忙着把寒食装篮呢，这都是她昨儿晚上备下的寒食，麦糕、团子、枣糕、南瓜糕……样子好看，味道也不错。钱小宝在她身边转转悠悠的，也不知道自己能干些啥。

这时听见门口花子唱"莲花落"，声音也越来越高，李小兮知道如果再没反应，那花子就得唱骂人话甚至恶毒的诅咒了，赶紧对钱小宝道："快去，拿几文钱打发了他，要不就要骂人了。"

"哦哦，好！"小宝如奉观音，摸了摸身上，哪有铜钱哪，顺手摸出一沓交子，一边翻着一边往外就走。这交子就是宋朝的纸币，实际上这时已改革为钱引，但民间还常沿用旧称。

交子也好，钱引也罢，都是为了方便大宗钱财交易设立的，不然的话，一千文钱就重二十多斤，实在不方便。而如今这钱引是以缗为单位，一缗就是一百文，没有更小面额的了。

李小兮正往篮子里摆着青团，眼角一瞥，看到了钱小宝的动作，却没往心里去。等钱小宝出去了，她才反应过来，登时一声惨叫："不要哇！"

李小兮抛下篮子，一个箭步就冲了出去。钱小宝数出一张钱引，刚刚走到门口，扬声唤道："花子……"

李小兮跟一头母豹子似的从后边冲过来，一把将钱小宝搪到门后去，那里摆着一堆杂物，就听稀里哗啦一阵响，钱小宝坐在一口咸菜坛子上，怀里抱着个簸箕，一脸茫然地看着李小兮。

李小兮从怀里急急摸出两文钱，递给那乞丐，道："拿去拿去，快走快走，我当家的小气，大好节气，莫惹了是非。"那乞丐一听，道一声："女菩萨慈悲！"接过钱一溜烟儿地就跑了。

钱小宝坐在咸菜坛子上，听见"我当家的"四字，登时心花怒放，仿佛坐在九宝莲台上，怀里抱着的簸箕也变成了东方持国天王手里的那把琵琶，恨不得当即高歌一曲，天女散花。

"你有钱撑的是吧？你个败家玩意儿！"李小兮把门一关，杏眼圆睁，愤愤谴责一番，又遮掩道，"你一张钱引给出去，以后乞丐们得了甜头，还不天天上我家来闹腾，真是的。那张钱引呢？"

钱小宝傻笑道："我也不知道，你一撞，它就飞了。"

李小兮连忙四顾，不见钱引，便一把将钱小宝从杂物堆里拽出来。钱小宝一个趔趄，险些再摔一个马趴。李小兮跟小狗似的急看两眼，忽一扭头，登时大喜："别动！"

钱小宝吓了一跳，不知道她要干什么，连忙保持不动，李小兮从他屁股上小心翼翼地揭下钱引，虽然坐得有点儿皱了，倒是完好无损。

李小兮看看面额，居然是五百文的，伸出手指在钱小宝额头一戳，骂道："真是个败家玩意儿。"钱小宝吃这一戳，头也晕了，心也晕了，晕陶陶地站在那里，魂儿飘飘荡荡，不知飞上了哪一重天。

李小兮风风火火地走进厨房，那张钱引已被她抒平、叠好，放进贴身的口袋，还仔细捏了捏，按了按，抚了抚。

杨瀚没办法与他们同游，他有公务。不过他说了，他负责的是断桥那一片，小兮姑娘打算就去那片走走。她带了这么多样的寒食，自然也是给瀚哥哥准备的。

十六　风情月意

　　杨瀚挎着量天尺，在堤上溜溜达达，对年轻貌美的小娘子总会多看上几眼，尤其是穿白裳、穿青衫的，只是迄今为止，还没发现白素和小青的身影，杨瀚倒也不失望。在他想来，白素和小青本就不可能来游湖的，她们被一个妖人一路追杀着，还有闲情逸致游湖？那心得多大呀！

　　远远地，白素、青婷和许宣，缓缓地走来了，她们连衫子都没换，依然是一身白、一身青。

　　江南草长，群莺乱飞，一阵带着花香的风，轻轻地掠过湖面，温柔得就像情人的呼吸。白素伴着许宣缓缓而行，一颗芳心也似风中的湖水，荡起了一圈圈涟漪。

　　湖畔有游人，有提着花篮卖花的小姑娘，也有獐头鼠目总想往漂亮姑娘身边挤的泼皮。听在耳中的，有吴侬软语，也有市井粗话，还有远处隐隐的歌声。

　　许宣也似被这氛围所感染，变得开朗许多。一个孩子戴着憨态可掬的猪娃面具撞进了他的怀里，许宣笑着扶住他，看那孩子跑开，对白素笑道："我想起一个笑话，正要说与你听，你可知道，天蓬元帅为何被贬到下界为猪吗？"

　　白素也是看过这个故事的，登时好奇地问道："为什么？"

　　许宣笑道："因为天蓬元帅调戏嫦娥，玉帝欲治罪于他，便问太白金星，天蓬该当何罪。太白金星说：'知法犯法，按律当诛！'玉皇大帝便判了天蓬元帅投胎做猪。"

　　白素听了扑哧一声笑，忽又自觉失态，忙掩了口偏过脸去，却又回头嗔怪地乜他一眼，红艳艳的唇使一排白牙轻轻地咬住，几丝秀发被风拂着，就在新荔一般鲜嫩的腮边起伏。

许宣看得是怦然心动，不由得目光一凝，脱口赞道："白娘子真是漂亮，如此风情，叫人一见倾心，蚀骨不忘。"

白素俏脸微晕，心中欢喜，腻声道："你哄人，我哪有……"

许宣涨红了脸，道："真的，我发誓，方才所言，字字句句发自肺腑，若有半句虚言，天打五雷轰。白娘子，你……当真是我这一辈子所见过的最美的女人！"

这句话说完，两人四目相对，一时痴了。

小青在一旁唬着一张脸，不合时宜地插嘴道："姐姐，据说雷雨天气劈死的男人十倍多于女人呢，你知道为什么吗？"

白素不知道她为何突然扯到这个话题，很认真地想了一想，这才答道："莫非是因为女人家平素不大出门，而男人有时候冒着雨也要出门做事？"

小青淡淡道："非也，是因为男人喜欢发誓呀！"

许宣听了，顿时有些尴尬。白素笑笑，趁着许宣不注意，伸出手去，要狠狠拧小青一把，可小青早有防备，淡定自若地加快步伐向前迈了一步，白素的手指就掐空了。

随园后宅，戴着诡异微笑的少女面具的苏窈窈把白素的卧房、青婷的卧房，乃至两人储放重要东西的库房，都仔仔细细地翻了一遍，水如意没有下落，火如意也是踪影全无。

"这两个贱婢，究竟把它们藏在哪里？为什么这里也没有！"苏窈窈按捺不住地低吼。她像困兽似的在房中来回走了两圈，冷笑道："我的局早已布下，任你如何狡猾，早晚也要喝了老娘的洗脚水！哼！"

苏窈窈把袖子一拂，敏捷地从窗子蹿了出去，房中一切如故，丝毫看不出曾被人翻动过。墙头一对燕子，被她的身影惊扰，展翅飞了起来。

"你看着点儿孩子，别老让他跑跑跳跳的，再磕着。"

砰！一个四五岁跑跑跳跳的小孩子应声磕在桥墩上，立即咧开嘴巴大哭起来。

一个妇人急忙上前扶起坐在地上大哭的儿子，给他拭泪，拿着刚买的棉花糖哄他。

黄公子不高兴地对黄员外小声道："爹，你也知道你的'乌鸦嘴'是好的不灵坏的灵，就别碎碎念了，小石头本来玩得好好的，你看你这一说……"

黄员外不悦地瞪起了眼睛："昨儿个我孙子被门槛绊了一跤时，我可不曾说过什么呀，他还不是摔了一跤？小孩子淘气莽撞，常会磕磕碰碰的，你不看紧了他，反倒来责怪为父，我说话也不是次次准的。"

黄公子嘟囔道："虽说不是次次准的，十次倒有八次应验。反正你少抱怨，就少生些是非嘛。"

黄员外赌气道："好好好，老子不说话了，一会儿小石头要是再磕了碰了，摔了绊了，可跟老子没关系。"

黄员外话刚说完，拿着棉花糖破涕为笑的小石头因为那团棉花糖太大，遮在眼前看不清路，脚下的石板路不平，又结结实实摔在地上。"哇——"

黄员外马上闭紧了嘴巴，黄公子嗔怪地瞪了眼父亲，气鼓鼓地要去抱儿子，一个矫健的人影早已经抢先一步，把他的儿子小石头给抱了起来："嗬！小家伙真厉害呀，你这一跤，把桥下的鲤鱼精都给吓跑了！"

小石头正咧着嘴干号，一听鲤鱼精，立即收了哭声，探头往桥栏外湖水里看，抽抽搭搭地问道："哪儿呢，我怎么没看见鲤鱼精啊！"

杨瀚笑道："本来是在那的，张牙舞爪地正要吃人，你这一扑，它把你手里的棉花糖当成大铁锤了，以为是降妖的大英雄来了，结果就吓跑了。"

小石头一听，张开豁牙嘴笑起来，顾盼之间，颇为自豪。

杨瀚笑问道："你是不是大英雄啊？"

小石头挺起胸，大声道："是！"

杨瀚道："你是大英雄可不能哭了，要不然叫别人笑话，大英雄哪有哭鼻子的道理。那个鲤鱼精要是知道你哭了，不再怕你了，就会游回来害人了。"

小石头赶紧点头："嗯嗯嗯，我不哭！"说完拾起袖子一擦眼泪，挂着两筒鼻涕，雄赳赳气昂昂的，一副要拯救人类的模样。

黄公子和夫人双双上前，从杨瀚手中抱过儿子，向他道了声谢。杨瀚笑吟吟地看着他们一家人走下断桥，挪了挪腰间的量天尺，便向桥的另一边踱去。

日将正午了，日头烈着呢，他想去岸边柳树下喝碗大碗茶。

"瀚哥儿！"脆生生的一声叫传来，杨瀚停住脚步寻声望去，就见李小兮和钱小宝正站在桥下。钱小宝提着个沉甸甸的篮子，李小兮正雀跃地向他招手。

杨瀚快步上前，小兮欢喜道："瀚哥儿，可找到你了，我带了好多寒食，眼看晌午了，咱们一块儿吃点儿吧。"

"许郎中，你坐。"另一处湖畔，白素亲手铺下一块布，一直提篮跟在后边的可伶、可俐把吃食一一摆在布上，白素便甜甜地招呼许宣在布沿落座。

这里比起杨瀚所选的地方可幽静了许多，这是一处河岸探向湖水的尖角，三面环水，陆地的一面则是树林，只有这一小块三角地是茵茵绿草。

白素选在这里用餐，自然是图个清静，可那树林之中一阵风吹过，绿叶起伏之间，却有一张白森森的诡笑面孔，隐隐地露了出来。

白素、许宣、小青三人同席而坐，可伶、可俐这一对双胞俏婢在一旁侍候着，风景如画，人亦入画，此情此景，俨然就是一幅大户人家的公子、少夫人和小姑同游图，说不出的和谐。

不过这和谐只是在旁人眼中看来的感觉，在白素眼中，小妹青婷和可伶、可俐一对丫头却碍眼得很了，有这几个丫头在旁边，如何与许郎卿卿我我？

"我吃不下了，许郎中，可否陪奴家到林中走走？"白素主意已定，便向许宣嫣然邀请。许宣自无不从，二人结伴走去，绕过两棵大树，白素突然一拉许宣，轻声笑道："我们走！"

许宣还不明所以，就被白素拉着跑开了，直到跑出树林，白素才咯咯笑道："小妹总是扫人兴致，咱们走开些，才玩得开心。船家，船家……"

白素招手唤住一个船家，笑吟吟道："租你的船，不用你撑船了，个把时辰再来此处还你。"说着，她已取出一张一百文的交子，那船家一看这女子出手如此大方，自无不允，马上乖乖停船上岸。

船家不放心道："姑娘，你们可会撑船？"

许宣刚要说自己并不习水性，白素已笑道："自然习得，船家放心。"

白素一个箭步跃上船去，单手持篙往水里一点，伸出手道："许郎……中，且小心些。"

许宣要被一个女人如此照顾，未免赧然，但他不习水性，还真有些畏惧，忙伸出手去，被白素柔软的小手握住，向怀里一带，将他拉上船去。

白素道："坐稳了！"

为免惊世骇俗，她也不敢用什么手段，就是规规矩矩地一撑篙，那船便悠悠然向湖中荡去，看来虽然轻松，岸上船家却是暗暗咋舌："这位小娘子看着柔柔怯怯的样子，当真好大的力气，老汉我使尽全力，这船也无法一篙便划出这么远哪。"

白素并不使力划船，待那船荡出离岸十余丈远，白素便插好竹篙，过来与许宣并肩而坐，任那船随风漂随浪荡。

深深地吸一口清新的风，白素感慨道："似如此这般，才觉得逍遥自在呢。若得一有情人，驾一叶扁舟，相偎相伴，浪迹天涯，那该多好哇。"

许宣听了，眉宇之间不免流露出一丝异色，白素这表白可是相当直白了，他如何不知姑娘的情意，这般美貌的女子，若能长相厮守……只是一想，许宣就如饮了三杯醇酿，顿生醺意了。

白素瞟了许宣一眼，忽然半真半假地问道："许郎中，如果你有一个心爱的女人，她想你伴她浪迹天涯，你会不会陪她去？"

"啊？"望着白素殷殷的目光，许宣一时竟不知该如何是好了。

桥边路畔，有各种小生意人摆着摊子，趁着游人众多吆喝着买卖。

用过午餐，将食盒寄放在茶博士那儿，小兮姑娘便跑到了一个卖首饰头面的摊子前。摊子上摆着挂着琳琅的小饰品，小兮拿起一个银镯子，瞧着那桃心状的花饰，爱不释手。

杨瀚见了小兮神色，忙用胳膊肘拐了一下正东张西望的钱小宝，钱小宝茫然望来，杨瀚向摊子上努了努嘴，笑道："你瞧这镯子，纤巧精致，和小兮姑娘多配呀！"

不料钱小宝只扫了那镯子一眼，就不屑道："这是镀银的，如果我没猜错的话，里边用的是锡，根本不值几文钱，廉价得很，戴不了几天，镀银层磕了碰了，就露出锡的底色了，那多丢人哪，傻子才买它……"

小宝越说越兴奋，完全进入典当铺子大朝奉的角色了："还有这颗珠子，从颜色、大小、色泽和形状来看，假的！这支丝双鸾衔寿果玉簪，玉呢倒是真玉，不过一看品相就不值钱。小兮姑娘，你要是喜欢……哎？小兮姑娘呢？"

杨瀚默默地向前一指，小兮姑娘已经气鼓鼓地走远了，钱小宝赶紧追上去，一路追一路喊："小兮姑娘，你慢些走哇，小兮姑娘……"

杨瀚摇头道："哎，这也就是钱家的大少爷，要换一个人，这么没眼力见儿还嘴欠，早被人打死了。"

小兮姑娘虎着脸，刚走出一段路，迎面忽有一个绯衣姑娘欢声叫道："小兮！"

"呀，采薇，是你。"小兮上前拉住绯衣姑娘的手，"你也来游湖哇，好久不见，你更漂亮了呢。"

其实这姑娘姿色只算中等，远远比不上小兮，不过有些场面的话，你懂的……

采薇叫袁采薇，原与小兮是邻居，后来搬去西城了，两人便断了联系，此时相见，分外亲热。钱小宝追上来，气喘吁吁道："小兮呀，你怎么走这么快。"

袁姑娘面有疑色，看看小兮，再看看钱小宝，促狭道："噢，我以为就你一个人来游湖，原来有人相伴哪。还不快给我介绍一下，这位是……"

当着袁姑娘的面，小兮可不会露出一丝的不快，她笑吟吟地打了袁采薇一下，嗔道："你少乱猜疑，我跟他就是普通朋友，一块儿游湖的还有伴儿呢，喏，你瞧那边，那位瀚哥儿也是。"

小兮说完，对钱小宝介绍道："这位是袁采薇袁姑娘，以前和我是邻居，极要好的朋友。你看她长得多俊，不但人生得美，名字取得也好，我常觉得自己这名字太小家子气了，小兮小兮的，哪有人家叫采薇大气，采薇，意境多美呀。"

袁姑娘很开心，拉着小兮的手，羞答答道："人家哪有你生得俊俏，你就一张嘴巴跟灌了蜂蜜似的甜。"说是这么说，她却是被小兮夸得红光满面，心花朵朵。

钱小宝咧开嘴巴哈哈大笑起来："这位姑娘生得比你美？瞎呀？太能编瞎话了吧你。再说了，小兮这名字有啥不好听的？一听小兮，我就想到巧笑倩兮，美目盼兮，素以为绚兮，多美呀。采薇采薇，薇是什么？薇就是野豌豆哇，又叫大巢菜，采豇豆，采大巢菜，哈哈哈，很好听吗？"

扑通！钱小宝正仰天大笑，被气得脸都黑了的李小兮一把推进湖里。小兮再看一眼脸都绿了的袁采薇，讪讪地解释道："采薇，你别生气，我跟他不熟的，这人嘴巴臭，我也烦得够够儿的。哎！采薇，你别走哇，采薇……"

李小兮越是喊她的名字，袁采薇走得越快。"采豇豆，采大巢菜？我采你个鬼呀！今天出门真是没看皇历，真要被她活活气死了。哼！我就知道她不服气我比她长得好看，故意找人来羞辱我，小人！"

杨瀚弯下腰，伸手一拉，把落汤鸡一般的钱公子从湖里捞了上来，看他一脸的委屈和不解，不禁深深地为他发愁了，这情商！他们家老爷子偌大的年纪，身体居然那么硬朗，应该是被他从小气着，锻炼出来的吧。

许宣的情商比钱小宝无疑要高多了，嘴巴也不欠。看着白素姑娘火辣辣的眼神，许宣情不自禁道："我会！"

白素听得心花怒放，一双柔荑不由自主地握住许宣的手，两双手这一握紧，两颗心也似突然碰撞在了一起。船在水上轻颤，他们俩的心也随着那轻颤的船，轻轻地颤抖起来。

此时无声胜有声的当口，那艘小船突然直直地向岸边驶去。

"咦？"船在水上无根，会随着风和水流轻轻漂荡，但这么笔直地漂向岸边，未免古怪。白素心中一惊，失声叫道："怎么回事，为何这船无人操驶，却自动往岸边去了？"

这句话说完，白素便心中暗悔，这样的疑处，岂不让许郎中生疑？幸好许宣万万想不到能有人会这样驭水的本领，虽也啧啧称奇，却只能用常理揣测，笑道："想来此处湖水下边有暗流，引着船往岸边去了，只是行得如此笔直，倒也奇特。"

白素听了，方才放心，忙道："是呀，着实闻所未闻，堪称奇景。"白素说着，向岸上望了一眼，就见小青正站在岸边，脸色不愉。白素顿时恍然大悟，知道定是这小妮子捣鬼。

船到岸边，小青恼火道："姐姐怎么独自乘船去游玩了，也不跟我说一声，我还以为你出了什么意外。"

小青恼火自有她的道理，她们两个人吃过泄露秘密的亏，可白素自从被异光照过，变得特别多愁善感，情感波动极大，很难如小青一般时常保持理智，小青怕她一时激动，又把自己的秘密透露给人知道。

白素听了也有些不快，旁边还站着许宣呢，妹妹如此责问，直把她当成了小孩子一般。当着心仪的男人她未免有些落下脸来，何况她可不觉得自己性情不够成熟。

白素忍不住反驳道："我与许郎中乘船观望一下风景罢了，我又不是小孩子，何须时时照看，一举一动都得告诉你一声吗？"

小青哼了一声道："你虽不是小孩子，可什么时候懂得轻重缓急了？凡事还不是我操心？"

她霍然转向许宣，诘问道："我姐姐喜欢了你，你愿意娶她吗？我姐姐虽然姿容出色，却是由心率性的人，不会持家，不会相夫教子，你愿意与她厮守终身吗？我姐姐优渥的日子过惯了，你却只是个穷郎中，如今还住在你舅舅家里，你养活得了她吗？"

许宣面红耳赤，狼狈道："小青姑娘，我与令姊，只是初识，似乎还没到谈婚论嫁的地步，此时谈起这些，似乎为时尚早吧。"

小青冷冷道："这些事，你早晚要面对的，你是男人，这些事不早早想着，岂非就只是觊觎他人美色了？又或者，希图我姐姐会有大笔的陪嫁？你若没有这个能力，就该早早抽身，何必深陷其中……"

许宣听她如此说话，脸色不禁难看起来。白素更是如坐针毡，忍不住怒道："小青，你够了，如此冒昧，叫我今后在许郎中面前如何自处？"

白素说着，伸手就来抓小青手腕，小青正在气头上，一抬手就弹开了她的手。许宣一瞧这两姐妹动起手来，忙不迭劝道："都是我不好，两位姑娘不要动手。"

许宣说着，抢上一步就要拦阻，小青怒道："不关你的事，走开！"她反手一掌砍在许宣颈上，许宣登时两眼发直，软趴趴地倒在了地上。

白素又惊又怒，喝道："小青，你今天怎么如此蛮不讲理，你……"

小青目光闪烁了一下，到底是相依相伴五百年的姊妹，白素立即明白小青如此反常别有原因，她往林中一看，一道黑色的人影仿佛一道被风吹落的败叶似的，从树上飘落下来，用一张惨白的诡异的少女笑脸望着她们，正是苏窈窈。

"原来如此！小青是故意挑事，以便借故打晕许郎，怕他知道了我们的秘密，会把我们视为妖怪，我误会她了！"大敌当前，这一刻白素心中闪过的居然是这个念头，确实是太不着调了。

十七　雾隐森罗

白素目芒一缩，下意识地退了一步。小青却是急急上前一步，步伐与白素同步，白素一步退下，小青马上踏进一步，配合得天衣无缝，犹如舞蹈，姿态极是曼妙。

小青随即一推白素，白素便向后飞跃而起，翩然而落时已在船头，那船头只是微微一沉，她就似落在一瓣荷花蕊上的蜻蜓，极显轻盈。而小青，亦已如影随形，紧紧站在了她的身边。

小青把右手一挥，面前就升起了一道水做的帘子。水帘中一颗颗晶莹剔透、整整齐齐地静静悬浮于空中的水滴，随时可以化作一颗颗致命的子弹疾射出去。

白素急道："许郎中……"

小青在她耳边轻声道："若非器，何忌之？"

你越表现得在乎他，苏窈窈越会想到以他为人质。若是表现得浑不在意，那在苏窈窈看来，不过是一个被你逢场作戏的男人，她自比神祇一般的人物，会向这样一个不相干无所谓的凡人出手吗？

白素到底与她心意相通，顿时明白了她的意思，马上羽袖一扬，一大团雾气就在以小船为中心的一大片水域上升腾而起。与此同时，整艘小船迅捷无比地向湖心冲去。

鬼面人一顿足，像一只吸血蝙蝠一般凌空扑来，那张静静悬在空中的珠帘登时炸作一颗颗凌厉的子弹，疾射向她。

鬼面人手掌一翻，一团金光在她手中乍然亮起，形成一道锥形的光束，向前追来，但凡金光中所照，所有的水滴子弹顿时化作虚无。但只这么一挡，小船已经裹着团团浓雾，冲进了湖心。

鬼面人大袖张开，在湖面上停顿了那么一刹。她当然不会飞翔，但是，她可以入水。鬼面人狞笑一声，一头扎进水去，水面居然只涌起一朵小小的浪花。旋即，就有一道洁白的水线自水中射出，箭一般追着那团浓雾去了。

浓雾之中，一只小船左转右折，拼命虚晃着自己的方向，而鬼面人却在水中随之转折，仿佛一条可怖的水蛇。她是仰在水中游的，那张可怖的白瓷面具在清澈的湖水下更显诡谲。

随着小船的急驰，滚滚浓雾在整个湖面上升腾起来，范围越来越大，渐渐向整个西湖扩散而去，远远地，只见湖面上烟尘滚滚，已经五步之外难辨男女，自然也无人看得清这幕水上奇景。

轰！

一道水浪突然炸起，驱动着浓雾，猛然升高了三丈，炸裂开来的浓雾之中，一道旋涡腾空而起，黑衣白面的苏窈窈蹲伏在水浪之上，仿佛水怪巫支祈正在兴风作浪。

她犀利的目光往浓雾中一望，举起金钵一扫，金光照处，浓雾散开，虽然只是一刹，整片的浓雾便又补充过来，但她已经锁定了小船的位置，立即纵身一跃，疾扑过去。

水面，一朵朵浪花翻涌，恰接住她落下的脚步，苏窈窈便踏着一朵朵浪花，向那小船疾奔，步步生莲，若被人看见，真要把她当成了神仙。

飒！飒！

小青自然不会放过这样的机会。两道水滴一从左，一从后，悄无声息地靠近了苏窈窈，近在丈内时才陡然加速。苏窈窈立即翻转金钵，一道金光绕体疾闪，仿佛一道金龙，化解了那两颗要命的水滴。

可趁此机会，那小船已再次幽灵般没入浓雾之中，不见了踪影。浓雾中只传出小青悲愤的声音，忽左忽右，忽前忽后，难辨其踪。

"苏窈窈，你意欲何为？"

"交出水火如意。"

"那不过是当初留作纪念的神人遗物，并无特别用处，你要它做甚？"

"无须多问，交出来，我便放过你们。"

"小青，不如我们就把水火如意交……"

"闭嘴！别幼稚了，你忘记她当初抓了你，要吸干你血的事了？天知道她这些年又琢磨出了什么鬼花样，不能答应她。"

双方一追一逃，在越来越浓的雾中对着话。远远的岸上的人只看到那雾越来越大，雾气中心浓雾滚滚，上下翻腾，大团大团的雾气向四下飘散，蔚为奇观，却不知道浓雾中究竟发生了什么。

"苏窈窈，你已是不死之身，为何如此贪心不足？"

"我贪心不足？哈！上苍把最好的都给了你们，凭什么我要变成这副神憎鬼厌的样子？天地待我不公！天地既然不肯给我，我就自己来抢！和你们抢，和天地争！"

"痴心妄想！我们不会再忍你了！"

双方越战越激烈，大雾已经弥漫了整个湖面。这里的水资源非常丰富，白素能轻而易举地制造出弥天大雾。此时雾气已经向岸上蔓延，再这样下去，用不了一个时辰，整个临安城都将被大雾笼罩。

天上的太阳，此时已经成了摆设，对这大雾毫无作用。湖中一些游船难以辨别方向，也看不清不远处的东西，为免相撞，只能原地停下来，船客呆呆四顾，茫然不知所以。

岸上游人却是已经发现了这样的奇迹，一开始他们还为这西湖上仙境一般的袅袅烟姿而欣喜，可此时也不禁怔忡后怕起来，这……这样的怪异之雾，太不同寻常了。

"好奇怪呀，怎么会突然升起这么大的雾，这个时辰……"

"哎，你们快看，那是什么。"

桥上，堤上，游人指指点点，远处烟波浩渺的湖面上，一团金光灿若大日，在浓雾之中闪烁来去，时而又有一道水流龙卷风一般冲霄而起，却只比那已经腾空十余丈的浓雾又蹿高了两三丈余，便又迅速坠落。

游人渐渐察觉不对劲了，有些机警的游人已经开始携着家人从桥上、堤上往岸上跑，生怕湖里出了什么水怪，一会儿发起大水来，就把他们都卷进湖里喂了虾蟹。

"那边出了什么事？好生古怪！小兮，你别乱跑。小宝，你照看小兮姑娘，我去瞧瞧。"杨瀚嘱咐一声，握紧了量天尺，就往那雾中金光升腾处跑去。

钱小宝福至心灵，一把抄起李小兮的小手，激动地向杨瀚的背影大声表态：

"我会保护她的，你放心地去吧！"

杨瀚把轻身提纵术发挥到了极致，速度快得简直如同马踏飞燕。他心里激动啊，这征兆，明显是有宝哇！古老相传，有异宝出世时就会出现奇异现象，眼下这情形分明就是有宝贝现世。快些！再快些！天赐异宝，唯跑得快者得之！

清波门，柳浪闻莺。此时莺是听不到了，柳浪也都隐在大雾之中，只影影绰绰现出一道道树影。许多游人惊惶四顾，不知所措。

黄员外一家人躲在人群中，战战兢兢。黄公子道："有古怪，太古怪了，哪有过了正午，突然升起弥天大雾的，而且速度这么快！"

黄员外惊慌道："可别是有什么鬼……"

黄公子手疾眼快，一把捂住了他爹的嘴。

黄员外猛然想起，自己有碎碎念的奇异能力，而且是好的不灵坏的灵，赶紧补救道："不鬼不怪，有也是神仙！"只是他嘴巴被儿子捂得紧紧的，这句话咿咿唔唔的，只有他自己心里听得见。

哐——一声锣响，紧跟着钟鼓钹磬纷纷响起，浓雾之中仿佛搭起了一张戏台子。紧跟着，一阵庄严神圣的歌声响起来，仿佛是有无数人在齐声诵唱，仔细听上一阵，才能听得出诵唱的是："放下屠刀，立地成佛。苦海无边，回头是岸！"

十六个字，由无数人用混声四部合唱反复吟诵起来，听起来显得极其诡异，明明是一句导人向善之语，偏偏透着森森的鬼气，听得人心里头直发毛。

随着这似乎永无止息的颂唱声，雾中缓缓地现出一个周身金光闪闪的神人来，神人身高丈六，宝相庄严。堤上百姓见了惊呼不已，有那福至心灵的，已经扑通一声跪了下去，连连磕头不止。

黄员外一家人也早吓得跪了下去，黄员外心中念叨："幸亏我及时改口，想不到这回竟然不是'好的不灵坏的灵'，定是因为我改口说的是神佛，邪门歪道的东西不敢近身。"如此一想，他更觉敬畏无比。

那诡异得叫人听了汗毛直竖的梵唱声渐渐变小，雾中若隐若现的金人突然开了口，声音有如金铁之音，铿锵有力："尔等善男信女，皆吾有缘之人。今有一道偈语送给你们，谁能悟得其中玄机，便是有大机缘之人。尔等听仔细了！"

堤上众人战战兢兢，所有人都屏了呼吸，大气都不敢喘，却把耳朵都竖了起来。

雾中神人朗声道："称孤而观天下，千钧似土似金，南向焚香三拜，便是九五至尊。呵呵呵……"雾中神人一字一句地念出，便朗声笑着，缓缓消失不见。

堤上所有听到这首偈语的人都是一脸茫然，无人解得偈语中含意，只是拼命记下，生怕记错了一字半句，失去了大好机缘。

杨瀚此时正在西湖的另一侧奔跑，浑然不知这堤上奇异的一幕。

他跑到岸边，这才想起怪异的金光在湖面上，得赶紧弄只船才行。可这里大雾弥天，比别处更要浓重，他也是举目难辨五步之外情景，刚才跑得急，险险都要冲进湖里去，这一时半晌的到哪儿找船？

杨瀚只好拢起双手，大声叫喊："船家，有船家吗？租船啦，一倍，不，两倍的价钱，船家？"

湖面上，白素唤起这么大的雾，耗损太大，精神显然疲惫了许多，而小青用一颗颗水滴子弹袭击苏窈窈，也是渐渐不支。

真要论本事，其实她们三个半斤八两，也说不上谁更厉害。只是苏窈窈手中那口金钵，却能克制她们的驭水奇功，如此一来，两女自然落了下风。

"妹妹，我快撑不住了，咱们走。"白素眼见不妙，立即向小青示意。

小青咬一咬牙，一扬手又是三颗水滴子弹，将苏窈窈迫退，喝道："你去，岸上等我！"说罢双脚一蹬船面，那船立即箭一般向岸边射去，小青凌空落下，脚下湖面竟也涌起一朵水莲，将她稳稳托住。

苏窈窈想纵身截住白素，小青却反守为攻，死死拖住了她，双方鏖战十余个回合，苏窈窈凌空一个倒翻，脚尖儿刚被水莲花托住，便掣起金钵欲打小青一个狠的。小青冷笑一声，身子扭了一扭，整个人突然像是从空气中融化了。

"可恶！"苏窈窈恶狠狠地咒骂了一句，她知道，小青又用了她的瞬闪绝技，追不上了。五百年来，不知多少次，本来布置得极好的局面，都因为小青这一手绝技，功败垂成。

岸边，那船飞速地驶过来，在岸沿上铿地一撞，白素借着向前冲的力道，一个箭步蹿上岸去，旋即反手送出一道若有实质的雾气，笔直地探向湖面，这是给小青的指引。

杨瀚正张大眼睛，于茫茫白雾之中徒劳地四顾寻找着，忽听不远处铿的一声响，似乎有船撞上了湖岸，大喜之下连忙寻声摸去。

小青一个瞬闪，到了白素身边，一番大战后又动用如此异能，顿时有些头晕眼花。白素马上扶住乏力的小青，奋起余力，将周围的雾气鼓荡得更加浓郁，将小青隐藏其中，关切地问道："妹妹，你怎么样了？"

小青喘息道："我无……无妨，快寻到篮子，取我备用的衣服……"

白素在她一手制造的雾中，是唯一照样能感知、"观看"到一切，而不受影响的人，闻言马上搀住小青，就想赶往那块野餐的三角地，不远处地上还晕着许宣，这时也顾不上了。

恰在此时，杨瀚闻声摸来，大声唤道："有人吗，船家？"

"坏了！"白素不但"看到"有人接近，而且一眼就认出是杨瀚。杨瀚生怕胆怯的船家逃了，听到窸窣的声音，马上快步摸了过来，一双手划拉着，眼看就要触到白素的胸膛。

白素吓了一跳，赶紧向后一蹦，堪堪躲过杨瀚的魔掌。

幸好，幸好……白素庆幸地拍着胸脯。

只是，白素为了避嫌，跳得倒是够快，却把小青扔在了那儿。

杨瀚反应极快，立即变"划"为"抓"，脸上便挨了一记大耳光。啪的一声，他眼前一根根金条乱蹦，这要是能抓住两根，今天就没白来！

杨瀚挨了一掌，本能地一拳击出，白素暗暗咂舌，好狠！这一拳若是打实了，只怕妹妹肋骨就要断上三根。她们虽有驭水的奇功，可没有金刚不坏之躯，白素急忙一把扯过小青，杨瀚这一拳就打空了。

杨瀚迷雾中难以视物，本也没指望这一拳必中，一拳既空，马上一矮身，就是一记扫堂腿，虽是贴地而扫，竟使出了鞭腿的气势，呼啸一声，极是有力。

白素扯着小青又是一绕，杨瀚的足尖儿堪堪贴着小青的小腿扫过去，把地上一块小孩子拳头大的石头呼的一声扫出去，湖上传来"哎哟"一声惨叫，想必是打中了什么人。

白素于迷雾之中能够视物，拉着小青左旋右转，也不出声，片刻工夫就避开了杨瀚，急去取了备用的衣服给小青换上。她二人不管到哪里，都必备换用衣物，颜色、款式完全相同，倒不用担心临时换装被人发现。

"刚才是谁？"小青一边借着迷雾穿衣服，一边恨恨问道。

白素忍住笑道："是那瀚哥儿呢，你说巧不巧。"

"原来是那混蛋！"

小青毕竟五百年人生阅历，不至于被人碰了一下便寻死觅活的，但仍是心中有些不甘，听说在她腰间掏了一把的人是杨瀚，更是格外不甘，只是此情此景，她也不知该如何是好。

这场大雾是人为升起，违背天时自然之理，如今没人用异能去支撑，被阳光一照，雾气便迅速消融了，周围景致渐渐清晰起来。白素一见，急忙拉着小青闪到昏倒的许宣旁边，伸出手指在他额头一点，许宣便悠悠醒来。

白素一指点出，忽然心中一动，想起上回苏窈窈的驭水功夫对杨瀚无效。可是仔细想来，当初在古玩街上，自己分明用异能治好过他脸颊上的伤痕，莫非此人的身体竟然能分辨加诸其身的异能是有利还是有害，从而做出反应？如果是这样的话，这个人还真是有些奇特，恐怕来历未必那么简单。

迷雾渐渐散去，杨瀚在岸边纵目四望，远远看见一处湖畔坐立三人，立即纵身赶去。此时，许宣刚刚苏醒，坐起身子，一见二女好端端地站在旁边，松了口气道："你们姐妹俩莫要怄气，都是许某的不是。"

白素道："我们并未动手，刚刚争吵了几句，忽然漫天大雾起来，伸手不见五指，也不知道是出了什么事情，我姐妹二人觉得诡异，是以不敢作声，就坐在你旁边来着。"

许宣看看天色，奇道："这个时辰突然升起了大雾？"

小青冷冷道："我姐姐还能骗你不成？你瞧那里，雾气尚未散去。"

小青往来时的林中一指，许宣扭头望去，那林中的雾散得慢，此时仍然袅袅浮动，尚未散尽，不禁啧啧称奇。

这时杨瀚飞身掠至，一瞧三人，不由得又惊又喜。这真是踏破铁鞋无觅处，得来全不费工夫，居然就这么找到她们了，那个男人……是许郎中？他们原来一直就有联系！

"小青姑娘，原来是你！"

杨瀚欢喜地叫了一声，白素吃味地撇了撇嘴，旁人看到自己和妹妹时，总是先注意到自己，毕竟她是娇艳妩媚型的女子，更有女人味。小青却是清丽甜美的少女味道。

如果用天上的日月做比的话，她是那轮炙人目光的太阳，小青则是夜空中没有薄云掩映的明月，皎洁、神秘，但是日月若同时当空，人们第一眼注意到的绝不会是她，谁知这人却与众不同。

小青可没有荣幸之感，一脸嫌弃道："怎么又是你，阴魂不散地追到这儿来了？我早说过，我姐妹二人跟你要查的事全无干系。"

杨瀚道："我相信你们不是恶人，可若说全无干系，却未免撇得太清了。那大盗苏窈窈既然与你们有旧仇，定然不会放过你们，你们避到何时才是个头？莫如你我联起手来，擒住那大盗，你们也可求个太平。"

小青冷笑道："听起来很不错呀，只是那人，凭你的本事，是根本捉不到的，你就不要痴心妄想了。我姐妹二人宁可避着那恶人，捉拿大盗可不是我们百姓的责任。"

杨瀚苦口婆心地劝道："我知道你二人有苦衷，不过我如今可是公门中人，这样，我答应你们，一旦抓住苏窈窈，我不带你们去衙门对质，你们只需私下协助我，咱们联手擒拿苏窈窈，如何？"

小青道："让我们姐妹俩做你的内应，帮你升官发财吗？打得好一副如意算盘。那苏窈窈作恶再多，我们当苦主的自己不愿意报官，你还能强迫我们不成？姐姐，我们走！"

小青伸手去拉白素，白素向杨瀚招招手，满怀歉意道："瀚哥儿，好久不见。我妹妹这么说，实因我们有不得已的苦衷，我们不愿见官，更不愿与官府中人打交道，你就莫要难为她了。"

"和他废话什么，走！"小青拉着白素就走，连许宣看样子都要撇下不管。杨瀚脚下一转，伸手便拦住了她："我给你指的阳关道你不走，既然好言相求你不听，那我只好用强的了。"

"滚开！"小青看见杨瀚那只手，就想到他刚刚摸过自己的腰，心中一气，一指就向他腕间疾点过来。

啪！啪！啪！二人过了几招，杨瀚目芒顿时一缩，道："小青姑娘好俊的身手！"

小青蛾眉浅浅一扬，道："我姐妹二人自然也是练过功夫的，跟你说过我们的出身了，难道你当我们是手无缚鸡之力的弱女子吗？"

白素连忙帮腔道："是呀，瀚哥儿，你看我们姐妹俩是有自保之力的，你就不用为我们担心了，只要我们小心些，苏窈窈害不了我们的。"

小青没好气道："姐姐，你别自作多情了，人家只是想利用咱们抓住苏窈窈，以便立功升职，拿你当垫脚石的，哪里是念着你的安全。"

杨瀚目光一闪，缓缓说道："方才湖上大雾弥天，雾中有一人曾与我交过手，莫非……就是你？"

小青板着俏脸道："刚才那雾起得蹊跷，我姐妹俩不知道发生了什么事，所以一直背靠背地守在这里，哪儿也不曾去过，更不曾与人交过手，许郎中可以做证。"

许宣闻言忙道："是是是！我可以做证，我们刚刚一直待在这里的。"

"当真？"杨瀚狐疑地说着，目光不自觉落向小青的小蛮腰。小青被他一看，就觉腰上有只蚂蚁爬过似的，浑身不自在，便冷哼道："贼眉鼠眼的看什么！一瞧就不是什么正经人。姐姐，咱们走。"

杨瀚大喝道："站住！"

小青拉着白素，回眸乜了杨瀚一眼。

杨瀚紧了紧腰带，挪了挪腰间的量天尺，昂首挺胸，肃然说道："临安府钱塘县候补捕快杨瀚，现在征用你们，配合本捕快查办一桩人命要案，你们跟我走。"

杨瀚说着，伸手就来擒小青的手腕。小青那暴脾气，瞧着小巧玲珑的身子，宜喜宜嗔说不出的可人模样，但那可是一扭头就能变成鼻孔冒烟的霸王龙的女人。

一听杨瀚打官腔，小青勃然大怒，足尖儿一抬，便狠狠踢向杨瀚的膝盖，看那架势，这一脚若是踢实了，杨瀚马上就得荣膺八仙之首的尊位，继承铁拐李大仙的衣钵去了。

杨瀚吓了一跳，他本来正冲上前的，一般情况下万难避开这　脚，可杨瀚使腰力一拧，硬生生地一个错合步，从小青身边擦了过去。

学武之人素来有"传拳不传步，传步打师父"的说法，是说拳法可以教你，但配合拳法的步法是压箱底的功夫，不到最后关头是不教的。不然，一旦手眼身法步你都学全了，就要出现教会徒弟饿死师父的尴尬局面了。可见学功夫，步法在实战中的作用实还在拳之上，拳脚练得再好，没有灵活有效的步法配合，也难以给对方造成有效打击。所以，武术中又有"百练不如一走"的说法。

好在杨瀚是家传的武艺，虽说他爹死得早，他的武艺都是幼年时打下的底子，自己渐渐长成时凭着印象胡乱练的，这要是他爹活过来，瞧见他现在的这身功夫，只能认为是大号练废了，得再生个孩子，重新练技能，但对杨瀚来说，当爹的终究不可能对他藏私，这身似是而非的功夫实战效果还是很不错的。

杨瀚错身而过的时候，想到她出手如此狠辣，心中实在气不过，反手就是一巴掌，力道倒不大，可是正拍在小青的翘臀上。啪的一声脆响，小青没吭声，倒是一旁的白素轻"啊"一声，两眼放光。

杨瀚捻了捻手指，似乎仍有一抹柔软的弹力感觉挥之不去，小青已经一声厉喝，像只发了怒的小野猫似的向他扑了过来："我杀了你！"

杨瀚一错身，原本作势要抓的手削向小青的秀项，二人你来我往，登时战了起来。白素急得团团乱转，连声道："哎呀，你们不要打了。瀚哥儿，你也忒不讲道理，那苏窈窈何等凶残，我姐妹二人避之唯恐不及，哪敢打她的主意，你这不是逼我姐妹去死吗。"

许宣不会武功，一瞧他们动手，只能惶然站在一边。这时一听白素说得楚楚可怜，顿时满腔勇气，双臂一张，就向杨瀚拦来，大声叫道："世间哪有如此强人所难的道理，抓贼捕盗是你公门中人责任，强迫两位姑娘冒险好没道理。"

许宣往中间一插，双臂张开，正好拦住杨瀚。杨瀚皱眉道："许郎中，你让开！"

许宣张开双臂护在她们前边，色厉内荏地叫道："你不要动手，我是李公甫李捕头的外甥，咱们自己人不打自己人！"

白素趁机拉住小青："妹妹，我们走！"

杨瀚纵身想追，许宣见他果然不向自己挥拳，胆气顿壮，猛地向前一扑，一把抱住了杨瀚，在他背后紧紧地扣住双手，生怕他挣脱，张口大叫道："白娘子，你和小青姑娘快走，这里有我！"

"走！"这时小青也冷静下来，扯着白素就走。白素见许宣抱住杨瀚，反而担心起来："可是许郎中他……"

小青急道："他是李捕头的外甥，杨瀚不敢难为他，走！"

白素一想也有道理，急忙跟着小青掠开了。

不看僧面看佛面，杨瀚还真不好对一个柔弱书生动手，眼见二女窜进树林，追之不及了，只好扬声叫道："小青姑娘，忍一时，风平浪静。忍一时，风平浪静。有时候，相同的选择，得到的结果可是完全不同的，还请思量！"

小青的身子顿了一下，却没回头，一顿之后就拉着白素闪入了树林。

"许郎中，你……哎，你放开，她们已经走了。"

许宣回头看看，白素和小青果然已经走了，这才放手。

杨瀚跺了跺脚，想发作，念及对方身份，又不好深说。杨瀚忽地想到许宣既然与白素她们寒食节同游西湖，相必早有交情，自己只要盯住了许宣，总有机会探明她们的下落。这样一想，杨瀚倒不好盘问他什么了，免得引起他的警觉。

就在这时，有人惊怒地叫道："好一个淫贼，休走！"

这人嗓门极嘹亮，大概平素高声惯了。杨瀚和许宣一起扭头看去，就见一个三旬上下，颇有风韵的船娘正急急摇着一条乌篷船向岸边驶来，面如土色。船头另站着一个男人，衣衫不整，捂着头，鲜血从指缝中流出来，形容十分狼狈。

杨瀚一下子想起了自己刚刚在雾中与神秘人交手时踢飞的那块石头。

莫非……

再看那船后边，另有一艘小船急急追来，摇船的艄公一边大喊，一边划船猛蹿，他的船上有一男一女两个客人，这对男女从船篷下钻出身子来，因那小船摇晃得厉害，吓得大叫："船家，且慢些，且慢些。"

摇船的艄公大声道："慢不得！前边那妇人是我的浑家，原说今儿个身子不舒服，要留在家中侍候公婆，不承想她也划了船出来，我还道她是为了赚钱养家，谁料却是与奸夫船上厮混！天杀的贼婆娘，是可忍孰不可忍！"

那对怕得要命的青年男女互相看看，登时不再阻止，反而嗖的一下钻进船舱去了，更蹊跷的是，他们连帘都放了下来，好像生怕被人看见的样子。摇船的艄公对两人的异样全无觉察，只管摇着船追赶捉奸。

那船夫一边追，一边悲声叫道："小毛哇小毛，自嫁入我家，我魏汉强待你如何？想不到你竟背着我偷汉子。情哥郎弄个急水里撑篙真手段，小阿奴做一个野渡无人舟自横，哈？你真对得起我，你真对得起我！"

杨瀚听见，唇角不禁抽搐了几下，老兄你都戴了绿帽子了，还转什么文哪！那艄公眼见前边那船靠了岸，追之不及了，看见岸上竟有一个捕快，顿时大喜，叫道："差官老爷，快帮我拦住那个淫贼！"

杨瀚犹豫了一下，本不想理会这事，可谁叫自己穿了这身公服呢，只好踏步向前，伸手就去抓那刚刚跳上岸的男子。那男子一手捂头，正要逃走，一见有捕快拦路，大惊之下急忙一跳，就逃向旁边。

杨瀚五指一扣，一把揪住了他的头发，大喝道："给我回来！"

杨瀚用力一拉，呼的一声，因为用力过大，差点儿把自己掀了一个跟头。杨瀚看着手中抓着的假发，顿时目瞪口呆。再往前看，那个光头已经跟一只逃出牢笼的野狗似的，一头扎进了灌木丛，但见那灌木一阵急剧摆动，人已逃得远了。

那片灌木丛有十多丈的宽度，生得极其茂密，这要如何才能钻得过去？这么快的速度一路钻过去，岂不是要被那灌木划花了脸？只怕身子都要划得全是伤口。杨瀚提着假发，不禁连连摇头："人的求生之欲发作起来，真是太可怕了。"

艄公眼见奸夫逃了，摆船到了岸边，连缆绳都不拴，就跳上岸快步追去。

小船被艄公跳上岸时用力一蹬，在水中直打转，船上那对男女显然是不识水性的，吓得从船舱中探出头来大声呼救。许宣看了急忙上前，从先前已停在岸边的那只小船上取过竹篙。

那竹篙形状如戟，前头有一个月牙钩，用它钩住了仍在水上打转的小船，把它拉到了岸边。那对男女匆匆爬上岸来，向许宣道一声谢，见四下里已有人往这边围拢过来看热闹，急忙拾起袖子遮住脸，急匆匆地逃了。

只是他们可没有慌不择路地扮野狗钻灌木丛，而是从白素和小青先前逃走的那片树林离开了。这时，李公甫提着刀，从远处风风火火地跑过来，一路跑一路叫道："显灵了显灵了，神仙显灵了，杨瀚，你在这厢可曾看见一个金甲神人？"

十八　有口无心

"宣儿，你也在这！"李公甫停下脚步，惊讶地看了一眼许宣。

杨瀚讶然道："头儿，你说什么金甲神人？"

李公甫道："你没看见吗？方才从那边堤上，忽然传来梵唱阵阵，突然便出现一位金甲神人，那神人说出一道偈语便消失不见了，神奇得很。我自那边过来，这边水面若从距离上来说，应该距那神人立足之处更近。"

李公甫把方才神人显现的事情说了一遍，还煞有介事地把"称孤而观天下，千钧似土似金，南向焚香三拜，便是九五至尊"的话又重复了一遍。杨瀚和许宣听了讶然相顾，同时摇了摇头。

杨瀚本来怀疑雾中与自己交手的人就是小青，甚至怀疑湖上的离奇大雾也跟她们有关系，这时听了李公甫的话反而动摇了。

大雾中有梵唱阵阵，有神人降世？那么此事恐怕就跟她们没什么关系了，她们正在躲避苏窈窈，甚至在躲着他，唯恐事态闹大的时候，岂会惹出这般阵仗自找麻烦？

这边既然没有头绪，一行人就跟着李公甫回了堤上，很多游人还在堤上为刚才神奇的一幕议论纷纷，同时有更多的人闻讯跑来，要观赏一下神迹，虽说神人已经消失了，但是沾沾神人遗下的气息也是好的。

李公甫拿出公门中人的派头，大声嚷嚷道："闪开了，闪开了，钱塘县公人办案！"

奈何许多游人并不在乎，徐震、方平等几个捕快虽在现场维护秩序，却也不敢抽出量天尺来乱打，这里是天子脚下，谁晓得哪个游人就是个大有来历的人物？万一开罪了不该得罪的人，他们做捕快的就下场堪忧。

费了好大一番劲，他们才挤到前头，李公甫指着湖面道："喏，就是那里，十多丈外吧，当时大雾浓郁，什么样也看不清，雾中居然显现出神人，可以想见，若非有大雾，金光必然更加刺眼。"

杨瀚摸了摸下巴，沉吟道："神人若是想对世人降下神谕，何必非要选个大雾天气，叫人看不清模样？"

李公甫目光一闪，道："瀚哥儿以为这是假的？"

杨瀚反问道："头儿以为如何？"

李公甫左右看看，压低嗓门道："虽说子不语怪力乱神，可是说实话，蹊跷事遇多了，我还真不敢不信。你不知道，我在建康时，就曾亲眼看见有人被杀，所用手段实是人类使不出来的本领……"

杨瀚听了不予置评，他知道李公甫说的是什么事情，想到无辜的悠歌姑娘，心中便是一痛。

他走上前去，靴尖儿都快踩进水里了，这才停下，扬手招了招风，嗅了嗅，面露疑惑之色。

许宣见他模样，也忍不住走上前来，学他样子，招了招风，仔细嗅了嗅。

"咦？"

"咦！"

杨瀚刚刚惊呼一声，许宣也发出一声惊呼，两人互相一看，许宣便谦逊道："瀚哥儿请先讲。"

杨瀚道："我嗅到空气中似乎有松香粉的气息。"

许宣摇了摇头，道："不只是有松香粉的气息，还有迷魂草。"

杨瀚纳罕道："迷魂草？那是什么草药？"

许宣道："其实用处不大，不过若是燃烧这草药，散发的气味可以具有一定的致幻作用。"

杨瀚恍然大悟，道："若是这样，我明白了！"

李公甫疑惑地看着他们，忍不住问道："你们在说什么？"

杨瀚解释道："头儿，你有所不知，我在建康府街道司做过事，那时桃叶渡前常有一人表演杂耍戏法，他曾告诉我，将松香碾成末，扬于空中，举火燎之，便会金光闪闪，远远望去，犹如神仙。"

李公甫渐渐恍然悟："你是说……"

杨瀚道："不错，定是人扮的，真是神仙，何需用到松香粉？只是松香粉表演的戏法，也没那么神奇，还是可以看出破绽的。方才令甥许郎中说气息中还有迷魂药物的成分，那就不会错了。"

许宣徐徐点头道："不错，若是利用大雾，在游人中散发迷魂药草使人致幻，再趁大雾时看不清楚，在雾中以松香粉扮作神人降世，那就很容易迷惑人，这应该就是他们的手法了。"

李公甫还是宁肯相信真是神仙出现，他想了一想，摇头道："说不通，就算你们两个所说得有些道理，可那大雾是怎么回事？阳光明媚，时值晌午，突然间就大雾弥天，几乎散布了整个临安城，这也是戏法吗？"

杨瀚和许宣听了面面相觑，一时答不上话来。这大雾……确实想象不出，世间哪有这样的戏法，若真有这般戏法，说它是神仙术，又有什么不对？

"戏法，这就是戏法，不是戏法，也得说是戏法！"临安府通判任怨任大人肃然站在碧海红日图前，腆起的大肚子牢牢地怼在公案上。

推官、典史等官站在他的左右，同样是一脸严肃。面前大堂之上，满满当当二十七个人，正是临安府下辖钱塘、仁和、临安、余杭、于潜、昌化、富阳、新城、盐宫九县的三班捕头。

二十七个捕快个个腰间佩刀，袍带整齐，虽是高矮胖瘦各不相同，但人人肃立，精神奕奕。

"如果谁不想死，就得认定了那是戏法！"

任通判杀气腾腾道："你们听那偈语，称孤？称孤道寡吗？天下？这是谁的天下？南向焚香三拜，便是九五至尊！这分明就是反贼想要聚众造反。尔等都给本官打起精神，务必破获此案，免得愚夫愚妇受人蛊惑，生出是非来。"

"是！"二十七个皂、壮、快三班捕头轰然领命。

任通判恶狠狠道："不但要查是谁装神弄鬼，还得查造谣生事者，但有非议者，不论是谁，都给本官抓起来，万万不能让这谣言传开，使得人心大乱。此事已有御史禀报官家了。"

任通判的动作不可谓不急，刚刚获悉消息，就敏感地察觉到了问题所在，马上就召集下辖九个县的捕快部署，只是他的速度再快也比不上谣言传播的速度，那神人降谕的二十四个字早已传遍民间。

虽然官府已经给这件事定了调子：奸人作祟，蛊惑民心。可比起神人降谕，显然后者更具传奇色彩,一时大街小巷,无人不予议论。钱塘县的牢房里很快就人满为患,没办法再抓了。

人人都在议论,有的人他们不敢抓,普通小民议论的最起劲,可你一凑过去,他就不吭声了。真正抓进大牢的,大多是些根本不在乎蹲大狱、还很开心能有口热乎饭吃的乞丐。

这些乞儿住没得住,吃也没得吃,巴不得给抓进来。大宋富裕,牢饭也比他们沿街乞讨的饭食好吃些,何况牢里可以遮风避雨呢!

四海船行的黄员外回了府邸后便有些神魂恍惚,茶饭不思。

黄公子还以为他爹让今天的神奇一幕给吓着了,连忙请了郎中,给老爷子煎了一服清心定神的汤药,可黄员外根本不予理会,直接就把送汤药的丫鬟给撵出去了。

"千钧似土似金?重有千钧,似土似金?"黄员外躺在榻上,枕着双臂胡思乱想,忽地双眼一亮,"莫非……这说的就是我家珍藏的那件传家宝?那件宝贝可不正符合这说法吗!"

一想到这里,再联想到"九五至尊"四个字,黄员外的心登时扑通扑通地跳了起来,比他十六岁时成亲入洞房,看着那新娘子含羞带怯的模样,轻轻扯开她纤细腰身上的合欢结时还要紧张。

"船家……"杨瀚站在湖边,向一个艄公招手。这西湖上的艄公可没有打鱼的,都是摆渡客人游湖赚钱,收入实比起早贪黑、冒着风浪打鱼赚的还多。

老艄公笑呵呵地把小船靠了岸,篙往水中一点,稳稳地立住,说道:"差官可是要游湖吗?怎就你一人,浑家不曾同来吗?"

杨瀚笑道:"我不游湖,天天在湖边转悠,我都快转悠吐了。"

老艄公呵呵大笑:"差官说话真是有趣,老汉上次听见别人这样说,还是一位秀才说他的浑家便是再如何妖娆,日子久了也……喀喀喀,差官有何事相询哪?"

杨瀚道:"前两日就在这片地方,也有一个艄公摆渡客人,那人三十出头,个子不高,形容瘦削……"

老艄公道:"我们这些人个子都不太高,身材都挺瘦削,大多三四十岁……"

杨瀚看了看老艄公满脸的褶子,头发却是黑的,大多三四十岁?难道……杨瀚的语气便是一窒,又道:"对了,那人两夫妻都是撑船的,一个做艄公,一个做船娘。"

老艄公悠然自得地点头："没错，我们这些人大部分都是靠此为生的，不但夫妻如此，子女长大了基本也是操持这个营生。"

杨瀚无奈，只好大声道："那艄公的浑家在船上偷人，前两天被她男人捉个正着，闹出很大的动静。"杨瀚说着，心里好怕他再说出"没错，我们这些人大部分……"

幸好那老艄公一脸恍然地叫道："啊！原来你说的是汉强与他浑家小毛哇，你早说偷人的婆娘不就行了。喏，你往那边去，转过那片梅树林，看到那片屋舍了吗，到了那里再问就是了，他们家就住那儿。"

杨瀚按照老艄公的指点，七拐八绕地到了一片低矮的民居处。这里住的几乎都是船民，前边狭仄的一条小巷，几个小孩子正在巷子里玩泥巴，杨瀚向一个坐在门口缝衣裳的妇人问了一下，这才找到魏汉强的家。

一到门口杨瀚便是一愣，门口倒着纸人纸马，上边还有踩过的痕迹，显得十分零乱，房中还有争吵声传来。杨瀚急忙进门，原来那小毛娘子被丈夫捉个正着，没脸见人，半夜里偷偷上吊了。

娘家人气不过，登门来闹事，魏汉强也不甘示弱："你家养的好女儿，不知廉耻，居然偷汉子，她自己没脸见人自尽而死，你们来闹些什么？"昔日的亲家在那里大吵大闹，孩子吓得哇哇直哭，就这当口，杨瀚闯进来了。

杨瀚一听那妇人已经自尽，心中顿时就凉了。

原来，临安府对神人降谕一事甚是重视，皇帝得了御史禀报后，也表示了关注。临安府便下了悬赏，但凡有人破了此案，拿住装神弄鬼的元凶，赏钱三十贯，那可是半年的薪水呀！

杨瀚不是餐风饮露的知了，他也要吃饭的，如果可能，当然也希望破了这案子。史何况，悬赏固然有，惩罚也有。推官老爷说了，每个月考核一次，案子不破，打捕头们每人十五大板。

李捕头回来就说了，每十五天考察一次，找不到线索，每个捕快领十五大板。徐震、方平等六个正式的捕快立即把任务层层分解下去，对将近五十个帮闲规定：每五天考察一次，没有线索，每人打五大板。

杨瀚就算不想领那赏钱，也不想每隔五天便挨五记板子，他想起那日偷奸的妇人所乘小船就在湖上，而据李捕头所说神人现身的地方也恰在那片水域，或许这妇人当时看到过什么，便想上门来问问，谁料那妇人居然寻了短见。

杨瀚还不死心，便对那魏汉强道："你当日大雾起时，可是停船在那里？可有见到、听到什么稀奇的事？"

魏汉强道："我本不是停在那儿，大雾起时，我尚在荷花荡里，怕出意外，就停了船。及至大雾散去，我怕水中有什么精怪，一会儿再出意外，便想把两个客人送上岸去。不想撑到那儿，恰见一艘小船，船头无人，自在水中漂荡。我瞧那船正是我家的，赶紧用篙挑起帘，怕是浑家出了什么意外，谁料船上一个奸夫，赤条条地躺在那里，额头血流如注，我那浑家衣衫不整……"

魏汉强说到这里，又气又恨，转身又与大舅子骂起来。

"你们不要打闹，有什么事衙门里说话。若是动起手来，伤了人，那时对错便不好分辨了。"杨瀚一边说一边退，到了门口赶紧跳出去。

身后传出各种奇怪的响声和叫骂声，杨瀚置若罔闻，只是站在门外苦苦思索："这妇人死了，线索便断了，这该如何是好？等等，不对！还有一个，他也应该知道的，只是……我往何处去寻他呢？"

杨瀚一边思索着，一边走开了，身后叫骂声渐行渐远。

"光头……难不成是个和尚？可这南朝四百八十寺，僧侣众多，我总不能一座庙一座庙去找吧？再说当日他满面披血，连模样我都没看清楚，就算一堆和尚站在我面前，我也无从寻起呀……"

杨瀚越想越觉为难，眉头不禁慢慢蹙了起来。又行不远，将要走出巷子的时候，一户人家门扉一响，呀一声出来个老妇人。老妇人挎着个篮子，篮子里摆着香烛供果，显见是要去上香的。

杨瀚顿时眼前一亮，那奸夫若是和尚，平素便无太多机会与女人打交道，但那妇人小毛若是信佛，时常去庙里上香，那就大有机会了。

这老妇人是信佛的，魏汉强的浑家如果也是信佛的……不错，他家墙上方才确实看见一个佛龛，她们同为信徒，彼此必然熟悉，说不定去上香也是去的同一家寺庙。

想到这里，杨瀚紧赶两步，追上老妇人，装作浑不在意的样子搭讪道："老婆婆，去上香啊。"

老妇人见是一个捕快，便笑眯眯地点头，道："老婆子信奉佛祖，如今正是去庙里上香的。"

杨瀚道："我佛慈悲，其实晚辈也是信佛的，却不知老婆婆是去哪间寺庙上香啊？"

老妇人漫不经心道："金海寺。虽说远了点儿，可那香火旺，菩萨灵验，老婆子从小就是去金海寺进香的。"

"金海寺？那里香火确实旺盛。烧要烧真香，拜要拜真佛，婆婆不辞辛劳，心思虔诚，我佛定然保佑。这巷中街邻若都如婆婆一般虔诚就好了。"

老妇人被他夸得眉开眼笑，说道："这巷中百姓但凡信佛的，都是与老婆子一样往金海寺上香的。你若心诚，神佛自然庇佑，但你若是心地不诚，背后里做些有悖人伦天理的事，就算天天上香礼佛，佛祖也不会庇佑你的。"

杨瀚肃然道："婆婆说的是，晚辈受教了。"

金海寺的香火果然旺盛，大雄宝殿前一支巨大的香烛，插满了大大小小密密麻麻的香火。有那有钱的，便烧一炷高香，有那没钱的，便烧三支小香，把个香炉挤得密密麻麻。

杨瀚刚到大雄宝殿前，就见一个商贾模样的人惊呼一声，在香炉前舞动双袖，边叫边跳，双足踢踏，姿态诡奇，口中呼呵嘿哈的，更是不知道在说些什么。

杨瀚见了心中便是一奇，莫非这人是北方的萨满教神汉？怎么跑到人家佛门弟子的地盘上撒野，这有些太过分了吧？

果不其然，两个胖大和尚从石阶左右突然出现，各提一只水桶，一溜烟儿地跑过去，大喝一声："闪开了！"两桶水便哗地泼了过去。

那商贾模样的人站着不动了，浑身湿答答的，像只落汤鸡一般，他那大袖中缓缓升起了一缕青烟。

杨瀚这才明白，敢情这位仁兄上香，在那巨大香炉中实在找不到地方了，加之袖子宽大，结果不慎把袖子点着了。

杨瀚登上石阶，也不请香，只双手合十，向大殿中佛祖拜了一拜。大殿前有一知客僧，五短身材，头顶锃亮，眉开眼笑，状似弥勒，瞧见杨瀚举动，唇角轻轻一撇，便似吐了个葡萄皮儿。

"娘子，我去后面拜观音，一会儿咱们许愿池见。"一个男子持了香来分给妻子三支，便往后殿走。看他二人年纪、装束，像是才成亲不久的。旁边一个年轻人不解道："如来在上，你不去拜，为何要往后边去拜观音？"

那人走得很快，根本没答他这话，已经走远。杨瀚忍不住道："这你就有所不知了，我们男人呢，比较喜欢动手打人，比较贪财好色，观音菩萨慈悲祥和，多拜观音，可以少生是非。女人呢，大多小心眼，喜欢做长舌妇，挑唆是非，多拜拜心胸宽广的佛祖，可以少点儿嫉妒心。"

旁边那知客僧见杨瀚来礼佛连香也不上一炷，心中便有些看不惯。这时又听他解释，惹得那刚刚虔诚拜佛起身的小娘子面色不愉，眉头便是一皱，咄的一声，走上前来。

"施主妄言了。"

知客僧训斥了杨瀚一句，对那年轻人和颜悦色地解释道："所谓男拜观音女拜佛，其实都是虔诚礼敬我佛，并无二致。之所以有这个说法，是因为男儿养家，整日里面对种种压力、诸般诱惑，性情难免暴躁，礼拜观音，可消弭戾气，远离是非，世事洞明，消灾解难。女子相夫教子、侍奉公婆，难免世事烦扰，难免多愁善感，佛的宽容大度，正可化解种种愁绪。因此，女子礼佛，可使自己平心静气，豁达心胸，静观世事起伏，笑看风起云涌。阿弥陀佛……"

杨瀚点点头，对那年轻人道："你看，这就是多读书的好处了，其实我与大师说的一样一样的，只是大师说来，听着就颇显高深，我说出来就特别不中听。"

知客僧听得脸都黑了，手中一串念珠捻得飞快。

这时杨瀚见那小娘子拜完了佛，上完了香，姗姗地便往左厢里走，心中一动，马上跟了上去。那知客僧一见，立时警觉，马上跟了上来。

"施主，何故尾随一个年轻女子。"知客僧就跟在杨瀚身后，也未刻意掩饰，但杨瀚只作未见，一味盯着前边的小娘子，那知客僧跟了一阵，与他一同进了左厢院落，终于忍不住开口。

"嘘，大师有所不知，这小娘子实是个江洋大盗，杀人害命，无恶不作，若被她发现，会杀人的。"

杨瀚故作神秘，那知客僧一听顿时紧张起来，杨瀚穿着一身公服，他既这么说，这知客僧岂有不信之理，顿时害怕起来："什么，那女施主竟是个江洋大盗？这可如何是好。"

杨瀚安慰道："大和尚不要怕，我们六扇门已高手尽出，将她团团围住了。你看到扶着假山吐痰的那个人没有，那是我们李班头。"

"可她是个妇人哪。"

"乔装改扮的。你看到许愿池边扔铜钱的那个人没有,就是正在扔的那个……"

知客僧惊呼道:"可他还是个孩子呀。"

杨瀚面不改色道:"其实他是个侏儒,是我雇用的帮闲。"

知客僧信以为真,低宣一声佛号,赞叹道:"我佛慈悲!到底是天子脚下,公门之中能人辈出哇。差官既有详尽的安排,那就最好不过,我佛门清净地,可千万不能闹出什么乱子来呀。"

杨瀚拉着知客僧蹲在灌木丛后,眯了眯眼睛,不经意地问道:"大和尚,你们这金海寺里都什么地方允许女客进入。"

知客僧如今已是知无不言,马上答道:"除了正殿的三重殿宇允许香客礼拜,便只是这左厢了。右边是我等僧侣的居处,不只女客,便连男客也不许进入,免得扰人清修。庙宇后方是塔林,乃我寺列代高僧埋骨之所,非我寺僧人也是不准进入的。"

杨瀚道:"哦,那这东厢主要是?"

知客僧道:"这东厢有客舍,可让信众寄住,洗涤身心。也有读书人喜欢清静,会来这里读书。这里风景甚好,有许愿池,还有我临安巨富莫老员外捐资修建的一座宝塔,就是那幢了,甚是瑰丽,因之信众来这厢游赏的倒也很多。"

杨瀚问道:"这边可有僧侣维持吗?"

知客僧道:"佛门清净地,何须人来维持。"

杨瀚沉吟道:"这里只有信众和读书人长住吗……"

杨瀚心想:"西厢我已看过,门口确有小僧守护,如果一个女子老是进进出出,绝不可能掩得住他人耳目。往后殿塔林中去更是不可能,太显眼了。可这东厢,若有僧人与之交往,只怕也难掩他人耳目吧,难不成是我猜错了?"

知客僧突然想起一事,恍然道:"哦,对了,有外地僧人行脚至此,在本地挂单,也是住在这里的。"

杨瀚目光一亮,脱口问道:"如今此处可有挂单僧人吗?"

知客僧被杨瀚一问,眉宇间顿时浮起了一抹怒气,愤愤然道:"本寺前些日子确实有个外地僧人在此挂单,不过现在已经被贫僧赶走了。"

杨瀚一呆,连忙问道:"同为佛门弟子,出门在外,给些照应,本属分内之事,贵寺为何要将他赶走?"

知客僧懊恼道："你有所不知，贫僧本也以为他是我佛门弟子，容他在此住下，一住就是一年，不料后来发现他竟不守清规，经常戴了假发，悄悄离开寺院，不知干些什么勾当，贫僧怕他坏了我山门清誉，便开始注意他了，这一来更发现他私下里还携带肉食回来食用，有一次被贫僧抓个正着，这才细细盘问于他，结果发现他的度牒居然是他自己画的……"

杨瀚错愕道："这……真是个人才。"

知客僧辩解道："你不晓得，他那度牒，画得当真是可以以假乱真的，贫僧惭愧，做知客这许多年，什么样人不曾见过，什么样事不曾经历？可是一开始竟完全不曾看出破绽。"

杨瀚打断他的话，急问道："那后来呢？此人是什么时候被赶走的？贵寺可还有其他外地僧人挂单？"

知客僧道："约半个月前，这人暴露了底细，被贫僧夺了他的度牒，本要报官，说他冒充僧侣，不料他从关押他的僧房翻窗逃了，从此再不知其所终。本寺这两个月来，就只他一个假僧人挂单，倒没有其他的云游僧来过。"

"原来如此。"杨瀚心中一沉，有问题的十有八九就是个假和尚了，他的假度牒被没收了，既然没有离开本地，十有八九是又画了一张，跑去别的寺院骗吃骗喝了，这么多的寺庙，没个线索，要如何一一去找？

有了！寺庙虽多，外地僧侣挂单的可未必很多。一念及此，杨瀚心中兴奋，转身便要离去。知客僧愕然，连忙追上来，小声问道："差官你往哪里去，那个江洋大盗不管了吗？"

杨瀚解释道："佛门清净地，在此动手殊为不妥，一旦被她伤了人，见了血，就更加不妥了。我们的人在盯着她，大和尚你只佯作不知，不必理会她。只要她不在你寺中作案，我们会盯着她下山，寻个僻静处再下手。"

"原来如此，贫僧明白了。"知客僧站住脚步，望着杨瀚急急离去，不禁赞叹道："不愧是天子脚下，公门中人做事有法有度，此真黎庶之福报也！阿弥陀佛！"

随园后宅之中，池汤氤氲，帷幔袅袅，两条白鱼似的身子静静地躺在水中，或沉或浮，妙相毕露。两个妙龄女子脸上都盖着一块浸湿了的丝帕，只露出动人的嘴巴和精致秀气的下巴。

过了许久，其中一女幽幽一叹，用呻吟般的语气道："热力丝丝，沁人心脾，当真舒坦哪。这等神仙般的享受，若是你我真个住进天目山钱庄里去，只怕就享受不到了。"

她说的这个"钱庄"可不是通俗意义上的钱庄，当然是指的"天下第一眼"钱老员外在天目山中所建的那幢别墅。

另一个女子伸手一抓，露出一丝潮红生晕的脸蛋来，极尽俏媚，正是青婷。

青婷不悦道："你不要总是拐弯抹角地劝我，听我的，尽快进山。"

白素也抓下面上丝巾，说道："妹妹，我们被小姐追杀了五百年，你不厌，我都厌了。若依着我，不如我们就与杨瀚合作算了，就算你信不过官府，但我觉得，杨瀚这个人还是可信的。他这人平时说话虽然口花花的，却是个至情至性的君子。"

小青冷笑道："男人靠得住，猪也能上树了！若是与他合作，难保不被他知道了你我的绝大秘密，到时候他贪心一起，禀报官府换个大好前程，你我就惨了，天下之大，再没有我们的藏身之处，到那时说不得又要远离故土，逃往海外了。"

白素苦笑道："妹妹，你是一朝被蛇咬，十年怕井绳啊，其实依我看，这世间男儿，也未必就都是无情无……"

青婷打断她："你还不死心？我告诉你，别看我们这次从杨瀚手中脱身多亏了许郎中居间维护，你也不可因此对他交心，把我们的秘密泄露给他知道。还有，杨瀚已经看到我们和许宣在一起了，他若想找我们，一定会暗地里盯着许宣，你连许宣也不可再见了。"

白素凝视着小青，目光渐转忧伤，幽幽道："妹妹，为了活命，我们就得防范着所有人，不与任何人深交，不与任何人来往了吗？那我们这样活着，与那株无知无识的石榴树有什么区别？人若是没有了六欲七情，岂不就是一具行尸走肉？"

青婷没好气道："你是吃一百颗豆不嫌腥，好了伤疤就忘了疼是吧？你没嫁过人吗？我不准你嫁人了吗？你是嫁过一次的吧？难道你忘了当初那个臭男人为了你，是如何信誓旦旦？我也正是看他对你一片深情，才不阻止你嫁给他。

白素讪讪道："许郎中与那负心人不同，他……"

小青黛眉一蹙，道："有什么不同？你与他相识多久，知人知面不知心！姐姐，自那以后，直到如今，时间也不算短了，你虽时常游戏风尘，却再未动过嫁人的念头哇，为何这次对那许郎中如此念念不忘？我看他也未见对你如何苦苦追求，与你往昔曾经见过的男人相比，也算不上最为优秀哇。"

白素吸了吸鼻子，干笑道："我这不是单得太久了吗？"

杨瀚本想着独破此案，但如今看来，以他的力量是办不到了。他回去便把此事禀报了李公甫。

李公甫如获至宝，立即禀报推官，推官再禀报通判，通判面见临安知府，知府大人找到了主管出家人的祠部，由祠部下了公函，开始督促所有大小寺庙、道观自查自纠。

最终汇总上来的消息，共有云游挂单僧人四十七人，逐一排查，均无异常，事情再度陷入了停滞阶段。

百井坊当铺，钱小宝坐在高高的柜台后面，手指无意识地在柜台上画着圈圈，正琢磨如何亲近小兮姑娘。

自从上次一起游了西湖回来，小兮姑娘对他的态度就不大对劲，好像……有点儿嫌弃？

钱小宝看看自己，年纪轻轻，一表人才，家世更不用说，无论怎样，貌似都不该被小兮姑娘看不上吧？她究竟喜欢什么样的男人呢？

"哎！我祖父号称天下第一眼，我受祖父大人亲自点拨，如今识宝鉴宝的本领也是数一数二。可是，几百上千年前的古物，我看一眼就晓得来历、价值，偏生看不透女孩儿的心思呀……"钱小宝长长叹了口气，黯然摇一摇头，女人这件宝，不好鉴哪。

嗵！一口腰刀搁上了案板，钱小宝没精打采地看了一眼，慢声吟道："虫叮鼠咬，破烂溜丢，腰刀一口，作价三十文……"

柜台外边有人道："刀是精铁打造，也能虫叮鼠咬？"

钱小宝眼皮也不撩，懒洋洋道："这位客人你不晓得，有些虫子吐的酸液可以腐蚀刀具，腐蚀之后老鼠就能咬，此一咬一啄，莫非天定，天作之合，合则两利……"

柜台外边的人笑骂道："放的什么狗屁，你怎么了，兴致如此不高？"

钱小宝听这话音不像个典当的客人，抬起眼皮一看，顿觉惊喜："杨大哥？"

钱小宝忙从柜台后边下来，推开角门出来，一把拉住杨瀚，苦起脸道："杨大哥，你这几日在忙什么，早出晚归，有时还夜不归宿，我找你好几趟都没撞见人。"

杨瀚叹道："在查一个案子，到后天再无线索，就要挨板子了，能不上心吗，你找我做甚？"

钱小宝左右看看，急急把杨瀚拉到旁边，小声道："杨大哥，小弟有一事请教。"

"请讲。"

"那日寒食节，小弟与杨大哥、小兮姑娘同游西湖，谈笑晏晏，一团和气。可是自从西湖回来，小兮姑娘便不大理会我了，一见我便板起脸来，小弟左思右想，实在想不到哪里得罪了她，杨大哥，你说，我什么事做得不对了？"

杨瀚沉吟片刻，问道："你真不知道？"

钱小宝瞪起眼道："我真不知道哇。"

杨瀚叹道："我真钦佩你这种从小不用看人脸色、不用揣摩他人心思的有钱大少爷，可以活成一个幸福的傻瓜。"

钱小宝眨眨眼："此话怎讲？"

杨瀚道："你都不知道自己错在哪里，我纵然说与你听，你又如何能够明白？你真喜欢小兮姑娘？"

钱小宝用力点头："她跟我认识的那些使相千金、豪门小姐大不相同，不像那些女子一般矫揉造作！"

钱小宝想了想，又点头道："就连生气时都不一样，她会啐我，会叫我滚蛋。不像别人家的姑娘，从来都是假惺惺的，开心也不直说，生气也不明讲，相处起来累得很。"

杨瀚听得两眼发直，喃喃道："你这不就是贱骨头吗？"

钱小宝正色道："杨兄此言差矣，身在豪门，见多了城府深的人，我只是喜欢率真单纯的姑娘罢了。"

杨瀚眉尖儿一挑，道："听你言语，是个有故事的人哪，莫非尊府尔虞我诈，宅斗不休？"

钱小宝摆手道："哎，哪有这些事。有三纲五常，有人伦规矩，有官府法度，有家规族法，哪有妾室敢与正室争斗的，那都是你们这些升斗小民闲极无聊胡乱猜疑罢了，根本不知我们豪门中事。"

杨瀚揉了揉鼻子，居然被鄙视了？杨瀚只好道："你这人说话还真直，完全不考虑他人感受，小兮姑娘怎么会喜欢你呢。这样吧，我教你个法子，或许管用。"

钱小宝大喜，赶紧道："快说，快说。"

杨瀚道："烈女怕郎缠，你只管每日痴缠不休，有什么好话就不要钱地拿来夸奖她。她叫你向东，你莫要向西，小姑娘很好哄的。"

钱小宝如获至宝，连连点头："有道理，有道理，我这就去。"钱小宝说完，穿着一身朝奉服就跑出了当铺。

杨瀚在后边叫道："哎，哎，你等等啊，我还有事相托……"眼见钱小宝已经跑得没影了，杨瀚只好摇一摇头，"本想问问，你在县衙中有没有关系，可以免了我一顿板子，唉，这个不着调的。"

杨瀚无可奈何，向小二讨杯茶喝了，便整一整腰带，想出去继续探听消息。他还没迈出门槛，钱小宝已经一溜烟儿地回来了，眉开眼笑道："杨大哥，你那法子果然管用，小兮姑娘对我说话温柔多了。"

杨瀚想着不管人家姑娘洗衣做饭，或者拿着针线活坐在墙下和邻居妇人聊天，都有一个穿着皂角革带朝奉服的人直撅撅地挺立在她身边，时不时还要插上句话，尬聊几句，弄得小兮姑娘哭笑不得，难堪不已，当着外人，还得一脸假笑哄他的样子，不禁想笑。

钱小宝道："小兮姑娘要上街，我打算陪她去呢。"

杨瀚道："啊？进展如此迅速，可喜可贺。"

钱小宝拱手道："同喜，同喜，小兮姑娘说，单独与我一个男人上街，恐会惹人闲话，若是拉上杨大哥，咱们三人同去，旁人就不好说什么了。杨兄，你可一定要成全我呀。"

杨瀚一听，马上拒绝："不行不行，我在查一桩极紧要的案子。你记不记得那日游湖，突生大雾……"

杨瀚把事情经过说了一遍，道："再查不清楚，后天我就……"

钱小宝捏着下巴，沉吟道："嗯……那人额头被你打破了？那他定会求医问药的吧，你可曾调查过药房吗？"

杨瀚呆在当场，好半晌才喃喃自语道："我只注意到他的光头了……对呀！他的头都成了血葫芦，不可能不去医治，若从药房下手……"杨瀚精神振奋起来，举步就往外走，前脚刚迈出去，就被钱小宝一把拉住。

钱小宝央求道："杨大哥，你不陪我上街，小兮姑娘就不跟我上街，小弟的事情，难道不比一个秃头重要？"

杨瀚道："不是，你听我说……"

钱小宝道："再说，我家如今做的两个生意，一个是当铺，另一个就是药行，临安城里大小药堂，就算不是我家的，也是从我家拿药，须得给我几分面子，我陪你去，岂不好过你自己独闯？"

杨瀚正色道："我什么时候说过不与你们一起上街了？我的意思就是咱们一起去逛药堂，真要有人说闲话，你们就说是在帮官府做事，我做证！看谁还敢嚼你们舌根子，让小兮姑娘难为情。"

钱小宝感激道："杨大哥真是仗义，想得实在周全。你且等我片刻，待我换身衣服咱们就走！"

十九　棋逢对手

小兮姑娘当然不能一路只管朝着各处药房去走，沿途有那店铺，自然也要停下看看的。念在钱小宝帮他找到了一个线索，又肯陪他去找，杨瀚少不得耳提面命，点拨一下低情商的钱小宝。

钱小宝还真不是低情商，只是他的家世足以支撑他凡事直来直去，根本不需要有什么掩饰。喜怒哀乐、赞赏鄙夷，以他的身份，用得着隐藏吗？用得着顾虑别人的想法吗？自然可以率性而为。

如今得了杨瀚的点拨，钱小宝迅速明白过来。这一路跟下去，小兮姑娘在那簪上多浏览了儿眼，买！小兮姑娘反复试了试某件半身小夹袄，买！

尤其是包包，不要以为古人就没有包包，小一点儿的是香囊，大一点儿的其形状、款式，与现代的包包相仿的包包也是极其流行的。敦煌莫高窟一幅唐朝壁画中就有一个带包包的仕女，那包包与某品牌的经典款包包极其相似，只是没打上商标罢了。

小兮挑的东西，当然不会太昂贵，但钱小宝的大方，还是令小兮对他有些另眼相看了。男人要吸引一个女人的欣赏，总该表现出男人一些方面的魅力才是。

男人能说会道你说那女人盲目，男人长得俊俏你说那女人肤浅，男人有钱你说那女人拜金，男人有势你说那女人虚荣，男人事业卓越你说女人是长期投资，敢情女人就该死心塌地地喜欢你个没颜、没钱、没才、没权、没能力的货？

这梦只好在家里想想，不管鼓吹多久，它也不可能成为社会风尚。

一路行来，便看到了平安堂的招牌，这已是他们去过的第六家药铺了。钱小宝一看那牌匾上的印记，便道："这也是我家的店，走，我们进去。"

"几位客官，不知你们是想买药哇还是……"

"我姓钱！"

钱小宝就说了三个字，那店小二马上神情一肃，讶然看看钱小宝，试探地问道："敢问公子是哪个钱？"

钱小宝道："当然是砖街巷里钱园的钱。"

店小二"啊"的一声惊呼，忙不迭道："公子快请坐，小的马上去后边找掌柜的出来，掌柜的正在验收药材入库。"那店小二一面说，一边急急奔着后店去了，到了帘笼前慌得连帘都没挑，就一头撞了出去。

钱小宝左右一看，见旁边有一侧厢，珠帘放着，便领着杨瀚和李小兮走过去，帘刚一掀，里边便有一个病人提着药出来，许宣跟在后边，殷殷嘱咐："内服的一日煎一碗，外敷的本可三日一换药，只是如今天热，容易汗湿，妥当起见，还是两日一换……呀！"

许宣惊讶地看着杨瀚，失声道："你怎么来了？"然后忙不迭声明，"我可不知道白娘子的居处，你便如何逼迫我也没有用。"

杨瀚见到许宣也是一呆，万万没想到竟在这里遇到他，不过杨瀚今天可不是冲着他来的，再说他是李捕头的外甥，只可智取，不能动手的，便笑道："许郎中误会了，我今天来，是有一桩案子，需要向药铺里打听些消息。"

杨瀚才只说到一半，许宣已恍然道："啊！刚刚出去的那人就是治头上外伤的，难不成……"

杨瀚精神一振，脱口问道："刚刚出去那个？"他脑海中已迅速回想起来，刚刚闯进来时确曾看见一人提着药出去，只恨当时没有在意，此时想他模样，竟全无印象。

许宣道："不错，那人就是头上受伤，他来看病，却诓称是家中长辈放鸭，不慎被顽皮孩子飞石打伤，可他遮掩得虽好，我却从他戴着幞头的别扭劲，看得出他头上有伤，对了，他正是光头。"

钱小宝瞠目结舌道："他连伤都不敢说是自己的，必然不会露出光头，你怎么晓得？"

许宣微微一笑，淡定道："我是郎中，自然观察得出来。他是秃顶，另外，肾水不足，我一看就知道了，想必是他旦旦而伐身子虚了，只是他用的补药太多，身子虽虚却是阳虚，表面看来，反而更加亢奋神勇，可是若想长寿，却是不能了。"

杨瀚没空继续听他卖弄医术，一个急转身，呼的一声就冲了出去，钱小宝"哎呀"一声醒悟过来，忙也追出去。小兮姑娘大包小裹的还放在桌上，一时哪里舍得出去，不免有些失措。

许宣忙道："姑娘且坐，一会儿他们必然回来接你。"

许宣说完，给李小兮斟了杯茶，轻轻推到她的面前，接着便犯了职业病，上下打量起来。只是他看死尸看太多了，这时看李小兮这样一个百媚千娇的小姑娘，眼神也是冷漠得不见一丝温度。

李小兮被他看得浑身不自在，捧着茶水小小地呷了一口，终于忍不住怯怯地问道："郎中，我……我不是也肾水不足吧？"

杨瀚到了前边街上，左右一看，行人络绎，已经看不到那人奔了哪个方向，这时钱小宝追了出来，杨瀚立即一指，道："你左我右，追！"

杨瀚跑出去才想到，人家钱小宝可不是捕快，可是身娇肉贵的杭州第一首富的长房长孙哪。杨瀚急忙回头看了一眼，就见钱小宝跑得跟小马奔腾似的，主要是不太会跑，重心不是往前倾，而是往上蹿造成的。

那只金链子挂着的金算盘，已经被他颠到后背上了，随着他的奔跑，哗啦啦响个不停，那链子里不知加了什么金属，还真结实，这么沉的金算盘，居然没有因为这么大的动作坠断。

杨瀚放下心来，向前跑去，一边搜索人群，一边关注两边店铺，跑到巷弄口时，还要向巷中瞟上一眼，所以跑得也不算多么快。

钱小宝那边却是奔腾了半天，跑得自己气喘吁吁了，才想到自己光顾跑了，也没顾上看看行人中有没有一个提着药的男人。

他急忙停下，左右一看，右边正好有一条小巷，巷中有个男人提着药包正在前行，钱小宝大喜，马上大喝一声："站住！"然后摆开双臂，再度小马奔腾起来。

前边那人猛回头看了一眼，见有人追来，马上撒腿就跑。钱小宝虽是跑步姿势不正确，好在比那人年轻力壮，终究被他追上了，钱小宝一把薅去，一下子把那人的假发连幞头拽了下来。

那人大吃一惊，反手一拳，打在钱小宝眼睛上，把钱小宝打了个乌眼青，撤拳时又在他胸口链子上刮了一下，钱小宝的金算盘终于断了。

钱小宝被打了一拳，一时天旋天转，双手乱抓，正抓住掉下来的金算盘，他抄在手中，就抡了出去。

买药人闷哼一声，脸颊被算盘一角刮破，再度血流如注，一时也顾不得那药了，转身就逃了出去。钱小宝又把算盘抡了几下，定睛再看，只有地上一个药包，哪里还有那人踪影。

钱小宝看看手中金算盘，已经因为刚才那一下，有些扭曲变形了。

"杨大哥，对不住，我没抓住他。"见到杨瀚的时候，钱小宝很过意不去，这厮抓贼抓得太投入，真把它当成自己的责任了。

"你已经尽力了，已经帮我了很大的忙，我感激你还来不及呢，何谈道歉。"杨瀚拍拍钱小宝的肩膀安慰他，此时二人已经回到了药铺，平安堂掌柜的也迎出来了，一见是自家少爷，毕恭毕敬地站在那儿。

杨瀚在室中来回踱了几步，道："那人先前伪造度牒，藏在寺里。可见，他钱财有限，是没能力长期住店或租买房屋的。半个月前，他被金海寺知客僧收缴了假度牒赶走。他来此处买药，许郎中说，三天前也是他来买药，也就是说，他的住处，应该离这里很近……"

分析到这里，杨瀚突然停住脚步，扭头向那掌柜的问道："掌柜的操持这家药铺多年，这附近的人家必然非常熟悉。请问，这附近有什么官办或民办，可以叫人长期住在里边，食宿又比较低廉的所在，而且，只要符合一定的条件，不是该处的外乡人也可入住？"

老掌柜的抚着白须仔细想了想，突然眼前一亮，道："这附近吗？这附近符合这些条件的，倒是有一处地方！"

众人一起向他望去，钱小宝急不可耐道："卖什么关子，你倒是说呀！"

老掌柜的一字一顿道："棋逢书院！"

棋逢书院在临安不算一处很有名的大书院，但这所书院的学生还真不少，因为这是由一位致仕的礼部官员开设的书院。

礼部是负责科举考试的衙门，那么这样一位官员，有没有可能和礼部还保持着某种密切的关系呢？会不会该书院的学生科考时会有一些便利呢？

据说是有的，反正民间是这般揣测的。所以学子们进入这座书院学习的不在少数，当然，能入学的大多是家境富裕但才学有限的年轻人，这本来就是这种书院的办学宗旨嘛。

掌柜的说出"棋逢书院"的时候，钱小宝同学马上就跳了出来，惊呼道："棋逢书院？我就是棋逢书院出来的呀！"

惊不惊喜？意不意外？这一来连问路都省了，直接由钱小宝带路，杨瀚跟在后边，三人急急奔向棋逢书院，至于小兮，就先留在许宣郎中那儿了。

二人奔过一个路口，正看见李公甫挎着口刀，晃晃悠悠地踱在大街上，后边跟着两个帮闲，一见他们，李公甫讶然道："杨瀚，何事如此匆忙？"

杨瀚一见李公甫，忙把事情说了一遍，李公甫一听，忙向钱小宝拱手道："原来是钱家少爷，失敬失敬。"

钱小宝道："别穷客气了，我们快些去书院，那人刚被我抓下了头皮，又刮花了他脸，可莫要把他给吓走了，一旦不知去向，再找又不知该从何找起了。"

李公甫和身后两个帮闲惊怵地问道："钱少爷抓下了他的头皮？"

钱小宝没好气道："是假发！"

李公甫和两个帮闲松了口气，李公甫忙道："那我们快去，走，这边。"

棋逢书院李公甫当然也是认识的，一行五人呼啦啦直奔书院。

书院山长刘玉珏陪着金海寺的方丈法径和尚正缓缓地走向大门口。刘山长四旬上下，眉目清朗，面如冠玉，如今风度依然可以迷住无数怀春少女，年轻时候可想而知。

官员的录取与晋升本就要考虑相貌的，因为这关乎官仪，礼部时常要主持重大庆典活动，礼部官员的仪态相貌更是需要上佳，这个标准使得该部官员相貌风度尤为突出。

法径方丈一袭袈裟，宝相庄严，看起来年纪比刘山长大了很多，但他虽是白须白眉，却面色红润，显然气血甚旺，体魄健朗。

法径方丈呵呵笑道："山长这局棋大妙，老衲自愧不如。"

刘玉珏道："承让，承让，如今俗务缠身，离不得书院。待秋闱之后，刘某再赴金海寺，与方丈弈上一局。"

正说着，二人就到了大门前，法径方丈从门子手中接过自己的禅杖，向刘玉珏稽首道："山长留步，老衲……"

"快快快，别叫他跑了。"钱小宝一溜烟儿跑到山门前，猛一抬头，便是一个愕怔，"呃……啊！学生钱小宝见过山长。"

刘玉珏一见是钱小宝，原本肃然起来的脸色顿时一缓，道："啊，原来是小宝哇，什么事如此慌张，怎么就忘了我的教诲，有失体统。"

说是斥责，可他语气温和得很，毕竟他的学生虽然都是有钱人家的孩子，可像钱家这样肯挥金如土的也是少有。

他学院中那片精雅的园林和后边那个极具汉唐气派的大雅堂就是钱家全额出资捐建的。

这次他故意邀老友法径方丈过来下棋，就有向老友卖弄的意思。瞧瞧咱这园子，瞧瞧咱这讲堂，气派吧？不比杭州巨富莫本钟给你捐建的那座铜塔逊色。

钱小宝忙道："山长你有所不知，事情是这样的，有个与女子苟且的淫贼，可能就藏在咱们书院，这要传扬出去，可不坏了书院的名声吗？那个人原本是冒充和尚的……"

钱小宝噼里啪啦地一说，旁边的法径方丈脸色也难看起来："原来是那个人，老衲记得的，我寺知客僧人曾经禀报过老衲，此人自己画了个度牒，居然瞒过了本寺的僧侣，幸亏发现得早才把他逐走，想不到他又祸害书院了，早知如此，老衲该报官处理才对。"

刘山长讶然道："本书院的学生来历都清清楚楚，都是……啊！"

刘山长突然一拍额头，道："是了！半个月前是有一个游学的书生来此寄读，你们随我来。"

刘玉珏把他们邀进书院，请至厅中奉茶，唤过一位教谕，吩咐道："你去，将那半月前寄读我书院的罗英俊带到这儿来。"

李公甫忙道："山长且慢，若真是那贼人，小心他狗急跳墙，诸位都是读书人，可莫受了伤害。杨瀚，你等三人随这位先生同去，务必把他抓来。"

杨瀚称喏一声，与那两个帮闲随着那位教谕急急去了。刘玉珏在厅上急急踱了两圈，告一声罪道："方丈请稍坐，我去去就来。"

刘玉珏何等身份，自然不屑知会李公甫，但对法径方丈就礼遇得很。交代了一句话，他便转身绕过了木屏风，一过木屏风，立即加快了脚步。

刘玉珏快步来到自己的书房，先把门从里边闩好，再推开临墙的一面博古架，露出一面狗洞大小的金库铁门。他从腰间摸出巴掌长的一把大铜钥匙，打开那扇金库门，从中摸出一卷纸张。

刘山长回到书案前急急摊开，从中取出一摞，趴在桌上仔细地看了起来。

过了许久，刘山长呼吸渐渐急促，脸色也潮红起来，砰地一拍书案，怒道："可恶！说他是什么巴蜀巨贾之子，来我临安谋个出身，这些钱引都是假的，假的！这个混账，居然连钱引都能画得足以乱真！"

刘山长气得浑身哆嗦，这些钱引既然是假的，那就瞒不过钱庄，当然，他可以拿去蒙别人，可是以他的身份，这么做实在得不偿失，这个哑巴亏只能吃了。

想到他欣欣然收了那人入书院，好吃好喝地供着，可收到的这笔巨款居然都是假的，刘玉珏的心都在滴血，恨不得冲到那骗子面前，提起笔来戳瞎那混蛋的双眼。

他气咻咻地喘了一阵，这才匆匆还原书房一切，重又赶回前厅。杨瀚及两名帮闲此时恰把一个身着儒衫，光头，眼角下一道伤还在渗血的三旬男子押进厅来。

这人居然准备了不止一套假发，杨瀚等人寻到他住处时，这家伙正对着镜子，戴着假发，跟画皮似的想要掩饰脸上的伤痕，被他们逮个正着。

"就是他！"法径方丈和刘山长异口同声。法径只见过这假和尚一面，常打交道的是知客僧，刘山长对他就熟悉多了。这人五官眉眼看不出一丝猥琐，还颇有些仪表堂堂的感觉，难怪能轻易迷惑他人。

"罗英俊"一见这般阵仗，晓得事发了，倒也光棍得很，哂然冷笑一声，昂昂然道："不就是冒名入你书院，混吃混喝了几天吗，有什么大不了的，想关我几天哪？"

刘山长气得面皮子发紫，却说不出话来，总不能说自己被他用假钱引给骗了吧？这该向他讨个什么公道？

法径方丈高宣一声佛号，道："你本冒充行脚僧，在我金海寺中招摇，想不到如今又来书院作祟，真是不知悔改。"

"罗英俊"被两个帮闲拧着胳膊，不屑地笑道："又不是多大的罪过，你们便是把我送官，又能如何制我？"

杨瀚劈面一个巴掌扇过去，打得他半边脸登时赤肿了，眼角下的伤口又裂开，一道殷红的鲜血流下，这人立即狠狠瞪向杨瀚，满面戾气。

杨瀚沉声喝道："你可还记得西湖那位船娘？她被你坏了名节，事发之后羞于见人，已然悬梁自尽了！"

"什么？""罗英俊"脸色顿时一变，脸上露出一丝哀伤，呆了片刻，才喃喃道，"她死了？我没想过要害她，怎会……如此……"

看起来，这个会造假的骗子虽然性喜渔色，但也不是天良全无，与那船娘一场露水夫妻下来，还是有些感情的，这时听说那船娘死了，眼睛不免湿润了。

李公甫走上前，轻轻挑起他的下巴，狠声道："闹出人命来，你还以为是等闲小事吗？你可要明白，官字两张口……"

后边这句话，李公甫说的声音很小，只有旁边的杨瀚和两个帮闲听见。这种不登大雅之堂的话，当然不能让法径方丈和刘山长听见，但话中威胁的意味十分明显。

强奸？我办你个强奸，相信那妇人的婆家、娘家都会极力支持，不会有人跳出来反对。强奸妇人致人死亡，这罪可就不是招摇撞骗那么简单了。

"罗英俊"终于露出了害怕的神色，原本的感伤被对自己前途的担忧所取代。对那船娘，他或许是有那么一点儿的感情，但还不至于深到让他甘心为此付出任何代价。

"我……我与那妇人两情相悦，从没……不曾强迫于她……"害怕之下，他说话都期期艾艾起来。

杨瀚道："有没有强迫于她，死人是不会说话的，可我们六扇门，自有办法从你的口中问出来。那日湖上大雾，你与那船娘所乘的船就在那团迷雾之中，可曾看见听见过什么？若你从实招来，我们头儿或可对你有所优容。"

李公甫点点头，当然是事涉谋反，连官家都受了惊动的案子重要。

"那日大雾？大雾中……有什么？""罗英俊"结结巴巴地反问，脸上一副有些古怪的神气。杨瀚从他眸中蓦然看到一丝恐惧，心中顿时一亮："他知道！他一定知道什么！这回终于有线索了！"

"罗英俊"终于知道怕了，期期艾艾道："那日，那日我在船上……"

李公甫突然转身，对法径方丈和刘山长抱拳一揖："刘先生，法径方丈，接下来的内容，涉及女子私闺，不宜污了两位的耳朵，能否……"

刘山长何等样人，自然不便听这些污秽之事，便点点头，对法径方丈道："大师，请。"

两人向外走去，帮闲的人自然也跟了出去，厅中只剩下李公甫、杨瀚和另两个帮闲。这时李公甫才道："说吧，只要你好生坦白，本捕头做主，不会将你与那苦主对质。"

"罗英俊"精神一振，语速马上流畅起来："差官老爷，罗某与那……"

李公甫突然打断道："你真叫罗英俊？"

"罗英俊"赧然道："小人姓罗，但并不叫罗英俊，小人名叫罗克敌！"

杨瀚忍不住道："倒是个霸气的名字，像个大英雄，可惜你做的却是鸡鸣狗盗之事。"

罗克敌讪然道："是！家父本边关一戍卒，因而给小人取了个吉利名字。"

李公甫不耐烦道："你继续。"

罗克敌道："小人与那船娘，本是在金海寺中相识，日久生情。那一日船上幽会，厮磨恩爱，缠绵缱绻……"

杨瀚一脚踢在他的屁股上，骂道："拣重要的说！"

罗克敌本想借机重申他们是"两情相悦"，绝非用强坏人名节，被杨瀚一踢，不禁幽怨地看他一眼，继续道："外间大雾起时，我二人在舱中本不知道，渐渐雾气进来，我二人生疑，急忙拉开帘子一看，就见大雾弥天，伸手不见五指……"

一个帮闲忍不住道："你光着身子出去的吗？"

他先前就为杨瀚打断了罗克敌的黄腔不满，这时再忍不住开口了。

罗克敌道："是！反正那雾甚大，小人就没穿衣服，倒是船娘羞涩，自在舱中穿衣。小人站在船头，什么也看不见，只听见大雾之中有几个人对话……"

李公甫、杨瀚等人不约而同地往前凑了凑，罗克敌紧张地咽了口唾沫，道："我听见……听见大雾之中有一个很苍老的声音，也听不出是男是女，那声音太苍老了，还有些沙哑，听着就像厉鬼似的，特别刺耳。他说……"

罗克敌的眼神飘忽了一下，好像在回想那天的情景，徐徐说道："他说，天地待我何其不公，你们两个贱婢，凭什么比我获得更多好处？你们该死！"

罗克敌学说着，不自觉地模仿起了那人的语气，虽然他的声音并不苍老沙哑，杨瀚还是感觉到了森森鬼气，不由得起了一身鸡皮疙瘩。他抬头看看李公甫和其他两个帮闲，脸色也不好看。

罗克敌继续道："然后我就听见一个脆生生的少女声音说，几百年来，你一直想吃了我们，我们已经忍得够了！你这个疯子，你想吃了我，我就杀了你！"

杨瀚失声道："几百年？"

罗克敌瑟缩了一下，道："是，那女人……是这么说的。"

李公甫沉声道："你继续。"

罗克敌道："接着我就看见一道金光突然射过来，差点儿晃瞎了我的眼，被那金光照过来的刹那，我还看见……"

他想了想，道："我不知道那是龙还是蛇，一条青、一条白，各自裹着一道水流，绕着那道发出金光的一个圆溜溜的东西，就像……对了，就像二龙戏珠！"

杨瀚和两个帮闲面面相觑，在杨瀚心里，听到一青一白两道影子的时候，已经想到小青和小白了。

不过，他实在理解不了，几百年？会不会是罗克敌听岔了？几百年的谐音能是什么？击败？祭拜？又或者是那怪物的名字，姬百年？可来字又做何解呢？

不怪杨瀚这么想，活了几百年这件事，实在有违常识，他根本想都不敢想。

李公甫急问道："那宝珠是悬在空中，还是挈在谁的手上？"

罗克敌想了想，肯定道："是擎在一个人的手上，不过，那道光太强了，我看不清持着它的人。"

李公甫听了不禁皱起眉头，罗克敌舔了舔嘴唇，继续道："那老妖怪的声音又说：'明知我有法宝在手，能克制你的神通，便唤起弥天大雾又能如何'？"

罗克敌想了想，道："这时另有一个女人声音响起，甜糯糯的，非常好听，她说：'这湖水取之不竭，你除非化作大日如来，手中法宝化作太阳，否则，你如何克制？'接着，我就被光晃得什么也看不见了，只听到水浪翻滚声，叱骂打斗声，双方彼此骂来骂去，骂的左右不过是小贱婢、老妖怪一类的，也不见换个花样，骂得甚是匮乏……嗯，好像她们都不太会骂人的样子。"

杨瀚道："再之后呢？"

罗克敌干巴巴道："再之后，我的视力渐渐恢复了，可是打斗声也没了，这时小娘子才从舱中出来，问我发现了什么，我还不曾回答，雾中突然飞来一块石头，正打在我的额头，登时血流如注，一下子把我摔进了船舱，小娘子来救我，我这边刚止住了血，外边雾就散了，她那丈夫就发现了我们……"

事情到此，又断了。

李公甫负着手，在厅中来回地踱了一番，始终不着头绪，不禁问道："杨瀚，此事你怎么看？"

杨瀚此时已经认定青白二女不简单了，什么几百年的说法太扯了，他还是认为罗克敌听岔了，不过显然青白二女不似她们自己说的，只是会些功夫。

按她们的说法，苏窈窈是个大盗，曾经害死一个道士，从其手中获得一本残卷，学过一些秘术，这话不知真假，即便是真，那么……她们两个显然也是学过的。这就与她们曾经对自己说的不符了。

不过，话到嘴边，他却没有说出来，他不想让李公甫知道这件事，虽说李公甫若知道了，动用公门力量，有可能比他自己这么漫无方向地找，要有效率得多。

可他不想告诉李公甫，既然小青能编出她是大盗之女的假话，那么她真正要藏起来的秘密一定更加重大，一旦落到官府手中，引起严重后果的话，想帮她怕也有心无力了。

所以，杨瀚只道："要么是他胡说八道，要么，就是有妖怪。"

李公甫摇摇头道："我早说那天有神佛出现了，不过……这什么二龙戏珠，跟咱们查的金甲神人降世有什么关系？难不成那天大雾之中除了金甲神人，还有其他神仙降……简直乱七八糟。"

他说到后来自己都感觉实在不像话，忍不住摇摇头，向杨瀚招了招手，率先走了出去。

杨瀚跟出大厅，李公甫把他引到僻静处，小声道："读书人都是信奉孔圣人的，你我若把这案子说成神佛所为，最轻的状况，是在大老爷那里领一顿板子。"

杨瀚愕然道："这还是最轻的状况，那重的如何？"

李公甫冷笑："我看你平时也还伶俐，怎么关键时候这般混账！那金甲神人的偈语是什么？最后一句是'便是九五至尊'。"

他四下看看，压低声音道："现在外界已有谣传，说那金甲神人，指的就是北方的金人，'便是九五至尊'这句，是说我大宋将要亡于……你明白了？重的……当然是掉脑袋！"

杨瀚嘶地倒吸一口冷气，他是伶俐，但是真没想过这样捕风捉影地一猜，就能叫人人头落地。

李公甫脸色凝重道："你去外边寻一辆车子，要有棚有帘的，把他带走时不能叫人看见。这人我们放不得，可也不能交予大老爷去审，先悄悄运回去塞进大牢以防万一。我去刘山长那里说一声，这书院中也要封锁了消息才成。"

杨瀚情知严重，连忙称是，快步离开了。

也巧，出门不远，恰见一人赶着辆棚车路过，一问并不是脚夫，不过杨瀚多许了他十文钱，对方便也爽快答应了。

杨瀚叫他在书院门前垂杨柳下候着，便回了书院。眼看离那大厅还有六七步距离，杨瀚突然听到"啊"的一声惨叫，那叫声依稀似乎听到过，凄厉无比，直如厉鬼。

杨瀚心口嗵地一跳，脚下便虚了一下。他下意识地拔出佩在刀鞘中的量天尺，大吼一声："什么人？"他未曾迈步闯进大厅，就听里边又是两声惨叫接踵响起。

二十　黄粱一梦

饶是杨瀚已经有了心理准备，跨进大厅的时候，还是怦然心悸，眼前一黑，脚下有些发虚。

罗克敌与那两个帮闲正保持着要走出大厅的样子。两个帮闲一左一右拧着罗克敌的胳膊，罗克敌一脸沮丧，三人中有两人的一只脚正迈在空中，仿佛正在行进，突然便中了定身法似的。

"苏窈窈！"

杨瀚马上知道凶手是谁了，他握紧了量天尺，急急四下一看，虽然紧张，却并不十分畏惧。他与苏窈窈交过手，已经清楚苏窈窈的异能对他无效，只动拳脚的话甚至不是他的对手，胆气便壮了。

可凶手显然已经走了，这大厅空荡得很，也没什么可以藏人的地方，杨瀚慢慢走上前去，手腕一动，手中乌黑色的量天尺陡然上下翻飞。随着几个漂亮的挑刺削砍的剑势，那两个帮闲和罗克敌身上的冰刺叮叮当当便碎了一地。

杨瀚抱着万一的希望，又近前探验了一下三具尸体，当然不可能有什么线索，以这种手段杀人，苏窈窈根本都不用近他们的身，能留下什么线索？

"那就劳山长费心了。杨瀚……"

李公甫笑哈哈地说着，迈过了门槛，一见厅中模样，忍不住一声惊呼。正俯身验尸的杨瀚抬起头来，道："头儿，那妖婆子阴魂不散，她一直在盯着我们呢。"

李公甫二话不说，马上倒退一步，出了大厅，一转身，双手便一拦："刘山长、法径方丈，请留步。"

刘山长顿时有些不悦："李捕头，这是刘某的书院，不是你钱塘的衙门。"

李公甫急道："山长切勿怪罪，非是小人无理，而是……厅上发生了命案，其形其状太过恐怖，小人唯恐惊吓了山长……"

"什么？出了命案？怎会如此？"

法径方丈大骇变色，刘玉珏却是夷然不惧，朗声大笑道："哈哈哈，我等读书人胸中自有一口浩然正气，便钢刀加颈，面不改色，难道还怕一具……呕——"

刘山长不屑地推开李公甫，跨过门槛一看，实在是叫人触目惊心，刘山长养了一辈子的浩然正气，却连杀鸡都没亲眼见过，登时就破功了。

刘山长转身就逃，刚迈过门槛，就扶着门楗大吐特吐起来。法径方丈吃了一惊，急忙上前搀扶，问道：刘山长，你怎么了，刘山长？"

李公甫一瞧这架势，急忙又冲进厅去，在铺了桌布的条几长案上用力一扯，只听唰的一声，桌上杯盘壶盏一动未动，铺于其下的桌布却被一下子扯了下来，李公甫急忙把那桌布望空一扬，盖在了罗克敌和两个帮闲的尸身之上……

"那日湖上大雾，金甲神人骤现，你可听说了？"

"我当然听说了，我听说呀，这其实是个神启。金甲神人，其实是暗喻北方的金人，那偈语最后一句说'便是九五至尊'，是说金人将要打到南边来，坐了这天下呢。"

"嗓声！不想活了！前几日官府抓了好多传播谣言的人呢。"

"咳，不用怕啦。那些人已经被放了，传的人太多，根本抓不过来，光牢饭都供不起了。"

武林码头上，一群水手、力夫，还有两个乞儿围作一团，正在东拉西扯地说起前几天的传闻。黄员外走过旁边，恰听到他们议论，顿时停了下来，饶有兴趣地听着。

黄员外手下四个打手还以为东主是讨厌那些人传谣，正要上前喝骂，却被黄员外一举手止住了。那些人正聊得入神，完全没有注意到他的存在。

一个叫花子忍不住道："我昨日在茶楼听一位读书人讲，却不是你们说的这个意思呢。"

方才提起金人的那个船夫正有些后怕，连忙借他这话题转移大家注意力，问道："读书人不出门也知天下事，当然不是我们这等粗鲁人所能比拟的，却不知那位读书人怎么说的？"

叫花子道："我听那书生讲，神人出现于西湖，在此降谕。而西湖上有一座孤山，所以这孤，应该指的是孤山。"

一个力夫捏着下巴想了想，道："登上孤山，虽不能观天下，却可以观赏到西湖全景。若把西湖全景比作天下，那倒说得通。不然的话，只怕登上泰山也看不到整个天下，天下间本就没有这样的地方。"

黄员外听到这里，不由自主地向前又迈了一步，就听人群中又有人问道："那接下来几句呢，读书人怎么说？"

乞儿道："第三句、第四句都再明白不过，只有这第一二句难以明白所指。那位书生的猜测若是对的，这第一句便解了，可这第二句……不瞒你说，我各处讨饭，听过许多议论，就没一个猜得出来的。"

众人一听，顿时大失所望，复又窃窃私语起来。

"难不成是有什么东西，像是金的，又不是金的，它重逾千钧，只要得到它，登上孤山，焚香而拜，便有成为皇帝的机会？"这句话好几个人都想到了，但只敢在心里盘算，根本不敢说出来。

黄员外长吸一口气，暗暗得意："只消明白了第一句，对我来说，足够了。第二句，千钧似土似金，哈哈哈，你们当然猜不到。除了我这持有那奇物的人，天下再无一人猜得到。"

黄员外想到这里，迈开大步走开了，四个鲜衣恶奴忙挺胸腆肚地前后侍候着，形影相随。

一回府邸，黄员外便道："去，把玉郎叫来，到环翠庑见我！"

环翠庑是一座幽静的小院子，在黄家府邸中别有洞天，另成一方小天地，黄员外平素最喜欢待在这里，看雨品茶、赏鱼插花，当然，少不得红袖添香，佳人相伴。

但今日一进环翠庑，他却立刻把丫鬟侍婢、宠爱的姬妾都轰了出去，只吩咐两个通房的大丫头守住了环翠庑的月亮门，吩咐她们，除了自己的儿子黄玉郎，便是夫人到了，也不许进。

黄玉郎正在书房教儿子读书，他自己学无所成，连个秀才都没中，对儿子看得可是极紧。自己成不了龙，只能寄望于儿子成龙了。

听说父亲传见，黄玉郎忙给儿子留了篇字帖让他练习书法，急急就往环翠庑赶。到了那里，一瞧还有人守着门户，这架势也不知是要干什么，心中更加忐忑。

等到了房中，正负手来回急急踱步的黄员外登时止步，看向儿子。黄玉郎忙掩了门，小心上前，紧张地问道："父亲，发生什么事了？莫非咱们船行挟带私隐的事发了？"

黄员外翻了个白眼，骂道："幸好你个小畜生没有'乌鸦嘴'的能力，要不……喀喀，不要乱讲话，为父今日唤你来，是有我家代代相传的一件大事，要对你讲。"

黄玉郎不敢再说话，只是望着他父亲。

黄员外道："我黄家祖上，曾经遇过仙人！"

饱读诗书，也饱读过不少闲书的黄玉郎马上就产生了丰富的联想："莫非我家某一代祖先娶的是个狐仙，我有十六分之一或三十二分之一的狐族血统，现在狐族有难，需要我去继承族长之位，带领他们对付什么熊罴精怪，抢回家园吗？不对，我姓黄，难道……"

不怪黄玉郎瞎想，别看他有妻有子，可他也就十九岁而已，心性还未定呢。

黄员外可不知道儿子这时脑海中已经幻想出了一出狗血大剧，更加肃然道："我家祖先还曾从那神仙处得到一件……实在无法说出是什么，却可确定一定是宝物的异物。这异物十分奇特，我黄家代代传承，列代先人耗尽心血地精研，却始终弄不明白它究竟有什么用处，直到今天……"

黄员外上前两步，双手重重地搭在儿子的肩上，眼圈红了："儿啊，为父如今终于明白了它的用处。我黄家，要发达了！"

黄玉郎恍然大悟，原来不是穿越异界玩转狐族的故事，而是偶得异宝开启修仙之路。

黄员外拾袖拭了一把眼泪，对黄玉郎道："你跟为父来！"

黄员外回到书桌旁拿起一方砚台，旋了旋扭了扭，咔的一声打开，竟是中空的，里边藏了一把拇指粗的黄铜钥匙。

黄员外拿起那把钥匙，把墙角一个百猴嬉园造型的沉重青铜灯架扭过来，找到一个孔洞插进去，吱嘎嘎地拧了三圈，又回旋两圈。

黄玉郎正屏息等着，只道那灯架要裂开，露出什么宝物，却不料左旋三圈右旋两圈之后，黄员外竟用力向下一压，咔的一声，那把钥匙折开了，中间是空心的，里边还藏了一把钥匙。

黄玉郎这才知道，原来这把钥匙也是个锁，这看来是锁的青铜灯架，反而是一把钥匙。黄员外从中空的钥匙中取出钥匙，再把青铜灯座推回原位。

这一拉再一推，房子中间的地面便吱嘎嘎地响起来，青砖的地面慢慢裂开，露出一道精铁打造的门，平贴在地面上。看那门的光洁度，应该是时不时就开启并上油护理的。

黄员外用钥匙开了这道门，向上一掀，里边露出一架铁梯，他这才对儿子道："随我下来！"

黄员外爬了下去，不知从哪儿弄了个火把，砰的一声点燃了。黄玉郎心中惴惴地跟下去。黄员外道："掩上门户，随我来！"

灯光下看来，前方竟是一道仄长的通道。黄玉郎急忙追在后面。走过一条数丈长的通道，才豁然出现一个石室。从洞口下来的通道应该不是多余，而是另有作用，说不定布满机关。

黄玉郎眼见这异物居然放置在如此重重戒备的所在，心中更加好奇了。眼见父亲已举着火把站定，黄玉郎立即加快脚步赶上前去，从父亲身边错过了身子。

黄玉郎借着父亲手中火把的照耀看去，就见前方一座石台，石台上放置着一个十分圆滑的东西，一半陷在石台之中，一半呈露在石台上面，被灯光一照，那圆圆的东西金光闪闪。

黄玉郎轻啊一声，心道："原来是一个蛋，难不成是龙蛋或者凤凰蛋？可以孵化出一只什么神兽？"杂书看得太多，想象力过于丰富的黄玉郎又开始浮想联翩，做起了龙骑士的美梦。

"这，就是我黄家传承了五百年的神仙遗宝！"黄员外的神情异常肃穆，他的声音在洞穴中显得有些空洞，也因而越发透出一种神圣庄严的味道。

"儿啊，这个秘密，我黄家一向口口相传，不落文字！当然，咱们遇仙的那位祖宗，也根本不识字，不过主要还是为了保密。如今，你将及冠，也就成年了，为父可以把这个秘密告诉你了。这事，要从五百年前说起。那时候，我黄家遇仙的那位祖宗还是一个车夫。有一天，他载着钱塘第一名伎和她的两个侍婢赴一位贵公子的晚宴，行至郊外时，忽然发生了意外。"

黄员外说起祖上代代相传的秘密，仿佛身临其境似的，神情和语气都透着神秘："当时，天空中突然出现了一个巨大的金轮，那金轮似饼而非饼，似球又非球，全不知是何方奇珍，只见洒下耀目金光，在空中缓缓旋转着，极具威势。我家祖上不识得神仙法宝，只道是什么妖物作祟。他胆子极大，又虑及车上载有女人，若只顾自己逃走，岂非害了旁人？便大声喊那三个女子逃走，为她们拖延时间。

"我家祖上，毫无惧色，就从车辕上站起来，将马鞭往空中用力一挥，啪的一声，炸响了一个骇人的鞭花，大声厉喝道：'何方妖孽作祟！'冒犯了神灵，自然要受罚，当时既无阴云，也无暴雨，却是晴空一个霹雳，将我家祖上打晕过去，摔下了马车。待我家祖上悠悠醒转，只见那名伎与两个侍婢都不见了，马无人驾驭，自在一旁吃草。

"我家祖上一醒来，就发现手边放着这件异宝，这时空中的金轮已不知去向，只有隐隐的神音说，这位仙人与我黄家有夙缘，故而前来赐宝，要我黄家好生收藏，待机缘到时，便是一桩大造化！

"我家祖上惊喜不已，就把这宝物拿回了家，后来打听那名伎主仆下落，听说她们当晚误了宴会，又受了惊吓，便逃回家了。她们说是遇了精怪，却也无人信她们。

"我家祖上自然不会把这秘密透露出去，这是神人赐予我黄家的。又过了年余，便听说那个名伎病死了，她的两个侍婢也不知被人卖去了哪里。这郊外遇仙的事，从此便只有我家知道了。"

黄家那位赶车的老祖宗大概对儿孙交代这宝物来历时，为了自己的颜面，很是吹了一番牛皮，说得不尽不实，不过足以引起黄家子孙对这宝物的重视了。

黄员外轻轻抚摸那金色的蛋壳，黄玉郎紧张地看着，神仙所赐，这里边会是什么？会跳出一只喷吐着火焰的凤凰，一条金光灿烂的小龙，还是神化形，跳出一个韶颜稚齿的小孩儿？

嚓——不知黄员外在哪儿按了一下，金色的蛋壳像是被刀一下子劈开了似的，整齐地裂向两边，里边……

黄玉郎定睛一看，发现里边既没有龙也没有凤，更没有什么小孩儿，里边只有一柄……嗯……这是如意吗？很像，可又说不出哪里有问题，不是特别像。

它是土黄色的，说是金吧，颜色不够纯粹。说是土吧，那质地看着又特别紧密，这是什么？要说是一柄如意倒也说得通，寿星佬的画像不就是怀抱一柄玉如意吗。

黄员外无比珍惜、小心翼翼地抚摸着那柄非土非金的如意，许久许久，方得意地一笑，对儿子道："来，你拿起来看看。"

得了父亲允许，黄玉郎凑上前去，伸出一只手，小心翼翼地握住那柄放在石架上的土黄色如意，向上一提……

如意纹丝没动，黄玉郎以为石架上有卡扣，仔细看了看，没有，再一提，还是没动。黄玉郎奇怪地弯下腰去，几乎以为这如意与石台是一体雕刻，只是另涂了颜色；可仔细一看，它分明是分开的。

黄玉郎用了一把力气，奋力一提，如意还是纹丝没动，黄玉郎不禁疑惑地看向父亲。

黄员外像只刚下了蛋的老母鸡似的，咯咯咯地笑起来："儿啊，你现在知道，为何我黄家列代祖先都不明白它是什么东西，却断定它是一件至宝的原因了吧？它太重了，当年我家那位遇仙的祖先为了把它拿回家，也是颇费了一番心思。运回家后便挖了地窖，将它小心藏起。这就是五百年来，我黄家不管富贵贫穷，这祖宅只可扩建翻修，唯独不许变卖的原因。"

黄员外让儿子让了让，自己站上前去，双手握住土黄色如意，奋尽全力，脸都涨红了，才嘶吼一声，猛然发力。就见那土黄色的如意忽然动了一下，仅仅动了一下，根本没抬起来。

黄员外随后就没了力气，放开双手，呼呼地喘着大气，道："你看到了，这小小一个物件，根本看不出它是金还是铁，可它重有千斤。"

黄玉郎惊呼道："重有千斤？"

黄员外道："不错。儿啊，你还记得前几日西湖大雾，神人降谕，所说的那句偈语吗？"黄员外目光炯炯，"称孤而观天下，千钧似土似金，南向焚香三拜，便是九五至尊……"

黄玉郎悚然动容："父亲，你是说……"

黄员外道："不错！这偈语其实并不难，之所以叫人猜度不透，是因为没有见过这土如意的人，根本想象不出世间会有此物，当然猜不到它指的什么？啊，这分明就是神仙特意晓谕咱们黄家呀。"

黄玉郎喃喃道："称孤而观天下，千钧似土似金，南向焚香三拜，便是九五至尊。就是说拿着这方……这方……"

"土如意。咱黄家祖上给这宝贝起的就是这名字，或许，这是传说中的神土息壤呢，所以才这般沉重。"

"嗯，土如意，就是说只要有人拿着这柄土如意，南向焚香而拜，就能……

做皇帝？"

黄员外微笑道："还有一句称孤而观天下呢。表面上看，这一句是说称孤道寡，君临天下。可是，尚未持土如意向南焚香三拜，怎么就能称孤道寡了呢？何况它若是这个意思，那与最后一句的九五至尊意思又重复了，神仙岂会说废话。"

黄玉郎疑惑道："那么……父亲猜出其中的意思了？"

黄员外点点道："孤山！神仙现身于西湖，这第一句的孤指的一定就西湖上的孤山！"

他的手重重地拍在了黄玉郎的肩上，激动得胡须发抖："儿啊，为父已经想到该怎么做了。很快，咱黄家就不再是临安船运业的霸主，而是……天下之主了！到那时候，你就是朕的太子！"

黄玉郎听得恍惚了一下，做梦似的反问道："太子？"

黄员外用力点点头："对！太子！"

黄家少爷听得有点儿晕，昨儿还在担心今年是否仍无机会考中个秀才回来呢，怎么突然间就要变成太子了？

李小兮坐在平安堂药铺里，看许宣给客人诊治。客人有老有少，五花八门，病情也是千奇百怪，各不相同，病人的性情更是迥异，可许郎中都能耐心相待，不见一丝厌烦。

李小兮坐在那儿却无聊得紧，只好翻出自己买的东西，在那里一件件仔细欣赏。东西都欣赏三遍了，再看下去恐怕对有些东西就要生出悔意想要退货了，李小兮才把东西重新装好。

哎，好久了，瀚哥哥怎么还没回来？李小兮不耐烦地起身，正要去药铺门口张望一番，帘栊一挑，钱小宝走了进来。李小兮大喜，迎上去道："你们回来啦，瀚哥哥呢？"

钱小宝道："不用找啦，那么大个人，还能拴我屁股上吗？他回衙门啦，出了个大案子。"

钱小宝说着，走到许宣旁边，抓起茶壶对着嘴就是一通牛饮。茶喝完了，钱小宝一抹嘴巴，道："走吧，我陪你回家。"

许宣见他模样，只好无奈地笑笑，他已经知道钱小宝是这家药铺的真正主人，他只是人家药铺的一个坐堂医而已，又能说些什么？所以只能向那位一脸惊诧的病人点点头，俯首为他开药。

钱小宝走到李小兮面前，咋咋呼呼道："你是不晓得，一下子就死了三个人，好恐怖。幸亏我被同窗拉去聊天了，不曾亲眼看见，不然的话，只怕要活活吓死，我胆子很小的。"

李小兮道："你不曾看见，又怎么知道可怕？"

钱小宝道："我们山长瞧了眼尸体，都看吐了，你说可不可怕。来，我拿着东西，咱们……"

钱小宝刚说到这里，就听外边一个苍老的声音道："呵呵，老夫的管事，昨儿个来此看过，说那郎中年纪虽轻，医术通神，老夫好奇，所以想来亲自领教领教哇！"

旋即就听掌柜的赔笑道："莫翁您老人家只要吩咐一声，我们许郎中自会上门去为您诊治。"

苍老的声音笑道："无妨，老夫刚从金海寺上香回来，恰经过此地，便顺道过来见识一下。"

帘一掀，一个胖丫头挽着一个老态龙钟的人走进来，掌柜的亦步亦趋跟在后边。而许宣刚开了方子，站起送那客人离开，一瞧掌柜的进来，忙离开座位揖礼。

钱小宝一看来人，顿时唬了一跳，吓得转身就逃。

"呃……咳！小宝哇，有日子没见啦，你这身手，可是不如小时候利索了，那时候你爬窗户，跟玩似的，这回都两下了，还没爬出去。"

老人淡淡地瞥了钱小宝一眼，钱小宝一条腿跨在窗户外边，那窗子是从下边向外推开的，缝隙有限，成年人很难跨过去。听老人调侃地一说，钱小宝便讪讪地缩回了腿，点头哈腰道："莫爷爷。"

"小宝哥哥，你好久没去我家了。"那个胖丫头欢天喜地地迎上来，一把拉住钱小宝的手。钱小宝吓得一哆嗦，急忙往后一退，躲到了李小兮的背后。

那胖丫头一瞧李小兮，马上瞪圆了眼睛，上下看她两眼，面色不善问："这个骚狐媚子是什么人哪？小宝哥哥，你可是名门公子，可不能跟些不三不四的女人在一起。"

"说谁不三不四呢？"

李小兮登时火冒三丈，双手叉腰，摆出经典大茶壶造型："你不但长得面目可憎，说话也是这么讨人嫌！"

李小兮一扭头，便双手搂住钱小宝的一只手臂，嗲声嗲气道："小宝哥哥，我还以为你眼光挺高的，怎么会认识这么一个不一不二的女人哪！"

钱小宝被她一抱手臂，登时骨头都轻了三分，可是听她说话这么不客气，又急出一身冷汗。

这莫家丫头可是眼前这个白胡子老头儿莫本钟的亲孙女。而莫本钟与他的爷爷是莫逆之交，这要他怎么接话？

李小兮可不在乎，一双俊眼反而挑衅地看着莫家那个胖丫头。想跟她斗嘴？坊市间长大的姑娘，那是随时可以扔开黄花闺女的气质，进入"泼妇骂街"模式的。

莫家胖丫头气得面皮子发紫，怒喝道："你竟敢如此跟本姑娘说话？我莫芳仪是什么人，岂是你可以羞辱的？"

李小兮冷笑："莫家这位什么方什么圆的大姨，你好大的威风啊，你是什么身份，本姑娘不晓得，也懒得打听。你既然出言不逊，就得承受同样的礼遇。本姑娘最讲道理了，哦？"

李小兮向钱小宝飞了一个媚眼，揽着他胳膊的手在手臂内侧嫩肉处一掐，钱小宝嗷的一声，看在旁人眼中，还以为他迫不及待地答应呢。

在所有的封建王朝之中，宋朝百姓幸福指数非常高。经济民生好，还有诸多社会福利，比如只收成本价的官办医馆、药局。政治比较清明，老百姓丢了口猪，也敢上金銮殿找皇帝告状。皇帝想扩建一下皇宫，老百姓不愿意搬，就得继续憋屈在那儿。皇帝可以被大臣喷得满脸唾沫星子，大臣同样可以被老百姓怼得无可奈何。

上下尊卑当然是要讲的，可人家既不受你管，又或者不曾犯错，那心态上就相对平等得多。偏远的地方还好些，你财大势雄，人家还畏惧一些，可这儿是临安城，天子脚下，怼了你你又敢怎么样？

莫本钟瞧着不像话，板起脸道："芳仪！"

莫芳仪走过去，不依地牵起他衣角道："爷爷你看哪，孙女被人欺负，小宝哥哥还帮她。"

莫本钟瞪了她一眼，道："你闭嘴！"

莫本钟咳嗽两声，对钱小宝和颜悦色道："小宝哇，前两日，老夫与你爷爷喝茶时还说起你，你眼看就到及冠之年了，这婚姻大事也该考虑一下了，要说门当户对，我家芳仪与你再合适不过，老夫和你爷爷都想促成此事呀。"

莫芳仪一听爷爷当众说了出来，登时低下头，抬起一只脚尖儿，在地上画着圈圈。最是那一低头的娇羞，宛如一颗果肉饱满的开口石榴，压弯了那细细的枝头。

李小兮蓦然张大眼睛，看看钱小宝瘦削的身材，再看看莫芳仪浑圆的吨位，忍不住扑哧一声笑了出来。

莫芳仪瞪起圆圆的眼睛，怒道："你笑什么？"

李小兮掩着口，哧哧地笑道："我看你二人身份倒是门当户对，只是这身板，就好比茶杯装不下茶壶，未免不够般配呢！"

莫本钟听到这里，脸色一沉，道："小姑娘，不要太过分了。"

李小兮冷笑道："老人家，若是你管好了自己的孙女，岂有今日这样的事情发生？"

"你看看你，老人家说话了，你就听两句，尊老敬贤还是要的。"钱小宝正色地对李小兮说着，伸手一拉她手臂，"走走走，你出去，拿着你的东西快走，莫要惹老人家生气。"

钱小宝一把抄起李小兮所购的那些包包袋袋，推着她就往外走。李小兮犹不甘心，嘟囔道："我好端端地站在这里，不是她出言不逊，我会如此吗？你还敢拉偏架！"

钱小宝努嘴挤眼，不断地向她示意，奈何也不知李小兮一时没明白他的意思还是故意的，仍然嘟囔着不愿离开似的。

莫本钟淡淡一笑，扬声道："小宝哇，你可不要趁机溜了，老夫还有话对你说呢。"

钱小宝一下子被莫本钟拆穿了用意，顿时苦起脸来。莫芳仪这才知道钱小宝是想趁机开溜，急忙噔噔噔地跑过去，往门口一拦，双手一张，叫道："小宝哥哥，你不许走。"

这莫芳仪是杭州巨富莫本钟的孙女，莫本钟与钱小宝的爷爷"天下第一眼"素来友好。他平素里吃斋念佛，乐善好施，是金海寺的施主檀越，寺中那座九层的铜质宝塔即是他出资修建。

老爷子与钱翁交好，总想着亲上加亲，一直热衷于把他的孙女许配给钱小宝，只是钱小宝对这位钱家小姐避之唯恐不及。钱老爷子疼孙子，虽说婚姻大事是父母之命，媒妁之言，可也不愿勉强了他，这事就拖了下来。

如今好不容易碰到了他，莫本钟自然不愿轻易放过。他正要说话，就听外边一声惊叫："蛇！"

"好大一条蛇！"

"哪儿爬出来的，有没有毒！"

莫芳仪一听有蛇，登时发出一声尖叫。她声音脆生生的，这一叫起来，众人的耳朵都有一阵魔音穿耳的感觉，先是一嗡，继而发痒。

莫芳仪叫完了，以完全不可想象的速度纵身一跳，一下子躲到了她爷爷的背后。钱小宝、李小兮却不怕，他们正在门边站着，马上冲了出去。

掌柜的忙叮嘱一句："莫翁且坐，不必担心，我去看看！"说完和许宣也冲出了侧厅。

一条大蛇也不知是从何处爬来，十分斑斓，它缓缓爬过药柜，钻进了后边的缝隙。店小二拿着扫把，壮起胆子一通划拉，惊叫道："它掉下去了，在柜子底下。"

可谁敢趴下到柜子底下摸索？那种古旧的装药材的柜子是一面墙的，距屋顶只有不到三尺的高度，要取最上一格的药材，得爬着梯子上去，如此沉重的药柜，没人抬得动。

是以众人乱作一团，就是不知该如何驱赶那蛇。许宣见此情景，突然心中灵光一闪，忙喊道："快快快，用雄黄粉哪！咱们用雄黄赶它出来。"

这里是药铺，自然是不缺雄黄的。只是那柜子底下，缝隙还是有限，后边与墙体之间的缝隙也不大，手臂都伸不进去，雄黄药粉撒了不少，看得掌柜的心疼不已，可那蛇仍是盘踞其内，不见露头。

"不要撒雄黄了！"

掌柜的喝止了两个把雄黄不要钱地往柜子下乱撒的小伙计，拍一拍额头，突然道："他们也许有办法！你们守着，不要乱动。"说完掌柜的就跑了出去。

李小兮还在看热闹，急于脱身的钱小宝急忙向她使个眼色，李小兮也不想再难为他了，二人忙趁机溜了出去。

药铺对面柳树下，一个穿两截衣的年轻人正坐在一块石头上歇脚，一瞧他们出来，那人立即低下头去，还抬手把竹笠压了压，等二人溜得远了，才微微抬头。看那笠下敏锐的目光，此人正是杨瀚。

棋逢书院三条人命案，李公甫命人敛了尸体运回县衙去，而杨瀚决定守株待兔。

他不想把白素、青婷牵扯进来，可是兜兜转转，最后线索还是要着落在她们身上，杨瀚已经别无选择。

偌大一座临安城，想找两个人，太难了。许宣就成了找到她们的唯一希望，所以这个办法虽笨，杨瀚也只能用这个笨办法守在这里。

掌柜的跑出药铺，左右一张望，见墙角或坐或躺有几个乞丐，正懒洋洋地躲着阴凉，急忙走过去，问道："哎，你们几个，可会捉蛇吗？"

叫花子饥一顿饱一顿的，有野物可捕时向来不会放过，蛇是他们用来打牙祭的极好肉食，所以大多数乞丐都会捕蛇，当然，还会偷鸡、摸狗。

听他一问，众乞丐不约而同地扭头看向墙角，倚着墙正打瞌睡的一个乞丐慢悠悠地拿下盖在脸上的破草帽，看向掌柜的。这乞丐身量极高，躺着也看得出魁梧高大，仿佛一头懒睡的猛虎。

他的眼睛特别有神，一眼望来，具有一种力量的压迫感。长而凌乱、四处飞扬的头发，把他弄得像头雄狮似的，虽然脏兮兮的，却偏偏不显邋遢，很是威猛。

若是李小兮跑得慢些，当能认出，这人就是寒食节时带着几个小乞丐在她门前乞食的那个"狮子王。"

掌柜的一瞧他神色，就知道这个乞丐是会抓蛇的，马上伸出手，道："五文钱！帮我抓条蛇！"

"十文钱，蛇也归我。"

"使得，使得。"

乞丐咧嘴一笑，站起来拍拍屁股，道："小的们，拾些柴回来，等着吃小龙！"说着就懒洋洋地走向药铺。

这时街上行人已经听说了这件事，不少人赶来看热闹。杨瀚见状，忙也站起来，混在人群中跟了进去。

那"狮子王"进了药铺，伙计们指着柜子底下连比画带说，"狮子王"听完了弯腰看看，眉头一皱，道："底下太浅，柜子又深，手伸不进去，听你们所言，那蛇有近两米，粗处有如手腕，力道必然也小不了，这要怎么抓？"

这底下藏着条蛇，也不知道什么时候蹿出来，伤了自己人就不妥了，如果是客人，再把人家吓个好歹那就更是损失巨大，掌柜的一听十分着急，道："这可怎么办？实在不行，只能把这柜子搬开了。"

他要搬这柜子，就得先挪前边的柜台，而且这柜子极沉又极高，为防倒下，先得把其中药材都取出来，再做好支撑才能移动，恐怕最快也得半天工夫，那就要耽误许多生意，可是如今也没有别的办法了。

"狮子王"抱着手臂端详了一下那药柜，又弯下腰去，伸手扳住柜底使了使力，便站起身道："掌柜的，你原说要抓蛇，可没说要抓这蛇，还得搬开这么沉的一个柜子。这样吧，我也不讹你，五百钱，我马上给你把蛇抓出来，怎么样？"

掌柜的一听又急又气，你有办法抓蛇，还提这柜子沉重与否做什么，这不是趁火打劫吗？可他若不抓，旁人又抓不到。侧厅里还有莫老爷子需要招呼，无奈之下，只好忍痛答应下来。

那乞丐听了，便打个哈哈，紧一紧腰带，手脚活动了一下，往掌心啐了口唾沫，道："取个细竹竿来。"

有个伙计手中就有现成的，急忙递上，乞丐比画了一下，嚓的一声把那细竹竿折断，取了截短的，弯腰在那柜底划拉着试探，弯腰前行，约过了三列药柜，乞丐大喜道："在这里，我感觉到了。"

他抽出竹竿，扔到一边，弯下腰去摸索着什么，除了站在侧面的掌柜，其他人都只能在柜台外看着，他这一弯腰，就完全看不见人了。这时就听柜台内一声大喝："起！"

随着这一声喊，那沉重的足有千斤的梨木大药柜轰然一声，整个被抬了起来。众人看着那柜子呼的一下向房顶贴近，都不禁骇然惊呼起来。

杨瀚吃了一惊，急忙一错身，站到目瞪口呆的药房掌柜旁边。就见那乞丐半跪在地上，臂膀肌肉紧绷，那么沉重的一个柜子，竟被他单手抬起，而他另一只手已快速探进去，一把扼住了那条长蛇，将它提了出来。

好大的力气！此人真是天生神力！杨瀚虽然一身武功，可没有这般巨大的力气，见了这般奇人，也不禁为之惊叹。

那蛇一被抓住，就死死缠在乞丐的手臂上。那乞丐也不怕，将药柜小心放下，等那药柜铿然落地，便一手掐着那蛇，任它死死缠着，得意扬扬地站了起来。

众人看见那蛇，都倒退了两步，惊呼不已。眼见这乞丐如此神力，掌柜的倒是不敢再砍价，忙取了五串钱，交给乞丐。乞丐一手捉蛇，一手提钱，大摇大摆就往外走。

　　"好一个市井奇人！"杨瀚赞叹一声，忽然瞥见许宣就站在自己旁边，急忙又低了头，生怕被他看见。这时却听许宣欣喜地叫道："白姑娘，你来了！"

　　杨瀚心口咚地一跳，他先侧过了身，这才微微抬头，目光乜视过去。白素既然来了，那么，向来与她形影不离的小青也来了吗？

二十一　软红十丈

"许郎中……"一见许宣，白素脸上便泛起两朵桃花，那娇美的模样看得许多人目光一直。

此时药堂中人正多着，许宣警醒过来，忙肃手道："白娘子，这边请。"

许宣引了白素进入侧厅，众人只道这是找许宣看病的顾客，也未生疑。白素偷笑了一下，微微低了头，跟着许宣走进侧厅，珠帘摆荡着，却遮不住那一道倩影的袅娜。

"白娘子，你怎来了？几日不见你，我还道断桥一别，再不能相见了。"

两人坐在桌边，借着号脉的动作，许宣情不自禁，一把握住白素的柔荑，激动地说着。

白素见他真情流露，也不禁心中一热，柔声道："那日亏得郎中，奴与妹妹才得脱身，其实这几日一直想来当面道谢……"

许宣抬头向外看了一眼，微微讶然道："小青姑娘呢？我看娘子与她素来形影不离，今日怎么没有同行？"

白素美目中柔波荡漾，低低道："人家只想与许郎……中单独一晤，不可以吗？"

"可以，可以，求之不得！"

男女情愫，那一张窗户纸极易捅破，只要一破，这感情便水到渠成。二人四目一对，许多话无须再说，心中已是了然。

自然而然，许宣轻声唤道："白娘子……"

白素含情脉脉："许郎……"

小青躺在一张湘妃竹榻上，一双天足，素白如脂。

榻边有一张矮几，几上放着一盘泉水浸过的樱桃，小青惬意地倚在榻上，一手拿着卷书，一手不时拈起一枚樱桃，递到她那小巧的嘴巴里，无比恬然。

竹榻光滑如玉、沁凉如水，时不时，她便会蜷起腿，然后又沿着那光滑的竹席，纤秀的足一寸寸地重新滑下去……

凤鞋抛合缝，罗袜卸轻霜；谁将换白玉，雕出软钩香。

小青正堵着白素的门呢，门上好大一把锁头，钥匙就在榻旁案头，放在那盘红樱桃旁，触手可及。

小青不许白素再去见许宣，白素熬得了一日两日，再久了如何挨得？便打算鬼鬼祟祟偷溜出去，却不想小青早在盯着她，直接把姐姐抓回来，推进了房间，窗也封了，门也锁了，自己守在外边。

白素在房中央求了许久，小青优哉游哉地也不理她，还把姐姐平素看的闲书拿来解闷。

这个话本儿写的是一个唐朝传奇故事，名字叫《十年》，讲的是李鱼和第五凌若这对青年男女穿梭时空、互成因果的爱情故事。

小青一向不喜欢看话本儿，对姐姐动辄看本闲书便哭天抹泪的做派感到非常幼稚，如今实在无聊，拿起一本儿来瞧瞧，渐渐竟也看出了味道。

"第五凌若的眼睛已经被泪水盈满，刚刚眨去，便再度盈满，仿佛一眼永不干涸的泉，眼中的他，朦朦胧胧，始终不能看得清楚。两个人被网子束住，都不能动，但他们的手都在腰间，李鱼抓住第五凌若的手，就像当年他扮布衣神相，潜入归来客栈，执着她的手，在她掌心一笔一画地写下三个字：'带你走！'写完这三个字，李鱼的泪也禁不住淌了下来，哽咽道：'对不起，让你……等了十年！'"

话本儿看到这里，小青竟也不由得心中一烫，鼻子一酸，有种说不出的辛酸、欣慰与欢喜。

"这书有毒！人家再不要看了，免得变成姐姐那样无脑的白痴！"小青懊恼地想把书丢出去，可脱手之际又一把抓住。罢了，就只看这本，权当解闷好了。

小青刚想再翻开那书继续看下去，动作突然一顿，心中生起一丝疑惑，就姐姐那种性子，怎么可能一个人在屋里待得如此安静？

小青急忙放下书，趿上鞋子，蹑手蹑脚走到门边，侧耳听听其中动静，忍不住唤道："姐姐？"

房中无人应声，很快，门打开了，小青快步走进房去。窗子还是封好的，门当然也才打开，可白素不见了，她从哪儿离开的？

小青四下看了半天，慢慢仰起头来，看着屋顶。有一处瓦没有盖严，一道光从那里照了进来。小青慢慢地吐出一口长气，下一回，这个女人是不是就会打狗洞了？

白素好快活。

就只是坐在一边，静静地看着许宣为病人诊治、开方，看了许久也不厌。

临近黄昏时，药铺打了烊，小白陪着许宣走在临安街头。

晚风有些清凉，旁边不远处就有一条河，小船在河中轻轻漂过，河边垂柳随风拂动，一只大黄狗懒洋洋地趴在柳树下。两三个穿着开裆裤、竖着朝天辫的小家伙被一只大白鹅追得哈哈笑着逃去。

井沿边，三个妇人正在一边濯菜，一边说着话。三人中，有两个中年妇人，另一个穿红衫的鬓边插着一朵红花，显然是个刚过门的新媳妇。

两个妇人似乎在开荤腔打趣那新媳妇，新媳妇的脸蛋被她们说的话臊得像一朵盛开的小红花。

人间烟火气，十丈软红尘。

慢慢地走在青石板路上，两个人的步子不禁变得慵懒了，心境也无比悠闲。

快到许宣所居的巷子，白素才站住脚步。两人依依道别，眸中尽是不舍。情缘初缔，总是这般，就似被胶粘了一起，纵然扯开了，也是丝丝相连。

许宣也是三步一回头，许久才消失在路口。白素转过身，微微扬眸，想了一想，忽地开心一笑，双手负在身后，脚下竟有一种蹦跳的感觉，仿佛又变成了五百年前那个俏皮可爱的小姑娘。

在她身后不远处，头戴竹笠的杨瀚悄无声息地跟上去，白素却全无察觉。

正值黄昏时分，炊烟袅袅，小巷中少有人行，白素正开心地向前走着，忽然，她站住了。

一道人影冉冉地从树上降落下来，正站在她的对面，堵住了她的去路。

一袭青衫，飒爽俏美。

白素见了这人，马上像犯了错的小孩子似的瑟缩了一下，讪讪地唤道：

"小青！"

小青的脸色很冷，她冷冷地看着白素，强抑愤怒道："你怎么就如此不知轻重！"

"妹妹，我只是……"

"不要叫我妹妹！你眼中只有那个男人是不是？我早晚被你害死！"

小青突然爆发了，愤怒地打断了白素的话。白素吃惊地看着小青，五百年相处，当然也拌过嘴、吵过架，但还很少看她如此生气。

白素努力解释道："妹妹，我知道，我这样抛头露面会有暴露的危险……"

小青一声冷笑。

白素道："可是，我们藏起来不见人的时候又怎么样？最终还不是被她找到？最重要的是，我们要活着！不是一直不死，就算是活着！"

"所以你宁愿找死？"

"我们就算只活一百年，只要快快乐乐，也不枉来这世上走一遭！可要是活上千年万年，却像被扔进水底的一只乌龟，永远藏在那井底，不见天日，活得再久，又有什么意思？"

"这种陈词滥调，我已经听你说过太多次了，当年把你埋进土里的那个男人呢，比之今天的许郎中又如何？我当年结识过的那位将军呢？枉称盖世英雄，结果又如何？你不用找理由，你就是个无脑的花痴！"

白素也有些愠怒了，声音提高了许多："妹妹，我一向性情柔和，你骂我花痴，我忍了！你说我无脑，我也忍了！我从不与你争辩，我知道你也不容易。可是……"

白素踏前一步，紧紧凝视着青婷："青婷，你不认可我的生活方式，我又何尝不是一样？你总觉得我没有头脑，除了惹祸还是惹祸，可你知不知道，其实我一样从未认可你的生活方式？"

小青愤然道："如果不是我谨慎小心，如果不是我这种你不认可的生活方式，你早被苏窈窈杀死了！"

白素愤怒反诘："如果不是我这么陪着你，让着你，用我不断惹出的麻烦让你有事可做，而是依着你的法子，像老乌龟似的藏在深山老林里，你早就无聊得自己寻死了！"

小青冷笑道："哈！这么说，我还该感谢你的良苦用心了？"

白素缓和了一下语气，道："小青，难道你受过一次伤害，就把天下人都想象成冷血无情的人？天下间，至情至性的真男人，一定是有的！我们难道就一直偷偷摸摸不与人接触？这样活着与死了有什么区别？"

小青更痛心了："你只顾你自己的感受，只想着过得有滋有味，你有丝毫担心过吗？就不为你自己，你有为我担心过吗？我一直很关心你，你有没有关心过我？"

暗中，杨瀚悄悄地靠近了，等他靠近时，恰听到小青讥诮地质问白素："这么说，我还该感谢你的良苦用心了？"前边涉及长生的部分他没有听到，只听到了一个很敏感的词"伤害"。

杨瀚的心登时不舒服起来，小青姑娘……曾经爱过别的男人吗？被那个男人伤了她的心？

同时，就只听二女说了两段话，他已经感觉到，这对姐妹各自在乎、为此争执的关键点其实对方完全没有意识到。

白素姑娘不认同小青东躲西藏、与世隔绝的做法，所以对于小青的重重约束很不耐烦，今日在她的指责之下终于爆发。而小青与其说是抱怨白素不知轻重，不如说是有些吃味。

在她与世隔绝的思维之下，能与她长相厮守的只有白素一人了吧？这种情况下，白素已经不只是她的好姐妹，其实也是她活着的唯一人生寄托。

只怕她自己都没意识到，她在担心白素有了所爱之后，会与她渐行渐远。

另外，恰恰因为她的生活重心只有一个白素，所以她心里有些不平衡，她一切都为了白素打算，白素却整天想着与一个男人卿卿我我。

姐妹情也可以为了男女情而吃醋、嫉妒的。如果白素能明白小青在担心什么，适当表现出对她的关心、在意，小青绝不会是现在这种状态。

忽然间，杨瀚觉得小青好可怜。表面看来，她冷静、机警，姐妹俩逃亡生涯中种种安排全是她在操心，她比姐姐成熟许多，负担着许多，可其实在心性上，她才是最敏感、最幼稚的那一个。

她一直在担心失去，担心失去她仅剩下的姐姐。她的人生的确是太乏味了，如果再失去白素，恐怕她真的再无生的意义可寻。

可身在局中的两个女人都不明白对方真正的诉求，两个人越吵越凶，白素终于勃然大怒，挥袖道："好了，你也不用与我说教了，我无脑，我花痴，我幼稚，我会害了你，那咱们就分道扬镳！你走你的阳关道，我过我的独木桥！我白素不会连累你的！"

白素说罢，怒气冲冲地走上前去，气咻咻地撞开小青的肩膀，扬长而去。

小青被撞了个趔趄，她慢慢转过身，看着白素愤然离去的背影，鼻翅翕动了几下，两行泪珠扑簌簌地滚落了脸颊，那模样，就像一个被抛弃了的孩子，哭得好不委屈。

杨瀚藏不住了，他这时最好的选择是随着白素离去。如此一来，不仅可以找到二人的藏身之处，而且白素其实更好说服，小青却是极难打交道的姑娘。

可是……

眼见她泪眼迷离、无比伤心的小模样，杨瀚不由自主地跳了出来。

"别伤心啦，就那个白痴女人，你还不了解？刀子嘴豆腐心哪。再说了，女人吵架嘛，大发雷霆和好才容易，她要是笑着对你说再见，那才是恨到了骨子里。"

小青听见有人说话，急忙拾袖拭泪，吸了吸鼻子，避免以过于狼狈的形象示人，这才慢慢扭过身子。

杨瀚摆出一副慈祥老爷爷的派头，向她微笑地点点头。

"阴魂不散！阴魂不散的，除了苏窈窈，现在又加上一个你！"小青咬牙切齿说道。

杨瀚连忙摇头："不不不，那个鬼面人苏窈窈是阴魂不散。而我，是与你有缘。你看，宇宙洪荒，如此浩大，古往今来，生灵无数。我与你却能一见再见，这是多大的缘分。"

小青突然冲到了杨瀚的面前，杨瀚下意识地想要伸手防护，可马上又停下了，只是绷紧了双腿，他可晓得这丫头一脚踢来时的劲道有多大。

不料小青并没有出手攻击他，反而一下子凑到了他的面前，挺起了胸膛，发泄似的喝道："你要杀我，还是抓我？来呀，动手哇！我不反抗，你出手吧！"

"别别别，小青姑娘，你不要这样啊，我既不想抓你，也不想杀你。咳，玩笑，玩笑而已。小青姑娘，苏窈窈是你们的对头，也是我的，你知道，那苏窈窈虽然有一身诡异的杀人本领，可偏偏对我无效，所以，我是你最好的帮手，不如我们联起手来……"

"你要不要杀我？"

"哪儿能呢，我哪下得去手哇。"

"你要不要抓我？"

"这话说得，我哪舍得送你进去。"

"那就别跟我聒噪，我走了！"小青说完转身就走。

杨瀚呆了一呆，急忙追了上去："哎哎哎，小青姑娘，你别冲动啊！我敢打赌，白姑娘现在已经后悔了，只要你一回家，她马上就得给你道歉。小青姑娘，你别走那么快呀，不知道的还以为我在打媳妇呢。小青姑娘，你别拿石头丢我呀……"

二十二　姊妹情深

"随园。"

杨瀚抬头，看着那门楣，轻轻念了一声。

小青乜斜着他，冷笑道："你认得了？我就住这里，想抓我，随时恭候。"

小青平素常以一副冷静姿态示人，可是因为和姐姐的一番冲突，心情激荡之下，那少女习性便显露出来了。

五百年岁月，她确实比别人活得更久，见得也更多，可未见得她的灵魂也有五百年之苍老。

这五百年，对她而言，只是相比于其他女人，她的少女期得以延长罢了。

她没有成家，没有生子，没有变换过身份，没有经历过一个已经成长、成熟的女人应该经历的生命周期中的一切，实际上如她外貌一般，她还是个妙龄少女。

这种情况下，与白素一番负气争吵，她的少女心性自然就爆发了，原本装出来的老成荡然无存。

她现在这番言语，根本就是在对杨瀚使小性儿："来吧来吧，反正我跟姐姐闹翻了，活着也没意思，我不躲了，也不藏了，你想杀就杀，想抓就抓，我看她白素心不心疼。"

杨瀚比她成熟多了，自然明白这种心情。杨瀚觉得好笑，也很开心，敲碎她用来伪装自己成熟老练的那层壳，看到她烂漫可爱的一面。

小青看着杨瀚的眼神就不舒服得很了，这个混蛋一脸宠溺的表情是怎么回事？扮慈祥老爷爷吗？

"你不抓我，我可回家了！"小青气鼓鼓地说。

杨瀚笑吟吟地做了个请的动作，小青便气鼓鼓地开了门，然后，杨瀚就跟老大爷似的，背着双手，溜溜达达地跟了进去。

小青瞪着他："你进来干吗？"

杨瀚理直气壮回答："我来拜访白素姑娘，不可以吗？"他说完就慢悠悠地向里走去，院子里有家仆，见是跟二小姐一起来的男人，倒也无人敢上来阻拦，有那机灵的已经跑去准备茶了。

小青怒道："你找她干什么？你站住！谁叫你乱走的？"

杨瀚头也不回，只摆摆手道："我不跟不懂事的小孩子说话。"

小青更气了，气得都快炸了："喂！你说谁是小孩子？哈！你个小屁孩儿……"

杨瀚没理她，直奔大厅而去。

早就躲在花圃后边的白素看见小青回来，终于放了心。她正打算出来道歉，看见杨瀚出现，心中惊讶无比。

听清二人这番对话后，白素就放弃了马上出来的打算，她心中略一思忖，便从侧面绕回了大厅。

杨瀚步入大厅，白素堪堪从上首的十二扇木屏风后面迎出来，一见杨瀚，故作惊讶道："瀚哥儿，你怎么在这儿？"

杨瀚拱拱手，道："白姑娘，在下路上巧遇小青姑娘，与小青姑娘一起来的。"

这时小青气鼓鼓地跟了进来，就听白素道："啊，原来是妹妹邀你来做客的，瀚哥儿快请坐。来人哪，上茶，上好茶！"

小青怒道："我才没请他登门做客，你别听他胡说，快赶他出去。"

白素热情地让杨瀚坐了，转身对小青道："小青啊，不要使性儿，叫瀚哥儿看了笑话，你快坐下，陪瀚哥儿聊聊天。"

白素把小青摁在杨瀚座位旁边，中间只隔一条几案。两个丫鬟进来，一个端了三盏茶，一个端了几盘干果蜜饯，一一摆好，又姗姗退下。

白素一通安排，然后在上首主位坐了，眉开眼笑道："瀚哥儿，我姐妹俩不肯配合官府抓那苏窈窈，实有我们不得已的苦衷，还请瀚哥儿见谅。只要你登门来不是重提此事，那我们随园随时欢迎你来做客。"

杨瀚笑道："罢了，抓苏窈窈的事，我自己想办法就是了。说起来，你这随园很雅致呀。随园，随缘，说起来，我们之间还真是有缘，有姑娘你这句话，说不定以后我会常来叨扰了。"

"哎呀，说什么叨扰，我们姐妹俩住在这儿，也没什么亲朋故旧往来，寂寞得很。你肯常来做客，我欢迎还来不及呢。我这妹妹其实人极好的，生得俊俏，性情也温柔，只是我不擅操持，平时多赖妹妹操劳，有时难免烦躁，会使些小性儿，瀚哥儿还请多多担待。"

"哪里哪里，其实小青姑娘兰心蕙质，我是很喜欢的。人非草木，哪能没点儿小脾气，小青姑娘还是很识大体的，在我眼中，那是极好极好的一位姑娘。"

小青坐在那里，屁股底下就像放了个钉板似的，浑身不自在，"我们刚刚才吵过架好吗？为什么你见了面一句都不提，好像根本没什么了不起的？你跟他这是什么对答，怎么跟相亲似的？"

小青坐不住了，愤愤然站起，气咻咻道："要招待你招待，我回房了！"

小青也不理二人反应，绕过屏风回了后边自己的卧房，把自己往榻上一扔，气鼓鼓地想了一阵，越想越是心烦。不行，姐姐那人缺心眼的，她那么傻，万一被那混蛋骗了怎么办？那个混蛋一看就很精明，眼珠那么灵动，肯定心眼多，粘上毛就是个猴儿。姐姐跟个二傻子似的，跟他在一起，这可不行，被人家卖了她还得帮人家数银子呢……

小青越想越放心不下，爬起身来就往外走，结果刚出卧房就发现……那个二傻子果然被那个猴儿给骗了，她……她居然把那个男人领进二进院落里来了。

这真是……就算杨瀚也是女子，不是极熟稔的朋友亲眷，也没有领进内宅私邸的道理，更何况他是男人，哪有这样登堂入室的？姐姐傻了吧唧的不懂事就算了，你也不懂得瓜田李下该避嫌的道理？小青本来刚消了的气又鼓了起来，气鼓鼓地跟一只青皮蛤蟆精似的就跟了过去。

"瀚哥儿，此间布置，可还雅致？你看那张石台，我与妹妹常在那里下棋呢。妹妹棋艺不如我，不过她喜欢耍赖皮，有时我就故意装傻，让她偷两个子儿，哄她开心……"

白素很高兴杨瀚登门。即便杨瀚抱有别的目的又怎么样？白素不傻，她知道杨瀚出现是为了苏窈窈，杨瀚知道苏窈窈一定不会放过她们，她们于杨瀚而言，就是钓到苏窈窈的饵。

可是，杨瀚对小青很有兴趣，这一点她也看得出来。几百年来，小青就只是为了她们两人的安全而活着，为了活着而活着，心中好苦。

白素心疼得很，她希望小青有人疼，有人爱，有人呵护关怀，哪怕只有这一世，哪怕只有十年八载。

她希望杨瀚能成为打开小青心房的那把钥匙，解开小青心头的那把锁。再说了，小青若是有了伴侣，有了心上人，也就不会对她和许郎交往那么抵触了，不是吗？

白素真的不傻，在小青眼中，她没心没肺。而白素实际上只是有她自己的人生哲学，而且她一直在用她自己的方式，想要影响、改变她的妹妹，想让小青活得幸福。

她们两人都在全心全意地为对方付出，只是她们都极度不认同对方的人生态度。

"你看那根竹子，其实有一次暴风雨，它被砸倒了，我本来说，就只一棵，拔掉就是了，妹妹不愿意，她费了好大心思，固定它，照顾它，直到它的根扎得结实了，重新长起来。妹妹这人就是嘴巴厉害了些，脸皮子比较冷，其实她心肠很软，你处久了就知道了……"

白素不遗余力地向杨瀚推销青婷的好。青婷远远地看着，眼中看到的却是白素借着指点风景的机会，都快要拱进杨瀚的怀里去了。

"这个臭不要脸的花痴！"小青的肺都快要炸了，她两只胳膊端着，就像一只成了精的青皮蛤蟆似的，一鼓一鼓地冲了过去。

"小青！"白素看到小青很欢喜，只是她和杨瀚挨得本来就比较近，原本正在指点东西，相隔只一拳距离，这一扭身，衣衫就擦到人家身子了。

小青看见，自然认为这是看到自己了两人才稍稍分开，便板着俏脸，把个小瑶鼻翘得高高的，愤愤道："姓白的，可别怪我没告诉你呀……"

"咦？叫我姓白的，妹妹还在生气呢。不过，她肯主动跟我说话，那就是气快消了。"早对小青的性情熟得不得了的白素眨眨眼，笑道："告诉我什么呀？"

小青狠狠地剜了杨瀚一眼，道："这男人哪，都是属狗的，有骨头他就会啃两口，有肉没肉的舔舔再说，你个傻女人，可别上了人家的当！"

白素感到自己嗅到好大的一股酸味，正想调侃几句，杨瀚已经笑吟吟地看着小青，看看头，看看脚，看看她的小蛮腰，微笑地点点头。

小青被他一看，便十分不自在，瞪眼道："你看什么？"

杨瀚笑吟吟道："小巧玲珑，窈窕多姿，不肥不瘦，当真一副好排骨。"

"你……"

小青攥紧了一对拳头，恨不得一拳打歪他的鼻子。

这个男人，笑起来真是太讨厌了，说的话更讨厌！谁是排骨？本姑娘肥而不腻，瘦而不柴……啊呸！增之一分则肥，减之一分则瘦，明明纤秾合度，匀称得很。

小白难得看见小青吃瘪，在旁边偷笑不已。杨瀚说完，就像没看见她似的，若无其事地转向白素，道："姑娘，听一听说你这里有一眼温泉，沐浴之后肌肤滑腻无比，可否带杨某一观？"

"好哇好哇，瀚哥儿往这边走，咱们……"

小青一听又瞪大了眼睛："什么？温泉也好带他去看的吗？"

白素不以为然道："那有什么的，你又不是正在沐浴。"

"你……"小青气得发昏，一副快摔倒的样子。

杨瀚又补了一刀："就是，看看温泉怎么了，又不是马桶。"

"瀚哥儿请！"

"白娘子请！"

这对狗男女一唱一和的，这就走开了？当本姑娘是空气吗？

青婷被气得昏头涨脑，放声大叫道："你跟我上街买东西去！"

"啊？"

白素转过头来，有些不敢置信地看着小青，小青一向不准她上街来着，小青自己也不大上街，有所需时多是指派侍女出去购买，要央求她好多回才肯破例一次，今天她主动提出上街购物了？

"你……你说咱们俩上街购物去？"

"当然，首饰头面，衣衫鞋袜，自己不试，着人买回的哪有那么合适？当然得自己去！"

"啊！好哇好哇！瀚哥儿……"忽然想起杨瀚，白素有些歉疚地看向他，"瀚哥儿，小青难得肯与我一同上街去呢，你看……"

杨瀚微笑道："何妨同去？"

"好哇好哇！"白素一听，雀跃得很，急忙偷眼去看小青，小青再找不出理由来拒绝，毕竟人家可不是对她说的，如果再要抢白，被他说一句"自作多情"，岂非难堪？

这混蛋与以前见过的男人不同，他摆出一副喜欢你的嘴脸，可要逮着打击她的机会，那是真的毫不留情啊！这种混蛋，活该单着，有肯喜欢他的女人才怪。

青婷恨恨地想着，却不知道杨瀚在女人面前惯会甜言蜜语，小意奉迎，唯独喜欢惹她生气，捉弄她，看她难堪。若她明白这个道理，不知该不该受宠若惊。

杨瀚尾随小青来时，已是黄昏。夜晚上街购物，于别的朝代而言，那是绝对不可能的事，前无论汉唐，后无论明清，都有严格的宵禁政策，唯独宋代，夜市是很繁华的，夜晚逛街的人比白天还多。

临安城中最主要的大街是御街，又名天街，这条南北大街的东西两侧布满坊巷，每个坊巷口都竖有木结构的高大牌坊，上面写着坊名，如清河坊、寿安坊、里仁坊等。

临安城内共有坊巷八十九条，大街和坊巷纵横交叉，店铺林立，百肆杂陈，珠玉珍异、花果时新、海鲜野味，应有尽有。

而夜市主要集中在御街的中段，分别为清河坊、市西坊、官巷口、众安桥。从清河坊到羊坝头一段，有三元楼、五间楼、熙春楼和双凤楼等高级酒楼，南瓦子、中瓦子也都在这附近。

官巷口是花市、灯市所在，这一带多是金银珠玉铺子；至于众安桥则是御街北段闹市区，附近有中和楼、春风楼和日新楼三座大酒楼，临安最大的北瓦子就在众安桥的下瓦巷，内有勾栏（戏棚）十三座。

既然要上街，当然没有在家用餐的道理。所以在白素的提议下，他们直接奔了众安桥。众安桥旁一条夜市长街，各种小吃应有尽有，风味各异。

有专卖糖肉、蟹肉、虾肉、鱼肉、笋肉、假肉馒头、鹅鸭包、水晶包、素夹等品种多达数十种的包子铺，也有卖百味羹、蚶子辣羹、虾鱼肚羹、莲子头、杂彩、群鲜等诸包羹汤的羹汤店，还有卖枣糕、重阳糕、镜面糕、丰糖糕、拍花糕等的四时糖食点心店，更有卖药叶饼、芙蓉饼、开炉饼、菊花饼、乳饼的面饼铺，此外还有经营冷陶、丝鸡、三鲜、鱼桐皮、盐煎、笋拨肉等几十个品种的南北餐馆。

戈家蜜枣、官巷口光家羹、寿慈官前熟肉、钱塘门外宋五嫂鱼羹、涌金门灌肺、中瓦前职家羊饭、杂卖场前甘豆汤……如此琳琅满目的风味小吃看得白素垂涎欲滴，小青却是嗤之以鼻。

"姐姐这般神仙样的风姿，难不成和那些腌臜汉子挤在一起吃街摊，抑或拿在手里边走边吃？何其不雅，我们去春风楼吧？"

小青笑吟吟地说着，瞟了杨瀚一眼。这时她想对付杨瀚了，和姐姐的摩擦倒是很痛快地就忘到了一边。

"春风楼？好哇好哇！瀚哥儿，那我们便去春风楼用餐，如何？"

白素说着，已经兴冲冲地当先走去，计谋得逞的小青微微一笑，立即快步跟了上去，小腰肢袅袅娜娜的，摆出了极是动人心魄的优美韵律。

小青偶一回眸，似乎看见了杨瀚那正急急挪开的欣赏的目光，小青却也不恼，只在心中暗暗冷笑："喜欢看哪？那你就看个够吧。等会儿我看你如何的羞愤难当、无地自容。找条地缝你就钻进去吧！"

春风楼第三层的临街雅间，围栏内，窗扉双启，远近夜市灯火璀璨，临安繁华尽收眼底。一对美人，白衫的似云中轻月，正坐对面。青衣的润泽如美玉，就在左手，秀色可餐。杨瀚大老爷似的往那儿一坐，忽然间便有一种走上人生巅峰的美好幻觉，想想还有点儿小激动……

"我和姐姐食量小，便少点两样，若是觉得不足，瀚哥儿可再点上几样，好吗？"

美景入眼，美味当前，小青的脾气似乎突然就变好了，对杨瀚说话也和颜悦色了，笑靥如花的样子当真是宜喜宜嗔。只是，白素不知怎的，忽然就嗅到了一丝阴险的味道。

人家如此软语相询，杨瀚哪有不答应的道理，忙爽快地答应一声。

小青嫣然一笑，也不翻菜谱，便对一旁的小二哥道："我姐姐喜欢吃鸡舌汤，来一碗十八条的鸡舌汤。我呢，就来一碗鹌鹑羹吧，要三十六只鹌鹑熬的浓汤，瀚哥儿就给他来一碗宋嫂鱼羹吧。"

小青托着下巴，扬眸对小二哥说着，灯下看去，说不出的妩媚："你家可有海蛤？东海之蛤呀，新鲜的吗？以冰镇之，快马送来的？都是活的呀，那就好，来一盘生炒的。"

小青点了点肉脯般嫩红的嘴唇，又道："浔阳糖蟹也是有的？好哇，来一只，蟹脚短于一尺的可不要。'美人面'是你们家的拿手菜吧？取十只羊头，就只要颊上那一点儿肉，对！配葱只挑芯里面韭黄相似的那一部分，其他的不要。生爆鳝片、清炒虾仁、莼菜拌笋、藕断丝连，马马虎虎，就这几样吧。砂糖绿豆甘草冰雪凉水两盏，瀚哥儿嘛，来一壶瑶泉酒如何？好，就这些吧，劳烦小二哥催促快些，奴奴饿了。"

眼看着小二哥跑出去报菜名，小青一双美眸笑吟吟地往杨瀚身上一睇，见他浑若无事的样子，不由得暗暗冷笑："你个土包子，怕是根本不晓得这几道菜有多昂贵吧？哼！一个小小的捕快帮闲，也想吃天鹅肉？就你一个月那几吊的工薪，养得起我姐姐这样挑嘴的女人吗？春风楼可是大酒楼，就是你们捕头来了，也不敢以势压人，一会儿，我倒要看你如何下台！"

小青点的饭菜当然是味道极美的，吃着很可口。两个美人秀色可餐，杨瀚又是能言善道，用餐期间随口说些市井间的趣闻逸事，大俗而雅，分寸感恰到好处，白素固然是全程笑个不停，小青在故意抵触了一阵之后，却也听得津津有味。

活了五百年，她对人间烟火的了解，居然不及杨瀚，听着听着，渐渐勾起她昔年还在钱塘做一个小丫鬟时的感觉，尤其是回想起刚被卖入青楼，被苏窈窈点选拨去侍候，悉心随小姐学习琴棋书画的那些年，心中也不禁泛起了波澜。

饭吃得很愉快，等到酒足饭饱，小青的眼神就有趣起来。男人和女人一起去吃饭，谁买单？当然是男人！即便是现代社会，对很多人而言，这也是天经地义的，古代时候当然更是如此。

除非一种情况，男人才会抹抹嘴巴就走，晃晃悠悠地出了饭店，站在外边点上一支烟很深沉地装大爷。那就是成了婚的男人，钱袋子在老婆那里。

眼下这种情形，杨瀚该买单了吧？等他听小二哥报出那惊人的数字，一算账要耗费他至少一年有半的薪水，还要打肿脸充胖子，强颜欢笑地付账时，那模样一定很精彩。

小青姑娘已经迫不及待了。

小青不时地瞟着杨瀚，期待着，期待着……

杨瀚在剔牙，一手掩着口，很斯文地剔牙。面对着这样两个美女，但凡不那么粗心的男人，都会斯文起来的。

牙签当然早就有了，晋朝时候就有了，到了宋朝，不但牙签早就普及了，牙刷、牙膏等护牙工具也早就普及了。

杨瀚剔着牙，对白素客气地点点头："感谢白娘子今日盛情款待。实不相瞒，杨某自幼父母双亡，生活困苦，这样高雅的美食，以前从不曾品尝过。"

"瀚哥儿不必客气。吃饱了吗？再饮一杯温茶，咱们就去游逛一下吧。"

"吃饱了，吃饱了，白娘子，请茶。"

"请！"

两人端起茶，相互示意了一下，然后一个斯文、一个优雅地呷了一口。

小青的眼珠子都快掉出来了，完事了？这就完事了？这个男人怎么可以就这么大刺刺地主动要一个女人会账呢？他要不要脸哪？

这时候，杨瀚把目光又转向了小青，笑了笑："今天这顿饭，我请不起。"

小青的唇角微微牵起，有些讥诮。

杨瀚又自信道："总有一天，我能请得起。"

小青也笑了笑，没再尖牙利嘴，忽然间她不想表现得太明显，不想让他太难堪了。没有打肿脸充胖子，做人还算坦诚，让小青想放他一马了。

杨瀚继续说着："我七岁那年，我爹就因为一场大瘟疫病逝了，我母亲辛辛苦苦把我拉扯到十五岁，积劳成疾，也病逝离开了，然后，家里就只剩下了我自己。我变卖了本就所余不多的家产，料理了母亲的后事。那时，我正倒嗓，声音极难听，这厢扯着公鸭嗓子赔笑跑个腿，那厢涎脸不看人家厌憎的表情凑上去主动打杂，饥一顿饱一顿地度日，可我从不觉得，自己这一辈子就只能这么浑浑噩噩地度过。

"十七岁那年，我投入了街道司，那时候，就渐渐混出点儿人模样来了。可是街道司的主司黎老爷想招我做姑爷，他女儿不甚检点，杨某虽穷，却也不甘受辱。只是如此一来，街道司我便待不下去了。"

白素和小青静静地听着，白素固然听得渐渐露出戚容，她本就心软，可小青原本戏谑捉弄甚而带着些蔑视的眼神也渐渐改变了，定定地看着眼前这个男人。

他独自饮了一壶瑶泉酒，不过，小青看得出来，他没醉，眼神很清明。他不是酒后吐真言，但他说得很认真，小青相信他说的每一句都是实话。

"所以，我把爹娘传给我的最后一件东西——风如意，献给了李通判，想着做个官宦人家的小管事，也算有个体面，谁料，又发生了意外，还牵累了一位姑娘。

"她是李府的一个小丫鬟，人生得很清秀，我很喜欢开她的玩笑，我们只认识了三天，她也不生气，她的脾气真的很好。

"我到李府的第一天，因为一去就成了小管事，很多李府的下人不待见我，是她领我去的厨房，吃了顿饱饭。见我碗里的菜都是素的，她还帮我说好话，跟大师傅要了只卤猪脚，那只卤猪脚很香，我觉得，比今晚如此昂贵的饭菜还香。然后，她就死了……"

小青发现，杨瀚的眼睛亮晶晶的，她分不清那是灯的反光，还是泪水凝聚的光，她发现自己的眼神有些抽离不出来了，好像那道光是一个旋涡，在把她吸进去。

"她就死在我身边，是苏窈窈杀了她，苏窈窈杀人的手段你们也清楚，她死得很惨。而我呢？不瞒你们说，我有心悸的毛病，极度震惊的时候，我会晕倒。我是头一次见到那么可怕的死法，所以看到李老爷的死状时，我吓晕了，很不要脸地晕倒了。李老爷的死，我不在乎，我献了传家宝给他，我用传家宝换来的小管事，我是去李家做家丁的，这是一桩买卖。

"可是对那位姑娘，我觉得，我欠她的。这就是我锲而不舍地追来临安的原因。我在临安府做帮闲，用的是我的本名，并没有问题，所以我知道，建康府那边已经不再把我当成嫌犯追缉了。可我还是得先在这儿做着帮闲，因为这方便我追查苏窈窈的下落。我要找到她，杀了她！只有了了这桩心事，我才能去过我自己的日子，我相信我能过得很好，养得起我心爱的姑娘。对了，那位死得很惨的姑娘，年纪跟你也差不多。和你一样，她也还没嫁人，还没有自己的男人，没有自己的孩子，她永远都不会有了。她有一个很好听的名字，她叫……悠歌。"

两行泪水沿着杨瀚的脸颊轻轻地滑落下来，白素的眼圈红了，小青用力地眨了眨眼睛，抬起头，仰望着悬在头顶的宫灯，忽然一下子站起身，转过脸去，唤道："小二，会账！"

白素和青婷虽然听杨瀚说到了风如意是他的家传至宝，不过都没有多问，更没有在意。

当年眼见神人的轮舟炸裂，神光四逸，她们醒来后已是遍地残骸，她们主仆三人各自得了一件神人遗物，因为怕被人发现，便匆匆离开了。

在她们想来，杨瀚的所谓家传，应该是他的祖先当时也见到了轮舟爆炸的场面，从现场得到了一件宝物，最先接触到神人神舟的就是她们，不可能有人比她们更早。

因此，杨瀚这家传的宝物，应该是她们当年没有发现的那一件。当年苏窈窈得了金钵，经过研究，发现它似乎是一件可以调度如意能量的法器。从它上边的痕迹与符号，还有上古文字的标示来看，应该是有"工水火风"四件如意形的法器配合其使用。

她们早知道除了苏窈窈得了金钵，她姐妹二人各持水火如意一件，外边应该还遗落有"土、风"两件，如今这风如意的下落算是有了结果。

248

它曾经落入了杨家的祖先手中，不过现在显然又被苏窃窃得去了。

从清河坊到众安桥大街以及两侧坊巷的所有店铺，一到夜间便似苏醒了似的，比白天还要热闹。

十里长街，灯火辉煌，人流如潮，摩肩接踵，这些店铺大多是到三更以后才打烊的，有些饮食店则会通宵买卖，至晓不绝。

寿安坊一带是御街中心，这一地段是最繁华的街市，以经营玩物为主，花篮、竹马、香鼓、鱼龙船、螺玩物、时样漆器、悬丝狮豹、仗头傀儡、梭球、合色凉伞、奇巧玉屏风等。这些玩物商品也特别注意时令季节的变化，如今是夏秋里季节，促织笼、细画绢扇、青纱、黄草帐子、挑金纱、异巧香袋、木樨香数珠、梧桐数珠、藏香等便成了主要销售对象。唱曲儿的、杂耍的、说书的，看相算卦的、演杂剧的，以及玩踢弄（武术）的，参差其间。一路行来，杨瀚身上便挂满了东西，吃的、玩的、穿戴的……应有尽有。

这回还真不是小青捉弄他，而是"激情购物"的白素白大小姐一出手就收不住。杨瀚作为一个男人，得有君子风范，所以很客气地说了一句："我拿着。"

他客气，白大小姐可是很率直，于是毫不客气地把他当成了自动行走的载货架。

这一趟长街逛下来，白素什么都好奇，什么都喜欢，拉着小青进进出出，逢店必入。杨瀚走得两脚酸疼，两眼发直，目光呆滞，摇摇欲倒。

"呀，这里有家卖灯的铺子呢，节令未到，就有灯铺了，难得遇到一家，妹妹，我们进去瞧瞧。"

"好哇！"姐妹俩手挽着手，快乐地冲进了灯具店。

杨瀚挂了一身的杂物，站在店门口很是纳罕："她俩下午真的有过那么激烈的冲突吗？当时瞅着都要从此决裂似的，怎么……算了，女孩儿家的心思我不懂，我还是趁这机会歇歇脚吧，我的脚都快断了。"

杨瀚摇摇晃晃地走到店铺台阶旁，对一个正坐在那里，身上挂着一堆乱七八糟东西的年轻人有气无力道："兄弟，请挪一挪尊臀，给我腾点儿地方。"

那年轻人慢慢抬起头，一脸呆滞地看了看杨瀚，很缓慢很缓慢地挤出一个向上的弧度以示微笑，有气无力回应："杨——大——哥——"

"啊？小宝？钱少爷？"杨瀚很惊讶，"你怎么在这里？"

"我呀？我陪小兮姑娘逛夜市呀，不过她好能走哇。我觉得吧，要是从这儿到幽州，沿途开设各种店铺，她能日行一千，夜行八百。你怎么在这里呀，你这是……"

钱小宝看看杨瀚，他这要是蹲下，就被一堆杂物埋了，不知道的还以为是谁摆的一个杂货摊呢。

杨瀚听了却是会心一笑，小兮姑娘？两个人能一起逛夜市，看来小兮姑娘和小宝进展迅速哇，月上柳梢头，人约黄昏后，这两人现在已经算是有些情侣的架势了。

钱小宝一边说，一边挪了挪屁股。杨瀚一屁股坐在他旁边，长长地吁了口气，把两只脚脚底对着，摊在面前。

"我也是陪女人逛街来的。唉，陪女人逛街，简直是一场灾难哪！"

"杨大哥才来临安没多久哇，就有相好的了？"钱小宝碰了碰杨瀚的肩膀，"长什么样啊，漂亮吗？"

杨瀚沉吟道："嗯……模样嘛，怎么说呢，不能用漂不漂亮来形容。这世上有一种女人，你只看她一个背影、一个侧影，都会觉得很妩媚、很女人，哪怕看不见她的体态模样，就只瞧她一个动作，看见她一缕头发，都会觉得很有女人味……"

钱小宝的嘴角都快咧到耳丫子上去了："有没有那么神奇呀？反正，不会比小兮姑娘俊俏。杨大哥，我可是从小在临安府长大的人，漂亮姑娘见多了，小兮姑娘呢，不是最漂亮的那个，但是那股子很特别的味道，谁也比不上。"

一说起李小兮，钱小宝便眉飞色舞起来，也有了几分精神："你才刚到临安，能结识什么出色的姑娘。小兮姑娘心气高，也只有我这样人优秀、家世也优秀的男人才能打动她的芳心，你这种做她房客的就不要指望了，不过小兮有几个闺中密友，模样也是相当不错的，我见过，到时给你引见引见……"

钱小宝好心地给杨瀚介绍着，这时黄员外带着黄玉郎从前边走了过来。

夜市上人流熙攘，很难走得快起来，这父子俩也没什么急事，步伐更是优哉。

黄玉郎迟疑道："爹，其实我们现在的日子过得从容自在，没必要冒那个风险……"

黄员外打断他的话："这是什么话，没志气！你爷爷当年就一只船，也能保证一家衣食无忧。爹若是没点儿志向，那现在也还是一只船，比起如今，你要哪个？"

黄员外站住脚步，瞪了儿子一眼，道："爹打拼一生，也不过是给你攒下一份家业。如果有机会留给子孙一座江山，这机会安能错过？"

黄员外说到江山二字时，下意识地放轻了声音，其实这街上熙熙攘攘的，很难有人注意他们父子在说什么。

但杨瀚就坐在他们身旁石阶上，因为他和钱小宝都是披挂了一身的各色杂物，往那一坐毫不起眼，黄员外父子也未注意到，所以被杨瀚听个正着。

杨瀚听了，便是一笑，多大的买卖呀，居然比作江山，这位员外蚊子打哈欠，口气还不小……

这时候，黄员外又说话了。

二十三　趁热打铁

"趁着官府尚不解其意，我们是很安全的，毕竟是诛九族之事。这次带你来，趁夜去见那石匠，就是为此。你放心吧，为父也是知道要小心的。"

黄员外一边说一边向前走去，杨瀚对后边的话只隐约听到"诛九族"三字。

"趁着官府不解其意……诛九族……"

杨瀚心中打了个突儿，忽然觉得有些不对劲。诛九族，那得是多大的罪过？趁着官府不解其意，这话又是什么意思？

杨瀚站起身想要跟上去，只是黄氏父子已经消失在人群当中了，杨瀚踮着脚张望，却已不见了他们的踪影。

"好啦，我们走吧，你看我这灯漂不漂亮？没花钱呢，我哥送我的。"

李小兮从店中跑出来，兴高采烈地对钱小宝说话，旁边站着一个小二打扮的人，正是李小兮的哥哥李老实，原来他是这家店的小二。

李小兮说完，恰见杨瀚回头，一见是他，小兮先是一喜，唤了一声："杨大哥！"继而又看了钱小宝一眼，微微有些赧然的表情。

李小兮暗恋过杨瀚，但眼下分明是被钱小宝的痴心打动了。钱小宝本身虽不及杨瀚仪表堂堂，却也不算差了，尤其是他强悍的家世，要是真喜欢了小兮，算是求之不得的佳偶。

生在寻常人家，那如诗如梦的想法便少些，会考虑得更加实际，所以小兮姑娘也就接受了钱小宝的邀约，可竟在这种时候遇到了杨瀚，心中还是难免有些羞窘。

杨瀚却没有李小兮那么多的想法，他只当小兮姑娘是一个活泼可爱的妹妹，可没打过她主意，所以只是一笑，打趣道："跟小宝逛街呢？"

钱小宝站到小兮身旁，沾沾自喜道："杨大哥，你瞧小兮这身衫子，好看不？这可是我替她选的，正配吧？鹅黄衫子藕色裙，衬得小兮特别娇艳。"

李小兮在他肩上轻轻捶了一下，嗔道："胡说什么呢，没的叫杨大哥笑话。"

钱小宝道："本来嘛，这一整条街上，就数小兮姑娘你最美。"

杨瀚笑道："情人眼里出西施。看来小宝这颗心，是全放在小兮身上啦。"

钱小宝笑道："我可没有吹捧，在我眼中，小兮就是最好的！"说着含情脉脉地看向李小兮。

李小兮飞快地瞄了杨瀚一眼，见他神色坦然，还挺替他们俩开心的样子，暗暗松了口气。虽然见他始终对自己不曾有过想法，李小兮心中略感失落，但转念一想，终觉释然了，再看小宝，便觉更亲近了几分。

这时白素和青婷也走了出来，白素和小青一人手里提着一盏漂亮的花灯，一个荷花状的，一个是只猴儿状的。

看得出来，白素是乐在其中，小青却有点儿窘，就像一个大人被人硬逼着学小孩子奶声奶气的样……

这两个女子，白素虽然年长一些，却比小青更多了几分童心。估摸着小青在这不应节令的时候提着一盏花灯，也是为了迁就姐姐。

"瀚哥儿，我们走……咦？你们认识呀？"

白素看见李小兮正与杨瀚说话，不禁讶然。

杨瀚笑道："小兮姑娘是我的房东，怎么，你们认得？"

白素笑道："这位姑娘很热心的，我刚刚在店里看花灯，全亏这位姑娘热心介绍，帮我和小青各自选了一盏。我还替你选了一盏呢，你瞧瞧好不好看，还没点呢。"

白素一边说，一边从另一只手提着的大袋子里翻找，看样子，她买的可不只是三盏，只是其他的灯还折叠着，没有打开。

杨瀚不动声色地看了眼李小兮和李老实。李小兮吐了吐舌尖儿，向他露出一个俏皮的笑脸。

李老实却是"很老实"地一步步后退，趁青白二女不注意，嗖的一下就消失在了店门口，那神奇的走位，跟凌波微步似的。

这丫头，悄悄帮自己哥哥招揽生意呢，也就白娘子容易被她忽悠。如果被白娘子知道这店里小二是她哥哥，不知还会不会夸这姑娘热心。

小兮姑娘嘿嘿一笑，对白素道："这位姐姐不要客气啦，要不是你大方，人家店主哪舍得白送我一盏灯，想不到你跟杨大哥认识，这倒是巧了。"

自从白素、青婷出来，钱小宝两只眼睛就发了直，这时凑近杨瀚，小声道："哥！我的亲哥！我是真的服了你，刚到临安，便结识了这样漂亮的小娘子，而且不止一个，而是两个，是两个吧？"

杨瀚自矜地一笑，淡然道："也谈不上，这位白娘子对为兄是很有些亲近之意啦，不过她虽家境富裕，容颜妩媚，可我还没有成家的打算，姑且相处看看吧。"

钱小宝钦佩得五体投地："人家姑娘当然家境优渥了，看她衣着我就知道，虽然看着朴素，可那都是品质极佳的衣料和做工。虽然不曾穿金戴银，可就耳坠下那两颗珠子，至少值五百贯。旁边那位青衣姑娘是她什么人哪，看起来好像对你神色不善哪。"

杨瀚淡然道："哦，那是她妹子，对我也有那么点儿……呵呵，你懂的。可我与她姐姐倒是相处更融洽些，她自然心中不悦了。"

钱小宝一听差点儿给杨瀚跪下："太不可思议了，太不可思议了，这两位姑娘一个国色天香，一个千娇百媚，俱是人间绝色呀，居然双双属意于你。你不要厚此薄彼才对，娥皇女英、齐人之福哇！拿下，全拿下了才是道理。"

杨瀚微微一笑，道："那小青姑娘脸太酸，脾气太臭，常作狮子吼，许是年纪小，被家里惯坏了，不懂得贤淑温良的道理，我可不喜欢，她若肯改改小性儿嘛，我倒是还可以考虑一下。"

钱小宝向杨瀚翘了翘大拇指，赞道："你看到那位小青姑娘的靴子了吗？就那一双鹿皮小靴，至少值二十贯，顶你半年工薪了。人家生得如此俊俏，家境又这般好，你还挑三拣四的，哥哥，我钱小宝平生没服过人，我现在就服你。"

两人这厢说着悄悄话，那边李小兮和白素、青婷两姐妹也聊了起来，越聊越是熟络，白素和小兮说完话，便对杨瀚道："人多才热闹，咱们一起走吧。"

杨瀚和钱小宝一听她们还要逛街，两个人的脸和肩膀登时一起垮了下来。

白素本来有小青陪着，可小青对逛街其实兴趣不大，如今有了李小兮，当真是如鱼得水，三位姑娘前边走来走去，后边杨瀚和钱小宝一瘸一拐，杨瀚手里还提着盏肥猪造型的灯笼，都快走残了。

好不容易白素和小兮余兴未尽地决定回家，两个目光呆滞的男人顿时精神一振，仿佛得了大赦一般。

"小兮妹子，今日与你相遇，当真愉快。平日里没事，可以到我家去做客，我家有一眼温泉，沐浴之后神清气爽，肤滑如脂，到时你可以试试。"

白素发出了邀请，小兮也很开心："好哇好哇，我平时都是去混堂洗澡呢，早听说温泉的妙处，可惜一直没机会尝试。改日小妹一定登门拜访。"

双方依依不舍，就在众安桥上分手了。钱小宝挎着大包小裹的，自然要先送小兮回家，杨瀚也不好把东西交给两位姑娘带走，便送她们回砖街巷的随园。

到了随园一拍门，门子开了门，一见是两位女主人归来，连忙上前见礼，从杨瀚手中接过各种杂物，白素也顺手接过两件，笑吟吟地对小青道："今晚太劳烦瀚哥儿了，你向人家道个谢。我先回去了。"

白素拿了几样东西，在那门子陪伴下走了进去。

杨瀚看一眼小青，笑道："夜色已深，一个人走夜路恐会害怕，不如我送姑娘进院子吧。"

杨瀚作势要往前走，小青一抬手，啪地一下就扶住了半掩的门户，正将他挡在外边："不必了！本姑娘脸酸，脾气臭，被家里惯坏了，不懂得贤淑温良的道理，你敢进来，小心我打折你的狗腿！"

砰的一声，大门狠狠地关上了，两个兽首上衔着的铜环当当当地一通敲打，差点儿撞上杨瀚的鼻子。杨瀚愣在门口，怔了半晌，忽然无声地笑了。

当时跟小宝耳语，声音极小，想不到居然被她听见了，更想不到她居然会忍到此时发作，好现象啊！不怕撩不动，就怕不让撩，你有反应，甚好！甚好！

趁热打铁的道理，杨瀚当然是明白的。所以第二天晌午，他就带着钱小宝、李小兮到随园拜访了。

小青看见杨瀚的时候，杨瀚正跷着二郎腿坐在官帽椅上，笑得天官赐福似的。

站在他面前的是那个一贯不苟言笑、仿佛一张木雕脸的管家，管家此刻居然在笑，笑得跟开了口的石榴似的。

小青这是头一次发现自己的管家居然会笑，他在自己和白素面前时可是一向板着脸，而此刻……也不知道杨瀚说了个什么笑话，他居然笑得前仰后合。

钱小宝呢，正撅着屁股凑在那十二扇屏前边，跟一只嗅来嗅去的猫似的，上上下下、左左右右地看着，口中连声啧啧。

可是……白素呢？她人呢？客人都把这当成家了，她这个主人居然不在？小青马上发现了这个问题，于是就气愤地冲过去，瞪着杨瀚问道："我姐姐呢？"

一见小青到了，那位管家马上就收敛了笑容，恢复了呆板的表情，往那儿一站，跟一具泥胎木塑似的。钱翁吩咐过，对这两位姑娘，必须绝对恭敬。

钱翁曾经打过一个比方："你觉得，该对我祖宗怎么恭敬，你就对两位姑娘怎么恭敬。但凡犯上一点儿小错，冒犯了两位姑娘，纵然你是从小跟着我的人，也别怪老夫不客气！"

这位管事对钱翁忠心耿耿，奉若神明，对老爷子的吩咐一向不打折扣地执行。无论是谁，能从一介小乞儿，成为天下首富，富可敌国，确实有被人当成神的资格。所以，他奉行不渝。

为了找一找把白素、小青两位姑娘当祖宗的感觉，这位管家特意跑到钱家祠堂，对着钱小二、钱小乙、钱不尽、钱富贵等一张张祖宗牌位认真揣摩过。

他现在面对白素和小青时，就是严格按照他面对钱家祖宗牌位时的表情一样。

小青也不想唬起一张脸，其实她很少生气，如果有什么人惹了她，她总暗暗告诉自己，我是老人家了，跟个小辈，犯不着，就当他是我孙子好了。

可是一看见杨瀚，她这种心理建设就荡然无存了，孙子？老娘哪有这么讨人嫌的孙子！

"这里是尊府，令姊去哪里了，姑娘你怎么会问我呢？"瞧！果然讨人嫌！连说话都这么讨人嫌！

小青气得牙根痒痒的，喝道："你究竟把她忽悠到哪儿去了，快说！"

"你看你，我又不是人贩子，姑娘你对我的偏见实在是太深了。得嘞，我陪姑娘你去找她吧。"杨瀚刚呛了她半句，语气马上就变乖了，不知道是不是被小青的大眼睛给瞪的。

小青听了心气稍平，这还差不多，再敢呛嘴看本姑娘怎么收拾你。小青跟着杨瀚刚走出两步，一旁木然呆立的管家忽然说话了："咳！二小姐，大小姐领小兮姑娘去后宅温泉沐浴了。"

小青霍然止步，扭过头来，狠狠地瞪向杨瀚。杨瀚一脸无辜："她们刚走没多久，应该还没宽衣吧，我琢磨。"

小青冷哼一声，从牙缝里迸出两个字："无耻！"

小青甩下杨瀚，径直朝后院走去。果然，白素献宝似的，领着李小兮跑来沐浴了，两人脱得光洁溜溜的，仰躺在泉汤中，看那神色，好不惬意。

小青想要走过去，可是看见二人闭着眼睛，一副慵懒的神态，忽然有些不想打扰她们的这种宁静了，于是她又悄悄地退了出来。

小青从后宅出来，就看见杨瀚双手平端，两只脚高抬轻放，跟只大马猴儿似的正要走进来，小青的眼睛立即又瞪圆了："他人私邸，中庭后宅这等所在，不受邀请，也方便进来的？"

杨瀚本想溜进旁边屋舍，他在跟管家闲聊的时候，已经打听得明白，自中庭往后，连丫鬟侍婢都不得入内。这有些不合情理，杨瀚怀疑，其中一定有隐秘。

却不想小青回来得这么快，杨瀚已经来不及躲闪，这才急中生智，立马转了方向，故意惺惺作态，果然瞒过了小青。

杨瀚涎着脸一笑，道："杨某只是想与姑娘你多攀谈一会儿，情不自禁地就跟了进来，并无非礼之意。"

小青想到杨瀚刚才那夸张的步伐，确实不像是故意要潜进后宅去偷窥人家女子沐浴，怕是故意作态，想引起自己注意的可能更大一些，真是幼稚！

小青想着，心中有些好笑，语气便也缓和了一些，轻叹道："少年慕艾，本不稀奇。只是你我之间绝无可能，瀚哥儿你就不要在我身上浪费工夫了。"

啧！你才多大，说得老气横秋的。杨瀚蹙眉道："我以前只知姑娘你家境优渥，今日一见，才知是大富之家。姑娘是因为杨某身份低微、家世一般，所以拒绝吗？"

小青凝视着杨瀚，忽地嫣然一笑："若论地位权柄，你便是皇帝，本姑娘也不放在眼里。若说是富贵荣华，你便是富甲天下，在我眼中也不堪一提。"

"那么，就是杨某的相貌人品，难入姑娘法眼了？"

小青上上下下打量杨瀚一番，忽地幽幽一叹，感慨道："若是当初能有你这样的少年人心仪于我，我可能欢喜得做梦都会笑醒，要去灵隐寺烧上一炷高香，感谢佛祖的庇佑呢。可惜，已经过去的，再也不会回来……"

小青感慨的是当年，是五百年前。那时她还只是钱塘名伎苏窈窈身边的一个侍婢小丫鬟，再年长几岁，也只能梳栊拼牌，做一个迎来送往的名伎，这是她的命运。

如果那时有一个良家子喜欢她，追求她，与她而言，的的确确是梦寐以求的最好归宿，她真的会欢喜不禁，感谢天地垂怜的。

可惜，那都是以前了。这五百年来，沧海桑田，人间变幻，曾经熟悉的事都已不复存在，曾经熟悉的人一代代死去，只留下她，孤零零地活在这世间。

长生，带给她的不是幸福，而是煎熬，幸有一个白素陪伴在她身边。人人都畏惧死亡，只有获得了永生的人，才知道那是多么的无趣。

杨瀚听了却只是更加困惑，什么当初现在的，这语气怎么越来越老气横秋了？当初是什么时候？前两年吗？难不成这位姑娘真的受过情伤，从此封闭了芳心？

杨瀚忍不住问道："姑娘你有什么心事，可否说与杨某知道？"

小青摇了摇头，黯然神伤："若是说得出口，我也不会等到今日。"

杨瀚的心不禁跳了跳，忽然有些泛酸的感觉，难不成她曾受人蒙蔽，失了自己的身子？否则……何至于如此难于启齿？是哪个混蛋，居然辜负这样的好女子，真该千刀万剐了他！

小青可不知道杨瀚脑洞大开，想到了这许多，她喟然一叹，又对杨瀚道："你莫看我与姐姐锦衣玉食，我和姐姐，实是一对苦命人。我知道你想借由我们找到苏窈窈，我也不拦着你，只是你也莫要指望我们能配合你，我不能，姐姐也不能。我们实有说不出口的苦衷。"

杨瀚道："我不隐瞒，我接近你们，确有此意。但我喜欢你，也确是真心。你若觉得我还不够好，你只管说，我会努力的。"

小青淡淡一笑，道："你好不好，是你的事。我喜不喜欢，是我的事，强求不来的。"

杨瀚道："我当然不会强求，强扭的瓜不甜，这个道理我还是明白的。不过，我相信，总有一天，我会叫你心甘情愿地喜欢我。"

小青莞尔一笑："勇气可嘉。"她说得很淡然，仿佛一位长辈，看着一个少不更事的孩子口出狂言，除了好笑，只有宽容。她淡淡一笑之后，便向前庭走去，步态姗姗，走得云淡风轻。

"我相信，这世间有些人，是会让你在看到她的第一眼时，就认定了她，就不可救药地喜欢了她。这一喜欢，便再也无法把她从心头放下。我相信，你，就是我的那个她。"

小青走到杨瀚身边时，杨瀚突然拦到了她的面前，定定地看着她，认真地说出了这番话。小青有些震惊地看着杨瀚，对突然吐露心声的他，似乎一时间不知该如何以对了。

杨瀚深情道："我不知道你曾经经历过什么，有过什么样的不堪遭遇。我不管，在我心里，你就是一个完美无瑕的好女孩儿，我只希望，你的余生能属于我，让我和你一起面对，一起度过……"

小青惊讶地看着杨瀚，目中波光隐隐流动，似乎……被感动了？

杨瀚是很懂得趁热打铁的道理的，他立即张开了双臂。这绵绵的情话，再加上一个深情的拥抱，定能打开她的心防。男女情事，一旦捅破了，便会豁然开朗，

砰！

一记粉拳糊到了杨瀚的左眼上，杨瀚"哎哟"一声，捂着眼睛蹲了下去。

"屁的不堪遭遇呀，你想什么呢，你以为本姑娘是多好欺负？白痴！蠢货！自以为是的呆瓜！几句甜言蜜语就想哄得本姑娘昏头转向？痴心妄想啊你！"

小青提着小裙子，抬起脚来照着杨瀚的大腿、屁股就是一通踹，完了气咻咻地转身就跑。杨瀚没有看到她跑上台阶的时候，险些把自己绊了一跤。

小青以为自己什么都能淡然处之了，却不知道她此刻的反应，和一个刚刚听到他人告白，有些娇羞，有些慌乱，有些不知所措的小姑娘其实并没有什么两样。

她甚至没有意识到，她之所以羞愤地踹了杨瀚几脚，还要加上一顿愤愤的吐槽，只为了向杨瀚申明他的误会，强调自己可从不曾被人骗去了身子，她还是一个守身如玉的小姑娘呢。

垂绦鹅黄弄水盈，碧波微澜，柳浪闻莺。

许宣和白素走在最前面，一个斯文儒雅，一个妩媚端庄，并肩而行，气质协调，俨然天生一对。二人走走停停，不时指点谈笑，那甜蜜对视的眼神，便似那柔软的柳丝，丝丝入心。

钱小宝和李小兮与前边这一对隔着十余步远，这两位不愧名字里都有一个小字，真的像一对小孩子。看见那卖风车的，两人也买来举在手里，一个跑，一个追，惊起黄莺无数。

杨瀚和小青走在最后面，距小宝和小兮又有十余步远，一个在路左柳下走，一个在路右柳下走，杨瀚时而望一望湖上小舟，时而看一看前边的小宝、小兮，就是不往右边看上一眼。

一开始小青走得很是优哉，渐渐地，眼神就往杨瀚这边瞟过来，脸上露出些似笑非笑的神气。

"这个家伙，怎么跟小孩子似的呀！"小青越想越好笑，于是走上一座桥的时候，她很自然地靠了过来。

杨瀚在桥上站定，她也在桥上站定。杨瀚眺望烟波浩渺中一痕小舟，小青……却在凝睇杨瀚的侧颜。

一个凝望小舟，一个凝望侧颜，杨瀚的余光当然注意得到她的凝视，即便一开始注意不到，在她不错眼珠地凝视那么久之后，也会注意到了。

没有哪个男人面对一个娇俏可人的小姑娘的凝视，还能做得到无动于衷。所以，杨瀚扭过了头，他扭头望去的时候，小青恰到好处地错开了眼神，似乎有些羞涩，又似乎有些慌张。

她咬了咬嘴唇，低下头含羞地掠了一下鬓边的发丝，眼珠悄悄错动了一下，似乎想看看他是否仍在望着自己，却又因为没有勇气而不曾真的望过去。

那种欲语还休的神韵风情，这世上没有哪个男人能无动于衷。杨瀚是个男人，所以他也不能免俗，他也望了过来，小青看着湖面，用余光瞟着杨瀚，心中好不得意，却全未想到自己为何会有这样的心态。既然根本不喜欢他，也不喜欢他追求自己，又为何要用这样的小动作去撩拨他的心思。

许宣和白素一路行去，赏风赏水赏柳赏花赏美人，有说不出的惬意。二人柳下迎风，眺望着湖中波光粼粼，正你侬我侬，路边忽地有人惊"咦"了一声，唤道："宣儿？"

许宣闻声望去，"啊"的一声，便放开了忘形之下牵起的白素的手，脸上飞起两抹酡红。

李公甫又惊又喜地迎上前来："宣儿，这位是……好像有点儿面熟？"

许宣硬着头皮，看一眼白素，讪然答道："舅父，这位姑娘就是我们往临安来时同乘一船的白素姑娘。我曾帮她针灸疗伤的那位。"

"哦……我记起来了，哈哈哈……"

李公甫一瞧二人情态，便也明白二人如今的关系，登时欢喜得合不拢嘴："哈哈，舅舅我只是偶然经过此地，还要往别处去，不与你们多聊了，你们自去逛你们的，哈哈，白姑娘，若有闲暇时，不妨往我家中做客。哈哈……"

李公甫一边说着，一边生怕惊了这对鸳鸯似的，忙不迭地逃掉了，看他去向，竟是往来路退去。白素忍不住扑哧一笑，道："许郎，你舅父好有趣。"

许宣也忍不住笑起来："舅父虽是钱塘县的捕头，管着百十号捕快、一县的治安，其实却是个极和气的人。舅父一直不曾成亲，视我如亲生骨肉一般，对我很好的。"

白素眸波一转，装作若无其事地问道："哦？如此说来，许郎的婚姻大事，将来就是舅父做主了。"

许宣道："那是自然。不过，你放心，若是你这等妩媚端庄的佳人，舅父一定千肯万肯。"

白素含羞道："哪个说要嫁你了，不要脸皮！"

说着，一双粉拳软绵绵地打去，还没挨着许宣的胸膛，便被他抓在手里。白素抬起头，便看到许宣含情脉脉的一双眼睛，四目相对，一时竟有些痴了。

钱小宝一抬头，正看到许宣和白素柳下执手相望的浪漫一幕，钱小宝登时眼热不已，一扭头，恰见李小兮双手蜷于胸前不知在做什么，他马上有样学样地握了上去，深情款款地看向小兮。

"小兮妹妹。"

"啊？"

"你的手为什么黏糊糊的？"

"刚买的棉花糖化在手上了，连嘴角都是，你带汗巾了吗？"

"要什么汗巾，我帮你舔干净吧。"

"啐！不要脸！"

"呸！不要脸！"跟在后边的单身狗杨瀚看不下去了，愤愤然地骂了一声。似乎不只他看不下去，就连老天都看不下去了，丝丝细雨说来就来，打散了那两对鸳鸯。

杨瀚很满意，这样就看着顺眼多了。

"喂，你傻了吗，不要避雨的呀？"小青姑娘的声音透着一股子娇憨，叫人听了怦然心动。

杨瀚乜了一眼小青，他左眼还是青的，眼睛成了一条缝，只有右眼乜视，显得颇为怪异。

小青强忍笑意，伸手便拉住他，奔向一边的四角小亭。

柔软的小手拉住了他的手，小青也忍不住嫩颊一热，此时她才发现，自己今天的举动有些不同寻常。难不成，真的是春心动了？

小青有心放手，却又觉得此时放手未免显得过于刻意，只好忍着脸颊上热辣辣的感觉，和他一起跑到了小亭下，这才轻轻放手。

随着手上温度消失，小青心中竟也蓦然升起一阵失落。

二十四　节外生枝

杨瀚今晚想夜探随园。小青和白素越是有难言之隐的样子，他越觉得其中藏着一个重大的秘密。

也许，等他弄明白了这个秘密，也就知道了苏窈窈对二女苦追不舍的原因，到时自可有的放矢。可这，明显是对青白二女的利用和不信任，杨瀚难免有些惭愧。

然而一想到悠歌姑娘惨死的模样，杨瀚动摇的神情便又坚毅起来。"虽然此举不甚光明，可我对她们并无恶意呀，真叫我抓住苏窈窈，对她们而言也是一桩好事。"杨瀚这样安慰着自己，轻轻把蒙面巾拉起，遮住了他的面孔。

此时，月亮刚刚爬上柳梢。

随园没有养狗，也没有养鹅，只有一只懒猫，被一帮丫鬟侍女你一口我一口，喂得圆滚滚的，踢它一脚也只挪上一挪，连老鼠都懒得抓，更不要说防人了。

中院往后，连下人也不许进，因此杨瀚潜入之后，只需防着青白二女，除此之外，几乎可以大摇大摆了。杨瀚潜入中庭一道门户之后，便细细地搜索起来。

这随园虽然不大，却是无比精致，家具器物，诸般摆设，更是豪奢。

不过，杨瀚在意的并不是这些明面上的东西，按照一般大户人家的习惯，这里通常是作为库房使用的，他想看的就是藏在库房中轻易不示人的东西。

他找到了，利用他从城狐社鼠那班兄弟手中学来的开锁技巧，只花了一盏茶的工夫，他就打开了那道沉重的大铜锁。

进了密室，杨瀚放心地晃着了火折子，仔细打量室中。这里放了很多值钱的东西——看起来有一斤多重的千年老参，宫中贵妃才穿得起的华美衣料，金珠玉宝盛在一口口精致的小箱子里，连那箱子都价值不菲。

杨瀚倒吸一口冷气，如果这些都是真的，只怕大富之家都不足以形容这对姐妹的富有，如此庞大的财富。她们没有父母亲人，没有宗族，只有姐妹二人，身世成谜，富可敌国，她们……究竟是什么人？

杨瀚举着火折子在室中缓缓走过，刚刚经过壁上一幅画卷，突然又站住脚步，退了回来，举高了火折子，向壁上那幅画仔细打量。

一个博古架后边，小青紧紧地咬着下唇，冷冷地凝视着杨瀚："他果然是骗我的！费尽心机接近我们，终究是别有目的，我真蠢，我居然……"

小青紧紧地攥着双拳，指尖儿已经掐进掌心的肉里。

杨瀚定定地看着那幅画，画看起来很有些年头了，画中是一对穿着鲜卑服装的美少女，一个妩媚，一个娇俏。骑在马上那个顾盼回眸，肩后一壶箭，英姿飒爽。另一个一手牵着马，一手提着弓，马背上搭着野兔、狐狸等几只猎物。二女貌似兴致很好，脸上都带着笑，眉眼弯弯，栩栩如生。

杨瀚看着这样一幅画，却有一种毛骨悚然的感觉，因为那骑在马上的，分明就是白素的模样。而那牵着马的，赫然与小青的模样全无二致。

怎么可能？

这是怎么回事？

画上还有字，杨瀚凑近了仔细看去，上边写的是"建义元年，与尔朱荣赴洛阳勤王，狩猎于晋阳郊野"。

建义元年，尔朱荣勤王……

杨瀚仔细想了想，记起了曾经在书上看过的这桩事情。

那是北魏孝庄帝时期了，北魏王朝一直有一个残忍的传统，但凡被立为太子的，就要杀掉自己的母亲，以避免皇太后干政。直到第八任皇帝、宣武帝元恪立他的儿子元诩当太子时，元诩的母亲胡充华没被处死，才算废止了这个野蛮制度。

可是，这位北魏王朝传承一百多年头一次出现的皇太后，似乎拼命想要证明该王朝太子弑母的政策是正确的，她除了大肆营建佛寺和佛像外，几乎全部精力都用在毁灭北魏王朝上了。

她的儿子元诩十九岁时，想要夺回权力，结果被胡太后毒死。胡太后立了一个出生才五十天的女孩子为皇帝，可没有想到的是，元诩被毒杀前已经发出密诏，调大将尔朱荣进京勤王。

这幅画，竟是作于那个年代？可画中人分明就是白素和小青，这该怎么解释？

杨瀚突然想起了罗克敌说过的大雾中听到的那番对话,身上的汗毛登时都竖了起来。她们……不会真的活了很久很久了吧?神仙?妖怪?

杨瀚怔怔地想了许久,手中的火折子都快要熄灭了,才突然惊醒过来。这件事不搞清楚,他心里千头万绪,乱糟糟的。当下,他便又收了几幅画作,一股脑儿打个包袱背在身上,灭了火折子,向外潜去。

小青暗中看得清楚,柳眉一挑,就要冲出去,旁边却突然伸出一只手,挡在了她的身前。小青扭头望去,就见白素面带轻愁,轻轻摇了摇头。

小青恨恨地停住了脚步,直到密室复原,咔的一声重又上了锁,才恨声道:"姐姐,你现在相信我的话了?这世间人接近我们,都抱着别样目的,没有人真心对我们的。"

说到这里,小青忽然扭过了头去,似乎怕白素看到她眸中闪闪的光。

白素黯然道:"我总是以诚待人,可是为什么……我本以为他是好人,以为他是真心喜欢你,可谁知……妹妹,你说我现在还能相信谁?"

白素伤心地低下头,两颗泪珠滑下了脸颊。

小青心中一恸,轻轻抱住了她,过了许久,才轻声道:"得通知小钱藏起你我所有珍藏,至少几十年内,不要再想搬回此处了。"

白素娇躯一震,颤声道:"我们又要走?许郎,我相信他不会……"

小青截断她的话道:"明日杨瀚弄清了那画的真伪,就会来找我们了,再不走就迟了。"

"可是……"

"我们先去天目山,那里并不远,且先避避风头,再做打算。"

白素听到这里,再也无从反对,只能默默点头。

杨瀚回到自己住处,点上灯,将画取出一一观看,原本的震惊反而一下子消失了。现在他已确信自己想歪了,这对姐妹绝不可能是千年老妖怪,她们……就是一对大骗子。

一对炮制古画骗人的骗子。

那些看似古画的画,都是以她二人为主题的。其中服饰装扮不但有各个朝代,有南蛮北狄,甚而还有也不知道是什么国家、什么朝代的奇装异服。

比如其中一幅古画,她们站在一个巨大的椭圆形的建筑之内,那建筑由巨大的石块垒成,有巨大的石柱和拱形圆顶,四面围起,形成了三层的看台,有很多的蛮夷正挥拳呐喊。

最下边被围起的是一片平坦而宽敞的场地，边缘有巨大的栅栏，里边关着的有的是凶猛的野兽，有的却只是一个个只在裆部兜了块麻布，赤裸着身体，肌肉块垒异常凶悍的异族男人。

而整个场地中间，两个强壮的男人套着从未见过的式样奇特的半身甲和铁面罩，手中持着锋利的短剑和盾牌，正在竭力厮杀。

白素和小青站在看台上，画作是以她们为中心的，所以她们异常突出，一眼就看得到。

她们头发盘起，穿着看起来很漂亮的底部有荷叶边的袍子，腰部用金属链系着，精致的锁骨、光洁的双臂都裸露着，胸前沟壑也因那别致的袍子而若隐若现。整个人显出一种异域风情。

杨瀚甚至怀疑，那不是一件衣服，就是一块披在身上的布，没有经过什么裁剪的样子，但它披在身上，却能完美地呈现出她们曼妙的身材，就连衣袍自然形成的褶皱都能更加突显她们动人的曲线。

这些画应该不是用来售卖给古画买家的，而是她们在炮制假古画的时候，顺手绘制了些以她们自己为内容的画作，自己用做收藏的。应该就是这样。

想到这里，杨瀚索然无味，看来今夜之行算是白去了，而且天将大亮，此时再想把画神不知鬼不觉地送回去也不成了。罢了，只要她们不知道是他偷的，就不至于暴露。

杨瀚心想，一会儿把这些画拿去，叫那"天下第一眼"的长孙钱小宝再给看看，他不是自称已有祖父六七成的功力了吗，应该能鉴别得出真伪，待他鉴定之后，这些画就得毁掉。否则，将来一旦被小青发现，以她的脾气秉性，饶得了自己才怪。

杨瀚本想着天一亮就去找钱小宝，眼见距天亮还有个把时辰，先小睡片刻，却没想这一个盹儿就睡了过去。睡梦里，小青先是一个江湖骗子，骗得他倾家荡产，他追呀追呀，眼见人家越跑越远，实在追不上了，急出满头大汗。

可气急之下，并未醒过来，而是突然出现在一只小船上。河上有雾，他手中只有一根竹篙，水深得够不着底，只拿一根竹篙当桨，根本划不动。

他正划着，雾中突然出现一条长长的蟒蛇，一下子缠住了他，把他拖在水面上，直到钻进了一个黝黑的山洞，把他丢在地上，就听小青的声音叫着："姐姐，晚餐有了。"

然后就听白素的声音道："你且把他放了血，丢进锅里焯一下，记得毛发薅光。我正切葱段呢，姜片一斤，够了吧？"

接着小青的声音急切道："够了够了，黄酒、生抽、老抽、白糖都齐备着呢，只是全红烧了会不会腻呀。"

杨瀚听得魂不附体，惊怒叫道："你们两个妖怪好不残忍，就算进了你们的肚子，我也不会放过你们的！"

杨瀚说着，就在黑漆漆的洞穴中挣扎起来，随手抓起些东西就扔，就听咚咚咚一通响，小青叫道："漏了，漏了，锅子给他打漏了。"

杨瀚一听大喜，锅子漏了，她们就无法炖自己了，心中一喜，他一下子睁开了眼睛，就听咚咚咚声依旧，把杨瀚吓了一跳，仔细一看，才发现自己正睡在房里，房门被人敲得咚咚直响。

外边传来李小兮的声音："杨大哥，一早不见你来吃早餐，你在家吧？杨大哥，快起来呀，杨大哥……"

"什么事呀？你等等，你等等啊，我先穿衣服……"

杨瀚忙不迭爬起来，四处翻找着衣服。杨瀚睡觉是不穿衣服的，这习惯是在他十五岁那年养成的，那时为了给母亲操办后事，房子也卖了，一无所有的他只能给人打零工糊口。有一段时间，他给一个制伞师傅当小徒，承蒙师父好心，得以睡在店里。师父睡在单人榻上，他就睡在店里的一个壁柜里。

冬天还好，夏天那里边的闷热可想而知，褥子又是双层折了塞进去的，在上边翻个身都难，不脱光了一宿就得起一身痱子，也就是从那时候起，他开始裸睡。

杨瀚手忙脚乱地穿好衣服，打开房门，李小兮一脸焦灼，一见他开门，登时喜道："杨大哥，你果然在，小宝被人给抓走了，我们怎么办哪。"

杨瀚大吃一惊，骇然道："小宝被谁抓走了？他犯了什么事？"

李小兮急道："被他家里人哪，他家里来了个管事，带着好几个人，把他给抓走了！"

杨瀚松了口气，道："你这丫头，说话不清不楚，吓我一跳。他自己家里人喊他回去，你大惊小怪的做什么。"

小兮急道："不是呀，是小宝临走时跟我说的，要我找杨大哥你去帮忙，说你主意多，一定要救他出苦海才是。"

杨瀚疑惑道："找我帮忙？他能有什么事找我帮忙啊，他是钱家的长房长孙，将来的钱氏继承人，他被自家人找去能有什么事？我一个外人，帮得上什么忙？"

小兮摇头道："我也不晓得呀，反正他很害怕的样子，他被家里人带走前悄悄跟我说的，要我来找你帮忙。杨大哥，小宝一直把你当亲大哥的，你不能不管哪。"

杨瀚为难道："我不是不管哪，可是发生了什么，你都说不清楚，我要怎么管哪？"

小兮道："那我们去钱家？去了钱家不就知道了吗！"

"这个……小兮呀，钱家财大势大，在临安无人不知，无人不晓。就算知府老爷登门，也得守钱家的规矩，咱们去了，只怕人家不点头，咱们连门都进不去。"

"哎呀，那也要去了才知道嘛，咱们待在这里一味地猜测有什么用。杨大哥，小宝对你那么亲，一直把你当亲大哥对待来着，如今小宝有了事，杨大哥你却推三阻四的，你真是……"

小兮姑娘脸上明显有些不高兴了。杨瀚在建康街道司做事的时候，曾经见过一户人家闹纠纷。一个老苍头儿贪财，嫁女儿向姑爷索要了很多聘礼，姑爷家境一般，有些东西就写了欠条赊欠着。临过门的时候，新娘子还提醒新郎别忘了还自己父亲的债。等真过了门，第二天一早起了床，扎起围裙成了新郎家的主妇就开始绞尽脑汁盘算着怎么帮男人赖亲爹的账了。

小兮如今大抵是这种心理，既然已经与小宝渐渐情投意合，一颗芳心都放在了他的心上，眼见杨瀚不以为然的样子，心中自然就有些不快了。

杨瀚被她幽怨的眼神一看，便有些吃不消了，忙道："罢了罢了，你且等等，我去拿件东西就来。"

杨瀚根本不相信钱家把自己的长房长孙、未来继承人带回去能有什么危险，不过挨不过小兮一脸的幽怨，只好随她走一遭。

杨瀚临睡之前，已经把那几卷画轴放回了包袱，这时一提包袱便出了门，与小兮急急赶向砖街巷钱园。

由此到砖街巷，路程并不近，杨瀚雇了辆车子，二人坐在车上，由马夫驱车，轻快地驰向钱府。

车行路上，忽见对面有一辆马车迎面驶来。这是一辆由两匹马拉着的大车，马车行得很慢，看那两匹马背上的套索绷得笔直，显然甚是沉重。

马车一路走来，土路上碾出了深深的车辙印，可是看那车上，只坐了三个人，除了赶车的人，只有一个穿着铜钱纹的员外袍的老头儿，一个少年公子，两人相貌有五六分相似，貌似是父子。

杨瀚见了心中一奇，这车是大板车，没有车厢车篷，貌似别无他物了，只载了三个人，怎么会这么重？两车错身而过，杨瀚还忍不住扭头多看了一眼。马车后边，跟着六七个壮汉，一看就是码头上扛活的力夫打扮。

杨瀚也未多想，回过头来，瞧见小兮忧心忡忡的样子，倒是有些好笑了，忍不住感慨道："小兮呀，我还以为你如今对小宝只是略有好感，想不到你已用情如此之深了。"

李小兮的脸蛋腾地一下红了，羞窘道："我才没有，我……我哪里对他用情了。"

杨瀚失笑道："你的担心都写到脸上了，还要我说……"

"我……我只是……"小兮脸红红地想要申辩，可是张了张嘴巴，终是没有说出口来。

车子进了砖街巷，杨瀚的目光便情不自禁地向那长巷深处望了一眼。白素和青婷所住的随园也在这条巷子里，只是在那长巷更深处。

他昨夜才从那里回来，想不到这一早就又来了。摸了摸背上包袱里那些奇怪的古画，想起那古怪的梦，杨瀚不禁生起一丝恍惚：小青姑娘究竟是个做古董赝品的骗子，还是成了精的妖怪？

"杨大哥，我们到了。"到了钱园门口，李小兮便轻声叫了起来。她一瞧那极其壮观豪奢的门户，顿时就有些胆怯了。她哪见过这样的场面。

"别担心，跟我下车，看我眼色行事。"杨瀚悄声叮嘱了一句，便下了车，给车夫付了钱。小兮一下车，马上跟到杨瀚的后面，因为胆怯，下意识地想找个依靠。

杨瀚向她示意了一下，便大摇大摆走上石阶，那朱红色的大门正敞开着，门下有两个青衣小帽的家丁站在那里。杨瀚笑吟吟地问了一声："小宝在家吗？"

虽然瞧着这人衣冠寻常，可是这口气……跟大少爷很熟的样子呀！两个家丁未敢怠慢，其中一人便试探着赔笑道："我家大少爷刚回来一阵，不知足下是？"

杨瀚笑道："哎哟，那我倒是来得巧了。你头前带路，引我去找小宝。你们这钱园哪，建得环廊回榭，庭院深深的，太不好认路了，七拐八绕的很容易迷路。"

杨瀚说到这里，扭头看了小兮一眼，又道："你莫怕，钱家可是临安首富，就算在钱家做一只老家雀，都比旁人家里梧桐树上的金凤凰尊贵。懂吗？要落落大方。钱家出去的人，就算一个门子，也是要高人一等的。你瞧这两位门子，那精气神，寻常人比得了吗？这就跟宰相门前七品官差不多，你呀，算是跃了龙门了。"

那两个门子被杨瀚一夸，登时满面红光，肩膀都端了起来，仿佛真的能跟人家百里至尊、七品正堂的县太爷相提并论了。

这位仁兄虽然衣着普通，眼光却是顶好的，他对大少爷竟然直呼其名，当然是极要好的朋友，而且很明显不是那些攀附之人，这口吻，分明大少爷对他也要执兄弟礼的。

而且他带的这位姑娘清秀可人，体态窈窕，听他教训这姑娘的口吻，难不成这是给大少爷找的陪床丫头？

想到这里，那门子忙不迭笑道："您快请进，小的这就引您过去。不知这位贵客您尊姓大名是……"

杨瀚不以为然道："哦，我姓杨，杨瀚。"

杨瀚就只说了这么一句，什么籍贯、身份，一字没提。可这门子听了，反而越发恭敬了。

为什么呢？越是真有身份、有地位的人，那名刺、名帖写得越简单，就只一个名字。因为到了他那种境界，已经没有必要写那么多的头衔，他的名字就能代表一切了。你没听说过？那是因为你境界未到，孤陋寡闻哪！

杨瀚连唬带诈的，弄得那门子也不敢多问，直接就把二人引去了客厅。

"杨公子，您请稍待，小的进去禀报一声。"那门子把二人引到厅前树下，这里有石桌石凳，环境清幽。门子示意杨瀚在此处小坐，便急急走向大厅。

可他一进大厅，马上察觉情形不对，立即脚下一滑，跟黄花鱼似的溜了边。

厅中气氛此时十分冷峻，跟大老爷升堂问案似的。

钱大人坐在上首，大马金刀，威风凛凛。下边左男右女，各自站列一排，分别是小宝的嫡亲弟、妹，以及庶出的弟、妹。此外还有其他各房的堂弟堂妹，一个个眼观鼻、鼻观心，肃立不语。

钱夫人身后四个丫鬟一字排开，把个钱夫人衬得威风八面。在钱夫人左手边站着一个媒婆，媒婆手里捏着个小手帕，正乜着眼睛看钱小宝。

钱小宝坐在左侧客椅的最上首，他右手边站着一溜兄弟，就他一人跷着二郎腿坐在那儿，正在抠着鼻孔。

钱家的少爷，再如何玩世不恭，从小接受的也是不一样的教育，自然不该做出这样的粗俗动作，他这分明是故意作态，在气他的母亲，大抵有点儿叛逆少年的心态。

钱夫人看见他这副德行，自然格外生气："老爷子偌大的年纪了，还不能安享太平，啊？你爹死得早，这个时候你不站出来，还要让老爷子为钱家操心，你这是大不孝！"

钱小宝充耳不闻，继续跟自己的鼻子较劲。

钱夫人喝道："你是钱家的长房长孙，这家业，注定了得你来继承！你想摆脱，那是不可能的！"

钱夫人说到这里，一双丹凤眼冷冷地扫了一眼在场所有的青壮男丁。长房的孩子自然都比小宝年轻，可二房三房的孩子也有比小宝大上许多的，俱都站在那里。

钱夫人训子，把他们都叫了来，显然也是有敲打之意，这句话就是明白地告诉他们要恪守分寸。

钱夫人道："为娘也不逼你。你自己选吧，要么，立即接手家业，老太爷年事已高，也该安享晚年了，你这长孙得负起应尽的责任。要么，你马上娶妻生子，开枝散叶，繁衍子孙，也是你对钱家应尽的义务。王妈妈……"

钱夫人瞟了那媒婆一眼，媒婆子马上上前一步，满面堆笑道："钱少爷，老婆子我这里有许多的名门闺秀，可着你选。要说这门当户对，首推当然是莫家的姑娘了。前朝致仕宰相家的孙女也是有的，那可真是知书达礼，秀外慧中。这临安知府家的二小姐，也到了适婚的年龄。要说漂亮，棋逢书院刘山长的爱女，那可是人间绝色……"

二十五　小宝鉴宝

"娘，你今天摆出这么大的阵仗，就是为了逼婚哪？"

钱小宝不耐烦地站了起来，手指像弹琵琶似的挥了挥，那媒婆子马上识相地住了口。

钱小宝对钱夫人道："娘，你不要再逼我了好不好？爷爷虽然年纪大了，可他老人家健朗得就像一个壮年人，我看哪，活个一二百岁都不是问题，何必急着让我接掌门户呢？"

"好哇，那你就马上成亲……"

"再说成亲，娘啊，我有那么多的兄弟呢，咱们钱家还怕不能开枝散叶、光大门楣？你何必非得揪着我不放呢。"

钱夫人怒道："你是长房长孙，不该给弟弟妹妹、同族同宗们做个榜样？叫你替祖父分忧你不干，叫你成亲多生几个孩子，你也要推三阻四的？"

钱小宝道："话不是这么说的，我是长房长孙嘛，我的妻子那将来就是长房长媳呀，总有一天，她要和母亲你一样，操持我钱家内务，那是何等重要的身份？所以我这个妻子呀，她必须得像娘一样识大体、重大局、世事洞明、柔中有刚，才能挑得起这副担子，才能把钱家打理得有条不紊，成为替我分忧的贤妻呀，这样的女人打着灯笼都难找，哪那么容易呀，您说是吧，娘？"

不耐烦在外面久等，已经走到门边向内探望的杨瀚和李小兮不禁互相看了一眼。

杨瀚心道："谁说这小子不通人情世故的？敢情他只是在外人面前懒得去装，也不必去装啊，这时对他娘亲说话，怎么一张嘴就跟含了蜜似的。"

钱夫人冷笑道："小畜生，少拍我的马屁。你是我生的，你动什么心思能瞒得过我？你说说你，啊，跟一个捕快称兄道弟，捕快那都是贱役，都是些泼皮无赖出身，和他们厮混还能有好？"

李小兮乜视了杨瀚一眼，有些幸灾乐祸的样子。杨瀚摸了摸鼻子，一脸无辜："对！我是捕快，可我什么时候当过泼皮无赖了？这位夫人对我们做捕快的有偏见吧？"

钱小宝讶然道："娘，你怎么知道我跟杨瀚大哥来往？你派人查我？"

"哼！我自己的儿子，我不得知道他整天不着家，在外边都干些什么？听说还有一个小丫头，给人做绣娘的？那么低贱的出身，给你做个妾都嫌低贱了，勉强也就一通房大丫头的命，你居然为了她跑去百井坊当朝奉，你真是越活越回去了！"

杨瀚乜了小兮一眼，意思是轮到你了。

钱小宝争辩道："出身低微怎么了，爷爷出身比小兮还低呢。小兮姑娘坦率、真诚，跟她在一起，不用假惺惺地装模作样，我觉得轻松、自在……"

"你怎么知道人家不是假惺惺地对你？你没隐瞒过你的身份吧？知道你是钱家的少爷了，她那种穷人家的姑娘，还不想尽办法缠着你，讨好你？轻松？自在？哼，你被那有心机的小丫头片子给骗了。"

"娘，小兮不是那种人！"

"不是？娘要是再不把你找回来，你信不信那小姑娘就要不顾廉耻地勾搭你要了她的身子，以此赖定了你！呵呵，她倒是想得通透，你就是拔根汗毛给她都是一座金山，她当然豁得出去……"

李小兮越听越气，小胸脯一鼓一鼓的，脸庞青一阵红一阵的，鼻翅一翕一张，已经气得肺都要炸了。

她从来没有到过这样的人家，见过这样的场面，自然有一种小户人家的紧张和胆怯。但是那种怯场，在被人辱清白的时候，可就全不管用了。

钱夫人还在说着："小宝，娘实话对你说了吧，叫你回来接掌家业，是你爷爷的意思。老爷子今儿早上突然说要去天目山颐养天年，不想管事了，所以娘才找你回来。"

钱夫人看了眼媒婆子，又道："娘现在给你两个选择，一是马上接掌家业，一是娘替你打理一阵子，但你得马上成家了，我看莫家的姑娘就挺好……"

"啥？娘你让我娶莫芳仪？"小宝一想到那座肉山，登时大惊失色。

钱夫人安慰道："娶妻娶贤，模样、身材便差些也没关系。她是大富人家出身，你这怠懒的性子，她这样的姑娘将来才能成为你的贤内助嘛。你不喜欢，将来多纳几房妾就是了。只要你娶了莫家小姐，那个做绣娘的女子，娘就开恩许你买回来，不过一开始只能做个陪床丫头，娘得看看她的成色，那种粗鄙的女子……"

"钱小宝，你好哇你！你叫我喊杨大哥来，就是为了听你娘羞辱我们的？"

门口突然一声狮子吼，打断了钱夫人的话。钱夫人愕然向门口望去，满堂的人也都齐刷刷地扭过头去，整齐划一，难得的是，他们依然队形不乱，神色如止，也没人说话。

到底是规矩森严的大户人家教育出来的孩子，个性全无。也就小宝特别一点儿，长房长孙嘛，从小老爷子宠着，又是钱夫人第一个孩子，也是从小惯着，性情脾气才成了异类。

杨瀚一把没拉住，李小兮已经怒气冲冲地冲了进去，到了钱夫人面前站定身子，双手叉腰，做大茶壶造型，上下看她两眼，一脸的不屑。

"我家是穷，像你家这样的宅子，我做梦都没见过，乍一进来，还以为进了神仙洞府，心里那叫一个忐忑。结果听你一张嘴，呵呵，却是俗不可耐！"

钱夫人又惊又怒："你这丫头是什么人？竟敢对本夫人如此无礼！"

小兮冷笑道："我是什么人？我就杵在你面前呢，敢情你都不认我？你不认识我，却敢对我大放厥词，毁一个女孩儿家的清白？说我攀附你儿子？我没羞没臊地豁出了清白也想赖上你们钱家？呸！"

李小兮一把拉住钱小宝，气鼓鼓地把他拽到钱夫人面前："来来来，钱夫人，你自己问问你们家这个宝贝疙瘩，是我赖着他，还是他赖着我？"

钱小宝干笑道："小兮，你别生气，我娘……"

"你闭嘴！"李小兮厉声一喝，钱小宝吓得一哆嗦，果然不敢言语了。

李小兮指着钱小宝，怒声道："瞧瞧你这副德行，除了你投胎投得好，落到个好人家，你还有什么长处？你自己说！文的，你是状元哪还是榜眼，就一个秀才，还是给人家书院捐钱捐得多，人家山长帮你运作的吧？"

"不是，我……"

"武的，你是能登萍渡水呀，还是能飞檐走壁呀？杨大哥这样的能一个打八个，你呢？你能干什么？你能脚踢临安养老院，拳打钱塘慈幼局吧你？"

宋朝时候，福利制度较其他时候完备得多，已经有养老院、孤儿园了，恐怕

273

很多人想不到，这些竟然还是后世公认的大奸臣蔡京执政期间大力推行完成的。人是很复杂的生物，不能简单地符号化了。

钱小宝被小兮损得脸上红一阵白一阵的，支支吾吾道："小兮，你别生气，你听我说……"

"不听不听，听你个小王八念经！"小兮是真气坏了，市井间女子的泼辣劲拿了出来，这句话一出口，钱夫人脸都黑了。

李小兮却在指着钱小宝的鼻子痛骂："刚刚你娘骂我辱我的时候，你怎么不说话？现在你叫我听你说，我听你放狗屁！我李小兮是穷，就因为穷，本姑娘最值钱的就是清白和名声！"

李小兮的声音在大厅里清晰地回荡着，听得那些泥胎木塑般的人也不禁动容。"姓钱的，你给我记住了，从现在开始，别在我面前出现，不然，见你一次打一次，我李小兮没那么贱！"

李小兮火力全开，把钱小宝骂了个面如土色，转而又对钱夫人冷笑道："钱夫人，钱小宝是你儿子，他有什么小心思，你都了如指掌？你确信吗？你们家老太爷号称天下第一眼，那是他一辈子攒出来的本事，钱小宝才多大？就有他爷爷六七成的本事，你知道这是什么意思吗？老朝奉说了，他比你们家老太爷欠缺的就只是差着几十年的岁数，靠时间和阅历积淀出来的经验了！你们家老太爷收过不少徒弟吧，哪一个像他这么大的时候，就有这样的本事？叫你一说，他就一无是处了！你了解他？我看这钱家，最没眼光的就是你钱夫人！"

李小兮说完了，转身就走，被她威风所慑，堂上堂下竟无一人说话。李小兮到了门口，一脚都迈出了门槛，突然又站住了，扭头看向面容呆滞的钱夫人。

李小兮道："对了，那位莫家的大小姐，我见过，你真觉得跟你儿子般配吗？你这傻儿子，你想怎么作践，那是你们自己家的事，可别把人家莫家小姐娶过门来守活寡，坑人家一辈子，钱夫人，你也是女人！"

"杨大哥，我们走！"李小兮霸气十足地对站在门口目瞪口呆的杨瀚说了一声，拔腿就走，不过走了没几步她就站住了，钱家这园林可不比北方那种端端正正路线分明的庄园，她要走在头里准得迷路。

杨瀚一瞧小兮这是真火了，也不好与钱小宝多说，忙向里边招了招手，赶紧先把小兮领走再说。不然，就她这种火暴脾气，再待下去指不定会怎么样，那小宝就更难自处了。

小宝一见杨瀚领着李小兮离开了，气急败坏地跺了跺脚，道："娘！人家一个好姑娘，你怎么能那么说话呢。这下完了，她再也不会理我了！"

"都散了吧！"钱夫人没理他，只是冷冷地对其他人吩咐一声，满堂子侄顿时作鸟兽散，有那与钱小宝关系好的，临走时不免同情地看他一眼，夫人把大家都轰散了，怕是要教训他了。

那媒婆子一瞧大事不妙，赶紧也脚底抹油，溜之大吉了。一时间，大厅上就只剩下钱夫人母子俩和钱夫人身边的四个心腹丫鬟。

"哈哈哈……"

钱夫人突然大笑起来，笑得钱小宝有些蒙，娘……不是气傻了吧？

钱夫人眉开眼笑道："这个小兮姑娘很有趣呀，娘训你，你从来不当回事。这个小兮姑娘骂你一通，就把你吼得灰头土脸的，这真是一物降一物哇！"

钱夫人沾沾自喜，听得钱小宝张口结舌："啊？啥？"

钱夫人欢喜道："这位小兮姑娘很有为娘当年的风范哪，你那死鬼老爹当年就是被为娘这么收拾的。你们男人哪，不管着不行。这位小兮姑娘多大岁数了呀，家里除了她一个哥哥，再没别的亲眷了吗？"

钱小宝目瞪口呆，许久才怔忡道："娘，小兮她……她骂你，你不生气？"

钱夫人不以为然道："咱们这样的人家，暗潮汹涌，复杂得很。你若凶悍一些，旁人就会甘心做一辈子的小绵羊。你要是心慈面软，那绵羊也能慢慢长出尖牙利爪，变成一匹狼。你这孩子不靠谱，娘一直担心，要一个什么样的姑娘才能帮到你，这样娘跟你爹走后，也就不担心了。"

"呃……娘，你，你不生气呀？你这话的意思……是想让小兮……给我做妾？"

"做妾有个屁用！谁家做妾的有资格掌财务、管内务，做一家内宅之主？莫说律法公道容不得你，便是你那些兄弟姐妹，嫂嫂弟媳，也不会有一人答应。"

钱小宝又惊又喜，如同做梦一般，道："那……娘的意思是……"

"你且先去哄哄她，莫真个不理你了。真要娶妻，娘还得对她多了解一下。"

钱小宝大喜，没想到小兮发了一通威风，居然让娘喜欢上了。他忙不迭就往外跑，刚跑出两步，又哭丧着脸回来了："娘，我……我怎么哄啊？"

钱夫人大怒："果然废物！这也要为娘教你？你平时怎么花言巧语骗你爷爷，蒙你老娘，你就怎么对付她嘛，真是蠢蛋一个！"

钱小宝如奉观音，喜道："那我知道了！"说完一提袍袜，忙不迭地冲了出去。

钱小宝急急追出府门，左右一看，就见杨瀚立在长街之上，背负一个行囊，绝世而独立。

钱小宝马上追上去，惊问道："杨大哥，你这是要远走他乡吗？男儿大丈夫，怎么如此受不得人激？"

"我呸你一脸，谁要远走他乡了？我……哦，对了！你说我背的这个包袱是吧，正好正好，来来来，你帮我鉴定一下，你看看这几张图是真是假。"

杨瀚拉着钱小宝，左右看看，街角有张桌子，后边立着幡，写着布衣神相，桌后坐着个瘦削的中年人，桌前还有一张牌子，上写"代写书信"。

杨瀚拉着钱小宝走过去，钱小宝急道："此时此刻，火都上房了，还鉴得什么宝哇，杨大哥，小兮呢，她是不是气跑了，我得赶紧去找她呀。"

杨瀚道："你急什么，她正在气头上，你此时去见她，难免一顿排头。莫如等一等，待她气消一些，到时我再教你一招，保管她不但不会打你，还会爱你爱到骨子里。"

钱小宝对杨瀚的哄人神功那可是崇拜得五体投地。一听他这么说，登时不再催促。

杨瀚拉着钱小宝到了那算命先生兼代写书信的中年汉子身边，中年汉子一抬头，看见钱小宝，霍然变色。

中年汉子一拍桌子，站了起来，惊道："这位公子，我看你印堂发黑，恐有血光之灾呀！"

钱小宝不耐烦道："我不算命。"

中年汉子马上换了一副笑容可掬的模样，重新坐下，提起笔来，一挪镇纸，作势问道："你要给谁写信哪？"

"我给……我也不写信，我是被他拉过来的。"钱小宝没好气地指了指杨瀚。

这中年汉子也是个有眼力见儿的，眼见是杨瀚拉着钱小宝过来，料定有麻烦的必是钱小宝，所以竭力做他生意，想不到真正的客户竟是杨瀚，不禁暗道一声："惭愧！学艺不精！"

中年汉子急忙打起精神，上下看杨瀚几眼，面露喜色道："这位公子红鸾星动，命旺桃花，老夫掐指一算，命中人就在身边，却不知你还有何疑惑要问？"

杨瀚一听，赶紧放开钱小宝，跟他站远了些，再从怀中摸出五文钱，往桌上一掷，道："我不算命，也不写信，借你这张桌子用上片刻，你且去一边稍候。"

算命先生一听，马上收起神棍模样，把大钱捡起揣好，欣欣然道："既如此，有劳两位帮我看一下桌子，我去解个手就回来。"

算命先生扬长而去，杨瀚解下背上包袱，在桌上打开，取出一卷画轴，徐徐打开，对钱小宝道："小宝，你来瞧瞧这画的真伪。"

钱小宝道："你从哪儿淘弄来的古画？也不早些跟我讲，小心被人骗了。啊……这幅仕女图是南齐时候的吗？不是名人的丹青啊，看着虽然娟秀，笔法其实不够老到……果然，这里写了，是临水自照，绘而成画。嗯，不是名家手笔，不过这确是几百年前的古物无疑。"

这位仁兄一看画，就直接把画分解了，看的是纸张、墨色、绘画的线条、风格、上边的衿印等能说明它的来历和年代的东西。

这幅画画的是江南湖畔一幢小楼，一双妙龄少女坐在栏杆凭水自照的画面。

杨瀚已经仔细看过，按上边所写文字判断，这是小青和白素临水自照画的画，而且就出自小青之手。画中人模样俨然就是她们二人，可是已经把画分解成了种种要素的钱小宝瞪着眼睛看了半天，居然没认出来。

杨瀚奇怪地看了他一眼，又打开一幅，正是那幅与尔朱荣进京勤王时，在晋阳郊外狩猎时英姿飒爽的图画，钱小宝啧啧赞叹一番后道："这幅画也非名师遗作，不过确是古物，也算颇为值钱的。"

说着，不等杨瀚动手，他又打开一幅古画，顿时惊"咦"一声，道："这幅《太真教鹦鹉图》……杨贵妃呀，这是大唐初年丹青国手张萱的手笔？我见过这幅画，却只是后人临摹，张大师原作早已不知所终了呀。"

钱小宝几乎趴在画上了，仔细看了半天，惊呼道："这是真的？这居然是真的！这果然是真的！真作居然在你这里！价值连城啊！不对，有古怪，你给我看的这几幅画，怎么都是以一对女子入画？"

钱小宝直起腰来，定睛向那画上看去，杨瀚急忙把画卷起，问道："你确定这真是古画？"

钱小宝道："绝对错不了，以我本领，鉴别几幅古画有什么难处？就算我有一幅看走了眼，也不至于这几幅都看走了眼，你不是还有两幅吗，打开来我瞧瞧。"

古人绘画，更重写意，而不是跟照片似的原样把人画出来，所以多少会和本人有些差距，但是熟悉其本人的，还是能一眼就认出来。杨瀚又是在随园库房中发现的，自然马上辨出了画中人就是白素和青婷。

而钱小宝压根儿没联想到她们两人，再加上直接研究那画上能证明其年代真伪的要素去了，所以竟未从这人物模样上想到青白二女，此时刚刚起了疑心，画却已被杨瀚收起了。

杨瀚此时一颗心惊涛骇浪，久久难以平息。他当然相信钱小宝的话，得了"天下第一眼"真传的人说这几幅画都是真正的古画，那还有什么疑问？

其实杨瀚心里也早就如此认为了，只是这种事情太过于诡奇荒诞，他下意识地不想相信，这才自欺欺人。此时他自然再无疑虑。

钱小宝道："杨大哥，那两幅画给我瞧瞧。"

"啊？不必了。你不是要找小兮吗，你现在就去吧，先把袍子扯几个口子，再打两个滚弄脏一些，去见了小兮你便先发制人，说是为了她要与家族决裂，宁可抛弃亿万家产，破门出革，也要跟她在一起，小兮听完一定爱死你了，哪里还舍得打你？"

"啊，杨大哥真是妙计，我这就去。"

钱小宝从善如流，兴冲冲地跑了几步，又兜了个圈子回来了，急急问道："杨大哥，我若糊弄了她，事后被她发现真相怎么办，我岂不是还要再被她打一顿？说不定打得更狠。"

杨瀚道："这个简单，你事先安排家里管事配合，等小兮被你感动得死去活来，恨不得把自己揉碎了交给你，你便叫管家来接你回去，说此事惊动了老太爷，老太爷不舍得大孙子，出手救你了。"

钱小宝一听，大拇哥儿挑得高高的："高！实在是高！杨大哥，你真是一个屁俩谎，这主意太高明了，我就这么办！"钱小宝说着，一溜烟儿地跑了。

杨瀚一看钱小宝跑远了，把那几轴画都卷进包袱里往背上一背，扭头看了一眼长巷深处，便大踏步地向随园走去。不管小青是千年的狐狸还是百年的女鬼，他一定要当面对质，问个清楚。

啪啪啪！

杨瀚拍响门环，一个门子开了门，懒洋洋地探出头来，上下看了杨瀚两眼："足下找谁呀？"

杨瀚道："我找小青姑娘，快带我去见她。"

门子眨眨眼，讶然道："小青姑娘是谁？我没听说过这个人哪！"

杨瀚道："就是你们家二小姐，晋青婷晋姑娘！"

门子神色更古怪了："我们家二小姐？我们家就一位姑娘，二十年前就嫁人了，年轻一辈的只有男丁，可没有姑娘。再说了，我们家不姓晋哪，你是不是找错人了？"

杨瀚愕然抬头，"随园"两个字就悬在头顶，绝对没错。

杨瀚道："就是这里，没错，你是谁？我平日里，也不曾见过你。"

门子的神气更加古怪了，上下再看杨瀚两眼，突然回头叫道："来人哪！快来人哪！"

杨瀚不明白他在干什么，眼睁睁看他喊了几嗓子，便有七八个青衣小帽的家丁，持了棍棒冲到门前。

那子一见同伴到了，胆气顿壮，一指杨瀚道："你这个疯子，敢上我们夏家来捣乱，赶紧滚蛋，要不然，就把你毒打一顿，再押去见官！"

杨瀚诧异道："夏家？你们是夏家？"

那门子挺胸腆肚，道："不错！我家老爷姓夏，本是户部员外郎，致仕以后在此小住。你是什么人，敢来我家捣乱？"

"户部……官员？"

杨瀚的目光从那些家丁脸上一一扫过，白素、青婷住在这里时，府上男仆一共就三两个人，大部分都是女仆，此刻站在院中，手持棍棒对他怒目而视的，全都是精壮的男子，他一个都没见过。

杨瀚心头顿时生起一抹寒意，比怀疑白素和青婷是成了精的妖怪还让他不寒而栗。是自己见了鬼，还是白素和青婷竟能拥有如此庞大的能量？

他不怀疑这家丁的话，这种事太容易查清楚了。可正因如此，所以可怕。可以连夜搬走，然后调动这么多人迁进来，让他们众口一词，而且可以硬生生地搬了一位户部员外郎来冒充此间主人。

那是高官，手握重权的高官哪！宋代对士大夫极为优容，就算是致仕的高官，名望、地位、权力，一样是高高在上，叫人仰视，这样一个人，居然可以被白素和青婷当成一枚棋子，任其摆布？

她们两个……这是有多大的能量啊！

杨瀚眼见几个家丁都是一副看疯子的表情，立即开始部署退路："怎么会姓夏呢？我没认错呀，你们这不是隐园吗？"

"什么隐园，瞪大你的狗眼看清楚！随园！我们这儿叫随园！"

门子指着头顶的门楣大声咆哮起来。

杨瀚"恍然大悟"："啊！原来这是随园哪！对不住，对不住，我不识字，看错了！"

杨瀚打躬作揖地退到阶下，那门砰的一下关上了。

杨瀚吁了口气，看看那门楣，立即闪向了一边。

很快，杨瀚就在随园中庭旁的一堵白墙上冒出头来，借着修竹掩映向园中看看，悄悄翻了进去。

没错，这里边的摆设、风景，确实是见过的。不然的话，他真要怀疑自己是走错门了，那个门子、那些家丁的惊讶和疑惑，实在是太逼真了，他都不禁对自己产生了怀疑。

前方走来一个年过六旬的老年人，旁边亦步亦趋地跟着一个管家。杨瀚急忙蹲身，藏在一块假山石后。

"老爷，祈郎中、李度支、常金部、黄仓部联名相邀，请老爷您赴孤山雅集呢。"

"呵呵，都是老友，自然是要去的。你去安排一下。还有，告诉子墨，在石峡书院好好读书。老夫大寿时，他就不要回来了，今年秋闱他若能考个三甲，那就是对老夫最大的贺礼了。"

管家笑吟吟道："孙少爷天资聪颖，今年定能高中状元。老爷您就等着好消息吧。"

"哈哈哈，但愿如此呀！"

"对了，老爷，咱们家在淳安的庄园里有家佃户已经欠了七年的租子，越攒越多，便是砸锅卖铁都还不上了，自愿拿女儿抵债。小的已经看过了，那闺女长得眉清目秀的倒也可人，今年刚刚十三，也算活泼伶俐，要是买进府来，帮老爷您暖床暖脚，侍奉枕席，于老爷而言，也是一桩慈悲，您看……"

"嗯，你明个儿把她领来，老夫瞧瞧再说。"

一主一仆，说着话走过去了，杨瀚蹲在石后，只觉彻骨生寒。

太可怕了！真的是太可怕了！

这些人居然不是把他搪塞走了就算了，他们真的来了一拨人，假模假样地仿佛他们一直就生活在这里。

一时间杨瀚恍惚地都有一种感觉，仿佛之前自己的经历才是黄粱一梦。

他可以预见到，如果这事真闹上官府，自己会是个什么下场。疯了，撞邪，都有可能。然后从此他说的话，在公堂上便做不得一点儿准。

"那间仓库……"

杨瀚突然想到了他窃出古画的那间仓库，立即悄然掩去。

杨瀚窥得四下无人，马上闪进房间，悄悄转入那间库房，再瞧库房中，堆着许多的杂物，与昨晚所见，全然不同。

尤其可怕的是，那些杂物上边居然还有灰尘，看起来足足放了几年不曾动过才能落满的灰尘。

杨瀚在室中呆呆站立许久，正要转身离去时，突又站住，慢慢转身看向墙上。

他一步步走过去，在那墙边仔细看了看，又伸手摸了摸，摸到那拔去钉子留下的小小孔洞，唇边这才露出一丝释然的笑意。

没错，就是这儿！

昨夜，这里是挂着画的。

杨瀚总算相信，自己昨晚真的经历了那一切，而不是荒唐一梦。其实，那几幅画还在他背上背着，根本不用再做这样的确认，只是白素、青婷这手笔实在是太恐怖了，简直令人难以相信。

因此使得杨瀚这样亲历一切的人，竟也不禁对自己产生了动摇。

杨瀚此时已经确认，自己昨夜窃入随园的行为，定然是被白素、小青发现了，所以她们才连夜做出如此安排，彻底抹杀了她们在这里存在过的痕迹。

彻底抹杀……

杨瀚突然想到了一个人，目中登时放出光来。

许宣！

白素对那许郎中显然甚是有情，她若想就此遁去，不会不对许宣有所交代吧？

一念及此，杨瀚立即转身出去，潜到墙边翻出墙去，甩开大步，直奔平安堂药铺。

二十六　无心插柳

平安堂药铺门口，小青空着两手，倚着一根亭柱站着，一脸无聊。

门廊下，白素和许宣执手相望，依依不舍。

白素柔声道："许郎，我与妹妹真是接到家里人急信，需要离开一段时间。你放心，一待事了，我就回来。"

许宣不舍道："你去哪里，远不远？"

白素犹豫了一下，道："说远也不远，反正，我待那边事了，一定会回来见你。"

许宣点头："嗯，我会等你的。你……一路上多保重。"

白素微笑："我会的，许郎也要多多保重自己。"

小青倚着门柱，隐隐约约听见二人窃窃私语，心里好不腻歪："婆婆妈妈、磨磨叽叽的，这男女之情就是烦！我要是想去哪里，有个男人对我这么娘娘们们的，我一脚踹死他！"

想到这里，她脑海中忽然就浮现出杨瀚的身影，小青立即冷哼一声，一把将手中原本一节节掐断的青草一扯两半。

白素听到了小青的冷哼，还以为她已经不耐烦了，只好依依不舍道："许郎珍重，我走了。你放心，只要那边安顿下来，我就想办法与你联系。"

白素痴痴凝望着许宣，一步步倒退下了台阶。小青一见，忙大步向前走去："姐姐，走啦！"

可伶、可俐这对双胞胎小姑娘正坐在车辕上，一见两位小姐来了，连忙掀起了车帘。

白素上了车，走出好远，眼见快到街口，忍不住从窗口探头出去回望了一眼，见许宣仍痴痴地站在店门口望着她，一双美目不禁湿润了。

平安堂药铺距随园不远，杨瀚健步如飞，赶到平安堂药铺前，恰见许宣正低着头，慢慢走回店去。

杨瀚立即扬声唤道："许郎中！"

许宣回头一看，不禁讶然："杨兄，是你？"

杨瀚迎上去道："许郎中，白素姑娘去了哪里？"

杨瀚不问白素是否来过，直接问去了哪里，本以为这样容易套出许宣的话来，不料许宣却也不算愚钝，目光只一闪，便道："我这两日不曾见过白娘子呀，你怎么找到这里来了？"

"真的没有？"

迎着杨瀚的目光，许宣浅浅一笑，温润若处子："真的没有。"

他客气地向杨瀚点点头，转身走进店门，腰杆挺得直直的。

杨瀚轻轻叹了口气，他知道，既已来晚一步，便休想从许宣口中问到下落了。

这时，一个小乞丐跑到墙角，向几个或坐或站的成年乞丐小声说了几句什么，那几个乞丐立即爬起来，一群人呼啦啦地向长街上走去。

杨瀚目送他们远去，并未发现当初那个能单手举起整面墙的梨木药柜的"狮子王"在其中，眼见他们交头接耳，行色匆匆，本来漫无目的的他不由得心中一动，下意识地跟了上去。

那些乞丐好像真的有事，一路行去，也不乞讨，也不停顿，径直奔着西湖行去。

眼见西湖烟波在望，杨瀚突然想起，一早去往钱府时，曾见到一位员外驾着一辆极其沉重的空马车错肩而过的情形。

当时，马车前后跟着六七个码头的力夫，而随着他们的移动，道路两旁似乎也有几个乞丐尾随……

天气正热着，阳光也烈，这个时候若能躲在树下，吹着湖上拂来的风，捧着大碗茶，悠闲自在地喝着茶，跟人聊天扯淡，无疑是一件很惬意的事。

李公甫此时就在一个条凳上侧坐着，背靠着一棵垂杨柳，一脚踏在条凳上，左手边一张茶桌，茶桌后边坐着茶博士，侧面还坐了另一个茶客，看年纪比李公甫还要大上几岁。

李公甫其实烦心事不少，神人降谕案一直没查清楚，棋逢书院杀人案更是线索全无，县太爷考核的时候发现没有进展就打板子，如今也只能抓些小偷小摸、泼皮无赖，报称与案子有关，且先搪塞着。

板子倒是因此还未打下来，可总悬在头上，无疑也是一个麻烦。但那又怎样，日子总要过的，李捕头倒也想得开。

"哈哈，李捕头，听说你那外甥在平安堂药铺坐堂行医，名声很是响亮啊。年纪轻轻就有这番作为，早晚会成为咱们临安数一数二的名医。"

李公甫眉开眼笑："我这外甥是家传的医术，他爹实话实说，当年可没这么大的本事。这孩子悟性好，青出于蓝而胜于蓝哪。"

旁边那茶客笑道："那敢情好。有这么个好外甥，将来可以给你养老哇。"

李公甫摆手道："我还壮着呢，从来不生病，还用得着他养？他赶紧成家立业，生上几个孩子才是正经。人多了家里才有人气，热闹！"

杨瀚跟着那几个乞丐到了湖边，见他们窃窃私语一番，就散开来，但注意力都放在一处码头上。

杨瀚向那码头上望去，就见码头上停着一艘大船，正有七八个力夫，抬着一块系了红绸的石碑往船上走。那船侧向靠在湖边，上边搭了一排厚实的踏板。

那块石碑一人多高，自然是极沉的，可是七八个人，用了多道粗缆及以手臂粗的杠木抬着，偌大的一艘船，脚踏上去的时候，整艘船居然向岸边侧倾了很大的角度，这就未免太沉了些。

杨瀚这时才瞧见那船上居然放了压舱石，整块的压舱石，整整齐齐地码在船的靠水一侧，而船居然还能向岸边倾斜一下，这块石碑得有多重？

这一幕仅现了片刻，毕竟是放了压舱石的，刨除刚上船的那一刹那，除非仔细观看那些力夫的吃力感，就不大容易发现其中的蹊跷了。

而杨瀚是跟着那些乞丐来的，所以他注意到了，杨瀚顿时暗吃一惊。紧跟着，他目光一转，便看到了那位员外和公子。

黄员外站在船上，而黄公子则站在岸上，父子俩紧张兮兮地指挥那些力夫把石碑抬上了船，黄公子便也赶紧上了船。

那船在六个船夫又是摇橹又是撑篙的共同忙碌下，渐渐离开了湖岸。

称孤而观天下，千钧似土似金！千钧似土似金……

之前为了破这个案子，杨瀚无数次品咂这句话，早已把这句偈语牢牢地记在了心里，此时见到如此一幕，杨瀚心中不由自主地浮现出这句话。

这倒是无心插柳了!

本来,因为白素和青婷居然有本事找来一位真正的朝廷官员配合她们住进了随园,杨瀚已经有点儿草木皆兵,所以见到那些乞丐异常的举动时,他怀疑这"花子门"的势力也被青白二女控制了。

想不到跟踪至此,没发现青白二女的踪迹,倒是发现了神人降谕案的线索。杨瀚来不及多想,马上向湖边冲去。

那湖边就只那么一艘大船,已经离了岸,初时速度极慢,此时已经速度渐快,驶向远方。

杨瀚焦急地四下寻找游船,目光一转,忽然看见自己的头儿正在垂柳树下喝着大碗茶,跟人笑呵呵地摆着龙门阵,杨瀚大喜,急忙迎了过去……

"头儿,头儿,快快快,快喊人来呀。那里,那只船,看到了吗?它很可能是上孤山哪,你快一些,迟恐生变!"

杨瀚冲到李公甫面前一通喊,李公甫听得一脸茫然:"啥?你慢慢说。"

杨瀚急道:"不行啊,慢不得呀。赶紧叫人哪,乘船去追,看见那船了?上孤山哪!金甲神人哪,你明白了吗?"

李公甫一把抓起桌上的佩刀,呼地一下站了起来。

杨瀚心中一喜,头儿终于明白了。

却见李公甫瞪着他,一字一句道:"孔子明白了,孟子也明白了,就是老子不明白,你究竟放的是什么屁?"

杨瀚跺跺脚,凑近了他的耳朵,低声道:"头儿,你怎么忘了那金甲神人雾中降下神谕的事了?我想我是找到线索了。你看到那艘船了吗,快拐过那片荷花丛的那艘,得赶紧召集人马追上去!"

李公甫悚然一惊,瞪着杨瀚,厉声道:"当真?"

杨瀚道:"千真万确!"

李公甫二话不说,拔腿就走,一边飞也似的跑开,一边叫道:"你盯紧了,老子去叫人来!"

杨瀚站在柳树下,手搭凉棚向远处张望,见那船眼看就要从视线中消失,心中一急,又冲到湖畔边,可放目看去,因为近处是一大片的荷花,就只从码头出去有一条水道,所以游船不多。

杨瀚正急着,忽然发现湖边竟然有一具竹筏子,岸边草地上还插着一根竹篙,因为那筏子在水中或浮或沉的，此前竟未发现。

杨瀚急忙跑过去，见那筏子用一条绳子引到岸上，用竹篙固定，急忙拔下竹篙，把绳子往筏上一丢，便跳上了竹筏，一撑竹篙，向湖中荡去。

接天莲叶无穷碧，映日荷花别样红。

置身其间，是真的有这种感觉的。

那些荷花长得非常茁壮，跃出水面的部分几乎达到一个成年人的胸部那么高，一片片荷叶此起彼伏，置身其间时有种看不到边际的感觉。

杨瀚撑着那竹篙，就似漫步在荷叶丛中，向那大船已经消失的方向急急追去。

眼看就要驶出荷叶丛了，忽然，旁边荷叶一分，从中竟驶出一只小船来，船尾一个白衣少女，搂着裙子坐在那里，所以很难被人发现。

而撑船的却是一个青衣少女，原本就身材娇小玲珑，再加上一身的青，站在荷叶丛中，就只一张美得像那红莲花似的脸庞，身子则与荷叶浑然一色，所以也很难被人发现。

一船一筏险些撞上，看到杨瀚，青衣少女显然吃了一惊，竹篙往水底一插，一下子定住了那船。

杨瀚一见那青衣少女，惊讶之下却未定住竹筏，砰的一下撞在船上，小船一歪，白衣少女蓦然回眸，惊讶地一下子跳了起来："瀚哥儿？"

杨瀚骇然看着她们："白娘子，小青！"

小青呆了一呆，突然愤怒起来，手中竹篙向前一指，枪一般地定在杨瀚的心口，怒喝道："你居然阴魂不散，追到这儿来了！"

杨瀚没有反抗，任身下竹筏起伏，载着他或沉或浮的。

杨瀚道："你们离开随园，是因为我夜入你们的府邸，发现了你们的秘密吗？"

小青冷笑道："你还有脸说？"

杨瀚凝视着她，缓缓问道："你究竟是人，还是妖怪？"

白素抢先答道："瀚哥儿，我们姊妹俩当然是人！"

杨瀚看向白素："活了至少几百年的人？"

白素道："彭祖还活了八百八呢，这有什么稀奇？"

杨瀚道："彭祖只是传说中的人物，谁知道是真是假？"

小青哂然道："如果我们姊妹俩的事能流传于后世，你又怎么知道很难活过百年的后人不会把我们俩也当成传说中的人物？"

杨瀚的目光重又回到小青身上："这么说，你们真是活了几百年的人？这怎么可能？"

白素叹道："我就知道，纵然我们说出来，也没有人敢相信。"

杨瀚凝视着她，道："你不说缘由，我又怎么知你说的是真相？"

白素沉默半晌，走上前来，缓缓说道："我们以前告诉你的话，虽有不实之处，却也并非全是谎话。事实是，我和小青，还有苏窈窈，俱是南朝时的人，我们活到今天，已有五六百年。"

虽然心中已经明白了这一点，杨瀚还是有些震惊。

白素道："苏窈窈曾是钱塘名伎。而我和小青，当年是她的贴身丫鬟。那时，她温柔、美丽、聪明、慧黠，而且还很善良，她待我们很好，我们情同姊妹。"

小青想要阻止她说下去，但白素向她摆了摆手，白素很少露出这样严肃的表情，小青见了，竟也未再说话。

白素道："有一晚，我们陪小姐赴一位官宦家公子的夜宴，途中遇到了一艘不知何处而来的金轮状神舟行于天空之上。神舟发生了爆炸，神光扫过大地，我姐妹三人都沐浴在神光之中，从此拥有了神奇的本领……"

杨瀚忍不住道："长生不老？"

白素点点头道："准确地说，是我和小青拥有了长生不老的本领，而小姐她……却只拥有了长生之术，却无法驻颜不老。"

杨瀚愕然道："原来是这样……"听到这里，他已隐隐想通了一些东西。

白素道："我们不但拥有了长生之术，而且还莫名其妙地拥有了不同的驭水之术。"

杨瀚想到了苏窈窈用水度入人体再变成冰刺破体而出的诡异本领，忍不住道："你们拥有的异能是什么？"

白素道："我拥有雾化和冶愈的本领，而小青……虽与苏窈窈的残忍千段不同，不过她所拥有的，也是以水克敌的本领。"

白素喟然一叹，又道："随着岁月一天天过去，我们发现自己竟然能不老，当然很开心。但是小姐发现，不老的只是我和小青，而她却在一天天变老，小姐很沮丧，也很气愤，纵然能得长生，如果不能保住美丽的容颜，反而变得十分恐怖，这长生对她而言，又有什么意义呢？"

白素似乎陷入了回忆当中，神情有些缅怀："我们一直努力开解小姐，可随着衰老，直到有一天，她变得比我们的奶奶还要老，在外人面前为了掩饰，我们还真得装成她的孙女喊她祖母时，她愤怒了。她是主，我们是仆，所以她觉得，我们姐妹俩是抢去了神仙本来赐给她的机缘。于是，有一天，她趁我们不备，偷袭我们，把我们绑了起来。她拿出一口刀，还有一只碗，想吸光我们的血……"

杨瀚听她说着，思绪也被她们带到了五百年前。原本亲如姐妹的三人在度过了漫长的岁月之后，其中两个依旧貌美如花，而另一个却已鸡皮鹤发。鸡皮鹤发的那个本该慈祥如老祖母，她却佝偻着身子，颤巍巍地持着一把刀，舔着干瘪的嘴唇，贪婪地抓起陪伴她一生的女孩儿的手腕……

杨瀚禁不住打了个冷战。

白素幽幽道："小青其实一直不知道自己有什么本事，那时突然福至心灵，用了出来。我二人因此逃得一劫，从此，便开始了漫长的亡命生涯……"

杨瀚忍不住问道："可是，你们之间这场恩怨，与我家的风如意又有什么关系？像你们这种永生不灭的人，没必要贪图世俗的宝物了吧？"

小青冷哼一声，接口道："那可不是世俗之物。当年，那仙人神舟爆炸，散落了一地的东西。我们受神光照射昏倒了，等我们醒来，发现车夫早已逃之夭夭，我们只好步行离开。"

白素道："我们离开途中，捡到了几件神舟上散落的宝物。一件是一个黄澄澄的钵一样的东西，还有两件，是如意状的东西，就嵌在那金钵上，一件温润如玉，入水则难觅其痕，我们称之为水如意。"

小青道："另一件，其色殷红如火，而且触之温热，一旦放入水中，可以令水迅速沸腾，我们称之为火如意。"

白素道："于是，我们就把它们带了回去，当作纪念之物。我要了火如意，妹妹要了水如意。那口金钵，则归小姐所有了。"

小青道："这许多年来，苏窈窈继续追杀我们，而她已经知道喝了我们的血也没有用，其想法就只是为了泄愤了。她无法接受我们三个同时接受了仙缘，却只有我和姐姐可以长生不老。可是这一次找到我们，她却不杀我们，改而追问水火如意的下落了。"

白素道："我和小青议论过，我们觉得，应该是这许多年她研究那金钵，又悟出了什么门道，有了新的法子，想借此返老还童。"

小青道："当年我们关系尚还密切的时候，我们也曾把玩过那口金钵，如今想来，上边有四个嵌口，还有土水火风不同的符号，而我和姐姐所拥有的水火两如意，当时就嵌在水火两个嵌口上。"

杨瀚恍然道："因此，还有土与风两件如意遗落在外？"

白素道："不错！所以当初听你一说，我们就知道了，你的祖先应该也是钱塘人氏，曾经捡到了风如意。"

杨瀚暗暗疑惑，听起来，青白二女的揣测是很合理的。可是，为什么自己的父亲生前的交代却不是这样？

父亲说，他们杨家来自一处《山海经》上都没有记载的域外奇异之地。而那风如意，是他们的祖先迁来中原时携带的……

想到这里，杨瀚突然身子一震，一时心跳加剧，有些口干！

"我的祖先，该不是那乘坐神舟的人吧？不可能！不可能！如果我的祖先是神仙，为什么我什么法术都不会？为什么她们能长生，而我不能？为什么我家会一代代没落，混得如此凄惨？"

杨瀚自己都觉得好笑，忍不住轻轻摇了摇头。

小青注目杨瀚，冷声道："你不信？"

"啊？不是，我只是想到了自家这传家宝的来历，所以……"

小青撇了撇嘴角，打击他道："这算什么你家的传家宝，只是被你家祖先捡个漏罢了。若非我们三人都是女子，当时胆怯，再仔细寻找一番，哪有机会叫你家祖先寻得神仙遗物。"

杨瀚听了也是有些气闷，如果自己真是神仙后裔，那小青和白素能有今天，还是亏了自家祖先，算是自家祖先给了她们如此神通呢。不过……想想自家一代不如一代、越混越惨的境遇，神仙后裔？

呵呵！

为了不被人继续嘲讽打击，杨瀚连提都不敢提。

杨瀚道："原来如此。苏窈窈想到了新的重返青春的办法，需要嵌在金钵上的四如意，所以她才费尽心机想要得到？"

白素道："不错！当日西湖大雾，就是苏窈窈的一计。她对我姐妹出手，她知道为了逃出她的魔掌，我一定利用西湖之水升起大雾。可如今想来，苏窈窈当时根本不是为了追杀我们，而是想利用我的雾化异能！"

杨瀚疑惑道："什么意思？"

小青道："当然是假装追杀我们，她知道我姐姐一定会动用雾化异能。而她则趁着满城大雾的神奇一幕，派人做手脚，伪装成金甲神人，于雾中降下神谕，说出四句偈语。"

杨瀚身子一震，惊道："我明白了！那神谕，没有人听得懂的。再有智慧的人，也休想揣摩得透。因为，不可能有人猜出什么是千钧似土似金。"

小青道："除非是当年得到了土如意的人！"

白素总结道："她已得到风如意，还知道水火二如意在我们手中，只要盯着我们，便不怕没有水火二如意的消息。但是就算先行下手，对付了我们也没用，她还缺土如意。"

小青道："所以，她费尽心机做这一场戏，就是为了钓出拥有土如意的人！"

杨瀚倒吸了一口冷气，喃喃道："好深的心机。她真是步步为营啊！"

小青道："现在，你明白了？苏窈窈的金钵，能克制我们的异能，我们是没机会打败她的，所以，我们要走。只要找不到我们，她就算凑够了其他的东西也没用。"

杨瀚看看她们，道："你们乘了小舟，从这荷叶丛中穿行而过，原来是为了摆脱苏窈窈。"

小青不屑道："她又不是神仙，除了拥有一些非人的本领，她与普通人也没什么两样，我就不信，我如此小心，她还有本事盯我们的梢！"

白素道："我们的秘密，都已对你说了，瀚哥儿，我们可以走了吗？"

小青没说话，她才不想向杨瀚示弱，她只是盯着杨瀚。杨瀚的竹筏后面，突然有一颗晶莹的水滴从水中跳了出来，冉冉地升起，悬停在杨瀚的后脑位置。

这无疑是小青的手段了，如果杨瀚想阻止他们，显然她就要出手。虽说她见过杨瀚化解苏窈窈的异能，很可能也能克制她，不过她此时是悄无声息地在杨瀚身后升起一颗水滴，如果杨瀚毫无觉察，不伸手去挡，他的后脑是否也能克制异能呢？小青不知道，她很想试试。只不过，如果真的要对杨瀚的后脑这种一击就足以致命的地方下手，她有没有那个决心，她也不知道。

杨瀚沉默良久。一切已经大白，他想抓苏窈窈，现在有孤山上那柄土如意做饵，实在是没有理由再拦下小青。杨瀚只能深深地望她一眼，轻轻道："珍重！"

杨瀚脑后的那颗水滴在空中轻颤了一下，悄然落回湖水中。

篙尖儿刺进了如绸如油的湖水，轻轻一点，小船便向前方的荷叶丛驶去。

杨瀚的竹筏就停在旁边，贴着船舷，看着她们过去。

小船悄然无息，分开了荷叶，很快便与那荷丛再度融为一体。

杨瀚一直站在那儿，凝视着她们。

竹篙只要再一点，船就要整个消失在荷丛中了，小青终于回过头来，望了杨瀚一眼。

杨瀚看着她，一身青衣，就似她身旁挺拔的荷茎。

随着船行，一片硕大的荷叶被船挡开，阳光突然映在那张俏脸上，娇美无俦，仿佛一朵挂着露水的含苞欲放的水芙蓉。

然后，那片硕大的荷叶闪回来，彻底掩盖了她们的身影。人与荷花，浑然一色。

一直站在船尾暗暗蓄势的白素突然吐出一口浊息，坐回了甲板上。

"他居然……真的让我们走了。"白素的声音充满了不可置信的意味。

小青没有说话。

"他自始至终，好像只是关心我们究竟藏着一个什么秘密。他都没有多问几句，他根本不在乎……我们长生不老的事。一个最多只有百岁寿元的人，难道不是应该对长生念念不忘吗？"

小青还是没有说话，只是又撑了一篙。

白素抬起头，开心地看着小青："妹妹，瀚哥儿真的与众不同呢。"

小青淡淡道："他也许只是来不及反应，如果每天看着你，想着你能长生不老，他的想法就不会一样了。也许只需要十年，当他发现镜中的自己已经步入中年，而你仍是一个青葱少女，那时感觉就已不同。"

白素欲言又止，最终却只化作幽幽一叹。

过了好久，荷叶丛中传出白素幽幽的声音："此一别，也许又要几十年才能回来，等你回来的时候，可能他早就不在了。小青啊，你对他……真的不曾动过心？"

小青的声音仍然淡淡的："杨瀚，只是我人生中的一个过客。"

荷叶丛中似乎就此寂然无声了，然而风却把她们交谈的声音隐隐约约地送向远方。

"是吗？刚刚还在荷叶丛中时，你就发现了他，只消一篙，就能定住了船，让他过去，为何却故意驶出了花丛？"

"……"

"想试试他对你的心意？"

"……"

"想知道他会不会为了觊觎长生之术而对你下手？"

"……"

"想和他做最后的道别？"

唰——一艘小船，箭一般地从荷花荡中冲了出去，犁着一道水线，驶向远方……

孤山上游人很多，这个很多当然是相对而言，绝对不至于像后世的景点一般摩肩接踵，挥袖如云。

山顶一片灌木中，早清出了一方平整的土地，最中间部分挖了一个深坑。

黄员外指挥着那七八个力夫把碑竖着放进去，下部固定住。一切准备停当，黄员外笑道："好，这一篇大悲咒经文碑已经立好了，待明日请一位高僧来开光便是了。"

黄公子向力夫们一一付了工钱，众力夫连连道谢着离去。

黄员外绕着那石碑转着，欣赏着，眼角乜着那些力夫，眼见他们走远，立即向不远处侍立的一个家仆使个眼色，那家仆忙把一个食盒送过来。

黄员外接过食盒，道："好了，你自去四下逛逛吧，一个时辰后，在码头等着老夫。"

家仆答应一声，也转身离去。黄员外忙把食盒放在地上，将其打开。

最上边是一些干果食物，第二层打开，却赫然藏着香烛一类的东西。再把最下边一层打开，里边居然只有一把榔头。

黄玉郎紧张地站在一旁，一边看着父亲动作，一边不时向四下看看，生怕有人接近。

黄员外把榔头给了黄玉郎，道："快，动手！"

黄玉郎拿着榔头，在石碑上摸索了一阵，便当当地敲了起来。

黄玉郎所敲之处，根本不是真正的石头，这一敲，用面粉等制作的假石面便纷纷裂开，最后现出嵌在里边的一柄似土似金颜色的如意。

黄玉郎忙碌的时候，黄员外已经把三碟干果摆好，蜡烛左右放好，香则持在手中，催促儿子道："快快快，快些祭拜，提防人来。"

黄玉郎急忙赶到父亲身边，黄员外分给他三支香，面朝石碑中的土如意肃然跪下。

黄玉郎一见，连忙有样学样，跟父亲一样跪倒，但仍有些忐忑道："爹，咱们的日子本来过得好好的，如今真要……真要……"

"闭嘴！"

黄员外眼神凌厉地瞪了儿子一眼，扭头面向石碑，肃然道："皇天在上，后土在下，钱塘黄诚，携子玉郎，虔诚祷告……"

"哈哈哈……主人妙计无双，蠢材果然上当了！"

随着一阵大笑，四下灌木中走出一些人影，人人手持打狗棒，看行色俱是些壮年的乞丐。

居中只有一人空着双手，头发蓬乱，身材高大，仿佛一头雄狮。

这个丐头儿正是此前曾在平安堂药铺单手拎起近千斤重的梨木壁橱，捉出一条大蛇的那个乞丐。

黄员外吃了一惊，慌忙抢到石碑前，用身体挡住那土如意，色厉内荏地叫道："你们是什么人？你……你们这些叫花子，想干什么？"

那丐头儿慢悠悠地走到近前，站定，笑道："你问我？我是钓鱼的人，现在，一条大鱼终于上钩了，哈哈哈。滚开，把土如意交出来。"

"你要干什么？你不要过来，你们这些臭叫花子，老夫……老夫会报官抓你们的。"

丐头儿嘴角一撇，不屑地走上前来。黄公子一见，慌忙张开双臂拦上前去，大叫道："不许伤害我父亲，来人哪！快来人哪！"

"啪！"乞丐头儿张开蒲扇般的大手，那手掌看起来竟比黄玉郎那张精致的小脸还要人些，只一巴掌，把黄公了扇出一丈多远，整个人捧在地上，登时晕了过去。

"儿啊，儿啊……老夫跟你拼了！"

黄员外大惊失色，一见儿子生死不知，登时红了眼，马上就向那乞丐头儿扑了过去，十指箕张，用力一抓，将乞丐头儿那朽烂的衣服抓下一角，撕开一个大口子，露出胸前一副极凶猛的神兽文身。

"梼杌？"黄员外倒是认得这上古凶兽，只是身上文龙文虎的多见，在胸口

293

纹个梼杌的倒是少见。

　　他愣了一愣，乞丐头儿却是很不耐烦，飞起一脚把他踢了个滚地葫芦。

　　乞丐头儿迈步向前，探手伸进石碑，一把握住那土如意，双眼一瞪，左手一推，右手一拔，将那碑中的土如意拔了出来。石碑被他一把推倒，泥土浪一般翻涌上来，埋住了他的双脚。

二十七　梼杌再现

"还给我，那是我的，那是我黄家的传家宝！"

黄员外红了眼，嘶吼着冲上来。乞丐头儿不耐烦地一挥手中有千斤之重的土如意，那土如意的云式顶端便撞上了黄员外的额头。

李公甫带了六七个捕快帮闲赶回西湖岸边，已不见了杨瀚身影。那柳树下摆大碗茶的老汉指着湖中道："李捕头，我看那个捕快乘了竹筏，往远处去了。"

李公甫一拍额头道："是了是了，他说了要上孤山！快快快，快找船。"

捕快们四下散去，很快找了两只船，叫艄公把船驶到这边，把客人轰下去，众人上了船。李公甫道："快快快，马上上孤山！"

杨瀚撑着那竹筏到了孤山脚下，纵身跃上岸，也不理会那筏顺水漂去，便持着竹篙冲上山去。那竹篙犹如一杆大枪，被他当成兵器了。这玩意儿较之量天尺，显然杀伤力更大一些。

"快快快，出事了，快去看看！"杨瀚在岛上转了两圈，寻了三两处景点，未曾发现什么异样，这时有人互相喊叫着向山顶上跑去。杨瀚心中一动，立即跟了上去。

山顶那处灌木丛中，此时已经围了一圈人，交头接耳，议论纷纷。

杨瀚见状，高声喊道："钱塘县捕快办案，闲杂人等回避！"

他这样一喊，那围得密不透风的游人登时向左右闪去，给他让出一条路来。

杨瀚跑进人群，定睛一看，就见地上倒着一方石碑，旁边仰卧一具尸体。不远处还有一个年轻公子侧卧着，一张脸又红又肿，也不知死活。

杨瀚急忙赶到近前，仔细一看，好在黄员外的模样还能辨识得清，果然是他早上遇见过的那位。杨瀚一瞧此人已经救不得了，急忙又跑到那个公子面前。

杨瀚一试鼻息，喜道："此人还有气息！"

他急忙把黄玉郎翻过来，用手指使劲摁压他的人中，旁边有好心人递过一个水囊，杨瀚拔下木塞，把水泼到黄玉郎的脸上。

黄玉郎悠悠醒来，杨瀚急忙问道："这位公子，发生什么事了？"

黄玉郎恢复了神志，脸色登时大变，他一把推开杨瀚，左右一看，立即发现他的父亲倒在地上，已然气绝，禁不住扑过去，抱住尸首，号啕大哭起来。

杨瀚急道："是何人行凶，你快说呀！"

黄玉郎泪水滂沱，道："乞丐，是一群乞丐，其中一个异常高大，一定是他害死了我爹！"

杨瀚目光一凝，道："那些乞丐为何要害你们，为的什么？"

黄玉郎语气一滞，脸上露出些惊恐神色。

杨瀚厉声道："快说！"

黄玉郎吓得一哆嗦，这才颤抖地指着那块倒地的石碑，道："我……我爹在那碑中藏了一件宝物，不想被那些乞丐一路跟踪了来……"

杨瀚纵身跃到石碑旁，赫然发现石碑上有一块被凿空的地方，旁边泥土中还露出些香烛、干果一类的东西。

杨瀚看了看那被凿空处，正好可以放下一柄如意，杨瀚霍然扭头道："你爹在此处所藏，是不是一件如意？那如意重有千钧？"

黄玉郎吓了一跳，虽说他是苦主，可他爹带他上山来，是想按照神谕祭拜上天，以求帝王之业的。换而言之，他们这是造反，所以黄玉郎一直支支吾吾，尽量含糊过去。

不想，这捕快竟然对此一清二楚。

黄玉郎战战兢兢道："是、是一柄不知什么质地的如意。"

杨瀚长长地吸了口气，站起身来向四下一看，围观者都是游人，并无一个乞丐，杨瀚也不再理会黄玉郎，立即纵身奔去。

杨瀚冲到孤山脚下，只是这里四面都可以停靠泊船，实在不知道那乞丐在哪里，杨瀚只得绕着水岸奔跑，但凡发现有船泊岸或是即将驶离，便亮出捕快身份喝住，登船查看。

如此一来，速度自然快不起来。杨瀚正在焦急，就见前方有船靠了岸，几个捕快从船上跳下来，正在东张西望，杨瀚大喜，立即扬声唤道："诸位兄弟，可是李头儿叫你们来的？李头儿呢？"

　　一个捕快一扭头，认出杨瀚，便道："原来是瀚哥儿，正是李头儿叫我们来的。头儿带了人驾另一只船，驶向那边去了。我们到孤山上来，要抓什么人？"

　　杨瀚急道："快，派两个人到山顶，那里发生一桩命案，还有一个当事人在那里，且控制住他。其他人沿岸向两边搜，防止歹人逃走，那歹人是一伙乞丐。"

　　那个捕快是个正式捕快，职权自然比杨瀚大得多，闻言马上道："快，去两个人上山，护住现场，保护苦主。其他人，沿岸向两边散开，所有船只，只许泊岸，不许驶离。"

　　杨瀚之前也想这么做来着，可一来他是个帮闲，没权下这个令。二来他急于找人，就算说出这个命令，给谁听？若有船只想要离开，他已跑去别处，也无人制止了。

　　如今来了这么多兄弟，那就方便多了，那几个捕快立即行动起来。

　　杨瀚也不多说，按那捕快方才所言，李捕头到底是个老公门，经验丰富，已经命令两只船分别驶向了孤山两侧，他只管沿岸继续跑下去就是了。

　　前方出现了一处较大的码头，比较大的船只都要在此处停泊，因为别处水浅，只能停得了小船。

　　踏板搭在码头和船舷上，正有客人陆续登船。杨瀚一见，大喝道："钱塘县办案，前方的客人，停止登船！"

　　杨瀚跑到近前，就见几个船夫正诧然向他看来，岸上客人满脸不耐，已经登船的客人则一脸的好奇。

　　惊讶的倒没几个，有那闲情逸致游湖登山、散心赏玩的，哪个没点儿闲钱，没点儿势力，没点儿功名？只要人家没犯案了，根本不惧他们这些官府的鹰犬。

　　杨瀚往人群中一扫，依旧不见一个乞丐。这也正常，乞丐们乞讨，没有上孤山的道理，这些乞丐既有备而来，恐怕一得了手他们就换了装扮，和普通游客一般无二了。

　　但杨瀚的目光在人群中一扫，突然却发现了一个人影。

　　这人穿着一件葛黄色的袍子，头戴幞头，模样打扮并不显眼，只是身材异常高大魁梧，所以很容易就叫人在人群中发现他。他正微微低着头，显然在躲避杨瀚的目光。

杨瀚眯了眯眼睛，慢慢走到他的面前，隔着三四步远，突然一挑手中竹篙，就似小青方才抵着自己心口时一样，将那竹篙当成了长枪，向他心口一指，喝道："抬起头来！"

高大的中年人沉默片刻，缓缓抬起头，向杨瀚咧嘴一笑。

杨瀚的目芒顿时一缩，虽然此人换了行头，可当日他奋起神力，抬手抬药橱的壮举给杨瀚留下的印象太深，眼前这人，分明就是那个狮子一般雄壮的乞丐头儿！

"何必呢？"

"狮子王"向前踏了一步，一股无形的气势扑面而来。

"何苦呢？"

"狮子王"嘲弄地又说了一句，身子也猛进了一步，将胸前的竹篙拨到了一边。

"你走你的阳关道，我过我的独木桥，难道不好？"

"狮子王"已避过了篙尖儿，神态越发从容，嘴角嘲讽的意味也更浓。

"你不过是个候补的捕快，月俸最多三吊钱，值得与我这种江湖人物搏命吗，小捕快？"

"江湖？江湖也不过是江山一角，也该受朝廷法度管束！"杨瀚只说了这一句话，手腕便一挑，竹篙竖如旗杆，顺着虎口滑下去，离地尚有一尺，突然被握紧，向下一顿。

已经走到面前，比杨瀚高出大半头、极具压迫之势的"狮子王"登时像只小兔子似的蹦了起来："嗷——"

竹篙的头用一个圆锥状的铜箍箍着顿在他的脚面上，瘀青一片。

杨瀚一脚撩出，直奔"狮子王"的下裆。这是软肋，除非这头狮子有刀枪不入的横练功夫，不然任他如何强壮，也不敢受这一脚，他只能再退一步。

杨瀚撩出的一脚马上变成了前冲的弓步，一记"鹤啄"就叨向狮子王的咽喉。咽喉处有软骨，杨瀚这一击十分有力，若被击中，纵然喉骨不碎，势必也会呼吸困难。

"狮子王"只能再退。杨瀚提篙，篙尾猛地撞向他的膻中气海，"狮子王"大吼一声，还是得退。他刚才气势汹汹迫近的几步，至此已全部被逼了回去。

杨瀚手中的长篙枪一般刺去，这一次却是他的左眼。

"狮子王"不再退了，他一拧身，便向被他避开的长篙抓去，但杨瀚已蛇芯一般缩回了长篙，再一枪刺向他的左腿。狮子王只能狼狈地向旁边一跳，落回了沙滩上。

杨瀚对这个力大无穷的魁梧大汉，一是专攻其软肋要害，二是指南打北，声东击西，利用他个子太高，动作不及自己灵活的特点，逼得他空有一身神力，却发挥不出来。

二人这一动手，码头上许多游客已经吓得四下逃开，远远站着观看。

李公甫带着人上了岸，马上便散开向孤山岛上搜索。

这孤山说是山，其实并不大，但要一时半刻便搜索完全岛也不可能。他们正一路搜寻，忽然听见有游客鼓噪，嚷嚷什么打起来了，一问之下，这些人也是听人说起，不知详情，便只好乱哄哄地跟着往前跑。

岸边，杨瀚篙尖儿一挑，刺啦一声，被篙尖儿穿透的犊鼻裤也被他挑开一个大窟窿。

已经近乎半裸的"狮子王"突然放声大笑起来："哈哈哈，小捕快，你是在找什么东西吗？"

杨瀚不答，看着他胸前露出的栲杻文身，目芒只是一缩，又是一篙刺去。"狮子王"退了两步，嘲讽道："那东西那么重，你觉得我的衣服兜得住吗？蠢货！"

杨瀚手上不停，口中却问道："你终于承认，是你杀人夺宝了。"

"狮子王"不屑道："承认又如何？你能奈我何？"

"狮子王"话音刚落，杨瀚手上长篙突然一紧，噗的一声，扎透了"狮子王"的大腿，疼得他一声闷吭。杨瀚手中篙柄一旋，向外挑着一抽，饶是"狮子王"强壮无比，也疼得单膝跪了下去。

杨瀚微笑道："我能伤了你，擒住你，把你送进大牢里去。"

杨瀚一步步迫近，手中的竹篙轻轻地旋转着："三木之下，何求不得，这句话，你听过吗？就是小小的几块木头，用绳子穿起来，夹住你的十指……"

"狮子王"突然纵身跃起，想要逃跑，可杨瀚的速度也突然加快了，长篙如枪，纵着他长身跃起，趁其中门空虚，噗的一枪，又刺中了他的肋下。

"狮子王"捂着肋下，踉跄退了几步，目中终于露出恐惧之意。

他若非大腿中了一枪，速度迟缓下来，肋下不会中这一枪。而肋下受这一刺，伤势十分严重，他的拳脚威力势必要大打折扣。如今是真的没有与杨瀚一战之力了。

杨瀚还在施展心理战术："我不怕死，可是要我去受这样的酷刑，我也不知道自己能忍多久，或许生不如死时，为求速死，我什么都肯招了，你呢？"

"狮子王"一步步后退，目光惊慌四顾，突然眼前一亮，纵身逃向湖中。

杨瀚一怔，难道此人水性惊人？旋即他才发现，水中浮沉着一具竹筏，原来自己上岸时不曾系紧那竹筏，竟漂到了这里来。

杨瀚心中一急，手中竹篙脱手掷出，"狮子王"刚刚跃起，那竹篙便呼啸而至，将他另一条大腿扎了个对穿。"狮子王"就像中了箭的天鹅，悲鸣一声，摔到了湖畔浅水中。

杨瀚立即拔腿追了过去，眼看离那"狮子王"只有一丈距离了，那"狮子王"突然从水中站起，身子绷得笔直，双目怒突着，须发戟张，威猛可怖至极。

杨瀚一见，心里莫名地打了个突儿，陡然停住了脚步。

接着，就见那"狮子王"突然双手握拳，一声悲愤凄厉到极点的怒吼声陡然响起，可只响了一半，就似被戳破了皮的大鼓，一下子没了声音，几根巨大的冰刺，突然从他体内窜出来，把他变成了一个可怕的怪物。

"苏窈窈！"

杨瀚倒抽一口冷气，立即转身向岸上围观游客们看去。有男有女，有老有少，一眼望去，足足百十号围观者，哪里分辨得出谁是那个只需动念，根本无须出手的老怪物？

浑身穿满冰刺，仿佛从水中钻出的一个怪物似的乞丐呆呆地站立片刻，被拍岸的湖水一冲，整个人就倒进了水里。

当杨瀚把他拖上岸的时候，他身上的冰刺已经融化了一小部分，尖锐的刺端部分变得圆润了许多，而血水也渗了出来，显得更加可怕。

没有人敢围上前来，这一幕实在超出了他们的认知，围观的游客们个个一副见了鬼的表情。

直到李公甫领着一帮捕快气势汹汹地围过来，他们才松了口气，这些平素他们厌憎的捕快，此时驱散了置身阳光之下，却已遍体生寒的他们的冷意。

"这死法……"李公甫一瞧那乞丐尸身上的冰刺，登时吓了一跳，急忙拔出刀，仓皇四顾。

杨瀚把发生在岛上的事简单地说了一遍，最后说道："这个乞丐与当初船上的那个陶景然，显然是一伙的，他们都是那个鬼面人的手下。我刚才与这乞丐交手，他动作轻灵，身上肯定没有带着那件重有千斤的土如意。如今他既然死了，很显然，那个鬼面人也在岛上，那件土如意，已被他交给了鬼面人。"

李公甫紧张得直想咬手指："鬼面人就在岛上？我们该如何找他出来？"

杨瀚扫了眼围观的游客，轻声道："我怀疑那鬼面人精通高妙的易容术。"

李公甫一听急躁起来："照你这么说，我们岂不是抓不到她了？"

杨瀚摇头道："也不尽然。头儿，你别忘了，他们所图谋的，是一件重有千斤的土如意。土如意虽然不大，足以藏在身上，但是能拿得起如此重物的，只怕寥寥无几。"

李公甫渐渐品出了门道，捏着下巴道："你是说……"

杨瀚道："纵然还有人也拿得起，可这千斤之物带在身上，也不会无所遁形。我们封锁了全岛，只许这一处出入，让所有游客挨个上船……"

李公甫的眼睛亮了起来："重有千斤的人和一个百十斤重量的人上船时，绝对不会一样！"

杨瀚道："不错！"

李公甫马上跳起来，吩咐众捕快封锁全岛，将所有游客尽数集中于此，一一上船，观察那船只吃水线的变化。

李公甫这厢紧张地安排着，杨瀚却是站在湖畔，望着远处的点点帆影，唇角露出一丝莫名的笑意："小青和白素已远走高飞了，那个老妖婆就算得到了土如意又能如何？终究……是竹篮打水，一场空吧。"

按照李公甫的安排，孤山只留一个出口，让旅客们逐一上船，可直到岛上最后一人离开，那船也未发生什么异样。

李公甫望着留给他们的最后一只船，不信邪地走上踏板，用力踩了踩。

李公甫无奈道："我这百十斤的身子都能压弯踏板，若有人身揣那个劳什子土如意，真有千斤之重的话，不用看船吃水深浅，只消上了踏板，就得压折了。"

一个捕快问道："头儿，会不会在咱们之前，那人就已经离开了？"

杨瀚摇头道："不可能！如果那土如意早在你我上岛前就被运走，那个乞丐头儿没必要还留在岛上。如果土如意已经被运走，只能是在我们封锁全岛前有人趁机离开。"

李公甫道："不可能！普通小船载不了那么沉的分量，如果是大船，那时要想离岛，不论从哪个方向，我们一定发现了。"

杨瀚缓缓道："会不会……鬼面人得了土如意后，暂时埋在孤山上了？"

李公甫抬头看向孤山，脸色难看："如果是这样，难不成我们要把整座孤山翻个遍？"

一个捕快苦笑道："光靠我们这些人只怕不成了。再者说，若是他把那东西埋在近岸处的湖水里呢？我们就更是无从找起了。"

李公甫沉吟片刻，吩咐道："你们且先留在这里看守全岛。我去面见推官大人，请他调民壮来封了这孤山。只要那东西还在岛上，我就不信那鬼面人不现身。"

杨瀚也被留在岛上，直到傍晚，推官大人派人接替他们，杨瀚才得以离开。

杨瀚回到自己住处，就见钱小宝坐在院子里，面对一张饭桌，跟个乖宝宝似的，一脸傻笑。

杨瀚纳罕地看看他，见他完全没有注意到自己的出现，忍不住伸手在他面前晃了晃。

钱小宝一抬头，这才看见杨瀚，不禁欢喜道："杨大哥，你回来啦。"

杨瀚纳闷道："你怎么在这？小兮不生你气了吧？"

钱小宝喜滋滋道："不生了，不生了，我按你教的，一见她就说，我为了她，自革出门，不当钱家的大少爷了。小兮听了就呆住了，然后我说……我说就算离了钱家，我也有本事养她，她就哭了，使劲地抱着我……"

钱小宝笑得嘴巴都咧到耳丫子上去了。

杨瀚往敞开的房门里看看，小声问："小兮呢？"

钱小宝道："她在弄几道小菜，说是一会儿等她哥回来了，叫我陪李大哥喝两杯。你回来得正好，快坐，快坐，我酒量不好，陪不起他。"

正说着，李小兮端着一个热气腾腾的蒸屉，系着碎花布小围裙从房中走了出来，一见杨瀚，便欢喜道："杨大哥，你回来得倒是及时，我刚蒸了八只大蟹，你们两个先吃着，我哥马上也就到家了。"

杨瀚笑道："我们先坐着说说话，等你哥回来再一起吃。"

李小兮放下蒸屉，迅速掀开，从热气腾腾中飞快地拿出两只螃蟹，放到他和钱小宝面前碟中，笑道："你们先慢慢吃着，我再炒几个菜。"

李小兮重新盖好蒸屉，小腰款款地扭回了房去。钱小宝眼神直勾勾地随着小兮移动，直到她进了房间，才挣扎着拔回眼神。

杨瀚看着碟中的大蟹，赞叹了一声："哈！果然是大蟹！"

盘中所盛，青背、白肚、黄毛金爪，瞧来一只便有四两重，价格不菲，看来钱小宝为了小兮姑娘宁愿离开首富之家的举动，真是打动了她，才如此不惜血本，款待情郎。

要知道，这样的大蟹，即便杭州就是水乡，其价格也是不菲。大蟹可不像后人凭着一张照片，便说当年大闸蟹何等便宜，难民没饭吃时居然要以其充饥，那只不过是恶搞罢了。

实则早从秦汉时期开始，螃蟹就是一道美食。铜钱般大小的蟹，寻常人家才吃得起。这样的大蟹，只有富贵人家才能时常品尝到，普通人家只有年节时候才能破财买上几只尝鲜。

杨瀚自诩是二人的大媒人，再者也确实饿了，便不客气地掰了只蟹脚，就着黄酒，与小宝边吃边聊，等候李老实回来。

一间看来奢华雅致的书房，鬼面人静静地坐在椅上，脸上的白瓷面具反射着诡异的灯光。

在她对面，一个白发苍苍的老人微微佝偻着身子面对着她。

鬼面人苏窈窈悠悠一叹，用苍老中性的声音道："梼杌死了，是我杀的。"

面前的老人身子震动了一下，却未说话。

苏窈窈道："他与饕餮不同，陶景然幼年时极穷困，是我一手养大的，对我忠心耿耿，可惜，却被杨瀚逼迫，为了不泄露我的秘密，自尽而死。梼杌则不同，这个巫战，壮年时本是一个悍匪，老来才沦落成丐头儿。我是看中他天生神力，又兼眼线众多，还懂得江湖伎俩，才收服他为我所用。这个人，没有忠心可言，一旦被官府活捉，必然出卖我，不得不杀。"

白发老人轻叹道："现在就只剩下我和混沌两人了。主人，我为了你，可以说是付出了一切。我已经很老了，撑不了多久，希望主人也能够履行承诺，赐我长生之法。"

苏窈窈冷声道："你放心，现在，才是收口的时候，只剩下白素和青婷了，只要让我拿到最后两柄如意，我不但能赐你长生，还能让你返老还童！"

"白素和青婷，逃出了临安？"

苏窈窈冷笑两声，道："那两个小贱人从小侍奉我，我太了解她们了，你以为她们能逃得出我的手掌心？呵呵，我早在她们身边做了手脚，她们……逃不掉！"

李家的晚宴，四个人吃得很开心。李老实对钱小宝很中意，就算他自革出门，离开了钱家又有什么打紧？凭他跟"天下第一眼"学来的本事，总归是不会饿着自己妹子。

直到月上柳梢，四人才兴尽而散。"无家可归"的钱小宝和杨瀚一同回了他的房间。

点上灯后，杨瀚把事情经过对小宝说了一遍，因为小宝终于醒过味来了，他已记起那古画上的人模样就是白素和小青，瞒也瞒不住他。

所以杨瀚只犹豫了一下，就把事情的来龙去脉对他说了出来。杨瀚对钱小宝很信得过，他相信钱小宝的人品。钱小宝听了果然只有惊奇，没有生起贪婪之心。

"真的呀？她们都……五百多岁了呀？真是不像！那个苏窈窈都能长生不死了，为什么还做那么多的坏事呀？人都是会老、会死的呀，就算她会老，可是能长生不死，也该很满足了才对！"

杨瀚用长条凳搭了床铺，贴墙那张小床若睡两个人可嫌太挤了些。小宝追在他屁股后面，跟个好奇宝宝似的不停地惊叹、感慨，问个不停。

杨瀚正铺褥子的手停了一下，摇摇头道："女人嘛，也许……她宁愿用不死之身换一个不老之身！"

钱小宝连连摇头，表示不解："女人哪，对一张脸，看得这么重吗？"

杨瀚把被子抖开，没有回答他。

钱小宝又问："白素姐姐和小青姐姐……呃，就叫姐姐好了，她们真的远走高飞了吗？"

杨瀚拿着枕头的手一停，出神了片刻，幽幽道："也许吧！"

钱小宝紧张地问道："那苏窈窈还能抓到她们吗？"

杨瀚和衣躺到了长条凳搭成的床铺上，头枕着双臂，悠悠地吁了口长气，喃喃道："不知道。也许……等苏窈窈再找到她们的时候，又是几百年过去了，那时候，你我的骨头都化成泥土了，还操什么心？"

杨瀚扭过头，看向墙上。墙上挂着几幅古画，正是他从随园密室中窃出的那几幅画。杨瀚所看的画中，只有穿着一袭汉晋古装的小青一人，她正手拈梅花，嗅着花，回眸轻笑，显得极是俏皮可爱。

杨瀚定定地看着她，感伤地说："与其自寻烦恼，莫如……相忘于江湖吧！"

这里是韦陀菩萨的道场。峰峦叠翠，古木葱茏，有奇岩怪石之险，有流泉飞瀑之胜，一入灵山，清凉气息便扑面而来，令人顿时神清气爽。

这里是天目山，素有"大树华盖闻九州"之誉。天目山原本叫浮玉山，"天目"之名始于汉，因为山上有东西两峰，顶上各有一池，长年不枯，若于高天之上望下去，仿佛一对巨大的眼睛。

而今，因为一白裳一青衫，两位俏丽佳人的出现，这双眼睛似乎也一下子焕发出了光彩。

白素和青婷举步登山，沿途一棵棵冲天而起的巨大树木遮住了天光，阳光从树隙间洒照下来，仿佛一道道光束，偶尔，可见惊飞的鸟从那光束中一掠而过。

白素停下脚步，看了看这林中葱郁的景象，微微一叹，道："妹妹，幸亏我们搬家也搬得惯了，此番入山，我竟不似从前，每多感伤。"

青婷白了她一眼，道："只怕是因为这天目山离临安城不远，所以你才安心吧？"

青婷撞开白素，快步走向前去。白素嘻嘻一笑，追了上去。

密林深处，转过一条小径，前方豁然开朗，一座庄园就坐落在山中，整座建筑随山就势，有汉晋古风，林木掩映之下，宛如仙境一般。

庄园大门上画了一个硕大的铜钱，这就是"钱庄"，不是通常意义上的钱庄，而是钱氏庄园之意。

白素和青婷到了庄园门口，叩响门环。

片刻工夫，一个白发老仆上前开门，白素递过一枚大钱。老门子看了眼那枚特制的大钱，目光顿时一闪，马上打开大门，将二女迎了进去。

老仆关好门，领着青白二女没走中庭，而是绕到侧厢，直接转到后宅。

钱多多钱老员外迎出来将青白二女接进花厅，把拐杖往墙边一放，欢喜地上前道："两位姐姐，自你们说要搬进这山中来住，多多就叫人开始洒扫整理了。两位姐姐以后就住在这里吧，多多已经让儿媳唤我那大孙回家掌理家务，以后多多就在这里侍奉两位姐姐。"

白素连忙摆手道："哎呀，不用啦不用啦，你这样规矩，太也无趣，唤得我都觉得自己老了。你要料理家务，尽管回去料理家务，我们姐俩不用侍奉，你看你自己都多大的年纪了。"

小青似笑非笑道："就是，你要是年轻俊俏的小伙子嘛，那她是求之不得，老人家嘛，她可不喜欢。"

钱多多把两位姐姐奉若神明，听她打趣，自己不好参与，不免尴尬起来。

白素一屁股坐到椅子上，跷起二郎腿，瞪了小青一眼，颤着腿道："喂，你牙尖嘴利的，有完没完？咱们这一回搬家，可不怨我呀，是某人的那个人跑到我家翻箱倒柜……"

小青哼道："谁的那个谁呀？不是你不听劝，非要去平安堂见某个人，某人会发现我，死乞白赖地跟来随园？我要赶他走，是谁把他奉若上宾，还抛着媚眼说……"

小青学着白素的样子，满脸甜笑，扬着右手："欢迎常来哟！"

白素指着小青气道："喂喂喂，我是那么笑的吗，我是那么说的吗，你学的也太贱了。"

小青微微翘起下巴："你就是这个样子呀，不承认哪？下回我拿镜子照给你看哪。"

白素马上跳起来，指着小青："哈！下回！暴露了吧？你还想有下回，我就知道你心里放不下他！"

小青鄙视地乜了她一眼："我说下回就是指见他呀？反正只要年轻俊俏的少年郎，你一见了就春心荡漾，下一回指不定是见谁呢！"

白素委屈地拉住钱老员外："多多呀，你来评评理，小青就会欺负我。你说我有那么不检点吗，我除了口花花的，哪有对谁随便过呀，叫她一说，我都成花痴了。"

二女这一番吵闹，俨然两个青春少女，如果她们是钱老员外的孙女儿，这一幕可是天伦之乐，温馨得很。可是偏偏钱老员外比她们岁数都小，视她们为恩姐。

她们可以互相嘲讽、取笑，视她二人为神的钱老员外哪敢有半分不敬？是以支支吾吾的什么都说不出来。

小青道："好啦，你别难为小钱啦。小钱哪，你带我们看看房间。几十年没回来过了，也不知道和以前有什么变化。"

"好的，两位姐姐，这边请。"钱老员外毕恭毕敬地道。他的身体与同龄老人大不一样，健朗得很，那根拐杖本就是用来装样子的，在两位姐姐面前，他无须伪装，当下也不取拐杖，便大步流星引着她们走出花厅。

"小白姐姐，小青姐姐，你们的住处这些年来我都使人照看着呢，所有陈设一如既往，全无变化，你们来住，不会有生疏的感觉。小白姐姐，你看，你的房间……"

钱多多推开房门，白素走了进去。窗子开着，窗外远山如黛，白云渺渺，看起来仿佛一幅动态的画。房中外有客厅，内有卧室，还有小书房一间，布设极其雅致，一看就是女儿家闺阁的风格。

白素四顾一番，忽然看见床头一个妆匣，不由得讶呼一声，道："这个是……"

白素快步走过去，打开妆匣一看，惊喜道："这都是我当年用过的首饰，你都帮我留着呢！"

钱多多笑眯眯道："那是自然。除了胭脂水粉，都是刚从专门供奉宫中的几家字号里采办来，其他的，全都是白姐姐当年心爱之物。"

白素把玩着首饰，喜滋滋道："多多，你有心了。"

钱多多又对小青道："小青姐姐，你的房间还在隔壁。通过这小书房的暗门与白姐姐的房间相通的。"

二人也不绕出去，就在书房打开暗门，墙壁无声地滑开，走过去，就是小青那套房间的小书房了。陈设与这边大体相似，只是素雅了许多。

比如白素书房墙上挂的是一幅国色牡丹富贵图，而小青座位对面挂的却是一幅幽谷兰草图。就连二人书桌上的笔山、镇纸、毛笔，白素这边也是华美大气，小青那边则清雅淡泊。

钱多多引着小青从小书房出去，又去看了她的卧房，回到她的客厅。小青道："小钱，你真有心了，坐吧。"

钱多多答应着，眼看小青已经坐了，这才欠身坐下，笑眯眯道："小青姐姐，这一回来，你们就不要走了，在这里多留些时间，不然，只怕我……没办法再等两位姐姐回来了，你们一走，便是几十年……"

说到动情处，钱多多不禁拾袖拭了拭泪。

小青嗔怪道："小钱，你胡说什么呢，看你身子如此健朗，再活个几十年，不是问题。"

钱多多哈哈笑道："小青姐姐，我今年都八十二了，再活几十年，可不成了妖精？小青姐姐交给我保管的那柄水如意，水汽氤氲，有滋补元气、益寿延年的神奇功效，所以我现在才如此康健。可是……"

钱多多脸上露出些伤感之色，声音也低沉了下来："终究人寿有尽，比不得姐姐是仙人之体。姐姐，不瞒你说，多多自己有感觉，我估摸，最多再有十年，多多就差不多了。"

"小钱……"小青听了钱多多的话，不禁有些动容。

钱老员外走过去，在小青面前跪下，拉住了她的手，动情道："多多想卸下俗务，在这山中多陪两位姐姐几年，小青姐姐，你就满足多多的这个心愿吧。"

小青情不自禁地伸出手去，轻轻抚摸着钱老员外的头，幽幽一叹："哎，你这孩子……说得人家心酸。这许多年来，我从不愿与人深交，就是怕……亲眼见那生离死别。我最受不得这个……"

钱多多老泪纵横，哽咽道："小青姐姐，我知道。白姐姐虽然多愁善感，其实她最看得开，活得也最洒脱。小青姐姐你看似冷峻不好亲近，实则心思比白姐姐还要细腻敏感……"

二十八　再起风波

夜色凄凉，一束月光从天窗垂于牢中，黄玉郎蓬头垢面，呆坐在稻草堆上，形容枯槁。他知道，他完了。造反之罪呀，皇权最为忌惮的行为，十恶不赦之罪第一桩，就是反逆！

他现在只担心自己的孩子、自己的妻子，是否整个家族都会受到牵累。想到本朝律法相对宽容，黄玉郎稍稍宽心，或许……家人不用赴死吧，也许他们会被充军发配，丢到偏远边疆去。

"孩子呀，爹对不起你们……"不知不觉，泪水就爬满了他的脸颊。

孤山暂时不可登上游览了。官府封了孤山，很多人还不清楚所为何故。官府派了大批人手到孤山上寻找，可迄今为止，还是没有那件土如意的下落。

不过，这桩谋逆大案基本上算是破了，钱塘县得了嘉奖，县太爷的考课今年必是优上，可以说因为这一件事，他向上攀登性的可能就比同时入仕的其他人多了几分。

县太爷很高兴，召见众捕快，对他们也做出了嘉奖。李公甫得了三十吊的赏钱，记功一次。杨瀚作为重要线索提供人，被录用为正式捕快，现在是临安府钱塘县二等捕快了，腰间那口量天尺，也换成了一口真正的腰刀。从今天起，杨瀚也有资格招帮闲，前呼后拥了。

县太爷对众捕快论功行赏完毕，还未让他们退下，圣旨就到了。这临安府就是大宋皇朝的行在，皇帝就住在这里，有关神人降谕案的结果呈报上去是很快的。

杨瀚看着县太爷接旨，并不像民间所传的那样，还要摆设香案，焚香礼拜，也无须下跪，县太爷只是垂首而立，拱手听旨。那传旨的也不是太监，而是一个官员。

其实，此案如何处置，大可由三法司会商后直接定罪，如今天子直接下旨，已经可以预料，皇帝对此事是如何看重。

杨瀚垂手站在县太爷后边，想到那黄公子明明太平日子过着，一念之差，即将满门抄斩，不由得暗自一叹。

县太爷接了圣旨，传旨的官员便走了。这一点又出乎杨瀚意料之外，他以为所谓传旨都要当众宣读呢。

实际上皇帝圣旨要交代的内容五花八门，很多还涉及一些尚未实施的机密，未必适合广而告之，所以公开宣读的大多只是表彰、任命一类的旨意，大部分是不当众宣读的。

县太爷送了传旨官离开，回到大堂之上，展开圣旨一看，顿时惊"咦"了一声。

幕僚书记向前凑了一步，未得县太爷允许，却不便凑过去看圣旨，只是疑惑地看着县令。

县令抬眼看了看他，清咳一声，展开圣旨念道："六万余言七轴装，无边妙义内含藏。溢心甘露时时润，灌顶醍醐滴滴凉。白玉齿边流舍利，红莲舌上放毫光，假饶造罪如山岳，只消妙法两三行。你……明白官家的意思了吗？"

那幕僚摸着胡须略一沉吟，突然动容，双手拱起，向皇宫方向揖了一揖，肃然道："官家慈悲呀！"

县太爷吁了口气，点头道："我朝天子圣明，非古之圣君可比。"

县太爷将圣旨卷起，看了李公甫一眼，肃然道："你去，把那黄玉郎，放了吧！"

"啊？哦！"

李公甫一脸的不敢置信，几乎以为自己听错了，但见县太爷挥了挥手，又说了一遍"放了"，这才确信自己没有听错，急忙答应一声，快步走了出去。走的时候，看他脸色，还跟没睡醒似的，懵懵懂懂。

杨瀚虽然读过书，可也达不到无所不知的地步，首先这首诗，他就没听说过，更不清楚为何圣旨上会只写一首诗。

不过不明白的可不只他一个，等县太爷回了二堂，便有几个与那幕僚相熟的老公门凑了上去。

"祈先生，官家这道圣旨说了什么呀，怎么谋反大罪，就把人放了？"

那幕僚难得卖弄，抚着胡须，悠然自得道："这首诗，是我朝仁宗皇帝所作的《莲花经赞》。仁宗皇帝写下这首诗，还有一桩典故。"

"什么典故？"几个老公门好奇地连声询问，杨瀚也竖起了耳朵。

那幕僚清咳一声，道："仁宗年间，四川有一位秀才……"

四川这个称呼，官方是从元代开始的。不过在那之前，民间已有这个称呼。巴蜀之地，在唐朝时候设有剑南道，分剑南西川和剑南东川，加上山南西道，时人称为"三川"。

宋代时候在蜀地又分置了益州路、利州路、夔州路等，称为"川峡四路"。所以，时人便将宋代的"四路"和唐代的"三川"相合，简称巴蜀之地为"四川"。

因此，这幕僚一说，众人也便知道这是指的巴蜀了。

幕僚道："那位秀才科举不中，心怀怨愤，回到四川之后，便献诗给郡太守，怂恿他造反，劝他占据巴蜀自立。结果……他当然是被马上抓起来，解送京城了。"

一个捕快道："这秀才真是读书读傻了，这一下，只怕要满门抄斩了。"

幕僚微微一笑，道："按律，他确实该被处斩。不过，案子报到仁宗皇帝面前，仁宗皇帝却赦免了他的罪，并写下了这首诗。所以，县尊大人一看，就明白了官家的意思。"

几个老公门听了也明白过来，不禁连连赞叹："官家胸襟，真非我等可以想象。官家圣明啊……"

"如果我是皇帝，有人要造我的反，纵然他没有实际能力，所用的办法近乎可笑。我……会不会如此宽宏大量？我会不会即便不忌惮他，也顾忌不予严惩会激发其他人的野心，从而做出杀一儆百的决定？"

杨瀚这样想了想，竟然没有得出一个明确的答案，不禁轻轻摇了摇头，对这位大宋天子的胸襟气度，由衷地佩服起来。

不过转念一想，他又不禁为之失笑："真是荒唐！这种事有假设的意义吗？我一个钱塘县三等捕快，和皇帝天壤之别，云泥之判，寻思这些做什么……"

杨瀚自嘲地一笑，扶了扶他的腰刀，决定回去向钱小宝和李小兮显摆显摆。

常言道，富贵不还乡，如锦衣夜行。自己如今是正式的捕快了，儿子孙子、子子孙孙无穷匮也，只要不犯大错，就能一辈辈地接班。铁饭碗哪！

从今后，每个月可以领五吊钱的薪水了，必须得回去嘚瑟一下。

杨瀚兴冲冲地回到家，还没等他喊小兮，小兮先跑了过来："杨大哥，不好了不好了，小宝又被人抓走了。"

杨瀚一呆："怎么又被抓走了？被谁抓走了？什么情况？"

小兮焦急道："刚刚巷子里来了个卖'酥黄独'的小贩，小宝就买'酥黄独'给我吃。我刚吃了一口，小宝就夸我嘴巴小小的很好看，我不好意思了，就揪他耳朵，然后他的另一只耳朵就被别人也给揪住了……"

杨瀚皱眉道："什么乱七八糟的，说重点！"

小兮道："重点就是，那是一个胖姑娘，我以前见过她一次，她非说要嫁给小宝，臭不要脸。可她爷爷跟着呢，小宝很怕她爷爷的样子，就被她爷爷揪上车了，然后他们就把他抓走了，她爷爷带着好几个家奴，不让我追上去……"

杨瀚沉吟道："小宝家是临安首富，他又没犯案子，谁敢公然抓他？你说那胖姑娘想嫁给他，又说那胖姑娘的爷爷抓走了他，胖姑娘的爷爷应该与小宝的爷爷是老相识！"

"对！我……我觉得也是这样！"

"他们两家是通家之好，这老头儿又是长辈，所以小宝才不敢反抗。如此这般的话，那个老头儿应该不会把他抓回自己家，而是抓去钱家……"

小兮赞道："对！杨大哥你推断的太有道理了，我觉得就是这样。你不愧是做捕快的。那我们现在该怎么办呢？"

杨瀚长长地吸了口气，道："看起来，我们得去钱家抢人了，你敢不敢去？"

小兮把胸脯高高地挺了起来："敢！为什么不敢！小宝都自革出门，不算钱家人了，谁敢逼他讨老婆！"

小兮一边说一边挽着袖管进了屋，片刻之后，她就拿着一根擀面杖冲出来："杨大哥，我们走！"

钱府花厅里，钱小宝站在莫老太爷面前，一脸生无可恋的表情。莫老太爷懒懒地坐在官帽椅子上，揶揄道："你们家老钱呢？这老小子，怎么老夫来了他也避而不见？"

钱夫人赔笑道："莫老太爷，您来得不巧，我们家老太爷到天目山避暑去了，不在府里。"

莫老太爷哼了一声，道："他倒会躲轻闲，老夫却是操不完的心哪。"

莫本钟指了指一旁的胖丫头，对钱夫人道："我这个孙女，从小就喜欢她小宝哥哥。你我两家，也算是门当户对，我琢磨着，两个孩子都不小了，莫如叫他们

312

早早成亲，也了了我们老人家的一桩心愿，你怎么看？"

钱夫人原本还真不在乎让儿子娶了这莫家姑娘。其实这姑娘长得也不算难看，就是太胖了些。不过，娶妻娶贤嘛。儿子不喜欢，大不了纳几房妾，自己家那个死鬼生前不也讨了几房如夫人吗？钱夫人并不觉得这就算是委屈了儿子。

不过，上回李小兮那泼辣劲一出，很合她的胃口。钱夫人别的不担心，就是觉得儿子没个长房长孙的威严，什么事都不放在心上，性情太过柔和，太好说话。这对一个大户人家的掌门人来说，是最大的缺点。有朝一日儿子真当了家，他那些偏房旁支的兄弟向他要这讨那的，就他那脾气秉性，恐怕十有八九都得答应。若是那些人要钱倒还好说，就怕那些人要权，久而久之，势必要把自己的儿子给架空了。

要娶了莫家的姑娘，那便是儿子的一大助力，旁支偏房的子嗣想要算计她儿子，也得估量估量莫家会不会插手。莫家的财力较之钱家固然不如，可也是临安府数一数二的巨富。但是如今彪悍的李小兮入了她的法眼，想法就有些不同了。

钱夫人笑吟吟道："哎哟，我们家老太爷在呢，我这做儿媳妇的哪敢当家做主哇。小宝这孩子虽然是我亲生的，可是一向最得我们家老太爷的宠，他的终身大事，只能老太爷点头才作数哇。"

莫本钟气笑了，他呷了口茶，点了点钱夫人道："看样子，你对这门亲事并不热衷啊。我老莫既然开一回口，那也是羞刀难入鞘，这个事，我还真得要弄个清楚明白。我就不信了，我莫家的掌上明珠，难道还配不上你们家小宝？啊？"

钱小宝撩了一下眼皮，发现莫芳仪正含情脉脉地看着他，登时打了个冷战，连忙眼观鼻、鼻观心，做入定之状。

钱夫人赔着笑脸，只管往钱老太爷身上推脱，说道："莫老太爷，瞧您这话说的，钱莫两家门当户对，小宝和芳仪天造地设，我觉着吧，他们就该是一对，可这事，晚辈做不了主哇。"

莫本钟气呼呼地站了起来："得，看来我跟你说也是白说，那成，等老钱回来，我再跟他理论，我看他个老东西能在山里躲多久！"

莫本钟说罢，一瞧自己孙女还在捻着衣角偷偷瞟着钱小宝，不禁重重地哼了一声，道："芳仪，走了。"

"莫老太爷您慢走，您别生气，只要我们家老太爷点头，我看这事就成。"钱夫人说着，很殷勤地把莫老太爷和莫芳仪送出了钱府。

钱夫人刚一回来，就眉开眼笑地问儿子："小宝哇，你去见小兮姑娘了吗？她怎么说？有没有为难你呀？"

钱小宝待莫本钟一走，就瘫在了椅子上，此时正懒洋洋地拿着一块果脯，有一下没一下地舔着，听见他娘询问，顿时高兴起来，马上坐正了身子，比画道："娘，我去找小兮的时候，杨大哥给我出了个好主意，我找到小兮对她说，我为了她自革出门，以后不当钱家大少爷了，她本来正要打我的，一听这话马上就不生我的气了。"

钱夫人一拍巴掌，赞道："这个法子好，要是你不再是钱家少爷，看她待你如何，正可看看她对你的心意。"

钱小宝道："小兮对我当然是真心实意呀。她一听我为了她连钱家少爷都不做了，感动得直流眼泪呀，她对我现在好得不得了。昨儿晚上，她一口气买回八只大蟹，还温了一壶黄酒给我呢。"

钱夫人喜道："嫁汉嫁汉，穿衣吃饭。只要她真是喜欢你的，便是计较咱家的富贵，娘觉得也没什么。可你说被革出家门了，她还能对你这么好，嗯……娘对这姑娘可是越来越中意了。"

钱小宝喜滋滋道："是呀！她本来就好得很。只是，我这谎已经撒出去了，还没往回圆呢，娘你可得配合我一下，不然，被她知道我在骗她，我就惨了。"

钱夫人笑道："不至于吧？你是钱家大少爷，她跟了你，就是钱家的少奶奶，这是她几世修来的福分？她高兴还来不及呢，会跟你生气？"

钱小宝紧张道："娘，你可千万别这么想，小兮才不在乎我有多少家产，只在乎我对她是不是真心。要是知道我骗她，她一定会生我气的。她那脾气，要是生起气来，我想想都哆嗦。"

钱夫人瞪了他一眼道："没出息的东西，跟你爹一样废物，惧内是你钱家门风吗？"

钱夫人刚说到这里，一个丫鬟就闯了进来，急急禀告道："夫人，少爷，上回那位李姑娘和那个杨捕快又来了，他们说要找少爷呢。"

"什么？小兮来了，娘，我往哪儿躲？"

钱夫人瞪了小宝一眼，怒道："蠢材，自己家里，你躲什么躲？"

"可是……"

"跪下！"

"啊？"

钱夫人从榻上抄起一只扫尘的掸子，冲着钱小宝道："快跪下，娘要让那姑娘从此对你死心塌地的。"

这时就听厅外传来李小兮的一声大喝："我们小宝呢？他都不是你们钱家的人了，把他交出来！"

钱小宝福至心灵，突然就明白了老娘的意思，扑通一声就跪下了，把脖子一梗，大声嚷嚷道："娘，你就是活活打死了我，我也是非小兮姑娘不娶，我爱小兮！这天上地下，我只爱小兮一人！"

钱夫人扬起鸡毛掸子，作势欲打，左手却向儿子挑了挑大指：毕竟是老娘亲生的，随我，聪明。

莫本钟带着孙女一回莫府，他那儿子莫不凡就迎了上来，一瞧父亲脸色，再看看自己闺女嘟着嘴怏怏不乐的样子，心里顿时就凉了半截。

莫本钟把拐杖一顿，扭头对孙女道："芳仪呀，我和你爹说说话。"

莫不凡忙上前搀住父亲，把老爷子迎至书房坐下，试探地问道："爹，莫非你亲自出面，钱家都不答应？"

莫本钟在外面还是一副云淡风轻的模样，一进书房脸色就阴沉了下来。听儿子一问，他啪啪地拍着自己的老脸，气急败坏道："哪有姑娘家的长辈这么上赶着去央人许亲的？啊？更何况咱们是莫家，你爹这老脸都被你们给丢光了！"

莫不凡一听顿时暴躁起来，道："爹！要是钱家不肯联姻，咱们家可怎么办哪！经营不善，周转不灵，再撑一阵子，就得兑卖店铺了，要是到了那一步，咱们莫家如今已外强中干的底细就无人不知了。必须得想法子跟钱家联姻哪，只要成了姻亲，钱家无论如何也不能坐视咱们家倒了吧？要不然……"

莫本钟怒气冲冲地站起来，指着儿子骂道："要不然怎么样啊？你就会为难你爹。你个混账东西，你有本事倒是生个俊俏的闺女呀，就芳仪那长相，怎么配人家钱家少爷？爹打着哈哈，赔着笑脸，自己心里都发虚！你个废物，娶了个那么漂亮的浑家，怎么孩子就长这样？"

莫不凡抱怨道："爹！咱们莫家要不是落得这步田地，用得着非得攀附他钱家？莫家的女儿会愁嫁吗？前几年家里生意就出了状况，可是爹还不惜斥巨资捐建金海寺的七层铜塔，咱们莫家不就是因为这个，才被掏空了底子，元气大伤吗？"

莫本钟勃然大怒，抓起一个玉镇纸就扔了过去，大吼道："老子挣的钱，想怎么花，就怎么花！"

莫不凡身子一闪，那玉镇纸摔在地上，登时粉碎。

莫不凡也火了，大叫道："好！那咱莫家败落，爹就不要怨这个怨那个，怨你儿子生的姑娘不够俊俏。爹想重振莫家，就去金海寺叩头吧，看你那佛祖大显神通，因为你的虔诚救咱莫家不倒。"

"你这忤逆的小畜生！我打死你！"莫本钟怒不可遏，挥起拐杖狠狠抽去，莫不凡嗖的一下，一个健步蹿出书房，把房门重重地一摔，气咻咻地扬长而去。

莫本钟呼哧呼哧地喘了半天，颓然退回椅上坐下，闭上眼睛养神良久，才渐渐平息了心情。

"来人哪！"

莫本钟唤了一声，外边却没人答应。方才父子俩口角，早把下人吓得逃到一边，生怕听到些不该听到的东西。

莫本钟大怒，把拐杖用力顿了顿，大喝道："来人哪！"

远远地，一个家奴听到老太爷召唤，连忙一溜烟儿地跑过来，站在门外，战战兢兢道："老……老太爷请吩咐。"

莫本钟缓和了一下语气，道："去，叫芳仪准备一下，再备一辆马车，老夫带她去天目山。"

那家奴答应一声，忙不迭地逃了。

莫本钟蹒跚地踱了两步，恨恨地一顿拐杖："真是流年不利呀，就没一件事遂心的！"

"小宝，你吃！"

"小兮，你吃！"

自打离开钱府，这二人就是这样一种状态。所谓如胶似漆，蜜里调油，形容的大概就是这种情况。

不就是冬储的冰块刨碎了再掺点儿果汁吗？没吃过东西呀？再说你们加上我三个大活人，好意思只买一杯，就你们俩你一口我一口地啜着喝吗？

作为一只单身狗，看着小宝和小兮旁若无人地撒狗粮，杨瀚很不习惯。

前方看见平安堂药铺的招牌了，杨瀚下意识地走过去，上了台阶一回头，小宝和小兮肩膀挨着肩膀，像连体婴儿似的走过去了，浑然没发现他已经到了药铺门口。

杨瀚摇摇头，决定不再理会这对媒人抛过墙的没良心家伙，径直走进了平安堂。

侧厢，许宣正坐在座位上，正襟危坐，目光前视，有些魂不守舍。杨瀚都走进来了，他也没有反应。

杨瀚好奇地走过去，伸手在他面前晃了晃。许宣道："你怎么又回来了？说了你这病很是罕见，店里没有你需用的几味药材……"

许宣说着，目光渐渐上移，看清杨瀚，不由得轻"啊"一声。

杨瀚道："许郎中魂不守舍的，在想什么？"

许宣笑笑，摇头道："只是天气炎热，有些困倦罢了，没想什么。"

杨瀚自来熟地在旁边椅上坐了，揶揄道："不会是因为白素姑娘远走高飞了吧？"

许宣深深地望了杨瀚一眼，忽然一笑："不错，我……很想她。"

杨瀚叹了口气："她临行前，果然来向你道过别。"

说到这里，杨瀚心里不免有些吃味，白素要走，还来向许宣道别。可自己喜欢的那个女孩儿却……若不是在荷花荡里误打误撞地遇见她，只怕就此一别，连最后一面都见不到。这个女人，心里面对他，就没半点儿痕迹吗。这样一想，杨瀚备感失落。大抵是刚刚小宝和小兮撒的狗粮，再加上现在白素对许宣的温柔，令他备受打击了。

许宣见他怅然若失的样子，忍不住道："你……放不下小青姑娘？"

杨瀚本待否认，转念一想，事已至此，也没有必要了，便苦笑一声，道："是白娘子说与你知道的吧？她对你，倒是无话不说。"

许宣点点头，叹息道："她……真的很好，很好。虽然她看似有许多秘密，不过，我知道她是个好姑娘，对我也很好，所以，便也不问。我只要知道，她对我是真心的就够了。"

杨瀚看他一脸甜蜜的样子，脱口道："瞧你模样，可不像是一别永远。她……会回来找你的吧？"

许宣马上警醒过来，对杨瀚笑了笑道："杨兄你莫要套我的话，你是公门中人，我即便知道什么，也是绝不会对你说的。更何况，白娘子对我只是道了个别，实在没说太多东西。"

许宣说到这里，轻轻叹了口气，道："'一日不见，如三秋兮。'以前，我只觉得这句话很美，直到如今，才品尝到其中滋味。一想到她，我这心里，总是空荡荡的。"

杨瀚听了，不免心有戚戚焉。两个人坐在那里，都有些没精打采的意味。

旁边珠帘掀开，一个穿着汗衫，露着膀子，胸前一撮护心毛的大汉对杨瀚瞪眼道："你是啥病？这苦瓜脸模样，可是没得治了吗？没得治了就赶紧回去料理后事，莫要一直占着位置，咱家都等了半天了。"

"来来来，你要赶着投胎是吧？我走，你来！"

杨瀚听他说话无礼，气咻咻地就站了起来。

杨瀚掀帘出去时听见许宣安抚那病人道："客人不必理他，他得的是相思病，还是单相思。绝症中的绝症，没得治的人，咱们就多点儿同情心吧。"

杨瀚走到大街上站定，小宝和小兮早不知去向了，自始至终，人家小两口都没发现把他这个大活人给丢了。

杨瀚站在路上，静静地想了一想，长叹道："我这心里，怎么也是空荡荡的呢？"

两顶抬轿，把莫本钟莫老爷子和他那胖孙女莫芳仪抬进了天目山。

马车停在了山外，抬轿者是本地的脚夫，抬莫老太爷的是两个人，抬莫大小姐的是四个人，四个人给了三倍的价钱，他们才勉为其难地答应下来，这一路过来，四个壮汉汗流浃背，小腿肚子都在哆嗦。

抬轿到了钱庄门前，四个壮汉一屁股坐在了地上，其中两个向前爬了几步，一把抱住抬莫老太爷的两个伙伴，奄奄一息道："回程……换换，钱，对半分……"

另外两个瘫在原地，招着手，嗓子干干的喊不出话来，赶紧摘下腰间水囊灌了几口，润了嗓子，等他们终于能说话时，前边四人已经达成协议了，这两个脚夫登时如丧考妣。

莫老太爷来过这钱庄，不过上回来还是前年。好在这山庄里的人都是钱家的老仆，认得他，一瞧是莫老太爷来了，赶紧迎进来，请进花厅，奉上好茶，这才去向钱老太爷禀报。

钱老太爷一听就知道老莫此来是为了孙儿的亲事，长媳已经把这事禀报他了，也说过小宝极不情愿。钱家这财势，完全不必通过联姻壮大自家声势。要说钱，他已经是最有钱的人，还需要再拉一个巨富当亲家？

除非是娶个宰相家的女儿，宋代商贾地位不低，似钱家这样的巨富，更是早已脱出商贾这个阶层的范围，找个宰相家女儿，也不是不可能。但钱老太爷牢记着小青姐姐当年的教诲，是想都不想的。

那种钱与权的强强联合，短暂的壮大之后，将会给钱家带来灭顶之灾。你富可敌国，皇室也不会在乎。可你富甲天下，又勾连权贵，那就会招来忌惮，自己找死了。

这也正是钱夫人不在乎李小兮寻常出身的原因之一，原本是小乞儿出身的钱老太爷，对此并不排斥。可听说莫本钟到了，钱老太爷心中颇感为难。

他迎到客厅，莫芳仪立即站了起来，脆生生地叫："钱爷爷好。"

钱多多笑道："是芳仪呀，哈哈，老莫，你怎么来了？"

莫本钟坐在那儿喝着茶，见他来了，也不起身，哼了一声道："你个老匹夫，跑到山中享清福，我可没你那般好命。"

钱老太爷笑吟吟地看了莫芳仪一眼，道："芳仪呀，我这园中新进了几株南疆的奇花，池中也养了几尾罕见的锦鲤，你去瞧瞧。"

莫芳仪也知道钱老太爷这是有意让她避开，怕是要跟她爷爷谈及自己婚事。她虽然想听，可也觉得有些羞涩，忙答应一声，退出了花厅。

钱多多这才走到一把逍遥椅旁，躺坐下来，慢悠悠道："老莫呀，咱们多年的交情了，有话，你就直说吧。"

莫芳仪到了院中，本想贴着窗棂听听里边对话，可是廊下有家丁侍候着，她就不好如此失礼了，只好快快地走开。

什么奇花异草、池川游鱼，她也没兴趣去看，四下闲逛一阵，便到了中庭。

这里她以前也来过，而且来过不止一次了，尤其是小时候，钱小宝总被钱老太爷带到这儿来，亲自指点鉴宝的本事。她那时常常会跟上山来，像个跟屁虫似的，跟着钱小宝跑前跑后地捉迷藏。因此对这钱庄，莫芳仪一点儿也不陌生。她百无聊赖地走了一阵，进了花园，忽然听见咯吱声响，寻声望去，便见一处缠着青藤的秋千，上边坐着一个白衫的女子，正在荡秋千。

莫芳仪不禁撇了撇嘴："钱家的使女丫鬟真是没规矩，钱爷爷也太纵容她们了，待我嫁入钱家，做了当家娘子，一定得好好管束管束她们。"

莫芳仪想着，便向那秋千走去，走到近处顿时一怔。看那女子背影，虽瞧不见模样，但看衣着质料、发型首饰，绝不可能是个丫鬟。

但是，这钱庄除了长房是没人可以来的，而小宝哥哥这一房，并没有姊妹呀。

"这女子是谁？"

莫芳仪好奇心起，忍不住绕向前去。

"你是谁？"莫芳仪转到秋千正面，一瞧那荡秋千的女子，顿时吃了一惊，心中油然生起一抹妒意。

女人的美，有很多种，最上乘的一种，叫女人味。它是一种说不出、道不明，只有亲眼见着，才能体会的感觉。它甚至与你的容颜有多美，体态有多妖娆没有丝毫关系。

有女人味的女子，哪怕是穿着最臃肿的棉袄棉裤，看不出一丝体态的曲线。脸上不但未敷脂粉，可能还发丝蓬乱，抹着灶灰，你一样能只看一眼，心里就满是一种挠得心尖儿痒痒的滋味。

白素就是这样的一个美人。

她双手抓着藤索，优游自在。便是青藤吊索间的青葱玉指，都有一种别样的感觉，叫你想入非非。

莫芳仪敢保证，自己以前绝对没有见过她。而钱家的一些重大节日，比如钱老太爷的大寿，一定是满门子嗣都要参与的，如果这个白衣女子是钱家子嗣，她一定见过，只要见过，就一定不会忘记，毕竟，这女子实在是人间绝色。

白素看到一个一脸好奇的胖丫头出现在眼前，也有些诧异。足尖儿忙在地上一点，止住了悠荡的秋千，上下看她两眼，便知这不可能是钱府下人。

白素是个耐不得清静的女子，就这几日困在后院已经无聊至极，如今突见外人，也自欢喜，便道："我吗？我就是这钱庄的人哪，你是谁？"

莫芳仪撇嘴道："不可能，钱家的人，本姑娘就没有不曾见过的。"

白素莞尔一笑，逗她道："哦，听你这么说，你和钱家一定关系不浅哪。"

"不错！所以你最好不要撒谎，你个狐媚子，是不是小宝哥哥从烟花柳巷买回来的姑娘？"

白素听得忍俊不禁，掩口笑道："噢！你说的那个小宝哥哥，想买我回来可不够资格，本姑娘呢，是钱老太爷费尽心机，恭恭敬敬亲自请回来的人。"

莫芳仪一听顿时去了敌意，倒是有些惊奇起来，她睁大了眼睛，失声道："你是钱爷爷的女人？哇！他都那么大岁数了，老胳膊老腿的，居然还……真是老不羞！"

白素乐不可支，咯咯笑道："你叫他钱爷爷呀？我叫他小多多呢，多多呢，虽然年纪是大了些，身子骨却健朗得像个四五旬的壮年人，可不算是老胳膊老腿。"

莫芳仪脸蛋一红，鄙夷道："多多？拿肉麻当有趣，恶心！你少跟我说些没羞没臊的话，你们这等女……"

她刚说到这儿，就听一个清冷的声音道："姐姐？"

那声音带着些责问的意味，白素一听这声音，就像小孩子玩闹被大人抓住了似的，"哎哟"一声，嗖地一下就从秋千上跳了下来。

小青出现在秋千架旁，俏脸微微沉着，只乜了莫芳仪一眼，便含威不露地看向白素。

白素吐了吐舌尖儿，乖乖地走到小青身边，像个犯了错的孩子。小青也不说话，板着脸转身就走，直到白素跟上去，才用旁人听不见的声音诘问道："你不在后宅里待着，怎么跑到中庭来了？才安静两天，又挨不住了。"

白素苦着脸道："妹妹，后宅一共就那么大的地方，转几圈也就熟悉了。地方不大也就算了，有人陪我也行啊，可我整天面对着的，又只有你。下人们平素都不到后边来的，来了也不敢跟你我说话，无趣得很。这样的日子太难熬了，我都不如剃发出家，去当尼姑。"

小青冷笑道："你若当了尼姑，怕是修行几十年的老师父都要被你说服还俗，别去坑人了。"

姐妹俩拌着嘴走了，莫芳仪站在原地，惊讶地张大了嘴巴：居然……又一个！

如果说白素是天香牡丹，那小青就是一朵俏丽的蔷薇了。乍一见她，莫芳仪便被她冰瓷凝玉般质感，阳光下甚至微微透明的好肌肤给惊着了。小青的身材不及白素高挑，却是一样匀称，玲珑窈窕，仿佛一只香扇坠儿一般。

想不到钱爷爷看着道貌岸然的一个老人家，居然也……男人真没一个好东西！可得看紧了些，不能叫小宝哥哥学他们一样……

花厅里，莫本钟呷了口香茗，苦口婆心道："老钱哪，咱们两家本就是通家之好，若是亲上加亲，那就是一家人了。咯咯咯，只要你我两家联姻，放眼天下，还有谁家财势可与咱们相比？咳，多了不敢说，咱们两家相互帮扶着，保得十几代荣华可是容易的。"

钱老员外笑道："你这老东西，想得太多了。什么十代八代的，你我最多管到孙儿那一辈，到了重孙玄孙，你既管不到他，他也不会记得你。若是他争气，家门自可保得不堕，甚而更上层楼。若他不肖，你就是送给他一个聚宝盆，也能被他砸了。你呀，耄耋之年，土埋到脖子的人了，好生颐养天年就是了，想那么多做什么？始皇帝留下的江山大不大？还不是二世而亡？"

"喀喀，老钱哪，多为儿孙们打算一下，总能扶他们多走一程嘛。想想你当年何等孤苦的出身，你总不希望他们……喀喀喀……来日再度败落到那步田地吧。"

钱多多笑道："我钱家现在主营两桩买卖。一个药铺，一个当铺，都是不管多少年过去都离不得的行当。我的子孙但凡肯下点儿功夫，不管是学了医术还是懂得鉴宝，还怕没口饭吃？若他们连这本事也不肯学，饿死也是活该。"

莫本钟一听可有点儿急了。你钱家经营当铺和药铺，百姓永远离不了的行当，可我莫家不成啊，一个海商贸易，一个钱庄，虽然都是暴利，可也都是江山动荡时立即完蛋的行当，便是天下太平时，有点儿风吹草动也极容易破败倒闭的。

莫本钟有些激动起来，想要说话，却忍不住先咳了个声嘶力竭，忙从袖中取出丝帕，用力咳了几声，吐出两口浓痰，便把那值两吊钱的上好丝帕一团，顺手抛到了垃圾篓里。

钱多多皱眉道："你这老货，着了风寒吗？"

莫本钟摆摆手，喘息道："近来肝火有点儿旺，不碍的。"

钱多多道："我这有几味滋阴润肺的药材，一会儿你带回去。"

莫本钟笑道："我家虽不是开药铺的，但名医名方、上好的药材也是不缺的，不必劳烦你了。我就是感觉自己天年将近，时日不多了，才特别在意儿孙之事呀。"

钱多多道："嗯……老莫呀，你的意思，我明白。只不过我这个长孙哪，性情跳脱，像个顽劣的猴儿似的，我怕也不能叫他听话……"

莫本钟不以为然道："还反了他不成！父母之命，媒妁之言，终身大事，哪有儿孙自己做主的道理？老钱，咱们老哥俩几十年的交情，有话都别藏着掖着，我对你也实话实说吧。我也知道我那孙女长相一般，不过这莫家小姐的身份做你钱家长孙正妻，也不算辱没了你钱家吧？长房正妻还是要有个好出身，才能镇得住整个家族。小宝这孩子如果回头想买几房美姜，我们莫家又不在意的。"

"嗯……这个吗，这样吧，老莫呀，你容我点儿时间，我回头把小宝叫上山来，问问他的意思。总要小宝不反对，他和芳仪这孩子结合了，日子才能过得美满，你说是不是？"

莫芳仪眼见那青白二女进了后宅，心中还有很多疑问，却不好跟进去。因为后宅是人家女眷的居处，纵然是她这样从小把钱家当亲戚的人，也是不可以进去的，便回转花厅寻她爷爷。

莫大小姐走到门口，正听见爷爷和钱多多最后的两句话，心中顿时老大不悦，不过转念一想，便没当场发作，心中只想："小宝哥哥耳根子软，是个极好说话的人。我且含糊答应着，等我明媒正娶，正了钱家长房长媳之位，到时候……哼哼，可由不得你们打如意算盘了！"

二十九　越描越黑

"喂，你们几个，入山中一游，需多少脚钱哪？我们放翁先生、诚斋先生欲往……"

"不去！今儿收工了，哥儿几个，走了，咱们……去小酌几杯，便各自回家。"几个脚夫互相招呼着，迈着极慵懒的步子，扛着空滑竿，头也不回地去了。

杨万里看着几个价都不问就离去的滑竿脚夫，再看看还早的天色，对旁边一个长须老者感慨道："务观兄，此地百姓颇有道家风范哪，赚得了当日所用，便自逍遥而去，不为口食奔波，不忘生之本意，令人钦佩。"

陆游连连点头："是呀，你我宦途执迷，仔细想来，还不及这几个村夫豁达，实在令人惭愧。"

两人没看到的是，那几个抬空滑竿的脚夫一路走去，腿都在打战。若非真个撑不住了，哪有不赚钱的道理。

不远处，一辆马车正驶离山脚。

车上，莫芳仪探头向窗外瞧瞧，便放下了窗帘，神秘兮兮地对莫本钟道："爷爷，钱爷爷人老心不老，居然在山中金屋藏娇呢。"

莫本钟因为被钱多多变相地委婉拒绝了提亲，心中正自不悦，便瞪了她一眼，道："胡说什么。"

莫芳仪道："爷爷，我才没胡说呢，我刚刚在山庄花园里亲眼见到的，一个穿白裳，一个穿青衣，两个女孩儿年岁都甚轻，生得当真是……一个骚媚入骨，一个清丽可人。钱爷爷真是个老不羞……"

莫本钟怔了怔，又掩口剧咳了几声，才喘息着教训孙女道："不可妄言！你一个女儿家，议论这些事做什么？钱爷爷是你应该敬重的长辈，不可背后非议。"

莫芳仪不服气地撇撇嘴，小声地嘀咕："你也是男人，当然帮他说话啦。要不是你身子骨远不及钱爷爷硬朗，怕是也早学他一般了吧。"

送走了莫本钟，想到多年的好友如今衰老成那般样子，钱老太爷也不禁有些唏嘘。他还是吩咐了下人，回钱园传个讯，让钱小宝入山。莫本钟联姻的想法，他估计孙儿是必然不愿的，可是总要亲口问一问他才作准。

另一方面，他也是由莫本钟联想到了自己。有水如意滋润养身，他的身体硬朗得简直不像一个八十多岁的老人，但这水如意虽能祛病防灾，益寿延年，可是以他如此高龄，天年也将近了。

钱多多一生际遇如此传奇，从一个孤苦伶仃的小乞丐，到如今富甲天下。从一个人，到如今开枝散叶儿孙满堂，所有的这一切，都是从他当年投湖自杀，被小青姐姐搭救开始。

小青姐姐救他性命，教他读书，白素姐姐传他医术，教他鉴宝，他方有今日。所有的这一切，可以说是全都拜两位神仙姐姐所赐。他认为钱家世世代代都不应该忘记两位姐姐的恩德，一定要把她们当成钱家的祖宗一般礼敬才是。

如今他天年将尽，这件事就必须得对钱家后人做个交代了，他叫小宝进山，这也是个主要原因，这个义务，该交托到小宝手里了。

小青把白素喊回去，白素也只消停了半日，次日便又觉无聊了。过了晌午，百无聊赖的白素逗了阵子猫，就走出了花厅。

榭亭长廊下，铺着一张宣纸，旁边笔墨俱备，纸上画的是池中锦鲤游鱼，才只画了一半。小青正在那里悠闲自在地作画。白素托着下巴一旁观摩半晌，又懒洋洋地取了鱼食去池边喂鱼。

喂了一阵又觉无趣，有心取一部话本儿来解闷，仔细一想，这一阵子书坊里也没什么新作问世，自己手中的那几部话本儿都已翻过了好多遍，内中情节都记得清清楚楚，再读也读不下去，便在湘妃竹榻上打起了瞌睡。

等白素一觉醒来，探头一看，小青正在给画润色题跋，一幅画才刚刚作完。白素打个哈欠，呆呆望着廊顶半晌，突然想到个解闷的办法，登时雀跃地跳起来："妹妹，我们去钓鱼吧？"

小青乜了她一眼，又看看池中锦鲤。白素干笑道："当然不是钓这池中的鱼，咱们去后山瀑布旁那个水潭钓鱼如何，我记得好多年前那里有很多鱼，现在应该也是一样吧。"

小青专注地绘着自己的画，道："不许下山。"

"绝对不会。"

"不许去别处。"

"一定一定。"

"那你去吧。"

"妹妹不去吗？"

小青笔一停，抬头看看她，叹道："我本极耐得清静的人，可是有你在旁边，便觉心烦意乱。你真是没得片刻消停的，自己去玩，好吗？"

白素听她像哄孩子似的，忍不住撇撇嘴，嘟囔道："都几百年的伴儿了，我一直就是这样，你可从来没说过我烦，现在也不知是被谁撩拨得心绪不宁，偏要赖在人家身上……"

白素说着，一抬头，就见小青提着笔，正狠狠地瞪她，白素吓了一跳，连忙一溜烟儿地逃了。小青低头看看，自己画作上，那池边探出的一枝红豆，忽然有些莫名的心虚，仔细想了想，便欲盖弥彰地把它改成了一枝红杏。

白素钓鱼，便如小猫钓鱼。那个耐性，与她知性文雅的模样着实不贴边。

在那瀑布下水潭边钓了会儿鱼，白素又想采蘑菇去了，正在犹豫究竟是去采蘑菇还是继续钓鱼，忽然察觉草丛窸窣响动。

白素雀跃地跳起身来，喜滋滋道："哈！我就知道，你舍不得我一个人……"

白素说到一半，蓦然张大了眼睛，声音戛然而止。

拨开草丛出现的人根本不是小青，而是许宣。

许宣穿了条束腿裤，袍袂掖在腰带上，背上背个药篓，手里提个药锄，一见到她，许宣也呆在那里。

"许郎！你怎生找到这里来的？"白素惊喜至极，连忙丢开钓竿迎了上去。

许宣也是又惊又喜，欢喜地迎上来道："白娘子，原来你住在这里吗？我……我还当你去了极远的地方。"

许宣把药锄丢回背篓，紧紧抓住白素的手，道："我是来这山中采药的。前几日有位病人患了一种怪疾，所需的药物店中没有，我向人打听过，说过天目山中天材地宝甚多，便来碰碰运气，想不到……真的叫我遇到宝了！"

白素这才明白他是上山采药无意中与自己相逢，听他这样说话，心中更加欢喜，便含情脉脉道："这么说来，可不就是天意叫你我重逢吗。"

白素拉着许宣的手，两人在潭水边坐下，许宣忍不住道："你不是说要出一趟远门去走一门亲戚吗，怎么却在此间？"

白素道："我那亲戚，就住在这里。我……"

白素犹豫了一下，道："许郎，实不相瞒，我有些事是瞒着你的，想必你也早有察觉。不过，我既不是坏人，也不曾做过为非作歹的事情，之所以不曾对你明言，实有不得已的苦衷，还请你谅我信我，我发誓，我……"

许宣伸出手指，轻轻虚按在白素唇上，深情道："娘子何必多言，我自然是相信你的。你不知道，自从那日一别，我吃饭也想你，睡觉也想你，便连为客人诊病时都想着你，魂不守舍，不知有多想你……"

白素听得心花怒放，腮上也不禁飞起两朵桃花，眼波迷离着，盈盈欲流，要不是一丝矜持还让她保持着理智，早扑进他的怀里去，倾心一吻了。两个人执手望着，听着流瀑鸟鸣，一时间只觉心中无比熨帖与惬意，就连那山风扑在脸上，都觉得温柔无比。

许宣与白素意外相逢，坐在潭边倾诉离愁的时候，钱老员外则在陪着小青下棋。

钱多多布下一子，见小青有些不悦，便笑道："小青姐姐，白姐姐一贯这样的性子，若想让她没得热闹，那真是难为了她。其实白姐姐也不是不知轻重的人，要我看，只是在她心中，生死安危都不及活得快意更重要罢了。"

小青苦笑道："因为她活得够久了才这样想是吗？哎，其实我也常常觉得，人生无趣。小钱哪，你是不懂，人人都羡慕长生，可真正得了长生的人……"

小青沉吟了一下，若有所指地幽然道："人有所得，必有所失。"

钱多多迟疑了一下，道："小青姐姐，虽说在姐姐面前，多多永远是弟弟。可在凡人眼中，多多毕竟是一个耄耋老人了，人生的事，看得也多了，有些想法，或许在姐姐眼中还是幼稚……"

小青莞尔一笑："你说。"

钱多多支支吾吾道："姐姐，何不觅得一心人，长相厮守，恩爱白头？我觉得白姐姐在这一点上，就很想得开。其实她这么多年来，始终不曾与人成亲，倒不是因为当年受过伤害，那些事，早被白姐姐抛下了。她只是……只是有过那么一次，便不想再有一次，让你有种被伤害被抛弃的感觉……"

小青怔了怔，白素自从被神光照过之后，副作用就是原本就多愁善感的情绪变得更加浓烈，一直以追逐、接触俊逸公子为乐，可还真不曾动过念头与他们结合，只是享受那种若即若离的过程。

　　只有一次，因为对方贵为天子，却对她情根深种，她虽拥有长生之术，可说到出身，终究不过是钱塘名妓身边的一个小丫鬟，能得一朝天子如此倾心，若说不感动那是假的，实则说来，受宠若惊。

　　所以她才把自己许给了那人。那时候，与姐姐厮守惯了的她，确实非常不习惯，有种深深的失落感。难不成，姐姐注意到了？她后来再未与一个男人交往到谈婚论嫁地步，就是因为顾及自己心情？

　　小青茫然半晌，手中拿着一枚棋子，却是心乱如麻，不知该放在哪里了。

　　钱老员外道："若是小青姐姐能有个归宿，相信白姐姐会很开心，一方面欣慰你有了归宿，另一方面她也才能放心地追求自己的快乐。"

　　"归宿……既得长生，哪有归宿？白头偕老，于我而言，只是奢望啊。"

　　小青苦笑一声，看向钱多多："小钱哪，我问你，如果，你永远保持二十岁时的模样，渐渐地，你的结发妻子已是满头白发，皱纹堆砌，你会如何？"

　　钱多多一呆。

　　小青又道："你的儿子，渐渐比你岁数还大，总有一天，你的孙子也成了一个白发老翁，死在你的怀里，你的玄孙看着你时，已经没有几分对亲人长辈的孺慕尊敬，心底里还可能把你当成一个老妖怪，你又该如何？"

　　钱多多想了想，有心反驳，却又无从说起。

　　小青又是轻轻一叹，道："其实，你是男人，这些问题，对你来说，或许会有困扰，但也不是那么重，可姐姐是女人哪，想一想，都怕了。"

　　钱多多轻轻叹了口气，也不知该如何相劝了，只好换个话题："姐姐，我已派人去唤我孙儿来了，无论如何，在钱家人心中，姐姐是永远的恩人、永远的长辈。多多已经老了，这个责任，只能交给后人。那苏窈窈对姐姐穷追不舍，我只怕她查到这里，姐姐仓促离开，我来不及让我的后人识得姐姐、记住姐姐。"

　　钱多多顿了一下，又道："对了，姐姐，这山庄可是姐姐在临安最后一处藏身之地了，我打算等小宝接管此事后，由他另行给姐姐安排几处隐秘所在，以备不时之需。那水如意，放在这山庄中已经不甚安全，是否先交还给姐姐？"

　　小青微笑摇头："不必，就放在你这里吧，带在我身上，未必比放在你这里安全。何况，你现在年事已高，也离不开它。"

钱多多道："是，平时我也是把它放进密室的，有重重机关保护。白姐姐那柄火如意，姐姐也该叮嘱她小心收好，现如今苏窈窈既然志在你们收藏的这两件异宝，可就不能大意了。"

"她呀……"

小青想了想，忽地莞尔一笑："那个女人，你莫担心。她虽然瞧着很不着调，可她异想天开的本事也是无人能及。她藏火如意的地方，再聪慧的人也想不到的，而且也不敢想。"

钱多多松了口气，欣然道："小青姐姐这么说，那一定是万无一失了，这样，我就放心了。"

钱小宝和杨瀚趴在窗台上看着外边。

院子里贴东墙的鸡窝已经拆了，几个匠人正在那里砌墙，看样子是想再起一栋房子。小兮姑娘正在旁边跟工头比比画画的。

杨瀚道："小兮这是在给你盖房子呀？"

钱小宝沾沾自喜道："是呀，她说我总挤在你房间也不好，你也睡不下，我也睡不好，所以就张罗着再盖三间房子。"

杨瀚扭头看了他一眼："你一个人，用得着三间房？"

钱小宝理直气壮道："等我娶了她，还会生孩子的呀，房间不多一些怎么成？"

杨瀚吃惊道："难道你要入赘不成？啊！你还没告诉她，你并没有被赶出家门吧？"

钱小宝偷笑道："当然没有，这样她才会心疼我呀，要不然又要变成凶巴巴的样子了。哎，你说怪不怪，我说我现在无家可归，她就心疼我心疼得不得了。叫我要是首富钱家长公子的身份，她就对我呼来喝去的全个当个东西，这也太奇怪了。"

杨瀚一拍他的肩膀道："这才说明，人家小兮是真心地喜欢你这个人，而不是贪图你钱家的富贵，以后，你一定要好好对她才是。"

钱小宝用力点头道："嗯，我娘也是这么说的。我娘还说，要我趁热打铁、乘虚而入，早些把她娶过门来，赶紧给她老人家生个大胖孙子。可她什么时候才虚呢？真是愁人。"

杨瀚摇摇头道："你先别想美事了，最好赶紧跟你娘演一出戏，来一出认祖归宗。不然，要是叫小兮知道你骗她，你就惨了。"

钱小宝道："我也这么想。我爷爷捎信来，让我进山一趟，我打算明天就去，等见了爷爷，我就跟他提一提这个事。我爷爷最疼我，一定不会为难我的。对了，杨大哥明天不是休沐之期吗？跟我一起去天目山如何？"

杨瀚迟疑道："方便吗？我毕竟只是个捕快，你爷爷恐怕未必喜欢你与我来往吧？"

钱小宝大大咧咧道："没事，我爷爷常说，英雄莫问出身。再说了，你去见他干吗，听老人家训示很无聊的。你只管与我做伴，同游天目山就是了。我家那庄园大得很，你住在客舍，不用理会他。"

白素提了鱼篓欢欢喜喜地回转庄园，步伐轻盈得仿佛一只穿云的燕子。她已与许宣约好，时常在后山瀑边相见。有了爱情滋润，白素顿时容光焕发，像个新嫁娘般美丽。

小青正在花厅中端详自己画好的锦鲤图。白素提着鱼篓，戴着竹笠从门前过去，忽又倒退回来，探头往花厅中一看，便走进来，仰起头来也看她作的画。画中两尾锦鲤，嬉戏于蒲草之间，池畔一枝红杏，低欲点水。

白素看了不禁赞道："啧啧啧，小青啊，你这画艺可是更有进步了，不愧是经过名师指点的。咦？这里还画了一朵雨后桃花呢。'桃花一簇开无主，可爱深红爱浅红。'妹妹，这个意境好！"

小青白了她一眼，板着脸道："去了那么久，钓了几尾鱼呀？"

白素提起篓给她看，小青往里一瞧，大概五六条巴掌大的银鱼，小青嫌弃道："这么小？你还眉开眼笑的。"

白素道："哎呀，子非我，安知我钓鱼之乐。这鱼虽小，烹汤最鲜，我送去厨下，晚上加餐。"

白素哼着歌走了，她如此欢快，完全是因为今日遇到了许宣，可小青总觉得她是哼给自己听的。抬头看看那画，再想到姐姐方才所吟的诗词，总感觉她是一语双关，另有所指。

于是，做贼心虚的小青马上把画摘下来，压上镇纸，略一思忖，就把那一枝红杏给涂了，改成了几枝随风袅娜的杨柳，轻点水面，荡起层层涟漪，两朵杏花

330

则改成了两只展翅剪水的燕子，端详一番，重新将画挂了起来。

白素把鱼送到厨下，哼着歌回来。小青负着双手站在画前一见姐姐进来，便美目一转，向壁上一丢，示意她看。

白素摘了斗笠，往壁上端详了一下，笑道："不错不错，'不见伊人久，曾赠双鲤鱼。''青鸟不传云外信，丁香空结雨中愁。'这画颇有诗意，我去换身衣裳。"

白素风风火火地走了，小青看着那画，越看越气，马上把它摘下来，仔细端详半天，终于煞费苦心地把那柳枝与飞燕改成了一条古拙的青藤，虽是硬生生改的，但与画中意境，偏偏也能谐美。

白素沐浴一番，换了件白绫绲银边的窄袖小袄，湖水绿的绣裙，从后边姗姗地出来，看见小青正在挂画，上前一瞧，便赞道："啧啧，又改了呀？'葛生蒙楚，蔹蔓于野。予美亡此，谁与？独处？……冬之夜，夏之日。百岁之后，归于其室。'不错不错，大妙大妙！"

说完，白大小姐就翩然而过，丢下小青独自发呆。小青看着那画，咬牙切齿半晌，也不摘画了，直接就取过笔来，润饱了墨，只是看着那一枝青藤，实在是不知道该如何着笔了。

晚餐时，二人就在花厅用膳。想到那鱼还是许宣帮她钓的，白素只觉那汤也鲜美无比，足足喝了两小碗，这才拿过丝帕拭了拭唇角，美眸一转，瞧见壁上那画，顿时睁大了眼睛。

白素走过去，仔细端详起来。小青端起小碗，抿着鱼汤，得意地挑起眉来，瞟着白素的背影。哼！本姑娘什么花花草草的都不要了，我把那里全都涂黑了，画成一块大石头，我看你这回还有何话说！

白素看了半晌，双掌一拍，感慨道："'君当作磐石，妾当作蒲草。蒲草韧如丝，磐石无转移。'这磐石、蒲草、双鲤，相映成趣，妙极！妙极！妹妹，这幅画送给我吧。"

小青端着汤碗，呆滞半晌，才回过味来。一切的一切，都只是她自己心虚罢了，这个恋爱脑的姐姐，会个屁的意有所指呀？分明这世间万物，在她心中都能联想到男欢女爱而已，根本不是敲打自己。

次日，杨瀚跟着钱小宝前往天目山。在林中行走许久，杨瀚忽然发现远处山坡上有人，定睛一看，只见一人正健步行于山中，时而俯身摘一株草药反手放进背篓，原来是个药师。

杨瀚正要收回目光，恰见那人站定身子，举袖拭汗，杨瀚再一瞧，心头顿时一震。远远地虽然看得不甚清楚，可仅从轮廓他也辨认得出，那不正是许宣吗。

钱小宝边走边道："快到了，这条路再往前里许，就……"

他忽然发现杨瀚没有跟上来，扭头一看，就见杨瀚已经向着山坡上飞奔而去，一边跑一边向他挥手道："我认得路了，你先去，我一会儿自去。"

钱小宝纳罕道："杨大哥这是去干什么？莫非想找个地方方便一下？"

前方就这一条路，也不用担心杨瀚走丢了，钱小宝毫不担心地自行向前走去。

此时许宣已经翻过前方山坡，杨瀚绕了一个弧形，抄到他左近，偷偷看去，果然是许宣。许宣背着药篓，虽然脸上有汗，可是神采飞扬，那劲头……杨瀚微微眯了眯眼睛，继续跟了下去。

此时，钱庄内，钱老员外正诧异地看着莫本钟。他昨日才走，今儿就又回来了，钱老员外实在有些不解。

"老莫，你这……昨日才走，今日又来。莫非有什么为难之事？"

莫本钟看了看左右侍候的几个家丁与侍女，钱老员外恍然，忙一挥手，道："你们退下，没有老夫吩咐，任何人不得进来！"

几个家丁使女连忙退下，钱多多道："老莫，此处已经没有别人了，你有什么话，这就说吧。"

莫本钟长吁一口气，颤巍巍地从椅中站了起来，蹒跚地走到钱老员外面前，双膝一软，突然跪了下去。

钱老员外大吃一惊，急忙起身搀他起来："老莫，你这是做什么？几十年的交情了，快起来，快起来。"

莫本钟老泪纵横，哽咽道："老钱，我就对你实说了吧。前年春上，郎中就说我患了绝症，命不久矣，全赖我买尽天材地宝，强行续命，可如今业已是油尽灯枯，撑不得许久了，喀喀喀……"

钱多多大吃一惊："什么？竟有此事？"

莫本钟剧烈地咳了一阵，又喘息道："还有一件事，我也愧对你言。坦白对你说了吧，我莫家如今是表面风光，内里已经空了。也怪我，前年钱庄经营不善，出现亏空的时候，我还寄望于求神拜佛，治我绝症，不惜斥巨资捐建金海寺铜塔，我莫家就更是入不敷出了。"

莫本钟说得老泪纵横："我一直想与你家结亲，你当我为的什么？只盼两家成了姻亲，钱家能拉扯我莫家一把呀。"

钱老员外责怪他道："老莫，你糊涂哇！你有事，早跟我说呀，咱们这么多年的交情，纵然不是姻亲，难道我就能袖手旁观？"

莫本钟连连摇头："亏空太过巨大。我莫家虽不及你钱家势大，可也是一等一的人家，我家补不上的窟窿，你钱家轻易也拿不出那么多的浮财相救的。我……我千不该、万不该，走投无路时，竟想算计于你，实在是心中有愧呀。"

莫本钟说得激动，一番剧咳，拿开手帕时，上边已是一汪鲜血，看得钱老员外心惊，忙扶他坐下，急反身去给他斟水："老莫，你先别说了，先喝口水顺顺气，一会儿我就带你去就医……"

钱老员外说着，端着水回来，就见莫本钟瘫在椅上，双目圆睁，表情没有丝毫变化。

钱老员外吓得一杯水都跌在地上，急忙上前抚他胸口，叫道："老莫，老莫，你别吓我，你怎么样了？"

莫本钟徐徐缓过一口气来，虚弱地拉住钱老员外的手，气若游丝道："老……老哥，我……不行了。我……也不图保住莫家了，只……希望你能……念在我们几十年的……老交情份上，若我……我莫家后人衣食无着，你……你钱家能帮衬一二，给他们口饭吃，我在九泉之下，也……也感激……"

莫本钟泪水淋淋，一句话还没说完，就昏厥了过去。

"老莫，老莫！"

钱多多焦急地唤了两声，试了试他的鼻息，隐隐还有呼吸，这才心中少安。眼看莫本钟快要气绝，如今送他下山就医，显然是来不及了。这可如何是好？

钱多多在室中急急转了两圈，突然想到了那能祛病避疫、强身健体的水如意来。

"着哇！我怎么忘了这件宝贝！"钱多多拍了一下自己的额头，再瞧瞧双目紧闭、人事不省的莫本钟，终于下定了决心，匆匆向屏风后边走去。

耳听得脚步声渐远，原本人事不省的莫本钟突然睁开了眼睛。他往屏风后边看看，脸上露出一丝令人心悸的笑容，悄悄起身，蹑手蹑脚地跟了上去……

许宣在林中穿行，很快来到那片瀑布旁。四下一看，白素尚未赶来，许宣便将篓中草药取出，用泉水濯净，晾晒在水边石上。

刚晾完最后一把草药，忽见石上露出一截竿影，许宣急忙抬头，就看见了手持钓竿、眉也含笑、眸也含情的白素姑娘。

青石温热，清泉潺潺，一双秀美的天足顽皮地在水中轻轻挑逗一阵，便静静搁在水中，阳光透过泉水，将粼粼的光洒照在那一对如玉之润、如缎之柔的纤小脚丫之上，说不出的俏皮、可爱。

许宣看着那一双美得没有一丝瑕疵的玉足，情不自禁地赞道："安得金莲花，步步承罗袜。"

白素娇嗔地在他肩上打了一下，将脸轻轻凑过去，猫般轻柔地偎上了他的肩头，微眯着双眼，承着那水汽轻风，惬意道："许郎啊，我们若能就这样子一生一世，那该多好。"

许宣不侧头，便能嗅到阵阵幽香，柔软的发丝撩拨着他的肌肤，让他的心也痒痒的。只微微侧头，便能看到那凝脂美玉一般的肌肤，那叫人惊艳的美人侧脸，不由得心跳也忽然加快起来。有心凑上去一亲芳泽，望着那如玉的容颜，许宣竟而生出一丝自惭形秽的感觉，没有勇气再吻上去。

这一幕，杨瀚却不曾看见。

他跟踪许宣走到一半，就被一声嘶然的剑吟声给引走了。许宣不是习武之人，听得一声异响并不觉有异，杨瀚却听得出那是剑刃破风的声音。他本想掠过去一探究竟，旋即便返回跟上许宣。只是他飞掠过去，攀上一棵大树，定睛只看一眼，就再也抽不得身了。

竹林之下，正在舞剑的，赫然正是小青姑娘。

小青姑娘舞剑，霍如羿射九日落，矫如群帝骖龙翔。来如雷霆收震怒，罢如江海凝清光，俨然便是一个大宋版的女剑圣公孙大娘。

杨瀚还是头一回看她舞剑，想不到威势竟一至于斯！

杨瀚从未想过一个女孩子可以将一口剑使出如此凌厉的气势，如果是百兵之王的刀，他还可以理解。而百兵之圣的剑，本不以杀气凌厉见长，可小青偏偏就使了出来。

更何况，小青身材娇小玲珑，这又是应该剑走轻灵才妥当的，可一口剑在手，剑气呼啸纵横，那一团青色的影子也是飞纵来去，快是快到了极点，却与轻灵毫无关系，那是迅猛，恐怖的迅猛。

她在舞剑，但那绝不是剑舞，那是真正的杀人技。

杨瀚看到她竟能使得出这样的剑技，不由得暗自咂舌，若她与苏窈窈动手时使出这样的剑技，想必以苏窈窈的本领也得落荒而逃吧？他跟苏窈窈交过手，深知那苏窈窈只是仗着一身奇异的能力，而不是拥有多少高明的技击之术。

可为何，从不见她仗剑？

飒飒飒……

小青舞剑，杨瀚附在一棵树上，看着那剑气纵横，隐隐感觉到了金戈铁马、纵横六合八荒的战意。

> 大君制六合，猛将清九垓。
>
> 战马若龙虎，腾凌何壮哉。
>
> 将军临八荒，炟赫耀英才。
>
> 剑舞若游电，随风萦且回。
>
> 登高望天山，白云正崔巍。
>
> 入阵破骄虏，威名雄震雷。
>
> 一射百马倒，再射万夫开。
>
> 匈奴不敢敌，相呼归去来。
>
> 功成报天子，可以画麟台。

小青舞着剑，心中也在默念一首诗。

当最后"功成报天子"一句吟过，手中剑已脱手而出，这一掷，只见半空中寒芒一闪，那剑已然望空飞去。

附近只有杨瀚所依附的这棵高耸入云的大树，其余部分是一片竹林。这棵大树的树冠处距地约二十丈，杨瀚只是附在中间位置，十丈左右的距离，可是距地面已经很高了。剑扶摇直上，穿过了枝叶，看不见了。

杨瀚眼看着那剑从面前直飞上去，不禁唬了一跳，这一剑，太快了。幸亏这一剑是往上掷去，若是掷向前方，速度无疑还要更快，若是自己……断断避不过去。这脱手一掷，必是小青剑术中的一记杀招。

小青掷出这一剑，左手便提着剑鞘，站在那里不动了。

她胸膛起伏，吐纳三匝，气息缓缓喘匀了。

这时，那口抛上半空的剑陡然剑尖儿冲下，又刺了下来。虽是力竭而落，可是因为掷得太高，借着剑本身的重量，速度仍是快极，杨瀚正探头看着，唬了一跳。

眼见那剑直奔小青头顶去了，杨瀚几乎要脱口喊出"闪出"两字，但是他先看到了小青的动作。

小青仍右手按胸，徐徐吐纳，左手只微微一抬，嚓的一声，那自高空刺下的剑，便准确地入鞘了。自始至终，她连头都没有抬，这个分寸、力度与准确度的把握……

杨瀚看到如此神乎其神的绝技，突然想到了一个人：大唐剑圣裴旻。

而裴旻绝学中有一招绝技，就与方才小青所使如出一辙，所以杨瀚不禁产生了一个离奇的想法：难不成，小青是大唐剑圣裴旻的弟子？

"姐姐做什么事都没长性的，怎么这回如此热衷钓鱼？"小青蹙眉想了想，"我去石潭瞧瞧她！"

小青转身就走，树上的杨瀚松了口气，悄悄向下滑了几尺。小青突然若有所觉，霍地回过头来……

三十　机关算尽

小青一回眸，杨瀚立即紧贴着树干，一动不动了。

几片树叶从空中缓缓飘落，那是被腾射入空的剑气削落的。

小青未见什么异常，转身走开。树干上，杨瀚轻轻地长吁了口气。

水潭边，游鱼调皮地在白素的脚底嬉戏，弄得她的脚掌心痒痒的。大概，情郎在侧，心也是痒痒的吧。

许宣拿着一枝沾了泉水的药草，一边轻摇着，一边道："我闲暇时上山采药，一则是为了那个患了奇症的病人，二则也是想多采些药，攒点儿钱。总有一天，我要开一家属于我自己的药铺。"

"许郎好有志向！嗯……不如我帮你呀？"白素含情脉脉道，"我有钱的，可以帮你开一家药店。"

许宣摇摇头，道："这样不好，受娘子馈赠，许宣要惹人讥笑的。男儿大丈夫，要创建自己的事业，也该靠自己的努力才行。"

"哎呀，那要等你到什么时候哇，还不得七老八十呀？大不了……算是咱们合开的药铺如何？你出医术，我出本钱，各占五成，你负责诊治病人，我负责盘账理财……"

"嗯……"

许宣听得怦然心动，正不知该不该答应，白素突地若有所觉，倏然扭头看去，便"啊"的一声惊叫，从石上跳了起来。结果双脚还在水中，水中鹅卵石又滑腻无比，白素站立不稳，"哎哟"一声，一屁股坐进水里。

许宣赶紧把白素拉起来，白素穿的是一身白，衣袍质料透气性极好，这一湿，窘得她俏脸绯红。

小青提着剑，脸色非常难看。

"姐姐，你……居然把许郎中约上山来幽会？"

"妹妹，不是的，我……我跟许郎……"

白素像是被人捉奸在床似的，尴尬无比。

"是不是只有我杀了他，你才能死心？"

小青狠狠地瞪着许宣，缓缓抽剑。

白素吓了一跳，急忙护着许宣上岸，赤着一双白生生的脚，踩在柔软的青草地上："妹妹，你不许胡来！"

"是我胡来还是你胡来？整日被人算计着，你还不知收敛。"

"妹妹，你不能一朝被蛇咬，十年怕井绳啊。我是真的喜欢许郎，你就不能成全我们吗？"

"不能，这样一个凡夫俗子，只能成为你的拖累，你会死！"

"那是我自己的事！"

"你这是要赶我走？"

"我不是这个意思，小青啊，你不要这么偏激好不好？难道你被男人伤害过，就要全天下的女人都跟你一样排斥男人？"

"我是为了你好！"

"又是这句为了你好！你知不知道，每次听你这么说，我有多郁闷？我知道你是为了我好，可你是为了我好，你就替我包办一切？你的方法就是正确的？"

"难道不是？我可不会在危机重重中，还不知死活地领个男人在这里厮混！你既然放不下他，我帮你放下！"

小青说着，挥剑就向许宣刺去。

"许郎，你快走！"白素料定小青不会伤她，急忙推了许宣一把，就张开双臂向小青扑去。

其实小青不要说伤她，连许宣也不会伤害。无故害人性命这种事她做不出来，她只是想作势吓走许宣，最好吓得他尿裤子，再也不敢跑来与白素卿卿我我，纠缠不清。

因为……她根本管不了白素，只能寄望于吓走许宣了。所以气势做得很足，显得特别凶狠。

许宣一看可真是吓坏了，他只是一个郎中而已，一点儿武技也不会，当下便急忙想往林子里逃，连他晾晒在石头上的草药也顾不得了。

小青做戏要真，绕过白素一剑刺去，白素急急向前一扑，就去抱小青的腰肢，同时大叫道："许郎，闪开！"

杨瀚正蹲在草丛中，望着潭水旁三人，忽见许宣以袖掩头，向自己藏身之处跑过来，不禁呆住了，这时要站起来，势必被他们看见，怎么办？就在这时，白素一声大喊，许宣机灵地一旋身，又向旁边林中闪去。

小青本意就是要将他吓走，最好吓得他再不敢来，所以故意收势不及，向前撞去。然后，她就看到前方草丛中露出一张人脸。那人显然正蹲在草丛中，一副躲避不及的样子。

那个人是……杨瀚？

杨瀚眼看着一柄明晃晃的剑，还有后边小青杀气腾腾的脸，向着他猛冲过来，也是呆了。

可这时候，小青已经刹不住脚了。

关键时刻，白素到了。

白素张着双臂，搂向小青的小蛮腰，而小青正向前冲，身子倾斜四十五度。

白素这一搂，成功地失手了。

她的双手十指贴着小青柔韧有力的小蛮腰就向下滑去。

白素生怕情郎有失，心中一紧，十指一收，狠狠一抓。

她的双手顺着那流畅跌宕的身体曲线滑到髋部时，恰宽了许多，可以抓得牢了，于是十指一扣，刺啦一声……就把小青的裙子给扯了下来。

小青穿的是夏衣，夏天的小裤只比现代的男人内裤略大，而且并非紧绷肌肤的，这样的柔软丝质小裤，夏天穿在裙里，才清凉透风。

小青吓得魂都要飞了，当即弃剑，双手往腰间一抓。

于是，小青就以一个双手贴胯的鱼跃之姿，一头向前摔去。

杨瀚避无可避了，急急向后一仰，让过了小青的脑袋，免得两人脑壳撞脑壳。又恐她双手贴着身，连个自我保护都没有，这一抢出去只怕就要变成脸先着地的谪仙子，急忙趁着后仰倒摔之势，张开双臂一把将她抱住。

于是，冲势甚急的小青就贴在杨瀚身上，仿佛趴在一张滑板上，两个人一起在光滑的草丛上滑出去六七尺远……

钱老员外绕过屏风，穿过天井，进了一间书房。

书房中书桌后面有一面博古架，钱老员外将上面几个摆件或翻转，或移位，重新布置了一下，一道机关门便轧轧地打开来，露出里边一间密室。

钱老员外缓步走进密室，这密室中别无他物，只在中间设了一张石台，石台上檀香木的架子上搁着一柄如意。

这如意十分奇特，它能搁在架子上，应该是固体的才对，可一眼望去，水光流动，那如意竟似用水捏合而成。

密室门一开，光线透入，照在那水如意上泛起一道道粼粼的水光，反射在墙壁上，不停地变幻着，仿佛那水如意真的是在阳光下流淌的一道河水。

钱老员外从书桌上取过一个水壶，斟了半碗水，走进密室，将那水如意小心地取下，一头浸入碗中，眼看那碗中的水渐渐荡漾起与水如意相似的流光，不禁微笑起来。

这时，一个苍老的声音陡然自身后响起："这……就是水如意吧？据说，它能祛百病，还有益寿延年之奇效？"

钱老员外吃了一惊，急忙回头一看，竟是莫本钟站在密室门口，正贪婪地看着放在石台上的水如意。

钱老员外急忙挡住水如意，警觉而惊讶地问道："老莫？你怎么来了，你……如何识得此物？"

"因为……是我告诉他的！"莫本钟没有说话，但在他的背后，突然又闪出一个人影。这人比莫本钟身材瘦小得多，所以站在他后面时，别人完全看不到。

钱老员外一瞧此人，一件黑色连帽长袍，脸上一件白瓷的少女面具，带着一成不变的诡异笑脸。虽然钱老员外从未见过此人，却是只看一眼，就知道这人是两位姐姐曾经的主人，追杀了她们近五百年的仇人。

"你……老莫……"钱多多一下子全明白了，他愤怒地看向莫本钟。

莫本钟有些羞愧，但他的目光只是闪烁了一下，就鼓足了勇气迎向钱多多："老钱，我没有骗你，我又老又病，真的快死了。我不想死，我想活下去，我更想变得年轻力壮！"

他迈近一步，指着静静站在后面的苏窈窈，激动道："我的主人，她已经活了五六百年，她能活到今天，就是因为一件宝物。只要有了它，我也可以！老钱，你富甲天下，难道不想千秋万世，永享富贵？只要归顺主人，你也可以的！"

钱老员外愤怒至极，他退了一步，沉声道："这宝贝，是我小青姐姐的，我不会把它交给任何人！"

"现在，由不得你！"苏窈窈咯咯地怪笑了两声，挥手道，"穷奇，搜搜看，火如意在哪里。"

"是，主人！"莫本钟立即在密室中翻找起来。

钱老员外愕然看着莫本钟，疑道："穷奇？"

"不错，主人麾下，有混沌、穷奇、梼杌、饕餮四凶兽。主人答应过，只要寻全了长生宝物，就许给我们四凶兽长生之力。而我，就是主人麾下四凶兽之一的穷奇！"

莫本钟一边找着，一边还不忘回答钱多多。只是这密室中别无他物，莫本钟四处乱看，不死心地用拐杖敲打墙壁、地面，包括那座石台，传出的声音都在告诉他，是实心的。

鬼面人终于忍不住了，快步走进密室，一把推开钱多多，迅速地一扫室内，暴躁道："水如意既在这里，为何火如意不在？"

钱老员外踉跄退了两步，一把扶住石台，当他缓缓站稳，却突然大笑起来："哈哈哈……"

苏窈窈一怔，面具下的眼睛射出厉芒，怒声道："你笑什么？"

不等钱老员外说话，她就明白了。

也不知道钱老员外按了什么机关，突然悠扬的钟声不知从庄园的何处响起，响彻了整座庄园，与此同时，一道手臂粗的铁栅栏轰然落下，挡住了出口。钱老员外向地上一伏，四壁墙上便突然冒出许多小孔，一支支闪着蓝光的利箭攒射进来，如暴风骤雨，密似珠帘……

小青趴在杨瀚怀里，呆呆地看着他的面庞，一时也不知该怎么办才好了。起来？她没那勇气，虽说穿着小裤裤呢，可是……可是……拜托，这个年代的裤裤，全都是开裆的呀！

小青脸上红一阵白一阵，那种窘态羞意，简直难以言喻。

"嗨！我们又见面了！"杨瀚惬意地向小青笑了笑，她的身子轻轻软软的，很舒服，一点儿也不硌人呢！

小青咬了咬嘴唇，思量自己该不该一巴掌打下去以示清白。只是，人家刚免了自己破相之厄，那么做会不会太恩将仇报了？

白素抓着绣裙从地上爬起来，一瞧二人模样，也不禁呆住了。她迟疑了一下，才快步走过去，先将裙子往小青身上一裹，才将她抱起来。

小青紧抓着裙子，猫着腰，嗖地一下就闪到了两棵紧挨着的大树后面，那逃跑的狼狈样，在杨瀚眼中看来，真美！

杨瀚爬起身来，又向白素笑了笑，拱手道："白娘子，久违了。"

"你……哈！"白素看了杨瀚一眼，再一扭头，就见刚刚急转弯时摔了一跤，刚刚一瘸一拐爬起来的许宣正不放心地望过来，作势仍要逃走的样子，马上气呼呼地喊道："许郎，你回来，咱不逃了！"

白素说完，乜视着树后，冷笑道："你约情郎在此幽会便使得，我和许郎相见便不可以，小青，你真可以！"

小青刚把裙子缠回腰间，正系带子，听见这话忍不住从树后探出头来，怒道："你放什么屁！我才没有和他在此幽会。"

"那就是正大光明地相见了？你们都可以正大光明地见面，偏我与许郎不行吗？"

"你……你胡搅蛮缠！你等着！"小青气得跳脚，闪回树后系裙子去了，不然便是斗嘴都觉气虚。杨瀚忍不住替她解释道："白娘子你误会了，我与小青姑……"

白素向他递了个眼色，小声道："我知道，瀚哥儿为何如此糊涂？"白素向他挑了挑眉，杨瀚顿时明白过来，忙向她挑了挑大拇指，识趣地闭紧了嘴巴。

许宣听白素召唤，又看见杨瀚也在，他可是衙门里的捕快，小青姑娘总不敢当着公人的面杀了自己吧？胆气一壮，便走回来，讪然道："杨捕快，你也在呀。"

杨瀚还未答话，就被人拉了一把，小青已从树后怒冲冲地走出来，一把将杨瀚拉到自己身后，凶巴巴地瞪着白素道："你故意的是不是？我根本没跟这小子见……"

她还没有说完，当当当的钟声便传到了耳边。小青顿时一呆，失声道："这钟声，是从钱庄传过来的。"

白素变色道："钱庄何故敲钟？难道出了变故？糟了，小钱！"白素和小青互相望望，突然同时作势拔起，向钱庄方向飞奔而去。

小青身影一闪，掠过一棵大树时，顺手一抄，就拔下了刚才脱手掷出的长剑，人影再一闪，已经消失在丛林之中。随即，一青一白两道流光便冉冉而去。

"钱庄出事？糟了，小钱！"杨瀚也拔足向庄园方向飞奔而去，他脱口而出的"小钱"与白素口中的"小钱"并非一人，但二人的关切却是一般无二。

"杨捕快，等等我！"许宣扬手招呼了一声，杨瀚业已跑得不见影儿了，许宣只好一瘸一拐地追了上去。

这时候，钱小宝已经进了钱庄，在花厅里坐了。只不过，他一听说莫本钟莫老太爷来了，生怕被他堵见再次逼婚，所以躲在花厅里不敢出去，更不敢叫人去知会爷爷说自己来了，只想等着莫本钟离开再说。

七八个十六七岁、姿容秀丽的小丫鬟此时都在花厅里头，把个偌大的花厅也是挤得满满当当，奉茶的、剔葡萄核的、递蜜饯果子的、捶肩的捏腿的，把他侍候得无微不至。

这几个丫鬟年纪小，生得也俊俏，都盼着攀上枝头做凤凰呢。她们都想给大少爷留下个深刻印象，叫他记住自己，万一大少爷有了兴趣，叫自己侍奉枕席，可不就一步登天了？所以个个殷勤。

钱小宝半躺在榻上，正昏昏欲睡地感受着一个小姑娘纤纤十指轻柔地给他做着头疗，忽然听到悠悠钟声，直到第三声入耳，他才突然反应过来，顿时"哎呀"一声，一下子跳了起来。

众丫鬟顿时愕然，捏头的那个还当是因为自己的手劲太大，捏疼了少爷，忙不迭想要请罪，钱小宝已然变色道："不好！出事了！"说完撒腿就往后宅跑去……

铿铿铿……机栝发出的声音极其沉重，可见绞力之重。利箭因之射出，虽在斗室之间，速度也快到了极致。

"救我……"莫本钟惊恐地叫着，本能地望向他的神——苏窈窈。

苏窈窈麾下有四凶兽，混沌、穷奇、梼杌、饕餮，其实他们四个并没有传说中的上古四凶兽一般的神奇本领，他们只是各有可被苏窈窈利用之处的凡人罢了。

这四个人中，绰号饕餮的陶景然武功是最好的，但他也死得最早。仅次于饕餮的是梼杌，真名巫战。巫战的技击之术不如陶景然，但他有天生神力，所以若与陶景然较量，也未必就落了下风，可他也死了。

而莫本钟，确实是一个垂垂老矣、病痛缠身的老人，他的能力，只是有钱！他是十年前才被苏窈窈收服的，那个时候的他，已经感到身体每况愈下、精力不济，他人生最大的追求就只剩下健康与长寿了。

这个时候，苏窈窈找到了他。苏窈窈亮出了自己的本事，说出了自己的岁数。于是，莫本钟成了她最虔诚的信徒，为了追随她获得永生，他贡献出了巨额的财产，超过他全部财产的一半。否则以莫家海上贸易和钱庄的丰厚利润，虽然不如当铺和药铺稳定、风险小，获利却更快，那时的莫家本有资格超越钱家，成为天下首富的。

如今，四大凶兽只余其二了，饕餮死于自尽，梼杌死于灭口，只剩下混沌和穷奇，眼前这只穷奇……他还能否活下去呢？

苏窈窈果然出手了，一伸手就向莫本钟抓来。

莫本钟大喜，激动的老脸上露出一丝红晕，他的神出手了，神通广大的她一定救得了自己吧？这个念头刚刚浮上心头，他就感觉自己腾云驾雾一般飞了起来。

噗噗噗……利箭入体如中败革，莫本钟甚至来不及向他心目中的神发出一声愤怒的谴责，就失去了意识。因为利箭射中的不只是他的身体，还有头颅，那利箭竟连坚硬的头骨也射得进去。

莫本钟，当场毙命。

左手抓着莫本钟当肉盾的苏窈窈业已趁着用他身体抵挡所创造的机会，一招手，先把那一头浸在碗中的水如意揣进怀里，紧接着手指一点，那碗水已经化作一道匹练，环住了她的身子。

流水如匹练，绕着她的身体越转越快，渐渐快到极致，呜呜的风声中，她的身体仿佛被一道半透明水晶状的旋环体给包围了，那利箭射在上边，只是溅起一点点水花，根本无法穿透。而溅起的水花也迅速重新融入那个水环的整体，任凭你利箭攒射，都不会损失分毫。

当——最后一支利箭落下了，在地上弹跳了几下。苏窈窈丢开早已千疮百孔的莫本钟，掌心托着一道仿佛莲花般开了又败，败了再开的水莲，神一般傲然转身，看向钱多多。

并不是只要伏下来就一定能躲避利箭，实际上伏下来能躲避利箭的地方只有钱老员外所待的那一块地方，那里显然是设计成了一个死角，用以保护启动机关的人。

一见如此密集的利箭都无法伤害苏窈窈，钱老员外似乎也被吓得呆住了，他一动未动。苏窈窈得意地一笑，迈步向他走过去。可就在这时，机栝又启动了，那恐怖的铿铿声又响了起来。

这处密室机关的设计非常巧妙，机关一旦发动，接下来根本不需要继续操作，除非是想要停止。如果不想停止，整个机关就会假想敌人过于强大，他依然存在，需要继续发动攻击。

如今，时间已到。

原本被莫本钟用竹杖敲过，仿佛实心的那座石台突然裂开了。

它……确实算是实心的，因为它每一面的石块都厚有一尺，中间只有一拳直径。它的中间只有一根管子，一根精钢打造的管子。

在石头裂开的一刹那，钱老员外俯伏处的地板也裂开了，同样是一尺多厚的石块地板，也不知道要用多大的推力才能打开，然后他就向下跌去。

精钢打造的管子显然是内藏两个孔道，因为它在喷吐着浓烟的同时，正在汩汩地流出深黑色的火油。

按照设计者的方案，如果有人能躲得过第一道机关，那么他要么是有刀枪不入的横练功夫，要么是轻身功夫高绝到了极点，普通的手段是无法置其于死地的。

所以，接下来的手段只有这两种：一是毒烟，二是烈火！毒烟无孔不入，除非你能不再呼吸，否则哪怕是金刚不坏之体，又或是身形快如闪电，也躲不过去。

如果这一步还能不死，那就只剩下火了，当那黑油流满整间密室，能把石头也炼化的烈火就会燃起，如果在那种情况下依然不死，那也没必要再想办法对付他了，因为你要对付的一定是神。

苏窈窈不是神，但是她拥有凡人眼中神一般的本领。

钱老员外跌下去的下层空间里，是一个巨大的网兜，可以接住他的身体，重力下压的同时，上边滑开的石块将会移动回来，彻底卡死。

与此同时，托着他身体的网兜将会利用重量本身产生的牵引力，向倾斜了四十五度角的更深处滑去，那里有一道角门，可以打开，进入另一个房间。

钱老员外跌到网兜上的时候，上边的石块就飞快地弹了回来，可就在石块严丝合缝地重新合拢的刹那，苏窈窈从水环中分出的一缕水就跟着钱老员外钻了进去。

它像抽丝一般极细，还能像灵蛇一般转弯，也只有这样的异物，那下滑的并非垂直角度的入口才挡不住它。当它钻进去的刹那，就像有了生命一般，嗖的一下钻进了钱老员外的耳朵，因为它太细，钱老员外竟丝毫没有察觉。

旋即，环绕在苏窈窈身体四周，还在飞速旋转的那道水流就又分出一滴，分出的那一滴水飞到管道出口，便仿佛一片银箔似的蔓延开来，将管道出口牢牢地封死。

虽然它那么薄，看着就跟透明的一样，可是再没有一滴油、一缕烟喷出来，它们只能徒劳地在那层水膜之下翻滚。

苏窈窈的大袖一挥，驱散了已经喷出但还不多的毒雾，然后环绕她身体的水环便蛇一般飞起，呈"∞"字形缠住了密室出口落下的铁栅栏上相邻的两根铁棍。

那道水流开始旋转，仿佛用力绞紧的一件衣服，小儿手臂粗细的铁栅栏居然因此发出了吱吱嘎嘎的声音，开始慢慢变形。

苏窈窈全神贯注地盯着那道拧紧的水流，虽然看不到她青筋暴起的额头，也看不到她满脸的汗水，但是她的眼睛已经被汗水打湿，不时要眨动一下，她的双手在下意识地用力，攥得紧紧的。

显然，即便是以她的强大力量，要用意念控制这水流做这样的事，也不是一件易事。所以，那丝没入石缝地下的水流，她一时已没有余暇去处理了。

地上，莫本钟几乎已看不出人形，血水和黑油渐渐混到了一起，慢慢地流淌向苏窈窈的脚下。

砰！

突然一声爆裂般的炸响。苏窈窈倒退了两步，乏力地一屁股坐进了黑油与血水混合的液体当中。她本极爱洁净，可她此时却全不在乎，她坐在血泊中笑，笑得像个疯子。

因为那密室的门，已经被她拧断两根铁柱，打开了一个缺口。

小青和白素掠进山庄，直奔密室。这里是珍藏水如意的所在。水如意是小青所有，她自然知道藏处。

两人刚冲到近前，一身黑袍的苏窈窈已冲了出来。此时苏窈窈有些力乏，再者水如意已经到手，不欲恋战，折身便走。

小青疾喝道："姐姐，你去看看小钱。我去追！"

"好！"

白素知道小青有瞬闪的异能，一旦遇险，可在百丈之内进行瞬闪。这周围林木葱郁，一旦瞬闪，变得光洁溜溜，也有许多地方可以藏身，不必因为顾忌不敢施展，便爽快地答应了一声。

"苏窈窈，你给我站住！"

小青登萍渡水，足尖儿在花池中荷花上轻轻一点，飞掠而过，飘然若仙。

花枝带动茎叶，在水中一摇，已经摇起品字形排列的三组水滴子弹，疾射向苏窈窈的后心。

平时，苏窈窈大多用那种简单粗暴的水入人体、由内杀人的手段，不仅看着恐怖，更易震慑人心，而且节省意念力。

小青也是一样，她同时操纵的水滴越多，对意念力的消耗越大，这回一次动用九颗水滴子弹，显然也是急了。

苏窈窈是从密室中冲出来的，也就是说，自己的水如意很可能已经落入她的手中，小青如何不急？已然是全力以赴。

苏窈窈知道小青追来，已经提了十二分的小心。她的金钵早已暗中准备，小青这边水滴子弹一射，苏窈窈立即祭出了金钵，那水滴子弹便是石头也能射得进去，可是被她的金钵一收，登时还原成了毫无杀伤力的一滴水。

苏窈窈一声怪笑："你这贱婢，永远也不是我的对手！"

"这位老姑娘，小青不成，那我呢？"

苏窈窈刚掠过院墙，杨瀚就到了。

他笑嘻嘻地问了一句，"嗨"的一声，沉腰坐马，就是一拳打来。

没有任何花哨招数，就是一记很常见的黑虎掏心。

苏窈窈不死心，眼见他突然拦在前面，已经一抖金钵，将刚收的九滴水化作一口手指长的柳叶刀，疾射向杨瀚的眉心，奈何，仅仅是让杨瀚眨了眨眼睛。

于是，苏窈窈马上又祭起金钵。她这金钵，可以破解其他同样拥有奇缘者的一切异能，如果杨瀚也是这样的异人，应该也不例外。所以，她以意念催动，那金钵陡然射出一道刺目的金光。

可是，那金光照过去，杨瀚还是全无反应，在身后的小青看来，苏窈窈手中都似持着一轮太阳，光芒刺得她不得不眯起了眼睛，但迎着金光的杨瀚，却连眼皮子都未眨一下，那道金光显然对他根本不起作用。

他沉腰坐马，蓄力出拳，迎着冲过来的苏窈窈，一拳就打了过去。

苏窈窈拿这个混蛋是毫无办法了，她一直自诩为神，凡夫俗子没有一个放在眼里，可眼前这个人是唯一的例外。这小子能破解她所有引以为傲的异能，仿佛在时刻提醒她，她只不过是一个凡人。她要和杨瀚动手，也只能用凡夫俗子的工夫，可是动拳脚，她不是杨瀚的对手，所以苏窈窈身形疾转想逃走。

"拦住她，她偷了我的宝贝！"小青本不想向杨瀚求助，一旦欠了他的情，那个家伙一定会打蛇随棍上的，可眼下能挡住苏窈窈的，偏偏只有他，情急之下，只得开口。

杨瀚一听，立即追上去，斜刺里又是一拳，大叫道："小青的东西还我！"

苏窈窈躲避不及，大恨之下，只得收好金钵，与他交手。

这一番不像上一次是在船上，杨瀚当时唯恐招来其他人。这一次杨瀚全无顾忌，为了尽快拿下苏窈窈，他打一拳便大吼一声。

那叫声并不是普通的呐喊，也不是出拳时的吐气发声，而是类似一种大型猛兽的吼叫声，叫得人心烦意乱。

"你这是什么功夫，百吼狮拳？"

苏窈窈被这怪异的吼声吼得心尖一颤一颤的，力道发挥不出十成，忍不住怒声询问。她多年前游历西域时，曾见过一门拳法，似乎与这功夫有几分相似。

杨瀚打得意气风发，尤其是在心上人面前大显威风，把她对付不了的人打得节节败退，杨瀚更是得意。

闻言之下杨瀚一声长笑，道："你有几分见识呀！不过，我这不叫百吼狮拳，狮吼吗，倒是对的！"

"狮吼功？"

"非也！非也！我这功夫，就叫狮吼！吼——"

又是一声狮子吼，随着这声巨吼，又是一拳打来。苏窈窈双拳交叉一架，被打得站立不住，在草地上滑出七八步，砰的一声撞在一棵大树上。

杨瀚旋即便到，一记鞭腿扫了过去："狮吼、虎啸、凤鸣、龙吟，这是我杨家祖传的四门音波功！你再试试我的虎啸如何？"

苏窈窈飞身一闪，杨瀚一腿扫空，刮去一大片树皮。

杨瀚身形一旋一立，双手握拳，深吸一口气，胸膛先是一瘪，旋即迅速膨胀起来。

可惜他一口虎啸还没出口，苏窈窈已经飞身逃了，杨瀚的狮吼拳她已经要招架不住了，后边的如何消受得了？此番目标已经达到，还是脱身为妙。

杨瀚一口气憋在胸口，目标突然没了，他再想追赶，胸中一口气发泄不出，也是来不及追的，无奈之下，只能把这一声"虎啸"施展出来。

虎啸山林，一时间竟有飞沙走石之效，无数的草茎飞叶向苏窈窈逃走的方向呼啸而去，仿佛一柄柄飞刀，也不知道伤到了她没有。

苏窈窈临逃走时，一发狠，用左手划破了右手腕，将流出的鲜血用异能驱化成一柄血红色的飞刀，疾射向小青，把她也阻了一阻。

待小青避开苏窈窈的血刃，再候着面前一大片杨瀚用虎啸功发出的草茎树叶，飞蝗乱箭似的喷射过去后，眼前已经失去了苏窈窈的身影。小青呼呼地喘息着，一阵失望惋惜之后，心头忽然浮起一个荒唐的念头：这一下，"我就不用欠他人情啦！"

杨瀚站在那儿一脸失望地摇头："还说什么这功夫有立国安邦、改天换地之能，凡我杨氏子孙，务必代代相传。我从小就知道这是扯淡。偏偏我爹信，我爷爷信，我爷爷的爷爷也信，哎！真是白费力气。"

三十一　秋风秋雨

白素冲进密室，一见地上有一具辨不清面目的尸体，顿时心中一颤，悲呼一声道："小钱！"便扑了上去。

"爷爷……"白素还没抱住那具死尸，就被一个人推开了，钱小宝红着眼睛，疯狂地推开白素，一把将死尸抱起，只是一看面容，却不禁一呆。

虽说那人已不成人形，可基本的模样他还是认得出的，这不是莫爷爷吗？

"这不是我爷爷，我爷爷……"钱小宝突然反应过来，转身就跑，白素业已明白过来，追了上去。

钱小宝虽不知道这个密室是做什么用的，可它的使用方法以及另一个出口所在，他都是知道的。钱老员外一直在为交班做准备，除了一些最机密的事，未得两位姐姐允许他不会交代，其他的事早已说给钱小宝知道了。

密室一墙之隔，是另一处院落。院角有一处房子，而那密室出口，就在这幢屋舍之中。

钱小宝冲进房去的时候，钱老员外正坐在一把石椅上，双手按在扶手上，一瞧孙儿进来，这才面露喜色，放开了扶手。

显然，这幢房子里另有机关，如果是心怀不轨者追进来，他还有手段相制。

白素也跟着冲了进来，一见钱老员外正站起身，迎向钱小宝，顿时松了口气，喜道："小钱，你没事就好。"

钱小宝扶住爷爷，正要问他警钟为何响起，扭头一看，又是刚刚那白衣女子，再一看，竟是白素，不禁大吃一惊："是你？白姑娘，你怎么在我家？你追着我来的？"

白素没好气地瞪了他一眼，道："我说的小钱，是他！"

钱小宝看看爷爷，再看看白素，一副不敢置信的表情。

钱老员外拍拍孙儿的手，道："小宝，不得对长辈无礼！"

钱老员外说完，对白素道："白姐姐，苏窈窈来了，莫本钟是她的属下，我中了莫本钟的计，险些被她夺走水如意，不过，我把她困在密室了……"

白素叹了口气道："她已脱困而出了，如此看来，水如意也被她夺走了。小青已经追了出去，就是不知能否夺得回来……"

钱老员外惭然道："小钱无能。"

钱小宝愕然看看爷爷，又看看白素，诧异道："爷爷，你叫她姐姐？啊！"

钱小宝突然一拍额头，是了！杨大哥对他说过这青白二女的事情，也就是说，这个白姑娘看着不过二十许的样子，实则已经几百岁了？

钱小宝马上紧张地拦到爷爷身前："爷爷，你快走，她是个老妖怪。"

白素很受伤地反问道："你见过这么漂亮这么温柔的老妖怪吗？"

钱老员外在钱小宝后脑勺上狠狠拍了一巴掌，怒道："不得对白姐姐无礼，还不快向长辈谢罪。"

白素摆手道："小钱哪，不要为难他了，要他当我是长辈，是很为难。"

钱老员外毕恭毕敬道："该守的礼数，必须要守。姐姐，事到如今，不如我就说给他知道吧。"

白素犹豫了一下，无可无不可地点点头。她性子柔和，本来就极好说话，不像小青那么难对付。

钱老员外便对钱小宝道："小宝哇，爷爷当年只是一个衣食无着、穷困潦倒的小乞丐，后来走投无路，欲要投湖自尽，幸蒙一对奇人搭救，还传了我一身的本领，才有了今日的钱家，这件事，你是早就知道了的。"

小宝一呆："是呀！怎么？难不成……"

他看看白素，惊叫道："你说的那对奇人，难道就是……"

白素矜持地挺起了胸膛，钱老员外颔首道："不错！那对救了你爷爷性命，又给了我钱家今日的，就是白姐姐和小青姐姐……"

钱老员外对小宝把当初事情又说了一遍，因为其中很多关节早就对他说过，只是未提那对奇人的身份、性别，所以这一回只需说明青白二女身份，加上与苏窈窈的恩怨，解释起来就非常快了。

说到最后，钱老员外肃然道："老夫年纪大了，可我钱家对两位大恩人永远不能有丝毫的怠慢，不管过去多少年，不管过去多少代，只要我钱家还在，就务必得对两位恩人永怀感念。如今，爷爷年岁大了，这件事，得由你来继承了。"

钱小宝看看白素，再看看爷爷，仍是一脸的茫然，谁家突然冒出两个活祖宗，只怕都会是他这般的表情。

钱老员外肃然道："小宝，跪下，见过你白……白……"

白素赶紧道："叫白姐姐就好。小钱哪，你钱家后人，不管哪一代，见了我就只叫白姐姐就好。"

钱老员外展颜一笑，道："姐姐青春永驻，倒是不宜叫得太古怪，那就叫姐姐好了，小宝……"

小宝还没醒过味来，但爷爷开了口，不敢不从，便缓缓上前，想要下跪。

这时，苏窈窈刚刚从杨瀚手中逃脱，眼看将要逃出自己的控制范围，苏窈窈突地站住脚步，狠狠地拔去两片插在肩头的树叶，摁住伤口，凶狠的目光回望了一眼，用意念启动了她之前定位在钱老员外耳中的水线。

"啊！"钱老员外突然一声痛呼，双手捧住头颅，一下子跪在地上。

钱小宝吃了一惊，急忙跪在一旁，扶住爷爷，惊叫道："爷爷，你怎么了？爷爷？"

钱老员外颤声道："我的头好痛啊，白姐姐……"

白素蹲下身子，把他扶到自己膝上，双手各伸一指，贴在他的太阳穴上，只微微一探，脸色顿时一变，失声叫道："不好！"

白素话音刚落，钱老员外就身子一挺，两眼蓦地睁大。

从他的双目瞳孔处，突然绽放出两朵漂亮的冰花。

那不是外物映照在他瞳孔中的，而是由他瞳孔中冒出来的，它像两朵冰晶雪莲，迅速地绽放开来。

而钱老员外则发出一声痛楚至极的怒吼，身子挺得笔直，钱小宝用尽全力都按不住他。旋即，他身子一颤，再也不动了。

"爷爷，爷爷！你这个妖怪，你把我爷爷怎么了？你快救他！"钱老员外脸上的生气在一丝丝褪去，钱小宝号啕大哭起来，一边哭着，一边抓住了白素的肩膀，拼命地摇晃着。

忽然一只手搭在了钱小宝的肩膀上，只一用力，钱小宝就半边身子酥麻，再也使不出力气。

他愤怒得几欲喷火的眼睛狠狠地抬起，就看到小青正一脸黯然地站在他的面前，轻轻摇头，幽幽道："你爷爷，是着了苏窈窈的毒手。"

钱小宝激动地咒骂道："如果不是因为你们两个丧门星，我爷爷怎么会死。是你们害死他的！"

钱小宝站起来，挥手就欲掴向小青的脸。小青只是低头看着双眸中冰晶正渐渐化去的钱多多，两行清泪缓缓流下了脸颊。

钱小宝一掌扬起，想到爷爷对自己再三叮嘱，却是无论如何也打不下去，只好跪在地上，抓着爷爷的衣角，哭得涕泗横流。

杨瀚一直站在门口，静静地看着他们，这时才轻轻举步进来，看看神色悲戚的白素，再看看黯然神伤的小青，轻轻叹了口气，道："你们一味逃避，已经害死了多少人？你们，还要继续逃避下去吗？"

这时，许宣也一瘸一拐地走进来，看到室中发生的一切，不禁错愕地张大了嘴巴。

杨瀚指指他，又指指伏在地上哀哀痛哭的钱小宝，道："下一个死的，也许是许郎中，也许是钱小宝，也许……是你们自己。守虽不足，攻则有余，我们何不携起手来，主动设计，一举铲除苏窈窈这个大祸害。"

小宝仍然在伏地痛哭，白素一脸的哀容，都没有理会杨瀚这句话。

小青走上前，柔声对钱小宝道："小宝，人死不能复生，你……节哀顺变。"

"你走开，都是你们害死我爷爷的。"小宝声音嘶哑，失态地叫骂起来，"你们这两个老妖怪、丧门星，你们还要害多少人才肯甘心？"

白素和小青相顾无言。

杨瀚趁机道："白娘子，你们应该勇敢地面对了，一味地躲避不是办法。只有千日做贼，没有千日防贼的道理呀。"

小青看了看钱小宝痛苦不堪的模样，终于有些动容，缓缓抬头看向杨瀚，有些迷惘、有些无奈地问道："不躲避，又能如何？我们已经和她斗了五百多年，我们不是她的对手哇。"

杨瀚挺起胸膛道："以前，你们没有我。现在再加上一个我，胜败如何？"

许宣终于忍不住了，问道："你们……究竟在说什么？发生了什么事呀？"

杨瀚道："许郎中，接下来的事，你还是不要知道的好。你先出去吧，我要跟她们说一件很紧要的事情。"

许宣犹豫了一下，点头道："好。"

这时，院中一片嘈杂声起，家丁们已闻讯赶来。

白素见许宣要被杨瀚请出去，正担心他心有不愉，见此情景，便道："我去拦住他们。小青，你我一体，你跟他说吧，你的意思，就是我的意思。"

白素和许宣走了出去，房门一关，白素便对拥进院中的钱府家丁们道："你们都出去，在院外候着，一会儿钱少爷出来，自有吩咐给你们。"

钱府的下人们虽不知道白素的真实身份，却知道她是连自家老太爷都极为尊敬的人物，当下不敢多话，急忙退了出去。

白素叹了口气，就在廊下栏杆上坐下，看着脚下的芭蕉发呆。

许宣在她旁边坐下，迟疑半晌，这才鼓起勇气问道："娘子，钱家老太爷这是怎么了？为何……钱家少爷要叫你们……叫你们……老妖怪？"

白素沉默半晌，慢慢扭头，看向许宣。

许宣看到白素那黝黑的、仿佛能把人的魂魄都吸进去的瞳孔，情不自禁地缩了缩身子，竟生起一种妖异的感觉。

白素缓缓道："这个秘密，我从不曾对人说起过。自从我妹妹对人说起一次，险些酿成大错之后，我更是打定主意，永生永世，不对任何人提起。"

许宣忙道："既然如此，我自不会为难你。你不说便是了，反正我相信你，永远相信你。"

白素按住了许宣的手："不！我信得过你，这世上，还是有些值得我们信任的人的。钱多多就是一个，他很早就知道我们的秘密，但他一直守口如瓶，对我们也始终真心不二，我相信，你也是。"

白素直视着许宣，一字一顿道："我、小青，还有杀死钱老员外的人，都不是你这个时代的人。我们，生于五百年前……"

许宣的眼睛惊得一下子睁得大大的。

房间里，小青幽幽地说着："……直到很久很久以后，我和姐姐发现自己一直不老，而小姐却在一天天变老，小姐很伤心，无论我们怎么安慰她，都没有用。随着小姐一天天衰老，她看我们的眼神越来越怪异，她开始嫉恨我们，仿佛是我们夺走了她的青春。我们……一起经历了那一切，我和小白不老，她相信她也能，于是，她开始不顾一切地想办法……"

室外，许宣听了白素讲述她们的奇遇以及后来发生的一切，惊得声音都发颤了："不老！不老的生命，不老的容颜。这世上，竟然真有这样神奇的事情！"

白素凄然摇头："可它，并未给我们带来幸福。我们三人，本来像亲姐妹一样亲密，可嫉恨使小姐跟我们越走越远了，直到反目成仇……"

室内，小青沉声道："这许多年来，我从不敢与人亲近，怕的就是生离死别。小钱，是我看着长大的孩子，我待他就像自己的亲弟弟一样。想不到，我唯一的一次例外，还是给我带来了椎心的痛苦……"

室外，白素黯然道："从此，我们就分道扬镳了。我们也曾想过要嫁人生子，过一次正常人的生活，但是当别人知道我们拥有如此神奇的能力后，他们就想着他也可以长生不老，他们还想着，可以用这样的力量，去换取财富和权力，把我们当成了药材……"

"我不会！"许宣冲动地抓住了白素的柔荑，深情道，"我不管你是人是妖，有什么能力，在我眼中，你只是一个温婉可爱的女人，我……只想和你厮守一生一世！"

"许郎！"白素反握住许宣的手，感动得泪光莹然。

室内，小青惨淡地一笑，缓缓抬起头来，看着杨瀚，幽幽道："这种猫捉老鼠的游戏，已经持续了四五百年，我厌了。小钱是我弟弟，这个仇，我不能不报。我答应跟你合作。"

小青站了起来，凝视着杨瀚："除了白素，小钱就是我在这世间最亲的人，我一定要为他报仇！至于你，如果你垂涎我的能力，我可以告诉你，就连苏窈窈，其实也一直没办法吸纳，你……"

"我是垂涎你！"杨瀚毫不客气地打断了小青的话，"不过，我垂涎的只是你这个人。打从第一眼，我就喜欢你。我本来不相信一见钟情这种鬼话的！"

钱小宝缓缓地站了起来："我加入！"

杨瀚和小青惊讶地一起看向钱小宝。

钱小宝仿佛突然之间成熟了很多，脸庞虽然有些稚气，却显得无比认真："我会承担钱家应该承担的义务，侍奉我钱家的两位恩人。我还要参与你们，一起抓住苏窈窈。"

杨瀚担心道："小宝，你不会武功，何必掺和其中。这件事……"

"我有钱！只要我想，当今世上最高明的技击高手，我都可以招募来为我所用。莫本钟既然是苏窈窈的人，她的手段一定不只是武力，我相信我能发挥作用。"

杨瀚迟疑了一下，点了点头，转向小青，肃然问道："这一次，苏窈窈的目标不再是你们，而是你们手中珍藏的如意。现如今，她已经拿全了所有的如意吗？"

小青摇摇头："没有。还有一柄火如意，仍然在我姐姐手中。"

杨瀚振奋道："好！这样的话，她就一定还得回来找你们。而且，她既已凑齐了其他的东西，一定会更迫不及待。我们就反守为攻，引她自投罗网。"

室外，白素萧索道："这一次，我不想逃了，我相信，小青也不想逃了。她和小钱，比我对小钱的感情更深。小钱的死，一定很伤她的心。"

白素缓缓站了起来，叮嘱许宣道："我和小青的秘密，相信瀚哥儿和小宝这回都要知道了。但你不必告诉他们，你也已经知道这个秘密。我不想……你陷入危险之中。"

许宣点点头："我明白，这个秘密，会烂在我的肚子里，我绝不会再告诉任何人。"

白素深情地捏了捏他的手，转身走向室内。

门扉一响，白素走了进来。

小青看着她道："姐姐，我已答应杨瀚，跟他合作，对付苏窈窈。"

白素欣然点头，激动道："几百年的恩怨，是该做一个了断了。"

一间阴暗的房间里，一口金钵静静地悬浮在半空中。

一只苍老的手微微颤抖地将土如意插入了金钵底部的孔。

除了她没有人知道，当土如意与金钵放在一起的时候，它重逾千斤的特性便会消失，这就是她从梼杌巫战手中得到土如意，而无人察觉东西在她身上的原因。

接着，她一一插入了风如意、水如意，当三柄如意依次插入楔孔后，金钵开始轻轻地旋转，三块如意都流光莹莹，发出微微的嗡嗡声。

白瓷面具下那双炽热的眼睛死死地盯着旋转的金钵，喃喃道："快了，快了，只等我再拿到火如意，我就能恢复绝世的容颜，呵呵呵，哈哈哈……"

苏窈窈抚摸着自己脸上光滑的白瓷面具，就像抚摸着自己曾经无比幼嫩光滑的肌肤，发出一阵痴狂的笑声。

杨瀚、许宣、白素、小青四人回到了随园。钱小宝扶灵回钱园。几个人一路陪同钱小宝下了山，但钱府连灵棚都还未搭，他们这时自然不好过府吊唁，所以便先回了这里。

随园此时的主人本来还否认她们是这里的主人，一本正经地强调他在三年前就住在这里的。但是见到小青亮出钱小宝交给她的信物，那位官老爷马上招呼家人搬家了。

四个人进了花厅坐下，丫鬟奉上茶来，小青挥手屏退了她，便凝视着杨瀚，问道："你说我们该反守为攻，那我们要怎么做？"

杨瀚道："这苏窈窈只剩下一柄火如意还未到手，越是接近成功，她的心就一定会更急，所以，我断定，她不会等得太久。"

杨瀚看向白素，道："白姑娘，那火如意，现在何处？"

小青截断他的话道："在一个绝对安全的地方，便是她自己，也有很久不曾去看过了，可以说是万无一失，任她苏窈窈用尽手段，也绝不可能找得到。"

杨瀚点点头道："既如此，我就放心了。苏窈窈的目标在你们身上，而她并不知道我已与你们联手。而且，这世上，唯有我可以克制她，这就是我们可以出奇制胜的地方。"

小青眯了眯眼睛："说详细些。"

杨瀚道："这就是我劝你们回来的原因。你们就住在这随园里，我呢，扮作你们身边的仆役。苏窈窈以为你们仍是一支孤军，可以肆无忌惮地对你们下手，而实际上你们在明，有我在暗，咱们就可以设局钓鱼了。"

许宣一听，不安道："这不是以白娘子和小青姑娘为饵吗？这太危险了。"

白素感动地握住许宣的手，柔声道："许郎，你别担心，我和妹妹被那苏窈窈追杀了五……无数次了，当然有自保的手段。"

杨瀚和小青并不知道白素已经对许宣和盘托出了她们长生不老的事，于是借用了小青当初骗杨瀚的那套说辞，只说双方有恩怨。白素这时当然不能说出"五百年"这么惊悚的话来。

小青听了，便瞟了杨瀚一眼。杨瀚感觉那眼神中颇有嗔怪之意。小青心想："看看人家，首先关心的就是所爱之人的安危，再看看你，居然以我为饵，还说什么一见钟情，哼！"

杨瀚顿时很不是滋味："就是，两位姑娘与苏窈窈早打过无数次交道了，我深知她二人本领，所以才放心用这手段。再者，苏窈窈隐在暗处，两位姑娘本来就在明处。我与两位姑娘合作，又何尝不是自陷危机，一旦被苏窈窈认出，她一定首先铲除我，以便放心对两位姑娘施为。许郎中，你手无缚鸡之力，这件事完全插不上手，只要守口如瓶就好了，这件事，我看你就甭操心了。"

"呵呵，我帮助两位姑娘，可是要搭上自己的性命的。你光痛快那张嘴了，有什么用啊？这世上的女人就是蠢，为你付出良多实际行动的男人你看不出好来，就被那只会卖弄一张嘴皮子的男人感动，真肤浅。"

这潜台词，杨瀚没说出来，可那语气已经暴露无遗了。

小青听了，心情忽然变得愉快很多。

白素眼见许宣面孔微红，却有些不高兴了，便道："我和小青不管在哪儿，所居之处都一向不叫人接近的，哪怕是侍女。何况你要扮作仆役，那你只能待在前院，我们姐妹俩就算被人杀了，你都毫无所闻，如何暗中守护？"

"这……"杨瀚一下子被噎住了，仔细想想，这办法确实用不了。

许宣突地一拍额头，兴奋道："我有办法！"

几个人一起望向他，白素欣然道："许郎有什么办法？"

许宣脸庞微微涨红，激动道："开药铺哇！就按咱们之前所说，合开一家药铺。跟那苏窈窈摆明车马，表明你们就是要在这临安城里堂堂正正地生活下去了。你们开药铺，与以往深居简出不同，身边有几个伙计，再正常不过，那苏窈窈也不会生疑。"

白素啪地一拍巴掌，赞道："许郎好聪明，这个法子好。"

小青却看向杨瀚，问道："你如今是钱塘县的捕快，每日不去衙门当值，却要来药铺里做伙计，使得吗？"

杨瀚道："苏窈窈是你我的共同目标，只要能与姑娘你联手，擒下那苏窈窈，不要说是一个捕快，便是一个推官老爷，我也不做！我宁愿……做你身边的一个小伙计。"

小青凝视着杨瀚，清冽的目光中终于露出了一抹温柔。

白素忽而担心道："许郎这法子虽好，可如此一来，岂不是把你置于危险之中了吗？"

许宣轻轻摇头，柔声道："若能为你解决这个大麻烦，让你从此无忧无虑，便是再大的风险，我也不怕。"

白素感动道："许郎侠义无双，我和妹妹感铭于心！"

小青一听，突然有些不是滋味了。许宣虽然是在帮咱们的忙，可也因此能白得了一家药铺。杨瀚帮咱们的忙，可是反要搭上他自己的公门前程的，怎么就轮到他许宣侠义无双了？你怎么不感谢人家杨瀚呢？

厚此薄彼！

很不高兴的小青瞟了眼许宣，突然道："不怕是不怕，可真要事到临头，你一点儿武功都不会，还不是个累赘？我们的奇兵是瀚哥儿，可不是你。你嘛，到时候千万记得，立刻逃之夭夭，就是对我们最大的帮助了。"

白素不悦地瞪了她一眼，嗔道："妹妹，怎么跟许郎中说话呢，太不礼貌了。"

杨瀚听了这话，却忽然觉得……今天天气不错，挺风和日丽的。

秋风起，秋意浓，秋雨愁杀人。

钱家的扶灵队伍回城了，绵延数里。最前边，长房长孙钱小宝披麻戴孝，手捧灵位，泪水淋漓。钱家老少扶棺悲泣，一路上纸钱飞扬。

城中百姓打着伞、披着蓑衣，停在路上，窃窃私语，扼腕叹息，仿佛一缕缕幽魂杵在那里。

他们只知道钱家老太爷和莫家老太爷相继去世了，这两位在临安府都是财神级的人物，是临安百姓的骄傲。

尤其是钱老太爷，他是从一介乞儿成为临安首富的，这更令临安百姓为之自豪，同时也成了许多市井小民的希望。

而今，财神陨落。

小青默默地站在檐下，举着伞，雨水打在伞上发出窸窣的声音，一如她此刻的心情。眼看着扶灵队伍从面前缓缓走过，小青扭过了头，眼神湿漉漉的。白素坐在随园的温泉之内，雾气氤氲，笼罩了她曼妙动人的身子。

她仰着头，任那淅沥的雨水打在她的脸上，也不知是雨还是泪。

"长生，便如此重要吗？为了青春永驻，几十年的姐妹可以反目，几十年的兄弟可以成仇。相爱的人，也可以背弃海誓山盟。"白素闭上了眼睛，沽白如玉的面颊上凝着水滴，被风一吹，缓缓滑落。

她不禁矮了矮身子，让那圆滑的香肩也浸入温泉水中，仿佛不胜人间的寒意。

一间酒楼里，杨瀚临窗而坐，细雨绵绵，偶尔随风而入，打湿了他扶在窗栏上的手背。

一把油纸伞，冉冉地登上楼来，杨瀚看到了一袭青裙。伊人一手撑伞，一手提着裙袂，到了楼上，才把伞交给迎上来的小二。她的目光只一转，就看到了临窗而坐的杨瀚，于是便向小二摆了摆手，向杨瀚走过来。

"我辞职了！"杨瀚看着小青，笑了一下。

"我想喝酒！"小青在杨瀚对面坐下，轻轻地说了一句。

杨瀚没有说什么，只是拿过一个酒盏，为她斟满。

小青一饮而尽。

杨瀚善解人意地再度为她斟满，小青又是一饮而尽。

如是者三，小青的眼圈突然红了。

杨瀚静静地看着她，轻轻叹了口气，起身走过去，把收拢了靠墙放着的软屏拉开来，成了一个半圆，将他和小青圈在当中。

软屏与窗子形成了一个相对密闭的空间，杨瀚走过去，轻轻把手按在她的肩上，柔声道："人，终有一死。你，节哀。"

"我也是人！"小青扬起含泪的眸子，睇着杨瀚，杨瀚一时无言。不错，人终有一死这句话，也许放在小青身上，是不合适的。

小青眼中的泪突然如泉水一般漾出来，她不想让杨瀚看清她哭泣的样子，于是失态地抱住了他的腰，把头埋进了他的怀里。她压抑着哭声，抽泣的感觉却从杨瀚的怀中一直传到他的心里……

随园后宅临街的墙上破开了一个大洞，许宣正和工头指手画脚的，冒着细雨规划着药铺的样子。有了希望与奔头的人，便是秋意浓浓的雨，也扫不去他满面的红光。

哀乐声声，钱家的扶灵队伍走过来了，许宣回头看见，不禁停住了手，旁边的工头撑着伞，一手指着那破开的墙头，还在解说着什么，他却已经听不见了。当扶灵队伍从他面前走过去的时候，许宣轻轻叹息了一声，深深地欠身下去，双手拱起，直到那棺椁渐渐远去，入目只有杂乱的脚步……

钱府门口的灯笼被收了下来，两串白色的灯笼缓缓升起，中门大开，所有仆役家丁俱都披麻戴孝，肃立两旁，从门前的照影壁前，一直排进深深庭院之中……

酒楼上，斜雨穿窗。

杨瀚和小青靠窗对坐着，小青已有了七八分醉意，两颊酡红。桌上的几碟小菜，她一箸未动，反而嫌它们碍事，都推到一边去。她不胜酒力地趴在桌上，下巴垫在手背上，睇着对面的杨瀚，憨态可掬："你……真没打过我这种不死妖怪的主意？"

"蜉蝣朝生暮死，于我们人类而言，它只活了一日，于它而言，却是一生。你的时间，与我不一样，仅此而已，在我眼里，你不过就是一个二八年华的小姑娘，装什么老气横秋？"

杨瀚撇撇嘴，不屑一顾。

小青眼珠转了转，不甚相信的样子，大着舌头道："你……你不要顾左右而言他，你，真没打过我的坏主意？"

杨瀚正色道："没有！我若能开开心心过上一生就很满足了，从未有过长生的念头。更重要的是……我从未有过伤害你的想法，从来没有。"

"我不信，男人的嘴……骗人的鬼，不可信。"

"不是吗？当日我已发现有异，可荷花荡中发现了你，我并未阻止你离开。如果不是后来发生的事，我根本不想露面，只想……悄悄地看着你。"

小青一下子坐了起来，瞪圆了大眼睛看着杨瀚："悄悄看着我？你看什么？"

杨瀚想了想，道："一个还在吃奶的小娃娃，他还什么都不会做，不会说话，也不会跟人交流。他就是躺在那儿，一会儿皱个眉，一会儿努个嘴，吐个泡泡，甚至放一个屁，他的爹娘都能趴在那儿看上老半天，开心得不得了，丝毫也不觉得烦，那种感觉，你理不理解？"

小青没好气地翻了他一眼，道："难道你是我爹？"

杨瀚失笑："我只是打个比方。"

"比方……"

小青的眼神迷离了一下，忽然又抽泣起来："你知不知道？其实，我……我早把小钱当成了我的亲人。"

"我明白……"

"不，你不明白，你不会明白的。你不明白，我这样长生，是何等的寂寞。你不明白，我以前……一直把小钱当成我的弟弟，后来……把他当成我的兄长，再后来……如父如祖，你不明白……"

小青说着，泪流满面，伸手再去拿酒杯，却被杨瀚一把按住了。小青也不抢夺，只是把头埋进自己臂弯里，呜呜地哭了起来……

这一次，她终于哭出声来，而杨瀚却一下子松了口气，只是望着她哭，眸中满是怜惜。

窗外，雨突然变大了。雨水在窗前，仿佛垂落而下的一挂帘子。

黑衣人背身而立，静静地站在窗前，看着窗外的雨，打在那绿油油的芭蕉叶上。门扉一响，清冷的风吹进来，有个人进了房间，把伞收了，倒竖着放在门后，跺了跺脚走进门来，一进厢房，看见默立于窗前的人，那后进来的人不由得惊呼一声："是你，你怎么来了？"

窗前的人微微扭过了头，露出的是半张惨白色的瓷面具的少女脸庞。

"风如意，折了饕餮。土如意，折了梼杌。水如意，折了穷奇。混沌哪，我不希望，每得到一件至宝，就要用我一员大将去换。你，得格外小心了。"

后进来的人站在阴暗处，沉默半晌，沉声道："主人放心，我会小心的。"

白瓷面具轻轻点头："我计划周详，本来是天衣无缝的。谁料，却屡生意外，以致他们三人纷纷死去。所以我才来提点你，你只需按我的计划小心行事，定可保得无恙。待我得到四件如意，我是不会亏待了你的。"

"是！"

混沌默默地低下了头，沉默片刻，又缓缓抬起头，问道："主人，那土水火风四如意，一旦凑齐了，究竟有什么用处？为什么每一个拥有它们的人，都把它视如至宝，宁死也不予人？"

苏窈窈沙哑地笑了笑，对这个最后收服的混沌，她一直没有透露过地水火风四如意的真正用处。知道四如意真正用处的，在四大凶兽中，也只有穷奇——莫本钟一人。

因为莫本钟富甲天下，苏窈窈想让他为自己所用，唯一的底牌就是长生，这是唯一能打动这个巨富的条件。而对其他三个部下，她许给陶景然的是自幼收养的恩情，许给老乞儿巫战的是富贵与权势。许给眼前这个混沌的，却是死的恫吓，所用手段，各不相同。

苏窈窈摇了摇头："你不必知道。只要你帮我完成了这件事，我就给你自由，并且会给以你莫大的好处……"

她走到混沌身边，轻轻拍了拍他的肩膀，沙哑的声音充满了魔鬼般的神秘诱惑："帮我拿到火如意，你将得到无法想象的好处，这是我给你的承诺……"

三十二　再起波澜

淅淅沥沥的雨一直下到夜色降临，依然不见停歇。

那绵绵柔柔的劲，就像水乡女子的柔情，缠绵不绝。

如丝的细雨，如烟如雾，似幻似梦，打湿了青石板路，路边灯光映在石板路上，油亮油亮地反射着七彩的光。

道路旁边就是小河，柔软的柳丝把一滴滴水珠轻柔地甩进河中，荡起一丝丝涟漪，灯光下显得分外迷离。

杨瀚一手撑着油纸伞，一手扶着身边的姑娘，她的身上，有丁香一样的芬芳。

一路行去，湿润的水意渐渐沁人心脾，小青的酒意也一点一滴地散去，当她到了随园门口的时候，一双眸子已经恢复了清亮。

"多谢。伞，送你啦！"

小青不着痕迹地挣开杨瀚的扶持，杨瀚失望地发现，她方才酒醉时的真情流露似乎随着她的清醒也烟消云散了。此时，她脸上带着浅浅的笑，那笑容却有些距离感。

小青向他点点头，转身向角门走去。她打开角门，就一闪身躲了进去，然后砰的一声关上门。

杨瀚盯着她的背影，可是直到那角门上了闩，也未见她再回过一次头，杨瀚目中的失望便又浓了几分。

门侧灯竿上一串灯笼随着风，在雨丝中飘摇。

杨瀚撑着伞伫立在门前，一颗心也像那风雨中的灯笼一样摇摆不定。

这个小女人，就真的难以撼动她的芳心？刚刚他本以为那层窗户纸已经捅破，可谁知随着她的酒意散去，她那种敞开心扉的感觉也一下子消失了。

杨瀚转身想走，走出几步却又不死心地站住，在雨中怔立半晌，忽然反身回到门楣下，悄悄蹲下，贴着门缝向内看去。

视线所及，院中一片空荡，雨后夜色下的院子被灯一照，显得尤其萧索。杨瀚的心也不禁萧索起来，他放弃了，正要起身离开，腰杆微微一挺，眼睛尚未离开门缝，忽然对上了一只眼睛。

隔着门缝，两只眼睛蓦然都睁大了，很惊讶地互看着。然后，两只眼睛同时不见了，杨瀚下意识地一躲，闪到了门边。但是只停了一停，杨瀚就又凑到了门缝上，男人嘛，脸皮厚一些，有啥不好意思的？

杨瀚贴着门缝一看，就见小青正急急忙忙地逃开，双手还捂着脸。

"小心哪你！"杨瀚忍不住叫了一声，她那样子，真怕她跌倒。

可小青听见这一声喊，就像中了箭的兔子，娇躯猛地一震，倏地一下弹出去一丈多远，顿时不见人影了。

杨瀚站在廊下想了想，忽然仰天大笑一声，把雨伞往门廊下一丢，便扬扬得意地走进了雨里，那六亲不认的步伐，像极了一条沾沾自喜的哈士奇……

"好，就这样吧，门面还是要敞亮些的，后边的库房区隔断可以多一些，不同的房间需要储放不同存储条件的药材。"

许宣叮嘱着工头，这已是那场雨后的第三天，随园后门处的药铺已经在一片艳阳中开工了。

白素坐在一张石桌前，双手撑着下巴，甜甜地看着许宣。

这个后院本来不小，现如今被一堵墙隔成了两半，带温泉的一半归生活区，另外一半则要彻底改造，变成药铺的一部分。

药铺的名字业已取好，叫保安堂，与长街尽头的平安堂相映成趣。

许宣交代完了，回到石桌边坐下，白素便为他斟了杯茶，许宣连忙双手接过，道："多谢娘子。"

白素瞟了他一眼，调皮道："你既知道了我的秘密，还叫我娘子呢。我活了那么久，你会不会嫌弃我呀？"

许宣摇摇头，深情道："若得娘子同鸳被，便是许宣三生的福分。"

白素脸一红，嗔道："看着老实，居然也说轻佻话！"

许宣傻笑两声，道："实无调戏娘子的意思，这是我的真心话，句句发自肺腑。"

白素脸上红晕更浓，忙岔开话道："好啦好啦，我……我自然知道你对我的情意。"

她轻轻瞟了许宣一眼，柔声道："我们现在连店都开到一起去了，你……"

白素咬了咬唇，鼓起勇气问道："你何时娶我过门呢？"

许宣喜道："我恨不得现在就与你成就夫妻呢。我父母双亡，如今家中长辈只有舅父大人，明天……不！今晚回去，我便请舅父登门求亲。"

白素握住他的手，开心道："傻瓜，我逗你呢，现如今药铺尚未开张，苏……窈窈也尚未就范，我们哪能放下心来过自己的日子？只盼快些了结这一切，明年这时候……"

白素说到这里，便不再说下去，只是含羞地低下头，如雨润的牡丹，有说不出的娇艳。

许宣看得怦然心动，忙不迭点头道："你放心，我一定尽快把咱们保安堂的招牌打响，让它成为你我存身立命之本。明年春暖花开日，我……便娶你过门。"

白素轻轻点点头，含情脉脉地凝视着许宣，柔声道："好！这里便交给许郎了，一会儿，我与妹妹去钱府拜祭。"

许宣微微吃惊，道："现如今药铺还没开起来，杨瀚尚未到你们身边，你二人出去，安全吗？"

白素柔声道："我和妹妹虽然一直躲着那苏窈窈，可这许多年来，也不知交过多少次手了，我们固然打不败她，她也奈何不了我们分毫，不必担心。再者说……"

白素轻轻抬起头来，眉梢微微一扬："上天赐予我永久的青春与生命，可不是为了躲避苏窈窈而空耗的，这许多年来，我虽然活着，却只得到了寂寞与痛苦。现在，我想换一个活法，哪怕是为此而死。"

钱府的大门洞开，前来吊唁的人络绎不绝。

这已是吊唁的第三天，前两天，达官贵人、亲眷故交都已来过了，可第三天前来吊唁的人仍然如过江之鲫。

小兮姑娘穿着一身素淡的衣衫跟在杨瀚身后，默默地走向门口。

小宝这几天一直在灵堂，根本无暇与她相见，小兮也很失措，以她和小宝的关系，照理该当吊唁才是，可她第一天就来了，眼见一顶顶官轿把那大门口堵得水泄不通，她就慌了。此时她才知道，钱家究竟有多大的势力。钱能通神，也能役鬼。钱家，绝不只是一个首富那么简单。

没见过这么大世面的小兮吓回去了，她的泼辣劲在这种场合可是丝毫不起作用。

于是，今天杨瀚前来吊唁，小兮才壮起胆子一起跟来。

眼看到了钱府，门口知客正在迎候吊唁客人，有家丁将客人有条不紊地引进府去。那知客向前询问，杨瀚拱了拱手，道："我二人乃小宝挚友，闻听老员外不幸，特来吊唁。"

那知客一听，是自家如今的家主好友，不敢怠慢，连忙唤过一个家丁，授意他将二人引进灵堂。杨瀚正要举步，就见一青一白两位美玉雕出来的人姗姗地走来。

杨瀚诧然站住，拱了拱手："白姑娘，小青姑娘，你们……怎么来了？"

白素淡淡一笑："我们既然决定要坦然面对老天爷赐予我们的幸与不幸，又何必再藏头遮尾呢，便大大方方地走出来，站在这阳光下，又怕什么？"

杨瀚欣然点点头，白素看似多情而柔弱，实则比起小青，当真洒脱很多。小青……小青一见他便眼神飘忽，有些无处着眼的感觉。

白素似乎感觉到了什么，她眸波一转，忽地向小兮嫣然一笑，拉住了她的手道："小兮，我们走。"

白素拉着小兮登上了石阶，却把小青撇给了杨瀚。小青也不说话，只是拾步登阶，目不斜视地向府中走，与杨瀚肩并肩地一直走过长长的仪门，这才清咳一声，硬着头皮道："那……那天晚上，我……"

杨瀚马上接口道："那天晚上，我想着你也没喊门子给你开门，走进去还需要一段时间，怕你淋湿了，就想从门缝里把伞递进去，可不是有意偷看你，没被你当成小偷吧？"

"咳，没有。"

小青说着，原本一直耸着的肩膀就悄悄放松了，步子也一下子轻盈了许多，像猫一样。

钱小宝身穿孝服，头戴孝帽，扎着孝带，正在灵前有板有眼地应答着吊唁的客人。

最亲的爷爷去世了，钱小宝比谁都伤心，不过几天的工夫下来，悲痛的心情终究是缓和了许多，尤其是几无止歇的"家属答礼"，累得他精疲力竭，客观上这也起到了分散注意力，缓和悲伤情绪的效果。

直到杨瀚、小兮、白素和小青四个人出现，小宝的眼神才恢复了几分灵动。四个人吊唁了钱老员外，由小宝代表家属答礼之后，他们便走到小宝身边，低声慰问起来。

长街上，一群披麻戴孝的人抬着一口楠木棺材，气势汹汹地一路走来。这些人前前后后的哭丧棒、招魂幡密集如林，显得声势极其浩大。

有那耳目灵通的，已经向左右的看客们卖弄起来："看到了吗，那是莫家的人，听说莫家老太爷是死在天目山上钱家山庄的，而他上山时还精神矍铄，好得不得了，这是莫家后人去找钱家讨公道呢。"

莫不凡披麻戴孝，手捧灵位，眼含热泪地走在整个队伍的最前面。他紧紧地咬着牙关，颊肉绷得紧紧的。虽然他一步一步，走得并不是很快，可是步履之间有一种无形的杀气在酝酿着。

"头儿，我看……这……这怕是要出事呀！"一个捕快巡街至此，眼看莫家这一行队伍直奔钱府去了，不禁紧张起来。

一旦地方治安出了事，他们这些捕快就要倒霉，向来如此。而钱家和莫家那是什么样的人家？这两家要是闹出事来，那可是神仙打架，他们这些可怜的捕快不能不管，想管又管不了，到时候里外不是人。

李公甫也很紧张，对那捕快道："我跟上去见机行事吧，你快回县衙，速速禀报县尉老爷……光是县尉老爷怕也不成，请他和县尊大人一起来，赶紧来，快快快！"

那捕快也知道事情紧急，撒开双腿就跑。李公甫扶了扶帽子，定了定心神，便向着扶灵队伍所去的方向追了过去。

"滚开！"莫府十几个披麻戴孝的家丁手持哭丧棒，到了钱府门前不由分说就是一通乱打，轰散了府前拦阻的钱府家丁，便抬着棺材昂然而入。

钱家对此毫无防备，忽见有人抬了口棺材来，虽然认得是莫家的人，当然也绝不可能允许他们进去。奈何莫家人抬手就打，这些钱府家丁知道两家素来交好，不敢使尽全力还手，再加上守门的人不多，就被莫家人硬生生闯了进去，有那机灵的钱府家丁赶紧抢先一步冲进灵堂去报告。

杨瀚等人正安慰小宝一番，眼见又有一拨客人进来吊唁，便要闪到一旁，这时就见一个家丁飞奔而来，一边跑一边大叫："夫人！夫人哪！哎呀，大少爷，大事不好了，莫家……莫家不知何故，抬着棺材闯进咱家，府前家丁都被打散了。"

杨瀚等人听了大吃一惊，钱小宝马上就明白莫家因何而来了，恚怒地喝道："你快去禀报我娘！"说罢，举步就向外迎去。钱家还有许多偏房旁支亲眷都在现场，一听外人侵上门来，俱都满面愤怒地跟了上去，扔下前来吊唁的客人面面相觑。

"莫不凡，你们莫家这是要干什么？"钱小宝一见捧着灵位当先闯入的莫不凡，立即凛然大喝一声。

莫不凡按辈分乃是与钱小宝亡父一辈的，是小宝的长辈。可莫本钟是苏窈窈的走狗，正是他害死了自己爷爷，对小宝而言，两家从今往后已经没有任何交情了。更何况如今莫不凡抬棺闯门，分明是要闹事，钱小宝也就不用给他留什么颜面，尊一声叔父了。

莫不凡看见钱小宝便站住脚步，朗声道："干什么？我父亲前往天目山，与你爷爷会晤。他去时还好端端的，却无端离奇死在你们钱家的山庄里。如今我爹过世已经三天，你们钱家对此全无交代，莫某此来，自然是要向你们钱家讨一个公道。"

钱小宝冷冷道："我早已派人到你莫家说明情况。当日，乃是有贼人潜入山庄盗窃钱财，被发现后行凶杀人，我爷爷和莫老员外都是因此遇害，你要向我钱家讨什么公道？"

莫本钟是苏窈窈走狗的事，其实并没有什么证据可以向他人明示的，所以没办法指证莫本钟。再者，一旦说出真相，说不定就要暴露白素和小青的秘密。爷爷去世，钱小宝虽然悲恸，也知道冤有头、债有主，真正的仇人是苏窈窈，拉上莫家并没什么用处。

所以几个人计议之下，便商量出了这么一个说法：因为有贼人潜入山庄盗窃，被发现后行凶杀人。

莫不凡怒道："贼人掳掠山庄，冲的可是你们钱家。我父亲是受了你们钱家牵连，难道你们钱家不用负责的吗？"

钱小宝冷冷地反问道："追索贼人，乃是官府的职责，你想要我钱家负责什么呢？"

莫不凡顿时语塞，他图什么？他图的当然是钱。

可是，他不是小门小户的人家呀！若是普通小民，就是赤裸裸地冲着钱来闹事，那也理直气壮。可莫家毕竟是有头有脸的豪贾巨富，这想要钱来赔偿的话如何当着这许多吊唁的客人说出口？

礼义廉耻这东西，哪怕一些人不能真心信服，只是面上功夫，对人也是有所约束的。最怕的就是这一切统统被打烂，人的下贱也就没了任何底线。

莫不凡如今是莫家的当家人了，他的一言一行都代表着莫家，该讲的规矩还是要讲的，哪怕只是面上功夫。莫不凡不好继续出面，便向自家的女人们使了个眼色，他的几房如夫人马上就冲上前来。

"我们家老太爷是往你钱家去做客的，受你钱家牵连而死，难道你钱家不用负责的？"

"谁叫他去我们钱家山庄做客的，有请柬吗？他不请自来，适逢其会，我钱家要负什么责！"

不用钱小宝出面，这个时候，那些旁支偏房的兄弟姊妹自然就出面理论了。

"最起码你们姓钱的就该披麻戴孝，给我们老太爷扶灵送终，以儿孙之礼拜祭一番！"

"要我们钱家的人去给你们莫家披麻戴孝，世上哪有这样的道理？你们莫家的男丁都死绝了吗？"

"难道因为你们钱家财大势大，我们家老太爷就白死了吗？这件事，你们钱家无论如何，得给我们一个公道！"

"公道？你们莫家想要什么公道？你说！"

"钱家把所有的当铺生意都让出来，就算小做补偿好了。"

"癞蛤蟆打哈欠，你好大的口气！你们莫家在临安府也算有头有脸的人家了，如今人没了，脸也不要了吗？你们老太爷是贼人杀的，居然要我钱家让出当铺生意，真不知羞字怎么写！"

"哎呀，钱莫两家本是世交，何必闹到如此地步呢！我们老太爷是上山找你们钱老太爷商量晚辈婚事的。如今两位老太爷都过世了，两位老太爷的遗愿还是该实现的，我看，若是小宝娶了我们家芳仪，两家成了姻亲，自然无分彼此了。"

莫府那些人与钱府各房的人你一言我一语地理论着，说到这里时，便有人出来打圆场。这一回，钱家的人反应倒不激烈，一直安静站在旁边的小兮姑娘可不能忍了。

小兮听了气往上冲，马上上前一步，怒道："这叫什么话！你们家老太爷之死要是跟钱家有关系，两家如何还能结成姻亲？若是没有关系，那钱家就不欠你们莫家分毫，凭什么逼着小宝娶你莫家的女儿？这是讹诈！"

莫芳仪本想着自己是莫家的大小姐，这种有失体面的事，叫爹的几房小妾上前理论一番就是了，自己大家闺秀，不好出头，却不想李小兮竟站了出来。

莫芳仪早看她不顺眼了，一听这话怒不可遏，她腾腾腾地冲上前去，一把揪住了小兮的领口，尖声咆哮道："小妖精，若不是你从中作梗，我爷爷何必上天目山，又怎会遇到贼人？都是你这个扫把星害的！"

莫芳仪恶狠狠地说着，一巴掌就向李小兮脸上掴去。钱小宝一见大惊，喝道："你给我住手！"只是一时抢救不及，只好斜刺里冲前一步，一拳就向莫芳仪的肩头打去。

小兮姑娘也不是个善茬，哪有那么好欺负的。市井间女子，什么场面没见过？不管是骂，还是打，莫家大小姐都不是她的对手。莫家小姐身宽体胖，她挣脱不开，便抬起脚来，一脚踢向莫家小姐的小腿胫骨。

小兮的一脚和小宝的一拳竟同时到了。

小宝一拳打下去，莫家小姐肉山一般纹丝没动，小宝倒是被反震得退了两步。但小腿那种地方，可是肉再厚也护不住的，莫家小姐被靴尖儿一踢，疼痛彻骨。她蹲下身子，抱住小腿，痛苦地号叫起来。

莫不凡一见，气得浑身发抖，他指着钱小宝，哆哆嗦嗦道："好！你好！你们钱家居然还敢动手打人？来人哪，把他钱家的灵堂给我拆了，动手！"

随行的莫府家人哄然应诺一声，挥起事先准备好的棍棒便冲上前来，大闹灵堂。其中一个急于向新主子表功的，一溜烟儿地冲进灵堂，抢起哭丧棒就向供奉在棺椁前的钱老员外灵位扫去。

小青一见，顿时动了真怒，目光中光芒一闪，也不知从哪里飞出一颗水滴，倏然而至，快得肉眼根本就看不见。

那莫府家丁哭丧棒抡出去，还不等把那灵位扫到地上，就觉手腕上倏地一凉，半只臂膀都没了力气，手中的哭丧棒脱手摔落，余力未尽，砰的一声打在棺木上。

那莫府家丁呆呆地看向自己手腕，此时那手腕上一个豆子大的洞口突然一下子涌出血来，剧痛感传到心里，疼得他捂着手腕哀号一声，就翻滚到了地上。

此时莫家的人已经抢着哭丧棒疯了似的四下乱抽乱打，打得钱家的人和前来吊唁的客人四处逃窜。还有莫家的人上前扯烂帷幔，踢倒纸人，踹飞乐器，闹得灵堂顿时一片狼藉。

一向温柔好脾气的白素见此一幕也不禁怒了，钱多多在她心中也像自己的亲兄弟一般。白素如何能容忍他被人如此欺侮。

白素忽然退了一步，柔荑轻轻搭在杨瀚肩上。杨瀚一怔，扭头看去，就见白素目光凝注，搭在自己肩上的纤纤玉手居然在微微地颤抖。

杨瀚正不解其意，三面环廊下，一共六口荷花缸中，袅袅的水汽便升腾而起，顷刻之间，整个灵堂内外一片迷蒙。小青与姐姐心灵相通，配合默契，一瞧就知道这是姐姐的手笔。

方才是为了挽救钱多多的灵位，她才动用了水滴子弹，这时对着众多的普通人，虽然他们可恶，却也不必要他们的命，小青便扑进雾中，拳打脚踢起来。此时钱家的人和客人都逃向四下里了，但凡触及有人，必是莫家人无疑，她也不必有所顾忌，只听迷雾之中一声声惨叫响起，一时间也不知道谁挨了打，谁被谁打了。

白素迅速催生出如此大雾，意念力动用太多，一时有些头晕，她停了驭水之术，向后退出两步，便贴着厅柱坐了下去。杨瀚瞧她无恙，只是在吐纳呼吸，心中牵挂小青，便也冲进雾去。

杨瀚刚冲进雾中，就听见一声娇叱，一只素手呼的一下向他脸上抽来。杨瀚感应到掌风，急忙把脸一侧，身子一矮，向后退了一步，大叫道："小青，是我！"

迷雾中，小青拳打脚踢，又踹飞了两个莫府家丁，一听是他的声音，便冷声道："外边去，别碍事。"

杨瀚应道："好！"

他也知道雾中伸手难辨，两人凑在一起只能越帮越忙，估了一下先前的方位，便向前一蹿，冲进院中迷雾，虽然目不视物，但也知道此时正在这里的都是莫府的人，毫无顾忌地就动起手来。

小青在迷雾中一边动手打人，一边暗想："这迷雾对他一样有作用，这人当真奇怪，看来并非对所有异能都能免疫，只有当他的身体感受到威胁时，才能化去异能的作用。"

这时候，钱夫人得了讯，领着一大帮钱府家丁赶了来，一瞧灵堂内外一片混乱，莫府的人正狼狈地退向四周，贴着四处长廊，有的鼻青脸肿，有的衣服已被扯烂。

钱小宝拉着小兮从迷雾中逃出来，堪堪逃出迷雾范围时，被一个莫府家丁拿哭丧棒一扫，刮去了他头上孝帽，吓得小宝抱头逃出。

小宝一见母亲来了，不禁喜道："娘，你来得正好，莫家……欺人太甚了！"

钱夫人一看儿子的狼狈相，顿时气得发抖："好哇，莫家这是欺负我钱家孤儿寡母，没有人了吗？你们去，给我打，狠狠地打，往死里打！出了任何事，老娘一身负责！"

钱府那些家丁一瞧迷雾之中影影绰绰许多人在打斗，一时也分不清是谁。可当家主母动了真火，谁敢不动手？这可是向主子表忠心的绝好机会呀！登时呐喊一声，抢起棍棒就冲了进去。

杨瀚首当其冲，没头没脑地就挨了几棒子，他还以为是莫家的人打的。白素虽坐在灵堂上，可迷雾中的一切她比谁看得都清楚，眼见如此，只好对小青叫道："小青，快带杨瀚出来，没得无故挨打！"

说着，白素用她独有的手段向小青指出了杨瀚的位置。这迷雾于她便如自己的眼睛一样，而小青同样会驭水之术，所以白素只要愿意共享，就能让小青也短暂拥有与她相同的能力，只是这对她来说，耗损的意念力更大罢了。

小青一瞧杨瀚肩头又挨了别人一棒，疼得咧嘴，心中不忍，急忙冲过去，伸手就抓杨瀚。杨瀚疼得刚缩了缩肩膀，忽地察觉有人冲过来，立即一拳打过去，叫道："还想偷袭！"

小青急叫道："是我！"

杨瀚一听是她的声音，急忙收力，饶是如此，拳缘还是擦到了小青的胸口。

嗯……软软的！

小青脸一热，心中一恼，想也不想，一巴掌就扇了过去。

啪！一记响亮的大嘴巴，杨瀚根本来不及反应，被打了个结实。

小青姑娘这一巴掌抽出去就有点儿后悔了，他又不是有意非礼于自己，会不会打得太重了些？

这时却听杨瀚惊叫道："小心，有人偷袭！"

呜的一声棍风呼啸中，杨瀚明明不能视物，却也不顾危险，向小青方向拦了上去。

他方才一拳打去，自然知道小青大致的方位，但小青那一巴掌是抡圆了胳膊抽出去的，于他而言，还真不确定是谁抽的。

他……被打了一巴掌，首先想到的，却是被人暗算。他都不知道那是棍还是枪！

当棍子凌厉地抽在杨瀚背上，抽得他身子一激灵的时候，小青的目光蓦地温柔起来，如水般荡漾。

杨瀚张开双臂一拦一冲，正好环住青婷的小蛮腰。小青这次竟未着恼，只在杨瀚耳畔道："别动，我带你出去！"说罢，她反手一揽杨瀚的腰杆，带着他向白素身边纵去。

李公甫早就跟着闯进了钱家，由于莫家人的冲撞，钱家人都跟进了灵堂，没人守在大门前。不过，他可没有露面，作为捕头，在普通人面前是可以威风八面的，但在钱莫两家人面前，捕头这个身份实在镇不住哇，人家打个哈欠都能把他吹跑了。所以，他一直藏在角落里，眼见迷雾升起，眼见双方打起群架，纵然对此再如何惊诧，他也始终安如磐石，一动不动。

直到……

县太爷和县尉老爷来了！

两位官老爷带着一班捕快衙役，急匆匆闯进灵堂。李公甫藏在暗处窥得清楚，立即一个箭步，猫着腰冲进了正在渐渐散去的迷雾之中。

李公甫站定身子，按着刀柄，厉声大喝道："统统住手！不管是谁，再敢动手，我李公甫认得你，朝廷律法可不认得你！"

莫家的人才不怕什么捕快，寻着声音，两口棍就到了，噗噗两声，棍子重重地敲在了李公甫的背上，李公甫岿然不动，峙如山岳。

雾气袅袅中，一道人影，按刀而立，两条棍影扫过他的身体，却不能撼动他分毫。县太爷和县尉老爷闯进灵堂后看到的，就是这样的一幕。

此人有担当！

县太爷和县尉老爷见了，不禁暗自嘉许。

莫不凡见县太爷到了，多少还是要给人家几分面子的。虽说区区县令，莫家并不放在眼里，可也得分他是哪儿的县令。钱塘是京县，这里的县令是五品官，官职并不低。而且京县的县令只要顺利熬过任期，资历够了是有很大机会成为朝官的。

莫不凡上前把来龙去脉一说，县太爷便皱起眉头道："莫员外，钱家山庄乃是

373

遭了贼，此案已报当地官府，因人涉我钱塘，我钱塘县亦有派员配合调查。你来钱府闹事，这就是你的不是了。"

陈县尉也道："是呀，莫老太爷过世，为人子女者，心中悲恸，这是人之常情。不过迁怒于钱家，这就有些不妥了。何况，钱莫两家一向交好，莫要因此伤了和气才是。"

莫不凡噙着热泪道："不管遭了什么贼，我父亲好端端上山，在他钱家出的事，难道钱家就不用负责吗？县尊大人、陈少府，法理不外乎人情，贼人是贼人，钱家欠我莫家的，总得还我莫家一个公道！"

县太爷苦着脸道："可你也大可不必抬棺上门，闹得如此阵仗，让两位老人家在天之灵也不得安息呀。"

钱夫人凤目含煞，厉声说道："莫老爷子上我钱家山庄，可不是我们请去的，我们钱家需要负什么责？你们私闯民宅，毁我灵堂，于法于理，哪一条合乎规矩？两位官老爷，我要向你们告他莫不凡，你们得为我钱家主持公道！"

县尉苦笑道："钱夫人，何苦呢？我们还是调停一下……"

钱夫人恨声道："你要状子是吧？来人哪，给我取文房四宝来，我现在就写！"

李小兮上前一步，站到她旁边，也是柳眉倒竖："夫人，我帮你研墨！"

钱夫人看看小兮，拍了拍她的肩膀，这才对，打仗亲兄弟，上阵婆媳兵，一个鼻孔出气的女人，真是越看她越顺眼了。

两位官老爷慌了手脚，如果钱夫人真写了状子，那就不能不接。只要接了状子，不管治不治罪，都得先把莫不凡带回去审问一番，两家都不是他们敢得罪的，至少是不想得罪的。

两位官老爷马上抖擞精神，指手画脚，唾沫横飞地开始和起了稀泥。

小青拉着杨瀚正站在灵堂上，见此情景，黛眉一蹙，轻轻一推杨瀚，道："跟他们纠缠什么，尽快打发了他们去吧。"

"好！"杨瀚也觉得，与莫家争执这些，实在是节外生枝，便凑过去，拉了拉小宝，低声道："这样子闹下去，两家面上都不好看。莫家固然无理，不过，你也不想与莫家对簿公堂吧？到时候两家脸面都不好看。再说，如今灵堂内外一片狼藉，何必让亡者不安？如今官府已经出面，谅他莫府也不会再次生事，不如息事宁人，真要有什么过节，也得等老太爷的丧事料理完了再说。"

钱小宝一听也有道理，便凑上前去表明了态度，两位官老爷一听他先软化了态度，自然是求之不得。

钱夫人自然也不会拆儿子的台，今后，这钱家就是小宝当家，如果当家人第一次出面主持事务就被自己这个当娘的给撅了，叫他如何树立威信？

钱家人这样想着，莫不凡也知道如今既然官府已经出面，今天是得不到想要的结果了，最后也只好顺坡下驴，带着家人，抬着棺椁，快快离去，一场风波这才罢休。

莫不凡回了莫家，便一个人躲进了书房。直到晚膳时间，也不见他出来。莫家上下都慌了神，却又不敢促请，最后还是莫芳仪莫大小姐硬着头皮找到了书房。

天色已经昏暗，书房中却未点灯。莫不凡坐在官帽椅中，佝偻着身子，仿佛同样一个姿势已经坐了许久。

莫姑娘看了不由得心中一惨，忍不住走上前去，轻声道："爹，你别为难了，我虽喜欢小宝哥哥……小时候，总是缠着他、腻着他，如今想来，终究是没有那个缘分，那就罢了，我们莫家若是如此低声下气，便真能成就姻缘，也不快活。"

莫不凡恍若未闻，又静静地坐了许久，两行泪忽然悄悄地落下，哽咽道："你懂什么？你知道什么？为父在意的，是我们莫家呀！可任由为父殚精竭虑，苦苦支撑，这个家，也快要撑不下去了。"

莫大小姐诧异地睁大了眼睛，问道："爹爹这话是何意？"

莫不凡咬牙切齿道："还不是因为那个老不死的！那个老混蛋！他怎么不早点儿死？他若早早死了，我们莫家也不会落得今日这般田地。"

莫芳仪震惊道："钱爷爷做了什么，叫爹爹你生这么大的气？"

莫不凡忽地勃然大怒，伸手一拂，将桌上的文房四宝连同镇纸，一股脑儿地扫到地上，那镇纸飞出去，还打碎了墙边一个放卷轴的大腹瓶。

莫不凡跳将起来，满面怨毒道："碍着人家钱家什么事了，我说的是你爷爷，是我那个该死的爹，那个老混蛋！他怎么不早死，啊！他怎么不早死！"

莫芳仪骇得脸色苍白，嘴唇哆嗦着看着父亲，震惊得无以复加。且不提莫不凡平素里与莫老太爷一副父慈子孝模样，任何人都想不到他私下里会如此恶毒地咒骂自己父亲。就以律法而言，不孝也是不可赦的十大恶中排名第七的重罪。换言之，他这句话如果不是在这里说，而是站在大街上骂，叫旁人听见，那唯一的下场就是死，而且绝不可赦。就算皇帝特旨，也不能赦免，必须判处死刑。

可激愤之中的莫不凡已经气得浑身哆嗦，显然是不想掩饰了。反正这是他的亲生女儿，他也不用担心什么。因为孝道的要求，他纵有不是，旁人可以举报，他的儿女除造反这一条之外，也是一概不许举报的，这就是"亲亲相隐"。

莫不凡失控地怒吼道："我们莫家早就完了，一直在撑着，一直是我在苦苦地撑着！那个老不死的，前些年经营不善，倒了两处钱庄，又毁了三只海船时，其实我还有余力振兴起来的。可他不肯，可他不肯哪！"

莫不凡说得声泪俱下："他迷信神佛，以为礼敬神佛，可以祛病长生，不惜斥巨资捐建金海寺的铜塔，把我莫家最后一点儿底子都给折腾光了。你以为，是爹想要为那老不死的讨什么公道？"

莫不凡突然一阵狂笑："我才不管他！我如今是因为……若不抱住钱家这条大腿，咱们家就完了，就完了呀！彻底完蛋，你懂不懂？到时候，你就得上街讨饭去了，你知不知道！"

莫不凡抓起椅子，拼命地砸向了桌子，把椅子砸得稀烂。他赤红的双目一扫，看见还有什么可以搬动的拿动的，就抓起来拼命地砸下去。如今，只有破坏，不停地破坏，才能发泄他心中无尽的愤懑。

莫大小姐眼见父亲疯了一样打砸起来，吓得急忙逃出了书房。莫不凡也不理她，看见什么砸什么，口中怒吼声声。

啪！

莫不凡又抓起一件精美的阔口坛器，狠狠地摔在桌子上，瓷器应声而碎，其中却有一本簿册露了出来。

莫不凡怔了一怔，脑中突然灵光一闪，莫非……老爹还藏了一大笔财富在这里？

他像溺水者抓住了一根朽木似的，疯狂地扑过去，一把将那簿册抓在手中，掌缘被破碎的瓷器尖利部分划破，鲜血淋漓，他也不管不顾，急忙把那簿册展开，就着微弱的光线，贴近了看去……